Die Autorin

Christina Matesic lebt mit ihrem Mann und ihren beiden Kindern in einer kleinen Gemeinde in der Nähe von Heidelberg. Mit ihrem abgeschlossenen Diplom-Übersetzerstudium konnte sie sich nie ihren Traum erfüllen, Bücher zu übersetzen. Doch ihre Liebe zur Sprache und zu Büchern ist geblieben. Irgendwann genügte es ihr nicht mehr, einfach nur Fantasy zu lesen. Also warum dann nicht selbst ein Buch schreiben? Zusammen mit dieser plötzlichen Erleuchtung war auch auf unerklärliche Weise die Geschichte um "Elea" in ihrem Kopf.

"Elea - Die Träne des Drachen" ist ihr Debütroman. Es ist der erste Band einer geplanten Trilogie.
Im Frühjahr 2015 erscheint Band 2 „Elea – Die Weisheit des Drachen".

Kontakt zur Autorin ist möglich im Internet unter:
http://www.elea-fantasy.de
http://myblog.elea-fantasy.de
https://www.facebook.com/pages/Elea-Trilogie/632407196827002

Christina Matesic

Elea

Die Träne des Drachen

Fantasyroman

Bibliografische Information der Deutschen Nationalbibliothek:
Die Deutsche Nationalbibliothek verzeichnet diese Publikation in der Deutschen Nationalbibliografie; detaillierte bibliografische Daten sind im Internet über http://dnb.dnb.de abrufbar.

© 2015 Christina Matesic
Herstellung und Verlag:
BoD – Books on Demand, Norderstedt
Cover und Bildgestaltung:
© Christina Matesic
Alle Rechte vorbehalten.

ISBN: 978-3-7347-7993-0

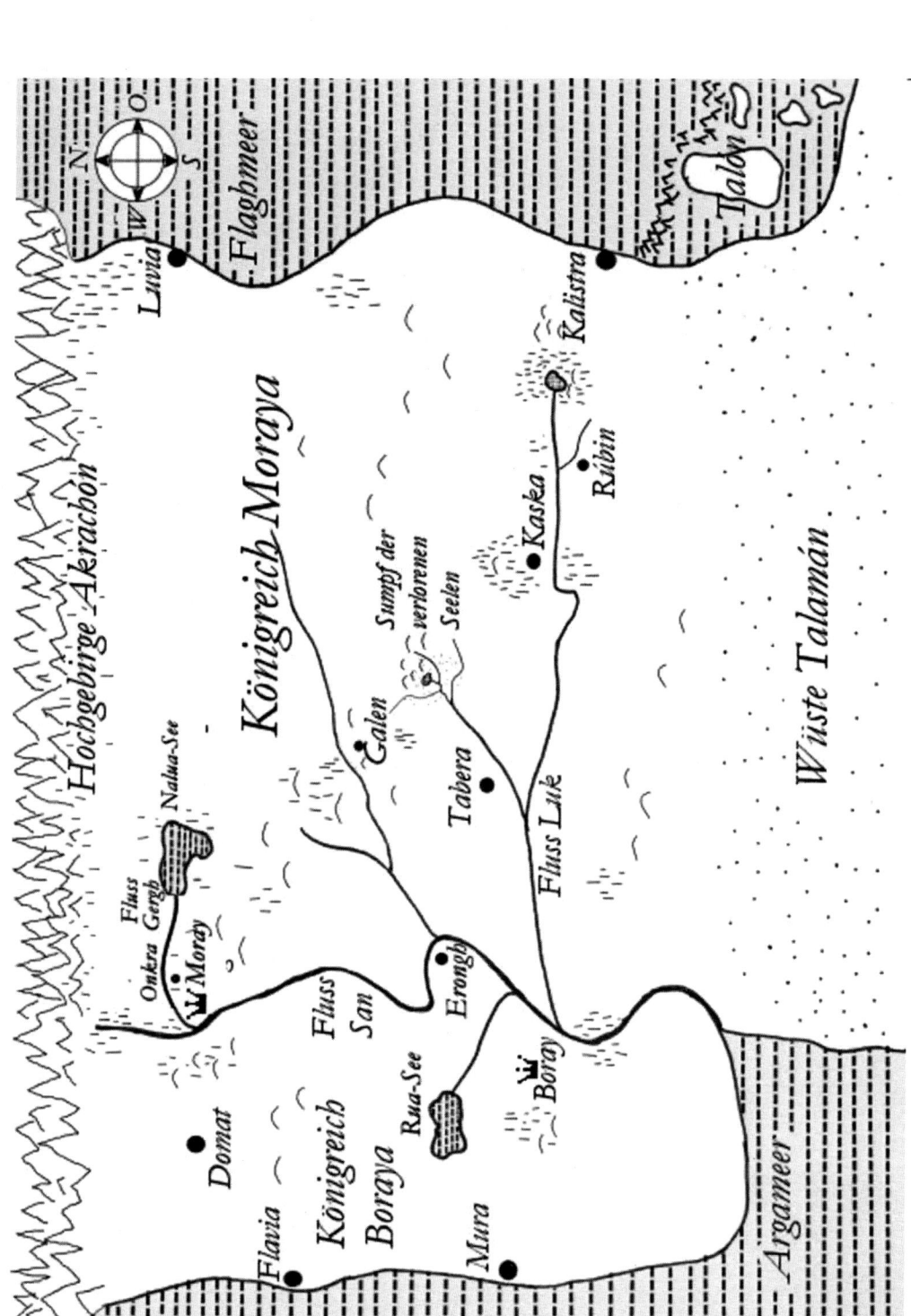

Liebe kann Wärme sein und
das Herz öffnen, auf dass
schöne Empfindungen
es durchströmen.

Liebe kann Hitze sein
und das Herz erfassen, auf dass
es schlägt - im Einklang
mit einem anderen Herzen.

Liebe kann Feuer sein und
das Herz verbrennen, auf dass
nur noch der Herzschlag
des anderen zählt.

Prolog

Es ist dunkel. Aber es herrscht keine vollkommene Finsternis. Riesig große Schatten strecken sich über ihn weit in die Höhe empor. Eine angenehme Kühle streichelt seinen Körper. Der Boden ist weich und uneben. Er setzt unsicher einen Fuß vor den anderen, weiß aber nicht so recht, in welche Richtung er gehen soll. Er dreht sich orientierungslos im Kreis und setzt dabei mal einen Fuß in diese, mal einen Fuß in jene Richtung. Plötzlich nimmt er einen vertrauten Geruch wahr. Es riecht nach feuchter Erde, nach Holz, nach Harz. Und mit einem Mal sieht er, wie die dunklen Schatten allmählich die Gestalt von Bäumen annehmen. Er steht in einem Wald.

Sein Gehör fängt nun endlich auch an zu arbeiten. Der Wind rauscht in den Bäumen, Blätter rascheln, Holz knackt. Auch andere Geräusche, die von Lebewesen, dringen in seine Ohren: Ein Specht hämmert Löcher in die Baumrinde. Vögel singen ihr Lied. Aber da sind noch viel, viel leisere Geräusche, die von den anderen übertönt werden und die er erst hört, wenn er die lauten ausblendet. Das Schnüffeln von Wildschweinen, die mit ihrem Rüssel in der Erde nach essbaren Wurzeln und Insekten wühlen. Ein Eichhörnchen, wie es eine Eichel knackt. Das Streifen eines Rudels Hirsche und Rehe durch den Wald...

Er fühlt sich wohl in diesem schattigen Halbdunkeln. Es kommt ihm alles so vertraut vor: Es ist sein Zuhause. Er schließt seine Augen und nimmt mit all seinen Sinnen die auf ihn einströmenden Reize, wie ausgehungert, in sich auf. So steht er eine Weile bewegungslos da und spürt, wie sich in seinem Innern ein Gefühl der Geborgenheit und Wärme entfaltet. Er glaubt sogar, so etwas wie Glück zu empfinden. Doch urplötzlich bemerkt er eine Veränderung, die in ihm all die schönen Empfindungen auslöscht und einer bodenlosen Angst Platz macht. Ihm wird kalt, unerträglich kalt. Nur zögernd öffnet er die Augen. Es ist Nacht und ein Halbmond taucht seine Umgebung in silbrig-weißes Licht ein. Er befindet sich jetzt an einem anderen Ort – nicht mehr im Wald. Kein Baum ist weit und breit zu sehen – rein gar nichts. Hier herrscht Totenstille. Diese wird mit einem Mal von einem markerschütternden Schrei durchbrochen, der ihm das Blut in den Adern gefrieren lässt. Es ist der Schrei einer Frau. Unwillkürlich rennt er los. Er will es eigentlich nicht, im Gegenteil, er sträubt sich sogar. Denn eine innere Stimme verbietet es ihm. Doch in ihm wächst noch etwas anderes unaufhaltsam heran: etwas Düsteres, etwas Beklemmendes, eine dunkle Kraft, die ihn zum Rennen zwingt. Er rennt und rennt ohne zu wissen wohin und wie lange, als mit einem Mal das weiße Mondlicht von einem orangeroten Glühen verschluckt wird. Mit keuchendem Atem muss er jäh stehenbleiben, weil das Ufer eines Gewässers vor ihm auftaucht. Es ist ein kleiner See. Und hinter dem See erstreckt sich ein Wald, der lichterloh in Flammen steht. Das pulsierende Glühen des Feuers breitet sich immer mehr aus. Gleichzeitig drängt ihn die in seinem Innern schwelende, dunkle Kraft, sich dem See zu nähern. Als er auf die Wasseroberfläche blickt, sieht er einen kleinen Jungen von vielleicht sechs Jahren sich darin spiegeln. Er hat dunkles, halblanges

Haar und blasse Haut. Mit einem Mal verändert sich das Wasser. Es wird unruhig, beginnt kleine Wellen zu schlagen und nimmt eine dunkle, fast schwarze Farbe an. Eine Hand durchbricht die Oberfläche und streckt sich langsam nach ihm aus, als wollte sie ihn greifen. Mit angehaltenem Atem erkennt er rote Schlieren, die an dem ausgestreckten Arm hinunterlaufen. Es ist Blut. Er will schreien. Doch es ist zu spät. Sein Schrei geht im See voller Blut unter, weil die Hand ihn längst am Fuß gepackt und ihn mit in die Tiefe gezogen hat...

 Er saß mit nacktem, schweißgebadetem Oberkörper auf seinem Bett. Seine Hände lagen zitternd auf seinen Oberschenkeln und sein Atem suchte sich stoßweise seinen Weg aus dem Mund. Er spürte deutlich das Gewicht des Ringes um seinen Hals, der wie eine kurze Kette schwer auf seinen Schlüsselbeinen ruhte und wie immer unmittelbar nach seinen Albträumen eine unerklärliche Kälte ausstrahlte. Dunkelheit lag noch über dem Schloss. Doch die Morgendämmerung war nicht mehr fern, da die Amseln schon ihr Lied sangen, um den Tag zu begrüßen.

 Sein Blick ruhte auf seinen zitternden Händen. Nur der Sternenhimmel warf durch das geöffnete Fenster schwaches Licht in das karg ausgestattete Zimmer. Wenn nicht ein kleiner Tisch in der linken Ecke neben dem Fenster stehen würde, auf dem sich zahllose Bücher und Schriftrollen stapelten, hätte man sein kleines Reich auch leicht für eine Waffenkammer halten können. In der einen Ecke standen Schwerter unterschiedlichster Machart. Daneben stand eine Holzkiste mit verschiedenen Messern und Dolchen in unterschiedlichen Längen. An der Wand darüber hingen eine stattliche Zahl von Bögen und mehrere Armbrüste mit den dazugehörigen Köchern voller Pfeile. Sein lederner Brustpanzer beanspruchte zusammen mit Helm und Schild die letzte freie Ecke seines Zimmers. Über eine Truhe, die am Fußende seines Bettes stand, hatte er am Abend zuvor achtlos sein Kettenhemd geworfen.

 Allmählich kam Leben in das Schloss. Aus dem Stall, der an den großen Innenhof grenzte, zu dem auch sein Fenster hinausging, drang Pferdegewieher in seine kleine Kammer. Dank seines übermenschlichen Gehörs war es ihm möglich, das Wiehern seines Pferdes von dem der anderen zu unterscheiden. Arok, sein schwarzer Hengst, war also auch schon wach.

 In letzter Zeit wurde er wieder von seinen guten alten Bekannten, seinen Albträumen, heimgesucht, die ihm heftig zusetzten. Nur die Ausritte mit seinem Pferd in den frühen Morgenstunden halfen ihm die nächtlichen Schatten abzuschütteln. Nachdem das Zittern seiner Hände endlich aufgehört hatte, nahm er den Krug von seinem Nachttisch und wollte ihn an die Lippen setzen, als er abrupt innehielt, um noch einen Blick hinein zu werfen. Er musste sich vergewissern, dass er auch tatsächlich Wasser und nicht etwa Blut enthielt wie gerade eben der See in seinem Traum. Er genoss jeden einzelnen Schluck, wie er seine ausgetrocknete Kehle erfrischte. Dann wusch er sich rasch, indem er sich einfach einen halben Eimer Wasser über den Kopf goss. Über seine schwarze Tunika zog er nur ein Lederwams. Auf das Kettenhemd und den

Brustpanzer, die er üblicherweise trug, konnte er bei seinen frühen Ausritten verzichten. Er schnallte den breiten schwarzen Ledergürtel mit seinem Kurzschwert um, schulterte seinen Bogen und den Köcher mit den Pfeilen. Zum Schluss nahm er noch seine schwarze Ledermaske vom Nachttisch und setzte sie sich auf. Dann begab er sich mit großen, kraftvollen Schritten zu Arok, seinem einzigen Freund, dessen Seele wahrscheinlich genauso schwarz war, wie seine eigene.

Teil I
Die Flucht

Kapitel 1

Da stand Elea nun, in ihrem häuslichen Zufluchtsort, einer kleinen Kammer, die sie sich mit Kaitlyn teilte. Masha, Kaitlyns Puppe, thronte, wie immer, mitten auf dem großen Bett. Als ihr Blick auf den dunkelbraunen mit roten Hühnerfedern durchsetzten Haarschopf der Puppe fiel, musste sie unwillkürlich lächeln. Und das, obwohl zu erwarten gewesen war, dass sie zu solch einer Reaktion nicht im Stande wäre, wo Albin ihr doch gerade die niederschmetternde Bestimmung offenbart hatte, die das Schicksal schon seit ihrer Geburt für sie bereithielt. Louan, Kaitlyns älterer Bruder, hatte die Puppe seiner kleinen Schwester zum fünften Geburtstag vor knapp einem Mond geschenkt. Kaitlyn war außer sich vor Freude gewesen, denn es war ihre erste Puppe. Und den für sie einzigen Makel, nämlich Mashas gelbe Strohhaare, behob sie binnen weniger Augenblicke: Sie nahm das Fläschchen mit der braunen Arnikatinktur aus dem hölzernen Arzneikasten ihrer Mutter und färbte damit das Strohhaar dunkelbraun. Dann rannte sie in den Hühnerstall, sammelte drei rotbraune Federn vom Boden auf und steckte sie in Mashas Kopf. Und da Elea nie Mädchen- oder Frauengewänder trug, musste natürlich Mashas Kleid einer Hose und einem Hemd weichen, die Elea ihr nach stundenlangem Bitten und Flehen nähte. Fertig war eine Elea in Miniaturausführung.

Elea hatte wahrhaftig außergewöhnliches Haar, wenn man bedachte, dass es sich in dem kleinen Dorf Rúbin und darüber hinaus, laut Breanna, im ganzen Königreich Moraya niemand finden würde, der mit einer vergleichbaren dunklen Haarpracht gesegnet war. Als Kind empfand es Elea allerdings nicht gerade als Segen ständig von den Dorfbewohnern oder Durchreisenden wie ein vierbeiniges Huhn begafft zu werden. Andererseits konnte sie es den Menschen nicht verdenken. Ihr dunkelbraunes, in der Sonne rötlich schimmerndes, welliges Haar mit den drei vorwitzigen, roten Strähnen, von denen zwei zur linken und eine zur rechten Seite ihres Mittelscheitels fielen, hob sich geradezu von dem Haar des morayanischen Volkes ab, dessen Farbpalette meist nur von hellblond bis hellbraun reichte. Doch damit nicht genug. Ihre Haarsituation verschlimmerte sich an dem Tag, an dem Kaitlyn vor gut fünf Jahren zur Welt kam. Dieser Tag hätte für Elea zu einem der schönsten Tage ihres Lebens werden können. Sie durfte Breanna und Albin bei der Geburt ihrer Tochter beistehen. Dadurch war es ihr vergönnt, an dem überwältigenden Glücksgefühl teilzuhaben, welches Eltern in dem Moment empfanden, wenn sie nach den Strapazen der Geburt zum ersten Mal ihr Kind in den Armen hielten. Das damals dreizehnjährige Mädchen nahm dieses kostbare Gefühl der unerschütterlichen Liebe in ihrem Herzen auf und behütete es seitdem wie einen Schatz, da es – soweit sie glaubte – nicht viele solche intensiven, von Liebe geprägten Gefühle gab. Gut, es gab noch die Liebe zwischen Mann und Frau, aber auf diesem Gebiet hatte sie noch keine Erfahrungen gemacht. Wie auch?! In der Abgeschiedenheit ihres kleinen, bescheidenen Zuhauses, das sie mit ihren Pflegeeltern Breanna und Albin und deren drei Kindern teilte – einen halben Tagesritt von Rúbin entfernt? Traurig war Elea jedoch nicht darüber. Die Vorstellung, mit gerade mal achtzehn Jahren verheiratet zu sein – wie es in Moraya für viele junge Frauen üblich war - und für das leibliche Wohl des Gemahls und der Kinder zu sorgen, schreckte sie ab und erschien ihr, was ihre Person betraf, mehr als unpassend.

Jenes wundervolle Ereignis der Geburt der kleinen Kaitlyn bekam nun aber einen bitteren Beigeschmack nicht allein aufgrund der Tatsache, dass Elea, als sie abends zu Bett ging, Blutflecke in ihrer Lendenhose entdecken musste. Als ob diese Entdeckung nicht schlimm genug gewesen wäre, wenn man die jeden Mond wiederkehrenden Unannehmlichkeiten bedachte. - Oh nein! Ihre Haare, vor allem die drei kupferroten Haarsträhnen begannen von dieser Nacht an im Dunkeln zu leuchten, besser gesagt, rot zu glühen. Dies hatte nun wieder zu Eleas Leidwesen dazu geführt, dass Albin und Breanna ihr verboten, das Haus zu verlassen, sobald sich die Abenddämmerung über den Tag legte – warum auch immer. Und wenn es doch notwendig war, dann nur mit Kopfbedeckung. Darauf achteten ihre Pflegeeltern mit einer für Elea schwer verständlichen und beharrlichen Konsequenz. Doch das Mädchen setzte sich, je älter es wurde, zunehmend über dieses Verbot hinweg, wenn sie sich des Nachts, sobald alle im Haus schliefen, aus dem Fenster ihres Zimmers auf einen nahen Ast des Apfelbaums schwang und mit unbedecktem Haar, das ihr wie züngelnde Flammen hinterher wehte, in den nahen Wald stürmte.

So kam es, dass man Elea fast nur mit Kopfbedeckung sah. Breanna zeigte ihr, wie sie sich halbwegs elegant ein Tuch um den Kopf binden konnte, um zumindest einen Hauch von Weiblichkeit zu behalten, die unter ihren Jungenkleidern weitestgehend verborgen blieb.

Laute Schläge von draußen kommend rissen Elea jäh aus ihren Gedanken. Jemand hackte Holz unter höchster Kraftanwendung. Und auch jetzt bemerkte sie erst die fünfköpfige Spatzenfamilie, die aufgeregt auf ihrer Fensterbank herumhüpfte. *Tut mir leid, meine kleinen Freunde! Aber mir ist jetzt nicht zu einem kleinen Plauderstündchen zumute.* Sie steuerte mit langsamen, verkrampften Schritten auf das Fenster zu. Sie hatte völlig das Zeitgefühl verloren. Wie lange sie in diesem Schockzustand ihren Erinnerungen nachgehangen war, wusste sie nicht. Mit einer Ahnung davon, wer draußen unüberhörbar seinem Frust freien Lauf ließ, blieb sie an dem geöffneten Fenster stehen. Der Lautstärke und der Frequenz der Schläge nach zu urteilen, musste es Kellen sein. Ihre Vermutung bestätigte sich. Dies war seine Art, sich mit Wut und Hilflosigkeit auseinanderzusetzen. Der Schweiß tropfte ihm bereits in kleinen Rinnsalen von der Stirn und das braune Hemd war unter den Armen und auf der Brust ebenfalls durchnässt.

Die Äste des Apfelbaums vor ihrem Fenster wiegten sich leicht hin und her und die zum Teil sich schon gelb färbenden Blätter rauschten sachte im Wind, der sich spielerisch in ihnen verfing. Eleas Blick schweifte hinunter auf den Boden, wo sich bereits ein paar Hühner mit ihrem Schnabel aus den heruntergefallenen Äpfeln kleine Stücke hackten. Kaitlyn hatte sie heute noch nicht aufgelesen, eine Aufgabe, die sie normalerweise mit Begeisterung erfüllte. Kein Wunder! Sie war dabei gewesen - Eleas ganze Familie war anwesend gewesen - als Albin mit gequälter Miene der jungen Frau die Hinterlassenschaft ihrer leiblichen Eltern in Form einer Holzschatulle überreicht hatte. Louan hatte ununterbrochen auf einem Stück Brot herumgekaut, während Kellen den Raum mit Wut unterdrückender Unruhe erfüllte. Der Rest der Familie, Elea eingeschlossen, war in einer allgemeinen Starre gefangen. Albin war als Einziger in der Lage gewesen zu sprechen, wenn auch mit deutlicher Mühe. Breanna weinte unablässig in ihrem Schaukelstuhl leise vor sich hin und Kaitlyn hielt mit immer größer werdenden Augen Eleas Hand. Sie selbst hatte stumm und mit wachsender Beklommenheit Albins Worte über ihre rätselhafte Herkunft verfolgt. Schließlich war sie wie in Trance seiner Aufforderung nachgekommen, die kleine Schatulle zu öffnen, die sie mit zitternden Händen umklammerte. Albins Erklärungen wurden nur gelegentlich von Kellens wütendem Schnauben untermalt. Er machte den Eindruck, als platzte er jeden Moment.

Dabei hatte der Tag so gut angefangen: Elea war schwimmen gegangen - ganz allein ohne irgendeinen ihrer männlichen Aufpasser. Schwimmen war eine ihrer großen Leidenschaften und die verband sie mit ihrer größten: Sie liebte es zu rennen – am liebsten in ihrem Wald. Das gab ihr das Gefühl, sich frei wie ein Vogel in die Lüfte zu erheben.

Elea stellte die Schatulle, die sie die ganze Zeit über verkrampft in den Händen gehalten hatte, auf den Tisch mitten auf Mashas Garderobe, die genauso eintönig war wie ihre eigene. Kellen hatte inzwischen mit dem Holzhacken aufgehört. *Du Hitzkopf! Wahrscheinlich hast du jetzt Albins gesamtes mühsam aufgestapeltes Holz klein gehackt!* Aus dem Stall war plötzlich aufgeregtes Gewieher zu hören. *Jetzt wird er wahrscheinlich die Pferde wund striegeln.* Diese Vorstellung entlockte ihr absurderweise erneut ein Lächeln, welches aber schnell wieder erstarb bei dem Gedanken an die armen Tiere.

Elea ließ ihren Blick über die Holzschatulle gleiten. Sie war übersät von eingeschnitzten, fremdartigen Zeichen und Symbolen, die sie nicht entziffern konnte. In der Mitte auf dem Deckel war ein großer in Silber eingefasster roter Stein. Seine Farbe hatte auffallend Ähnlichkeit mit dem Rot ihrer drei kecken Haarsträhnen und seine Form mit einem Auge, das sie auf unheimliche Weise anzustarren schien. Der silberne Verschluss ähnelte züngelnden Flammen. Mit zitternder Hand löste sie ihn und hob den Deckel langsam an, als rechnete sie damit, dass ihr jeden Moment echte Flammen entgegenschlagen würden. Nichts dergleichen geschah. Also nahm sie vorsichtig das sehr alt und zerbrechlich wirkende Schriftstück heraus, auf dem die unheilvolle Prophezeiung geschrieben stand. Es fühlte sich stabiler an, als es aussah. Mit einem Mal fielen ihr zwei Gegenstände ins Auge, die ihr eben noch, als sie von ihrer Familie umringt war, gar nicht aufgefallen waren. Ein etwa drei handbreit langer Stab, der dieselben Zeichen und Symbole trug wie die Schatulle, füllte deren gesamte Länge aus. Elea legte das Schriftstück auf den Tisch und nahm ihn heraus. Sie strich an ihm entlang. Es war weder Holz noch Metall. Er fühlte sich so kalt wie Stein an, war jedoch dafür viel zu leicht. So leicht wie Horn vielleicht. Sie legte ihn auf den Tisch neben die Prophezeiung und holte noch ein kleines Ledersäckchen hervor. Sie öffnete es und zum Vorschein kam ein rotbräunlicher, rauer Stein, dessen Form an einen Tropfen erinnerte. Im Gegensatz zu dem Stab fühlte er sich für einen Stein ungewöhnlich warm an. Er sollte wohl als Halskette getragen werden, vermutete Elea, da durch ihn ein Lederband gebohrt war. Sie schloss ihre Hand um ihn, ergriff wieder das Schriftstück und las sich noch einmal die verhängnisvollen Worte laut vor, die sie gerade in der Wohnstube still für sich gelesen hatte:

„Eine Frau – fast noch ein Mädchen –
wird sich erheben auf mächtigen Schwingen
hoch in den Himmel empor –
des Menschenvolkes letzter Hoffnungsschimmer,
der so hell erstrahlt wie am Firmament
der glühend rote Feueratem, der ihr vorauseilt.

Verbündet mit dem Herrscher des Feuers,
gewappnet mit unbeugsamem Willen
und gestärkt mit der Macht der Liebe,
vermag allein sie es,
einen übermächtigen Feind zu bezwingen
und auf immer und ewig zu vernichten.

Kummer und Schmerz, Opfer und Qualen
sind ihre steten Wegbegleiter
bis zum unausweichlichen Ende des Kampfes
zwischen Gut und Böse, -
einer Schlacht, deren Ausgang darüber entscheidet,
ob die Welt in ewiger Finsternis versinkt."

Elea konnte nicht glauben, dass das Schicksal der Welt in den Händen einer achtzehnjährigen Frau liegen sollte, die in ihrem ganzen Leben noch nie weiter als einen halben Tagesritt von zu Hause weg war. Sie hatte mit Mühe schreiben und lesen gelernt, um sich durch die heilkundigen Bücher Breannas durchkämpfen zu können. Die Geschichte des Menschenvolkes, ihre Kriege gegen fremde Völker oder gegen magische Wesen, wie böse Zauberer oder Drachen, kannte sie nur aus Erzählungen ihrer Pflegeeltern. Und jetzt plötzlich, von heute auf morgen, sollte sie aus einem behüteten, unspektakulären Leben gerissen werden, um die Rolle der Retterin der Menschen zu übernehmen. *Das hab' ich nun davon, dass ich mich immer nach etwas mehr Aufregung in meinem Leben gesehnt habe. Vielleicht ist das alles nur ein Irrtum und ich bin doch nicht die Auserwählte.* Aber Albin hatte ihr gerade eben mit todernster Miene versichert, dass er von dem Tag an, an dem ihre Eltern sie ihm als Säugling anvertraut hatten, keinen Moment an ihren Worten gezweifelt hätte. Ihre Eltern waren damals auf der Durchreise gewesen und bis zu Eleas Geburt in Kaska geblieben. Sie hätten mehrere Paare eine Zeit lang beobachtet und sich schließlich für Albin und Breanna entschieden, die ihnen aufgrund ihrer Berufe als die geeignetsten Pflegeeltern für ihre Tochter erschienen: Albin war Jäger und Breanna Heilerin. Der liebevolle Umgang mit dem damals ein Jahr alten Kellen spielte natürlich auch eine große Rolle bei ihrer Entscheidung.

Die Geschichte, dass ihre alleinstehende Mutter bei ihrer Geburt angeblich gestorben sei, war also gelogen. Aber ihre leiblichen Eltern hätten es so gewollt, hatte Albin sich entschuldigt. Elea war so geschockt über die ihr zugedachte Bestimmung, dass sie ihnen diese Lüge nicht übel nehmen konnte.

Je länger sie über ihr bisheriges Leben nachdachte, desto mehr begann auch sie, an diese unglaubliche Geschichte zu glauben. Alles passte irgendwie zusammen. Erst die Sache mit ihren roten Haarsträhnen. Dann ihr Haar, das von jetzt auf nachher bei Dunkelheit zu leuchten begann. Nicht zu vergessen dieses seltsame Mal auf ihrem Rücken, das in seiner Form deutlich einer Rosenknospe ähnelte. Sie sei etwas Besonderes, hatte Breanna stets auf ihre Fragen bezüglich ihres außergewöhnlichen Haars geantwortet. Und nicht zuletzt waren da noch ihre beiden Gaben, die sie vor allen, sogar vor Kellen, ihrem besten Freund, geheim gehalten hatte.

Plötzlich näherten sich Schritte auf der Treppe. Einige Augenblicke später klopfte es auch schon an der Tür. „Ja?", sagte Elea zaghaft. „Ich bin es, Breanna. Darf ich reinkommen?" Elea ging mit immer noch verkrampften Schritten die Tür öffnen. Breanna schien sich offensichtlich beruhigt zu haben. Sie weinte nicht mehr, hatte aber immer noch rote, verquollene Augen. „Wie geht es dir? Du bist auf einmal so abrupt, ohne ein Wort zu sagen, in dein Zimmer hoch gestürmt, dass ich überhaupt nicht wusste, ob ich dir hinterher rennen oder dich einfach in Ruhe lassen sollte, um den ersten Schock zu verarbeiten." Elea ließ ihre Pflegemutter eintreten, die sie sogleich in die Arme nahm und sie fest an sich drückte. Das Mädchen genoss die mütterliche Liebe, die wie ein warmer Strom in ihr Innerstes floss. „Du hast wie immer genau das Richtige getan. Oh, Breanna! Das ist alles so schrecklich und viel zu viel auf einmal für mich. Dass sich meine Eltern in einer auswegslosen Lage befunden haben müssen, daran zweifle ich nicht im Geringsten. Sonst hätten sie mich nicht einfach so, kurz nach meiner Geburt, euch anvertraut. – Aber diese Drachengeschichte… Ich dachte, es gibt keine Drachen mehr?" Breanna löste sich von Elea und schob sie sanft zum Bett, damit sich beide setzen konnten. Sie nahm ihre Hand und strich ihr liebevoll die vorwitzigste der drei roten Haarsträhnen hinters Ohr. „Elea, die Drachen sind vor etwa hundertfünfzig Jahren urplötzlich zusammen mit Feringhor verschwunden. Niemand weiß warum und wohin. Das muss nicht zwangsläufig bedeuten, dass es sie jetzt nicht mehr gibt."

„Feringhor war doch dieser mächtige, böse Zauberer, der die Menschen zu seinen Sklaven machen wollte", murmelte Elea wie zu sich selbst. „Und er verschwand zusammen mit den Drachen auf wundersame Weise, bevor er die Menschen endgültig in die Knie zwang."

„Ja, genau. Und nicht nur sie verschwanden. Auch all die anderen Zauberer und Hexen, die ihre Zauberkräfte in den Dienst von König Locán gestellt hatten. Du darfst nicht vergessen, Elea, die für uns fassbare Welt, um genau zu sein, die beiden Königreiche Moraya und Boraya, sind möglicherweise nicht die einzigen bevölkerten Gebiete. Jenseits der Berge des Akrachóns und der Wüste Talamán befindet sich Land, das wir nicht kennen."

„Und was hat es mit den Drachenreitern auf sich? Waren meine Eltern auch welche?", wollte Elea wissen. „Das weiß ich nicht. Dein Vater hatte ähnlich grüne Augen wie du, wenn auch nicht ganz so intensiv. Beide hatten hellbraunes Haar. Ich weiß, was du gleich sagen wirst, nämlich dass sie vielleicht gar nicht deine Eltern waren. Aber du kannst mir glauben: Sie waren es. Als sie dich zu uns brachten, waren beide todunglücklich. Deine Mutter weinte unaufhörlich und dein Vater kämpfte sichtlich mit den Tränen. Sie konnten sich nicht von dir lösen, vor allem deine Mutter nicht. Dein Vater musste sie mit Gewalt von deinem Körbchen wegziehen. Es waren deine Eltern. Da bin ich mir ganz sicher."

„Warum habt ihr mir nicht schon viel früher von dieser Prophezeiung erzählt?" Eleas Stimme war anzumerken, dass sie mit den Tränen kämpfte.

„Ich hätte es dir gerne gesagt, kurz nach der Geburt von Kaitlyn. Aber Albin wollte es nicht. Er wollte unbedingt den Wunsch deiner Eltern respektieren. Sie wollten, dass du ein glückliches und unbeschwertes Leben führst, bis deine Bestimmung ihren Anfang nimmt."

„Und dieser geheime Bund der Drachenreiter, von dem meine Eltern euch erzählt haben, gab es den wirklich?"

„Du kennst mich ja, Elea. Ich war neugierig und habe nachgeforscht, auch wenn Albin mich warnte. Er meinte, dass ich vielleicht mit meinem Interesse für Drachen Aufsehen erregen und damit uns in Gefahr bringen würde. Als Erstes suchte ich die kleine Gelehrten-Bibliothek in Kaska auf. Dort erfuhr ich, dass sämtliche Schriften und Bücher über Zauberer, Hexen und Drachen unmittelbar nach dem Ende des Krieges auf Veranlassung von König Locán vernichtet wurden. Also habe ich einfach sehr alte Menschen nach den Legenden um die Drachen befragt. Einige konnten sich an Erzählungen ihrer Ahnen erinnern, in denen es wohl lange vor unserer Zeit Männer gab, die auf Drachen ritten." Elea musste schwer schlucken. Die Vorstellung, in vielleicht naher Zukunft auf einem Drachen zu reiten, wo sie es doch nicht einmal wagte, sich auf den Rücken eines Pferdes zu setzen, ließ ihre Kehle eng werden. „Und was ist mit dem Stab und dem Stein? Was hat es mit denen auf sich?"

„Das wussten deine Eltern merkwürdigerweise auch nicht. Wichtig sei nur, dass sie sie mit auf deinen Weg nimmst – wo auch immer er dich hinführen würde." Die junge

Frau rieb sich mit beiden Händen verzweifelt die Stirn. Breanna erhob sich plötzlich wieder vom Bett. „Genug geredet, Liebes. Das Mittagessen fällt heute aus. Nach diesem aufregenden Vormittag ist sowieso jedem der Appetit vergangen. Ich werde mir jetzt Gedanken darüber machen, was du alles für die Reise brauchst. Und anschließend werde ich uns ein reichhaltiges Abendessen zubereiten." Sie strich sich mit den Händen über ihr Kleid und versprühte geradezu Tatendrang. Aber so war Breanna: In misslichen Lagen stürzte sie sich stets in Arbeit. Sie hatte sich schon der Tür zugewandt und in Bewegung gesetzt, als Elea rasch nach ihrer Hand griff und sie zurückhielt. „Ich muss also weg von hier, stimmt's? Und das schon morgen! Deshalb kam Kellen auch so überraschend nach Hause. Er sieht furchtbar aus. Als ob er tage- und nächtelang geritten wäre." Breanna sah Elea lange ernst an, bis sie ihr mit belegter Stimme antwortete. "Ja... morgen, sobald die Sonne aufgeht."

Elea musste an die frische Luft. Als ob die Drachengeschichte und ihre unheilvolle Bestimmung nicht schlimm genug waren. Nein! – Schon am nächsten Tag sollte sie tatsächlich ihr geliebtes Zuhause fluchtartig verlassen. Nachdem Breanna ohne ein weiteres Wort wieder nach unten verschwunden war, ging sie ebenfalls die Treppe hinunter. Albin brütete über einer Landkarte, die dem Pergament nach zu urteilen aus demselben Zeitalter zu stammen schien wie das Schriftstück mit der ihr zugedachten Prophezeiung. Sein kurzes Haar stand in alle Richtungen ab. Als er sie bemerkte, warf er ihr einen Blick zu, der Wohl Optimismus ausstrahlen und sie aufmuntern sollte. Aber leider gelang ihm dies nicht annähernd. Breanna war nebenan im Schlafzimmer und durchwühlte geräuschvoll ihre Truhen. Kaitlyn war bei ihr. Man konnte hören, wie sie Breanna mit ihrer leisen Piepsstimme Löcher in den Bauch fragte.

Elea trat in den kleinen Hof hinaus und atmete die warme frühherbstliche Luft tief ein, sodass sich die Lungen in ihrer Brust zu ihrer vollen Größe aufblähten. Ein intensiver Geruch nach frisch geschlagenem Holz stieg ihr in die Nase. Ganz langsam ließ sie die Luft wieder durch die Nase entweichen. So verweilte sie einige Atemzüge, da sie spürte, wie sich ihre innere Anspannung allmählich auflöste. Sie ging ein paar Schritte und blieb neben dem Brunnen stehen. Um den Holzblock mit der hineingehauenen Axt lag eine Unmenge von Holzspalten zerstreut herum. Elea ließ ihren Blick umherschweifen. Von den Jungen war keiner zu sehen. Elea warf einen Blick zum Himmel hoch. Irgendetwas Seltsames lag in der Luft. Bereits beim Überschreiten der Türschwelle war ihr eine bedrückende Atmosphäre entgegengeschlagen – ähnlich wie bei einem herannahenden Gewitter, nur dass jetzt strahlender Sonnenschein und nicht die kleinste Wolke am Himmel zu sehen war. Kein Vogelgezwitscher war zu hören. Sogar ihre kleine Spatzenfamilie war verstummt. Und von der Hühnerschar, die normalerweise gackernd den Hof unsicher machte, war ebenfalls nichts zu sehen, woran sicherlich Kellen mit seinem lautstarken Frustabbau schuld war. Die Welt schien still zu stehen. Nicht die geringste Bewegung war zu erkennen, nicht einmal das kleinste Blatt bewegte sich mehr. Sie wollte gerade losstürmen und Trost in ihrem geliebten Wald suchen, als ein lautes Poltern aus dem Stall zu hören war. Kellen hielt sich scheinbar immer noch dort auf. Sie überlegte, ob sie ihm gegenübertreten sollte. Nach kurzem Zögern rang sie sich schließlich dazu durch. Sie betrat den Stall und steuerte auf den hinteren Teil des Stalles zu dem letzten Pferdestand zu, in dem normalerweise sein Pferd untergebracht war. Ihre Ahnung bestätigte sich: Er stand einfach nur da, mit dem Rücken zu ihr gewandt, und stützte sich mit beiden Händen an der Wand ab. Sein Atem kam schnell und laut. In der Ecke rechts von ihm lag ein umgekippter Eimer, der immer noch leicht hin und her rollte. Er musste mit aller Kraft gegen ihn getreten haben, was das Poltern verursacht hatte. Elea trat hinter ihn und legte ihre Arme sanft um seine Mitte. Mit behutsamer Stimme sprach sie zu ihm: „Kellen, du musst dich beruhigen. Es hilft niemand, wenn du die ganze Zeit herumtobst und dir am allerwenigsten." Er nahm ihre Hände von seiner Brust und drehte sich zu ihr um. Auf seinem Gesicht waren Tränenspuren zu sehen. Eleas Herz krampfte für einen kurzen Augenblick zusammen, da sie Kellen schon seit Jahren nicht mehr weinen gesehen hatte. „Nicht jeder ist so gelassen und stark wie du, kleines Reh." Elea hasste es, wenn er sie so nannte. Aber in Anbetracht seiner in Aufruhr befindlichen Gefühlswelt und offensichtlichen Verzweiflung, unterließ sie es, ihn deswegen zurechtzuweisen. „Nur weil ich nicht in Tränen ausbreche oder wie ein scheuender Hengst herumtobe, heißt das noch lange nicht, dass ich gelassen und stark bin", erwiderte Elea ihren sanften Ton beibehaltend. „Ich stand unter Schock. Ich war wie gelähmt nach all dem, was Albin erzählte, sogar meine Zunge. Als ich nach einer Weile wieder die Kontrolle über meinen Körper hatte, gab ich meinen Beinen den Befehl, schnellstens auf mein Zimmer zu rennen, da ich nur noch allein sein wollte."

„Tut mir leid, Rehlein, du…" Weiter kam Kellen nicht, denn Elea löste sich jäh von ihm und fuhr ihn heftig an, um ihn nun doch wegen des unliebsamen Kosewortes zu tadeln.

„Kellen, du weißt ganz genau, dass ich es hasse, wenn du mich so nennst. Erstens bin ich kein Kind mehr und zweitens fühle ich mich bei dem Wort *Rehlein* wie ein Beutetier!" Kellens kurz angedeutetes Grinsen erstarb blitzartig. An dessen Stelle trat ein leidvoller Gesichtsausdruck, als ob er gerade zu einer schmerzlichen Erkenntnis gekommen wäre. Er raufte sich die Haare. „Verdammt, du weißt es ja noch gar nicht! Vor lauter Drachen und Weltrettung hat Vater dir noch gar nicht gesagt, dass – wie es scheint – ein königlicher Trupp Krieger auf dem Weg nach Rúbin ist. Es heißt, sie hätten einen geheimen Auftrag." Eleas Augen wurden immer größer und nach dem letzten tiefen Atemzug hielt sie die Luft an. Kellen ergriff sofort ihre Schultern und begann, sie zu schütteln.

„Atme wieder, sonst fällst du gleich in Ohnmacht!"

„Deshalb also der überstürzte Aufbruch. Ich muss sofort hier raus! Ich muss rennen!" Elea riss sich von ihm los und stürzte aus dem Stall. Kellen ihr nach. „Warte doch! Ich komme mit."

Sie rannte so schnell wie schon lange nicht mehr. Sie rannte, als ob es um ihr Leben ging. Doch Kellen konnte gut mithalten – zunächst zumindest. Elea konzentrierte sich nur auf sich selbst. Sie starrte auf den Pfad, ihren Pfad, den sie mit verbundenen Augen finden konnte. Sie nahm nur ihr Keuchen wahr. Sie wollte nicht denken. Sie wollte einfach nur rennen, wenn es sein musste, bis sie tot umfiel. Nach einer halben Meile ging sie dann aber in einen lockeren Trab über, da sie das Gefühl hatte, ihre Lungen würden jeden Moment platzen. Kellen war immer noch an ihrer Seite, aber mit Mühe. Er war dem Zusammenbruch nahe, was unschwer an seinem Japsen zu erkennen war, das bereits seit einiger Zeit durch den Wald hallte. Da sie sich immer noch weigerte, über ihr unheilvolles Schicksal nachzudenken, richtete Elea ihre Aufmerksamkeit auf die rasch vorbeiziehende Natur: Die ersten Blätter fielen bereits vereinzelt von den Bäumen. Manche Blätter verfärbten sich schon langsam in Orange- und Rottöne. Sie liebte diese farbenfrohen Blätter, vor allem wenn die Sonne sie mit ihren goldenen Strahlen einhüllte und der Wald dann nicht mehr so dunkel und unheimlich wirkte, sondern in einem warmen, rötlichen Schimmer erstrahlte - ähnlich wie ein Sonnenuntergang.

Kellen trabte immer noch wacker neben Elea her. Seine Atmung hatte inzwischen wieder eine Lautstärke angenommen, die die Waldbewohner nicht mehr panikartig die Flucht ergreifen ließ. Ihm lief an diesem Tag nun schon zum zweiten Male der Schweiß in Strömen Gesicht und Körper hinunter, während Eleas Kleidung auf den ersten Blick noch trocken zu sein schien.

Nach einer Weile kamen sie schließlich an dem kleinen Waldsee an, auf dessen Wasseroberfläche an verschiedenen Stellen die durch das Blätterdach hindurchbrechenden Sonnenstrahlen fielen. Elea blieb am Ufer stehen und lauschte ihrem keuchenden Atem. Dabei betrachtete sie sich gedankenverloren in dem Spiegel aus Wasser. Kellen hatte sich erschöpft auf den moosbewachsenen Boden fallen lassen und erholte sich dort schweratmend alle Viere von sich gestreckt. Beide schwiegen. Plötzlich wellte sich die Wasseroberfläche, sodass Eleas Spiegelbild verschwamm. Schuld daran war eine Entenfamilie – bestehend aus Vater, Mutter und sechs schon fast ausgewachsenen Entenküken, die aus ihrem grünen, dichten Schilfversteck geschwommen kamen. Sie steuerten auf Elea zu und kamen zu ihr ans Ufer gewatschelt. Elea ging in die Hocke und begann jeden einzelnen Vogel zu streicheln, während die Enten erst zaghaft, dann immer aufgeregter werdend durcheinander quakten. „Und? Was haben sie dir heute zu erzählen?" Elea erstarrte. *Das kann nicht wahr sein? Wieso weiß er davon? Wie hat er es nur herausgekriegt?* Blitzschnell erhob sie sich und stürzte auf Kellen zu, der sich inzwischen im Schneidersitz aufgesetzt hatte. Sie blieb fassungslos vor ihm stehen. „Glaubst du etwa, ich hätte all die Jahre nicht deine stummen Zwiegespräche mit den Tieren bemerkt?! Zuerst dachte ich, dass die Tiere dich einfach nur gern haben, weil sie deine Tierliebe und Naturverbundenheit spüren. Doch irgendwann kam ich auf die Idee, dass mehr dahintersteckt. Ich hatte ja genügend Gelegenheiten, dich zu beobachten. Nicht nur unsere Tiere, sondern die scheuen Waldtiere, schienen immer deine Nähe zu suchen, damit du sie streicheln konntest. Ja, und ir-

gendwann mal wurde ich Zeuge einer einseitigen, aber lauten Unterhaltung zwischen dir und unserer trächtigen Kuh."
„Und warum hast du mich nie darauf angesprochen?" schnaubte Elea ihn an. Sie hatte sich inzwischen vor ihn hingekniet, und zwar so nah, dass sich ihre Nasenspitzen fast berührten. Kellen entgegnete verletzt: „Warum hast *du* mir nichts davon erzählt? Ich dachte, ich sei dein bester Freund?"
„Ganz einfach, weil ich dachte, dass mein Leben wegen der Absonderlichkeit meiner Haare schon kompliziert genug ist. Was glaubst du wohl, wie Albin und Breanna reagiert hätten, wenn sie erfahren hätten, dass ich die Gefühle von Tieren empfinden und ihnen meine auch rein zufällig noch mitteilen kann?!", fauchte Elea ihn an. Kellen blieb ganz gelassen. „Und wenn ich dir sage, dass sie es wissen? Ist dein Leben dadurch in irgendeiner Weise für dich spürbar komplizierter geworden?"
„Du hast es ihnen tatsächlich verraten?!", schrie sie ihm geradezu ins Gesicht. Es fehlte nicht viel und sie hätte sich auf ihn gestürzt. Aber Kellen nahm ihre Hände fest in seinen Griff. „Du kannst dich wieder beruhigen. Ich habe ihnen gar nichts verraten. Sie sind von ganz allein drauf gekommen. Mutter sprach mich auf ihre Vermutung hin, die in dieselbe Richtung ging, an. Ich schaute sie nur an und ging, ohne ein Wort zu sagen. Das war Antwort genug für sie. Dann haben wir nie wieder ein Wort darüber verloren." Elea bezwang allmählich ihre Wut, sodass Kellen ihre Hände loslassen konnte. Dafür hatte sie mit einem Mal mit ganz anderen Empfindungen zu kämpfen: Sie hatte plötzlich ein schlechtes Gewissen und fühlte sich schäbig, weil sie ihnen ihr Geheimnis nicht anvertraut hatte. „Oh nein! Ihr habt es die ganze Zeit gewusst und habt es euch nicht anmerken lassen. Seit wann wisst ihr es schon?" schluchzte Elea. Kellens Offenbarung brachte das Fass zum Überlaufen. Sie brach hemmungslos in Tränen aus und schlug ihre Hände vors Gesicht. Kellen nahm sie behutsam in die Arme. „Ich kam zu der Erkenntnis vor etwa fünf Jahren und Vater und Mutter nur kurze Zeit später. Wir hielten es, ohne dass wir es miteinander abgesprochen hatten, besser, dich nicht darauf anzusprechen. - Elea, du vergisst, dass wir eine Familie sind und dass wir uns gegenseitig sehr gut kennen. Du bist etwas ganz Besonderes, auch ohne diese verfluchte Prophezeiung. Vater und Mutter erzählten mir von deinen Eltern und deiner Bestimmung an meinem fünfzehnten Geburtstag. Sie gaben mir sogar das Schriftstück zu lesen. Ich hielt sie für verrückt, weil sie davon überzeugt waren, dass irgendwann der Tag kommen würde, an dem du dich deiner geweissagten Bestimmung stellen müsstest. Aber dann…" Kellen räusperte sich verlegen. Elea hatte sich inzwischen von seinen Armen gelöst und sah ihn neugierig an. „Ja?"
„Du weißt schon! Am Tag von Kaitlyns Geburt, als du zum ersten Mal deine Mondblutung hattest und dein Haar von da an im Dunkeln zu leuchten begann, da fing ich allmählich auch an, daran zu glauben." Elea streichelte Kellens Wange, während er ihr gequält in die grünen Augen sah. „Es tut mir leid, dass ich dich vorhin so angeschrien habe, aber ich dachte… Und heute sind mir so viele unheilvolle und unerwartete Nachrichten mitgeteilt worden. Es war einfach zu viel. - Siehst du! So stark bin

ich nicht. Auch ich habe heute - an diesem wohl schlimmsten Tag meines Lebens - Tränen vergossen." Bei diesen Worten brach Kellen in schallendes Gelächter aus. „Was gibt es denn da zu lachen?"

„Man eröffnet dir, eine Drachenreiterin zu sein und die Welt vor dem Bösen retten zu müssen und du zuckst nicht mit der Wimper. Aber als du erfährst, dass wir von deiner geheimen Gabe wissen, brichst du in Tränen aus. Findest du das etwa nicht zum Lachen?!"

„Hahaha! Sehr witzig. Du lachst und ich muss euch morgen schon verlassen." Kellens Miene verdüsterte sich jäh. „Du hast recht. Verzeih mir! Aber du brauchst keine Angst zu haben. Vater und ich werden dich begleiten und dich vor den Kriegern verstecken. - Mein Vorsprung gegenüber ihnen ist sicherlich nicht groß genug, als dass wir noch tagelang unsere Flucht planen können. Aber Vater wird schon einen Ort finden, wo wir uns verstecken können! Da bin ich mir sicher."

In Eleas Hals wuchs ein Kloß heran, den sie kaum hinunterschlucken konnte. Einerseits war sie gerührt, dass Albin und Kellen sie nicht im Stich lassen wollten. Andererseits jedoch fand sie es viel zu gefährlich, Breanna mit Louan und Kaitlyn einfach allein zu lassen. Aber mit Kellen darüber zu diskutieren war zwecklos. Das wusste sie. Er konnte stur wie ein Esel sein, wenn er sich etwas in den Kopf gesetzt hatte. „Ich glaube, wir sollten uns langsam auf den Heimweg machen, sonst machen sie sich Sorgen. Zudem wird Breanna nicht begeistert sein, wenn wir nicht rechtzeitig zum Essen zu Hause sind. Sie wollte uns nämlich ein leckeres Mahl bereiten, wenn man so will meine Henkersmahlzeit."

„Du mit deinem Galgenhumor", schnaubte Kellen und zog Elea etwas ungehalten mit sich in die Höhe. Sie konnte ihren Blick nicht von den Enten lösen, die unterdessen in Reih und Glied in die Mitte des Sees hinausschwammen und sich ihren Rücken von den Strahlen der Herbstsonne wärmen ließen. Schon der Abschied von ihrem Wald, dem See und den Tieren, die Teil ihres Lebens geworden waren, löste in ihrem Magen ein unerträgliches Ziehen aus. Wie würde sie sich erst fühlen, wenn sie ihre Familie verlassen müsste?

Auf dem Nachhauseweg schwiegen beide eine Zeit lang vor sich hin. Kellen nahm schließlich das Thema ihrer mutmaßlichen Verfolger wieder auf. „Am meisten bereitet mir Kopfzerbrechen, dass der königliche Trupp in Begleitung eines Mannes mit zweifelhaftem Ruf ist." Elea ließ ihre wehmütigen Gedanken sofort fallen und wurde hellhörig. Sie musste sich erst einmal räuspern, damit sie überhaupt einen Ton herausbringen konnte. „Was meinst du mit *zweifelhaftem Ruf*?", fragte sie unsicher. „Nun ja...", druckste Kellen herum. Sie blieb stehen und zwang ihn ebenfalls anzuhalten. „Jetzt sag schon! Schlimmer als meine Lage jetzt schon ist, kann sie wohl kaum noch werden?!"

„Dieser Mann hat einen gewissen Ruf, der mich etwas beunruhigt. Als ich vor etwa acht, neun oder zehn Tagen... ich weiß gar nicht, wie viele Tage seitdem vergangen sind; ich habe völlig das Zeitgefühl verloren. Als ich also damals in Tabera auf dem

Markt war, hörte ich einen Händler von einem mysteriösen Trupp von königlichen Kriegern erzählen, die bereits halb Moraya durchquert hätten und dabei sich äußerst zielstrebig gen Osten bewegten. Er meinte, dass er in Begleitung des *schwarzen Jägers* reite. Er sei König Roghans gefürchteter Häscher, der bisher jeden aufgespürt habe, auf den dieser ihn angesetzt hatte. Er setze ohne jegliche Skrupel und mit roher Gewalt den Willen des Königs durch. Manche nennen ihn auch die *Blutbestie*. Nachdem ich das erfahren habe, habe ich mich sofort auf den Weg nach Hause gemacht, um euch zu warnen. Sie hatten einen Vorsprung von etwa einem Tag. Ich bin Tag und Nacht geritten und habe nur so viel wie nötig geschlafen. Ich wusste ja nicht, wie eilig die Krieger es hatten, dich zu finden. Zudem habe ich die südliche Route jenseits des Luks genommen, die ja bei Reisenden nicht so beliebt und zudem länger ist als die nördliche. Ich wollte ihnen auf gar keinen Fall begegnen." Kellen ließ verzweifelt die Schultern hängen und wich Eleas Blick aus. Sie hatte die Augen weit aufgerissen und den Mund wie zu einem Schrei geöffnet. *Blutbestie?! Warum wird er denn nur so genannt? Zerfleischt er etwa seine Opfer?* Das Schlucken fiel ihr zusehends schwerer, da ihre Kehle eng wurde. Mit starrem Blick geradeaus setzte sie einen Fuß vor den anderen – erst ganz langsam, aber allmählich immer schneller werdend. In ihrem Innern war soeben eine kleine Flamme aufgeflackert, die eine Wut entfachte, die sie tatsächlich ihre Furcht und ihr Selbstmitleid vergessen ließ – die Wut darüber, dass irgendein furchterregender Kerl eigens vom König geschickt wurde, um sie ihrem bisherigen Leben und ihrer Familie zu entreißen. Ihr Herz klopfte wild in ihrer Brust und sie schnaubte wie ein Stier die Luft durch die Nase. Sie musste etwas dagegen unternehmen, um nicht die Beherrschung zu verlieren. Sie verfiel wieder in einen leichten Trab. Nur so konnte sie die Kontrolle über ihre Körperfunktionen behalten und Ruhe bewahren. Kellen interpretierte ihr erneutes Laufen jedoch falsch. Er sah darin Verzweiflung und Angst und wollte sie zum Stehenbleiben bewegen, aber ohne Erfolg. Elea wurde immer schneller, sodass er nach dem Kraftakt von kurz zuvor recht schnell mehrere Schritte zurückfiel. Erst als sie den Waldrand erreichten, blieb Elea stehen, um ihren Puls wieder auf normales Niveau herabsinken zu lassen. Einige Herzschläge später ertönte Kellens Keuchen direkt hinter ihr. Für die junge Frau völlig unerwartet legte er seine Arme von hinten um sie und sagte leise an ihrem Ohr, sodass seine Lippen es berührten und sein heißer Atem es ganz warm werden ließ. „Elea, du darfst nicht die Hoffnung verlieren. Ich werde alles in meiner Macht stehende tun und dich an einen sicheren Ort bringen, auch wenn dieser Ort am Ende der Welt sein sollte."

„Falls es diese Welt dann noch gibt!" entgegnete Elea ihm zynisch. „Elea, du weißt, du bedeutest mir alles. Meine Gefühle für dich haben sich auch in den letzten sechs Monden, als ich von dir getrennt war, nicht geändert. Auch wenn Vater und Mutter es gehofft haben." Elea riss sich jäh aus seiner Umarmung und giftete ihn an. „Kellen, bitte! Fang jetzt nicht wieder damit an! Mein Leben, das ich bisher in der Obhut deiner Eltern führen durfte, droht gerade, sich in Luft aufzulösen. Da kann ich mich nicht noch mit deinen romantischen Gefühlen für mich auseinandersetzen. Wir sind wie Bruder und Schwester aufgewachsen. Ich liebe dich, ja, aber eben wie eine Schwester ihren Bruder liebt. Das habe ich dir schon vor deiner Abreise nach Tabera gesagt." Mit diesen schonungslosen Worten ließ sie ihn einfach stehen und ging eilig auf das Haus zu, auf dessen gelblichen Strohdach die nachmittägliche Sonne mit solcher Kraft strahlte, dass es fast schon golden schimmerte. Aus dem Schornstein stieg schwärzlicher Rauch. Breanna war offensichtlich in ihrem Element. Elea konnte nicht glauben, dass sie ihr geliebtes Heim, das ihr so viele Jahre Schutz und Geborgenheit geschenkt hatte, schon am nächsten Tag verlassen musste und dass die Idylle und Ruhe, die es in eben diesem Moment ausstrahlte, bald von königlichen Kriegern und einem Mann gestört werden sollte, der *Blutbestie* genannt wurde. Eine Gänsehaut ließ ihre feinen Härchen sich überall auf ihrem Körper aufrichten.

❧❧

Die Sonne hatte ihren höchsten Punkt noch nicht erreicht. Ihre Kraft war jedoch groß genug, um der herbstlichen Jahreszeit noch einen warmen Tag zu bescheren. Eine Reitergruppe von acht Kriegern machte gerade Halt am Ufer des Luks. Ihnen war anzusehen, dass bereits eine lange Reise hinter ihnen lag: Ihre Kleidung und ihre Gesichter waren schlammverspritzt und ein viele Tage alter Bart ließ sie wie Wegelagerer erscheinen, wäre da nicht auf ihren braunen, ledernen Brustpanzern gerade noch der rote Drache, das königliche Wappen, unter einer Schlammkruste zu erkennen.

„Wir sollten hier kurz anhalten und uns waschen, bevor wir in Rúbin ankommen. Die Dorfbewohner laufen sonst kreischend vor uns weg. Eine gewaltsame Befragung über den Aufenthaltsort des Mädchens wäre unserem Auftrag nicht unbedingt dienlich. Wir sollen uns ja möglichst unauffällig verhalten", sagte Hauptmann Jadora zu dem ganz in schwarz gekleideten Reiter, der als einziger einen leichten Brustpanzer aus schwarzem Leder ohne den roten Drachen trug, dafür aber noch eine schwarze, lederne Maske, die sein Gesicht - bis auf Löcher für Augen, Nase und Mund - vollkommen bedeckte. Der Hauptmann, ein bulliger Mann mit braunen, freundlichen Augen und halblangem, hellbraunem Haar, forderte die Männer auf abzusteigen. „Sag ihnen aber, dass sie sich auch unter ihren Kleidern waschen sollen. Sie stinken wie ein Rudel brünstiger Hirsche", knurrte der maskierte Mann verächtlich. Während er lässig von seinem Pferd sprang, fuhr er in gereiztem Ton fort. „Mit oder ohne Bart und Dreck werden wir die Dorfbewohner in Angst und Schrecken versetzen. Was denkst du wohl, wann sie hier in dieser Einöde das letzte Mal einen Trupp Krieger des Königs gesehen haben?! Allein würde ich wesentlich weniger Aufsehen erregen."

„Ja, natürlich! Vor allem mit deiner Maske!", gab Jadora bissig zurück. „Egal, ob ich die Maske trage oder nicht – sie werden sich vor Angst ins Hemd machen, wenn sie mich sehen."

„Und du genießt es, ihre Angst zu riechen." Jadora schüttelte missbilligend den Kopf, während er seine Taschen vom Sattel löste. „Gib es doch endlich zu, Maél! Du bist immer noch darüber verärgert, dass du nicht allein reiten durftest. Jetzt, nach einem Mond, hättest du dich längst damit abfinden können. Darrach, dein Herr und Meister, war nun einmal der Ansicht, dass du einen Wachhund brauchst." Für die letzte Äußerung erntete der Hauptmann ein Knurren, das so gefährlich klang, als würde der maskierte Mann die Zähne blecken. „Bis jetzt ging doch alles gut. Und wir wären viel schneller gewesen, wenn wir nicht den Umweg südlich von Tabera genommen hätten, sondern die nördliche Route durch den *Sumpf der verlorenen Seelen,* " gab Jadora zu bedenken, während er lautstark den gröbsten Dreck von seiner Kleidung und seinem Brustpanzer abklopfte.

„Ja, natürlich! Um dann zu riskieren, dass deine rülpsenden und stinkenden Männer auf ihren bemitleidenswerten Gäulen einen Fehltritt machen, weil sie die Hosen voll haben." Jadora konnte sich über diese wenn auch abfällige, aber zum Teil zutreffende Bemerkung kaum ein Lächeln verkneifen. Trotzdem nahm er seine Männer in Schutz. „Auf meine Männer lasse ich nichts kommen. Sie mögen keine Manieren haben. Aber was das Reiten und Kämpfen angeht, gibt es keine besseren. Einem Vergleich mit dir können wir natürlich nicht standhalten – aufgrund deiner besonderen... übermenschlichen Qualitäten."

„Na ja. Vielleicht bekommen sie ja noch Gelegenheit, ihr Können unter Beweis zu stellen. Es liegen ja noch mal mindestens vier Wochen vor uns, bis wir wieder in Moray sind", erwiderte der schwarze Reiter spöttisch. Er hatte es sich inzwischen auf einem Stein am Flussufer bequem gemacht, während alle anderen mit dem Reinigen ihrer Kleidung und Ausrüstung beschäftigt waren. Nach einer Weile nahm Jadora die Unterhaltung in etwas versöhnlichem Ton wieder auf. „Ich denke, dass dir ein wenig Gesellschaft mal gut tut. Du ziehst dich ja immer, wenn du nicht gerade auf dem Kampfplatz oder für den König oder Darrach unterwegs bist, in dein Schneckenhaus zurück. Der ein oder andere Freund oder vielleicht sogar ein Mädchen, das du öfter als nur eine Nacht siehst, würden deiner ständigen üblen Laune vielleicht Abhilfe schaffen."

„Jadora, du gibst wohl nie auf mit deinen väterlichen Ratschlägen. Die Gesellschaft meines Pferdes reicht mir vollkommen. Sie ist die einzige, die ich ertragen kann. Außerdem, wer will mit einem wie mir etwas zu tun haben?!", sagte Maél verbittert. Er stand abrupt auf und schnallte ebenfalls seinen Panzer ab, um ihn mit Flusswasser zu säubern. Von seiner übrigen Kleidung klopfte er die Schlammkrusten ab. Jadora entledigte sich wie die übrigen Männer seiner Kleider bis auf die kurze Lendenhose und tauchte kurz im kalten Wasser unter. Alle schrubbten sich mit Seufzern des Wohlbehagens den Dreck von der Haut. Maél sah ihnen kopfschüttelnd zu. Er konnte nicht verstehen, wie ein Mensch es aushielt, sich tage- oder sogar wochenlang nicht zu waschen. Er ging seiner Körperhygiene täglich nach, vorausgesetzt, eine Wasserquelle war in der Nähe. Er nahm Arok am Zügel und führte ihn ein paar Schritte von der längst fälligen Waschorgie seiner unliebsamen Begleiter entfernt in den

Fluss, um auch ihm Erdkrusten und getrockneten Speichel des letzten Galopps vom Fell abzuwaschen.

Nachdem sich die Soldaten von ihren Zottelbärten befreit und wieder angezogen hatten, stärkten sie sich noch. Maél hatte sich unter einem einsamen Baum im Schatten niedergelassen und kaute auf einem Stück Fleisch herum, während er über die endlos erscheinende Ebene Richtung Norden blickte. Jadora gesellte sich zu seinem Missfallen zu ihm. Der Hauptmann schien großen Gefallen daran gefunden zu haben, ihn ständig mit seinen väterlichen Ratschlägen zu belästigen. Ihm war schleierhaft, warum Jadora ihn nicht genauso fürchtete und verachtete, wie die anderen es taten, und es immer noch nicht aufgegeben hatte, ihn auf den rechten Weg zu bringen. Er knurrte den Hauptmann erneut wie ein wildes Tier an und warf ihm dabei unter seiner Maske einen grimmigen Blick zu. Jeden anderen hätte er mit seinem feindseligen Knurren in die Flucht geschlagen. Jadora gab sich jedoch davon unbeeindruckt. „Also wenn du mich fragst, Maél…"

„Ich frage dich aber nicht", fuhr ihn der jüngere Mann schroff an. Jadora setzte von neuem an: „Also wenn du mich fragst, dann solltest du aus deiner Situation das Beste machen und dein Leben genießen." *Wenn das so einfach wäre. Du weißt zwar mehr als manch anderer über mich, aber leider nicht alles, und erst recht nicht das Entscheidende.* Maél beschloss, ihn einfach zu ignorieren und reden zu lassen. Irgendwann würde er schon merken, dass er sich nicht auf dieses leidliche Thema einlassen würde. Jadora riet ihm tatsächlich, sein Leben freundlicher und lebenswerter zu gestalten, indem er sich auf andere Menschen einließe und sich weniger einigelte. Er solle sich endlich von seinem Hass gegenüber allem und jedem und von seiner Gefühlskälte verabschieden und sich den schönen, lebensbejahenden Gefühlen öffnen. Der schwarze Krieger kommentierte Jadoras Worte nur mit verächtlichem Schnauben. *Wenn er nicht augenblicklich mit diesem Geschwätz aufhört, werde ich ihm doch noch die Kehle durchschneiden, hier und jetzt!* Maél sprang jäh auf und fuhr Jadora unwirsch an. „Es reicht jetzt! Wenn wir noch vor Einbruch der Nacht in Rúbin ankommen wollen, dann müssen wir jetzt endlich weiterreiten." Während Jadora ihn bei diesem Ausbruch nur ungerührt anblickte, zuckten die sechs vor sich hin kauenden Krieger ängstlich zusammen und warfen sich verstohlene Blicke zu. Maél ließ Jadora einfach sitzen und ging zu Arok, der in einigem Abstand von seinen Artgenossen graste. Die Männer füllten noch ihre Wasserschläuche am Fluss auf. Dann ließ Jadora aufsitzen. Maél studierte nochmals den verbleibenden Weg zu ihrem Ziel auf einer Landkarte und bestieg als letzter sein Pferd. Jadora kam auf ihn zugeritten und warf ihm mit grimmigem Blick seinen vollen Wasserschlauch an die Brust. Dann setzten die Reiter ihren Ritt wortlos fort. Maél hatte gerade begonnen, sich nach Jadoras lästiger Tirade auf Aroks Rücken zu entspannen, als der ältere Mann jedoch das Schweigen brach. „Hast du dich nie gefragt, was für ein Interesse König Roghan an diesem Mädchen haben könnte?"

„Nein. Ehrlich gesagt, interessiert es mich auch gar nicht. Ich führe nur den Befehl aus. Habe ich deine Frage damit zufriedenstellend beantwortet?", erwiderte Maél in gereiztem Ton. „Ich wette, es hat irgendetwas mit den alten Schriftrollen zu tun, die sie in der geheimen Kammer entdeckt haben." Maéls Mund verzog sich spöttisch unter seiner Maske. „Zu dieser Erkenntnis bin ich längst auch schon gekommen. Nicht umsonst arbeitet Darrach seit Jahren wie besessen an ihrer Übersetzung."

„Und dass wir sie unbedingt unberührt nach Moray bringen sollen, erscheint mir auch äußerst merkwürdig. Vielleicht sucht Roghan ja eine unverdorbene Jungfrau vom Lande als Gemahlin für Prinz Finlay", gab Jadora scherzend zu bedenken. „Da macht Finlay aber einen vorteilhaften Eindruck, wenn er mich, den maskierten *schwarzen Jäger* mit sieben bis an die Zähne bewaffneten Kriegern schickt." Auf Maéls Sarkasmus hin hallte Jadoras Lachen laut über die Steppe hinweg, über deren hohes Gras der Wind sanft wie eine streichelnde Hand wehte.

Kapitel 2

Elea saß an ihrem kleinen Tisch und starrte unentwegt auf das steinerne Auge, das ebenso wenig aufhörte, *sie* anzusehen. So empfand sie es zumindest. Sie ließ noch einmal jede einzelne der unheilvollen Neuigkeiten Revue passieren, um zu dem Schluss zu kommen, sich von alldem nicht unterkriegen zu lassen. Die Vorstellung, auf einem Drachen zu reiten und irgendeinen Bösewicht unschädlich zu machen, bereitete ihr zwar immer noch große Angst, aber sich von einem finsteren Kerl jagen und fangen zu lassen, das machte sie richtig wütend. König Roghan schien ein außerordentliches Interesse an ihr zu haben, wenn er diesen von allen gefürchteten Mann nach ihr suchen ließ, um sie zu ihm zu bringen.

Elea nahm mit einem Mal von unten kommend Stimmen und das Geklapper von Geschirr wahr. Sie erhob sich vom Stuhl, stieß sich schwungvoll vom Tisch ab und ging die Treppe hinunter. Dabei stieg ihr der Duft von Eintopf und frisch gebackenem Brot in die Nase. Ihr Frühstück lag schon viele Stunden zurück, sodass sich in ihr nun doch ein beträchtliches Hungergefühl bemerkbar gemacht hatte.

Die Stimmen verstummten sofort, als die Familie Elea auf der Treppe bemerkte. Kaitlyn kam gleich auf sie zugestürzt und fragte zaghaft: „Hast du jetzt große Angst, dass die Soldaten dich fangen, Elea?"

„Ein bisschen schon, Kaitlyn. Aber bis sie hier sind, bin ich längst über alle Berge", versuchte Elea das Mädchen mit zuversichtlicher Stimme und einem Lächeln auf den Lippen zu beruhigen. Dann kitzelte sie sie an ihrem Bauch. Kaitlyns herzhaftes Lachen zauberte ein Lächeln in Breannas Gesicht. Die männlichen Vertreter der Familie allerdings schienen zu einem solchen keineswegs in der Lage zu sein. Kellen schaute steif und unbeirrt, die Hände zu Fäusten geballt, aus dem Fenster. Albin hatte inzwischen die Landkarte beiseitegelegt und widmete sich intensiv seiner kleinen Waffensammlung, bestehend aus mehreren Messern und zwei Schwertern, die Elea zuvor noch nie zu Gesicht bekommen hatte. Bei dem Anblick der Schwerter musste sie schwer schlucken. Albin war zwar ein großer, kräftiger Mann, dessen Körper viel Bewegung und schwere Arbeit gewohnt war. Aber die Vorstellung, dass er mit einem Schwert gegen kampferprobte Krieger ihr Leben verteidigen sollte, ließ Eleas Herz zusammenkrampfen. Ihr entgingen nicht die angsterfüllten und leidvollen Augen Breannas, die ihren Blick nicht von den Waffen abwenden konnte. Erst als sie bemerkte, wie Elea sie beobachtete, lächelte sie ihr gequält zu und fuhr damit fort, das Essen in die Schüsseln zu füllen. Noch während sie sich neben Louan setzte, der wie gebannt auf das Brot starrte, das bereits in einer Holzschüssel in Stücke geschnitten auf dem Tisch stand, kam Elea zu der schweren Erkenntnis, dass sie ohne Albin und Kellen fliehen musste. Sie konnte nicht zulassen, dass den Menschen, die sie liebte, etwas zustieß. Und das lag bei Kellens hitzigem Temperament durchaus im Bereich des Möglichen. Nein! Es war sogar mehr als wahrscheinlich. Außerdem wäre es unverantwortlich, Breanna mit Kaitlyn und Louan unbeschützt zurückzulassen. Elea brach das Schweigen und sprach wie beiläufig Louan an. „Wo warst du denn den ganzen Tag?"

„Ich habe nach dem Maisfeld gesehen. Und dann hat Vater mir noch erlaubt, mit dem neuen Bogen schießen zu üben", antwortete der Junge recht wortkarg, wo er doch üblicherweise in seinen ausführlichen Schilderungen, wenn es um das Bogenschießen ging, nicht zu bremsen war. Während er sprach, ließ er die Holzschüssel mit dem Brot nicht ein einziges Mal aus den Augen. Er wagte es nicht, Elea ins Gesicht zu sehen. Erst als sie seine Hand in ihre nahm und ihm liebevoll über sein hellblondes Haar strich, blickte er sie an, als kämpfe er mit den Tränen. „Louan, alles wird gut. Du wirst sehen!", tröstete Elea ihn. Bei diesen Worten drehte Kellen sich abrupt zu ihr um und warf ihr einen grimmigen Blick zu, den er auch nicht milderte, als er sich ihr gegenüber an den Tisch setzte. Breanna forderte endlich die Familie auf zuzugreifen, was sich bei der peinlichen Stille keiner zweimal sagen ließ - mit Ausnahme von Kellen, der Elea immer noch mit finsterer Miene fixierte. Elea ging jedoch nicht darauf ein und widmete sich ihrem Leibgericht, das sie zum letzten Mal im Kreise ihrer geliebten Familie zu sich nahm. Sie würde auf gar keinen Fall noch am letzten Abend einen Streit mit Kellen riskieren, der die Familie nur noch mehr aufwühlen würde. Alle nahmen schweigsam ihr Essen zu sich. Nicht einmal Kaitlyns Piepsstimme war zu hören, die sonst unablässig plapperte.

Nach dem Essen begann Albin, seinen Plan darzulegen. „Sobald morgen die Sonne aufgeht, werden wir uns auf den Weg machen. Die kurze Zeit, die uns bleibt, um dich in Sicherheit zu bringen, Elea, erlaubt uns nur einen Fluchtweg. Wir werden durch den Wald nach Kalistra reiten. Dort können wir erst einmal untertauchen, bis wir einen Seefahrer gefunden haben, der bereit ist, uns zur Insel Talón zu fahren. Dies wird nicht leicht werden. Nur wenige Männer trauen sich die Überfahrt zu. Aber mit den dreihundert Silberdrachonen, die wir die letzten Jahre angespart haben, werden wir bestimmt einen fähigen Kapitän finden." Es war bekannt, dass die Zufahrt zu der Insel nur durch einen schmalen Durchgang in einem breiten Band aus gefährlichen Riffen möglich war, das sich wie ein Schutzwall vom Norden her über Osten bis in den Süden um Talón hinunterzog. Der westliche Zugang zur Insel lag ebenfalls außerhalb der Erreichbarkeit der Morayaner, da sich dort die unerforschte Wüste Talamán befand. Nach Albins Ausführungen trat erst einmal Stille ein. Jedem war bewusst, dass der Fluchtplan nicht gerade einfach klang. Aber einen besseren konnte niemand in der kurzen Zeit, die ihnen blieb, erwarten. Dennoch wagte Elea einen Vorschlag: „Wäre es nicht besser, wenn wir uns im Wald verstecken würden? Niemand kennt den Wald so gut, wie du und ich, Albin. Wir warten einfach, bis sie wieder verschwinden, um woanders nach uns zu suchen. Das werden sie doch müssen, wenn sie uns nicht finden, oder nicht?"

„Du vergisst diesen mysteriösen schwarzen Reiter, der bisher jeden Flüchtigen geschnappt hat", entgegnete ihr Kellen unwirsch. „Und überhaupt: Ich hoffe, du bist dir darüber im Klaren, dass wir die Pferde nehmen, sonst haben wir nicht die geringste

Chance", fuhr er im selben unfreundlichen Ton fort. „Sie wird reiten, wenn es um ihr Leben geht, nicht wahr, Elea?", nahm Breanna die junge Frau in Schutz. Elea nickte zustimmend mit der Gewissheit, dass es soweit gar nicht kommen würde. Sie würde zu Fuß fliehen - allein. Albin konnte sie offensichtlich mit ihrem Nicken überzeugen. Kellen beäugte sie jedoch argwöhnisch. Von diesem unbequemen Thema ablenkend warf sie eine Frage in die Runde, die ihr sowieso schon die ganze Zeit auf den Nägeln brannte. „Was denkt ihr? Warum schickt König Roghan seine Männer, um mich zu holen? Was verspricht er sich davon, mich in seine Gewalt zu bringen?" Albin räusperte sich lange, da er offenbar nach den richtigen Worten suchte. Bevor er jedoch zu einer Antwort ansetzen konnte, fiel ihm Kellen bissig ins Wort. „Gute Absichten hat er sicherlich nicht."

„Warum eigentlich nicht?!", gab Elea zu bedenken, obwohl sie selbst nicht so recht daran glaubte. „Vielleicht soll ich ihm einen Gefallen tun oder möglicherweise bin ich gar nicht die, nach der sie suchen? Vielleicht regen wir uns alle nur unnötig auf?" Kellen gab ein verächtliches Schnauben von sich, als Albin wieder zu seiner Stimme fand. Er sah Elea mit seinen hellbraunen Augen, die sie so oft aus seinem von Wind und Wetter gegerbten Gesicht verschmitzt angelächelt hatten, ernst an. „Elea, glaub mir, so niederschmetternd es für dich ist, du bist in Gefahr. Als deine Eltern von deiner Bestimmung erzählten und uns die Schatulle mit der Prophezeiung zeigten, zweifelten Breanna und ich nicht einen Augenblick an der Wahrheit ihrer Worte. Sie machten auf uns den Eindruck verzweifelter Eltern, die in größter Not waren. Ich fragte sie, von wem sie bedroht würden, aber sie wollten sich dazu nicht äußern. Es sei gefährlich für uns. Und falls wir uns für dich entscheiden würden, gaben sie uns zu bedenken, dass es unabdingbar wäre, mit dir in aller Abgeschiedenheit zu leben und unter allen Umständen der Hauptstadt Moray fern zu bleiben. Es ist also sicherlich kein Zufall, dass ausgerechnet aus Moray von König Roghan ein Trupp mit seinem gefürchteten Häscher ausgesandt wurde. Allem Anschein nach verfolgt Roghan bestimmte Pläne. Ich habe von einem Händler aus Moray gehört, dass er die Grenzposten entlang des Sans verfünffacht und in den letzten Jahren ständig Männer für das königliche Heer angeworben habe. Von einem anderen Händler aus Luvia hörte ich, dass er riesige Waldgebiete abholzen ließ, weil das Holz zum Bau für geheim gehaltene Dinge benötigt würde."

Elea musste sich eingestehen, dass dies alles nicht gerade auf friedliche Absichten von König Roghan hindeutete. Sie nickte nachdenklich. Ein beklommenes Schweigen trat wieder ein und hielt eine geraume Weile an, bis das Abendrot den Wohnraum mit seinem warmen Licht durchflutete und Albin daran erinnerte, mit Louan noch in den Stall zu gehen, um das letzte Tageslicht für weitere Vorbereitungen für den bevorstehenden Aufbruch zu nutzen. Breanna brachte Kaitlyn zu Bett, während Elea sich dem Abwasch widmete. Kellen hatte jedoch nicht die Absicht, das Haus kampflos zu verlassen. Er trat hinter sie und zischte sie an: „Wenn du glaubst, dass du mir etwas vormachen kannst, dann hast du dich getäuscht! Du bist achtzehn Jahre lang nicht ein einziges Mal auf ein Pferd gestiegen, dann wirst du es auch sicherlich nicht morgen tun." Elea drehte sich fauchend um. „Du wirst sehen, ich werde es können, weil ich es einfach muss. Meinst du vielleicht, dass ich nicht in der Lage bin, über meine Prinzipien hinwegzusehen, wenn es darum geht unser Leben zu retten?! – Und überhaupt! Hör endlich auf, mich die ganze Zeit so anzugiften! Du bist und bleibst mein Bruder, egal, ob es dir passt oder nicht!" Damit hatte sie erreicht, was sie wollte. Kellen stürmte wutentbrannt aus dem Haus und knallte die Tür hinter sich zu. *Endlich!* Breanna kam die Treppe hinunter. „Was war denn los? Geht es immer noch um seine Gefühle für dich?", wollte sie wissen. Elea nickte ihr nur vielsagend zu und fuhr mit dem Abwasch fort. In ihrem Kopf tanzten ihre Gedanken einen Reigen. Sie wusste, dass sie einen Verbündeten für ihren Fluchtplan brauchte und dass hierfür nur Breanna in Frage käme. Ihre Aufregung verriet das Zittern ihrer leisen Stimme, als sie zu der Frau sprach. „Breanna, was ich dir jetzt sagen werde, wird dir nicht gefallen, mir auch nicht. Es ist aber der einzig richtige Weg." Breanna hielt in ihrer Arbeit inne und vergaß, für einige Augenblicke zu atmen. Elea fuhr mit etwas festerer Stimme fort.

„Ich werde allein fliehen. Albin muss bei dir und den Kindern bleiben. Die Kinder brauchen ihn. Du brauchst ihn. Du liebst ihn. Er darf euch nicht einfach schutzlos zurücklassen. Und was Kellen angeht, dieser Hitzkopf wird sich noch versehentlich in eins der vielen Messer stürzen. Breanna, ich habe gesehen, wie du vorhin Albins Waffen angesehen hast. Du hattest denselben Gedanken wie ich. - Falls die Krieger tatsächlich hierher kommen sollten, dann müsst ihr sie auf eine falsche Fährte führen, und zwar ihr alle zusammen." Der dreifachen Mutter traten Tränen in die Augen. Sie nickte zaghaft und nahm das Mädchen in die Arme. „Glaube mir, mein Kind, es fällt mir nicht leicht, das zu sagen, aber du hast mit allem recht, was du sagst. Aber es ist mindestens genauso schrecklich, dich alleine gehen, dich alles, was noch auf dich zukommt, alleine durchstehen zu lassen. Auch wenn in deinen Adern nicht mein Blut fließt, habe ich in dir immer eine Tochter gesehen, die ich genauso liebe wie meine eigenen Kinder... Was sollen wir nur tun?" Die letzten Worte kamen schluchzend aus Breannas Mund. „Wir machen es so, wie ich gesagt habe. Ich werde heute Nacht in den Wald fliehen. Albin hat mir alles beigebracht, um im Wald zu überleben. Außerdem habe ich noch die Tiere auf meiner Seite, wie du ja vor einigen Jahren selbst herausgefunden hast. Sie können mir vielleicht irgendwie von Nutzen sein. Ich weiß zwar noch nicht wie, aber irgendetwas wird mir sicherlich einfallen. Du sagst doch selbst immer, ich sei stark, vielleicht stärker als ihr alle zusammen, oder nicht!? Und Albin sagt immer, dass, wenn ich etwas erreichen wollte, es auch bisher immer erreicht habe, weil ich es einfach nur wollte. Ich bin die beste Bogenschützin weit und breit. Ich werde dir hoch und heilig versprechen, dass ich nicht davor zurückschrecken werde, auf einen Menschen zu schießen, wenn mein Leben davon abhängt. Und ich werde auch ein Tier töten, bevor ich verhungere. Und falls sie mich doch kriegen sollten, was soll mir dann schon groß passieren? Wenn ihr Auftrag wäre, mich zu töten, dann hätte Roghan diesen maskierten Krieger allein losschicken können, ohne großes Aufsehen zu erregen. Aber so! Ein königlicher Reitertrupp aus acht oder zehn Männern fällt doch auf! Findest du nicht auch, Breanna?" Elea fielen keine weiteren Argumente mehr ein, wie sie Breanna von ihrem Plan überzeugen konnte. Sie hoffte jetzt nur, dass ihre Mutter sich dazu durchringen würde, ihr zu helfen. Diese hatte sich inzwischen gefasst und stellte die von Elea so ersehnte Frage: „Was soll ich tun?" Elea atmete erleichtert auf und ergriff Breannas Hände. „Ich werde jetzt gleich so tun, als ginge ich zu Bett. Wenn Albin und die Jungen zurückkommen, verwickle sie in ein Gespräch, sodass ich eure Stimmen hören kann. Ich werde dann den richtigen Zeitpunkt abpassen und aus dem Fenster klettern."

„Aber du wirst gehen müssen, ohne dich von ihnen zu verabschieden! Kaitlyn und Louan werden es verkraften, aber Albin und Kellen wird es das Herz brechen." Elea schaute Breanna unglücklich an und legte ihr die Hände auf die Schultern. „Sie werden darüber hinwegkommen müssen, genauso, wie ich es muss. Glaubst du, mir fällt es leicht, einfach so zu gehen, nach allem, was Albin für mich getan hat - und von Kellen ganz zu schweigen. Er ist unglücklich in mich verliebt. Ich habe mich heute ihm gegenüber so unsensibel und herzlos verhalten. Aber ich musste es tun. Nur so konnte ich ihn von mir fernhalten. – Außerdem bin ich vielleicht gar nicht lange von euch getrennt. Sobald die Luft wieder rein ist, soll Albin mich suchen gehen und zurückholen." Breanna holte tief Atem, strich – wie sie es heute schon mal gemacht hatte – über ihr Kleid und nickte Elea zu. Sie beendeten rasch den Abwasch. Dann nahm Breanna plötzlich Elea an die Hand und führte sie zu ihrem und Albins Schlafzimmer, das sich direkt neben der Wohnstube befand. „ Ich habe dir eine Tasche mit den notwendigsten Dingen gepackt." Sie traten in das Zimmer ein. Während Breanna weiter zum Schrank ging, blieb Elea wie angewurzelt vor dem Bett stehen. Sie sog die Wärme und Geborgenheit verströmende Atmosphäre des Zimmers in sich auf, die sie in ihren Kindertagen so sehr geliebt hatte. Früher war es im Haus immer ihr Lieblingsort gewesen. Als sie jedoch älter wurde, ging sie nur noch selten hinein, weil sie begriffen hatte, dass es Albins und Breannas Zufluchtsort vor dem Alltagstrubel war. Hier konnten sie ihre Zweisamkeit mehr oder weniger ungestört genießen. Es roch immer noch so gut nach den getrockneten Lavendelsträußen, die ihre Pflegemutter anstelle von Vorhängen um das Fenster aufgehängt hatte. Eine riesige Holzschüssel mit ebenfalls getrockneten Rosenblütenblättern stand auf der großen Kommode. Auf jedes der beiden Nachtischschränkchen hatte sie, wie damals, kleine, tönerne Vasen mit frischen Blumen aus ihrem Garten gestellt. Doch was Elea am meisten aufwühlte, waren Breannas Kohlezeichnungen, die über dem Kopfende des Bettes an der Wand hingen. Auf ihnen hatte die Frau ihre Familie, vor allem die Kinder, über die Jahre hinweg festgehalten. Es waren hauptsächlich Porträts, aber auch einige Bilder, die sie draußen im Hof oder im Garten angefertigt hatte: die kleine Kaitlyn, wie sie um den Brunnen herum ihre ersten Schritte machte, Louan, der unter dem Apfelbaum saß und einen Apfel mampfte, Kellen, wie er stolz sein erstes eigenes Pferd am Zügel hielt, und natürlich auch sie, wie sie Pfeile auf Albins gebastelte Vogelscheuchen schoss. Ein Bild jedoch erregte besonders Eleas Aufmerksamkeit. Es musste neueren Datums sein. Es zeigte eine junge Frau, nämlich sie selbst. Breanna hatte ihre drei unverkennbaren Strähnen herausgearbeitet. Das Gesicht ähnelte jedoch nur wenig jenem, das sie aus ihren Kindertagen noch in Erinnerung hatte. Sie trat, wie gebannt, näher an das Bild heran und starrte es an. Aus ihrem tranceähnlichen Zustand gerissen, spürte sie plötzlich, wie jemand sie vorsichtig am Arm zupfte. Sie wandte ihr Gesicht von ihrem Porträt ab. Breanna stand neben ihr und hielt eine Tasche in der Hand. Sie sah das Mädchen besorgt an. „Ist alles in Ordnung, Elea? - Es hat eine ganze Weile gedauert, bis ich bemerkt habe, dass du mir gar nicht zuhörst." Mit einem leichten Zittern in der Stimme, fragte Elea: „Dieses Bild da... von mir... Sehe ich wirklich so aus?" Die Frau lächelte. „Ja. So siehst du jetzt aus. Du bist wunderschön, nicht wahr!? Wann hast du eigentlich zum letzten Mal in den Spiegel geschaut?"

„Heute. Als ich mit Kellen am See war, habe ich mein Spiegelbild auf der Wasseroberfläche betrachtet. Aber das habe ich nicht gesehen."

„Jetzt, wo du weißt, wie schön du bist, hast du vielleicht Verständnis für Kellens romantische Gefühle, die er für dich empfindet. Du hast nicht nur einen liebenswerten Charakter. Auch wenn du alles nur Erdenkliche unternimmst, um deine Weiblichkeit zu verstecken, kann man, wenn man dich genauer ansieht, unschwer erkennen, dass du eine wunderschöne, junge Frau bist."

„Ich verstecke sie doch gar nicht, Breanna. Sie ist mir nur nicht wichtig und ich empfinde sie als störend, bei dem, was ich den ganzen Tag unternehme", verteidigte sich Elea. „Das weiß ich doch! Es sollte auch gar kein Vorwurf sein. Ich habe es eben nur hin und wieder bedauert, dass du Jungenkleider trägst, die manchmal nur so vor Dreck standen. Dann wiederum gab es Momente, in denen ich es gar nicht so schlecht fand, dass deine weiblichen Reize verborgen blieben – wegen Kellen." Breanna hielt inne, da vom Stall herkommend Stimmen zu vernehmen waren. Die Frau sprach leise weiter. „Ich glaube sie kommen bald wieder zurück ins Haus. Wir müssen uns beeilen. Ich habe dir hauptsächlich Dinge eingepackt, von denen ich weiß, dass du sie niemals mitnehmen würdest, weil du sie für unnötig oder unpraktisch hältst, aber glaube mir, du wirst sie brauchen. Außerdem habe ich dir ein paar nützliche Heilmittel mit eingepackt. Ich habe dir alles, was du darüber wissen musst, beigebracht. Proviant und ein voller Wasserschlauch sind auch schon drinnen. Du musst nur noch Wechselkleidung und Unterwäsche einpacken." Breanna stellte die Tasche auf das Bett. Dann zeigte sie auf den Stuhl neben dem Schrank, auf dem ein paar Kleidungsstücke lagen. „Ich habe dir vor einiger Zeit Lederkleidung genäht. Die ist robuster als deine anderen Anziehsachen. Außerdem hält sie wärmer und nimmt nicht so schnell Nässe auf. Und Albin hat dir leichte, aber widerstandsfähige Stiefel genäht, in denen du sicherlich weite Strecken gehen, aber auch schnell rennen kannst." Breanna warf der jungen Frau einen verschwörerischen Blick zu. „Ich gehe davon aus, dass du nicht vorhast, dich auf ein Pferd zu setzen, oder etwa doch?" Elea schüttelte den Kopf. „Das Bündel, das auf dem

Boden liegt, ist ein warmer Umhang aus dickem Wolfsfell. In den kannst du dich auch einwickeln, wenn du dich schlafen legst."

Elea hörte der Frau stumm und mit zunehmendem Staunen zu. Breanna hatte sich offensichtlich schon für diesen schicksalhaften Tag vorbereitet und wollte nichts dem Zufall überlassen. Die Stimmen wurden immer lauter und man hörte auch schon die Schritte der Männer im Hof. Breanna schloss schnell die Tür ihres Schlafzimmers und kam zurück zu Elea. „So mein Kind! Jetzt muss ich dir noch einen Ratschlag von Frau zu Frau mit auf den Weg geben." Elea wurde hellhörig und riss ihre Augen erwartungsvoll auf. „Du bist hier bei uns behütet und abseits vom Dorf aufgewachsen. Du hattest keinen Kontakt zu Männern. Du hast also noch nie erlebt, wie rücksichtslos und gewalttätig Männer sein können. Du verstehst, was ich damit sagen will, nicht wahr?!", sprach die Frau eindringlich auf Elea ein. „Ähm... ich denke schon,...", begann das Mädchen, etwas verunsichert zu stammeln. „Du meinst... meine Unerfahrenheit mit Männern?" Breanna verdrehte die Augen und atmete tief durch. „Ja. Die natürlich auch. Aber mir geht es um deine... Unberührtheit."

„Ja und? Was ist mit der?", fragte Elea etwas ungehalten und lauter als beabsichtigt. *Dieses Thema hat mir gerade noch gefehlt.* Breanna forderte sie mit dem Finger auf den Lippen auf, die Stimme zu senken. „Du sollst auf dich Acht geben! Verberge deine Weiblichkeit weiterhin so wie immer! Und denk daran, dich nicht so freizügig zu zeigen, wie du es bei uns gewohnt bist! Und vergiss nicht, dich in Anwesenheit von Männern unauffällig und zurückhaltend zu verhalten. Die meisten Männer mögen es nicht, wenn man sich als Frau in alles einmischt oder alles besser weiß. Verstehst du, worauf ich hinaus will!" sagte Breanna mit warnendem Blick. „Ich habe nicht vor mich in die Gesellschaft von Männern zu begeben. Ich will einfach nur in den Wald gehen und mich vor meinen Verfolgern verstecken, bis sie wieder verschwinden", flüsterte Elea der Frau zu, da die Männer bereits das Haus betraten. „Man weiß nie. In deiner Situation musst du auf alles gefasst sein." Dann umarmte Breanna sie ein letztes Mal mit Tränen in den Augen, belud sie mit ihrem Reisegepäck und schob sie aus dem Schlafzimmer. Louan wurde von Breanna sogleich aufgefordert, sich zu waschen und schlafen zu gehen. Albin betrachtete ein letztes Mal zusammen mit dem noch immer grimmig dreinblickenden Kellen die Landkarte. Elea hätte Louan und die beiden Männer gerne noch einmal in den Arm genommen, aber damit hätte sie Misstrauen erregt. Deshalb gab sie, wie geplant, Müdigkeit vor, wünschte allgemein eine gute Nacht und ging mit schweren Schritten und einem Ziehen im Magen die Treppe hinauf in ihr Zimmer. Dort angekommen vergewisserte sie sich als erstes, dass Kaitlyn auch tief schlief. Dann überlegte sie kurz, wie sie vorgehen sollte. Sie öffnete ihren Schrank und holte Unterwäsche, Strümpfe, ein paar Hemden und zwei Hosen zum Wechseln heraus. Dann ergriff sie die Reisetasche und musste zu ihrem Erstaunen feststellen, dass es ein geräumiger Lederrucksack war. Neben dem Proviant und dem Wasserschlauch fand sie darin noch eine kleine Umhängetasche. Sie enthielt, wie Elea richtig vermutet hatte, die verschiedenen Heilmittel in beschrifteten Fläschchen oder Stoffsäckchen sowie Verbandsmaterial und – sie wollte ihren Augen nicht trauen - ein scharfes zierliches Messer, eine ebenso zierliche Zange und Nadel und Faden. In ihrem Hals wuchs ein riesiger Kloß heran, als sie die chirurgischen Utensilien in der Hand hielt. Sie wollte gar nicht an den Moment denken, wenn sie gezwungen wäre, sie zu benutzen. *Breanna hat tatsächlich alle Eventualitäten berücksichtigt.* Außerdem waren da noch ein Kamm, ein Stück Seife und ein Stapel kleiner, fein zusammengelegter Tücher. Nach ihrer Bestandsaufnahme stopfte sie rasch die zusammengerollten Kleidungsstücke, die sie ausgewählt hatte, in den Rucksack, dann die Umhängetasche und zum Schluss den Proviant und den Wasserschlauch. Anschließend ging sie zum Tisch, auf dem die Schatulle mit dem Steinauge stand. Sie nahm den merkwürdigen Stab heraus und steckte ihn in ein Innenfach des Rucksacks. Den Lederriemen mit dem tropfenförmigen Stein legte sie sich um den Hals. Übrig blieb das Stück Pergament mit der Prophezeiung. Was sollte sie damit tun? Es einfach hier lassen, erschien ihr nicht richtig. Sie wollte es mitnehmen, aber es durfte niemand Ungebetenem in die Hände fallen. Sie untersuchte den Rucksack nach einer Art Geheimfach. So wie sie Breanna kannte, hatte sie auch an so etwas gedacht. Und in der Tat, sie wurde fündig, als sie die Klappe, mit der der Rucksack geschlossen wurde, genauer betrachtete. An seine Unterseite hatte Breanna noch ein zweites Stück Leder genäht, das an einer Seite - kaum sichtbar - offen war. *Perfekt!* Sie faltete das Schriftstück und wollte es gerade in das Geheimfach stecken, als sie bemerkte, dass bereits etwas darin steckte. Sie holte den Inhalt heraus. Bei dem Anblick dessen, was zum Vorschein kam, schossen ihr sofort Tränen in die Augen. Es waren zwei Bilder, die Breanna gezeichnet hatte. Auf dem einen war ihre gesamte Familie zu sehen und auf dem anderen sie selbst, genau wie auf dem Bild in Breannas Schlafzimmer, nur kleiner. Sie drehte die Bilder herum und las die Worte, die Breanna geschrieben hatte. Auf dem Bild mit ihrer Familie stand: *Damit du uns nicht vergisst! Wir werden dich nie vergessen und nie aufhören, dich zu lieben.* Eleas Kehle wurde noch enger, als sie anschließend noch die Worte auf der Rückseite ihres Porträt las: *Damit du nicht vergisst, wie du aussiehst! Deine dich liebende Mutter*

Sie musste sich setzen, da ihre Beine zu zittern begonnen hatten. Breanna ging offensichtlich davon aus, dass sie sich nie mehr wiedersehen würden. *Sie hat wirklich an alles gedacht.* Elea brauchte einen kurzen Moment, um ihre Fassung wiederzuerlangen. Dann steckte sie die beiden Bilder zusammen mit dem Stück Pergament in die Klappe des Rucksacks und begann, sich umzuziehen. Die lederne Hose passte wie angegossen. Ihr weiches braunes Leder schmiegte sich bequem an ihren Körper. Dann zog sie die Stiefel an, die ebenfalls perfekt passten. Bevor sie die Jacke anzog, wickelte sie das Tuch, das um ihren Kopf geschlungen war, auf. Ein langer dicker Zopf fiel ihren Rücken entlang hinunter. Jetzt hatte sie wenigstens einen Grund, sich ihn abzuschneiden. Auf der Flucht wäre ihr langes, dickes Haar nur eine unnötige Belastung. Sie ging zu ihrem Nachttisch, holte eine Schere heraus und schnitt den Zopf, ohne zu zögern, ab. Ihn in der Hand haltend überlegte sie, was sie damit anfangen sollte. Als sie die leere Schatulle auf dem Tisch erblickte, kam ihr eine Idee. Sie legte ihn hinein.

Dann nahm sie ein Stück leeres Blatt Pergament und schrieb mit zitternder Hand: *Ich liebe euch alle und werde euch immer in meinem Herzen behalten. Einen Teil von mir lasse ich bei euch. Du musst nicht traurig sein, Breanna. Ich bin froh, dass ich sie los bin. Elea*

Anschließend legte sie das Blatt auf den Zopf und schloss den Deckel. Ihr nun schulterlanges Haar umwickelte sie wieder mit dem Tuch. Sie schlüpfte in die langärmlige Lederjacke mit Kapuze, die sich vorne mit fünf Schnallen schließen ließ. Dann befestigte sie noch den zusammengerollten Umhang an ihrem Rucksack, bevor sie ihn aufsetzte. Als letztes musste sie sich aus ihrer beachtlichen Ansammlung von Bögen für einen entscheiden. Die Wahl fiel ihr nicht schwer. Sie nahm den Bogen, den Albin ihr zum fünfzehnten Geburtstag geschenkt hatte. Es war ihr erster großer Bogen. Albin war damals so stolz, als er ihn ihr zum Geburtstag überreichte, wahrscheinlich noch stolzer als Elea selbst. Er hatte ihn eigens für sie gebaut. Über den Rucksack schulterte sie schließlich noch einen Köcher voller Pfeile und hängte sich den Bogen um, damit sie beide Hände zum Klettern frei hatte. Nachdem sie Kaitlyn vorsichtig einen Kuss auf die Wange gehaucht hatte und sich ein letztes Mal wehmütig in ihrem Zimmer umgeschaut hatte, atmete sie noch einmal tief durch und hangelte sich aus dem Fenster zum Apfelbaum hinüber. Eine überwältigende Angst nahm von ihr in dem Moment Besitz, als sie sich vom untersten Ast auf den Boden gleiten ließ. Ihr wurde mit einem Schlag bewusst, dass sie von nun an auf sich allein gestellt war. Sie musste gegen den Würgereiz, der ihre Kehle hinaufkroch, schnellstens etwas unternehmen. Also rannte sie erst einmal los. Beim Rennen hatte sie sich am besten unter Kontrolle. Sie schlug zunächst den Weg zum See ein, den sie jedoch später zugunsten eines versteckten Pfades verlassen wollte.

Wie in Trance jagte sie eine ganze Zeit lang über die Baumschatten hinweg, die das Mondlicht auf die Erde warf, und horchte nur auf ihr in der Brust heftig hämmerndes Herz und auf ihr vor Anstrengung immer lauter gewordenes Keuchen. Ohne darauf zu achten, wo sie sich gerade befand, hielt sie auf einmal so abrupt an, dass sie zu Boden stürzte. Auf dem Rücken liegend, überkam sie urplötzlich eine Schwere in Kopf und Gliedern, die unaufhaltsam heranwuchs und sie zu überwältigen drohte. Am liebsten wäre sie einfach hier an Ort und Stelle liegen geblieben, um zu schlafen. Aber diese Idee – so verlockend sie auch war – verwarf sie rasch wieder. Sie richtete sich auf, um besser gegen die Müdigkeit ankämpfen zu können. Schlafen musste sie, das war ihr klar, und zwar möglichst bald. Aber nicht hier, vollkommen ungeschützt mitten auf dem Weg. Sie ließ träge ihren Blick umherschweifen und orientierte sich in dem nachtdunklen Wald. An dem versteckten Pfad, der von dem Hauptweg zum See in nördliche Richtung abzweigte, war sie längst vorbei gelaufen. Sie befand sich tatsächlich nicht mehr sehr weit vom See entfernt. Das war gar nicht gut. Denn hier wimmelte es nur so von ihren Spuren. Aber den Weg zurücklaufen wollte sie nicht. Sie war viel zu erschöpft. Heute war sie fast dreimal so viel gelaufen wie üblicherweise. Und dann war da noch dieser aufwühlende Gefühlssturm, der seit dem Morgen ununterbrochen in ihr tobte. Während sie eine Weile darüber nachsann, wo in nicht allzu großer Entfernung ein geeignetes Versteck war, sah sie zum Nachthimmel hoch und erblickte den Mond in seiner vollen Größe. *Oh nein! Auch das noch! Wir haben Vollmond.* Vielleicht war ihr Häscher bereits auf ihrer Spur? Vielleicht war er noch nicht einmal in Rúbin? Aber darauf durfte sie nicht hoffen. Sie musste jetzt augenblicklich handeln, bevor es zu spät war. Sonst wären all die vielen Vorbereitungen von Breanna vergebens gewesen. Aber wo konnte sie sich nur verstecken? Plötzlich vernahm sie weit entfernt das Heulen eines Wolfes. Das mulmige Gefühl, das unter normalen Umständen bei diesen Lauten ihren Magen auf die Hälfte seiner Größe zusammenkrampfen ließ, war jetzt angesichts der drohenden Gefahr ihrer Verfolger verschwindend klein, sodass sie keinen Gedanken an einen auf sie lauernden Wolf verschwendete. Dafür erinnerte sie sich schlagartig an eine nicht mehr bewohnte Wolfshöhle etwas südlich von ihrem gegenwärtigen Standort. Sie hatte sie erst kürzlich entdeckt, als sie für Breanna nach Alraunwurzeln suchte. Dort konnte sie sich einige Zeit ausruhen und neue Kraft schöpfen. Sie setzte ihren Rucksack ab, holte den Wasserschlauch heraus, trank einen großen Schluck von dem kühlen Wasser und benetzte sich damit noch das Gesicht. Dann stand sie ächzend auf und machte sich trabend auf den Weg zur Höhle. Die bleierne Schwere in ihrem Kopf wurde jedoch bald von der rasch zunehmenden Schwäche ihrer Beine übertroffen. Sie geriet immer öfter ins Straucheln. Endlich hatte sie fast die Höhle erreicht, als sich wie aus dem Nichts ein riesiger Vogel direkt vor ihr auf den Boden stürzte. Sie musste abrupt anhalten, um nicht mit ihm zusammenzustoßen. Nach dem ersten Schreck erkannte sie einen Uhu. Und der Grund für seinen Sturzflug wurde auch sehr schnell sichtbar. Der Vogel hatte sich auf eine Maus gestürzt, die er nun vor Eleas Augen genussvoll mit einer seiner Raubvogelklauen haltend verspeiste. Immer wieder blickte er mit seinen großen im Dunkeln leuchtenden Augen zu ihr auf. Sie fühlte sich beinahe wie hypnotisiert von ihnen. Die Gefühle des Nachtvogels durchdrangen sie regelrecht: Zufriedenheit und Ruhe, jetzt, nachdem er seinen Hunger stillen konnte. Ohne Furcht blieb er vor ihr stehen. Merkwürdigerweise empfand sie den geistigen Austausch mit Vögeln schon immer am intensivsten. Umgekehrt hatte sie immer den Eindruck, dass diese sie auch besser verstanden als andere Tiere. Sie wollte etwas versuchen, was sie bisher noch nie gewagt hatte: Sie bat den Vogel, sie zu warnen, wenn ein Fremder in ihrem Wald auftauchte. Sie konzentrierte sich auf diesen einen Gedanken und übermittelte ihn dem Uhu zusammen mit den Gefühlen, die sie momentan beherrschten: Beunruhigung, Verzweiflung und Angst. Auf diese Weise konnte sie ihm möglicherweise verständlich machen, wie wichtig seine Hilfe für sie war. Anschließend beugte sie sich zu ihm hinunter und strich über seinen Rücken, was er – wie alle Vögel - bereitwillig zuließ.

Mit ihren letzten Kraftreserven marschierte sie, so schnell sie konnte, der Höhle entgegen. Kaum war sie angekommen, ließ sie sich seufzend auf die Knie fallen und schüttelte ihr Gepäck ungeduldig von ihren Schultern ab. Nur einen Wimpernschlag später lag sie schon ausgestreckt auf dem Boden und schlief augenblicklich ein.

Kapitel 3

Herbstabendliches Rot hatte sich bereits über das Grasland gelegt, als die acht morayanischen Krieger in dem kleinen Dorf Rúbin ankamen. Kleine, einfache Häuser tummelten sich wie zufällig um einen Platz. Im Gegensatz zu der fortschrittlichen Bauweise in der Hauptstadt Moray und ihrer Umgebung, wo man zu dem Bau von soliden Steinhäusern übergegangen war, waren Rúbins Häuser allesamt noch aus Lehm und Holz gebaut. Darüber hinaus schien auch hier noch nicht das Handwerk der Ziegelbrennerei Fuß gefasst zu haben. Der Vollmond warf sein Licht auf helle Strohdächer, aus deren Schornsteine sich schwarzer Rauch kräuselte. Als die Reiter durch die einzige Straße ritten, die sich unbefestigt zwischen den Häusern hindurchschlängelte, wurden sie, wie erwartet, von gelegentlich auftauchenden Dorfbewohnern misstrauisch beäugt. Vor allem der maskierte, schwarze Reiter zog ängstliche Blicke auf sich. Obwohl Jadora Maél aufgefordert hatte, die Maske jetzt, da die Sonne untergegangen war, abzusetzen, hatte dieser darauf beharrt, sie aufzubehalten. Am Marktplatz im Herzen Rúbins machten sie Halt. Jadora schnallte zuerst den Gürtel mit seinem Schwert ab, bevor er sich zu den wenigen Händlern begab, die noch damit beschäftigt waren, ihre Stände leer zu räumen. Seine Krieger und Maél hielten sich unterdessen etwas abseits. Er näherte sich einem Korbmacher, der gerade dabei war, seine zahlreichen Körbe unterschiedlichster Größe und Form auf einen Karren zu laden. Höflich fragte er diesen: „Ich bräuchte eine Auskunft, guter Mann. Gibt es in eurem Dorf oder etwas weiter abgelegen davon eine Familie mit einem Mädchen, das durch ihr besonderes Haar auffällt?" Der Korbmacher blickte eingeschüchtert aus seinem mit einem buschigen Bart überwucherten Gesicht an Jadora vorbei zu Maél, der angsteinflößend auf seinem riesigen Pferd sitzend zu ihnen herübersah. Ohne den maskierten Mann aus den Augen zu lassen, wagte er eine Gegenfrage: „Warum wollt Ihr das wissen, Krieger?" Auf diese Worte hin begann Maéls Pferd, nervös hin und her zu tänzeln. Jadora schaute etwas angespannt zu den beiden hinüber. *Stünde jetzt Maél an meiner Stelle hier, dann läge der arme Mann mit blutender Lippe bereits im Dreck.* Der Hauptmann räusperte sich erst, um sich Zeit für das Ersinnen einer harmlosen und plausiblen Erklärung zu verschaffen. Mit weiterhin freundlicher Stimme beantwortete er bereitwillig die Frage des Mannes. „Dieses Mädchen ist eine entfernte Verwandte der verstorbenen Gemahlin unseres Königs. Sie selbst weiß nichts davon. König Roghan lässt schon seit geraumer Zeit in ganz Moraya nach ihr suchen, um sie zu sich an den Hof zu holen. Sie soll außergewöhnliches Haar haben." Plötzlich mischte sich eine dicke, kleine Frau mit Kopftuch wichtigtuerisch ein, die den Stand mit Töpferwaren neben dem des Korbmachers hatte. „Ja! Da gibt es eine Familie. Die des Jägers Albin und seiner Frau Breanna. Sie leben etwas weniger als einen halben Tagesritt entfernt westlich von Rúbin. Ihr Haus steht direkt vor dem großen Wald. Sie haben vier Kinder..." Nun fiel der Korbmacher der Töpferin schnell ins Wort. „Um genau zu sein, haben sie zwei Söhne und zwei Töchter. Die ältere ist wahrscheinlich die, die Ihr sucht. Sie hat auffallend dunkles Haar und drei feuerrote Haarsträhnen. Sie versteckt ihr Haar immer unter einem Tuch."

„Ja, genau! Und die letzten Jahre bekommt man sie hier im Dorf so gut wie gar nicht mehr zu Gesicht", riss die dicke Frau wieder das Wort an sich.

Jadora nickte beiden mit einem äußerst zufriedenen Lächeln zu und gab jedem zwei Silberdrachonen, bevor sie ihn wetteifernd mit weiteren Informationen überschütten konnten. Was er wissen wollte, hatte er erfahren. Beide starrten verdutzt erst auf die Münzen in ihrer Hand und dann in Jadoras freundliches Gesicht. Einen Augenblick später hatte er sich bereits zum Gehen umgedreht. Die beiden Händler riefen ihm noch ein fassungsloses „Danke!" hinterher. Mit dieser Auskunft hatten sie tatsächlich mehr verdient als den ganzen Tag mit dem Verkauf ihrer Waren.

Jadora kehrte mit einem breiten Grinsen zu den anderen zurück und richtete sogleich auf seine für ihn typische belehrende Art und Weise das Wort an Maél: „Siehst du, Maél, man muss mit den Leuten nur höflich umgehen. Schon bekommt man die gewünschte Auskunft - und dies ohne Drohen und Gewaltanwendung." Maél quittierte Jadoras Äußerung nur mit einem verdrießlichen Knurren. „Wir müssen Richtung Westen weiterreiten, dann stoßen wir auf einen Wald. Dort am Rand befindet sich das Haus ihrer Familie", fuhr der Hauptmann fort und stieg auf sein Pferd. „Und du bist sicher, dass wir sie dort finden werden?", wollte Maél wissen. „Tu nicht so, als hättest du das Gespräch mit deinem scharfen Gehör nicht mitangehört! Ich habe nach einem Mädchen mit auffallendem Haar gefragt. Beide, der Korbmacher und die Töpferin, haben die Familie eines Jägers namens Albin mit vier Kindern genannt. Sie sagten, die ältere Tochter verstecke ihr Haar unter einem Tuch. Also wenn das kein eindeutiger Hinweis ist!" Maél musste wohl oder übel Jadoras Bemühungen würdigen und darüber hinaus dessen vor Genugtuung nur so triefenden Blick zähneknirschend über sich ergehen lassen.

Jadora kaufte noch Proviant für die Rückreise ein. Anschließend setzten die Krieger ihren Ritt in die gewiesene Richtung fort.

Wie Gespenster glitten ihre Gestalten durch das helle Licht des Vollmondes, bis das Haus des Jägers und ein weiteres Gebäude, das vermutlich eine Scheune oder ein Stall war, in Sichtweite kamen. Tatsächlich erstreckte sich direkt dahinter ein ungewöhnlich großes Waldgebiet, das die Reiter von einer kleinen Anhöhe aus gut erkennen konnten.

In Flüsterton stritten Jadora und der maskierte Mann noch immer darüber, ob sie mit dem Besuch der Familie warten sollten, bis es hell wurde, um sie nicht zu sehr zu erschrecken. Dies war Jadoras Vorschlag. Maél wollte jedoch davon nichts wissen. Erschrecken würden sie die Familie mit ihrem königlichen Wappen auf dem Brustpanzer ohnehin, ganz zu schweigen von Maéls Erscheinung. Außerdem wäre bei einem nächtlichen überfallartigen Eindringen in das Haus das Überraschungsmoment auf ihrer Seite. Sie wussten nichts über Albin und seine Familie. Vielleicht mussten sie mit Widerstand rechnen, was mit Sicherheit zu unnötigem Blutvergießen führen würde.

Auf diese Äußerung des schwarzen Reiters hin musste Jadora bitter lachen, da sich der jüngere Mann gewöhnlich wenig Gedanken über unnötiges Blutvergießen auf Seiten seiner Opfer machte. Dass ihm die Familie natürlich vollkommen gleichgültig war, behielt er für sich. Er wollte nur schnellstmöglich mit dem Mädchen die Heimreise antreten, um nicht mehr die wenig erquickliche Gesellschaft seiner Begleiter ertragen zu müssen.

Mitternacht war schon längst überschritten, als die Krieger ganz in der Nähe des kleinen Hofes, aber außer Hörweite anhielten. Jadora hatte sich schließlich Maéls Willen gebeugt. Sie besprachen kurz, wie sie vorgehen wollten. Vielmehr befahl der maskierte Mann, was jeder zu tun hätte. Dann preschten die Krieger mit ihren Pferden auf das Haus zu. Alles sollte sehr schnell gehen, um die Bewohner des Hauses im Schlaf zu überraschen. Kaum hatten sie den Hof vor dem Haus erreicht, sprangen alle von ihrem Pferd ab. Vier Krieger umzingelten rasch das Haus, damit keiner ungesehen aus den Fenstern fliehen konnte. Die zwei übrigen postierten sich seitlich der Eingangstür, während Maél und Jadora sie mit brachialer Gewalt aufschlugen. Die vier Männer stürzten mit gezogenen Schwertern ins Haus. Dank seiner Fähigkeit, im Dunkeln zu sehen, hatte Maél sich schnell einen Überblick über die Situation im Wohnraum verschafft. Der Mann, vermutlich der Jäger Albin, stand, einen schützenden Arm um seine Frau gelegt, vor einer geöffneten Tür zu einem angrenzenden Zimmer. Von ihrem Blick konnte er unschwer ablesen, dass das Überraschungsmoment tatsächlich auf ihrer Seite war. Die Frau hielt erschrocken beide Hände vor ihr Gesicht, als ob sie einen Schrei unterdrücken wollte. Und der Mann hatte die Augen weit aufgerissen und seine freie Hand drückte er zu einer Faust geballt auf seinen Oberschenkel. Oben auf der Treppe erschien wenige Augenblicke später ein halbwüchsiger Junge, der ein weinendes kleines Mädchen auf dem Arm trug. Plötzlich drang von draußen lautes Männergeschrei zu ihnen herein, das immer näher zu kommen schien. Kurz darauf brachten zwei der Krieger einen sich heftig wehrenden und fluchenden jungen Mann in den großen Wohnraum, der auch nicht davor zurückschreckte, diese mit den wildesten Beschimpfungen zu traktieren. Als der junge Mann jedoch die dunkle, riesige Gestalt erblickte, die mitten im Raum mit gezogenem Schwert stand, erstarben seine Worte augenblicklich auf der Zunge. Eine schwere Stille wetteiferte mit der gespenstischen Dunkelheit, die in dem Haus herrschte. Jeder der Anwesenden schien die Luft anzuhalten. Sogar das kleine Mädchen hatte aufgehört zu wimmern. Maél konzentrierte sein Gehör darauf, irgendwelche Geräusche aus anderen Teilen des Hauses wahrzunehmen. Aber es war nichts zu hören. Er durchbrach jäh die lähmende Stille mit energischer Stimme. „Jadora, zünde ein paar Lampen an! Wenn wir uns mit den Herrschaften des Hauses unterhalten wollen, ist es einfacher, wenn jeder sieht, wen er vor sich hat." Der junge Mann, der offensichtlich wieder seine Fassung gefunden hatte, schnaubte verächtlich. „Was ist das für ein König, der eine Handvoll Bastarde schickt, die rechtschaffene Leute mitten in der Nacht überfallen?", giftete er den maskierten Mann an. Der Wohnraum war inzwischen von einem warmen, angenehmen Licht erleuchtet, das die angsterfüllte und spannungsgeladene Stimmung noch unerträglicher machte. Maél ging mit langsamen Schritten auf den jungen Mann zu. Er wusste von der einschüchternden Wirkung, die er aufgrund seiner Erscheinung und seines Rufs auf die Menschen hatte. Solche Momente, in denen er seine unangreifbare Überlegenheit zur Schau tragen konnte, kostete er immer aus. Sie gehörten zu den wenigen Dingen in seinem verfluchten Leben, die ihm eine gewisse Freude bereiteten. Er blieb zwei Schritte vor ihm stehen. Er war deutlich größer, sodass der von den beiden Soldaten immer noch festgehaltene Mann den Kopf etwas nach oben neigen musste, um ihm ins Gesicht oder vielmehr auf die Maske, sehen zu können. Maél holte unvermittelt mit dem Arm aus und schlug ihm mit voller Wucht die Faust ins Gesicht. Hätten die Krieger ihn nicht in ihrer Mitte gehabt, so wäre er quer durch den Raum geflogen und in dem Kamin gelandet, in dem noch die Asche glühte. Bewusstlos ließen die Männer ihn zu Boden gleiten. Das Mädchen hatte inzwischen wieder in den Armen ihres Bruders zu weinen begonnen, während die Mutter offensichtlich mit den Tränen kämpfte und von ihrem Mann krampfhaft festgehalten wurde. Der Jäger räusperte sich, fasste sich ein Herz und sprach den maskierten Mann mit bebender Stimme an. „Was wollt ihr von uns?"

„Ich glaube, das wisst ihr ganz genau." Maél schickte einen Krieger nach oben, um nachzusehen, ob sich das Mädchen oben versteckt hielt. Sein Blick schweifte nochmals gründlicher durch den Raum. Dabei entdeckte er in der Ecke neben der Kochstelle zwei gepackte Reisetaschen, zwei Schwerter und zwei Bögen. *Sie wollten also bald aufbrechen und fliehen. Wo ist dann nur das Mädchen?* „Du, da oben, komm mit deiner Schwester herunter und setzt euch an den Tisch", bellte er die Treppe hinauf. „Und ihr zwei setzt euch auch dazu", sagte er auf den Mann und die Frau deutend.

Kurz darauf kam der nach oben geschickte Krieger wieder die Treppe hinunter und schüttelte verneinend mit dem Kopf. Maél wandte sich dem Familienvater zu. „Ihr seid Albin, nicht wahr?" Der Mann nickte und hielt die Hand seiner Frau in seiner. „Gut. Wir suchen Eure..." Maél, der sich vor den Tisch aufgebaut hatte, kam nicht dazu seinen Satz zu beenden, da Jadora aus dem Zimmer von nebenan mit etwas in der Hand herumwedelnd herausgestürzt kam. Nachdem Albin und seine Frau ihre Position vor der Tür verlassen hatten, war er in das Zimmer eingetreten, um nachzusehen, ob sich das Mädchen vielleicht dort versteckt hatte. „Das ist sie! Da bin ich mir ganz sicher! Und eine Schönheit ist sie auch!" Die Frau des Jägers stöhnte auf. Jadora ging zu dem maskierten Krieger und reichte ihm das Bild von Elea, das Breanna erst kürzlich gezeichnet hatte. Maél wollte nur einen kurzen Blick darauf werfen und sich dann wieder der Befragung der Familie widmen. Doch dieser fiel länger aus, als er beabsichtigt hatte. Das Gesicht einer jungen Frau sah ihm entgegen. Zuallererst stachen ihm drei hellere Strähnen in ihrem mit Kohle gezeichneten, schwarzen Haar in die Augen. Sein Blick wanderte weiter zu ihren Augen hinunter, kurz zu ihrer kleinen Nase und ihrem kleinen Mund mit den vollen Lippen, um dann wieder zu ihren Augen zurückzukehren. Diese waren im Vergleich zu ihrer Nase und ihrem Mund fast schon viel zu groß. Außerdem mussten sie ungewöhnlich hell sein, da sie in einem noch helleren Grauton herausgearbeitet waren als die drei Strähnen. Ihre Augen gewannen zudem noch mehr an Faszination durch die langen, dichten Wimpern, die sie dunkel umrahmten. Ihre kräftigen Augenbrauen verliehen ihr etwas Wildes, Unbändiges, das in krassem Widerspruch zu ihrem sanften Lächeln stand und etwas ausdrückte, was Maél jedoch nicht erfassen konnte. Was in der Tat nicht zu leugnen war, sie war ausgesprochen schön - auf eine ganz außergewöhnliche, fremdartige Weise.

Maél wurde sich plötzlich der anhaltenden Stille um sich herum bewusst, sodass er sich von der Betrachtung des Porträts losriss und seine Aufmerksamkeit wieder auf Albin und seine Frau richtete. „Wo ist sie?", fragte er und hielt dem Mann Eleas Bild vor die Nase. Bevor Albin irgendetwas sagen konnte, war Kaitlyn von Louans Schoß aufgesprungen und riss dem maskierten Mann das Bild aus der Hand. Sie drückte das Bild an ihre Brust, wich aber erstaunlicherweise keinen Schritt vor dem angsteinflößenden Krieger zurück. Mit schluchzender Stimme schrie sie ihn fast an: „Elea ist nicht mehr da. Sie ist schon längst über alle Berge. Ihr werdet sie nie, nie finden." Während der Rest der Familie vor Schreck über Kaitlyns Ausbruch die Luft anhielt, konnte sich der schwarze Mann unter seiner Maske ein flüchtiges Lächeln nicht verkneifen. Das kleine Mädchen mit den blonden Zöpfen imponierte ihm. Sie ließ sich nicht wie seine sonstigen Opfer einschüchtern. „So. Einen Schritt sind wir nun weiter gekommen. Jetzt wissen wir, über wen wir reden. Sie heißt also Elea." Das Mädchen nickte ihm mit großen Augen zu. *Aus der Kleinen werde ich vielleicht mehr heraus bekommen als aus dem Rest der Familie.* „Wie heißt du?", fragte er sie. „Kaitlyn." Er packte sie grob am Arm und war gerade im Begriff mit ihr in das Zimmer nebenan zu gehen, als die Frau des Jägers abrupt aufsprang und ihn ungehalten anfauchte. „Was habt Ihr vor, Krieger?"

„Wenn Ihr erlaubt, werde ich mich in eurem Gemach ein wenig mit Kaitlyn über den Verbleib ihrer Schwester unterhalten", antwortete Maél in arrogantem Tonfall. „Sie weiß nichts. Wenn Ihr etwas wissen wollt, dann fragt mich!" *Wenn alle Frauen in dieser Familie so mutig sind, dann werde ich auf unserer Heimreise einiges zu erwarten haben.* Er hielt inne, ließ aber Kaitlyn immer noch nicht los. „Also gut. Wo ist sie? Wann hat sie das Haus verlassen?"

„Wir wissen nicht, wo sie ist. Nach dem Abendessen wollte sie gleich schlafen gehen, weil sie müde war. Wir wussten nicht, dass sie vorhatte, wegzulaufen. Sie muss irgendwann heute Nacht aus dem Fenster geklettert sein."

„Aha! Und so wie es aussieht" - Maél deutete auf das Gepäck und die Waffen – „wusstet ihr also, dass wir auf der Suche nach ihr sind. Wer hat euch gewarnt?" Jetzt meldete sich auch Albin mit vorwurfsvollem Ton zu Wort. „Das war Kellen, mein ältester Sohn, den Ihr grundlos bewusstlos geschlagen habt." Jadora hatte, nachdem er die ganze Zeit stumm dem Gespräch beigewohnt hatte, auch etwas zu sagen. „Wo soll sie in so kurzer Zeit schon hin geflohen sein?! Sie ist in den Wald gegangen und hält sich dort versteckt." Maél überlegte kurz. Dann schickte er einen Krieger in den Stall, um nachzusehen, ob die junge Frau mit einem Pferd geflohen war. Es dauerte nicht lange, da kam dieser auch schon wieder zurück. Er berichtete, dass es im Stall drei Stände gebe, in denen jeweils ein Pferd stehe. „Ihr Vorsprung kann noch nicht groß sein. Es ist Nacht. Vielleicht hat sie sich im Wald bei der Dunkelheit sogar verlaufen", gab Jadora zu bedenken. Maél schaute von Jadora zu Albin und Breanna. Beide begegneten ihm mit beunruhigtem und verzweifeltem Blick. „Ich werde mich mal im Zimmer Eurer *Tochter* umsehen, Jäger, wenn Ihr nichts dagegen habt." Er betonte das Wort *Tochter* dabei auf eine Weise, die allen Anwesenden deutlich machte, dass er starke Zweifel daran hegte, dass Elea mit Albin oder einem anderen Familienmitglied blutsverwandt war. Ohne eine Antwort abzuwarten, stieg er die Treppe hoch. Im oberen Stock befanden sich nur zwei Zimmer, auf jeder Seite der Treppe eins. Beide waren sperrangelweit geöffnet. In dem ersten lagen Jungen- und Männerkleider auf dem Boden zerstreut herum. Außerdem standen in einer Ecke verschiedene Bögen und Köcher mit Pfeilen. Dies war ohne Zweifel das Zimmer der Jungen. Er wandte sich dem anderen Zimmer zu. Durch das Fenster schien der Mond, sodass der Raum in weißes Licht getaucht war. Auch ohne den Mondschein hätte Maél mit seinen außergewöhnlichen Augen jedes kleinste Detail im Zimmer erkennen können. Es war mehr als deutlich, dass dies das Mädchenzimmer war: Auf dem zerwühlten Bett lag eine Puppe und auf dem Tisch am Fenster eine ganze Reihe von Puppenkleidern. Er trat ein. Ihm wurde recht schnell klar, dass Elea keine gewöhnliche junge Frau war. Er entdeckte weder einen Spiegel noch Haarbürsten oder Ähnliches. Dafür war an einer Wand eine beachtliche Sammlung von Bögen und Pfeilen aufgereiht - mehr als die jungen Männer in ihrem Zimmer herumstehen hatten. Und als er den Schrank öffnete, fielen ihm sofort neben kleinen Mädchengewändern lange Hosen, Hemden und Tuniken ins Auge. Und noch eine weitere Sache erregte seine Aufmerksamkeit: Um den Tisch herum stapelten sich auf dem Boden Bücher und Schriftrollen. Maél ging in die Hocke und besah sie sich näher. Sie handelten alle ausnahmslos von der Heilkunst. Es gab ein Buch mit ausführlichen Beschreibungen von Krankheitssymptomen, die auf bestimmte Krankheiten hindeuteten, dann eines mit pflanzenheilkundigen Ausführungen, eines mit Zeichnungen von Heilpflanzen und schließlich noch ein Buch, in dem sogar verschiedene Behandlungen beschrieben waren, bei denen mit kleinen Instrumenten Eingriffe an Verletzungen durchgeführt wurden. Auf den Papierrollen waren ausnahmslos Zeichnungen der menschlichen Anatomie zu sehen, die zum Teil auch das Innenleben des menschlichen Körpers zeigten. *Sie interessiert sich offensichtlich weder für weibliche Kleidung noch für Beschäftigungen, die für Frauen typisch sind.*

Er erhob sich. Dabei fiel sein Blick auf eine Holzschatulle, die auf dem Tisch stand. Ein roter Stein auf dem Deckel funkelte wie ein Auge. Er hob den Deckel an. Ein ungewöhnlicher, aber durchaus angenehmer Duft, der ihm entgegenströmte, stellte seinen feinen Geruchsinn sogleich auf die Probe. Typische Gerüche des Waldes – der von feuchter Erde, Moos, Holz und Harz – konnte er recht schnell identifizieren. Aber da war auch noch etwas anderes, was sich ihm nicht gleich offenbarte. Er nahm ein beschriebenes Stück Pergament heraus, unter dem ein langer abgeschnittener Haarzopf zum Vorschein kam. Die in großer Schrift verfassten Worte vermittelten den Eindruck, dass derjenige, der die Feder geführt hatte, im Schreiben nicht geübt war. Er las: *Ich liebe euch alle und werde euch immer in meinem Herzen behalten. Damit ihr mich nicht vergesst, lasse ich einen Teil von mir bei euch. Du musst nicht traurig sein, Breanna. Ich bin froh, dass ich sie los bin. Elea*

Die Worte berührten ihn auf eine ihm bisher unbekannte Weise. Doch er unterdrückte dieses Gefühl schnell wieder und nahm den dunkelbraunen Zopf aus der Kiste. In ihm konnte er deutlich eingeflochtene rote Strähnen erkennen. *Das sind also die geheimnisvollen Haare, die in der Nacht angeblich rot glühend leuchten. Aber sie tun es offenbar nicht mehr, wenn sie abgeschnitten wurden.* Er schob die Maske hoch, um den Duft der Haare noch besser durch die Nase einatmen zu können. Neben den Waldgerüchen roch er nun noch zwei andere mindestens ebenso intensive Düfte: der von Rosen und der von Lavendel. *Deine Haare hier zu lassen war ein fataler Fehler.* Diese beiden Blumendüfte würden es ihm ermöglichen, sie aufzuspüren.

Er steckte den Zopf in sein Wams und warf noch einen kurzen Blick aus dem Fenster. Die Äste des nahen Apfelbaums zeigten deutliche Spuren vom häufigen Klettern. Allerdings fiel ihm auf, dass es einer gewissen Geschicklichkeit und körperlicher Voraussetzungen bedurfte, um sich vom Fenster zum nächsten Ast zu schwingen. Er drehte sich wieder um und lehnte sich lässig an den Tisch. Er ließ nochmal alles, was er über die junge Frau gerade erfahren hatte, Revue passieren. Er kam zu dem Schluss, dass sie aufgrund der großen Anzahl Bögen eine gute Bogenschützin war, dass sie über ausreichende heilkundige Kenntnisse verfügte, um ernstere Verletzungen versorgen zu können, dass sie eine für eine Frau überdurchschnittlich gute körperliche Verfassung besaß und dass sie den Wald in- und auswendig kannte, was ihr einen gewissen Vorteil ihm gegenüber verschaffte. *Endlich mal eine kleine Herausforderung!* Sein Jagdinstinkt war geweckt. Er stieß sich schwungvoll vom Tisch ab und ging wieder nach unten. Dort angekommen, fiel ihm sofort auf, dass der junge Mann, den er bewusstlos geschlagen hatte, aus seiner Ohnmacht erwacht war und von seiner Mutter versorgt wurde. Er warf dem Hauptmann einen finsteren Blick zu, der ihn unbeeindruckt ebenso finster erwiderte. Während Albin mit versteinerter Miene das Mädchen auf dem Schoß sitzen hatte und der jüngere Sohn an seiner Seite mit angsterfüllten Augen klebte, durchbohrte ihn der junge Mann mit hasserfüllten Blicken. Maél löste den Gurt mit dem Schwert, was von Jadora mit einer hochgezogenen Braue quittiert wurde. Zu ihm gewandt sagte er für alle gut hörbar: „Außer einem Messer werde ich nichts brauchen. Das Schwert behindert mich nur bei der Jagd." Bei diesen Worten zuckte die gesamte Familie zusammen und sah ihn schockiert an. Sogar Jadoras Gesicht nahm auf diese Worte hin eine entsetzte Miene an. Die Frau erhob sich jäh vom Boden und schleuderte ihm vorwurfsvoll entgegen: „Was habt Ihr vor?! Wollt Ihr sie jagen wie ein Tier?! Es scheint Euch ja geradezu eine krankhafte Freude zu bereiten, ein junges unschuldiges Mädchen durch den Wald zu hetzen. Was wollt Ihr eigentlich von ihr?" Maél ließ sich nicht aus der Ruhe bringen und erwiderte nur süffisant: „Ob sie unschuldig ist, wird sich noch zeigen." Dabei sah er zu dem jungen Mann hinüber, der sich inzwischen auch schwankend und mit blutverschmiertem Gesicht erhoben hatte, als wollte er sich gleich auf ihn stürzen. Ohne weitere Reaktionen abzuwarten, gab er Jadora, der nach Maéls letzten Worten die Luft angehalten hatte, den Befehl, die Familie nicht aus den Augen zu lassen. Daraufhin trat er mit energischen Schritten in die Nacht hinaus, die er schon immer dem Tag vorgezogen hatte.

Bei seinem Pferd angekommen nahm er zwei dünne Stricke aus seiner Satteltasche heraus, die er in sein Wams stopfte. Dabei berührte er versehentlich den Haarzopf. Er holte ihn hervor und fühlte die Weichheit des Haars mit Zeigefinger und Daumen. Dann sog er noch ein letztes Mal tief den zugleich angenehmen und einzigartigen Duft ein, bevor er den Zopf in seine Satteltasche steckte und mit großen Schritten auf den Wald zu marschierte.

Obwohl Maél seine Augen nicht auf den Weg heften musste, um anhand der Fußspuren einen Menschen zu verfolgen, hielt er Augen und Ohren auf. Er wollte keine bösen Überraschungen erleben, zum Beispiel einen Pfeil von dem Mädchen in die Brust geschossen bekommen oder versehentlich in eine Grube oder Ähnliches stürzen. Von Zeit zu Zeit verlangsamte er sein Tempo und schloss für ein paar Herzschläge die Augen, um sich besser darauf konzentrieren zu können, die frische Duftspur von älteren zu unterscheiden. Bis jetzt überdeckten sich diese. Sie hatte also den von ihr häufig benutzten Weg gewählt – warum auch immer. Naheliegender wäre es gewesen, wenn sie sich noch einen unberührten Weg durch den Wald gebahnt hätte. Sie konnte ja nicht von seinem übermenschlichen Geruchssinn wissen. Er schüttelte den Gedanken ab, denn er war nicht darauf angewiesen, ihr Handeln vorherzusehen. Ihm genügte ihre Duftspur, die sie hinterlassen hatte, um sie zu finden. Und dass er sie aufspüren würde, daran hegte er nicht den Hauch eines Zweifels.

Er ging in einen lockeren Trab über, bei dem er ohne Schwierigkeiten dem immer intensiver werdenden Lavendel-Rosen-Duft folgen konnte. Zu seinem Verdruss ertappte er sich immer wieder, wie seine Gedanken zu den Geschehnissen im Haus des Jägers schweiften. So schwer es ihm auch fiel, er musste zugeben, dass die Familie ihm imponierte, vor allem die Frau und das kleine Mädchen. Ungeachtet ihrer Angst erhoben sie das Wort gegen ihn und setzten sich für die junge Frau ein. An Albin gefiel ihm, dass er sich nicht, wie der ältere seiner beiden Söhne, von Hass und Wut zu irgendwelchen Verzweiflungstaten hatte hinreißen lassen, sondern Ruhe bewahrte und jegliche Eskalation vermied. Kellen war vermutlich in das Mädchen verliebt, da er außer sich vor Wut war und ihm unverhohlen seinen Hass entgegenschleuderte. Dass sie nicht seine leibliche Schwester war, hatte er unschwer dem Porträt entnehmen können, das Jadora ihm vor die Nase gehalten hatte. Die Erinnerung an das Bild ließ auf einmal wieder das außergewöhnliche Gesicht des Mädchens vor seinem inneren Auge auftauchen. Er wollte dieses Gesicht aus seinem Kopf verbannen, aber es gelang ihm einfach nicht. Die hellen Augen und ihr Ausdruck, den er nicht deuten konnte, ließen ihn einfach nicht los. Verärgert ging er in ein höheres Tempo über, sodass er vor Anstrengung zu keuchen begann. Sein lauter Atem echote laut in den Wald hinein, was ihn dazu veranlasste, abrupt stehenzubleiben, um seine Atmung wieder zu beruhigen. Auch wenn er wusste, dass sie ihm nicht entkommen konnte, durfte er sie mit ihren außergewöhnlichen Fähigkeiten nicht unterschätzen. Er wollte sie nicht in Alarmzustand versetzen. Er ging wieder ein paar Schritte. Dabei fiel ihm auf, dass die frische, intensivere Spur kaum noch wahrnehmbar war. Er drehte sich um und lief den gleichen Weg eine Weile zurück, indem er wie ein nach Beute suchendes Raubtier ständig links und rechts des Weges nach dem stärkeren Duft schnüffelte. Und in der Tat fand er ihn. Er war wohl, in Gedanken versunken, an der Stelle vorbeigelaufen, wo die junge Frau ihre Richtung geändert und den Weg verlassen hatte. Er beschleunigte wieder seine Schritte und konzentrierte sich auf den immer stärker werdenden Duft nach Rosen und Lavendel. Plötzlich hielt er wieder an. Nun roch es so stark nach ihr, dass er fast glaubte, sie müsse direkt vor ihm stehen. Aber die Spur ging noch weiter. Er setzte seine Jagd mit kräftigen, aber nahezu lautlosen Schritten fort und erreichte schließlich eine Lichtung, die auf der gegenüberliegenden Seite an Felsen grenzte. Von dort strömte ihm ihr Duft mit bisher stärkster Intensität entgegen. Sie musste sich irgendwo bei den Felsen aufhalten. Er schaute in alle Richtungen, um ihre möglichen Fluchtwege abzuwägen. Sie hatte keine Chance. Wenn sie über die Felsen klettern würde, würde er sie früher oder später einholen. Ihre Spur würde er niemals verlieren. Eine Flucht an den Felsen links oder rechts entlang in den dunklen Wald hinein, um sich dort zu verstecken, würde ihr auch nicht viel nützen, da er sie sehen und ihr aufgeregtes Herz schlagen hören würde. Er dachte an ihre körperlichen Vorteile, die sie vermutlich gegenüber den meisten Frauen hatte. Dies entlockte ihm unter der Maske jedoch nur ein müdes Lächeln, da ihm sogar die schnellsten und kampferprobtesten Männer bisher immer unterlegen waren. *Du sitzt in der Falle, Kleine!* Maél empfand auf einmal Enttäuschung darüber, dass sie es ihm so leicht gemacht hatte. Er hatte mehr Ideenreichtum von ihr erwartet, nach dem, was er über sie in ihrer Kammer erfahren hatte. Dennoch spürte er eine Anspannung und Erregung in sich heranwachsen, die größer war als sonst, wenn er kurz davor stand, einen Gejagten zu fangen. Zum ersten Mal war sein Opfer eine junge Frau, fast noch ein Mädchen.

Mit langsamen, federnden Schritten, einer Raubkatze gleich, verließ er seine Deckung zwischen den Bäumen und trat auf die Lichtung hinaus, die von dem Schein des Mondes fast schon gleißend hell erleuchtet wurde. Jederzeit zu einem Hechtsprung bereit, falls sie ihn in Lauerstellung erwartete und ihn mit einem Pfeilschuss überraschen wollte, steuerte er auf die Mitte der Lichtung zu. Seine sämtlichen Sinne waren darauf gerichtet, ein verräterisches Geräusch oder die noch so kleinste Bewegung wahrzunehmen. Etwa sechzig Schritte von den Felsen entfernt blieb er abrupt stehen, da gleichzeitig verschiedene Geräusche an sein scharfes Gehör drangen. Neben seinem eigenen Herzschlag, der durch seine Erregung immer schneller wurde, hörte er tatsächlich das regelmäßige und langsame Atmen eines Menschen - zwar ganz leise, aber für ihn unüberhörbar. Überdeckt wurden die Atemgeräusche jedoch von etwas viel Lauterem...

Träumte sie oder war es real? Elea spürte, wie ständig Luft in ihr Gesicht wehte. Sie war noch im Halbschlaf und zu müde, um die Augen zu öffnen. Also tat sie dieses Wehen als Teil eines Traums ab. Es hatte mit einem leichten Luftzug begonnen, der sanft über ihr Gesicht strich. Dieses angenehme Fächeln verwandelte sich aber bald in einen fast sturmartigen Wind, der sie dazu zwang, mit den Augenlidern reflexartig zu zucken. Außerdem nahm sie lautes Flattern wahr. Es kostete sie große Überwindung, die Augen endlich zu öffnen. Doch was sie sah, ließ ihr Herz für einen Moment aussetzen. Denn sie wusste sofort, was es zu bedeuten hatte. Direkt vor ihrem Gesicht flatterte aufgeregt ein Uhu mit den Flügeln – ihr Uhu! *Verdammt! Mein Plan mit der Warnung hat geklappt, nur ich erkenne sie nicht als solche.* Elea war mit einem Schlag hellwach und sprang auf. Wie lange der Vogel schon da war, um sie zu warnen, wusste sie nicht. Auf jeden Fall war sie in Gefahr. Irgendjemand näherte sich ihr, daran zweifelte sie nicht im Geringsten. Aber was sollte sie tun? Hier im Versteck bleiben oder fliehen? Sie beschloss erst mal die Höhle zu verlassen, um hinter dem Felsen versteckt die Lichtung in Augenschein zu nehmen. Sie schulterte sicherheitshalber gleich ihren Rucksack und Köcher und behielt den Bogen in der Hand. Dann verließ sie nahezu geräuschlos ihre Schlafstelle und tastete sich langsam an dem Felsen entlang, der die Sicht auf den Eingang der Höhle versperrte. Vorsichtig lugte sie an ihm vorbei. Als sie die Gestalt mitten auf der Lichtung erblickte, glaubte sie, den Boden unter den Füßen zu verlieren. Panisch zuckte sie zurück und lehnte sich mit dem Rücken an den Felsen. Ihre Knie drohten durch den Anblick, der sich ihr bot, einzuknicken. Ihr Herz schlug ihr vor Angst bis zum Hals. *Das ist sie also. Die Blutbestie. Mein ganz persönlicher Häscher. Himmel hilf mir! So grausig habe ich ihn mir nun auch wieder nicht vorgestellt!* Nach dem ersten Schock wagte Elea einen längeren Blick an dem Felsen vorbei auf ihren Verfolger. Er war riesig, noch größer als Kellen und der war schon um einiges größer als sie. Er stand breitbeinig auf der Lichtung ganz in schwarz gekleidet. Das konnte sie gut bei dem Mondlicht erkennen. Und sie konnte es kaum glauben - er trug eine schwarze Maske im Gesicht. *Behindert die ihn denn nicht beim Sehen und dann noch nachts?* Er war schlank, hatte breite Schultern, eine schmale Hüfte und... lange Beine. *Schnell rennen kann er bestimmt auch.* Das Gruseligste an ihm war jedoch, dass er genau in ihre Richtung sah, als ob er sie sehen könnte. War das möglich? - Ja, das war es ganz offensichtlich! Er stand nur da, machte nicht die geringste Bewegung und starrte ununterbrochen zu ihr hinüber. *Was soll ich nur tun?* Sie drehte sich um und erkannte zu ihrem Entsetzen, dass sie in der Falle saß. Hinter ihr türmten sich die Felsen auf, auf die sie nicht ohne weiteres mal schnell unentdeckt klettern konnte. Außerdem wusste sie gar nicht, was hinter ihnen lag. *Wie dämlich muss man eigentlich sein! Erst ignoriere ich die Warnung des Uhus. Und dann suche ich mir noch eine Sackgasse als Versteck aus!*

Elea musste unwillkürlich an ihren Kosenamen denken, mit dem Kellen sie so gerne neckte: Rehlein. Genau so fühlte sie sich im Moment - wie ein kleines, vor Angst zitterndes Reh, das im Begriff war, von einem bösen hungrigen Wolf gefressen zu werden. Ihr wurde augenblicklich klar, dass sie nur eine Fluchtmöglichkeit hatte: Sie musste auf die Lichtung und seitlich an den Felsen entlang irgendwie wieder in den dunklen, dichten Wald gelangen, um sich dort zu verstecken, falls dies bei diesem Kerl überhaupt möglich war. Er war zweifellos schneller als sie, da nützte ihr auch ihre Ausdauer beim Laufen nicht viel. Ihr würde nichts anderes übrig bleiben, als auf ihn zu schießen, während sie rannte, um sich so einen Vorsprung zu verschaffen.

Die Tatsache, dass er unentwegt in ihre Richtung starrte und sie offensichtlich entdeckt hatte, ohne dass sie sich ihm gezeigt oder auf irgendeine andere Weise verraten hatte, jagte ihr einen eisigen Schauer nach dem anderen über ihren Körper. Dennoch nahm sie ihren ganzen Mut zusammen und trat - einen Pfeil bereits in den Bogen gespannt - hinter dem Felsen hervor. Ihr Brustkorb senkte und hob sich unruhig und ihre Arme zitterten. Sie schätzte die Entfernung auf etwa siebzig Schritte. Eine Entfernung, die für sie kein Problem darstellte. Allerdings hatte sie noch nie auf ein Lebewesen geschossen und schon gar nicht auf einen Menschen. Aber dieser hier stellte eine Gefahr für ihr Leben dar. Sie könnte auf ihn schießen. Da war sie sich ganz sicher. Und sie musste es tun - jetzt sofort. Sie atmete noch einmal tief ein, versuchte das Zittern ihrer Arme unter Kontrolle zu bekommen, atmete dann wieder aus, zielte und schoss. Sie sah den Bruchteil eines Augenblicks, wie der Pfeil zischend durch die Luft flog. Doch anstatt sofort loszurennen, blieb sie wie angewurzelt stehen, um zu sehen, was passierte. Ihr stockte der Atem und ihr Herz flatterte wie ein aufgescheuchtes Vögelchen in ihrer Brust. Der schwarze Mann wich ihrem Pfeil tatsächlich aus, als wäre er nur ein Ball. Er machte nicht einmal einen Schritt. Er neigte seinen Oberkörper einfach lässig und blitzschnell zur Seite. So etwas hatte Elea noch nie gesehen, erst recht nicht des Nachts. Sie hatte den Schrecken noch nicht ganz verdaut, da setzte sich der maskierte Mann mit langsamen Schritten in Bewegung - direkt auf sie zu. *Jetzt oder nie!* Elea ergriff blitzschnell einen Pfeil nach dem anderen und schoss sie schnell hintereinander auf den immer näher kommenden Mann ab. Gleichzeitig bewegte sie sich so schnell sie konnte, mit dem Rücken an den Felsen entlang Richtung Wald. Der Mann gab nun seine langsamen Schritte auf und jagte ihr hinterher. Er musste seinen Spurt immer wieder unterbrechen, weil er ihren Pfeilen auswich und auf die Erde hechtete. Er kam jedoch jedes Mal wieder rasch auf die Beine. Plötzlich zuckte er jäh zusammen und stieß einen Fluch aus, bei dem er sich ans Bein fasste. Elea schöpfte Hoffnung. Endlich war es ihr gelungen, ihn zu treffen. Also gab sie das Schießen auf und rannte um ihr Leben. Noch ein paar Schritte und sie erreichte den Wald. Behände wich sie den auf sie zukommenden Hindernissen aus. Aber lange konnte sie dieses Tempo nicht mehr durchhalten. Ihre Beine wurden immer schwerer. Aus dem kurzen Schlaf in der Höhle hatte sie nicht genügend Kraft schöpfen können. Sie rannte einfach ohne ein Ziel, nur weg von diesem grauenvollen Mann. Aber unglücklicherweise schien ihn seine Verletzung nicht übermäßig zu behindern. Er kam unaufhaltsam näher. Sein Keuchen und seine über den Waldboden donnernden Schritte wurden immer lauter. Völlig unerwartet fiel sie der Länge nach hin. Sie hatte einen dünnen, umgefallenen Baumstamm übersehen. Ein dumpfer Schmerz schoss in ihr linkes Knie. Sie war auf einen Stein gestürzt. Sie biss die Zähne zusammen und rappelte sich schnell wieder auf. Dabei blickte sie sich noch einmal nach ihrem Verfolger um. Er war vielleicht nur noch zehn Schritte von ihr entfernt. *Gleich ist alles vorbei! Gleich hat er mich!* Die ersten Tränen liefen ihr bereits die heißen Wangen hinunter. Ihre Lungen kamen zwar immer noch ihrem Dienst nach und pumpten Luft in ihren Körper, aber jeder Schritt wurde von Mal zu Mal schwerfälliger. Ihre Muskeln verkrampften schmerzhaft. Aber einfach aufgeben würde sie nicht. Diese Genugtuung würde sie ihm nicht geben. Sie mobilisierte nochmals alle ihre Kräfte, wich ein paar Sträuchern aus und sprang über einen umgefallenen Baum. Zwei oder drei Augenblicke später übersprang auch ihr Verfolger dieses Hindernis. Er war vielleicht nur noch zwei oder drei Armlängen hinter ihr. Sein Keuchen schien ihr bereits lauter als ihr eigenes. Elea war am Ende. Jeder Schritt war inzwischen zu einer Qual geworden. Sie schloss die Augen und wartete, dass sich die Arme ihres Verfolgers um ihre Taille schließen würden. Dann war es soweit: Mit einem Hechtsprung begleitet von einem martialischen Schrei stürzte er sich von hinten auf sie und brachte sie beide zu Fall. Schwer atmend begrub er sie unter seinem Körper. Sie konnte kaum Luft holen, so schwer lastete er auf ihr. Strampelnd versuchte sie, sich von ihm zu befreien. Doch es war zwecklos. Er war zu schwer. Sein heißer, schneller Atem hinterließ eine feuchte Spur auf ihrem Nacken. „Was wollt Ihr von mir? Lasst mich los! Ihr tut mir weh", presste sie halb erstickt hervor. Mit keuchender, aber selbstgefälliger Stimme antwortete er: „Um Eure Frage zu beantworten: Ich werde Euch nach Moray zu König Roghan bringen. So lautet mein Befehl. Was Euer Anliegen angeht: Ich werde Euch ganz sicherlich nicht loslassen." Kaum hatte er diese Worte ausgesprochen, da spürte Elea wie er ihre Hände schmerzhaft hinter ihrem Rücken fesselte. Dann drehte er sie grob auf den Rücken, sodass sie ihm direkt in die Augen schaute oder vielmehr in die Löcher seiner Maske. Mit rauer Stimme fuhr er fort: „Ihr behauptet, ich tue Euch weh. Ihr habt mir zuerst Schmerzen zugefügt, indem Ihr mir einen Eurer Pfeile ins Bein gejagt habt, oder etwa nicht!?" Elea konnte nicht glauben, was sie da hörte. Sie vergaß ihr Schluchzen und schnaubte ungehalten. „Mir blieb ja auch nichts anderes übrig. Ihr standet da - mitten auf der Lichtung - wie ein Rachegott. Ich musste mich ja wohl irgendwie verteidigen. Ihr seht nicht gerade vertrauenserweckend aus mit Eurer Maske und das noch mitten in der Nacht. Oder hätte ich Euch etwa mit freundlichen Worten dazu überreden können, mich einfach meines Weges gehen zu lassen?!" Maél erhob sich und zog Elea mit eisernem Griff um ihren Oberarm mit sich hoch. Seine Vermutung, dass alle weiblichen Mitglieder dieser Familie mutig waren und ihre Angst zugunsten einer spitzen Zunge hinunterschluckten, bestätigte sich. Er stieß sie grob vor sich. „Wohl kaum! Los, setzt Euch in Bewegung! Eure Familie macht sich bestimmt schon Sorgen und fragt sich, wo wir so lange bleiben." Sie drehte sich abrupt um und stieß unsanft mit ihrer Nase gegen seinen harten Brustpanzer. „Was habt Ihr ihnen angetan?", fauchte sie ihn an. „Nichts, was sie nicht überleben würden", zischte er zurück und zog sie mit sich. Elea spürte, wie sie vor Wut anfing innerlich zu kochen. *Dieser grobe, arrogante Mistkerl!* „Wer seid Ihr, dass Ihr friedliebende und rechtschaffene Menschen mitten in der Nacht überfallt oder sogar aus ihrem Leben reißt und entführt?" Maél war es nicht gewohnt, dass man mit ihm in einem solchen respektlosen Ton sprach. Normalerweise kuschten seine Opfer, sobald sie ihm gegenüberstanden. Elea war jedoch noch nicht fertig. „Ich werde keinen einzigen Schritt tun! Ihr müsst mich schon durch den Wald schleifen." Sie ließ sich unvermittelt auf die Knie fallen, was sie sofort bereute, da der Schmerz in ihrem Knie so sehr aufflammte, dass ihr übel wurde. Sie streckte sich einfach auf dem Bauch liegend vor ihm aus. Der maskierte Mann hatte ebenfalls immer größere Schwierigkeiten damit, seinen Zorn unter Kontrolle zu halten. Dieses Mädchen stellte seine Geduld mit ihrer rebellischen Art hart auf die Probe. Und dass sie ihn tatsächlich mit einem Pfeil im Oberschenkel getroffen hatte, den er sich noch im Lauf herausgezogen hatte, hatte seinem Gefühl der unanfechtbaren Überlegenheit einen schmerzlichen Dämpfer verpasst. Maél stand wutschnaubend über ihr. Plötzlich ging er in die Hocke und drückte ihren Kopf mit roher Gewalt auf den Boden, sodass sie Staub einatmete und Erde in den Mund bekam. Sand knirschte zwischen Eleas Zähnen. Seine Maske kam ihrem Kopf bedrohlich nahe. Ungehalten zischte er ihr ins Ohr: „Dann werde ich Euch eben tragen!" Er drehte sie auf den Rücken und warf sie sich regelrecht über seine Schulter, als wäre sie so leicht wie ein Umhang. Dann marschierte er los, während Elea ihn beschimpfte und mit den herunterhängenden Beinen traktierte. Mit seinem freien Arm umklammerte er ihre Beine. Ihr gelang es jedoch immer wieder, eines ihrer Beine aus seiner Umklammerung zu befreien, sodass sie ihn mit der Stiefelspitze gegen den Oberschenkel trat – ganz in der Nähe seiner Wunde. Als sie dann auch noch lauthals zu schreien anfing, stellte er sie wutentbrannt auf die Beine und schlug ihr brutal mit der Faust an die Schläfe, sodass Elea weit zur Seite geschleudert wurde und auf den Boden aufprallte. Sie hatte durch den Schlag auf den Kopf sofort das Bewusstsein verloren. Ohne sich zu vergewissern, ob sie noch lebte, warf der maskierte Mann sich das Mädchen erneut über die Schulter und setzte seinen Rückmarsch durch den Wald ungestört fort.

Kapitel 4

Elea erlangte ihr Bewusstsein mit der Wahrnehmung eines hämmernden Dauerschmerzes an ihrer Schläfe zurück. Dieser Schmerz pochte im selben Rhythmus wie das Schaukeln ihres Oberkörpers, der noch immer auf der Schulter des Maskenmannes ruhte. Trotz seines Schlages wusste sie sofort, was geschehen war und wo sie sich befand. Sie hob etwas den Kopf, um zu sehen, wie weit sie noch von Albins Haus entfernt waren. Bei dieser kleinen Bewegung verstärkte sich sofort sein Griff. Ihm war also nicht entgangen, dass sie wieder zu sich gekommen war. Der silbrige Schein des Mondes, der bis eben als einzige Lichtquelle durch die dichten Baumwipfel den Waldboden nur spärlich erleuchtet hatte, bekam mit einem Mal Unterstützung von dem dämmernden Morgen. Elea konnte sehr gut erkennen, wo sie sich gerade befanden. Sie kannte jeden einzelnen Baum entlang des Weges, dem dieser Kerl mit seinen ausladenden Schritten folgte. Tatsächlich war es nicht mehr weit bis zu ihrem Zuhause. Sie musste also einige Zeit ohne Bewusstsein gewesen sein. Der scharfe Schmerz an ihren Handgelenken wetteiferte mit dem dumpfen Pochen in ihrem Kopf. Er hatte die Stricke so fest zugezogen, dass bereits die kleinste Bewegung höllische Schmerzen verursachte. Es würde sicherlich nicht mehr lange dauern, bis sie kein Gefühl mehr in den Fingern hätte. Sie hasste diesen Mann, wie sie noch nie jemand gehasst hatte. Sie könnte ihm, ohne mit der Wimper zu zucken, ein Messer in den Bauch rammen. Aber dafür war es noch zu früh. Bei ihren Schmerzen und der sie überkommenden Übelkeit war sie derzeit kaum in der Lage, diesem riesigen Monster ein Haar zu krümmen. Sie musste zähneknirschend einen erfolgversprechenderen Zeitpunkt abwarten.

Der erwachende Tag wurde aus allen Himmelsrichtungen von den Vögeln mit ihrem fröhlichen Gesang willkommen geheißen. In unvermindertem Tempo kamen sie dem Waldrand immer näher. *Wird dieser Kerl denn überhaupt nicht müde?* Elea musste jetzt ihren Zorn und ihren Hass auf ihn hinunterschlucken und sich gefügig zeigen. Wenn ihr das nicht gelänge und sie ihn weiterhin reizen würde, dann würde er, so wie sie ihn einschätzte, auch nicht davor zurückschrecken, sie vor den anderen zu schlagen, sogar vor Kaitlyn. *Oh nein! Was hat er ihr vielleicht angetan?* Sie durfte diesen Gedanken nicht zu Ende denken. Sie fühlte schon wieder, die Wut in ihr aufschäumen. Es zählte nun einzig und allein, die anderen vor diesem brutalen Mann zu beschützen. Dies konnte sie nur erreichen, wenn sie sich selbst unter Kontrolle hatte und alles nur Erdenkliche tat, um eine Eskalation der Situation zu vermeiden. Sie kannte Kellen und sein aufbrausendes Temperament. Und sie kannte Breanna. Sie würde für ihren Sohn, für alle ihre Kinder, wie eine Löwin kämpfen. Nur um Albin machte sie sich keine Sorgen. Er war ein besonnener und friedliebender Mann. Er würde alles tun, um seine Familie zu schützen. Sie durfte sich unter gar keinen Umständen Schmerzen vor ihnen anmerken lassen, so unmöglich ihr dies im Augenblick mit ihrem dröhnenden Schädel auch erschien. Sie musste Ruhe und Gelassenheit ausstrahlen. Und wenn es nicht anders ging, dann musste sie ihre Gabe einsetzen. Ihr war es schon mehr als einmal gelungen, Kellen daran zu hindern, sich mit anderen Kindern oder später auch größeren Jungen zu prügeln, wenn sie sich lustig über ihr Aussehen gemacht hatten. Sie hatte ihm dann immer fest in die Augen gesehen und ihm eine ihrer warmen Energiewellen gesendet, die sie aus schönen Gefühlen schöpfend in sich aufbaute. Dies erstickte schnell seine aufkeimende Wut und ließ ihn eine gelassenere Haltung einnehmen.

Elea beschloss, sich erst einmal ihrem Schicksal zu fügen und mit dem grauenvollen Kerl freiwillig nach Moray mitzugehen. Zumindest sollte es für alle so aussehen. Doch wenn sie wieder zu Kräften gekommen wäre, würde sie ihm das Leben zur Hölle machen und ihn vielleicht sogar töten – wenn dies die einzige Möglichkeit war, ihn loszuwerden.

Maél hatte den Wald hinter sich gelassen und ging geradewegs auf das Haus zu. Vier der Krieger befanden sich vor dem Haus, von denen einer Pfeife rauchend Wache hielt, während die drei übrigen in den höchsten Tönen auf dem Boden liegend oder an der Hauswand angelehnt schnarchten. Als er an ihnen vorbeischritt, bellte er ihnen zu, die Pferde für die Rückreise vorzubereiten. Das Schnarchen der drei schlafenden Krieger erstarb sofort und nur ein paar Atemzüge später standen sie bereits auf den Beinen.

Den Kopf einziehend trat er durch die Tür in den Wohnraum und ließ Elea unsanft auf den Boden plumpsen. Ihre gesamte Familie war um den Tisch versammelt, auch Kaitlyn, die in Breannas Armen schlief. Sie starrten sie mit offenem Mund und schreckgeweiteten Augen an. Zu Breanna gewandt sagte der maskierte Mann in barschem Ton: „Ihr könnt ihre Verletzung versorgen und sie reisetauglich machen. Aber beeilt euch! Wenn ich wiederkomme, nehme ich sie mit, egal, wie weit Ihr seid." Kellen rang um Fassung, als er Eleas blutverschmiertes Gesicht sah. Albin musste seine ganze Kraft aufbringen, um den jungen Mann neben sich am Tisch festzuhalten. Maél löste inzwischen Eleas Handfesseln und riss ihr brutal den Rucksack samt Bogen und Köcher vom Rücken. Dann nahm er wieder den Strick und fesselte erneut ihre Handgelenke so fest, dass Elea vor Schmerz aufstöhnte, weil er in die bereits wund gescheuerten Stellen schnitt. Ohne die Familie eines weiteren Blickes zu würdigen, forderte er Jadora auf, ihn nach draußen zu begleiten. Dieser hatte mit missbilligendem Gesichtsausdruck die Szene stumm verfolgt. „Ihre Hände bleiben gefesselt! Habt ihr verstanden?", knurrte er den beiden Kriegern noch zu. Diese nickten eingeschüchtert.

Kaum hatten die beiden Männer das Haus verlassen, legte Breanna Louan das schlafende Mädchen in die Arme und kam zu Elea geeilt, die den Versuch unternahm aufzustehen. Ihr wurde jedoch sofort klar, dass es besser war, erst einmal auf dem Boden sitzen zu bleiben. So konnte sie am besten ihrem Schwindel und ihrer Übelkeit Herr werden. „Elea, wie geht es dir? Was hat dieser Kerl dir nur angetan?" Breannas Stimme versagte fast bei diesen Worten. Tränen liefen ihr bereits die Wangen hinunter. Elea antwortete mit festem und beschwichtigendem Ton: „Es sieht schlimmer aus, als es tatsächlich ist. Es besteht kein Grund zur Sorge. Mir geht es gut."

„Ja. Das sieht man!", schnaubte Kellen ihr ungehalten entgegen, als ob sie selbst die Schuld an ihrem Zustand trüge. „Wieso bist du einfach alleine abgehauen?" Elea hätte ihm am liebsten ins Gesicht geschrien, dass sie ihm damit das Leben retten wollte, aber sie musste Ruhe bewahren. „Kellen, sei doch bitte vernünftig! Es hätte nichts an der gegenwärtigen Situation geändert. Für euch aber war es besser, dass ich nicht da gewesen war, als sie hier bei euch einfielen, oder etwa nicht, Albin?" Um Unterstützung flehend suchte sie Albins Augen. Dieser stimmte ihr mit resigniertem und traurigem Blick zu. „Kellen, Elea hat recht. Es hätte nichts geändert." Zu dem Mädchen gewandt sagte er jedoch mit belegter Stimme, aus der auch seine Enttäuschung herauszuhören war. „Warum bist du einfach gegangen, ohne etwas zu sagen, ohne dich von mir zu verabschieden?"

Breanna hatte inzwischen Eleas Gesicht von dem getrockneten Blut befreit. Was sie darunter entdeckte, ließ sie laut die Luft einziehen. „Da ist ein tiefer Schnitt mindestens vier Fingerbreit lang. Den muss ich nähen", sagte Breanna. „Dann tu es, bitte!", forderte Elea sie sanft auf, immer darauf bedacht ihre innere Ruhe auf die anderen zu übertragen. „Aber ich werde mindestens acht Stiche machen müssen." Breannas Stimme hatte einen panischen Unterton angenommen. „Breanna, beruhige dich! Die paar Stiche halte ich schon aus."

Während Breanna immer wieder leise aufschluchzend die nötigen Dinge herbeiholte, richtete Elea ihre Aufmerksamkeit wieder auf Albin. „Albin, es tut mir so leid! Aber ich musste es tun, um euch alle zu schützen. Es wäre viel zu gefährlich gewesen, Breanna mit Louan und Kaitlyn allein zu lassen. Und wenn dieser maskierte Kerl uns drei auf der Flucht aufgespürt hätte - und das hätte er, davon bin ich überzeugt - dann wäre es sicherlich zu einem Kampf gekommen, in dem du oder Kellen verletzt oder sogar getötet worden wärst. Er schreckt vor nichts zurück. Bitte vergib mir! Ich liebe euch alle so sehr. Wenn euch etwas zustoßen würde, nur weil ihr damals die Gefahr auf euch genommen habt, mich in eure Obhut zu nehmen und mich aufzuziehen wie euer eigenes Kind... Das könnte ich nicht ertragen."

Breanna half Elea hoch und führte sie zu einem Stuhl, den sie an das geöffnete Fenster gestellt hatte. Hier hatte sie zum Nähen das Licht der aufgehenden Sonne. Sie drückte die junge Frau sanft in den Stuhl und wartete nicht lange mit dem ersten Stich. Elea zwang sich bei jedem Stich, ein Zusammenzucken und eine schmerzverzerrte Miene zu unterdrücken. Breanna sah immer wieder hinaus in den Hof zu dem schwarz gekleideten Mann hinüber, der bei seinem Pferd stand und sich an seinem rechten Oberschenkel zu schaffen machte. „So wie es aussieht, hast du dem Bastard ins Bein getroffen. Gut so! Hoffentlich bekommt er Wundbrand!", zischte Breanna voller Hass. „Mir wäre es lieber gewesen, mein erster Pfeil hätte ihn ins Herz getroffen. Aber er ist ihm einfach lässig ausgewichen. Ist so etwas möglich, Albin?" Der Jäger hielt Kellen nach wie vor krampfhaft am Arm fest. Dieser hatte scheinbar immer noch mit seiner in ihm tobenden Wut zu kämpfen. Erstaunt sah er zu Elea: „Gesehen habe ich so etwas noch nie, aber davon gehört. Er muss außerordentlich gute Augen und enorm schnelle Reflexe haben."

Elea zog scharf die Luft ein, als Breanna zum achten Male die Nadel durch ihr Fleisch stieß. Auf der Stirn der jungen Frau hatten sich bereits kleine Schweißperlen gebildet. Breanna arbeitete so schnell und sorgfältig wie möglich. Erst jetzt bemerkte Elea die beiden Krieger, die sich zu ihrer Bewachung noch im Haus befanden. Einer stand neben der Treppe. Der zweite hatte bei dem Fenster Posten bezogen, nur zwei Schritte von ihr entfernt. Beide musterten sie mit unverhohlener Bewunderung. Elea wollte gar nicht darüber nachdenken, was sie an ihr bewunderten. Rasch wandte sie wieder ihren Blick von ihnen ab und richtete ihre Aufmerksamkeit auf Breanna. Diese schnitt gerade den Faden ab und begutachtete ihr Werk. „Ich habe mein Bestes getan, Elea, aber die Narbe wirst du dein Leben lang behalten."

„Das ist mir egal", antwortete die junge Frau ungerührt. Sie erhob sich langsam und ging auf wackeligen Beinen hinüber zu Albin an den Tisch. Mit beruhigender Stimme fuhr sie fort: „Albin ich werde mit ihnen gehen. Wir haben keine Chance. Ich werde mich meinem Schicksal ergeben und mir anhören, was der König von mir will. Ihr werdet hier friedlich euer Leben weiterführen – ohne mich. Ihr kanntet die Prophezeiung und habt damit gerechnet, dass der Tag kommen würde, an dem sich unsere Wege trennen würden. Sonst hättet ihr mich nicht so gut vorbereitet, auch wenn es vielleicht momentan den Anschein hat, als wäre alles umsonst gewesen. Ihr habt eure Aufgabe erfüllt, jetzt liegt es an mir, meine zu erfüllen."

Zu Kellen gewandt sprach sie eindringlich weiter. „Du wirst keine Dummheiten machen! Hast du verstanden? Du kannst gegen diesen maskierten Mann nichts ausrichten. Glaub mir! Mir wird schon nichts passieren!" Kellen sah sie nur missmutig und skeptisch an, sagte aber kein Wort. „Versprichst du mir, dass du uns nicht verfolgen wirst?", drang sie beharrlich weiter auf ihn ein. Schließlich schaute sie mit flehenden Augen zu Albin, da Kellen nicht zu antworten gedachte. „Albin, du wirst auf ihn aufpassen müssen!" Albin sah ernst von Elea zu seinem ältesten Sohn und nickte stumm. Anschließend trank sie den Becher mit Wasser, den Breanna ihr an den Mund hielt, in einem Zug leer und ließ sich von ihr mit etwas Brot und Käse füttern.

Maél ging mit Jadora zu den Pferden und drückte ihm Eleas Rucksack samt Bogen und Köcher gereizt in die Hände. „Sieh nach, ob sie noch irgendwelche Waffen eingesteckt hat! Ich muss mich um mein Bein kümmern. Dieses Weib hat mich tatsächlich getroffen!", zischte er dem Krieger zu. „Dann muss sie ja eine verdammt gute Bogenschützin sein", gab der Hauptmann anerkennend zum Besten und betrachtete sich die Pfeilspitzen. „Du hast Glück gehabt. Die Pfeile haben keine Metallspitze."

„Sonst würde ich jetzt auch kaum vor dir stehen", gab Maél bissig zurück. „Wieso hast du sie so zugerichtet? Sie ist eine verängstigte, junge Frau, fast noch ein Mädchen!", fragte Jadora in vorwurfsvollem Ton. „Einen verängstigten Eindruck hat sie nicht gerade auf mich gemacht. Sie hat sich mit Händen und Füßen gewehrt. Und mit ihrem Gekreische hat sie den ganzen Wald aufgeweckt. Ich musste sie irgendwie zum Schweigen bringen."

„Du hättest sie auch einfach knebeln können!" Maél gab nur ein ungehaltenes Schnauben zur Antwort. Mit einem Messer schnitt er die Hose auf, schüttete Wasser aus seinem Wasserschlauch auf die Wunde und reinigte sie. Dann öffnete er die Satteltasche, um einen Leinenstreifen herauszuholen. Sofort stieg ihm der Duft von Rosen und Lavendel, der von dem Haarzopf ausging, in die Nase. Er griff verärgert nach ihm und überlegte, was er damit machen sollte: Einfach wegwerfen? Ihr zurückgeben? Oder ihn behalten? Er entschied sich für letzteres. Er steckte ihn einfach wieder zurück in die Satteltasche. Dann drehte er sich zum Haus um und entdeckte sie am Fenster sitzend, während die Frau ihre Wunde versorgte. Maél wusste nicht, was er von Eleas Benehmen halten sollte. Auf jeden Fall würde er auf der Hut sein müssen. *Wer weiß, welche Talente noch in ihr stecken?! Mit Pfeil und Bogen umgehen kann sie jedenfalls. Und hätte sie Jadora oder einer seiner Krieger in den Wald verfolgen müssen, um sie einzufangen, dann wären sie kläglich gescheitert.* Er löste seinen Blick von der jungen Frau und machte sich fluchend daran, sein Bein zu verbinden. Jadora hatte inzwischen gründlich den Inhalt des Rucksacks inspiziert. „Also ich habe nichts Auffälliges gefunden: Kleidung, Proviant und einen Wasserschlauch. Interessant ist allerdings diese kleine Tasche. Sie enthält allerlei Heilmittel und - du wirst es nicht glauben - Instrumente, mit denen sie eine offene Wunde behandeln kann."

„Das überrascht mich nicht. Ihr Zimmer ist voll von heilkundigen Büchern und Schriftrollen mit Zeichnungen des menschlichen Körpers."

„Sie ist außergewöhnlich. Nicht nur ihre Erscheinung, auch ihre Fähigkeiten. Findest du nicht auch? So völlig anders als alle Frauen, die mir jemals begegnet sind." Maél quittierte Jadoras Schwärmerei mit einem übellaunigen Brummen. Damit war das Thema für ihn beendet. Er wollte sich schon auf den Weg zum Haus machen, als Jadora ihm einen merkwürdigen Stab hinhielt. „Den habe ich auch noch gefunden. Was hältst du davon?" Maél nahm ihn in die Hand und tastete mit den Fingerspitzen über die eingeritzten Furchen. „Er trägt dieselben Zeichen und Symbole wie eine Holzschatulle, die ich in ihrem Zimmer gesehen habe. Gefährlich sieht er nicht aus. Steck ihn mit ihren restlichen Sachen wieder zurück in den Rucksack und mach ihn an meinem Sattel fest! Ich habe noch etwas zu klären. Dann verschwinden wir von hier."

In Jadoras Stirn grub sich eine tiefe Falte. Er räumte rasch Eleas Habseligkeiten wieder in den Rucksack und schaute dem hochgewachsenen Mann nach. Dieser ging trotz seiner Beinverletzung mit ungebrochen energischen Schritten auf das Haus zu. Jadora holte ihn jedoch ein und hielt ihn an der Schulter fest. „Was hast du vor?", zischte er ihn an. „Ich muss mir noch über zwei Dinge Gewissheit verschaffen", knurrte er den Hauptmann an und betrat das Haus. Im selben Moment öffnete Breanna gerade das Tuch um Eleas Kopf und stieß einen Schrei aus, als das kurz geschnittene Haar zum Vorschein kam. „Hat *er* das getan?", fragte sie schockiert. Elea kam nicht mehr dazu zu antworten. Ihr nächtlicher Verfolger stand bereits neben ihr, riss Breanna das Tuch aus der Hand und warf es auf den Boden. „Nein. *Er* hat es nicht getan. Sie hat sie sich selbst abgeschnitten", antwortete Maél verächtlich an Eleas Stelle. „Das Tuch braucht sie jetzt nicht mehr." Elea schaute ihn eiskalt, aber mit wild schlagendem Herzen in die Augen, während ihre Pflegemutter losfauchte. „Und ob sie es brauchen wird! Oder wollt ihr, dass ihr rot glühendes Haar nachts, wenn ihr schlaft, unliebsame Gäste anlockt?!" Maél musste der Frau insgeheim Recht geben. Vielleicht kämen sie das eine oder andere Mal tatsächlich in eine Situation, in der sie gezwungen wären, nachts unentdeckt zu bleiben. „Also gut, dann holt ein frisches Tuch. Das hier ist voller Blut."

Breanna hatte sich gerade umgedreht, um aus ihrem Schlafzimmer ein anderes Kopftuch zu holen, als der ganz in schwarz gekleidete Mann Elea grob vom Stuhl hochzog und sie bäuchlings auf den Tisch drückte, vor den Augen von Albin, Kellen und Louan, der die durch das laute Poltern am Tisch erwachende Kaitlyn noch immer im Arm hielt. Elea traf dieser neuerliche Angriff ihres Peinigers so unvorbereitet, dass sie gar nicht dazu kam, darauf in irgendeiner Form zu reagieren. Es ging alles viel zu schnell. Kaum lag sie auf dem Tisch, schob Maél ihre Jacke nach oben und den Bund ihrer Hose so weit nach unten, bis er das gefunden hatte, was er suchte. *Das Mal sieht tatsächlich wie eine Rosenknospe aus.* Er ließ das Mädchen sofort wieder los, während Albin seine ganze Kraft aufbringen musste, um Kellen am Aufstehen zu hindern. Er stand kurz vor dem Ausbruch blinder Raserei. Elea schluckte ihre eigene erneut auflodernde Wut hinunter und ignorierte diese Demütigung. Sie erhob sich vom Tisch und begegnete der Maske mit einem gelassenen und ungerührten Blick. Sie rief sich rasch Erinnerungen an schöne Erlebnisse ins Gedächtnis, spürte wie Gefühle des Glücks und der Freude sie durchströmten und ließ diese Energie auf Kellen überfließen. Es schien zu funktionieren. Sein Atem kam nicht mehr stoßweise und Albin musste nicht mehr so sehr an ihm herumzerren. Der maskierte Mann stand stumm mit verschränkten Armen daneben und beobachtete die Szene. Er fand offensichtlich ein krankhaftes Vergnügen daran, die Gefühlswelt anderer in Aufruhr zu bringen. Breanna wickelte unterdessen Elea das frische Tuch um den Kopf und wollte gerade ansetzen, dem schwarzen Krieger eine Beleidigung ins Gesicht zu schleudern, als Elea ihr mit Kopfschütteln andeutete, es zu unterlassen. Hätte Maél nicht seine Maske getragen, dann hätte jeder Anwesende unschwer erkennen können, wie enttäuscht und verärgert er über das defensive Verhalten Eleas gewesen war und erst recht darüber, dass sie diesen wutschnaubenden Jüngling allem Anschein nach unter Kontrolle hatte. Aber er hatte ja noch einen Trumpf in der Hand und den würde er jetzt genussvoll ausspielen. *Mal sehen, wie sie damit klar kommt!* Er brach das beklommene Schweigen und sagte betont langsam: „Eine einzige Angelegenheit bleibt jetzt noch zu klären, bevor wir verschwinden." Jeder in der Wohnstube Anwesende konnte hören, wie Jadora bei diesen Worten scharf die Luft durch die Nase einzog. „Maél, bitte tu das nicht!", zischte er dem jüngeren Mann zu. Elea spürte deutlich eine Anspannung in ihr anwachsen – in Erwartung dessen, was sie jetzt noch ertragen musste. Diese Anspannung wurde so groß, dass sie nicht einmal bemerkte, dass der ältere Krieger gerade ihren Peiniger mit seinem Namen angesprochen hatte. Unbeeindruckt von der Bitte des Kriegers baute Maél sich vor Elea auf und fragte sie: „Seid Ihr noch unberührt?" Herausfordernd blickte er in Kellens Richtung. Dieser konnte sich plötzlich mit unbändiger Kraft aus der Umklammerung seines Vaters befreien und wäre über den Tisch gesprungen, um sich auf ihn zu stürzen, hätten ihn nicht seine Mutter und sein Vater mit vereinten Kräften daran gehindert. So kam er nur dazu, ihm entgegen zu schreien: „Das geht dich einen feuchten Dreck an, du Bastard!"

Elea hingegen stand wie im Nebel. Nachdem sie Maéls Worte gehört hatte, legte sich ein dichter Schleier um sie, sodass sie von der sich gerade abgespielten Szene nichts wahrgenommen hatte. *Dieser verdammte Mistkerl! Er hätte mir jede andere Frage stellen können, die ich ihm, ohne mit der Wimper zu zucken, beantwortet hätte. Aber nicht diese!* Wie betäubt starrte sie ihn fassungslos an. Tränen stiegen ihr in die Augen – vor Wut, vor Scham, vor Demütigung...

„Habt Ihr meine Frage nicht verstanden? Oder hat mein Hieb auf Euren Kopf vielleicht Euer Gehör in Mitleidenschaft gezogen? Soll ich sie wiederholen? - Seid Ihr noch unberührt?" Elea trug in ihrem Innern einen Kampf gegen einen übermächtig werdenden Hass aus, von dem sie wusste, dass sie ihn nicht gewinnen würde. Wenn kein Wunder geschähe, würde sie sich auf ihn stürzen, ganz egal, was sie damit auslösen würde. Zum Sprechen war sie in ihrem jetzigen Zustand sowieso nicht mehr in der Lage. Ihr gesamter Körper verkrampfte sich. Ihre Hände hatten sich – gefesselt auf ihrem Rücken – zu eisenharten Fäusten geballt. Sie war mit ihrem Plan, ihre Familie zu retten, gescheitert. Es war nur eine Frage der Zeit, wann sie alle ins Unglück stürzen würde.

Es herrschte eine bedrohliche Stille, obwohl sich zehn Personen in dem großen Raum befanden. Alle schienen die Luft angehalten zu haben. Einzig und allein hörte man das schwere Atmen von Elea. Sogar Kellen gab keinen Laut von sich. Alle Augen richteten sich auf Elea und den maskierten Mann. „Nun gut!", ertönte die selbstgefällige Stimme des Kriegers. „Da ihr nicht reden wollt, werde ich mich persönlich davon überzeugen, und zwar jetzt gleich hier an Ort und Stelle." Jetzt war es soweit. Der in Elea brodelnde Vulkan brach aus. Sie wollte sich gerade mit auf den Rücken gebundenen Händen auf ihn stürzen, da umschlangen sie von hinten zwei Arme, die sie mit schier übermenschlicher Kraft zurückhielten. Es waren Breannas rettende Arme. Mit gefasster Stimme sprach sie zu dem Maskenmann: „Sie ist unberührt!"

„Und das soll ich Euch glauben?! Woher kann ich wissen, dass Ihr die Wahrheit sagt?" Breanna war immer noch die Ruhe selbst. Sie wusste, was auf dem Spiel stand. „Ich sage es Euch noch einmal. Sie ist unberührt. Dafür verbürge ich mich." Jadora schaltete sich jetzt auch beschwichtigend ein. „Maél, ich glaube ihr. Sieh dich um! Sie lebt hier behütet mit ihren Eltern und Geschwistern weit weg vom Dorf. Quäl sie nicht länger, bitte!" Maél war jedoch noch nicht bereit, es auf sich beruhen zu lassen. Er wandte sich Kellen zu. „Kannst du dich auch dafür verbürgen?" Endlich brachte Albin ein Wort heraus. „Was soll diese Frage? Sie sind Bruder und Schwester!"

„Wollt ihr mich für dumm verkaufen!? Das sieht doch ein Blinder, dass das Mädchen nicht Eure leibliche Tochter ist. - Und dass Euer Sohn mehr als nur Bruderliebe für sie empfindet, kann jeder der Anwesenden mit eigenen Augen sehen, oder etwa nicht?" Er drehte sich Zustimmung erheischend zu den beiden Kriegern um, die rasch nickten. Kellen schaute gequält zu Elea, die immer noch von Breannas Armen gehalten wurde, sich aber inzwischen von ihrem Peiniger abgewandt hatte und an Breannas Brust gelehnt hemmungslos weinte. Jeder konnte sehen, dass sie am Ende ihrer Kräfte war. Der vergangene Tag und die noch nicht lange zurückliegende Nacht hatten deutliche Spuren hinterlassen. Kellen schluckte seinen abgrundtiefen Hass gegenüber diesem grausamen Mann hinunter und sagte – immer noch seinen Blick auf Elea ruhend - mit brüchiger Stimme: „Ich habe sie... nie... angerührt. Das schwöre ich auf das Leben meiner Schwester Kaitlyn... Genügt Euch das jetzt?" Erst bei den letzten Worten richtete er seine tränenverhangenen Augen auf das maskierte Gesicht. Maél ließ quälend lange Zeit nach diesem ergreifenden Schwur verstreichen. Schließlich gab er den Befehl zum Aufbruch und riss Elea grob aus Breannas Arme. Die junge Frau schrie kurz vor Schmerz auf, sah ihm noch mit resigniertem Blick in die Augen. Dann verlor sie das Bewusstsein. Hätte Maél sie nicht am Arm gehalten, wäre sie hart auf den Boden aufgeschlagen. So schwang er sie sich lässig auf die Arme und trug sie aus dem Haus zu den bereitstehenden Pferden. Alle folgten ihm. Kaitlyn hatte wieder zu weinen angefangen. „Warum ist der Mann so böse zu uns?" Niemand war in der Lage zu antworten. Jeder setzte sich mit seinem eigenen Schmerz über den wahrscheinlich endgültigen Abschied von Elea auseinander. Breanna rief unter Tränen: „Lasst sie doch erst zu sich kommen, damit wir uns voneinander verabschieden können?" Jadora, der gerade auf sein Pferd steigen wollte, versuchte, sie zu beruhigen: „Glaubt mir, Frau, so ist es leichter für alle!"

Maél setzte das bewusstlose Mädchen vor Jadora auf den Sattel. Dieser bettete sie bequem an seine Brust. Daraufhin setzte sich der neunköpfige Trupp auch schon in Bewegung. Keiner der Reiter drehte sich nach der trauernden Familie um. Die fünf Menschen standen noch lange an der Stelle, an der sie Elea zum Abschied nicht einmal in die Arme nehmen oder ihr tröstende Worte spenden durften. Sie gingen erst wieder zurück ins Haus, als ihre geliebte Tochter und Schwester am Horizont nicht mehr zu erkennen war.

Teil II
Die Reise nach Moray

Kapitel 1

Nebelschwaden zogen über die Stadt Moray, sodass diese vor König Roghans in die Ferne schweifenden Blick zum Teil verborgen blieb. Von seinem Schloss aus, das auf einem Berg über der königlichen Hauptstadt schon vor etwa fünfhundert Jahren von seinen Vorfahren errichtet wurde, hatte der Herrscher über Moraya freie Sicht auf einen strahlend blauen Himmel. Zwei Adler zogen ihre Kreise über das Schloss. Sie waren Roghan so nah, dass er glaubte, das Gelb ihrer Augen erkennen zu können. Im Norden streckte sich der Akrachón, eine gigantisch hohe Gebirgskette, den Horizont entlang. Sie bildete eine naturgegebene Barriere im Norden der beiden Königreiche Moraya und Boraya. Roghan liebte den Anblick der steilen, felsigen Berge mit ihren schneebedeckten Gipfeln, auch wenn ihre Unbezwingbarkeit ihm immer ein Dorn im Auge war.

Stolz sah er hinunter auf sein Schloss, das bereits sein Ururgroßvater nach dem verheerenden Krieg gegen den dunklen Zauberer Feringhor wiederaufzubauen begonnen hatte. Er selbst hatte – in einem wieder zu Kräften gekommenen Land – den Wiederaufbau abgeschlossen. Aus dem einstigen Schloss, das in früheren Zeiten idyllisch über der Hauptstadt ruhte, war eine gewaltige Festung geworden.

Vom Akrachón wehte der Nordwind mit einer Stärke, die die auf den Wehrtürmen befestigten Fahnen zum lautstarken Flattern brachte und den schwarzen Stoff mit dem königlichen Wappen, einem roten Drachen, entfaltete.

Roghan verließ das Fenster seines Arbeitszimmers, das sich in einem der zwei hohen Türme befand, und blieb an seinem massigen Schreibtisch stehen. Er war eine zugleich imposante und befremdliche Erscheinung. Seine große und kräftige Statur stand in krassem Gegensatz zu seinen feinen, jungenhaften Gesichtszügen. Er trug nicht nur keinen Bart, was zu jener Zeit für einen König ungewöhnlich war, sondern er verzichtete auch auf langes Haar, was die Jugendlichkeit seiner Züge nur noch unterstrich. Allein die ergrauten Schläfen seines hellbraunen Haars waren ein Hinweis darauf, dass er ein Mann mittleren Alters war. Ungeduldig tippte er mit den Fingern auf den goldenen Intarsien der Tischplatte entlang. *Wo bleibt nur Darrach? Ich habe schon vor über einer Stunde nach ihm schicken lassen?* Er ließ sich auf dem wuchtigen Ledersessel vor seinem Schreibtisch nieder, der unter seinem nicht unbedeutenden Gewicht ein lautes Knarren von sich gab.

Er rollte gerade eine Landkarte auf, als es an der Tür klopfte. „Ja, komm schon rein, Darrach!", brummte er ungeduldig. Ein mindestens ebenso eindrucksvoller Mann wie der König – wenn auch auf eine ganz andere Art - trat ein. Er war noch größer als Roghan, aber viel schlanker. Sein Haar war lang und schlohweiß. Er trug ein langes, hellbraunes Gewand, um das er einen schwarzen Ledergürtel geschnallt hatte. Daran hing ein Ring mit einer ganzen Reihe von Schlüsseln. Was allerdings am meisten auffiel, waren seine ungewöhnlich blauen Augen in einem Gesicht, dessen Alter sich nicht bestimmen ließ.

Darrach verbeugte sich wie immer respektvoll vor dem König, obwohl Roghan ihn schon längst hatte wissen lassen, dass er dies als sein engster Vertrauter nicht tun müsse, schon gar nicht, wenn sie unter sich waren. Er setzte sich dem König gegenüber.

„Seit mehr als zwei Wochen habe ich dich nicht zu Gesicht bekommen. Ich hoffe, dass dein unermüdliches Arbeiten an den Schriftrollen mit Erfolg gekrönt ist, Darrach."

„Im Augenblick komme ich nicht weiter. Der Gelehrte, der vor Hunderten von Jahren diese Pergamentrollen beschrieben hat, scheint, seine Sprache noch zusätzlich verschlüsselt zu haben, um den Text vor unliebsamen Lesern geheim zu halten." König Roghan kratzte sich unsicher an der Stirn. „Und wie sollen wir fortfahren, wenn Maél mit dem Mädchen in Moray angekommen ist? Du weißt, dass ich möglichst schnell Eloghan von seinem unverdienten Thron stürzen und mir endlich meinen Traum erfüllen will."

„Wenn alles planmäßig verlaufen ist, dann müssten sie bereits in Rúbin angekommen sein und sich auf dem Heimweg befinden. Mir bleiben also noch mindestens vier Wochen – genug Zeit, um noch auf wichtige Hinweise bezüglich der Auserwählten zu stoßen."

„Hoffentlich verläuft auch alles planmäßig! Dass Maél sie findet, daran hege ich nicht den geringsten Zweifel. Aber er ist ein Einzelgänger. Du selbst hast gesagt, dass er nur zähneknirschend zugestimmt hat, sich mit Hauptmann Jadora und seinen Kriegern auf die Suche nach ihr zu machen. Zudem war er noch nie so lange von dir getrennt." Eine Spur von Skepsis hatte sich in Roghans Stirn gegraben.

„Deshalb habe ich auch Jadora ausgewählt. Er ist bestens als sein Aufpasser geeignet. Er kennt ihn gut und ist der einzige Mann, der nicht gleich den Schwanz einzieht, wenn Maél ihn anknurrt." Der zuversichtliche Ton in Darrachs Stimme ließ die Stirn des Königs wieder etwas glatter erscheinen. Dennoch konnte Roghan nicht umhin, noch eine letzte im Raum stehende Unsicherheit zu äußern. „Hoffen wir nur, dass unsere Spione in Rúbin nicht einem Trugbild unterlagen, als sie des Nachts das umherwandelnde, rot glühende Licht entdeckt haben!"

❦

Die Sonne hatte schon ihren höchsten Punkt überschritten und schenkte dem erwachenden Herbst einen warmen Tag. Vereinzelte Wolken begleiteten die kleine, schweigsame Reitergruppe auf ihrem zügigen Ritt. Sie hatte den Luk an einer Furt überquert und bewegte sich gen Westen. Maél gab nur einmal den Befehl zum Anhalten, um die Pferde am Fluss zu tränken. Elea war irgendwann im Laufe des Vormittags in Jadoras Armen stöhnend aus ihrer Bewusstlosigkeit erwacht, um gleich wieder in einen tiefen Schlaf zu fallen. Der Hauptmann versuchte vergebens, ihr immer mal wieder etwas Wasser aus seinem Schlauch einzuflößen.

„Das arme Mädchen ist völlig erschöpft. Und dann musstest du ihr auch noch so einen Schlag verpassen. Hast du denn überhaupt kein Mitleid mit Menschen, die schwächer sind als du?! Deine Gewalttätigkeit macht nicht einmal vor einer Frau Halt, die zudem fast noch ein Kind ist", blaffte er Maél vorwurfsvoll an. Er zog sein Messer aus dem Gürtel und machte sich umständlich daran, ihre Handfesseln hinter ihrem Rücken durchzuschneiden.

Ein Kind ist sie ganz bestimmt nicht mehr. „Was wird das, Jadora?", knurrte der maskierte Mann. „Ja was wohl?! Ich nehme ihr die Fesseln ab. Die trägt sie jetzt schon seit letzter Nacht. Ihre Handgelenke sind schon blutig gescheuert. Und wenn sie wach wird, wird sie ihre Arme und Hände nicht mehr spüren."

„Dann pass nur auf, dass sie dir nicht das Gesicht zerkratzt. Sie wehrt sich wie eine Wildkatze", erwiderte Maél verächtlich. „Das lass mal meine Sorge sein. In ihrem jetzigen Zustand wird sie wohl kaum die Kraft haben, sich zu wehren." Maél beobachtete, wie der Hauptmann Elea wieder bequem an seine Brust bettete und ihre Arme und Hände massierte. Er konnte direkt auf die genähte Wunde an ihrer rechten Schläfe sehen. Er musste sie ihr versehentlich mit seinem Ring zugefügt haben, in dem ein schwarzer, scharfkantiger Diamant eingefasst war. Morgad, einer der beiden Krieger, die im Haus die Familie bewacht hatten, näherte sich mit seinem Pferd. „Wie geht es ihr? Also heute Morgen, im Haus des Jägers, saß sie noch ohne mit der Wimper zu zucken auf dem Stuhl, während ihre Mutter ihr den Schnitt genäht hat. Ich habe die Stiche gezählt: Es waren acht. Und das ohne ein schmerzbetäubendes Kraut." Maél brummte daraufhin etwas in seinen Bart hinein. Es klang so etwa wie: Sie werde es überleben und er solle sich um seinen eigenen Kram kümmern. Insgeheim erstaunte ihn jedoch die Bemerkung des Soldaten. *Dieses Mädchen ist voller Überraschungen. Zimperlich ist sie also auch nicht.* Er lenkte mürrisch von dem Thema ab, das ihm offenkundig unangenehm war. „Wir sollten noch unsere Wasserschläuche auffüllen. Von jetzt an werden wir uns vom Fluss weg etwas weiter nördlich halten. Ich will so wenigen Leuten wie möglich begegnen. Es muss ja nicht jeder sehen, dass wir eine Gefangene haben."

Ein leises Rauschen hinter ihr wird langsam, aber stetig immer lauter. Sie dreht vorsichtig ihren Kopf, um über ihre Schulter blickend erkennen zu können, was die Quelle dieses Rauschens ist. Sie erschrickt. Sie steht auf einem Felsen - mit dem Rücken nur wenige Fingerbreit vom Rande eines Abgrundes entfernt. Dieser scheint sich ihr, mit einem pulsierenden roten Glühen immer mehr entgegenzustrecken. Das Rauschen wird allmählich zu einem Grollen. Sie macht einen zaghaften Schritt in die entgegengesetzte Richtung, weg von dem Abgrund. Es ist unsagbar finster hier oben. Die undurchdringliche Finsternis zieht sich wie ein enger Umhang um sie. Sie zittert am ganzen Körper. Sie berührt ihre Haut. Sie ist kalt und nass. Aber was noch viel beängstigender ist: Sie ist nackt.

Die Finsternis, die ihr eben noch undurchdringbar erschien, wird mit einem Mal von einem fernen grünen Leuchten durchbrochen. Das grüne Licht, gepaart mit dichtem Nebel, kommt immer näher und verschlingt die Schwärze, die eben noch sie zu verschlingen drohte. In den wabernden, grünlich schimmernden Nebelschwaden nimmt sie plötzlich eine Bewegung wahr. Eine Gestalt nähert sich ihr und dies in hohem Tempo. Sie wird immer größer. Es ist ein Mann. Er wird schneller und schneller. Er hat sie fast erreicht. Voller Angst und Panik geht sie wieder einen Schritt rückwärts. Dabei lösen sich kleine Steine aus dem verwitterten Felsen und fallen in den glühenden Schlund. Der Mann rennt noch immer unaufhaltsam auf sie zu. Sie schließt die Augen und lässt das Unvermeidliche geschehen. Ungebremst stürzt er auf sie, umschlingt sie blitzartig mit seinen Armen und reißt sie mit sich in die Tiefe. Er hält sie fest umschlungen. Seltsamerweise fühlt sie sich trotz der auswegslosen Situation beschützt und geborgen in den Armen des Mannes. Doch als sie ihre Augen öffnet und ihm ins Gesicht sieht, bleibt ihr fast das Herz stehen. Denn was sie sieht, ist das pure Grauen: eine schwarze Maske...

Elea begann sofort, hysterisch zu schreien, als sie in ihrem Traum die Maske ihres Verfolgers erkannte. Ihr Schreien wollte kein Ende nehmen. Erst als etwas Nasses mit einem lauten Klatsch in ihrem Gesicht aufschlug, verstummte sie und hob vorsichtig ihre Lider. Was sie erblickte, unterschied sich unwesentlich von dem, was sie gerade erst in ihrem Traum in Panik versetzt hatte. Der ganz in schwarz gekleidete, maskierte Mann stand äußerst real über ihr. „Na endlich! Ich dachte schon Euer hysterisches Geschrei hört gar nicht mehr auf." *Dieser Mistkerl!* Bei dem Anblick ihres Entführers dauerte es nicht lange, bis die Erinnerungen an die grauenhaften Geschehnisse der vergangenen Nacht wieder hochkamen und dies deutlicher, als ihr lieb war. Sie nahm ihr triefnasses Kopftuch aus dem Gesicht. Ein paar nasse Haarsträhnen klebten ihr quer über die Augen. Offenbar hatte er ihr einfach das Tuch vom Kopf gerissen, es mit Wasser durchtränkt und ihr ins Gesicht geklatscht. Sie blickte ihn wutschnaubend an und wollte gerade ansetzen, ihm eine Beschimpfung an den Kopf zu werfen, als ihr bewusst wurde, wie still es um sie herum war. Der Abend hatte bereits begonnen zu dämmern und ein Lagerfeuer brannte. *Habe ich etwa den ganzen Tag geschlafen? Und wo sind wir hier überhaupt? Wie bin ich hierhergekommen?* All diese Fragen gingen ihr durch den Kopf. Vor allem die letzte bereitete ihr ein deutliches Unbehagen, da sie bereits ahnte, wie sie hierher gelangt waren. Auf Pferden. Natürlich. Das war schon schlimm genug. Aber auf wessen Pferd sie gesessen war, das wusste sie nicht. Und dies war auch gut so. Die Vorstellung, in den Armen dieses grauenvollen Mannes auf einem Pferd zu sitzen, ließ in ihrer Kehle ein Würgereiz entstehen, den sie nur schwer unterdrücken konnte. Sie schaute um sich und erblickte sieben Männer, die sie – um ein kleines Lagerfeuer sitzend - mit offen stehenden Mündern angafften. Sie kannte diesen Blick der Krieger nur zu gut. Ob auch der schwarze Mann hinter seiner Maske in derselben Mimik erstarrt war, konnte sie allerdings nicht sehen. „Hört auf, mich so blöd anzuglotzen!" Sie wrang ungehalten ihr nasses Tuch aus und erhob sich, was sie sogleich bereute. Alles drehte sich um sie herum und sie wäre seitlich umgekippt, hätte sie ihr Entführer nicht aufgefangen. Sie versuchte, sich von ihm loszureißen – ohne Erfolg. „Lasst mich los!", zischte sie ihn an. Plötzlich zog er roh ihre beiden Arme hinter ihren Rücken und hielt sie mit einem Arm fest. Mit der freien Hand nahm er eine ihrer rot glühenden Haarsträhnen zwischen zwei Finger und betrachtete sie sich genauer. „Sie leuchten tatsächlich rot. Ich hätte es niemals für möglich gehalten, wenn ich es jetzt nicht mit eigenen Augen sehen würde." Kaum hatte er die Worte ausgesprochen, ließ er sie jäh los, sodass sie aufgrund ihres anhaltenden Schwindels zu Boden stürzte. Dann ging er, ohne sie weiter zu beachten, zum Lagerfeuer. Dort widmeten sich inzwischen die Krieger schmatzend ihrem Essen. Elea band sich mit hektischen Bewegungen das feuchte Tuch um den Kopf. Dies linderte wenigstens etwas ihre Kopfschmerzen. Der maskierte und der Mann, der den restlichen Kriegern vom Rang her übergeordnet zu sein schien, wechselten ein paar harsche Worte. Anschließend kam jener Krieger mit einer Schüssel dampfenden Inhalts zu ihr. Erst jetzt bemerkte Elea, dass sie einen Bärenhunger hatte. „Hier, Mädchen. Ihr müsst etwas essen, damit ihr wieder zu Kräften kommt. Ich bin übrigens Jadora, der Hauptmann von diesem Haufen", sagte der Mann in sanftem Ton. Elea begann sofort, das Essen nicht gerade manierlich in sich hineinzuschaufeln. Zu ihrem Entführer mit dem Kopf hindeutend fragte sie den freundlichen Krieger: „Und wer ist dieser Mistkerl? Wie ein Krieger des königlichen Heers sieht er jedenfalls nicht aus. Er ist der, den man den *schwarzen Jäger* nennt, nicht wahr?"

„Ja. Er heißt Maél." Als Elea den Namen hörte, verschluckte sie sich so sehr, dass sie den letzten Bissen Eintopf – oder was auch immer das war, was sie da zu sich nahm – in hohem Bogen wieder ausspuckte. Jadora sah sie verwirrt an und auch die Aufmerksamkeit des Maskenmannes hatte sie mit dieser Reaktion erregt. „Wie kann jemand, der so brutal, so herzlos, so unmenschlich ist, einen so schönen Namen haben?!", sagte sie absichtlich in einer Lautstärke, dass auch ihr Peiniger sie verstehen musste. Ihre Worte klangen dabei fassungslos, aber auch eine Spur sarkastisch. „Maél! Maél! Maél! Das klingt so sanft und zart. Das ist ja lächerlich. Ein Monster wie er!" Maél erhob sich abrupt von seinem Platz und warf seine Holzschüssel mit einem lauten Poltern auf einen in der Nähe gelegenen Stein. Er kam auf sie zu gestampft und blaffte sie an. „Steht auf! Ich zeige euch eine Stelle, wo ihr Eure Notdurft verrichten könnt, bevor wir uns schlafen legen." Bei diesen Worten spürte Elea sofort einen Knoten in ihrem Magen. Sie befürchtete schon, dass der hochsteigende Würgereiz das Essen wieder nach draußen beförderte. Hilfesuchend schaute sie von Maél zu Jadora. *Mit ihm werde ich ganz bestimmt nirgendwo hingehen, um meine Notdurft zu verrichten!* Jadora machte eine Geste, als ob er sich anbieten wollte, mit ihr zu gehen, was Elea mehr als entgegenkommend wäre. Doch der hochgewachsene Mann forderte ihn unwirsch auf, seinen Schlafplatz vorzubereiten, woraufhin der Hauptmann sich zähneknirschend entfernte. „Dazu besteht momentan keine Notwendigkeit", antwortete sie ihm schließlich kalt. „Gut. Wie Ihr meint." Daraufhin ging er zu seinem Pferd, nahm ihm - zwischendurch immer wieder auf die Vorderhand klopfend und liebevoll auf es einredend – den Sattel mit dem Gepäck ab. Er ergriff Eleas Bündel und warf es ihr zu. „Trinkt noch, bevor ihr Euch schlafen legt!" Auf diese Aufforderung hin konnte sich

Elea nicht verkneifen, eine spitze Bemerkung von sich zu geben. „Eure Sorge um mein leibliches Wohl rührt mich." Von Maél war diesmal nur ein leiser Knurrlaut zu hören, während er sich weiter an seinem Pferd zu schaffen machte. Elea löste daraufhin ihren Umhang vom Rucksack und breitete ihn auf der Erde aus. Anschließend nahm sie ihren Wasserschlauch und trank – wohl oder übel wie ihr geheißen wurde -, einfach aus dem Grund, weil sie nach dem würzigen Etwas einen gewaltigen Durst verspürte. Als sie jedoch merkte, dass sie ihn fast leer getrunken hatte, war es bereits zu spät. *Entweder muss ich mir heute Nacht in die Hose machen oder ich muss mich von diesem Mistkerl irgendwo hinführen lassen, um meine Notdurft unter seiner strengen Bewachung zu verrichten.* Im Moment neigte sie noch zur ersten Alternative.

Maél hatte inzwischen sein Schlaffell geholt und war im Begriff, es neben ihren Platz zu legen. Sie schaute schockiert zu ihm hoch. „Dachtet ihr, ich lasse Euch hier ungefesselt liegen und lege mich mehrere Schritte von Euch entfernt nieder?! Wenn es nach mir ginge, würde ich Euch Hände und Füße fesseln. Aber dann müsste ich mir die ganze Nacht lang Jadoras Gezeter anhören. – Ich warne Euch! Wenn Ihr auch nur die kleinste Dummheit macht, dann werde ich es doch wahrmachen und Euch wie ein Paket zusammenschnüren." Er legte sich auf die Seite mit der Maske zu Elea gedreht, die ihn in der Dunkelheit giftig anfunkelte. Maél konnte sich, als er Eleas Mienenspiel mit seinen Nachtsichtaugen verfolgte, ein Schmunzeln hinter seiner Maske nicht verkneifen.

Elea war von ihrem langen Schlaf noch so ausgeruht, dass sie sich stark genug fühlte, ihrem Entführer, der nun auch offensichtlich ihr Bewacher war, ihre scharfe Zunge spüren zu lassen. Sie konnte nicht einfach so klein beigeben. „Ist Euch die Maske am Gesicht festgewachsen oder seid ihr so hässlich wie die Nacht, dass ihr sie sogar zum Schlafen aufbehaltet?" Für die junge Frau völlig unerwartet, setzte er sich plötzlich auf, nahm die Maske ab und legte sich wieder in der alten Position zurecht. Elea starrte ihn perplex an und versuchte krampfhaft, irgendeine Entstellung in seinem Gesicht zu entdecken, die ihn zum Tragen der Maske veranlasste. Doch sie strengte ihre Augen vergebens an. Die nächtliche Dunkelheit und das fast erloschene Lagerfeuer arbeiteten gegen sie. Sie konnte nur zwei schwarze Flecken erkennen, seine Augen, die sie zu durchbohren schienen. Beklommen drehte sie dem Mann den Rücken zu und unternahm den Versuch, in ihrem Umhang eingewickelt so unauffällig wie möglich den Abstand zu ihm von zwei auf drei Schritte zu vergrößern. Aber schon hatte er seinen langen Arm nach ihr ausgestreckt und hinderte sie daran. „Bleibt, wo Ihr seid! Oder ich hole Euch zu mir unter mein Fell." Elea zuckte bei diesen Worten zusammen. Sie unterließ es schlagartig, noch die geringste Bewegung zu machen.

Es dauerte nicht lange, da vernahm sie das laute Schnarchen der Krieger, die sich zum Schlafen um das Lagerfeuer niedergelassen hatten. Nur ihr Bewacher gab keinen Ton von sich. *Entweder kann er bei dem Schnarchen nicht einschlafen oder er hat Angst, dass ich ihm weglaufe. Er muss doch todmüde sein. Er hat schon letzte Nacht nicht geschlafen.*

Die Zeit verstrich, aber Elea fand einfach nicht in den Schlaf. Zu wissen, dass ihr Peiniger sich nur eine Armlänge von ihr entfernt befand, trug nicht gerade zu einer entspannten Schlafatmosphäre bei. Nach einer Weile verschlimmerte sich ihre Lage noch, da sich ein immer unangenehmer werdender Druck auf ihrer Blase bemerkbar machte. Sie begann schon, sich hin und her zu wälzen. Sie konnte es kaum noch aushalten. Sie stand kurz davor, dem ihre ganze Konzentration fordernden Bedürfnis einfach freien Lauf zu lassen. Ihm zu der Genugtuung verhelfen und ihn um Erlaubnis anwinseln, ihre Blase entleeren zu dürfen, kam für sie auf gar keinen Fall in Frage. Plötzlich stieß er laut die Luft ausschnaubend sein Schlaffell von sich und erhob sich. „Steht schon auf und kommt mit! Bei Eurem Gezappel kann kein Mensch schlafen." Elea stand zugleich zähneknirschend und erleichtert auf. Ihr blieb nichts anderes übrig, als mit ihm zu gehen, wenn sie nicht Gefahr laufen wollte, ihren Umhang und ihre Kleider zu verunreinigen. Bei ihrem ersten Schritt kam sie bereits ins Straucheln. Ihre Kopfverletzung bereitete ihr immer noch Schwindel. Jäh wurde ihr Kopf von einem stechenden Schmerz erfasst, der sie aufstöhnen ließ. Sie wäre der Länge nach hingefallen, hätte sie Maél nicht mit seinem Arm um ihre Taille festgehalten. *Maél! Ich habe selten einen schöneren Namen gehört. Und ausgerechnet er trägt ihn!* Sie ließ es zu, dass er sie ein Stück vom Lager entfernt zu einem Gebüsch führte. „Kommt ihr allein zurecht oder soll ich euch behilflich sein?" fragte er spöttisch. „Nein, Danke", antwortete Elea knapp. Nachdem Maél sie losgelassen hatte, wurde ihr jedoch recht schnell klar, dass sie in aufrechter Haltung den heiß ersehnten Ort kaum erreichen würde. So ließ sie sich auf alle Viere nieder und krabbelte auf einen Busch zu. „Ich zähle langsam bis sechzig. Wenn ihr bis dahin nicht wieder hier seid, komme ich euch holen", warnte er sie. „Elender Mistkerl", zischte sie leise. Sie beeilte sich, so sehr sie konnte. Sie war gerade dabei, ihre Hose wieder hochzuziehen, als sie das Wort sechzig vernahm. Hastig schnürte sie ihre Hose zu und wollte sich schon wieder in Krabbelstellung bringen, als er bereits vor ihr stand. Völlig unerwartet nahm er sie auf seine Arme und trug sie zurück zum Schlafplatz. Diese fast schon zärtliche Geste traf Elea so überraschend, dass sie weder zu einer verbalen noch tätlichen Reaktion auf seine körperliche Nähe in der Lage war. Sie sah ihm neugierig ins Gesicht, während er starr geradeaus blickte. Etwas Außergewöhnliches konnte sie jedoch immer noch nicht darin erkennen. Dafür war es viel zu dunkel. *Wo ist heute Nacht nur der Mond?!*

Beim Lagerplatz angekommen ließ er die junge Frau wesentlich weniger behutsam auf ihren Umhang plumpsen. Sie wusste gar nicht, was sie von seinen Stimmungsschwankungen halten sollte. Erst nahm er sie auf seine Arme, als wäre sie aus Glas. Ein paar Augenblicke später ließ er sie wieder grob auf ihren Platz fallen, als würde er sich die Hände an ihr verbrennen. Sie war so von seinem merkwürdigen Verhalten überrumpelt, dass ihr auf seine neuerliche Grobheit hin keine angemessene, spontane Reaktion einfiel. Deshalb schwieg sie. Er legte sich erneut auf die ihr zugewandte Seite, während sie auf dem Rücken liegend zu ihm hinüber blickte. Ihre Neugier siegte schließlich. Sie drehte sich ihm schließlich ganz zu, um einen guten Blick auf sein

Gesicht zu haben. Sie beschloss, die ganze Nacht durchzuwachen, um mit dem ersten Tageslicht sein Gesicht unter die Lupe nehmen zu können. Sie könnte ja den ganzen Tag auf dem Pferd schlafen, so wie sie es den vergangenen Tag bereits gemacht hatte. In Anbetracht der Tatsache, dass sie sich wieder von einem Pferd tragen lassen musste, kam ihr dies in schlafendem Zustand ohnehin erträglicher vor.

Doch Elea war es nicht vergönnt, einen Blick auf Maéls unmaskiertes Gesicht zu erhaschen. Die Strapazen und Aufregungen steckten trotz des langen Schlafs immer noch in ihren Knochen und forderten ihren Tribut. Als sie erwachte, fing der Morgen schon zu dämmern an. Sie drehte ihren Kopf zu ihrem Aufpasser und musste feststellen, dass sein Schlafplatz leer war. Seine Maske war auch nicht zu sehen, worüber sie sich fluchend ärgerte.

Während sie am Abend zuvor noch kein Auge für die Umgebung hatte, schaute sie sich jetzt genau um. Sie lagerten geschützt in einer Gegend mit hohen Büschen und Sträuchern. Und bei genauerem Hinhören konnte sie auch das leise Gluckern eines Baches hören. Plötzlich drangen aus einiger Entfernung klirrende Geräusche an ihre Ohren, als ob Schwerter aufeinanderschlugen. Sie erhob sich langsam, um einem erneuten Schwindelanfall vorzubeugen, und bewegte sich nun in aufrechter Position vorsichtig in die Richtung aus der das Klirren kam. Die sieben Krieger bekamen von alldem nichts mit. Sie schliefen und schnarchten in ihren Fellen eingewickelt um die Wette. Elea bahnte sich ihren Weg zwischen verschiedenen Büschen und durch Gestrüpp hindurch, an dem sie aufgrund ihres noch taumelnden Ganges mehr als einmal hängen blieb. Sie kam der Geräuschquelle von Schritt zu Schritt näher. Das Metallklirren wurde immer lauter. Es waren eindeutig Schwertkampfgeräusche. Sie vernahm jetzt auch schon deutlich vor Anstrengung keuchendes Atmen und Stöhnen. Eine Faust legte sich um ihr Herz, das immer heftiger schlug, erst recht, als sie eine Stimme erkannte, seine Stimme. Sie klang, wie immer, höhnisch und arrogant. Plötzlich überkam Elea eine schreckliche Ahnung. Sie eilte schwankend dem Kampfgeschehen entgegen. Stolpernd erreichte sie endlich einen kleinen freien Platz, der hinter Büschen und Sträuchern versteckt war. Ihr Blut floss wie Eis durch ihren Körper, als sie die beiden kämpfenden Männer erblickte: den maskierten Mann und Kellen. „Nein! Hört sofort auf!", schrie sie. Die beiden hielten kurz inne und schauten zu ihr hinüber. Es war für Elea in dem kurzen Moment, in dem sie Maél und Kellen kämpfen gesehen hatte, deutlich zu erkennen gewesen, dass Kellen dem hoch gewachsenen Mann mehr als unterlegen war. Offensichtlich spielte dieser mit dem jungen Mann und quälte ihn unnötig. „Kellen, warum hast du nicht auf mich gehört? Es hat keinen Sinn. Bitte gib auf und geh wieder nach Hause!" sagte die junge Frau flehend mit Tränen in den Augen. Sie näherte sich noch einige Schritte den beiden Männern. „Bleibt stehen, wo Ihr seid! - So einfach ist das nicht, Mädchen! Wir haben den Kampf begonnen und werden ihn zu Ende austragen, nicht wahr Kellen?" Maéls Stimme triefte vor Selbstgefälligkeit und kaltem Hohn. Kellen war die Erschöpfung anzusehen. Er konnte kaum noch gerade auf den Beinen stehen und sein Schwert hing schlaff in seiner Hand. Sein Atem ging schnell und im Gesicht und am Arm blutete er bereits. Maél hingegen machte einen so frischen und ausgeruhten Eindruck, als wäre er soeben aus einem erquickenden Schlaf erwacht.

„Ich konnte dich nicht einfach so mit diesem brutalen Kerl gehen lassen. Ich musste irgendetwas unternehmen, es wenigstens versuchen, dich aus seinen Klauen zu befreien", schrie er mit keuchender Stimme zu dem schwarzen Mann gewandt. Von Maél war ein kaltes Lachen zu hören. „Du hast gegen ihn keine Chance. Er wird dich töten. – Maél, ich flehe Euch an, lasst ihn gehen, bitte. Ich tue alles, was Ihr wollt, aber bitte tötet ihn nicht!" Elea liefen dicke Tränen die Wangen hinunter. „Nein, Elea. Es ist zu spät. Ich werde nicht einfach aufgeben und wieder nach Hause reiten. Lieber sterbe ich - hier und jetzt!"

„Ich muss zugeben, Kellen, auch wenn Ihr so töricht ward, zu glauben, Ihr könntet sie befreien, tapfer seid Ihr, das muss man Euch lassen. Also dann lasst uns den Kampf jetzt zu Ende bringen!" Kellen hatte schon mit verzweifelten Stößen begonnen, Maél anzugreifen. Dieser lenkte gelangweilt seine Hiebe ab, als Elea plötzlich schreiend auf die beiden Männer zu rannte. Für Maél hatte es den Anschein, als wollte sie sich zwischen sie in die Schwerter stürzen. Er musste schnell handeln. Mit einem brachialen Hieb parierte er die ihm entgegenkommende Klinge, sodass helle Funken im Dämmerlicht aufblitzten. Kellen konnte dieser unvermittelten Urgewalt nicht standhalten. Er flog durch die Luft und prallte einige Schritte entfernt auf die Erde. Kaum hatte Maél den jungen Mann – zumindest für einen Moment - außer Gefecht gesetzt, musste er Elea, die geradezu in einem Hechtsprung auf ihn zuflog mit einem Schlag von sich abwehren. Dabei schlug das Mädchen ebenfalls in einem hohen Bogen auf dem Boden auf. Elea rang nach Atem. Sie war mit voller Wucht auf die Brust gestürzt und hatte das Gefühl zu ersticken. Mit einem Mal waren näher kommende Schreie zu vernehmen. Als erstes erschien Jadora. Er war nicht weit von ihr entfernt. Einen Wimpernschlag später stieß bereits wieder Stahl an Stahl. Elea drehte rasch den Kopf zu den beiden Männern und richtete sich schwer atmend und torkelnd wieder auf. „Jadora, halte sie zurück!", bellte Maél dem Hauptmann zu. Elea schaffte nur zwei wackelige Schritte, dann hatte der Krieger ihre Taille schon umschlungen. Sie versuchte sich aus seiner Umklammerung zu befreien, aber ohne Erfolg. Resigniert und laut schluchzend schaute sie den nur wenige Schritte von ihr entfernt kämpfenden Männern zu. Kellen ließ sich auf einmal erschöpft auf die Knie fallen. Maél hatte ihm das Schwert aus der Hand geschlagen. Er versperrte Elea die Sicht auf ihren Bruder. Sie sah nur noch wie dieser ausholte und zustieß. Der laute Aufschrei Kellens verschmolz mit ihrem markerschütternden Schrei. Elea schrie und schrie. Sie wurde immer hysterischer und fing wie wild in Jadoras Armen zu zappeln an. Dieser hatte sichtlich Mühe sie unter Kontrolle zu halten. Er versuchte, sie mit Worten zu beruhigen, jedoch ohne Erfolg. Es war zwecklos. Maél stand über dem zusammengebrochenen Jungen und wischte seine blutverschmierte Klinge an dessen Tunika ab. Dann ging er zu dem ringenden Paar und gab Elea eine schallende Ohrfeige. Sie hörte unverzüglich auf zu schreien und blickte ihm hasserfüllt auf die Maske. „Ich hasse Euch. Ich hasse Euch, wie ich noch keinen Menschen gehasst habe. Dafür werde ich Euch töten. Ich werde nur noch dafür leben. Ich werde dafür sorgen, dass ihr keinen ruhigen Augenblick mehr in Eurem verfluchten Leben haben werdet", schleuderte sie ihm schreiend mit Tränen überströmten Gesicht entgegen. „Ich zittere vor Angst."

„Und Eure Selbstgefälligkeit und Überheblichkeit wird Euch noch zum Verhängnis werden. Das schwöre ich Euch!" Eleas Schreien ging nun wieder in hemmungsloses Schluchzen über.

Sie liebt ihn. Ich wusste es. „Kommt Männer! Wir gehen zurück und brechen das Lager ab!", gab Maél den Befehl und ging an Jadora und dem weinenden Mädchen vorbei. Elea war wie betäubt. Konnte jemand so kaltherzig sein? „Ihr könnt ihn doch nicht einfach so liegen lassen!", rief sie ihm mit tränenerstickter Stimme hinterher. „Ich kann und ich werde. Wir haben keine Zeit ihn zu begraben", antwortete er eiskalt und schritt weiter Richtung Lager, ohne sich zu ihr umzudrehen. Elea war fassungslos. Sie sah Kellen auf dem Boden liegen: Entweder war er bereits tot oder er würde verbluten. Die Männer folgten Maél auf dem Fuße. Jadora zögerte jedoch. Dies bemerkte der maskierte Mann. Er blieb stehen und drehte sich jetzt doch zu den beiden um, bedrohlich die Hand auf dem Schaft seines Schwertes liegend. „Jadora, ich warne dich! Wenn du nicht augenblicklich uns mit ihr folgst, wirst du meine Klinge genauso zu spüren bekommen wie dieser Jüngling!", drohte ihm der maskierte Mann in knurrendem Ton. Jadora zog Elea schließlich von dem Unglücksort weg und schloss sich den Übrigen an. Von ihrem Kummer über den Tod ihres Bruders und besten Freundes erfüllt, ging sie an Jadoras Seite wie in Trance ohne jegliche Gegenwehr. Am Lager angekommen setzte Jadora sie auf ihren Umhang und machte sich ebenfalls daran, sein Pferd zu satteln und seine Tasche zu packen. Maél war inzwischen schon mit seinem Gepäck fertig. Er kam auf Elea zu, hob sie hoch, um ihren Umhang zusammenzurollen und befestigte ihn an dem Rucksack, den er wieder an seinen Sattel band. Apathisch verfolgte die junge Frau die routinierten Handgriffe der Männer, ohne sie jedoch zu realisieren. Sie nahm nichts als diesen tiefen Schmerz wahr, von dem sie glaubte, er würde sie innerlich zerreißen. Ihre Tränen waren inzwischen versiegt. Sie bekam nicht einmal das Streitgespräch zwischen Maél und Jadora mit. Jadora wollte, dass Elea wieder bei ihm mit ritt. Der maskierte Mann bestand aber darauf, sie diesmal bei sich aufsitzen zu lassen. „Hast du sie nicht schon genug gequält?! Musst du ihr jetzt auch noch deine unerträgliche Nähe aufzwingen?!", schnauzte Jadora ihn an. Maél ging nicht darauf ein. Er bestieg Arok und gab dem Hauptmann das Zeichen, ihm das Mädchen zu bringen. Dieser gehorchte fluchend. Elea ließ die Prozedur widerstandslos über sich ergehen. Maél umschlang sie mit einem Arm und drückte sie fest an sich. Mit der freien Hand hielt er die Zügel. Nachdem alle Männer aufgesessen waren, trat er seinem Pferd behutsam mit den Stiefeln in die Seite, sodass es lostrabte. Elea saß nun schon zum zweiten Mal auf dem Rücken eines Pferdes, ohne diesen für sie so unangenehmen Umstand zur Kenntnis zu nehmen. Sie schloss die Augen und wollte alles um sich herum vergessen. Es dauerte auch nicht lange, bis ihr Wunsch in Erfüllung ging. Von ihrer Trauer und ihrem Schmerz übermannt schlief sie an der Brust des Mannes ein, den sie so abgrundtief hasste.

Kapitel 2

Sie waren schon eine ganze Weile in zügigem Tempo geritten und die Tagesmitte war unlängst überschritten, als Elea erwachte. Sie spürte mit geschlossenen Augen, wie ungewöhnlich kalte Luft ihr unablässig ins Gesicht wehte, während ihr Körper – merkwürdigerweise - von einer wohligen Wärme eingehüllt war. Sie schlug die Augen auf und sogleich gefror ihr Blut zu Eis. Denn sie sah auf eine Maske. Sie versteifte sich sofort, was der Mann offensichtlich spürte, da er sie noch fester an sich drückte. Ihren ersten Reflex, laut zu schreien oder sich aus seinem Griff zu befreien, unterdrückte sie rasch. Sofort wurde sie wieder von dieser für sie so ungewohnten Empfindung erfasst: tödlichen Hass. Sie hatte nach wie vor die Absicht, diesen Mann zu töten, koste es, was es wolle. Dies würde ihr aber sicherlich nur dann gelingen, wenn sie einen kühlen Kopf bewahren und einen Plan ersinnen würde. Hysterisches Schreien oder wutschäumendes Gebaren wäre ihrer Mordabsicht nicht gerade zuträglich. Also fügte sie sich ihrem Schicksal und verhielt sich friedlich. Sie wollte die Zeit hier bei ihm auf dem Pferd lieber nutzen, um ihn zu studieren. So könnte sie vielleicht irgendwelche Schwachstellen an ihm entdecken, falls er solche überhaupt besaß. Sie riss sich von ihrem Gedankengang los und sah sich um. Jetzt erst wurde sie sich der schaukelnden Bewegungen bewusst. *Oh nein! Ich sitze ja auf einem Pferd!* Das Gefühl, das sie mit dieser Erkenntnis überkam, war für sie kaum in Worte zu fassen. Eine Beklommenheit ergriff Besitz von ihr, die es sogar vermochte, sie die Gegenwart dieses Monsters vergessen zu lassen – zumindest für eine gewisse Zeit. Es fühlte sich für sie einfach falsch an, auf einem Pferd zu sitzen, noch dazu auf einem riesigen Kriegsross, dessen Fell dieselbe einschüchternde Farbe hatte wie die Kleidung ihres Peinigers - rabenschwarz. Warum dies so war, konnte sie nicht sagen. Sie suchte nach Ablenkung, indem sie ihr Blickfeld auf die Umgebung und den Himmel erweiterte. Vor ihr erstreckte sich eine Ebene so weit das Auge reichte. Und diese hatte scheinbar nichts anderes zu bieten als Gras und Sträucher. Mal hoch, mal niedrig, mal mit weniger, mal mit mehr Blättern, mal grün, mal gelb – wobei nach dem heißen, trockenen Sommer die Stellen mit gelbem, zum Teil schon bräunlich verfärbtem Gras die triste Farbe der Landschaft bestimmten. Nur einmal hielt ein riesiges Feld mit hohem strohgelben Gras Eleas Blick gefangen, und zwar als der Wind je nachdem, wie stark er hinein blies, es entweder fast bis auf den Boden drückte oder nur sanft seine Spitzen zum Hin- und Herwiegen brachte. Wenigstens konnten diese Bewegungen, die die unterschiedlichsten Muster in das Gras zauberten, der Einöde etwas Leben einhauchen. Bäume sah man nur hier und da, Wald schon gar nicht. Der graue, lückenlose Wolkenteppich trug ebenfalls seinen Teil zu der Trostlosigkeit um Elea herum bei. Daher auch die ungewohnte Kälte. Die Sonnenstrahlen hatten nicht die geringste Chance, die Wolken zu durchdringen. Die Kälte konnte Elea im Moment jedoch nichts anhaben, da sie die Wärme des Maskenmannes, an dessen Körper sie unentrinnbar gepresst war, geradezu durchströmte. *Wenigstens muss ich nicht frieren!* Widerwillig musste sie sich eingestehen, dass ihr diese Wärme – auch wenn ihr Ursprung ihr mehr als verhasst war – sehr gelegen kam. Sie trug nur ihre Lederkleidung. Ihr Wolfsfellumhang hing zusammengerollt an ihrem Rucksack.

Irgendwann gab Maél den Befehl zum Anhalten. Er schubste Elea wie eine lästige Fliege vom Pferd, bevor er selbst lässig absprang. Die junge Frau schluckte eine bissige Bemerkung hinunter. Sie wollte sich eingeschüchtert und gehorsam geben, damit er sich vor ihr in Sicherheit wiegen würde. Den geringsten Moment der Unachtsamkeit würde sie jedoch gnadenlos ausnutzen, um ihn zu töten. Blieb nur noch das Problem, wie sie an eine geeignete Waffe kommen sollte. Sie sagte sich, dass sie nur Geduld haben müsste, bis sich eine Gelegenheit bieten würde. Es war unschwer zu erkennen, dass die Männer bis an die Zähne bewaffnet waren. Manche hatten mehrere Schwerter. Alle waren mit Pfeil und Bogen ausgerüstet. Früher oder später würde sich sicherlich auch das ein oder andere unbeobachtete Messer finden lassen, das sie Maél ins Herz stoßen könnte. Elea erschrak über ihre eiskalten Mordgedanken. Aber sie konnte nicht anders. Sie hasste diesen Mann. Sie wurde noch nie mit so viel Gewalt konfrontiert. Dass ein Mensch zu solch Grausamkeiten überhaupt fähig war, war ihr bis vor zwei Tagen nicht bewusst. Schuld daran war ihr behütetes Leben.

Die Männer tränkten zuerst ihre Pferde an einer kleinen Wasserstelle und ließen sie dann gesattelt grasen. Dann aßen auch sie etwas. Jadora bot Elea Brot und getrocknetes Fleisch an. Sie lehnte jedoch ab, da sie lieber von Breannas Haferkeksen essen wollte. Während der gesamten Rast wechselten Maél und der Hauptman kein einziges Wort. Jadora maß nur von Zeit zu Zeit den maskierten Mann mit missbilligendem Blick.

Elea musste anschließend die Reise wieder steif in Maéls einarmigem Klammergriff fortsetzen. So ritten sie, bis der Abend dämmerte und Maél einen geeigneten Schlafplatz gefunden hatte. Alles spielte sich wieder genauso ab, wie am Abend zuvor. Allerdings hatte Elea den Eindruck, dass Maél ihr gegenüber besonders wachsam war. Er ließ sie nicht einen Augenblick aus den Augen. Und wenn sie ihm den Rücken zudrehte, dann spürte sie regelrecht, wie sich sein Blick in ihn bohrte. *Wahrscheinlich ahnt er, dass ich irgendetwas im Schilde führe. Das würde mich bei seinem Spürsinn nicht wundern. Erst spürt er mich im Wald auf. Dann auch Kellen.* Der Gedanke an Kellen ließ Elea sogleich wieder erschaudern. Zu ihren ungewohnten Hassgefühlen gesellte sich nun auch noch eine unsägliche Trauer. *Arme Breanna, armer Albin! Wie werden sie seinen Tod nur verkraften können?*

Die nächsten beiden Tage verliefen in derselben gleichförmigen, monotonen Weise und ohne nennenswerte Ereignisse ab. Der zweite Tag brachte allerdings insofern eine kleine Abwechslung, als es beim Aufbruch, leicht zu nieseln anfing. Dank Breannas Lederkleidung blieb Eleas Körper weitgehend trocken. Über ihr Kopftuch zog sie sich noch die Kapuze, sodass auch ihr Haar von der gröbsten Nässe verschont blieb.

Sie hatte sich inzwischen etwas an das riesige Pferd ihres Entführers gewöhnt. Sie kam jedoch zu dem Schluss, dass mit ihm irgendetwas nicht stimmte. Sie konnte rätselhafterweise überhaupt keinen geistigen Kontakt mit ihm aufnehmen, so wie ihr es mit den Pferden zu Hause gelang. Als sie ihm einmal eine kleine Welle mit ihren Gefühlen sandte, schüttelte es sofort heftig seinen Kopf hin und her und blieb abrupt stehen. Maél reagierte mit beruhigenden Worten darauf und starrte ein paar Augenblicke mit seiner Maske in Eleas Gesicht, als ob er wüsste, dass sie für sein merkwürdiges Verhalten verantwortlich war. Daraufhin unterließ sie es lieber, weiter auf das Pferd einzudringen.

Während des Ritts kam es immer wieder vor, dass Elea aufschreckte, weil ihr plötzlich bewusst wurde, dass sie sich wohlig an Maéls Wärme spendende Brust geschmiegt hatte. Sie ärgerte sich über ihr absurdes Verhalten. Sie konnte gar nicht verstehen, wieso dies immer wieder geschah, wo sie ihn doch so sehr verabscheute und sich sogar mit Mordgedanken ihm gegenüber trug. Über diesen engen Körperkontakt auf dem Pferd hinaus herrschte ein angespanntes Dauerschweigen zwischen ihnen. Nur mit Jadora wechselte Elea ab und zu ein paar Worte. Wenn sie nicht gerade mit einer Faust um ihrem Herzen an Kellen und ihre Familie dachte oder sich wegen ihrer wenig verheißungsvollen Zukunft in Selbstmitleid badete, drehten sich ihre Gedanken um ihren Peiniger. *Was geht nur in ihm vor? Erst quält und demütigt er mich und jetzt schweigt er mich an.*

Am Abend rastete die neunköpfige Gruppe früher als sonst, da plötzlich das eintönige Gesicht der Grassteppe mit ein paar Hügeln eine willkommene Abwechslung fand. Einer von ihnen bot sogar einen Vorsprung, der groß genug war, um im Trockenen schlafen zu können. Alles war bereits hergerichtet, bevor es dunkel wurde. Maél hatte seine Bewachung von Elea an zwei Krieger übertragen, denen er aber knurrend zu verstehen gegeben hatte, dass er es sie büßen ließe, wenn sie versagten. Er sorgte für das Abendessen und ging jagen. Elea drängte sich der Gedanke auf, dass Jagen und Töten offenkundig seine Hauptbeschäftigungen waren. Sie konnte es sich kaum verkneifen, ihm dies auf den Kopf zu zu sagen. Sie genoss es jedoch lieber, im Trockenen und vor einem prasselnden Feuer zu sitzen, als sich mit ihm auf ein Wortgefecht einzulassen. Der leichte Nieselregen war am frühen Nachmittag in starken Dauerregen übergegangen, sodass sie nun doch eine kalte Nässe auf ihrer Haut spürte. Auf ihrem Haferkeks kauend entspannten sich allmählich ihre Muskeln nach dem langen Ritt, den sie eng an ihn gepresst über sich ergehen lassen musste.

Im Stillen darüber lamentierend, dass sie bis jetzt immer noch nicht an eine Waffe herangekommen war, ergab sich für sie immerhin ein Ereignis, das sie innerlich schmunzeln ließ. Elea hatte gerade ihren Keks aufgegessen, da bekamen sie und ihre Bewacher Besuch von einer ganzen Reihe von kleinen Singvögeln, die sich ans Lagerfeuer wagten und Elea regelrecht umzingelten. Manche waren sogar so mutig, dass sie auf ihrem Kopf und ihren Schultern landeten. Größere Vögel wie Krähen und Sperber setzten sich in Reih und Glied auf den Vorsprung und schauten interessiert dem Trei-

ben zu ihren Füßen zu. Elea hieß sie auf ihre Weise in Gedanken willkommen und sandte ihnen eine Flut von Gefühlen, die sie gerade empfand. Die Vögel antworteten ihrerseits mit einem gedanklichen Gefühlsstrom und untermalten dies mit lautem Zwitschern, Piepsen und Pfeifen. Zuerst verscheuchten die Krieger die Vögel. Doch als diese immer wieder hartnäckig Eleas Nähe suchten, bekamen sie es mit der Angst zu tun. Einer der Soldaten eilte zu Jadora, der die Pferde für die Nacht vorbereitete.
„Hauptmann Jadora, irgendetwas stimmt nicht mit dem Mädchen. Sie scheint, die Vögel irgendwie anzulocken. Sie lassen sich von uns nicht vertreiben. Sie kommen immer wieder. Sie ist bestimmt eine Hexe. Ihr rot leuchtendes Haar spricht auch dafür."
„Morgad, deine Fantasie geht mit dir durch. Du bist ein gestandener Krieger und dennoch höre ich Angst aus deiner Stimme heraus. Fürchtest du dich etwa vor einem Mädchen, das vielleicht gerade mal halb so schwer ist wie du?! Reiß dich zusammen!", erwiderte Jadora tadelnd mit einem spöttischen Unterton. Insgeheim hatte er natürlich auch mit einem gewissen Unbehagen die immer wiederkehrende Vogelschar bemerkt. Morgad gesellte sich wieder zu seinen Kameraden unter den Vorsprung in sicherem Abstand zu Elea. Sie hatten es schließlich aufgegeben, die Vögel zu verscheuchen, und ließen das Mädchen und ihre kleinen Freunde nicht aus den Augen. Elea amüsierte sich über die ängstlich dreinblickenden Krieger, vor allem als sie das Wort *Hexe* fallen hörte, hätte sie beinahe laut aufgelacht.

Völlig unerwartet stand plötzlich Maél vor ihr und hielt drei erlegte Kaninchen nur eine Armlänge von ihrem Gesicht entfernt an den Ohren. Ihr wäre beinahe ihr Haferkeks wieder hochgekommen. Er warf die Kaninchen auf den Boden und befahl ihren beiden Wachsoldaten in unfreundlichem Ton, sie zu häuten und auszunehmen. Seine Kleidung klebte an ihm wie eine zweite Haut. Von ihr abgewandt legte er die Maske ab und zog sich Panzer und Tunika aus. Anschließend verdeckte er wieder sein Gesicht. Mit dem Anziehen von frischen, trockenen Kleidern ließ er sich jedoch noch Zeit. *Bei der Hitze, die er ausstrahlt, ist es kein Wunder, dass er so nicht friert.* Es war gerade noch hell genug, dass die junge Frau das Muskelspiel unter seiner Haut bei jeder seiner Bewegungen genau erkennen konnte. Er hatte breite Schultern und einen schlanken, athletischen Körper. Seine Brust war glatt und unbehaart. Elea stutzte plötzlich. Sie stellte bei der Begutachtung seines Oberkörpers, die sie zu ihrem Ärger nicht unbeeindruckt zum Abschluss gebracht hatte, zahlreiche kreisrunde, erhabene Male auf seiner Haut fest – Brandnarben, so wie es schien. Außerdem trug er um den Hals eine Art Ring.

Eleas Aufmerksamkeit, die auf Maél gerichtet war, wurde urplötzlich von einer allgemeinen Unruhe unter den Männern abgelenkt, die den trockenen Lagerplatz unter dem Vorsprung verließen und zum Himmel empor schauten. Das Schauspiel, das sich ihnen dort bot, war zugleich faszinierend und gespenstisch. Ein riesiger Schwarm Krähen zog zusammen mit mehreren Raubvögeln ihre Kreise über die neun Menschen hinweg und machten einen ohrenbetäubenden Lärm. Elea wurde sich mit einem Male bewusst, dass sie völlig unbeobachtet war. Alle Männer hatten ihren Kopf weit nach hinten geneigt, um das Spektakel über ihnen besser sehen zu können – auch die beiden Krieger, die gerade noch damit beschäftigt gewesen waren, die Kaninchen auszunehmen. Da kam ihr ein Gedanke. Sie sah mit wachsender Anspannung zu der Stelle, wo die halb ausgenommenen Kaninchen lagen. Und da sah sie es. Ein Messer steckte noch im Bauch eines Tieres. Das war ihre Chance, auf die sie die ganze Zeit gewartet hatte. Es war vielleicht die einzige, die sich ihr auf dieser Reise bot. Wenn sie diese ungenutzt an ihr vorübergehen ließ, musste sie möglicherweise die Gegenwart dieses brutalen Kerls ertragen, bis sie in Moray ankommen würden. Und was sie dann dort erwarten würde, daran wollte sie erst gar nicht denken. Ihr Herz schlug ihr vor Aufregung bereits bis zum Hals. Sie musste es tun, und zwar sofort und möglichst schnell. Sie vergewisserte sich noch ein letztes Mal, dass alle zum Himmel hoch sahen. Dann rannte sie so schnell sie konnte in gebückter Haltung zu dem Messer und zog es aus dem halb aufgeschnittenen Leib des Kaninchens heraus. Das Dämmerlicht war auf ihrer Seite. Niemand hatte sie bemerkt. Sie kauerte sich kurz auf den Boden und maß blitzschnell ihren Abstand zu Maél ab. Es waren zehn bis fünfzehn Schritte. Mit hämmerndem Herzen atmete sie noch einmal tief durch, dann rannte sie auch schon auf ihn zu. Sie hatte etwa die Hälfte der Strecke hinter sich, da drehte sich der maskierte Mann jäh um, als hätte er ihr Herannahen gespürt. Alles ging auf einmal so schnell. Elea nahm die letzten Schritte im Hechtsprung und flog geradezu auf ihn zu. Maél konnte im letzten Moment ausweichen, sodass Elea ihn nur am Oberarm erwischte. Er stöhnte kurz auf und drückte seine Hand auf die Schnittwunde. Elea prallte auf die Erde und lag wie versteinert da. Sie ließ den nur harmlos verletzten Mann nicht aus den Augen. Das Messer hatte sie bereits fallen gelassen. Ihr Herz und ihr Magen verkrampften sich um die Wette. Und ihre Lungen drohten ihren Dienst zu verweigern. Sie hatte den Entschluss, ihren Mordplan auf der Stelle in die Tat umzusetzen, so spontan gefasst, ohne sich über die Konsequenzen Gedanken zu machen, wenn sie scheitern würde. Zitternd wartete sie auf seine Reaktion. Jadora und seine sechs Krieger hatten anscheinend Maéls Aufstöhnen gehört und richteten alle ihren Blick gebannt auf den halbnackten Mann, der immer noch vor Überraschung über Eleas Angriff, wie gelähmt, da stand und immer geräuschvoller atmete. Ahnend, dass der Mann seinem Jähzorn über ihre Tat gleich freien Lauf lassen würde, erhob sie sich langsam und ging ein paar Schritte rückwärts. Ihr Kopftuch und ihre Lederjacke saugten sich immer mehr mit dem auf sie niederprasselnden Regen voll. Sie spürte Todesangst in ihr hochkriechen. Seine anhaltende Bewegungslosigkeit führte sie darauf zurück, dass er sich wahrscheinlich noch irgendeine grausame Bestrafung überlegte, bevor er sie sich greifen wollte. „Ich habe Euch gewarnt. Das wird Euch noch leidtun!", keuchte er außer sich vor Wut. Nur wenige laute Atemzüge später zog er mit einer betont langsamen Bewegung seine Maske vom Gesicht, schleuderte sie auf den Boden und schritt mit wutverzerrtem Gesicht auf Elea zu. Die junge Frau reagierte blitzschnell und rannte los, nur weg von ihm – allerdings mit der Gewissheit, dass sie ihm gnadenlos unterlegen war und er sie gleich zu fassen bekäme. Und so war es dann. Mit nur wenigen seiner riesigen, schnellen Schritte holte er sie ein und stürzte sich genauso, wie er es bereits bei ihrer ersten Begegnung gemacht hatte, mit einem lauten Brüllen auf sie und riss sie zu Boden. Er drehte sie blitzartig auf den Rücken und drückte ihre Arme, mit denen sie wie wild um sich schlug, in einem schmerzhaften Griff seitlich an ihrem Kopf auf die Erde, während das Gewicht seines Körpers so auf ihr lastete, dass sie kaum Luft holen konnte. Sein heißer Atem zischte über ihr Gesicht, als er ihr durch zusammengebissenen Zähnen zu knurrte: „Ich garantiere Euch, spätestens morgen Abend habe ich Euch gefügig gemacht und ihr werdet mich um Gnade anwinseln." Elea sah zum ersten Mal in sein unmaskiertes Gesicht, das nur ein oder zwei Fingerbreit von ihrem entfernt war. Sie konnte bei dieser Nähe jedoch nur in seine hasserfüllten Augen sehen. Trotz ihrer Angst, die sie schier überwältigte, fielen ihr seine unterschiedlichen Augen auf: Eines war deutlich heller als das andere, das so schwarz wie die Nacht zu sein schien. Ihre Verblüffung darüber war jedoch schnell verflogen, da er sie grob mit sich hochzog und sie zu seinem Pferd zerrte. Vom Sattel löste er ein langes Seil. Dann trug er die zappelnde Frau beide Arme um ihre Mitte geschlungen zu einem Baum, der ganz allein, auf weiter Flur, unweit von ihrem Lager stand. Elea spürte, wie ihre Angst langsam von einem ganz anderen, immer stärker werdenden Gefühl vertrieben wurde. „Da könnt ihr warten, bis Ihr schwarz werdet! Ich werde mich niemals eurem Willen beugen. Lieber wär' ich tot! Aber mich töten, das traut ihr Euch ja nicht. Dann müsstet Ihr vor Euren König mit leeren Händen treten", fauchte sie ihn höhnisch an. Maél öffnete mit fahrigen Bewegungen die fünf Schnallen ihrer Lederjacke und riss sie ihr brutal vom Körper. Elea schlug mit ihren Händen um sich, die für einen kurzen Moment frei waren. Ihre Schläge machten ihm jedoch nichts aus. Mit beiden Händen griff er in den Ausschnitt ihres Hemdes und riss es einfach auseinander, sodass die Knöpfe in alle Richtungen wegschossen. Alles ging so schnell. Mit einem Mal stand sie in ihrem dünnen Hemd mit den schmalen Trägern vor ihm. Kalte Nässe lief ihr nur ein paar Wimpernschläge später Arme, Brust und Rücken hinunter. Dann warf er das Seil über einen Ast des kaum noch belaubten Baumes und fesselte mit dem einen Ende Eleas Hände über ihrem Kopf. An dem anderen Ende zog er solange, bis sie gerade noch mit den Zehen den Boden berührte, und befestigte es an dem Baumstamm. Elea schäumte vor Wut. „Und übrigens muss ich Euch leider mitteilen, dass ihr einen Teil Eures Auftrages nicht erfüllen könnt." Bei diesen Worten hielt Maél, der sich bereits umgedreht hatte, um zum Lager zurückzugehen, alarmiert inne, ohne sich jedoch ihr zuzuwenden. „Meine Unberührtheit, die für Euch ja von so großem Interesse ist, habe ich an Kellen verloren. Ich habe mit ihm das Bett geteilt, ohne dass es seine Eltern wussten – und dies mehr als einmal." Elea konnte nicht anders. Sie musste lügen. Denn sie wollte diesem abscheulichen Mann um jeden Preis einen Stich versetzen.

Fünf oder sechs Atemzüge später erst drehte er sich betont langsam zu ihr um und kam auf sie zu wie eine sich an seine Beute heranschleichende Raubkatze. Er blieb erst stehen, als sein vom Regen tropfnasser Oberkörper ihre Brust berührte. Plötzlich schoss sein Arm pfeilartig nach vorne. Mit seiner Hand griff er in Eleas Haare und zog ihren Kopf roh nach hinten. Sein Gesicht war dem Ihren jetzt schon zum zweiten Mal bedrohlich nahe. „Wenn das so ist, dann kann ich mich ja nach Lust und Laune Eures Körpers bedienen", erwiderte er mit eisigem Hohn und drückte Elea unvermittelt brutal seine Lippen auf ihren Mund. Dieser neuerliche Angriff traf Elea so unerwartet, dass sie nicht schnell genug ihre Lippen zusammenpressen konnte, um Maél daran zu hindern, ihren Mund mit dem seinigen gewaltsam zu öffnen. Seine Zähne stießen schmerzhaft an ihre. Doch bevor er womöglich noch seine Zunge in ihre Mundhöhle stecken konnte, biss sie ihm in die Lippe, sodass er sich abrupt von ihr löste. Er wischte sich das Blut von der Lippe und schlug ihr mit der blutigen Hand ins Gesicht, sodass ihr Kopf zur Seite schleuderte. Elea sah für einen kurzen Moment Sterne und ein heißer, brennender Schmerz flammte auf ihrer Wange auf. Maél drehte sich daraufhin um und ging ohne ein weiteres Wort zurück zum Lager. Elea triumphierte innerlich. Jetzt hatte sie ihn schon zum dritten Mal so verletzt, dass er blutete.

Nachdem sich ihr Puls wieder beruhigt hatte und sie einigermaßen klar denken konnte, wurde sie sich jedoch der desolaten Lage, in der sie sich befand, nur allzu bewusst: Sie hing in strömendem Regen an einem Baum wie ein Stück Vieh – und das in unzureichender Kleidung. Ihr Unterhemd klebte bereits klatschnass an ihrem Körper und zeigte mehr, als es verbergen sollte. Aber unerwünschte Blicke auf ihre halbentblößte Brust sollten ihr geringstes Problem sein. Sie zitterte bereits am ganzen Körper und durch ihre unbequeme Position begannen schon ihre Schultern und Handgelenke zu schmerzen. Lange würde sie das nicht aushalten können. *Lieber beiße ich mir die Zunge ab, bevor ich diesen Mistkerl um Gnade anwinsle!*

Als Maél mit ausladenden Schritten am Lager unter dem Vorsprung ankam, wurde er sogleich von Jadora angegriffen. „Willst du sie etwa umbringen?! Sie wird sich den Tod da draußen holen."

„Diese widerspenstige Wildkatze stirbt nicht so schnell. Sie ist zäher, als du denkst. – Mein Instinkt hat mich nicht getrogen. Ich spürte, dass sie etwas im Schilde führte. Dieses Miststück!" Er versorgte immer noch aufgebracht seine Wunde, die bereits dieses versengende Brennen ausgelöst hatte, das sich wellenartig in seinem Körper ausbreitete. Der Schnitt war nicht tief, sodass sein Körper das beißende Gift schnell bezwingen konnte. Anschließend zog er sich eine trockene Tunika über. Jadora ließ nicht locker. „Wieso quälst du sie so? Sie hat dir nichts getan." Maél schnaubte lautstark bei diesen Worten. „Sieh mich an! Erst jagt sie mir einen Pfeil ins Bein, dann ein Messer in den Arm. Und jetzt beißt sie mir in die Lippe. Ich muss ihr das Fürchten lehren. Nur so kann ich mir Respekt bei diesem rebellischen Weib verschaffen."

„Ich habe dich noch nie so grausam und eiskalt erlebt. Du hast Männer, die du gejagt hast, besser behandelt als dieses Mädchen. Liegt es daran, dass sie nicht, wie andere, aus Angst vor dir auf die Knie fällt. Oder bist du auf diesen Jungen eifersüchtig, den sie offensichtlich geliebt hat, und den du vor ihren Augen getötet hast?"

„Ich warne dich, Jadora! Zügele deine Zunge, sonst schneide ich sie dir ab und hänge dich neben sie an den Baum, damit du ihr Gesellschaft leisten kannst!", drohte Maél dem Hauptmann. Doch Jadora war noch nicht fertig. „Du wirst ihren Willen nicht brechen können. Sie wird niemals aufgeben. Das spürt man. Lieber stirbt sie. – Eine wie sie ist mir noch nicht begegnet."

„Du wiederholst dich, alter Mann", unterbrach Maél ihn verächtlich. „Sie hat für eine Frau, wie du selbst gesagt hast, außergewöhnliche Fähigkeiten. Und nicht nur das. Mit ihr stimmt offensichtlich etwas nicht: erst die rot glühenden Haare und jetzt noch die Sache mit den Vögeln, wofür sie zweifelsohne verantwortlich ist", fuhr Jadora fort. Die beiden Männer schauten zu Elea, die aufgrund ihrer leuchtenden Haare deutlich zu erkennen war. Erhobenen Hauptes blickte sie zu ihnen herüber. Maél setzte sich ans Lagerfeuer und schaute mürrisch auf die Kaninchen, die bereits über dem Feuer brutzelten. Jadora ließ sich neben ihn nieder und stellte Spekulationen über Elea an. „Wenn du mich fragst, an ihr ist etwas Magisches. Ich kann es mir nicht erklären. Aber als die Vögel sich um sie gescharrt haben, ist es mir eiskalt den Rücken hinuntergelaufen."

„Jadora, ich bin weder dumm noch blind. Glaubst du etwa, dass mir das nicht auch schon aufgefallen ist. Ich gehe sogar so weit zu glauben, dass sie die Vögel herbeigerufen hat, um uns abzulenken, damit sie mich töten kann."

„Nichtsdestotrotz sind aber ihr Verhalten und ihre Mordgedanken nur verständlich, in Anbetracht der Tatsache, dass du ihren Bruder, Freund, Geliebten oder was auch immer getötet hast. Meinst du nicht?"

„Ich habe ihn gar nicht getötet. Ich habe ihm nur eine harmlose Fleischwunde beigebracht." Jadora war über diese Nachricht im ersten Moment sprachlos. Vor Verblüffung hatte er Mühe, seine Spucke hinunterzuschlucken. „Du hast den Jungen nicht getötet!? Was ist los mit dir? Hast du etwa doch ein Herz aus Fleisch und Blut, und nicht aus Eis?"

„Verschon mich mit deinem Sarkasmus, Jadora!", blaffte Maél den Mann an. „Du musst es ihr sagen. Sie wird nicht aufgeben, dich zu töten, falls sie deine unmenschliche Bestrafung überhaupt überleben sollte. Das Mädchen hat einen eisernen Willen."

„Du magst es eisernen Willen nennen. Ich nenne es Widerspenstigkeit und Respektlosigkeit", konterte Maél. „Na und. Machen diese Eigenschaften eine Frau nicht erst interessant oder sogar begehrenswert?", hakte Jadora hartnäckig nach. Maél erwiderte nichts darauf. Er warf einen flüchtigen Blick zu Elea hinüber, die immer noch ihren Kopf aufrecht hielt. Nachdem die beiden Männer eine Weile geschwiegen hatten, grübelte Jadora laut vor sich hin. „Was hat Roghan nur mit ihr vor?"

„Oder Darrach?" gab Maél im Flüsterton zu bedenken. „Na ja, egal, was die beiden mit ihr vorhaben. Wichtig ist jetzt erst einmal das Mädchen. Und überhaupt, wenn du sie zu Tode gequält hast, werden wir nie herausbekommen, was es mit ihr auf sich hat. Los! Gib dir einen Ruck und schneide sie los!", forderte Jadora ihn in versöhnlichem Ton auf. „Nein, noch nicht", erwiderte Maél barsch ohne ein Wort der Widerrede duldend. Jadora schüttelte missbilligend den Kopf und untermalte das Ganze mit einem Knurren.

Es dauerte nicht mehr lange, bis das Kaninchenfleisch gar war, und sich die sechs Krieger über das Abendmahl genussvoll schmatzend hermachten. Sie waren viel ausgelassener als am Abend zuvor. Nur Maél und Jadora nagten stumm und lustlos auf ihren Keulen herum. Der Hauptmann schaute immer wieder mit ernster Miene zu Elea hinüber, deren Kopf inzwischen, wie bewusstlos, nach vorne gekippt war. Es hatte inzwischen zwar aufgehört zu regnen, aber ein kalter Nordwestwind war aufgekommen, der die Männer in ihren klammen Kleidern frösteln ließ. Deshalb wickelten sich die sechs gut gelaunten Krieger gleich nach dem Essen in der Nähe des wärmenden Feuers in ihre Schlaffelle ein. Ihr Schnarchen ließ nicht lange auf sich warten. Maél und Jadora blieben am Feuer sitzen und schwiegen sich weiterhin gegenseitig an. Der Hauptmann erhob sich gelegentlich um Holz nachzulegen. Nach einer ganzen Weile, Mitternacht war bereits überschritten, hielt Jadora es nicht mehr aus. „Ich schneide sie jetzt los. Du wirst mich schon töten müssen, um mich davon abzuhalten." Maél reagierte nicht. Dies war für Jadora ein Zeichen der Zustimmung. Er sprang eilig auf und eilte zu dem Baum, von dem das Mädchen schlaff herunterhing. Nach wenigen Augenblicken war er wieder beim Feuer und hielt die bewusstlose Frau in den Armen. „Ich wusste es. Sie ist ohne Bewusstsein und ihr Körper fühlt sich an wie ein Eiszapfen", zischte er Maél anklagend an, während er Elea auf sein Fell ablegte. „Wir müssen sie von ihren nassen Kleidern befreien und sie irgendwie wärmen. Hilf mir!"

„Dass wir sie entkleidet haben, wird ihr nicht gefallen, wenn sie erwacht", sagte Maél zögernd. „Seit wann machst du dir darüber Gedanken, was ihr gefällt und was nicht? Halte du sie fest, ich werde ihr die Hose ausziehen." Etwas Unverständliches vor sich hin brummend befolgte Maél die Anweisung des Hauptmannes und hielt Eleas Oberkörper an den Achseln fest. Jadora zog ihr erst die Stiefel und Strümpfe aus, bevor er mit großer Anstrengung, die vom Regen aufgequollene und am Körper wie eine zweite Haut klebende Lederhose Stück für Stück herunterzog. Der jüngere Mann beobachtete genau jeden seiner Handgriffe. Die Dunkelheit der Nacht vermochte es nicht, jedes auch noch so kleine Detail ihres Körpers vor seinen außergewöhnlichen Augen zu verbergen. Sein Blick glitt über ihre langen, wohl geformten Beine hinweg. Sie waren ungewöhnlich athletisch für eine Frau. Aber das erstaunte ihn nicht im Geringsten. *Kein Wunder, dass sie so flink und geschickt über Hindernisse springt!* Sobald Jadora das Mädchen von der nassen Hose befreit hatte, verbarg er ihre Blöße vor Maéls musternden Augen mit seinem Schlaffell und sah ihn mit hochgezogener Augenbraue an. Ertappt schaute dieser schnell zur Seite. „Zieh ihr das nasse Hemd aus und wickle sie in das Fell ein! Ich bin gleich wieder da." Maél machte zunächst keine Anstalten, der Aufforderung Jadoras nachzukommen. Verunsichert sah er auf die junge Frau hinab, die leblos vor ihm lag. Zaghaft berührte er ihren Hals, um ihren Puls zu fühlen. Er war schwach, viel zu schwach. *Verdammt! Ich habe sie überschätzt.* Er überwand seine plötzliche Scheu, setzte sie mit dem Rücken an seine Brust gelehnt aufrecht hin und zog ihr das wie mit Eiswasser vollgesaugte Hemd über den Kopf. Ihre leuchtenden Haare klebten an ihrem schlanken Nacken. Der kurze Moment, in dem er ihren zarten, nackten Körper in den Armen hielt, genügte, um zu sehen, welche Verletzungen er ihr zugefügt hatte. An ihren Oberarmen entdeckte er zahllose Blutergüsse und ihre Handgelenke waren von den Fesseln blutig gescheuert. Außerdem prangte ein riesiger Bluterguss auf ihrem rechten Knie, den sie sich bei ihrem Sturz im Wald, als er ihr hinterhergejagt war, zugezogen haben musste. *Jetzt hat es dieses Frauenzimmer tatsächlich geschafft, dass ich Schuldgefühle habe. Verdammt!* Und damit nicht genug: Zu seinem Verdruss machte sich in seinem sonst von Gefühlskälte geprägten Innern noch eine andere ihm bisher völlig fremde Empfindung breit: Mitleid. Er bettete sie wieder behutsam auf das Fell und wickelte sie darin ein. Dann begann er, ihr die eiskalten Füße und Beine zu massieren, damit das Blut wieder besser durch sie hindurch strömen konnte. Jadora kam herbeigeeilt und hielt zwei Schlaffelle unter dem Arm. „Die habe ich Boran und Dougan weggenommen. Sie waren nicht gerade begeistert. Aber Befehl ist Befehl. Sie stinken zwar fürchterlich - ich will gar nicht wissen wonach -, sind aber schön vorgewärmt." Er wickelte Elea aus dem Fell und breitete rasch eines der vorgewärmten Felle aus, während Maél die junge Frau hochhob, sie dann darauf ablegte und es um sie schlang. Anschließend deckte Jadora sie noch mit dem zweiten vorgewärmten Fell zu. Maél setzte mit düsterer Miene seine Massage fort. Jadora suchte unterdessen in Eleas kleiner Tasche mit den Heilmitteln nach etwas Brauchbarem. Dabei warf er immer wieder einen skeptischen Blick auf Maél. „Wir müssen ihr etwas Warmes zu trinken einflößen. Auf diesem Säckchen steht Kräutertee." Während der Hauptmann Wasser in einem Topf erhitzte, ging Maél dazu über Eleas Arme zu massieren. Er prüfte wieder ihren Puls, der unverändert langsam und schwach war. „Verdammt, so wird das nichts!", stieß er hervor. Er stand auf und zog sich Stiefel und Tunika aus. Den Gestank der Felle ignorierend – was bei seinem außerordentlichen Geruchssinn so gut wie unmöglich war - schlüpfte er zu ihr unter das oberste Fell, drehte sie auf die Seite mit dem Gesicht zu ihm, löste das andere Fell etwas von ihrem Körper und schlang seine Arme um die nackte Frau, sodass ihre eisige Brust seine warme berührte. Er erschauerte im ersten Moment. Gleichzeitig massierte er ihren Rücken. Nach einer Weile kam Jadora mit einem dampfenden Becher Tee, den er vor Verwunderung über den Anblick, den Maél bot, beinahe hätte fallen lassen.

„Dass ich das noch erleben darf! Wer hätte das gedacht! Der gnadenlose und gefürchtete *schwarze Jäger*, kann doch so etwas wie Mitgefühl zeigen", gab Jadora spöttisch von sich. Maél brummte nur missmutig vor sich hin. Er hielt das Mädchen immer noch eng umschlungen und rieb mit seinen nackten Füßen an ihren Beinen entlang. Dann kontrollierte er erneut ihren Puls. Diesmal schien das Herz, schon kräftiger und schneller zu schlagen. Er kam unter dem Fell hervor, richtete sie etwas auf, um ihr von dem heißen Tee einzuflößen. Sie stöhnte auf und regte sich in seiner Umarmung. In ihrem Körper, der beim Entkleiden noch schlaff in seinen Armen hing, war wieder etwas Spannung zurückgekehrt. Es gelang ihm schließlich, ihr etwa die Hälfte des Tees schluckweise einzuflößen, auch wenn sie sich zwischendurch immer wieder verschluckte und husten musste. Bevor er sie wieder sanft hinlegte, hielt er sie noch eine Weile beschützend in seinen Armen. Warum, wusste er nicht. Aber Jadora hatte wieder einmal seine ganz eigene Deutung diesbezüglich, die er natürlich nicht für sich behalten konnte. „Also wenn ich es nicht besser wüsste, würde ich denken, dass du es genießt, diesen weiblichen Körper in den Armen zu halten." Maél lag schon eine bissige Antwort auf der Zunge. Aber er schluckte sie mit zusammengebissenen Zähnen hinunter; denn ihm wurde klar, dass es der Wahrheit entsprach. Er war noch nie zuvor in einer vergleichbaren Situation gewesen. Das Gefühl, das er beim Umarmen von Elea empfand, war ihm völlig fremd, aber durchaus nicht unangenehm. Im Gegenteil, er spürte in seinem Innern ein Gefühl der Wärme, das sogar die immer noch stechende Hitze des von der eisernen Messerklinge auf ihn übergegangenen Giftes aufzuheben vermochte. Eleas Haar, das inzwischen getrocknet war, glühte ihm entgegen und hüllte ihn mit dem ihr so eigenen Duft ein, den er die letzten Tage auf Arok eingeatmet hatte. Er sah zu Jadora hinüber, der seinem Gesichtsausdruck nach zu urteilen schon an einem neuen Kommentar über seinen Sinneswandel bastelte. Er bettete widerstrebend die junge Frau wieder in ihr warmes Nest aus Fellen, um ihm zuvorzukommen - allerdings ohne Erfolg. Jadora sah Maél, der neben Elea im Schneidersitz saß und scheinbar jeden ihrer Atemzüge verfolgte, nachdenklich an. „Sie ist wunderschön. Sie gefällt dir, nicht wahr? Hast du ihr eigentlich schon einmal richtig in die Augen gesehen? Ich habe noch nie ein so strahlendes Grün gesehen. Es erinnert mich an eine grüne Wiese im Frühling. Und an ihrem Körper ist auch nichts auszusetzen. Alle weiblichen Rundungen sind vorhanden, wenn auch nicht so üppig, wie ich es bei Frauen mag. Dies ist dir aber sicherlich nicht entgangen", sagte Jadora mit einem breiten Grinsen im Gesicht. *Sie ist perfekt, alter Mann!* Maél ging auf Jadoras Schwärmerei für Elea nicht ein. Er meinte nur schroff: „Wir werden ein oder zwei Tage hier bleiben. Vielleicht auch drei, damit sie sich erholen und wieder zu Kräften kommen kann. Sie muss unbedingt essen. Sie ist leicht wie eine Feder. Unsere Reise nach Moray hat erst begonnen und es wird sicherlich mit dem nahenden Winter nicht einfacher werden." Der Hauptmann schüttelte mit großen Augen den Kopf. „Ich frage mich ernsthaft, was mit dir geschehen ist. Ich erkenne dich nicht wieder." Maél tat so, als ob er nichts gehört hätte. Dafür redete Jadora weiter. „Es dauert nicht mehr lange, bis der Tag anbricht. Wann hast du eigentlich das letzte Mal richtig geschlafen?"

„Ich weiß es nicht. Es muss Jahre her sein", antwortete Maél nun doch. „Leg dich hin und schlaf eine Weile! Ich kümmere mich solange um sie."

„Nein. Ich halte es noch eine Weile aus. Ich will ihren Puls und ihre Körperwärme lieber selbst überwachen." Jadora staunte einmal mehr über Maéls Fürsorge, verzichtete aber auf einen erneuten, spöttischen Kommentar.

Irgendwann begannen Maél die Augen zuzufallen, sodass er schließlich doch das Angebot des Hauptmanns annahm. Kaum hatte er sich hingelegt, da sprach dieser ihn jedoch nochmals an. „Eine Sache würde mich noch interessieren, bevor du einschläfst. Warum hast du sie eigentlich geküsst?"

„Kannst du denn nie Ruhe geben mit deinem dummen Geschwätz!? Lass mich jetzt schlafen!" Maél drehte ihm den Rücken zu und suchte für sich selbst nach einer Antwort auf diese Frage. Er wusste jedoch keine darauf. Eins wusste er aber: Diese Nacht hatte in seinem Innern eine deutliche Spur hinterlassen – vielmehr eine ihm so fremde Empfindung, an die er sich zwar noch gewöhnen musste, die aber sein finsteres Leben auf rätselhafte Weise erhellte.

Kapitel 3

Nicht ein kühler Wind, der ihr schockartig ins Gesicht wehte, riss Elea diesmal aus ihrem tiefen Schlaf, sondern ein widerwärtiger, undefinierbarer Gestank, der sie vollkommen zu umhüllen schien. Sie hob langsam die Lider, um die Quelle dieses unerträglichen Geruchs ausfindig zu machen und stieß vor Schreck einen Schrei aus, als ihr bewusst wurde, dass dieser Geruch den Fellen entströmte, in die sie eingewickelt war. Ein zweiter Aufschrei folgte prompt auf die Erkenntnis, dass sie splitternackt in diesem Gestank lag. Von ihrem ersten Reflex, sich strampelnd von den stinkenden Fellen zu befreien, konnte sie sich erst einmal verabschieden. Den aufsteigenden Würgereiz unterdrückend sah sie sich um und bemerkte mehrere Augenpaare, die auf sie gerichtet waren. Es war Tag. Sie konnte jedoch nicht sagen, wie weit dieser schon fortgeschritten war, da sich die Sonne immer noch hinter einem tristen Wolkenteppich verbarg. Sie versuchte, sich in Erinnerung zu rufen, was geschehen war und warum sie hier nackt in diesem Berg aus übelst riechenden Fellen lag. Die Erinnerung kam schneller, als ihr lieb war: Ihr Mordanschlag war fehlgeschlagen und der maskierte Krieger hatte sie halbnackt bei Regen und Kälte an einen Baum gehängt. Aber wie sie zurück zum Lagerplatz gekommen war, konnte sie sich nicht erklären. Sie musste wohl irgendwann vor Kälte und Schmerzen in den Armen und Schultern ohnmächtig geworden sein. In ihren Überlegungen vertieft nahm sie plötzlich eine Bewegung aus dem Augenwinkel wahr. Es war Jadora, der auf sie zukam. „Wir dachten schon, Ihr würdet gar nicht mehr aufwachen. Ihr habt den ganzen Tag geschlafen. Es wird schon wieder bald Abend. Wie geht es Euch? Ihr seid bestimmt am Verhungern."

„Was ist geschehen? Wie bin ich hierhergekommen?", wollte Elea wissen. „Ich habe Euch mitten in der Nacht vom Baum losgemacht. Ihr ward ohnmächtig." *Dem Himmel sei Dank! Nicht er hat mich hilflos durch die Gegend getragen.* „Und wieso bin ich nackt in diesem stinkenden Haufen Felle eingepackt?", fragte die junge Frau vorwurfsvoll. Sie hatte die Worte noch nicht ganz ausgesprochen, als hinter Jadora ihr Peiniger ohne Maske auftauchte und ihr mit einem seltsamen, ihr völlig fremden Blick in die Augen sah. „Siehst du! Ich habe es dir gleich gesagt, dass sie nicht erfreut sein wird." *Ich habe schon Halluzinationen. Hat dieser Mistkerl eben etwa geschmunzelt? Und wo ist sein verächtlicher Ton geblieben?* Sie sah ihm skeptisch in die Augen und konnte kaum glauben, was sie sah. Er hatte tatsächlich ein blaues und ein schwarzes Auge. Jadora räusperte sich erst eine kleine Ewigkeit, bis er sich endlich ein Herz nahm, um Eleas dringliche Frage zu beantworten. „Also Ihr wollt wissen, warum Ihr nackt seid. Nun ja. Also... ihr ward klatschnass... und vollkommen ausgekühlt. Es schien, als ob kein Funken Leben mehr in Eurem Körper steckte. Deshalb hielt ich es für am besten,... Euch die nassen Kleider auszuziehen." Elea musste gegen einen Kloß in ihrem Hals anschlucken, als sie in das maskenlose Gesicht schaute. „Um genau zu sein: Wir beide zusammen haben Euch entkleidet. Es war jedoch stockfinster. Ihr könnt Euch also gleich wieder beruhigen. Wir konnten nichts erkennen. Ist es nicht so, Jadora?", bei diesen Worten hatte Maél große Mühe, sich ein Lächeln zu verkneifen. „Ja. ... ähm... Es war so dunkel, wir konnten kaum die eigene Hand vor Augen sehen", bestätigte Jadora schnell – zu schnell für Eleas Geschmack. Das für Elea peinliche Thema ihrer Nacktheit fallen lassend, übernahm Maél weiterhin das Reden, da Jadora offenbar Mühe hatte, die passenden Worte zu finden. „Um eure Frage nach diesem stinkenden Haufen zu beantworten, das war ebenfalls Jadoras Idee. Er hat sie vorgewärmt von zwei seiner Krieger ausgeliehen." Eleas Augen wurden immer größer und wanderten zwischen den beiden Männern hin und her. Schlagartig überkam sie ein Ekelgefühl, das in ein Würgen gipfelte. Jadora war die ganze Angelegenheit sichtlich unangenehm. Er raufte sich schuldbewusst die Haare. Maél hingegen musste sich schnell abwenden, da er ein breites Grinsen nicht mehr unterdrücken konnte. *Warum will ich auf einmal nicht, dass sie sieht, wie ich mich über sie amüsiere?* Nachdem er wieder in der Lage war, eine ernste Miene zu machen und Elea sich vom Würgen halbwegs erholt hatte, ging er neben der jungen Frau in die Hocke. Sie zuckte sofort ängstlich zusammen. „Ich tue Euch nichts, ihr braucht Euch nicht zu fürchten. Vorerst zumindest. Ihr seid so schwach, dass man Angst haben muss, dass Euch bereits eine Ohrfeige dahinrafft." Mit diesen Worten erntete er von Jadora unverzüglich ein vorwurfsvolles Räuspern. „Ich habe bereits zum Waschen einen Topf mit Wasser neben Euch gestellt. Hier ist Euer Rucksack. Dann habt ihr alles, was ihr braucht, um Euch frisch zu machen und wieder anzukleiden. Benötigt ihr Hilfe?" Elea war sprachlos über die Fürsorglichkeit des Mannes. *Was ist nur mit ihm los?* Sie war nicht imstande zu sprechen. Also schüttelte sie nur mit dem Kopf. „Von dem oberen Fell befreie ich euch schon mal. Und du Jadora, du kümmerst dich um unser Abendmahl!"

Daraufhin verließen die beiden Männer eine mehr als erstaunte junge Frau. Elea konnte nicht umhin zu denken, dass Maél sich die ganze Zeit über lustig über sie und ihren desolaten Zustand gemacht hatte. Aber das konnte sie eher verschmerzen, als seine hasserfüllten Worte und Erniedrigungen.

Es war nicht einfach, sich verdeckt unter dem Umhang zu waschen, sodass sie nur teilweise mit dem Ergebnis zufrieden war. Richtig sauber fühlte sie sich nicht, aber zumindest hatte sie dank Breannas Lavendel-Rosen-Seife den ekelerregenden Gestank der Felle von ihrem Körper weitgehend loswerden können. Nun saß sie da, frische und trockene Kleider am Leib und knabberte ein paar Haferkekse, die sie mit heißem Kräutertee, den ihr Jadora gebracht hatte, hinunterspülte.

Es hatte aufgehört zu regnen. Der Himmel wölbte sich jedoch immer noch grau über sie. Elea beobachtete die Männer bei ihren Beschäftigungen. Einer drehte die beiden aufgespießten Kaninchen über dem Feuer. Drei würfelten. Der, der sie für eine Hexe hielt, reinigte seine Waffen. Dieser Anblick erinnerte sie unwillkürlich an Albin, der dies häufig abends nach dem Essen mit einer für sie nicht nachvollziehbaren Hingabe zu tun pflegte. Ihre Gedanken hörten nicht auf, um ihre Familie zu kreisen. Vor allem an Kellen, der tot im Nirgendwo lag, musste sie unablässig denken. Sie hoffte, dass Albin sich auf die Suche nach ihm gemacht und seine Leiche gefunden hatte, sodass er ihn wenigstens nach Hause bringen und die Familie ihn beerdigen konnte. *Arme Breanna! Dieser verdammte Mistkerl! Wenn er glaubt, dass er mich ihm gegenüber mit seinem fürsorglichen Verhalten milder stimmt, dann hat er sich getäuscht!* Die Vorstellung, wie ihre Familie um Kellen trauerte, schmerzte sie so sehr, dass sie still vor sich hin zu weinen begann. Ihr tränenverhangener Blick schweifte hin und her, bis sie Jadora und Maél bei den Pferden entdeckte. Jadora redete ununterbrochen, während Maél nur gelegentlich mürrisch etwas zu dem Gespräch beitrug. Dieser Mann gab ihr Rätsel auf. Seitdem sie erwacht war, hatte er sie kein einziges Mal hasserfüllt angeknurrt oder respektlos behandelt. *Was hat ihn wohl zu diesem Sinneswandel bewogen? Und warum trägt er auf einmal nicht mehr seine Maske? Und was mich noch mehr interessieren würde, warum trägt er überhaupt eine?* Bisher hatte sie es noch nicht gewagt, sein Gesicht aus der Nähe zu mustern. Aber was sie auf den ersten flüchtigen Blick erkennen konnte, konnte man auf gar keinen Fall als hässlich oder abstoßend bezeichnen. Im Gegenteil, sie kam sogar zu dem Schluss, dass er überdurchschnittlich gut aussah, wenn man ihn mit den anderen Kriegern verglich. Viele Vergleiche konnte sie nicht ziehen, da sie bisher noch nicht vielen Männern in ihrem behüteten Leben begegnet war. Kellen empfand sie immer als außerordentlich gutaussehend. Einen Makel hatte sie jedoch in seinem Gesicht entdeckt, sofern man seine zweierlei Augen nicht ebenfalls als ein Makel betrachtete: Er hatte auf der rechten Wange, in der Gesichtshälfte mit dem blauen Auge, eine kreisrunde Brandnarbe, ähnlich wie jene, die sie bereits auf seiner Brust und auf seinem Rücken entdeckt hatte. Plötzlich wurde ihr bewusst, dass Maél sie ebenfalls anstarrte. Ertappt sah sie schnell weg und trank ihren Becher mit Tee leer. Dann wickelte sie sich in ihren Fellumhang ein und tat so, als schliefe sie.

Man konnte deutlich spüren, dass der Herbst den Sommer nun doch endgültig vertrieben hatte. Das Tageslicht war beinahe vollkommen zugunsten der abendlichen Dunkelheit gewichen, als sich alle zum Essen am Lagerfeuer versammelten. Auch Elea gesellte sich auf Jadoras Bitte zu ihnen. Der Hauptmann saß zu ihrer Linken und versorgte sie ständig mit den besten Fleischstücken. Alle kauten und schmatzten genüsslich vor sich hin, was kein Wunder war. Die Abendmahlzeit schien die Hauptmahlzeit der Männer zu sein. Daran musste sich Elea erst gewöhnen.

Die von dem orangeroten flackernden Feuerschein angestrahlten Gesichter der neunköpfigen Gruppe glühten mit Eleas rot leuchtendem Haar um die Wette. Ihr fiel auf, dass die Krieger heute Abend beim Essen auffallend schweigsam waren, wohingegen sie am Abend zuvor ihr Essen noch in ausgelassener Stimmung zu sich genommen hatten, während sie leidend am Baum hing. Sie warfen nur ab und zu verstohlene Blicke zu ihr hinüber. Nach einer Weile kam sie darauf, warum sie sie immer wieder anstarrten. Sie hatte vergessen, ihr Tuch um den Kopf zu wickeln. Da sie es zum Waschen benutzt hatte, wollte sie es erst trocknen lassen, bevor sie es wieder um ihren

Kopf drapierte. Rasch stellte sie ihre Schüssel auf den Boden und war im Begriff aufzustehen, als Maél das Schweigen brach. „Was habt Ihr vor?"

„Ich will nur mein Kopftuch holen. Eure Männer starren mich an, als müssten sie um ihr Leben fürchten."

„Das ist nicht notwendig. Sie sind Krieger und sollten eigentlich vor einer jungen Frau, keine Furcht verspüren. Oder was meinst du, Jadora?", wandte er sich spöttisch an den Hauptmann, der Maél einen verdrießlichen Blick zuwarf und die Männer schroff aufforderte, sich zusammenzureißen.

„Außerdem haben wir auf diese Weise eine zweite Lichtquelle, meint Ihr nicht auch", fuhr Maél in amüsiertem Ton fort. „Sehr witzig!", erwiderte Elea empört, setzte sich aber wieder ohne weiteren Kommentar und zermarterte sich beim Kauen das Hirn, warum dieser einst so brutale Mann sich auf einmal damit zufrieden gab, sich ständig über sie lustig zu machen. *Langsam macht mich diese harmlosere Seite fast genauso wütend wie seine arrogante und grausame.*

Nach dem Essen durfte Jadora Elea noch zu einer Stelle führen, wo sie ihre Notdurft verrichten konnte. Als sie zum Lagerplatz zurückkehrten, fiel ihr Blick sofort auf Maél, der, wie schon in den ersten Nächten, nur zwei Schritte von ihrem Schlafplatz entfernt auf dem Rücken lag. Auf ihrem Umhang lag ein fremdes Schlaffell. Sie ging darauf zu, nahm es in die Hand und roch vorsichtig daran. Ihre Nase nahm einen nicht unangenehmen Geruch wahr. Bevor sie fragen konnte, wem das Fell gehörte, kam ihr der Mann zuvor. „Es gehört mir. Ich brauche es aber nicht so dringend wie Ihr. Ihr habt nichts auf den Rippen und müsst Euch erst noch ein paar Fettpolster anfuttern, um der Kälte besser widerstehen zu können. Deshalb werden wir auch noch ein oder zwei Tage länger hier bleiben, um Euch wieder aufzupäppeln. Die Ruhe wird Euch guttun. Wir haben noch eine anstrengende Reise vor uns." Elea kochte innerlich vor Wut. Der mehr als aufschlussreiche Hinweis auf ihre fehlenden Fettpolster brachte das Fass zum überlaufen. Sie warf ihm wutentbrannt das Fell ins Gesicht. „Danke, ich verzichte", fauchte sie ihn an. Maél richtete sich halb auf dem Unterarm abstützend auf und sagte in drohendem Ton: „Ihr könnt wählen: Entweder nehmt Ihr mein Fell und deckt Euch damit zu oder ich hole Euch zu mir herüber und wir decken uns beide damit zu." Wutschnaubend riss sie ihm das Fell wieder aus der Hand, wickelte sich mit fahrigen Bewegungen in ihren Fellumhang und deckte sich theatralisch mit Maéls Fell zu. „Ist es so recht?", fragte sie spöttisch. *Sie ist wieder widerspenstig wie damals im Wald. Das kann ich wohl als Zeichen ihrer Genesung werten.* „Braves Mädchen." Ein Lächeln stahl sich auf seine Lippen, das Elea allerdings in der Dunkelheit nicht sehen konnte. Zu seinem Entzücken blieb ihm jedoch ihre Mimik keineswegs verborgen. Er konnte jede einzelne Veränderung in ihrem Gesicht genau erkennen, da sie sich zu ihm gedreht hatte und ihn genauso fixierte wie er sie. „Was ist eigentlich los mit Euch? Ich erkenne Euch nicht wieder", platzte es schließlich aus Elea heraus. Maél stellte sich dumm und fragte seinerseits: „Was meint Ihr?"

„Ihr wisst genau, was ich meine! Erst jagt ihr mich wie ein wildes Tier durch den Wald, schlagt mich bewusstlos, erniedrigt mich vor meiner Familie, tötet meinen Bruder und hängt mich bei Regen und Kälte an einen Baum. Und dann spielt ihr den barmherzigen Wohltäter und überhäuft mich mit eurer Fürsorglichkeit. Darüber hinaus scheint Ihr es Euch zu einem krankhaften Zeitvertreib gemacht zu haben, Euch über mich lustig zu machen."

„Wenn es Euch lieber ist, werde ich wieder in meine alten Verhaltensweisen verfallen. Ich persönlich ziehe allerdings die neuen vor", erwiderte er in belustigtem Ton.

„Und wie kam es zu dieser wundersamen Wandlung?", war Elea gespannt zu erfahren.

„Nennen wir es eine glückliche Fügung für Euch."

„Eine glückliche Fügung! Dass ich nicht lache! Ich bin immer noch Eure Gefangene und ihr mein Entführer, oder etwa nicht?!", schnaubte Elea zu dem Mann hinüber.

„Da muss ich Euch Recht geben. Aber Ihr müsst zugeben, dass sich die Bedingungen Eurer Gefangenschaft erheblich verbessert haben." Es entstand eine Pause, in der Elea misstrauisch darüber rätselte, was wohl in jener grauenvollen Nacht noch geschehen sein mochte. „Ihr solltet jetzt mit dem Grübeln aufhören und schlafen. Übrigens eine Kleinigkeit noch. Vielleicht könnt ihr besser einschlafen, wenn ich Euch sage, dass ich Euren Geliebten oder Bruder oder was auch immer er für Euch ist nicht getötet habe." Elea traute ihren Ohren nicht. Ihr Oberkörper schoss in die Höhe, während sie ihn angiftete: „Ihr habt ihn nicht getötet!? Und das sagt ihr mir erst jetzt! Und woher wollt Ihr überhaupt wissen, dass Ihr ihn nicht getötet habt? Ich habe ihn aufstöhnen hören, als Ihr ihm Euer Schwert in den Körper gerammt habt. Danach lag er leblos am Boden und hat sich nicht mehr gerührt."

„Ich habe ihm das Schwert nicht in den Körper gerammt, sondern in die Seite gestoßen. Es war nur eine Fleischwunde." Elea schnaubte schon wieder. „So harmlos war sie wohl doch nicht, sonst wäre er nicht bewusstlos geworden!"

„Wahrscheinlich hat ihn der Schmerz und die vorangegangene Anstrengung übermannt. Er ist ja noch ein Jüngling. Er wird wieder zu sich gekommen sein, sich auf sein Pferd gesetzt haben und nach Hause geritten sein, vorausgesetzt er ist so schlau gewesen und hat unsere Verfolgung nicht wieder aufgenommen."

„Warum sagt ihr mir das jetzt erst?" Tränen der Erleichterung liefen ihr die Wangen hinunter. „Jadora meinte, es würde unsere Beziehung entspannen. Wahrscheinlich fürchtet er um mein Leben." *Wieder dieser amüsierte Ton. Dieser Kerl macht sich die ganze Zeit lustig über mich. Außerdem was meint er denn mit Beziehung?* Elea streckte sich unter Maéls Schlaffell aus und schwieg. Sie gab sich ganz dem Glücksgefühl über diese Nachricht hin und ließ ihren Freudentränen freien Lauf. Kellen war also nur leicht verletzt worden, sodass er wieder nach Hause hatte reiten können, nachdem er aus seiner Bewusstlosigkeit erwacht war. Wahrscheinlich war Albin ihm sogar nachgeritten und hatte ihn gefunden.

Maél sah jede einzelne Träne Eleas Wangen hinunterlaufen. Dieser Anblick berührte ihn erneut auf ungeahnte Weise. Er empfand – wie in der Nacht zuvor - schon wieder Mitgefühl für dieses zugleich widerspenstige, aber auch empfindsame Wesen. Dies brachte ihn völlig aus der Fassung. Er musste allein sein. Er stand abrupt auf und raunte Elea zu: „Ihr werdet keine Dummheiten machen, wenn ich Euch für kurze Zeit allein lasse! Kann ich mich darauf verlassen? Ich werde Euch im Auge behalten." Elea kam gar nicht dazu zu antworten. So schnell war er verschwunden. Sie wunderte sich nur kurz über sein merkwürdiges Verhalten. Dann schlief sie auch schon in einer viel glücklicheren und hoffnungsvolleren Stimmung ein als in den Nächten zuvor.

Der nächste und der darauf folgende Tag gestalteten sich für Elea in der Tat überaus erholsam. Sie kam wieder zu Kräften, da sie ständig von Jadora mit Essen versorgt wurde. Auch seine Krieger überschlugen sich förmlich vor Freundlichkeit. Nur einmal, als sich wieder ein paar kleine Vögel fröhlich zwitschernd um Elea scharrten und auf ihr herumhüpften, schauten sie verängstigt und entfernten sich dezent von dem Schauspiel. Maél hingegen sprach sie unverblümt darauf an. „Die Ansammlung der Vögel am Abend Eures kläglich gescheiterten Versuchs, mich zu töten, war Euer Werk, nicht wahr?"
„Ich weiß nicht, was Ihr meint", stellte Elea sich dumm.
„Wie sollte ich denn so etwas bewerkstelligen!? Glaubt Ihr etwa ich verfüge über übernatürliche Kräfte und kann Vögel durch bloße Gedanken anlocken?"
„Wollt Ihr wissen, was ich glaube? - In Euch stecken noch ganz andere Fähigkeiten, von denen ich nichts weiß. Aber ich bin davon überzeugt, dass unsere lange Reise mir die eine oder andere Gelegenheit bieten wird, diese noch kennenzulernen."

Elea nutzte die beiden Tage, um ihren bekehrten Entführer genau zu beobachten. Er war äußerst wortkarg. Mit den Kriegern wechselte er kaum ein Wort. Er bellte ihnen nur gelegentlich Befehle in rüdem Ton zu. Jadora hingegen war davon stets wenig beeindruckt. Er drängte Maél häufig Gespräche auf und redete eindringlich auf ihn ein. Der jüngere Mann gab meist nur knappe und missmutige Antworten und ließ den Hauptmann häufig einfach stehen. Ihr wurde schließlich bewusst, dass er mit ihr die umfangreichsten Gespräche führte, die ihn stets - zu Eleas Verdruss - zu belustigen schienen. Zu seinem Pferd, das er Arok nannte, pflegte er offensichtlich eine liebevolle Beziehung. Er bedachte es oft mit Streicheleinheiten und flüsterte ihm freundliche Worte ins Ohr, wenn er seinen Kopf tätschelte. Er war offensichtlich ein Einzelgänger, der sich nicht viel aus Gesellschaft machte. Elea hatte auch genügend Gelegenheiten, Maéls Gesicht aus der Nähe in Augenschein zu nehmen. Sie konnte überhaupt nicht verstehen, warum er diese schreckliche Maske die ersten Tage ständig getragen hatte; denn Grund, sich dahinter zu verstecken, hatte er keineswegs. Er hatte feine Gesichtszüge, die ihm etwas Edles verliehen. Seine schwarzen Augenbrauen verliefen in einer leicht geschwungenen Linie über seinem blauen und schwarzen Auge, die etwas schräg standen, was ihm wiederum etwas Geheimnisvolles und Fremdartiges verlieh. Die hohen Wangenknochen, die schlanke, gerade Nase und das etwas kantige Kinn betonten seine männlichen Gesichtszüge. Sein Mund hatte sanft geschwungene Lippen. Die Brandnarbe auf der Wange unter seinem blauen Auge verlieh ihm ein verwegenes, fast wildes Aussehen - ebenso wie sein nachtschwarzes, blau schimmerndes Haar, das sein blasses Gesicht mit glatten, dicken Strähnen bis über die Schultern hinaus umrahmte. Elea musste widerwillig zugeben, dass er der bestaussehendste Mann war, dem sie jemals begegnet war. Zusammen mit seiner überdurchschnittlichen Größe und seinem schlanken athletischen Körper gab er einen imposanten Mann ab. Mit der Schätzung seines Alters hatte Elea allerdings Probleme. Er war auf jeden Fall älter als Kellen, aber deutlich jünger als Albin.

Am letzten Tag vor dem geplanten Aufbruch nach Moray drehten sich Eleas Gedanken - wie so oft in diesen letzten Tagen – um Maél. Sie war wütend auf sich selbst, weil er sie zunehmend faszinierte. Die Frage, warum sein Hass und seine Brutalität, mit denen er ihr anfangs begegnete, in ein fast freundschaftliches Necken umgeschlagen waren, ließ sie einfach nicht los.

Tief in ihren Grübeleien versunken war ihr gar nicht aufgefallen, dass die Krieger sich mit ihren Schwertern um Maél versammelt hatten. Sie standen in einem weiten Kreis um ihn herum, direkt vor dem Vorsprung, unter dem sie ihren trockenen Schlafplatz hatten. Elea saß erwartungsvoll auf ihrem Umhang und schaute gebannt auf die Männer. *Was machen die nur?* Maél stand im Mittelpunkt des Kreises in konzentrierter Abwehrposition und hatte – Elea konnte es kaum glauben – die Augen verbunden. Alle Männer hatten ihre Brustpanzer angelegt. Elea fühlte die Anspannung der Krieger bis in ihre Fingerspitzen. Plötzlich wurde die schwere Stille von dem Schrei eines Kriegers, der hinter Maél stand, gestört. Dieser hatte sich blitzschnell gedreht und die ihm entgegenkommenden, mit brachialer Gewalt ausgeführten Hiebe gekonnt abgewehrt und seinerseits den Krieger mit eleganten, fast lässigen Stößen wieder zu seiner Ausgangsposition zurückverbannt. Maél hatte kaum seinen Platz in der Mitte wieder eingenommen, da kam schon der nächste Angriff durch einen Schrei angekündigt. Auch dieser Krieger konnte Maéls schnell hin und her tanzender Klinge kaum folgen und wurde ebenfalls auf seinen Platz verwiesen. Nachdem jeder eine Kostprobe von Maéls Kunst der Schwertführung genießen durfte, zog der offensichtlich allen überlegene hoch gewachsene Mann noch ein zweites Schwert aus der Scheide. Es war kürzer, aber dafür hatte es eine breitere Klinge. Dann stellte er sich wieder in die Mitte des Kreises, nahm die Augenbinde ab und ging in Abwehrstellung. Elea biss sich angespannt auf die Unterlippe und rutsche nervös auf ihrem Umhang hin und her. Nach einer Weile schrie Maél: *„Jetzt!"* Elea traute ihren Augen nicht. Das Schauspiel, das sich ihr bot, raubte ihr den Atem. Alle Männer stürzten sich gleichzeitig auf Maél, der pfeilschnell durch die Luft wirbelte und die von allen Seiten auf ihn zustoßenden Hiebe parierte. Er schlug einen Salto rückwärts über einen Angreifer, während er in der Luft ein anderes auf ihn zukommendes Schwert abwehrte, das den Krieger durch die Wucht von Maéls Abwehrschlag zurücktaumeln ließ. Dann drehte sich Maél blitzschnell im Kreis und schlug mit seinen beiden Schwertern den Angriff von vier Soldaten nieder, indem er sogar zwei gekonnt mit seinen zwei Klingen das Schwert entwand. Elea wurde ganz schwindelig, da sie, wie gebannt, nur Maéls Bewegungen verfolgte und ihn keinen Moment aus den Augen ließ.

Nach einer ganzen Weile erlöste ein Schrei von Jadora die Krieger von ihrer unrühmlichen Vorstellung. Sie waren am Ende ihrer Kräfte – alle, einschließlich Jadora. Manche ließen sich erschöpft auf die Erde fallen oder stützten sich in gebückter Haltung auf ihrem Schwert ab, das sie in den Boden gerammt hatten, sofern sie noch eines besaßen. Maél war es immer wieder gelungen, den einen oder anderen zu entwaffnen. Während sich Jadora und seine Männer an Ort und Stelle erholten, kam Maél frisch wie immer mit kraftvollen Schritten auf Elea zugeschritten. *Angeber!* Als er ihre Schlafstelle erreichte, stellte Elea mit einer gewissen Erleichterung fest, dass diese übermenschliche Anstrengung ihm zumindest den Schweiß aus den Poren getrieben hatte. Sein Haar war klatschnass. Er entledigte sich seines Panzers und seines Kettenhemdes und zog sich die schweißdurchtränkte Tunika über den Kopf. Elea musterte ihn unverhohlen und staunte wieder insgeheim über seinen athletischen Oberkörper. „Gefällt Euch, was ihr seht?", fragte er wieder in dem für ihn so typisch gewordenen, amüsierten Ton. Elea schnaubte empört die Luft durch die Nase und schüttelte nur mit dem Kopf. Sie konnte jedoch nicht verhindern, dass ihr die Röte ins Gesicht stieg. Um ihre peinliche Lage zu überspielen, entgegnete sie ihm vorwurfsvoll. „Ihr Männer habt es gut. Ihr könnt etwas gegen Eure Langeweile tun und Euch im Schwertkampf üben und körperlich ertüchtigen. Ich sitze hier seit fast drei Tagen nur herum und werde wie eine Gans gemästet."

„Wonach steht Euch denn der Sinn? Soll ich Euch mit Eurem Bogen ein paar Pfeile schießen lassen und es riskieren, dass sich einer versehentlich durch mein Herz bohrt?" Elea schaute zunächst etwas verlegen auf den Boden, sah ihm dann aber selbstbewusst direkt in sein blaues und schwarzes Auge. „Ich denke, vorerst habt Ihr von mir keinen weiteren Mordanschlag zu befürchten. Jetzt, da ich weiß, dass Ihr Kellen nicht getötet habt."

„Also gut. Meinetwegen könnt Ihr Euren Bogen haben. Jadora ist sowieso schon ganz wild darauf, eine Kostprobe Eurer Schießkunst zu bekommen."

„Mir liegt nichts daran, mich zur Schau zu stellen – wie manch anderer - und zu zeigen, wie gut ich mit dem Bogen umgehen kann." Maél schaute die junge Frau mit hochgezogener Braue erwartungsvoll an. „An welche körperliche Ertüchtigung denkt Ihr dann?" Sein Blick glitt anzüglich über ihren Körper. Elea errötete schon wieder und fauchte ihn an. „Danach bestimmt nicht und schon gar nicht mit Euch."

„Ach ja. Ich vergaß Eure Vorliebe für Jünglinge, die noch nicht trocken hinter den Ohren sind", gab er lachend zurück. *War das eben ein Lachen? Jetzt lacht er sogar schon laut über mich. Dem wird das Lachen noch vergehen!* Sie zügelte die in ihr aufsteigende Wut. „Zu Hause bin ich fast täglich im Wald laufen gegangen."

„Aha. Und wie stellt Ihr Euch das jetzt hier vor?", wollte Maél wissen. „Also falls Ihr Euch noch nicht zu sehr verausgabt habt, dann könntet Ihr mich doch beim Laufen begleiten. Oder aber Ihr reitet auf Arok neben mir her." *Woher weiß sie, wie mein Pferd heißt?* Maél dachte kurz nach, bevor er antwortete. „Warum eigentlich nicht?! Ich werde Euch zu Fuß begleiten. Das bisschen Hin- und Hergerenne werde ich gerade noch verkraften können. Nehmt Euren Rucksack mit! Dann können wir anschließend uns noch am Bach waschen gehen. Wer weiß, wann wir diese Möglichkeit wieder haben werden." Elea ließ sich das nicht zweimal sagen. Vielleicht konnte sie ja sogar baden gehen. Sie hatte das Gefühl, dass der Gestank der Schlaffelle der beiden Krieger immer noch an ihrem Körper haftete. Während sie nur die Dinge in ihren Rucksack packte, die sie zum Baden benötigte, schlenderte Maél zu Jadora hinüber und wechselte mit ihm ein paar Worte. Dann verließ er den Hauptmann, in dessen Gesicht große Verwunderung geschrieben stand, und kehrte zu Elea zurück. Seine Satteltasche ergreifend forderte er sie auf: „Rennt einfach los! Ich bleibe an Eurer Seite." *Das wollen wir doch mal sehen, ob du an meiner Seite bleibst!* Elea konnte es kaum erwarten, dem selbstgefälligen Mann eine Lektion zu erteilen. Sie lief los, ließ es aber erst einmal langsam angehen. Sie hatte sich ihren Rucksack geschultert, sodass sie die Arme frei bewegen konnte. Maél hingegen hatte seine Satteltasche lässig über die Schulter geworfen, sodass er sie mit einer Hand festhalten musste. Nach einer Weile ging die junge Frau in einen schnellen Trab über. Das steppenartige Gelände bot ebenso wie ihr Wald zahlreiche Hindernisse, in Form von Sträuchern, Steinen und Inseln von hohen Gräsern, die die beiden entweder überspringen oder umlaufen mussten. Nach einer Weile ging Maéls Atem in lautes Keuchen über, während Elea zu ihrem ruhigen Atemrhythmus gefunden hatte, den sie sich im Laufe vieler Jahre bei ihrem gewohnt schnellen Tempo antrainiert hatte. Maél hielt zwar seine Position, aber deutlich mit Mühe. Dies entlockte Elea ein nicht enden wollendes Lächeln. Maél blieb dies nicht verborgen. *Verdammt! Sie scheint überhaupt nicht müde zu werden.* Elea war in ihrem Element. Sie spürte, wie ihr Herz in ihrer Brust kraftvoll hämmerte und sich jeder einzelne Muskel vor Anstrengung anspannte. Sie war so in das Hineinhorchen in ihren Körper vertieft, dass ihr zunächst gar nicht auffiel, dass ihr Aufpasser von ihrer Seite verschwunden war. Als sie sich dessen bewusst wurde, hielt sie verwundert an und drehte sich um. Da stand er, etwa fünfzig Schritte hinter ihr, die Satteltasche vor seinen Füßen auf dem Boden mit nach vorne gebeugtem Oberkörper und stützte sich mit seinen Händen schweratmend auf den Oberschenkeln ab. Elea schoss kurz der Gedanke durch den Kopf, einfach weiterzurennen. Zu Fuß würde er sie niemals einholen können. Das stand fest. Aber dann verwarf sie gleich wieder die Idee, weil sie es um nichts in der Welt verpassen wollte, seine gerade erlittene Niederlage von seinem Gesicht abzulesen. So machte sie rasch kehrt und rannte zu ihm. Bei ihm angekommen, baute sie sich keck vor ihm auf und lief einfach auf der Stelle weiter. „Was ist los mit Euch? Strengt Euch das bisschen Hin- und Hergerenne zu sehr an?", fragte sie spöttisch. Maél richtete sich auf und sah sie mit undurchschaubarem Blick an. Elea war gespannt auf seine Erwiderung, mit der er sich jedoch noch Zeit ließ und die junge Frau unverhohlen musterte. Als sich seine Atmung wieder beruhigt hatte, setzte er endlich zu einer Antwort an. „Das Mästen der letzten Tage hat Eurer körperlichen Verfassung offensichtlich keinen Abbruch getan. Ihr gebt mir wirklich Rätsel auf. Ihr habt eine größere Ausdauer als ein Ochse. - Hört jetzt endlich mit eurem Gezappel auf. Ich gebe mich ja schon geschlagen." Elea hielt in ihrer Laufbewegung inne und schaute ihn triumphierend an. „Seit wann macht Ihr das schon mit dem Laufen?", wollte Maél wissen. „Seit ich denken kann. Ihr müsst Euch aber in Eurem Stolz nicht zu sehr verletzt fühlen. Kellen und Louan hatten auch Mühe, mit mir mitzuhalten. Außerdem wäre unser Lauf vielleicht anders ausgefallen, wenn ihr Euch zuvor nicht beim Training mit dem Schwert verausgabt hättet. Wo lernt man denn so etwas, mit dem Schwert kämpfend durch die Luft fliegen? Und dann in dieser Geschwindigkeit? Manchmal hatte ich das Gefühl, Ihr bewegt Euch schneller, als meine Augen Euch folgen konnten." Maél ging nicht auf Eleas Fragen ein. „Kommt! Wir sollten uns auf den Rückweg machen, der dank Eures Tempos sehr lange sein wird. Jadora macht sich sonst noch Sorgen…"

„Interessant wäre zu wissen, um wen", fiel ihm Elea lachend ins Wort. *Jetzt ist es soweit! Sie hat den Spieß umgedreht.* Er blieb abrupt stehen und sah sie durchdringend an. Dann schüttelte er nur mit dem Kopf und ging weiter. „Was ist los? Warum habt Ihr mit dem Kopf geschüttelt?", fragte sie verwundert an seiner Seite klebend. „Gar nichts." Elea hörte nicht auf, ihn zu mustern, was ihn offensichtlich verunsicherte, da er sich verlegen durch sein Haar strich. „Dass Ihr mich mit zwei Jünglingen wie Kellen und Louan vergleicht, ist etwas unangemessen. Findet Ihr nicht? Ich bin ein erwachsener Mann, der über beispiellose körperliche Fähigkeiten verfügt, an die die beiden nicht einmal im Traume jemals heranreichen werden. So gesehen, ist meine Vorstellung von eben nicht gerade rühmlich. Und übrigens: Das Kampftraining, dessen Zeuge Ihr soeben ward, hat zweifellos die sieben Krieger an ihre Grenzen gebracht. Für mich war es bestenfalls eine Aufwärmübung." Nach diesen Worten war Elea verwirrt. Hatte Maél eben gerade einmal mehr seine unanfechtbare Überlegenheit angepriesen oder hatte sein ganzes Gerede einzig und allein dazu gedient, ihr ein Kompliment zu machen?

Sie gingen ein ganzes Stück nebeneinander her, ohne ein Wort zu wechseln – jeder damit beschäftigt, das Verhalten oder das Gesagte des anderen zu deuten. Nach einer Weile machte Elea einen Vorschlag. „Was würdet Ihr davon halten, wenn wir das letzte Stück zum Bach laufen. Ich werde mein Tempo auch etwas drosseln. Das kalte Bachwasser wird uns willkommener sein, wenn unsere Körper erhitzt sind. Meint Ihr nicht auch?"

„Meinetwegen. Aber wenn Ihr zu schnell werdet, dann werde ich mich auf Euch stürzen." Elea sah ihn schockiert und mit stolperndem Herzen in seine Augen, von denen das blaue ihr schelmisch zuzwinkerte.

Endlich kam der Bach in Sicht. Elea wandte sich Maél zu. „Ihr erlaubt doch!?" Ohne eine Antwort abzuwarten, setzte sie zu einem Spurt an und ließ den Mann hinter sich. Maél war zu erschöpft, um die Verfolgung des Mädchens aufzunehmen. Mittlerweile glaubte er auch nicht mehr so recht daran, dass sie in nächster Zeit wieder einen Fluchtversuch unternehmen würde. Sie schien sich ihrem Schicksal gefügt zu haben. Er hatte sogar den Eindruck, dass sie sich in seiner Gegenwart zunehmend entspannte. Er ertappte sich ebenfalls immer wieder dabei, wie er ihre Gesellschaft suchte. Er hatte Freude daran gefunden, sie auf harmlose Weise zu necken, nur um ihren empörten Gesichtsausdruck zu sehen und darüber zu schmunzeln. Zuerst war er verärgert darüber gewesen, dass er jeden Morgen in freudiger Erwartung den Augenblick herbeisehnte, wenn sie ihre Augen aufschlug und sich suchend nach ihm umschaute. Und Jadora musste er insgeheim Recht geben. Sie hatte die strahlendsten grünen Augen, die er jemals gesehen hatte. So wie ihr Haar im Dunkeln rot glühend leuchtete, erstrahlten ihre Augen am Tage in einem Frühlingswiesengrün. Ihr Haar gab ihm die größten Rätsel auf. Nicht nur sein Leuchten und die drei vorwitzigen roten Strähnen. Er hatte den Eindruck, dass es seit dem Abend ihrer ersten Begegnung schon mehr gewachsen war, als es in dieser kurzen Zeit hätte tun sollen. Außerdem übte es in den kurzen Momenten, in denen sie es unbedeckt trug, eine so große Faszination auf ihn aus, dass er kaum dem Bedürfnis widerstehen konnte, es zu berühren. Aufgrund seiner Dicke und seiner Wellen, die bei manchen Strähnen sogar in sich kringelnde Locken übergingen, machte es einen ebenso widerspenstigen Eindruck wie sie selbst. Er konnte es nicht leugnen: Er fühlte sich auf magische Weise von ihr angezogen.

 Er sah ihr nach, wie sie sich mit kraftvollen, aber eleganten Schritten dem Bachufer näherte. Noch bevor er sie erreichte, hatte sie bereits ihre Kleider von sich geworfen. Nur ihr dünnes Trägerhemd hatte sie anbehalten.

 Als Elea Maél herannahen sah, schnappte sie sich ihre Sachen und verbarg sich hinter einem Strauch, der direkt am Bachufer wuchs. Sie setzte sich in das kalte Wasser, das ihr ein paar Juchzer entlockte, und seifte ihren ganzen Körper mit Breannas Seife ein. Dann legte sie sich rasch flach ins Wasser und spülte den Schaum von ihrem Körper. Währenddessen hatte Maél sich ebenfalls entkleidet und damit begonnen, sich zu waschen. Er schaute immer wieder zu der planschenden jungen Frau hinüber, um einen Blick auf sie zu erhaschen. Nachdem sie sich wieder angezogen hatte, ergriff sie ihre übrigen Sachen und begab sich zu ihm. Er war inzwischen auch schon wieder bis auf seine Tunika angekleidet und rasierte sich gerade. Das Schweigen zwischen den beiden hielt an, schien aber keinem von beiden unangenehm zu sein. Elea nahm ihre schmutzige Wäsche und kniete sich an das Ufer, um sie einzuseifen. Als beide mit ihren Tätigkeiten fertig waren, gab Maél das Zeichen für den Rückmarsch. Schweigend gingen die beiden nebeneinander her, jeder in seine Gedanken über den anderen versunken. Wieder zurück im Lager, hatte der Abend längst schon zu dämmern begonnen. Die Soldaten saßen bereits lachend und in freudiger Erwartung auf das Abendmahl um das Lagerfeuer versammelt. Jadora war gerade dabei, das gebratene Fleisch an die Männer zu verteilen, als er Maél und Elea sich dem Lager nähern sah. „Wo ward ihr denn so lange? Ich habe mir schon Sorgen gemacht. Ihr kommt gerade rechtzeitig, um Euch Euren Anteil an dem Abendessen zu sichern, bevor die hungrige

Meute sich darauf stürzt." Der Mann und die junge Frau setzten sich zu den anderen und nahmen bereitwillig die großen Stücke Fleisch entgegen, die Jadora ihnen anbot. Erst jetzt, da ihnen der leckere Duft des gebratenen Kaninchenfleisches in die Nase stieg, merkten sie, wie ausgehungert sie waren. Kaum war jeder mit Fleisch versorgt, löcherte Jadora Maél mit Fragen bezüglich ihres Ausfluges, die der jüngere Mann nur wortkarg beantwortete. Elea kaute schweigsam vor sich hin. Sie konnte förmlich die Freude der scherzenden und schmatzenden Männer spüren, angesichts der bevorstehenden Fortsetzung der Heimreise. Tagelang nichts tuend herumlungern, ohne eine ernsthafte Aufgabe zu haben, hatte offenbar an ihren Nerven gezerrt. Auf Elea sprang allerdings kein Funke dieser Vorfreude über. Wenn sie nur daran dachte, wieder auf ein Pferd steigen zu müssen, verging ihr der Appetit.

Nach dem Essen ging sie sogleich zu ihrem Platz, um sich schlafen zu legen. In dem Moment, als sie eine bequeme Position suchte, fiel ihr auf, dass sie gar nicht ihr Kopftuch trug. Sie hatte also eine ganze Zeit lang geleuchtet, ohne dass die Männer sie ängstlich angestarrt hatten. Im Gegenteil, es schien ihnen, schon gar nicht mehr aufgefallen zu sein. Diese Erkenntnis stimmte sie irgendwie freudig, da die Männer sie offensichtlich so akzeptiert hatten, wie sie war - und das schon nach so kurzer Zeit - ganz anders als in Rúbin. Die Dorfbewohner hatten sie auch noch nach Jahren wegen ihrer drei roten Haarsträhnen angestarrt, als wäre sie eine Missgeburt - und das, ohne von dem viel beängstigenderen Geheimnis ihrer im Dunkeln leuchtenden Haare zu wissen.

Elea nahm ihr Kopftuch und drapierte es sich zum Schlafen um den Kopf. Kaum hatte sie es sich in ihrem Fellumhang gemütlich gemacht, kam auch schon Maél. Er legte sich wie schon die drei Tage zuvor auf den nackten Boden. „Ihr könnt Euer Schlaffell wieder haben. Ich glaube meine Fettpolster sind jetzt dick genug, um der nächtlichen Kälte zu trotzen", sagte sie in spitzem Ton und hielt ihm sein Fell entgegen. „Mir wäre es lieber, wenn Ihr es zumindest diese Nacht noch behieltet. Nicht, dass Ihr Euch heute Nacht nach dem kalten Bad im Bach noch einen Schnupfen einfangt!"

„Ihr erstaunt mich wirklich. Eure plötzliche Sorge um mein Wohlergehen kennt scheinbar keine Grenzen. Also gut. Aber ich behalte es nur noch heute Nacht." Damit war das Gutenachtgespräch beendet – zunächst einmal. Elea konnte jedoch nicht einschlafen. Sie lag eine halbe Ewigkeit auf dem Rücken und starrte in den schwarzen Nachthimmel. Ihre Gedanken kreisten immer wieder um dieselben Fragen: Welche Überraschungen hielt die weitere Reise nach Moray noch für sie bereit? Was hatte König Roghan mit ihr vor? Wie fügte sich ihr Leben in diese mehr als lästige Prophezeiung? Und schließlich die Frage, die sie wohl am meisten beschäftigte: Was sollte sie von diesem undurchschaubaren Maél halten, zu dem sie sich - gegen alle Vernunft - immer stärker hingezogen fühlte?

In ihre Gedanken versunken vernahm sie völlig unerwartet seine Stimme. „Eine Sache beschäftigt mich schon den ganzen Abend: Warum seid Ihr heute nicht einfach vor mir weggelaufen? Das wäre Eure Chance gewesen. Ich wäre nicht in der Verfassung gewesen, Euch zu Fuß zu verfolgen", sagte Maél mit echter Neugier in der Stimme. Elea fehlten die Worte. Auf diese Frage war sie nicht vorbereitet gewesen. Was sollte sie ihm antworten? „Um ehrlich zu sein, im ersten Moment, als ich bemerkte, dass Ihr viele Schritte hinter mir ward, spielte ich sogar mit diesem Gedanken, aber nur sehr kurz. Mir erschien es auf einmal viel verlockender, Eure Reaktion auf Eure erlittene Niederlage mitzuerleben", antwortete das Mädchen in belustigtem Ton. „Und fiel meine Reaktion zu Eurer Zufriedenheit aus?"

„Ich denke schon. Allerdings noch schöner wäre es gewesen, wenn Ihr nach Luft japsend auf dem Boden gelegen wärt und mich um Gnade angefleht hättet", neckte sie ihn. Über Maéls Gesicht huschte ein Lächeln. *Noch ein paar Schritte mehr und es wäre so weit gekommen.*

Kapitel 4

Elea schreckte aus dem Schlaf hoch, als lautes Metallklirren an ihr Gehör drang. Es waren jedoch nur die Krieger, die ihre zahllosen Schwerter entweder an die bereits gesattelten Pferde oder in die Scheiden an ihren Gürteln steckten. Der Morgen dämmerte bereits. Elea musste feststellen, dass die Männer so gut wie fertig mit den Vorbereitungen für den Aufbruch waren. Sie packte rasch ihren Rucksack und befestigte ihren zusammengerollten Fellumhang daran. Dann kam sie unter dem Vorsprung hervor. Sie schaute hinauf zum Himmel, der gerade noch dunkel genug war, um zwischen einzelnen Wolken leuchtende Sterne erkennen zu können. Sie ging weiter zu Jadora und Maél, die bereits im Sattel saßen und mal wieder lebhaft über irgendetwas diskutierten. Als die beiden Männer sie herannahen sahen, verstummten sie sofort. Maél starrte grinsend auf ihren Kopf. Eine ihrer störrischen, roten Haarsträhnen hatte sich im Schlaf aus dem Tuch befreit und leuchtete in das Halbdunkel des anbrechenden Tages hinein, wie eine kleine Flamme. Verärgert stopfte sie sie hektisch unter das Kopftuch. „Bei wem soll ich mit aufsitzen?", fragte sie etwas ungehalten. „Das dürft Ihr entscheiden", antwortete Maél. „Wie großzügig von Euch! Wenn das so ist, dann ziehe ich es vor, mit Jadora zu reiten", erwiderte sie schnippisch. Jadora streckte ihr die Hand entgegen, während sich auf Maéls Lippen ein amüsiertes Lächeln stahl. „Gebt mir Eure Hand! Ihr seid jetzt, glaube ich, kräftig genug, um hinter mir zu sitzen."

Elea reichte ihm zögernd die Hand und wurde von ihm auf das Pferd hoch gezogen. Sie wusste nicht so recht, ob sie sich über ihre neue Position freuen sollte. Einerseits wurde sie auf diese Weise nicht mehr so eng an die Brust des Reiters gedrückt. Andererseits fühlte sie sich aber viel sicherer, wenn sie fest gehalten wurde. Elea hatte nicht viel Zeit darüber nachzudenken, ob es nicht besser wäre, die neue Position zugunsten der alten wieder aufzugeben, da Maél sich bereits an die Spitze des Reitertrupps gesetzt und den Befehl zum Aufbruch gegeben hatte. Sie klammerte sich verkrampft an den Hauptmann und versuchte, gegen die hochsteigende Panik anzukämpfen, indem sie sich auf ihren Atem konzentrierte. Nach einer Weile hatte sie ihr Panikgefühl halbwegs unter Kontrolle. Sie lenkte sich ab, indem sie wieder einmal die an ihr vorüberziehende Landschaft betrachtete. Diese hatte jedoch nichts Neues zu bieten. Sie ritten nach wie vor durch eine steppenartige Ebene mit Sträuchern, Büschen und hohen Gräsern, deren monotones Bild von Zeit zu Zeit durch einen einsamen Baum – wie jener, an dem sie noch vor drei Tagen von Maél gehängt wurde - Abwechslung fand. Diese Einöde wirkte noch trostloser durch die charakteristischen Zeichen des Herbstes: Herabfallende Blätter wurden vom Wind haltlos durch die Luft gewirbelt und demonstrierten auf deprimierende Weise Elea die Vergänglichkeit der Natur.

Die Reiter waren schon ein ganzes Stück geritten, als es der Herbstsonne endlich gelang, sich durch die Wolken zu kämpfen. Ihre Sonnenstrahlen wärmten wohlig die Rücken der Reiter. Zur Belustigung von Elea flogen immer wieder einzelne Vögel oder Gruppen von ihnen um sie herum. Bisweilen zogen sogar größere Schwärme ihre Kreise über den Reitertrupp oder begleiteten sie ein Stück ihres Weges. Den Kriegern sah man deutlich ihr Unbehagen darüber an. Maél drehte sich von Zeit zu Zeit zu der jungen Frau um und bedachte sie mit einem misstrauischen Blick, den sie mit einem unschuldigen Lächeln erwiderte.

Als die Sonne bereits ihren höchsten Punkt überschritten hatte, gab Maél das Zeichen zum Anhalten. Endlich wurde eine Rast eingelegt, um sich zu stärken. Eleas leerer Magen machte sich schon eine ganze Zeit lang lautstark bemerkbar, worüber Jadora sich ständig amüsierte. „Wie kann der Magen einer so zarten Frau so laute Geräusche machen?!"

„Ich bin es nun einmal gewohnt, gleich morgens nach dem Aufstehen reichlich zu essen. Dafür schlage ich mir vor dem Schlafengehen nicht mehr den Bauch so voll, wie Ihr es zu tun pflegt", rechtfertigte sich Elea in beleidigtem Ton. Maél konnte sich über diese Worte erneut ein belustigtes Lächeln nicht verkneifen. Dies trieb Elea in ihrem derzeitigen ausgehungerten Zustand innerlich zur Weißglut.

Kaum hatte sie ihren letzten Bissen hinuntergeschluckt, gab Maél auch schon wieder das Zeichen zum Aufsitzen. Elea war gerade im Begriff, mit ihrem Rucksack zu Jadora und seinem Pferd zu gehen, als ihr Maél von hinten zurief: „Die letzte Wegstrecke für heute werdet Ihr mit mir vorlieb nehmen." *Auch das noch!* Elea drehte sich zu ihm um und wollte gerade zu einer spitzen Bemerkung ansetzen, als ihr das Blut in den Adern gefror. Vor ihr stand der maskierte, schwarze Reiter hoch über ihr auf seinem ebenso schwarzen Pferd. Dieser Anblick rief mit einem Schlag die albtraumhaften Ereignisse wieder in ihr Gedächtnis, als er sie durch den Wald gejagt und die ersten Tage misshandelt hatte. All das hatte sie anscheinend aufgrund der letzten unbeschwerten Tage völlig vergessen. Er kam langsam auf sie zugeritten, während sie unfähig war, die geringste Bewegung zu machen, und versuchte, ihren stoßweise kommenden Atem wieder unter Kontrolle zu bekommen. Er streckte ihr die behandschuhte Hand entgegen. „Kommt schon! Ihr braucht keine Angst zu haben. Ich tue Euch nichts", sagte er in einem beruhigenden Ton wie zu einem Kind. Elea schluckte. Ihr Blick wanderte eine halbe Ewigkeit abwechselnd von seiner Maske zu seiner Hand, bis sie sie endlich ergriff. Mit einer lässigen Bewegung zog er sie hinter sich auf den Sattel. Elea versteifte sich und hielt den Atem an, als er losritt. „Ihr müsst Euch schon an mir festhalten, sonst verliere ich Euch noch unterwegs!", sagte er spöttisch. *Ja, ja, ja!* Sie überwand ihre Scheu und umfasste ihn mit ihren Armen um die Taille.

Während sie so durch die sonnige Einöde daherritten, grübelte Elea darüber nach, warum Maél diese schreckliche Maske schon wieder trug. Nach einer Weile fasste sie sich ein Herz und sprach ihn direkt darauf an: „Warum tragt Ihr eigentlich diese grauenvolle Maske? Ihr habt keinen Grund, Euer Gesicht zu verstecken."

„Ach ja? Findet Ihr?" Für Elea war es unschwer zu erkennen, dass er sie aus der Reserve locken wollte. Sie beschloss, sein Spiel erst einmal mitzuspielen. „Ihr wollt doch etwa nicht behaupten, ihr wisst nicht, dass ihr ein gut aussehender Mann seid?!"

„Ihr findet also, dass ich gut aussehe?"

„Meine Güte! Ja! Jetzt sagt schon, warum tragt Ihr sie?", entgegnete Elea allmählich immer ungeduldiger werdend. „Es hat gewisse Vorteile, sein Gesicht vor anderen zu verbergen, wie Ihr Euch denken könnt."

„Oh ja. Das kann ich mir denken. Nehmt jetzt endlich diese verfluchte Maske ab, damit ich in Euer Gesicht sehen kann, wenn ich mit Euch rede. Oder habt Ihr vielleicht noch eine Ersatzmaske, die Ihr mir ausleihen könntet? So hättet Ihr mir gegenüber keinen Vorteil mehr", schnauzte sie den Mann an, der daraufhin laut herauslachte. *Jetzt lacht er mich schon wieder aus!* Maéls lautes Gelächter lockte Jadora an, der wissen wollte, was denn so lustig sei. Maél schickte ihn jedoch, ohne eine Erklärung abzugeben, in schroffem Ton wieder weg. „Ich würde sie ja gerne absetzen, aber ich kann nicht." Das war alles, was er dazu sagte. Eleas Geduldsfaden war dem Zerreißen nahe. „Maél, jetzt sagt schon! Warum könnt Ihr sie nicht absetzen?" Elea unterstrich Ihre Worte noch, indem sie ihm mit ihren flachen Händen fest auf den Panzer schlug. „Also gut, wenn Ihr darauf besteht. - Meine Augen und meine Haut reagieren sehr empfindlich auf Sonnenlicht. Ich bekomme viel schneller einen Sonnenbrand als Ihr, falls Ihr überhaupt einen bekommt bei Eurem dunklen Teint." Elea dachte kurz über seine Worte nach. „Das klingt einleuchtend. Deshalb habt ihr auch so eine helle Haut. Allerdings bleibt da noch eine Kleinigkeit zu klären."

„Und die wäre?"

„Warum habt Ihr mich mit der Maske durch den Wald gehetzt – und das mitten in der Nacht? Oder reagiert Eure Haut etwa auch empfindlich auf Mondlicht?", fragte Elea anklagend und zunehmend verärgert. Maéls Oberkörper wurde schon wieder von lautem Lachen erschüttert. „Also ich muss sagen, Euer Sarkasmus ist reizvoller denn je." Elea saß wutschnaubend hinter ihm und überlegte angestrengt, wie sie ihm Schmerzen zufügen konnte, um ihrem Zorn Ausdruck zu verleihen. Aber es fiel ihr keine Möglichkeit ein, da er seinen Panzer und seinen Kettenhemd trug. „Ihr seid unmöglich. Gebt es zu! Ihr wolltet mich damit einschüchtern und quälen?" Eleas Stimme ging schon fast in ein Schluchzen über und sie hatte Mühe, ihre Tränen zurückzuhalten. Ihre Gefühle spielten völlig verrückt in seiner Anwesenheit. Plötzlich hielt Maél Arok abrupt an, zog seine Handschuhe aus und nahm behutsam ihre Hände in die seinen. „Ihr habt Recht. Verzeiht mir! Aber diese Maske ist inzwischen Teil meines zweifelhaften Rufes. Normalerweise ergeben sich meine Opfer widerstandslos, sobald sie mich mit ihr sehen." Elea war über seine zärtliche Geste so erstaunt, dass ihre Wut schnell wieder verflog. „Natürlich hatte ich Angst vor Euch und vor Eurer Maske, Todesangst sogar. Ihr solltet Euch mal damit im Mondlicht sehen. Aber ich wollte Euch nicht zu der Genugtuung verhelfen, dass ich mich ängstlich vor Euch auf die Knie werfe und um Gnade winsle", erwiderte das Mädchen verletzt. Elea lehnte ihre Wange an Maéls Rücken und schloss die Augen, um sich wieder zu beruhigen und – sie konnte es kaum glauben – um diesen Moment zu genießen, in dem er ihre Hände sanft festhielt. Maél genoss es ebenfalls. Beiden war dabei entgangen, dass die

Krieger sie eingeholt hatten und grinsend darauf warteten, dass es weiterging. Jadora räusperte sich schließlich, worauf Maél unsanfter als beabsichtigt Eleas Hände wegschob. Sie war so sehr in ihrem Gefühlswirrwarr versunken, dass sie nicht einmal das Räuspern vernommen hatte und sich schon über das abrupte Ende dieser zärtlichen Berührung beklagen wollte, als sie ebenfalls die Krieger um sie herum erblickte. Maél zog seine Handschuhe wieder an und stieß Arok die Fersen in die Seiten.

Sie hatten bereits viele Meilen zurückgelegt, als Elea urplötzlich eine Müdigkeit überkam, sodass sie sich kaum noch hinter Maél halten konnte. Immer wieder nickte sie ein und lockerte ihren Griff um Maéls Taille. Er konnte sie dann immer gerade noch im letzten Moment festhalten, bevor sie auf den Boden fiel. Kurzerhand blieb er stehen und ließ sie langsam von Arok hinuntergleiten, um sie vor sich auf den Sattel hoch zu ziehen. Elea ließ alles stumm im Halbschlaf über sich ergehen. Sie schmiegte sich sofort wohlig an seine breite Brust und ließ es diesmal bereitwillig zu, dass er seinen Arm fest um sie schloss und sie an sich drückte.

Die nächsten Tage vergingen wie schon die ersten drei Tage ihrer Reise immer nach demselben eintönigen Muster: reiten, essen, reiten, essen, schlafen. Den Männern schien, das nichts auszumachen. Sie konnten damit besser umgehen, als sich mehrere Tage lang am selben Ort aufzuhalten. Hauptsache sie waren in Bewegung. Und genau das war es, was Elea fehlte. Sie sehnte sich nach ihren ausgedehnten Läufen, in denen sie sich verausgaben konnte. So saß sie aber passiv auf dem Pferd und sah immer das gleiche Bild an ihr vorüberziehen. Elea hielt es vor Langeweile kaum noch aus. Sie ging sogar schon so weit, öfter als notwendig ihre Blase zu entleeren, nur um ein paar Schritte gehen zu können. Maél beäugte sie deswegen schon misstrauisch.

Die Nächte wurden immer kühler. Elea stellte sich jedoch stur und lehnte Maéls Angebot ab, wieder sein Schlaffell zu nehmen. Deshalb zog sie sich zum Schlafen eine ihrer beiden Leinenhosen noch über die Lederhose und unter ihre Lederjacke noch ein zweites Hemd. Sie legte sich dann so nah wie möglich an das Lagerfeuer.

Seit der zärtlichen Geste auf dem Pferd gab Maél sich der jungen Frau gegenüber genauso wortkarg wie den anderen. Er begnügte sich damit, sie mit einem für Elea undurchschaubaren Blick zu beobachten, was sie zu ihrem Ärger verunsicherte. Jadora wurde ihr Hauptgesprächspartner. Er erzählte ihr von seiner Jugend, seinem Werdegang als Krieger des königlichen Heers und von seiner Familie und Elea von ihrem Leben bei Albin und Breanna. Von Zeit zu Zeit stellte sie ihm auch Fragen über Maéls Herkunft und Vergangenheit, die dieser ihr aber nie beantworten konnte oder wollte. Sie solle sich lieber direkt an Maél wenden, war dann immer seine Erwiderung. Dazu hatte sie aber momentan jedoch noch nicht den Mut. Zumal er sich von ihr immer mehr zurückzog.

An einem stürmischen Nachmittag stieß Elea einen Freudenschrei aus, der über die Ebene hinweg hallte. In einiger Entfernung kam vor ihren Augen eine kleine Stadt mit einem angrenzenden Wald zum Vorschein.

„Freut Euch nicht zu früh! Wir werden keinen Schritt in die Stadt setzen. Alles, was wir zum Essen brauchen finden wir in dem Wald", kommentierte Maél Eleas Freudenschrei. „Damit kann ich leben. Hauptsache ich sehe mal etwas anderes als Gras und Sträucher." Sie hatten den Wald noch nicht ganz erreicht, als wie aus dem Nichts heraus das Wetter umschlug. Der Wind wurde noch stärker als bisher und dunkelgraue Wolken zogen in rasantem Tempo auf. Maél nahm daraufhin seine Maske ab. Elea sah gerade an ihm hoch, als eine starke Bö von rechts sein langes Haar zur Seite wehte, sodass sie freie Sicht auf sein Ohr hatte. Sie wollte zuerst nicht ihren Augen trauen, aber nach dem zweiten Hinsehen bestand kein Zweifel darüber: Sein Ohr verlief spitz nach oben. Sie hob unwillkürlich ihre rechte Hand und berührte es. Maél versteifte sich sofort. „Was soll das?" schnauzte er sie an. „Was ist mit Eurem Ohr? Es ist spitz", fragte Elea zaghaft. „Na und? Das linke Ohr ist es auch", antwortete er schroff. „Entschuldigt bitte, dass ich etwas überrascht bin darüber. Man sieht nicht jeden Tag spitze Ohren bei einem Menschen. Und überhaupt: Darf ich Euch daran erinnern, dass Ihr auch eine meiner rot glühenden Haarsträhnen in die Hand nahmt, als Ihr sie zum ersten Mal gesehen habt", gab sie schnippisch zurück. „Woher wollt Ihr wissen, dass ich ein Mensch bin?", fragte er gereizt zurück. Diese Frage ließ Elea zusammenzucken. Jetzt verstand sie auch Jadoras Zurückhaltung, wenn sie nach Maéls Herkunft fragte. Seine kalte Haltung ihr gegenüber schüchterte sie so sehr ein, dass sie nicht wagte, weiter nachzufragen.

Das letzte Stück Weg bis zum Unterschlupf bietenden Wald legten die Reiter in scharfem Galopp zurück, da es zu dem Sturm auch noch stark zu regnen begonnen hatte. Elea barg ihr Gesicht schützend an Maéls Rücken. Endlich erreichten sie den Wald. Sie bahnten sich sogleich einen Weg zwischen den Bäumen hindurch unter das zum Teil schon licht gewordene Blätterdach. Da der Abend bereits dämmerte und die Nacht von Tag zu Tag schneller hereinbrach, sollte das Nachtlager gleich hier aufgeschlagen werden. Drei Soldaten machten sich sofort auf die Suche nach trockenem Holz für ein Lagerfeuer. Maél sorgte wie so oft für das Abendessen und ging jagen. Der Rest der Männer kümmerte sich um die Pferde und das Gepäck, während Jadora nach einem geeigneten Platz für das Feuer und zum Schlafen suchte. Elea schloss sich ihm an. Der Wald war ihr nicht geheuer. Sie konnte aber nicht sagen warum. Vielleicht machte ihr auch nur das laute Knacken der Äste und Baumstämme Angst, die der tobende Sturm hin und her rüttelte. Es dauerte nicht lange, da stieß Jadora auf eine kleine Gruppe von Nadelbäumen, deren dichtes Geäst einigermaßen Schutz vor dem Regen bot. Die Männer, die unterwegs waren, um Feuerholz zu suchen, kamen kurz darauf mit einer beachtlichen Menge zurück. Elea nahm ihr feuchtes Tuch vom Kopf und schüttelte ihr Haar. Irgendwie hatte sie das Gefühl, dass es bereits viel länger war, als es nach so kurzer Zeit sein sollte. Sie holte aus ihrem Rucksack die kleine Umhängetasche und gab Jadora zu verstehen, dass sie sich ein verstecktes Plätzchen suchen müsse. Der Hauptmann verstand sofort, warnte sie aber, nicht zu weit zu gehen. *Keine Sorge! Bei diesem unheimlichen Wald ganz bestimmt nicht!* Kaum hatte sie eine geeignete Stelle gefunden, bestätigte sich ihre Befürchtung, die sie schon tagsüber beschlichen hatte. Ihre Mondblutung hatte im Laufe des Nachmittags eingesetzt. *Toll! Auch das noch! Dem Himmel sei Dank, dass Breanna für mich mitgedacht hat.*

Sie kämpfte sich wieder aus dem Gebüsch und machte sich auf den Rückweg zum Lager. Das Halbdunkel, das normalerweise im Wald herrschte, war aufgrund der grauen Wolken und der bereits untergehenden Sonne in eine unheimliche Finsternis übergegangen. Dies war einer der wenigen Augenblicke, wo Elea froh darüber war, dass ihr Haar leuchtete. So konnte sie wenigstens ihre unmittelbare Umgebung erkennen. Unweit von ihr raschelte es plötzlich im Unterholz. Vor Schreck hielt sie den Atem an. Das letzte Mal als sie so eine Angst empfunden hatte, war in ihrem Wald gewesen, als der Uhu sie vor Maél warnte. Ihr Herz schlug wie wild bis zum Halse hoch. Sie wollte gerade losrennen, als eine vertraute Stimme sie anknurrte. „Was macht Ihr hier alleine? Ich habe Jadora ausdrücklich gesagt, Euch nicht aus den Augen zu lassen." Maél stand mit einem Mal in Eleas rötlichem Lichtschein - mit einem erlegten Rehkitz über der Schulter. Bei diesem Anblick stellte sich sofort ein Würgereiz in Eleas Kehle ein. Sie mied, das Reh genauer anzusehen, da ihr leuchtendes Haar jedes Detail sichtbar machte. „Ich wollte nur schnell meine Notdurft alleine verrichten", antwortete das Mädchen mit belegter Stimme. Maél gab einen erneut knurrenden Laut von sich und ging weiter in Richtung Lager mit Elea an seiner Seite. „Was habt Ihr eigentlich die letzten Tage. Ihr geht mir aus dem Weg und redet kaum noch mit mir – und das seit dem ihr mir auf Arok die Hände tröstend gehalten habt", beklagte sich die junge Frau. „Ich will nicht darüber reden. Lasst mich einfach in Ruhe!"

„Das geht aber nicht so einfach. Ich werde noch die nächsten paar Wochen mit Euch den Sattel und das Nachtlager teilen..."

Maél blickte sie mit hochgezogener Augenbraue und anzüglicher Miene an. „Das meine ich nicht damit. Ihr wisst genau, wie ich es meine. - Ich bitte Euch, Maél, seid nicht so abweisend! Ich habe gerade angefangen, in Euch etwas anderes als meinen Entführer zu sehen und jetzt macht Ihr wieder alles kaputt." *Was habe ich da gerade gesagt?! Ich muss verrückt sein! - Ich weiß genau, welche Frage er mir gleich stellen wird.* Aber zu Eleas Verwunderung und Erleichterung blieb die befürchtete Frage aus. Maél zog es vor, sich in Schweigen zu hüllen. Am Lager angekommen, warf er Jadora das Rehkitz vor die Füße und blaffte ihn an, weil er Elea sich allein vom Lager entfernen ließ. Dann ging er zu Arok und machte sich an seinem Sattel zu schaffen. Elea begann unterdessen, in ihren Kleidern erbarmungslos zu frieren. Aber an das Feuer wollte sie sich auch nicht setzen, da Jadora dort das Rehkitz häutete und es dann noch ausnehmen musste. Sie überlegte, was sie tun könnte. Ihr fiel nur eine Möglichkeit ein: auf der Stelle laufen. Also begann sie erst einmal, von einem Bein auf das andere zu hüpfen, wobei sie gleichzeitig mit den Armen herumruderte. Es dauerte nicht lange, da starrten sieben grinsende Gesichter zu ihr herüber. Sie ignorierte sie und fing an, auf der Stelle zu rennen. Als Maél mit eiligen Schritten auf sie zukam, machte sie sich schon auf einen spöttischen Kommentar gefasst. „Was ist denn jetzt schon wieder los?", wollte er verärgert wissen. „Was denkt Ihr wohl, warum ich das mache? Bestimmt nicht um Euch Männer zu unterhalten! Ich friere. Den ganzen Tag nur auf dem blöden Pferd sitzen ist schon schlimm genug. Aber jetzt sind meine Kleider nicht viel davon entfernt klatschnass zu sein, und das hier im Wald bei hereinbrechender Nacht", rechtfertigte sie sich vorwurfsvoll. Allerdings hatte sie, während sie dies sagte, mit dem Trampeln auf der Stelle schon wieder aufgehört, weil sie den Eindruck hatte, dass es davon auch nicht besser wurde. Sie kam sich auf einmal ziemlich lächerlich vor, so vor Maél herumzuzappeln. Zumal ihr zu ihrem Schrecken noch auffiel, dass sie ihr Kopftuch nicht trug und sie auf die anderen höchstwahrscheinlich den Eindruck eines hüpfenden Glühwürmchens machte. Maél konnte seinen belustigten Ton nicht unterdrücken, als er darauf erwiderte: „Falls es Euch noch nicht aufgefallen ist, unser Lagerfeuer ist bereits entzündet."

„Nein Danke. Solange Jadora noch mit dem Rehkitz zu Gange ist, werde ich dort keinen Schritt hin tun", sagte sie mit vor Kälte bibbernder Stimme. Maél ließ plötzlich seine Satteltasche und seine Fellrolle fallen und entledigte sich seines Panzers. „Zieht Euch die Jacke und das Hemd aus!", forderte er sie ungeduldig auf und warf dann noch seine Tunika von sich, sodass er mit nacktem Oberkörper vor ihr stand. „Was habt Ihr vor?", fragte sie ängstlich.

„Na was wohl? Euch wärmen, natürlich! Wird's bald oder soll ich nachhelfen? Wir können es nicht riskieren, dass ihr Euch eine Lungenentzündung holt und vielleicht daran stirbt." Elea konnte sich eine spitze Bemerkung darauf nicht verkneifen. „Als Ihr mich an den Baum gehängt habt, war Euch meine Gesundheit einerlei." Dennoch tat sie, wie er ihr geheißen hatte. Ihr Unterhemd behielt sie jedoch an. Kaum hatte sie sich der Kleider entledigt, riss Maél sie ungestüm in seine Arme und begann ihren Rücken und ihre Arme mit kräftigen Auf- und Abbewegungen zu massieren. Elea war zunächst über die Grobheit, mit der er sie behandelte, empört, aber sie unterließ es, sich zu beklagen, da sie sehr schnell merkte, wie gut es ihr tat. Das Blut strömte wieder wärmend durch ihren Körper. Nach einer Weile hörte Maél mit der Massage auf und drückte Elea fest umschlungen an seine Brust. Eine ungeheure Hitze ging von ihm aus und wurde von Eleas Körper gierig aufgenommen. Sie wusste nicht, wie lange sie so da standen. Elea kam es jedoch viel zu kurz vor. Sie spürte seinen schnellen kräftigen Herzschlag an ihrem eigenen Herzen und stellte fasziniert fest, dass ihre beiden Herzen im Gleichklang schlugen – allerdings viel schneller als unter normalen Bedingungen. Auf einmal ließ er sie behutsam los und wickelte sie so eng in sein Schlaffell ein, dass Elea keinen Schritt mehr machen konnte. Er hob sie kurzerhand auf seine Arme und trug sie zum Lagerfeuer, wo Jadora bereits im Begriff war, das Rehkitz zum Grillen aufzuspießen. Daraufhin ließ er Elea mit ihrem Gefühlschaos allein. Es war, wie es war. Sie konnte sich selbst nichts mehr vormachen. Sie fühlte sich zu diesem unmöglichen und unberechenbaren Mann hingezogen und musste sich eingestehen, dass sie die meist neckenden Gespräche mit ihm und sein spöttisches Lächeln in den letzten Tagen mehr als vermisst hatte. Der Kontakt mit seinem heißen Körper hatte ihr das nur allzu deutlich vor Augen geführt. Und nicht nur das. Ihr Körper erbebte regelrecht in der innigen Umarmung und bescherte ihr Empfindungen, die sie bisher noch nicht erlebt hatte, nicht einmal bei Kellen. Aber das leuchtete ihr auch ein, da sie in ihm einen Bruder, bestenfalls einen Freund sah. Aber was sah sie in Maél, in ihrem Entführer? Das war die entscheidende Frage, von der sie vor einer Weile befürchtete, dass Maél sie ihr stellen würde. Völlig verzweifelt über ihre Lage, barg sie ihr Gesicht in den Händen. Jadora kam sofort zu ihr und fragte sie besorgt, ob es ihr nicht gut ginge. Elea gab Müdigkeit vor. Am liebsten hätte sie sich gleich schlafen gelegt, um nichts und niemanden mehr zu sehen und zu hören, aber dann hätte sie das wärmende Feuer verlassen müssen und auf das konnte sie im Augenblick nicht verzichten.

Nach einer halben Ewigkeit – die Krieger nebst Maél hatten bereits angefangen, hemmungslos zu gähnen - gab Jadora das erlösende Zeichen, dass das Fleisch gar war. Das erste Stück bot er sogleich Elea an, die aber dankend ablehnte. Maél schaltete sich sofort ein. „Ihr müsst essen, sonst macht Ihr uns noch schlapp, bevor wir den Wald wieder verlassen haben. Von Euren Fettpolstern, die ihr Euch vor ein paar Tagen angefuttert habt, ist nicht mehr viel übrig", ermahnte er sie, als wäre sie ein kleines Kind. Sie wand ihre Arme hektisch aus Maéls Fell heraus und riss Jadora verärgert das Fleisch von der Messerspitze. „Ihr müsst es ja wissen!"

„Im Übrigen solltet Ihr zum Schlafen Euer Haar bedecken. Wir kennen den Wald noch nicht gut genug und wollen doch keine unliebsamen Besucher anlocken!" Maél legte ihr das Kopftuch vor die Füße. Elea warf ihm nur einen giftigen Blick zu und begann die ersten Bisse hinunterzuwürgen. Anschließend bestand er darauf, dass sie noch ein zweites Stück Fleisch aß. Sie aß es ohne zu murren, da es ihr besser schmeckte als sie zugeben wollte.

Nach dem Essen band sie sich das Tuch um den Kopf und wollte ihr Gepäck näher ans Lagerfeuer holen. Maél hielt sie jedoch am Knöchel fest und fragte: „Was habt Ihr vor?"

„Ich will meine Sachen näher ans Feuer holen."

„Das habe ich bereits für Euch erledigt." Er zeigte auf ihren Rucksack und ihren Umhang, der direkt hinter ihr ausgebreitet auf dem Boden lag. Einmal mehr über seine Zuvorkommenheit überrascht machte sie sich gleich daran, aus ihrem Rucksack zwei trockene Hemden herauszuholen, die sie schnell übereinander anzog. Ihre feuchte Lederhose wagte sie nicht, vor den Männern auszuziehen. Und ihre Lederjacke war noch zu nass. Die konnte sie beim besten Willen nicht überziehen. Der Fellumhang und das Lagerfeuer mussten für diese Nacht also genügen.

Es wollte ihr jedoch einfach nicht gelingen, eine Schlafposition zu finden, in der sie möglichst wenig fror. Ständig wälzte sie sich hin und her. Plötzlich spürte sie direkt neben sich Bewegungen. Sie schoss mit dem Oberkörper in die Höhe und erkannte Maél. „Was soll das?", fragte sie entrüstet. „Wir werden uns gegenseitig wärmen, vielmehr ich werde Euch wärmen, da ihr wahrscheinlich schon wieder kalt wie ein Eiszapfen seid. Wickelt Euren Umhang auf, dann können wir uns beide darauf legen. Mit meinem Fell decken wir uns zu. Und bevor Ihr mich jetzt gleich lautstark beschimpfen werdet, denkt daran, was Ihr heute Abend selbst zu mir gesagt habt, nämlich dass wir die nächsten Wochen Sattel und Nachtlager teilen werden." Darauf hatte Elea keine schlagfertige Erwiderung. Sie verrollte nur die Augen und folgte seiner Aufforderung. Auf der Seite liegend ließ sie zu, dass er sich an ihren Rücken schmiegte und den Arm um sie legte. Es dauerte nicht lange, da erfasste sie die Wärme des Mannes wie schon kurz zuvor, als er sie mit seinem nackten Oberkörper gewärmt hatte. Ihre Anspannung fiel immer mehr von ihr ab. Sie verstand gar nicht, warum sie erst so entrüstet reagiert hatte. Mit ihm so da liegen fühlte sich so unglaublich gut an, auch wenn es natürlich völlig absurd war. Immerhin war sie seine Entführte. Noch dazu hatte er sie mehrmals geschlagen. Aber sie war zu müde, um wegen dieser nicht nachvollziehbaren Empfindung mit sich ins Gericht zu ziehen. Sie schloss die Augen und ergab sich dem Schlaf.

Maél lag hingegen noch lange wach neben Elea. Er befand sich ebenfalls in einem Gefühlsaufruhr. Sie strahlte irgendetwas aus, von dem er – zumindest zum derzeitigen Zeitpunkt - nicht sagen konnte, was es war. Er wusste nur eins: Ihre Anziehungskraft, die sie auf ihn ausübte, wurde von Tag zu Tag größer. Für ihn war es jetzt vollkommen unverständlich, wie er sie jemals hatte schlagen oder sie halbnackt bei Wind und Wetter an den Baum hängen können. Er empfand seit jener Nacht zunehmend das Bedürfnis sie zu beschützen. Und jedes Mal, wenn er sie berührte, liefen ihm gleichzeitig kalte und heiße Schauer den Rücken hinunter. Dennoch versuchte er immer wieder in schwachen Momenten, die von finsteren Gedanken geprägt waren, gegen diese Gefühle anzukämpfen, weil sie so gar nicht zu ihm passten und ihn verunsicherten. Was ihn ebenfalls beschäftigte, war die Tatsache, dass sie – jetzt, wo sie seine spitzen Ohren entdeckt hatte – keine Scheu vor ihm empfand. Im Gegenteil, er hatte sogar den Eindruck, dass sie seine Berührungen genoss. Ihre häufige Kratzbürstigkeit ihm gegenüber musste er einfach als einen ihrer Charakterzüge hinnehmen. Er wollte gar nicht darüber nachdenken, was sich im Laufe der Reise zwischen ihnen noch ergeben würde – geschweige denn, was erst geschehen würde, wenn er sie König Roghan ausliefern musste.

Die Sonne ging bereits auf, als Elea zum ersten Mal mit einem Gefühl erwachte, nicht jeden einzelnen Knochen – nach einer Nacht auf dem harten Boden - zu spüren. Sie wollte sich gerade wohlig unter dem warmen Fell räkeln, als ihr bewusst wurde, dass sie halb auf etwas Weichem lag. Sie schlug vorsichtig die Augen auf und wäre vor Schreck beinahe in die Höhe gesprungen, hätte sie Maél nicht festgehalten. Sie lag mit ihrem Kopf und Oberkörper halb auf seiner Brust und ein Bein hatte sie besitzergreifend um ihn geschlungen. Augenblicklich schoss ihr die Röte ins Gesicht. „Ich hoffe, wohl geruht zu haben", musste sie sich von Maél in spöttischem Ton anhören. „Ja... Wie lange liege ich schon so... auf Euch?", fragte Elea schamvoll. „Ich glaube, die halbe Nacht. Also Ihr überrascht mich doch immer wieder. Ich hätte niemals im Traum daran gedacht, dass Ihr Euch im Schlaf so hemmungslos an den Hals eines Mannes werfen würdet. So gesehen, könnte das Teilen des Nachtlagers interessant werden. Wie alt seid Ihr eigentlich? Ihr konntet offenbar schon einige Erfahrungen bei Eurer Liebschaft mit Kellen sammeln", neckte er sie. Elea wurde wütend und trommelte ihn laut beschimpfend mit den Fäusten auf seiner Brust herum. „Mein Alter geht Euch gar nichts an! Lasst mich jetzt augenblicklich los, Ihr verdammter Mistkerl!" Maél ließ sie auf einmal so abrupt los, dass sie seitlich an ihm herunterkullerte. Sie erhob sich rasch, während er sich lässig auf einem Ellbogen abstützend sie angrinste. „Euch wird das Grinsen noch vergehen!", fauchte sie ihn an. Die lautstarke Auseinandersetzung lockte auch die anderen aus ihren Schlaffellen hervor. Der Sturm hatte sich beruhigt und es hatte aufgehört zu regnen. Die Krieger begannen sofort damit, das Lager abzubrechen. Das Frühstück fiel, wie üblich, aus. Elea packte wutentbrannt ihre Sachen zusammen und wartete demonstrativ bei Jadoras Pferd. Dort aß sie ihre letzten Haferkekse und spülte sie mit Wasser hinunter. Sie war so verärgert über Maéls spöttische Art und seine anzüglichen Andeutungen, dass sie beschloss, ihn den ganzen Tag und, wenn es sein musste, noch die nächsten Tage zu ignorieren.

Die Gruppe bahnte sich noch nicht lange einen Weg durch den immer dichter werdenden Wald, da war Elea längst klar, dass mit diesem etwas nicht stimmte. Je tiefer sie hinein ritten, desto stiller wurde es und desto weniger Vögel sah man. In ihr entstand ein seltsames beklemmendes Gefühl, das sie bisher noch nicht kannte. Sie sprach mit Jadora darüber, der ihre Sorge damit abtat, dass sie sich das nur einbilden würde. Sie dachte darüber nach, mit Maél über ihre Beobachtung zu sprechen, verwarf den Gedanken aber schnell wieder, da sie ihn ja ignorieren wollte. Ihr fiel jedoch auf, dass er sich stets in alle Richtungen umsah und häufig abstieg, um den Waldboden genauer zu inspizieren. Während einer kurzen Rast zur Tagesmitte wandte sich Maél an Jadora. „Es gibt hier im Wald ziemlich viele menschliche Spuren. Wir sollten in erhöhter Alarmbereitschaft sein und so schnell wie möglich diesen Wald hinter uns lassen. Es ist ungewöhnlich still", gab Maél zu bedenken. „Elea hat mich schon heute Morgen darauf angesprochen, also darauf, dass es so beängstigend still sei. Mir ist das gar nicht aufgefallen", erwiderte Jadora in entschuldigendem Ton. Maél sah das Mädchen daraufhin durchdringend an. Sie erwiderte jedoch seinen Blick nur gelangweilt und schenkte ihrem Stück Fleisch mehr Beachtung als notwendig. „Laut Karte schlängelt sich ein Stück von hier entfernt ein Pfad einen kleinen Berg hoch und wieder runter. Den werden wir nehmen. Elea bleibt bei dir. So kann ich jederzeit ein Stück vorausreiten und den Pfad und seine Umgebung näher in Augenschein nehmen. Du und deine Leute, ihr werdet die Augen aufhalten und auf sie aufpassen! Hast du verstanden?", sagte Maél zu Jadora in eindringlichem Ton. Dieser nickte ihm ernst zu.

Während Maél sich wie gewöhnlich an die Spitze der Gruppe setzte, ritten Jadora und Elea in der Mitte zwischen drei Kriegern vor und drei Kriegern hinter ihnen. Nach einer Weile stießen sie auf den Pfad, der in der Karte eingezeichnet war. Eleas Beklommenheit erreichte ihren Höhepunkt. Kein einziger Vogel war hier zu hören und dies am helllichten Tage. Die Bergkuppe und der Teil des Berges, der sich unterhalb des Pfades erstreckte, bestanden aus Nadelbäumen, deren Geäst kaum das Tageslicht durchscheinen ließ. Elea ertappte sich dabei, wie sie vor Anspannung immer wieder die Luft anhielt. Der gespenstisch dunkle Pfad war inzwischen so schmal, dass die Reiter ihre Pferde ihn langsam beschreiten ließen, um einen Fehltritt zu vermeiden. An einer etwas breiteren Stelle gab Maél das Zeichen zum Anhalten und kam so nah wie möglich zu Jadora heran. Er erklärte ihm, dass er wieder ein Stück alleine vorausreiten wolle, um sich von der Sicherheit des Weges zu überzeugen. Sie sollten auf ihn warten.

Maél war für Eleas Empfinden schon viel zu lange weg, als sie plötzlich beim aufmerksamen Umherschauen aus dem Augenwinkel eine Bewegung bemerkte. Alles ging auf einmal rasend schnell. In dem Moment, als sie Jadora warnen wollte, schoss bereits von einem Baum schräg oberhalb von ihnen ein Pfeil auf sie zu, der die rechte Hinterhand von Jadoras Pferd traf. Das Pferd zuckte kurz zusammen und begann auf der Stelle zu tänzeln. Jadora hatte alle Hände voll zu tun, damit sie den Abhang nicht hinunterstürzten. Die Unruhe seines Pferdes übertrug sich unglücklicherweise sofort auf die anderen Pferde, die von ihren Reitern ebenfalls alles abverlangten, um nicht hinabzurutschen. Als Jadoras Pferd sich jäh auf die Hinterbeine stellte, fiel Elea hinten herunter, und rollte geradewegs den steilen Abhang hinab. Sie versuchte, sich an Sträuchern festzuhalten, aber ohne Erfolg. Sie hatte zu viel Schwung. Sie stürzte unaufhaltsam einem unbekannten Ziel entgegen. Zweige zerkratzten ihr Gesicht und schnitten in ihre Hände. Ihr Körper prallte immer wieder gegen im Weg stehende Bäume. Sie wusste nicht, wie lange es dauerte, bis sie endlich liegen blieb. Es kam ihr endlos lange vor. Hinter ihren geschlossenen Augen drehte sich alles. Nur wenige Atemzüge später setzten auch schon die Schmerzen ein – überall an ihrem Körper. Ihre Haut in Gesicht und an den Händen brannte durch die vielen Kratzer und Schürfwunden und die Prellungen waren so zahlreich, dass die einzelnen Schmerzen zu einem großen ihren ganzen Körper erfassenden Schmerz verschmolzen. Endlich rang sie sich durch, die Augen zu öffnen. Doch was sie erblickte, ließ ihr Blut in den Adern zu Eis werden. Sie kam nur zu einem kurzen ohrenzerreißenden Schrei. Sie schrie den Namen ihres Entführers, im Bruchteil eines Augenblicks gefolgt von einem neuen unerträglichen Schmerz, der sogleich von einer sie überwältigenden Schwärze betäubt wurde.

Maél war gerade im Begriff, Arok zu wenden, um zu den anderen zurückzureiten, als er Eleas markerschütternden Schrei nach ihm vernahm. Kurz zuvor hatte er bereits aufgeregtes Männerschrei und Pferdewiehern vernommen, das ihn sofort zum Umkehren bewegte. Irgendetwas war passiert. Er machte sich Vorwürfe, weil er sich viel zu weit von der Gruppe entfernt hatte. Aber der Pfad war so schmal, dass das Risiko, den Abhang beim Wenden von Arok hinunterzustürzen, zu groß gewesen wäre. Als er endlich die Krieger erreichte, fiel ihm sofort auf, dass Elea und Jadora fehlten. Die Männer berichteten ihm sogleich aufgeregt, was geschehen war. Er ließ sich fluchend die Stelle zeigen, wo kurz zuvor Jadora bereits dem Mädchen hinterher geeilt war, und machte sich ebenfalls an den Abstieg. Nach einer Weile sah er Jadora sich ihm nähern – laut nach Luft schnappend und ohne Elea. Bei ihm angekommen ließ er sich erschöpft auf den Boden fallen. „Sie ist verschwunden, wie vom Erdboden verschluckt. Auf halber Strecke hörte ich ihren Schrei und als ich kurze Zeit später ankam, war keine Spur von ihr weit und breit zu sehen. Sie wurde geraubt, Maél! Wir sind in eine Falle gegangen! Es sieht so aus, als ob sie es auf sie abgesehen hatten, sonst hätten sie nicht auf *mein* Pferd geschossen. Wo waren nur deine übermenschlichen Sinne?!" Jadoras Stimme überschlug sich vor Aufregung. Maél konnte im ersten Moment keinen klaren Gedanken fassen. Jadora hatte recht. Er hätte es eigentlich bemerken müssen, dass sie belauert wurden. Ein Gefühl von Angst und Machtlosigkeit nahm von ihm Besitz, das er bisher nur in Gegenwart von Darrach empfunden hatte, da er der einzige Mensch war, dem er hilflos ausgeliefert war. Sollte Elea tatsächlich in der Gewalt von irgendwelchen Wegelagerern sein oder war dies vielleicht wieder nur ein verzweifelter Rettungsversuch eines liebeskranken Jünglings? Die zweite Möglichkeit schloss er schnell aus, da Kellen höchstwahrscheinlich zu schwach war, um einen weiteren Rettungsversuch zu wagen. Außerdem hätte er es die letzten Tage – bevor sie den Wald erreicht haben – bemerkt, wenn sie jemand auf dem steppenartigen Gelände verfolgt hätte. Er hatte stets Augen und Ohren auch hinter sich offen gehalten.

Maél brachte seinen Puls und seine Atmung wieder unter Kontrolle. Er dachte eine paar Augenblicke angestrengt nach und teilte dann Jadora seinen auf die Schnelle gefassten Plan mit. „Jadora, du holst die Männer mit den Pferden. Ihr müsst den Abhang runterkommen – egal wie. Lass dir etwas einfallen! Ich werde zu Fuß sie suchen gehen."

„Aber wie sollen wir dich finden? Und woher willst du wissen, dass du sie in diesem unheimlichen Wald überhaupt finden wirst?"

„Ich habe sie schon einmal in einem Wald gefunden, dann werde ich es noch ein zweites Mal. Ich markiere euch den Weg mit meinem Messer. Wenn ihr unten angekommen seid, haltet Ausschau nach Zeichen auf Baumstämmen! Und bewegt euch so leise wie möglich! Geht lieber etwas langsamer! Sobald ich die Kerle gefunden habe, komme ich euch entgegen, sodass wir die Pferde etwas entfernt von ihrem Lager verstecken können. Dann können wir überlegen, wie wir sie da wieder rausholen. Jadora,... ich zähle auf dich. Vermassle es nicht, ich warne dich! – Und vergiss Arok nicht!" Kaum hatte Maél das letzte Wort ausgesprochen, preschte er auch schon den Rest des Abhangs hinunter.

Ein immer schärfer werdender Schmerz an ihrem rechten Ohr zwang Elea nach und nach an die Oberfläche ihres Bewusstseins. Dort endgültig angekommen, waren auf einmal so viele andere Schmerzen spürbar, die ihr die jüngsten Ereignisse schockartig in Erinnerung riefen. Eine lähmende Angst nahm von Elea Besitz. Sie war den Abhang hinuntergestürzt und vor den Füßen von dreckigen, halbverwesten Kerlen gelandet. So hatte sich ihr grauenvoller Anblick, der ja nur einen winzigen Moment gedauert hatte, in ihr Gedächtnis eingebrannt, bevor eine Faust mit voller Wucht ihren Kopf traf. Sie nahm vorsichtig – auf der Seite liegend und an Händen und Füßen gefesselt - ihre Umgebung in Augenschein. Ohne ihren Kopf zu bewegen, ließ sie ihre Augen umherwandern. Es war noch immer Tag. Also konnte sie nicht sehr lange ohnmächtig gewesen sein. Es kam ihr sogar viel heller als vorhin auf Jadoras Pferd vor. Sie begriff auch schnell warum. Sie befand sich auf einer kleinen Lichtung, die jedoch so klein war, dass man sie leicht zwischen den Bäumen hindurchblickend übersehen konnte. Am Rande der Lichtung erkannte Elea zeltartige Behausungen, die gut getarnt zwischen Bäumen und Büschen errichtet worden waren. Gedämpfte Männerstimmen, die von Zeit zu Zeit von lautem Lachen unterbrochen wurden, waren zu hören. Sie vergewisserte sich, dass sich niemand draußen aufhielt. Dann bog sie ihren Nacken etwas nach hinten, um ihr Blickfeld zu vergrößern. Zu ihrem Entsetzen entdeckte sie keine Fluchtmöglichkeit, dafür einen Haufen von Knochen, von denen sie hoffte, dass sie nur von Tieren stammten. Daneben waren zwischen mehreren Pfählen Schnüre gespannt, an denen Häute und Kadaver hingen, von denen ein mehr oder weniger starker Verwesungsgeruch zu ihr wehte, je nach dem, aus welcher Richtung der Wind blies. Elea musste ein Würgen unterdrücken. Ihre Lage war so aussichtslos wie noch nie. Ihre einzige Hoffnung war, dass Maél sie fand, bevor diese widerlichen Kerle ihr ihre Aufmerksamkeit schenkten. Wenn Maél dies nicht gelänge, dann wäre sie ihnen hilflos ausgeliefert. Das Einzige, was sie im Moment tun konnte, war Maél Zeit zu verschaffen, indem sie sich möglichst lange bewusstlos stellte. Dann würden sie sie vielleicht vorerst in Ruhe lassen. Eleas Plan ging auch für eine Weile auf. Aus halb geschlossenen Augen behielt sie die Unterschlüpfe im Auge. Von Zeit zu Zeit erschien ein Kerl und vergewisserte sich, dass sie noch bewegungslos am Boden lag. Plötzlich nahm sie jedoch größere Bewegungen wahr und die Stimmen wurden lauter. Ihre Haare stellten sich im Nacken auf und ihr Magen krampfte sich zu einem Knoten zusammen, als sie sah, wie sich zwei Kerle ihr näherten. Durch ihre geschlossenen Lider hindurch konnte sie sehen, wie ein Schatten über sie fiel. Jemand beugte sich über sie. Mit einem groben Griff packte sie jemand an den Schultern und schüttelte sie durch. Ein ekelerregender Geruch nach Tabak, Branntwein und etwas, von dem Elea gar nicht wissen wollte, was es war, stieg ihr in die Nase, sodass sie sofort wieder zu würgen begann. „Ergad, sie ist wach!", rief der Mann zu den Unterschlüpfen hinüber. „Na endlich! Dann kann ja unser Spaß beginnen! Schneide ihr die Fußfesseln durch und bring sie zu uns rüber." Elea wurde unsanft auf die Füße gestellt und von den beiden Männern zu einer Gruppe von vielleicht fünfzehn zum Teil mit Schwertern bewaffneten Männern gezogen. Einer, wahrscheinlich ihr Anführer, trat hervor und ging auf Elea zu. Er trug schmutzige, von Löchern durchsetzte Kleider. An seinem Gürtel hing ein langes Messer, an dem altes, getrocknetes Blut klebte. Und so wie sein Gesicht aussah, war er schon seit Wochen nicht mehr mit Wasser in Berührung gekommen. Langes, strähniges Haar umrahmte sein Gesicht. In seinem zotteligen Bart hingen Essensreste. Er blieb unmittelbar vor ihr stehen und ergriff mit seiner dreckigen Hand roh das Kinn der jungen Frau, um ihr Gesicht ihm zu zu drehen. Eleas Herz hämmerte wie wild in ihrer Brust. *Jetzt ist es soweit. Was soll ich nur tun?*

„Wie ist dein Name?", wollte der Anführer wissen. Dabei riss er ihr das Kopftuch vom Kopf. Staunend pfiff er laut durch die Zähne, als sich die dicke, dunkelbraune Mähne mit den drei roten Strähnen vor seinen Augen entfaltete. Der Mann griff nach einer der Strähnen. „Ja, stimmt! Das hatte ich ja völlig vergessen. Deine Haare, die haben gestern Abend sogar geleuchtet. Offenbar tun sie dies nur, wenn es dunkel ist. Was bist du? Eine Hexe? Oder vielleicht nur eine Missgeburt? Aber eine besonders hübsche und reizvolle, mit der wir auch unseren Spaß haben werden. Was meint ihr Männer?" Der Rest der verwahrlosten Gruppe stimmte lachend seinem Anführer zu und forderte ihn ungeduldig auf, Eleas weibliche Reize zu enthüllen. Doch der Anführer ließ sich nicht aus der Ruhe bringen. Er gab seinen Männern mit der Hand das Zeichen, zu schweigen. „Wir wollen doch nicht, dass unser Gast glaubt, bei Wilden gelandet zu sein. Wir wollen doch den Regeln des Anstandes Genüge tun und uns erst einmal miteinander bekannt machen, bevor wir unsere Beziehung vertiefen. – Ich bin Ergad. - Wie heißt du?" Lautes Gelächter ertönte von Neuem. Eleas Herz machte panikartige Sprünge, als sich alle Augen auf sie hefteten. Den Würgereiz aufgrund des ihr entgegenströmenden ekelerregenden Gestanks, der von den Männern in ihrer Nähe ausging, hatte sie immer noch nicht bezwungen. Sie stellte sich weiterhin taub, um noch wertvolle Zeit zu gewinnen. „Du kannst sprechen, das wissen wir. Wir hatten gestern schon eine Kostprobe deiner süßen Stimme. Also wird's bald! Wie ist dein Name?", fragte der Mann jetzt schon wesentlich ungeduldiger. Elea hatte nicht die Absicht, dem widerlichen Kerl ihren Namen zu verraten. Sie schwieg weiterhin beharrlich und versuchte, ein so ausdrucksloses Gesicht wie möglich zu machen. Blitzschnell und für Elea völlig unerwartet holte der Mann aus und gab ihr eine Ohrfeige, deren Wucht sie beinahe zu Boden stürzen ließ. Sie konnte den Schwung gerade noch abfangen. Mit dem heiß aufflammenden Schmerz in ihrem Gesicht begann in Elea langsam Wut hochzusteigen. Mit diesem Gefühl konnte sie besser umgehen als mit der lähmenden Angst. Sie wusste aber auch, dass ihre Wut der katastrophalen Lage, in der sie sich befand, nicht unbedingt zuträglich war. Dennoch fauchte sie den Mann an. „Das geht Euch nichts an!"

„Wollen wir doch mal sehen, ob du deinen Namen immer noch nicht verraten möchtest, wenn ich den Beginn unserer Beziehung mit einem Kuss besiegelt habe." Wieder drang lautes Gelächter von den herumstehenden Männern dröhnend an Eleas Ohren. Der Anführer packte sie brutal am Kopf und drückte ihr Gesicht seinem Mund entgegen. Elea zappelte wie wild. Doch ohne ihre Hände, die hinter ihrem Rücken gefesselt waren, hatte sie keine Chance, dem stinkenden Mund des Mannes zu entkommen. Elea verlor fast das Bewusstsein, als er seinen Mund mit den gelben, zum Teil schwarz verfärbten Zähnen auf ihren drückte. In einer letzten Kraftanstrengung hob Elea mit einem Ruck ihr Knie an und rammte es in seine Weichteile. Der Mann ließ sofort von ihr ab und stöhnte laut auf. Ein tiefes Raunen ging durch die Menge. Der Anführer hielt sich mit schmerzverzerrtem Gesicht die lädierte Stelle und schnappte nach Luft. Dann sah er ihr wutschnaubend und hasserfüllt in die Augen. „Das wirst du noch bereuen! Ich werde dir deinen Namen aus deinem Leib peitschen", knurrte er sie an und verschwand in einem der Unterschlüpfe. Nach einem kurzen Moment erschien er schon wieder und hielt eine Peitsche in der Hand. Elea stockte der Atem. *Das habe ich jetzt davon! Hätte ich ihm nur meinen Namen gesagt!* Dazu war es jetzt aber zu spät. Der Kerl war außer sich vor Wut. Sie würde nach dem, was sie gerade gewagt hatte, keine Gnade mehr von ihm erwarten können, auch wenn sie ihm ihren Namen verraten würde.

„Schneidet ihre Fesseln durch, zieht ihr die Jacke aus und hängt sie zwischen zwei Pfähle!", befahl der wütende Anführer den beiden Männern, die immer noch bei Elea standen. Sie schleiften die sich wehrende Frau zu den Pfählen und taten wie ihnen geheißen wurde. Dann trat der Anführer mit knallender Peitsche hinter sie und riss ihr Hemd samt Unterhemd am Rücken auseinander. Elea schloss die Augen und ergab sich ihrem albtraumhaften Schicksal. Die Peitsche zischte – laut an ihrem rechten Ohr vorbei - durch die Luft und nur den Bruchteil eines Augenblicks später fraß sie sich knallend in ihr Fleisch. Beim ersten Hieb konnte sie noch einen Schrei unterdrücken, ihre Tränen jedoch nicht. Beim zweiten Schlag konnte sie nicht anders, als den Schmerz laut herauszuschreien. Das Brennen und Stechen auf ihrer Haut wurde unerträglich. Sie hatte das Gefühl, dass die Haut auf ihrem Rücken in Fetzen herunterhing und das erst nach zwei Schlägen. Dieser eine Schmerz ließ alle übrigen ihren Körper marternden Schmerzen in den Hintergrund rücken. Sie öffnete für einen Moment die Augen, um der hervorbrechenden Tränenflut leichteren Durchlass zu gewähren. Dabei nahm sie hinter den grölenden und gaffenden Männern einen Schatten wahr, der pfeilschnell auf sie zugeilt kam. Es war Maél, ihr erster Entführer, der nun hoffentlich zu ihrem Retter wurde. Der Anführer, der hinter ihr im Begriff war, zum dritten Hieb auszuholen, schien den Schatten ebenfalls entdeckt zu haben, denn er schrie seinen Männern aufgeregte Befehle zu. Seinen Hieb führte er jedoch gnadenlos zu Ende. Der erneut aufflammende Schmerz auf ihrem Rücken brachte Elea einer Ohnmacht nahe. Sie setzte jedoch alles daran, bei Bewusstsein zu bleiben. Ihr ganzes Gewicht hing an ihren an den Holzpfählen festgebundenen Handgelenken, da ihre Knie vor Schwäche eingeknickt waren. Sie lenkte sich von dem Schmerz ab, indem sie sich auf das konzentrierte, was um sie herum geschah. Ein riesen Aufruhr herrschte unter den Männern. Sie schrien durcheinander und versuchten, vor den auf sie zufliegenden Pfeilen in Deckung zu gehen. Zwei Kerle wurden jeweils von einem Pfeil getroffen. Einer brach kurz darauf zusammen, während der andere das Weite suchte. Ein paar Männer stellten sich mit ihren Schwertern Maél in den Weg. Sie waren jedoch kein Hindernis für ihn. Mit nur wenigen Schlägen brachte er sie auf brutalste Weise zur Strecke. Er flog über sie hinweg und überraschte sie von hinten mit seiner blitzschnellen Klinge. Überall spritzte Blut und lagen abgetrennte Körperteile herum. Elea musste sich von dem grauenvollen Anblick abwenden. Dabei entdeckte sie Jadora und ein paar seiner Krieger, die sich ebenfalls mit ihren Schwertern am Kampf beteiligt hatten, allerdings mit weniger raschem Erfolg als Maél. Aus der Richtung, aus der Maél gestürmt war, flogen immer noch Pfeile, die ab und zu auch ihr Ziel trafen. Ein ohrenbetäubender Kampflärm durchdrang die Todesstille, die die ganze Zeit auf dem Wald gelastet hatte.

Nachdem Elea sich an das nicht mehr stärker gewordene Brennen auf ihrem Rücken gewöhnt hatte, begann auch wieder ihr Verstand einigermaßen zu arbeiten. Mit einem Mal fiel ihr auf, dass der Anführer nirgends zu sehen war. Sie wollte gerade wieder einen vorsichtigen Blick auf das private Schlachtfeld von Maél wagen, als er mit Blutspritzern auf Gesicht und Panzer vor ihr auftauchte. Während er ihr keuchend die Fesseln durchschnitt, schnauzte er sie mit wutverzerrtem Gesicht an: „Wieso konntet Ihr diesem Bastard nicht einfach Euren Namen sagen?" Er drückte ihr grob ihre Lederjacke an die Brust. Zu einer Erwiderung war die junge Frau nicht in der Lage. Sie sah ihm nur mit schmerzerfülltem Gesicht in die Augen. Maél zögerte kurz bei ihrem erbarmungswürdigen Anblick. „Los! Zieht sie an und dann weg von hier!", zischte er ihr zu, den Kampf nicht aus den Augen lassend. Elea biss die Zähne zusammen und schlüpfte so schnell und so vorsichtig wie möglich in ihre Jacke. Plötzlich fiel ihr wieder ein, was sie gerade noch beunruhigt hatte. „Maél, der Anführer ist verschwunden. Oder habt Ihr ihn schon getötet?", schrie sie ihm bei dem Gebrüll der Männer und dem lauten Klirren der Schwerter zu. Er zog sie jedoch schon von dem grauenvollen Schauplatz mit sich weg. Sie wollten gerade im schnellen Lauf in den dichteren Wald eintauchen, als Maél neben ihr aufstöhnte und kurz sein Tempo drosselte. Einen Augenblick später jedoch raste er mit Elea an der Hand tiefer in den Wald hinein. Sie versuchte ihren überall schmerzenden Körper auszublenden. Maél ließ plötzlich ihre Hand los und fiel ein Stück zurück. Elea schaute von Zeit zu Zeit über ihre Schulter, um sich zu vergewissern, dass er noch hinter ihr war. Sie hatte das ungute Gefühl, dass irgendetwas nicht mit ihm stimmte, da sich sein Abstand zu ihr vergrößerte. Abrupt blieb sie stehen, drehte sich zu ihm um und fragte ihn außer Atem: „Was ist los mit Euch?" Kaum hatte sie die Worte ausgesprochen, sah sie auch schon von weitem den Blut durchtränkten Ärmel seiner Tunika. Als er sie erreichte, blieb er schwankend vor ihr stehen. „Himmel, Ihr wurdet getroffen!"

„Da sagt Ihr mir nichts Neues. – Zieht den Pfeil schon raus!", keuchte er ihr zu. Elea schluckte und zögerte. Bisher hatte sie noch nie einen Pfeil aus dem Körper eines Menschen gezogen. Maél fuhr sie ungeduldig an: „Los, jetzt macht schon! Das Ding vergiftet mich. Außerdem werden wir verfolgt, wahrscheinlich von dem Schützen, der bestimmt der von Euch vermisste Anführer ist." Elea stellte sich hinter ihn und entdeckte verwundert ihren Bogen und Köcher auf seinem Rücken. Schließlich zog sie mit aller Kraft an dem Pfeil, der in Maéls Oberarm steckte. Von Maél war nur ein scharfes Einziehen der Luft zu hören. „Verdammt! Die Pfeilspitze muss noch im Knochen stecken", stellte sie besorgt fest. „Das dachte ich mir schon. Ihr müsst alleine weiterrennen. Es wird nicht mehr lange dauern, dann kann ich nicht einmal mehr stehen", erwiderte er immer noch schwer atmend. „Ich werde ganz bestimmt nicht ohne Euch weiterrennen. Das könnt Ihr vergessen. Was ist nur los mit Euch?! Mit der Pfeilwunde im Bein, die ich Euch beigebracht hatte, habt ihr mich durch den Wald gejagt und dann noch nach Hause getragen. Und jetzt droht ihr wegen eines Pfeils im Arm in Ohnmacht zu fallen?!", fragte Elea verständnislos. „Wir haben jetzt keine Zeit, darüber zu reden. Los, jetzt rennt! Ich versuche, den Kerl aufzuhalten." Maéls Zustand verschlechterte sich von Augenblick zu Augenblick. „Ich werde nicht von Eurer Seite weichen. Wir laufen weiter, solange ihr Euch aufrecht halten könnt. Ich halte nach einem geeigneten Versteck Ausschau, in dem wir ihm auflauern können, falls er uns überhaupt verfolgt." Sie packte den wider Erwarten keinen Protest erhebenden Mann am Ärmel und zog ihn mit sich. Sie gingen in einen leichten Trab über, den Maél noch halbwegs zu bewältigen schien. Seine Schritte gingen jedoch zunehmend in ein Stolpern über. Er stand kurz vor dem Zusammenbruch. Endlich entdeckte sie eine geeignete Stelle. „Da vorne, seht Ihr? Da ist eine Mulde, die vielleicht tief genug ist, damit wir uns darin verstecken können." Maél war am Ende seiner Kräfte. Auf Elea gestützt kamen sie nur langsam zu der Stelle, da Eleas Knie unter dem Gewicht des fast doppelt so schweren Mannes immer wieder einknickten. Kaum hatten sie die Mulde erreicht, ließ Maél sich einfach auf den laubbedeckten Boden fallen. Elea schob ihn so gut es ging noch zurecht, damit für sie auch noch genügend Platz blieb. Bevor sie sich jedoch zu ihm legte, wollte sie ihr Versteck noch mit Sträuchern tarnen. Sie zog sein Schwert aus der Scheide und entfernte sich ein paar Schritte – immer wieder den Blick in die Richtung werfend, aus der sie gekommen waren. Schließlich fand sie ein paar Sträucher, die sie kurzerhand mit dem scharfen Schwert absäbelte, und rannte schnell mit dem Gestrüpp zu Maél zurück, der sie die ganze Zeit beobachtet hatte. „Das muss man dem Jäger Albin lassen: Er hat Euch nützliche Dinge gelehrt, um im Wald zu überleben. Leider hat er es versäumt, Euch zu zeigen, wie Ihr Euer Mundwerk im Zaume halten könnt." Elea bedachte ihn nur mit einem giftigen Blick, während sie die Sträucher um ihr Versteck möglichst ohne Verdacht erregend verteilte. Dann kam sie zu ihm in die Mulde gekrochen. Seine sarkastischen Worte bereits vergessen, fragte sie ihn voller Sorge: „Wie geht es Euch? Ich verstehe gar nichts mehr. Ihr seid so schwach. Ihr scheint mir immer unverwüstlich. Und jetzt das!"

„Das ist jetzt erst einmal unser geringeres Problem. Ihr müsst den Anführer unschädlich machen. Er ist nicht mehr weit, er wird unsere Spuren und vor allem die meines Blutes verfolgen." Während er diese Worte sprach, ergriff er Eleas Bogen und Köcher, die er, während sie mit der Tarnung ihres Verstecks beschäftigt war, abgelegt hatte, und hielt sie ihr hin. Elea gingen gerade noch tausend Fragen durch den Kopf, die sie gerne von Maél beantwortet gehabt hätte. Diese schienen aber angesichts dessen, was er nun von ihr verlangte, wie ausgelöscht. Die in ihr aufkommende Panik ließ sie stottern: „Ich soll was? Ihn töten? Und das mit einem einzigen Pfeil?" Sie zeigte auf den Pfeil in dem Köcher. „Ich habe Eure Schießkünste am eigenen Leib erfahren. Es dürfte für Euch kein Problem sein, ihn mit einem Pfeil zu töten. Also ziert Euch nicht so. Auf mich habt Ihr, ohne mit der Wimper zu zucken, geschossen. Darüber hinaus ward Ihr bereit, mir ein Messer ins Herz zu stoßen. Und das obwohl ich Euch besser behandelt habe, als es dieser dreckige Mistkerl getan hat. Ihr müsst nur daran denken, was er Euch noch alles antun wird, wenn Ihr ihn nicht zur Strecke bringt. – So! Und jetzt kein Wort mehr! Ihr haltet die Augen offen und ich die Ohren."

Das Schicksal, das sie erwarten würde, wenn sie den Mann nicht töten würde, genügte Elea als Motivation. Maéls Atem ging immer schwerer. Es kostete ihn sichtlich Mühe, möglichst leise zu atmen. Elea berührte seine schweißnasse Stirn. Er hatte Fieber, und zwar bereits sehr hohes in so kurzer Zeit. Widerwillig ergriff sie den Bogen und ihren einzigen Pfeil, den sie sofort auflegte. Anschließend nahm sie eine geeignete Position ein, in der sie sich auf die Lauer legen konnte. Nach einer kleinen Weile zuckte sie erschreckt zusammen, da Maél unvermutet ihr Bein ergriff und zudrückte. Sie deutete diese Geste als Zeichen dafür, dass der Anführer jeden Moment auftauchen müsste. *Wie macht er das nur? Kann er mit seinen spitzen Ohren so gut hören?* Ihr Herz begann, vor Anspannung wie wild in ihrer Brust zu hämmern. Auch dies schien Maél, zu bemerken, da er mit seiner Hand beruhigend ihr Bein tätschelte.

Plötzlich hörte Elea ein leises Knacken direkt vor ihr. Und tatsächlich erkannte sie auch kurz darauf eine Gestalt, die sich in gebückter Haltung langsam fortbewegte, offensichtlich ihren Spuren folgend. Es war der Anführer. Er war noch etwa siebzig oder achtzig Schritte von ihrem Versteck entfernt. Er hatte seinen Bogen geschultert und hielt ein Schwert in der Hand. Die Spuren würden ihn direkt in ihre Arme führen. Das hieß, sie musste auf jeden Fall schießen. Daran ging kein Weg vorbei. Die Frage war nur: wann? Jetzt war es noch zu früh, weil sie durch die Bäume und Büsche noch keine freie Schusslinie hatte. Sie musste ihn auf mindestens zwanzig oder vielleicht sogar nur auf fünfzehn Schritte herankommen lassen, schätzte sie. Erst dann konnte sie sicher sein, dass kein Hindernis zwischen ihm und ihrem einzigen Pfeil lag. Sie wartete und konzentrierte sich auf einen ruhigen Atemrhythmus, indem sie versuchte, alles um sich herum auszublenden: die Schmerzen, aber auch Maéls Hand, die immer noch glühend heiß auf ihrem Schenkel ruhte. Es zählten nur dieser widerliche, brutale Mann, der unaufhaltsam näher kam, und ihr sich immer wieder bei jedem Atemzug hebende Brustkorb, der nur darauf wartete eine untrennbare Einheit mit ihrem Bogen zu bilden.

Gerade erreichte der Wegelagerer den Punkt, an dem Eleas freie Schussbahn begann. Unglücklicherweise bewegte er sich jedoch in die Richtung rechts an ihr vorbei, sodass sie nicht direkt auf sein Herz zielen konnte. Wieder vergingen fünf quälend langsame Schritte, immer noch in dieselbe ungünstige Richtung. Sie konnte schon sein angespanntes Atmen hören. Maél drückte leicht ihren Schenkel. Es blieb ihr nichts anderes übrig, als ihr Versteck aufzugeben und darauf zu hoffen, dass er sich aufgrund des Überraschungseffekts kurz zu ihr drehen würde. Dieser Bruchteil eines Augenblicks musste genügen, um einen tödlichen Schuss abzugeben. Er war mittlerweile nur noch vielleicht zehn oder zwölf Schritte von ihr entfernt. Elea nahm ihren ganzen Mut zusammen und erhob sich blitzschnell. Der Mann erblickte sie unmittelbar darauf, drehte aber nur seinen Kopf in ihre Richtung, während er mit dem Körper in seiner Position verharrte. *Himmel, hilf mir! Was nun? Ich darf den Pfeil erst abschießen, wenn ich mir sicher bin, dass er ihn tötet.* Sie schaute ihm direkt in die eiskalt lächelnden Augen. Er bewegte sich immer noch nicht. Plötzlich hatte sie das unbestimmte Gefühl, dass er sich gleich auf den Boden stürzen würde. Er sah kurz auf eine Stelle vor sich auf der Erde. Doch sein Sprung kam einen Wimpernschlag zu spät. Elea hatte den Pfeil abgeschossen, noch bevor er den rettenden Hechtsprung machen konnte. Sobald dieser in ihn eingedrungen war, ließ sie ihre Arme sinken, die sofort zu zittern begannen. Der Mann stand in seiner Bewegung wie erstarrt da und blickte Elea mit weit aufgerissenen Augen ins Gesicht. Sein Atem kam röchelnd. Maél konnte aus seiner Position nur Geräusche wahrnehmen. Deshalb rüttelte er an Eleas Fuß und sprach zu ihr mit heiserer Stimme. „Du hast ihm in den Hals geschossen. Was macht er? Hier, nimm das Schwert! Er hat vielleicht immer noch Kraft genug, zu uns zu kommen und sich auf dich zu stürzen." Elea war jedoch nicht zu der geringsten Bewegung im Stande. Sie schaute ihrem zweiten Entführer immer noch wie hypnotisiert in die Augen. Maél, der inzwischen zu schwach war, um seinen Oberkörper aufzurichten, wurde unruhig und bedrängte sie. „Elea, los mach schon und nimm endlich das verfluchte Schwert!" Mit einem Mal setzte sich der Mann mit wutverzerrtem Gesicht langsam in Bewegung, direkt auf die junge Frau zu. Als er vielleicht nur noch acht Schritte von ihr entfernt war, zog er unvermittelt mit einem lauten Schrei den Pfeil aus seinem Hals. „Dem Himmel sei Dank!", gab Elea seufzend von sich. Der Mann konnte keinen Schritt mehr weiter gehen. Elea hatte es fertig gebracht, so in seinen Hals zu schießen, dass die Pfeilspitze auf der anderen Seite des Halses ausgetreten war. Nun schoss das Blut in hohen Bögen aus zwei Öffnungen heraus. Seine Knie knickten ihm weg und er stürzte beide Hände auf den Hals drückend zu Boden. Doch es war bereits zu spät. Es dauerte nur noch ein paar Augenblicke, dann waren die gurgelnden Atemgeräusche auch schon verebbt. Elea brach auf Maél zusammen und begann laut zu schluchzen. „Wieso hast du ihm in den Hals geschossen und nicht ins Herz? Daran wäre er gleich gestorben", wollte er aufgebracht wissen. Er versäumte es jedoch nicht, sie in den Arm zu nehmen, um ihr tröstend den Rücken zu streicheln. „Es ging nicht anders. Er hatte seinen Oberkörper so zur Seite gedreht, dass es unmöglich gewesen wäre, sein Herz zu treffen. Die einzige Chance war, ihm in den Hals zu schießen. Ich hatte aber nicht damit gerechnet, dass er noch fähig ist, so lange auf den Beinen zu stehen, geschweige denn, noch Schritte zu machen. Erst im letzten Moment hat er ihn herausgezogen, sodass er aus zwei Öffnungen Blut verlor", erklärte Elea unter Tränen.

„Gut gemacht, Mädchen!", lobte Maél sie mit schwacher Stimme. Elea stützte sich etwas vom Boden ab, um Maéls Stirn zu fühlen. „Ihr glüht. Was machen wir jetzt mit Euch? Euch geht es zusehends schlechter. Ich muss Euch irgendwie die Pfeilspitze aus dem Arm entfernen, aber wie?" Elea hatte die Frage noch nicht ganz ausgesprochen, da hörte sie Stimmen, die nach ihren Namen riefen. „Das sind Jadora und seine Männer. Dem Himmel sei Dank! Hoffentlich haben sie die Pferde dabei. Mit Breannas Instrumenten kann ich bestimmt die Pfeilspitze entfernen." Sie sprang schnell auf und rief Jadora, der auch schon bald sein Pferd am Zügel führend zwischen den Bäumen erschien. Sie rannte ihm eilig entgegen. „Jadora, ich brauche meinen Rucksack. In Maéls Arm steckt eine Pfeilspitze. Die muss ich schnell rausholen. Ihm geht es immer schlechter und er hat hohes Fieber. Ich verstehe das gar nicht." Sie riss ihren Rucksack von Jadoras Sattel und eilte schon wieder zurück zu Maél, ohne eine Erwiderung des Hauptmanns abzuwarten.

Zunächst begann sie mühsam, Maél von seinem Panzer zu befreien. Jadora rief seinen Männern, die noch weiter entfernt waren, zu, dass er die beiden gefunden hatte. Anschließend kam er schnell zu Maél und dem Mädchen gerannt. Während er Elea mit dem Panzer half, sah er Maél ernst in die Augen. „Wie lange ist sie schon in dir?"

„Zu lange", antwortete der jüngere Mann mit rauer Stimme. „Hat *sie* den Mistkerl zur Strecke gebracht?", wollte Jadora wissen. Maél nickte nur schwach, sah dabei aber mit Bewunderung auf Elea, die eifrig alles für den Eingriff vorbereitete. Sie vermied es die ganze Zeit über Maél anzusehen, da sie es nicht ertragen konnte, ihn so schwach und leidend zu sehen. Ihre alten Tränen über die Erleichterung, dass sie den Kerl getötet hatte, waren inzwischen getrocknet. Sie kämpfte jedoch gegen neue an, da sie befürchtete, dass ihr Bemühen umsonst war. „Jadora, ich brauche Branntwein. Habt Ihr welchen?"

„Ja, in meiner Satteltasche. Ich hole ihn." Elea hatte inzwischen das kleine Messer, die Zange, Nadel und Faden aus ihrer kleinen Umhängetasche auf einem sauberen Stück Leinen ausgebreitet. Mit dem Messer schnitt sie den blutdurchtränkten Ärmel der Tunika ab. „Wenn es soweit ist, müssen wir Euch auf den Bauch drehen. Mit dem Branntwein werde ich die Wunde reinigen. Das wird sehr schmerzhaft sein." Sie vermied es immer noch, ihm in die Augen zu sehen. Auf einmal hatte sie Verständnis für Breannas Übereifer in scheinbar ausweglosen Situationen. Ihr wäre es lieber gewesen, es gäbe noch mehr zum Vorbereiten. Maél hob schwach den Arm, um sanft ihr Gesicht zu sich zu drehen. „Elea, du bist eine außergewöhnliche Frau. Nachdem du mir erzählt hast, was du gerade mit dem Pfeil geleistet hast, zweifle ich keinen Moment daran, dass du dieses verfluchte Metallstück aus meinem Arm herausholen wirst. Es wird aber zu spät sein. In meinem Körper wütet bereits das Gift. Es wird nicht mehr lange dauern, bis ich bewusstlos werde. Aus dieser Bewusstlosigkeit werde ich nie wieder erwachen. Es ist, wie es ist. Ich werde sterben."

„Nein, das wirst du nicht! Ich werde das nicht zulassen! Ich werde das verfluchte Fieber irgendwie unter Kontrolle kriegen. Breanna hat mir allerlei fiebersenkende

Kräuter mitgegeben." Dicke, heiße Tränen liefen ihre Wangen hinunter, die sie schnell mit der Hand wegwischte. „Jadora! Wo bleibt Ihr mit dem verdammten Branntwein? Und wir brauchen noch Eure Männer, die Maél festhalten", rief sie verzweifelt nach dem Hauptmann. Jadora schrie ebenfalls irgendwelche Befehle und kam mit einer kleinen Holzflasche herbeigeeilt. „Ich hoffe, das reicht."

„Jadora, sobald sie die Spitze entfernt hat, müsst ihr euch einen sichereren Platz suchen. Hier könnt ihr nicht bleiben", sagte Maél mit leiser Stimme zu dem Hauptmann. Elea hatte inzwischen die Instrumente gereinigt. „Es kann losgehen. Wir müssen ihn auf den Bauch drehen. Jadora, reinigt Euch die Hände mit etwas Branntwein. Ihr müsst die Wunde spreizen, damit ich die Pfeilspitze besser sehen kann. Einer Eurer Männer hält seinen verwundeten Arm, einer seinen Kopf, ein anderer den anderen Arm und am besten zwei die Beine. Ich muss es ohne ein schmerzbetäubendes Mittel machen." Elea fing sofort an. Sie atmete tief durch. Dann schüttete sie etwas Branntwein auf die Wunde, was Maél zusammenzucken ließ. Dann nahm sie das zierliche scharfe Messer, drückte die Klinge tief in Maéls Fleisch und zog sie etwa vier Fingerbreit quer über die Eintrittswunde. Diesmal schrie Maél laut auf und versuchte sich gegen die ihn fixierenden Arme aufzubäumen. Die Krieger hielten den bereits stark geschwächten Mann unter Kontrolle. Bewegungslos blieb er liegen. Er hatte das Bewusstsein verloren. „Seine Ohnmacht hat auch etwas Gutes. Er kann das, was nun folgt, nicht mehr spüren", gab Jadora zu bedenken.

„Jadora, jetzt müsst ihr den Schnitt auseinanderziehen", forderte Elea den Mann auf. Sie hielt schon die Zange in der Hand. Jadora machte, wie ihm geheißen wurde. Er griff mit seinen Händen in die Wunde und zog sie so weit auseinander, bis das silbrige Metall Elea entgegenglänzte. Es steckte im Knochen fest. Sie ergriff, so fest sie konnte, das Stück Eisen mit der Zange und zog mit einem kräftigen Ruck daran. Einen Augenblick später hielt sie die blutige Pfeilspitze in der Luft. Erleichtert sah sie zu Jadora auf, der ihr anerkennend zunickte und ihre Schulter tätschelte. „Jetzt nähe ich noch schnell die Wunde zu. In der Zwischenzeit soll einer Eurer Männer ein Feuer machen, damit ich ihm einen Sud gegen das Fieber kochen kann."

„Das wird warten müssen, Elea. Sobald ihr die Wunde geschlossen habt – und zwar möglichst schnell -, verschwinden wir von hier."

„Aber wie wollt Ihr ihn transportieren. Er kann nicht reiten."

„Wir binden ihn auf Arok fest." Elea wollte protestieren, aber diesmal war es der Hauptmann, der sie zurückließ, ohne einen Kommentar abzuwarten. Elea machte sich sofort an die Arbeit und nähte den Schnitt zügig zu. Dabei wischte sie immer wieder mit ihrem Ärmel die Tränen aus ihren Augen.

Kapitel 5

Elea warf immer wieder einen besorgten Blick auf Maél, der neben ihnen wie leblos von Arok getragen wurde. Der Knoten in ihrem Magen zog sich immer mehr zu. Maél hatte mit seiner Weissagung allem Anschein nach Recht. Es sah nicht danach aus, dass er einfach so aus seiner Bewusstlosigkeit wieder erwachen würde. Die junge Frau hielt den Hauptmann fest umschlungen, als würde ihr diese Nähe Trost spenden. Jadora drückte ihr von Zeit zu Zeit schweigend ihre Hände.

Der Tag neigte sich schon seinem Ende zu und die Reiter hatten den Wald immer noch nicht hinter sich gelassen. Sie kamen nur langsam voran, da sie sich ihren Weg mit den Pferden zwischen dicht stehenden Bäumen und Sträuchern hindurch bahnen mussten. Elea bemerkte erst jetzt, dass sie nur noch von fünf Kriegern begleitet wurden. Offensichtlich wurde einer von den Wegelagerern getötet. Die anderen waren zum Teil auch nicht gerade in einem guten gesundheitlichen Zustand. „Was ist mit Eurem sechsten Krieger passiert?", fragte sie zaghaft, da sie die Antwort bereits ahnte. „Dougan hat es nicht geschafft", war alles, was Jadora mit belegter Stimme erwiderte. Elea schluckte mühsam und dachte kurz nach. „Jadora, die Wunden Eurer Männer müssen versorgt werden, bevor es dunkel wird. Wir sollten jetzt möglichst schnell einen Lagerplatz suchen. Wir schaffen es heute ohnehin nicht mehr aus dem Wald hinaus."

„Ich weiß, Mädchen. Ich halte auch schon die ganze Zeit nach einem geeigneten Lagerplatz Ausschau. Wir haben zwar die meisten dieser Mistkerle erledigt, eine Handvoll konnte aber fliehen. Ich möchte heute Nacht keine weiteren bösen Überraschungen mehr erleben." Elea sah sich jetzt ebenfalls um. Etwa sechzig Schritte zu ihrer Linken entdeckte sie ein paar niedere Felsen, die durch die Bäume lugten. Sie ähnelten jenen, die die Wolfshöhle verbargen, in der sie sich vor einer halben Ewigkeit – wie ihr schien - vor Maél versteckt hatte. „Seht Ihr dort zu Eurer Linken die Felsen? Ein Mann könnte dort oben heute Nacht Wache halten. Von dort hat man einen guten Überblick über das Gelände rings herum. Der Wald ist hier auch nicht so dicht."

„Ihr habt recht. Einen besseren Platz finden wir nicht auf die Schnelle, erst recht nicht, wenn es immer dunkler wird."

Nachdem die Krieger Maél von seinem Pferd heruntergeholt und ihn auf sein Schlaffell gebettet hatten, kamen sie alle zu Elea, die sich ihre Verletzungen ansehen wollte. Die Wunden, die genäht werden mussten, versorgte sie zuerst, weil sie hierfür das immer weniger werdende Tageslicht benötigte. Anschließend verband sie die restlichen. Jadora hatte in der Zwischenzeit ein Feuer gemacht, über dem schon ein Topf mit kochendem Wasser hing. Nach getaner Arbeit, kam Elea sofort zu Jadora ans Feuer geeilt und kramte in ihrer kleinen Tasche nach dem Beutel mit dem fiebersenkenden Heilmittel. „Wie geht es ihm?"

„Unverändert schlecht. Er scheint innerlich zu verglühen", antwortete er mit ernster Stimme. „Elea, ich will ehrlich zu Euch sein. Ich glaube nicht, dass Euer Tee ihm helfen wird."

„Wir müssen es zumindest versuchen. Wieso hat ihn dieses Stück Eisen vergiftet? Breanna hat mir von so etwas nie erzählt."

„Ich weiß es auch nicht. Ihr habt sicherlich auch schon bemerkt, dass an ihm etwas ist, das nicht menschlich ist: seine helle sonnenempfindliche Haut, seine spitzen Ohren oder sein schwarzes Auge. Und das sind nur Dinge die offensichtlich sind. Darüber hinaus hat er Fähigkeiten, die weit über das Menschliche hinausgehen." Während Elea Weidenrindenstücke in das kochende Wasser schüttete, setzte sie ihre Befragung neugierig fort. „Was denn für Fähigkeiten?" Jadora räusperte sich etwas verlegen, rückte dann aber mit der Sprache heraus. „Seine Sinneswahrnehmung ist um ein Vielfaches stärker ausgeprägt als Eure oder meine. Er sieht viel besser. Er kann sogar im Dunkeln alles genauso sehen wie bei Tag. Sein Geruchssinn ist so stark, dass er Euch schon zweimal anhand Eures Duftes in einem Wald ausfindig machen konnte. Außerdem weiß ich, dass Eisen in seinem Körper wie Gift wirkt." Elea hörte aufmerksam den Worten Jadoras zu, ohne etwas zu erwidern. Sie widmete sich dem Weidenrindensud, von dem sie etwas in einen Becher füllte. Nachdem er etwas abgekühlt war, gab sie Maél mit Jadoras Hilfe davon zu trinken. Die Hälfte des Suds gelangte irgendwie in seinen Magen, die andere hustete er wieder heraus oder sie lief ihm aus dem Mund. Jetzt hieß es einfach nur abwarten. Sie zog ihm zusammen mit Jadora die schweißnasse Tunika aus, damit sein glühender Körper besser abkühlen konnte. Außerdem nahm sie ihr Kopftuch herunter und tränkte es mit Wasser, um seine Stirn zu kühlen. Nachdem einige Zeit verstrichen war, nahm sie das Gespräch, das sie zuvor mit dem Hauptmann geführt hatte, wieder auf. „Also er hat mich zu Hause gefunden, indem er meinem Geruch gefolgt ist. Aber welchem Geruch von mir ist er denn gefolgt?"

„Das weiß ich nicht. Ich weiß nur, dass er sich eine ganze Zeit lang in Eurem Zimmer aufgehalten hat. Da muss er irgendetwas gefunden haben, was ihn auf Eure Spur gebracht hat."

„Und er sieht bei Nacht genauso gut wie bei Tag", dachte Elea laut nach. Plötzlich sah sie von Maél auf Jadora und von Jadora wieder auf Maél. Ihre Augen wurden immer größer, als sie zu der Erkenntnis gelangte, dass er in jener Nacht, in der sich seine wundersame Wandlung vollzog, doch mehr von ihrem nackten Körper gesehen haben musste, als er vorgab. Der Hauptmann schien ihren Gedankengang mitverfolgt zu haben und nickte ihr mit vielsagendem Blick zu. Maéls Aufstöhnen riss die junge Frau aus ihren Gedanken. Schnell goss sie noch von dem Sud in den Becher, um ihm davon einzuflößen. „Kennt Ihr ihn gut, Jadora?"

„Besser als die meisten, aber bei weitem nicht gut genug. Er hat seine Geheimnisse."

Die Krieger hatten sich inzwischen um das Feuer niedergelassen und aßen wieder Fleischreste und altes Brot. Elea bekam keinen Bissen hinunter, ebenso wenig Jadora.

Nach einer Weile wurde deutlich, dass der Weidenrindensud keine Wirkung erzielte. Maéls Körper glühte immer noch. Er fühlte sich sogar noch heißer an. Elea sah Jadora verzweifelt an. Die ersten Tränen hatten bereits wieder ihren Weg aus den Augen gefunden und rollten gemächlich ihre Wangen hinunter. Jadora schluckte schwer, als er das weinende Mädchen betrachtete. Sie musste ihn wirklich gern haben. Ebenso hatte er in Maéls Verhalten Veränderungen beobachtet, die für den bisher so gewalttätigen und hartherzigen Mann völlig untypisch waren. Seine Augen folgten ihrer Hand, die Maéls Hand ergriff und sie zärtlich streichelte immer wieder leise vor sich hin schluchzend. Ihm brach fast das Herz, diese zarte junge Frau so leiden zu sehen, und noch dazu wegen eines Mannes, der sie geschlagen und gedemütigt hatte. Er räusperte sich zum zweiten Mal an diesem Abend, um seiner belegten Stimme für das, was er jetzt sagen würde, die notwendige Kraft zu verleihen. „Es gibt eine Möglichkeit, ihn zu retten." Elea konnte kaum glauben, was sie da hörte. „Warum sagt Ihr das erst jetzt? Wie können wir ihn retten?", hakte Elea ungeduldig nach. „Es ist ein gefährlicher und nicht unbedingt – wie soll ich sagen - erfreulicher Weg."

„Meine Güte, Jadora, jetzt redet doch nicht so lange um den heißen Brei herum. Mir scheint, dass Ihr ihn mögt trotz seiner Kaltherzigkeit. Also wäre es für Euch sicherlich auch nicht erfreulich, wenn er stirbt."

„Ich kenne den Weg bereits. Er wird für Euch unerfreulich und erst recht für Maél, wenn er wieder er selbst ist. Wahrscheinlich wird er mich töten, wenn er wieder bei klarem Verstand ist, weil ich Euch davon erzählt habe. – Also gut. Man kann ihn retten, indem man ihm Menschenblut zu trinken gibt." Es entstand eine Pause, weil Elea zunächst darüber schockiert war. *Deswegen wird er also „Blutbestie" genannt.* Sie fasste sich jedoch wieder recht schnell und sagte entschlossen zu Jadora. „Gut. Ich werde ihm von meinem Blut zu trinken geben, wenn es ihn rettet." Sie hatte bereits das kleine Messer aus dem Beutel genommen und wollte sich in die Handfläche schneiden, als Jadora sie jäh davon abhielt. „Das ist noch nicht die ganze Geschichte. Wenn er Euer Blut getrunken hat, dann wird er sich in eine wilde, blutrünstige Bestie verwandeln, die man kaum unter Kontrolle halten kann." Bei diesen Worten lief es Elea eiskalt den Rücken hinunter und sie überkam ein Gefühl, als ob ihre Kehle zugeschnürt würde. „Aber er verwandelt sich doch dann wieder zurück in den Mann, den ich kenne, oder nicht?", fragte Elea zögernd nach. „Ja. Aber je mehr Blut er trinkt, desto länger hält die Verwandlung an. Wir müssten ihn auf jeden Fall mit allen Seilen, die wir zur Verfügung haben fesseln. Außerdem habe ich noch eine Kette dabei."

Elea schaute Jadora entsetzt an. „Ihr braucht mich nicht so anzuschauen. Wenn ich mit Maél unterwegs bin, habe ich immer eine Kette bei mir. Bei ihm weiß man ja nie." Elea schluckte den Kloß in ihrer Kehle hinunter. „Gut. Dann machen wir es so." Jadora räusperte sich schon wieder. Elea kannte den Mann inzwischen gut genug, um zu wissen, dass es immer noch einen Haken gab. Sie schaute ihn erwartungsvoll an. „Eine Sache müsst Ihr jedoch noch wissen. Wenn Ihr ihm von Eurem Blut zu trinken gebt, dann wird er Euch überall finden, egal, in welchem versteckten Winkel des Königreiches ihr Euch gerade aufhaltet." Elea sah ihn verständnislos an. „Das kann er mit seinem übernatürlichen Geruchssinn ja sowieso schon. Das ist doch nichts Neues."

„Doch Elea, das ist etwas ganz anderes. Als wir Euch das erste Mal aufgespürt haben, da wussten wir von einem Spion des Königs, wo wir in etwa suchen mussten. Aber mit Eurem Blut in seinem Körper kann er Euch überall finden ohne den geringsten Hinweis. In einem seiner nicht häufig vorkommenden schwachen Momente hat er es mir einmal beschrieben. Euer Blut bleibt wohl irgendwie in seinem Körper und treibt ihn auf unerklärliche Weise zu Euch. Dies ist auch der Grund, warum ich meine Männer nicht dazu zwingen werde, ihm von ihrem Blut zu geben. Sie fürchten und hassen ihn mehr als die Pest. Sie hätten keinen ruhigen Moment mehr in ihrem Leben – mit dem Wissen, dass er sie überall aufspüren könnte. Ich hasse ihn zwar nicht, aber lieben tue ich ihn auch nicht gerade. Mir wäre auch alles andere als wohl dabei, ihn von meinem Blut zu trinken zu geben." Jadora schwieg erneut einen Moment, damit Elea auf seine folgenschwere Erklärung reagieren konnte. Sie sah ihn aber nur verunsichert an, sodass er fortfuhr. „Überlegt es Euch also gut, ob Ihr ihm von Eurem Blut zu trinken geben wollt?" Elea schluckte schwer und atmete tief ein, bevor sie dem Hauptmann antwortete: „Je eher wir es tun, desto schneller ist der ganze Albtraum zu Ende. Los! Fesselt ihn!" Jadora nickte ihr zu und rief seine Krieger zu sich. Er erzählte ihnen von ihrem Plan, worüber sie sichtlich nicht erfreut waren. Nackte Angst stand in ihrem Gesicht geschrieben. Dennoch trugen sie ihn zu einem Baum etwa siebzig Schritte vom Lager entfernt, den Jadora ihnen zeigte. Morgad sammelte sämtliche Seile ein und Jadora holte eine lange Eisenkette aus einer seiner vielen Satteltaschen. Dann stellten sie ihn an den Baum gelehnt auf die Beine und banden ihn von unten angefangen daran fest. Zum Schluss wickelte Jadora die Kette um ihn, wobei er es nicht versäumte, Maéls Hals mit ihr eng an den Baum zu binden. Die beiden Ringe an den Enden der Kette befestigte er mit zwei großen Haken, die er mit dem Knauf seines Schwertes tief in den Baum hämmerte. Maél regte sich während der gesamten Prozedur kein einziges Mal. Nur als Jadora die Kette an seinem Hals noch enger zog, stöhnte er kurz auf. Bei diesem Anblick liefen Elea schon wieder Tränen die Wangen hinunter. „Ist das wirklich notwendig?"

„Glaubt mir, ja. Wir wollen doch sicher gehen, dass keiner von uns verletzt oder sogar getötet wird." Elea hörte unter den Kriegern die Worte *zerfetzen* und *in Stücke reißen* fallen. Jetzt wurde es ihr doch ein wenig mulmig zumute. „So! Wir können jetzt anfangen. Sobald ich das Gefühl habe, dass er genug Blut getrunken hat, ziehe ich Eure Hand weg und wir verschwinden schnellstens von hier. Habt Ihr verstanden?" Elea nickte mit angehaltenem Atem. Dann schnitt sie sich in die linke Handinnenfläche. Sie unterdrückte einen Schmerzensschrei. Jadora ergriff die Hand und legte den blutenden Schnitt auf Maéls Mund. Bereits nach wenigen Tropfen, die seine Lippen berührten, kam Leben in den bewusstlosen Mann. Er streckte sich und erlangte wieder eine gewisse Körperspannung zurück. Erst begann er mit der Zunge das Blut aufzulecken. Das Lecken ging jedoch schnell in ein gieriges Saugen über. Er saugte und er schluckte, er saugte und er schluckte. Jadora ließ es eine Weile zu, die für Elea nicht enden wollte. Plötzlich riss Maél die Augen weit auf. Das war scheinbar das Zeichen, auf das Jadora gewartet hatte. Er zog Eleas Hand blitzschnell von seinem Mund und drängte sie eilig weg von ihm in Richtung Lagerfeuer. Sie drehte sich dabei immer wieder um, um einen Blick auf Maél zu erhaschen. Er kämpfte vehement gegen die Seile und die Kette an. Als sie am Lagerfeuer angekommen waren, begann er laut zu schreien. Sein Gebrüll war ohrenbetäubend und hallte gespenstisch durch den dunklen Wald. Aus ihm war unsäglicher Schmerz, aber auch etwas Unmenschliches, etwas Animalisches und Wildes herauszuhören. Elea sah Jadora, der nachdenklich auf einem Stück Brot kaute, ängstlich an. „Das geht vorbei. Aber ein paar Stunden werden wir es noch aushalten müssen. Ihr müsst keine Angst haben." Elea war unfähig irgendetwas zu sagen. Jadora hatte offenbar ihren furchtvollen Gesichtsausdruck falsch gedeutet. Sie hatte keine Angst um sich oder die Männer, sondern um Maél. Was geschah da nur mit ihm? Er musste entsetzliche Schmerzen haben und war ganz allein mit ihnen. Ein weiterer gellender Schrei ließ sie erneut zusammenfahren. Erkennen konnte sie bei der Dunkelheit gar nichts mehr. Aber er musste sich wild in seiner Verschnürung hin und her bewegen, da lautes und anhaltendes Kettengerassel zu ihnen drang. Elea trank verzweifelt ihren halben Wasserschlauch leer, um wenigstens irgendetwas zu tun. Sie fragte sich, wie irgendeiner heute Nacht bei Maéls Gebrüll ein Auge zumachen könnte. In dem Moment, als sie sich mit dem Rücken auf ihren Umhang legen wollte, stöhnte sie vor Schmerz auf. Über die Sorge um Maél hatte sie völlig ihre eigenen Verletzungen und deren Schmerzen vergessen. Erst jetzt bemerkte sie wieder das Brennen und Stechen auf ihrem Rücken. Und wenn sie diesen entsetzlichen Schmerz ausblendete, spürte sie jeden einzelnen geprellten Muskel und Knochen aufgrund ihres Sturzes vom Abhang hinunter. Eigentlich hätte sie zumindest die Wunden auf dem Rücken versorgen müssen. Aber erstens wollte sie Jadora, der sich auch schon in sein Schlaffell eingewickelt hatte, nicht belästigen und zweitens kamen sie ihr im Vergleich zu dem, was Maél offenbar gerade durchmachte, geradezu lächerlich vor.

Sie hatte gerade eine einigermaßen bequeme Lage auf der Seite gefunden, als sie glaubte, Worte von Maél gehört zu haben. Sie richtete ihren Oberkörper wieder auf, um sie besser verstehen zu können. Dies bereute sie jedoch recht schnell. Maél schrie in einer fremd klingenden Stimme nach ihr. „Elea, komm auf der Stelle zu mir! Ich brauche dein Blut! Ich will dein Blut!" Jadora, der nur einen Schritt von ihr entfernt lag, tätschelte ihr beruhigend die Beine. „Jadora, vielleicht braucht er tatsächlich noch mehr Blut, um das Gift in seinem Körper zu besiegen", gab die junge Frau zaghaft zu bedenken. „Er hat genug getrunken, vielleicht sogar zu viel. Glaubt mir! Macht Euch keine Sorgen. Ich denke spätestens bis morgen Mittag hat er es überstanden und wir auch." Als Elea sich gerade wieder hinlegen wollte, hallten erneut Worte zu ihr herüber, die ihr das Blut in den Adern zu Eis gefrieren ließen. „Verdammt nochmal! Komm jetzt sofort zu mir, du verfluchtes Frauenzimmer, sonst komme ich zu dir und reiß dir deine Kehle aus deinem Hals!" Nach diesen Worten gab er wieder diese wilden, animalischen Brülllaute von sich und riss wie ein Irrer an der Kette. Elea nahm kurzerhand ein Hemd aus ihrem Rucksack und wickelte es sich so über ihr Kopftuch, dass ihre Ohren bedeckt waren. Dann zog sie das Schlaffell mit Maéls typischen Geruch, den sie so lieben gelernt hatte, noch über sich, um sein Gebrüll nicht zu hören. Sein Schreien erreichte aber immer noch ihre Ohren. Immerhin konnte sie die Worte, die er schrie, nicht mehr verstehen.

Als Elea die Augen aufschlug war bereits helllichter Tag. Ihr Körper bestand nur aus Schmerzen. Dies wurde ihr in dem Moment schonungslos bewusst, als sie sich unter Maéls Schlaffell zu strecken begann. Die schwere Stille um sie herum, ließ sie jedoch mit einem Mal die Schmerzen vergessen. Maéls nächtliches Schreien war verstummt. Ruckartig schnellte ihr Oberkörper in die Höhe, sodass ihr nun doch ein lauter Schmerzensschrei entglitt. Als sie zu ihm hinüber sah, erschrak sie im ersten Moment, da seine Augen sie fixierten. Sie schälte sich stöhnend aus dem Schlaffell und wollte gerade zu ihm hinüber gehen, als Jadora auf sie zukam und sie zurückhielt. „Es ist noch zu früh. Wartet noch ein paar Stunden."

„Aber er ist doch ruhig und er schaut zu mir herüber. Ich will zu ihm gehen. Ich will wissen, wie es ihm geht."

„Noch nicht, Elea! Seine Rückverwandlung hat erst angefangen. Wenn Ihr nicht Euer Leben lang im Schlaf von seinem Anblick verfolgt werden wollt, dann wartet noch. Außerdem sollte ich mich mal um Eure Verletzungen kümmern. Die haben wir gestern bei der Aufregung um Maél vollkommen vergessen. Die Männer sind alle beschäftigt. Zieht die Jacke aus, dann kann ich mir mal Euren Rücken ansehen. Elea kniete sich protestlos hin und zog die Jacke aus. Jadora zog scharf die Luft ein, als er das blutdurchtränkte Hemd sah. „Ich fürchte, der Stoff Eures Hemdes hat sich mit dem getrockneten Blut auf den Wunden verklebt. Es wird höllisch wehtun, wenn ich den Stoff herunterziehe."

„Ich lege mich auf den Bauch. Dann könnt Ihr das verklebte Blut mit Wasser aufweichen", schlug Elea vor. Jadora schüttete vorsichtig etwas Wasser aus seinem Wasserschlauch auf die verklebten Stellen. Während das Wasser auf ihrem Rücken einwirkte, blickte Elea zu Maél, der sie immer noch nicht aus den Augen gelassen hatte. *Wenn Jadora fertig ist, werde ich zu ihm gehen. Da können mich keine zehn Pferde daran hindern!*

Der Hauptmann machte sich bald daran, den Stoff langsam von Eleas Rücken zu lösen, und dies ohne ihr einen einzigen Schmerzensschrei zu entlocken. Elea kam sofort wieder auf die Knie und entledigte sich der blutbefleckten Kleidungsfetzen. Sie nahm ein frisches Unterhemd aus ihrem Rucksack, das sie sich schützend vor die Brust hielt und gab Jadora die kleine Tasche. „Da müsste ein Tiegel drin sein, auf dem Wundsalbe steht. Damit könnt Ihr die Wunden einsalben."

Jadora schüttelte von Zeit zu Zeit immer wieder den Kopf. „Die Narben werden Euch Euer Leben lang erhalten bleiben", sagte er bekümmert. „Und es sind nicht die ersten und werden auch nicht die letzten bleiben", kommentierte sie sein Bedauern unbeeindruckt. „Na ja. Eurer Schönheit werden sie jedenfalls keinen Abbruch tun." Elea drehte sich zu ihm um und schaute ihn verärgert an. In dem Moment jedoch, als Jadora zu einer Reaktion auf Eleas Blick hin ansetzen wollte, fing Maél an, sich heftig in seiner Verschnürung zu bewegen, ohne jedoch einen Ton von sich zu geben. Nach einem kurzen Innehalten salbte Jadora die Wunden auf Eleas Rücken zu Ende ein und ließ sich immer wieder kopfschüttelnd über die vielen Blutergüsse auf ihrem Körper aus. Nach getaner Arbeit kleidete sie sich mit vorsichtigen Bewegungen wieder an. Sie hatte ein ungutes Gefühl, was Maéls Stimmung anging. Jadora hatte bereits angedeutet, dass er nicht gerade über das Lüften seines Geheimnisses erfreut sein würde. Sie musste unbedingt mit ihm reden und ihn irgendwie besänftigen. Als Jadora sich von ihrem Schlafplatz abwandte und sich in Richtung Pferde in Bewegung setzte, nutzte sie die Gelegenheit und rannte, so schnell es ihre Verletzungen zuließen, auf den gefesselten Mann zu. Schon auf halber Strecke vernahm sie seine immer noch tiefer und rauer klingende Stimme. „Bleibt, verdammt nochmal, wo Ihr seid! Ich will Euch nicht sehen und reden will ich schon gar nicht mit Euch!" Elea verlangsamte ihr Tempo, ließ sich aber nicht davon abhalten, sich ihm zu nähern. „Ihr sollt verschwinden, habe ich gesagt", knurrte er sie an. Hinter ihr vernahm Elea aufgeregte Stimmen. Wahrscheinlich hatten sie sie entdeckt. Endlich stand sie vor ihm. Sie musterte ihn zugleich besorgt und neugierig. Doch was sie erkennen konnte, war bei weitem nicht so schlimm, wie sie es sich vorgestellt hatte. Nach seinem wilden, animalischen Gebrüll hatte sie ein haariges Monster erwartet. Sein Oberkörper war jedoch noch genauso unbehaart wie vor seiner Verwandlung. Allerdings waren seine Muskeln, die ohnehin schon beeindruckend waren, noch ausgeprägter. Sein Gesicht zeigte die größten Zeichen der Verwandlung. Seine Augen standen noch schräger als sonst. Aus seinem schwarzen Auge schimmerte ein weißes Licht. Die spitzen Ohren waren deutlich gewachsen. Auf dem Boden zu seinen Füßen entdeckte Elea zu ihrem Erstaunen ein paar zerrissene Seile. „Wenn Ihr fertig seid mit Eurer Begutachtung, dann verschwindet schleunigst! Von den meisten Seilen habe ich mich schon befreit. Die Kette schaffe ich auch noch, wenn ich mich anstrenge. Je wütender Ihr mich macht, desto stärker bin ich. Also gehorcht und verschwindet! Sonst mach' ich mich doch noch an Eurer Kehle zu schaffen." Erst jetzt, als er mit ihr sprach, fielen Elea seine langen, spitzen Eckzähne auf, die sie jedoch genauso wenig in Angst und Schrecken versetzten wie die anderen Veränderungen. Elea überlegte angestrengt, wie sie das Gespräch beginnen könnte, ohne ihn unnötig in Rage zu bringen. „Ich weiß gar nicht, warum Jadora nicht wollte, dass ich Euch so sehe. Ich finde Ihr seht hundertmal harmloser aus als der Mistkerl, dem ich meinen letzten Pfeil durch seinen verfluchten Hals geschossen habe." Maél schnaubte verächtlich und gab einen knurrenden Laut von sich. „Und mit Eurem Knurren könnt Ihr mir auch keine Angst einjagen. Das kenne ich schon seit unserer ersten Begegnung. Ich bin eigentlich nur gekommen, um zu sehen, wie es Euch geht und ob das Gift aus Eurem Körper ist."

„Wie soll es schon einer blutrünstigen Bestie gehen, die angekettet ist und nicht das Blut kriegen kann, nach dem es sie dürstet", zischte er sie in dem hasserfüllten Ton an, der Elea noch sehr gut von den ersten Tagen ihrer Bekanntschaft in Erinnerung geblieben war. „Ich sehe schon. Ihr wollt mir unbedingt Angst machen. Also gut. Vielleicht ist es für Euch eine Genugtuung, dass mir heute Nacht, als Ihr mit dieser fremden Stimme nach mir und meinem Blut geschrien habt, schon etwas mulmig zumute war." Elea kam sich vor, als spräche sie mit einem schmollenden Kind, das sie aufzumuntern versuchte. Maél begann plötzlich, wie wild sich in der Kette zu winden. „Jadora, hol dieses verdammte Weib, sonst vergesse ich mich noch!", schrie er mit sich überschlagender Stimme zum Lagerplatz hinüber und funkelte Elea zähnefletschend an. *Es hat tatsächlich keinen Sinn. Ich muss bis später warten.* „Jadora, Ihr braucht mich nicht zu holen", rief sie dem sich eilig nähernden Hauptmann zu. „Ich komme schon." Zu Maél gewandt, sagte sie: „Ich sehe ein, dass es jetzt unmöglich ist, sich mit Euch vernünftig zu unterhalten. Ich hoffe nur, dass Ihr später wieder der Mann seid, dessen nettere Seiten ich in den letzten Tagen kennengelernt habe. Und damit meine ich nicht Euer altes Aussehen, sondern Euer Verhalten mir gegenüber." Nach diesen Worten drehte sie sich um und schritt erhobenen Hauptes zu dem auf halber Strecke wartenden Jadora. Maél reagierte darauf mit einem martialischen Schrei, der Elea kurz zusammenzucken ließ. Als sie kurz darauf bei Jadora ankam, nahm dieser sie gleich tadelnd in Empfang. „Jadora, ich dachte, ich könnte ihm zu verstehen geben, dass seine Verwandlung nichts an meiner Einstellung ihm gegenüber geändert hat. Er meint wohl, ich renne schreiend vor ihm weg, nur weil ihm ein paar Reißzähne und die Ohren gewachsen sind."
„Ihr findet also nicht, dass er etwas von einer Bestie an sich hat?! – Das passt zu Euch."
„Ja. Vor allem vielleicht auch deshalb, weil ich mich mit meinen absonderlichen Haaren auch wie ein Monster fühle." Es entstand eine Pause. Kurz darauf waren die beiden am Lagerplatz angekommen, wo bereits zwei Kaninchen am Spieß gedreht wurden. Jadora schaute das Mädchen nachdenklich an. „Ich muss zugeben, Ihr habt recht. Trotzdem: Solange er noch nicht vollständig zurückverwandelt ist, kann man mit ihm kein vernünftiges Gespräch führen, was ja unter normalen Bedingungen schon äußerst schwierig ist. Also gebt ihm noch ein paar Stunden Zeit!"
Elea setzte sich missmutig ans Feuer und sah zu, wie das geschmolzene Fett der Kaninchen brutzelnd in die Flammen tropfte. Warten und Geduld haben waren noch nie ihre Stärken gewesen. Aber es blieb ihr nichts anderes übrig. Dass es wieder gebratenes Fleisch gab, hob auch nicht gerade ihre Stimmung. Sie sehnte sich nach einem frisch gebackenen Brot oder nach einem Gemüseeintopf.
Die Zeit verging wie im Schneckentempo. Jadora verteilte wie immer Fleischrationen und bedachte sie mit einem besonders großen Stück. *Auch das noch!* Er sah sie dabei mit einem Blick an, der keinen Protest duldete. Sie konnte es ihm nicht verübeln. Breannas Lederhose lag mittlerweile nicht mehr wie eine zweite Haut an ihrem Körper

an, sondern schlug Falten. Beim lustlosen Kauen begutachtete Elea noch einmal den durch die Baumkronen durchschimmernden, grauen Himmel. Noch regnete es nicht. Sie konnte es kaum erwarten, diesen unheimlichen Wald zu verlassen. Kein Vogel war weit und breit zu sehen oder zu hören.

Nachdem alle mit dem Essen fertig waren, gesellte sich Jadora zu ihr und fing ein Gespräch an: „Also eines kann ich Euch gleich sagen. Mitleid kann er überhaupt nicht vertragen."

„Vielleicht nur, weil er bisher noch keines selbst empfunden hat. Sein Verhalten hat sich mir gegenüber aber seit jener Nacht gewaltig gewandelt. Manchmal kann er richtig liebevoll sein. Außerdem: Findet Ihr nicht, dass er damals, als ich frierend auf der Stelle herumgehüpft bin, schon Mitleid mit mir gehabt hatte. Sonst hätte er mich nicht gewärmt, ganz zu schweigen von vorletzter Nacht, in der er darauf bestanden hatte, dass ich mich mit ihm unter sein Schlaffell legen sollte", gab Elea zu bedenken. „Ja. Da habt Ihr nicht unrecht. Und von dem allerersten Mal, als er Mitleid mit Euch, wenn nicht sogar Angst um Euch hatte, wisst Ihr ja nicht einmal, weil Ihr halb tot wart."

„Meint Ihr die Nacht, in der er mich an den Baum gehängt hat?", fragte Elea nach. Jadora nickte. „Was ist denn noch geschehen, außer dass er wahrscheinlich jedes Detail meines nacktes Körpers gesehen hat?", fragte Elea etwas unsicher. Bevor Jadora antwortete, sah er misstrauisch zu Maél hinüber. „Ich hoffe, Euch ist bewusst, dass er jedes Wort unserer Unterhaltung bisher gehört hat." *Stimmt! Das hatte ich völlig vergessen.* Elea überlegte kurz, ob es besser wäre, wenn er nicht wüsste, dass sie über ihn plauderten. Vielleicht war es gar nicht einmal so schlecht. So konnte sie Dinge sagen, die er sich möglicherweise nie von ihr ins Gesicht sagen ließe. „Erzählt! Was ist damals noch passiert?"

„Nachdem wir Euch entkleidet und in die Felle gewickelt hatten, erkannte Maél bald, dass das nicht ausreichen würde, um wieder Leben in Euren Körper zu bekommen. Deshalb entblößte er kurzerhand seinen Oberkörper, zog seine Stiefel aus und wickelte sich mit Euch in das Fell ein, um seine Körperwärme an Euch weiterzugeben." Jadora machte eine bedeutungsvolle Pause. Die Augen der Frau wurden immer größer. Sie wusste nicht, wie sie darauf reagieren sollte. Sollte sie darüber aufgebracht sein, weil er ihr so nahe gewesen war? Oder sollte sie sich einfach nur über diese doch schon recht frühe zärtliche Geste wundern, wenn nicht sogar freuen? Sie schaute zu Maél hinüber, in Erwartung einer Reaktion seinerseits auf Jadoras Preisgabe. Diese blieb jedoch erstaunlicherweise aus. „Und das war noch nicht alles. Er bestand darauf, Euch eigenhändig heißen Tee einzuflößen. Er hielt Euch danach länger in den Armen als unbedingt nötig gewesen wäre. – Na, ja. Vielleicht war es gar kein Mitleid, sondern nur die Sorge, seinen Auftrag nicht zu erfüllen, wenn Ihr gestorben wärt", schmälerte Jadora wiederum Maéls Akt der Nächstenliebe. „Das glaube ich nicht, Jadora. Ich spüre, dass da etwas zwischen uns entstanden ist. Ich weiß, es klingt absurd, aber ich hasse ihn überhaupt nicht mehr wie am Anfang, und das obwohl er mir die ersten Tage so viel Gewalt entgegengebracht hat und so voller Hass war. Und ich fühle, dass ich ihm auch nicht gleichgültig bin. Aber irgendetwas hält ihn zurück, es mir zu zeigen."

„Elea, wie alt seid Ihr eigentlich? Ihr seht aus wie ein Mädchen von höchstens fünfzehn Jahren, verfügt aber über Fähigkeiten und ein Einfühlungsvermögen eines Erwachsenen." Elea überlegte, ob sie ihr Alter verraten sollte. Sie hatte es bisher wie einen Schatz gehütet. Aus dem Augenwinkel nahm sie wieder eine Bewegung von Maél wahr. „Ich bin ... achtzehn", sagte sie etwas leiser. „Ihr seid also schon im heiratsfähigen Alter", erwiderte Jadora nachdenklich. „Das hätte ich nicht gedacht." Elea reagierte darauf etwas ungehalten. „Ja. Ich weiß. Und glaubt mir, ich bin froh, dass ich nicht verheiratet bin. Heiraten ist nichts für mich. Ich werde es niemals tun."

Plötzlich schrie Maél zu ihnen herüber: „Jadora, komm jetzt endlich und befreie mich von der verfluchten Kette!" Jadora schaute prüfend zum Himmel hoch, als ob er durch die Bäume und die Wolkendecke hindurch den Stand der Sonne ablesen könnte. Dann erhob er sich: „Ihr werdet schön hier auf uns warten. Habt Ihr verstanden?! Ich gehe jetzt zu ihm und vergewissere mich, dass er wieder er selbst ist." Elea nickte Jadora zu, erhob sich jedoch ebenfalls in erwartungsvoller Anspannung. Noch bevor Jadora den Baum erreicht hatte, beschimpfte ihn der angekettete Mann zornig. Elea begann, sich ernsthaft Sorgen um Jadora zu machen. Sie hatte am eigenen Leib zu spüren bekommen, wozu Maél fähig war. Während der Hauptmann die Kette löste, sprach er besänftigend auf den wutschnaubenden Mann ein. Er schien, keine Angst vor ihm zu haben. Kaum hatte er die Kette entfernt, griff Maél ihm an die Kehle. Elea schrie laut auf: „Nein!" Unter Schmerzen hetzte sie zu den Männern. „Ich sagte Euch doch, dass Ihr warten sollt", keuchte Jadora ihr mit halb zugedrückter Kehle zu. „Maél, lasst ihn los, bitte! Ich war so verzweifelt darüber, dass ich Euch mit meinem lächerlichen Weidenrindentee nicht retten konnte. Jadora hat ein weiches Herz. Das wissen wir doch beide! Er hatte Mitleid mit mir und erzählte mir von dem Blut. Ich wollte es so", sagte sie in eindringlichem Ton zu Maél und legte beruhigend ihre Hand auf den Arm, mit dem er Jadoras Kehle zudrückte. Er ließ sofort von dem Hauptmann ab, sah ihm aber immer noch wutschäumend ins Gesicht. „Was weiß sie noch davon?"

„Sie weiß alles. Meinst du ich lasse sie ins offene Messer laufen. Sie weiß, dass du sie jetzt jederzeit überall finden kannst", antwortete der Hauptmann heiser und rieb sich dabei die schmerzende Kehle. Maél drehte sich mit vor Zorn funkelnden Augen zu Elea. „Und Ihr habt mir dennoch von Eurem Blut zu trinken gegeben! Warum?"

„Warum? Warum? Warum? Sicherlich nicht, weil ich eine krankhafte Freude darüber empfinde, dass Ihr jetzt mein persönlicher Bluthund seid. Das war mir aber in dem Moment, als es um Euer Leben ging, einerlei." Man konnte Maél ansehen, dass ihn die gegenwärtige Situation enorm überforderte. Er stieß einen lauten Schrei von sich und stürmte zum Lagerplatz. Elea sah kurz Jadora an. Dann rannte sie ihm hinterher. Maél holte sich eine frische schwarze Tunika aus seiner Satteltasche und zog sie sich über. Als er damit fertig war, stand Elea bereits vor ihm. „Ich will jetzt alleine sein und will mit niemandem reden. Habt Ihr verstanden? Kommt mir bloß nicht nach!"

„Aber... ich...", stammelte Elea kleinlaut.

„Kein aber! Ihr bleibt hier, bis ich wieder komme, falls ich überhaupt jemals wieder komme." Elea stand hilflos da und musste zusehen, wie er mit wütenden Schritten davoneilte und von dem Wald verschluckt wurde. Verzweifelt und trotzig schrie sie ihm noch unter Tränen hinterher. „Vergesst aber nicht, dass ich Eure Gefangene bin!" Jadora kam zu ihr, um sie zu trösten. Sie ließ es jedoch nicht zu und ging zu ihrem Schlafplatz. Sie wollte nichts sehen und nichts hören. Deshalb wickelte sie sich in ein Fell ein. Als sie überall um sich herum den Geruch von Maél wahrnahm, wurde ihr schlagartig bewusst, dass sie sich in *sein* Fell eingehüllt hatte. Hektisch schälte sie sich wieder daraus und legte sich in ihren Umhang.

Elea verharrte eine ganze Weile so, länger als sie sich selbst zugetraut hätte. Auf einmal hatte sie aber genug davon. Sie musste irgendetwas unternehmen. Sie wollte Maél zu verstehen geben, dass sich für sie durch seine Verwandlung und die Geschichte mit dem Blut nichts geändert hatte. *Also gut, wenn ich es ihm nicht sagen darf, dann werde ich es ihm eben zeigen.* Sie erhob sich voller Elan und wollte sich gerade in die Richtung begeben, in der Maél zuvor verschwunden war, als ihr mit einem Mal klar wurde, dass er überall sein könnte und sie sich wahrscheinlich rettungslos verlaufen würde, bevor sie ihn gefunden hätte. Mit hängenden Schultern und verzweifeltem Blick ging sie nervös hin und her. Jadora bemerkte das aufgewühlte Mädchen und kam zu ihr geeilt. „Was ist denn los, Elea?"

„Jadora, ich weiß, wie ich ihm helfen kann. Aber wie soll ich ihn finden in diesem verfluchten Wald?!", sagte Elea wieder in dem weinerlichen Ton, der Jadoras Herz schon einmal erweicht hatte. „Ich weiß, wo er ist. Aber ich weiß nicht, ob ich es Euch verraten soll. Er hat ausdrücklich gesagt, dass er niemanden sehen will."

„Jadora, glaubt mir, alles wird gut werden. Ich verspreche es Euch. Er wird mit mir zurückkommen. Und je eher das ist, desto schneller können wir aus diesem verfluchten Wald verschwinden", versuchte Elea den Hauptmann zu überzeugen. Der Mann zögerte, gab aber schließlich nach. „Also gut, Elea. Ich verlasse mich auf Euer ausgeprägtes Einfühlungsvermögen. Wenn Ihr vorhin nicht gewesen wärt, dann hätte er mir die Kehle zerquetscht. - Er ist nicht weit von hier. Ich bin ihm ein Stück nachgegangen. Ihr geht in die Richtung, in der er vorhin verschwunden ist und haltet sie etwa hundertfünfzig Schritte. Danach müsst Ihr Euch etwas links halten. Er sitzt auf einem umgefallenen Baum." Kaum hatte Jadora das letzte Wort ausgesprochen, rannte Elea auch schon los. Sie hielt sich an seine Anweisung und zählte akribisch die Schritte. Nach genau hundertfünfzig hielt sie sich links und lief weiter. Plötzlich konnte sie Maéls breiten Rücken zwischen die Bäume hindurch erkennen. Er saß immer noch auf dem Baumstamm. Unwillkürlich verlangsamte sie ihr Tempo. Sie hatte Angst, aber keine Angst vor Maél, sondern vor dem, was sie plante. Im Grunde wollte sie das tun, was sie mit Kellen schon mehr als einmal getan hatte, um ihn in manchen Situationen davor zu bewahren, außer Kontrolle zu geraten. Bei Kellen klappte dies, indem sie ihm einfach eine kleine Welle von schönen Gefühlen aus der Entfernung schickte. Sie zweifelte allerdings, dass dies bei Maél genügen würde. Deshalb hatte sie die Absicht, ihn zu berühren. Sie wollte in sich die Wärme hervorrufen, die sie immer in den glücklichsten Momenten ihres Lebens empfand. Hierfür musste sie aus ihrem Gedächtnis bedeutsame Erlebnisse hervorkramen, die in ihr Gefühle wie Freude, Glück und Liebe ausgelöst hatten.

Sie hatte Maél noch nicht ganz erreicht, da hörte sie ihn schon ihr etwas zuknurren, ohne dass er sich ihr zuwandte. „Ihr könnt einfach nicht gehorchen! Ich dachte, ich hätte mich deutlich genug ausgedrückt. Ich will niemanden sehen und mit niemandem reden. Verschwindet!" Elea ging unbeirrt weiter. Erst als sie genau hinter ihm stand, sagte sie mit sanfter, zitternder Stimme: „Ihr braucht mich nicht anzusehen und ich werde nicht mit Euch reden, zumindest solange Ihr es nicht wollt." Dann kniete sie sich hin und schlang ihre Arme fest um seine Brust. Diese unerwartete körperliche Nähe ließ Maél zusammenzucken. Sein ganzer Körper versteifte sich. Aber Elea ließ sich davon nicht entmutigen. Sie konzentrierte sich auf ihre Erinnerungen, die einem Sturm gleich über sie hereinbrachen und in ihr erstaunlich schnell diese magische Wärme entstehen ließen. Als sie das Gefühl hatte, dass sie groß genug war, ließ sie sie gedanklich aus ihren Händen strömen, sodass sie sich über Maél ergießen konnte. Er erzitterte erneut. Die Wärme, die sich zunehmend in seinem Körper ausbreitete, erweckte in ihm zwar fremde, aber angenehme Empfindungen, sodass er sich von Augenblick zu Augenblick entspannte. Er sog diese rätselhafte Wärme genauso in sich auf, wie er in der Nacht zuvor Eleas Blut aufgesaugt hatte. Er konnte dem inneren Drang, seine Hände auf ihre zu legen und sie noch fester an seine Brust zu drücken, nicht lange widerstehen. Ihm kam der Gedanke, dass er damit diese schönen Empfindungen noch intensiver spüren konnte.

Eleas Kräfte schwanden indessen durch die große geistige und körperliche Anstrengung von Augenblick zu Augenblick. Sie wurde immer schwächer und sank immer mehr dem Waldboden entgegen. Maél bemerkte es und drehte sich blitzschnell zur Seite, um sie aufzufangen. Er zog sie auf seinen Schoß und hielt sie wie ein Kind in seinen Armen. Elea spürte gerade noch wie er ihren Kopf an seine Brust drückte. Dann verlor sie das Bewusstsein...

Als Maél das Lager erreichte, wurde er bereits ungeduldig von Jadora erwartet. Der Hauptmann erschrak, wie er ihn Elea tragen sah. Er schrie ihn sogleich aufgebracht zu: „Was hast du Ihr jetzt schon wieder angetan?"

„Ich habe Ihr gar nichts getan. Sie ist auf einmal ohnmächtig geworden."

„Ja, natürlich! Dieses Mädchen hat die Konstitution eines Ochsen und wird von jetzt auf nachher ohnmächtig", fauchte er den jüngeren Mann an. Maél schritt an ihm vorbei zu Eleas Schlafplatz. Jadora folgte ihm. Er legte sie behutsam auf ihren Umhang und streichelte ihre Wange. „Ich schwöre dir, Jadora, ich habe Ihr nichts getan.

Aber sie hat irgendetwas mit mir gemacht. Ich weiß nicht, was und wie sie es getan hat. Es war... unglaublich!", sagte Maél zugleich besorgt und fasziniert. Er fing bereits an, Eleas Wangen leicht zu klatschen. Aus Angst er würde ihr gleich eine Ohrfeige geben, reichte Jadora ihm einen Wasserschlauch. „Immerhin hat sie es geschafft, dich zur Vernunft zu bringen und wieder zum Lagerplatz zu bewegen." Maél schüttete den halben Wasserschlauch auf Eleas Gesicht, bis sie endlich die Augen aufschlug. Zuerst nahm sie Maél wahr, dann Jadora. Dann sah sie wieder in Maéls leuchtend blaues Auge und in sein nachtschwarzes, das den silbrig-weißen Schimmer vom Morgen verloren hatte. Sie erinnerte sich sofort, was geschehen war. „Maél, wie geht es dir?", wollte sie noch etwas benommen wissen. „Mir geht es gut. Ruh dich noch aus! Wir brechen bald auf. Ich gehe Arok satteln." Mehr hatte er nicht zu sagen. Er stand auf und bellte den Kriegern ein paar Befehle zu, während er zu Arok schritt. Jadora schüttelte aufgebracht den Kopf. „Er hätte *Euch* fragen sollen, wie es geht, nicht Ihr *ihn*."

„Mir geht es gut, Jadora. Ich sollte vielleicht noch eine Kleinigkeit essen, damit ich nicht vor Schwäche vom Pferd falle. Haben wir noch etwas Fleisch übrig?", fragte Elea in der Absicht, ihn abzulenken. „Ich denke schon. Wartet! Ich bringe Euch etwas." Elea beobachtete von ihrem Platz aus, wie Maél übereifrig sein Pferd sattelte und mit dem Gepäck belud. *Ihm ist das, was gerade zwischen uns geschehen ist, bestimmt peinlich, wenn nicht sogar unheimlich.* Elea akzeptierte Maéls Verhalten, zumindest für den Moment. Sie musste sich sowieso noch mit etwas auseinandersetzen, was sie selbst betraf. Als sie vorhin in sich die Wärme aus ihren Erinnerungen an glückvolle Erlebnisse ansammelte, verspürte sie immer wieder ein Gefühl, das stärker als alle anderen war. Sie zog diese Wärme aus Bildern, in denen sie sich zusammen mit Maél sah, zum Beispiel wie er sie wärmte, als sie fror, wie sie ihn pflegte, als er im Fieber lag oder wie er sich – Jadoras Erzählung zufolge - zärtlich um sie kümmerte, als sie halb erfroren war. Sie wusste jetzt mit einem Schlag, was in ihr im Laufe der letzten Tage erblüht war: Zuneigung. Sie empfand tatsächlich Zuneigung für diesen Mann, der sie auf brutalste Weise aus ihrem behüteten Leben gerissen hatte. Aber sie hatte noch etwas Anderes gefühlt, als sie ihn berührte. In ihm schwelten lauter schlechte und zerstörerische Gefühle – zerstörerisch für andere, aber was noch fataler war, zerstörerisch für sich selbst. Das stärkste dieser Gefühle war das Gefühl, das im völligen Widerstreit zu ihrem stärksten Gefühl stand: Hass. Elea beschloss, diese schreckliche Empfindung in ihm zu bekämpfen, koste es, was es wolle. Doch um seinen Hass bekämpfen zu können, musste sie erst einmal herausfinden, woher er rührte. Die Frage war nur, ob die Dauer ihrer Reise nach Moray genügen würde, um den Grund für seinen düsteren Seelenzustand aufzudecken.

Kapitel 6

Maél wollte nicht mehr zu dem laut Karte einzigen Pfad zurückkehren, was alle begrüßten. Die Männer hatten bereits alle ihre Pferde bestiegen, als Elea immer noch verloren zwischen Maél und Jadora stand und darauf wartete, dass einer sie zu sich hochzog. Maél zögerte kurz. Dann streckte er ihr die Hand entgegen. „Du reitest ab sofort nur noch mit mir. Jadora scheint, mit dieser Aufgabe überfordert zu sein. Und solange du noch so schwach bist, sitzt du schön vor mir." Elea nickte erleichtert. Als Maél sie jedoch mit einem kräftigen Ruck zu sich hochziehen wollte, schrie sie vor Schmerzen auf. Er hielt erschrocken in seiner Bewegung inne. „Was ist los?", fragte er besorgt. „Mein ganzer Körper besteht aus blauen Flecken durch den Sturz vom Abhang hinunter."

„Das habe ich vollkommen vergessen. Und was ist mit deinem Rücken? Die Wunden von der Peitsche muss ich mir noch ansehen." Er war bereits im Begriff wieder abzusteigen. „Maél, bitte lass uns jetzt endlich losreiten. Jadora hat sie heute Morgen versorgt. Es ist nicht nötig, dass du sie dir jetzt ansiehst." Er sah sie mit forschendem Blick an und stieg trotzdem ab. „Meinetwegen. Aber heute Abend werde ich sie mir vor dem Schlafengehen genauer ansehen." Dann hob er das Mädchen vorsichtig auf seinen Sattel und stieg ebenfalls auf. Elea schmiegte sich sofort an seine Brust und begann, unverhohlen die feinen Züge seines Gesichtes zu mustern. Irgendwann hob sie ihre Hand und strich zart über die kreisrunde Narbe unter dem blauen Auge. Er ließ es zu, ohne ein Wort zu sagen – den Blick starr geradeaus, als ob er darauf konzentriert war, einen Weg zwischen den Bäumen und den Sträuchern hindurch zu erspähen, der breit genug für die Pferde war.

Nachdem sie noch eine ganze Weile schweigsam geritten waren, hielt Elea es nicht mehr aus. Vergeblich hatte sie darauf gewartet, dass er sie auf das ansprach, was zwischen ihnen im Wald vorgefallen war. Sie musste irgendetwas sagen. „Ist dir eigentlich schon aufgefallen, dass wir seit dem... Vorfall im Wald Du zueinander sagen?"

„Ja", antwortete Maél knapp. „Nein. Das stimmt nicht ganz. Du hast zum ersten Mal du zu mir gesagt, als wir nach dem widerwärtigen Wegelagerer auf der Lauer lagen."

„Das ist mir gar nicht aufgefallen. Na ja, das ist ja auch kein Wunder. Ich war auch schon halb im Fieberwahn."

„Nachdem was wir schon gemeinsam durchgemacht haben, finde ich das Du auch mehr als angemessen, ganz zu schweigen von den häufigen, sehr engen Körperkontakten, die wir bereits hatten", sagte Elea und schaute Maél herausfordernd an. Maél ging jedoch nicht darauf ein und gab sich mit einem Brummen zufrieden, das man als Zustimmung deuten konnte. Sie überkam auf einmal eine Müdigkeit, die sie dazu bewog, auf weiteres Eindringen auf ihn zu verzichten. Sie genoss es dafür, an seiner Brust vor sich hin zu dösen.

Sie ritten ohne Zwischenrast vom frühen Nachmittag an bis in die Abendstunden und erreichten noch vor Einbruch der Nacht den ersehnten Waldrand. Kaum hatten sie den letzten Baum hinter sich gelassen, konnte Elea endlich wieder ohne ein beklemmendes Gefühl in der Brust frei atmen. Im Dämmerlicht tat sich jedoch wieder die öde Ebene vor ihr auf, die schon vor dem grauenvollen Wald ihre stete Wegbegleiterin war.

Maél ließ Elea vorsichtig von Arok hinuntergleiten und forderte Jadora auf, sie noch ein Stück auf seinem Pferd mit zu nehmen. Er wollte noch einmal in den Wald hineingehen, um für das Abendessen zu jagen. Der Hauptmann sollte das Lager noch etwas weiter vom Wald entfernt aufschlagen. Während er mit Jadora sprach, stürmte Elea schon voraus. Sie konnte es kaum erwarten, endlich die Beine wieder gebrauchen zu können. Maél sah ihr mit einem Lächeln auf den Lippen nach. *Wenn es ums Rennen geht, vergisst sie sogar ihre Schmerzen.* „Du lässt sie nicht aus den Augen, Jadora! Hast du verstanden?", sagte er in barschem Ton. „Hast du etwa immer noch Angst, dass sie fliehen will?", fragte der Hauptmann mit einem breiten Grinsen im Gesicht. „Nein. Das nicht. Aber ich habe die Befürchtung, dass sie gefährliche Situationen heraufbeschwört."

Als der schwarze Krieger vom Wald zurückkehrte, hatte sich Elea am Fluss bereits Gesicht und Hände gewaschen. Alles andere musste bis zum nächsten Tag warten. War die Sonne erst einmal untergegangen, sanken die Temperaturen spürbar, sodass es für ein Bad entschieden zu kalt war. Elea richtete gerade ihr Nachtlager her, als Maél seine Beute den ungeduldig wartenden Kriegern mit seiner selbstgefälligen Art vor die Füße warf. Anschließend kümmerte er sich ausgiebig um Arok. Um sich die Zeit zu vertreiben, machte Elea eine Bestandsaufnahme vom Inhalt ihres Rucksacks und ihrer kleinen Umhängetasche. Das Ergebnis war ernüchternd. Sie hatte nur noch ein Unterhemd: eines hatte der Anführer der Wegelagerer zerrissen, das andere trug sie um ihren Kopf, da sie ihr Kopftuch beim Sturz vom Abhang hinunter verloren hatte. Zwei Leinenhosen und zwei Leinenhemden hatte sie noch. Ihr gesamtes Verbandsmaterial hatte sie zum Versorgen der Wunden der Soldaten benötigt. Plötzlich fiel ihr ein, dass sie sich noch gar nicht Maéls Pfeilwunde angesehen hatte. Eilig schritt sie zu dem immer noch mit Arok beschäftigten Mann. „Maél!", rief sie von weitem. Der Mann verharrte abrupt in seiner Bewegung. *Warum laufen mir immer heiße Schauer den Rücken hinunter, wenn ich sie meinen Namen sagen höre?* Er drehte sich zu ihr um und musste einmal mehr feststellen, wie anmutig und geschmeidig sie sich bewegte. Sie hatte ihre Kopfbedeckung abgenommen, sodass ihr Haar bei der abendlichen Dunkelheit bereits rot zu glühen begonnen hatte. *Sie ist fast genauso absonderlich wie ich.*

„Maél, ich muss mir noch deine Wunde ansehen. Am besten gleich, bevor das letzte Tageslicht verschwunden ist."

„Dazu besteht keine Notwendigkeit. Die Wunde ist bereits so gut wie verheilt." Sie sah ihn ungläubig an, weswegen er sich etwas mürrisch eine Erklärung abrang. „Das ist eine angenehme Nebenwirkung deines Blutes. Alle frischen Wunden heilen viel schneller als üblich und hinterlassen auch keine Narben." Elea nickte ernst. Eine Weile zögerte sie noch. Doch dann nahm sie all ihren Mut zusammen und schnitt zaghaft das Thema an, das ihr schon den ganzen Tag so am Herzen lag. „Maél, ich wollte mit dir noch über die letzte Nacht sprechen. Ich weiß, dass es dir unangenehm ist. Aber bitte hör mich wenigstens an! Du musst auch nichts dazu sagen. Bitte!" Elea sprach mit einem solchen Flehen in der Stimme, dass Maél sie nicht abweisen konnte. Dennoch spannte er jeden Muskel an, als er ihr auffordernd zunickte. „Du denkst vielleicht, dass es mich geschockt hat, dich so zu sehen. Du weißt schon, mit den langen Eckzähnen und den gewachsenen Ohren. Aber das trifft nicht zu. Ich habe nicht mehr Angst vor dir, als ich schon vorher hatte." Elea musste mühsam schlucken und einmal tief einatmen, bevor sie weiterreden konnte. „Mir ist es vollkommen gleichgültig, dass du mich jetzt überall aufspüren kannst. Und die Tatsache, dass in dir ein Teil ist, der nicht menschlich ist, ist für mich auch bedeutungslos. Schau mich an! Meine Haare führen offensichtlich ein Eigenleben. Nicht nur dass sie im Dunkeln leuchten! Nein! Sieh sie dir mal genauer an! Ich habe sie in der Nacht abgeschnitten, als wir uns zum ersten Mal begegneten. Das ist wie viele Tage her? – Sieben, acht oder neun, ich weiß es nicht mehr. Sie sind aber schon wieder so lang, als hätte ich sie schon vor einem halben Jahr geschnitten. Also wenn das nicht alles andere als menschlich ist!?" In Maéls Brust machte sich ein unglaublich schönes Gefühl breit. Er entspannte sich zunehmend. „Das wollte ich dir nur sagen. Das wollte ich dir schon den ganzen Tag sagen, aber ich wagte es nicht, weil du..." Eleas Stimme setzte vor innerer Bewegung kurz aus. „Jadora hat mich gewarnt. Er meinte, Mitleid könntest du überhaupt nicht vertragen. Aber ich hatte so großes Mitleid mit dir. Nicht wegen dieser verfluchten Verwandlung, für die du ja genau genommen gar nichts kannst, sondern weil du allein und verlassen an diesem Baum gekettet warst... wie ein Tier. Das hat mir fast das Herz gebrochen. Das einzige, was mich getröstet hat, war die Tatsache, dass ich dir immerhin das Leben retten konnte. So jetzt ist es endlich raus." Ohne seine Reaktion abzuwarten, drehte sie sich um und rannte zu ihrem Schlafplatz zurück. Maél stand, wie versteinert, neben Arok und ließ Eleas Worte nachklingen. *Wie konnte ich dieser anbetungswürdigen Frau jemals nur Schmerzen zufügen!* Er wusste nicht, was er auf diese ergreifenden, liebevollen Worte erwidern sollte. Sie kamen unleugbar einer Liebeserklärung gleich. Am liebsten hätte er sie in seine Arme gerissen und geküsst. Aber das durfte er unter gar keinen Umständen. Das würde seinen Auftrag gefährden. Aber sich von ihr fernhalten schien ihm fast unmöglich. Sie übte auf ihn eine kaum überwindbare Anziehungskraft aus, die seit dem seltsamen Vorfall im Wald noch größer geworden war und gegen die er mit aller Macht ankämpfte.

Elea hörte sich gerade schweigsam neben Jadora sitzend wieder einmal eine seiner Anekdoten an, als Maél sich endlich den anderen am Lagerfeuer näherte. Er ging zu ihrem Schlafplatz und legte sein Schlaffell neben ihren Umhang. Die Vorstellung gleich neben diesem so zerbrechlichen Körper mit dem unbeugsamen Willen eines wilden Hengstes zu liegen, ließ sein Herz höher schlagen.

Solange die Kaninchen noch am Spieß gedreht wurden, wagte er es nicht, sich zu den anderen zu setzen. Er blieb lieber im Hintergrund und starrte auf Eleas Rücken, unter deren Kleidung die tiefen Wunden der Peitsche verdeckt waren. Er musste schwer schlucken, bei der Vorstellung, wie der lange Lederriemen durch den brachialen Schlag des Anführers tief in das Fleisch der jungen Frau eingedrungen sein musste. Er hatte jetzt noch ihren schmerzerfüllten Schrei in den Ohren. Soweit er sich erinnern konnte, hatte er, seitdem er Darrachs Ring um den Hals trug, nie wieder für einen Menschen Mitleid empfunden. Doch bei ihr schien sich sein Leben auf den Kopf zu stellen.

Endlich war das Fleisch gar. Jadora teilte wie immer die Rationen zu. Maél setzte sich auf den freien Platz neben Elea. Sie sahen sich kurz in die Augen. Dann hielt Jadora Elea schon eine riesige Keule vor die Nase, die sie sogleich rümpfte. „Ich glaube, ich kriege heute keinen Bissen von dem Fleisch runter. Ich kann es nicht mehr sehen", jammerte sie. Jadora sah alarmiert zu Maél. „Bitte Elea! Du musst essen. Du hast die letzten Tage kaum etwas zu dir genommen. Und die Verletzungen haben dich zusätzlich geschwächt. Tu es mir zuliebe! Bitte!" Elea bekam fast eine Gänsehaut bei diesen Worten. So flehend hatte Maél noch nie mit ihr gesprochen, ganz zu schweigen von seinem besorgten Unterton. Sie nickte ihm zu und quälte sich noch ein Lächeln ab. Dann begann sie tapfer, das Fleisch von der Keule abzunagen und Bissen für Bissen hinunterzuwürgen.

Die Krieger waren schon lange mit dem Essen fertig und hatten sich schon schlafen gelegt, als Elea immer noch kauend mit ihrer Keule in der Hand am Feuer saß. Maél war unerbittlich. Er bestand darauf, dass sie das ganze Fleisch von der Keule nagte. Als sie endlich fertig war, reichte er ihr seinen Wasserschlauch, den sie fast leer trank. Anschließend stand er auf und reichte ihr die Hand, um ihr hoch zu helfen. Als sie ihren Schlafplatz erreichten, forderte Maél sie auf: „Mach deinen Rücken frei! Ich will mir die Wunden ansehen." Elea kam plötzlich ein Gedanke. Sie drehte sich abrupt zu ihm um und stemmte die Hände herausfordernd in die Hüften.

„Wie willst du denn bei dieser Finsternis etwas sehen? Ich kann ja kaum meine eigene Hand erkennen." Maél räusperte sich verlegen. „Ich habe gewisse... Fähigkeiten,..."

„Ja, ja, ja, ich weiß. Du bist ein Lügner. In jener Nacht, als ihr mich bewusstlos vom Baum geholt und mich entkleidet habt, hast du meinen Körper sehr gut sehen können", klagte sie Maél an. „Woher ... Verdammt! Ich weiß schon. Jadora hat es dir erzählt. Dieses Waschweib!", knurrte er. „Oh, ja. Wir haben ein äußerst interessantes Gespräch über deine Fähigkeiten geführt. Nicht nur, dass deine Augen auch bei Nacht ausgesprochen gut sehen, dein Gehör ist auch um ein Vielfaches empfindlicher als meines. Ich will nicht wissen, über welche Fähigkeiten du noch verfügst."

„Also gut. Ich gebe zu, ich habe alles... von dir gesehen. Aber was hätte ich tun sollen? Hätte ich es dir, so verstört, wie du an jenem Tag warst, einfach sagen sollen? Das hätte dich doch nur unnötigerweise noch mehr aufgeregt", rechtfertigte sich Maél. Elea schnaubte empört auf. „Und außerdem denke ich, dass du auch über gewisse Fähigkeiten verfügst, die du vor mir geheim hältst, oder etwa nicht?! Die Sache mit den Vögeln kommt mir äußerst verdächtig vor. Gar nicht zu reden von dem, was du mit mir heute Mittag im Wald gemacht hast." Elea schluckte. „Ja. Du hast recht. Aber du musst zugeben, ich bin dir gegenüber, was die Sinneswahrnehmung angeht, ziemlich im Nachteil, vor allem nachts. Du kannst immer genau jedes Detail meines Gesichtes sehen, während ich deine Augen nur erahnen kann, so wie jetzt zum Beispiel." Regungslos und schweigend standen sie sich gegenüber, bis Elea mit einem Mal die Jacke und das Hemd auszog. Sie machte gerade Anstalten, sich vor seinen Augen auch noch ihres Unterhemdes zu entledigen, als er sie in ihrer Bewegung jäh unterbrach. „Was hast du vor?"

„Du wolltest dir doch die Wunden ansehen! Oder hast du es dir jetzt anders überlegt?", antwortete sie immer noch in streitlustigem Ton.

„Ja... Nein... Ja, natürlich! Ich will sie mir ansehen, aber dazu ist es nicht notwendig, dass du deine Brust vor mir entblößt", erwiderte der hoch gewachsene Mann mit deutlichem Unbehagen. Elea konnte sich ein Lächeln nicht verkneifen. „Maél, ich bitte dich. Warum sollte ich meinen Körper jetzt noch vor dir verbergen, wo du doch schon alles gesehen hast?! Das wäre doch sinnlos. Oder ist es dir peinlich? Ich kann mich an einen Moment erinnern, in dem du sogar bereit warst, dich von meiner Unberührtheit zu überzeugen." Darauf war der Mann nicht gefasst. „Das hätte ich niemals getan. Ich sagte es nur, um Euch allen Angst einzujagen und um dir endlich eine Antwort zu entlocken. Das musst du mir glauben!" Maéls Stimme klang spürbar bekümmert. Dies hielt sie jedoch nicht davon ab, doch noch ihr dünnes Unterhemd über den Kopf zu ziehen. Ihr Körper wurde von jetzt auf nachher von einer Hitze ergriffen, da sie regelrecht spüren konnte, wie seine Augen über ihren Körper glitten. Maél war so sehr von Eleas ungeniertem Verhalten überrumpelt, dass sein bewundernder Blick zunächst auf ihren kleinen entblößten Brüsten haften blieb, die sich schneller als sonst hoben und senkten. Seine Atmung geriet ebenfalls aus dem Takt. Als er dann aber aus dem Augenwinkel heraus die unzähligen Flecken entdeckte, war seine Aufmerksamkeit von ihrer Nacktheit recht schnell abgelenkt. Allerdings blieb ihm bei dem erbarmungswürdigen Anblick, den ihr geschundener Körper bot, nicht weniger die Luft weg. Er schluckte mühsam, während er noch zwei Schritte auf sie zuging. Elea konnte seinen Atem nicht nur hören, sondern ihn sogar in ihrem Gesicht spüren – und dies, obwohl sich sein Gesicht aufgrund des Größenunterschieds deutlich über ihrem befand. Plötzlich hob er seine Hand, strich vorsichtig über ihre dunkel gefleckte Schulter und zeichnete dann seitlich an ihrer kleinen Brust eine Linie entlang, die weiter über den Rippenbogen bis zu ihrem flachen Bauch führte. Dort endete seine Berührung, die Eleas Herz zum Stolpern und ihren Atem ins Stocken gebracht hatte. Noch dazu fühlte sie sich, als stünde sie in Flammen. „Wie kannst du diese Schmerzen nur aushalten?", fragte er sie mitfühlend, aber auch mit einer Spur Bewunderung in der Stimme. „Dein Körper ist übersät von Prellungen. Bist du dir sicher, dass du dir keine Rippe bei dem Sturz gebrochen hast?", fragte er besorgt. Elea rang mühsam wieder nach ihrer Fassung und antwortete mit leiser, erregter Stimme. „Nein! Ich glaube nicht. Am meisten schmerzen die Einschnitte auf dem Rücken. An die anderen Schmerzen habe ich mich gewöhnt." Daraufhin trat er hinter sie und musste den Atem erneut anhalten, als er die tiefen Einschnitte in Eleas Haut erblickte. „Schade, dass dieser Mistkerl nicht unter mein Schwert gekommen ist! Ich hätte ihn in Stücke gehackt. Die Begegnung mit ihm hat dir dein Leben lang Spuren hinterlassen."

„Ja und! Da kann ich mit leben." Elea fühlte sich dieser mehr als aufregenden Situation nun doch nicht gewachsen. „Du könntest mir, wie Jadora es schon gemacht hat, von Breannas Wundsalbe auftragen." Maél schob sie zu ihrem Umhang, wo er sie aufforderte, sich auf den Bauch zu legen. Mit seinem Fell bedeckte er sie, bevor er aus der kleinen Tasche die Salbe hervorkramte. Dann trug er sie behutsam auf die Wunden, jedes Mal selbst zusammenzuckend, wenn Elea es vor Schmerz tat. Anschließend reichte er ihr wieder ihre Kleider. Ohne ein weiteres Wort miteinander zu wechseln, wickelten sie sich zusammen in Maéls Fell ein, so als ob sie es schon ihr Leben lang getan hätten. Nur schmiegte sich diesmal Elea wortlos auf der Seite liegend an Maéls Rücken, um jegliche schmerzliche Berührung ihres Rückens zu vermeiden. Sie legte dabei ihren Arm um seine Seite, sodass ihre Hand auf seinem Bauch ruhte. So schliefen beide – in einem Gefühlswirrwarr taumelnd irgendwann ein.

Am nächsten Morgen, als Jadora und seine Krieger sich gähnend von ihrem Schlaflager erhoben, lagen Maél und Elea immer noch beieinander. Maél war schon lange vor den anderen erwacht, rührte sich jedoch kein bisschen, um das Mädchen nicht zu wecken. Er genoss ihren warmen Körper halb auf seinem liegend und lauschte ihrem leisen, ruhigen Atem. Einmal mehr staunte er darüber, dass ihre Herzen im Einklang schlugen. Von Jadora musste er zuerst ein erstauntes Gesicht und dann ein breites Grinsen über sich ergehen lassen. Doch um nichts in der Welt hätte er sie wecken wollen.

Kurz nachdem die Männer sich in verschiedene Richtungen gestohlen hatten, begann Elea sich auf seiner Brust zu rühren. Auch mit geschlossenen Augen wusste sie sofort, wo sie sich befand. Tief atmete sie seinen herben Duft ein, der sie an frisch geschlagenes Holz erinnerte. Sie hob die Lider und suchte seine zwei verschieden farbigen Augen. Dieses Mal fand sie an der körperlichen Nähe zu ihm nichts Peinliches. Sie reckte ihr Gesicht zu ihm hoch und küsste ihn auf die Wange. Ohne eine Reaktion von dem mehr als überraschten Mann abzuwarten, sprang sie auf und rannte aufgeregt zu seinem Sattel mit dem Gepäck. Nach einer kurzen Weile kehrte sie mit ihrem Bogen und Maéls Köcher voller Pfeile zurück. „Was hast du vor?"

„Komm einfach mit und lass dich überraschen!", strahlte sie ihn mit einem spitzbübischen Lächeln an und ergriff seine Hand. Sie rannte ihn hinter sich her ziehend zu dem kleinen Fluss und folgte noch ein kleines Stück seinem Lauf am Ufer entlang bis zu einer kleinen Gruppe von Bäumen. Dann warf sie ihren Rucksack auf den Boden und kletterte mit ihrem Bogen und dem Köcher auf einen der niedrig gewachsenen Bäume, dessen tiefe Äste bis weit über den Fluss reichten. Maél schaute ihr mit verschränkten Armen gespannt zu. „Willst du mir nicht endlich verraten, was das Ganze soll?"

„Heute werde ich mal für unser Frühstück sorgen."

„Frühstück? Wir frühstücken nie. Das weißt du doch inzwischen."

„Eben. Und das müssen wir ändern. Du willst doch, dass ich wieder Speck ansetze, oder etwa nicht!? Ich bin es von zu Hause gewohnt, den Tag mit einem reichhaltigen Frühstück zu beginnen. Ich sitze nicht wie ihr von morgens bis abends im Sattel und lasse mich durch die Gegend tragen. Ich bin normalerweise ständig in Bewegung. Wenn ich nicht gerade durch den Wald renne, helfe ich Louan auf dem Feld oder ich begleite Albin zur Jagd. Zumindest war das so in meinem früheren Leben", sagte sie in vorwurfsvollem Ton und schaute ihn herausfordernd an. Für einen Augenblick verdüsterte sich seine Miene. Rasch überspielte er sein schlechtes Gewissen. „Und was gedenkst du jetzt zu tun?"

„Der Fluss ist hier so flach, dass man bis auf den Grund sehen kann. Es wimmelt hier nur so von Forellen. Normalerweise töte ich nie Tiere. Aber wenn ich jetzt schon dazu bereit bin, Fische zu töten, nur um etwas Abwechslung auf unseren Speiseplan zu bringen, dann kannst du dir vielleicht vorstellen, wie sehr mir dieses Kaninchenfleisch aus dem Halse hängt. – Also, während ich von hier oben die Fische abschieße, musst du sie fangen und ans Ufer werfen. Das heißt, du müsstest dir die Stiefel ausziehen und dich in den Fluss stellen."

„Ach, und du meinst, dass ich das tun werde, mich in dieses eiskalte Wasser stellen, in der Hoffnung, dass du ein paar Fische triffst?!"

„Komm schon, Maél! Es wird schon klappen. Du musst sie nur schnell genug fangen, bevor sie mit der Strömung an dir vorbeigetrieben sind. Geh am besten noch ein Stück stromabwärts, damit du sie nicht durch deine Bewegungen hier bei mir verscheuchst! Bitte!"

„Meinetwegen! Aber wehe dir, wenn ich mir die Füße umsonst nass gemacht habe. Dann werfe ich dich eigenhändig in den eiskalten Fluss." Während er bereits, wie sie ihm geheißen hatte, ein paar Schritte noch weiter stromabwärts ging, rief sie ihm noch amüsiert hinterher. „Das kannst du gerne tun, ich habe ohnehin vor zu baden." *Gleich wird sie mich zum Gespött der Männer machen.* Maél waren Jadora und die anderen Krieger nicht entgangen. Sie hatten sich dem Fluss genähert und beobachteten neugierig die beiden. Während Maél seine Position im Fluss einnahm, kletterte Elea langsam einen langen ausladenden Ast bis etwa zur Mitte des Flusses entlang. In der Hocke das Gleichgewicht haltend, zog sie den ersten Pfeil aus dem Köcher, legte ihn auf, zielte und schoss. Der Pfeil durchbohrte den ersten Fisch und trieb mit dem aufgespießten Tier auf Maél zu, der ihn ergriff und ans Ufer warf. Dann kam auch schon der zweite, kurz darauf der dritte. *So Maél. Jetzt wollen wir doch mal sehen, wie schnell du wirklich bist.* Elea hatte im Köcher sechzehn Pfeile gezählt. Drei hatte sie bereits verschossen. Die restlichen dreizehn Pfeile wollte sie jetzt, so schnell es ging, hintereinander abschießen. Sie wartete noch einen Moment, bis sich genügend Fische unter dem Baum versammelt hatten. „Also mit drei Fischen werden wir bestimmt nicht alle satt werden", verspottete Maél sie. Einen Augenblick später ging es auch schon los. Elea nahm einen Pfeil, legte ihn auf und schoss in einem Tempo, dass die Zuschauer Mühe hatten, ihre Bewegungen zu verfolgen. Kaum hatte sie einen Pfeil abgeschossen, hatte sie schon den nächsten Pfeil ergriffen. Während sie die Pfeile abschoss, drehte sie sich gelegentlich in der Hocke sitzend um, um auch auf der anderen Seite des Astes Fische abzuschießen. Erst als sie den letzten Pfeil abgeschossen hatte, schaute sie zu Maél hinüber, der wie ein Wahnsinniger von einem durchbohrten Fisch zum nächsten hechtete. Er hörte erst auf, als er den letzten beiden, die er verfehlt hatte, noch hinterher geschwommen war und sie gepackt hatte. Triefend vom Wasser erhob er sich aus dem Fluss und schritt an das Ufer, wo Elea bereits lachend ihre Beute auf einen Haufen geworfen hatte. Im Hintergrund konnte man lautes Gelächter der Krieger vernehmen. „Also ich denke, dass zwölf Fische für uns alle zum Frühstück genügen werden, meinst du nicht auch?"

„Ich habe dich unterschätzt. Ich wusste, dass du eine gute Schützin bist. Aber, dass du so gut und vor allem so schnell bist, hätte ich niemals für möglich gehalten", sagte er außer Atem. Jadora kam herbeigeeilt und ließ verlauten: „Also so ein unterhaltsames Schauspiel könnte ich mir öfter ansehen. Und endlich kriegen wir mal etwas anderes zu essen als Kaninchenfleisch. Das ist wahrlich eine willkommene Abwechslung."

„Maél, wenn du nichts dagegen hast, würde ich jetzt gerne baden. Du kannst mit Jadora die Fische zum Lager bringen. Ich komme schon allein zurecht." Der tropfnasse Mann betrachtete Elea stirnrunzelnd. „Aber ich werde ein Auge auf dich haben. Geh nicht weiter stromabwärts." Er sah ihr so lange eindringlich in die Augen, bis sie ihm ernst zunickte. Daraufhin sammelten die beiden Männer sämtliche aufgespießte Fische auf und machten sich auf den Weg zurück zum Lager. Jadora brach, wie zu erwarten war, nach wenigen Schritten das Schweigen. „Wenn Darrach dich, seinen gnadenlosen Bluthund, so sehen würde...?" Maél blieb jäh stehen und zischte ihn an. „Wenn du ein Wort darüber, was zwischen mir und Elea ist, gegenüber irgendjemand verlierst und sei es nur gegenüber deiner Frau, dann bring ich dich um und deine Frau auch!"

„Keine Sorge! Bei mir ist dein Geheimnis gut aufgehoben."

„Und sorg dafür, dass deine Männer ebenfalls ihr Maul halten, sonst kümmere ich mich darum!" Die Männer setzten ihren Weg fort. „Maél, ich bin nicht blind. Dir liegt etwas an diesem Mädchen. Wer weiß, vielleicht bist du doch fähig, jemanden zu lieben. Was aber noch wichtiger ist, *du* bedeutest ihr offensichtlich etwas. Schnapp sie dir und verschwinde von hier! Versteck dich mit ihr, meinetwegen, in Boraya, und werdet glücklich!", forderte Jadora ihn auf. „Liebe! Ich weiß gar nicht, was das ist. Außerdem habe ich das Recht verwirkt, glücklich zu sein", erwiderte er verbittert. „Elea ist gerade dabei, dir beizubringen, was Liebe ist und ich muss sagen, du lernst verdammt schnell", sagte er in amüsiertem Ton, was Maél nur mit einem missmutigen Brummen kommentierte. „Eine Sache musst du mir aber noch verraten. Wie schaffst du es nur, dich bei ihren weiblichen Reizen so zurückzuhalten. In der Nacht, als du sie an den Baum gehängt hast und sie so brutal geküsst hast, da dachte ich noch, es würde nicht mehr lange dauern, bis du sie dir mit Gewalt nimmst. Und jetzt teilst du mit ihr das Nachtlager, ohne sie anzurühren."

„Es ist nicht leicht, aber es ist zu bewältigen. Vielleicht habe ich in der Hinsicht euch Menschen gegenüber einen Vorteil", sagte er ungerührt.

Im Lager wurden sie ungeduldig von den Kriegern erwartet, die schon dabei waren, ein Feuer zu machen. Maél entledigte sich seiner nassen Kleider, was Jadora jedoch nicht daran hinderte, weiter in ihn vorzudringen. Für ihn war dieses heikle Thema längst nicht abgehakt. „Du kannst mir nichts vormachen, Maél. Ich habe gesehen, wie du sie ansiehst. Sie ist eine Schönheit. Und nicht allein die macht sie für dich außerordentlich begehrenswert. Ich kenne dich schon ein paar Jährchen. Du brauchst Herausforderungen und solch eine ist sie - mit ihren Fähigkeiten, Geheimnissen und ihrer spitzen Zunge. Und dass sie sich dir gegenüber so ungehemmt verhält, macht es dir bestimmt nicht gerade leichter! Ich habe euch gestern Abend beobachtet."

„Jadora, verschon mich bitte mit deinem Geschwätz! Kümmere dich lieber um unser Essen! Du kannst dich gleich mal daran gewöhnen, dass wir die nächsten Tage, wenn es sich einrichten lässt, immer mit einer Mahlzeit beginnen werden", lenkte er von dem ihm offenbar unangenehmen Thema ab. Jadora sah ihn mit hoch gezogener Augenbraue an. „Elea ist es gewohnt, morgens nach dem Aufstehen erst einmal zu frühstücken. Vielleicht schaffen wir es so, ihr ein bisschen Fett auf die Rippen zu bringen. Oder hast du etwas dagegen einzuwenden?"

„Nein, nein. Ich wundere mich nur einmal mehr darüber, wie rücksichtsvoll du sein kannst." Damit war für Jadora das Gespräch beendet. Nun war er derjenige, der zur Abwechslung mal Maél einfach stehen ließ. Er ging zu den beiden Kriegern, die sich den Fischen angenommen hatten, und half ihnen.

Maél zog sich indessen frische Kleider an. Immer wieder schaute er zu Elea hinüber, die er jedoch nicht sehen konnte. Von Zeit zu Zeit hörte er nur ihre hohen Aufschreie, wenn sie – so mutmaßte er zumindest - mit dem kalten Wasser in Berührung kam. *Wie lange will sie sich eigentlich noch in diesem eiskalten Fluss aufhalten?* Er ergriff kurzerhand ihren Umhang und ging wieder zurück zum Fluss. In dem Moment, als er das Ufer erreichte, tauchte sie gerade auf dem Rücken liegend unter, sodass ein riesiger Schaumteppich auf der Wasseroberfläche entstand, der aber sofort von der Strömung weiter getrieben wurde. Ein paar Augenblicke später tauchte sie aus dem

Wasser mit geschlossenen Augen auf und schüttelte ihr Haar, das schon längst wieder weit über die Schultern hinab reichte. Maél sah wie gebannt auf die junge Frau, der in zahllosen Bächen das Wasser den Körper hinunterlief. Sie trug zwar noch ihr ärmelloses Unterhemd, aber in dem nassen Zustand zeigte es mehr, als es eigentlich verbergen sollte. Er musste schwer schlucken und sein Mund fühlte sich auf einmal so trocken an, als wäre er stundenlang durch die Wüste Talamán geritten. Er war schon mit vielen Frauen zusammen gewesen, wenn auch meist nur für eine Nacht. Aber er hatte in seinem Leben noch nie etwas Sinnlicheres gesehen als diesen nassen Frauenkörper. Eleas Brustwarzen zeichneten sich deutlich unter dem nassen, am Körper klebenden Stoff ab und ihre Körperkonturen waren ebenso gut zu erkennen. Als seine Augen sich nach einer halben Ewigkeit von ihrem Körper losrissen und zu ihrem Gesicht zurückkehrten, sah er in zwei grüne Augen, die ihn ebenfalls wie gebannt anstarrten. *Wenn das so weiter geht, dann ist es um meine Selbstbeherrschung nicht gut bestellt.* Er räusperte sich verlegen und sprach mit rauer Stimme. „Ich... äh... hatte mir Sorgen gemacht, weil du so lange brauchst. Es ist viel... zu kalt... für ein Bad."

Elea stieg zitternd aus dem Fluss das Ufer hoch und ging auf Maél zu, der vor Erregung die Luft angehalten hatte. Mühsam presste er hervor: „Hier ist dein Umhang. Damit kannst du dich abtrocknen. Ich gehe wieder zurück zum Lager und warte dort auf dich." Er wollte sich gerade umdrehen, als sie ihn zurückhielt. „Warte! Du kannst mich doch trocken und warm rubbeln. Du hast es doch schon so oft gemacht", sagte sie flehend mit einem Lächeln auf den Lippen. Maél stieß daraufhin laut den Atem aus und breitete ungestüm den Umhang um die junge Frau. Er wickelte ihn fest um sie und begann, sie grob trocken zu reiben. „Au!", schrie Elea auf. „Entschuldige, ich habe völlig deine Verletzungen vergessen. - Elea, wir müssen reden", sagte er mit erstickter Stimme. „Ja? Was ist denn?", wollte sie etwas verunsichert wissen. Maél schluckte erst mühsam den Kloß hinunter, bevor er zu sprechen begann. „Du darfst dich nicht so freizügig vor mir zeigen."

„Ich habe mich nicht freizügig gezeigt. Du warst auf einmal da gestanden. Ich hatte dich gar nicht kommen sehen", verteidigte sich die junge Frau. „Ja. Schon. Trotzdem. Auch dass du dich vor mir gestern Nacht einfach entblößt hast, obwohl du weißt, dass ich alles sehen kann. Das darf nicht so weiter gehen."

„Was meinst du damit?"

„Dass du vergisst, dass ich eine blutrünstige Bestie sein kann, kann ich dir gerade noch verzeihen. Aber dass du anscheinend vergisst, dass ich trotz allem ein Mann bin, kann ich dir nicht durchgehen lassen. Verstehst du, was ich damit sagen will?", sagte er etwas ungehalten. Elea rückte etwas von ihm ab.

„Ich glaube, ich verstehe, was du meinst. Breanna hat mich gewarnt. Es tut mir leid. Ich bin die Gesellschaft von Männern nicht gewohnt. Und zu Hause konnte ich mich frei und ungezwungen benehmen. Geh zurück zu den anderen! Ich zieh mich schnell an und komme nach", sagte Elea schuldbewusst.

Maél raufte sich die Haare und ging zurück zum Lager. Elea sah ihm nach, während sie sich zu Ende abtrocknete. Den Blick, mit dem er sie eben angesehen hatte, als sie auftauchte, hatte sie auch bei Kellen beobachtet, wenn sie die letzten zwei, drei Jahre im See schwimmen waren. Sie hatte sich davon aber nicht beeindrucken lassen, da sie in ihm ihren großen Bruder sah. Erst als Breanna ebenfalls Kellens glühende Blicke beobachtet und mit ihr darüber gesprochen hatte, versuchte sie, sich nicht mehr ganz so freizügig zu verhalten. Bei Maél war es jedoch ganz anders. Er hatte sie ebenso voller Verlangen angesehen, dass ihr Körper darauf mehr als heftig reagiert hatte. Es war dasselbe Gefühl wie am Abend zuvor, als er zärtlich mit seiner Hand ihren Oberkörper entlang strich. Kalte und heiße Schauer liefen ihr über den Rücken. Und gleichzeitig wurde in ihrem Innersten eine unbekannte heiße Sehnsucht geweckt. *Oh, Himmel, hilf mir! Ich glaube, ich habe mich in ihn verliebt!*

Weiter über ihre jüngste Erkenntnis nachgrübelnd, wusch sie noch schnell ihre schmutzigen Kleider im Fluss. Dann packte sie ihre Sachen und machte sich mit für sie untypisch langsamen Schritten auf den Rückweg. *Und dann noch diese lästige Geschichte mit meiner Unberührtheit, die offensichtlich wichtig für seinen Auftrag ist. Aber mit meiner Lüge stünde ihm eigentlich nichts mehr im Wege, um mir viel näher kommen zu dürfen.* Endlich kam sie am Lager an, wo alle sich bereits schmatzend über die Fische hermachten. Kaum hatte sie sich zu ihnen gesetzt, sprach sie Morgad an, der einzige der fünf Krieger, der sich in Anwesenheit von Maél traute, wenigstens das Wort an Jadora zu richten. Elea hatte noch nie erlebt, dass einer von ihnen Maél direkt angesprochen hatte, es sei denn dieser stellte ihnen in seinem herrischen und herablassenden Ton eine Frage. „Ihr seid wirklich eine außergewöhnliche Frau, Elea. Ich glaube, ich habe noch keinen Mann gesehen, der so schnell und gleichzeitig so zielsicher mit Pfeil und Bogen umgehen kann." Während er dies sagte, wanderten seine Augen bewundernd über Eleas Körper und blieben schließlich mit glutvollem Blick an ihren grünen Augen hängen. Dieses Kompliment kam so überraschend, dass Elea die Worte fehlten. Stattdessen räusperte sie sich verlegen und nickte Morgad nur zu. Bevor der Mann zu einer weiteren Bewunderung ansetzen konnte, knurrte Maél ihn mit einem furchteinflößenden Blick an. „Wenn du nicht aufhörst, Süßholz zu raspeln, Morgad, dann werde ich dir deine Zunge herausschneiden!" Er unterstrich dabei seine Worte, indem er aus dem Schaft seines rechten Stiefels ein Messer herauszog und Anstalten machte, als ob er gleich aufspringen würde, um seine Drohung in die Tat umzusetzen. Morgad zog sofort ängstlich seinen Kopf ein und gesellte sich in sicherer Entfernung von Maél zu seinen Kameraden, woraufhin Maél das Messer wieder zurücksteckte, ohne ihn aus den Augen zu lassen. Jadora hatte die Szene die ganze Zeit über nur grinsend verfolgt und hielt Elea bereits einen Fisch entgegen. Sie zögerte. Der Vorfall am Fluss war ihr gehörig auf den Magen geschlagen. Doch als sie die erwartungsvollen Blicke der beiden Männer sah, nahm sie den Fisch, zerlegte ihn und schob sich von Zeit zu Zeit ein Stück in den Mund.

Sie konnte aus den Augenwinkeln sehen, wie Maél von Zeit zu Zeit zu ihr aufsah und ihren Blick suchte. Aber sie konnte und wollte ihm jetzt nicht in die Augen sehen. Nach dem Essen gab Maél sofort das Zeichen zum Aufsitzen. Er kam zu Elea geritten, die immer noch einen geknickten Eindruck machte, und nahm ihr den Rucksack ab. „Komm schon! Ich beiß dich schon nicht!" Die Zweideutigkeit seiner Worte ließ ein Lächeln über ihr Gesicht huschen. Nachdem er sie vorsichtig hinter sich auf den Sattel hochgezogen hatte, fragte er: „Hast du noch große Schmerzen? Ich hätte dir eigentlich noch einmal die Wunden auf dem Rücken einsalben müssen. Das muss jetzt bis heute Abend warten."

„Ich glaube, das ist keine so gute Idee, nachdem, was du mir vorhin am Fluss gesagt hast. Das sollte wohl lieber Jadora machen", sagte Elea in etwas betrüblichem Ton. Sie spürte, wie er sich unter ihren Händen, die auf seinem Bauch ruhten, versteifte. „Wie du meinst!", antwortete er knapp.

Maél legte ein schnelles Tempo vor. In Anbetracht des herannahenden Winters, der es offensichtlich dieses Jahr eiliger hatte als sonst, ließ er sich schließlich von Jadora dazu überreden, den *Sumpf der verlorenen Seelen* zu durchqueren. Sie wollten versuchen, ihn an seinem nördlichen Rand zu passieren, wo er bereits laut Karte in hügeliges Gelände überging. Einen geeigneten Weg mussten sie sich selbst suchen, da auf der Karte keiner eingezeichnet war. Mit der Durchquerung des Sumpfes würden sie zwei Tage schneller sein. Damit konnten sie ihren Rückstand durch die Verzögerung aufgrund Eleas Erschöpfungszustand zu Beginn der Reise und aufgrund des unvorhergesehenen Vorfalls im Wald bei Kaska wieder wettmachen.

Eleas Gedanken schwirrten ungebrochen um Maél. Sie musste sich regelrecht dazu zwingen, an etwas anderes zu denken. Ihre Versuche, sich mit der Betrachtung der an ihr vorüberziehenden Landschaft abzulenken, scheiterten jedoch daran, dass diese genauso abwechslungsreich war wie ihre Mahlzeiten, die sie seit ihrer Entführung zu sich nahm. Zwischendurch wurden sie auf ihrem Weg von riesigen Vogelschwärmen begleitet. Und ab und zu verirrte sich der ein oder andere Vogel auf Eleas Schultern. Mittlerweile war auch dieser Anblick für die Krieger kein Grund mehr für argwöhnische und ängstliche Blicke. Sie schienen auch diese Eigenart Eleas genauso wie ihre leuchtenden Haare akzeptiert zu haben.

Am frühen Nachmittag begann ein erbarmungsloser Westwind immer stärker über die Reiter hinwegzuwehen. Maél entging nicht, dass sich Eleas Arme immer fester um seine Taille schlangen, scheinbar auf der Suche nach mehr Wärme. Nach einer kurzen Rast reichte er ihr ihren Umhang. „Vielleicht ist es doch gar nicht so eine schlechte Idee, die Abkürzung durch den Sumpf zu nehmen, wenn dich schon dieser lächerliche Herbstwind vor Kälte zittern lässt. Für den Rest des heutigen Ritts kommst du zu mir nach vorne. Da kann ich dich besser wärmen." Er streckte ihr schon die Hand entgegen, die Elea zögernd betrachtete. „Jetzt komm schon! Dass du nicht mehr halbnackt vor mir herumtanzen sollst, heißt noch lange nicht, dass damit auch jeglicher Körperkontakt zwischen uns der Vergangenheit angehören soll", ermutigte er die junge Frau mit einem Lächeln auf den Lippen. Elea ergriff seine Hand. Sie konnte der Wärme, die sein Körper stets ausstrahlte, einfach nicht widerstehen. Außerdem ließ sie sein liebevolles Lächeln innerlich dahinschmelzen. Oben angekommen schmiegte sie sich gleich wieder an seine Brust, während er sie behutsam an sich drückte. In dieser gemütlichen Position dauerte es auch nicht lange, bis sie einschlief.

Zum Abendessen gab es gegrillte Gänse, was die Stimmung unter den Kriegern regelrecht hochschäumen ließ. Sie grölten laut herum, brachen ständig in Gelächter aus und begannen schließlich sogar Ringkämpfe, die die anderen zu Wetten animierten. *Das sollen Krieger sein?! Die benehmen sich wie Kinder.* Elea sah ihnen kopfschüttelnd zu und musste immer noch den Anblick verdauen, als die von Pfeilen durchbohrten Gänse vom Himmel fielen. Kurz bevor sie einen in Maéls und Jadoras Augen geeigneten Platz für ihr Nachtlager gefunden hatten – für sie sah es in dieser Einöde überall gleich aus – wurde die Reitergruppe von einem Schwarm Gänse begleitet. Von Elea angelockt, änderte der Schwarm seine Richtung, um wieder in die entgegengesetzte Richtung zurückzufliegen. Die Vögel kamen sogar von ihrer Höhe tiefer zu ihnen hinunter geflogen. Zwei der Krieger und Jadora nutzten die Gelegenheit sofort schamlos aus, um das Abendessen abwechslungsreicher zu gestalten. Den Kriegern gelang es vier Tiere abzuschießen. Elea brach fast in Tränen aus, als sie die armen, von Pfeilen durchbohrten Tierkörper am Boden liegen sah. Sie wandte sich von dem Anblick ab und drückte ihr Gesicht an Maéls Brust, der ihr Verhalten skeptisch, aber schweigend zur Kenntnis nahm.

Für die vier Gänse musste ein besonders großes Feuer gemacht werden, sodass erst einmal alle außer Elea und Maél sich auf die Suche nach trockenem Feuerholz machten. Elea hatte sich aus Jadoras Vorratstasche den vom Frühstück übrig gebliebenen Fisch herausgeholt und aß ihn jetzt demonstrativ vor Maéls Augen, der sie schmunzelnd musterte. „Wenn du glaubst, dass ich von dem Fleisch der armen Vögel esse, dann hast du dich getäuscht", sagte sie trotzig. „Das werden wir ja noch sehen. Spätestens, wenn der Bratenduft über unser Lager zieht, wirst du deine Meinung ändern."

„Da kannst du lange darauf warten!" Maél überging Eleas bissige Antwort und kam auf ein anderes Thema zu sprechen. „Ich weiß, du wolltest Jadora nach deinen Wunden sehen lassen. Die Männer sind gerade alle beschäftigt. Lass *mich* doch bitte deinen Rücken versorgen!" Elea verschluckte sich fast an ihrem letzten Bissen. „Zieh deine Jacke aus und leg dich einfach auf den Bauch! Ich mache den Rest." Die junge Frau tat wie ihr geheißen. Maél kramte unterdessen in ihrer Tasche nach dem Tiegel. Dann schob er vorsichtig die beiden Hemden und das Unterhemd ihren Rücken hoch. Während er ihr behutsam die Salbe auf die dicken Striemen strich, löste Elea das Unterhemd von ihrem Kopf. Es war schon dunkel genug, sodass ihr Haar glühte. Sofort stieg Maél der intensive Duft von Rosen und Lavendel in die Nase, der für ihn inzwischen untrennbar zu Elea gehörte. Als er mit dem Einsalben fertig war, konnte er nicht widerstehen, eine wellige Strähne ihres Haars zwischen Daumen und Zeigefinger zu nehmen und ihre Weichheit zu fühlen. Elea wusste nicht, wie sie darauf reagieren sollte. Sie ließ ihn gewähren, bis er sie abrupt losließ und dabei tief einatmete. „Maél, ich...", setzte Elea zögernd an, aber Maél unterbrach sie sogleich. „Dein Haar verändert sich."

„Da sagst du mir nichts Neues."

„Dass es viel zu schnell wächst, meine ich nicht. Der dunkelbraune Farbton geht immer mehr in einen rötlichen über und außerdem werden sie immer lockiger."

„Glaube mir, mein Haar ist, seit ich denken kann, ein Mysterium für mich. Mich kann gar nichts mehr überraschen", sagte Elea in resigniertem Ton und wickelte wieder ihr Unterhemd um den Kopf. „Und was hat dieser Stein, den du um den Hals trägst, für eine Bedeutung?"

„Er ist von meinen Eltern. Was er bedeutet, weiß ich auch nicht", sagte sie mit etwas belegter Stimme. „Also von deinen leiblichen Eltern und nicht von Albin und Breanna?" Elea nickte nur. Maél schaute ihr erwartungsvoll in die Augen, gespannt darauf, was Elea dazu noch zu sagen hatte. Doch die junge Frau schwieg beharrlich. „Was ist mit ihnen geschehen? Wie bist du bei Albin und Breanna gelandet?", fragte er schließlich neugierig. Glücklicherweise kam Jadora im richtigen Moment, sodass sie auf die Fragen nicht antworten musste. Auf die erste wusste sie ohnehin keine Antwort. „Es dauert noch eine Weile, bis unser Festessen fertig ist", verkündete der Hauptmann gutgelaunt. Elea blies daraufhin empört die Luft aus, nahm ihren Rucksack und ging ans Flussufer, um etwas alleine zu sein. Maél und Jadora sahen ihr nach.

„Sie hat Geheimnisse. Das steht fest. Aber lange wird sie sie nicht vor mir hüten können. Ich kriege noch heraus, was es ist", sagte Maél, wie zu sich selbst. „Wenn du mich fragst, dann hat es sicherlich etwas mit Roghans außerordentlichen Aktivitäten entlang der Grenze zu Boraya und seinen unermüdlichen Rekrutierungen zu tun. Roghan ist ein ehrgeiziger und vor allem machthungriger Mann. Jetzt, nachdem der jahrzehntelange Wiederaufbau nach dem Krieg abgeschlossen ist, ist er in der Lage sein Königreich zu vergrößern. Er würde nicht einmal davor zurückschrecken, dies mit Gewalt zu erreichen. Allerdings weiß ich nicht, wie eine junge Frau ihm da in irgendeiner Weise von Nutzen sein kann, auch wenn sie mit Pfeil und Bogen besser umgehen kann als die meisten Männer." *In ihr steckt noch viel mehr. Wahrscheinlich weiß sie selbst noch nicht, wozu sie imstande ist.*

Elea hörte Maéls und Jadoras Stimmen vom Ufer aus. Sie unterhielten sich angeregt, was mit Maél als Gesprächspartner an ein Wunder grenzte. Sie sahen immer wieder zu ihr zum Fluss hinüber. Also schienen sie, über sie zu reden. Worüber sie sprachen, interessierte sie jedoch nicht im Geringsten. Sie verspürte auf einmal eine unbändige Lust, sich zu bewegen. Sie sehnte sich so danach, ihren Herzschlag in die Höhe zu jagen, ihre Atmung im Kopf dröhnen zu hören und ihre Muskeln bis zum Zerreißen anzuspannen, dass sie sogar bereit war, dies unter ihre immer noch anhaltenden

Schmerzen zu tun. Rasch erhob sie sich und rannte zu den Männern. „Maél, ich muss mich bewegen. Ich werde ein wenig am Flussufer hin und her rennen. Es ist ja für dich kein Problem, mich bei der Dunkelheit im Auge zu behalten, falls du es überhaupt für notwendig hälst." Sie wartete gespannt auf eine Reaktion des Mannes, der sie lange stumm betrachtete. „In Ordnung. Aber entferne dich nicht zu weit von mir. Nicht, dass wieder irgendwo Räuber auf der Lauer liegen und nur auf die richtige Gelegenheit warten, dich zu entführen", sagte er halb im Scherz, wobei der Ernst, der in seiner Stimme mitschwang, nicht zu überhören war. Elea drehte sich sofort auf dem Absatz um und begann, mit kraftvollen und schnellen Schritten loszurennen. Sie wollte dieses hohe Tempo so lange durchhalten, bis ihr Atem in ihrem Kopf so laut dröhnte, dass ihr Denken lahm gelegt war. Nach einer Weile musste sie jedoch feststellen, dass ihr Gehör noch andere Töne aufzunehmen vermochte. Sie hörte einen lauten Pfiff, der ihr gegolten haben musste, da sie sich wohl zu weit vom Lager entfernt hatte. Also hielt sie an und machte kehrt. Bei ihrem Rucksack angekommen, drehte sie sich sogleich wieder um und lief dieselbe Strecke zurück, bis sie wieder einen Pfiff vernahm. So rannte Elea eine ganze Zeit lang, bis sie Maéls Pfiffe hörte, machte kehrt, rannte zu ihrem Rucksack zurück und fing von vorne an. Sie hatte gerade zum vielleicht dreißigsten Male ihren Rucksack erreicht, als sie plötzlich geradewegs in zwei starke Arme hineinrannte, die sie abrupt zum Stehen brachten. „Wie lange willst du eigentlich noch wie ein Hündchen hin und her rennen. Wirst du eigentlich nie müde beim Laufen?", ertönte Maéls Stimme, aus der deutlich seine Belustigung herauszuhören war. Elea merkte erst jetzt, wie sehr sie außer Atem und wie erschöpft sie war. Wahrscheinlich wäre sie noch ewig so weitergelaufen, bis sie irgendwann zusammengebrochen wäre. Er hielt sie noch immer an den Schultern fest. Diesen günstigen Zeitpunkt wollte die junge Frau nun nutzen, um mit ihm über seine Gefühle ihr gegenüber zu sprechen. Doch leider verkündete Jadora lauthals in dem Moment, als sie ihren Mund öffnete, dass das Fleisch gar war. „Na endlich! Ich bin am Verhungern", ließ Maél zum Ärger von Elea verlauten. Er hob ihren Rucksack auf und machte sich mit ihr auf den Weg zu den anderen. Je näher sie dem Lagerfeuer kamen, desto intensiver war der Geruch nach gebratenem Gänsefleisch. Eleas Magen antwortete auf diesen appetitanregenden Duft mit lautem Knurren, woraufhin Maél sie angrinste. „Mit deinen guten Ohren bleibt dir auch nicht der kleinste Laut verborgen", beklagte sie sich. „Dein Magen hat so laut geknurrt, dass Jadora es sogar gehört haben muss", erwiderte er lachend.

Die Krieger saßen schon fröhlich gestimmt und laut grölend um das Feuer und forderten den Hauptmann ungeduldig auf, sich mit dem Verteilen des Fleisches zu beeilen. „Elea will das Fleisch von den *armen* Vögeln nicht anrühren", sagte Maél in amüsiertem Ton. „Aber... Elea! Es ist köstlich. Es wird Euch schmecken", versuchte Jadora, sie zu überreden. „Nein Danke. Ich verzichte", sagte sie bockig. „Wie Ihr wünscht." Jadora lächelte Maél vielsagend zu. Elea hielt es vor Hunger kaum noch aus. Das permanente Schmatzen und genussvolle Seufzen der Männer, ganz zu schweigen von dem Duft gebratenen Fleisches, der über dem Lager hing, brachten sie an die Grenzen ihrer Selbstbeherrschung. Jadora hatte schließlich ein Einsehen mit ihrem inneren Kampf und reichte ihr wortlos eine Keule, die sie ohne zu zögern ergriff. Als sie ihren ersten Bissen genussvoll kaute, kam sie nicht umhin, Maél anzusehen, der ihr zulächelte und ihr verschmitzt mit seinem blauen Auge zuzwinkerte.

Nach dem Essen wartete sie ungeduldig auf Maél, der seinem Pferd noch einen Besuch abstattete. Sie war gespannt, wie er sich verhalten würde: Würde er das Nachtlager immer noch mit ihr teilen oder nicht? Endlich machte sie seinen sich nähernden Schatten aus. Er ergriff seine Fellrolle und setzte sich zu ihr auf den Umhang. Erstaunt schaute sie zu ihm auf. „Was ist? Ich sagte doch bereits, dass wir nicht auf Körperkontakt verzichten müssen. Die Nächte werden immer kälter und wenn man friert, kann man bekanntlich nicht schlafen. Bevor du dich die ganze Nacht von einer auf die andere Seite wälzt und mich damit wach hältst, beiße ich lieber in den sauren Apfel und wärme dich." Elea konnte ihre Empörung über seine Worte nicht zurückhalten. „Oh ja! Es muss dich ja auch einige Überwindung kosten, mich zu berühren. Du sagst das so, als wäre ich eine Kakerlake. Dabei hatte ich den Eindruck, du genießt unsere Berührungen, ganz zu schweigen, von deinem Blick von heute Morgen, mit dem du mich förmlich verschlungen hast", konterte sie bissig. Ohne ihn eines weiteren Blickes zu würdigen, drehte sie sich auf die von ihm abgewandte Seite. Über ihre offenen Worte war Maél im ersten Moment so perplex, dass er in seiner Bewegung erstarrte. Sein Zögern dauerte jedoch nicht lange. Er schmiegte sich vorsichtig an Eleas Rücken und legte seinen Arm um sie. Mit der Hand suchte er ihre, die sie ihm trotz des kleinen Wortgefechtes bereitwillig in seine große schwielige, warme Hand legte. Bei dieser liebevollen Geste war ihre Wut schnell wieder verflogen. So nahm sie sich ein Herz und kam auf das zu sprechen, was sie seit zwei Tagen beschäftigte. „Maél, was würdest du sagen, wenn ich doch noch unberührt wäre?" Maéls Herz kam ins Stolpern. *Ich hätte mit jeder Frage gerechnet, aber nicht mit dieser. Aber was wundere ich mich eigentlich noch über diese Frau!* „Also,... ich wäre erleichtert darüber,... da ich ja dann doch noch einen wichtigen Teil meines Auftrages erfüllen könnte." Er konnte ein Zittern in seiner Stimme gerade noch unterdrücken. „Warum ist meine Unberührtheit überhaupt so wichtig?", wollte Elea neugierig wissen. „Du kannst mir glauben. Das habe ich mich auch schon mehr als einmal gefragt", antwortete er so unbeteiligt wie möglich. Allerdings brachte die Vorstellung, wie sie in Kellens Armen lag, seinen Herzschlag erst recht aus dem Takt und sein Blut zum Kochen.

Elea dachte über Maéls Antwort nach. Sie klang plausibel, aber sie war nicht die, die sie erhofft hatte. Nach einer Weile, brach Maél zaghaft das peinliche Schweigen. „Und?... Was ist jetzt?... Hast du mit Kellen das Bett geteilt?... Mehr als einmal?" Kleinlaut erklang ihre Stimme: „Nein, natürlich nicht! Ich habe dich an jenem Abend angelogen, weil ich wütend auf dich war, weil ich dich so dafür hasste, was du Kellen und mir angetan hattest. Ich wollte mich dafür rächen und das konnte ich in meiner damaligen Lage nur mit Worten. Ich wollte dich um jeden Preis fuchsteufelswild machen. Die Konsequenzen dieser Lüge waren mir egal." Sie wollte sich zu ihm drehen, aber er hinderte sie daran und hielt sie auf der Seite liegend mit seinem Arm fest. „Bleib so liegen!", forderte er sie in etwas barschem Ton auf. „Warum denn?"

„Weil es mir so leichter fällt, mich mit dir über dieses heikle Thema zu unterhalten."

„Na gut! Wenn es so die einzige Möglichkeit ist, sich mit dir vernünftig zu unterhalten, dann soll es eben auf diese Weise sein." Nach ein paar Atemzügen versuchte sie, Maél aus der Reserve zu locken. „Vielleicht ist es für dich ja von Bedeutung, dass mich noch nie ein Mann angerührt hat."

„Wieso sollte das denn für mich von Bedeutung sein?" *Wenn sie wüsste! Zu wissen, dass dieser Jüngling oder irgendein anderer Kerl sie noch nicht besessen hat, macht sie nur noch begehrenswerter.*

Diese Antwort war nicht die, die Elea erhofft hatte und dies brachte sie wesentlich lauter als noch kurz zuvor zum Ausdruck. „Meine Güte, Maél. Wie schwer von Begriff bist du denn eigentlich?! Ich will dir gerade sagen, dass ich... unter Umständen... bereit bin, dir meine Unschuld zu schenken. Und was machst du? Du trittst sie mehr oder weniger mit den Füßen." Maél versteifte sich sofort. Elea ließ sich jedoch nicht davon abhalten, mit erhobener und aufgebrachter Stimme weiterzusprechen. „Maél, in den letzten Tagen ist viel zwischen uns geschehen. Ich weiß, zu Beginn unserer Bekanntschaft habe ich dich gehasst. Aber jetzt ist alles anders. Ich empfinde etwas für dich." Sie musste erst mühsam schlucken, bevor ihre nächsten Worte zaghaft über ihre Lippen kamen. „Ich glaube, es ist Liebe." Maél konnte sich nun nicht mehr zurückhalten. Allerdings zischte er Elea seine Antwort zu. „Du darfst mich nicht lieben. Ich bin nicht gut für dich. Ich bin ein schlechter... Nein, ich bin ja nicht mal ein Mensch. Ich weiß selbst nicht, was ich bin. Ich bin skrupellos, brutal und kenne keine Gnade. Ich bin ein Mörder. Ich kann nichts und niemand lieben. Du weißt nichts über mich. Ich habe eine dunkle Vergangenheit und mir steht eine dunkle Zukunft bevor. Ich bin dein Entführer. Es ist einfach unmöglich. Hast du gehört? Es darf nicht sein!"

„Du müsstest dich mal reden hören! Du klingst, als ob du dich selbst davon überzeugen musst, wie abwegig es ist, dass wir uns lieben könnten. Außerdem wo steht geschrieben, dass die Entführte sich nicht in ihren Entführer verlieben darf?", widersprach Elea ihm beharrlich. Sie versuchte sich aus seinem immer fester werdenden Griff herauszuwinden, aber sie hatte keine Chance gegen diesen großen Mann. „Es wird jetzt geschlafen! Verstanden? Das Gespräch ist hiermit beendet!", verkündete er kalt.

„Typisch Mann! Das kenne ich schon von zu Hause. Wenn euch die Argumente ausgehen, dann lasst ihr uns Frauen einfach stehen und verschwindet oder ihr verbietet uns den Mund", schnaubte Elea.

Sie hätte ihn gerne noch auf den Kopf zu gefragt, was er für sie empfand. Aber in der Stimmung, in der er sich gerade befand, war nicht an eine vernünftige Antwort zu denken. Sie schloss erschöpft die Augen und versuchte, ihrer Wut und Verzweiflung

Herr zu werden. Außerdem musste sie erst einmal all die Dinge verarbeiten, die er ihr gerade über sich an den Kopf geworfen hatte.

Maél hatte sich recht schnell wieder beruhigt. Er musste nur Eleas betörenden Duft einatmen, schon war seine Wut über die Offenbarung ihrer Gefühle für ihn verzogen, zumal er sie bereits geahnt hatte. So wie die Dinge standen, lag es nun an ihm, ihrer Liebe keine Chance zu ermöglichen, da sie mit ihrem unbeugsamen Willen, wie er befürchtete, nicht so leicht davon abzubringen war. Aber wie lange könnte er ihrem Drängen und ihren weiblichen Reizen Widerstand leisten?

Kapitel 7

Die Sonne war bereits aufgegangen, als Elea von dem fröhlichen Gesang einer Nachtigall geweckt wurde, die aufgeregt vor ihrer Nase herumhüpfte, um ihr mitzuteilen, dass ein sonniger Herbsttag sie erwartete. Und in der Tat, als Elea ihren Blick zum Himmel emporschweifen ließ, wurde sie von seinem strahlenden Blau fast überwältigt. Sofort fiel ihr das unbefriedigende Gespräch mit Maél vom Abend zuvor wieder ein. Sie richtete ihren Oberkörper auf und schaute sich nach ihm um. Sie entdeckte ihn zusammen mit Jadora bei den gesattelten Pferden. Seine Augen ruhten bereits auf ihr, als sie ihn erblickte. *Ihm entgeht aber auch keine meiner Bewegungen.*

Verärgert über seine physische Vorteile packte sie hektisch ihre Sachen zusammen und machte sich auf eine erneute Distanzierung seinerseits gefasst. Sie ging auf die beiden Männer zu, die über Maéls Landkarte gebeugt angeregt diskutierten. Während sie sie begrüßte, sah sie jedoch Maél beleidigt in die Augen, der ihren Blick zu ihrer Überraschung mit einer unbestimmbaren Intensivität erwiderte, die Elea von jetzt auf nachher schwach auf den Beinen werden ließ. Während er die Karte zusammenfaltete, sagte er: „Wir werden heute Abend den Sumpf erreichen, sodass wir morgen früh mit dem ersten Tageslicht uns an seine Überquerung wagen werden. Wir wissen nicht, was uns erwarten wird. Wir können nur hoffen, dass das Gebiet um die auf der Karte eingezeichneten Hügel nicht ganz so sumpfig ist. Außerdem werden wir nicht darum herumkommen, eine Nacht im Sumpf zu verbringen. Das Gebiet ist zu groß, als dass wir es in einem Tag durchqueren könnten." In Eleas Kehle wuchs sofort ein Kloß heran, während sich gleichzeitig in ihrem Magen ein mulmiges Gefühl breit machte. Die Erlebnisse im Wald bei Kaska waren gerade mal zwei Tage her und die Vorstellung, dass sie in einem Sumpf mit dem Namen *Sumpf der verlorenen Seelen* übernachten sollte, erfüllte sie mit einem Grauen. Sie schlang unwillkürlich ihre Arme fest um ihren Körper, um ein Schaudern zu unterdrücken. „Kommt schon, Elea! Nach allem, was Ihr bisher schon durchgemacht habt, wird dieser Sumpf ein Kinderspiel werden. Ihr werdet sehen", versuchte Jadora, ihr Mut zu machen. Maél verstaute die Karte in seinem Wams und nahm Elea den Rucksack ab. „Bist du genauso zuversichtlich wie Jadora, was den Sumpf angeht", fragte sie den Mann beunruhigt. „Willst du die Wahrheit hören? Nein. Ich weiß nicht, was uns dort crwartet. Zudem wissen wir nicht, wie zuverlässig dieser Teil der Karte ist. Aber in Anbetracht der Tatsache, dass der Winter früher kommt als üblich, müssen wir es mit dir im Reisegepäck riskieren. Du musst dir aber keine unnötigen Sorgen machen, Elea. Du kennst inzwischen meine Fähigkeiten und ich werde ganz besonders gut auf dich aufpassen. Das verspreche ich dir. Ich werde dir nicht von der Seite weichen." Während er dies sagte, streichelte er ihre Wange. Jäh hielt er in dieser zärtlichen Geste inne, als ob ihm bewusst werden würde, dass er einen Fehler machte. Elea nahm diese Zärtlichkeit und ihr viel zu abruptes Ende zwar zur Kenntnis, war aber gerade nicht dazu aufgelegt, sich darauf einzulassen. Sie beschäftigte viel mehr der Sumpf. „Aber Maél, zwei oder drei Tage länger machen mir nichts aus. Du stellst mich hin als wäre ich ein verwöhntes Mädchen aus der Stadt. Ich bin mit der Natur groß geworden und habe mit Albin und den Jungen oft unter freiem Himmel genächtigt. Lieber nehme ich einen Schnupfen in Kauf als im Sumpf zu versinken oder irgendwelchen grauenvollen Gestalten zu begegnen. Wie kommt der Sumpf eigentlich zu seinem nicht gerade Vertrauen erweckenden Namen?" Jadora mischte sich ein. „Angeblich sollen die Geister der im Sumpf untergegangenen Menschen dort umherwandeln, und das schon seit Hunderten von Jahren. Ich weiß von niemand, der es die letzten Jahre gewagt hat, den Sumpf zu betreten. Ich glaube aber nicht an diese Geschichte. Es ist nur ein Sumpf, der einfach nur erhöhte Aufmerksamkeit erfordert. Und dafür haben wir ja Maél."

„Und was halten Eure Krieger davon? Die müssen jetzt schon schlotternde Knie haben, wenn sie sich vor meinen leuchtenden Haaren und den Vögeln fürchten", stellte Elea den Hauptmann zur Rede. „Die verlassen sich ganz auf Maéls Fähigkeiten", antwortete Jadora zuversichtlich. Ihr kam plötzlich ein Gedanke. Zu Maél gewandt fuhr sie fort. „Wo waren denn eigentlich deine ach so tollen Fähigkeiten im Wald, als wir überfallen wurden? Du hättest die Kerle doch eigentlich hören, wenn nicht sogar riechen müssen, so wie die gestunken haben!" Elea war jetzt richtig in Fahrt. Sie hatten bisher nie über Maéls mehr als offensichtliches Versagen im Wald gesprochen. Es war ihr bis zu dem jetzigen Zeitpunkt auch gar nicht bewusst. Aber nun fiel es ihr wie Schuppen von den Augen. Sie sah Maél herausfordernd an und wartete auf eine Antwort. Maél fühlte sich sichtlich unwohl in seiner Haut. *Soll ich zugeben, dass ich selbst nicht genau weiß, wie das passieren konnte? Dass ich vielleicht von ihr abgelenkt war und unvorsichtig wurde?* „Du hast recht. Dass es so weit kam, war meine Schuld. Ich weiß nicht, was mit mir damals los war. Aber ich garantiere dir, so etwas wird nicht ein zweites Mal passieren. Alle meine Sinne im Sumpf werden nur darauf gerichtet sein, uns sicher durch ihn hindurch zu geleiten. So! Ende der Diskussion. Wir verlieren nur kostbare Zeit. Jadora, lass die Männer aufsitzen! Wir reiten los." Er bestieg Arok, setzte noch seine Maske auf und streckte der jungen Frau die Hand entgegen. „Was würdest du tun, wenn ich mich weigere, freiwillig mit zu reiten?", wollte sie streitlustig wissen. „Ich würde dich wie zu Beginn unserer Reise fesseln und quer vor mir über den Sattel legen. Das wäre jedoch in Anbetracht deiner Blessuren keine sehr vorteilhafte Position. Glaubst du nicht auch?!", antwortete er in belustigtem Ton aus dem jedoch auch eine Spur von Ernst herauszuhören war. „Das würdest du nicht wagen?!", entgegnete sie aufgebracht und ballte zornig ihre Hände zu Fäusten. „Du kannst es gerne darauf ankommen lassen." Wutschnaubend ergriff sie die immer noch ausgestreckte Hand und ließ sich von dem maskierten Mann hochziehen. Ihre Wut auf Maél hinderte sie jedoch nicht daran, ihre Arme um seine Taille zu schlingen. *Vielleicht will er mich ja auch nur so schnell wie möglich loswerden, weil ich ihm mit meinen Gefühlen zu lästig werde.*

Gegen Mittag gab Maél das Zeichen zum Anhalten, da sich ihnen schon wieder ein Schwarm Gänse auf dem Weg in den Süden näherte. Alle Männer, die einen Bogen besaßen – wie auch Maél - stiegen von ihren Pferden ab und schossen auf die Vögel. Elea schaute den maskierten Mann von Arok herab völlig entgeistert an, bis er endlich aufhörte und zu ihr ging. „Wir müssen uns mit Essen eindecken, Elea. Ich weiß du hegst besondere Gefühle für Vögel, aber wir brauchen ihr Fleisch, um bei Kräften zu bleiben. Ich gehe davon aus, dass das Angebot an Nahrung im Sumpf äußerst dürftig ausfallen wird", rechtfertigte er sein Handeln.

Elea saß für den Rest des Tages wieder schweigend hinter Maél und gab sich den unterschiedlichsten Gedanken hin. Je näher sie Moray kamen, desto mehr beschäftigte sie die Frage, was sie dort erwartete. Sie hatte nicht die geringste Ahnung und Maél offensichtlich auch nicht. Hielt Roghan vielleicht einen Drachen gefangen, den sie jetzt reiten sollte? Oder sollte sie ihn zuvor für den König erst einmal suchen?

Ihr plötzliches Frösteln veranlasste sie, zum Himmel hoch zu blicken. Es waren zahlreiche Wolken aufgezogen, die den Sonnenstrahlen immer häufiger den Weg hinunter zu den Reitern abschnitten. Maél hatte seine Maske inzwischen abgesetzt. Beide schwiegen beharrlich. Der gestrige Abend, dann die drohende Gefahr des Sumpfes und schließlich wieder die Gänse, die vor ihren Augen mit durchbohrtem Körper vom Himmel fielen, machten Elea ganz schön zu schaffen. Und zu weiteren Auseinandersetzungen, in denen sie wahrscheinlich wieder nur den Kürzeren ziehen würde, war sie momentan nicht aufgelegt. Sie fühlte sich wie ein unmündiges Kind, dem man nichts zutraute. *Aber warum beschwere ich mich eigentlich? Ich bin seine Gefangene, und Gefangene haben nun einmal das zu tun, was man ihnen befiehlt.*

Schließlich landeten ihre Gedanken wieder bei ihrem Lieblingsthema Maél. Diesmal rätselte sie über seine Herkunft. Eines stand für sie fest: Zu einer Hälfte war er menschlich. Aber von welchem Volk stammte die andere Hälfte ab? Breanna und Albin hatten ihr von uralten Völkern erzählt, die vor Hunderten von Jahren noch mit den Menschen zusammenlebten. Diese hatten sich dann aber nach und nach von den Menschen in andere Teile der Welt zurückgezogen. Warum dies geschah, wussten die beiden auch nicht. Breanna erzählte ihr einmal, dass sie in der Gelehrten-Bibliothek in Kaska durch Zufall auf ein uraltes Buch gestoßen sei, das Zeichnungen von menschenähnlichen Geschöpfen enthielt, jedoch ohne Hinweise auf ihre Bezeichnung. Mit einem Mal erinnerte sich Elea wieder. Breanna erzählte von einem Mann, der lange, spitze Ohren, langes weißes Haar und schwarze Augen hatte. Er war gekleidet, wie ein Mensch, war aber deutlich muskulöser. Er hielt in beiden Händen ein Schwert und vermittelte den Eindruck eines Kriegers. Breanna erwähnte auch noch seinen aggressiven und verschlagenen Blick. *Wieso ist mir das nicht schon viel früher eingefallen?! Maél könnte durchaus zur Hälfte von so einem Mann abstammen.* Elea versuchte angestrengt, sich an weitere Erzählungen von Albin und Breanna zu erinnern, die ihr bei ihren Überlegungen bezüglich Maéls Herkunft dienlich sein könnten. An eine Geschichte, die etwas über die Heilkraft von Blut aussagte, konnte sie sich nicht erinnern.

Allerdings fiel ihr etwas im Hinblick auf die Blutrünstigkeit ein. Als sie einmal mit Albin auf der Jagd war, stießen sie auf ein Wolfsrudel, vielmehr das Wolfsrudel stieß auf sie. Der große Leitwolf und drei weitere angsteinflößende Wölfe näherten sich ihnen bedrohlich. Albin hatte sie aufgefordert sich auf einen Angriff vorzubereiten, sodass sie ebenso wie Albin einen Pfeil auflegte. Sie hatte bis zu diesem Zeitpunkt noch nie Todesangst empfunden. Ihr Herz hämmerte wie wild in ihrer Brust und sie hatte große Mühe, ihren Atem unter Kontrolle zu bekommen. Irgendwie fühlte sie, dass es, wenn es zum Kampf käme, auf beiden Seiten zu Verlusten kommen würde. Dies wollte sie unter allen Umständen verhindern. Deshalb versuchte sie, auf ihre Weise mit dem Leitwolf in Kontakt zu treten. Sie vermittelte ihm, dass er und sein Rudel nichts von ihnen zu befürchten hätten und dass sie auf keinen Kampf aus seien. Außerdem schöpfte sie in diesem kurzen Moment so viel Energie wie möglich aus ihrer positiven Gefühlswelt, und schickte ihm eine warme Energiewelle – so ähnlich, wie sie es bei Kellen einige Male getan hatte. Der Leitwolf nahm nur wenige Augenblicke später eine gelassenere Haltung ein und machte mit seinen Wölfen kehrt. Albin war mehr als erstaunt über diesen unerwarteten Sinneswandel. Elea hatte nie ein Wort über ihre telepathische Einflussnahme auf den Leitwolf verloren. Auf dem Heimweg erzählte Albin ihr dann von Menschen, die alten Legenden zufolge die Fähigkeit besaßen, sich in blutrünstige Wölfe zu verwandeln, und in einem Blutrausch Jagd auf Menschen machten. *Also in einen Wolf hat er sich nicht verwandelt.*

Völlig in ihre Überlegungen vertieft, spürte Elea plötzlich, wie Maél eine ihrer Hände, die auf seinem Bauch ruhten, drückte. „Endlich habe ich deine Aufmerksamkeit! Ich dachte schon, du seist eingeschlafen. Ich habe dich bestimmt schon drei- oder viermal mit deinem Namen angesprochen, aber du hast keine Reaktion gezeigt. Bist du noch wütend wegen der Sache mit dem Sumpf und weigerst dich deshalb mit mir zu reden?", fragte Maél in etwas verunsichertem Ton. „Wenn ja, würde das irgendetwas an deinem Entschluss ändern?"

„Nein. Sicherlich nicht."

„Siehst du! Dann brauche ich mir ja auch nicht die Mühe machen, mit dir zu reden. Ich wüsste nicht worüber wir sonst reden sollten, außer vielleicht über das Thema von gestern Abend. Aber du hast mir ja bereits deutlich zu verstehen gegeben, dass du darüber nicht reden willst. Also dann lassen wir es am besten mit dem Reden." Maél überhörte einfach die letzten Worte. „Falls es dich interessiert, wir haben den Sumpf fast erreicht." Er zeigte mit der Hand auf eine Stelle vor sich. „Man erkennt ihn schon von weitem." Elea wollte lieber nicht sehen, was sie erwartete. Deshalb gab sie nur ein mürrisches Brummen von sich und schmiegte ihre Wange wieder an Maéls Rücken. Untypischerweise schien Maél jedoch, zum Reden aufgelegt zu sein. Er hielt Arok an und wartete bis Jadora zu ihm aufgeschlossen hatte. Jadora war natürlich bereits aufgefallen, dass Elea den ganzen Tag über so schweigsam war und sprach sie direkt darauf an. Sie gab nur wortkarg Müdigkeit vor, was Jadora aber nicht übermäßig zu überzeugen schien, da er Maél mit einem vielsagenden Grinsen bedachte. Die Männer kümmerten sich nicht länger um die junge Frau und unterhielten sich über die nach der Durchquerung des Sumpfes noch verbleibende Reisestrecke. Elea verfolgte das Gespräch der beiden Männer nicht und hing ihren eigenen ganz privaten Gedanken nach. Einmal wurde jedoch ihre Aufmerksamkeit erregt, nämlich als der Name Darrach fiel. Sie hatte ihn während der Reise immer mal wieder aufgeschnappt, aber sobald sie sich den Männern näherte, während sie sich unterhielten, erstarb sofort das Gespräch. „Wer ist eigentlich dieser Darrach? ", fragte sie neugierig die beiden Männer. Jadora sah alarmiert zu Maél. Offenbar lag es an ihm, diese Frage zu beantworten. Elea entging es nicht, dass er sich unter ihren Händen für einen kurzen Moment versteifte. *Hier habe ich wohl einen wunden Punkt von ihm getroffen.*

„Ich dachte, dir ist nicht zum Reden zumute", sagte er gereizt. „Ich habe diesen Namen jetzt schon mindestens genauso oft wie den Namen des Königs fallen hören. Dieser Mann muss also wichtig sein. So wichtig, dass es sich mit aller Wahrscheinlichkeit nicht vermeiden lassen wird, dass ich seine Bekanntschaft in Moray machen werde." Und schon wieder konnte Elea ein deutliches Zusammenzucken von Maél wahrnehmen. *Diese Frau mit ihren gerade mal achtzehn Jahren hat ein unglaubliches Gespür für bedeutungsschwere Umstände.* „Er ist Berater und engster Vertrauter von König Roghan", sagte er mit einer Kälte in der Stimme, bei der Elea das Gefühl hatte, sein Atem müsste gefrieren, sobald er seinen Mund verließ. „Gut. Für Roghan ist er Berater und Freund. Was ist er für dich?" Elea wusste schon, bevor sie diese Frage ausgesprochen hatte, dass die beiden Männer – jeder auf seine Weise – darauf reagieren würde. Jadora zog laut die Luft ein und sah gespannt zu Maél, während dieser jäh seine Hand von Eleas löste und den Atem anzuhalten schien. Elea kostete diesen kurzen Moment, in dem sie offensichtlich Maéls Gefühlswelt aus dem Gleichgewicht brachte, aus. Da er immer noch schwieg, hakte sie erbarmungslos nach. „Bekomme ich eine Antwort oder ist die Art eurer Verbindung ein weiteres deiner ach so vielen Geheimnisse?" Jetzt hörte sie, wie auch er die Luft scharf einzog. „Er hat mich aufgezogen. Er ist sozusagen mein Ziehvater und Lehrer. Genügt dir die Antwort. Ich hoffe. Mehr wirst du nämlich nicht erfahren."

„Danke. Das reicht mir fürs erste. Ich habe mehr erfahren, als ich zu hoffen wagte", sagte sie in süffisantem Tonfall. *Jetzt habe ich dich. Du selbstgefälliges Spitzohr.*

Elea konnte es nicht glauben. Nachdem der Tag bisher alles andere als erfreulich verlaufen war, nahm er nun doch noch eine erbauliche Wendung. Sie hatte endlich – wie es schien - eine Erklärung für Maéls Hass, Gewaltbereitschaft und vielleicht auch für sein Unvermögen gefunden, seine wahren Gefühle für sie offen zu legen. Für den Moment wollte sie es aber damit auf sich beruhen lassen. Sie spürte, dass allein die Erwähnung des Namens dieses Mannes ihn quälte.

Von diesem kleinen Wortwechsel an herrschte allgemeines Schweigen unter den Reitern. Selbst Jadora schien, das Plaudern vergangen zu sein. Er blickte immer wieder beunruhigt zu Maél hinüber, dessen Stirn von Düsternis umwölkt war. Mit einem Mal drückte er Arok die Fersen in die Seiten, sodass dieser im Galopp davon preschte.

Elea wäre vom Pferd gestürzt, hätte Maél nicht eine ihrer Hände an seinem Bauch festgehalten. Elea spürte, wie es in ihm brodelte und kochte. Sie kannte dieses Gefühl nur zu gut. Wenn sie wütend war, versuchte sie sich dann immer durch das Laufen abzureagieren. Auf einmal hatte sie ein schlechtes Gewissen, weil sie ihn mit ihrer Bohrerei so aus der Fassung gebracht hatte. Sie verspürte sogar das Bedürfnis, ihn zu trösten, ja sich sogar zu entschuldigen. Während des rasanten Ritts umschloss sie mit ihrer freien linken Hand seine große Hand, die ihre rechte festhielt. Sie schmiegte sich fest an ihn und baute erneut eine warme Welle aus schönen Erlebnissen in ihrem Innern auf. Kaum hatte Elea sie an Maél weitergegeben, reagierte er auch schon darauf. Er zog mit einem so kraftvollen Ruck an Aroks Zügeln, dass dieser durch das abrupte Anhalten beinahe auf seine Hinterläufe gelandet wäre. Das Tier konnte sich gerade noch abfangen, bäumte sich dann aber protestierend auf. Diesmal konnte der Mann Eleas Sturz nicht verhindern. Er benötigte beide Hände, um sein Pferd zu bändigen. Elea rollte sich blitzschnell weg von den tänzelnden Hinterbeinen, um nicht unter die Hufe zu geraten. Als Maél Arok endlich unter Kontrolle hatte, sprang er sofort von ihm herunter und stürzte rot vor Wut auf Elea zu, die sich inzwischen aufgerappelt hatte. „Was hast du eben wieder mit mir gemacht? Das Gleiche hast du schon im Wald gemacht", schrie er sie an. Elea war über seinen Gefühlsausbruch dermaßen erschrocken, dass sie im ersten Moment gar nicht wusste, was sie antworten sollte. Er kam ihr bedrohlich nahe und starrte sie mit hasserfüllten Augen an. Die Angst, die sie in diesem Moment empfand, ähnelte sehr jener, die sie nach ihrem gescheiterten Mordversuch verspürte. „Raus mit der Sprache! Was hast du gemacht? Was bist du? Bist du eine Hexe?", fauchte er sie an und packte sie dabei schmerzvoll an den Schultern, um eine Antwort aus ihr herauszuschütteln. Erst durch den Schmerz fand die junge Frau wieder zu ihrer Sprache. „Lass mich los! Du tust mir weh! Ist es jetzt wieder soweit, dass du mir Schmerzen zufügen willst?!", schrie sie ihn unter Tränen an. So abrupt, wie er Arok zum Stehen gebracht hatte, ließ er sie wieder los. Beschämt wandte er sich von ihr ab und raufte sich die Haare, sodass Elea eines seiner spitzen Ohren aufblitzen sah. Dies veranlasste sie, sich schnell wieder zu beruhigen. In ihr nahm plötzlich der Gedanke Gestalt an, dass sein aufbrausendes und gewalttätiges Wesen ein Charakterzug dieses unbekannten Volkes sein könnte, von dem Breanna erzählt hatte. Somit wäre sein brutales Verhalten zumindest ein wenig entschuldbar. „Maél", fing sie behutsam an, „bitte sieh mich an!" Er drehte sich sofort zu ihr um. Sie konnte sehen, dass auch er schon halbwegs zu seiner Fassung zurückgefunden hatte. „Es tut mir leid, Elea. Ich wollte dir nicht wehtun. Ich hatte es mir geschworen, dir nie wieder weh zu tun. Aber erst deine Fragen nach Darrach und dann das mit diesem heißen Energiestoß, den du mir jetzt schon zum zweiten Mal versetzt hast. Das hat mich so in Rage versetzt, dass ich mich fast vergessen hätte. - Was bist du nur?", fragte er mit leiser Stimme, aus der unschwer Verzweiflung heraus zu hören war. Elea musste schwer schlucken. Maéls Frage war durchaus berechtigt? Was war sie nur, dass sie zu so etwas in der Lage war? Verlorenheit und Verstörung rangen in ihr, sodass ihr schwindelig wurde. Ihre Beine knickten ein. Maél folgte ihr auf die Knie, um sie zu stützen. „Du hast es tatsächlich gespürt! - Ich habe es bisher nur ein paar Mal bei Kellen eingesetzt, wenn er Gefahr lief, sich in eine Schlägerei zu verwickeln oder am letzten Abend zuhause, als du ihn so provoziert hast, dass er beinahe explodiert wäre. Und einmal habe ich es aus Notwehr getan, als Albin und ich von einem Rudel Wölfen bedroht wurden. Da habe ich es mit dem Leitwolf gemacht. Und bei dir habe ich es zum ersten Mal mit Körperkontakt gemacht, während bei Kellen und dem Wolf nur gedanklich." Elea war so aufgeregt, dass sie vergaß zu atmen. Die Worte sprudelten geradezu aus ihr heraus. Ihr Herz schlug immer schneller. Erst als Maél sie in die Arme nahm und sie an sich drückte, begann sie, sich wieder zu beruhigen. Jadora hatte sie inzwischen eingeholt. „Ist alles in Ordnung?", wollte er besorgt wissen. „Ja. Kümmere dich um das Lager und das Feuer, Jadora! Wir kommen schon allein zurecht", schnauzte Maél den Hauptmann an. In der Tat hatte Elea bis eben noch nicht bemerkt, dass sie das Sumpfgebiet erreicht hatten. Sie löste sich etwas von ihm und drehte ihren Kopf zur Seite. Der Anblick, der sich ihr bot, war noch trostloser als die öde Grassteppe. Sie erblickte eine Reihe abgestorbener Bäume mit vereinzelten, dicken, knorrigen Ästen sowie morsche Baumstümpfe, die aus einem dunklen schweren Erdboden herausragten. Nicht ein Hauch von Grün war auf diesem Gelände zu erkennen. Alles schien tot zu sein. Nur hin und wieder wurde die Trostlosigkeit mit grauen Felsen und Steinen unterbrochen. Der anbrechende Abend hüllte dieses von jeglichem Leben verlassene Fleckchen Erde zu allem Übel noch in dämmrig-schauriges Licht ein. Elea erschauderte. Maél, der sich inzwischen mit ihr zusammen von den Knien erhoben hatte, sie aber immer noch in seinen Armen hielt, beruhigte sie. „Du wirst sehen. Es wird alles gut werden. In zwei Tagen haben wir ihn hinter uns gelassen. Ich passe schon auf dich auf."

„Und wer passt auf dich auf?" Er schenkte ihr eines seiner Lächeln, das sie dahinschmelzen ließ, und sagte zu Jadora blickend. „Das ist eigentlich Jadoras Aufgabe. Wenn er das allerdings so gut macht, wie mit dir im Wald bei Kaska, dann sind meine Aussichten nicht so rosig", antwortete er spöttisch. „Was hältst du davon, wenn wir die Sache mit deiner Gabe und die Frage, was du bist, auf irgendwann später verschieben? Ich habe das Gefühl, dass du erschöpft bist und dich nicht noch mehr unnötig aufregen solltest."

„In Ordnung. Aber nur wenn wir uns irgendwann auch noch über...", Elea hatte Angst den Namen auszusprechen. „Ja...? Über...?", griff Maél alarmiert ihre Frage auf. „Über Darrach unterhalten. Sei mir nicht böse, Maél, aber... ich..." Maél unterbrach ihr ängstliches Stottern. „Meinetwegen. Wenn es sein muss. Aber ich muss dich warnen. Was du hören wirst, wird dir nicht gefallen. – Lass uns jetzt zu den anderen gehen."

Elea gab trotz ihrer Müdigkeit ihrem Bedürfnis nach, sich zu waschen. Sie ging zu dem immer schmaler gewordenen Fluss, der sie fast die ganze Strecke in der öden Steppe begleitet hatte und nun wie ein kleiner Bach in das Sumpfgebiet mündete. Nach dem eher notdürftigen Säubern der freien Körperflächen wie Gesicht, Hals und

Hände, unternahm sie zum ersten Mal, seitdem sie sich auf dieser Reise befand, den Versuch, ihr Haar zu kämmen. Es war jedoch ein Ding der Unmöglichkeit, ihm Herr zu werden. Zahlreiche Knoten hatten sich gebildet und das, obwohl sie ihre Haare so gut wie nie unbedeckt getragen hatte. Erschwerend kam hinzu, dass sie wieder mehr als eine Handbreit gewachsen waren. Zuhause hatte Breanna ihr immer diese unselige Arbeit abgenommen. Stöhnend gab sie ihr Unterfangen auf, packte ihren Rucksack und schlenderte mit schweren Schritten zum Lagerplatz zurück. Sie ließ ihren Rucksack einfach auf die Erde fallen und setzte sich auf ihren Umhang. Sie wollte sich gerade auf ihm ausstrecken, als ihr auf einmal die Stille um sie herum auffiel. Gerade eben noch waren die Männer in ihren unterschiedlichen Beschäftigungen vertieft gewesen oder unterhielten sich. Elea blickte sich um und bemerkte sechs Augenpaare, deren Blick, wie gebannt, auf ihr ruhten. *Was stimmt denn jetzt schon wieder nicht mit mir? Wahrscheinlich sehe ich mit meinen Haaren wie eine Vogelscheuche aus.* Jadora räusperte sich verlegen, als Elea ihn fragend anblickte und gab seinen Männern den Befehl, mit ihrer Arbeit fortzufahren. Maél war nirgendwo zu entdecken. Sie ging mit müden Schritten zu den Pferden hinüber, die alle an in die Erde gehämmerten Pflöcken fest gebunden waren. Ohne dass Maél in ihrer Nähe war, ging sie zum ersten Mal allein auf Arok zu. Sie hatte immer noch großen Respekt vor dem Hengst. Sie streichelte ihn am Hals, so wie es sein Herr immer tat. Auch von ihrer Hand schienen ihm die Streicheleinheiten zu gefallen. Als sie jedoch zum zweiten Mal mit ihm gedanklich Kontakt aufnehmen wollte, wurde er unruhig und verschloss sich wieder vor ihr. *Mit dem Pferd stimmt etwas nicht, genauso wie mit seinem Herrn.* Plötzlich waren schmatzende Geräusche vom Sumpf herkommend zu vernehmen. Elea bewegte sich etwas an Arok vorbei, um freie Sicht auf das Sumpfgebiet zu haben. Es war Maél, der über und über mit Schlamm bedeckt war. Allerdings war sein Oberkörper nackt, weil er seine Tunika und sein Wams in der Hand trug. *Habe ich mich eben getäuscht oder blitzte es gerade grün leuchtend von dem Ring auf?*

Ein paar Schritte von ihr entfernt blieb er abrupt stehen und musterte sie wieder so unverhohlen und intensiv, dass Elea unwillkürlich errötete. „Jetzt starrst du mich auch so an wie die anderen!" Maél rieb sich unsicher die Schlamm verschmierte Nasenwurzel und kam auf Elea zu. „Das wundert mich nicht."

„Warum? Was stimmt denn nicht mit mir, außer dass meine Haare wieder leuchten? Diesen Anblick seid ihr doch inzwischen schon gewohnt." Er stand ihr jetzt genau gegenüber und nahm eine der roten Haarsträhnen zwischen drei seiner schlammigen Finger. „Es ist nicht das Leuchten. Es ist die Art, wie du dein Haar trägst. Dein Haar ist ein Teil deiner Schönheit." Er ließ die Locke los und ging Richtung Fluss. Elea war im ersten Moment über seine Äußerung so sprachlos, dass sie, wie angewurzelt, keinen Schritt tun konnte. *Er findet mich schön. Wieso wundert mich das jetzt? Das hätte ich mir doch eigentlich denken können, nachdem er mich vorgestern am Fluss mit seinen Augen förmlich verschlungen hat. Wieso muss ich auch so unerfahren sein, was Männer angeht?! Breanna hätte mich ruhig besser auf sie vorbereiten können!* Sie unterdrückte den Drang im hinterher zu rennen, um zu fragen, was im Sumpf geschehen war.

Am Lagerfeuer erwartete Elea wieder eine Stimmung wie auf dem Jahrmarkt. Ein Gelächter löste das andere ab. Die Krieger machten sich anscheinend keine Sorgen in Anbetracht der großen Gefahr, in die sie sich am nächsten Tag begeben würden. Die junge Frau erklärte sich ihre gute Laune wieder mit dem bevorstehenden Festmahl. Vier Gänse wurden bereits über dem Feuer gedreht. Weitere drei warteten bereits aufgespießt darauf, ihren Platz einzunehmen. Sie ließ sich wieder auf ihren Umhang nieder, etwas abseits von den Männern und wartete darauf, dass Maél endlich zurückkam. Die herbstabendliche Dunkelheit hatte sich bereits über den Sumpf gelegt, als er sich dem Lager näherte. Er blieb am Feuer stehen, um seinen nackten Oberkörper zu wärmen. Eleas Herz schlug immer schneller. Sie hatte noch nie einen so perfekten männlichen Oberkörper gesehen. Im Lichtschein des Feuers traten die Muskeln seiner Oberarme und seiner Brust hervor je nachdem, wie er sich bewegte. Über seinem flachen Bauch spannte sich ebenfalls eine Vielzahl von Muskeln. Elea wunderte sich, dass ein Mensch überhaupt so viele Muskeln an dieser Stelle haben konnte. Allerdings hatte sie bisher nur wenige Männer oben herum nackt gesehen, um genau zu sein nur drei, die von Albin, Kellen und Louan. Schließlich kam er zu ihr geschlendert. Während er in seiner Satteltasche nach einer frischen Tunika kramte, heftete sich ihr musternder Blick auf den fingerdicken Ring, der wie eine kurze Kette locker um seinen Hals lag. Dank ihres leuchtenden Haars erkannte sie den Kopf einer Schlange, die in ihren Schwanz biss. Neugierig nahm sie sie zwischen zwei Finger. Sie war eindeutig aus Metall und fühlte sich eiskalt an, kälter als ihr seltsamer Stab. Als Auge hatte sie einen grünen Stein. *Vielleicht war es das Auge, was ich vorhin aufblitzen sah.* Maél sah sie lauernd an. „Na frag schon! Was willst du wissen?"

„Hat dieser Schlangenring eine Bedeutung? Von wem hast du ihn?"

„Er ist von Darrach. Und über seine Bedeutung sprechen wir ein anderes Mal. – Dreh dich mal um!", forderte er sie auf.

„Warum denn? Was hast du vor?" Elea drehte sich zögernd um.

Sie spürte, wie er ihr Haar nahm und es mit etwas zusammenband. „Eigentlich wollte ich dich bitten, sie mit deinem Messer kurz zu schneiden. Sie sind mir ohnehin nur lästig. Und mit den vielen Knoten bleibt mir am Ende der Reise nichts anderes übrig, als sie abzuschneiden."

„Du kennst Belana nicht. Sie ist eine wahre Künstlerin, was Haare angeht", erwiderte Maél in amüsiertem Ton. „Niemand wird sich an meinen Haaren zu schaffen machen! Wer ist diese Belana überhaupt?", wollte Elea empört wissen. „Sie ist Roghans Erste Hofdame. Sie ist seit dem Tod seiner Frau die gute Seele im Schloss. Du wärst die erste, die es schafft, sich ihren Befehlen zu widersetzen."

„Dann schneide sie mir jetzt sofort ab! Bis wir in Moray sind, werden sie sowieso wieder mindestens so lang sein, wie sie jetzt schon sind."

„Nein, das kommt nicht in Frage! Sie bleiben so, wie sie sind", entgegnete er entschieden. „Es sind immerhin meine Haare. Dann darf ich ja wohl über sie entscheiden", fauchte Elea den Mann bockig an. „Du bist meine Gefangene. Also entscheide ich, was mit deinen Haaren geschieht. Außerdem gefallen sie mir, wenn sie lang sind. Darf ich mich jetzt endlich anziehen oder willst du, dass ich eine Lungenentzündung bekomme?" Er zog seine Stiefel aus und begann demonstrativ, an den Schnüren seiner nassen Lederhose zu nesteln, sodass Elea sich schnaubend in Richtung Lagerfeuer entfernte. Dort setzte sie sich neben Jadora, der zusammen mit Boran, den Spieß mit den Gänsen über dem Feuer andächtig drehte. Die vier anderen Krieger würfelten und rauchten dabei eine Pfeife, die sie reihum gehen ließen und die einen widerlich stinkenden Qualm verbreitete.

„Ihr habt wirklich schönes Haar", fing Jadora unvermittelt an zu sprechen.

„Können wir bitte über etwas anderes reden, als über mein Haar! Ob es schön ist oder nicht, ist mir völlig gleichgültig. Feststeht, dass es mir, seit ich denken kann, nur lästig war. Und jetzt hat sich mein Entführer auch noch in den Kopf gesetzt, es, bis wir in Moray ankommen, wachsen zu lassen, nur weil sie ihm so gefallen", brauste Elea auf, was bei Maél ein deutlich zu vernehmendes Lachen auslöste. Jadora musste nun auch schmunzeln.

„Na ja. Wenn er das so will, dann müsst Ihr Euch ihm fügen. Aber wo er recht hat, hat er recht. Sie sind außergewöhnlich schön."

„Ja, ja, ja, Jadora. Haltet Ihr ruhig zu ihm."

Nach einer kleinen Weile ließ Maél sich neben Elea nieder. Dabei legte er ihr ein Stück Stoff über die Schulter. „Damit kannst du dir den Kopf bedecken. Ich habe einen Streifen aus einer alten Tunika, die schon einige Löcher hat, geschnitten. Dann kannst du dein Unterhemd wieder anziehen. Du hast ja sicherlich nicht mehr viele?!", sagte er in versöhnlichem Ton. Elea nahm den Stoff in die Hand und hielt ihn sich an die Nase. Wie erwartet roch es nach Maéls typischem Duft. „Wie fürsorglich von dir! Wer hätte das gedacht: Die wundersame Wandlung vom eiskalten Häscher zum warmherzigen Wohltäter!", sagte sie schnippisch. Jadora brach in lautes Gelächter aus, während sich auf Maéls Lippen ein Lächeln stahl, das er ohne Erfolg zu unterdrücken versucht hatte. „Also die Reise mit dir ist mit Abstand die amüsanteste, die ich jemals unternommen habe", verkündete der junge Mann mit belustigter Stimme. „Wie schön für dich! Für mich ist es die erste und wahrscheinlich die schreckenerregendste, die ich jemals erleben werde", konterte Elea bissig. Jetzt brach das ganze Lager in allgemeines Gelächter aus. Die Krieger hatten scheinbar interessiert die Unterhaltung verfolgt, von Jadoras lautem Lachen angelockt. Elea wusste nicht, wie sie darauf reagieren sollte. Irgendwie hatte sie das Bedürfnis sich dem Gelächter anzuschließen. Andererseits war sie wütend, weil sich alle über sie lustig machten. Sie entschied sich, die Beleidigte zu spielen und wollte gerade aufspringen, als Maél sie fest hielt. „Bleib! Bitte! Mit dir gewinnt erst alles einen gewissen Reiz. Sieh dir die Männer an! Ich dachte, sie wären nur angesichts eines saftigen Bratens fähig zu lachen. Weit gefehlt:

Du hast sie zum Lachen gebracht. Und Jadora wird dir bestätigen, dass ich, bis du in mein Leben getreten bist, selten das Bedürfnis hatte zu lachen. Das stimmt doch, Jadora?" Jadora nickte eifrig mit einem Grinsen, das so breit war, dass es sich von einem Ohr zum anderen zog. „Verstehe es als ein Kompliment! Ich hatte bis jetzt noch nie einen Gefangenen, der so schlagfertig war und über einen so scharfzüngigen Humor verfügte."

„Wundert dich das etwa? Den Gefangenen vor mir haben vor lauter Angst vor deiner Gewalttätigkeit und deiner Maske die Knie gezittert."

Elea musste jetzt auch in das neu aufflammende Lachen mit einstimmen. Sie fühlte sich nach diesen aufrichtigen und warmherzigen Worten auf einmal so unglaublich wohl. Sie hatte fast das Gefühl, eine neue Familie gefunden zu haben, die sie in ihrer Mitte aufgenommen hat. *Ich muss verrückt sein! Ich bin doch ihre Gefangene?*

Sofort nach dem Essen ging sie zu ihrem Schlafplatz und kuschelte sich müde in Maéls Fell. Sie war gerade im Begriff einzuschlafen, als sie eine Bewegung neben sich spürte. Maél suchte eine bequeme Position. Endlich hatte er eine gefunden. Sie öffnete die Augen und erschrak, als sie bemerkte, dass er auf dem Ellenbogen gestützt mit seinem Gesicht dem ihren ganz nahe war. „Du schläfst noch nicht. Gut. Ich wollte nämlich noch mit dir reden."

„Muss das jetzt noch sein? Wenn du mich eben nicht angerempelt hättest, wäre ich schon längst eingeschlafen."

„Entschuldige, aber du hast mir nicht viel Platz auf deinem Umhang gelassen, da musste ich näher zu dir heranrücken. Deinem Rücken geht es offenbar schon besser, sonst könntest du jetzt noch nicht auf ihm liegen. Oder liege ich da falsch?"

„Ja, es geht ihm besser. War es das jetzt?", wollte Elea ungeduldig wissen. „Nein. Das war es natürlich nicht." Er schaute immer noch in ihre Augen, die angestrengt versuchten, seine in der nächtlichen Dunkelheit in seinem Gesicht ausfindig zu machen. „Bevor ich dich damals im Wald gefangen habe, war ich in deinem Zimmer und habe mich genau umgesehen, um möglichst viel über dich zu erfahren", begann Maél zu sprechen. Eleas Müdigkeit war auf einmal wie weggeblasen. „Ja und?", fragte sie neugierig. „Dabei ist mir aufgefallen, dass du nur Jungenkleidung im Schrank hattest. Und was noch seltsamer war: Ich konnte keinen Spiegel, keine Haarbürsten oder Kämme oder andere typisch weiblichen Dinge entdecken. Kannst du mir das erklären?" Elea stöhnte ungeduldig auf. „Wegen dieser unbedeutenden Frage hältst du mich vom Schlafen ab?! Was gibt es denn da schon zu erklären. Du weißt doch inzwischen, dass ich mich in meinem früheren Leben hauptsächlich draußen in der Natur aufgehalten habe. Ich bin fast jeden Tag zum See und wieder nach Hause gerannt. Ich bin mit Albin jagen gegangen oder habe mit dem Bogen geübt. Bei all diesen Beschäftigungen, wären Frauengewänder etwas störend gewesen, findest du nicht?"

„Ja schon. Aber nicht einen Spiegel und nicht eine Haarbürste! Ist das normal für eine Frau?!", hakte Maél verständnislos nach. „Die habe ich nicht gebraucht, weil

Breanna bis vor zwei Wochen mir morgens nach dem Aufstehen die Haare unten in der Wohnstube gekämmt hat. Bis du jetzt zufrieden?"

„Wann hast du das letzte Mal in einen Spiegel geschaut?", blieb der Mann hartnäckig. „Maél, das weiß ich nicht mehr. Ein paar Jahre ist es bestimmt schon her. Vielleicht fünf oder sechs. Das einzige Spiegelbild von mir, das ich regelmäßig sehe, ist jenes, das mir von der Wasseroberfläche des Sees entgegenspiegelt, und zwar in dem Moment, bevor ich ins Wasser springe. Warum ist das denn so wichtig?" Maél zog hörbar den Atem ein. Er kam aus dem Staunen nicht mehr heraus. *Sie weiß tatsächlich nicht, wie schön sie ist. Kein Wunder, dass sie sich so unbefangen und freizügig verhält.* „Niemand deiner Familie hat dir also all die Jahre gesagt, wie schön du bist?! Sehe ich das richtig?"

„Ja. Nein... Also Kellen hat es ein oder zweimal in einem Anflug von Verliebtheit erwähnt. Aber ich habe mir nichts dabei gedacht. Das sagt wahrscheinlich jeder Mann zu der Frau, in die er verliebt ist. Oder nicht? So habe ich es mir zumindest erklärt. Allerdings..." Elea kam ins Stocken. „Ja, was?"

„An dem Abend, an dem du wie eine Heimsuchung über uns hergefallen bist, da nahm mich Breanna mit in ihr Schlafzimmer, um mir mein Reisegepäck zu geben. Da entdeckte ich ein Bild von einer jungen Frau an der Wand. Du musst wissen, Breanna zeichnet für ihr Leben gern. Und ihre Lieblingsmotive sind wir Kinder. Sie hat die Zeichnungen alle an die Wand am Kopfende des Bettes gehängt. Na ja. Auf jeden Fall konnte ich gar nicht glauben, dass ich diese junge Frau sein sollte. Ich erkannte mich nur an den drei Strähnen. Ich war im ersten Moment so geschockt. Ich hatte mich ganz anders in Erinnerung." Maél war tief berührt. *Sie wurde von ihren Pflegeeltern so behütet und von der Außenwelt isoliert erzogen, dass aus ihr eine natürliche junge Frau geworden ist – vielleicht einzigartig in dieser verfluchten, verkommenen Welt. - Sie ist das genaue Gegenteil von mir.* Maéls Stimme war so belegt, dass er sich erst einmal räuspern musste, bevor er wieder sprechen konnte. „Elea,..." Der jungen Frau war das Thema äußerst unangenehm. Deshalb unterbrach sie ihn sofort. „Maél, ich bin hundemüde und möchte jetzt einfach nur schlafen. Morgen steht uns ein anstrengender und gefährlicher Tag bevor und da wäre ich gerne Herr meiner fünf Sinne. Lass uns jetzt schlafen, bitte!" Sie drehte sich einfach um, ohne eine Antwort abzuwarten. Maél war so perplex über ihre knappe Abspeisung, dass ihm keine schlagfertige Erwiderung schnell genug einfiel. So blieb ihm nichts anderes übrig, als sich an sie zu schmiegen, was jedoch eine verlockende Alternative in sich barg. Nach ein paar Augenblicken vernahm er schon ihre langsamen und leisen Atemzüge, die er mittlerweile in- und auswendig kannte. Bei ihm dauerte es allerdings, bis er in den Schlaf fand, da ihn die jüngsten Erkenntnisse noch eine ganze Weile beschäftigten.

Die Nacht verlief für Elea alles andere als erholsam. Sie wachte mehrmals auf, weil Maél sich immer wieder unruhig im Schlaf hin und her warf. Offenbar schien er zu träumen, wurde aber nicht wach. Wecken wollte sie ihn aber auf gar keinen Fall, weil sie Angst hatte, dass er dann nicht mehr einschlafen würde. Er war am nächsten Tag für die Wanderung durch den Sumpf der wichtigste Mann und musste unbedingt ausgeruht sein. Also ertrug sie lieber seine unruhigen Bewegungen und Anrempelungen. Irgendwann – mehr als die Hälfte der Nacht war bereits verstrichen - hatte Maél seinen bewegungsreichen Traum endlich zu Ende geträumt, sodass Elea einschlafen konnte. Es dauerte jedoch nicht lange, da rüttelte jemand an ihrer Schulter. Nach mehreren Versuchen gelang es ihr endlich, ihre Augen offen zu halten. Der Morgen dämmerte bereits. Sie fühlte sich wie gerädert. „Was ist los mit dir? Bist du etwa krank?" Maél beugte sich über sie und sah ihr in die müden Augen.

„Das müsste ich eigentlich dich fragen. Was war nur los mit dir die letzte Nacht? Du hast dich die ganze Zeit hin und her gewälzt und mich angerempelt. Außerdem musste ich ständig, um meinen Teil des Fells kämpfen. Du musst einen Albtraum gehabt haben, der dich die halbe Nacht geplagt hat!", erwiderte Elea vorwurfsvoll. „Ich kann mich an keinen Traum erinnern. Ich habe geschlafen wie ein Baby."

„Schön für dich! Ich fühle mich aber grässlich. Was machen wir jetzt?", fragte Elea hilflos. „Du machst erst einmal gar nichts. Ich setze dich auf Arok, da kannst du noch ein wenig herumdösen. Aber schlaf bloß nicht ein! Nachher fällst du noch in den Morast." Elea stöhnte laut und ließ sich von Maél hochziehen. Dann rollte er ihren Umhang und sein Fell zusammen, legte sie der jungen Frau in die Arme, schulterte ihren Rucksack und nahm sie kurzerhand auf seine Arme. Die anderen warteten bereits. „Ist es nicht noch viel zu dunkel? Man kann doch den Boden noch gar nicht richtig erkennen!", fragte Elea ängstlich.

„Für mich ist es, wie du weißt, nie zu dunkel", antwortete Maél und hob Elea in den Sattel. Elea war außer Stande zu protestieren. Der Tag begann für sie ganz und gar nicht, wie sie geplant hatte. Sie war zu müde, um die Augen nach möglichen Sumpflöchern aufzuhalten und um einen Fuß vor den anderen zu setzen. Jetzt musste sie sogar allein auf diesem riesigen Hengst sitzen und sich an seiner Mähne festkrallen. Jadoras Kommentar, dass sie aussähe, als hätte sie nachts heimlich von seinem Branntwein getrunken, was wieder allgemeines Gelächter unter seinen Kriegern hervorrief, trug nicht gerade zur Hebung ihrer Stimmung bei.

Die Krieger gingen alle zu Fuß und führten ihre Pferde an den Zügeln. Das achte, herrenlose Pferd hatte Jadora mit einem Strick an den Sattel seines Pferdes gebunden. Er bildete das Schlusslicht der Truppe. Außerdem hatten sich die Männer – mit Ausnahme von Maél - untereinander jeweils in einem Abstand von etwa zehn Schritten mit Seilen gesichert. Maél hatte sich mit einer Fangleine an Arok festgebunden und hielt ein Seilende, von einem anderen Seil, das er Elea sicherheitshalber um den Bauch gebunden hatte. Bevor sich die Gruppe an die Überquerung des Sumpfes machte, ging sie noch eine Weile an seinem Rand in nördliche Richtung entlang, bis das hügelige Gelände begann. Maél war der Meinung, dass dort der Sumpf leichter gangbar war und hoffte auf kleinere Vegetation, wie Gräser, Sträucher und Wurzeln, die dem Boden Stabilität geben würde. Darüber hinaus war er bei seinem kleinen Erkundungsgang am Tag zuvor auf einige halb ausgetrocknete Stellen gestoßen, die darauf schließen ließen, dass es hier noch keine heftigen Regenfälle gegeben hatte, wie sie für den Herbst typisch waren. Dies war für ihre Überquerung von großem Vorteil. Alles in allem standen ihre Chancen, den Sumpf, ohne größere Schwierigkeiten zu passieren, nicht schlecht.

Nach einer Weile erkannte Elea durch die Schlitze ihrer halb geöffneten, bleischweren Lidern zum Teil grün bewachsene Felsen. Der Himmel verhieß jedoch nichts Gutes. Ein dicker grauer Wolkenteppich hatte sich über das strahlende Blau des Vortages gelegt und erstreckte sich in alle Himmelsrichtungen, so weit das Auge reichte. Außerdem verspürte Elea eine unangenehme feuchte Kälte, die ihr langsam den Rücken hinaufkroch. Maél hielt plötzlich an und kam auf Elea zu. „Wie geht es dir?", fragte er sanft. „Frag mich das heute Abend! – Maél, ich dachte, ich könnte dir irgendwie helfen, aber ich befürchte, ich bin nur eine Last...", sagte Elea unglücklich. „Du bist keine Last. Und ich wüsste auch nicht, wie du mir im Sumpf eine Hilfe sein könntest." Er nahm Eleas zusammengerollten Umhang vom Sattel und legte ihn ihr fürsorglich um die Schultern. „Wie kommt es, dass du immer genau weißt, wann ich friere?"

„Ich kenne dich halt schon gut genug. Außerdem ist unschwer zu übersehen, dass du am ganzen Körper bereits zitterst. - Wir werden nur langsam vorankommen, da ich immer ein paar Schritte vorausgehen werde, um das Gelände zu erkunden und sichere Überquerungsstellen zu finden." Elea streckte ihre Hand aus, um Maéls Wange zu berühren. Er kam ihr jedoch zuvor, indem er ihre Hand in die seine nahm und ihr zärtlich seine Lippen auf ihren Handrücken drückte. Ein heißer Schauer jagte über ihren Rücken. Der junge Mann sah ihr dabei durchdringend in die Augen. Elea glaubte, in seinem blauen Auge zu ertrinken. Dieser kurze Moment war einer von den ganz besonderen in ihrem Leben – ähnlich wie jener als Kaitlyn geboren wurde. Sie fühlte sich dem Mann, den sie aller Vernunft zum Trotze offenbar liebte, so nahe, wie noch nie zuvor. Nicht einmal das Erlebnis im Wald, als sie ihn mit ihrer heißen Welle aus seiner düsteren Stimmung riss, kam diesem Moment gleich. Sie hatte das Gefühl, dass sie sich beide wie zwei Hälften für einen kurzen Moment zu einem Ganzen zusammengefügt hätten. Maél wollte ihre Hand nicht so schnell loslassen. Ebenso wenig konnte er sich von ihrem Blick lösen. Erst als Jadora sich neben ihnen mit ernster Miene räusperte, ließ er langsam ihre Hand los. „Kann es jetzt endlich losgehen? Wir sollten keine Zeit verlieren. Ich glaube, wir bekommen Regen." Widerwillig wandte er sich von Elea ab, sah den Hauptmann verärgert an und knurrte: „Ja, wir können. Sind deine Männer bereit? Sind alle gesichert?" Jadora nickte zustimmend, obwohl Maél sich längst umgedreht hatte und seinen Weg in Richtung Sumpf eingeschlagen hatte. Die Krieger reihten sich sofort hinter Maél ein und folgten ihm. Maél gab ihnen immer wieder ein Zeichen mit der Hand anzuhalten, wenn er das Gelände zuvor genauer untersuchen wollte. Hierzu nahm er häufig sein Langschwert und stach es in den Boden. War der Widerstand klein, so war das ein Zeichen dafür, dass sich unter der trockenen Torfrinde Wasser oder flüssiger Morast befand. Dann ging er in eine andere Richtung und versuchte dort sein Glück. Auf diese mühsame Weise zog sich der Vormittag dahin, sodass sie nur langsam vorankamen. Gelegentlich ging es etwas schneller, wenn der Boden besonders steinig oder mit Sträuchern bewachsen war. Die Pferde stellten das größte Problem dar, da sie viel schwerer als die Menschen waren und der Boden unter ihrem Gewicht viel schneller nachgab. Daher testete Maél häufig mit Arok und Elea auf seinem Rücken vorsichtig die Stabilität der Torfschicht, bevor er den Kriegern das Zeichen gab, ihm zu folgen. Wären sie ohne die Pferde gewesen, hätten sie den Weg zwischen oder über die Felsen nehmen können, da dies der sicherste Weg war. Häufig waren aber die Lücken zwischen ihnen zu eng, als dass ein Pferd durchgepasst hätte.

Am frühen Nachmittag machten sie eine kleine Rast, um sich zu stärken. Elea fühlte sich noch immer müde und schwach. Allein auf Aroks Rücken hatte sie nicht schlafen können. Sie war viel zu aufgeregt und hatte Angst, dass sie vielleicht von ihm herunterfallen würde, wenn sie einschlief. Maél hob sie behutsam aus dem Sattel und setzte sie auf einen Stein. Dann kümmerte er sich wie immer erst um sein Pferd, bevor er sich eine Pause gönnte. Elea wickelte unterdessen Maéls Stofffetzen vom Kopf, um sich die Kopfhaut zu kratzen, die sie schon die ganze Zeit juckte. *Hoffentlich habe ich mir keine Läuse eingefangen!* Beim Kratzen berührte sie auf einmal etwas Hartes an ihrer Schläfe. Es waren die Fäden, mit denen Breanna ihr den Schnitt zugenäht hatte. *Die hätte ich mir ja schon längst ziehen müssen!* Dazu brauchte sie jedoch einen Spiegel. Sie fragte Jadora, der neben ihr schon schmatzte, ob er einen hätte. Er ging sofort zu seinem Pferd und zauberte, aus einer seiner vielen Satteltaschen einen erstaunlich großen Spiegel hervor. „Jadora, Ihr verblüfft mich immer wieder. Gibt es eigentlich irgendetwas, was Ihr nicht auf Euren Reisen mitnehmt?"

„Ja. Meine Gemahlin ist leider zu groß, als dass sie in eine meiner Satteltaschen passen würde!" Die Männer brachen daraufhin in lautes Gelächter aus, was auch Maél anlockte. Nachdem Elea ihre Ration Fleisch aufgegessen hatte, nahm sie aus ihrem Rucksack die kleine Tasche und holte das kleine scharfe Messer hervor. Dann legte sie sich Jadoras Spiegel auf den Schoss und besah sich die Naht. Dabei kam sie nicht umhin, sich zum ersten Mal seit vielen Jahren in einem richtigen Spiegel etwas genauer zu betrachten. Breanna hatte sie auf dem Porträt wirklich gut getroffen. Sie sah genauso aus wie auf dem Bild. Das einzige, was ihr jetzt neu auffiel, waren ihre ungewöhnlich grünen Augen. Sie schaute kurz auf und entdeckte Maéls intensiven Blick auf ihr ruhen. Schnell sah sie wieder verlegen in den Spiegel und machte sich daran, die Knoten an den einzelnen Fäden abzuschneiden. „Meint Ihr nicht, dass das die Aufgabe von Maél wäre? Er ist schließlich auch verantwortlich dafür!", sagte Jadora und blickte dabei den jüngeren Mann vorwurfsvoll an. Elea hielt inne und sah zu Maél hinüber, der Jadora mit einem grimmigen Blick strafte. Als er jedoch in Eleas Gesicht sah, bekam sein Gesicht einen so traurigen Ausdruck, dass die junge Frau sofort Mitleid mit ihm empfand. *Wer hätte gedacht, dass er zu so einer Gefühlsregung jemals im*

Stande sein könnte! „Das wird nicht nötig sein, Jadora. Ich komme schon allein zurecht. Außerdem glaube ich kaum, dass er es mit seinen riesigen Fingern schafft, einen einzigen dieser kurzen Fäden zu packen". Bei diesen Worten lächelte sie Maél aufmunternd zu. Es war jedoch offensichtlich, dass ihm die ganze Angelegenheit unangenehm war. Er stand abrupt auf, nahm sich einen Brocken Fleisch und entfernte sich von der Gruppe. „Immerhin hat er ein schlechtes Gewissen. Das ist mehr als man von ihm erwarten kann und es ist ganz allein Euer Verdienst, Elea. Ihr habt aus ihm einen anderen Mann gemacht und Seiten von ihm zu Tage befördert, von denen ich niemals geglaubt hätte, dass er solche überhaupt besitzt. Ich glaube, nicht einmal er selbst hätte es jemals für möglich gehalten, etwas anderes als Hass und Verachtung für einen Menschen zu empfinden", stellte der Hauptmann fest.

Sobald Elea ihre Arbeit beendet und Jadora seinen Spiegel wieder zurückgegeben hatte, kam auch schon von Maél der Befehl, weiter zu gehen. Elea nahm ihren Rucksack und ging zu Arok, wo Maél bereits auf sie wartete. „Maél, ich denke ich kann jetzt zu Fuß gehen. Ich fühle mich nach dem Essen schon viel kräftiger und mit ein bisschen Bewegung kann ich meinen Kreislauf auf Trab bringen. Du weißt ja, wie ermüdend es für mich ist, untätig auf einem Pferd zu sitzen." Maél musterte sie zweifelnd. „Bitte! Ich passe gut auf. Außerdem sagst du doch selbst immer, ich sei so leicht wie eine Feder. Falls ich also einen Fehltritt mache, dann werde ich so langsam im Morast versinken, dass du Zeit genug hast, um mich wieder herauszuziehen", versuchte Elea ihn zu überreden und zwinkerte ihm aufmunternd zu. „Also gut! Aber ich binde dich mit dem Seil an mich. Und du wirst Abstand zu mir halten. Wenn ich stehen bleibe, dann bleibst du auch stehen. Hast du verstanden?" Sie nickte und suchte hartnäckig seinen Blick, während er sich angestrengt auf das Verknoten des Seils um ihre Taille konzentrierte. „Maél, sieh mich bitte an!", drängte sie ihn. Erst als sie ihre linke Hand auf seine Wange mit der rätselhaften Narbe legte, blickte er zu ihr auf. „Maél, ich habe dir die Verletzung an meiner Schläfe längst verziehen. So schlimm war es doch gar nicht. Du musst dich deswegen nicht grämen. Narbe hin oder her. Es war nicht meine erste und auch nicht meine letzte."

„Es war schlimm. Ich war unnötigerweise brutal. Ich hätte dich auch genauso gut knebeln können. Auch dass es ein Versehen war, dich mit meinem Ring so zu verletzen, ist keine Entschuldigung", erwiderte er leidvoll. Er ließ kurz zu, dass Elea seine Wange streichelte. Dann nahm er die kleine Hand behutsam in seine kräftige und legte sie Elea auf eine Stelle links über ihrem Herzen, dort, wo ihr Arm begann. „Woher stammt diese Narbe, so nah an deinem Herzen? Sie ist mir an dem Abend aufgefallen, als du beschlossest, deine Brust vor meinen Augen zu entblößen."

„Ach, das war ein Unfall. Als Louan Anfang des Jahres seinen dreizehnten Geburtstag feierte, schenkte Albin ihm seinen ersten richtigen großen Bogen. Louan war so aufgeregt vor Freude. Ich war mit ihm den ganzen Tag über Bogenschießen gewesen. Das hatte ihm aber nicht gereicht. Am Abend ging er noch in den Hof hinaus, legte einen Pfeil auf und tat so, als ob er irgendwelche Ziele ringsum ihn herum abschoss. Ich kam gerade aus dem Stall, als Albin von drinnen sah, was er machte. Er schrie ihn laut an. Louan hatte sich so erschreckt, dass sich der Pfeil löste und mich versehentlich traf", erzählte Elea. „Das war aber ganz schön knapp. Drei Fingerbreit tiefer und du wärst tot gewesen", erwiderte Maél mit heiserer Stimme. „Ich weiß. Breanna sagte das auch. Aber es ist ja nochmal gut gegangen. Mir tat nur Louan leid, weil alle mit ihm schimpften. Dann hat Albin ihm auch noch den Bogen weggenommen. Es war schrecklich. Sein dreizehnter Geburtstag, der so schön begonnen hatte, musste für ihn so schrecklich enden." Elea sah wieder sechs Augenpaare auf sich ruhen. „Maél ich glaube, wir sollten weitergehen. Die Männer warten schon ungeduldig." Maél sah missmutig zu seiner unerwünschten Kriegertruppe. In der Tat, Jadora warf ihm einen ungeduldigen Blick zu. „Du machst genau das, was ich dir gesagt habe! Verstanden?" Elea bejahte. Kurz darauf setzte sich die Menschenkette wieder in Bewegung. Noch bevor es dunkel wurde, musste Elea jedoch wieder auf Arok aufsitzen, da sie ständig vor Müdigkeit stolperte und kaum noch einen Fuß vor den anderen bekam.

Maél beendete die Tagesetappe, als es bereits einige Zeit zu dämmern begonnen hatte. Er hatte solange weitergehen wollen, bis das Risiko zu groß wurde, als dass sie noch einen Schritt weitergehen konnten. Sie hatten einen sicheren Platz für das Nachtlager zwischen ein paar Felsen gefunden - mit einer kleinen, stabilen Fläche, die Platz für alle, samt den Pferden bot. Außerdem gab es hier ein paar Sträucher, mit denen sie zumindest ein kleines Feuer machen konnten, um sich etwas aufzuwärmen. Alle waren überaus zufrieden mit der bisherigen Überquerung des Sumpfes. Es kam nur einmal zu einem Zwischenfall, als das reiterlose Pferd, das an Jadoras Sattel gebunden war, plötzlich scheute und beim unruhigen Hin- und Hertänzeln mit den Hinterhufen in ein Sumpfloch trat. Der Hauptmann und Boran waren jedoch schnell zur Stelle und zogen es mit Hilfe von Jadoras Pferd wieder aus dem Loch.

Alle waren aufgrund der anhaltenden Anspannung erschöpft. Während Elea mit zunehmenden Widerwillen das Fleisch vom Vorabend aß, musste sie die ganze Zeit über an die verlorenen Seelen denken, die vielleicht heute Nacht im Sumpf herumirrten. Maél bemerkte ihre Grübeleien. „Irgendetwas beunruhigt dich doch, Elea. Was ist?"

„Da fragst du noch!" Sie sprach mit gesenkter Stimme weiter. „Was ist mit den verlorenen Seelen heute Nacht?" Maél lachte leise. „Wir werden schlafen wie Murmeltiere und nichts von ihnen bemerken, falls es sie überhaupt gibt, was ich stark bezweifle. – Und so müde, wie du bist, wirst du die erste sein, die einschläft. Ich werde mich etwas abseits von dir hinlegen, dass du von mir nicht gestört wirst, falls ich mich im Schlaf wieder unruhig hin und her wälze." Elea sah ihn mit schreckgeweiteten Augen an. „Das kommt nicht in Frage! Lieber mache ich nochmal so eine Nacht wie die letzte durch, als allein hier im Sumpf voller Geister zu liegen", sagte Elea bestürzt. „Also gut. Wenn du darauf bestehst, dann lege ich mich zu dir. Aber wenn ich..." Elea unterbrach seinen amüsierten Ton. „Ja, ich bestehe darauf, du Mistkerl. Du wolltest mir nur Angst einjagen, stimmt's?", fragte sie erbost. Maéls Antwort war ein spitzbübisches Lächeln, das ihr aufgrund ihres leuchtenden Haars nicht entging. Da sie mit dem Essen schon fertig war und beide Hände frei hatte, suchte sie verzweifelt nach irgendwelchen Gegenständen, die sie auf Maél werfen konnte. Sie fand jedoch nur die abgenagten Gänseknochen. *Gut. Die tun es auch!* Sie warf alle, die sie in ihrem Umkreis finden konnte, nacheinander auf den Mann, der nur noch den letzten beiden gekonnt ausweichen konnte, da der Angriff so überraschend und schnell kam. Die Krieger brachen wieder in Gelächter aus, während Maél auf dem Boden lauernd auf weitere fliegende Knochen wartete. Als er merkte, dass Elea ihr Pulver verschossen hatte, sprang er kurzerhand auf und ging auf sie zu. Dann hob er die protestierende junge Frau hoch, legte sie sich über die Schulter, wie er es bei ihrer ersten Begegnung getan hatte und brachte sie zu ihrem Schlafplatz. Das Lachen der Krieger erstarb urplötzlich. Alle sahen gebannt auf das Paar und warteten mit angehaltenem Atem, was als nächstes passieren würde. Eleas anfängliches Protestieren war ebenfalls verstummt. Ihr Herz klopfte bereits wie wild in ihrem Brustkorb. Sie brachte aber keinen Ton heraus. Er ließ sie nicht, wie damals, als er mit ihr in Albins Haus stürzte, einfach auf den Boden fallen, sondern legte sie behutsam wie ein Baby auf ihren Wolfsfellumhang und deckte sie mit seinem Fell zu. So verharrte er eine Weile auf den Knien über ihr, die Hände jeweils links und rechts von ihrem Kopf auf dem Boden abgestützt und musterte intensiv ihr Gesicht. Elea brach zaghaft das Schweigen. „Ähm... Was ist denn?"

„Ich gebe dir jetzt einen Gutenachtkuss. Und dann wird geschlafen. Ich lege mich etwas später zu dir, wenn dir so viel daran liegt. Das verspreche ich dir." Kaum hatte er die Worte ausgesprochen, drückte er ihr schon zärtlich seinen Mund auf ihre Lippen – länger als er eigentlich vorgehabt hatte. Aber er konnte ihre weichen Lippen, die sich vor Überraschung sogar etwas geöffnet hatten, nicht einfach gleich wieder freigeben. Das laute Gelächter der Krieger holte ihn jedoch jäh wieder in die Wirklichkeit zurück, sodass er sich hastig von Elea löste und zum Lagerfeuer zurückstampfte. Zugleich aufgewühlt und verärgert rief die junge Frau ihm hinterher - in einer Lautstärke, die wahrscheinlich sämtliche Tiere in dem Sumpf gehört hätten, falls es welche gegeben hätte. „Ja. Natürlich! Nach diesem Kuss werde ich bestimmt so schnell einschlafen wie ein Baby." *Was bildet sich dieser Kerl eigentlich ein!? Mich vor allen so zu küssen, dass mir beinahe das Herz stehen bleibt.* Elea konnte noch immer seine heißen Lippen auf ihrem Mund spüren und in ihrem Bauch flatterte es, als ob ein Schwarm Schmetterlinge aufgeregt einen Ausgang suchte, aber keinen fand. Sie drehte sich erregt auf die Seite und schaute zu den Männern, die sich von ihrem Gelächter erholt hatten und es sich ebenfalls in ihren Schlaffellen bequem machten. Nur Jadora und Maél blieben noch am Feuer sitzen und unterhielten sich leise, sodass sie kein Wort verstehen konnte. Erst als sich dieses so aufregende Gefühl im Bauch verflüchtigt hatte, schlief sie ein.

Als Maél zu den anderen ans Feuer zurückkehrte, tobte in ihm ein Gefühlssturm, den er kaum unter Kontrolle halten konnte. *Was habe ich mir eigentlich dabei ge-*

dacht?! Sie einfach so küssen, als ob es eine Kleinigkeit wäre?! Ich muss verrückt sein. Jetzt, wo ich weiß, wie es sich anfühlt, ihre Lippen mit meinen zu berühren, wird es noch schwieriger sein, ihr zu widerstehen. Ich Idiot! Als er sich neben Jadora setzte, konnte der Hauptmann seinen inneren Aufruhr spüren. „Du kannst dich hoffentlich noch an den Befehl von Darrach erinnern, sie unter allen Umständen unberührt nach Moray zu bringen? Es sei denn, du änderst doch noch deine Meinung und suchst mit ihr zusammen das Weite", warnte er halb scherzend den jungen Mann. „Ich weiß auch nicht, was mit mir los ist. Schon die Tatsache, dass ich sie einfach über meine Schulter gelegt habe, war ein Schritt zu weit - und dann noch der Kuss. Es ist mir einfach in den Sinn gekommen und bevor ich darüber nachdenken konnte, war es schon passiert. Diese Frau raubt mir noch den Verstand."

„Ja. Offensichtlich den jetzt auch noch, nachdem sie dein kaltes Herz erobert hat", gab Jadora lachend von sich. Maél schaute ihn missmutig an. Der Hauptmann war noch nicht fertig. „Es ist kein schönes Gefühl jemanden zu begehren, den man nicht besitzen darf, nicht wahr?"

„Oh Jadora. Verschone mich mit deinen Weisheiten. Dass sie für mich tabu ist, ist bestimmt nicht mein größtes Problem."

„Aber ein Problem ist es dennoch. - Was ist denn dein größtes Problem?", fragte Jadora neugierig nach. „Das liegt doch auf der Hand. Sie verkörpert alles Gute und Reine und ich alles Böse und Verdorbene", antwortete Maél verbittert. Er hatte jetzt keine Lust mehr, über dieses ihn bereits seit einiger Zeit quälende Thema weiter zu reden. „Hoffentlich hält noch das Wetter bis morgen Abend. Regen ist jetzt das Letzte, was wir gebrauchen können." Er stand einfach auf und wünschte Jadora noch eine gute Nacht, was Jadora so überraschte, dass er sich an seiner eigenen Spucke verschluckte. Er konnte sich nicht erinnern, dass dieser kaltblütige Mann ihm jemals eine gute Nacht gewünscht hatte.

Kapitel 8

Etwas Heißes zwischen ihren Brüsten riss sie jäh aus dem Schlaf. Es war immer noch Nacht. Rasch öffnete sie ihre Jacke und fühlte mit der Hand nach dem Stein. Er war heiß, so heiß, dass sie mit der Hand vor Schreck zurückzuckte. Als sie ihn unter ihren drei Lagen von Hemden am Riemen hervorholte, leuchtete ihr aus ihrem Ausschnitt ein orangerotes Licht entgegen. Sie wollte ihren Augen nicht trauen. Er glühte genauso rot, wie ihr Haar, nur war es ein langsames pulsierendes Glühen, das den Eindruck vermittelte, der Stein lebte. *Was hat das schon wieder zu bedeuten?* Mit einem Schlag war sie in Alarmbereitschaft, vor allem als sie feststellen musste, dass der Platz neben ihr leer war. *Wo ist er? Er hat mir doch versprochen, sich zu mir zu legen.* Sie erhob sich und sah sich genauer um. Es war ziemlich finster, aber nicht zu finster, um die sechs kleinen Fellberge in der Nähe des erloschenen Lagerfeuers zu erkennen. Sie schaute zu den Pferden. Auch hier konnte sie keine Gestalt erkennen. In Eleas Magen bildete sich auf einmal ein Knoten, der sich immer enger zusammenzog. Und das Schlucken fiel ihr auf einmal auch schwer – wegen der Enge in ihrer Kehle. Bevor sie sich erhob, atmete sie erst dreimal tief ein und aus und versuchte ihre Panik unter Kontrolle zu bringen. Sie redete sich ein, dass hinter Maéls Abwesenheit etwas ganz Harmloses stecken konnte. Vielleicht musste er sich einfach nur erleichtern. Sie wartete noch eine kleine Weile, aber er tauchte nicht auf. Sie sah keinen anderen Weg, als ihn suchen zu gehen. Dank des glühenden Steines und ihres unbedeckten Haars, von dem sie das Kopftuch gelöst hatte, konnte sie relativ gut die Beschaffenheit des Bodens in ihrer unmittelbaren Nähe ausmachen. Zunächst bewegte sie sich in Richtung der Pferde, die ihren Ruheplatz direkt vor einer Gruppe von Felsen hatten. Dabei begann der Stein noch heller zu leuchten und merklich schneller zu pulsieren. Versuchshalber ging sie nun in die Richtung rechts von den Pferden, aus der sie am Abend zuvor gekommen waren. Nach etwa zwanzig vorsichtigen Schritten ließ das Leuchten deutlich nach und das Pulsieren verlangsamte sich wieder. *Vielleicht will der Stein mich auf irgendetwas aufmerksam machen oder vor irgendetwas warnen? – Oder aber er will mir den Weg zu Maél weisen? Vielleicht ist er in Gefahr?* Elea konnte es drehen und wenden, wie sie wollte. Ihr blieb nichts anderes übrig, als den sicheren Platz zwischen den Felsen zu verlassen, um Maél suchen zu gehen, ganz gleich wie gefährlich es hier im Dunkeln auf sumpfigem Gelände war. *Irgendeinen Nutzen muss der Stein ja haben, sonst hätten meine Eltern nicht gewollt, dass ich ihn immer bei mir trage, wenn meine Bestimmung ihren Anfang nimmt.*

Elea ging wieder zurück zu den Pferden, was zur Folge hatte, dass der Stein wieder stärker leuchtete und schneller pulsierte. Also begann sie hier die Suche. Sich einen Weg zwischen den Felsen hindurch zu bahnen, war zum Glück auch der ungefährlichste. Während sie langsam einen Fuß vor den anderen setzte, schaute sie immer wieder auf den rot erleuchteten Boden, um auch ja keine morastige Stelle zu übersehen. Von Zeit zu Zeit blieb sie stehen, um sich ihre Umgebung näher zu betrachten.

Sie musste sich jetzt mitten in felsigem Gelände befinden, da sie keine ebene Fläche mehr um sich herum erkennen konnte. Zu allem Unglück spürte sie eine kalte Nässe auf ihrem Gesicht. Vereinzelte dicke Regentropfen fielen auf sie nieder. Sie schaute auf den Stein und berührte ihn vorsichtig. Er war noch heißer und glühte jetzt weitaus stärker als ihr Haar. Sein stetiges Pulsieren war nicht mehr weit von einem hektischen Blinken entfernt. *Ich muss auf der richtigen Spur sein.* Sie setzte ihren Schlangenlinienweg in dem immer dichter fallenden Regen fort. Immer wieder musste sie den vor ihr auftauchenden Felsen ausweichen. Ihr Haar war inzwischen klatschnass und ihre Lederkleidung hatte sich schon so sehr mit dem Regen vollgesaugt, dass die Feuchtigkeit bis zu ihrer Haut vorgedrungen war. Sie musste unbedingt in Bewegung bleiben. Eine beißende Kälte begann, sich in ihren Körper zu fressen. Deshalb bewegte sie sich noch schneller und kletterte behände über kleinere Felsen. Völlig in Gedanken versunken stand sie mit einem Mal vor einem riesigen Felsen. Sie versuchte, erst links, dann rechts an ihm vorbeizukommen, aber es war unmöglich, da sich weitere Felsen lückenlos an ihm anschlossen. Ein Blick auf ihren hektisch pulsierenden Stein verriet ihr, dass sie sich schon sehr nahe an irgendetwas Bedeutsamem befinden musste, was sie entweder auf dem Felsen oder dahinter finden würde. Ihr blieb also nichts anderes übrig, als den Felsen hinauf zu klettern. Dieser war zwar nicht allzu hoch, aber durch den starken Regen sehr rutschig. Sie machte sich an den Aufstieg, wobei sie immer nach kleinen Grasbüscheln oder Sträuchern Ausschau hielt, um sich daran festzuhalten. Sie hatte etwa die Hälfte geschafft, als ihr in die linke Hand, mit der sie einen kleinen Strauch umkrallte, jäh ein stechender Schmerz fuhr, sodass sie reflexartig den Strauch losließ und auf dem rauen Felsen entlang hinunterschlitterte. Ihre Hände glitten über den Felsen, bis sie etwa zehn Fuß tiefer endlich einen kleinen Busch mit beiden Händen zu fassen bekam. Der Schmerz in ihrer linken Hand flammte erneut scharf auf. Sie warf einen Blick auf ihre linke Hand und entdeckte den Schnitt, den sie sich mit ihrem Messer beigebracht hatte, um Maél von ihrem Blut trinken zu lassen. Dunkles Blut trat aus ihm heraus, das durch den prasselnden Regen sofort weggespült wurde. Elea biss die Zähne zusammen und machte sich wieder an den Aufstieg. Nach einer Weile erreichte sie endlich die Spitze des Felsens. Ein paar Atemzüge später erhob sie sich etwas und ging vorsichtig in geduckter Haltung auf die andere Seite. Ein unheimlich anmutender grünlicher Lichtschein, schien die nächtliche Schwärze auf dieser Seite des Felsens zurückzudrängen. Und dieses grüne Licht stand wiederum im Wettstreit mit dem glühendroten Schimmer, der von Elea und ihrem Stein ausging. Als sie endlich die Kante des Felsens erreicht hatte und hinunterblicken konnte, wäre sie vor Schreck beinahe hinuntergestürzt. Eine Faust legte sich um ihr Herz und drückte so fest zu, dass sie glaubte, es habe aufgehört zu schlagen. Sie hatte tatsächlich mit Hilfe ihres Steines Maél gefunden, aber das war nicht alles. Er stand mitten auf einem kleinen, freien Platz und war von sieben grün leuchtenden, geisterhaften Kreaturen in menschlicher Gestalt umzingelt. Sie standen in einem großen Kreis um ihn herum. *Also ist doch etwas an den Geschichten mit den verlorenen Seelen dran.* Auch das

Auge der Schlange um Maéls Hals gab ein grünes Licht von sich. Elea hielt den Atem an. Sie hatte den Eindruck, dass sich die gespenstigen Gestalten ihm langsam näherten und den Kreis um ihn immer enger zogen. Er machte jedoch weder Anstalten sich zu bewegen, noch hatte er eine Abwehrhaltung eingenommen. Er schien, einfach nur dazustehen – wie in Trance - und darauf zu warten, dass sie ihn zu fassen bekämen. Elea spürte, wie sich eine unsagbare Kälte auf sie niederlegte. Und es war nicht die Kälte, die durch ihre nassen Kleider kroch. Es war eine übernatürliche Kälte, die augenblicklich ihren Atem, den sie keuchend ausstieß, gefrieren ließ. Sie musste irgendetwas unternehmen, bevor diese Kreaturen Maél erwischten. Sie schrie zu ihm hinunter: „Maél, Maél, Maél! Was ist los mit dir? Du musst von dort sofort verschwinden! Bitte! Maél, Maél!" Während sie immer wieder seinen Namen rief, suchte sie nach Steinen, mit denen sie nach ihm werfen konnte. Dabei entdeckte sie am Fuße des Felsens einen kleinen See, der genau zwischen ihr und Maél lag. Der See war nicht groß, vielleicht halb so groß wie ihr See. Bis zu Maél waren es nicht einmal vierzig Schritte. Die Weite war also kein Problem. Sie war eine gute Werferin. Aber ihn zu treffen, und das bei dem starken Regen, war bestimmt nicht einfach. Sie hörte nicht auf, seinen Namen zu rufen und forderte ihn immer panischer werdend auf, das Weite zu suchen. Endlich hatte sie etwa acht halbwegs brauchbare Steine gefunden, die sie nun auf ihn zu werfen begann. Die gespenstischen Kreaturen waren inzwischen wieder etwas näher an Maél herangekommen. Sie bewegten sich sehr, sehr langsam. Glücklicherweise. So hatte sie hoffentlich Zeit genug, um ihn aus seinem tranceartigen Zustand zu wecken. Ihre Befürchtung, dass dies nicht leicht werden würde, bestätigte sich. Erst mit ihrem vorletzten Stein schaffte sie es zumindest, dass der Stein direkt vor seinen Füßen liegen blieb. Und allem Anschein nach hatte sie damit seine Aufmerksamkeit erregt, da er erst auf den Stein am Boden und dann in ihre Richtung blickte. Elea fing wieder laut zu schreien an, aber Maél blieb immer noch wie erstarrt stehen. Sie bückte sich nach ihrem letzten Stein, holte aus und verharrte vor Entsetzen abrupt in ihrer Bewegung. Hinter dem grün leuchtenden Kreis um Maél, etwa hundert Schritte entfernt, kam eine riesige Gestalt auf den Kreis zu, von der ein noch viel stärkeres grünes Licht ausging...

Rot glühendes und schnell pulsierendes Licht holte Maél nach und nach aus seinem Dämmerzustand. Seine lahmgelegten Sinne begannen, nur langsam wieder zu arbeiten. Zuerst nahm er die Eiseskälte um sich herum wahr. Seine Kleider waren steif gefroren. Und der Regen, der auf ihn niederprasselte, gefror auf der Stelle. Er wusste nicht, wo er sich befand und wie er überhaupt hierhergekommen war? Plötzlich wurde seine Aufmerksamkeit von etwas erregt, das seinen Stiefel berührte. Ein Stein. Er blickte wieder zu dem roten Glühen auf dem Felsen und machte auf einmal eine Gestalt aus, die ihm etwas zuschrie und wild mit den Händen gestikulierte. „Maél! Sperr jetzt endlich deine verdammten Ohren auf! Du musst von dort verschwinden! Schnell!" Mit einem Schlag war er hellwach. Das war Eleas Stimme. *Was macht sie da auf diesem verfluchten Felsen?* Er wollte ihr einen unmissverständlichen Befehl zurufen, doch er hatte keine Gewalt über seine Stimme. Er brachte nicht ein einziges Wort zustande. Seine Zunge war wie gelähmt. Daraufhin wollte er sich in Bewegung setzen und zu ihr rennen, aber auch das war unmöglich. Seine Beine wollten ihm nicht gehorchen. Er konnte nicht einen Fuß vor den anderen setzen. Nicht einmal einen Finger konnte er bewegen, so sehr er sich auch darauf konzentrierte. *Was ist nur los mit mir?* Er beäugte seine unmittelbare Umgebung genauer und erblickte sieben grün leuchtende Wesen, die sich in einem Kreis um ihn herum zu nähern schienen. Es waren gesichtslose Kreaturen, die der Gestalt nach Menschen ähnelten. Ob sie Kleider trugen, konnte er nicht erkennen, da das helle grüne Licht ihren Körper und die Extremitäten in einem dunstigen Schein umstrahlte. Sie flüsterten mit unheimlichen Stimmen immer wieder seinen Namen und forderten ihn auf, stehen zu bleiben. In Maél stieg eine Angst hoch, vergleichbar mit jener, die er bei seinem immer wiederkehrenden Traum empfand, in dem er als kleiner Junge dieser dunklen Macht in ihm nachgab, um zu dem Ursprung des markerschütternden Schreis der Frau zu gelangen. Und er tat dies, obwohl es ihm stets eine innere Stimme ausdrücklich verbot. Und wie jedes Mal hatte der Traum dasselbe grauenvollen Ende: Die Hand tauchte aus dem See auf und zog ihn mit sich in die blutige Tiefe.

Ihm wurde mit einem Schlag klar, dass Elea in eben diesem Moment die innere Stimme seines Traumes verkörperte, auf die er nie hörte und die ihn vor seinem Schicksal in dem furchterregenden See bewahrt hätte. Diese Wesen stellten jedoch seinen Untergang dar.

Plötzlich dröhnte hinter ihm eine Stimme, als käme sie von tief unter der Erde. Seinen Kopf konnte er im Gegensatz zu seinen übrigen Körperteilen bewegen. Er blickte nach hinten über die Schulter. Und da sah er sie schon. Eine riesenhafte Gestalt – ebenfalls von einem grünen Lichtschein umgeben - kam auf ihn zu. Sie bewegte sich wesentlich schneller als die Kreaturen um ihn herum. Sie war bestimmt um die Hälfte größer als er und ihren Bewegungen nach schien sie, vor Muskelkraft geradezu zu strotzen. Sie ging aufrecht auf zwei Beinen, hatte aber irgendetwas Animalisches an sich, was Maél trotz seiner übermenschlichen Sehkraft nicht ausmachen konnte. „Maél, komm mit mir! Maél, komm mit mir!", hallte die dämonische Stimme dumpf und gespenstisch zu ihm. Ein ihm bisher fremdes Grauen erfasste ihn. Er musste weg von hier. Nur wie? Er konnte sich noch immer nicht auch nur einen Fingerbreit vom Fleck bewegen. Er sah wieder zu Elea hinüber, die nicht mehr auf dem Felsen stand, sondern tatsächlich im Begriff war, an dessen steiler, rutschiger Wand hinunterzuklettern. *Sie muss den Verstand verloren haben! Warum springt sie nicht einfach in den See? Was hat sie eigentlich vor? Glaubt sie etwa, mich retten zu können?* Die flüsternden Stimmen und der dämonische Bass wurden immer lauter, aber nicht laut genug, als dass Maél den langen hohen Schrei Eleas überhören konnte. Er sah gerade noch, wie sie etwa nach einem Drittel der Strecke den Felsen hinabstürzte und sich dabei den Kopf anschlug, bevor sie in das Wasser stürzte und nicht mehr auftauchte. Maéls Herz hämmerte wie wild in seiner Brust. *Wenn ich es jetzt nicht schaffe, mich in Bewegung zu setzen, dann bin nicht nur ich, sondern ist auch die Frau verloren, die ich liebe.* In dem Moment, als er den Gedanken zu Ende gedacht hatte und zu der unwiderruflichen Erkenntnis kam, dass er Elea wirklich liebte, spürte er, wie er von einer immer heißer werdenden inneren Kraft ergriffen wurde, die gegen seine Eisesstarre ankämpfte. In höchster Willensanspannung lenkte er sein ganzes Denken nur darauf, Eleas Leben zu retten. Mit einem Mal war die Hitze in seinem Körper so stark, dass seine steif gefrorenen Kleider blitzschnell auftauten. Auch seine Arme und Beine erlangten wieder ihre Beweglichkeit. Nur einen Wimpernschlag später preschte er auch schon pfeilschnell aus seiner Umzingelung, die inzwischen so eng geworden war, dass er gerade noch zwischen zwei der Kreaturen hindurchschlüpfen konnte. Er rannte zu dem See und hechtete in einem langgezogenen Kopfsprung ins Wasser. Mit kräftigen Armzügen schwamm er zu der Stelle, wo er Elea eintauchen sah. Unter der Wasseroberfläche schimmerte immer noch das pulsierende rote Licht zu ihm hoch, das schon auf dem Felsen von ihr ausgegangen war. Er nahm einen tiefen Atemzug und tauchte unter. Obwohl sie schon seit einer Weile untergegangen war, war sie seltsamerweise nicht mehr als zehn oder zwölf Fuß gesunken. Der Grund des Sees lag aber bestimmt nochmal so tief unter ihm. Ihr Haar umschwebte ihren Kopf wie ein glühender Schleier. Jetzt erst erkannte er, dass das pulsierende Leuchten eindeutig von ihrem Stein ausging. Als er nur noch ein paar Armzüge von ihr entfernt war, erschrak er im ersten Moment so sehr, dass er in seiner Schwimmbewegung inne hielt. Was er sah, war unglaublich. Nun war ihm klar, warum sie nicht längst am Grunde des Sees lag: Hunderte von Fische hatten sich wie ein dicker Teppich unter ihren Körper angesammelt und bremsten sein Herabsinken ab. Schnell ergriff er einen ihrer Arme und tauchte mit ihr, so schnell er konnte, wieder auf. Er schnappte laut nach Luft, als er die Wasseroberfläche durchstieß. Elea zeigte jedoch nicht die geringste Reaktion. Er schwamm rasch an das Ufer und trug sie aus dem Wasser, während er sich immer wieder nach den angsteinflößenden Gestalten umblickte. Er legte sie auf den Rücken und tastete ihren Kopf ab. Er fand eine große Beule seitlich am Kopf. Sanft klatschte er ihr auf die Wangen, um sie wieder ins Bewusstsein zurückzuholen, aber ohne Erfolg. Panisch ging sein Klatschen in leichte Schläge über. Auch dies nützte nichts. Verzweifelt legte er sie auf die Seite und klopfte ihr kräftig auf den Rücken und schrie immer wieder ihren Namen. Endlich begann sie zu husten. Ein nicht enden wollender Schwall Wasser ergoss sich auf den ohnehin schon vom starken Regen schwer gewordenen Boden. Als Eleas Husten nachließ, drehte er sie wieder auf den Rücken. Ihre Augen begegneten seinen. Elea erinnerte sich sofort an alles, was vor dem Aufprall ihres Kopfes auf dem Felsen geschehen war. In ihrem Blick spielten Erleichterung und Furcht, als sie mit rauer Stimme zu sprechen begann. „Ich dachte schon, du wärst verloren und sie würden dich zu fassen kriegen. Als dann noch diese riesige Kreatur hinter dir auftauchte, da musste ich irgendetwas unternehmen. Nur da oben auf dem Felsen stehen, deinen Namen schreien und ein paar kleine Steine werfen, war nicht sehr hilfreich."

Elea überkam erneut ein Hustenanfall. „Sind sie noch da?", fragte sie ängstlich. Maél richtete ihren Oberkörper auf und strich ihr zärtlich die nassen Haare aus dem Gesicht. „Ja. Sie sind noch da. Wir sollten schleunigst von hier verschwinden. Du hast eine dicke Beule am Kopf. Meinst du, du kannst laufen oder soll ich dich lieber tragen?" Er hatte die Worte noch nicht ganz ausgesprochen, da zuckte ein gewaltiger Blitz vom Himmel, begleitet von einem ohrenbetäubenden Donnerschlag, und schlug mitten in die Gruppe der grün leuchtenden Wesen ein, die sich um die inzwischen angekommene massige Gestalt gruppiert hatten. Auch diese war von diesem hellen grünen Lichtschein umgeben, sodass nur ihre Körperkonturen zu erkennen waren. Plötzlich dröhnte wieder die dämonische Stimme. „Maél, komm zu mir!" Maél und Elea schauten sich erschrocken und zugleich verstört an. Eleas Körper wurde schlagartig von einer Gänsehaut überzogen, die jedoch nicht von der nassen Kälte auf ihrer Haut herrührte. „Los wir müssen verschwinden, und zwar sofort", schrie Maél, um das immer lauter werdende Prasseln des Regens zu übertönen. Er zog sie mit sich hoch und stürzte mit ihr an der Hand vom See weg. In Eleas Kopf fing jäh ein Schmerz an zu pochen, aber es war nur ein Schmerz unter vielen. Und die letzten Tage hatte sie gelernt, mit ihnen zu leben. Maél rannte mit ihr direkt auf die Felsen zu. „Wo rennen wir eigentlich hin?", wollte Elea wissen. „Ich weiß auch nicht genau wohin. Einfach nur weg. Der Weg zwischen die Felsen hindurch erscheint mir bei dem Wolkenbruch der ungefährlichste zu sein. Dieser verdammte Regen macht den Sumpf noch gefährlicher. Vielleicht finden wir ein Versteck. Ich glaube kaum, dass wir jetzt zum Lager zurückfinden werden. - Außerdem befürchte ich, dass man mit herkömmlichen Waffen nichts gegen diese dämonischen Kreaturen ausrichten kann."

„Wahrscheinlich müssen wir nur durchhalten, bis der Tag anbricht. Wir haben den ganzen Tag über nichts von ihnen gesehen. Sie sind erst heute Nacht aufgetaucht. - Was denkst du, wie lange dauert es noch, bis es Tag wird?", schrie sie gegen das Platschen des Regens und gegen das Geheule des Sturms an. Maéls Antwort ging in einem erneuten Donnerhallen unter, dem eine ganze Reihe von Blitzen vorausgegangen war. Elea rannte immer noch an seiner Hand hinter ihm her. Sie mussten sich ihren Weg durch enge Lücken zwischen den Felsen bahnen. Der Regen peitschte ihnen unaufhörlich ins Gesicht. Elea konnte kaum noch die Augen vor Schmerzen aufhalten. Sie erreichten ein weniger felsiges Gelände, auf dem sich jedoch durch den starken Regenfall riesige Pfützen gebildet hatten. Maél blieb unsicher stehen und sah wieder suchend zu den Felsen zurück. „Wir können es nicht riskieren, durch das Wasser zu waten. Ich habe überhaupt keine Ahnung, wo wir uns befinden. Bei dem Getöse und dem Sturm sind meine übermenschlichen Sinne nutzlos. Wir gehen nochmal zurück und suchen die Felsen nach einem Unterschlupf ab!" Sie trabten wieder ihren Pfad zwischen den Felsen entlang, wobei Maél seinen Blick immer wieder die Felswände hinaufwandern ließ. Und tatsächlich konnte er einen Vorsprung ausmachen, den er zuvor übersehen hatte. Er drehte sich zu Elea und versuchte, das laute Getöse um sie herum zu übertönen: „Elea, wir müssen diesen Felsen hinauf. Dort habe ich einen Vorsprung entdeckt.

Du gehst vor, sodass ich dich auffangen kann, falls du abrutschst. Einverstanden?" Elea nickte und drückte seine Hand. Kaum hatte er ihren Druck erwidert, da drehte sich die junge Frau auch schon um und machte sich an den Aufstieg. Das Wasser lief nur so in Bächen an ihren Körpern und die Felswand hinunter. Dennoch musste Maél sie nur einmal auffangen.

Als sie oben ankamen, konnte Elea es gar nicht fassen. Der Vorsprung entpuppte sich als kleine Höhle. Endlich hatten sie die Möglichkeit, sich vor dem wolkenbruchartigen Regen in Sicherheit zu bringen. Maél zog sein Messer aus dem Schaft seines Stiefels und ging zunächst allein hinein, um sich zu vergewissern, dass sich nicht bereits irgendwelche unliebsamen Gäste, wie Wölfe oder andere dämonische Wesen hinein geflüchtet hatten. Zitternd vor Kälte wartete Elea auf ihn. Jetzt, da sie nicht mehr in Bewegung war, traf sie der eisige Sturm, der um sie herum tobte, umso härter. Ihre Finger waren mit einmal wie steif gefroren. Ihre klatschnassen Kleider sowie ihr Haar klebten eisig an ihrem Körper. Die einzige Wärmequelle war ihr Stein, der immer noch dieses pulsierende rote Licht abgab, sich aber lange nicht mehr so heiß anfühlte wie zuvor, als sie von seinem Brennen auf ihrer Haut erwachte. Endlich kam Maél mit zufriedener Miene zurück. „Die Höhle ist unbewohnt. Komm!" Er ergriff ihre Hand und wollte sie mit in die Höhle ziehen. Doch ihre Beine wollten ihr nicht gehorchen. Sie bekam keinen Fuß vor den anderen, so erstarrt vor Kälte waren ihre Glieder. Ihre Zähne klapperten und ihr ganzer Körper erbebte. Maél nahm sie kurzerhand auf seine Arme und trug sie in die Höhle. Dort angekommen stellte er sie wieder ab und musterte sie beunruhigt, während sie sich in der Höhle umsah. Dank des orangeroten Lichts ihres Haars und des glühenden Steines war das Innenleben der Höhle gut erkennbar. Maél stand wie immer von allem völlig unbeeindruckt vor ihr, so, als ob er sich zu Hause in einer warmen Kammer aufhielt. „Du frierst dich gleich zu Tode. Du hast schon ganz blaue Lippen. – Verdammt! Ich kann kein Feuer machen. Was machen wir jetzt?" Er schlang wie so oft schon, seitdem sie sich begegnet waren, die Arme um sie und begann ihren Oberkörper zu massieren. „Ist es besser so?" Elea konnte vor lauter Zähneklappern nicht sprechen. Sie schüttelte nur den Kopf. „Also gut. Dann müssen wir uns die nassen Kleider eben ausziehen. - Mir bleibt auch nichts erspart!", sagte er leise zu sich selbst. Den letzten Satz verstand Elea aber sehr wohl. Sie warf ihm einen bösen Blick zu. Er hatte sich schon aus seiner Tunika und einem weiteren Hemd, das er darunter trug, geschält, während sie schlotternd immer noch keine Anstalten machte, sich von ihren Kleidern zu befreien. „Warum ziehst du dich nicht endlich aus? Hast du jetzt auf einmal Hemmungen, dich vor mir zu entblößen oder was ist los?" fragte er mit deutlichem Missmut in der Stimme. Elea stammelte ihm so etwas vor wie, sie könne ihre Arme und Finger vor Kälte nicht bewegen, was er jedoch erst nach dem dritten Anlauf verstehen konnte. Er unterbrach das Öffnen seiner Hose und begann, etwas ungestüm die fünf Schnallen ihrer Jacke zu öffnen. Dabei mied er es tunlichst, in ihre Augen zu sehen, wohingegen sie seinen Blick die ganze Zeit über suchte. Nach der Jacke folgte das erste Hemd, dann das zweite. Bei dem ärmellosen Hemdchen zögerte er und da er nicht auf ihre nackte Brust sehen wollte, musste er ihr wohl oder übel ins Gesicht sehen. Schnell zog er ihr das letzte Hemd über den Kopf und warf es auf den bereits beachtlich angewachsenen Kleiderhaufen neben sich. Ohne weiteres Zögern machte er sich an den Schnüren ihrer Hose zu schaffen und zog sie ihr mit einem Ruck samt Lendenhose hinunter. Ohne ihren Blick loszulassen, entledigte er sich in Windeseile seiner Hose. Anschließend drückte er die zitternde Frau fest an seinen Körper. Ihre Haut war eiskalt, fast so kalt wie in der Nacht seines rätselhaften Sinneswandels. Vorsichtig rieb er ihren Rücken, um die bereits verschorften Wunden der Peitschenhiebe nicht wieder aufzureißen. Maéls Hitze ging sofort auf Eleas Körper über. Da sie nicht wusste, wohin mit den Armen, drückte sie sie die ganze Zeit über verkrampft an sich. Nach einer Weile nahm er ihre Hände in seine. Ihre Finger waren immer noch vor Kälte erstarrt. Daher umschloss er sie mit seinen warmen Händen und knetete sie. Das Blau ihrer Lippen war inzwischen einem rötlich violetten Farbton gewichen. Als ihre Hände wieder eine halbwegs menschliche Temperatur bekamen, überfiel sie jäh der stechende Schmerz in ihrer Handfläche. Sie schrie kurz auf, was Maél zum Innehalten veranlasste. Er schaute sich die Handfläche genauer an und entdeckte die Schnittwunde. „Woher stammt der Schnitt?" Elea schwieg und sah ihn nur etwas bekümmert an. „Ich kann es mir schon denken. Den hast du dir beigebracht, um mir von deinem Blut zu trinken zu geben, nicht wahr?" Seine Stimme klang, als hätte er einen Kloß im Hals. Er sah ihr mitfühlend in die Augen und ging dazu über ihre Arme zu massieren. Während der ganzen Prozedur verzog er keine Miene und unterließ es krampfhaft, einen Blick auf ihre nackten Körperteile zu werfen. Er hatte seine Augen regelrecht in ihre verschlungen. Ihr Zähneklappern ließ nun auch von Atemzug zu Atemzug nach. Sie spürte, dass die Situation, in der sie sich gerade befanden, mehr als heikel war und dass Maél offensichtlich einen inneren Kampf auszustehen hatte, den er unter gar keinen Umständen zu verlieren gedachte. Mittlerweile hatte er erneut die Arme um ihren Oberkörper geschlungen und drückte sie wieder an sich. Schließlich fasste Elea sich ein Herz und sprach ein unverfängliches Thema an. „Was machen wir, wenn diese schrecklichen Gestalten uns finden? Wir stecken hier in der Falle. Unsere Lage erinnert mich stark an meine, als du mich in meinem Wald aufgespürt hast." Maél erwiderte nichts darauf. Er sah immer noch hochkonzentriert in Eleas Augen. Seine wachsende Anspannung entging ihr nicht. „Maél, ich glaube du kannst mich jetzt loslassen. Mein Zittern hat aufgehört und meine Finger spüre ich auch wieder. Ich sehe doch, wie sehr dir dies alles zu schaffen macht."

„So einfach, wie du dir das vorstellst, geht das nicht. Unsere Kleider können wir erst einmal vergessen. Die werden noch nass sein, wenn wir uns auf den Rückweg zum Lager machen. Und sobald ich dich loslasse, wirst du wieder zu frieren anfangen. Außerdem hat dein Körper noch immer nicht die Temperatur, die er haben müsste. Er ist noch deutlich kühler als meiner. Ich will nicht, dass du Fieber bekommst." Elea hob ihre Hand und drückte den Mann etwas von sich, um ihm ins Gesicht sehen zu können.

„Und was schlägst du vor? Sollen wir bis die Sonne aufgeht hier so eng umschlungen dastehen?", fragte sie spitz. Maéls Antwort kam prompt. „Ich hätte schon eine Idee. Du lenkst mich von deiner und meiner Nacktheit ab, indem du mir ein paar deiner wohl gehüteten Geheimnisse preisgibst. Und um das Ganze etwas bequemer zu gestalten, legen wir uns hin. Im Liegen kann ich dich genauso gut wärmen. Was hältst du davon?"

„Mit deinem zweiten Vorschlag bin ich einverstanden. Ich kann sowieso kaum noch stehen. Aber der erste bedarf noch einer Ergänzung. Ich werde dir alle meine Geheimnisse anvertrauen, wenn du mir alle deine preisgibst. Und ich meine wirklich alle – einschließlich die Sache mit Darrach! Hast du verstanden?! Sonst wird das nichts mit der Ablenkung." Maél musste schwer schlucken.

„Du willst mich also erpressen. Sehe ich das richtig?"

„Darf ich dich daran erinnern, dass du dies auch schon das eine oder andere Mal getan hast? Und komme mir jetzt bloß nicht wieder mit der alten Leier, du seist mein Entführer und ich deine Entführte. Als solche fühlen wir uns beide schon lange nicht mehr", konterte sie. Maél gab nur ein Knurren von sich. Elea hatte inzwischen ihre Arme um seine Taille gelegt, sodass ihre Hände seinem Hinterteil bedrohlich nahe waren, worauf sein Körper auch sogleich reagierte. Bevor sie davon etwas merkte, ließ er sie rasch los, legte sich auf den Boden und zog sie zu sich hinunter. Sie sah ihn immer noch erwartungsvoll an. „Also gut. Du hast gewonnen. Aber du fängst an."

„Und woher weiß ich, dass du mir von deinen Geheimnissen erzählst, wenn ich meine längst offenbart habe?", hakte Elea beharrlich nach.

„Ich gebe dir mein Wort. Das muss genügen. Denn mehr kann ich dir nicht geben." Elea erwiderte diesmal nichts, sondern nickte nur und streckte sich bereits auf dem kalten Erdboden aus, was sie sofort wieder zum Frösteln brachte. Wie sie so nackt neben ihm ausgestreckt da lag, musste Maél sich in seinem inneren Kampf gegen das immer stärker gewordene Verlangen, ihren Körper zu betrachten, geschlagen geben. Seine Augen ließen ihre los und wanderten bewundernd über ihre sonnengebräunte Haut. Das Mädchen nutzte ebenfalls die Gelegenheit und musterte seinen Körper. Als ihr Blick auf den kreisrunden Brandmalen auf seiner Brust ruhen blieb, richtete sie ihren Oberkörper abrupt auf und berührte eines der Male. „War das dieser Darrach?", fragte sie zaghaft. Maél nickte. „Wie kann...". Elea kam nicht weiter, da Maél ihr bereits zärtlich seinen Zeigefinger auf den Mund legte, um sie am Weitersprechen zu hindern. „Nicht jetzt! - Vielleicht fangen wir damit an, dass ich dir Fragen stelle und du sie mir beantwortest. In Ordnung?" Er zog sie wieder zu sich zum Boden hinunter. Sie rückten so nah aneinander heran, wie es ging. Maél legte ein Bein über ihre und hielt sie fest mit seinen Armen umschlungen. Sie hatte ihre Arme vor der Brust gebeugt, sodass ihre Hände auf ihrem noch warmen Stein ruhten. So wartete sie auf seine erste Frage. Doch Maél schwieg. Er hatte die Augen geschlossen und genoss diesen Moment. Er fühlte sich wohl in seiner neuen Beschützerrolle, auch wenn er sich durchaus bewusst war, dass diese junge Frau *ihm* bereits schon dreimal das Leben gerettet hatte: mit ihrem letzten Pfeil, mit ihrem Blut und gerade eben mit ihrem lebensgefährlichen Sturz in den See. Er hatte sich in seinem ganzen Leben – auch wenn es unter höchster körperlicher Anspannung geschah - noch nie so glücklich gefühlt wie in diesem Moment. Er drückte noch rasch seine Nase in ihr nasses Haar, atmete den Duft von Rosen und Lavendel ein und brach endlich das andächtige Schweigen. „Als ich dich vorhin aus dem See gefischt habe und nach dir getaucht bin, da wollte ich erst meinen Augen nicht trauen. Hunderte von Fische hatten sich wie eine Barriere zwischen dir und dem Grund des Sees versammelt, als ob sie verhindern wollten, dass du weiter absinkst. Kannst du mir etwas dazu sagen?" Elea war überrascht, dass Maél mit einer so harmlosen Frage begann. Da er ohnehin schon ahnte, dass sie eine besondere Beziehung zu Vögeln hatte und sie ihm die Geschichte von dem Wolf erzählt hatte, fehlte eigentlich gar nicht mehr viel, um dieses Geheimnis vollends zu lüften.

„Ich kann mit Tieren sprechen. Also nur in Gedanken und durch das Vermitteln von Gefühlen. So wie sie meine Gefühle verstehen, verstehe ich ihre. Und am leichtesten fällt es mir bei Vögeln. Ich weiß auch nicht warum. - Wieso die Fische das eben gemacht haben, kann ich dir nicht sagen. Ich war ohnmächtig. Ich habe sie nicht herbeigerufen, zumindest nicht bewusst. Vielleicht haben sie die große Angst gespürt, die ich um dich hatte. - Maél, weißt du, was mir die ganze Zeit nicht aus dem Kopf geht? Diese riesige, furchterregende Gestalt hat deinen Namen gerufen. Wie konnte sie ihn kennen?", fragte Elea ängstlich in seine Halsbeuge hinein. „Später. Wir reden jetzt über dich. – Also du kannst mit Tieren sprechen. Daher deine Weigerung Tiere zu töten – wenn man mal von den zwölf Fischen absieht, die von deinen Pfeilen durchbohrt wurden. Gut. Das leuchtet mir ein. Und seit wann hast du diese Gabe schon?"

„Das weiß ich auch nicht mehr so genau. Ich glaube, das begann etwa zur gleichen Zeit, als meine Haare nachts zu leuchten anfingen."

„Und wann war das? Wie alt warst du da?"

„Ich war dreizehn."

„Hat ein besonderes Ereignis das Leuchten deiner Haare ausgelöst?"

„Meine Güte. Ja. Das hat es. Du musst aber auch alles haargenau bis ins kleinste Detail wissen." Sie schaute vorwurfvoll zu ihm hoch, was ihn jedoch völlig unbeeindruckt ließ. „Ja, und? Ich höre!" Elea schnaubte geräuschvoll. „Mit meiner ersten Mondblutung begannen meine Haare nachts zu leuchten. War die Antwort jetzt ausführlich genug oder willst du noch mehr Einzelheiten wissen?" Maél konnte sich ein Lächeln nicht verkneifen, was Elea natürlich nicht entging. „Ich sehe schon. Dein Plan mit der Ablenkung geht auf."

„Was hat es mit dem Stein auf sich?", fragte Maél weiter.

„Über ihn habe ich dir bereits alles erzählt, was ich weiß. Das mit dem Leuchten ist heute Nacht zum ersten Mal passiert. Ich hatte geschlafen und plötzlich war mir, als verbrenne meine Haut. Erst dachte ich, ich träumte. Doch es war kein Traum. Ich spürte auf einmal dieses Brennen. Als ich ihn unter meinen Kleidern hervorholte, sah ich dann, dass er ebenso wie meine Haare rot glühte, nur viel stärker und in diesem steten Pulsieren. Er war es auch, der mir den Weg zu dir gezeigt hat. Sobald ich mich in deine Richtung bewegte, wurde das Leuchten stärker und das Pulsieren schneller." Maél hatte der jungen Frau aufmerksam zugehört. Er dachte über ihre Worte nach. Dabei spürte er, dass ihre Haut wieder deutlich kühler war als seine. Er rieb vorsichtig mit seinen Händen ihren Rücken und fühlte die von Wundschorf bedeckten Spuren der Peitschenhiebe mit seinen sensiblen Fingerspitzen nach. Seine Hände glitten weiter ihre Wirbelsäule hinab bis zum Ansatz ihres Gesäßes. Jäh hielt er in seiner Bewegung inne und begann von neuem ihre Wirbelsäule abzutasten – diesmal jedoch etwas hektischer. „Verdammt! Was hast du da auf deinem Rücken?", fragte er beunruhigt und drehte sie auf den Bauch. Elea konnte hören, wie er die Luft scharf einzog. „Was ist denn mit ihm? Du machst mir Angst. Jetzt sag schon!"

„Unter deiner Haut, entlang deiner Wirbelsäule sind lauter kleine Höcker gewachsen. Wann ist das denn geschehen? Vorhin, als ich deinen Rücken massiert habe, sind sie mir gar nicht aufgefallen." Elea sprang panisch auf und drehte ihren Kopf so weit es irgendwie ging nach hinten, um einen Blick auf ihren offensichtlich nun auch missgestalteten Rücken werfen zu können. Gleichzeitig tastete sie ihn ab. *Er hat recht! Himmel – es stimmt also doch!* Sie blieb plötzlich stehen und ließ ihre Arme an ihrer Seite hinunterhängen. Resigniert blickte sie Maél an und ließ zu, dass er sie wieder zu sich hinunterzog und sie behutsam an sich drückte. Sie atmete ein paar Mal tief durch, dann sprudelte es aus ihr heraus. „Das habe ich alles dieser verfluchten Prophezeiung zu verdanken. Ich habe bis zuletzt immer noch die Hoffnung gehabt, dass es nur ein Irrtum ist, dass nicht ich die Auserwählte bin, sondern jemand anderes. Aber das jetzt - mit diesen Höckern - und dass sich meine Haare erneut verändern..." Maél wurde sofort hellhörig. Die Wörter *Prophezeiung* und *Auserwählte* versetzten ihn in Alarmzustand. Er drückte sie etwas von sich weg, um ihr Gesicht zu sehen. „Was für eine Prophezeiung und wozu bist du auserwählt?

„Ich habe dir doch bereits erzählt, dass meine leiblichen Eltern den Stein bei Albin und Breanna für mich zurückgelassen hatten. Es ist nicht das Einzige, was sie mir hinterließen. Als sie mich als Säugling ihnen anvertraut haben, gaben sie ihnen auch eine kleine Holzschatulle, die die beiden für mich aufbewahren sollten, bis der Tag kommen würde, an dem ich mich meiner Bestimmung stellen müsste. Das war an dem Morgen vor der Nacht, in der du mich gefangen hast." Elea musste eine Pause machen, da sie vor Aufregung kaum atmen konnte. Auch Maél musste vor Anspannung schlucken. „Ich habe diese Schatulle auf dem Tisch in deinem Zimmer stehen sehen. Erzähl weiter!"

„In der Schatulle war der Stein und ein merkwürdiger Stab mit Zeichen und Symbolen darauf, wie sie auch auf dieser Schatulle zu sehen sind. Oben drauf lag aber noch ein Stück Pergament, auf dem eine Prophezeiung geschrieben stand." Elea nahm nochmals ein paar tiefe Atemzüge. Sie war nun im Begriff, ihr größtes Geheimnis preiszugeben und dies einem Mann, der im Dienste ihres vielleicht größten Feindes stand. „Maél, wie ich dich inzwischen kenne, wirst du mich wahrscheinlich auslachen, wenn du hörst, was ich dir jetzt sage. Aber du musst mir glauben, so steht es in der Prophezeiung und so hat es Albin mir von meinen Eltern weitergegeben." Sie machte wieder eine Pause, um Maéls Reaktion abzuwarten. Im Gegensatz zu Elea schien er jedoch einen eisernen Geduldsfaden zu haben, da er sie nicht drängte, endlich mit der Sprache herauszurücken. Er lächelte sie nur ermutigend an. „Ich bin eine Drachenreiterin und soll zusammen mit einem Drachen unser Volk vor irgendeinem Bösewicht retten." Erwartungsvoll sah sie in Maéls Gesicht. Sein Gesichtsausdruck blieb jedoch unverändert ernst. *Was ist nur los mit ihm?*

Maél war sprachlos. Im ersten Moment war er tatsächlich dazu geneigt, in schallendes Gelächter auszubrechen. Aber je länger er darüber nachdachte, desto mehr ergab alles einen Sinn – angefangen mit dem mysteriösen Auftrag von König Roghan, dann noch die Sache mit Eleas körperlichen Absonderlichkeiten und ihren telepathischen Fähigkeiten. Mit einem Mal ließ er sie los, erhob sich und begann, aufgeregt auf und ab zu gehen. Er war so in seine Gedanken versunken, dass er völlig darüber seine und Eleas Nacktheit vergaß. *Darrach, dieser Schweinehund, muss auf irgendetwas beim Übersetzen der alten Schriften gestoßen sein. Und jetzt wollen er und Roghan Elea zu ihren Zwecken ausnutzen. Und ich bin ihr Handlanger und muss sie ihnen ausliefern.* Abrupt blieb er vor Elea stehen und fragte mit kaum beherrschter Stimme und zusammengezogenen Brauen. „Was genau besagt die Prophezeiung?"

„An den genauen Wortlaut kann ich mich nicht mehr erinnern. So etwas wie, dass eine junge Frau sich auf mächtigen Schwingen erhebe, dass ihr ein Feueratem vorauseile und dass ihr Sieg oder ihre Niederlage darüber entscheide, ob die Welt untergehe." Maéls Blick wechselte jäh von zornig zu besorgt. Eleas Augen wurden hingegen immer größer. Sie sah den Mann zum ersten Mal vollkommen nackt vor sich stehen und hatte auch keine Scheu, seinen Körper neugierig zu mustern. Ihr Herz hüpfte immer aufgeregter in ihrer Brust auf und ab. Sie konnte sich nichts Schöneres auf der Welt vorstellen. Jetzt machte auf einmal auch sein für sie so schön klingender Name einen Sinn. In ihrem Innern machte sich auf einmal eine unbekannte Wärme breit, die schnell in eine Hitze überging. Maél bemerkte jedoch nicht, was in dem Mädchen vorging. Er stand mit dem Rücken zu ihr und hatte seine Augen hasserfüllt auf einen Punkt in der Ferne gerichtet. *Was soll ich nur tun? Soll ich sie ihnen wirklich ausliefern? Oder soll ich Jadoras Ratschlag befolgen und mich mit ihr aus dem Staub machen? Verdammt! Darrach würde nicht eher Ruhe geben, bis er mich gefunden hätte. Und das würde er. Ich kann gar nicht anders, als ihm gehorchen.* Ebenso wenig bemerkte er, wie Elea plötzlich aufstand und sich ihm näherte. Erst der intensiver gewordene Duft ihres Haars, riss ihn aus seinen düsteren Gedanken und brachte ihn wieder in die Wirklichkeit zurück. Mit einem Mal spürte er die Veränderung in Elea – und diese hatte eindeutig nichts damit zu tun, dass sie ihm gerade ihre wohl gehüteten Geheimnisse offenbart hatte. Er war wie gelähmt, vor allem, als sie begann, von hinten mit ihren Händen zart über seine Brust und seine Arme zu streichen. *Ich muss mich beherrschen. Ich darf nicht die Kontrolle verlieren. Sie muss unberührt bleiben. Ich fühle, dass es wichtig ist – nicht nur für Darrach und Roghan, sondern auch für sie und das ganze Menschenvolk.* Er spannte jeden einzelnen Muskel an und ballte die Fäuste. „Elea, ich bitte dich, hör auf damit! Du weißt nicht, was du damit heraufbeschwörst. Ich wollte, dass du mich ablenkst, nicht in einen Zustand der Erregung versetzt", flehte er sie mit rauer Stimme an. Elea zog ihre Hände von seiner Haut und sah ihn mit einem Blick an, dem er nur mit größter Mühe standhalten konnte. „Es tut mir leid, Maél. Aber ich konnte nicht widerstehen. Du standest vor mir... so nackt,... so wunderschön. Ich musste dich einfach berühren. Ich..." Weiter kam sie nicht. Maél riss sie unvermittelt in seine Arme und drückte ihren Kopf an seine Brust. Sein heißer Atem strich ihr Ohr, als er zu ihr sprach. „Elea, wir müssen jetzt beide stark sein und unsere Gefühle füreinander zurückhalten - zumindest solange, bis ich herausgefunden habe, warum ich dich unbedingt unberührt zu Roghan bringen soll. Ich glaube, es ist wirklich wichtig für deine Bestimmung. Hast du verstanden?"

Elea löste sich aus seinem Griff und sah ihm voller Liebe mit ihren grünen Augen in sein blaues und schwarzes. Maéls Selbstbeherrschung drohte, sich in Luft aufzulösen.

„Einverstanden. Aber nur, wenn du mir endlich sagst, was du für mich empfindest." Maél stöhnte laut auf. Er glaubte, jeden Moment von einem Strudel in die Tiefe gerissen zu werden, von einem Strudel der unterschiedlichsten Gefühle – Angst, Panik und Hilflosigkeit, aber vor allem auch Liebe zu dieser außergewöhnlichen Frau und Verlangen nach ihrem atemberaubenden Körper, den er obendrein nackt in seinen Armen hielt. Elea sah ihn flehend an. Er hob eine Hand und berührte zärtlich ihre Wange. „Elea, kannst du dir diese Frage nicht bereits längst selbst beantworten? - Ich liebe dich mehr als alles andere auf dieser Welt, mehr als mein eigenes verfluchtes Leben." Auf diese Worte hin lösten sich aus ihren Augen ein paar Tränen des Glücks, die Maél mit seinem Daumen zärtlich wegwischte. Er führte sie wieder zurück zu ihrem Platz und ließ sich mit ihr nieder. Er musste unter allen Umständen seine Erregung unter Kontrolle bekommen. Daher konzentrierte er sich auf den ursprünglichen Zweck ihrer nackten Umarmung, nämlich Elea von seiner Körperwärme abzugeben.

Die junge Frau war in einem Zustand, in dem ihr alles recht war. Sie genoss einfach nur diesen Moment, in dem sie endlich Maél dazu gebracht hatte, ihr seine Liebe zu gestehen. „Es wird nicht mehr lange dauern, bis der Tag anbricht. Dann werden wir sofort das Lager suchen gehen. Die geisterhaften Kreaturen haben uns bisher noch nicht gefunden, dann werden sie es auch jetzt nicht mehr, falls sie uns überhaupt gesucht haben. – Elea, was ist mit dem Stück Pergament geschehen, auf dem die Prophezeiung steht?" Maél suchte immer noch krampfhaft nach einem Weg, sich und Elea von der Versuchung abzulenken, ihren Gefühlen hemmungslos nachzugeben. „Es ist in meinem Rucksack", antwortete die junge Frau noch immer mit bewegter Stimme. „Jadora hat ihn durchsucht. Er fand jedoch nur diesen Stab", erwiderte Maél. „Es steckt in einem Geheimfach."

„Gut. Ich muss die Prophezeiung unbedingt lesen. Vielleicht gibt es noch weitere Hinweise, die uns weiterhelfen."

„Du wirst nichts darin finden. Glaube mir! Es sind nur ganz allgemein gehaltene Worte." Elea richtete sich plötzlich mit einem verschmitzten Lächeln auf. „So! Jetzt bist du an der Reihe, mich von deinen Reizen abzulenken. -Warum hat Darrach dir die Brandmale zugefügt?"

Maéls Blick verdüsterte sich. „Es waren Bestrafungen, wenn ich mich weigerte, irgendwelche grausamen Befehle von ihm auszuführen. Er hat damit angefangen, als ich noch ein Kind war. Die letzten zehn Jahre allerdings gab ich ihm keinen Grund mehr, mich zu bestrafen. Du weißt ja, wie ich sein kann. Du hast es am eigenen Leib erfahren", antwortete er verbittert. „Aber wieso bist du nicht einfach vor ihm weggelaufen, wenn er dich so gequält hat? Oder warum hast du dich nicht gewehrt als du älter warst?", wollte Elea entsetzt wissen. Maél lachte kalt. „Elea, glaube mir, wenn das so einfach wäre, hätte ich es längst getan. Aber er ist ein Zauberer, der sich den dunklen Mächten verschrieben hat. Er hält mich mit einem Bann in seiner Gewalt, aus der es kein Entrinnen gibt." Er ergriff die Schlange um seinen Hals und sah Elea bedeutsam an. „Solange dieser Ring um meinen Hals ist, kann er von mir verlangen, was er will. Ich werde ihm gehorchen. Er hat ihn mir zu meinem sechzehnten Geburtstag zum Geschenk gemacht", sagte er mit eisiger Verbitterung in der Stimme. „Der Schließmechanismus lässt sich nicht öffnen und er ist aus einem so harten Metall gemacht, dass er sich nicht durchsägen lässt. Ich habe schon alles versucht."

„Dann habe ich mich vorhin nicht geirrt. Ebenso wenig wie gestern Abend, als du schlammverspritzt aus dem Sumpf kamst. Ich konnte deutlich das grüne Auge der Schlange, aufleuchten sehen."

„Es ist ein Zeichen dafür, dass eine dunkle Macht am Werk ist. Mir ist dies gar nicht aufgefallen. Aber wenn du es gesehen hast, dann besteht kein Zweifel daran, dass diese grün leuchtenden Kreaturen ebenfalls Ausgeburten einer bösen Macht sind." Elea sah ihn entsetzt an. Was sie da hörte, war grauenhaft. Jetzt verstand sie auch, wieso Maél so brutal, kaltblütig und hasserfüllt geworden war. Er wuchs bei einem Mann auf, der ihn quälte und für seine Zwecke missbrauchte. Er hatte nie Liebe und Mitgefühl erfahren nur Angst und Hass. Das Schlimmste war jedoch, dass er diesem grauenvollen Mann hilflos ausgeliefert war, er, der allen anderen so überlegen war. All seine Gaben und Fähigkeiten nützten ihm nichts, wenn er Darrach von Angesicht zu Angesicht stand. Sie wusste nicht, was sie darauf erwidern sollte. Er hatte sie ja schon gewarnt, dass ihr das, was sie über Darrach erfahren würde, nicht gefallen würde. Aber dass seine Lage so aussichtslos war, hätte sie niemals für möglich gehalten.

Maél nahm Eleas Gesicht in seine Hände und sprach mit todernster Stimme weiter. „Elea, das allein mag für dich schon Schock genug sein. Es ist aber nur ein Teil meiner persönlichen Tragödie. Wie du selbst schon unschwer erkennen und erleben konntest, steckt in mir etwas nicht Menschliches. Dieses Etwas ist dem Ursprung nach Böse oder zumindest für Böses oder für schwarze Magie besonders empfänglich. Ich fühle das. Und Darrach hat mir es bei jeder Gelegenheit gnadenlos vor Augen geführt und es mich spüren lassen. Er hat es mir zwar nie verraten, aber ich bin mir sicher, dass er genau weiß, woher ich komme oder wovon ich abstamme. Deshalb ist es gefährlich für dich, wenn du dich mit mir einlässt. Ich..." Elea fiel ihm aufgebracht ins Wort. „Maél, ich fühle, nein, ich weiß, dass in dir etwas Gutes steckt. Deine unerwartete Wandlung in jener Nacht, ist doch Beweis genug dafür, dass du einen guten Kern hast. - Du bist in der Gewalt dieses schrecklichen Mannes, seitdem du ein kleiner Junge warst. Woher willst du wissen, dass er dir nicht irgendwelche Lügen aufgetischt hat, nur um dich gefügig zu machen? Außerdem hast du mir eben selbst gesagt, dass du mich mehr als alles andere auf der Welt liebst."

„Elea, dies mag jetzt in diesem Moment zweifellos der Fall sein. Aber das kann sich von jetzt auf nachher ändern... wenn Darrach es will."

„Dann lass uns doch verschwinden. Wir werden nie in Moray ankommen. Wir verstecken uns irgendwo", schlug Elea verzweifelt vor. „Daran habe ich auch schon mehr als einmal gedacht. Aber, glaube mir, das geht nicht so einfach. Ich muss seinem Befehl gehorchen, dich nach Moray zu bringen. – Ich kann im Moment nicht klar denken. Ich brauche Zeit, um mir etwas einfallen zu lassen, wie ich wenigstens dich heil aus dieser Sache herausbringe." Er erhob sich und ging hinaus zum Vorsprung des Felsens. Elea ließ jedoch nicht locker. „Und warum bringst du Darrach nicht einfach um? Wäre unser Problem damit nicht gelöst?"

„Der Bann, mit dem er Macht über mich hat, beinhaltet auch, dass ich ihm keinen körperlichen Schaden zufügen kann", antwortete Maél ungerührt, während er sich von der Kante des Felsens aus einen Überblick über die Folgen des Unwetters verschaffte, das sich verzogen hatte.

Da ihre Nacktheit und die von Maél angesichts seiner ausweglosen Lage völlig in den Hintergrund gerückt waren, arbeitete Eleas Verstand nun auf Hochtouren. Sie suchte angestrengt nach einer Möglichkeit, ihn vor dem Zauberer zu retten. Ihr eigenes Schicksal war für sie bedeutungslos geworden. Urplötzlich kam ihr eine wahnwitzige Idee in den Sinn. Sie eilte zu ihm nach draußen. Er stand immer noch mit dem Rücken zu ihr und blickte in die Ferne. Sie war jetzt direkt hinter ihm, was er nur allzu gut spüren konnte. „Und was wäre, wenn *ich* ihn töte?" Im ersten Moment war sie über ihre Worte selbst erschrocken. Doch sie kam zu dem Schluss, dass Darrach den Tod verdiente, nach allem, was er Maél angetan hatte. Außerdem wäre er nicht der erste Mensch, den sie töten müsste, um das Leben eines anderen zu retten. Maél zog scharf die Luft ein. Dann drehte er sich zu ihr um und fuhr sie heftig an. „Das wirst du dir ganz schnell wieder aus dem Kopf schlagen! Dieser Mann ist außerordentlich gefährlich und unberechenbar. Du vergisst, dass er ein Zauberer ist, und zwar ein verdammt guter, auch wenn er dies bisher gut zu verbergen wusste. Er beherrscht die schwarze Magie mindestens genauso gut wie ich mein Schwert, wenn nicht sogar besser. Du wirst dich von ihm fernhalten! Hast du verstanden? Schwöre es mir!" Elea tat so, als ob sie die letzten Worte Maéls nicht gehört hätte. Sie sah zum Himmel hoch. „Ich glaube, es wird schon hell. Ein Glück. Dann können wir uns endlich auf den Weg machen." Sie drehte sich blitzschnell um und ging zurück in die Höhle, um sich anzuziehen. Maél folgte ihr und hielt sie grob am Arm zurück. „Schwöre mir, dass du dich Darrach nicht nähern wirst!", knurrte er sie an. „Ich werde dir gar nichts schwören. Zumal ja noch nicht einmal feststeht, ob wir in Moray überhaupt ankommen. Und jetzt lass meinen Arm los! Du tust mir weh. Konzentriere dich lieber auf den Rückweg! Du hast eben selbst gesagt, dass du nicht klar denken kannst", gab sie bissig zurück. Er ließ ihren Arm erschrocken wieder los und begann sich wie wild die Haare zu raufen. Elea zog ihre noch nassen Kleider geschwind an und hielt ihm seine vor die Nase. Er riss sie wutschnaubend an sich und zog sie sich hektisch über. „Dieses Gespräch ist noch nicht beendet."

„Wie du willst. Von mir aus können wir noch tagelang darüber diskutieren, wie wir aus diesem Schlamassel herauskommen, aber bitte nicht in diesem Sumpf", erwiderte sie schnippisch. Er strafte sie mit einem grimmigen Blick, nahm ihre Hand und zog sie mit sich zur Kante des Felsens. Der Morgen dämmerte schon, sodass Elea weit über das Sumpfgebiet, das sich vor ihr erstreckte, sehen konnte. Es sah alles andere als gangbar aus. Überall waren riesige Wasserpfützen und Schlammlöcher zu erkennen, ganz zu schweigen von den gefährlichen morastigen Unwegsamkeiten. Zu allem Übel begann Elea, schon wieder in ihren nassen Kleidern zu frieren, da auf dem Felsen ein frostiger Wind wehte. Maél machte sich sofort an den Abstieg. Nach ein paar Schritten befahl er Elea in schroffem Ton, ihm zu folgen. Der Felsen war bereits getrocknet, sodass er wesentlich griffiger war als in der Nacht. Es dauerte nicht lange, da setzte Maél einen Fuß auf den Erdboden. Er ließ Elea erst gar nicht zu Ende klettern, sondern umfasste ihre Taille und hob sie die letzten drei Schritte einfach von der Felswand zu sich auf die Erde. „Und nun? In welche Richtung müssen wir jetzt gehen?"

„Ich höre schon Jadoras aufgeregte Stimme. Wir müssen da lang. Die Frage ist nur, ob wir unbeschadet dorthin gelangen. Du bleibst auf jeden Fall an meiner Hand!" Elea konnte seiner Stimme entnehmen, dass er immer noch verärgert war. Sie nickte ihm lächelnd zu, was er sofort mit einem wütenden Schnauben quittierte. *Es wird nicht mehr lange dauern und er verfällt wieder in seine düstere Stimmung und zieht sich von mir zurück.* Elea hatte schon einen spöttischen Spruch auf der Lippe. Sie verkniff ihn sich jedoch, um ihn nicht noch mehr zu reizen. Mit ihr an der Hand drehte er sich knurrend um und setzte sich in Bewegung.

Es gelang ihm, einen sicheren Weg zwischen den Felsen hindurch und zum größten Teil über sie bis zum Lager zu finden. Dort herrschte unter den Kriegern große Aufregung. Jadora schrie seinen Soldaten verzweifelte und sinnlose Befehle zu, scheinbar nur um seine Hilflosigkeit und Panik darüber zu überspielen, dass Maél und Elea spurlos verschwunden waren. Elea hatte Mitleid mit ihm und rief schon von weitem seinen Namen. Als er ihre Stimme vernahm, hellte sich sein Gesichtsausdruck sofort auf und er kam auf die beiden zugerannt. „Wo ward ihr, verdammt nochmal?

Ich dachte schon, ihr seid in diesem verfluchten Sumpf für immer untergegangen. Als ich heute Morgen aufwachte, wollte ich meinen Augen nicht trauen, weil euer Schlafplatz leer war." Maél schritt übellaunig an ihm vorbei, ohne ihn eines Blickes zu würdigen, geschweige denn ihm eine Antwort auf seine brennende Frage zu geben. Elea blieb bei Jadora stehen, der ihr einen verwunderten Blick zuwarf. Sie gab ihm daraufhin eine Kurzfassung von den albtraumhaften Geschehnissen der Nacht. Jadoras Augen wurden immer größer, vor allem in dem Moment, als Elea die grün leuchtenden, geisterhaften Kreaturen erwähnte. Sie ging zu ihrer Schlafstelle, wo Maél gerade dabei war, sich umzuziehen. Jadora folgte ihr immer noch ihren Erzählungen lauschend.

„So, Jadora. Und damit Ihr jetzt auch voll im Bilde seid, was mich angeht: Ich bin eine Drachenreiterin und meine Bestimmung ist es, unser Volk zu retten", verkündete Elea. Maél schnaubte erneut und warf ihr einen giftigen Blick zu, während Jadora mit noch verblüffterem Gesichtsausdruck durch die Zähne pfiff. „Ihr seid was?"

„Jadora, nicht jetzt, wenn du nicht willst, dass ich dir gleich dein Maul stopfe. Du und deine Männer, ihr könnt alles für den Aufbruch vorbereiten. Wir werden so schnell wie möglich diesen verfluchten Sumpf verlassen. Anschließend habe ich mit unserer Gefangenen etwas zu klären." Während Elea ihren Durst löschte, konnte sie aus den Augenwinkeln erkennen, wie er zu ihr hinübersah und offenbar darauf wartete, dass sie seinen Blick erwiderte. Sie ignorierte ihn jedoch und holte sich frische, trockene Kleider aus dem Rucksack heraus.

Jadora war noch nicht bereit, klein beizugeben. „Was ist eigentlich los mit euch beiden? Ihr verhaltet euch wie ein altes Ehepaar." Eleas Auflachen schallte daraufhin über das Lager in die Ebene hinaus. „Glaubt mir Jadora, um das zu sein, fehlen noch mindestens zwei entscheidende Schritte." Kaum hatte sie die Worte ausgesprochen, verließ sie die beiden Männer – einen schmunzelnden und einen vor Zorn rot glühenden – und suchte sich ein verstecktes Plätzchen, wo sie sich umziehen konnte. Der Hauptmann schnitt rasch ein harmloses Thema an, um Maél von einem Wutausbruch abzulenken. „Elea erzählte etwas von einem nicht enden wollenden Sturzregen und von einem Gewitter. Bei uns hat es nur leicht genieselt. Ich habe überhaupt nichts von Blitz und Donner mitgekriegt. Bei dieser Jahreszeit ist ein Gewitter auch reichlich ungewöhnlich."

„Jadora, das war auch kein normales Gewitter. Unterwegs ist mir gleich aufgefallen, dass der Boden immer trockener wurde, je mehr wir uns euch näherten. Ich glaube, das war eine übernatürliche, ebenso dämonische Erscheinung wie diese grauenvollen Gestalten. Deshalb sollten wir jetzt schnellstmöglich das Sumpfgebiet hinter uns lassen. Ich habe keine Lust, noch eine weitere Nacht hier zu verbringen." Daraufhin nahm er sein und Eleas Gepäck und steuerte auf Arok zu. „Und was ist mit frühstücken?", rief ihm Jadora nach. „Drück diesem sturen Weib einfach ein Stück Fleisch in die Hand! Sie kann es unterwegs essen."

Die Reitergruppe setzte die Überquerung des Sumpfes auf dieselbe Weise fort, wie sie es am Tag zuvor taten. Die Krieger sicherten sich mit ihren Seilen und bildeten eine Kette mit Jadora wieder als Schlusslicht. Maél band Elea an sein Seil und führte die Gruppe wortkarg und mürrisch an. Die junge Frau befand sich in einem absurden Zustand der Gefühle. Einerseits war sie über Maéls bisheriges Leben tief erschüttert. Andererseits musste sie ständig über die wütenden Blicke schmunzeln, die er ihr von Zeit zu Zeit zuwarf. Sie fand es äußerst amüsant, dass sie ihn aus der Fassung gebracht hatte, als sie vorschlug, ihr eigenes Leben zu riskieren, um seines zu retten, indem sie Darrach töten wollte. Er musste sie wirklich lieben. Dies machte sie unglaublich glücklich, obwohl sie sich allem Anschein nach in einer ausweglosen Lage befanden.

Am späten Nachmittag, als sich die abendliche Dunkelheit schon langsam bemerkbar machte, erreichten die acht Reiter endlich das lang ersehnte Ende des sumpfigen Geländes. Alles verlief ohne jeglichen Zwischenfall. Dennoch merkte Elea, dass die Anspannung unter den Männern groß gewesen sein musste, da sie sich gegenseitig umarmten und lachten, sobald sie wieder festen Boden unter den Füßen gespürt hatten. Nur Maél war noch genauso übellaunig wie beim Aufbruch.

Nachdem auch von Elea die Anspannung abgefallen war, überkam sie urplötzlich eine Müdigkeit, die sich bleischwer auf sie legte. Diese erinnerte sie stark an jene, die sie in der Nacht befiel, als ihre Flucht vor Maél begann. Sie ließ sich auf den Boden nieder und hätte sich am liebsten auf der Stelle schlafen gelegt. Die letzten beiden Nächte hatten ihre Spuren hinterlassen. „Du brauchst es dir hier gar nicht erst gemütlich zu machen. Wir werden bis in die Dunkelheit hinein weiter reiten. Die Pferde sind von dem langsamen Vorwärtskommen im Sumpf noch ausgeruht genug", blaffte Maél sie an, während er das Seil von ihr löste. „Wenn du müde bist, dann kannst du auf dem Pferd schlafen. Es wäre ja nicht das erste Mal." Er warf ihr ihren Umhang auf den Schoß und wartete demonstrativ. Schwerfällig stand sie auf und wickelte ihn sich um. Anschließend nahm er sie auf die Arme und setzte sie auf Arok. Dann stieg er selbst auf. Jadora reichte ihr noch eine Gänsekeule, auf die sie aber keine Lust hatte. Sie wollte sich lieber an Maéls Brust kuscheln und schlafen. Aber der schwarze Krieger war gnadenlos. Während sie weiterritten, musste sie vor seinen Augen den Knochen glatt nagen, bis keine Faser mehr zu sehen war. Ihr war klar, dass diese kleine Quälerei seine Art von Rache war. Aber sie war zu müde, sich mit ihm deswegen zu streiten. Sie wollte nur schlafen. So sah sie über seine Schikane hinweg und schmiegte sich an ihn, sobald sie den abgenagten Knochen weggeworfen hatte. Maél versteifte sich im ersten Moment und drückte sie auch nicht, wie sonst, wärmend an sich. Lange konnte er jedoch der Versuchung, einen Arm um sie zu legen, nicht widerstehen. Er stöhnte kurz auf und drückte sie an sich, worauf sie mit einem amüsierten Lächeln reagierte. Dies blieb ihm nicht verborgen, sodass er – obwohl er sich die größte Mühe gab – ein Lächeln nicht unterdrücken konnte. Es war, wie es war: Diese Frau hatte nicht nur sein Herz erobert und es mit einer wohligen Wärme erfüllt, sie brachte ihn auch noch mit ihrer unwiderstehlichen und unbefangenen Art um seinen Verstand.

Ein paar Atemzüge später war Elea bereits tief eingeschlafen. Sie wurde auch nicht wach, als Maél Arok zu einem schnellen Galopp antrieb. Erst als es bereits stockfinster war, erwachte Elea aus ihrem verdienten Schlaf. Vollkommen orientierungslos hob sie den Kopf an, um zu sehen, wo sie sich befand. Die Männer hatten das Lager errichtet, ohne dass sie davon etwas bemerkt hatte. Ein paar Schritte entfernt konnte sie noch die vor sich hin glimmende Glut des Feuers erkennen, um das ein paar Fellberge gruppiert waren, aus denen lautes Schnarchen zu vernehmen war. Sie legte ihren Kopf wieder ab, drehte ihn etwas zur Seite und sah direkt in Maéls schlafendes Gesicht. Obwohl es zu dunkel war, um irgendwelche Details zu erkennen, hegte sie jedoch nicht den geringsten Zweifel daran, dass er es war. Plötzlich spürte sie ein ungewohntes Gewicht auf ihrer rechten Brust ruhen - allerdings mit drei Lagen Hemdstoff und einer Lederschicht dazwischen: Maéls Hand. Darüber hinaus war er es diesmal, der sein linkes Bein besitzergreifend über ihre gelegt hatte. Seine eiserne Selbstbeherrschung kam ihm offenkundig im Schlaf abhanden. Elea musste schmunzeln. Ihr Blick wanderte wieder zu seinem Gesicht. Am liebsten hätte sie es gestreichelt. In ihren Erinnerungen an ihre nackten Umarmungen in der Höhle schwelgend, zuckte sie jäh zusammen, als ihr die von Maél entdeckten Höcker auf ihrem Rücken wieder einfielen. Maél begann, sich daraufhin zu regen. Mit einem Mal zog er seine Hand und sein Bein von ihr weg. Verlegen räusperte er sich und fragte leise: „Bist du wach, Elea?"

„Ja. Schon eine ganze Weile. Wie hat es sich denn angefühlt, meine Brust die ganze Zeit zu halten? War es schön?", wollte sie mit belustigtem Ton wissen. Maél schoss mit dem Oberkörper in die Höhe und rieb sich das Gesicht. Elea erlöste ihn jedoch von der Beantwortung ihrer peinlichen Frage, da ihr im Moment das Problem der Höcker auf ihrem Rücken bedeutender erschien. Sie erhob sich pfeilschnell und begann nervös, ihren Rücken unter den Kleidern abzutasten. „Was ist denn los?"

„Ich war letzte Nacht so schockiert über deine Geschichte von Darrach, dass ich völlig diese Höcker vergessen habe. Ich will wissen, ob sie noch gewachsen sind. Wahrscheinlich verwandle ich mich allmählich in einen Drachen", sagte sie aufgeregt. Ein amüsiertes Lächeln umspielte nun Maéls Lippen, was Elea zum Glück nicht sehen konnte. Er stand ebenfalls auf. „Lass mich mal nachsehen!" Er schob die zahlreichen Stofflagen hoch und sah sich die Höcker genau an, wobei er nicht widerstehen konnte, sie auch zu berühren. Er sagte jedoch kein Wort. Elea wurde immer nervöser und ungeduldiger. „Jetzt rede schon! Sind sie gewachsen?"

„Vielleicht ein wenig, aber nur unwesentlich. – Wir sollten unser Augenmerk eher auf deinen Atem richten. Bei deiner spitzen Zunge würde es mich nicht wundern, wenn du demnächst noch Feuer spuckst", sagte der junge Mann lachend. „Sehr witzig! Möglicherweise wachsen mir noch ein Paar Flügel, dank derer ich endlich nicht mehr auf Arok sitzen muss", erwiderte Elea bissig. Maéls Lachen erstarb plötzlich. Erst nach ein paar Augenblicken begann er wieder zu sprechen. „Das würde vielleicht unser Problem lösen. Du könntest überall hinfliegen, sogar über den Akrachón in unbekanntes Land. Dort wärst du vor Roghan und Darrach und vor mir sicher."

„Das würde vielleicht dein und eines meiner Probleme lösen, aber sicherlich nicht mein Hauptproblem", erwiderte sie schnippisch. Maél hatte sich inzwischen wieder niedergelassen und sah resigniert zu ihr hoch. „Elea, warum bist du nur so stur und unvernünftig?" Das Mädchen ließ sich auf ihre Knie nieder, um Maéls Gesicht näher zu sein. Dann atmete sie tief durch, bevor sie zu ihm sprach: „Maél, ich gebe dir recht, ich bin stur. Das war ich schon immer. Breanna hat es mir oft genug vorgeworfen. Albin sah darin jedoch immer einen meiner stärksten Charakterzüge, nämlich einen unbeugsamen Willen, mit dem ich bisher alles erreicht habe, was ich wollte. Ich mag dir auch unvernünftig erscheinen. Dies würde ich meiner Familie jetzt zweifelsohne auch. Aber ist es nicht natürlich, unvernünftig zu handeln, wenn es um Gefühle geht. Außerdem: Hat sich dein Leben, seitdem wir uns begegnet sind, etwa nicht zum Guten verändert?!" Maél hatte nicht die Absicht, auf ihre letzten Worte einzugehen, auch wenn sie damit durchaus recht hatte. Ihn beschäftigte etwas ganz anderes. „Elea, ich habe den ganzen Tag, darüber nachgedacht, wie ich dich am sichersten aus dieser katastrophalen Lage herausbekommen kann. Wir können nicht einfach fliehen. Wenn ich bei dir bleibe, wird Darrach uns finden. Fliehst du alleine, dann werde ich dich finden, egal, wo du bist, weil ich von deinem Blut getrunken habe und weil Darrach es mir befehlen und ich ihm gehorchen würde. Im Übrigen bin ich, wie du weißt, an seinen letzten Befehl gebunden. Ich muss dich nach Moray bringen. Ich will gar nicht darüber nachdenken, was er sich für eine Bosheit einfallen lassen wird, wenn er erfährt, dass ich Gefühle für dich hege. - Wenn es stimmt, dass irgendwo ein Drache auf dich, auf seine Reiterin wartet, dann bist du am sichersten bei ihm. Er wird dich beschützen. Er kann dich überallhin bringen. Er wird dir viel beibringen und dir einiges über die Geschichte der Menschen und von anderen Völkern erzählen können. Drachen sind, soweit ich weiß, die weisesten Geschöpfe, die es jemals gegeben hat. Es geht also kein Weg daran vorbei, dass wir unsere Reise nach Moray fortsetzen. Dort werden wir mehr über Roghans Motive und vor allem über Darrachs Absichten erfahren. So wie ich Darrach kenne, verfolgt er seine eigenen Pläne, die er dem König sicherlich nicht offenbart hat. Beide brauchen dich für irgendetwas. Also ist dein Leben vorerst nicht unmittelbar in Gefahr. Wir werden erst einmal mitspielen: Du wirst dich unauffällig und gehorsam zeigen und ich werde die Rolle spielen, die Darrach von mir erwartet."

Maél war endlich mit seiner langen Rede fertig. Elea, die die ganze Zeit über gekniet war, ließ sich wie erschlagen auf ihr Hinterteil fallen und seufzte. *Er hat vollkommen recht. Ich weiß überhaupt nichts über Drachen und über Drachenreiter. Und so wie es aussieht, ist dieser Darrach der einzige, der etwas darüber oder über einen ganz bestimmten Drachen herausgefunden hat.* Elea kuschelte sich wieder in Maéls Fell, bevor sie zu sprechen begann: „Na schön. Es wird uns nichts anderes übrig bleiben, als uns in die Höhle des Löwen zu begeben. Hauptsache, du bist bei mir und lässt mich nicht allein." Maél wollte noch darauf etwas erwidern, aber als er sah, wie sie es sich bereits wieder so gemütlich gemacht hatte, brachte er es nicht übers Herz, ihre

Ruhe mit unangenehmen Details bezüglich seiner Rolle, die er in Moray zu spielen hätte, zu stören. „Morgen früh zeigst du mir als allererstes die Prophezeiung."

„Meinetwegen", war alles, was noch über ihre Lippen kam.

Kapitel 9

Maél las nun schon zum vierten Mal den Text der Prophezeiung. Doch auch danach war ihm nichts aufgefallen, das sie hätte weiter bringen können. Dafür aber blieb er immer wieder an denselben beiden Stellen hängen. Jedes Mal, wenn er sie las stellten sich seine feinen Härchen im Nacken und auf den Armen und eine Gänsehaut jagte über seinen Körper. Einmal waren es die Worte „gewappnet mit unbeugsamem Willen und gestärkt durch die Macht der Liebe". Treffender hätten sie für Elea nicht gewählt sein können. Zum anderen beunruhigten ihn die Worte „Kummer und Schmerz, Opfer und Qualen sind ihre steten Wegbegleiter ". Ihr Weg als Auserwählte hatte offensichtlich damit begonnen, dass er sie gefangen nahm und ihr tatsächlich Kummer und Schmerz bereitete. Da sich seine Einstellung ihr gegenüber von Grund auf geändert hatte, konnte er sich kaum vorstellen, ihr jemals wieder weh zu tun. Aber auszuschließen wäre es nicht. Nicht, wenn man wusste, wozu Darrach fähig war.

Die Sonne war schon lange aufgegangen und schaffte es sogar von Zeit zu Zeit zwischen kleineren Wolkenteppichen zaghafte Strahlen auf den Boden zu schicken. Während Maél über dem Schriftstück brütete und seinen Gedanken nachhing, kaute Elea auf einem Stück Kaninchenfleisch herum, das die Männer am Abend zuvor frisch gebraten hatten. Jadora leistete ihr Gesellschaft und fragte sie nochmals über die vergangene Nacht aus. Die Geschichte, dass Elea eine Drachenreiterin sein sollte, amüsierte ihn in höchstem Maße. „Die Vorstellung, dass Ihr auf einem Drachen sitzt und ihn reitet, bereitet mir ehrlich gesagt etwas Kopfzerbrechen – wenn ich sehe, wie steif Ihr auf einem Pferd sitzt", sagte Jadora halb lachend. „Wenn ich ehrlich bin, Jadora, habe ich diesen Gedanken bis jetzt immer erfolgreich verdrängt, was angesichts der vielen anderen Probleme, die ich habe, nicht sonderlich schwer ist", erwiderte sie und schaute verärgert zu Maél, der sich endlich von dem Schriftstück losriss. „Aber... wenn man bedenkt, dass ich, bis ihr in mein Leben getreten seid, noch nie auf einem Pferd gesessen war..." Diese letzten Worte verfehlten nicht ihre Wirkung bei den beiden Männern. Jadora, der gerade einen kräftigen Schluck aus seinem Wasserschlauch nahm, verschluckte sich dermaßen, dass er gar nicht mehr mit dem Husten aufhören konnte. Und Maél, der ihr gerade wieder das Stück Pergament reichen wollte, hielt in seiner Bewegung abrupt inne und schaute sie völlig entgeistert an. „Habe ich richtig verstanden? Du warst bis vor knapp drei Wochen mit deinen achtzehn Jahren noch nie auf einem Pferd gesessen, und das, obwohl du praktisch, wie ein Junge aufgewachsen bist, beim Rennen eine Ausdauer wie ein Ochse hast und mit Pfeil und Bogen besser umgehen kannst als die meisten Männer?!" Elea warf Jadora einen bösen Blick zu, weil sich dieser zwischen seinem immer wiederkehrenden Hustenreiz das Lachen nicht verkneifen konnte. „Hat das möglicherweise noch einen anderen Grund als Angst vor Pferden?", wollte Maél in belustigtem Ton wissen. „Wie kommst du darauf, dass ich Angst vor Pferden habe? Ich habe lediglich großen Respekt vor deinem Pferd. Vor Jadoras Pferd habe ich keine Angst und vor unseren Pferden zu Hause hatte ich auch nie Angst. Seit Kellen nach Tabera gezogen ist, war ich es sogar, die sich vorwiegend um sie gekümmert hat", verteidigte sich Elea beleidigt. „Da bin ich aber mal auf den wahren Grund gespannt!?" Die beiden Männer sahen Elea mit hochgezogenen Brauen an. „Es ist weniger ein Grund... als viel mehr... ein Gefühl in mir, das mir sagt, dass es einfach falsch ist, sich auf ein Pferd zu setzen. Ich weiß auch nicht so genau. Es klingt für euch bestimmt verrückt, aber..." Weiter kam Elea nicht, da Maél jetzt auch zusammen mit Jadora in schallendes Gelächter ausgebrochen war. „Es fühlt sich für dich falsch an, sich auf ein Pferd zu setzen?! Wie wird es sich dann erst anfühlen, wenn du auf einem Drachen sitzt?!" Langsam, aber unaufhaltsam fing es in Elea zu brodeln an. Sie warf den abgenagten Knochen auf Maél. „Schön, dass ich es doch immer wieder schaffe, dich aus deinen Stimmungstiefs herauszuholen. Eben noch hast du mit todernster und von Zeile zu Zeile sich verdüsternder Miene die Prophezeiung gelesen. Und ein paar Augenblicke später brichst du in schadenfrohes Gelächter über meine missliche Lage aus. Vielen Dank auch!" Daraufhin riss sie ihm das Schriftstück aus der Hand, steckte es zurück in das Geheimfach und befestigte ihren Rucksack samt Umhang an Aroks Sattel. Dann rannte sie einfach los. Sie hatte nicht die Absicht, sich heute auf ein Pferd zu setzen, und schon gar nicht zu Maél. Die beiden Männer sahen sich betroffen über Eleas Ausbruch an. Dann schrie Jadora den Kriegern ein paar Befehle zu, während Maél sich schon auf Arok geschwungen hatte und Elea im Galopp nachritt. „Sehe ich richtig, dass du es vorziehst heute zu Fuß zu gehen?", fragte Maél sie in spöttischem Ton, als er sie einholte. „Ja, du siehst richtig. Lass mich jetzt in Frieden!" Die junge Frau sagte dies, ohne den Mann eines Blickes zu würdigen. „Also gut. Folge einfach dem Fluss! Wir bleiben hinter dir und passen uns dir an." Er zügelte etwas Arok und wartete bis Jadora zu ihm aufgeschlossen hatte. „Sie will lieber laufen. Das wird ihr gut tun. Da kann sie sich etwas abreagieren. Der Bewegungsmangel macht ihr ohnehin schon die ganze Zeit zu schaffen."

„Aber sie kann doch nicht den ganzen Tag rennen! Sieh sie dir an! An ihr ist kein Gramm Fett mehr. Bei ihrer Sturheit wird sie rennen, bis sie vor Erschöpfung zusammenbricht", sagte der Hauptmann besorgt. „Ich weiß, Jadora. Wir werden sehen, wie weit sie es schafft. Das Tempo, das sie jetzt gerade läuft, wird sie nicht lange durchhalten. Wenn doch, dann werden unsere Pferde vor ihr schlapp machen", sagte er scherzend zu dem älteren Mann. „Wenn sie von sich aus nicht anhält, dann werde ich sie schon zum Stehen bringen. Mach dir keine Sorgen!" Nach einer Weile wandte Jadora sich Maél zu. „Maél, bist du dir sicher, dass du sie nach Moray bringen willst? Vielleicht findet euch Darrach doch nicht, wenn du dich mit ihr in einem abgelegenen Teil des Königreiches versteckst. - Sie ist ein Juwel. Das hast du schon längst selbst herausgefunden. Sie ist das Beste, was dir jemals passiert ist. Sie hat aus dir einen Menschen gemacht. Sie hat dir bereits, so wie es aussieht, drei Mal das Leben gerettet. – Auch wenn ihr in manchen Dingen nicht gegensätzlicher sein könntet, seid ihr euch in vielerlei Hinsicht wiederum ähnlich. Sie liebt dich und du hast auch Gefühle für sie. Das sieht ein Blinder."

„Genau das ist das Problem. Darrach darf nicht merken, dass wir etwas füreinander empfinden. Mir wird es nicht schwer fallen, mich zu verstellen. Aber sie... Du kennst sie jetzt mittlerweile auch schon gut genug. Sie kann ihre Gefühle nicht oder nur mit Mühe kontrollieren. - Jadora, ich muss mit ihr nach Moray. Nur so kann ich herausbekommen, was Darrach über sie und den Drachen weiß und was er vorhat. Erst dann kann ich in ihrem Interesse handeln. Und das kann ich wiederum nur, wenn Darrach keinen Verdacht schöpft. Also das heißt: Du wirst deinen Männern zu verstehen geben, dass sie kein Sterbenswörtchen über mich und Elea verlieren. Falls ich herausbekommen sollte, dass irgendeiner von ihnen etwas herausgeplappert hat, dann werde ich ihn eigenhändig töten. Und es wird sicherlich kein schneller, sondern ein qualvoller, langsamer Tod sein. Sag ihnen das!" Jadora runzelte die Stirn und seufzte. „Ich tue, was du verlangst, auch wenn ich noch immer nicht davon überzeugt bin, dass Moray die beste Lösung ist."

Sie schauten auf das unverändert schnelle Mädchen vor ihnen. Elea war inzwischen in ihren gewohnten Rhythmus verfallen und horchte nur auf ihr pochendes Herz und ihren Atem. Noch spürte sie keine Zeichen von Erschöpfung. Eigentlich hätte sie erwartet, dass das faule Leben auf dem Pferd die letzten Wochen seine Spuren hinterlassen hätte. Aber dem war nicht so. Im Gegenteil: Sie spürte regelrecht, wie sich die Muskeln in ihren Beinen durch die Anstrengung zusammenzogen und unermüdlich arbeiteten. Sie war so auf ihren Körper konzentriert, dass sie sogar die Probleme vergaß, die sie seit Albins Enthüllung geradezu überrollt hatten.

Nachdem die Männer eine ganze Weile im langsamen Trab hinter Elea her geritten waren, beschloss Maél sie zum Anhalten zu bewegen, zumindest für eine Pause. Sie keuchte bereits. Er trieb Arok zum Galopp an, bis er Elea erreicht hatte. Es hatte den Anschein, als ob sie ihn gar nicht bemerkte. Wie in Trance lief sie mit einem leeren Blick, der auf einen Punkt in der Ferne gerichtet war. Über ihnen hatten sich schon wieder zahlreiche Vögel versammelt und verfolgten sie. „Elea! Elea, du musst eine Pause machen! – Hast du gehört? Bleib jetzt sofort stehen!" Er schrie die letzten Worte förmlich. Aber die junge Frau zeigte nicht die geringste Reaktion. *Dieses sture Frauenzimmer! Verdammt!* „Elea, wenn du jetzt nicht sofort anhältst, dann werde ich dich höchstpersönlich zum Stehen bringen!" Elea rannte immer noch unbeirrt weiter, allerdings verloren ihre Schritte etwas an Kraft. *Also gut! Du willst es nicht anders!* Maél trieb Arok so nah wie möglich an Eleas Seite. Dann beugte er sich zu ihr hinunter, schlang einen Arm um ihre Taille und hob sie mit einem Ruck bäuchlings vor sich auf den Sattel. Anschließend brachte er Arok zum Stehen. Dass die für gewöhnlich kratzbürstige Frau keinen Widerstand leistete, beunruhigte ihn. Er stieg ab und ließ sie vorsichtig mit sich vom Sattel hinuntergleiten. Ihr Körper hing wie leblos in seinen Armen. Er kniete sich hin und legte sie vor sich auf den Rücken. Ihre leeren Augen starrten ihn an, ohne ihn zu sehen. „Elea, wach auf! Was ist los mit dir? Elea, Elea!" Maél fing an, ihr beunruhigt das Gesicht zu tätscheln. Er schrie ihr immer wieder ihren Namen ins Gesicht und schüttelte sie. Jadora, der sie inzwischen erreicht hatte, konnte nicht umhin, Maél mit anklagendem Ton anzuschnauzen. „Ich habe es dir gleich gesagt, dass sie momentan nicht in der Verfassung ist, sich einer solchen körperlichen Anstrengung auszusetzen. Du hättest es ihr niemals erlauben dürfen." Plötzlich schlug die junge Frau die Augen auf und sah verwirrt in zwei besorgt dreinblickende Augenpaare. Sie versuchte zu sprechen. Doch sie brachte kein verständliches Wort über ihre Lippen, da ihr Mund vom Laufen völlig ausgetrocknet war. Maél gab ihr von seinem Wasserschlauch zu trinken. Sie war so durstig, dass sie den Schlauch gar nicht mehr absetzen wollte. Er musste ihn ihr regelrecht vom Mund wegreißen. „Das reicht erst mal! Du darfst nicht so viel auf einmal trinken, sonst kommt gleich alles wieder hoch. - Was war los mit dir? Du warst wie in Trance." Elea wand sich aus Maéls Armen und erhob sich so flink, als wäre sie gerade aus einem langen, erholsamen Schlaf erwacht. „Ich kann mich an gar nichts erinnern. Ich bin einfach nur gelaufen und habe versucht, alles um mich herum zu vergessen", verteidigte sich Elea. „Was dir offensichtlich bestens gelungen ist. Ich habe dir deinen Namen ins Gesicht geschrien und du hast keine Reaktion gezeigt. Das ist nicht normal!", erwiderte Maél mit gereizter und zugleich besorgter Stimme. Er war inzwischen ebenfalls aufgestanden und überragte sie um mehr als Haupteslänge. „Langsam müsstest du wissen, dass an mir nur wenig normal ist. - Ich weiß gar nicht, warum du dich so aufregst. Ich fühle mich, wie neu geboren. Das Laufen hat mir richtig gut getan. Das werde ich jetzt öfter tun, vielleicht sogar täglich", sagte das Mädchen in keckem Ton. „Das kommt gar nicht in Frage. Solange du nicht wieder Fett auf den Rippen hast, wirst du schön mit mir auf Arok reiten", gab Maél nun seinerseits streitlustig zurück. „Zu dir werde ich mich schon mal gar nicht aufs Pferd setzen, dass das klar ist. Und dann frage ich mich, ehrlich gesagt, wie ich bei unserem Speiseplan Fett ansetzen soll, wenn es jeden Tag nur Fleisch zu essen gibt. Da musst du dir schon etwas Besseres einfallen lassen."

„Zwei, drei Tage wirst du dich noch gedulden müssen. Dann kommen wir an einem Dorf vorbei, wo wir uns mit Proviant eindecken werden. – Lass uns jetzt nicht unnötig Zeit mit Streiten vergeuden. Wenn du nicht bei mir mitreiten willst, dann steig bei Jadora auf!" Der Hauptmann hatte den Wortwechsel mit breitem Grinsen verfolgt und flüsterte Maél zu, sodass nur er es hören konnte: „Ich glaube, ich wiederhole mich. Aber ihr zwei benehmt euch wirklich wie ein altes Ehepaar." Maél knurrte ihn nur an und schwang sich schon wieder auf sein Pferd.

Die nächsten drei Tage verliefen ohne lebensgefährliche Zwischenfälle. Elea hatte schließlich nachgegeben und verzichtete vorerst auf ihre täglichen Läufe. Aber nur weil Jadora Maél beipflichtete und ihr bestätigte, dass der sonderbare Zustand, in dem sie sich befand, beängstigend war. Das war aber auch das einzige Zugeständnis, das sie machte. Sie weigerte sich weiterhin beharrlich, bei Maél mitzureiten. Darüber hinaus lehnte sie es ab, mit ihm das Schlaffell zu teilen. Sie zog lieber mehrere Hemden und Hosen übereinander an und wickelte sich lediglich in ihren Umhang aus Wolfsfell. Lieber wollte sie frieren, als ihm den Gefallen tun und Schwäche zeigen. Oder was noch schlimmer war, sich wieder von seiner Unwiderstehlichkeit erweichen lassen und in seinen Armen dahinschmelzen. Diesmal würde sie nicht den ersten Schritt tun und sich ihm an den Hals werfen. Maél ließ sie gewähren, ohne sich irgendeine Gefühlsregung anmerken zu lassen. Er strahlte stets unerschütterliche Gelassenheit aus und begnügte sich damit, sie nur im Auge zu behalten. Zu Wortwechsel kam es kaum. In seinem Innern sah es jedoch ganz anders aus. Ihm fehlte ihre körperliche Nähe so sehr, dass es ihn schmerzte. Es war ein Schmerz, dem er zuvor noch nie begegnet war. Das Zentrum, von dem der Schmerz ausging, war sein Herz. Es fühlte sich an, als hätte sich eine Hand um es gelegt und würde zudrücken. Zudem hatte er das Gefühl, dass allmählich die innere Kälte wieder von ihm Besitz ergriff, die ihn fest im Griff gehabt hatte, bevor er dieser außergewöhnlichen Frau begegnete. Er hasste dieses Gefühl, weil er ihm machtlos ausgeliefert war. Er sehnte sich aber nicht nur nach ihren Berührungen, sondern auch nach den Streitgesprächen, die ihn aufgrund ihres bissigen Humors immer wieder zum Schmunzeln brachten. In den Nächten, wenn sie schlief und er nur wenige Schritte von ihr entfernt lag, saugten sich seine Augen an jeder einzelnen Stelle ihres Gesichtes fest, sofern sie es ihm zugewandt hatte. Nur so konnte er dem eisernen Griff um seinem Herzen und der sich ausbreitenden Kälte in seinem Innern zumindest für ein paar Stunden Einhalt gebieten. Dies hatte zur Folge, dass er morgens nur wenig ausgeruht den Tag begann.

Drei Tage nach dem Zwischenfall im Sumpf fing es um die Tagesmitte herum zu regnen an. Dies war die einzige Abwechslung von der Monotonie der letzten Tage. Jadora, der glaubte, dass der Regen Elea unangenehm war, beruhigte sie damit, dass sie gegen Abend ein Dorf namens Galen erreichen würden, wo sie endlich mal wieder in einem richtigen Bett in einer Herberge übernachten würden. Elea freute sich jedoch weniger über ein warmes und trockenes Bett als über eine Mahlzeit, die aus etwas anderem bestehen würde als Fleisch.

Als sie in der Abenddämmerung in Galen ankamen, hatte es bereits wieder aufgehört zu regnen. Das Dorf war in der Art der Häuser Rúbin sehr ähnlich. Sie waren aus Holz und Lehm gebaut und die Dächer waren ebenfalls strohbedeckt. Der Lichtschein aus ihren kleinen Fenstern fiel auf die unbefestigte Straße, die die Reiter langsam im Schritt entlangritten. Überall waren tiefe Schlaglöcher voll mit Wasser, denen die Reiter aus dem Weg gingen, sodass sie einen Schlangenlinienritt vollführten. Kleine Rauchsäulen kräuselten sich aus den Kaminen in den Himmel. Dieser Geruch nach verbranntem Holz erinnerte Elea sofort an zuhause. Sie sehnte sich so sehr nach ihrer Familie. Auch wünschte sie, mit Breanna ein Gespräch von Frau zu Frau führen zu können – wegen Maél natürlich! Ein mulmiges Gefühl im Magen überkam sie jedoch, wenn sie nur daran dachte, wie Breanna Maél erlebt hatte. Ob sie Verständnis für ihre Liebe zu ihm hätte? Vielleicht. Auf jeden Fall eher als Albin und erst recht als Kellen.

Nach drei kleinen Biegungen erreichten sie einen kleinen Marktplatz, dessen Stände kreisförmig angeordnet waren. Manche Stände waren bereits leer, während die letzten verbliebenen Händler gerade anfingen, ihre Waren einzupacken. Es dauerte nicht lange, da entdeckte Elea einen Stand mit Backwaren, der sich in der Mitte des

Platzes befand. „Oh nein! Ich habe überhaupt kein Geld bei mir. Ich kann mir gar kein Brot kaufen", stellte sie entsetzt fest. „Maél hat genug Silberdrachonen. Er kann Euch, wenn es sein muss, den ganzen Stand kaufen", erwiderte Jadora. *Na toll! Jetzt muss ich ihn um einen Silberling anbetteln.* Jadora ließ sie vom Sattel hinuntergleiten. Sie blieb unentschlossen stehen, die ganze Zeit die Augen gebannt auf den Stand mit den Backwaren gerichtet. Maél erkannte sofort Eleas inneren Zwiespalt. Vor ein paar Wochen hätte er sich noch daran ergötzt, sie vor ihm auf den Knien rutschend um ein paar Münzen betteln zu sehen. Aber über solch eine Demütigung war er längst hinaus. Er freute sich viel mehr darauf, ihre glücklichen Augen zu sehen, wenn sie einen Laib Brot oder ein Stück Kuchen in den Händen halten würde. Er zog sie einfach mit sich zu dem Stand des Bäckers. „Such dir aus, was du möchtest! Ich zahle." Für einen Moment blickte sie ihn mit strahlenden Augen an. Dann stürzte sie sich auch schon auf einen Laib Brot, in das sie herzhaft hineinbiss. Beim Kauen entdeckte sie noch Waffeln, die sie auch zu Hause immer so gerne gegessen hatte. Sie verlangte gleich drei mit Honig. Jadora kaufte ebenfalls ein paar Laibe Brot für sich und die Krieger, um den ersten Hunger zu stillen. Maél beobachtete amüsiert, wie Elea die erste und dann die zweite Waffel genussvoll verspeiste. Immer wieder verrollte sie verzückt die Augen, wenn sie in das knusprige Gebäck biss und den süßen Honig auf ihrer Zunge schmeckte.

 Während sich die kleine Reitergruppe stärkte, kam ein Pferd herangaloppiert. Die wenigen Händler hatten inzwischen Fackeln angezündet, um der hereinbrechenden Dunkelheit zu trotzen. Auf dem Pferd saßen zwei Kinder, von denen das jüngere eindeutig weinte. Das ältere von den beiden, ein Junge, sprang vom Pferd herunter und half dem kleineren Mädchen beim Absteigen. Es war im Alter von Kaitlyn. Der Junge war etwa zehn oder elf Jahre alt. Beide kamen aufgeregt zur Mitte des Marktplatzes gerannt und steuerten auf den Bäcker und seine Frau zu. Elea und ihre Begleiter konnten das Gespräch zwischen dem Ehepaar und den beiden Kindern mitverfolgen. Elea hielt plötzlich in ihren Kaubewegungen inne, als sie den Grund für die Aufregung der beiden Kinder vernahm. Ihre Mutter lag seit dem Nachmittag in den Wehen und ihr Vater war aufgebrochen, um den Heiler zu holen. Der sei jedoch in ein Nachbardorf gerufen worden, wohin der Vater sich dann aufgemacht hatte. Bisher war er jedoch noch nicht zurückgekehrt. Die Mutter hatte die beiden Kinder losgeschickt, um Hilfe zu holen, da sie glaubte, dass das Baby nicht mehr lange auf sich warten ließe. Elea sah Maél an. Er wusste sofort, was ihr Blick zu bedeuten hatte. Er zischte ihr hastig zu, bevor sie zu sprechen beginnen konnte: „Denk nur nicht mal daran! Wir halten uns da raus. Es ist nicht unser Problem. Hast du verstanden?"

 „Maél, ich kann ihnen helfen. Ich war bei Kaitlyns Geburt dabei. Alles, was Breanna Wochen vor Kaitlyns Geburt Albin darüber beigebracht hat, habe auch ich gelernt. Lass mich ihnen helfen! Sie sind völlig verzweifelt und auf sich allein gestellt. Vielleicht kommt ja auch bald der Vater mit dem Heiler zurück, dann kann ich der Mutter bis dahin wenigstens beistehen und die Kinder sind beruhigt, dass sie nicht allein sind. Bitte, Maél! Ich flehe dich an. Erlaube es mir!" Jadora schaltete sich jetzt auch ein. „Maél, sie hat recht. Ich traue ihr inzwischen alles zu, auch dass sie als Hebamme Erfolg hat. Sieh dir die Kinder an, wie verängstigt sie sind!" Maél blickte von Elea zu Jadora und warf ihnen grimmige Blicke zu, die die beiden aufgrund der abendlichen Finsternis nicht mehr zu erkennen vermochten, aber durchaus spüren konnten. Zähneknirschend gab er nach. Er kam dabei Eleas Gesicht ganz nahe und knurrte ihr zu: „Meinetwegen. Aber du bist auf dich allein gestellt. Ich kann und werde dir nicht helfen." Kaum hatte er die Worte ausgesprochen, hatte Elea ihm schon ihr Brot und die angebissene Waffel in die Hand gedrückt und sich zu den Kindern gewandt, die sich gerade von dem Bäcker und seiner Frau anhören mussten, dass sie ihnen nicht helfen könnten. „Kinder, habt keine Angst! Ich werde euch helfen, bis euer Vater mit dem Heiler kommt." Sie hatte sich hingekniet, wischte dem kleinen Mädchen liebevoll die Tränen aus dem Gesicht und nahm sie in den Arm. Dem Jungen versicherte sie mit Zuversicht vermittelnder Stimme, dass alles gut werden würde. Dann bat sie die Kinder, ihr den Weg zu ihrem Haus zu zeigen. Während sie dem Jungen beim Aufsteigen half und das Mädchen hinter ihm auf den Sattel setzte, hörte sie wie Maél Jadora verärgert irgendwelche Befehle zubellte. Kurz darauf kam er auf Arok herangeritten und zog sie weniger behutsam als sonst hinter sich auf den Sattel hoch. Der Junge trieb sein Pferd sofort zum Galopp an. Elea hielt Maéls Taille fest umschlungen. Dabei entging ihr nicht, wie aufgewühlt er war. Sein Oberkörper verkrampfte sich wieder, ähnlich wie damals, als sie ihn nach Darrach ausgefragt hatte. Für einen kurzen Moment kam ihr der Gedanke, ihn wieder mit einer kleinen warmen magischen Welle zu besänftigen. Aber diesen verwarf sie rasch wieder, da sie befürchtete, dass er vielleicht genauso aufgebracht reagieren würde. Und der Zeitpunkt für einen solchen Ausbruch wäre jetzt äußerst ungünstig.

Der Junge führte sie etwas aus dem Dorf heraus und ritt eine Senke hinunter. Nach einer kleinen Weile machte er an einem kleinen Haus halt, aus dessen Fenstern dämmriges Licht in die Dunkelheit hinausleuchtete. Elea wollte ihren Augen nicht trauen. Das Haus hatte große Ähnlichkeit mit ihrem Zuhause. Es stand zwar nicht an einem Waldrand, war aber an drei Seiten von ein paar Bäumen umgeben, die es vor Wind und Wetter schützte. Gerade als Elea vom Sattel herunterglitt, wurde die Stille von einem Schmerzensschrei der werdenden Mutter durchbrochen. Sie folgte eilig den beiden Kindern in das Haus, während Maél sich um die Pferde kümmerte. Als sie in das Haus eintrat, glaubte sie im ersten Moment, sie wäre heimgekehrt. Es ähnelte nicht nur von außen Albins Haus, sondern auch die Größe und Anordnung der Räume waren nahezu dieselben. Sie stand in einem großen Wohn-Koch-Raum, von dem rechts eine steile Treppe ins obere Geschoss führte. In der linken hinteren Ecke stand eine Tür auf, die ebenfalls wie bei Albin und Breanna in das elterliche Schlafzimmer führte. Von dort kommend vernahm Elea ein Keuchen und das Weinen von Kindern. Sie hastete in das Zimmer und entdeckte den Jungen und das Mädchen am Bett ihrer schweißgebadeten Mutter, während zwei weitere Jungen weinend auf einer Truhe vor dem Fenster saßen, das sich an der Seite des großen Bettes befand. Den kleineren der beiden Jungen, der auch der jüngste der vier Kinder war, schätzte Elea auf höchstens drei Jahre und der andere war vom Alter her zwischen den beiden Kindern, die die Mutter losgeschickt hatte. Elea fühlte sofort die angespannte und von Angst erfüllte Stimmung. Sie kam zu der Frau ans Bett und begann, mit ruhiger Stimme zu sprechen: „Ich heiße Elea und bin auf der Durchreise nach Moray. Ich bin Euren Kindern auf dem Marktplatz begegnet und habe von Eurer Notlage erfahren. Ich werde bei Euch bleiben, bis Euer Gemahl mit dem Heiler eintrifft. Ihr braucht Euch keine Sorgen zu machen. Ich war selbst schon bei einer Geburt dabei und meine Pflegemutter, die selbst Heilerin ist, hat mir alles Wichtige, was man darüber wissen muss, beigebracht. - Wie ist Euer Name?"

„Ich bin Kyra. Mein ältester heißt Julen und das ist Femi." Sie zeigte dabei auf das Mädchen, das erneut weinte. „Femi ist aber ein wunderschöner Name. Weißt du was, Femi, du setzt dich jetzt zwischen deine beiden Brüder auf die Truhe und beruhigst dich erst einmal. Es gibt überhaupt keinen Grund mehr zu weinen. Ich bin jetzt hier bei euch und alles wird gut werden", wandte sich Elea tröstend dem Mädchen zu. Kaum hatte Elea die Worte ausgesprochen, war auch schon die nächste schmerzhafte Wehe im Anmarsch. Kyra begann sich schon wieder zu krümmen und vergaß fast das Atmen. „Kyra, es ist wichtig, dass Ihr weiter atmet. Und wenn ihr ausatmet, dann macht das richtig geräuschvoll. Versucht einfach, mir nach zu atmen! Etwa so." Die junge Frau zeigte der werdenden Mutter, wie sie atmen sollte und diese machte es ihr nach. Die Kinder sahen mit großen Augen ihre Mutter an, die daraufhin die Wehe ohne größeren Schmerzensschrei weg atmen konnte. „Seht ihr Kinder! So geht das! Und schon hat eure Mutter nicht mehr so große Schmerzen. – Als nächstes, Kyra, werdet Ihr Aufstehen und ein bisschen umhergehen. Julen kann euch dabei etwas stützen. Er ist kräftig genug."

„Ich soll aufstehen? Das habe ich bis jetzt noch nie unter den Wehen getan", erwiderte Kyra ängstlich. „Ihr werdet sehen, dass es Euch gut tun wird. Eure Muskeln werden sich entspannen und durch die Schwerkraft rutscht das Baby leichter nach unten. Also versucht es einfach mal!" Während sich die Frau mit Hilfe von Julen aus dem Bett quälte, ging Elea zu den drei Kindern, die auf der Truhe saßen. Sie sprach den zweitältesten an. „Wie ist dein Name?"

„Conner", antwortete der Junge zaghaft. „So Conner, für dich habe ich ein paar Aufgaben. Femi kann dir dabei helfen. Als erstes müsst ihr Wasser zum Kochen bringen. Schafft ihr das?" Conner nickte. „Gut. Dann brauche ich noch einen langen Lederriemen und einen Becher mit Branntwein. Zum Schluss bringt ihr mir noch saubere Tücher und eine kleine Wanne." Die beiden Kinder nickten eifrig, offensichtlich dankbar darüber, dass sie etwas tun konnten, und verschwanden rasch Richtung Wohnraum. Elea wandte sich gerade dem jüngsten Kind zu, als Kyras nächste Wehe sich schon wieder aufbaute. Sie eilte zu ihr, damit sie sich auf sie stützen konnte. Elea zeigte ihr wieder, wie sie atmen sollte. Anschließend schickte sie die Frau und Julen in den Wohnraum, da dort wesentlich mehr Platz zum Umhergehen war als in dem engen Schlafzimmer. Elea blieb mit dem kleinen Jungen zurück. „Ich kenne jetzt von jedem den Namen nur noch nicht von dir."

„Fineen", antwortete der Junge mit leiser Piepsstimme. „Fineen, du kannst mir jetzt helfen, das Bett deiner Mutter frisch zu machen. Es ist ganz nass geschwitzt. Weißt du, wo frische Bettwäsche ist?" Der Junge sprang von der Truhe und deutete darauf. Nachdem Elea die Decke, das Kissen und das Betttuch entfernt hatte, holte sie alles, was sie benötigte, aus der Truhe und bezog mit Hilfe von Fineen das Bett neu. Die Pausen zwischen den Wehen wurden immer kürzer, sodass Kyra kaum noch Zeit hatte sich zwischendurch zu erholen. Deshalb ging Elea zu ihnen hinüber. Als sie in den Wohnraum trat, entdeckte sie zu ihrer Überraschung Maél. Er saß am Tisch und hielt sich nicht, wie sie dachte, draußen bei den Pferden auf. Er sah sie mürrisch und angespannt an, während Elea ihn aufmunternd anlächelte. Femi, die neben Maél auf der Bank saß, kam auf sie zugerannt: „Maél hat uns beim Feuer machen geholfen." Elea sah mit großen Augen zu Maél, der ihrem Blick auswich. *Er hat den Kindern tatsächlich geholfen und ihnen dann noch seinen Namen verraten. Dann hilft er mir vielleicht doch noch.* Elea führte Kyra wieder in das Schlafzimmer. Die Kinder folgten ihnen im Gänsemarsch. Nachdem sie Kyra zurück ins Bett geholfen hatte, gab sie noch ein paar Anweisungen. Dann ging sie wieder zu Maél. „Maél, ich brauche meine kleine Tasche. Kannst du sie mir draußen aus meinem Rucksack holen?" Der Mann griff wortlos neben sich auf die Bank und hob unversehens die Tasche in die Höhe. *Auch daran hat er gedacht.*

Aus dem Schlafzimmer drang wieder lautes Keuchen und Schmerzensschreie, bei denen Maél zusammenzuckte. „Maél, das Baby wird jetzt gleich kommen. Ich brauche deine Hilfe."

„Das kannst du vergessen! Ich mache keinen Schritt in dieses Zimmer", erwiderte er mit kalter Stimme. „Maél, du sollst nichts anderes tun, als Kyras Hand halten, wenn sie presst."

„Ihre Kinder können ihr die Hand halten", sagte er hartherzig. „Sie wird ihnen ihre Hand vor Schmerzen zerquetschen. Ich kann mich heute noch an den Schmerz erinnern, als Breanna mir die Hand drückte und ich war schon dreizehn Jahre alt. Bitte! Dir wird es nichts ausmachen, aber Kyra wird es helfen. – Du musst nicht gleich mit reinkommen. Ich rufe dich, wenn es soweit ist. Bitte!" Elea sah ihn flehend an. Maél konnte diesem Blick nicht lange Stand halten. Er sah sie mit einer steilen Falte zwischen seinen Augen an und knurrte irgendetwas Unverständliches, was Elea als Zustimmung deutete. Dann verschwand sie wieder im Schlafzimmer. Bis auf Julen, der seine Mutter immer wieder streichelte, saßen die Kinder wieder auf der Truhe. Elea nahm das kleine Messer aus ihrer Tasche und teilte den Lederriemen in zwei Teile. Anschließend ließ sie sie in den Becher Branntwein fallen.

Kyra war von den schnell aufeinanderfolgenden Wehen völlig außer Atem. „Elea, ich glaube, es ist so weit. Der Druck wird immer stärker. Ich kann es kaum noch aushalten", keuchte die werdende Mutter. „Lasst mich mal nachsehen!" Elea tastete nach dem Köpfchen und tatsächlich konnte sie es fühlen. Sie atmete tief durch und rief schnell nach Maél, bevor die nächste Wehe kam. Maél kam unverzüglich, hatte aber seine Augen starr auf Eleas gerichtet, die ihn dankbar ansah. „Kyra, das ist Maél. Er wird Eure Hand halten, wenn Ihr presst." Maél nickte nur knapp der bald fünffachen Mutter zu, während Kyra den düsteren Mann misstrauisch beäugte. Elea stellte einen Stuhl neben Kyra, auf den er sich setzen sollte. Sie selbst ging ans Fußende und forderte Kyra auf, möglichst weit mit ihrem Schoss zu ihr vor zu rutschen. Dann legte Elea die abgezogene, nass geschwitzte Bettwäsche unter den Schoß und schob ihr noch ein paar Kissen unter den Rücken, sodass sie nicht ganz so flach lag. Schließlich schickte sie die beiden kleinsten Kinder in die Wohnküche, während die beiden ältesten sich auf die andere Seite von Kyra stellen sollten, um ihr zwischen den einzelnen Wehen die Stirn zu kühlen.

Maél ließ die junge Frau die ganze Zeit über nicht aus den Augen. Die Ruhe und Selbstsicherheit, die sie ausstrahlte, war wie durch ein Wunder nun auch auf ihn übergesprungen. Als er das Schlafzimmer betreten hatte, hatte es in ihm noch ganz anders ausgesehen. Er war nervös und äußerst beunruhigt gewesen, da er sich völlig hilflos fühlte und zum ersten Mal einer Situation gegenüber stand, der er überhaupt nicht gewachsen war, und das nur, weil diese halsstarrige Frau ihn dazu überredet hatte.

Die nächste Wehe baute sich schon erbarmungslos auf. Maél reichte Kyra unsicher die Hand, die die Frau ohne zu zögern sofort ergriff und mit zunehmendem Wehenschmerz drückte. Er staunte nicht schlecht über die Kraft, mit der seine Hand schmerzvoll gedrückt wurde, und dies von einer Frau. Jetzt verstand er Elea, warum sie wollte, dass *er* ihre Hand halten sollte und nicht die Kinder. Die Wehe erreichte ihren Höhepunkt. Kyra schrie ihren Schmerz förmlich heraus, während Elea sie noch dreimal aufforderte mit der vergehenden Wehe zu pressen. Anschließend gab Elea den Kindern das Zeichen, ihrer Mutter die Stirn zu kühlen. „Kyra, Ihr macht das sehr gut. Bei der nächsten Wehe ist das Köpfchen ganz draußen und wenn wir Glück haben, ist nach der übernächsten schon alles vorbei." Sie lächelte Maél zuversichtlich zu. Ihm standen bereits auch schon die Schweißperlen auf der Stirn. Auch wenn die anfängliche Beunruhigung und Hilflosigkeit verschwunden waren, schienen ihn die Situation und die damit verbundenen Empfindungen deutlich zu überfordern. Elea bat Julen noch, bevor die nächste Presswehe kam, seiner Mutter etwas zu trinken zu geben. Kaum hatte sie den Becher abgesetzt, da ging es auch schon los. Elea atmete Kyra wieder vor. Als es soweit war, forderte sie sie auf zu pressen. Maél blendete den Schmerz an seiner Hand aus, indem er sich nur auf Elea konzentrierte, die hinter den auf das Bett aufgestellten Beinen der gebärenden Frau immer wieder aus seinem Sichtfeld verschwand. Er beobachtete genau ihren Gesichtsausdruck, sobald sie wieder erschien, aus Angst, dass er nicht mehr Zuversicht, sondern Besorgnis verriet. Aber Elea schien, mit dem Fortschreiten der Geburt zufrieden zu sein. Beim letzten Pressen war Kyras Schrei so schrill und durchdringend gewesen, dass Maél am liebsten das

Zimmer verlassen hätte, aber er konnte die beiden Frauen jetzt unmöglich im Stich lassen.

„Es tut so weh, Elea. Ich halte den Schmerz nicht mehr aus. Es spannt so sehr, dass ich das Gefühl habe, dass ich zerreiße." Bei diesen Worten sah Elea zu Maél, der schwer schlucken musste und noch blasser zu werden schien, als er ohnehin von Natur aus schon war. Sie erwiderte in ihrer ruhigen Stimme: „Kyra, Ihr müsst nur noch die nächste Wehe aushalten, dann habt Ihr es geschafft. Gebt mir Eure Hand! Schnell!" Elea führte ihre Hand zu ihrem Schoß, sodass sie den Kopf des Babys fühlen konnte. Glücklich lächelte sie Elea zu und schien allein aus dieser zarten Berührung ihres Babys neue Energie geschöpft zu haben. Dies konnte man von ihren Gesichtszügen ablesen. „Ihr werdet jetzt gleich so oft hintereinander pressen, wie ich es Euch sage, auch wenn Ihr das Gefühl habt, Ihr könnt nicht mehr. Dann verspreche ich Euch, dass es nur noch einen kleinen Augenblick dauern wird, bis Ihr Euer Baby im Arm halten werdet." Während die Wehe schon wieder heranrollte, wandte Elea sich Maél zu. „Maél, wir haben es gleich geschafft, dann kannst du raus an die frische Luft. In Ordnung?" Er nickte. Zum Reden war er nicht im Stande. Er war so angespannt, wie selten in seinem Leben.

Schließlich war es soweit. Das Schreien von Kyra übertönend, forderte Elea sie immer wieder lautstark auf zu pressen. Kyra mobilisierte ihre letzten Kraftreserven, um ihr Kind aus ihrem Körper in die Welt hinauszulassen. Von jetzt auf nachher herrschte in dem Schlafzimmer eine Stille, die Maél, der sich gerade noch am liebsten die Ohren zugehalten hätte, verwundert aufblicken ließ. Nur ein paar Augenblicke später wurde sie von einem kräftigen Babyschreien durchbrochen. Er hörte Eleas Stimme, wie von ganz weit entfernt. „Es ist ein Mädchen, Kyra." Dann wurde ihm bewusst, dass Kyra seine Hand bereits losgelassen hatte und in Freudentränen ausgebrochen war, während Elea bereits ein Bündel Tücher in den Armen hielt, aus dem ein strampelndes Füßchen und zwei Ärmchen herausschauten. Er sah in Eleas Gesicht und entdeckte ebenfalls ein paar Tränen. Sie legte das Baby seiner Mutter behutsam in die Arme. Diese wurde schon von ihren beiden ältesten Kindern freudig umarmt. Elea rief schnell Femi und Fineen herein, damit auch diese endlich wieder zu ihrer Mutter und ihr Schwesterchen willkommen heißen konnten. Indessen war das Babygeschrei verstummt, da sich das frisch geborene Menschenkind offensichtlich in den Armen seiner Mutter wohl fühlte. Intensive schöne Empfindungen wie Erleichterung, Freude, Glück und Liebe, die von mindestens fünf Personen gleichzeitig ausgesandt wurden, drangen urplötzlich in Elea als gewaltige, gebündelte Energie ein. Bisher hatte sie eine magische Energiewelle immer selbst aus ihren Erinnerungen schöpfend aufgebaut und dann an Kellen oder vor allem an Maél weitergegeben. Aber diesmal war es anders herum. Sie fühlte sich wie ein trockener Schwamm, der immer und immer mehr Wasser in sich aufsaugte, nur waren es in ihrem Fall eben Empfindungen. Zwei heiße Hände auf ihren Schultern entrissen sie jäh einer sie überkommenden Starre. Es waren Maéls Hände, der direkt vor ihr stand und sie besorgt ansah. „Ist alles in Ordnung?" Er hatte sie gerade noch rechtzeitig zurück an die Oberfläche ihres Bewusstseins geholt, bevor sie vollkommen in die auf sie einbrechende Flut von Gefühlen eingetaucht gewesen wäre. Sie lächelte ihm zu und nickte. Die Geburt war noch nicht zu Ende. Erst mit der Geburt des Mutterkuchens hatten sie alles überstanden. Aber damit wollte sie Maél nicht unnötigerweise belasten. Ihm war anzusehen, wie sehr ihn das nicht gerade alltägliche Ereignis mitgenommen hatte. „Maél, ich muss das Baby noch von der Nabelschnur trennen, das dauert noch eine kleine Weile. Du kannst ruhig schon mal nach draußen gehen."

„Bist du dir sicher? Du schienst eben so weit weg zu sein, dass ich mir schon Sorgen machte, dass du vielleicht wieder ohnmächtig wirst."

„Es ist alles in Ordnung. Du kannst beruhigt gehen." Sie hatte sich bereits von ihm abgewandt, als er ihr noch nachrief: „Übrigens, ich höre von weitem herannahende Pferde. Das ist bestimmt ihr Ehemann mit dem Heiler. Den brauchen wir nun nicht mehr." Elea drehte sich zu ihm um und las Bewunderung in seinen Augen. Er nickte ihr mit einem Lächeln in den Mundwinkeln zu und einen Wimpernschlag später war er schon aus dem Schlafzimmer gestürzt.

Eleas Anspannung kehrte mit einem Mal zurück. Merkwürdigerweise hatte sie vor der Geburt des Mutterkuchens mehr Angst als vor der Geburt des Babys. Breanna hatte ihr erzählt, dass Frauen nicht selten nach der Geburt an hohem Fieber starben. Sie hatte auch eine Vermutung, woran dies lag, und zwar wenn Reste des Mutterkuchens im Körper der Mutter verblieben und diesen vergifteten.

Als erstes musste sie das Baby von der Nabelschnur befreien. Sie holte einen der beiden Lederriemen aus dem Becher mit Branntwein und legte ihn etwa eine Handbreit vom Nabel des Babys entfernt um die Nabelschnur und schnürte diese damit ab. Dann nahm sie den zweiten und band mit ihm die Nabelschnur etwa zwei Fingerbreit von dem ersten Riemen entfernt ab. Mit dem kleinen Messer schnitt sie die Nabelschnur zwischen den beiden Riemen durch. So der erste Schritt war getan. Der zweite war nun etwas heikler. „Kyra, Ihr müsst jetzt noch den Mutterkuchen gebären. Wenn ich es Euch sage, dann presst Ihr noch einmal so fest Ihr könnt. Ihr wisst ja, dass es nicht mehr wehtun wird. Ihr macht es ja bereits zum fünften Mal." Kyra nickte und die Kinder um sie herum verstummten. Sie sahen Elea mit großen erwartungsvollen Augen an. Die Frau setzte sich wieder in Geburtsposition. Elea kniete sich wieder vor ihren Schoß und tastete nach dem Mutterkuchen auf Kyras Unterleib. Als sie ihn ertastet hatte, drückte sie ihn zum Ausgang. Dann forderte sie Kyra auf zu pressen, während sie gleichzeitig an der Nabelschnur zog. Es dauerte nur ein paar Augenblicke und schon hielt Elea den Mutterkuchen in den Händen. Kyra blutete, aber nicht zu stark. Elea untersuchte ihn von allen Seiten gründlich auf versehrte Stellen oder fehlende Teile, während sie von sechs Augenpaaren wie gebannt beobachtet wurde. Das sechste Augenpaar war jedoch nicht im Zimmer, sondern verfolgte jede ihrer Bewegungen von draußen durch das Fenster blickend. Maél stand seitlich versteckt am Fenster und beobachtete mit stockendem Atem die junge Frau, seitdem er das Haus verlassen hatte.

Irgendwie hatte er noch eine gewisse Anspannung in ihr verspürt, als er sie verließ. Und sein Verdacht bestätigte sich auch. Ihre Gelassenheit und Ruhe, die sie während der Geburt an den Tag gelegt hatte, waren einer ernsthaften Miene gewichen, die sich auch in den Gesichtern der vier Kinder widerspiegelte. Auch er wurde von dieser Anspannung ergriffen, die solange anhielt, bis Elea endlich die Mutter mit den vier Kindern anlächelte und alle offensichtlich erleichtert durchatmeten - Elea eingeschlossen.

Das Geräusch von herannahenden Reitern war jetzt schon sehr nahe. Maél riss sich vom Fenster los und ging zu Arok hinüber. Eine zentnerschwere Last war von ihm gefallen. *Sie ist unglaublich! Sie hat nicht nur einen unbeugsamen Willen. Sie hat auch den Mut eines Löwen.* Eleas Heldentat, deren Zeuge er eben in diesem kleinen Zimmer war, ließ seine schon längere Zeit in ihm schwelende Zerrissenheit aufflammen. Er fühlte sich zu Elea mehr denn je hingezogen und sein Verlangen, mit ihr zusammen sein Leben zu verbringen, war größer als jedes andere Verlangen, das er bisher empfunden hatte, wenn man von dem Verlangen, ihren atemberaubenden Körper zu besitzen, einmal absah. Ihr gütiges Wesen und ihre selbstlosen Taten machten ihm allerdings mehr als deutlich, dass er – die Verkörperung des Bösen – diese Frau nicht verdiente. Und als ob das nicht schon schlimm genug war, war ihr Leben allein durch seine Existenz bedroht. *Könnte ich mich nur in mein Schwert stürzen! Dann wäre sie in der Lage, Darrach und Roghan zu entkommen. Aber leider hat Darrach auch hierfür Vorsorge getroffen.*

Zwei Reiter kamen herangaloppiert: ein Mann und eine Frau. Sie ließen ihre Pferde einfach stehen und eilten in das Haus. Der Jubel und die Freude im Haus waren unüberhörbar, schon gar nicht für Maél. Das stimmte ihn noch düsterer. Er empfand Neid, Neid auf diese Gefühle, die niemand dieser Familie wegnehmen konnte. Alles Gefühle, die in seinem Leben keinen Platz hatten, die er nie haben durfte und die er nicht verdiente zu haben. *Ich bin verdammt! Auf immer und ewig!* Der Krieger spürte auf einmal wie eine übermächtige Erschöpfung von seinem Körper Besitz ergriff. Er ließ sich kraftlos auf den Boden nieder und lehnte sich mit dem Rücken an die Wand des Stalls. Es dauerte nicht lange, da fielen ihm die Augen zu.

Als Elea aus dem Haus trat, schweiften ihre Augen suchend über den kleinen Hof, der dank des Mondscheins nicht vollständig in nächtliche Schwärze eingetaucht war. Endlich entdeckte sie Maél, der etwas versteckt hinter Arok auf dem Boden saß und offenbar schlief. Sie steuerte raschen Schrittes auf ihn zu. Mit der kleinen Öllampe, die sie dabei hatte, konnte sie seinen entspannten friedlichen Gesichtsausdruck erkennen. Sie überlegte, ob sie ihn noch eine Weile so schlafen lassen und sich einfach an ihn kuscheln sollte, da sie unglaublich müde war. Unentschlossen stand sie vor ihm. Schließlich nahm ihr der Mann die Entscheidung ab. Er schlug die Augen auf: „Was ist, kleine Heilerin? Wieso stehst du so unschlüssig da?"

„Ich habe überlegt, ob ich dich wecken soll oder nicht. Du sahst so zufrieden aus und dieser Anblick ist äußerst selten." Maél räusperte sich verlegen und erhob sich. „Bist du fertig? Können wir gehen?" Nun räusperte Elea sich unsicher. „Kyra hat mich gebeten, diese Nacht hier zu verbringen. Sie würde sich dann sicherer fühlen und ihre Familie könnte mich als Dankeschön ein bisschen verwöhnen. Die Hebamme, die ihr Gemahl mitgebracht hat, hat nur schnell das Baby versorgt und ist wieder in ihr Dorf geritten, da auch dort eine Frau in den Wehen liegt." Maél erhob sich und sah zu dem einsamen Pferd vor dem Haus, das, bevor er eingeschlafen war, noch Gesellschaft hatte. Er hatte tatsächlich so tief geschlafen, dass er gar nicht bemerkt hatte, wie jemand den Hof verlassen hatte. Er sah wieder zu Elea. „Ich habe natürlich noch nicht zugestimmt. Ich sagte ihr, dass ich dich erst fragen wollte."

„Wenn du es möchtest, dann bleibe ruhig. Ich reite zu den anderen in die Herberge."

Während er sprach, hatte er seinen Fuß bereits im Steigbügel stecken. Elea sah ihn verdattert an. „Ähm, ... du hast nichts dagegen, dass ich von dir mehr als drei Schritte entfernt bei Fremden übernachte?"

„Nein. Warum auch? Du sagst mir ja ständig, dass du mich liebst. Also brauche ich mir wohl keine Gedanken mehr darüber machen, dass du vor mir wegläufst. Außerdem hast du dir ja in den Kopf gesetzt, mich zu retten. - Ich könnte mir höchstens darüber Sorgen machen, dass ein anderer kommt und dich entführt. Aber ich glaube, das Risiko, dass dir so etwas heute Nacht im Schoße dieser Familie zustößt, ist äußerst gering. Außerdem so wie ich Jadora kenne, hat er für uns beide ein Zimmer frei gehalten. Und diese Nacht mit dir in einem engen Zimmer verbringen und dann noch ein Bett teilen, halte ich nach dem aufrüttelnden Erlebnis von eben für keine gute Idee. Lass dich von der Familie verwöhnen! Es wird dir gut tun, mal unter anderen Menschen zu sein, als unter rauen Kriegern. Ich komme morgen im Laufe des Tages vorbei und hole dich. Gute Nacht."

Kaum hatte er das letzte Wort ausgesprochen, stieß er die Fersen in Aroks Seiten und galoppierte davon. Elea war im ersten Moment enttäuscht über den schnellen Abschied ohne eine zärtliche Berührung, nach der sie sich jetzt nach der Anspannung durch die Geburt so sehnte. Aber ein paar Augenblicke später freute sie sich tatsächlich darauf, wieder einmal unter Leuten zu sein, die keine Waffen am Körper trugen.

Kapitel 10

Mitten in der Nacht wurde Elea von einem aufwühlenden Traum wach. Sie hatte zum ersten Mal in ihrem Leben, wenn auch nur im Traume, einen Drachen gesehen. Es musste einer sein. Breanna hatte ihr mal einen gezeichnet. Als sie die Augen aufschlug, fühlte sich der Traum so real an, dass sie sich im Zimmer neugierig umsah, als hielte sich der Drache vielleicht in irgendeiner Ecke versteckt. Sie konnte sich an jedes Detail erinnern. Der Traum fing damit an, dass sie im Halbdunkeln einen Weg, vielmehr einen schmalen Pfad entlangging, der sich durch eine Felslandschaft schlängelte. Bei jedem Schritt versank ihr Fuß bis zum Knöchel in einer weichen, pudrigen Masse, die sich ihr erst nach einer Weile als Schnee offenbarte. Schnee kam ihr dabei so abwegig vor, da sie kein bisschen fror, obwohl sie von Schnee umgeben war. Er lag nicht nur auf dem Boden; er hing auch an den Felswänden. Zudem trug sie nur ein Frauengewand, was ebenfalls äußerst ungewöhnlich war, da sie noch nie ein Kleid getragen hatte. Es war weiß mit glitzernden Steinchen vorne auf der Brust bis zum Saum hinunter. Sie marschierte eine Zeit lang zielstrebig und geschwind den Pfad entlang. Aus der Luft wurde sie von einem Adler begleitet, der immer wieder aus schwindelerregender Höhe über den Felsen in immer kleiner werdenden Kreisen zu ihr zurückkehrte und sein Herannahen mit den für Greifvögel typischen Schreilauten ankündigte. Plötzlich erreichte sie eine riesige, von Schnee bedeckte Fläche, um die herum gigantische Felsen emporragten. Sie betrat die Fläche und begab sich eilig zu ihrem Mittelpunkt. Dort angekommen, kniete sie sich sofort in den Schnee und hatte wie aus dem Nichts ihren Stab in der Hand. Sie holte mit ihrem Arm weit aus und stieß ihn kraftvoll in den Boden. Nur wenige Augenblicke später bebte die Erde und ein dumpfes Grollen war zu vernehmen. Sie stand auf und begann, mit suchendem Blick sich im Kreis zu drehen, als warte sie auf irgendetwas. Und tatsächlich: An einer steilen Felswand löste sich die Schneedecke und rutschte langsam den Berg hinunter. Darunter kam ein hoher spitz zulaufender Eingang zum Vorschein, vor dem sich die Lawine allmählich zu einem Schneehaufen auftürmte. Sie stürzte sofort auf den Eingang zu, wobei sie immer wieder einen Blick über ihre Schulter hinter sich warf, als vergewisserte sie sich, dass niemand sie verfolgte. Sie wurde immer schneller und rannte ungebremst direkt in den Schneehaufen hinein, ohne auch nur den geringsten Widerstand zu verspüren. Sobald die Schneemassen sie verschluckt hatten, umgab sie eine noch intensivere Wärme als jene, die an der Luft geherrscht hatte. Sie brachte sie sogar zum Schwitzen. Doch sie rannte einfach weiter und sah nichts außer einem silbrigen Glitzern um sich herum, wie das Glitzern von Schneekristallen in der Sonne. Doch plötzlich tauchte vor ihr ein rotes Glühen auf, das immer näher kam. Der Schweiß floss ihr heiß die Wirbelsäule und zwischen ihren Brüsten hinab. Abrupt hielt sie an, als ihr Körper in das rot glühende Licht eintauchte, weil sie damit rechnete, einer noch viel größeren Hitze ausgesetzt zu werden. Aber dem war nicht so. Im Gegenteil: Die Luft war hier angenehm kühl und umschmeichelte erfrischend ihren Körper. Sie schaute sich um und erkannte, dass sie sich in einer Höhle befand, in deren Wände sich Steine befanden, die so lebhaft Lichtreflexe von sich gaben, dass sie den Eindruck erweckten, die Höhlenwand bewegte sich. Überall waren seltsame Steingebilde, die säulenartig den Boden mit der Höhlendecke verbanden. Dabei wurden sie mal dicker oder mal dünner, je mehr sie sich der Decke näherten. Die Höhle war weder sehr hoch noch sehr breit. Es war viel mehr ein breiter Höhlengang, den sie nun zum Inneren des Berges entlangschritt. Nach einer Weile endete dieser jäh vor einem kleinen runden Eingang. Dieser war im Vergleich zu dem, der sich draußen unter den Schneemassen verborgen hatte, scheinbar für jemand sehr Kleinen gemacht, da Elea sich bücken musste, um hindurchgehen zu können. Als sie sich wieder aufrichtete, stockte ihr der Atem. Über ihr wölbte sich eine gewaltige Decke, die an eine Kuppel erinnerte. Sie befand sich auf einem emporenartigen Vorsprung, von dem aus sie den riesigen Hohlraum überblicken konnte. Vorsichtig näherte sie sich dem unbefestigten Rand ihres Standortes und wagte einen Blick nach unten. Was sie nun sah, versetzte sie zu ihrer großen Verwunderung nicht in Angst und Schrecken, sondern löste in ihr - im Traum - ein Gefühl der Erleichterung und der Vertrautheit aus, - Gefühle, die sie jetzt im wachen Zustand überhaupt nicht nachvollziehen konnte: Unter ihr lag ein Drache, von dem ein intensives orangerotes Licht ausging. Furchtlos rannte sie die in Stein gehauene Treppe hinunter, ging auf den Drachen zu und blieb ein paar Schritte vor ihm stehen, um ihn sich von der Nähe zu betrachten. Seine Augen waren geschlossen. Elea hatte sich Drachen immer gigantisch groß vorgestellt. Dieser jedoch war drei- oder höchstens viermal so groß wie Arok – aber immer noch zu groß, nach ihrem Empfinden. Seine echsenartige Haut und seine Schuppen waren so rot wie ihre drei Haarsträhnen. Aus seinem Kopf, der zwischen seinen Vorderbeinen ruhte, ragten vier helle Hörner, zwei kurze knapp über den Überaugenwülsten und zwei lange ein Stück dahinter. Er hatte spitze, an der Seite des Kopfes nach hinten zulaufende Ohren. Ein langes, aber nicht zu spitz zulaufendes Maul verlieh ihm ein freundliches Aussehen. Auf der Rückseite seines Kopfes ragten zackenartige Panzerhöcker hervor, die sich den langen Hals über den Rücken bis hin zum Schwanz aneinanderreihten. Zwischen den Schulterblättern bis zur Mitte des Rumpfes verloren die Höcker jedoch erheblich an ihrer Zackigkeit. Sie erinnerten eher an große, runde Kieselsteine. Das Einzige, was den Drachen aggressiv oder gefährlich aussehen ließ, waren seine Klauen, die mit messerscharfen Krallen ausgestattet waren. Die Größe seiner Schwingen war nicht zu erkennen, da er sie zusammengefaltet und eng an seinen Körper gelegt hatte.

Als Elea sich das Gesicht des Drachen nochmals im Detail in Erinnerung rief, meinte sie sogar ein zufriedenes Lächeln darin gelesen zu haben. Sie musste über dieses verrückte Bild in ihrem Kopf auflachen. Erschrocken sah sie zu Femi. Doch das Mädchen rührte sich nicht.

Das Ende des Traumes war der Teil, der sie am meisten verwirrte. Dieses kam völlig unerwartet, nämlich mitten in der näheren Betrachtung des schlafenden Drachen, als dieser urplötzlich zu ihr sprach, ohne weder sein Maul noch seine Augen zu öffnen.

Er sagte nur die sieben Worte: „Ich habe lange auf dich gewartet, Elea." Und er sagte sie mit einer Stimme, die zugleich so nah schien, als ob sie aus ihrem Innersten käme, und doch so fern, weil sie alt und fremdartig klang. Damit endete der Traum.

Von einer nervösen Ruhelosigkeit erfasst reflektierte sie über die Bedeutung des Traumes. Eines stand für sie fest: Es war eine Vision Traum. *Wenn es tatsächlich stimmt, was ich gesehen habe, dann wird mich der Stein zu dem Drachen führen, während der Stab so etwas wie ein Schlüssel ist. Und nach der Landschaft zu urteilen, befindet er sich in einem hohen Gebirge, möglicherweise im Akrachón, den Breanna und Maél erwähnt haben.* Was es allerdings mit ihrer ungewohnten Bekleidung auf sich haben sollte, darauf konnte sie sich keinen Reim machen. Die freundlichen Worte, die der Drache an sie richtete und vor allem die Warmherzigkeit, mit der er ihren Namen aussprach, ließen den Schluss zu, dass sie ihn wohl nicht fürchten musste. Der Gedanke, dass sie auf ihm reiten müsste, verdrängte sie erst einmal.

Dieser äußerst realistische Traum zusammen mit den ganzen Vorzeichen – nicht zuletzt ihre lächerlichen Höcker auf dem Rücken – ließ sie schließlich nicht den geringsten Zweifel mehr daran hegen, dass sie einem Drachen früher oder später gegenüberstehen würde.

Sie war so aufgewühlt, dass sie nicht mehr in den Schlaf zurückfand. Ungeduldig wartete sie mit gespitzten Ohren auf ein Geräusch von unten. Endlich, als der Morgen dämmerte, vernahm sie leises Babyschreien. Vorsichtig schälte sie sich unter der Decke hervor, die sie mit Femi teilte, und kleidete sich an. Als sie unten in der Wohnstube ankam, war Duncan gerade im Begriff, das Haus zu verlassen. Die Kinder schienen, nach dem langen aufregenden Abend noch zu schlafen. Er lächelte ihr zum Gruß zu und verschwand nach draußen. Elea warf einen Blick in das elterliche Schlafzimmer. Kyra saß am Kopfende ihres Bettes angelehnt und stillte das Baby. Als sie Elea in der Tür stehen sah, strahlte sie das Mädchen mit einem warmen Lächeln an. „Elea, komm ruhig herein! - Du bist aber früh wach! Hast du gut geschlafen?"

„Oh ja! So gut wie schon lange nicht mehr." Dass sie die halbe Nacht wegen ihres verwirrenden Traumes wach im Bett lag, verheimlichte Elea der Frau. Sie trat ein. „Komm, setz dich zu mir! - Dich hat bestimmt das Geschrei des Babys geweckt."

„Nein überhaupt nicht. Ich war schon wach, als ich die Kleine schreien hörte."

„Elea, ich möchte etwas mit dir besprechen. Bei uns ist es Brauch, dass ein paar Tage nach der Geburt eines Kindes ein kleines Fest gefeiert wird – nur mit den engsten Freunden. Du und deine Begleiter, ihr seid herzlich eingeladen. Du bist für uns der wichtigste Gast. Das Fest wird morgen am späten Nachmittag beginnen. Ich hoffe, ihr seid dann noch in Galen!?" Kyra sah Elea erwartungsvoll an. „Ich weiß nicht, ob Maél solange bleiben möchte, aber er kommt mich später holen. Dann kann ich ihn fragen." Kyras Miene verdüsterte sich etwas, als Elea Maél erwähnte. Dennoch nickte sie ihr zu und blickte kurz darauf wieder liebevoll auf ihre Tochter, die mit geschlossenen Augen an ihrer Brust saugte. „Duncan und ich sind uns einig. Wir werden sie Elea nennen." Die junge Frau lächelte gerührt mit einem verdächtigen Glanz in den Augen.

„Du warst unsere Rettung, Elea. Ohne dich wäre ich verloren gewesen. - Dafür, dass es fünf Jahre her ist, dass du bei der Geburt deiner Schwester dabei warst, hast du noch ziemlich viel gewusst!"

„Kyra, ich habe nicht viel gemacht. Das meiste hast du geleistet. – Ich wäre wahrscheinlich auch nie so zuversichtlich gewesen, wenn es dein erstes Baby gewesen wäre. Als ich gestern Abend auf dem Marktplatz sah, wie verzweifelt Julen und Femi gewesen waren, wollte ich einfach nur helfen."

„Und deshalb finde ich auch, dass wir dich heute und morgen verwöhnen sollten. Das ist das Mindeste, was wir für dich tun können. Du siehst aus, als ob du schon lange nichts Richtiges mehr gegessen hast und ein ausgedehntes Bad würde dir sicher auch gut tun. Ich habe Duncan schon Holz hacken geschickt, um Feuer für das Badewasser zu machen."

Elea konnte nun doch nicht verhindern, dass sich ihre Augen mit Tränen füllten. Ihr Herz wurde ganz schwer. Sie hatte auf einmal unglaublich großes Heimweh. Sie vermisste vor allem Breanna und ihre mütterlichen Umarmungen, die sie ihr mindestens genauso oft schenkte wie der kleinen Kaitlyn. Alles hier bei Kyra und Duncan erinnerte sie an ihr Zuhause. Sie erhob sich schnell und wischte sich die Tränen aus ihrem Gesicht, damit Kyra sie nicht entdeckte. „Ein Bad wäre wirklich toll, wenn es euch nicht zu große Umstände macht", erwiderte sie mit belegter Stimme.

Trotz ihrer Sehnsucht nach ihrer Familie, die sie am Morgen traurig stimmte, verbrachte Elea an diesem Tag noch unbeschwerte Momente. Es kam ihr vor, als wären Jahre vergangen, seit sie das letzte Mal so viel gelacht hatte. Aus ihrem Bad wurde ein familienumspannendes Ereignis. Alle außer Duncan waren in dem großen Wohnraum versammelt, als Elea in den monströsen Holzzuber stieg, den der Mann zusammen mit den zwei ältesten Kindern aus dem Stall ins Haus geschleppt hatte. Er war so riesig, dass die vier Kinder auch noch gut hineingepasst hätten. Bevor Elea jedoch in das warme Wasser eintauchte, verstummte von jetzt auf nachher das aufgeregte Geplapper der Kinder. Elea wusste sofort, was der Grund war. Femi war die erste, die den Mut hatte, die höckerartigen Gebilde zu berühren. Dann spürte Elea auch noch drei weitere Hände die neugierig ihren Rücken entlang tasteten. Merkwürdigerweise verlor keiner ein Wort darüber, nicht einmal Kyra, die ihr nur liebevoll zulächelte. Nachdem jedes Kind ihren Rücken genauestens untersucht hatte, ging auch schon wieder das unbeschwerte Geplapper weiter. Sie hörten nicht auf zu kichern, da sie ständig den Schwamm herumreichten, damit jeder einmal Eleas Rücken oder andere Körperteile waschen konnte. Als die junge Frau ihr Kopftuch abnahm und ihre inzwischen wieder lange Mähne über die Schultern den Rücken entlang fiel, brach das Gekicher erneut abrupt ab. Nur die kleine Elea protestierte lautstark, da sie offensichtlich schon wieder Hunger verspürte. Kyra konnte ihre Neugier bei diesem Anblick nun nicht mehr zurückhalten. „So dunkelbraunes Haar mit diesem rötlichen Schimmer habe ich noch nie gesehen. Hast du die roten Strähnen schon von Geburt an?", wollte die Frau erstaunt wissen. „Ja, leider. Sie sind auch der Grund, warum ich immer das Kopftuch trage. Jeder hat mich immer angestarrt, als wäre ich ein Huhn auf vier Beinen." Kyra fand es natürlich unnötig und eine Verschwendung, dass Elea so schönes Haar unter einem Tuch verbarg. Elea wollte ihr nicht offenbaren, dass es auch noch einen anderen Grund für das Tragen des Tuches gab.

Am frühen Nachmittag saß Elea schließlich in Tüchern gewickelt im Schneidersitz auf dem Boden. Kyra hatte die Kinder hinausgeschickt. Sie hatte es sich mit Kamm, Bürste und Schere bewaffnet hinter Elea auf dem Bett bequem gemacht und war bereit, Eleas Haaren den Kampf anzusagen. Während sie davon zu retten versuchte, was zu retten war, hörten die beiden Frauen im Hof Hufgetrappel. Einen Augenblick später kam schon Femi ins Zimmer gerannt und kündigte einen Krieger mit einem roten Drachen auf dem Brustpanzer an. *Er hat Jadora geschickt. Das hätte ich mir ja gleich denken können. Wahrscheinlich befindet er sich wieder in einem Stimmungstief und meidet lieber meine Gesellschaft.* Kyra schickte Femi wieder nach draußen, mit der Nachricht an Jadora, dass er sich noch etwas gedulden müsse.

Nach einer halben Ewigkeit hatte Kyra ihr Werk beendet, wenn auch nicht zu ihrer vollsten Zufriedenheit. Sie forderte Elea auf sich in einem Spiegel zu betrachten, der auf einer Kommode stand. Elea wollte ihren Augen nicht trauen. Kyra war es gelungen, alle Knoten irgendwie zu entfernen. Sie umarmte Kyra für ihre Mühe und wollte schnell zu Jadora hinausgehen. Sie hielt bereits den Türriegel in der Hand, als Kyra sie zurückhielt. „Elea, du bist noch nicht angezogen! Du kannst doch nicht so dem Krieger gegenübertreten!"

„Das macht überhaupt nichts. Ich bin schon seit ein paar Wochen mit den Männern unterwegs. Jadora hat mich mindestens einmal nackt und mehrmals spärlich bekleidet gesehen." Und um Kyras sichtbarem Entsetzen darüber entgegenzuwirken, erklärte sie noch: „Er ist wie ein Vater für mich, Kyra. Du kannst dich beruhigen." Die ältere Frau hakte noch mit alarmiertem Unterton nach. „Und was ist mit diesem Maél? Was ist er für dich?" Für Elea kam diese Frage völlig unerwartet. Was sollte sie darauf antworten? – Dass er ihr brutaler Entführer und ihre große Liebe in einer Person war? Das konnte und wollte sie nicht. „Also, er sieht dich eindeutig nicht wie ein Vater an, eher wie ein... ausgehungerter Wolf seine Beute", kam Kyra ihr zuvor. „Es ist sehr kompliziert, Kyra. Aber ich kann dir versichern, dass er sich mir gegenüber ehrenhaft verhält und mich beschützt."

Mit diesen Worten ließ sie Kyra allein und trat in den Wohnraum, in dem vier Kinder mucksmäuschenstill und mit großen Augen einer offenbar überaus spannenden Geschichte von Jadora lauschten. Als der Krieger Elea erblickte, lächelte er ihr freundlich zu, fuhr jedoch mit seiner Erzählung ohne Unterbrechung fort. Kaum hatte er die Geschichte von einem Bären, den er angeblich nur mit einem Messer bewaffnet getötet hatte, beendet, forderten die Kinder ihn auf, noch eine weitere zu erzählen. Duncan nahm sie jedoch unter großem Protest mit nach draußen, damit Elea und Jadora sich ungestört unterhalten konnten. „Ich sehe schon, Elea, es tut Euch richtig gut, Euch von der Familie verwöhnen zu lassen."

„Jadora, meint Ihr nicht, dass es an der Zeit wäre, *du* zu mir zu sagen, nach allem, was wir gemeinsam erlebt haben", sagte Elea, während sie sich ihm gegenüber an den Tisch setzte, auf dem eine Holzschale mit frisch gebackenen kleinen Broten stand. Sie konnte dem Duft nicht widerstehen und nahm sich sogleich eines, in das sie herzhaft hineinbiss. Jadora schloss sich ihr an. „Ich habe nichts dagegen, Mädchen. Du könntest ja meine Tochter sein. Aber du musst dann auch *du* zu mir sagen. – Schau! Ich habe dir deinen Rucksack mitgebracht, den wirst du sicherlich schon vermisst haben." Elea nahm Jadora den Rucksack aus der Hand und kam gleich auf das Thema zu sprechen, das ihr am Herzen lag. „Was ist mit Maél? Warum hat er dich geschickt und ist nicht selbst gekommen, wie er es vorhatte?"

„Er meint, es tut euch beiden gut, wenn ihr mal getrennt seid. Außerdem – wie hat er sich nochmal ausgedrückt?... ach ja - er könne besser nachdenken, wenn du nicht die ganze Zeit vor seiner Nase herumtanzt." Er lächelte Elea verschmitzt zu. „Er macht gerade eine schlimme Phase durch. Er ist überfordert mit den vielen fremden Gefühlen, die sein Leben erheblich komplizieren. Und dass du ihn dazu gebracht hast, die Geburt des Babys mitzuerleben, hat ihm, glaube ich, den Rest gegeben." Elea seufzte tief und sah Jadora traurig an. Dieser tröstete sie, indem er seine Hand auf ihre legte. „Sehe ich das richtig? Du bist gar nicht gekommen, um mich zu holen, sondern er hat dich nur geschickt, um nach dem Rechten zu sehen?" Eleas Enttäuschung, darüber, dass Maél ihr nicht gegenübersaß, war nicht zu überhören. Er fehlte ihr so sehr. Sie konnte es gar nicht in Worte fassen, wie sehr. Aber das musste sie bei Jadora auch nicht. Er konnte es in ihren Augen lesen. „Ja. So ist es. Er hält es für besser, wenn du noch hier bleibst. - Das wird schon, Elea. Du musst ihm nur Zeit geben."

„Viel Zeit haben wir aber nicht mehr. Wir sind bald in Moray. Ich darf gar nicht daran denken. Was wird dann nur aus uns werden?"

„Bis dahin vergeht noch eine gute Woche. In der Zeit kann noch viel passieren. Wichtig ist jetzt erst einmal, dass du dich hier erholst und wieder zu Kräften kommst", versuchte Jadora die junge Frau aufzumuntern. „Wie lange bleiben wir noch in Galen?", wollte Elea wissen. „Morgen auf jeden Fall noch, damit du als Hauptgast an dem Fest teilnehmen kannst. Duncan hat mir bereits davon erzählt. Ich werde gerne kommen, meine Männer lasse ich aber lieber in der Herberge. Du weißt ja, sie haben nicht die besten Manieren."

„Glaubst du, dass er kommen wird?", fragte Elea in zaghaftem Ton. „Also nach seiner düsteren Stimmung zu urteilen, in der er sich gerade wieder befindet, würde ich sagen, dass er dem Fest eher fernbleibt." Elea schluckte schwer. Sie dachte kurz nach und erwiderte kampflustig. „Du kannst ihm von mir ausrichten, dass er nur noch eine Nacht vor mir Ruhe hat. Morgen Abend nach dem Fest komme ich mit dir in die Herberge, ob er will oder nicht."

„Das werde ich ihm mit Vergnügen ausrichten, auch wenn er mich dann wieder wie ein Wolf anknurren wird." Jadoras spitzbübisches Zuzwinkern konnte Elea schließlich doch noch ein kleines Lächeln entlocken. Jadora erhob sich. „Also gut. So soll es sein. Dann sehen wir uns morgen Nachmittag mit Maél oder ohne ihn. Auf jeden Fall werden wir uns nicht von ihm das Fest verderben lassen." Er verabschiedete sich von Elea und schritt auf die Tür zu. „Jadora, sag ihm, dass ich ihn vermisse! Sehr sogar!", rief sie ihm noch hinterher.

Kapitel 11

Der verbleibende Tag und der nächste standen ganz im Zeichen des Festes, das zu Ehren der beiden Eleas stattfinden sollte. Es herrschte eine große Aufregung, vor allem unter den Kindern. Elea half, wo sie nur konnte, da sie wollte, dass Kyra sich solange wie möglich noch schone. Mit Duncan und den beiden ältesten Kindern trug sie einen riesigen Tisch in den Wohnraum, der die Festtafel werden sollte. Außerdem zauberte Duncan noch zwei lange Bänke und weitere Stühle aus seiner kleinen Scheune hervor. Es stellte sich heraus, dass er Tischler war. Da wurde Elea auch klar, wieso die Familie eine so gigantisch große Badewanne besaß. Er hatte sie selbst gebaut, damit alle Kinder bequem darin Platz hatten.

Am Abend bestanden die Kinder darauf, dass Elea sie ins Bett brachte und ihnen eine Gutenachtgeschichte erzählte. Anschließend gesellte sie sich zu Kyra und Duncan. Das Paar strahlte förmlich vor Glückseligkeit über ihr fünftes Kind, was Elea einerseits mit Wärme erfüllte, ihr jedoch andererseits ihre wenig Glück bescherende Zukunft und ihre vertrackte Beziehung zu Maél nur noch deutlicher vor Augen führte. Sie setzte sich schweigend zu ihnen an den Tisch und half dabei, für den Eintopf Kartoffeln zu schälen und Gemüse zu putzen. Der Mann und die Frau fragten sie über ihre Familie und ihr bisheriges Leben aus. Sie hielten sich allerdings mit Fragen bezüglich ihrer Reisebegleiter und des Zwecks ihrer Reise nach Moray zurück, weil sie merkten, dass die junge Frau es mied, über die Krieger und ihre Reise zu sprechen.

Am nächsten Morgen standen alle sehr früh auf, auch die Kinder, wofür die kleine Elea verantwortlich war, da sie sich mal wieder lautstark wegen ihres Hungers beklagte. Während Kyra sich um sie kümmerte, wollte Duncan losreiten und einen Festbraten im Dorf auf dem Markt besorgen gehen. Julen begleitete ihn. Der Rest der Kinder half Elea beim Brot- und Kuchenbacken. Bei all den vielen Vorbereitungen und ihrer Beschlagnahmung durch die Kinder, blieb Elea kaum Zeit ihren sorgenvollen Gedanken nachzuhängen. Am Abend zuvor konnte sie nicht einschlafen, da sie sich fragte, ob Maél zum Fest kommen würde.

Nachdem alles soweit vorbereitet war und Duncan bereits das Reh auf dem Spieß draußen vor dem Haus briet, rief Kyra Elea zu sich ins Schlafzimmer. „Elea, du hast gestern beim Baden erzählt, dass du praktisch wie ein Junge aufgewachsen bist und noch nie in deinem Leben ein Kleid getragen hast. Wie wäre es, wenn du heute eines von mir anziehen würdest? Ich habe noch das eine oder andere Gewand aus Zeiten, wo ich noch wesentlich schlanker war als jetzt. Eines davon müsste dir eigentlich passen."

„Kyra, das ist wirklich sehr lieb von dir und ich weiß, ich würde dir damit bestimmt eine große Freude machen. Breanna hat es sich auch immer wieder gewünscht. Aber ich glaube, es wäre keine gute Idee. Weißt du, erst vor kurzem habe ich erfahren, dass ich angeblich schön sein soll. Ich hatte überhaupt keine Ahnung, wie ich aussehe, da ich die letzten Jahre nie in einen Spiegel geschaut habe. Meine Mutter hat ein Porträt von mir gemalt, auf dem ich mich seit langer Zeit zum ersten Mal wieder gesehen habe." Kyras Augen waren weit geöffnet.

„Ja, ich weiß. Das muss für dich verrückt klingen, aber es ist wirklich so gewesen. Na ja, wie dem auch sei, ich denke, dass es besser ist, wenn ich bei meiner Kleidung bleibe und so wenig wie möglich daran verändere. Du hast selbst gesagt, dass Maél mich wie ein ausgehungerter Wolf ansieht. Wenn ich ihm jetzt noch in einem Kleid gegenübertrete, das meine Weiblichkeit noch mehr hervorhebt... Ich glaube, das wäre momentan bei unserer komplizierten Beziehung nicht ratsam. Verstehst du, was ich damit sagen will?"

„Keiner in deiner Familie hat dir all die Jahre gesagt, wie schön du bist?! Und was war mit den Nachbarn oder Dorfbewohnern?", erwiderte Kyra mit ungläubigem Staunen.

„Ich bin die letzten Jahre so gut wie keinem begegnet. Und als Kind haben sie mich immer nur angeglotzt."

„Und jetzt stößt du ausgerechnet auf so einen finsteren, nicht gerade vertrauenswürdigen Krieger, der mit Sicherheit den Umgang mit einer so behütet aufgewachsenen jungen Frau nicht gewohnt ist." Kyra schüttelte mit dem Kopf und blickte Elea besorgt an. „So gesehen, ist es wahrscheinlich wirklich das Beste, wenn du die Jungenkleider anbehältst."

„Kyra, du schätzt Maél falsch ein. Ich gebe zu, dass er etwas unheimlich und angsteinflößend wirkt. Aber er war mir gegenüber bisher noch nie gewalttätig." *...wenn man von der vor seiner wundersamen Wandlung absieht.* Die Frau nickte Elea skeptisch zu. Zu Eleas Erleichterung wurde ihr Gespräch durch die Kinder gestört. Sie riefen nach Elea. Bevor sie zu ihnen hinausging, rückte sie allerdings noch mit einer Sache heraus, von der sie glaubte, dass es besser wäre, wenn Kyra davon wüsste. „Kyra, da wäre noch etwas. Bevor du dich heute Abend wunderst, dass ich mein Kopftuch trage, sollte ich dir vielleicht sagen, dass es noch einen anderen Grund gibt, warum ich meine Haare damit bedecke. - Das klingt jetzt noch unglaublicher, als die Tatsache, dass ich jahrelang nicht in einen Spiegel gesehen habe." Elea holte erst nochmal tief Luft, bevor sie weitersprach. „Meine Haare leuchten im Dunkeln glühend rot. Ich möchte bei deinen Gästen deswegen nicht unnötig Aufsehen erregen. Das wirst du sicherlich verstehen."

„Also bei dir erstaunt mich gar nichts mehr, Elea. Ich will gar nicht wissen, was das alles zu bedeuten hat, vor allem diese merkwürdigen Erhöhungen und die halbverheilten Wunden auf deinem Rücken, die aussehen, als stammten sie von einer Peitsche." Besorgnis und Mitgefühl spiegelte Kyras Gesicht wider. Mehr hatte die Frau jedoch nicht zu sagen, sodass Elea sich endlich aus dem unangenehmen Gespräch entlassen fühlte.

Es waren bereits alle Gäste bis auf Jadora und Maél eingetroffen. Kyra und Duncan hatten nur zwei befreundete Familien aus Galen eingeladen, die jeweils mit einem

Wagen voller Kinder ankamen. Elea zählte insgesamt fünfzehn Kinder, Klein-Elea eingeschlossen. Bei der Kinderschar, die allein schon den großzügigen Wohnraum in Beschlag nahm, kam es gerade recht, dass Jadora nicht noch seine fünf Krieger mitzubringen gedachte. Alle begrüßten Elea herzlich. Sie hatten schon von ihrer heldenhaften Tat im Dorf gehört und wussten, dass sie in Begleitung eines königlichen Soldatentrupps war. Plötzlich konnte man im Haus herannahendes Pferdegetrappel vernehmen. Femi und Julen rannten sofort aus dem Haus und kamen gleich wieder jubelnd hereingerannt. „Es sind Maél und Jadora, Elea." Eleas Herz begann auf einmal, wie wild in ihrer Brust zu klopfen. Sie stand wie angewurzelt da und starrte auf die Tür. *Er ist tatsächlich gekommen!* Als erster erschien Jadora, der ihr mit einem breiten Grinsen zuzwinkerte. Dann folgte ihm auch schon Maél, der seinen Kopf etwas einziehen musste, um bei seiner Größe durch die Tür zu passen. Mit seinem schwarzen Haar, das ihm verwegen etwas ins Gesicht fiel, und seinem blauen und dunklen Auge, mit denen er Elea in dem großen Treiben, umgeben von der riesigen Kinderschar, sofort entdeckte, sah er zugleich umwerfend und furchteinflößend aus. Seine Narbe auf seiner Wange und seine durchweg rabenschwarze Kleidung und nicht zuletzt seine düstere Miene wirkten auf die Gäste mehr als einschüchternd. Dies konnte Elea unschwer von ihren Gesichtern ablesen. Zudem erstarb jegliches Gespräch bei seinem Erscheinen. *Warum muss er sich nur so finster geben!? Na ja. Immerhin trägt er nicht seine Maske.*

Auch Maél hatte sich scheinbar einer gründlicheren Körperreinigung gewidmet: Er war frisch rasiert und hatte sich sein langes Haar etwas gekürzt. Außerdem trug er frische, saubere Kleidung. Auf seinen Brustpanzer hatte er - ebenso wie Jadora – verzichtet. Beide Krieger führten zu allem Übel aber ihr Langschwert mit sich. Nachdem Maél einen kurzen abschätzenden Blick auf die Anwesenden geworfen hatte, saugten sich seine Augen an Elea fest. Sie war froh darüber, dass sie sich nicht von Kyra hatte überreden lassen, ein Kleid zu tragen. In einem solchen hätte sie sich wie nackt gefühlt. Unter seiner intensiven Musterung konnte Elea es zu ihrem Ärger nicht verhindern, dass ihr heiß die Röte ins Gesicht stieg.

Als Duncan sich den beiden Kriegern näherte, um sie den anderen Gästen vorzustellen, wagte Elea einen Blick zu Kyra, der Maéls alles andere als harmlos wirkender Blick nicht entgangen war. Die Frau rang sich ein Lächeln ab, war aber sichtlich in Sorge um Eleas Leib und Leben.

Die beiden befreundeten Paare begrüßten die Krieger äußerst zurückhaltend und mit ängstlichen Blicken. Die Kinder hingegen verhielten sich ihnen gegenüber ungezwungen und furchtlos und umringten sogar Maél hartnäckig, um sein Schwert zu bestaunen. Elea nickte den beiden Männern lediglich zu. Maéls Gegenwart und sein Auftreten schüchterten sie so sehr ein, dass sie keine Worte fand. Aber auch Maél schwieg beharrlich, was jedoch überhaupt nicht auffiel, da Jadora, der sich offenkundig mehr als wohl bei Kyra und Duncan fühlte, das Reden für beide übernahm. Dem Hauptmann war es schließlich zu verdanken, dass das Eis brach. Seine gesellige und freundliche Art nahm alle sofort für ihn ein.

Elea war erleichtert, als die Kinder sie belagerten und sie baten, ihren Freunden nochmal die spannende Gutenachtgeschichte vom Abend zuvor zu erzählen. Nachdem sich alle Ankömmlinge die kleine Elea von der Nähe betrachtet hatten – mit Ausnahme von Maél - und Kyra ausführlich Eleas Heldentat geschildert hatte, bat Duncan, alle Platz zu nehmen. Die kleineren Kinder setzten sich an den gewöhnlichen Esstisch, während die größeren sich zu den Erwachsenen an die Festtafel setzen durften. Elea schaffte es irgendwie, einen Platz neben Maél zu ergattern. Sie zog es vor, an seiner Seite zu sitzen. So fühlte sie sich weniger seinen intensiven Blicken ausgesetzt. Jadora saß ihnen gegenüber. Er erzählte ununterbrochen und beantwortete geduldig alle Fragen, auch die unangenehmen, die auf seinen derzeitigen Auftrag abzielten. Er stellte Elea als Tochter eines guten Freundes aus seiner Jugendzeit dar, die aufgrund ihrer außerordentlichen Begabung des Bogenschießens an den Hof zu König Roghan eingeladen wurde. Elea hätte ihn am liebsten dafür unter dem Tisch ans Schienbein getreten. Andererseits, was hätte er sonst für einen Grund für ihre erwünschte Anwesenheit an Roghans Hof nennen können. Sie konnte nur hoffen, dass niemand auf eine Kostprobe ihrer Schießkunst Wert legte. Dazu war sie überhaupt nicht aufgelegt.

Nach einer Weile gab Duncan das Zeichen, dass das Essen aufgetischt werden konnte. Während er den Rehbraten zerlegte, stellte Elea zusammen mit Julen und Conner große Schüsseln mit dampfendem Eintopf und Körbe mit frischem Brot auf den Tisch.

Auch während des Essens hörte Jadora nicht auf, aus seinem ungeheuren Schatz an Anekdoten zu schöpfen, denen die Bewohner Galens und die Kinder gespannt lauschten. Elea nahm von seinen Erzählungen kaum Notiz. Sie konzentrierte sich auf ihren Teller, mit den himmlisch schmeckenden Speisen, und vermied es, versehentlich Maél zu berühren. Dies war jedoch aufgrund der Enge, die an der Tafel herrschte, alles andere als leicht. Völlig unerwartet, vernahm sie plötzlich seine Stimme, die zu ihr zu sprechen schien, da er sich ihr zugewandt hatte. „Das Essen ist doch genau nach deinem Geschmack! Frisches Brot und Eintopf. Danach hast du dich doch die ganze Zeit gesehnt!"

„Ja. Ich durfte mir etwas wünschen", antwortete sie leise und wortkarg. Maél sah sie immer noch von der Seite an, während Elea sich weiterhin aufmerksam ihrem Eintopf widmete. „Du siehst erholt aus. Die zwei Tage hier bei der Familie haben dir offensichtlich gut getan. Und ein bisschen Fett scheinst du auch wieder angesetzt zu haben." Darauf konnte Elea nicht umhin, ihm spitz zu entgegnen: „Mein Körper hat sich vielleicht erholt, aber in mir sieht es noch genauso chaotisch aus wie vor unserem Halt in Galen, angesichts meiner unveränderten Gefühle für dich." Mit diesen Worten verließ Elea ihre defensive, eingeschüchterte Haltung und sah Maél eindringlich in die Augen. Nun war er es, der sich mit grimmigem Gesichtsausdruck wieder seinem Teller widmete und das Gespräch auf sich beruhen ließ. Elea ging auch nicht weiter darauf ein, da sie wusste, dass sie später in der Herberge noch genügend Zeit hätte, sich mit ihm auseinanderzusetzen. Aber eigentlich wollte sie sich gar nicht mit ihm streiten. Sie wollte einfach nur mit ihm zusammen sein, seine Wärme und seinen Körper spüren, so wie es ihr immer beim Reiten oder nachts unter dem Schlaffell vergönnt war.

Es dauerte nicht lange, da konnte Elea unschwer erkennen, dass Maél die fröhlich gestimmte Runde und die lärmenden und lachenden Kinder, die vergebens versuchten, ihm eine spannende Geschichte aus seinem Leben zu entlocken, mehr als unangenehm waren. Er verhielt sich ihnen gegenüber unfreundlich und warf ihnen immer wieder böse Blicke zu. Eine Weile nach dem Essen gab er Jadora schließlich übellaunig das Zeichen zum Aufbruch. Elea versprach Kyra, noch einmal vorbei zu kommen, um sich richtig zu verabschieden, bevor sie ihre Reise fortsetzen würden. Die Frau bedachte sie wieder mit einem beunruhigten Blick, den sie zwischen ihr und Maél hin und her schweifen ließ. Elea nahm die besorgte Frau in den Arm und ließ sie wissen, dass alles in Ordnung sei und kein Grund zur Sorge bestehe. Dann schnappte sie sich ihren Rucksack und begleitete die beiden Männer nach draußen. Maél steuerte immer noch in eisernes Schweigen gehüllt eilig auf Arok zu, der sich in der Zwischenzeit zu einer Stute gesellt hatte, die vor einem Wagen der Gäste gespannt war. In rüdem Ton brummte Maél etwas Unverständliches seinem Pferd zu. Elea hatte sich gleich an Maéls Fersen geheftet, um ihn zur Rede zu stellen.

„Hättest du nicht etwas freundlicher sein können? Und den Kindern hättest du ruhig dein Schwert zeigen oder ihre Fragen beantworten können, anstatt sie mit deinem grimmigen Blick zu verscheuchen!"

„Für den Häscher des Königs ziemt es sich nicht, freundlich zu sein. Außerdem entspricht es nicht meiner Art, den geselligen Gesprächspartner zu spielen." Die Bitterkeit in seiner Stimme war unüberhörbar. Er stieg auf Arok und streckte die Hand nach ihr aus. „Los! Komm! Lass uns von hier verschwinden!" Elea machte nicht die geringsten Anstalten, seine Hand zu ergreifen. Sie funkelte ihn giftig an. „Warum hast du gestern Jadora geschickt und bist nicht selbst gekommen, so wie du es vorhattest?", fragte sie ihn streitlustig. Maéls Augenbrauen zogen sich bedrohlich zusammen. „Ich dachte, Jadora hätte es dir erklärt."

„Ja, das hat er. Aber ich würde es gerne aus deinem Mund hören." Kein Laut ging über seine Lippen. Also fuhr Elea ungehalten fort. „Ich wünschte, du wärst mit deiner schlechten Laune in der Herberge bei den anderen geblieben. Dass du mit mir kaum ein Wort gewechselt hast, kann ich dir ja noch durchgehen lassen. Aber dass du die Kinder ständig mit deiner üblen Laune und deinem finsteren Blick vertrieben hast, das hättest du dir ruhig verkneifen können." Maéls Zornesfalte zwischen den Augen wurde immer tiefer und länger. Er zog unvermittelt seine Hand zurück und wandte sich von Elea ab. Daraufhin schulterte sie erzürnt ihren Rucksack. Jadora kam unterdessen zu den beiden Streithähnen geritten und sah den jüngeren Mann wieder mit dem bei Maél so verhassten spöttischen Grinsen an. Bevor dieser jedoch in seiner schroffen Art darauf reagieren konnte, kam ihm der Hauptmann zuvor. „Ich reite schon mal vor, dann könnt ihr eure Meinungsverschiedenheit zu Ende austragen." Maél sah dem Mann fluchend hinterher. Elea war inzwischen mit energischen Schritten schon los marschiert. Sie hatte nicht die Absicht, sich zu Maél aufs Pferd zu setzen. Bevor sie in ihren schnellen Trab überging, hielt sie jedoch nochmals an, um ihm etwas zuzurufen. „Ich hatte mich so darauf gefreut, dich wiederzusehen, weil ich dich die letzten beiden Tage so vermisst habe. Und dir ist nichts Besseres eingefallen, als alles zu verderben." Nach diesen anklagenden Worten drehte sie sich um und lief los. Es dauerte eine ganze Weile, bis sie Aroks Getrappel hinter sich hörte, da Maél im ersten Moment auf Eleas Äußerung hin nicht in der Lage war, los zu reiten. Er war wütend auf sie, weil er sich immer noch nicht daran gewöhnt hatte, wenn jemand in furchtlosem Ton mit ihm sprach. Aber auch auf sich selbst, weil Elea mit allem recht hatte. In der Herberge war er noch guter Dinge gewesen. Er dachte, er hätte in den beiden letzten Tagen etwas Abstand gewonnen. Er hatte sogar einen halbwegs brauchbaren Plan ersonnen, wie er unbemerkt in Darrachs Arbeitszimmer gelangen könnte, um etwas über dessen Absichten und der Bedeutung von Eleas Unberührtheit herauszubekommen. Die Trennung von Elea war zwar noch genauso schmerzhaft wie die Tage zuvor, als sie sich weigerte, mit ihm auf Arok zu reiten und das Schlaffell mit ihm zu teilen. Aber er konnte ohne sie in der Herberge wenigstens ungestört nachdenken und wurde so nicht durch ihren bloßen Anblick ständig daran erinnert, dass sie für ihn unerreichbar war und er sie nie besitzen dürfte. Doch als er sie dann inmitten der glücklichen Familie mit geröteten Wangen erblickte – in ihrer beispiellosen Schönheit und Unverdorbenheit -, da kam alles wieder in ihm hoch: die Verzweiflung und Ausweglosigkeit, die seine ständigen Begleiter waren und mit denen er im Laufe vieler Jahre gelernt hatte zu leben. Aber jetzt, nachdem er Elea begegnet war, mit ihr viele Tage und Nächte verbracht hatte und er sich schließlich im Klaren darüber geworden war, dass er sie liebte, stand er machtlos diesen verhassten Gefühlen gegenüber.

Über Galen hing schon die abendliche Dunkelheit, die durch das schwache Licht durchbrochen wurde, das durch die Fenster der Häuser schimmerte. Der Mond, der ab und zu zwischen den Wolken hervorlugte, warf seinen Schein auf die strohbedeckten Dächer und die dunklen Rauchsäulen, die aus den kleinen Schornsteinen emporstiegen. Erst als Maél die junge Frau in der Senke verschwinden sah, stieß er seine Fersen grob in Aroks Seiten, sodass dieser ihr im Galopp hinterherjagte.

Eleas Wut verflüchtigte sich beim Laufen ebenso schnell, wie sie in ihr hochgestiegen war. Sie verspürte jetzt nur noch Traurigkeit und Bedauern darüber, dass der Abend ganz und gar nicht so verlaufen war, wie sie es sich erhofft hatte. Dennoch drehte sie sich nicht um, als sie Arok hinter ihr her traben hörte. Wenig später kamen sie am Dorfrand an. Sie musste zwangsläufig anhalten, da sie nicht wusste, wo sich die Herberge befand. Sie drehte sich zu Maél um und ärgerte sich insgeheim nicht zum ersten Mal darüber, dass sie in der Dunkelheit kaum sein Gesicht erkennen konnte, während er in ihrem, wie in einem offenen Buch las.

Hoch über ihr auf Arok sitzend blieb er ganz nah neben ihr stehen, sodass sein Stiefel sie fast berührte. Schweigend starrte er sie an und lauschte ihrem langsam zur

Ruhe kommenden Atem. Er konnte von ihren Augen unschwer ablesen, dass sie sich ebenso wie er wieder beruhigt hatte. Wortlos streckte er ihr die Hand entgegen, die sie ohne zu zögern ergriff. Auf dem Sattel umschlang sie ihn sofort mit ihren Armen und drückte ihre Wange an seinen Rücken, als ob nichts zwischen ihnen gewesen wäre. Sie wollte einfach nur seine Nähe genießen. Zum Streiten hatte sie die Lust verloren.

Es dauerte nicht lange, da blieb Maél vor einem großen zwei-stöckigen Haus stehen. Es machte einen soliden Eindruck, da es aus Stein und nicht aus Holz und Lehm gebaut war, so wie Albins oder Duncans Haus. Über dem Eingang hing ein Schild aus Metall, auf dem mit goldglänzender Schrift *Herberge zum goldenen Hoffnungsschimmer* geschrieben stand. Elea konnte nicht glauben, was sie da las. War der Name Zufall oder ein Wink des Schicksals? Elea konnte ihren Blick nicht von dem Schild abwenden. Vor lauter Verblüffung hatte sie gar nicht bemerkt, dass Maél bereits abgestiegen war und auf sie wartete. Als sie sich endlich hinuntergleiten ließ, brach er das Schweigen. „Mir ging es genauso, als ich das Schild las. – Komm mit! Ich bringe dich zum Zimmer", sagte er in freundlichem Ton. Elea stutzte und blieb stehen, als Maél bereits einen Fuß in die Herberge gesetzt hatte. „Was willst du damit sagen, du bringst mich...? Bleibst du etwa nicht?", fragte sie bestürzt. Er hielt inne und wandte sich zu ihr um. „Elea, ich glaube nicht, dass es momentan ratsam wäre, wenn ich mich mit dir allein in einer engen Kammer befinden und das Bett mit dir teilen würde, meinst du nicht auch? Außerdem schickt es sich nicht, wenn ein Mann und eine Frau, die nicht miteinander verheiratet sind, die Nacht im selben Zimmer verbringen." *Als ob er sich darum schert, was sich schickt und was nicht!* Elea setzte schon wieder zu einer streitlustigen Erwiderung an, als sie es sich dann doch anders überlegte und sich mit einem langen Seufzer begnügte. Sie folgte ihm niedergeschlagen in die Herberge. Glücklicherweise mussten sie nicht durch die Gaststube aus der lautes fröhliches Stimmengewirr zu hören war - unüberhörbar auch Jadoras Stimme und die der anderen Krieger. Eine Treppe führte in das erste Stockwerk. An einem langen Flur entlang reihten sich die Türen der Gästezimmer. Der Flur war in dämmriges Licht von dicken großen Kerzen getaucht, die in Wandhalterungen gegenüber den Gästezimmern brannten. Elea zählte sieben Türen. „Die hinteren vier Zimmer sind unsere. Im ersten schläft Jadora mit Morgad. Hier in dem nächsten schläfst du. Wenn du drinnen bist, legst du den Riegel vor! Hast du verstanden? Wenn etwas sein sollte, dann klopfe bei Jadora. - Gute Nacht."

„Und wo schläfst du? Etwa im Stall bei Arok?" Maél nickte und wollte schon davon marschieren, als Elea ihn am Arm festhielt. „Maél, wir müssen unbedingt reden. Bitte bleib heute Nacht bei mir! Du hast mir die letzten Tage so gefehlt", sagte sie mit Tränen unterdrückender Stimme. „Ich kann nicht bleiben. Wir können reden, wenn wir wieder unterwegs sind", sagte er mit bemüht ausdrucksloser Miene. Seine belegte Stimme verriet jedoch, wie es tatsächlich in ihm aussah. Er ließ Elea einsam vor der Tür stehen und schritt etwas verhalten den Flur zur Treppe zurück. Sie sah ihm noch traurig nach, öffnete die Tür und wollte gerade ins Zimmer schlüpfen, als er ihr noch zurief. „Ich habe dich übrigens auch vermisst – sehr sogar." Elea drehte sich blitzartig um, konnte aber nur noch einen Blick auf seinen breiten Rücken erhaschen, wie er die Treppe nach unten verschwand. Sie trat zögernd in das Zimmer und zündete als erstes eine Öllampe an, die auf einem kleinen Tisch stand. Sie traf fast der Schlag, als sie die überall im Zimmer verteilten Sachen von ihm entdeckte. Sämtliche Waffen – ihr Bogen eingeschlossen - lagen neben dem kleinen Nachtschränkchen auf dem Boden. Verschiedene Kleidungsstücke waren auf dem Bett verstreut. Über dem Stuhl am Tisch hing sein Kettenhemd. Auf dem Tisch lag eine Satteltasche, daneben auf dem Boden eine andere zusammen mit seinem Schlaffell und ihrem Umhang. Und sein Brustpanzer befand sich unter dem Fenster. All dies brachte Elea zu dem Schluss, dass Maél ursprünglich nicht vorhatte, im Stall zu übernachten. Es war wohl eher ein spontaner Entschluss, den er entweder bereits bei Kyra oder erst unterwegs gefasst hatte, sonst hätte er niemals seine Sachen einfach so herumliegen lassen. Wo sie hinsah, lagen Dinge, die sie an Maél erinnerten. Und als ob das nicht schon genug war, hatte das Zimmer innerhalb der letzten beiden Tage sogar schon seinen typischen Geruch angenommen. *Nein! Hier kann ich unmöglich bleiben!* Er war hier in diesem kleinen Zimmer so präsent, dass sie die Trennung von ihm nur noch stärker empfand. Ein schmerzhaftes Ziehen machte sich in ihrer linken Brust bemerkbar. Sie ging zu dem Fenster und schaute hinaus. Nicht einmal dreißig Schritte von der Herberge entfernt befand sich der Stall. Die Versuchung, einfach zu ihm hinüber in den Stall zu gehen, wuchs mit Augenblick zu Augenblick. *Und wenn er mich wieder wegschickt? Ich will mich doch nur zu ihm legen! Mehr erwarte ich doch gar nicht!* Elea zögerte noch ein paar Atemzüge, dann ging sie eilig zu dem Schlaffell und ihrem Umhang. Als sie sich hinunterbeugte, um sie aufzuheben, sah sie etwas Haariges aus Maéls Satteltasche herausschauen. *Das kann nicht sein!* Sie griff danach und zog ihren abgeschnittenen Zopf aus der Tasche. Sie spürte schon den Ansatz von Wut in ihr aufkeimen, Wut darüber, dass er dieses Andenken an sie für ihre Familie einfach in jener Nacht mitgenommen hatte. Aber ein anderer Gedanke ließ diese Wut schnell wieder verebben. Wie es schien, hatte er ihn erst kürzlich in der Hand gehalten. *Er sehnt sich genauso sehr nach mir, wie ich mich nach ihm. Aber warum hat er ihn damals, als er mich noch nicht kannte, überhaupt mitgenommen?* Sie steckte den Zopf wieder in die Satteltasche zurück, hob Maéls Schlaffell und ihren Umhang auf und verließ eilig das Zimmer. Von unten drangen immer noch laute Stimmen und Gelächter nach oben. Sie stieg die Treppe hinunter und trat aus dem Haus in die dunkle Nacht hinaus. Sie rannte über den Hof zum Stall, vor der Tür blieb sie jedoch stehen und zögerte. *Bei seinen guten Ohren hat er mich mit meinem Getrampel schon längst gehört.* Sie nahm ihren ganzen Mut zusammen und betrat den Stall. Bei dem bewölkten Abendhimmel und ohne Kerze oder Ähnliches konnte Elea kaum die Hand vor Augen erkennen. Sie horchte nach irgendwelchen Lauten, aber sie vernahm nicht das geringste Geräusch. Plötzlich kam ihr eine Idee. Sie klemmte sich Maéls Schlaffell und ihren Umhang unter den linken Arm und nahm sich mit der rechten Hand das Kopftuch ab. Das frisch gewaschene und von den Knoten befreite Haar viel ihr lang über die Schultern den Rücken hinunter - und das Wichtigste: es leuchtete hell genug, um das Innenleben des Stalls zu erkennen. Sie befand sich in einem geräumigen Vorraum, in dem nicht nur alles Mögliche an Pferde- und Reitzubehör aufbewahrt, sondern der auch als Lagerraum genutzt wurde. Sie ging ein paar Schritte weiter geradeaus in Richtung der Unterstellplätze für die Pferde. Bei dem ersten angekommen, stellte sie fest, dass sie viel zu eng waren, als dass noch ein Mensch Platz hätte, sich dort mit seinem Pferd schlafen zu legen – schon gar nicht Maél bei seiner Größe, es sei denn, er würde auf Aroks Rücken schlafen. Elea drehte sich wieder um und ging ein paar Schritte zurück zu dem Vorraum. Jetzt erst bemerkte sie links von der Eingangstür in der Ecke einen Strohhaufen. Und an dessen Seite an der Wand, lässig angelehnt, saß er und hatte sie offensichtlich die ganze Zeit über beobachtet. Er war nur ein paar Schritte von ihr entfernt gewesen, als sie gerade eben noch suchend am Eingang stehen geblieben war, und hatte keinen Laut von sich gegeben. *Wahrscheinlich hat er sich wieder köstlich über mich amüsiert!* Sie ging langsam auf ihn zu. Und in der Tat hatte er ein belustigtes Lächeln auf den Lippen. „Wenn ich dir deine Haare abgeschnitten hätte, dann hättest du jetzt nicht genügend Licht gehabt, um mich zu finden."

„Sehr witzig! - Wo du gerade meine Haare erwähnst! Wie kommt mein abgeschnittener Zopf in deine Satteltasche?", wollte sie in herausforderndem Ton wissen. Maél erhob sich langsam vom Boden und ging gemächlichen, fast lauernden Schrittes auf sie zu. Ihr fiel sofort eine Veränderung in seinem Verhalten auf. *Eben noch war er so kurz angebunden und konnte mich nicht schnell genug verlassen. Und jetzt schleicht er an mich heran, als wäre ich seine Beute. Ich werde aus diesem Mann einfach nicht schlau.* Eleas Herz begann, wie wild in ihrer Brust zu schlagen. Er stand jetzt direkt vor ihr, so nahe, dass sie seinen Atem auf ihrem Haaransatz spürte. Ganz langsam hob er seinen Arm und ergriff vorsichtig eine der roten Haarsträhnen. Erst fühlte er mit seinen Fingern ihre seidene Weichheit – wie er es schon öfter getan hatte. Nur machte er es jetzt mit einer viel größeren Ausdauer und Hingabe. Dann führte er die Strähne an seine Nase und sog tief ihren Duft ein. Mit etwas enttäuschtem Gesichtsausdruck ließ er sie schließlich los. „Der Duft von Lavendel und Rosen ist kaum noch wahrzunehmen. Wenn ich mich nicht täusche, verwendet Kyra Jasminseife." Eleas Unverständnis aufgrund Maéls Fachsimpelei bezüglich von Blumendüften ließ ihre Erregung wieder auf ein erträglicheres Niveau herabsinken. Deshalb hakte sie ungeduldig, aber mit etwas belegter Stimme nach: „Ich fragte dich gerade, wie mein abgeschnittener Haarzopf in deine Satteltasche gekommen ist."

„Wie wohl? Ich habe ihn hineingesteckt."

„Ach, was du nicht sagst! Und warum hast du ihn überhaupt mitgenommen. Er war als Andenken an mich für meine Familie gedacht."

„Durch ihn habe ich dich im Wald damals aufspüren können, wegen seines Duftes von Lavendel und Rosen, den ich in den letzten Tagen so lieben gelernt habe..." Elea verdrehte entnervt die Augen, weil er schon wieder den Blumenduft erwähnte.

„Warum hast du ihn mitgenommen?", wiederholte sie gereizt ihre Frage.

„Soll ich ehrlich sein? Ich weiß es nicht. Ich habe mich das auch schon tausendmal gefragt - jedes Mal, wenn ich zufällig auf ihn gestoßen bin. Vielleicht weil mein Unterbewusstsein schon damals gespürt hat, dass ich niemals mit dir so zusammen sein kann, wie ich es mir einmal sehnlichst wünschen werde, und dass dein Haarzopf mit dem wundervollen Geruch mir es aber vielleicht ermöglichen wird, mir vorzustellen, dass du mir ganz nahe bist."

Maél sprach diese Worte mit einer solchen Aufrichtigkeit und einem solchen Schmerz in der Stimme, dass Elea plötzlich einen riesigen Kloß in ihrem Hals spürte und mit den Tränen kämpfen musste. Sie konnte nicht anders. Sie schlang ihre Arme um seinen Hals und schmiegte sich eng an seine Brust. Maéls anfängliche Passivität löste sich bald auf. Er drückte sie mit einem Arm noch fester an sich, während er mit der freien Hand ihren unbedeckten Kopf an seine Brust bettete. Sie sprachen kein Wort und genossen einfach nur die Nähe und Wärme des anderen Körpers. Ihre Herzen schlugen wieder einmal im Einklang, was beide deutlich fühlten. Irgendwann gelang es Maél mit rauer Stimme zu sprechen. „Warum bist du gekommen?" Elea rückte etwas von ihm ab, um ihm in die Augen sehen zu können. „Es war schrecklich in dem Zimmer. Überall liegen deine Sachen herum, die mich an dich erinnern. Und dann hat das Zimmer auch schon deinen Geruch angenommen. Ich hatte das Gefühl du stehst direkt neben mir. Ich habe mich so nach dir gesehnt, Maél. Es tut so weh nicht bei dir zu sein."

„Elea, ich spüre denselben Schmerz. Ich weiß, wovon du sprichst. Die drei Tage, bevor wir in Galen ankamen und du dich mir körperlich so entzogen hast, waren die reinste Folter für mich. Der Schmerz, den ich dabei empfand, war schlimmer als der, den ich bei Darrachs Bestrafungen zu ertragen hatte."

Er nahm Eleas Gesicht in seine großen Hände und streichelte mit seinen Daumen zärtlich über ihre Wangen. Elea musste ihre Augen schließen. Bei dieser zärtlichen Geste überkam sie ein so starkes Gefühl von Liebe zu diesem Mann, dass sich unbeabsichtigt heiße magische Energie in ihr ansammelte. Dies geschah so plötzlich und vor allem mit einer solchen Vehemenz, dass ihre Hände vor Schwäche an Maéls Hals hinabrutschten und den Schlangenring umklammerten. Bei der Berührung des Ringes war sie im ersten Moment so geschockt über die Kälte, die er ausstrahlte, dass sie entsetzt die Augen aufriss. Sie wollte sprechen, doch sie bekam keinen Ton heraus. Das Auge der Schlange leuchtete wieder und der Stein auf ihrer Brust wurde immer heißer. Die Energiewelle wurde immer gewaltiger und gewaltiger und drohte Elea innerlich gleichzeitig zu verbrennen und zu zerquetschen. Maél versuchte panisch, ihre Finger von dem Ring zu lösen, aber es gelang ihm nicht. Sie hatten sich so sehr darum verkrampft, dass er sie nur gewaltsam hätte öffnen können und sie dabei verletzt hätte. Eleas weit aufgerissene Augen hielten seinen Blick genauso gefangen wie ihre Hände seinen Ring. Ihr Haar leuchtete noch intensiver als damals im Sumpf. Mit einem Mal fiel Maél der Stein um ihren Hals ein. Er versuchte mit einer Hand dranzukommen, was nicht einfach war, da ihre Körper eng aneinander gepresst waren und sich Eleas gesamter Körper verkrampft hatte. Endlich erreichte er mit seinen Fingern den Lederriemen und zog mit aller Gewalt daran, bis das Leder riss. Der Stein war glühend heiß und leuchtete wieder in dem schnell pulsierenden Licht. *Verdammt, der Stein muss ihre Haut verbrannt haben!* Er warf ihn auf den Boden, in der Hoffnung, dass sich Eleas Verkrampfung jetzt lösen würde. Doch sie öffnete wie eine Erstickende den Mund und schüttelte nur angedeutet mit dem Kopf, da sie zu mehr nicht fähig war. Ihr Körper kämpfte mit der Energiewelle, die sich inzwischen in einem kaum zu bändigenden, gigantischen Strom in ihrem Körper bewegte. Der Schweiß floss ihr in Strömen Gesicht und Körper hinab. *Wenn jetzt nicht gleich ein Wunder geschieht oder mir etwas einfällt, dann stirbt sie in meinen Armen!* Er sah ihr tief in die Augen, als ob er darin einen Rettungsweg finden könnte. Und tatsächlich: Er sah plötzlich vor seinem inneren Auge ein Bild von sich und Elea entstehen, das ihre Rettung bedeutete. Mit dem Entstehen dieses Bildes verstand er auch sofort, warum er sie nur so retten konnte. Er nahm ihr Gesicht wieder zwischen seine Hände und drückte seinen Mund auf ihre geöffneten Lippen. Kaum berührten sich ihre Lippen, wurde er schockartig von einem gewaltigen Energiestrom erfasst, der ihn zusammen mit Elea rücklings zu Boden schleuderte. Eine unglaubliche Hitze durchdrang seinen Körper, die auch ihm den Schweiß aus allen Poren trieb. Der magische Strom, der aus Eleas Mund in seinen floss, ebbte nach und nach ab. Gleichzeitig lösten sich Eleas Verkrampfungen nach und nach. Er ließ ihr Gesicht los und tastete mit den Händen über ihren Körper, der wieder geschmeidig wurde. Dann griff er zu ihren Händen hoch, die den Schlangenring immer noch umklammert hielten. Vorsichtig versuchte er, die Finger davon zu lösen. Dies glückte ihm auch. Dass ihre Arme aber wie leblos auf seiner Brust liegen blieben, beunruhigte ihn. Ebenso bewegungslos ruhte ihr Körper auf seinem. Er wagte aber noch nicht, seinen Mund ihrem zu entziehen, da immer noch Energie durch ihn floss. Also begann er, ihren Körper erst zu streicheln und dann kräftig zu massieren, um sie aus der Bewusstlosigkeit zu holen. Nichts geschah. Elea regte sich immer noch nicht. Er überlegte fieberhaft, was er noch tun könnte. Plötzlich kam ihm ein Gedanke. Er schob zögerlich seine Zunge in ihre Mundhöhle. Er hoffte, sie vielleicht mit diesem ungewohnten Gefühl in ihrem Mund an die Oberfläche ihres Bewusstseins zurückholen zu können. Doch Elea reagierte noch immer nicht. Er begann, die Zunge nun schon etwas heftiger zu berühren. Dabei streifte er ihre Zunge. Diese zarte Berührung ließ ihren schlaffen Körper für einen Moment erbeben. *Dem Himmel sei Dank!* Er wollte gerade seine Zunge zurückziehen und langsam seine Lippen von ihren lösen, da passierte es, und zwar alles auf einmal. Während Eleas Zunge plötzlich die Bewegungen von Maéls Zunge immer stärker erwiderte, begann sich auch, ihr Körper wieder voller Leben an seinen anzuschmiegen. Eine Hand streichelte seine Brust, die andere seine Wange. Maél stöhnte auf. Diese Reaktion traf ihn so unvorbereitet, dass er dem unvermittelt in ihm aufsteigenden Verlangen nach ihr nachgab und instinktiv ihre Zärtlichkeiten erwiderte. Eine Hand grub sich in ihr Haar, die andere strich ihren Rücken entlang und wanderte bis zu ihrem Hinterteil. Doch dies genügte Maél nicht. Er wollte mehr von ihr. Er wollte ihre nackte Haut spüren. Mit einer Hand zerrte er ungeduldig an den Schnallen ihrer Lederjacke herum. Keiner war fähig, sich von den Lippen des anderen zu lösen. Eleas Zärtlichkeiten wurden auch immer fordernder. Wild rollten sie auf dem Stallboden hin und her. Als Maél wieder oben auf Elea lag, riss er urplötzlich ihre Hände von seinem Körper los und drückte sie neben ihrem Kopf auf den Boden. Dann erst entzog er ihr widerwillig seinen Mund. Sie stießen sich gegenseitig heißen, schnellen Atem ins Gesicht. Diesmal war es Elea, die das anhaltende Schweigen mit bebender Stimme brach. „Es tut mir leid. Ich weiß nicht, wie das passieren konnte. Ich spürte deine Zunge in meinem Mund und konnte nicht anders als..."

„Du kannst nichts dafür", unterbrach er sie immer noch schwer atmend. „Ich war in Panik, weil du wie tot in meinen Armen lagst. Nach dem gewaltigen Energiestrom, den du mir durch den Mund geschickt hast, dachte ich du bist verloren." Mit eindringlicher Stimme fuhr er fort. „Hast du mir eben dieses Bild, wie wir uns küssen, geschickt oder kam mir dieser Gedanke? Ich muss es wissen! Sag!" Elea schloss kurz die Augen und atmete tief durch. Dann öffnete sie sie wieder und antwortete zaghaft: „Ich denke,... ich war es. Aber ich habe es dir nicht absichtlich geschickt. Ich habe nur in dem Moment als du mir in die Augen gesehen hast daran gedacht. Ich weiß nicht warum. Ich dachte, ich sterbe. Der Energiestrom wurde immer gewaltiger und heißer. Er hat mich von innen fast erdrückt. Ich konnte ihn mit meinen Händen nicht an dich abgeben, wahrscheinlich weil ich den Schlangenring umklammerte. Aber an den Ring konnte ich diese Kraft auch nicht abgeben, weil er sie irgendwie blockierte. Ich konnte kaum atmen. Und dann,... urplötzlich... hatte ich uns beide küssend vor Augen."

„Elea, was bist du nur? Deine Gabe entfaltet sich immer mehr." Maél erhob sich abrupt und raufte sich wieder verunsichert sein Haar. Elea konnte nur ihren Oberkörper aufrichten. Sie war noch viel zu schwach in den Beinen. „Das war eben doppelt knapp!"

„Was meinst du damit?"

„Du wärst gestorben, wenn du mir nicht gedanklich dieses Bild geschickt hättest", antwortete Maél immer noch mit belegter Stimme. „Ja. Und warum doppelt?"

„Elea, hast du es nicht gemerkt? Es hat nicht mehr viel gefehlt und wir hätten uns hemmungslos die Kleider vom Leib gerissen. Von deiner Unberührtheit hättest du dich dann verabschieden können." Elea erhob sich schwankend, indem sie sich an der Wand abstützte. Ungehalten fuhr sie ihn an. „Immer wieder meine Unberührtheit! Wäre sie nicht, dann würden sich die meisten unserer Probleme in Luft auflösen. – Ich fange schon an zu bedauern, dass ich sie nicht längst Kellen in einem Anflug von Schwäche geschenkt habe, als er mich bedrängte. Dann müsstest du dich nicht ständig in deiner meisterhaften Selbstbeherrschung üben." Maél wandte sich wutschnaubend von ihr ab und rieb sich angespannt das Gesicht. Mit einem Schlag überrollte sie wieder diese bleierne Schwere, die sich wie eine Decke auf ihr Denken und ihren Körper niederlegte. „Maél, wieso streiten wir uns immer, wenn es um unsere Gefühle geht?

Und dabei will ich mich gar nicht streiten. Aber ich habe den Eindruck, dass meine Unberührtheit unserem Glück im Wege steht, während du dich an sie klammerst, als würde mein Leben davon abhängen", sprach sie in versöhnlichem Ton zu dem Mann. „Ich glaube, wir werden, was dieses leidliche Thema angeht, vorläufig keine Einigung finden. – Ich weiß gar nicht, was in letzter Zeit mit mir los ist. Ich bin auf einmal schon wieder so müde. Lass uns einfach schlafen, ja? Deswegen bin ich eigentlich auch gekommen. Ich wollte mit dir hier im Stall die Nacht verbringen, so wie wir es bisher immer unterwegs gemacht haben." Sie war gerade im Begriff, sich erschöpft auf die Knie niederzulassen, als Maél sich wieder zu ihr umdrehte. Er hatte offensichtlich auch wieder zu seiner Fassung gefunden und lächelte sie zustimmend an. Elea ließ ihren Blick suchend auf dem Boden umherschweifen. „Wo sind nur die Felle? Ich habe sie doch mitgebracht!" Er entdeckte sie, ebenso wie den Stein, der inzwischen zu leuchten aufgehört und sich abgekühlt hatte, unter dem überall herumliegenden Stroh, das sie bei ihrer leidenschaftlichen Umarmung überall auf dem Boden verteilt hatten. Er gab Elea wortlos den Stein und machte sich daran, ihr Nachtlager in der Nähe des Strohhaufens her zu richten. Elea knotete das auseinander gerissene Lederband zusammen und hängte sich den Stein wieder um den Hals. Ein Brennen ging von der Haut über ihrem Brustbein aus, aber das war ihr im Moment gleichgültig. Sie war viel zu erschöpft, um nachzusehen, was der Stein angerichtet hatte. Sie machte Anstalten, sich umständlich auf die Beine zu stellen, als Maél bereits über ihr stand und sie auf seine Arme nahm. Er trug sie zum Strohhaufen und legte sie behutsam auf ihren Umhang, auf dem sie sich gleich wohlig auf der Seite liegend einrollte und die Augen schloss. Maél hatte noch nicht ganz sein Schlaffell über sie beide gebreitet, da war das Mädchen bereits eingeschlafen. Er schmiegte sich eng an ihren Rücken und legte, wie gewohnt seinen Arm schützend um ihren Körper. Er war unfähig, noch irgendeinen klaren Gedanken zu fassen, nach den überwältigenden Erlebnissen dieser Nacht. Ihrem leisen, regelmäßigen Atem lauschend überließ er sich nur wenig später ebenfalls seinem lange verdienten Schlaf.

Kapitel 12

Elea kam langsam zu sich mit einem Geräusch in ihren Ohren, als würde sie direkt neben einem Bach liegen, der vor sich hin plätscherte. Sie konnte mit ihrer Hand jedoch deutlich Stoff fühlen und das, worauf sie lag, war nicht hart, sondern so angenehm weich, dass es sich genau ihrem Körper anpasste. Sie roch auch keinen feuchten Waldboden oder verbrannte Erde, wie es häufig der Fall war, wenn sie nahe am heruntergebrannten Lagerfeuer schlief. Was sie roch, war der aufregendste Duft dem sie jemals begegnet war. Sie glaubte, ihn bereits zu kennen. Aber jetzt - in diesem Moment - war er so intensiv wie noch nie, so überwältigend, als badete sie darin. Sie räkelte sich genussvoll seufzte lautstark. Mit einem Schlag hörte das vermeintliche Gluckern des Baches auf. An dessen Stelle trat ein lautes Poltern, dem sogleich ein Fluchen folgte. Elea schlug die Augen auf und musste sofort feststellen, dass sie sich gar nicht unter freiem Himmel an einem Bach befand, sondern in einem Bett, nur wenige Schritte von Maél entfernt, der in einer riesigen Wasserlache stand und sie vorwurfsvoll ansah. Eleas Blick blieb sehnsüchtig auf seinem nackten muskulösen Oberkörper haften, auf dem sich Wassertropfen seines nassen Haars perlten. „Musst du mich so erschrecken?!", beklagte er sich. „Ich habe geschlafen. Wie soll ich dich denn da erschrecken?", verteidigte sich Elea. „Du hast plötzlich so wollüstig geseufzt,... da dachte ich..." Elea war inzwischen beschwingt aus dem Bett gesprungen und hüpfte barfuß zu Maél in die Lache. „Was bedeutet wollüstig?", wollte sie neugierig wissen und blickte ihm unschuldig in sein blaues und schwarzes Auge. Maél sah sie entgeistert an und stöhnte laut auf. Aber auf ihre Frage wollte er offenbar nicht eingehen. Er drehte sich um und zog sich eilig an. „Hast du mich, während ich schlief, in die Herberge getragen?"

„Ja! Wer denn sonst?!", antwortete er mürrisch. „Ich werde dir frisches Wasser zum Waschen holen gehen." Elea hatte sich schon ihr Hemd und ihre Hose ausgezogen und stand nur in ihrer spärlichen Unterwäsche vor ihm, als er sich fertig angezogen wieder zu ihr umdrehte. „Das brauchst du nicht. Ich nehme dein Wasser. Es riecht so herrlich nach deiner Seife." Sie wollte sich gerade noch ihrer beiden letzten Kleidungsstücke entledigen, da hielt Maél ihr auch schon die Arme fest und zischte ihr in unfreundlichem Befehlston zu: „Warte damit, bis ich gegangen bin! – Wenn du mit dem Waschen und Anziehen fertig bist, dann komm hinunter in die Wirtsstube. Ich gehe schon mal Arok satteln. Jadora und die anderen scheinen auch schon wach zu sein. Nach dem Essen brechen wir auf."

„Und was ist mit Kyra? Darf ich mich von ihr und ihrer Familie noch verabschieden? Oder kannst du es nicht abwarten, bis wir unseren Weg nach Moray wieder aufgenommen haben?", wollte Elea empört wissen. „Meinetwegen. Aber fass dich kurz!" Darauf ergriff er mit finsterer Miene sein Gepäck und verließ Elea mit eiligen Schritten. *Ja! Ja! Verschwinde nur schnell, du Meister der Selbstbeherrschung!* Elea kämpfte gegen die aufsteigende Wut in ihr über Maéls schroffe, abweisende Haltung an. Sie hatte nicht die Absicht, sich in den wenigen, ihnen noch verbleibenden Tagen bis Moray mit ihm zu streiten. Sie wollte lieber sanft sein, in der Hoffnung, dass er sich nicht wieder vor ihr verschloss. Allein der Gedanke, dass in Moray alles zwischen ihnen vorbei sein sollte, ließ in ihrer Kehle einen Kloß heranwachsen, der so gewaltig war, dass sie ihn nur schwer hinunterschlucken konnte. Schwermütig zog sie sich ihr Unterhemd über den Kopf. Ihr Blick fiel auf den Stein und auf das, was darunter war: eine Brandblase, an deren Rand die Haut stark gerötet war und die in Form und Größe den Brandmalen auf Maéls Oberkörper nicht unähnlich war. Rasch wusch sie sich und trug etwas von Breannas Wundsalbe auf die verbrannte Haut. Nach dem Ankleiden packte sie ihren Rucksack und ging hinunter in die Wirtsstube, wo sie ihre Reisebegleiter schon kauend erwarteten. Kaum hatte sie sich zu ihnen an den Tisch gesetzt, da kam auch schon die Frau des Wirtes herbeigeeilt und fragte sie, was sie essen wollte. Elea lächelte ihr freundlich zu und bestellte Milch, Brot und Käse. Sie hatte die Worte noch nicht ganz ausgesprochen, da platzte es aus der Frau auch schon heraus. „Mädchen, was habt Ihr für grüne Augen! So ein strahlendes, sattes Grün habe ich noch nie gesehen. Diese Augen sind im ganzen Königreich sicherlich einzigartig!" Elea antwortete nichts darauf. Sie schenkte der Frau nur ein gequältes Lächeln, weil ihr die Angelegenheit peinlich war. Die anderen Gäste, die in ihrer Nähe saßen, sahen bereits neugierig in ihre Richtung und reckten den Hals, um einen Blick auf ihre Augen zu erhaschen.

Maél saß am anderen Ende des Tisches. Seine Stirnrunzeln wurden immer tiefer und länger. Er forderte die Wirtsfrau schroff auf, endlich Elea das Essen zu bringen. Sein Blick, mit dem er Elea kurz in die Augen sah, sprach Bände. Ihm machte es sichtlich schwer zu schaffen, wenn sich andere über ihre anmutige Erscheinung ausließen. Bisher waren sie auf ihrer Reise so gut wie keinen Menschen begegnet - außer Kyra und ihrer Familie, die sich sehr diskret und zurückhaltend verhalten haben, was diesen Punkt anbelangte. Maél wurde aber in der Wirtsstube schonungslos bewusst, dass sich das am Hofe von König Roghan schlagartig ändern würde. Allein die Vorstellung, wie die Männer sie dort gierig anstarren würden, brachte sein Blut zum Kochen.

Dass Elea bei Maél mitreiten würde, war für beide eine unausgesprochene Selbstverständlichkeit – trotz seiner üblen Laune am Morgen. Sie wartete bereits mit ihrem Rucksack bei Arok, als er zu ihr geschritten kam und sie mit einem intensiven Blick betrachtete, der in ihrem Bauch wieder einen Schwarm Schmetterlinge erwachen ließ. Nachdem er aufgestiegen war, reichte er ihr ohne zu zögern seine Hand.

Der kurze Ritt zu Kyra und ihrer Familie verlief genauso schweigsam wie schon das Frühstück in der Herberge. Dort angekommen ließ sich Elea sofort von Arok hintergleiten, während Maél sich, wie von dem Mädchen erwartet, nicht von der Stelle rührte. Dafür stieg Jadora ab. Er wollte es sich nicht entgehen lassen, sich zusammen mit ihr von der gastfreundlichen Familie zu verabschieden. Seitdem sie den Marktplatz verlassen hatten, wo sie sich noch mit Reiseproviant eingedeckt hatten, steckte in ihrem Hals ein Kloß. Irgendwie hatte sie das Gefühl, sie würde sich von ihrer eigenen

Familie verabschieden, von der sie sich an dem schicksalhaften Tag, an dem ihre Bestimmung ihren Anfang genommen hatte, nicht hatte verabschieden können. Kyra liefen dicke Tränen die Wangen hinunter, als sie die junge Frau innig in den Armen hielt. Auch Elea musste mit den Tränen kämpfen, vor allem als Femi sie umarmte und zu ihr sagte: „Du wirst immer unsere große Elea sein, die unsere kleine Elea in die Welt geholt hat. Wir werden immer an dich denken." Auf die zaghafte Frage Kyras hin, ob sie sich denn irgendwann mal wiedersehen würden, antwortete Elea mit belegter Stimme, dass sie es nicht glaube und dass sie sie alle in ihrem Herzen behalten und nie vergessen würde. Kyra gab ihr noch zwei Bündel. In einem war Kuchen vom Vortag und in dem größeren hatte sie ihr zwei warme Hemden und eine warme Hose eingepackt.

Elea winkte ihnen vom Sattel aus so lange zu, bis sie sie von der Senke aus nicht mehr sehen konnte. Mit einem Mal konnte sie ihre Tränen nicht länger zurückhalten. Sie fragte sich plötzlich immer wieder, was an jenem Morgen in Albins Haus geschehen sein musste, nachdem sie ohnmächtig in Maéls Armen zusammengebrochen war. Wie hatte ihre Familie wohl reagiert, als er sie ihnen gewaltsam wegnahm? Elea konnte nicht sprechen und nicht aufhören zu weinen. Maél spürte ihren Kummer und versuchte sie zu trösten, indem er ihre Hände, die auf seinem Bauch ruhten, mit seiner freien Hand festhielt. So ritten sie eine ganze Zeit lang, bis Elea zu ihrer Fassung wieder zurückgefunden hatte.

Nachdem die Tagesmitte längst überschritten war, fasste Maél sich endlich ein Herz und brach das lange Schweigen. „Elea, geht es dir besser? Warum hat dich der Abschied von Kyra und ihrer Familie so mitgenommen? Du kennst sie doch kaum."

„Sie haben mich die zwei Tage, die ich bei ihnen war wie ein Familienmitglied in ihrer Mitte aufgenommen und mich so an meine Familie erinnert. Ich musste plötzlich daran denken, dass Breanna und Albin und die Kinder überhaupt nicht die Möglichkeit hatten, sich von mir zu verabschieden, weil du..."

Elea hielt jäh inne. Beiden war klar, dass Maél für die dramatische Trennung verantwortlich war. Jetzt aber, da sie ihn und die Hintergründe kennengelernt hatte, warum er so geworden war, wie er war, konnte und wollte sie ihm daraus jedoch keinen Vorwurf mehr machen. Maél konnte im ersten Moment nicht sprechen und musste warten, bis sich seine zugeschnürte Kehle wieder etwas geweitet hatte. „Du kannst es ruhig aussprechen, Elea. Ich war so brutal und hartherzig und habe dich erst verletzt und dann gedemütigt, sodass du vor lauter Kummer und Schmerz ohnmächtig wurdest, woraufhin ich dich einfach so bewusstlos mitgenommen habe, ohne dass du dich von deiner Familie verabschieden konntest. – Es tut mir unendlich leid, dass ich dir das angetan habe. Ich hasse mich dafür. Mein Verhalten von damals erscheint mir jetzt so grauenvoll... Ich kann überhaupt nicht mehr nachvollziehen, wie ich dir jemals so wehtun konnte." Maél brachte Arok zum Stehen, da Eleas Körper erneut von lauten Schluchzern erschüttert wurde. Als Jadora und seine Männer das Paar erreichten, schnauzte er Maél sofort an: „Was hast du ihr jetzt schon wieder angetan, dass sie so weinen muss?!"

„Gar nichts, Jadora", sagte er in schuldbewusstem Ton. „Reitet einfach noch ein Stück weiter! Vielleicht bis zu den Büschen da vorne. Wartet dort auf uns! Ich bleibe mit ihr hier, bis sie sich wieder beruhigt hat." Jadora sah ihn nur skeptisch an, erwiderte jedoch nichts und tat, wie ihm geheißen. Maél sprang von Arok runter, half Elea beim Absteigen und hielt sie anschließend fest umschlungen.

Die junge Frau befand sich in einem Zustand, den sie bisher noch nie erlebt hatte. Ihre Gefühlswelt stand Kopf. Nach Maéls reuevollen Worten spürte sie zum ersten Mal in ihrem Innersten wie stark ihre Liebe zu ihm war. Diese intensive Empfindung hätte eigentlich wieder dazu führen müssen, dass sich eine gewaltige Menge ihrer Magie in ihr hätte aufbauen müssen, was aber nicht geschah. Stattdessen brach sie in Tränen aus, die einfach nicht versiegen wollten. Sie wusste auch, was die Ursache dafür war. Mit der Erkenntnis, dass sie Maél liebte, wurde ihr gleichzeitig auch bewusst, dass ihre Liebe im Grunde gar keine Zukunft hatte, da sich jeder in einer ausweglosen Lage befand: Maél war Darrach hilflos ausgeliefert. Er war nichts anderes als seine Marionette, das Werkzeug der bösen Seite. Ihr Schicksal hingegen war durch die Prophezeiung vorbestimmt. Sie musste ihrer Bestimmung folgen und das Menschenvolk retten. Sie war also letztendlich das Werkzeug der guten Seite. Alle diese Erkenntnisse lösten in ihr eine unsägliche Traurigkeit aus, die im Widerstreit zur Glückseligkeit über ihre Liebe stand. An Maéls Liebe zweifelte sie nicht im Geringsten. Er hatte sie ihr gestanden. Und darüber hinaus hatte sie sie eben aus seinen Worten herausgehört, aber nicht nur sie, sondern auch seine Traurigkeit über das Geschehene und über das, was noch vor ihnen lag. Dies legte nahe, dass das Empfinden von schlechten Gefühlen das Erschaffen ihrer magischen Energie aus schönen Gefühlen blockierte.

Elea konnte sich einfach nicht beruhigen. Also ließ sich Maél kurzerhand mit ihr auf dem Boden nieder und wiegte sie wie ein Kind in seinem Schoß. Er spürte, dass mit ihrer *magischen* Gefühlswelt – so nannte er sie insgeheim – etwas nicht stimmte. Er konnte sich aber keinen Reim darauf machen, was es genau war. Er wollte einfach für sie da sein. Sie sollte seine Nähe spüren und sich von ihm beschützt fühlen. Nach einer ganzen Weile – er hatte zuschauen können, wie Jadora und seine Krieger bereits das Nachtlager vorbereitet hatten -, entspannte sich Eleas Körper und ihre Atmung nahm einen ruhigen und gleichmäßigen Rhythmus an. Sie war eingeschlafen. Während er mit ihr so dasaß, ließ er die Geschehnisse, auf der bisherigen Reise Revue passieren. Dabei fielen ihm ihre plötzlichen Erschöpfungszustände oder sogar Ohnmachtsanfälle auf, die meist dann aufgetreten waren, nachdem sie ihm einen Energiestoß geschickt hatte oder außergewöhnlich starken Gefühlen ausgesetzt war. Er mutmaßte, dass ihre Gefühlswelt und die daraus entstehenden magischen Kräfte so stark von ihrem Geist und Körper Besitz nahmen, dass der tiefe Schlaf oder die Bewusstlosigkeit, in die sie jedes Mal sank, wohl einen Schutzmechanismus darstellten, durch den sich ihr Körper wieder erholen konnte. Er musste unwillkürlich an ihre erste Ohnmacht denken, in Albins Haus. Zu diesem Zeitpunkt war ihre Gefühlswelt wahrscheinlich zum ersten Mal in ihrem Leben aus den Fugen geraten: erst die niederschmetternde Offenbarung ihrer Bestimmung, dann ihre Flucht vor ihm und nicht zuletzt seine Misshandlungen und Demütigungen.

Auf Dauer wurde ihm das Sitzen ohne die Möglichkeit, sich anzulehnen, unbequem. Also begab er sich mit ihr auf den Armen zum Lager. Arok folgte ihnen auf ein Wort von Maél hin. Jadora kam sofort mit besorgtem Gesicht auf ihn zu gelaufen. „Wir haben schon mal das Nachtlager hergerichtet. Ich dachte mir schon, dass wir mit ihr in diesem Zustand nicht weiterreiten können. Was ist nur mit ihr? So habe ich sie noch nie erlebt!"

„Ich weiß auch nicht. Sie ist vor Aufregung und Erschöpfung einfach wieder eingeschlafen."

„Ja. Und wenn sie später aufwacht, dann ist sie wieder das blühende Leben. Kommt dir das nicht seltsam vor?"

„Ja. Normal ist es sicherlich nicht. Aber was ist bei ihr schon normal?!... Ich glaube, ich habe eine Erklärung dafür gefunden." Maél blieb etwas abseits vom Lagerfeuer stehen. Jadora hatte ihn begleitet und sah ihn erwartungsvoll an. „Bring mir unsere Felle! Ich werde sie hier etwas abseits von uns hinlegen, damit sie in Ruhe schlafen kann."

„So tief, wie sie schläft, würde sie nicht mal ein Gewitter wecken, auch wenn es direkt über ihr wäre." Mit diesem Kommentar begab sich der Hauptmann zu Arok, um die Felle zu holen. Anschließend breitete er Eleas Umhang auf dem Boden aus. Der Hauptmann kam wieder einmal aus dem Staunen nicht heraus, als er sah, mit welcher Behutsamkeit und Zärtlichkeit er die schlafende Frau auf dem Fell bettete. Ihm entging auch nicht, dass der jüngere Mann sich nur widerwillig von ihr trennte, um sich mit ihm ans Lagerfeuer zu setzen. „Wenn das Wetter mitspielt, werden wir in sieben, spätestens acht Tagen in Moray sein", sagte Maél wie zu sich selbst. Er atmete tief ein und stieß die Luft wieder laut aus. Jadora studierte eingehend sein Gesicht. „Was ist, Jadora, was starrst du mich so an?"

„Ich hätte es niemals für möglich gehalten, dich einmal leiden zu sehen, wie ein Hund, und das wegen einer Frau. – Wie hat sie das nur geschafft, aus dir einen so empfindsamen und zärtlichen Mann zu machen – zumindest ihr gegenüber? Und dass deine Wandlung von jetzt auf nachher vor sich ging, ist mindestens genauso erstaunlich." Jadora machte eine Pause, um zu sehen, ob Maél auf seine Worte reagieren wollte. Dieser rieb sich jedoch nur kräftig mit seinen Händen das Gesicht und begann sich anschließend die Haare zu raufen. Als Jadora merkte, dass Maél nicht die Absicht hatte, etwas zu erwidern, fuhr er fort. „Und deine Selbstbeherrschung angesichts ihres Liebreizes ist beispiellos. Wenn ich an deiner Stelle wäre, könnte ich mich sicherlich nicht zurückhalten – Befehl hin oder her. Genau genommen, kenne ich keinen Mann, der das könnte. Nein. Ich muss mich korrigieren. Einen ehrenhaften Mann gibt es, der es könnte: Prinz Finlay." *Finlay! Der hat mir gerade noch gefehlt!* „Jadora, du hast gar keine Vorstellung, was für eine Anstrengung mich meine Zurückhaltung schon gekostet hat, und von Zeit zu Zeit immer noch kostet." Der Hauptmann musste daraufhin leise lachen.

„Ja, ja, ich weiß genau, was du meinst. Es ist etwas ganz anderes, eine Frau zu begehren, die man auch liebt. Und lieben tust du sie, das sieht ein Blinder. – Ich bin gespannt, wie du in Moray die Rolle des kaltherzigen und skrupellosen Menschenjägers ihr gegenüber vor den anderen spielen wirst", gab Jadora schmunzelnd zu bedenken. „Das ist meine geringste Sorge. Diese Rolle werde ich wohl ohne Schwierigkeiten spielen können. Dazu muss ich nur Darrach ins Gesicht sehen." Jadora stand auf und ging einen Laib Brot aus seiner Satteltasche holen, den er mit Maél teilte. „Jetzt erzähl schon! Ich bin neugierig auf deine Erklärung für Eleas ständigen Erschöpfungszustände." Maél drehte sich zu Elea um, die etwa zehn Schritte von ihm entfernt lag und deren leises Atmen er aus dieser Entfernung hören konnte. Er zögerte noch, denn er wusste nicht, ob er Jadora tatsächlich von Eleas Gaben erzählen sollte. Allerdings, wenn es jemand gab, dem er vertrauen konnte, dann war es der Hauptmann, der ihn offensichtlich trotz seiner ständigen Unfreundlichkeit dennoch mochte - warum auch immer. Dass Elea eine Drachenreiterin war, hatte sie ihm ja bereits selbst erzählt. Maél sah Jadora mit durchdringendem Blick in die Augen. Dieser bemerkte seine Skepsis. „Komm schon, Maél! Du kannst mir vertrauen. Ich weiß nicht, was noch bedeutsamer und heikler sein kann als deine Liebe zu dem Mädchen", ermutigte er Maél. Maél atmete tief durch und begann zu sprechen. „Na schön! Elea hat gewisse Gaben... Ich weiß nicht, wie viele, ob sie irgendwie miteinander verbunden sind oder ob sie etwas mit ihrer Bestimmung, als Drachenreiterin die Welt zu retten, zu tun haben. Ich habe zwei mit eigenen Augen gesehen beziehungsweise am eigenen Leib gespürt." Maél erzählte Jadora von den Fischen, die als Barriere das Absinken Eleas im See verhinderten, sodass er sie retten konnte. Er erzählte von ihrer Fähigkeit, sich mit Tieren zu verständigen. Schließlich sprach er von den warmen Wellen und heißen Strömen, die sie aus schönen Gefühlen in ihrem Innern schöpfen konnte und ihm geschickt hatte. Er offenbarte dem Hauptmann mehr als er eigentlich vorhatte, aber irgendwie tat es ihm gut mit jemandem über die bedeutungsvollen Begabungen zu sprechen, die in dieser zarten, jungen Frau steckten. Jadora hörte ihm stumm mit wachsendem Staunen zu. Er wagte es nicht, Maél zwischendurch Fragen zu stellen, da er befürchtete, dass dieser in seinem Redefluss sonst gestört wurde und nicht weiter erzählen würde.

Während Maéls Erzählungen vertrieben sich die fünf übrigen Krieger die Zeit mit Würfeln. Dabei rauchten sie wieder einmal ihre Gemeinschaftspfeife. Der Abend dämmerte schon, als Jadora sich endlich traute, Maél anzusprechen, nachdem dieser bereits seit einer Weile schwieg. „Und ihr Gefühlsausbruch von vorhin, wie erklärst du dir diesen?"

„Der Abschied von Kyra und ihrer Familie hat sie schon etwas mitgenommen. Aber da muss noch etwas anderes sein, von dem ich nicht weiß, was es ist. Eine magische Energiewelle habe ich diesmal jedenfalls nicht auf mich einwirken gespürt. – Jadora, diese beiden Gaben hatte sie schon als dreizehnjähriges Mädchen, jedoch viel schwächer ausgeprägt und nicht mit den tiefgreifenden Konsequenzen, wie ihre plötzlichen Ohnmachtsanfälle. Erst seitdem sie mit uns unterwegs ist, sind ihre Gaben so stark geworden."

„Vielleicht solltest du eher sagen, seitdem sie mit dir unterwegs ist!", gab Jadora zu bedenken. „Was willst du damit sagen?", erwiderte Maél in alarmiertem Tonfall. „Das liegt doch auf der Hand. Du hast gesagt, sie könne diese Energie aus schönen Gefühlen schöpfen. Was ist deiner Meinung das stärkste schöne Gefühl?", fragte ihn Jadora schulmeisterlich. Maél musste nicht nachdenken. Ihm viel es urplötzlich wie Schuppen von den Augen. „Liebe! - Wieso bin ich nicht schon längst selbst darauf gekommen?! Je stärker ihre Liebe zu mir wurde, desto größer wurde ihre Fähigkeit daraus diese magische Energie aufzubauen." Maél rieb sich vor Nervosität abwechselnd die Nasenwurzel und raufte sich die Haare. „Nachdem du mir das mit den Gefühlen erzählt hast, wundert es mich nicht, dass sie sich auch so gut in die Gefühle anderer zu versetzen versteht."

„Das trifft aber nicht auf alle Gefühle zu. Sie hat große Probleme, sich in die körperlichen Empfindungen eines Mannes hinein zu versetzen, wenn dieser weiblichen Reizen permanent ausgesetzt ist", sagte Maél in zugleich leidendem und anklagendem Ton. Jadora musste daraufhin erneut lachen. „Oh ja. Das kann man wohl sagen! Das liegt zweifelsohne daran, dass sie den Umgang mit Männern nicht gewohnt ist, so behütet und isoliert wie sie aufgewachsen ist." Wie mit sich selbst redend, fügte Maél noch hinzu: „Dazu kommt, dass sie bis vor kurzem nicht um ihre Schönheit wusste und sich entsprechend ungezwungen verhalten hat. Und jetzt, wo sie es weiß, schert sie sich nicht drum. Sie verhält sich weiterhin so ungehemmt wie zuvor." Maél hatte plötzlich das Gefühl, sich genug Jadora geöffnet zu haben. Er hatte keine Lust mehr zu reden und erst recht nicht, sich seine tiefsinnigen Spekulationen über die Liebe und das körperliche Verlangen anzuhören, wohin ihn das zuletzt angeschnittene Thema aller Wahrscheinlichkeit hinführen würde. Ihn zog es viel mehr zu dem warmen Körper der Frau, die er liebte, aber nicht lieben durfte. Er wünschte dem Hauptmann abrupt eine gute Nacht und legte sich zu Elea unter das Schlaffell. Sie schlief immer noch tief und fest, als er sich an ihren Rücken schmiegte und sie mit seinem Arm umschlang. Nach nur einer kurzen Weile rührte sie sich, weil sie eine bequemere Position suchte, die sie auch schnell fand. Sie drehte sich zu Maél um, der sich auf den Rücken zurückrollen hatte lassen - in gespannter Erwartung dessen, was passieren würde. Es geschah genau das, was er befürchtet und zugleich herbeigesehnt hatte: Sie schmiegte sich halb auf seiner Brust liegend an ihn mit dem Gesicht in seiner Halsbeuge, sodass Maél jeden ihrer Atemzüge warm auf seiner Haut spüren konnte. *Wie soll ich so nur einschlafen können?!* Er legte beide Arme um sie und drückte sie noch fester an sich. In den wenigen Nächte, die ihm noch blieben, wollte er ihrem Körper so nah wie möglich sein, so als wären ihre beiden Körper zu einem verschmolzen.

Kapitel 13

Elea erwachte am nächsten Tag das erste Mal, seit sie mit den Kriegern unterwegs war, ohne zu wissen, wo sie war, bei wem sie war und was geschehen war. Sie war im ersten Moment völlig orientierungslos. Das Einzige, was sie mit Eindeutigkeit feststellen konnte, war, dass sich bereits in östlicher Richtung ein schmaler heller Streifen am Horizont abzeichnete, dass um sie herum ein paar Schatten von blattlosen Büschen zu erkennen waren und dass in ihrer Nähe sich schnarchende Menschen aufhielten. Sie hob ihren Oberkörper, um ihre Umgebung noch besser in Augenschein nehmen zu können. Vor Schreck zuckte sie zusammen, als sie nur wenige Schritte von ihr entfernt eine sitzende, schemenhafte Gestalt ausmachte. Sofort erklang eine vertraute Stimme, sodass sie einen Aufschrei gerade noch unterdrücken konnte. „Ich dachte schon, du wachst überhaupt nicht mehr auf. Ich habe mir schon Sorgen gemacht. Dein Gefühlsausbruch von gestern war beängstigend", stellte Maél fest. Er saß lässig an einen Stein angelehnt und spielte mit seinem Messer. Elea erhob sich leichtfüßig, ohne den geringsten Hauch von Schwäche zu zeigen, und ging immer noch in Maéls Fell eingepackt zu ihm. Bevor sie es sich in ihrer ungenierten Art auf seinem Schoß bequem machte, schaffte er es gerade noch rechtzeitig sein Messer in seinen Stiefel zu stecken, ohne dass sie sich daran verletzte. *Warum kann sie sich nicht einfach neben mich setzen? Ständig stellt sie mich auf die Probe.*

Mit Maéls warmen Körper an ihren gepresst wurden allmählich die Erinnerungen an die Geschehnisse des Vortages wieder wach. Elea konnte sich nicht durchringen, auf Maéls Äußerung etwas zu erwidern. Die Traurigkeit über ihre scheinbar unentrinnbaren Schicksale und über ihre Liebe ohne Zukunft begann, in ihr wieder aufzusteigen. Er spürte, wie sich ihr Körper in seinen Armen versteifte. Deshalb begann er zu reden, um sie von ihrem Kummer abzulenken. „Elea, ich glaube, ich weiß jetzt, warum deine Gabe mit dieser magischen Kraft aus Gefühlen in den letzten drei Wochen so stark geworden ist. Jadora hat mich drauf gebracht."

„Du hast mit Jadora über meine Gaben gesprochen?! Meinst du, dass das klug war?", wollte Elea erschrocken wissen. „Er weiß schon von unserer Liebe und von deiner Bestimmung. Das Lüften von ein paar weiteren deiner Geheimnisse machen da, glaube ich, keinen Unterschied mehr."

„Und? Zu welcher Erkenntnis bist du gekommen?", fragte sie ängstlich.

„Ich bin der Grund."

„Du? Wieso du?"

„Erkennst du es nicht selbst? Seitdem wir zusammen auf der Reise nach Moray sind, bist du in der Lage, aus deinen Gefühlen mächtige Energieströme aufzubauen. Aus welchen schönen Gefühlen hast du diese Ströme geschöpft, die du Kellen gesandt hattest?"

„Eigentlich nur aus glücklichen und freudvollen Erlebnissen mit meiner Familie. Vor allem das Glück, das ich empfand, als Kaitlyn geboren wurde, war mir dabei immer sehr hilfreich."

„Und welches schöne Gefühl ist in den letzten Wochen neu zu deiner Gefühlswelt hinzugekommen?"

Elea löste sich abrupt etwas von ihm, um seine Augen sehen zu können. „Meine Liebe zu dir. Das ist mir schon aufgefallen, nachdem ich im Wald nach deiner Rückwandlung zum ersten Mal eine warme Woge auf dich hatte einwirken lassen. Im Nachhinein erkannte ich, dass ich die meiste Wärme aus Bildern in meinem Kopf geschöpft hatte, in denen ich mit dir zusammen war. Aber ich habe darin keinen tieferen Sinn gesehen."

„Doch. Den hat es offensichtlich. Je größer deine Liebe zu mir wurde, desto stärker und vielfältiger wurde deine Gabe. Dein Unterbewusstsein hat im See nach Hilfe gerufen und prompt waren die Fische zur Stelle. Oder im Stall, als du mir das rettende Bild von uns beiden, wie wir uns küssen, gedanklich geschickt hast. Ist dir in all den Jahren, bevor wir uns kennengelernt haben, jemals so etwas passiert? Bist du jemals plötzlich, von jetzt auf nachher, von einer überwältigenden Müdigkeit überfallen worden oder sogar ohnmächtig geworden?", fragte Maél in immer bedrängenderem Ton.

„Nein, nein. Aber ich war ja auch noch nie in meinem Leben in derartigen Situationen, wie ich es jetzt bin."

„Ich bin mir sicher, dass sich deine Gabe durch mich erst weiter entwickelt hat, dass neue zum Vorschein gekommen sind und vor allem, dass welche noch in dir schlummern oder die schon zutage getreten sind, du sie aber nicht als solche erkannt hast. – Und deine ständigen Erschöpfungszustände oder Ohnmachtsanfälle rühren von den geistigen und körperlichen Anstrengungen her, wenn du starken Gefühlen ausgesetzt bist oder wenn du bewusst mit ihrer Hilfe deine Gabe einsetzt." Er schob sie ungestüm von seinem Schoß und erhob sich ruckartig. Schweigend begann er, nervös hin und her zu laufen. Elea beobachtete ihn dabei eine Zeit lang. Sie dachte über seine Worte nach. Plötzlich hatte sie einen irrwitzigen Einfall, einen Einfall, der für ihre Liebe möglicherweise einen Hoffnungsschimmer bedeutete. Sie sprang ebenfalls auf und stellte sich dem Mann in den Weg.

„Maél, das, was du über meine Gabe gesagt hast, dass sie sich durch dich weiterentwickelt hat, dass neue hinzugekommen sind und dass vielleicht noch welche in mir schlummern, das ist doch gut, oder etwa nicht? - Bitte rege dich jetzt nicht gleich wieder auf! Aber vielleicht werden sie so stark sein, dass ich Darrachs Bann über dich brechen kann?" Zu Eleas Überraschung reagierte Maél ganz und gar nicht wie damals in der Höhle, als sie vorschlug, Darrach zu töten. Er hielt sie an den Schultern fest und sagte mit ruhiger Stimme: „Daran denke ich auch schon die ganze Zeit, Elea. Ich wüsste aber zu gerne, weshalb du über solche Gaben verfügst oder woher du stammst! Aber eines steht fest: Du brauchst jemand, der dir lehrt, mit ihnen kontrolliert umzugehen. Und da kommt in unserer gegenwärtigen Lage nur ein Wesen in Frage: dein Drache."

Inzwischen war es fast Tag und die Krieger schälten sich nach und nach aus ihren Fellen. Bei Maéls letztem Wort begann Elea triumphierend zu lächeln. „Ich weiß auch schon in etwa, wo und wie ich ihn finden werde."

„Was willst du damit sagen?", fragte Maél ungläubig. „In der Nacht nach Eleas Geburt, hatte ich einen Traum. Nein, es war vielmehr eine Vision. Darin habe ich genau gesehen, wie ich den Drachen gefunden habe. Ich habe ihn so deutlich vor mir gesehen, so wie ich dich jetzt vor mir stehen sehe." Maél war im ersten Moment sprachlos. *Jetzt kann sie auch schon in die Zukunft sehen!*

Elea schilderte ihm den Traum. Der Mann hörte ihr wie gebannt zu. Ihrer Vermutung, dass der Drache sich im Akrachón befinden müsse, pflichtete er stirnrunzelnd bei. Dass der Drache ihren Namen kannte, ließ ihn allerdings aufhorchen. Er musste an die schrecklichen Erlebnisse im Sumpf denken, als die unheimliche Gestalt seinen Namen rief. Er hatte sich mit diesem rätselhaften und zugleich erschreckenden Umstand gar nicht weiter auseinandergesetzt, weil sich sein ganzes Denken nur um Elea drehte. Nach einer kurzen Pause sagte er in eindringlichem Ton: „Elea, du darfst Roghan und vor allem Darrach nichts davon erzählen. Du wirst erst einmal behaupten, du hättest keine Ahnung, wo der Drache sich aufhält und wie man ihn findet. Dann gewinnen wir erst einmal Zeit. Ich weiß nicht, wie lange ich brauchen werde, bis ich herausgefunden habe, was es mit deiner Unberührtheit auf sich hat. Zudem wissen wir noch gar nicht, was Roghan letztendlich von dir erwartet." Maél hatte wieder begonnen, auf und ab zu gehen, und redete einfach weiter, ohne von der jungen Frau Notiz zu nehmen. Er redete offensichtlich, wie zu sich selbst. „Mit einem Problem wird er auf jeden Fall konfrontiert werden: Der Winter steht vor der Tür. Der Akrachón ist selbst in wärmeren Jahreszeiten kaum begehbar. Dank deines Traumes wissen wir zwar, dass wir mit Hilfe deines Steines eine riesige Fläche finden werden und wie wir den Stab einsetzen müssen, um den Eingang zur Drachenhöhle zu finden. Bei Schnee und Kälte ist es aber fast unmöglich, sich dort längere Zeit aufzuhalten, vor allem in den höheren Lagen." Jadora hatte sich mittlerweile auch zu ihnen gesellt und hatte die ganze Zeit Maéls laut geäußerten Gedankengang neugierig gelauscht. Als dieser kurz innehielt, nutzte er die Gelegenheit und mischte sich ein. „Aha. Ihr wisst also inzwischen, wie ihr Eleas Drachen finden könnt. Wie denn das?" Maél nahm erst jetzt von Jadora Notiz und bedachte ihn mit einem mürrischen Blick. „Jadora, wir brechen sofort auf. Sag das deinen Männern!" Daraufhin packte er seine und Eleas Sachen, ließ die beiden wortlos zurück und steuerte auf Arok zu. Elea erzählte dem Hauptmann von ihrem Traum, während sie noch genüsslich und gutgelaunt eine ihrer Waffeln verspeiste.

Allein bei seinem Pferd gab sich Maél seinen ganz persönlichen, problembehafteten Gedanken hin. Er glaubte in Wirklichkeit nicht daran, dass es jemals jemand gelingen würde, ihn von Darrachs Bann zu befreien, geschweige denn, ihn unschädlich zu machen. Er wollte jedoch Eleas Gefühlsaufruhr besänftigen, indem er Zuversicht und Optimismus vermittelte. Immerhin hatten ihn aber seine Erkenntnisse zu der Gewissheit geführt, dass es der einzig richtige Weg war, Elea mit dem Drachen zusammenzubringen, so wie es ihre Bestimmung vorsah. Er würde ihr sicherlich bei der Beherrschung ihrer Gabe weiterhelfen können und vielleicht sogar Kenntnisse von ihrer wahren Herkunft haben. Genügend äußerliche Hinweise darauf gab es ja. Für ihn zählte nur, Elea vor Roghan und Darrach und - irgendwann später vielleicht - vor ihm selbst in Sicherheit zu bringen. Er wusste, dass er sich in der kommenden Woche mit mehreren Problemen gleichzeitig auseinandersetzen musste. Darrach durfte nie erfahren, dass er durch Elea in der Lage war, andere Gefühle als Hass und Verachtung zu empfinden. Ebenso durfte der Zauberer nie zu der Erkenntnis gelangen, dass sie über übernatürliche Fähigkeiten verfügte. Und zu guter Letzt blieb noch die zu klärende Frage, warum Elea unbedingt unberührt sein musste.

Am frühen Nachmittag ließ Maél für eine kurze Rast anhalten. Wenig später fing es zu regnen an. Elea zog ihre Lederkapuze über ihr Kopftuch. Sie hätte auch gerne noch ihren Umhang umgelegt, aber Maél verbot es ihr in seinem typischen Befehlston, da sie ihn im trockenen Zustand zum Schlafen benötigten.

Die abendliche Dunkelheit begann schon, über die acht Menschen hereinzubrechen, als Maél und Jadora endlich einen geeigneten Lagerplatz fanden. Sie hatten eine kleine Baumgruppe mit einer großen Tanne entdeckt, deren dichtes Nadelgeäst halbwegs trockene Schlafplätze bot. Zur Freude von Elea und zum Bedauern der Krieger entfiel jedoch das abendliche Festmahl aus frisch erlegten Gänsen mangels genügend trockenen Holzes. Die Männer mussten sich also wohl oder übel mit Brot begnügen, während Elea sich noch genüsslich ihrem Vorrat an Waffeln hingab. Alle saßen eng aneinandergedrängt unter der Tanne, um nicht noch nasser zu werden. Die Krieger waren an jenem Abend genauso still wie Maél schon den ganzen Tag, was Elea aber nicht sonderlich beunruhigte. Sie schob seine Schweigsamkeit darauf zurück, dass er sich mit dem beschäftigte, was sie in Moray erwartete und wie er Darrach überlisten könnte. Plötzlich durchbrach Jadora die Stille, während er zu dem schwarzen Nachthimmel empor sah. „Bei solch einem Wetter sollte eine junge Frau nicht die Nacht im Freien verbringen. Du hättest meinen Rat befolgen und zumindest ein Zelt damals mitnehmen sollen, als wir noch in Moray waren. Wenn sie Fieber bekommt, dann ist es deine Schuld", sagte der Hauptmann vorwurfsvoll. Zu Elea gewandt, forderte er sie auf, ihn ihre Hände fühlen zu lassen. „Ich wusste es! Sie sind schon wieder eiskalt! Und was gedenkst du dagegen zu unternehmen. Wir sind alle ausgefroren und unsere Kleider sind mehr nass als trocken."

„Ich werde das tun, Jadora, was ich schon die ganze Reise über gemacht habe. Ich werde sie wärmen, was denn sonst", erwiderte Maél unwirsch. „Ja, dann viel Glück! Die Schlaffelle sind ebenfalls kaum zu gebrauchen." Maél ignorierte den letzten Kommentar des Hauptmannes. Er sah zu Elea hinüber, die ihm ein schelmisches Lächeln schenkte. Er spürte, dass sie denselben Gedanken hatte. Auch er musste lächeln, als er das Bild vor Augen hatte, wie Elea in klatschnassen Kleidern und vor Kälte zitternd in der Höhle im Sumpf vor ihm stand. Dort gelang es ihm, sie allein durch seinen nackten Körper ohne Feuer und trockener Kleidung zu wärmen. Dann würde es ihm unter den gegenwärtigen Umständen erst recht glücken.

Maél bereitete das Nachtlager vor, während Elea sich ein verstecktes Plätzchen im Unterholz suchte. Auf dem Weg zurück zur Tanne war es dann soweit: Elea begann, erbärmlich zu frieren. Selbst die unterste Kleidungsschicht von den dreien, die sie direkt auf der Haut trug, klebte klamm und eisigkalt an ihrem Körper. Sie kam zitternd bei Maél an, der abseits von den Kriegern auf der anderen Seite der Tanne ihren Schlafplatz vorbereitet hatte. Die Männer hatten sich bereits in ihre Schlaffelle eingewickelt und so eng nebeneinander gelegt, dass sie sich gegenseitig wärmen konnten. Elea blieb sich mit den Armen umschlingend und mit den Händen auf ihrem Oberkörper klopfend vor Maél stehen. Es fehlte gerade noch, dass sie wieder vor ihm auf der Stelle herumhüpfte. „Zieh die nassen Kleider aus! Ich habe dir trockene Sachen bereits aus deinem Rucksack geholt. Ich ziehe mich auch um." Elea konnte es sich nicht verkneifen, jetzt am Ende des langen schweigsamen Tages eine spitze Bemerkung auf Maéls Befehl hin zu erwidern. „Ja, Vater!" Maél hielt inne und sah sie prüfend an. „Du brauchst mich gar nicht so unschuldig anzusehen. Seitdem wir heute Morgen aufgestanden sind, gibst du mir ständig Anweisungen, als wäre ich ein unmündiges Kind. Jetzt soll ich mich hier vor allen ausziehen, als wäre es etwas völlig Normales", sagte sie vorwurfsvoll, aber mit scherzhaftem Unterton. „Tut mir leid. Du kennst mich doch. Ich liebe es, Befehle zu geben. Es ist aber alles nur zu deinem Besten. – Und was das Ausziehen anbelangt, ist es viel zu dunkel, als dass die Männer sich an deiner Blöße ergötzen könnten", konterte er ebenfalls scherzend. Während beide sich aus den nassen Kleidern schälten, versuchte sich Maél von Eleas Nacktheit abzulenken, indem er darüber nachdachte, warum sie den ganzen Tag über bis eben nicht gesprochen hatte. „Du bist den ganzen Tag schon so still gewesen. Ist alles in Ordnung?"

„Du warst doch heute auch recht schweigsam. Jeder ist anscheinend so sehr mit seinen Gedanken beschäftigt, dass ihm nicht nach reden zumute ist. Und jetzt bin ich hundemüde, obwohl ich nur faul auf dem Pferd saß. So geht das nicht weiter, Maél. Du musst mich morgen wieder laufen lassen! Bitte! Wenn du der Meinung bist, es reicht, dann höre ich auch sofort auf." Elea stand vor ihm in Hose und Unterhemd und schaute ihn erwartungsvoll an, ohne mit dem Anziehen fortzufahren, obwohl ihr gesamter Körper von Gänsehaut überzogen war und vor Kälte erschauderte. Also musste er sie notgedrungen ansehen und ihr eine Antwort geben. Dabei entgingen ihm natürlich nicht ihre wohlgeformten, vom Bogenschießen trainierten Arme, mit denen sie ihn auf Arok immer umschlang. „Los! Zieh dich weiter an und beeil dich! Du zitterst vor Kälte!", forderte er sie erneut in Befehlston auf. Elea warf ihm einen mürrischen Blick zu, machte aber immer noch keine Anstalten, sich anzuziehen. Maél sah sich genötigt nachzugeben. „Meinetwegen. Aber nicht lange. Und wenn ich sage, dass du anhalten sollst, dann erwarte ich, dass du es auch unverzüglich tust. Hast du verstanden?!"

„Ja, Vater!" Schnell schlüpfte sie in die trockenen Kleider. Anschließend wickelte Maél behutsam das nasse Stück Stoff seiner abgetragenen Tunika von ihrem Kopf. Achtlos warf er es auf den Boden, ohne die leuchtende, inzwischen wieder lange Haarpracht aus den Augen zu lassen, die in langen Wellen über Eleas Schultern bis zur Mitte ihres Rückens fiel. Regungslos kämpfte er gegen die Versuchung an, mit beiden Händen in ihr Haar hineinzugreifen und daran zu riechen. Elea stand wie erstarrt vor ihm und hielt die Luft an. Plötzlich riss er sie in seine Arme und drückte seine Lippen auf ihre vor Kälte bebenden. Im ersten Moment hatte Elea das Gefühl, dass die Hitze, die von ihnen ausging, ihren Mund verbrannte. Doch es dauerte nicht lange, bis die Lippen der beiden ein und dieselbe Temperatur hatten. Maél nahm ihren Mund diesmal gierig und verlangend. Und es sah nicht danach aus, dass er ihn so schnell wieder freigeben würde. Um seine Selbstbeherrschung schien es ähnlich wie im Stall, nicht gut bestellt zu sein. Elea konnte nichts anderes mehr tun, als sich seiner Umarmung zu ergeben. Sie begegnete dem immer heftiger werdenden Drängen seines Mundes jedoch mit einem noch verhaltenen Verlangen – zunächst einmal. Seine unerwartete, fordernde Leidenschaft erschreckte sie. Ihre aneinander gepressten Herzen schlugen mit solcher Kraft in ihrer Brust, dass der eine deutlich den Herzschlag des anderen spüren konnte. Mit einem Mal war Elea unfähig zu denken. Es kam ihr vor, als stehe sie in Flammen. Waren es zuvor noch kalte Schauder, die über ihren Körper jagten, wurden diese nun von welchen abgelöst, die eine heiße Spur auf ihrer Haut und in ihrem Innern hinterließen. Mit diesem Gefühl legte sie von jetzt auf nachher ihre Scheu ab. Ihre Zunge wagte sich jetzt auch weiter in Maéls Mundhöhle vor. Er stöhnte leise auf, als er ihre Zunge in sich spürte. Kurz darauf ließ ein lautes Räuspern von der anderen Seite der Tanne beide jäh auseinanderfahren. Es war Jadora, der aufgrund des rötlichen Lichtscheins um die beiden genau erkennen konnte, was sich gerade zwischen ihnen abspielte. Maél sah erschrocken zu ihm hinüber, direkt in seinen warnenden Gesichtsausdruck. Zu Eleas und Jadoras Überraschung rief er mit atemloser, aber auch erleichterter Stimme dem Hauptmann zu: „Danke, Jadora! Du bist meine Rettung!" Daraufhin hob er einen frischen Streifen Stoff vom Boden auf und hielt ihn Elea hin, die ihn auch sogleich mit zitternder Hand ergriff – froh darüber, etwas tun zu können und nicht nur vor Erregung einfach keuchend dazustehen. Schließlich ließen sich beide nieder und wickelten sich in Maéls halbnasses Schlaffell ein. Allerdings nahm keiner von beiden die nasse Kälte um sich herum mehr wahr, da sie immer noch gegen das Feuer der Leidenschaft ankämpften, das in ihnen wütete. Erst ganz langsam brachten beide ihren Atem und ihr rasendes Herz wieder unter Kontrolle. Keiner wagte auch nur ein Wort zu sagen, geschweige denn eine Bewegung zu machen. Erst nach einer ganzen Weile – Jadora hatte inzwischen mit in das Schnarchen seiner Männer eingestimmt – fanden auch sie in den Schlaf.

Mitten in der Nacht erwachte Elea durch ein Schaukeln, fast so, als säße sie in einem Boot, das zu kentern drohte. Sie lag halb auf Maéls Brust, der sich scheinbar in einem heftigen Albtraum befand, in dem er sich ständig hin und her wälzte. Elea spürte die Nässe seines schweißgebadeten Hemdes durch ihre Kleidung hindurch und seine klatschnassen Haare klebten an ihrer Stirn. Das Hin- und Herwälzen wurde immer heftiger. Sie sprach ihn mehrmals mit seinem Namen an und rüttelte erst sanft, dann schon etwas kräftiger an seiner Schulter, da sein Arm, mit dem er sie umfasst hielt, sie immer enger umspannte. „Maél! Maél, wach auf! Du hast einen Albtraum." Als er immer noch keine Reaktion zeigte, kniff sie ihn kräftig in den Arm. Daraufhin hörte das Schaukeln abrupt auf und sein Oberkörper schoss zusammen mit Elea in die Höhe. Sein Atem kam stoßweise. Es dauerte eine kleine Weile, bis er die Orientierung gefunden hatte, immer noch Elea mit einem Arm festhaltend. „Du musst einen schlimmen Albtraum gehabt haben! Du bist schweißgebadet", sprach Elea ihn vorsichtig an. „Ja. Ein Traum, der mich mein Leben lang verfolgt und mich wahrscheinlich nie loslassen wird", sagte er verbittert. Elea drückte ihn sanft zurück auf den Boden und begann tröstend sein Gesicht zu streicheln. „Willst du mir von diesem Traum erzählen?" Maél atmete tief durch. Wenn es jemand gab, dem er davon erzählen konnte, dann nur diesem einfühlsamen und mitfühlenden Wesen. Dieser Traum verfolgte ihn seit er denken konnte, genau genommen seit sich Darrach seiner angenommen hatte. Er drückte Elea etwas fester an sich und begann, ihr den Traum zu schildern, der immer damit endete, dass er als kleiner Junge in einem See voller Blut versank. Er erzählte ihr auch, dass ihm unwillkürlich dieser Traum in den Sinn kam, als er im Sumpf von den sieben grün leuchtenden Wesen umgeben war und hinter sich die dämonisch klingende Stimme der riesigen Gestalt hörte, während er sie auf dem Felsen wild gestikulierend entdeckte. Elea hörte ihm gebannt zu, ohne ihn ein einziges Mal zu unterbrechen. Das Einzige, was sie tat, war eines seiner spitzen Ohren zu streicheln. Erst nachdem Maél scheinbar mit seinen Erzählungen geendet hatte, fing sie zu sprechen an.

„Maél, da du gerade den Vorfall im Sumpf erwähnt hast, wir haben nie darüber geredet, aber wie bist du eigentlich an den See gelangt? Und was mich noch brennender interessieren würde, wieso kannte diese schreckliche Kreatur deinen Namen? Mir lief ein Schauer über den Rücken, als ich sie deinen Namen rufen hörte." Maél rieb sich nachdenklich das Gesicht. „Ich weiß es nicht. Ich kann mich an gar nichts erinnern. Ich muss im Schlaf aufgestanden sein und habe mich in einem tranceähnlichen Zustand zum See hinbewegt, weil mich diese gespenstigen Kreaturen wahrscheinlich gerufen haben. Meine Erinnerung setzt erst da wieder ein, wo ich dich auf dem Felsen in dein rot glühendes Licht eingehüllt herumhüpfen sah."

„Und warum hast du auf ihr Rufen überhaupt reagiert?"

„Elea, ich habe dir bereits erklärt, dass in mir etwas Böses steckt und dass ich auf schwarze Magie oder dunkle Mächte empfänglicher reagiere als andere. Das wird der Grund sein. Und um deine Frage zu beantworten, warum dieser Koloss meinen Namen kannte: Ich habe nicht die geringste Ahnung. Ich habe genauso verstört reagiert wie du, als ich ihn meinen Namen rufen hörte."

„Was hast du eigentlich am ersten Abend im Sumpf gemacht und warum warst du voller Schlamm?". Elea stützte sich auf ihren Arm und sah Maél neugierig an. „Was ich dort gemacht habe, weißt du doch! Ich wollte sehen, in welchem Zustand der Sumpf ist. Und ich war voller Schlamm, weil ich dummerweise in ein Sumpfloch getreten bin, aus dem ich mich nur befreien konnte, indem ich meine Tunika auszog und sie wie ein Seil auf einen hervorstehenden knorrigen Ast auswarf, um mich daran Stück für Stück aus dem verfluchten Morast zu ziehen."

Elea wollte nicht daran glauben, dass in Maél etwas Böses sein sollte. Dass er unter einem bösen Zauber Darrachs stand und dass dieser dadurch nachhaltig Maéls Wesen beeinflusst hatte, darüber bestand kein Zweifel. Aber sie war davon überzeugt, dass Maél ohne Darrach zu einem Mann herangewachsen wäre, der ein ganz normales Leben geführt hätte.

Sie schmiegte sich - wieder fröstelnd - enger an seinen warmen Körper. Beiden schien diese Nähe im Moment nichts auszumachen. Jeder hing seinen eigenen Gedanken nach. Jetzt nachdem er es gewagt hatte, mit jemandem über seinen Albtraum zu sprechen, fühlte Maél sich seltsamerweise irgendwie befreit. Und dass er von diesem Traum seinem Opfer erzählt hatte, das er noch vor vier Wochen kaltblütig verfolgt und gequält hatte, machte die ganze Angelegenheit noch unglaublicher. *Wer hätte gedacht, dass aus diesem Opfer der kostbarste Schatz werden würde, den ich jemals in den Händen halten durfte!*

Elea schlief schon wieder. Das konnte er unschwer an ihren leisen, gleichmäßigen Atemzügen und ihrem geschmeidigen Körper erkennen, der sich zuvor noch krampfhaft an ihn gepresst hatte. Er konnte nicht umhin, über dieses fast kindliche Verhalten zu lächeln. Er kannte niemand, der so leicht in jeder Situation einschlafen konnte, sei sie noch so dramatisch und aufregend - eine weitere Besonderheit dieser bemerkenswerten Frau. Der ständige Wechsel von so unterschiedlichen Empfindungen ihr gegenüber waren ihm ein Rätsel. In einem Moment begehrte er sie so sehr, dass jede Faser seines Körpers nach ihrem schrie. Im anderen Moment verspürte er einzig und allein das Bedürfnis, sie wie ein Kind zu beschützen und vor allem Bösen zu bewahren. *Das kann ja in Moray heiter werden! Wie kann ich sie dort beschützen, wenn ich mich von ihr fernhalten muss?* Darüber wollte er gar nicht nachdenken. Allein der Gedanke daran, dass Darrach ihr gegenüberstehen und vielleicht sogar ihre körperlichen Besonderheiten begutachten würde, löste in seiner Kehle einen Würgereiz aus.

Die nächsten Tage verliefen wieder genauso gleichförmig wie die meisten vorangegangenen Tage. Die Witterungsverhältnisse verbesserten sich, allerdings nur insofern, als es zu regnen aufhörte. So fanden sie auch wieder leichter trockenes Holz für das wärmende Lagerfeuer und den abendlichen Braten. Dafür wehte aber wieder der eiskalte Nordwestwind über sie hinweg, sodass Elea wieder vorne in ihren Wolfsfellumhang eingewickelt, bei Maél auf dem Sattel saß. Die Sonne bekamen sie nur selten zu Gesicht, da sich der Himmel wie eine graue, triste Decke über ihre Köpfe ausbreitete. Der Herbst tobte sich nun so richtig aus und man konnte spüren, dass der Winter nicht mehr weit war. Die Landschaft gestaltete sich durch kleine Hügel und immer mal wieder durch lichte Baumgruppen inzwischen etwas abwechslungsreicher als die eintönige Graslandschaft, die sie bisher durchritten hatten. Außerdem hielt Maél sein Versprechen. Elea durfte jeden Tag eine gewisse Strecke vor den Reitern herrennen. Allerdings hätte sie ohne weiteres die doppelte Strecke laufen können. Doch Maél hatte Angst, dass sie wieder in jenen apathischen Zustand verfiel. Um ihre überschüssigen Kräfte dennoch loszuwerden, begann sie, einfach in hohem Tempo los zu laufen, das sie dann so lange wie möglich durchhielt. Maél ließ dann jedes Mal tadelnd seine Augen zwischen ihrem vor Anstrengung geöffnetem Mund und ihrem sich heftig hebenden Brustkorb hin und her wandern, nachdem er sie zum Anhalten bewegt hatte.

Am Tage kam es kaum zu Gesprächen zwischen den beiden, was sie aber nicht störte. Ihnen reichte es vollkommen, die Nähe des anderen zu spüren. Nur Jadora kam von Zeit zu Zeit neben sie geritten, um Maél bezüglich seiner Vorgehensweise am Hofe zu löchern. Dieser hatte aber nicht vor, irgendetwas von seinen Plänen vor dem Hauptmann auszubreiten und versuchte, ihn mit seiner schroffen Art zu verscheuchen, was ihm jedoch nicht immer gelang, weil Jadora einfach dazu überging, mit Elea über belanglosere Dinge zu plaudern. Darüber hinaus hatte der Hauptmann es sich zu seiner vordringlichsten Aufgabe gemacht, dafür Sorge zu tragen, dass Elea bei Kräften blieb. Er wollte sie bei guter Gesundheit in Moray abliefern, damit die junge Frau für das, was noch auf sie zukam, gewappnet war. Nachdem Elea sämtliche Waffeln aufgegessen hatte, versorgte er sie ständig mit süßen oder fruchtigen Leckereien, die er nur für sie in Galen gekauft hatte. Bei den äußerst fleischhaltigen Abendmahlzeiten bedachte er sie wie immer mit den besten und fettesten Fleischstücken. Elea stöhnte dann immer laut auf und beschwerte sich darüber, dass er sie offensichtlich rund und fett nach Moray bringen wolle, was unter den Kriegern laute Lachsalven auslöste und in Maéls Gesicht ein Schmunzeln zauberte.

Eines späten Abends, als beide wieder eng aneinander geschmiegt beieinander lagen, schnitt Elea ein Gesprächsthema an, von dem sie im vornhinein wusste, dass es Maél unangenehm und peinlich war. Es beschäftigte sie jedoch schon geraume Zeit und viel blieb ihr nicht mehr, um sich diesbezüglich Klarheit zu verschaffen. Denn Maéls Berechnungen zufolge waren es nur noch drei Tage, bis sie Moray erreichen würden. „Maél, sei mir nicht böse, aber ich kenne mich mit Männern einfach viel zu wenig aus, als dass ich mir die Sache mit der – ja wie soll ich sagen? - körperlichen Zurückhaltung Frauen gegenüber selbst erklären könnte." Maél fing schon an zu stöhnen, bevor Elea zu Ende gesprochen hatte. *Was will sie denn jetzt schon wieder wissen? Mir bleibt mit dieser Frau wirklich nichts erspart.* Elea stützte sich auf einem Arm ab, um Maél besser ansehen zu können, was allerdings nicht viel brachte, da es ohne Mondlicht wieder einmal nur möglich war, seine Augen als dunkle Punkte in seinem Gesicht auszumachen. Am liebsten hätte sie ihr leuchtendes Haar von dem Tuch befreit. Aber dies wagte sie nicht. Seit dem Abend unter der Tanne, als Maél beinahe seine meisterhafte Selbstbeherrschung verloren hätte, wäre Jadora nicht dazwischen gekommen, hatte Elea die Vermutung, dass ihr Haar ein Reiz war, bei dem es ihm große Mühe kostete, sich unter Kontrolle zu halten – warum auch immer. „In den letzten Wochen ist es dir zusehends schwerer gefallen, angesichts meiner...hm... weiblichen Reize... mir körperlich zu widerstehen." Elea spürte, wie sich Maél verkrampfte. Sie ließ sich aber nicht davon abhalten fortzufahren. „Wie war das denn, bevor du mich kennengelernt hast? Hast du dich bei anderen Frauen genauso lange zurückgehalten wie bei mir oder hast du schneller deinem Verlangen nachgegeben und dich mit ihnen... vergnügt? Du hattest doch bestimmt schon viele Frauen, oder nicht!?" Maél musste sich erst einmal lange mit der Hand die Haare raufen und anschließend die Nasenwurzel reiben. Und eine halbe Ewigkeit dauerte es, bis er sich zu Ende geräuspert hatte. Als er dann zu sprechen begann, fand er nur schwer die passenden Worte. Aber immerhin bemühte er sich um eine Antwort, womit Elea nicht wirklich gerechnet hatte. Sie sah ihn geduldig an und drückte ihm ermutigend die Hand. „Also,... Bei allen Rachegöttern, Elea, du kannst einen Mann ins Schwitzen bringen! – Zunächst einmal ist mit dir alles ganz anders als mit den Frauen, mit denen ich... ähm, die ich vor dir kannte. Ich habe für diese Frauen nichts empfunden. Sie waren mir völlig gleichgültig. Und was deine Frage bezüglich meiner Zurückhaltung bei diesen Frauen anbelangt: Nein. Bei ihnen musste ich mich nicht lange zurückhalten."

„Das könnte ich niemals! Ich könnte mich niemals einem Mann hingeben, wenn ich ihn nicht lieben würde!" Maél musste schwer atmen und laut die Luft ausstoßen, als er Eleas bestürzten Gesichtsausdruck sah. *Elea, wenn du wüsstest! Ich kann mir inzwischen auch nicht mehr vorstellen, mit einer anderen Frau als mit dir zusammen zu sein.* Elea hatte noch mehr Fragen auf Lager. „Hast du mit vielen Frauen die Nacht verbracht?"

„Also wenige waren es nicht. Aber auch nicht viel mehr als andere Männer wohl hatten. Außerdem musst du bedenken, ich habe mit jeder Frau nicht mehr als eine Nacht verbracht. Danach war ich ihr schon überdrüssig." In seinem Tonfall war eine Spur von Verachtung zu hören. „Ist das bei allen Männern so?"

„Bei all den Männern, die sich nicht an eine Frau binden wollen. Denke ich zumindest. Bevor ich mich so... verändert habe, gab es hin und wieder eine, die es mit mir länger ausgehalten hätte, wenn ich es zugelassen hätte. Aber darunter war eigentlich keine, die es mir Wert war, meine Freiheit aufzugeben."

„Und wieso dann das alles? Du hast dich mit ihnen körperlich vereinigt, ohne Gefühle auszutauschen. Macht das überhaupt Spaß?" Wieder hörte Elea ein lautes Schnauben. „Elea, eigentlich dachte ich, dass deine Fragen nicht noch peinlicher werden können. Ich habe mich offensichtlich geirrt." Er begann, sich nervös die Kopfhaut zu kratzen. „Ja, es macht Spaß. Männer haben Bedürfnisse, die sie mehr oder weniger oft stillen, unabhängig davon, ob Liebe im Spiel ist oder nicht", sagte er schließlich in etwas ungehaltenem Ton. Mit sanfterer Stimme fuhr er jedoch fort. „Jadora zufolge, ist die körperliche Vereinigung mit der Frau, die man liebt, unvergleichbar schön. Er muss es ja wissen. Er ist schon über zwanzig Jahre mit ein und derselben Frau verheiratet."

„Ja, genau. So ist das auch bei Albin und Breanna. Sie lieben sich auch schon mehr als zwanzig Jahre."

„Ich habe, was das angeht, leider keine Erfahrung, da ich außer dich noch keine Frau geliebt habe." Die Frage, die sie ihm jetzt stellen würde, lag Elea am meisten am Herzen und auf Maéls Antwort darauf, war sie am neugierigsten. „Angenommen, es wird nie der Fall eintreten, dass ich meine Unschuld an dich verliere - aus welchen Gründen auch immer – würdest du dich dann wieder anderen Frauen zuwenden, nur um deine... Bedürfnisse zu befriedigen?" Wie sie bereits erwartet hatte, entstand erst einmal eine Schweigepause. Elea spürte wie Maél angestrengt um eine Antwort rang. Sie suchte vergebens die dunklen Punkte seiner Augen im Gesicht, während er sehr wohl ihre vor Neugier aufgerissenen Augen sehen konnte, aber dafür vergebens darauf wartete, dass sie wieder ausatmete. Rasch zog er sie wieder behutsam zu sich auf die Brust und sagte mit entschiedener Stimme: „Nein!"

„Dafür, dass du so lange für eine Antwort gebraucht hast, fällt sie aber reichlich kurz aus", sagte Elea, in deren Stimme deutlich Enttäuschung mitklang. „Elea, was willst du hören? – Dass ich noch nie eine Frau so geliebt habe, wie ich dich liebe. Oder dass ich mir nicht vorstellen kann, jemals mit einer anderen Frau so zusammen zu sein, wie es mein sehnlichster Wunsch ist, es mit dir zu sein." Bei seinen letzten Worten drehte er Elea abrupt auf den Rücken, beugte sich über sie und sagte in eindringlichem Ton. „Elea, dir ist es tatsächlich gelungen, dass ich andere Gefühle als Hass und Verachtung empfinde. Du hast in mir all die wunderbaren Gefühle wie Freude, Glück, Mitgefühl, Fürsorglichkeit und vor allem Liebe geweckt, die mein Leben in den letzten Wochen erst lebenswert für mich gemacht haben. Wie könnte ich mich da jemals wieder einer anderen Frau zuwenden. Ganz zu schweigen davon, dass es keine Frau gibt, die an deine Schönheit und an deine körperliche Anziehung auf mich heranreicht. Im Grunde genommen habe ich dich mein Leben lang gesucht. Und jetzt, wo ich dich endlich gefunden habe, da bist du..." Maél hielt inne und ließ sich verzweifelt wieder auf den Rücken fallen. Elea bereute inzwischen, diese Frage gestellt zu haben, da sie Maél quälte und in ihrem Innern erneut einen Kampf ausgelöst hatte, in dem Liebe und Traurigkeit miteinander konkurrierten. Nur war Elea diesmal nicht bereit, das unschöne Gefühl gewinnen zu lassen. Sie wollte in gar keinem Fall wieder dem nicht enden wollenden Tränenstrom erliegen. Sie überlegte krampfhaft nach einem Weg, wie sie ihre Trauer über Maéls Verzweiflung in den Griff bekommen konnte. Ihr fiel nur eine Möglichkeit ein: Sie musste eine warme Energiewelle aus Erinnerungen an schönen Erlebnissen schöpfen, die sie mit ihm teilte. Auf diese Weise konnte sie ihm wenigstens etwas von ihr schenken, das er auch bereit war anzunehmen - wenn es auch nicht das war, was sie ihm schon mehrfach angeboten hatte und ihm sehnlichst zu schenken wünschte, was er jedoch immer vehement ablehnte, obwohl er es sich ebenfalls sehnlichst wünschte. Es gab zwar nicht viele solcher gemeinsamen Erlebnisse, aber die Gefühle, die sie zum jeweiligen Zeitpunkt empfand, waren immer so unermesslich stark gewesen, dass sie sie häufig zu überwältigen gedroht hatten. Sie rief sich zunächst die kleinen Gesten der Fürsorglichkeit in Erinnerung, die er ihr zu Beginn ihrer sich entfaltenden Liebe entgegen gebracht hatte. Den Moment, als er ihr die Hand küsste, bevor sie das Sumpfgebiet betraten. Dann die Nacht im Sumpf, wie sie Schutz in der Höhle gesucht hatten. Die leidenschaftliche Umarmung im Stall. Und schließlich jede einzelne Nacht, die sie eng aneinander geschmiegt verbracht hatten. Während Elea sich in höchster geistiger Anstrengung auf all diese Erlebnisse konzentrierte und die Energie der Gefühle in sich zu einer riesigen, kontrollierten Welle bündelte, gelang es ihr in der Tat, die Trauer und Verzweiflung aus ihrem Innern zu vertreiben. Maél hielt die junge Frau mit beiden Armen wie einen Rettungsanker umschlungen. Ihm war ihre geistige und körperliche Anspannung nicht entgangen. Und er wusste inzwischen recht gut, was dies zu bedeuten hatte. Er bereitete sich bereits auf die warme Woge vor, die sich gleich über ihn ergießen würde. Dieses Mal würde er sie jedoch gierig von ihr empfangen, in der Hoffnung, dass sie ihn über die schmerzlichen Gefühle hinweghelfen würde – zumindest für eine kleine Weile. Kurz bevor Elea bereit war, die heiße Woge frei zu geben, setzte sie sich rittlings auf Maél, nahm seine Hände in ihre und verschränkte ihre kleinen Finger mit seinen großen. Er ließ alles bewegungslos über sich ergehen. Und dann war es soweit. Während Elea das Tor der Glückseligkeit öffnete, sahen sich beide gegenseitig tief in die Augen, bis auf den Grund ihrer Seele. Maéls Arme wurden urplötzlich durch die Kraft der Welle, die sich von Eleas Händen ausgehend über ihn ergoss, auf den Boden gepresst. Die Wärme drang rasch in sein erkaltendes Inneres ein und breitete sich wie ein Lauffeuer in seinem gesamten Körper aus. Seine harten Muskeln entspannten sich und ein Gefühl der Behaglichkeit und Zufriedenheit bemächtigte sich seines Körpers. Maél war von all diesen Vorgängen in ihm so eingenommen und berauscht, dass er im ersten Moment nicht bemerkte wie Elea erschöpft über ihm auf seinem Oberkörper zusammenbrach. Erst als sie mit schwacher Kraft versuchte, ihre Finger aus seinen zu lösen, spürte er ihr Gewicht auf sich ruhen und öffnete die Augen. Was nun nach dieser übermenschlichen Anstrengung folgen würde, wusste er genau. Er vernahm ihren immer ruhiger werdenden Atem. Sie war schon weggedriftet und reagierte nicht mehr auf ihren Namen, den er ihr leise ins Ohr flüsterte. Er bettete sie bequem auf die Seite und schmiegte sich eng an ihren zugleich grazilen und kraftvollen Körper, in dem eine unfassbare Magie innewohnte.

Es war der letzte Tag, bevor sie Moray erreichten. Sie befanden sich bereits in einem Gebiet, das den Männern bekannt war, sodass sie laut Jadoras Einschätzung die Stadt gegen Mittag des darauffolgenden Tages erreichen würden. Unter den Kriegern nahm Elea bereits die letzten beiden Tage einen Stimmungswandel wahr, den sie auf ihre baldige Heimkehr zurückführte. Ähnlich wie ihre ausgelassene Stimmung vor dem Verzehr des allabendlichen Bratens am Lagerfeuer, verströmten sie den ganzen Tag über gute Laune. Jadora ließ sich ab und an von ihnen anstecken. Sein Gesicht nahm jedoch immer wieder einen sorgenvollen Ausdruck an, sobald er zu Maél und Elea blickte. Je näher sie Moray kamen, desto angespannter und bedrückter war Maél, was sich natürlich auch auf Elea übertrug. Tagsüber, auf Aroks Rücken, klammerte sie sich immer fester an ihn, weil sie wusste, dass es bald mit ihrer Zweisamkeit zu Ende war. Und abends lauschten sie erst lange eng umschlungen dem Herzschlag des anderen, bis sie einschlafen konnten.

Am Nachmittag vor ihrer letzten Nacht, bevor sie Moray erreichen sollten, lenkte Jadora Eleas Aufmerksamkeit in nördliche Richtung. Dort war ein breites, grau-weißes Band am Horizont zu erkennen: das Akrachón-Hochgebirge. *Also dort hält sich höchstwahrscheinlich mein Drache versteckt.* Die Gipfel des Gebirges waren mit Schnee bedeckt. Elea hatte zuhause schon ein paar Mal Schnee gesehen, aber nur so wenig, dass die Landschaft aussah, als wäre sie mit einer dünnen Zuckerschicht bestäubt. In ihrem Traum von dem Drachen konnte sie sich merkwürdigerweise noch genau daran erinnern, was es für ein Gefühl war, durch eine dicke Schneedecke zu waten. Vor allem hatte sie dieses knirschende Geräusch noch in den Ohren, das dabei zu hören war.

Man konnte jetzt schon aus dieser Entfernung sehen, wie gigantisch hoch der Akrachón war. Elea, die wieder vorne bei Maél saß, warf ihm einen besorgten Blick zu. Er konnte unschwer ihre Gedanken lesen, wusste aber nicht wie er ihre Sorgen vertreiben konnte, da er sich auch schon wegen des Gebirges den Kopf zerbrochen hatte. Deshalb drückte er die junge Frau nur fester an sich. Das Problem des Akrachón hatte er erst einmal weiter hinten in der langen Reihe von Schwierigkeiten angesiedelt. Erst musste er einmal die Probleme lösen, die in Moray auf ihn warteten. Es gab jedoch noch etwas, das er bis zum letzten Tag vor sich hergeschoben hatte, das aber nun erledigt werden musste – so schwer es ihm auch fiel.

Die Abenddämmerung war bereits angebrochen, als die Reitergruppe einen Platz – geschützt unter Bäumen – für ihr Nachtlager fanden. Kaum waren alle abgestiegen, entfernte sich Maél mit Elea etwas von den Kriegern. Er wollte es jetzt endlich hinter sich bringen. Er holte tief Luft, während seine Hände auf ihren Schultern ruhten. Elea war sofort in Alarmbereitschaft. Sie merkte ihm seine außerordentliche Anspannung an. Irgendetwas schien ihn enorm zu belasten. Als würde er einem kleinen verängstigten Kind etwas erklären, begann er mit sanfter Stimme zu sprechen. Das leichte Zittern in ihr war unüberhörbar. „Elea,... du weißt ja inzwischen, dass du nicht mein erstes Opfer bist. Allerdings bist du die erste Frau, die ich für König Roghan eingefangen habe. Ich habe ihm schon viele Männer gebracht, die ich meine Härte und... Gewalttätigkeit spüren ließ..." Maél musste eine Pause machen, in der er seine Hände von Eleas Schultern nahm und sich die Haare wie wild raufte. Elea erriet sofort, was er sagen wollte. Mit belegter Stimme sprach sie für ihn weiter. „Ich sehe, wie das blühende

Leben aus, während du deine früheren Gefangenen immer mit sichtbaren Misshandlungen dem König ausgeliefert hast." Elea schluckte gegen einen Kloß in ihrer Kehle an, der hartnäckig blieb, wo er war. Maél war ebenfalls unfähig, etwas auf ihre Worte zu erwidern. Er nickte nur sehr langsam. Endlich fand Elea wieder die Kraft, leise weiter zu sprechen. „Du musst mich schlagen, damit wir keinen Verdacht erregen, nicht wahr?!"

„Wer muss wen schlagen?", wollte Jadora wissen, der sich den beiden genähert und die letzte Äußerung Eleas aufgeschnappt hatte. Maél streichelte mit seinem Daumen die Narbe, die halb unter ihrem Kopftuch versteckt war und sah ihr tief in die angsterfüllten, aber gefassten Augen. Dann sagte er zu Jadora gewandt: „Jadora, du weißt ganz genau, dass ich Elea in diesem unversehrten Zustand nicht König Roghan übergeben kann. Ihre Narbe an der Schläfe ist so gut wie verheilt. Sie könnte genauso gut von einem Unfall stammen, bevor ich sie gefangen genommen habe." Jadora war im ersten Moment so bestürzt über das, was er gerade im Begriff war zu begreifen, dass ihm die Worte fehlten. „Die Narben auf meinem Rücken können wir dir schlecht anhängen. Du besitzt keine Peitsche", gab Elea zu bedenken. Bevor Maél etwas erwidern konnte, hatte Jadora seine Fassung wieder gefunden, griff ihn grob an die Schulter und drehte ihn zu sich um. „Sag, dass das nicht wahr ist! Du hast tatsächlich vor, sie zu schlagen? Ich dachte, du liebst sie. - Aber natürlich! Wenn jemand dazu fähig ist, die Frau zu schlagen, die er liebt, dann du", schleuderte der Hauptmann ihm verächtlich ins Gesicht. Es fehlte nicht mehr viel und er hätte ihm ins Gesicht gespuckt. Maél fiel es merklich schwer, seine Ungehaltenheit über Jadoras Äußerung zu zügeln. Er packte den Hauptmann an die Kehle und zischte ihm wutschnaubend ins Gesicht. „Du kannst mir glauben, Jadora, es gibt inzwischen kaum noch Dinge in meinem Leben, die mir schwerer fallen, als sie zu schlagen, aber es muss sein, damit wir keinen Verdacht erregen. Ich muss meinem Ruf gerecht werden und zeigen, dass meine Brutalität auch nicht vor einer jungen Frau halt macht. Eleas Rettung hängt allein davon ab, dass keiner merkt, dass wir etwas füreinander empfinden. Geht das jetzt endlich in deinen verfluchten Schädel hinein? – Ich habe mir geschworen, ihr nie wieder weh zu tun und jetzt bleibt mir nichts anderes übrig, meinen Schwur zu brechen und es wieder zu tun. Oder willst du es für mich erledigen?" Er ließ den Hauptmann los, der sich mit vor Wut funkelnden Augen an die schmerzende Kehle fasste. Keiner hatte auf Elea geachtet, die sich ihnen inzwischen genähert hatte und beiden eine Hand auf den Arm legte. „Beruhigt euch jetzt! Beide! – Jadora, Maél hat recht. Es muss sein. Ich will, dass er es tut. Wenn Darrach auch nur den geringsten Verdacht schöpft, dass Maél mich liebt, dann bin ich verloren, dann habe ich niemand mehr, der mir helfen kann. Bitte, Jadora! Verurteile ihn deswegen nicht. Für ihn wird es schlimmer sein als für mich. Glaubst du nicht auch?" Beide Männer entspannten sich zusehends unter Eleas Berührung. Maéls verkrampfte Fäuste öffneten sich und Jadora atmete tief durch. „Also gut. Aber dein erster Schlag muss sitzen, Maél. Wenn du mit seinem Ergebnis nicht zufrieden bist, dann wird es keinen zweiten geben. Das werde ich zu verhindern wissen. Das schwöre ich." Maél nickte Jadora zu und forderte ihn mit rauer Stimme und wild hämmerndem Herzen auf: „Halte sie fest, damit sie durch den Schlag nicht auf den Boden geschleudert wird! Und wenn es vorbei ist, dann will ich, dass du sofort verschwindest und uns alleine lässt!" Zu Elea gewandt sagte er: „Elea, es wird schnell gehen und es wird weh tun, aber das weißt du ja bereits. Ich schlage dich ja nicht zum ersten Mal, aber ich hoffe inständig zum letzten Mal." Elea ging auf ihn zu und legte ihre Hände auf seine Wangen und küsste ihn ganz zart auf den Mund. Dann ging sie zu Jadora, der sie an ihren Oberarmen festhielt, und forderte Maél auf: „Tu es - jetzt!" Maél sah auf seine rechte Hand, zog den Ring mit dem schwarzen Diamant aus, mit dem er Elea schon einmal verletzt hatte. Dann ging er auf sie zu, holte ohne zu zögern mit der Faust aus und stieß sie ihr gezielt auf das Jochbein unter ihrem linken Auge. Er spürte den harten Widerstand des Knochens unter seinen Fingerknöcheln. Eine Übelkeit stieg von seinem Magen hoch, die er hastig wegzuschlucken versuchte. Elea schrie auf. Ihr Kopf wurde durch die Wucht des Schlages auf die Seite geschleudert. Maél war jedoch blitzartig an ihrer Seite, um ihn behutsam an seine Brust zu drücken. „Verschwinde jetzt, Jadora!" Der Hauptmann gab noch einen Knurrlaut von sich, wie man ihn normalerweise von Maél gewohnt war, und verließ den Mann und die junge Frau mit eiligen Schritten. Maél ließ sich sogleich mit Elea auf den Boden sinken, da ihre Knie vor Schwäche einknickten. Er sah Tränen des Schmerzes ihre Wangen hinunterlaufen, aber kein Blut. Er hat sein Ziel erreicht: Er wollte ihr keine blutende Platzwunde zufügen, sondern nur eine Schwellung, die sich blau verfärben würde. „Es tut mir so leid, Elea. Aber es war unumgänglich, um glaubwürdig vor Roghan und vor allem vor Darrach zu erscheinen." Er hielt sie fest in seinen Armen und begann, mit den Lippen zart wie eine Feder ihr Gesicht um die schmerzende Stelle herum zu berühren. Elea hielt die Augen geschlossen und gab sich dieser Zärtlichkeit hin, die den starken, pochenden Schmerz, der von ihrem Jochbein ausging, überraschenderweise auch linderte. Maél hielt kurz inne, um sein unrühmliches Werk zu betrachten. Die linke Gesichtshälfte war schon deutlich geschwollen. Er setzte seine Küsse fort und wiederholte zwischendurch immer und immer wieder dieselben Worte: „Elea, ich liebe dich. Elea, ich liebe dich so sehr." Diese Worte waren Balsam für Eleas Seele. Sie würde ihm jederzeit die andere Gesichtshälfte ohne zu zögern hinhalten, nur um immer wieder diese Worte aus seinem Munde zu hören und seine Lippen auf ihrem Gesicht zu spüren.

Obwohl Maél ihr gerade große Schmerzen zugefügt hatte, fühlten sich beide so nahe wie noch nie. Er hatte zum ersten Mal das Gefühl, dass er ihr mit seinen Küssen und Worten etwas schenken konnte, das ihr über den Schmerz hinweghelfen konnte - ähnlich wie es Elea mit ihren heißen Wellen aus Gefühlen tat, mit denen sie schon mehrfach seinen seelischen Schmerz gelindert hatte. Beide fühlten sich erneut wie zwei Teile eines Ganzen, die gerade zu einer Einheit wiedergefunden hatten.

Das Lagerfeuer brannte längst und die magere Beute, die zwei Krieger erlegt hatten, wurde darüber am Spieß gedreht, als Maél schließlich mit seinen Liebesbekundungen aufhörte und Eleas Gesicht nochmals genauer betrachtete. Er hatte schon die Befürchtung, dass sie wieder eingeschlafen war. Aber sie sah ihn aus wachen Augen an und lächelte ihm liebevoll zu. Ihre Tränen waren schon seit geraumer Zeit versiegt. Der salzige Geschmack ihrer Haut hatte nachgelassen und war schließlich gänzlich verschwunden. Ohne ein Wort zu sagen, gingen sie zu den Kriegern hinüber, die sich überraschend still in Anbetracht ihrer Ausgelassenheit am Tage verhielten. Als das Paar sich zu ihnen ans Feuer setzte, sahen sie sie nur kurz betreten an und widmeten sich dann rasch wieder ihrer Beschäftigung.

Nach einer kleinen Weile stand Elea schon wieder auf. Sie hatte vor, zu dem nur einige Schritte entfernten kleinen Fluss zu gehen, um sich etwas zu waschen und frische Kleider anzuziehen. Maél war nicht wohl dabei, sie in der Dunkelheit sich – wenn auch nur ein paar Schritte – von ihm entfernen zu lassen. „In Ordnung. Aber beeil dich! Ich werde dich die ganze Zeit im Auge behalten." Elea gab ihm scherzhaft zur Antwort „Ja, Vater!", was den Kriegern ein verhaltenes Lachen entlockte. Kaum hatte Elea das Lager verlassen, erhob sich Maél und drehte sich in ihre Richtung, um jeden ihrer Schritte beobachten zu können. Plötzlich räusperte sich jemand neben ihm. Es war Jadora. „Was willst du, Jadora?", fragte Maél den Hauptmann in seiner gewohnt schroffen Art. „Es tut mir leid, dass ich vorhin so... ungehalten reagiert habe. Ich war im ersten Moment so geschockt über dein Vorhaben, dass ich... Ach, ich weiß auch nicht. Auf jeden Fall wollte ich dir sagen, dass du richtig gehandelt hast. Eine Gefangene ohne jegliche Blessur dem König übergeben, passt nicht zu dir. - Ich habe gesehen, wie du mit ihr danach umgegangen bist. Du liebst sie. Du liebst sie wirklich sehr, das konnte ich deutlich sehen. Und... sie hatte recht... Du hast mehr gelitten als sie." Maél hatte während Jadoras Entschuldigung Elea nicht ein einziges Mal aus den Augen gelassen. Nun wandte er ihm sein Gesicht zu und sagte in versöhnlichem Ton: „Ist schon gut, Jadora. Wenn ich an deiner Stelle gewesen wäre, hätte ich wahrscheinlich genauso reagiert." Mehr hatte er nicht zu sagen. Er ging zu Arok und machte ihn für die Nacht bereit, ohne es zu versäumen, in regelmäßigen Abständen immer wieder seinen Blick zu Elea hinüber schweifen zu lassen.

Als sie fröstelnd vom Bach zurückkam, hatte er bereits ihren Schlafplatz wie immer etwas abseits von den anderen vorbereitet. Er wickelte sie in ihren Umhang ein, führte sie wie ein kleines Kind zum Lagerfeuer und drückte sie sanft zu Jadora hinunter auf den Boden. Dann verschwand er selbst in Richtung Fluss. Jadora sah sich Eleas Verletzung genauer an und zog scharf die Luft ein. „Da hat er dir aber ein ganz schönes Ding verpasst. Wenn er noch ein bisschen kräftiger geschlagen hätte, dann wäre die Schwellung aufgeplatzt. Tut es sehr weh, Mädchen?", wollte er mitfühlend wissen. „Es geht schon, Jadora. Mach dir keine Sorgen!" Der Mann schüttelte nachdenklich den Kopf. „Was wird nur aus euch beiden am Hofe werden. Dass Maél seine Rolle gut spielen wird, daran zweifle ich nicht. Aber du, Elea? Ich glaube, es wird dir nicht leicht fallen, den anderen vorzumachen, dass du ihn über alle Maßen hasst und verabscheust."

„Jadora, ich habe es sogar geschafft mehr als vier Wochen täglich auf einem Pferd zu sitzen, was ich niemals für möglich gehalten hätte. - Du hast schon recht. Es wird nicht einfach werden. Ich muss mich eben anstrengen und mir immer wieder vor Augen führen, was davon abhängt. Dann wird es mir sicherlich gelingen", erwiderte Elea mit zuversichtlicher Stimme.

Maél war inzwischen zurückgekehrt und kramte in ihrem Rucksack an ihrem Schlafplatz herum. Daraufhin kam er zu ihnen ans Feuer und setzte sich neben Elea mit dem Tiegel in der Hand, der die Wundsalbe enthielt. „Schau mich mal an!" Er musste schlucken, als er die linke geschwollene Gesichtshälfte in dem orangeroten Schein des Lagerfeuers sah. „Ich werde dir etwas von deiner Wundsalbe vorsichtig auftragen. Und hier habe ich ein Säckchen mit Bilsenkraut gefunden, damit machen wir dir einen Tee. Dann wirst du schlafen wie ein Baby."

„Du kannst mir gerne etwas von der Wundsalbe auftragen, aber den Bilsenkrauttee trinke ich auf gar keinen Fall. Wenn ich den getrunken habe, dann bin ich so betäubt, dass ich wie tot in deinen Armen liege?" Maél wollte schon widersprechen, besann sich dann jedoch eines Besseren, als er in ihre kompromisslosen Augen sah. *Es hat keinen Zweck. Heute komme ich nicht gegen ihren Willen an.* „Also gut! Wenn du lieber Schmerzen haben und die Nacht kein Auge zumachen willst, dann soll es ebenso sein."

„Ja, genau. So soll es sein. Die Schmerzen kommen mir gerade recht. Ich gedenke nämlich nicht die letzte Nacht damit zu vergeuden, schlummernd in deinen Armen zu liegen. Ich will jeden Augenblick mit dir bei vollem Bewusstsein genießen", sagte sie in einem entschiedenen Ton, der keine Widerrede zuließ. Maél sah Elea bestürzt an und musste dann das leise Lachen Jadoras und seiner Männer über sich ergehen lassen. *Diese Frau treibt mich noch in den Wahnsinn. Sie schreckt nicht einmal davor zurück, vor den Kriegern mir die Stirn zu bieten und dann noch unsere Liebe vor ihnen offen darzulegen.* Er steckte das Säckchen mit dem Bilsenkraut wieder wortlos in sein Wams und starrte beleidigt auf das Feuer. Dies hielt Elea jedoch nicht davon ab, näher an ihn heranzurücken. Sie öffnete ihren Umhang und legte ihn um seine Schultern. Maél zog die junge Frau sofort besitzergreifend zwischen seine langen Beine, sodass sie sich bequem an seine Brust anlehnen konnte. Am liebsten hätte er ihr das Tuch vom Kopf genommen, um den wohltuenden Duft ihrer Haare einzuatmen. Aber er wagte es nicht, da sie schon recht nahe an Moray waren. Man konnte nie wissen. Vielleicht hatte Roghan Späher ausgeschickt, um nach ihnen Ausschau zu halten. Und da wären Eleas leuchtenden Haare ein gefundenes Fressen.

Nach dem Abendessen legten sich alle auch sogleich schlafen. In die Felle eingewickelt wartete Maél gespannt darauf, wie Elea die letzte Nacht mit ihm verbringen wollte, aber es geschah nichts – außer, dass sie unablässig sein Gesicht streichelte oder seine Ohren zärtlich berührte und hin und wieder sich auf ihren Arm stemmte, um seine Augen bei der nächtlichen Schwärze vergebens in seinem Gesicht zu suchen.

„Hast du etwa vor die ganze Nacht damit zu verbringen, mein Gesicht und meine Ohren zu streicheln", fragte er in scherzendem Ton. „Stört es dich?
„Nein. Es stört mich nicht. Es macht mich nur etwas nervös. Das ist alles. Ich dachte, du wolltest vielleicht reden."
„Nein. Ich will einfach nur deine Nähe zum letzten Mal genießen. Wer weiß, vielleicht ist es tatsächlich das allerletzte Mal und wir werden nie wieder so zusammen sein können wie jetzt." Nachdem Elea ihre eigenen Worte in die Nacht hinaus hallen gehört hatte, bildete sich plötzlich wieder ein Kloß in ihrem Hals. Auch auf Maél hatten die Worte nicht ihre Wirkung verfehlt. Er drückte sie noch fester an sich und legte noch beschützend sein freies Bein über sie. „Elea, eigentlich müsste ich mit dir noch etwas besprechen wegen Moray. Du weißt schon, auf was du zu achten, wie du dich zu verhalten hast und auf was du dich gefasst machen musst. Ich will jetzt nicht diesen schönen Moment damit zerstören. Deswegen werden wir morgen früh darüber reden. In Ordnung?" Elea nickte stumm und beschäftigte sich bereits wieder mit Maéls Gesicht. Sie konnte sich aber nur bis in die frühen Morgenstunden wach halten. Dann erlag sie ihrer Müdigkeit. Maél atmete tief durch und konnte sich nun endlich entspannen. Dass ihn Eleas harmlose Liebkosung seines Gesichtes unglücklicherweise doch in einen Zustand der Erregung versetzte, hatte er ihr verheimlicht, da er ihr diese Freude in der letzten Nacht nicht nehmen wollte. Die halbe Nacht hatte er gegen sein Verlangen angekämpft, ihr körperlich noch näher zu kommen, als sie ohnehin schon war. In diesem Kampf war er zum ersten Mal froh darüber, an einen Befehl von Darrach unentrinnbar gebunden zu sein. Denn er bezweifelte stark, dass er ohne diesen der Versuchung hätte standhalten können, Elea in ihrer letzten gemeinsamen Nacht doch noch so zu lieben, wie sie es sich beide so sehr wünschten.

Teil III
Moray

Kapitel 1

Der letzte Morgen, an dem Elea unter freiem Himmel ihre Augen aufschlug, war alles andere als so, wie sie es sich gewünscht hatte. Ein dichter Sprühregen benetzte ihr Gesicht und ließ es bei bereits winterlichen Temperaturen fast wie Eis erstarren. In ihrem Jochbein pochte immer noch der Schmerz. Und obwohl sie schon eine ganze Weile mit geschlossenen Augen den Geräuschen um sich herum lauschte, konnte sie sich einfach nicht dazu entschließen, ihr warmes, beschützendes Nest aus Fell zu verlassen, in dem sie, wie so oft, ohne Maél aufgewacht war. Sie zog das Fell hoch zu ihrer Nase und atmete tief seinen typischen Duft nach Harz und etwas, was sie nicht bestimmen konnte, ein. Sofort überkam sie eine Sehnsucht nach ihm, die ebenso groß wie schmerzvoll war, da sie wusste, dass sie für wer weiß wie lange ungestillt bleiben würde. Sie hörte Schritte sich nähern. Mit halb geöffneten Augen erkannte sie Jadora, der etwas zögernd auf sie zukam. Er beugte sich zu ihr nach unten. „Elea, du musst jetzt aufstehen. Wir warten schon eine ganze Weile auf dich. Wir müssen aufbrechen, bevor das Wetter noch schlechter wird", sagte der Hauptmann bedrückt. „Warum ist Maél nicht gekommen?" Sie stützte sich etwas auf ihren Arm ab und erhaschte an Jadora vorbei einen Blick auf Maél, der bei Arok stand und zu ihr mit versteinerter Miene herüberschaute. „Er hat es nicht übers Herz gebracht, dich zum Aufstehen zu bewegen. Er hatte wohl das Gefühl, dass du noch nicht bereit warst, womit er offenbar recht hatte. Heute erwartet euch ein schwerer Tag. Ich verstehe das. Aber er wird vorübergehen. Und wenn dann alles seine geordneten Bahnen geht, dann wird alles halb so schlimm werden. Du wirst sehen!"

„Welche geordneten Bahnen, Jadora? Dass ich auf dem Drachen reite und Maél weiterhin Darrachs Marionette spielt?", gab Elea sarkastisch zurück. Sie befreite sich hektisch von den Fellen und begann sie übereifrig zusammenzurollen, während Jadora sie mit betretener Miene beobachtete. Als sie damit fertig war, sagte sie in versöhnlichem Ton: „Es tut mir leid, dass ich so ungehalten reagiert habe. Ich weiß, du willst mir nur Mut machen. Aber ich glaube, am besten ist es, wenn du gar nichts sagst." Der Mann nickte ihr stumm zu und streichelte ihre Wange, worauf sie ihn innig umarmte. „Jadora, ich danke dir für alles, was du für mich getan hast. Aber am meisten dankbar bin ich dir dafür, dass du mir die Möglichkeit gegeben hast, Maél mit meinem Blut zu retten. Das werde ich dir nie vergessen!" Jadora musste schwer schlucken. Erst recht, als er sah, dass Elea beim Sprechen gegen ihre hervorschießenden Tränen ankämpfte. Er hatte diese junge Frau in den fast fünf Wochen so lieb gewonnen, wie eine eigene Tochter. Er wäre jederzeit bereit, sie, ebenso wie es der Jäger Albin tat, bei sich aufzunehmen. Die Ungewissheit, was sie in Moray erwartete, lastete schwer auf ihm. Er sah ihr nach, wie sie mit verhaltenen Schritten auf Maél zusteuerte.

Auch ihm war anzumerken, dass er mit seinen Gefühlen kämpfte. Er hatte ihren kurzen Wortwechsel mit Jadora mitverfolgt. Sie hatte ihm einmal mehr den Beweis dafür geliefert, dass sie ihn tatsächlich liebte.

Als sie bei ihm angekommen war, nahm er ihr die Felle aus der Hand und befestigte sie geschäftig am Sattel. Er brachte es nicht fertig, in ihre todunglücklichen Augen zu sehen. „Du sagtest doch vergangene Nacht, dass wir noch etwas wenig Erfreuliches bezüglich Moray besprechen müssen. Also dann lass es uns jetzt hinter uns bringen!" Maél drehte sich zu ihr herum und verspürte sofort einen Kloß in seiner Kehle, als er die blau unterlaufene und dick geschwollene Gesichtshälfte sah. Er berührte mit seinem Handrücken vorsichtig ihre Wange. „Tut es noch sehr weh? Am Hofe werden mich alle hassen, wenn sie dich so sehen. Aber das tun sie ohnehin schon."

„Es geht. Es ist nicht mehr ganz so schlimm." Maél räusperte seine belegte Stimme frei. „Also schön. Du wirst ab jetzt bei Jadora mitreiten. Falls wir unterwegs einem Spähtrupp des königlichen Heers oder irgendwelchen Reisenden begegnen, musst du dich bei ihm auf dem Pferd nicht so verstellen wie bei mir. Wir werden es vor Roghan und Darrach so aussehen lassen, dass er sich für dich eingesetzt hat, sodass du ihm wohlgesonnen bist, was ja auch der Wahrheit entspricht." Maél machte eine kurze Pause. Elea nickte schweigend. Dann fuhr er mit sachlicher Stimme fort. „Das ist der leichteste Teil, den du zu bewältigen hast. Im Schloss beginnt dann der schwierigere Teil deiner Rolle. Ich werde dich zum König bringen. Jadora wird uns begleiten. Du musst dich darauf gefasst machen, dass ich dich grob behandeln und vor den anderen demütigen werde, etwa so wie bis zu jener Nacht... Du weißt schon, welche ich meine! Du versuchst *die* Elea zu spielen, die du zu Beginn unserer Bekanntschaft warst. Du hasst und verachtest mich, weil ich dich misshandelt, gedemütigt und deinen Bruder schwer verletzt habe. Kannst du mir folgen, Elea?" Maél legte behutsam seine Hände auf ihre Schultern und drückte leicht zu. Elea sah ihn mit immer größer werdenden Augen an, von denen sich schon lange Tränenspuren, ihren Weg die Wangen hinunter bahnten. Sie nickte leicht mit dem Kopf. Erst dann führte Maél seine Anweisungen mit immer eindringlicher werdender Stimme fort. „Du kannst auch ruhig die Widerspenstige spielen, die du ja auch bist. Zunächst einmal zumindest. In dem Zustand, in dem ich dich zu ihnen bringe, werden sie dich sicherlich nicht gleich mit ihrem Anliegen bedrängen. Und wenn doch, dann wird sicherlich Belana zur Stelle sein und sich für dich einsetzen. Auf so jemanden wie dich wartet sie schon ihr Leben lang. Sie wird sich um dich kümmern, ob du willst oder nicht. Aber das wird dir erst einmal Zeit verschaffen, um dich an die neue Umgebung zu gewöhnen. Also lass es zu, auch wenn es dir noch so gegen den Strich geht. In Ordnung?" Elea bejahte dieses Mal mit Tränen erstickter Stimme. Maél war jedoch immer noch nicht fertig. „Wenn Roghan oder Darrach dich zu sich rufen, hörst du dir in Ruhe an, was sie von dir wollen. Zeige dich kooperativ und vielleicht auch ein wenig eingeschüchtert, auch wenn dir es schwer fällt. Ich werde mich von dir fernhalten, solange es geht. Je seltener wir aufeinandertreffen, desto weniger müssen wir etwas vorspielen und desto geringer ist das Risiko, dass wir uns verraten. - Du darfst nicht unser vordringliches Ziel aus den Augen verlieren, nämlich dich zu dem Drachen zu bringen. Und ich werde auf jeden Fall dabei sein. Mach dir darüber keine Sorgen! Du wirst mich wahrscheinlich im Schloss nicht zu Gesicht bekommen, aber ich werde dich im Auge behalten. Du weißt ja, ich werde dich überall finden, wo auch immer du bist." Maél machte wieder eine Pause. Er konnte nicht widerstehen, den nicht enden wollenden Tränenstrom auf Eleas Gesicht mit zarten Küssen zum Versiegen zu bringen. Als sie sich halbwegs beruhigt hatte, sprach er weiter. „Elea, du darfst am Hofe niemand von deinen Gaben erzählen. Du darfst niemand vertrauen. Außer..." Er zögerte und schluckte schwer. Jadora nickte ihm ermutigend zu. Was er jetzt sagen würde, fiel ihm sichtlich nicht leicht. „Wenn du wirklich mal in Not sein solltest, dann gibt es nur einen, dem du vertrauen kannst: Prinz Finlay. Er hasst Darrach fast genauso sehr wie ich. Außerdem hat er sich mit seinem Vater überworfen. - Und halte dich von Darrach fern. Ich weiß nicht, wie lange es dauern wird, bis wir uns auf die Suche nach dem Drachen machen. Nicht dass du auf die Idee kommst bei Darrach herumzuschnüffeln. Ich will dich nicht in seiner Nähe sehen, es sei denn, er kommt auf dich zu. Hast du gehört? Und so schwer dir unsere Trennung auch fallen wird, versuche nicht, mich zu finden!" Elea brach unerwartet ihr Schweigen. „Du hast wenigstens meinen Haarzopf, an dem du schnuppern kannst, wenn du mich vermisst. Ich habe gar nichts außer den Fetzen, den du aus deiner alten Tunika geschnitten hast", erwiderte sie vorwurfsvoll unter Tränen. Maél zog ohne zu zögern, sein Messer aus dem Stiefel und schnitt sich eine großzügige Strähne seines Haars ab und hielt sie Elea vor die Nase. „Reicht dir das? Oder brauchst du noch mehr?", gab er in besänftigendem Ton zurück. Eleas Miene hellte sich etwas auf. Sie wischte sich die Tränen mit ihren Ärmeln aus dem Gesicht, so als ob, sie nun endlich damit ihr Versiegen besiegelt hätte. Dann nahm sie die kleine Tasche aus ihrem Rucksack und steckte Maéls Haare zu dem Beutel mit dem kleinen Messer und der Zange. Nachdem wieder alles im Rucksack verstaut war, wandte sie sich ihm wieder zu. „War das jetzt alles? Können wir jetzt endlich losreiten oder hast du noch etwas zu sagen?", wollte sie angespannt wissen. Maél schaute zu Jadora, der der Unterhaltung stumm beigewohnt hatte und gab ihm ein Zeichen, dass er verschwinden sollte, was dieser auch ohne Widerrede tat. Dann blickte der junge Mann wieder in die grünen, vom Weinen verquollen Augen. „Ich habe nur noch eine Sache zu sagen und eine Kleinigkeit zu erledigen, die mir sehr am Herzen liegt." Er legte wieder seine Hände auf ihre Schultern und sprach mit einer Stimme, aus der Elea ein leichtes Zittern herauszuhören glaubte. „Elea, egal, was auf dem Schloss passieren wird, vergiss nie, dass ich es nur aus Liebe zu dir tue, auch wenn es nicht danach aussieht!" Dann wanderten seine Hände vorsichtig zu ihrem Gesicht hoch auf ihre Wangen. Seine Augen hatten sich in ihre verschlungen, als sein Mund sich ganz langsam auf ihren senkte. Es war ein zaghafter und sehr zärtlicher Kuss – ganz anders als der wilde und gierige unter der Tanne, als Maél die Kontrolle über sich verloren hatte. Seine Lippen liebkosten behutsam ihre bebenden. Sein heißer Atem, den er aus der Nase stieß, wärmte die eiskalte Haut ihres Gesichtes. Elea klammerte sich an ihn, als wollte sie ihn nie wieder loslassen. Wie ein trockener Schwamm, nahm sie die Liebe in sich auf, die Maél ihr in diesem Augenblick mit einer unglaublichen Sanftheit schenkte. Irgendwann hielt er inne und sah ihr noch so lange in die Augen, bis sich seine Atmung wieder normalisiert hatte. Sein Herz wollte sich jedoch nicht beruhigen. Es hämmerte immer noch wie wild von innen gegen seine Brust – vor Sorge und Angst, was in Moray geschehen würde, wenn er mit Elea vor dem König und vor Darrach stehen würde.

Erst am frühen Nachmittag war es der achtköpfigen Reitergruppe möglich, hin und wieder durch die Lücken vorüberziehender Nebelschwaden einen kurzen Blick auf die Hauptstadt zu erhaschen. Elea saß niedergeschlagen hinter Jadora auf dem Sattel und spürte, wie ihre Furcht mit jedem Schritt anwuchs. Ihr Magen verwandelte sich allmählich in einen Knoten. Maél, der wie immer die Spitze des Reitertrupps bildete, blieb nur ein einziges Mal verärgert stehen, weil sich über sie und den Nebelschwaden unzählige Vögel angesammelt hatten, die einen unüberhörbaren Lärm veranstalteten. „Hör auf damit, die Vögel anzulocken! Oder willst du etwa Aufsehen erregen? Darrach ist ein äußerst misstrauischer Mann. Er wird Verdacht schöpfen, wenn er davon erfährt."
„Ich locke sie gar nicht an. Sie kommen von alleine. Meine Anwesenheit genügt", klärte sie ihn auf. Seine Miene verfinsterte sich noch mehr.
Nach einer guten Meile kamen ihnen ein paar Händler entgegen, deren Wagen mit Säcken und Kisten beladen waren. Sie musterten neugierig die königliche Reitergruppe. Ihre Blicke blieben schließlich mitleidvoll auf Elea haften.
In dem immer dichter werdenden Nebel verbarg sich eine Landschaft, die wesentlich abwechslungsreicher war als das eintönige Grasland, das sie fast die ganze Reise begleitet hatte. Kleine Hügel erhoben sich immer wieder wie aus dem Nichts vor ihren Augen auf. Ebenso sah man immer größere Baumgruppen und nicht mehr nur einen allein auf weiter Flur stehenden Baum. Elea nahm davon jedoch kaum Notiz, da sie sich seelisch auf das bevorstehende Zusammentreffen mit dem König und Darrach vorbereitete. Sie musste um jeden Preis überzeugend ihre Rolle spielen. Deshalb versuchte sie, sich die ersten grauenhaften Erlebnisse mit Maél bis ins kleinste Detail in Erinnerung zu rufen, um dadurch Hass und Verachtung für ihn in ihrem Innern zu schüren. Dies fiel ihr aber viel, viel schwerer als bei Erinnerungen an Erlebnissen mit schönen Empfindungen. In ihren Gedanken versunken bemerkte sie plötzlich, dass Jadora stehen geblieben war. Gänsehaut kroch ihren Körper entlang. Sie war bis auf die Haut durchnässt. Selbst ihre Lederhose und Lederjacke hatten offensichtlich auf Dauer den unaufhörlich niederfallenden Nieselregen nicht von ihrer Haut fernhalten können. „Sind wir etwa schon da?", fragte sie fast im Flüsterton. „Ja. Es dauert nicht mehr lange, dann erreichen wir die Stadtmauern. Durch den Nebel kannst du gar nicht sehen, wie groß Moray ist. Man kann nicht einmal das Schloss erkennen, das auf dem Berg hinter Moray die gesamte Stadt überragt. – Elea, du zitterst hinter mir wie Espenlaub. Ich hoffe, es ist nur vor Kälte und nicht aus Angst!"
„Ich glaube, es ist beides", erwiderte sie mit klappernden Zähnen. Maél kam näher zu ihnen herangeritten und sah sofort, dass Elea bereits wieder halb erfroren war. Am

liebsten hätte er sie in den Arm genommen und gewärmt, aber daran war jetzt nicht zu denken. Seine Rolle, die er zu spielen hatte, begann nämlich mit dem nächsten Schritt auf die Stadt zu. „Elea, du hast es bald geschafft. Der erbärmliche Zustand, in dem du dich gerade befindest, wird uns sehr hilfreich sein. Belana wird dich schnell unter ihre Fittiche nehmen. – Und egal, was jetzt gleich vor Roghan und Darrach passieren wird, vergiss nicht, dass ich dich liebe." Elea nickte unsicher. Kurz darauf drückte er Arok auch schon die Fersen unsanft in die Seiten und galoppierte auf die im Nebel verborgene Stadt zu.

Als sie wenig später, durch das Stadttor ritten, war Eleas Wahrnehmung nur auf ihr Gehör beschränkt, da sie ihre Augen fest geschlossen hielt. Das laute Klappern der Pferdehufe ließ darauf schließen, dass die Straße, auf der sie ritten, gepflastert war. In Rúbin gab es keine einzige befestigte Straße und in Galen hatte sie auch keine entdeckt. Darüber hinaus wurden sie von einem großen Stimmengewirr begleitet, das mit dem Weinen und Lachen von Kindern durchsetzt war. Ein Hund hörte nicht auf zu bellen, sodass es nicht lange dauerte, bis ein paar seiner Artgenossen mit in das Gebell einstimmten. Auch das klirrende Geräusch von Pferdegeschirren und über die Pflastersteine ratternde Holzräder hallten durch die Stadt. Von jetzt auf nachher verstummten jedoch die Stimmen um sie herum. Sie öffnete langsam ihre Augen und sah links und rechts am Straßenrand Männer und Frauen stehen, die sie und ihre Begleiter regungslos anstarrten. Plötzlich ertönte eine laute Männerstimme. „Der *Schwarze Jäger* ist zurück! Zum ersten Mal mit einer Frau!" Dieser Ausruf wurde wie ein Echo von einer Stimme zur anderen in das Innere der Stadt fortgetragen – zunächst gefolgt von noch lauterem Stimmengewirr, das aber jäh erstarb, je weiter sie die Straße entlangritten. Elea hörte darauf Jadora knurren. „Jetzt dauert es nicht mehr lange, bis es der König weiß." Elea versuchte, die sie anglotzenden Menschen auszublenden und konzentrierte ihren Blick auf die Gebäude. Sie waren ausnahmslos aus Stein gebaut und reihten sich nahtlos aneinander wie eine undurchdringbare Wand. Keine Lücke war zu erkennen. Nur ab und zu öffneten sich von der breiten Straße, auf der sie entlang ritten, enge Gassen, die zu noch finstereren Winkeln führten. Alles um sie herum schien, von einer Dunkelheit verschluckt zu werden. Einzig der nebelverschleierte Himmel strahlte zumindest ein tristes Grau aus. Eleas Beklemmung nahm von Augenblick zu Augenblick zu. Nicht nur, dass sie sich hier in dieser Stadt wie im Gefängnis fühlte, abgeschnitten von jeglicher Natur, auch die stetig wachsende Menschenmenge, die sich sensationslustig an den Straßenrand drängte, ließ allmählich ein Gefühl von Panik in ihr aufsteigen. Mancherorts kam es sogar zu lautstarken Rangeleien zwischen den Schaulustigen, nur um einen Blick auf sie zu erhaschen. Ihr Griff um Jadoras Brustpanzer verstärkte sich zunehmend, woraufhin der Mann ihre Hand beruhigend tätschelte.

Der Ritt durch diese grauenvolle Stadt kam Elea endlos lange vor. Sie hielt schon wieder eine ganze Zeit lang ihre Augen geschlossen, als sie plötzlich Jadoras Stimme vernahm. „So, Elea! Die Stadt haben wir fast hinter uns. Vor uns kannst du bereits das nördliche Stadttor erkennen. Wir müssen dann nur noch über die Brücke und den Berg hinauf, bis wir endlich unser Ziel erreicht haben." Elea warf einen Blick zu Maél, der direkt vor Jadora erhobenen Hauptes ritt und sich von der tuschelnden Menschenmenge nicht beeindrucken ließ. *Wie soll ich nur von dem Pferd hinunterkommen, geschweige denn einen Fuß vor den anderen setzen.* Endlich passierten sie das Stadttor. Elea nahm einen tiefen Atemzug – so gut das eben ging mit vor Kälte und Angst verkrampftem Körper. Sie hatte kaum noch Gefühl in ihren Fingern und Gliedern. Sie sah an Jadora vorbei, um einen Blick auf das zu werfen, was sie gleich ebenso wie die Stadt verschlucken und wahrscheinlich nicht wieder so schnell durch seinen Schlund in die Freiheit entlassen würde: das Schloss.

Sie ritten durch dicke Nebelschwaden hindurch, die sich nur langsam bewegten. Durch eine kleine lichte Stelle lugte der steinerne Torbogen hervor, der den Weg zu einer Brücke freigab. Wie weit die Brücke führte, blieb im Nebel verborgen. Jeweils links und rechts von dem Torbogen stand ein königlicher Krieger mit demselben Brustpanzer wie ihn Jadora und seine Männer trugen. Sie salutierten Maél und dem Hauptmann, von denen nur letzterer den Gruß erwiderte. Die Brücke war nicht sehr breit. Vielleicht etwa so breit, dass gerade eine Pferdekutsche auf ihr fahren konnte. Sie führte über einen Fluss, den man aufgrund der tiefen, wabernden Nebelschwaden nur hören, aber nicht sehen konnte. Sein Rauschen war so laut, dass es alles zu übertönen schien. Es musste sich um einen schnell fließenden Fluss handeln, der entweder Hochwasser führte oder aufgrund von Stromschnellen reißend durch sein Bett floss.

Als Elea ihren Blick vom Boden in die Höhe vor sich schweifen ließ, stockte ihr jäh der Atem. Für einen kurzen Moment lugte durch die Nebelschwaden ein Berg hervor, auf dem das Schloss in seiner ehrfurchtgebietenden Gewaltigkeit prangte. Sie konnte gerade noch eine schwindelerregend hohe Mauer und zahlreiche Türme mit Kegeldächern erkennen, bevor sich eine neue Nebelschwade wieder davor schob. Eleas Befürchtung bestätigte sich. Das Schloss, das viel mehr den Eindruck einer uneinnehmbaren Festung vermittelte, löste in ihr ein neues Grauen aus, das ihren Magen, der sich inzwischen auf die Hälfte seiner Größe zusammengekrampft hatte, noch mehr zusammenschrumpfen ließ. *Jemand, der in so einem Gemäuer freiwillig lebt, muss ebenso furchterregend sein. Das soll nun wer weiß für wie lange mein neues Zuhause werden!* Elea wusste, dass sie sofort etwas unternehmen musste, wenn sie nicht ohnmächtig werden wollte. Ihr Atem ging immer flacher und ihr Herz raste. Ihr blieb nichts anderes übrig, als eine warme Welle für sich selbst aufzubauen, um nicht in ihrer Panik und Verzweiflung unterzugehen. Sie schloss ihre Augen und konzentrierte sich auf ihr schönes, unbeschwertes Leben, das sie bei Albin und Breanna und ihren Geschwistern geführt hatte. Sie dachte sogar an Kaitlyns Geburt, weil sie bei dieser die stärkste schöne Empfindung hatte, wenn man von den überwältigenden Gefühlen absah, die sie bei bedeutsamen Erlebnissen mit Maél empfand. Diese Erinnerungen durfte sie jedoch nicht antasten, da sie in wenigen Augenblicken König Roghan und Darrach unendlichen Hass gegenüber dem Mann vorspielen musste, den sie in Wirklichkeit mehr als ihr Leben liebte. Sie versetzte sich in einen Zustand höchster Konzentration, in dem sie aufhörte, um sich herum etwas zu hören und sehen. So bemerkte sie auch nicht, wie sie nach einer Weile durch das riesige Tor in der Wehrmauer in das Innere der königlichen Festung gelangten.

Kapitel 2

Laute, zum Teil schreiende Stimmen holten Elea schonungslos aus dem tranceähnlichen Zustand in die Realität zurück. Eine darunter kannte sie nur zu gut: Es war Maéls Stimme, der wie immer Befehle in rüdem Ton erteilte. Sie öffnete die Augen und sah sich und ihre Begleiter in einem riesigen Innenhof stehen, der von wuchtigen, mehrstöckigen Gebäuden umgeben war. Zahlreiche Menschen wie Krieger, aber auch Männer und Frauen in herkömmlichen Kleidern des Volkes gingen eifrig ihren Beschäftigungen nach. Plötzlich sah sie aus dem Augenwinkel Maél mit energischen Schritten auf sie zuschreiten. *Jetzt ist es also soweit.* Er hatte ihren Bogen, leeren Köcher und Rucksack mit dem Wolfsfellumhang um seine Schulter gehängt. Als sich ihre Blicke trafen, liefen ihr Eisschauer den Rücken hinunter und ihre Kehle wurde eng. Er fixierte sie aus kaltherzigen, hasserfüllten Augen. *Er wird seine Rolle zweifellos perfekt spielen.* Er hatte sie noch nicht ganz erreicht, da knurrte er ihr für alle unüberhörbar auch schon zu: „Seid Ihr da oben festgewachsen oder hat Euch Euer Mut jetzt doch verlassen? Los, runter mit Euch!" Elea musste schwer schlucken. Dann warf sie ihm aber einen ihrer giftigen, inzwischen etwas aus der Übung geratenen Blicke zu, und versuchte, vorsichtig ihre steif gefrorenen Glieder von Jadora zu lösen, der sich schon eine geraume Zeit lang nervös räusperte.

    Maél dauerte alles viel zu lange. Er griff die junge Frau grob am Arm und zog sie einfach vom Pferd, sodass sie auf den Boden fiel. Elea bedachte ihn mit allerlei Beschimpfungen, die er aber ignorierte. Er stellte sie ungeduldig wieder auf die Beine. „Los, kommt! Der König wartet schon auf Euch." Er hielt ihren Arm wie in einem Schraubstock eingespannt und zog sie mit sich auf eine Treppe zu. Sein eiserner Griff um ihren Arm trieb Elea vor Schmerzen Tränen in die Augen. Diese unerwartete Grobheit ließ in Elea trotz ihrer desolaten Verfassung Wut auflodern. „Ihr elender Mistkerl! Ihr zerquetscht mir den Arm und wenn Ihr so weiter an mir herumzerrt, dann reißt Ihr ihn mir noch heraus", herrschte sie ihn respektlos an. Sie hatten gerade die Treppe erreicht, da drehte sich Maél abrupt herum, packte sie am Kinn, wodurch der inzwischen erträglich gewordene Schmerz in ihrer linken Gesichtshälfte erneut aufflammte und sie aufschreien musste. Er kam ihrem Gesicht bedrohlich nahe. „Ich warne Euch! Hütet Eure Zunge! Noch seid Ihr meine Gefangene und ich kann mit Euch tun, was mir beliebt", zischte er ihr mit heißem Atem ins Gesicht. Alle im Hof versammelten Menschen waren verstummt und sahen dem Schauspiel, das sich ihnen bot, mit großem Interesse und missbilligendem Kopfschütteln zu. Diese Leute hatten sie zweifelsohne davon überzeugt, dass Maél immer noch der skrupellose, unbarmherzige Menschenjäger war. Wenn sie aber dachten, dass der schwarz gekleidete Mann die junge Frau mit diesen Worten eingeschüchtert hätte, dann hatten sie sich jedoch getäuscht. Maél hatte sich schon umgedreht und einen Fuß auf die erste Stufe gesetzt, als sie ihm noch bissig zu zischte. „Ihr vergesst, alles dürft Ihr nicht mit mir tun! Mir meine Unberührtheit nehmen!" Er hielt inne und lockerte für die Dauer eines Wimpernschlages seinen schmerzhaften Griff um Eleas Arm. Ihm war klar, dass er ihr wieder eine Reihe von blauen Flecken zufügen würde. Aber das war auch sein Ziel. Er wollte sie mit seiner von allen gefürchteten Gewalttätigkeit gegen ihn aufbringen, was ihm auch offenbar gelungen war. *Dass sie damit anfängt, hätte ich mir ja denken können!* Er drehte sich nur kurz zu ihr um. Dies genügte aber, um ihr einen grimmigen Blick zuzuwerfen und einen Knurrlaut von sich zu geben. Dabei entging ihm nicht der versteinerte, angespannte Blick von Jadora, der ihnen auf den Fuß gefolgt war.

Die bis auf die Haut durchnässte dreiköpfige Gruppe nahm daraufhin ihren Weg über die Treppe wieder auf. Elea zögerte einen Moment, bevor sie einen Fuß über die riesige Schwelle setzte. Sie fragte sich, ob in dem gigantischen Bauwerk eine ebenso düstere und einschüchternde Atmosphäre herrschte, wie in der Stadt. Maél ließ ihr jedoch keine Zeit zum Zaudern. Er zog wieder schmerzhaft an ihrem Arm, sodass sie beinahe stolpernd in das Gebäude gestürzt wäre. Elea konnte mit seinen riesigen Schritten kaum mithalten. Von Jadora war kein Wort zu vernehmen, aber sie konnte deutlich sein Kettenhemd und sein Schwert hinter sich klirren hören. Sie lenkte sich von ihren Schmerzen und ihrer Wut ab, indem sie ihren Blick durch die Vorhalle schweifen ließ. Zu ihrer Überraschung war es weder finster noch kalt. Fackeln in Halterungen an den Wänden und gewaltige Kronleuchter aus Holz mit riesigen Kerzen, die sie in dieser Größe bisher noch nie gesehen hatte, verströmten ein angenehmes Licht. An den Steinwänden hingen golddurchwirkte Wandteppiche und der Boden war mit Fellen und Teppichen ausgelegt, zwischen denen Feuerbecken in den Boden eingelassen waren und eine gemütliche Wärme ausstrahlten. Diese Behaglichkeit nahm Elea etwas von ihrer Angst. Schließlich betraten sie einen Gang, in dem es dunkler war. Nur hier und da brannten ein paar Fackeln in Wandhalterungen. Das Ende des Ganges hingegen strahlte den drei eilenden Menschen in hellem, goldenen Licht entgegen. Elea stockte für einen kurzen Moment der Atem, als sie - immer noch in Maéls unerbittlichem Griff gefangen - in den lichtdurchfluteten Raum stolperte. Sie befanden sich nun in einer riesigen Halle, die ähnlich ausgestattet war, wie die kleinere Empfangshalle zu Beginn, nur viel prunkvoller. Von überall blitzte ihr aufgrund der zahllosen Lichtquellen goldenes und silbernes Zierwerk entgegen. Elea konnte vor lauter Staunen wieder nicht mit Maél Schritt halten, sodass er erneut dazu übergegangen war, sie grob hinter sich her zu schleifen. Bevor sie wieder ein paar Stufen am Ende des Festsaals hinaufstiegen, konnte Elea gerade noch die endlos hohen Fenster mit kunstvollen dicken Verglasungen bewundern, die jedoch wegen des dichten Nebels nur trübes Tageslicht durchschimmern ließen. Elea riss sich von der Bewunderung der Fenster los, um sich auf die Rolle einzustellen, die Maél von ihr erwartete. Ihr würde es leichter fallen, sie zu spielen, als sie erwartet hatte. Der Schmerz in ihrem unablässig gequetschten Arm war mittlerweile kaum noch zu ertragen.

Auf dem Thronpodest angekommen, stieß Maél sie vor sich auf den Boden. Er und der Hauptmann sanken auf ein Knie vor dem König nieder und grüßten ihn ehrfurchtsvoll mit dem Kriegergruß. Dieser saß auf seinem Thron. Daneben stand Darrach, sein

Berater. Roghan trug nicht wie gewöhnlich eine lange, kostbare Robe, sondern war gekleidet in Kettenhemd und Brustpanzer, auf dem ein goldener Drache mit Feuer speiendem Maul prangte. An einem mit Edelsteinen verzierten Gürtel trug er ein Langschwert, dessen Scheide mit goldenen verschnörkelten Ornamenten beschlagen war.

Elea rührte sich nicht. Sie lag immer noch mit ihrem Gesicht zwischen den Armen auf dem Boden, nicht um dem König den nötigen Respekt entgegenzubringen, sondern um sich ein letztes Mal auf die bevorstehende Aufgabe vorzubereiten. Plötzlich vernahm sie eine tiefe Stimme. „Erhebt euch! Ihr kommt spät. Wir haben eure Rückkehr früher erwartet." Maél und Jadora erhoben sich. „Mein König, wir hatten mit unerwarteten Widrigkeiten zu kämpfen, aufgrund derer wir ein paar Tage länger benötigten, als vorgesehen", sagte Maél mit einer emotionslosen Stimme, in der Elea eine Spur von Verachtung heraus zu hören meinte. „Von denen du uns später ausführlich berichten wirst. Doch zuvor wollen wir doch erst einmal unseren Gast begrüßen." Elea hätte am liebsten laut herausgelacht. *Von wegen Gast!* Ihre Angst und Eingeschüchtertheit waren auf einmal wie weggeblasen. Sie erinnerte sich daran, dass Maél ihr erlaubt hatte, die Widerspenstige, also sich selbst zu spielen. Dies gedachte sie, jetzt auch mit Freuden zu tun. „Mein Kind, erhebt Euch doch bitte, damit wir Euer Gesicht sehen können", sprach die tiefe Stimme von eben. Elea erhob sich leichtfüßig trotz ihrer durch die Nässe eng am Körper anliegenden Lederkleidung. Die körperliche Starre, die sie kurz zuvor noch bei Jadora auf dem Pferd schwerfällig gemacht hatte, war wie durch ein Wunder von ihr gefallen. Sie blickte in zwei Gesichter auf. Das eine war voller Bestürzung, das andere war von einem eiskalten Lächeln bestimmt. Auch wenn König Roghan nicht in seinem Thronsessel gesessen hätte, so wäre es für Elea ein Leichtes gewesen, Darrach zu bestimmen. Sein abschätziger Blick erinnerte sie in gewisser Weise an Maéls selbstgefälliger Miene, die er zu Beginn ihrer Reise an den Tag gelegt hatte. „Wie ich sehe, hat mein Krieger mit seiner unbarmherzigen Härte auch nicht vor einer jungen Frau Halt gemacht." Bei diesen Worten bedachte Roghan Maél mit einem missbilligenden Blick, der diesen jedoch völlig unbeeindruckt ließ. „Ich hoffe, die Reise war für Euch nicht allzu unerfreulich. Wie ist Euer Name, mein Kind?"

„Mein Name ist Elea. Und das Wort *unerfreulich* ist gelinde ausgedrückt mehr als eine Untertreibung. Nicht nur, dass Ihr offensichtlich den Auftrag erteilt habt, mich gewaltsam aus dem Schoße meiner Familie entführen zu lassen. Ihr habt mir auch noch dieses Monster auf den Hals gehetzt, das mich geschlagen und gedemütigt und obendrein meinen Bruder mit seinem Schwert lebensgefährlich verletzt hat. Ich sehe mich ganz sicherlich nicht als Euer Gast." Eleas Stimme verriet Wut und Respektlosigkeit gegenüber dem König, was Maél sie sogleich spüren ließ. Er packte sie wieder unsanft am Arm und knurrte ihr in herrischem Ton ins Gesicht: „Zügelt Eure Zunge! Ihr vergesst, wem Ihr gegenübersteht."

„Maél, lass sie nur! Sie hat in gewisser Weise nicht Unrecht und ihre Aufgebrachtheit ist nur verständlich, vor allem angesichts der unangemessenen Brutalität, mit der du offensichtlich gegen sie vorgegangen bist. Sie ist fast noch ein Mädchen und keiner der Verbrecher und Tagediebe, die du sonst jagst." Maél ließ Roghans tadelnde Worte völlig ungerührt über sich ergehen. Er hatte eine ausdruckslose Miene aufgesetzt, der sein gegenwärtiger Gefühlszustand nicht zu entnehmen war. Elea, die direkt neben ihm stand, blieb jedoch nicht verborgen, wie er sich um eine ruhige Atmung bemühte.

Eleas Respektlosigkeit ging so weit, dass sie nicht abwartete, bis Roghan wieder das Wort an sie richtete. Immer noch mit empörter Stimme fragte sie unverblümt: „Was wollt Ihr überhaupt von mir?" Plötzlich nahm Elea eine Bewegung neben Roghans Thron wahr. Es war Darrach, der bisher stumm der Unterhaltung mit unverändert abschätzigem Lächeln beigewohnt hatte. Elea hatte bisher nur einen flüchtigen Blick auf sein Gesicht geworfen und außer dem langen, schlohweißen Haar, das es umrahmte, hatte sie seine Gestalt kaum wahrgenommen. Doch durch seine Regung fiel ihr auf, dass er mindestens genauso groß wie Maél sein musste, aber viel schlanker, um nicht zu sagen mager. Er trug im Gegensatz zu Roghan ein schlichtes, hellbraunes Gewand, um das er einen einfachen Ledergürtel trug. „Ich denke, das wisst Ihr ganz genau, Elea. Maél hätte sicherlich nicht die weite Reise zurück nach Moray mit Euch unternommen, wenn Ihr nicht – ja, wie soll ich sagen? - gewisse Merkmale erfüllt. – Bevor wir also über den Dienst sprechen, den Ihr Eurem König erweisen sollt, wollen wir uns vielleicht doch erst einmal von der Echtheit der besagten Merkmale überzeugen."

„Darf ich Euch meinen Berater und engsten Vertrauten Darrach vorstellen?" Roghan machte eine knappe Geste zu dem Mann neben ihm. Nur einen Augenblick später gab Darrach Maél ein Zeichen. Dieser zögerte nicht einen Wimpernschlag und riss das Stück schwarzen Stoff seiner alten Tunika von Eleas Kopf. Ein Raunen ging durch die riesige Halle, als Eleas dunkelbraune, rot schimmernde Haarpracht den Rücken hinunterfiel. Sie reichte ihr mittlerweile bis über die Mitte des Rückens. Erst durch das Raunen wurde Elea auf die vielen Menschen aufmerksam, die in der Halle zugegen waren: Krieger standen mit Schwertern oder Lanzen bewaffnet ringsum die Halle verteilt und Diener, die mit verschiedenen Tätigkeiten beschäftigt waren, hielten vor Staunen inne. Der König unterbrach mit bewundernder Stimme die Stille, die allein durch das Knacken der Holzscheite in den Feuergruben gestört wurde. „Ihr habt wahrlich außergewöhnlich schönes Haar und diese roten Haarsträhnen sind zweifelsohne einzigartig in meinem Königreich." Elea war so überrumpelt von Maéls demütigender Handlung, dass ihr die Worte fehlten. Sie warf ihm nur einen hasserfüllten Blick zu, den er gekonnt mit einem höhnischen Lächeln erwiderte. „Und sie leuchten tatsächlich bei Nacht?", fragte der morayanische Herrscher nach. „Ja!", antworteten Maél und Jadora wie aus einem Munde. „Sie leuchten nicht nur in nächtlicher Schwärze so rot wie die Glut von Feuer, sondern in jeder erdenklichen Dunkelheit. - Das ist jedoch noch nicht alles. Sie hat sich ihr Haar in jener Nacht, in der ich sie gefangen nahm, abgeschnitten, sodass es ihr nur bis zu den Schultern reichte. Dies liegt nur etwa fünf Wochen zurück!" Wieder war ein Raunen zu vernehmen. Roghans Gesichtsausdruck schwankte zwischen Bewunderung und Befremdung, während Darrachs rechte Augenbraue alarmiert in die Höhe schoss. „Gibt es noch weitere körperliche Besonderheiten an ihr?", wollte er mit ungezügelter Neugier wissen. „Ja, die gibt es. Im Laufe der Reise sind ihr auf dem Rücken höckerartige Gebilde gewachsen." Elea spürte, wie die Flammen ihrer Wut immer stärker loderten. *Er spielt seine Rolle wirklich perfekt! Was hat dieser Mistkerl vor? Will er meinen Rücken vor allen hier in der Halle entblößen?* Sie hatte kaum den Gedanken zu Ende gedacht, da hielt er ihre beiden Arme bereits mit einer seiner tellergroßen Hände in einem erneuten schmerzhaften Griff umschlungen und riss ihre Lederjacke samt der darunterliegenden drei Stofflagen soweit den Rücken hoch, dass drei der Höcker für alle gut sichtbar waren. „Du elender Bastard!", schrie sie ihn an. Und um ihrer Beschimpfung noch Nachdruck zu verleihen, trat sie ihm ans Schienbein und spuckte ihm ins Gesicht. Alle Anwesenden – König Roghan und sein Berater eingeschlossen – zogen hörbar die Luft ein und warteten gespannt auf die Reaktion des *schwarzen Jägers*, dessen Opfer gewöhnlich demütig vor ihm auf den Knien lagen und um Gnade winselten. Maél sah der jungen Frau außer sich vor Wut in die Augen. Während er mit einer Hand immer noch ihre beiden Arme festhielt, holte er mit seiner freien Hand weit zu einem Schlag aus, als plötzlich die angespannte Stille von einer lauten Frauenstimme vom anderen Ende der Halle kommend durchbrochen wurde: „Nein! Aufhören! Wagt es nicht die Hand gegen dieses hilflose Mädchen zu erheben!" Elea konnte von hinten herbeieilende Schritte und das Rascheln von Stoff hören. Wenige Augenblicke später erreichte eine stattliche Frau mittleren Alters, die lautstark nach Atem rang, die dreiköpfige Gruppe vor dem Thron. Sie trug ein kostbares, mit goldenen Stickereien versehenes Kleid aus rotem Samt – von einem Rot wie Eleas Haarsträhnen. Sie hatte ihr blondes Haar mit einem aufwendigen Knoten zu einer kunstvollen Hochfrisur drapiert, auf der Eleas Augen staunend haften blieben. Sie musste unwillkürlich an Maéls Worte denken, als er diese eindrucksvolle Frau zum ersten Mal erwähnte. *Das ist also Belana. Sie ist wirklich eine Haarkünstlerin. Was wird sie erst mit meinen Haaren anstellen?!* Die Frau blickte von Maél zu Elea und dann wieder entsetzt und mit hasserfülltem Blick zu dem Mann. Schließlich drehte sie sich aufgebracht zu ihrem Herrn um. „Was geht hier vor, mein König? Seht Ihr etwa zu, wie dieser seelenlose Kerl dieses arme Mädchen schlägt?", stellte sie mit fester Stimme König Roghan zur Rede und funkelte ihn dabei aus ihren braunen Augen zornig an. Der König räusperte sich erst etwas verlegen, bevor er zu sprechen begann. „Beruhigt Euch, Belana! Ihr seid mir einen Wimpernschlag zuvor gekommen. Ich hätte Maél schon Einhalt geboten. Hier wird niemand geschlagen."

„Und wie kommt diese unschöne Schwellung in das Gesicht dieser jungen Frau?" Belana drehte sich zu Elea um und sah ihr jetzt direkt in die strahlenden, grünen Augen. Ihr Blick wanderte von dort sogleich bewundernd zu Eleas außergewöhnlicher Haarpracht. „Elea, darf ich Euch meine Erste Hofdame vorstellen. Das ist Belana. Sie wird, solange Ihr unser... ähm... Gast seid, dafür sorgen, dass Ihr Euch bei uns auf dem Schloss... wohl fühlt. Nicht wahr, Belana?", sagte der König mit einer Stimme, in der eine gewisse Unsicherheit herauszuhören war. Es war offensichtlich, dass Belana, auch wenn sie nicht die Königin war, sich Freiheiten gegenüber dem morayanischen Herrscher herausnehmen durfte, die einer Hofdame üblicherweise nicht gebührten. Sie war eine starke Persönlichkeit. Darüber hegte Elea nicht den geringsten Zweifel. Selbst Darrach gab in ihrer Anwesenheit sein abschätziges Lächeln auf und machte ein ausdrucksloses Gesicht. Belana hatte inzwischen Eleas Arme aus Maéls eisernem Griff gelöst, der es nur widerwillig und mit einem Knurren zuließ. Sie hatte Elea beschützend den Arm um die Schulter gelegt und baute sich mit eiskaltem Blick vor Maél auf, der ihren Blick ebenso frostig erwiderte. „Was seid Ihr nur für ein Ungeheuer. Wenn ich es nicht besser wüsste, dann würde ich denken, dass in Euch ein Dämon steckt." Zu Elea gewandt sagte sie mit sanfter Stimme: „Ihr braucht Euch jetzt nicht mehr vor ihm zu fürchten. Hier bei mir seid Ihr in Sicherheit."

Belana hatte schon mit Elea an ihrer Seite den Männer den Rücken zugedreht, als Darrach ihr gebieterisch Einhalt gebot. „Halt, Belana! Ihr müsst Euch noch einen Augenblick gedulden. Wir müssen uns noch von einer Kleinigkeit überzeugen. Wir haben noch nicht das Mal gesehen." Jetzt schaltete sich auch Jadora ein: „Mein König, sie hat das Mal. Ich habe es mit eigenen Augen gesehen. Es sieht in der Tat wie eine Rosenknospe aus. Ich denke..." Jadora kam nicht weiter, da Belana ihm ins Wort fiel. „Vielen Dank, Hauptmann Jadora, dass Ihr Euch für Elea einsetzt. Wenigstens gibt es einen Mann, von den hier anwesenden, der sich ehrenhaft gegenüber einer Frau verhält. – König Roghan, ich werde nicht erlauben, dass das Mädchen vor Euch und all den Männern hier entblößt wird."

Belana schaute erwartungsvoll zu Roghan, der nach kurzem Zögern zu Darrachs Verdruss verlauten ließ: „Darrach, ich denke darauf können wir jetzt verzichten. Ich vertraue auf Hauptmann Jadoras Aussage. Elea hat für heute schon genug Unannehmlichkeiten über sich ergehen lassen müssen. Alles Weitere können uns Maél und Jadora berichten. Wir sollten jetzt erst einmal alles Erdenkliche tun, damit sie sich nicht mehr wie eine Gefangene, sondern wie ein Gast fühlt. Und dafür ist Belana genau die Richtige. – Elea, wir werden morgen im Laufe des Tages unser Gespräch in meinem Arbeitszimmer fortsetzen. Nehmt ein Bad und esst! Ihr seht ziemlich mitgenommen und ausgehungert aus. Dann schlaft Euch in einem richtigen Bett aus. Belana wird Euch zu Eurem Zimmer bringen." Belana nickte dem König zufrieden zu, während Elea noch tausend spitze Erwiderungen durch den Kopf gingen. Diese schluckte sie zähneknirschend hinunter. Sie sah noch ein letztes Mal in Maéls Augen. Aus ihnen schlug ihr eine Kälte entgegen, die sie glaubte, auf ihrer Haut zu fühlen. Völlig unerwartet warf er ihr unsanft ihr Gepäck an die Brust. Die beiden Frauen waren gerade im Begriff, die wenigen Stufen des Thronpodestes hinabzusteigen, als sich schon wieder ein Neuankömmling mit energischen Schritten näherte. Es war ein Mann etwa im gleichen Alter von Maél. Er war ebenso athletisch wie Maél. Nur war er von kräftigerer Statur und dafür etwas kleiner. Noch bevor der Mann, die Stufen, die zum Thronsessel hinaufführten, erreicht hatte, wusste Elea, wer er war: Prinz Finlay. Er war seinem Vater wie aus dem Gesicht geschnitten. Er hatte dasselbe hellbraune Haar, das er ebenso wie sein Vater kurz trug, und dieselben rehbraunen Augen. Er trug weder Kettenhemd noch Brustpanzer, aber ein Schwert an einem Gürtel, den er um seine lange Jacke aus dunkelbraunem Leder gegurtet hatte. Auf seinem Rücken trug er einen Bogen und einen Köcher. Seine Kleidung war ebenfalls durchnässt und in seinem Gesicht waren mehrere Tage alte Bartstoppeln zu sehen. Finlays Erscheinung erinnerte viel mehr an einen Jäger als an einen Prinzen. Belana, die inzwischen mitten auf den Stufen angehalten hatte, nickte dem jungen Mann, der ebenfalls stehen geblieben war, freundlich zu. Dieser erwiderte ihren stummen Gruß, ließ seinen Blick jedoch auf Elea ruhen, die er unverhohlen musterte. Elea konnte in seinem Gesicht lesen wie in einem offenen Buch. Als erstes spiegelte seine Miene Entsetzen wider, da die unübersehbare, blau verfärbte Schwellung in Eleas linker Gesichtshälfte jede weitere Wahrnehmung an ihr erst einmal in den Hintergrund rücken ließ. Sein Blick schweifte verächtlich zu Maél und kehrte dann wieder zu ihr zurück. Sein Gesicht nahm nun einen Ausdruck an, den Elea inzwischen nur allzu gut kannte, und von dem sie wusste, dass er ihr nur Probleme verhieß. Er bewunderte ganz offensichtlich ihre Schönheit und dies auf recht unverhüllte Weise. Er ließ seine Augen länger als notwendig über ihren Körper hinweggleiten, der durch das wie eine zweite Haut anliegende Leder bestens zur Geltung kam. Zum Glück hatte Belana anscheinend ebenfalls den Eindruck, dass seine indiskrete Musterung zu weit ging. Ohne ein Wort zu sagen, nickte sie ihm nochmals zu, diesmal allerdings nicht mehr mit einem freundlichen Lächeln, sondern mit einem tadelnden Blick und schritt mit Elea die letzten Stufen hinunter.

Elea wollte im Moment nichts lieber tun, als sich nach dem aufreibenden Tag in die Obhut dieser starken Frau zu begeben. Diese gab ihr fast ein Gefühl von Geborgenheit, aber nur fast. Belana würde zwar für sie wie eine Löwin für ihre Jungen kämpfen. Dies änderte aber nichts daran, dass sie sich mitten in der Höhle des Löwen befand.

Kapitel 3

Prinz Finlay war gerade dabei, die letzte Stufe zu dem Podest zu nehmen, auf dem sein Vater in schillernder Kampfausrüstung thronte, als dieser sämtlichen Dienern den Befehl erteilte, die Thronhalle zu verlassen. Nur einer Handvoll Krieger, Angehörigen seiner Leibgarde, war es erlaubt zu bleiben. Sie bezogen an den Zugängen zu der Halle Posten und wachten mit steinerner Miene über ihren Herrscher. Finlay blieb an der freien Seite neben Maél stehen. Auf der anderen stand immer noch Jadora. Seinen Vater würdigte er zunächst keines Blickes, da er unverwandt den eiskalten Blick seines einstigen, besten Freundes erwiderte. „Was ist nur aus dir geworden, Maél? Allmählich glaube ich, dass Belana recht damit hat, dass du keine Seele hast. – Was hast du nur mit diesem Mädchen angestellt?!", klagte er ihn an. „Ich bin dir keine Rechenschaft schuldig, Finlay. Ich handle im Auftrag deines Vaters. Weder der König noch Darrach haben verlangt, dass ich dieses widerspenstige Weib mit Samthandschuhen anfassen soll."

„Schweig, Maél! Du wirst in Kürze Gelegenheit haben, einen umfassenden Bericht abzugeben", herrschte der König Maél in missbilligendem Ton an, den er jedoch beibehielt, als er sich seinem Sohn zuwandte: „Lass mich zuerst den Grund für den seltenen Besuch meines Sohnes erfahren." Finlay nickte seinem Vater zur Begrüßung knapp zu. „Ich war zufällig in der Stadt, um Vorräte einzukaufen, als ich von der Rückkehr deines Häschers hörte, der in Begleitung einer übel zugerichteten jungen Frau heimgekehrt sein soll. Ich muss gestehen, dass mit dieser Nachricht meine Neugier geweckt war. Ich frage mich, Vater, was für eine Rolle diese junge Frau in deinen Plänen spielen soll. Findest du nicht?" Der zugleich anklagende und herausfordernde Ton in Finlays Worten, schien den König nicht im Geringsten zu berühren. Er sah kurz zu Darrach, der ihm dezent auf ermutigende Weise zunickte. Daraufhin erwiderte König Roghan: „Jetzt, da wir sie endlich gefunden haben, und die Zeichen ihre Echtheit bewiesen haben, können wir das Geheimnis um ihre Identität auch preisgeben. Sie ist eine Drachenreiterin, die in der Lage ist, den wahrscheinlich letzten existierenden Drachen zu finden und über ihn zu herrschen. Mit ihr an meiner Seite wird es ein Leichtes sein, Boraya zu erobern. Außerdem wird es mir mit ihrer Hilfe möglich sein, neues Land und andere Völker zu entdecken, die außerhalb unserer gegenwärtigen Reichweite leben." Roghan machte eine Pause, die Finlay sogleich ausnutzte. „Du bist tatsächlich davon überzeugt, dass dieses Mädchen in der Lage ist, einen Drachen zu finden, ganz zu schweigen davon, ihn zu reiten?! - Angenommen, du hast recht und sie ist die, für die du sie hältst, glaubst du, sie ist dazu bereit, dich bei deinen machtgierigen und größenwahnsinnigen Bestrebungen zu unterstützen?"

„Mach dir darüber keine Sorgen. Ich verfüge über Wege und Mittel, sie davon zu überzeugen."

„Das kann ich mir denken." Finlay warf Maél einen verächtlichen Blick zu.

Plötzlich erhob Darrach das Wort. „Prinz Finlay, ich weiß nicht, wie weit Eure Kenntnisse von unserer Geschichte zurückreichen. Aber vor Hunderten von Jahren lebten die Menschen einmal in friedlicher Koexistenz mit den Drachen. Warum soll dies jetzt nicht wieder möglich sein? Könnt Ihr Euch vorstellen, was für Möglichkeiten uns ein Drachen eröffnen kann, ganz zu schweigen von dem vielleicht tausend Jahre alten Wissen, das er in seinem Gedächtnis gespeichert hat. Wir wissen doch, dass König Locan vor hundertfünfzig Jahren nach dem Krieg gegen Feringhor nahezu alle schriftlichen Überlieferungen bezüglich der magischen Welt und somit auch der Drachen im ganzen Königreich vernichten ließ, sodass wir uns glücklich schätzen müssen, die geheime Kammer mit den uralten Pergamentrollen gefunden zu haben, die zweifelsohne noch weit in die Zeit vor Locan zurückreichen." Doch Finlay hielt dagegen und erwiderte mit einer Stimme wie aus Frost: „Verzeiht, Darrach, dass meine Geschichtskenntnisse nicht ganz so weit zurückreichen. Aber mein Wissen bezüglich der Drachen reicht bis dahin, um zu wissen, dass es Zeiten gab, in denen sie erbitterte Kriege gegen die Menschen geführt haben, bei denen, wenn ich mich recht erinnere, die Zahl der Opfer auf Seiten der Menschen um ein Vielfaches höher war, als auf der Seite der Drachen. Dieses Wissen genügt mir."

„Genug jetzt, Finlay! Ich bin der König und ich entscheide über die Zukunft des Königreiches. Zumal du dich von deinen Pflichten selbst entbunden und auf jeglichen Anspruch verzichtet hast. – Ich will jetzt Maéls Bericht hören. Maél, erzähl uns von dieser jungen Frau!"

Maél und Jadora hatten sich darauf geeinigt, möglichst alles wahrheitsgemäß zu erzählen, um nicht Gefahr zu laufen, sich in Unstimmigkeiten zu verstricken. Sie erwähnten jedoch nicht die Zuneigung, die sich Maél und Elea gegenseitig entgegenbrachten, Eleas Gaben, Maéls Verwandlung, der Zwischenfall im Sumpf und Eleas Hilfe bei der Geburt der kleinen Elea. Dafür berichtete Maél ausführlich über ihre Persönlichkeit: ihre außerordentliche Willensstärke, Widerspenstigkeit, ihre Naturverbundenheit und ihre erstaunlichen heilkundigen Kenntnisse. Er hatte sich auch dazu entschlossen, von den Vogelansammlungen um sie herum zu sprechen, falls Darrach davon zu Ohren gekommen war. Auch vergaß er nicht, ihre bemerkenswerte Kunst des Bogenschießens zu erwähnen. In diesem Zusammenhang erzählte er zähneknirschend davon, wie sie ihm einen Pfeil ins Bein geschossen hatte und auch nicht davor zurückgeschreckt hatte, einen Mordversuch mit einem Messer gegen ihn zu unternehmen. Dieser Teil von Maéls Ausführungen zauberte auf Finlays ernster Miene, die er während Maéls und Jadoras Schilderungen angenommen hatte, ein schadenfrohes Lächeln. König Roghans Gesicht hingegen war bewunderndes Staunen zu entnehmen. Selbst von Darrachs Gesichtsausdruck war deutlich Bewunderung abzulesen. Maél, der ihn besser als jeder andere kannte, entdeckte mit einer gewissen Befriedigung darüber hinaus eine Spur von Besorgnis.

Jadora fügte noch hinzu, dass Elea bis zu der Reise nach Moray noch nie auf einem Pferd gesessen habe. Und zum Schluss erzählte er noch von ihrer beachtenswerten

Ausdauer beim Laufen, was durch Zufall ans Tageslicht gekommen sei, als Maél sie einmal zur Bestrafung an ein Seil gebunden habe, um sie vor sich her rennen zu lassen. Sie sei ungewöhnlich lange in hohem Tempo vor Maéls Pferd gerannt, ohne das geringste Zeichen von Müdigkeit zu zeigen.

Maél nannte abschließend noch die Umstände, die zu ihrer verspäteten Rückkehr geführt hatten: ihren Schwächeanfall nach seiner unbarmherzigen Bestrafung und den Überfall der Wegelagerer im Wald von Kaska. „Sie war bisher meine aufsässigste und unbequemste Gefangene. Das war auch der Grund für meine unerbittliche Härte ihr gegenüber. Mit ihren achtzehn Jahren zeigte sie wenig Angst und brachte mir mit ihrer scharfen Zunge keinen Respekt entgegen. Obwohl ich ihr immer wieder Gewalt androhte und sie auch in die Tat umsetzte, schreckte sie nie davor zurück, mich weiterhin zu reizen. So gesehen, ist sie mehr als eine außergewöhnliche Frau. Und ich kann mit Sicherheit sagen, dass sie Geheimnisse hat. Sie trägt einen unscheinbar wirkenden Stein um den Hals und in ihrem Gepäck entdeckten wir einen Stab, in den merkwürdige Zeichen eingeritzt sind. Irgendetwas hält sie vor uns verborgen, das kann ich spüren. Aber jetzt, wo Ihr, mein König, das Geheimnis um ihre wahre Identität gelüftet habt, erscheint mir alles einen Sinn zu ergeben. Ihre echsenartigen Höcker weisen mehr als nur in diese Richtung." Finlay musterte Maéls Gesicht mit undurchschaubarem Blick, während sein Vater erleichtert durchatmete und hoffnungsvoll Darrach ansah, auf dessen Stirn sich zahlreiche Runzeln eingegraben hatten. Der Berater durchbrach die eingetretene Stille in der riesigen Halle mit seiner dunklen Stimme. „Es besteht offenkundig nicht der geringste Zweifel, dass sie diejenige ist, die wir seit fünf Jahren suchen. Stutzig machen mich jedoch die seltsamen Gebilde auf ihrem Rücken und deine Beobachtung bezüglich der Vögel, Maél. Davon stand nichts in der Schriftrolle, die ich entschlüsselt habe. Darüber hinaus blieb ein bedeutender Punkt bisher unerwähnt. Ist Elea noch unberührt?" Darrach heftete seinen Blick eisig auf Maél. Von dem Schlangenring – versteckt unter der Kleidung - ging plötzlich eine schneidende Kälte aus, die sich von Atemzug zu Atemzug in seinem Körper ausbreitete. Auch Finlay fixierte alarmiert Maél, der sich nichts davon anmerken ließ, dass Darrachs dunkle Magie in ihm wütete. Er bemühte sich, so ungerührt, wie möglich zu klingen, als er auf diese heikle Frage antwortete: „Sie ist es! Ihre Pflegemutter hat es auf das Leben ihrer drei Kinder geschworen."

„Und was hat sie selbst auf diese doch sehr persönliche Frage geantwortet?", fragte Finlay mit spitzem Ton nach. „Sie ist außerordentlich stur. Sie hat sich bisher geweigert, dazu eine Aussage zu machen." Jadora kam Maél zu Hilfe. „Mein König, sie ist behütet und isoliert von der Außenwelt, einen halben Tagesritt von dem Dorf Rúbin entfernt aufgewachsen. Sie hatte keinerlei Kontakt zu Männern. Sie ist unberührt. Da lege ich meine Hand dafür ins Feuer!"

„Nun gut. Ich werde Belana beauftragen, sich von ihrer Unberührtheit zu überzeugen. Sie wird mich deswegen verfluchen, aber das werde ich in Kauf nehmen", ließ der König verlauten. „Wozu soll sie denn unberührt sein, Vater?"

„Das wirst du zu gegebener Zeit noch erfahren. – Jadora, du bist entlassen und darfst jetzt nach Hause zu deiner Familie gehen, ebenso deine Männer. Ihr habt gute Dienste geleistet, für die ich Euch reichlich belohnen werde. Du hältst dich jedoch für weitere Befehle bereit!" Jadora nickte dem König zu und schlug mit seiner rechten Faust auf seinen Brustpanzer. Daraufhin entfernte er sich.

„Nun zu dir, Maél. In Anbetracht der Tatsache, dass du deinen bedeutsamen Auftrag mit Erfolg erfüllt hast, werde ich über deine unangemessene Brutalität gegenüber Elea und die Verletzung ihres Bruders hinwegsehen. Immerhin hast du ihn nicht getötet. Auch dir wird eine... angemessene Belohnung zuteilwerden. – Falls Darrach keine weiteren Fragen an dich hat, dann bist auch du fürs Erste entlassen", sagte Roghan mit verächtlicher Miene.

„Im Augenblick nicht. Aber halte dich ebenfalls bereit. Ich wünsche, dich in naher Zukunft in meinem Arbeitszimmer zu sprechen." Der drohende Unterton des Beraters war unüberhörbar. Mit einem Mal zog sich die Kälte in Maéls Körper wieder zu ihrem Ursprung, dem Schlangenring, zurück, sodass sich seine zu Fäusten verkrampften Hände entspannten und sein Atem wieder tiefer in ihn hineindringen konnte. Er nickte Roghan kühl zu, unterließ jedoch wie gewöhnlich den Gruß mit der Faust auf dem Panzer, da er sich nicht dem königlichen Heer zugehörig fühlte. Mit betont langsamen Schritten stieg er die Stufen hinunter, ohne Finlay eines Blickes zu würdigen.

Darrach machte einen etwas abwesenden Eindruck, als er sich dem König zuwandte. „Herr, wir müssen unbedingt noch mehr über dieses Mädchen herausfinden. Nicht, dass sie uns irgendwelche Fähigkeiten verheimlicht. Wir dürfen sie auf keinen Fall unterschätzen. Ich werde mir jetzt gleich nochmal die Schriftrollen bezüglich der Auserwählten vornehmen. Vielleicht ist mir ja doch etwas entgangen oder ich habe die Aufzeichnungen falsch entschlüsselt. Bei der morgigen Unterredung werde ich noch einen Blick auf den Stein und den Stab werfen, von denen Maél sprach." Er machte noch eine angedeutete, aber respektvolle Verbeugung vor dem König. Dann verließ auch er die Thronhalle – allerdings hatte er es wesentlich eiliger als Maél.

Finlay war gerade im Begriff, sich ebenfalls zum Weggehen umzudrehen, als Roghan ihn zurückhielt. Er hatte sich inzwischen erhoben und sich seinem Sohn genähert. Die Männer standen sich gegenüber, das jüngere Abbild dem älteren. „Vater, warum bist du nicht mit dem zufrieden, was du in den letzten zwanzig Jahren erreicht hast? Du hast das Werk deines Urgroßvaters, Großvaters und Vaters zu Ende geführt und das Schloss, Moray und die Hafenstädte wieder aufgebaut. Dem Königreich geht es wieder gut. Die Menschen sind glücklich", redete Finlay beschwörend auf seinen Vater ein. „Finlay, ich bin noch ein verhältnismäßig junger Herrscher. Jetzt, da der Wiederaufbau von Moraya abgeschlossen ist, brauche ich neue Herausforderungen und muss mich neuen Aufgaben stellen. Die Schriftrollen enthalten unschätzbares Wissen und der Drache könnte uns ebenfalls weitere Kenntnisse in Bezug auf die magische Welt, die mit Feringhor von heute auf morgen verschwand, liefern. Verstehst du nicht was uns der Drache für Möglichkeiten eröffnet?", versuchte der König Finlay zu überzeugen. „Ich bin der Meinung, dass wir die magische Welt dort lassen sollten, wo sie ist. Vielleicht weckst du mit deinen Nachforschungen nur das Böse in irgendwelchen verborgenen Löchern und rufst damit wieder einen Krieg vielleicht noch größeren Ausmaßes hervor als der, der vor hundertfünfzig Jahren das Land in Schutt und Asche hinterließ. Willst du die Verantwortung hierfür tragen, zumal du zwanzig Jahre lang dein Herzblut für den Wiederaufbau hingegeben hast? Hast du immer noch nicht dein Vorhaben, Boraya zu erobern und dir einzuverleiben aufgegeben? Du musst endlich akzeptieren, dass Locán damals nach dem Krieg den westlichen Teil des alten Königreiches einem Vorfahren Eloghans überließ – warum auch immer. Moraya ist fast doppelt so groß wie Boraya. Du brauchst es nicht."

„Oh doch! Ich brauche es und ich will aus den beiden Reichen wieder ein großes, starkes Drachonya machen. Eloghan ist mir schon lange ein Dorn im Auge. Er verschließt sich vor jeglichem Fortschritt und lässt ungeahnte Reichtümer in Boraya ungenutzt. - Finlay, deine Bemühungen, mich von meinen Vorhaben abzubringen, sind vergebens. Ich werde dieses Mädchen den Drachen suchen schicken, was auch immer es kosten mag." Finlay gab immer noch nicht auf. „Und was ist mit dem Volk? Wie willst du ihm deine größenwahnsinnigen und selbstsüchtigen Pläne schmackhaft machen? Die bevorstehende Eroberung Borayas können sie unschwer erahnen, Eloghan im Übrigen auch. Mir ist bereits zu Ohren gekommen, dass er damit begonnen hat, sein Heer aufzurüsten."

„Das weiß ich längst. Das wird ihm aber nichts nützen. Sein Heer wird meinem zahlenmäßig weit unterlegen sein. Ganz zu schweigen von dem Drachen, der mir den größten Vorteil bringen wird. Und das Volk wird hinter mir stehen. Ich muss dem Volk nur vor Augen führen, welche Möglichkeiten uns ein gezähmter Drache eröffnen kann. – Übrigens: Ich werde um Eleas Identität nicht lange ein Geheimnis machen. Anlässlich des alljährlichen Drachenfestes werde ich das Geheimnis um ihre Person lüften und meine Pläne dem Volk verkünden", sagte der König mit unüberhörbarem Stolz in seiner Stimme. Finlay schüttelte missbilligend den Kopf. Man konnte ihm ansehen, wie sehr er sich beherrschen musste, um gegen seinen Vater nicht handgreiflich zu werden. Seine Stimme wurde immer lauter und seine Hände hatte er zu Fäusten geballt, die er krampfhaft an seinen Körper drückte. „Du bist wahnsinnig, Vater. Mutter hätte dies niemals zugelassen. Bestimmt steckt Darrach dahinter. Ist dir eigentlich schon einmal in den Sinn gekommen, dass dein teurer Freund, dich vielleicht manipuliert? Du hast dich verändert, seitdem er bei uns ist. Früher warst du ein zufriedener und genügsamer Mann, für den es die größte Freude war, Zeit mit seiner Familie zu verbringen. Darrach hat aus dir einen krankhaft ehrgeizigen, machthungrigen und rücksichtslosen Herrscher gemacht, der um seine Ziele durchzusetzen, sogar über Leichen geht. – Es hat keinen Sinn mit dir weiter darüber zu diskutieren. Eines aber sei dir gesagt! Ich werde hier bleiben und darüber wachen, dass diesem angeblichen Drachenmädchen nicht noch mehr Leid angetan wird, als sie bisher unter Maél schon erdulden musste."

Wutentbrannt sprang er die wenigen Stufen hinunter und ließ seinen Vater in seiner prunkvollen Thronhalle stehen – umgeben von seinen schweigenden Leibwächtern.

Kapitel 4

Die beiden Frauen verließen das imposante Gebäude auf demselben Weg, über den Elea zuvor hineingelangt war. Als sie in den Innenhof hinaustraten, schlug Elea kühle, feuchte Luft entgegen, die sie gierig einatmete. Sie blieb an Belanas Seite und überquerte mit ihr den Innenhof, um schon das nächste düstere Gemäuer zu betreten. Hier erwartete sie eine schwindelerregende Reise durch ein Labyrinth aus Gängen und Treppen, die nur spärlich beleuchtet waren. Ihr wurde augenblicklich klar, dass sie aus diesem Gebäude niemals alleine wieder hinausfinden würde, so verschlungen waren die Gänge und noch dazu sahen sie überall gleich aus, da sie in zahlreiche Zimmer führten, die wiederum mit sich gleichenden Türen verschlossen waren. Belana sprach immer noch kein Wort, was Elea nur recht war. So hatte sie die Möglichkeit, sich von dem aufwühlenden Zusammentreffen zu erholen. Der Schmerz in ihrem Arm durch Maéls eisernen Griff hielt immer noch an. Außerdem wusste sie nicht, was schauerlicher war: Maéls eiskalte Augen, die er mehr als überzeugend zur Schau getragen hatte, oder Darrachs abschätziges Lächeln. Dieser Mann rief in ihr ein unbeschreibbares Gefühl von Unbehagen und Furcht hervor. Sie konnte regelrecht spüren, dass in ihm etwas Dunkles und Mächtiges ruhte. Die Vorstellung mit ihm allein in einem Raum zu sein und zu wissen, was er Maél alles angetan hatte, ließ ihren Magen erneut schrumpfen. Jetzt konnte sie auch Maéls Ungehaltenheit verstehen, als sie vorschlug, den Zauberer für ihn zu töten. Er war gefährlich, sehr gefährlich, vielleicht sogar gefährlicher als Maél, wenn er in dieses blutrünstige Wesen verwandelt war. König Roghan machte auf sie hingegen einen freundlichen, fast schon sympathischen Eindruck. Und seine Unsicherheit gegenüber Belana, als diese ihn bezüglich ihrer desolaten Verfassung zur Rede stellte oder als sie vehement gegen eine Entblößung ihres Rückens protestiert hatte, ließ ihn milder und großherziger erscheinen, als sie ihn sich vorgestellt hatte.

Endlich blieben sie vor einer der unzähligen Türen stehen. Die Erste Hofdame holte nach Luft japsend einen Schlüssel hervor und schloss die Tür auf. Elea strömte sogleich wieder eine wohlige Wärme wie in der Thronhalle entgegen. Im Zimmer nahm Belana sie plötzlich in die Arme und versicherte ihr, dass sie hier erst einmal nichts zu befürchten habe und dass sie alles in ihrer Macht stehende tun werde, damit dies auch außerhalb dieses Zimmers so bleiben würde. Elea bedankte sich höflich und lächelte ihr zu. Daraufhin forderte Belana sie auf, ihre nassen Kleider auszuziehen. Dann verschwand sie für eine Weile, ohne es zu versäumen die Tür abzuschließen. *Das ist also mein Gefängnis. Immerhin ist es hier gemütlich.* Ihr Blick fiel auf eine Frisierkommode, die mehr als doppelt so groß war, wie Breannas. Es lagen auch mehr als doppelt so viele Haarbürsten und seltsam schimmernde Kämme darauf, was Elea mit einer gewissen Beklemmung zur Kenntnis nahm. Es dauerte nicht lange, da hörte sie, wie jemand den Schlüssel ins Schloss steckte. Belana trat kurz darauf mit einem Stapel warmer Tücher auf dem Arm ein. Bevor sie das nackte Mädchen in drei dieser Tücher einwickelte, musste Elea eine kritische Musterung über sich ergehen lassen, die nicht ohne Kommentare verlief. Als erstes fielen der Frau natürlich die frischen Blutergüsse auf, die sich entlang des gesamten rechten Oberarms aneinanderreihten. „Dieser verfluchte Kerl! Er hat Euch Euren Arm fast zerquetscht." Als sie ihre Begutachtung von Eleas Vorderseite abgeschlossen hatte, begab sie sich hinter sie, was die junge Frau dazu veranlasste, die Luft anzuhalten. *Was wird sie über die Peitschenstriemen sagen?!* Elea hörte wie Belana erst die Luft scharf einzog und dann sogleich mit ihren bildkräftigen Verwünschungen Maéls fortfuhr. Elea konnte nicht anders. Sie musste Maél in Schutz nehmen. „Belana, hierfür ist er zur Abwechslung mal nicht verantwortlich." Sie schilderte der Frau kurz den Vorfall im Wald bei Kaska und wie er sie gerettet hatte. Belanas Gesichtsausdruck wechselte von Entsetzen zu Unglauben. Über Maéls Heldentat verlor sie jedoch kein Wort. Allerdings kam sie nicht umhin, sie nach ihren Höckern zu fragen: „Elea, ich will Euch nicht zu nahe treten, aber diese höckerartigen Gebilde auf Eurem trotz allem wunderschönen Rücken, sind doch recht merkwürdig. Könnt Ihr mir die erklären?" Elea beschloss, der Frau reinen Wein einzuschenken. Spätestens am nächsten Tag war es ohnehin damit vorbei, die Unwissende zu spielen. „Belana, ich weiß nicht, inwieweit König Roghan Euch bezüglich meiner Identität eingeweiht hat. Ja,... also... ich soll angeblich eine Drachenreiterin sein. So gesehen, ergeben diese Höcker vielleicht einen Sinn. Anders kann ich sie mir nicht erklären. Sie sind mir erst im Laufe der Reise nach Moray gewachsen." Belanas Gesichtsausdruck ähnelte jetzt stark jenem, den sie angenommen hatte, als Elea von ihrer Entführung durch die Wegelager und ihre Rettung durch Maél erzählte. „Aber wenn du eine Drachenreiterin sein sollst, dann muss es höchstwahrscheinlich auch irgendwo einen Drachen geben!" Belanas Stimme war mitfühlende Furcht zu entnehmen, vor allem als ihre Augen wieder über den geschundenen Körper Eleas glitten. Es trat ein Schweigen ein, das Belana nutzte, um ihre Haltung wieder zu gewinnen. Dieses Thema war ihr merklich unangenehm, da sie nahtlos auf ein anderes zu sprechen überging, während sie Elea in die Tücher einwickelte: „Elea, Ihr seid wirklich eine außergewöhnlich schöne, junge Frau, aber viel zu dünn. Eine Frau muss an gewissen Stellen viel rundlicher sein. Ich werde Euch gleich noch etwas zum Essen bringen lassen. Ich weiß gar nicht, wie ich auf die Schnelle passende Frauengewänder für Euch finden soll. Für Mädchenkleider seid Ihr zu groß und für Gewänder einer erwachsenen Frau seid Ihr zu dünn. Was habt Ihr denn zuhause den ganzen Tag getrieben. Ich sehe an Eurem Körper überall die Andeutung von Muskeln. Habt Ihr etwa schwer arbeiten müssen?", fragte Belana in etwas ungehaltenem Ton. Elea fand, dass Belanas Nörgeleien bezüglich ihrer mangelnden Fülle und zu stark ausgeprägter Muskeln zu weit gingen. Daher erwiderte sie nun ebenfalls etwas aufgebracht: „Bei allem Respekt, Belana. Nicht jede Frau verfügt über so ausgeprägte weibliche Rundungen wie Ihr oder wie sie vielleicht hier in Moray unter den Frauen üblich sind. Ich bin mit meinem Körper durchaus zufrieden und froh darüber, dass er von lästigen Pfunden an gewissen Stellen verschont geblieben ist. Und was meine Muskeln angeht, nein, ich musste nicht hart arbeiten. Aber ich habe mich in meinem Leben bisher immer ausgiebig bewegt. Ich bin fast jeden Tag mehrere Meilen gerannt und bin viel geschwommen. Außerdem hat mein Vater häufig mit mir Bogenschießen geübt. Reicht Euch dies als Erklärung für die Verfassung meines Körpers?" Belana verfolgte Eleas scharfzüngige Erwiderung mit immer größer werdenden Augen. Sie konnte sich ebenfalls einen spitzen Kommentar nicht verkneifen. „Aha, Ihr geht häufig schwimmen. Dies erklärt Eure stark gebräunte Haut auf Eurem *gesamten* Körper. - Wie dem auch sei. In Euren Jungenkleidern könnt ihr jedenfalls im Schloss nicht herumlaufen. Ich werde sehen, was ich annähernd in Eurer Größe finden kann. Diesen nassen Haufen werde ich erst einmal verbrennen." Belana war schon im Begriff, sich zu bücken, um Eleas Kleider aufzuheben, als die junge Frau protestierte. „Belana, das kommt nicht in Frage! Diese Kleider sind alles, was mir von meiner Familie geblieben ist. Meine Mutter hat sie eigenhändig für mich genäht. Sie werden auf gar keinen Fall ins Feuer geworfen. Sie sind noch in einem guten Zustand, sodass ich sie, wenn ich sie gewaschen habe, durchaus noch tragen kann. Und da meine Reise in Moray noch nicht ihr endgültiges Ziel gefunden hat, werde ich sie auf jeden Fall noch benötigen. Oder glaubt Ihr etwa, dass ich in Frauengewändern reisen werde, die mich überall nur behindern werden?!" Belana wusste nicht, wie sie auf Eleas Aufbegehren reagieren sollte. Einerseits war sie darüber verärgert, dass dieses junge Mädchen vom Lande ihr, der Ersten Hofdame, die Stirn bot. Andererseits imponierte ihr Elea, da sie sich offensichtlich nicht unterkriegen ließ. Die Frauen sahen sich beide ein Weile unnachgiebig und stumm in die Augen, bis Elea sich ein Herz fasste und kompromissbereit einlenkte. „Bitte, Belana. Versteht mich doch! Lasst mir meine Kleider! Dafür werde ich für Euch, aber nur für Euch, hier im Schloss Frauengewänder tragen. Ihr müsst bedenken, ich habe noch nie in meinem Leben ein Kleid getragen. Sie sind unbequem und unpraktisch."

„Ihr habt noch nie ein Kleid getragen? Dann wird es jetzt aber Zeit. Also gut, mein Kind, ich werde Euch die Kleider lassen. Ich nehme sie aber trotzdem mit und lasse sie reinigen." Sie hob sie auf und ging zu Elea, um ihr liebevoll die Wange zu streicheln. „So! Jetzt habt Ihr aber lange genug auf Euer Bad warten müssen. Ich werde mich jetzt darum kümmern. Ruht Euch solange aus!"

Wieder allein setzte Elea sich aufatmend im Schneidersitz mitten auf das Bett. Die erste Schlacht gegen Belana hatte sie gewonnen. Ob sie aber bei den noch folgenden als Siegerin hervorgehen sollte, wagte sie zu bezweifeln. Diese Frau hatte es sogar geschafft, den König in Verlegenheit zu bringen.

Sie begutachtete das Zimmer etwas genauer und kam zu dem Schluss, dass es einer Prinzessin würdig gewesen wäre. Gegenüber von ihrem Bett war ein riesiger Kamin, der in dem Zimmer für eine Hitze sorgte, die Elea auf Dauer nicht gewohnt war. Zwei Öllampen, eine auf der wuchtigen Frisierkommode und eine auf dem Nachttisch, erfüllten den Raum mit einem warmen Licht, das Elea wesentlich angenehmer empfand als die schillernde Helligkeit in der Thronhalle. Der Boden war ebenfalls mit gemusterten Teppichen ausgelegt. Und an den Wänden waren schwere, mit Goldfäden durchwirkte, dunkelrote Stoffbahnen gehängt, die die dahinter liegenden, kalten

Steinwände zum größten Teil verbargen. Das Fenster war durch einen Fensterladen verschlossen, der sich auf Schienen davor schieben ließ.

Maél verließ mit angehaltenem Atem die Thronhalle und beschleunigte seinen Gang, sobald er außer Sichtweite von Darrach und König Roghan war. Er musste an die frische Luft. Die Wärme in der Halle war seiner körperlichen Anspannung und dem Rasen seines Herzschlages während der Unterredung nicht gerade zuträglich. Die Rolle des kaltherzigen und skrupellosen Häschers spielen, fiel ihm viel schwerer, als er erwartet hatte. Elea hatte ihre Rolle gut gemeistert, was sicherlich zum größten Teil seiner Rohheit ihr gegenüber zu verdanken war. Er hatte die Wut in ihr aufsteigen spüren, während er sie fast den ganzen Weg bis zu Roghans Thronsessel hinter sich her gezerrt hatte und erst recht, als er ihren Rücken vor allen entblößte. Ihr kräftiger Tritt gegen sein Schienbein war mehr als ein Beweis für ihre ungespielte Aufgebrachtheit aufgrund seines demütigenden Verhaltens.

Kaum hatte er seinen Fuß über die Schwelle nach draußen gesetzt, nahm er einen tiefen Atemzug voller kalter, feuchtnebliger Luft und genoss die Kälte, mit der sich seine Lungen fast schmerzhaft zu ihrer vollen Größe aufblähten. Er schlug zielstrebig den Weg Richtung Ställe ein, da er erst nach Arok sehen musste, bevor er Zuflucht in seinem Zimmer suchte – Zuflucht vor allen hasserfüllten Augen, die überall auf ihn lauerten.

Schon jetzt, allein durch Eleas Blut in seinem Körper, fühlte er deutlich, in welchem Trakt des Schlosses sie sich aufhielt. Von weitem erkannte er Jadora, der an der Wand des Stalls angelehnt auf ihn gewartet hatte. Der Hauptmann machte ein zufriedenes Gesicht, während Maél ihm nur einen grimmigen Blick zuwarf und an ihm Richtung Aroks Stand vorbeischoss. Jadora ließ sich jedoch nicht abschütteln. „Maél, ich weiß nicht, warum du so übelgelaunt bist. Es lief doch besser als erwartet. Ihr habt beide eure Rolle mehr als überzeugend gespielt. Erst dachte ich, du übertreibst es mit deiner Grobheit. Aber dann verstand ich, warum du sie so roh angefasst hast. Nur so konntest du ihre Wut dir gegenüber anstacheln, damit sie ihre Rolle mit Bravur spielen konnte. Und als du die Hand gegen sie erhoben hattest, hattest du sicherlich schon Belana herannahen hören, oder etwa nicht?" Maél drehte sich abrupt zu Jadora herum, sodass dieser fast in ihn hineingerannt wäre. Maél hatte schon wieder seine Fäuste geballt und kämpfte offensichtlich darum, nicht seine Fassung zu verlieren. Die steile Falte zwischen seinen Augen war bedrohlich tief. „Jadora, es war mehr als knapp! Viel länger hätte ich nicht mehr warten können. Ich dachte, Belana würde es schneller in die Halle schaffen. Um ein Haar hätte ich Elea nochmal ins Gesicht schlagen müssen! Da ist es doch nur verständlich, dass ich jetzt nicht gerade bei bester Laune bin. Zumal Darrach misstrauisch geworden ist bezüglich Fähigkeiten, die Elea vor ihm möglicherweise verbirgt", zischte Maél dem Hauptmann ungehalten ins Gesicht. Nur einen Wimpernschlag später setzte er seinen Weg eilig zu seinem Pferd fort. *Von Finlays unverhohlener Musterung Eleas will ich gar nicht reden. Er konnte sich nicht satt genug an ihr sehen.* Bei Arok angelangt, ließ er ihm ein paar hastige Streicheleinheiten zuteilwerden und vergewisserte sich, dass er trocken gerieben war und genügend Hafer und Wasser hatte. Jadora sah ihm die ganze Zeit schweigend zu. Anschließend warf Maél seine Satteltaschen über die Schulter und ergriff sein Schlaffell. Unwillkürlich hielt er es an seine Nase und roch daran. Eleas Duft hing unverkennbar darin, in einer Intensität, die Maél fast schwindeln ließ. Er blickte noch kurz in Jadoras grinsendes Gesicht. Dieser hatte natürlich Maéls Interesse für den Geruch seines Fells richtig gedeutet. Ohne sich von Jadora zu verabschieden, verließ er eilig den Stall. Kaum hatte er sich in die Stille und in das Halbdunkel seines Zimmers geflüchtet, warf er wutentbrannt sein Gepäck auf den Boden. Sein Herz hämmerte wie wild in seiner Brust und sein Atem kam stoßweise, als ob er gerade gegen zehn Männer gleichzeitig mit dem Schwert gekämpft hätte. Er entledigte sich hektisch des Panzers, des Kettenhemdes und der darunterliegenden Tunika, sodass er mit nacktem Oberkörper mitten in seinem Zimmer stand. Er war unfähig, seine Gefühle unter Kontrolle zu bringen. In ihm tobte ein Sturm der unterschiedlichsten Empfindungen, die ihn zu übermannen drohten: unendlicher Hass gegenüber Darrach, quälende Furcht vor der ungewissen Zukunft, lähmende Angst um Elea und unbändige Sehnsucht nach ihr, und dies obwohl ihre Trennung noch nicht von langer Dauer war. Aber er nahm noch eine ganz neue Empfindung wahr, von der er nie geglaubt hätte, dass sie ihm jemals so zusetzen würde: Eifersucht. Eine Eifersucht, die so schmerzte, dass er am liebsten laut geschrien hätte. Plötzlich hörte er von draußen am anderen Ende des Ganges sich nähernde Schritte, deren kraftvollen Klang er nur allzu gut kannte. *Nein! Nicht er! Ausgerechnet er!* Die Person hatte erst die Hälfte des Korridors bis zu Maéls Zimmertür erreicht, da schrie dieser ihr schon durch die verschlossene Tür zu. „Verschwinde! Ich will dich nicht sehen!" Maél stand immer noch mitten in seinem Zimmer und schaute gebannt mit geballten Fäusten auf die Tür, die wenige Augenblicke später aufschwang und mit voller Wucht gegen die Wand knallte. Finlay stand, wie ein Rachegott, ebenfalls mit geballten Fäusten in der Tür und starrte ihn aus zornfunkelnden Augen an. Die beiden Männer standen sich kampfbereit gegenüber, ohne die geringste Bewegung zu machen. Nach einer Weile betrat Finlay langsam das Zimmer und schloss die Tür hinter sich, ohne Maél aus den Augen zu lassen. Vor der Tür blieb er stehen. „Ich habe gesagt, dass du verschwinden sollst", knurrte Maél den Prinzen durch zusammengebissene Zähne an. „Ich verschwinde erst, wenn du mir eine Frage beantwortet hast", giftete Finlay den halbnackten Mann an. „Ich werde dir keine einzige Frage beantworten."

„Das wollen wir doch einmal sehen! Wenn es sein muss, dann prügele ich die Antwort eben aus dir heraus!" Maéls eiskaltes Lachen hallte in seiner kleinen Kammer wider. „Du willst sie aus mir herausprügeln?! Wenn ich mich recht entsinne, dann bist du bisher bei unseren Prügeleien so gut wie immer als Verlierer hervorgegangen – wenn man von den zwei oder drei Unentschieden absieht." Finlay ging auf diese höhnische Bemerkung nicht ein. „Hast du Elea Gewalt angetan?" Maéls selbstgefälliges

Grinsen war mit einem Schlag aus seinem Gesicht gewichen. An seine Stelle trat ein Blick, der nichts Gutes verhieß. Es begann in ihm zu brodeln, sodass er glaubte, jeden Moment wie ein Vulkan zu explodieren. Merkwürdigerweise musste er ausgerechnet jetzt an die Situation denken, als er Elea in Albins Haus die Frage gestellt hatte, ob sie unberührt sei. Ihm wurde mit einem Mal klar, dass es in Eleas Innerem genauso ausgesehen haben musste, wie jetzt in ihm. Sie hatte sich nicht mehr unter Kontrolle und hätte sich auf ihn – auch mit gefesselten Händen – gestürzt, hätte Breanna sie nicht daran gehindert. Er hatte jedoch niemand, der ihn davon abhielt, Finlay mit bloßen Händen zu töten. Deshalb musste er alles daran setzen, seine Fassung wieder zu erlangen. Er hoffte, dass allein die Erinnerung an die warmen Wellen, mit denen Elea ihn überflutete, genügte, um seine Rage zu besänftigen. Er schloss die Augen und versuchte die heiße Woge nachzuempfinden, mit der sie ihn ein paar Abende zuvor überflutet hatte. In der Tat schien es zu funktionieren. Sein Herzschlag verlangsamte sich und seine verkrampften Fäuste entspannten sich. Er redete sich sogar ein, dass Finlays Reaktion, als ehrenhafter Mann, völlig verständlich war. Ihm ging es um das Wohl von Elea, das letztendlich auch sein eigenes Bestreben war. „Ich frage dich ein letztes Mal: Hast du Elea Gewalt angetan?" Während Finlay die Worte hinausknurrte, antwortete Maél mit überraschend gefasster Stimme, aber immer noch in bedrohlicher Angriffsstellung: „Nein! Das habe ich nicht. Erstens hatte ich den ausdrücklichen Befehl, sie unberührt nach Moray zu bringen. Und zweitens müsstest du mich gut genug kennen, um zu wissen, dass ich es nicht nötig habe, eine Frau gegen ihren Willen zu nehmen."

„Ich kenne dich, Maél. Sie ist von der Sorte Frau, um die wir uns früher immer gestritten, wenn nicht sogar geschlagen haben. Sie ist nur noch viel, viel schöner. Maél, wir wissen beide, dass du dich verändert hast. Du hast die Fähigkeit verloren, etwas anderes als Hass und Verachtung zu empfinden. Aber du bist trotz allem ein Mann und du hast deine Bedürfnisse. Du wirst mir also nicht weismachen wollen, dass du sie nach dieser langen Reise, auf der du Tag und Nacht ihrem außergewöhnlichem Liebreiz ausgesetzt warst, nicht begehrst!? "

„Meine Bedürfnisse gehen dich nicht das Geringste an! Wenn du mir nicht glaubst, dann warte eben Belanas Untersuchung ab oder frage Elea selbst. Sie wird darüber jedoch nicht erbaut sein. Lass dir das gesagt sein! - So und jetzt verschwinde endlich!" Maél machte zwei Schritte auf Finlay zu und hob bedrohlich die Faust. „Wenn ich erfahren sollte, dass du ihr doch Gewalt angetan oder dich ihr auf andere zudringliche Weise genähert hast, dann werde ich..."

„Ja, was willst du dann tun? – Dich mit mir duellieren, etwa mit dem Schwert? In diesem Fall ist dir dein Tod sicher. Aber wenn du unbedingt darauf bestehst, dann soll es so sein! Ich werde dir sogar einen Vorteil verschaffen und dir mit nacktem Oberkörper gegenübertreten, damit du, sofern es dir gelingt, meine Schwachstelle ausnutzen kannst", schleuderte Maél Finlay gönnerhaft entgegen und breitete dabei seine Arme demonstrativ aus. „Ich werde darauf zurückkommen, wenn mir zu Ohren kommt, dass du ihr doch etwas angetan hast." Mit diesen Worten machte Finlay auf dem Absatz kehrt, öffnete die Tür und verließ Maéls Kammer, ohne sie wieder zu verschließen. Maél stürzte auf die Tür zu und warf sie geräuschvoll in ihr Schloss. Er begann, sich sofort wie wild die Haare zu raufen und nervös auf und ab zu gehen. *Ich wusste es! Ich wusste es in dem Moment, als er sie zum ersten Mal anblickte. Er wird sich in sie verlieben, genauso wie ich es tat. Dieser verdammte Mistkerl!. Und wenn einer sie verdient, dann er!* Abrupt blieb er vor der Tür stehen und donnerte seine rechte Faust mit all seiner Kraft gegen die massive Holztür, sodass diese für einen kurzen Moment unter dem brachialen Schlag bedrohlich nachgab. Von dem höllischen Schmerz, der ihm von der Faust durch den Arm bis in seinen Körper fuhr, nahm er in diesem Moment kaum Notiz. Er war zu sehr mit der Auseinandersetzung der unterschiedlichsten Gefühle beschäftigt, die sich in seinem Innern einen aufwühlenden Kampf lieferten. Hastig ging er zu dem kleinen Nachtschränkchen neben seinem Bett und holte eine Flasche mit Branntwein heraus. Er ergriff den Holzbecher vom Tisch und schüttete in hohem Bogen das abgestandene Wasser quer durch das Zimmer auf den Boden. Dann füllte er ihn randvoll mit dem Gebrannten und trank ihn in einem Zug aus. Anschließend schleuderte er den Becher laut krachend an die Wand, dass er splitterte. Er musste den Schmerz irgendwie betäuben, sonst würde er noch den Verstand verlieren. Nicht den Schmerz in seiner anschwellenden Hand, sondern den inneren Schmerz. In den letzten Jahren, in den ganz düsteren Momenten, wenn er sein verfluchtes Leben nicht mehr ertragen konnte, flüchtete er sich immer wieder in den Rausch durch den Genuss von Branntwein. Aber nur in der Abgeschiedenheit seiner Kammer ließ er sich gehen. Er wollte vor den anderen, die ihn hassten und fürchteten, seine Souveränität aufrechterhalten und kein Zeichen von Schwäche zeigen. Doch er tat letztendlich nichts anderes: Er ertränkte seine Hilflosigkeit gegenüber Darrachs Fesseln der dunklen Macht in Alkohol.

Auf dem riesigen Bett, eingekuschelt in einer dicken, samtweichen Felldecke lag Elea halb betäubt durch die aromareichen Öle, die eine Dienerin wahrscheinlich in jede nur erdenkliche Stelle ihres Körpers andächtig und mit engelhafter Geduld einmassiert hatte. Unter Belanas strenger Aufsicht wurde Elea zuvor gebadet und das Haar gewaschen. Sie kam sich vor wie ein kleines Kind, da sie einfach nur im Waschzuber saß und keinen Handstrich machen durfte. Sie ließ alles protestlos über sich ergehen, begnügte sich nur ab und zu damit, Belana einen bösen Blick zuzuwerfen, wenn diese wieder über die weiblichen Unzulänglichkeiten ihres Körpers lamentierte. Im Großen und Ganzen genoss sie jedoch die herzliche Fürsorge, die ihr die Dienerinnen und auch Belana entgegenbrachten.

Im Laufe des frühen Abends – so nahm Elea zumindest an, da das Fenster mit dem Holzladen nach wie vor verschlossen war - wurde ihr ein opulentes Mahl aufgetischt, das sie wieder in vorgewärmten Tüchern eingewickelt mit Heißhunger zu sich nahm, während Belana sich ihrem nassen Haar widmete. Die Haarwelt war eindeutig Belanas

Domäne. Sie konnte mit dem Kamm und der Bürste umgehen, wie Maél mit seinem Schwert. Elea wurde beim Zusehen schwindelig, so flink und geschickt teilte sie ihr Haar mit dem Kamm in Strähnen und bürstete sie anschließend seidig glänzend. Nur den Knoten, die seit Kyras etwas radikaleren Behandlung erneut entstanden waren, musste sie sich scheinbar geschlagen geben. „Belana, schneidet sie doch einfach ab. Es hat keinen Sinn."

„Nicht einen Fingerbreit werde ich abschneiden", erwiderte die Frau entrüstet. Zu Eleas Überraschung zauberte sie aus einem samtenen Beutelchen eine Phiole hervor, die sie mit einer Vorsicht, fast schon Ehrfurcht zwischen den Fingern hielt, als wäre sie der Menschheit größter Schatz. Mit angehaltenem Atem beobachtete Elea vor der überdimensionalen Frisierkommode sitzend, die mit einem ebenso überdimensionalen Spiegel ausgestattet war, jeden Handgriff der Ersten Hofdame. Sie träufelte von dem goldgelben Inhalt der Phiole ein wenig auf ihre Fingerspitzen und massierte ihn in die verknoteten Haare. Nach nur zwei oder drei Versuchen konnte sie den Kamm problemlos durch das Haar ziehen – ohne Elea den kleinsten Schmerzensschrei zu entlocken. Elea wäre es viel lieber gewesen, wenn sie die Knoten nicht hätte lösen können. Sie hatte schon mit dem Gedanken gespielt, Belana dazu zu überreden, ihr das Haar zu kürzen. Aber nachdem sie sah, mit welcher Hingabe sie sich ihrem Haar widmete, schien es ihr ein Ding der Unmöglichkeit zu sein, diese Frau dazu zu bewegen, auch nur einen Fingerbreit davon abzuschneiden.

Was die leidliche Kleiderfrage anbelangte, so war Belana weniger erfolgreich. Sie hatte bisher noch kein annähernd passendes und ihren Ansprüchen genügendes Kleid gefunden. So kam sie mit leeren Händen zurück, mit Ausnahme eines Nachthemdes, in das Elea zweimal hineinpasste und das sie jetzt unter der Felldecke großzügig umschmeichelte. Elea spürte, wie ihre Glieder und ihr Kopf langsam von einer Müdigkeit ergriffen wurden, sodass sie den Schmerz in ihrem rechten Oberarm kaum noch wahrnahm. In diesem entspannten Moment, in dem sie die hinter ihr liegende, unangenehme Unterhaltung mit den beiden mächtigsten Männern des Königreiches so gut wie vergessen hatte und ihr deren bevorstehende Fortsetzung am nächsten Tag noch weit entfernt schien, schwirrten ihre Gedanken um Maél. *Wie soll ich nur die Nächte ohne seinen warmen, beschützenden Körper überstehen?* Sie war so voller Sehnsucht nach ihm, dass sie ihm sogar längst seine übertriebene Demonstration von Gewalt vor Darrach und Roghan verziehen hatte. Plötzlich erinnerte sie sich an die dicke, schwarze Strähne, die er ihr von seinen Haaren abschnitt. Sie war einen kurzen Moment versucht, aufzustehen und sie sich zu holen. Doch sie war viel zu müde. Sie beschloss, gleich am nächsten Morgen ein besseres Versteck für sie zu suchen, da Belana sie leicht finden konnte, wenn sie in ihrem Rucksack herumschnüffeln würde. Und da es im ganzen Königreich vermutlich nicht viele gab, die rabenschwarzes Haar hatten, würde Belana vielleicht Verdacht schöpfen und ihr unangenehme Fragen stellen.

Die Sehnsucht nach Maél sollte Elea nicht lange quälen. Die schwere, einlullende Wärme und der betäubende Duft der ätherischen Öle entführte sie schnell in einen tiefen Schlaf.

Elea schlug die Augen auf, weil sie das Gefühl hatte, beobachtet zu werden. Ruckartig richtete sie ihren Oberkörper auf, sodass die Decke von ihr hinunterglitt und ihr Körper von einer erbarmungslosen Kälte schockartig ergriffen wurde. Das Feuer im Kamin war heruntergebrannt. Schnell legte sie sich wieder auf den Rücken und zog die Decke bis zu ihrem Kinn hoch. Sie ließ ihre Augen in dem Zimmer umherschweifen, auf der Suche nach einem sie anstarrenden Augenpaar. Ihr Zimmer lag in dämmrigem Licht, da nur noch die Öllampe auf dem Nachttisch brannte. Sie konnte niemand entdecken. Ihr Blick blieb an dem Holzladen, der immer noch vor das Fenster geschoben war, hängen. Sie verspürte mit einem Mal einen unerklärbaren Drang, den Laden wegzuschieben und aus dem Fenster zu sehen. Diesem Drang konnte sie nicht widerstehen. Sie setzte sich auf und wickelte sich so gut es ging in die riesige Felldecke ein. Dann glitt sie von dem Bett und begab sich trippelnd - fast über die Decke stolpernd - zu dem Fenster. Sie tastete halbblind an dem Mechanismus herum. Da sie nichts finden konnte, drückte sie den Laden nach links. Er ließ sich überraschend leicht und nahezu geräuschlos bewegen. Dahinter kam ein Fenster mit einer ähnlichen kunstvollen Verglasung zum Vorschein, die sie bereits im Thronsaal an den hohen Fenstern bewundert hatte. Sie öffnete den Riegel und zog den Fensterflügel zu sich ins Zimmer. Ein frostiger Luftzug stieß sogleich erbarmungslos auf ihr Gesicht, was sie jedoch nicht davon abhielt, ihren Kopf hinauszustrecken, um nach der Ursache für ihr unerklärliches Gefühl zu suchen. Vor ihr erstreckte sich wider Erwarten nicht der riesige Innenhof, sondern ein Garten, der aufgrund der vielen Bäume fast schon ein kleiner Park war. Ihr Herz machte einen kleinen Sprung, da es in diesem Gemäuer offensichtlich doch noch ein Stück Natur gab, an dem sie sich zumindest mit dem Auge erfreuen konnte. Die Morgendämmerung war schon im Gange, sodass der Garten nicht in nächtlicher Finsternis lag. Außerdem hatte sich der Nebel gelichtet, sodass sie ihn einer gründlicheren Prüfung unterziehen konnte. Durch das nahezu blattlose Geäst hindurch war ein Rundweg zu erkennen, der sich am äußeren Rand des Gartens entlangschlängelte und von dem gelegentlich Wege zur Mitte abzweigten. Und dort – sie wollte ihren Augen nicht trauen - im Herzen des Gartens befand sich ein großer Teich. *Ein Teich – hier oben auf dem Berg mitten in der Festung?* Aus dem Augenwinkel nahm sie plötzlich die Bewegung eines Schattens in der Nähe des Rundweges wahr, etwa siebzig, achtzig Schritte von ihr entfernt. Es war eindeutig eine menschliche Gestalt. Sie konzentrierte ihr ganzes Sehvermögen auf diese Gestalt, die bewegungslos an einem Baumstamm lehnte. Sie konnte aus dieser Entfernung kein Gesicht erkennen, aber sie spürte, dass die Gestalt genau in ihre Richtung sah. Nein, sie hatte sogar das Gefühl, dass sich deren Augen geradezu an ihr festgesaugt hatten. Ihr Herz begann auf einmal wie wild in ihrer Brust zu flattern. *Er ist es. Er muss es sein.* Elea stand wie gelähmt am Fenster. Viel mehr durfte sie ohnehin nicht tun. Sie konnte ja schlecht seinen Namen rufen. Vielleicht öffnete jemand zufällig das Fenster, in dem Moment, wo sie ihn rief. Auf einmal fiel ihr jedoch ein, dass er nicht nur im Dunkeln sehen, sondern dass er um ein Vielfaches besser hören konnte als andere. Deshalb legte sie ihre rechte Hand auf ihr Herz und sagte im Flüsterton: „Maél, ich liebe dich. Du fehlst mir so sehr." Die Gestalt reagierte sofort darauf. Sie löste sich von dem Baum, stellte sich gut sichtbar mitten auf den Weg und schaute ein paar Augenblicke lang zu ihr hoch. Tränen lösten sich aus ihren Augen und hinterließen eine eisige Spur. Dann verschwand die schattenhafte Gestalt auch schon mit schnellen Schritten durch einen Durchgang in einem Gebäude. Elea atmete nochmal tief die kalte Luft ein, bevor sie das Fenster schloss. Den Holzladen rührte sie nicht wieder an. Sie trippelte wieder, so schnell sie konnte, zum Bett zurück und warf sich schluchzend darauf.

Er erwachte wie so oft in seinem Leben schweißgebadet. Einer seiner früheren Albträume hatte ihn fast die ganze Nacht hindurch gequält. Es war jedoch nicht der Traum, von dem er Elea erzählte, und der ihn, seit er ein kleiner Junge war, verfolgte. Dieser Traum hatte sich seines Schlafes bemächtigt, kurz nachdem er sechzehn Jahre alt geworden war, und setzte ihm jedes Mal nach dem Erwachen viel mehr zu als der Traum aus seiner Kindheit. Ausgelöst wurde er durch die Begegnung mit Finlay, dem er bis zum Vortag schon lange nicht mehr begegnet war. Mit einem Mal drang der pochende Schmerz in seiner rechten Hand in sein Bewusstsein und lenkte ihn von dem finsteren Traum und seinen Gedanken an Finlay ab. Er schwang die Beine aus dem Bett und blieb erst einmal sitzen. Er konnte kaum glauben, dass er trotz des aufwühlenden Besuchs von Finlay eingeschlafen war und dies mit nacktem Oberkörper in seinem eiskalten Zimmer, ohne sich zugedeckt zu haben. Dies war dem Branntwein zuzuschreiben, der ihm ziemlich schnell aufgrund seines nüchternen Magens zu Kopf gestiegen war und jegliches Denken und Fühlen ausgeschaltet hatte. Er sah auf seine Hand. Die Dunkelheit in seinem Zimmer konnte ihn nicht daran hindern, die blutverkrusteten, aufgeplatzten Knöchel zu erkennen, die ihm am Abend zuvor noch keinen Blick wert waren. Er bewegte die Finger unter großen Schmerzen. Die Hand war so geschwollen, dass er nicht einmal feststellen konnte, ob sie vielleicht gebrochen war. Den Schmerzen nach zu urteilen war es allerdings mehr als naheliegend. *Mit der Hand kann ich das Schwert vorerst nicht führen.* Er stand auf und holte sich aus der Satteltasche seine alte Tunika, aus der er bereits für Eleas Haar zwei breite Streifen herausgeschnitten hatte. Für einen kurzen Moment blieb sein Blick an den Schnittstellen des Stoffes haften. Dann riss er sich jäh davon los und machte sich daran, einen Ärmel abzuschneiden, mit dem er sich die Hand bandagierte. Hastig schüttete er sich das Eiswasser ins Gesicht, das noch von dem Tag seiner Abreise vor etwa neun Wochen stammte. Aus dem kleinen Wandspiegel neben dem Tisch schaute ihn ein erschöpftes Gesicht mit mehrere Tage alten Bartstoppeln an. Diese interessierten ihn jedoch im Moment nicht. Seine Gedanken kreisten jetzt nur um eine Person: Elea. Er konnte nicht anders. Er musste dem sehnsüchtigen Drang, in ihrer Nähe zu sein, nachgeben.

Er hatte bereits am Tag zuvor gespürt, in welchem Trakt des Schlosses sie sich befand. Er musste sich nur in den Schlossgarten begeben, dann würde es nicht lange dauern, bis er wüsste, hinter welchem Fenster ihr Zimmer lag. Ihr Blut in seinem Blut würde es ihm verraten. Die Fähigkeit, jemanden, von dessen Blut er getrunken hatte, überall zu finden, hatte er genauso wie die damit verbundene Verwandlung immer als einen Fluch angesehen. Jetzt allerdings, war er froh darüber, diese Gabe zu besitzen, da sie es ihm erlaubte, immer zu wissen, wo Elea sich befand. Er hatte diese Gabe schon lange nicht mehr einsetzen müssen. Denn die Männer, von deren Blut Darrach ihn zu trinken zwang, lebten nicht mehr, weil er sie getötet hatte. Es gab jedoch unter den Lebenden noch eine weitere Person, deren Aufenthaltsort er jederzeit bestimmen konnte – vielmehr könnte: Darrach selbst, wenn er es durch einen Zauber nicht verhindern würde.

Der Zauberer hatte irgendwann damit begonnen, an ihm im Kindesalter Experimente durchzuführen. Einmal fragte er ihn, wie er auf diese Idee mit dem Blut überhaupt kam. Die Antwort des Zauberers hatte ihn jedoch bis heute nicht überzeugt. Angeblich habe er einen Traum gehabt, in dem er gesehen habe, wie ein Mann mit spitzen Ohren, nachdem er Blut getrunken hatte, sich verwandelt habe. So begannen dann die Versuche. Zuerst gab er ihm Tierblut zu trinken, ohne dass irgendetwas geschah. Dann versuchte er es mit seinem eigenen Blut. Zum Glück konnte er den damals erst achtjährigen Jungen, der sich sogleich in ein nach Blut gierendes Wesen verwandelte, noch ohne ernsthaftere Verletzungen bezwingen. Die heilende Wirkung von Blut erkannte Darrach daran, dass die frischen Brandwunden, die er dem Jungen einen Tag zuvor als Strafe zugefügt hatte, während seines verwandelten Zustandes verheilt waren. Ein paar Wochen später entdeckte der Zauberer, dass seine Blutgabe nicht folgenlos geblieben war. Denn eines Tages, als Maél in Lebensgefahr schwebte, hatte der Junge ihn an seinem geheimen Ort im Wald gefunden, wo er sich in schwarzer Magie übte. Maél wurde damals von einem mit einer Eisenspitze versehenen Pfeil eines Jägers in den Arm getroffen. Maél konnte sich jetzt noch an die Todesangst erinnern, die er empfand, als sich das Gift in seinem Körper immer mehr ausbreitete und ihn innerlich zu verbrennen schien. Nur diese Angst vor dem Tode veranlasste ihn, sich zu seinem Ziehvater und Folterknecht in einer Person zu begeben und dies mit einer unerklärbaren Gewissheit über dessen Aufenthaltsort. Er brach vor seinen Füßen mit unnatürlich hohem Fieber zusammen. Und da der Zauberer keine andere Möglichkeit sah, das Leben seines kostbarsten Schatzes zu retten, gab er ihm erneut von seinem Blut zu trinken. So kam also Maéls einzige Schwachstelle ans Tageslicht: die tödliche Wirkung von Eisen auf seinen Körper.

Beim Umschnallen seines Gürtels durchfuhr ihn jäh der höllische Schmerz, der von seiner Hand in seinen Körper ausstrahlte. Dieser Schmerz entriss ihn seinen finsteren Erinnerungen an seine albtraumhafte Kindheit. Dankbar darüber stieg er in seine Stiefel und konzentrierte sein Denken und seinen unmenschlichen Spürsinn wieder auf Elea. Ein Blick aus dem geschlossenen Fenster verriet ihm, dass die Morgendämmerung kurz bevorstand. Er verließ sein Zimmer und machte sich mit eiligen, aber leisen Schritten auf den Weg zum Schlossgarten, der noch in vollkommener Dunkelheit eingetaucht war. Er fühlte mit jeder Zelle seines Körpers eine magische Kraft, die ihn zu einem bestimmten Gebäudetrakt hinzog. In sicherer Entfernung lehnte er sich an einen Baum, mit dem sein Körper zu einer schattenhaften Einheit verschmolz. Er versuchte, Elea mit all seinen Sinnen zu fühlen. Ihren so eigenen Duft nach Lavendel und Rosen konnte er nicht ausmachen. Aber seine Augen hefteten sich auf rätselhafte Weise auf ein ganz bestimmtes Fenster im vierten Stockwerk. Er stand bereits eine ganze Weile an dem Baum angelehnt, als er plötzlich Geräusche hörte, die aus dem Inneren dieses Zimmer zu kommen schienen. In der Tat schimmerte plötzlich ein rötliches Licht durch die Fensterverglasung hindurch, das er nur allzu gut kannte. *Nein! Das kann nicht sein! Wie kann sie wissen, dass ich hier bin? Ist es nur Zufall oder eine neue Gabe?* Das Fenster wurde geöffnet und Elea erschien mit ihrem leuchtenden langen Haar, in einem Fell eingewickelt, am Fenster. Er sah zu, wie ihre Blicke über den Schlossgarten schweiften. Er hatte nicht vor, auf sich aufmerksam zu machen. Aber durch seine Anspannung, hatte er sein Bein so fest gegen den Baum gestemmt, dass er einen Krampf bekam, sodass er seine Position ändern musste. Und genau diese kleine Bewegung verriet ihn. Er konnte sehen, wie beharrlich sie auf einmal in seine Richtung starrte. *Hoffentlich kommt sie nicht auf die Idee, nach mir zu rufen! ... Was macht sie jetzt?* Er beobachtete, wie sie ihre rechte Hand auf ihr Herz legte und mit flüsternder Stimme, aber für sein übermenschliches Gehör deutlich vernehmbar zu ihm sprach: „Maél, ich liebe dich. Du fehlst mir so sehr!" Leises Schluchzen folgte darauf. Ein Schmerz in der linken Hälfte seines Brustkorbs, unerträglicher als der Schmerz in seiner Hand, nahm von ihm Besitz. *So muss es sich anfühlen, wenn einem das Herz bricht.* Er hatte das ununterdrückbare Bedürfnis, ihr zu zeigen, dass er sie verstanden hatte, auch wenn es riskant war. Er stellte sich für sie gut sichtbar mitten auf den Weg und blieb dort einige Augenblicke stehen, den Blick auf ihrem Gesicht geheftet. Dann hielt er es nicht mehr länger aus. Er musste sich von ihrem herzerschütternden Anblick lösen, um nicht die Fassung zu verlieren. Er wandte sich von ihr ab und eilte aus dem Schlossgarten. *Es war ein Fehler hierher zu kommen. Ich darf es nicht wieder tun.*

Kapitel 5

Elea schreckte aus dem Schlaf hoch, als sie das Türschloss knacken hörte. Sie hatte sich, nachdem sie Maél im Garten entdeckt hatte, in den Schlaf geweint und, so wie es aussah, den halben Tag verschlafen. Durch das Fenster schimmerte das Blau des Himmels. Der Nebel hatte sich offenbar vorerst einmal verabschiedet.

Trotz des erfreulichen Wetterumschwungs verspürte Elea nicht das geringste Bedürfnis aufzustehen. Sie fühlte sich krank und wollte lieber in ihrem Bett weiter in Selbstmitleid zerfließen. Dazu ließ Belana ihr jedoch keine Zeit. Die Erste Hofdame stürzte voller Tatendrang mit einer Dienerin in das Zimmer, die einen hohen Stapel von Kleidern auf ihren Armen balancierte. „Elea, husch, husch, aus dem Bett oder wollt Ihr auch noch die zweite Tageshälfte verschlafen? Schaut mal, wen ich mitgebracht habe! Das ist Lyria, eine ausgezeichnete Näherin. Ich habe eine Auswahl von Kleidern mitgebracht, die Lyria für Euch ändern wird." Lyria war ebenso schlank wie Elea und verfügte ebenso wenig über die von Belana so angepriesenen weiblichen Rundungen. Elea verstand gar nicht, warum Belana sie dann diesbezüglich immerzu tadelte. Sie deswegen zur Rede zu stellen, fühlte sie sich jedoch außerstande. Sie nickte lieber der Näherin freundlich zu, die mit einem warmherzigen Lächeln ihren Gruß erwiderte. Lyria hatte ihr dunkelblondes Haar ebenfalls zu einer Hochfrisur aufgesteckt, allerdings bei weitem nicht so kunstvoll wie Belana. Sie machte sich wortlos daran, frische Holzscheite im Kamin zu verteilen, um den ausgekühlten Raum wieder aufzuheizen.

„Belana, ich fühle mich heute nicht wohl. Kann ich nicht einfach im Bett liegen bleiben oder muss ich etwa schon zu König Roghan?", wollte Elea mit ängstlicher Stimme wissen. „Mein Kind, ich komme mit zwei Nachrichten, von denen die eine Euch erfreuen wird, die andere dafür weniger. Die gute Nachricht ist: Ich habe einen Aufschub für Eure Unterredung mit König Roghan durchgesetzt. Er erwartet Euch erst morgen. Nichtsdestoweniger müssen wir so schnell wie möglich das Kleiderproblem aus der Welt schaffen. Also Ihr steigt jetzt aus dem Bett und probiert die Kleider an, während ich Euch etwas Anständiges zum Essen besorge. Wenn Ihr gegessen habt und Lyria mit ihrer Arbeit fertig ist, dann dürft Ihr meinetwegen den Rest des Tages im Bett verbringen. Seid Ihr damit einverstanden?" Elea nickte. Heute war sie zu schwach, um sich mit Belana darin zu messen, wer den stärkeren Willen hatte. Außerdem hätte es durchaus schlimmer kommen können. Sie hatte sich gerade aus dem Bett erhoben, als Belana aufschrie. „Ach, du meine Güte! Das Bett ist voller Blut!" Die Erste Hofdame trat hinter Elea. „Und Euer Nachthemd ist auch ruiniert. Ich fürchte, Ihr wurdet von Eurer Mondblutung überrascht." *Das hat mir gerade noch gefehlt!* Elea war die ganze Sache peinlich. Mit vor Kälte zitternder Stimme versuchte sie, sich stotternd zu entschuldigen. „Es tut mir leid. Ich wusste, nicht... Jetzt ist das ganze..." Belana ließ das Mädchen gar nicht zu Ende reden. „Elea, es ist alles halb so schlimm. Lyria wird das Laken später wechseln. Und das Nachthemd war, genau genommen, viel zu groß für Euren... zarten Körper." Sie nahm die Felldecke vom Bett, legte sie Elea um die bebenden Schultern und bugsierte sie auf den Stuhl. „Jetzt wissen wir auch, warum Ihr Euch so unpässlich fühlt." Bevor Belana sich daran machte, das Zimmer schon wieder zu verlassen, hielt Elea sie jedoch zurück. „Ihr spracht von einer zweiten, weniger erfreulichen Nachricht."

„Ach, ja! Das hätte ich beinahe vergessen." Die Frau begann, sich nervös zu räuspern. „Also Elea... Eigentlich kommt Eure Blutung nicht ungelegen."

„Was wollt Ihr damit sagen: Sie kommt nicht ungelegen?" Elea war sofort in Alarmbereitschaft. Sie ahnte schon, was jetzt kommen würde. „König Roghan hat mich tatsächlich beauftragt, mich von Eurer Unberührtheit zu überzeugen. Glaubt mir, ich habe mich nicht gerade beliebt bei ihm gemacht, als ich ihn fragte, ob er von allen guten Geistern verlassen worden sei. Aber er ließ sich nicht davon abbringen. Er besteht darauf. Er hat es mir befohlen. Ich genieße zwar einige Privilegien bei ihm am Hof, aber in diesem Punkt ließ er nicht mit sich reden. In Anbetracht Eurer Blutung wird er sich aber noch etwas gedulden müssen. Dies verschafft Euch noch etwas Zeit." Elea atmete ein paar Mal tief durch, bevor sie zu reden begann. „Ich brauche nicht mehr Zeit. Wisst Ihr Belana, dieses Thema meiner Unberührtheit begleitet mich schon die ganze Reise. Ich habe es wirklich satt. Von mir aus überzeugt Euch davon hier und jetzt, damit ich endlich meine Ruhe habe", erwiderte Elea mit resignierter Stimme. Belana schluckte mühsam und schien über irgendetwas nachzudenken. Nach einer kurzen Weile sprach sie in verschwörerischem Ton. „Elea, wenn Ihr mir jetzt hoch und heilig versprecht, dass Ihr noch Jungfrau seid, dann werde ich es Euch glauben und auf die unangenehme Untersuchung verzichten. König Roghan wird nichts davon erfahren. Wir Frauen müssen bei solchen Dingen zusammenhalten, nicht wahr Lyria? Du wirst schweigen wie ein Grab?!" Lyria nickte mit einem verständnisvollen Lächeln den beiden Frauen zu. „Also gut, Belana. Ich schwöre Euch hier und jetzt auf das Leben meiner drei Geschwister, dass ich noch unberührt bin." Belana nickte der jungen Frau erleichtert zu und verließ zufrieden das Zimmer, ohne ein weiteres Wort.

Es dauerte nicht lange, bis sie mit einem Tablett dampfender Teigtaschen zurückkehrte. Der leckere Geruch weckte sofort Eleas Lebensgeister. Sie stürzte sich auf das Gebäck und musste sich sogleich von Belana eine Standpauke wegen ihrer rustikalen Essmanieren anhören. „Ich bin weder eine Prinzessin noch Hofdame. Meine Mutter hat mich nie wegen meiner Essmanieren getadelt. Vielleicht sind diese auch nicht so wichtig, wenn man sich gegenüber zwei gefräßigen Brüdern durchsetzen muss. Breanna war immer glücklich, wenn sie sah, wie gut es mir schmeckte", konterte Elea auf entwaffnende Weise.

Elea verbrachte den halben Nachmittag damit, zahlreiche Kleider anzuprobieren. Das Ergebnis stellte Belana nicht unbedingt zufrieden. Nur vier Kleider würden für Elea so geändert werden können, dass sie den Ansprüchen der Ersten Hofdame genügten, worüber sie sehr untröstlich war. Elea redete beruhigend auf die Frau ein. „Belana, vier Kleider reichen mir vollkommen. Wann soll ich die denn alle tragen? Ich werde wenig Gelegenheit dazu haben, da ich meistens in meinem Zimmer eingeschlossen bin. Und wer weiß, was König Roghan geplant hat!? Vielleicht soll ich schon in ein paar Tagen wieder das Schloss verlassen, um mich auf die Suche nach dem Drachen zu machen."

„Zunächst mein Kind, ich schließe Euer Zimmer nicht ab, weil ich Euch hier gefangen halten will. Es dient zu Eurem eigenen Schutz vor unliebsamen Besuch." Belana warf Elea einen vielsagenden Blick zu. „Davon abgesehen, würdet Ihr Euch hoffnungslos in dem alten Gemäuer verirren, wenn Ihr allein unterwegs wärt." Elea nahm die Rechtfertigung der Frau wortlos hin, auch wenn sie ihr nicht so recht glaubte. Sie wollte sich gerade ein frisches Nachthemd überziehen, als Belana sie davon abhielt und meinte, sie seien noch nicht ganz fertig, da Lyria noch ihre Körpermaße nehmen müsse. „Wofür denn das noch, Belana?", erwiderte die junge Frau verständnislos und ungeduldig. „Ihr benötigt für das Drachenfest ein besonderes Kleid und ich habe da auch schon eines im Sinn, das Eurer Persönlichkeit und Eurer Anmut aufs Beste gerecht werden wird." Elea blieb beinahe die Luft weg. „Belana, seit ich denken kann, habe ich alles dafür getan, nicht von den Leuten angestarrt zu werden. Jetzt verlangt Ihr und der König, dass ich mich in einem Kleid zur Schau stellen soll. Das kommt überhaupt nicht in Frage. Entweder bleibe ich dem Fest fern oder ich gehe in einem dieser Kleider", erwiderte Elea ungehalten und zeigte auf den Haufen der Kleider, die Lyria ändern sollte. „Ihr werdet dieses Jahr die Attraktion auf dem Drachenfest sein, ob es Euch gefällt oder nicht. Der König will es so." Belanas Miene drückte absolute Kompromisslosigkeit aus. Elea blies lautstark die Luft durch die Nase und warf ihr einen bösen Blick zu. Diese Schlacht würde sie erneut verlieren. Sie war so erschöpft vom im Grunde genommen nichts Anderes tun als herumstehen, dass sie nur noch schlafen wollte. Deshalb ließ sie zähneknirschend zu, dass Lyria die notwendigen Maße nahm.

Anschließend half Belana der jungen Frau in das Nachthemd, führte sie dann noch zum Bett und deckte sie wie ein kleines Kind zu. „Elea, ich werde später noch einmal bei Euch vorbeischauen. Vielleicht habt Ihr noch Hunger oder etwas anderes auf dem Herzen. Jetzt ruht Euch aus. Morgen steht Euch auf jeden Fall ein aufregender Tag bevor, als der heutige."

Belana hielt ihr Versprechen und kam noch einmal zu Elea, als es bereits schon lange dunkel war. Als sie das Zimmer betrat, zuckte sie erschrocken zusammen, da sie zum ersten Mal Eleas Haar rot glühend leuchten sah. Es glühte in einer solchen Intensität, dass die Frau nicht einmal eine Kerze oder Öllampe anzünden musste. Fasziniert starrte sie auf die schlafende Frau. Sie hatte sie in ihr Herz geschlossen, diese einerseits so rebellische und andererseits manchmal so zerbrechlich wirkende Frau. Sie wusste nicht warum, aber sie hatte ständig das Bedürfnis, sie zu beschützen. Ihr Auftritt am Morgen bei König Roghan war ein Beispiel dafür. Allein die Tatsache, dass sie von ihm verlangte, ihr noch einen Tag Schonung zu gönnen, grenzte schon an Unverfrorenheit. Als er sie dann aufforderte, sich davon zu überzeugen, dass sie noch Jungfrau war, hatte sie sogar vergessen, wer ihr gegenüber saß. Er wies sie zum ersten Mal in herrischem Ton und mit hochrotem Kopf in die Schranken und ließ keinen Zweifel daran, dass er von ihr die Ausführung seines Befehls schnellstmöglich erwarte. Ihre Frage, warum Eleas Unberührtheit von solcher Bedeutung sei, beantwortete er nur mit einem bösen Blick, der Belana veranlasste, rasch das Arbeitszimmer des Königs zu verlassen.

Belana konnte nicht umhin, eine der drei roten Strähnen aus Eleas exotischem Gesicht zu streichen, dessen linke Gesichtshälfte immer noch angeschwollen und von einem riesigen Bluterguss dominiert wurde. Ihr geschultes Auge hatte jedoch am Tage zuvor auf den ersten Blick die darunter verborgene außergewöhnliche Schönheit dieses Mädchens erkannt. Ihre kleine, fein geschwungene Nase und ihr kleiner, aber mit vollen Lippen versehene Mund standen in Kontrast zu ihren großen, ausdrucksstarken Augen, aus denen ein beispielloses Grün leuchtete. Dieses Grün strahlte umso mehr aus ihrem Gesicht, als es von langen, schwarzen Wimpern und ausgeprägten Augenbrauen kontrastreich umrahmt wurde. Auch wenn sie sie deswegen tadelte, musste sie sich eingestehen, dass die sonnengebräunte Haut ihre fremdartige Schönheit nur noch unterstrich. Die Vorstellung, was der jungen Frau noch bevorstand, ließ ihre Kehle enger werden.

Elea erwachte mit der aufgehenden Sonne. Sie fühlte sich wesentlich besser als am Tag zuvor und sah dem, was heute auf sie zukam relativ gelassen entgegen. Merkwürdigerweise verspürte sie gar keine Angst, vor König Roghan treten zu müssen. Nur die Vorstellung, wieder Darrachs kaltes, abschätzige Lächeln zu sehen, rief in ihr ein beklemmendes Gefühl hervor.

Sie sprang voller Tatendrang aus dem warmen Bett in die Kühle ihres Zimmers, die ihr heute gar nicht so unangenehm erschien wie noch am Tag zuvor. Ohne sich in die Felldecke einzupacken, schritt sie eilig zum Fenster und öffnete es. Sie ließ ihre Blicke durch das dämmrige Licht des anbrechenden Tages über den Garten schweifen – auf der Suche nach Maél. Aber ohne Erfolg. Er war nicht gekommen. Sie seufzte und schloss wieder das Fenster. Dass er wusste, wo sich ihr Zimmer befand, tröstete sie ein wenig.

Mit den übrig gebliebenen Holzscheiten machte sie ein Feuer. Dabei fiel ihr mit einem Mal Maéls Haarsträhne ein, die immer noch in der kleinen Tasche in ihrem Rucksack war. Sie kramte sie hervor und nahm den Beutel mit den chirurgischen Instrumenten heraus. Diese steckte sie zu dem Beutel mit den Weidenrindenstücken, der ohnehin schon fast leer war. Nachdem sie tief den Duft der Haare eingeatmet hatte, stopfte sie den Beutel in das Geheimfach zu der Prophezeiung und den beiden Bildern von Breanna. Kaum hatte sie den Rucksack wieder neben das Bett gestellt, da vernahm sie auch schon Schritte draußen auf dem Korridor. Belana betrat wenige Augenblicke später das Zimmer mit den Kleidern, die Lyria vermutlich die ganze Nacht hindurch geändert hatte. Ihr folgte eine Dienerin, die ein Tablett mit Essen trug. Belana begrüßte Elea mit einem freundlichen und aufmunternden Lächeln. „Euch geht es heute offenkundig besser als gestern. Sehr schön, Elea. König Roghan erwartet Euch im Laufe des Vormittags in seinem Arbeitszimmer, sodass wir jetzt noch genügend Zeit haben Euch herzurichten." Elea gefiel das Wort *herrichten* überhaupt nicht. Sie zog mürrisch die Stirn in Falten, hielt sich aber mit einer bissigen Erwiderung zurück. Belana forderte sie auf, erst einmal an der riesigen Frisierkommode ihr Frühstück einzunehmen, damit sie sich schon mal mit der Zähmung ihrer widerspenstigen Haare widmen konnte. Für einen kurzen Moment verging Elea der Appetit, da sie mit Schrecken darüber nachsann, welche kunstvolle, unbequeme Frisur, sich die Erste Hofdame für sie ausgedacht haben mochte. Belana sah Eleas schreckenerfüllte Augen, schob sie aber sanft auf den Stuhl und tätschelte ihr beruhigend auf die Schulter. Ein Blick auf die Leckereien auf dem Tablett ließ sie ihre Panik jedoch schnell vergessen.

Die Vorbereitungen dauerten den halben Vormittag. Elea kam es jedoch wie eine Ewigkeit vor. Sie fühlte sich schon wieder müde, obwohl sie entweder nur saß oder herumstand. Ihr fehlte eindeutig frische Luft und Bewegung. Sie sehnte sich nicht nur nach einem Spaziergang, sondern nach einem schnellen, ausgedehnten Lauf, der ihren Herzschlag in die Höhe und ihre Lungen zu ihrem Äußersten treiben würde.

Endlich war Belana mit ihrem Werk fertig. Sie machte ein zufriedenes Gesicht und bugsierte Elea mal wieder durch das Zimmer vor den überdimensionalen Spiegel, damit sie sich betrachten konnte. Elea stockte der Atem. Sie sah eine fremde Frau. Sie musste sich selbst eingestehen, dass sie wirklich schön war. Bisher hatte sie nie viel darauf gegeben, wenn die anderen sich über ihre Schönheit ausließen. Aber jetzt sah sie es mit ihren eigenen Augen. Sie trug ein schlichtes, hellgrünes Kleid, das mit ihren grünen Augen in Einklang stand. Es war aus einem dicken, samtweichen Stoff geschneidert, der eng an ihrem Oberkörper anlag, sodass sich ihre kleinen Brüste deutlich abhoben. *Prima! Genau das wollte ich vermeiden, dass meine Weiblichkeit betont wird!* Froh war Elea jedoch über den mit einem goldenen Band versehenen Stehkragen, wodurch wenigstens ihr Dekolleté bedeckt war. Die langen, engen Ärmel wurden zu den Händen hin weiter und liefen auf ihrem Handrücken spitz zu. Der Rock des Kleides war zu ihrer großen Erleichterung nicht weit und faltenreich, sondern umschmeichelte nur leicht ihre Beine. Auf ihrer Hüfte lag locker ein Gürtel, auf den dasselbe goldene Band genäht war wie auf dem Stehkragen. Eleas Staunen nahm noch zu, als sie ihr Haar betrachtete, das Belana zum Teil geflochten und zum Teil ungeflochten hochgesteckt hatte, sodass ihr langer, schlanker Hals, der schon durch den Stehkragen hervorstach, noch mehr zur Geltung kam.

Mit dem Kleid konnte Elea leben, aber nicht mit der Frisur. Überall ziepte es und die vielen Nadeln kratzten auf ihrer Kopfhaut. Es war nur eine Frage der Zeit, bis sie sich die Nadeln aus den Haaren reißen würde. Jäh erklang Belanas schrille Stimme. „Ich habe völlig die Schuhe vergessen. Was machen wir jetzt?" Belanas Panik war unüberhörbar. Auch in Elea stieg Panik auf. Die Vorstellung ihre Füße jetzt noch in enge, unbequeme Schuhe zwängen zu müssen, würde ihr den Rest geben. Deshalb ignorierte sie einfach Belanas Frage, nahm ihre Stiefel und schlüpfte hinein. Belana schaute mit angehaltenem Atem und bestürzt dreinblickendem Gesicht dabei zu. Bevor sie lautstark protestieren konnte, stand Elea fertig angezogen vor ihr und sagte in keckem Ton: „Belana, ich weiß gar nicht, was Ihr habt? Kein Mensch, sieht unter dem langen Rock die Stiefel, es sei denn ich muss mich bei König Roghan entkleiden." Belana rang nach Fassung. „*Ich* weiß es! Das genügt! Aber mir wird nichts anderes übrig bleiben, als mit diesem Wissen zu leben. Auf die Schnelle finde ich jetzt keine passenden Schuhe. Außerdem sind wir schon spät dran. König Roghan ist nicht unbedingt der geduldigste Mann. – Himmel hilf mir! - Also gut. Dann bringe ich Euch jetzt zu ihm. - Bevor ich es vergesse, Ihr sollt den Stein mitbringen, den Ihr ohnehin immer um Euren Hals tragt, und irgendeinen Stab." Elea holte den Stab aus ihrem Rucksack und verließ mit Belana ihr Zimmer - zum ersten Mal seit fast zwei Tagen. Zu ihrem Verdruss mussten sie kein einziges Mal einen Fuß nach draußen an die frische Luft setzen. Sie durchschritten wieder unzählige Gänge und stiegen immer wieder Treppen hoch und wieder runter, bis sie endlich an einer mit aufwendigen Schnitzereien verzierten Tür ankamen. Belana war unüberhörbar außer Atem, während Elea nicht die geringste Anstrengung anzumerken war. „Elea, den restlichen Weg müsst Ihr alleine gehen. Ich werde heute nicht die endlos lange Wendeltreppe hinaufsteigen. - Euch macht das Treppensteigen offensichtlich überhaupt nichts aus. – Na ja. Jedenfalls am Ende der Treppe trefft ihr auf eine Tür, die führt direkt in König Roghans Arbeitszimmer. Dort hält er sich die meiste Zeit auf, wenn er nicht bei seinem Heer ist." Belana öffnete die Tür und schob Elea sanft hindurch. Zögernd drehte sie sich zu der Hofdame um. „Und wie soll ich wieder zurück in mein Zimmer finden?"

„Macht Euch darüber keine Sorgen. Entweder bin ich hier oder ich schicke eine Dienerin, die auf Euch warten und sicher zurückgeleiten wird." Einen Augenblick später hatte die Erste Hofdame die Tür bereits hinter Elea geschlossen. Elea warf einen Blick die enge Wendeltreppe hoch. Sie befand sich eindeutig in einem Turm, an dessen Ende König Roghan und Darrach auf sie warteten. Sie atmete dreimal tief durch und begann, die Treppe hinaufzusteigen. In regelmäßigen Abständen erhellten kleine Öllampen Abschnitte des Turms. Sie standen in Mulden, die in die Wand eingelassen waren. Elea raffte den Rock über ihre Knie und beschleunigte ihr Tempo immer mehr. Sie wollte es jetzt endlich hinter sich bringen. Nach einer Weile stand sie auch schon vor einer Tür, die haargenau der von unten glich. Ein paar Augenblicke wartete sie noch, bis sich ihre Atmung wieder beruhigt hatte. Dann klopfte sie an die schwere Tür. Kaum war ihr Klopfen verklungen, ertönte auch schon die tiefe Stimme des Königs: „Herein!" Sie öffnete mit klopfendem Herzen die Tür und blickte in einen kreisrunden Raum, an dessen gegenüber liegender Seite ein mächtiger Schreibtisch stand. Dahinter saß der König - diesmal nicht in Kriegerrüstung, sondern in einer mit Goldfäden durchwirkten, dunkelbraunen Robe. Er war nicht allein. Nicht Darrach, sondern ein anderer Mann, der ihr den Rücken zugedreht hatte, sah aus einem großen Fenster, das einen atemberaubenden Ausblick auf das ehrfurchtgebietende Hochgebirge, den Akrachón bot. „Da seid Ihr ja endlich, Elea! Tretet schon ein! Ich hatte Euch eigentlich schon früher erwartet. - Wie ich sehe, konnte Belana nicht widerstehen, ihre Note an Euch zu hinterlassen und offenkundig mit immensem Erfolg", sagte der König mit einem Ton, aus dem Elea deutlich Ungeduld heraushörte, die aber immer mehr in Bewunderung umschwang je länger seine Augen auf ihr ruhten. Während Elea in das Turmzimmer eintrat und die Tür hinter sich schloss, räusperte sich der König etwas verlegen, bevor er fortfuhr. „Darf ich Euch meinen Sohn... Prinz Finlay vorstellen. Ihr seid ihm bereits vorgestern flüchtig begegnet." In dem Moment, als er sich umdrehte und sie sah, erstarrte er. Er war zu keiner Reaktion fähig. Nur seine Augen bewegten sich. Sie glitten bewundernd über Elea und blieben schließlich an ihren grünen Augen haften. Sie erwiderte seinen Blick hingegen mit einer ähnlich tadelnden Miene wie zwei Tage zuvor Belana. Finlay musste sich ebenso wie sein Vater verlegen räuspern, bevor er langsam auf die junge Frau zuschritt, die mitten im Zimmer stehen geblieben war. Er schien, endlich seine Fassung erlangt zu haben, als er sich mit einem warmherzigen Lächeln auf den Lippen galant vor ihr verbeugte. „Nennt mich bitte einfach Finlay. Ich fühle mich schon seit langem nicht mehr als Prinz dieses Königreiches. – Ich freue mich, Euch kennenzulernen. Es wäre mir aber weitaus lieber gewesen, wenn dies unter anderen Umständen geschehen wäre." Etwas irritiert über die unumwundenen Worte des jungen Mannes erwiderte Elea nun ebenso freundlich sein Lächeln. Er trug dieselbe Kleidung wie bei ihrer ersten Begegnung, allerdings in trockenem und gereinigtem Zustand. Außerdem hatte er sich von seinen Bartstoppeln befreit. Er erinnerte sie irgendwie an Kellen. Er war nur größer und wesentlich muskulöser. Die vielen kleinen Fältchen um seine Augen konnten der Jungenhaftigkeit seines Gesichtes nichts anhaben. Diese hatte er eindeutig von seinem Vater geerbt.

„Ich muss Euch jetzt leider verlassen. Der König will es so. Nein! Er befiehlt es. Aber ich hoffe sehr, dass wir uns heute beim Abendessen wieder sehen werden. Ihr seid herzlich eingeladen, nicht wahr Vater?"

„Ja, Elea. Wir würden uns freuen, wenn Ihr uns heute Abend Gesellschaft leisten würdet." Finlay sah Elea erwartungsvoll an. Sie wusste schon im vornherein, dass ein Wiedersehen mit Finlay nur Probleme bereiten würde. Aber sie hatte das unbestimmte Gefühl, dass sie in ihm einen guten Freund finden würde. Außerdem sagte Maél selbst, sie solle sich an Finlay halten, falls sie in Not sei.

Elea hatte noch kein einziges Wort gesprochen, seit sie vor König Roghan und seinem Sohn stand. Sie erwiderte mit unsicherer Stimme, aber einem entwaffnenden Lächeln: „In Ordnung! Aber nur unter einer Bedingung." Roghan zog alarmiert und amüsiert zugleich eine Augenbraue in die Höhe. Eine Gefangene, die eine Bedingung stellte, und noch dazu so eine junge, war nicht alltäglich. Finlay fragte anstelle seines Vater: „Und die wäre?"

„Ihr führt mich anschließend durch den großen Garten mit dem Teich, den ich von meinem Fenster aus sehen kann." König Roghan atmete erleichtert auf über diese recht anspruchslose Bedingung, während Finlay über diese unerwartete Gelegenheit, mit Elea alleine zu sein, allem Anschein nach mehr als erfreut war. Er strahlte über das ganze Gesicht. „Ich denke das wird sich einrichten lassen. Oder hat der Herrscher über Moraya etwas dagegen einzuwenden?", wandte er sich spöttisch an seinen Vater.

„Nein, durchaus nicht. Es spricht nichts gegen einen kleinen Verdauungsspaziergang nach dem Essen."

„Gut. Dann sehen wir uns heute Abend, Elea." Finlay deutete eine Verbeugung an und verließ das Turmzimmer, ohne seinen Vater eines Blickes zu würdigen.

„Ich fürchte, Ihr habt in meinem Sohn einen Verehrer gefunden. Es ist lange her, dass ich ihn so... glücklich gesehen habe, und das nur aufgrund eines Spaziergangs im Schlossgarten", sagte Roghan mit der Andeutung eines Lächelns auf den Lippen. Elea konnte nicht fassen, wie ähnlich sich die beiden sahen. „Setzt Euch!" Er zeigte auf einen Stuhl ihm gegenüber. „Ich denke, es ist in Eurem Interesse, wenn wir sofort beginnen. – Von Belana habe ich bereits erfahren, dass Ihr tatsächlich noch unberührt seid. Ihr werdet auch gleich erfahren, warum dies so überaus wichtig für das Gelingen unseres bahnbrechenden Vorhabens ist." Elea konnte sich einen spitzen Kommentar nicht verkneifen. „Ihr meint wohl eher für das Gelingen *Eures* Vorhabens." Die Miene des Königs verdüsterte sich über diese unverfrorene Belehrung. Es war jedoch nur das Huschen einer Düsternis, das schnell von einem nachsichtigen Schmunzeln abgelöst wurde. Er erinnerte sich an Maéls Worte über ihre Aufsässigkeit und scharfe Zunge. *Noch so ein Frauenzimmer am Hofe mit einem starken Willen. Das kann ja heiter werden.* „Wie dem auch sei. Wollt Ihr heute immer noch behaupten, ihr wüsstet nicht, warum ich Euch nach Moray bringen ließ?" Elea hätte den König am liebsten weiterhin ihre rebellische Ader spüren lassen, aber das hätte das Unausweichliche nur hinausgezögert und dazu hatte sie keine Lust. Maél hatte ihr ohnehin geraten, sich kooperativ zu zeigen. „Nein. Das will ich nicht. Ich denke, ich weiß, warum Ihr mich von Eurem Häscher entführen ließt. Ich soll für Euch einen Drachen reiten. Ich frage mich nur, wozu?"

„Gut. So kommen wir der ganzen Angelegenheit schon viel näher und sparen uns kostbare Zeit und unnötiges Kräftemessen, aus dem ihr sicherlich nicht als Siegerin hervorgegangen wärt. - Ihr fragt wozu? Diese Frage kann ich Euch recht schnell beantworten. Ich benötige Euch und den Drachen, um meinen Eroberungskrieg gegen König Eloghan möglichst schnell zu gewinnen. Boraya gehört rechtmäßig mir und ich will aus beiden Reichen wieder ein starkes Drachonya machen, so wie es einst war. Außerdem verfügt Eloghan über Reichtümer, die ich für meine weiteren Pläne benötige, in denen Ihr ebenfalls eine große Rolle spielen könntet. Aber darüber sprechen wir erst, wenn wir den ersten Schritt erfolgreich getan haben." Elea sah ihn bestürzt an. „Ihr verlangt von mir, dass ich mit einem Drachen in einen Krieg ziehen soll, in dem es letztendlich darum geht, einen anderen König seines Reiches und seines Reichtums zu berauben?! Wie stellt Ihr Euch das vor? Soll ich dem Drachen befehlen, Eloghans Krieger mit seinem Feueratem in Brand zu setzen?" Roghan atmete tief durch. „Mit

Eurer Hilfe werden wahrscheinlich viele Menschenleben verschont, glaubt mir. Der Drache soll zur Abschreckung dienen. Eloghan wird einsehen, dass er keine Chance gegen einen feuerspeienden Drachen hat. Noch dazu ist mein Heer seinem weit überlegen. Es wird ihm nichts anderes übrig bleiben, als sich zu ergeben."

„Und woher wollt Ihr wissen, dass es diesen Drachen überhaupt gibt oder dass ich ihn finde, ganz zu schweigen, dass er genau das tut, was ich ihm befehle?", wollte Elea immer noch in ungehaltenem Ton wissen. „Darrach hat es beim Übersetzen alter Schriftrollen herausgefunden. Es war von einer Prophezeiung die Rede, die sich hundertfünfzig Jahre nach dem Krieg gegen Feringhor erfüllen sollte. In dieser war die Rede von einer jungen Frau mit außergewöhnlichem Haar, das im Dunkeln rot leuchte, und mit einem Mal am unteren Ende des Rückens, das einer Rosenknospe ähnle. Sie würde den letzten Drachen finden und über ihn herrschen."

„Und wie soll ich ihn finden?"

„Laut der Schriftrollen befindet er sich im Akrachón. Und falls Ihr noch keine Ahnung habt, wie Ihr ihn dort finden könnt, dann hoffe ich in Eurem Interesse, dass der Stein und der Stab, die Ihr mit Euch führt, Euch zu gegebener Zeit den Weg zu ihm weisen werden." Der drohende Ton in Roghans Stimme war nicht zu überhören. Elea ging jedoch nicht darauf ein und löcherte den König weiter beharrlich mit Fragen. Sie wollte herausfinden, ob sich ein Teil ihrer Prophezeiung mit dem Teil deckte, den Darrach Roghan preisgegeben hatte. „Mehr stand nicht darüber in der Prophezeiung? Zum Beispiel: Wer die junge Frau ist? Warum sie den Drachen finden soll? Und warum dies plötzlich einfach so nach hundertfünfzig Jahren?"

„Elea, die Schriftrollen, die Darrach übersetzt, sind viel, viel älter als hundertfünfzig Jahre. Sie wurden von verschiedenen Gelehrten, die im Dienste meiner Vorfahren gestanden haben, über Jahrhunderte hinweg angefertigt. Sie stammen zum Teil aus Zeiten, in denen die Menschen mit den Drachen verfeindet waren und wiederum aus Zeiten, in denen sie friedlich zusammenlebten. Ich habe die Schriftrolle, die Euer Erscheinen betrifft, gesehen. Sie war in einem schlechten Zustand. Ein Teil war wohl einem Feuer zum Opfer gefallen, sodass der Text nur bruchstückhaft von Darrach übersetzt werden konnte."

„Dann bin ich aber mal neugierig, was es nun mit meiner Unberührtheit auf sich haben soll?"

„Dieses Wissen stammt von einer Schriftrolle über die Drachen. Sie ist laut des Textes notwendig, damit zwischen Euch und dem Drachen ein unsichtbares Band geknüpft werden kann. Dieses Band erlaubt es euch, miteinander zu kommunizieren und wird euch euer Leben lang untrennbar miteinander verbinden, es sei denn einer von euch stirbt." Elea spürte bereits, wie sich schon wieder ein Kloß in ihrer Kehle bildete, den sie kaum hinunterschlucken konnte. Die Vorstellung, auf immer und ewig an einen wilden Drachen gebunden zu sein, war im Moment nicht gerade ein verlockender Gedanke – noch nicht zumindest. Sie zwang sich rasch, sich den Drachen aus ihrem Traum in Erinnerung zu rufen, der auf sie keineswegs angsteinflößend gewirkt hatte – im Gegenteil, er machte eher den Eindruck, als sei er ein Freund. Schließlich formte sich in ihrem Kopf noch eine Frage, die im Grunde genommen die alles entscheidende Frage war. „Was würde passieren, wenn ich mich weigere, den Drachen für Euch zu finden und zu reiten?" König Roghan ließ laut die Luft durch die Nase entweichen und sah Elea eine kleine Weile ernst in die Augen, bevor er eindringlich zu sprechen begann. „Ich hoffe inständig, dass es nicht dazu kommen wird. Aber wenn Ihr Euch weigert, dann werde ich zu gewissen Druckmitteln greifen müssen, die Euch dazu bewegen werden." Elea fragte mit leiser Stimme: „Und wie sehen diese Druckmittel aus?"

„Ich weiß, wo Eure Familie lebt... Muss ich noch weiter reden oder könnt Ihr Euch vorstellen, worauf ich hinaus will?" Elea saß wie ein Häuflein Elend in dem Stuhl, dessen Rückenlehne weit über ihren Kopf hinausragte. Sie betrachtete verzweifelt den Stab, den sie die ganze Zeit nervös mit ihren Händen knetete. Hätte Roghan *ihr* Folter angedroht, so hätte sie sich ihm, ohne mit der Wimper zu zucken, widersetzt – vorerst zumindest. Aber das Wohl ihrer Familie stand entschieden über ihrem eigenen. Es wäre unerträglich für sie, wenn einer von ihnen für sie leiden müsste. Nach einer Weile, in der ein schweres Schweigen in dem eckenlosen Turmzimmer herrschte, blickte Elea auf, direkt in Roghans Gesicht, und nickte ihm resigniert zu. Sie wollte gerade ansetzen, ihrer Zustimmung noch mit Worten Ausdruck zu verleihen, als es laut an der Tür klopfte. „Das wird Darrach sein. Ja! Trete ein!" Jeder einzelne Muskel in Elea begann, sofort sich zu versteifen. Sie schaute gebannt auf die Tür, die aufschwang und Eleas Blick auf die riesige, magere Gestalt des Zauberers freigab. Sein ausdrucksloses Gesicht wurde von seinem langen weißen Haar wie ein Schleier umrahmt. Er verbeugte sich vor Roghan und setzte sich auf den Stuhl neben Elea, ohne sich allem Anschein nach ihrer Anwesenheit bewusst zu sein.

Trotz der Beklemmung, die sie gegenüber diesem Mann empfand, musterte sie ihn unverhohlen. Er sah schlecht aus, als ob er in den vergangenen Nächten kein Auge zugemacht hätte. *Wahrscheinlich habe ich ihm ein paar Rätsel aufgegeben, die ihm schlaflose Nächte bereiten.* In sein in Gedanken versunkenes Gesicht kam erst Leben, als Roghan ihn ansprach. „Darrach, ich bin mit Elea gerade übereingekommen. Sie schließt sich unserer Sache an." Die Wahl dieser harmlosen Worte veranlasste Elea laut die Luft aus der Nase zu schnauben, begleitet von einem grimmigen Blick, den sie ungeniert dem König zuwarf. Sie verzichtete jedoch auf einen bissigen Kommentar, da sie die Nähe des Zauberers kaum ertragen konnte. Sie wollte so schnell wie möglich wieder den Turm verlassen und sich in den Schutz ihres Zimmers flüchten. König Roghan ignorierte geflissentlich das wortlose Gebaren von Eleas Empörung und fuhr fort. „Ich habe sie über meine Eroberungspläne in Kenntnis gesetzt sowie über die Bedeutung ihrer Unberührtheit. Sie hat zugegeben, dass sie geahnt hatte, warum wir sie von Maél entführen ließen. – So weit, so gut. Du wirst sicherlich auch noch ein paar Fragen an sie haben." Darrach wandte sich Elea zu und verschränkte seine langen, dürren Finger ineinander. Urplötzlich war da wieder sein Lächeln wie Eiswasser, das sie erschauern ließ. „Die habe ich allerdings. Wann und wie habt Ihr von Eurer Bestimmung erfahren und was wisst Ihr über Eure Herkunft?"

Elea hatte sich schon vorher genau überlegt, was sie vor den beiden mächtigen Männern preisgeben würde. Sie erzählte ihre Geschichte wahrheitsgetreu. Nur den Text mit der Prophezeiung erwähnte sie nicht. Dafür behauptete sie, dass ihre Pflegeeltern ihr im Alter von dreizehn Jahren von ihren leiblichen Eltern und deren damaliger Notlage erzählten. Diese hätten Albin und Breanna anvertraut, dass es ihre Bestimmung sei, einen Drachen zu reiten, und sie gebeten, sie in aller Abgeschiedenheit groß zu ziehen, bis der Tag komme, an dem sie sich ihrer Aufgabe stellen müsse. Außerdem mussten sie ihnen versprechen, sich mit ihr von Moray fernzuhalten. Schließlich erwähnte sie noch den Stein und den Stab, den ihre Eltern ihr hinterlassen hatten und die sie überallhin mitnehmen sollte, wohin ihre Bestimmung sie auch führte. Darrach fixierte die junge Frau ununterbrochen mit einem Blick wie dem eines hungrigen Raubtiers, das nach seiner Beute auf der Lauer lag. Elea wandte sich daher dem wesentlich freundlicheren Gesicht des Königs zu. Erst nachdem sie geendet hatte, wagte sie es, ihm in die halb zusammengekniffenen Augen zu blicken. Es herrschte ein angespanntes Schweigen, in dem Elea nur mit Mühe ein panisches Atmen unterdrücken konnte. „Nun gut. Dann zeigt mir diese beiden Gegenstände, von denen ihr eben spracht! Beginnen wir mit dem Stab!" Er hielt ihr die geöffnete Hand hin und Elea legte ihn hinein. Er betrachtete genau die Zeichen und Symbole und tastete an seiner Oberfläche entlang. „Ich werde ihn mit in mein Arbeitszimmer nehmen und dort noch näher untersuchen. - Ihr wisst tatsächlich nicht, wozu er dienen soll?", fragte er noch einmal skeptisch nach. Elea schüttelte mit dem Kopf. „Dann zeigt mir jetzt den Stein!" Mit einem Mal wurde Elea sich der Wärme auf ihrem Brustbein bewusst, die sie bis eben gar nicht wahrgenommen hatte. Sie nestelte eine Weile an dem Stehkragen herum, bis sie an das Lederband herankam, und zog langsam daran. Plötzlich war das Arbeitszimmer in ein rotes, pulsierendes Licht eingetaucht, das alle Anwesenden zurückschrecken ließ, Elea eingeschlossen, da sie überhaupt nicht darauf gefasst war. Sie sah mit großen, staunenden Augen zuerst in Darrachs erschrockenes und dann in Roghans Verwunderung ausdrückendes Gesicht. Darrach war der erste, der zu sprechen wagte und dabei den am Lederband baumelnden Stein nicht aus den Augen ließ. „Eurer Reaktion entnehme ich, dass Ihr ebenfalls wie König Roghan und ich zum ersten Mal Zeuge dieses Phänomens seid. Sehe ich das richtig?", sagte der Berater mit verunsicherter Stimme. Elea nickte und log: „Bisher hat er das noch nicht gemacht. Ich trage ihn allerdings auch erst, seit dem Abend, an dem mich Eure Krieger entführt haben." Darrach erhob sich von dem Stuhl und näherte sich ihr. Als er nach dem Stein griff, zuckte er sofort mit der Hand zurück und zog die Luft scharf ein. „Was ist los Darrach?", wollte Roghan beunruhigt wissen. „Er ist so heiß, dass ich mir die Finger an ihm verbrannt habe." Den Stein nicht aus den Augen lassend pustete er nachdenklich kühlende Luft auf seine Finger. „Die Bedeutung des Steins ist Euch vermutlich ebenso wenig bekannt wie die des Stabes. Oder täusche ich mich da?" Der Zauberer fixierte Elea wieder mit einem Adlerblick, sodass sich ihr Magen wie eine Faust zusammenkrampfte. „Ich weiß es wirklich nicht. Meine Pflegeeltern behaupteten, dass meine leiblichen Eltern es selbst nicht wussten, was es mit den beiden Gegenständen auf sich habe", antwortete sie, indem sie sich bemühte, so überzeugend wie möglich zu klingen. Dass Darrach seine Zweifel hatte, war unübersehbar. Seine Augenbrauen zogen sich immer höher in seine Stirn. Also unterstrich sie ihre Unwissenheit, indem sie zu Roghan blickte und mit den Schultern zuckte. Dieser hatte offensichtlich mehr Vertrauen in Eleas Aufrichtigkeit. „Darrach, ich denke, wir können das Verhör beenden." Zu Elea gewandt sagte er: „Wir sehen uns heute Abend beim Essen. Dann werde ich Euch die weiteren Schritte darlegen. Ihr dürft jetzt gehen, Elea." Elea erhob sich auf der Stelle. Sie stand dem Zauberer so nahe, dass sie sich fast berührten. Er überragte sie ebenso wie Maél um Haupteslänge. Sie wollte gerade an ihm vorbei Richtung Tür schreiten, als er sie an der Schulter festhielt und mit frostiger Stimme zu ihr sprach: „Ich behalte mir das Recht vor, Euch nochmals zu befragen, aber diesmal unter vier Augen." Der drohende Unterton war mehr als deutlich herauszuhören. Mit zugeschnürter Kehle sah sie ihm ausdruckslos ins Gesicht und deutete ein Nicken an. Dann beeilte sie sich, das immer noch in rötlich pulsierendes Licht getauchte Zimmer zu verlassen.

Stille herrschte im ersten Moment in dem Turm hoch über der Festung. Jeder der beiden Männer hing seinen eigenen Gedanken nach. Roghan war erleichtert darüber, dass er keinen größeren Druck auf das Mädchen hatte ausüben müssen. Er hatte sich schon aufgrund Maéls Schilderungen auf vehementen Widerstand gefasst gemacht. Dieser blieb jedoch aus. Dem Mädchen war ihre Pflegefamilie offenkundig heilig. Darrachs Gedanken hingegen waren von einer Düsternis behaftet, die dem König nicht verborgen blieb. Er hatte die Stirn in Falten gelegt und blickte nachdenklich auf seinen Finger. „Darrach, ich sehe dir an, dass dir irgendetwas Sorge bereitet. Sag es frei heraus! Was quält dich?"

„Mein König, es liegt doch auf der Hand! Wir wissen rein gar nichts über diese Frau, außer dem, was mit den Augen zu erfassen ist. Wir wissen nicht, welche Fähigkeiten sie vielleicht vor uns verbirgt. Wir haben keine Kenntnisse über ihre Herkunft, von wem oder – ich sollte vielleicht eher sagen – von was sie abstammt."

„Du redest von ihr, als wäre sie ein Monster. Sieh sie dir an! Sie ist alles andere als ein Monster. Sie ist von beispielloser Schönheit. So wie es aussieht, ist Finlay von ihr bereits mehr als beeindruckt und er wird nicht der letzte an diesem Hof sein. Dies könnte vielleicht Probleme bereiten. Deshalb sollte sie auch so wenig wie möglich ihr Zimmer verlassen, um nicht unnötig Aufsehen zu erregen."

„Ihr wollt nicht, dass sie Aufsehen erregt?! Und was ist mit Eurer Absicht, das Geheimnis um ihre Identität auf dem Drachenfest preiszugeben? Ganz Moray wird sie sehen. Und vielleicht ist ihre einzigartige Schönheit ihre Waffe. Sie betört die Männer, sodass sie ihr aus der Hand fressen. Ihre Zartheit erweckt das Bedürfnis, sie vor allem Bösen zu beschützen", gab Darrach warnend zu bedenken. „Darrach, sie macht auf mich nicht den Eindruck, als könne sie ihre weiblichen Reize gezielt einsetzen. Maéls und Jadoras Erzählungen zufolge hatte sie bis vor kurzem überhaupt keinen Kontakt mit ihrer Außenwelt. Sie ist fast noch ein Mädchen. Ich glaube, dass deine Bedenken diesbezüglich unbegründet sind. – Und was die Preisgabe ihrer Identität angeht, ich weiß, dass du skeptisch dem gegenüber stehst. Aber das Fest ist geradezu ideal. Auf ihm werde ich auch dem Volk meine Pläne offenlegen. Viele werde ich damit begeistern. Jene aber, die meine Bestrebungen missbilligen, wird die Demonstration meiner Macht auf dem Fest einschüchtern. Sie werden einsehen, dass ich der souveräne Herrscher über Moraya bin und bald auch über Boraya sein werde. Ich werde mit der Eroberung nicht warten, bis der Frühling kommt", erwiderte der König entschlossen. „Heißt das etwa, Ihr gedenkt, die Frau jetzt, da der Winter vor der Tür steht, auf die Suche nach dem Drachen zu schicken?", wollte Darrach bestürzt wissen. Roghan nickte stumm, erhob sich von seinem Stuhl und ging zu dem großen Fenster mit dem Panoramablick auf den Akrachón. „Aber ich habe noch gar keine Ahnung, wo wir genau mit der Suche des Drachen beginnen sollen. Und unser größter Unsicherheitsfaktor bleibt Elea. Wir können ihr nicht trauen, Roghan!" Der Zauberer versuchte, in den König zu dringen. Dieser ließ sich jedoch nicht beirren und wendete seinerseits seine Überzeugungskraft auf seinen engsten Vertrauten an. Er drehte sich zu ihm um. „Darrach, ich bin genau wie du der Meinung, dass Elea möglicherweise Geheimnisse vor uns hat. Ich weiß nicht, von welcher Art sie sind. Ihr einfach blind trauen, das können wir sicherlich nicht. Wir haben jedoch Maél, um sie im Auge zu behalten. Er ist bestens dazu geeignet. Er hat seinen Auftrag schon einmal mit Erfolg ausgeführt, dann wird er es noch einmal tun. Außerdem ist er gegenüber ihrem Liebreiz offenbar unempfänglich. Er ist mit ihr genauso brutal umgegangen, wie mit seinen anderen Gefangenen. Er hat zweifelsohne nicht das Bedürfnis, sie beschützen zu wollen. – Und was die Suche nach dem Drachen angeht, so denke ich, dass der Stein oder Stab, vielleicht auch beides zusammen, der Schlüssel zu dem Drachen ist. Und falls Elea jetzt noch nicht weiß, wie sie sie einsetzen soll, so wird sie es während der Suche im Akrachón bestimmt herausfinden. Wenn sie es aber bereits weiß und sie uns dieses Wissen vorenthält, dann werden sie die rauen Wetterverhältnisse, die dort herrschen, schnell dazu bewegen, dieses Wissen auch einzusetzen. Zumal ich noch ihre Familie als Druckmittel habe, die sie über alles zu lieben scheint. Du siehst, Darrach, wir haben alle Karten in der Hand. Es besteht kein Grund zur Besorgnis."

Darrach überzeugten König Roghans Worte nicht vollends. Dennoch gab er auf. Er stieß einen Seufzer von sich. „Nun gut. Ich werde mich weiterhin auf die Suche nach irgendwelchen Anhaltspunkten bezüglich der Herkunft des Mädchens machen. Vielleicht stoße ich ja noch auf brauchbare Hinweise in den anderen Schriftrollen. Es ist immerhin noch eine beträchtliche Zahl übrig, die ich bisher noch nicht übersetzt habe. Möglicherweise ist aber genau der Teil der Schriftrolle dem Feuer zum Opfer gefallen, der auf ihre Person bezogen ist und wir werden nie herausfinden, was es mit ihr auf sich hat."

Der Berater erhob sich aus dem Stuhl, nickte dem König zum Abschiedsgruß noch zu und verließ ihn nachdenklich wieder auf seinen verbrannten Finger blickend.

Kapitel 6

Obwohl das Gespräch mit König Roghan und Darrach besser verlaufen war als erwartet, konnte Elea nicht schnell genug die Wendeltreppe hinunterrennen. Jeder einzelne Muskel ihres Körpers hatte sich so sehr durch die einschüchternde Anwesenheit des Zauberers verkrampft, dass sie erst nach einigen wackligen Schritten auf den Stufen zu ihrer gewohnten Behändigkeit zurückfand. Am Ende der Treppe wartete bereits eine Dienerin, die sie wortlos zu ihrem Zimmer geleitete. Dort angekommen, warf sie sich als allererstes auf ihr Bett und starrte an die Holzdecke. Sie tastete nach ihrem Stein, der wieder seine gewohnte Temperatur angenommen hatte. Die Erinnerung an Darrachs entsetzten Gesichtsausdruck, als er mit seinem schnell pulsierenden, rot glühenden Licht unter ihrem Kleid zum Vorschein kam, zauberte ein befriedigtes Lächeln über ihre angespannten Züge. Es hielt jedoch nicht lange an, da plötzlich wieder seine letzte Bemerkung in ihren Ohren erklang. Die Vorstellung, ein Gespräch unter vier Augen mit ihm zu führen, ließ ihr mühsames Schlucken fast in ein Würgen übergehen.

 Die Tatsache, dass sich Darrach an dem Stein verbrannte, obwohl sie selbst kurz zuvor nur eine Wärme auf ihrer Haut wahrgenommen hatte, überraschte Elea. Sein Pulsieren hingegen leuchtete ihr durchaus ein. Sie musste unwillkürlich an die grün leuchtenden Kreaturen im Sumpf denken. Dort hatte ihr Stein zum ersten Mal dieses rote pulsierende Licht ausgesandt. Sie stellten eine Gefahr dar oder waren Geschöpfe des Bösen ebenso wie Darrach, der sich der schwarzen Magie bediente. Die Erinnerung an den furchterregenden Vorfall im Sumpf ließ vor ihrem inneren Auge jäh ein Bild von ihr und Maél auftauchen, in dem sie eng umschlungen und nackt auf dem Boden lagen und Maél sie mit seinem heißen Körper wärmte. Sie fühlte plötzlich eine Sehnsucht nach ihm, die ihre linke Brusthälfte vor Schmerz zusammenziehen ließ. Sie drehte sich auf die Seite und presste ihre Arme und Oberschenkel Schutz suchend an ihren Oberkörper. Ihr wurde mit einem Mal bewusst, dass sie kaum mehr an ihn gedacht hatte, seit sie ihn von ihrem Fenster aus im Garten entdeckt hatte. Das lag hauptsächlich daran, dass Belana ihr überhaupt keine Zeit dazu ließ. Außerdem war sie am Abend zuvor viel zu müde und erschöpft gewesen, um an ihn zu denken. Aber jetzt gerade in diesem Moment, sehnte sich jede Faser ihres Körpers nach ihm, nach seinen Berührungen, nach seiner Stimme, die so liebevoll zu ihr sprechen konnte.

 Immer noch zusammengekrümmt wie ein verschrecktes Rehkitz, schloss Elea die Augen und dachte über ihr Leben nach, das sich in den letzten fünf Wochen grundlegend geändert hatte. Aber nicht nur ihr Leben hatte sich geändert, auch sie selbst war eine Andere geworden. Bei ihrer Familie zu Hause war sie immer die stärkste und gelassenste von allen gewesen. Sie kannte keine Furcht, abgesehen von der, die sie bei der Begegnung mit den Wölfen empfunden hatte. Mit der Reise nach Moray wurde jedoch alles anders. Ihre Gabe hatte sich weiterentwickelt und eine unvorstellbare Kraft erreicht. Andere Gaben kamen zum Vorschein. Und schließlich hatte sie mit

Stimmungswechsel zu kämpfen, die für sie völlig neu waren und die ihr mehr als alles andere zusetzten. In einem Moment fühlte sie sich noch stark und zuversichtlich, im nächsten versank sie in einem Meer von Verzweiflung und Hoffnungslosigkeit, sodass sie sich schwach und verwundbar fühlte. Und zu allem Übel neigte sie auf einmal dazu, in Ohnmacht zu fallen. *Meine Gefühle bestimmen mein Leben und ich kann nichts dagegen unternehmen. Und Schuld daran ist – so wie es aussieht – meine Liebe zu Maél.* Sie schlug wieder die Augen auf, um ein paar Tränen die Tür in die Freiheit zu öffnen. Sie hatte das ungute Gefühl, dass sie in den kommenden Wochen, Monden oder vielleicht sogar Jahren noch wesentlich mehr Tränen vergießen würde. Zwangsläufig kamen ihr die nichts Gutes verheißenden Worte in der Prophezeiung in Erinnerung: „Kummer und Schmerz, Opfer und Qualen sind ihre steten Wegbegleiter".

Durch ihren endlosen Tränenschleier bemerkte sie plötzlich merkwürdige Gegenstände in einer langen Reihe auf dem Boden stehen. Sie wischte sich die Tränen weg. *Oh, nein! Was soll ich denn mit so vielen Schuhen anfangen?* Sie kam mühsam auf die Beine und ging auf die Schuhe zu. Sie sahen allesamt äußerst unbequem aus. Als sie sie im Schneidersitz genauer in Augenschein nahm, klopfte es an der Tür, die sogleich aufsprang. Es war natürlich, wie nicht anders zu erwarten war, Belana mit einem Tablett voller Schüsselchen mit dampfendem Inhalt, das sie auf der Frisierkommode abstellte. Elea erhob sich mit einem gequälten Lächeln. Die Erste Hofdame kam auf sie zu und streichelte zärtlich ihre Wange. Die Tränenspuren auf ihrem Gesicht blieben ihr nicht verborgen. „War die Unterredung mit König Roghan und Darrach sehr schlimm? – Ich verspreche Euch, dass der Abend viel erfreulicher verlaufen wird. Mit Prinz Finlay habt ihr einen liebenswerten und unterhaltsamen Gesprächspartner. Und König Roghan kann auch ein warmherziger Mann sein, wenn er sich nicht gerade mit seinen ehrgeizigen Regierungsplänen befasst." Elea ließ sich wieder einmal von der willensstarken Frau zu dem Stuhl vor der Frisierkommode führen.

„Ihr könnt Euch bis heute Abend ausruhen. Ich komme Euch holen, wenn es soweit ist. Ich habe Euch übrigens Eure gewaschenen Kleider dort drüben auf die Truhe gelegt, falls sie Euch noch nicht aufgefallen sind. Vielleicht hebt das etwas Eure Stimmung." Mit diesen Worten ließ sie die schweigsame junge Frau allein.

Elea saß eine geraume Weile und betrachtete sich im Spiegel. Das Azurblau des Herbsthimmels strahlte durch das dicke Fensterglas in ihr Zimmer. Sie begann, appetitlos in ihrem inzwischen kalt gewordenen Essen herumzustochern. Ohne einen Bissen davon geschluckt zu haben, legte sie die Gabel nieder und steuerte auf das große, einladende Bett zu. Schlafend würde die Zeit bis zum Abend am schnellsten verstreichen. Zuvor holte sie noch aus dem Geheimfach ihres Rucksack Maéls abgeschnittene Haarsträhne und roch daran. Sein typischer Duft weckte in ihr die schönsten Erinnerungen, aber ließ ihre Sehnsucht nach ihm auch ins Unerträgliche ansteigen. Rasch steckte sie die Haare wieder zurück, streifte die Stiefel mit fahrigen Bewegungen ab und legte sich unter die Felldecke. Es dauerte nicht lange, da kam der ersehnte Schlaf sie erlösen.

„Elea, ich dachte schon, Ihr wärt ohnmächtig. Ihr seid gar nicht wach geworden, obwohl ich Euch schon die ganze Zeit mit Eurem Namen anspreche und wie verrückt an Eurer Schulter gerüttelt habe. Ihr habt wirklich einen gesunden und tiefen Schlaf, und das am helllichten Tage! Kommt! Steht auf! Draußen wartet jemand auf Euch." Elea sah mit noch verschlafenen Augen zur Tür hinüber, die nur leicht angelehnt war. „Wer soll schon auf mich warten, Belana? Hoffentlich nicht Darrach. Ihn kann ich heute nicht nochmal ertragen", sagte sie mit müder Stimme. Sie hatte gerade ihren Oberkörper aufgerichtet und wollte ihre Beine aus dem Bett schwingen, als Belana plötzlich laut aufschrie. Nur einen Wimpernschlag später schaute ein erschrockenes Gesicht an der Tür vorbei ins Zimmer: Es war Finlay. *Ist es etwa schon Abend? Habe ich so lange geschlafen?* Elea war mit einem Schlag hellwach. Sie schaute zum Fenster. Das strahlende Blau war verschwunden; an seine Stelle war die abendliche Dunkelheit getreten. „Ist alles in Ordnung?", wollte Finlay besorgt wissen. Elea blickte fragend in Belanas entsetztes Gesicht. „Belana, warum seht Ihr mich so an? Sind mir jetzt zu meinen Höckern auf dem Rücken etwa noch Drachenhörner gewachsen?" Sie berührte ängstlich ihren Kopf und ließ erleichtert die Arme sinken, als sie keine ertasten konnte. Dann sah sie wieder zu Finlay hinüber, der sich ins Zimmer gewagt hatte und mit irritiertem Gesichtsausdruck seinen Blick von einer Frau zur anderen schweifen ließ. Endlich fand Belana wieder ihre Stimme. „Meine Güte! Die ganze Arbeit von heute Morgen war umsonst! Seht Euch nur Eure Frisur an!" Elea sah zu Finlay hinüber, der verständnislos mit den Schultern zuckte, aber offensichtlich Mühe hatte, sich ein Lächeln zu verkneifen. Elea ging neugierig zu dem Spiegel auf der Frisierkommode und betrachtete ihr Spiegelbild. Belanas kunstvolle Frisur hatte sich mehr oder weniger in Wohlgefallen aufgelöst, sodass sie jetzt wie eine Vogelscheuche aussah. Sie warf Finlay einen bösen Blick zu und begann, rasch die vielen Nadeln, die schon den ganzen Tag auf ihrer Kopfhaut herumkratzten, aus ihren Haaren zu ziehen. „Was macht Ihr da, Elea?", fragte Belana mit entsetzter Stimme. „Ich befreie mich endlich von diesen Folterwerkzeugen. Wie könnt Ihr diese Nadeln und dieses Ziehen bei jeder Kopfbewegung nur aushalten? Ich habe schon Kopfschmerzen davon." Belana schnaubte empört auf. „Wollt Ihr etwa mit offenem Haar vor den König treten?"

„Warum denn nicht? Fällt er etwa tot um, wenn er mich so sieht? Genau genommen wären damit meine Probleme gelöst. Dann müsste ich nicht für ihn diesen Drachen suchen und reiten." Belana war über Eleas Scharfzüngigkeit sprachlos. Sie sah bestürzt zu Finlay, der aus vollem Halse lachte. „Also wenn der Abend so unterhaltsam weitergeht, wie er begonnen hat, dann wird es sich doch für mich lohnen, zusammen mit meinem Vater an einem Tisch zu sitzen."

Kaum hatte Elea die letzte Nadel achtlos auf die Frisierkommode geworfen, schüttelte sie ihr langes Haar wild mit hinunter hängendem Kopf aus. Danach sah sie wieder in den Spiegel und seufzte laut, als sie die viel zu lange Mähne erblickte. Im Spiegel sah sie auch Finlay, dessen amüsiertes Lächeln aus dem Gesicht gewichen war und an dessen Stelle ein bewundernder, fast schon verlangender Blick getreten war, den er unverhohlen über ihren Körper gleiten ließ. *Oh, nein! Jetzt habe ich mich schon wieder unbefangen und unschicklich verhalten.* Das Blut schoss ihr in das Gesicht, was sie aber gekonnt überspielte. „Belana, ihr könnt mir schnell einen Zopf flechten, wenn sich das offene Haar vor dem König nicht schickt." Belana verrollte missbilligend die Augen und schnappte nach Luft, als wäre sie ein Fisch. „Einen Zopf soll ich Euch flechten, den jedes Bauernmädchen im Königreich trägt?! Setzt Euch! Ich werde schnell irgendetwas zaubern, damit der König nicht zu lange auf sein Abendessen warten muss", sagte die Erste Hofdame immer noch ungehalten. Im Nu hatte sie jeweils eine dicke Strähne links und rechts an Eleas Kopf zu einem Zopf geflochten. Aus dem Beutel, den sie immer an einem Band um ihre Hüfte mit sich trug und aus dem sie die geheimnisvolle Phiole verwahrte, holte sie eine goldglänzende Schnur hervor. Damit band sie die beiden Zöpfe an Eleas Hinterkopf zusammen.

„Jetzt könnt Ihr mit dem König das Abendmahl einnehmen." Als Elea sich daran machte, die Stiefel anzuziehen, die sie unordentlich neben dem Bett liegen lassen hatte, schaute Belana entgeistert auf die junge Frau. „Warum zieht Ihr Eure plumpen Stiefel an?"

„Belana, erstens hatte ich noch keine Gelegenheit, die Schuhe anzuprobieren. Zweitens mache ich nach dem Essen mit Finlay einen Spaziergang durch den Schlossgarten. Da sind mir meine warmen Stiefel wesentlich lieber." Elea erhob sich schwungvoll vom Bett und holte von der Truhe noch ihren Wolfsfellumhang. Belana war wegen des erneuten Missachtens ihrer Aufforderung unfähig, irgendein Wort zu sagen. Sie war wie versteinert und schaute mit vor Entsetzen weit aufgerissenen Augen und geöffnetem Mund in das sie freundlich anlächelnde Gesicht Eleas. Dem Mädchen tat Belana auf einmal leid. Sie nahm sie in die Arme und drückte sie herzlich. „Belana, beruhigt Euch wieder! Ich bin Euch dankbar für alles, was Ihr bis jetzt für mich getan habt. Ihr kümmert Euch um mich, als wäre ich Eure eigene Tochter. Ihr dürft aber nicht vergessen, dass wir aus zwei verschiedenen Welten kommen. Ich bin in der Natur aufgewachsen. Ich habe nie Dinge getan, die für Mädchen typisch waren. Im Gegenteil, ich habe mich sogar mit meinen beiden Brüdern geprügelt, wenn mein Vater nicht gerade mit mir Bogenschießen war oder ich mich im Wald herumgetrieben habe. Das Kleid, das ich heute trage, ist das erste Kleid, das ich jemals getragen habe. Und die kunstvolle Frisur, die Ihr mir heute Morgen gemacht habt, hat, wenn man bedenkt, wie widerspenstig meine Haare sind, doch recht lange gehalten, findet Ihr nicht?" Belana war sichtlich gerührt über Eleas sanfte Worte. Sie streichelte ihre Wange und nickte einsichtig der jungen Frau zu. Zu Finlay gewandt sagte sie mit belegter Stimme: „Prinz Finlay, lasst Euren Vater nicht länger warten!" Finlay wollte gerade von Elea gefolgt das Zimmer verlassen, als Belana ihm noch hinterher rief: „Und passt mir gut auf Elea auf!"

Bevor Elea aus ihrem hellen Zimmer in das dämmrige Licht des Flures trat, zog sie sich die Kapuze über ihren Kopf. Finlay führte sie zielstrebig durch das Labyrinth der

Gänge. Er sprach kein Wort. Ihn schien irgendetwas zu beschäftigen. Die einzigen Laute, die er ab und zu von sich gab, waren ein nervöses Hüsteln. Das Schweigen wurde Elea immer unangenehmer. Deshalb blieb sie abrupt stehen und fragte ihn auf den Kopf zu: „Finlay, Euch beschäftigt doch irgendetwas! Ihr scheint jetzt so bedrückt, wo Ihr Euch doch gerade noch vor Lachen am liebsten auf den Boden geworfen hättet. Was ist los?" Der junge Mann blieb stehen und betrachtete sie ausgiebig mit einem prüfenden Blick. „Maéls und Jadoras Schilderungen von Eurer Person und Euren Fähigkeiten haben mich bereits in Erstaunen versetzt. Aber das, was ich eben über irgendwelche Höcker auf Eurem Rücken gehört habe... Und ganz zu schweigen davon, wie Ihr Euch erst Belana erfolgreich widersetzt und dann besänftigend und gefühlvoll auf sie eingewirkt habt... Ich weiß nicht, wie ich es sagen soll,... ihr seid... zweifelsohne einzigartig in den beiden Königreichen. Mir ist nie eine Frau, wie Ihr es seid, begegnet und schon gar nicht von so außergewöhnlicher Schönheit." Finlay war im Laufe seines Redeschwalls in einen schwärmerischen Ton verfallen, der Elea äußerst unangenehm war. *Ich habe es gewusst. Mein Aussehen macht nur Probleme.* „Finlay, eines lasst Euch gesagt sein! Wir können nur Freunde werden, wenn Ihr kein Wort über meine verfluchte Schönheit oder über andere an mir angeblich so bewundernswerte Eigenschaften verliert", sagte Elea in verärgertem Ton und zog sich dabei ihren Fellumhang enger um die Schultern. Finlay atmete tief durch. „Wie Ihr wünscht. Ich möchte jedoch, wenn Ihr erlaubt, der Liste von Maél und Jadora noch eine Eurer Eigenschaften hinzufügen: Bescheidenheit. Die macht aus Euch erst recht eine beispiellose Frau." Der Ernst in seinen Worten und der fast traurige Ausdruck, der auf seinem Gesicht lag, verursachte Elea ein schlechtes Gewissen. Sie schenkte ihm schnell ein verlegenes Lächeln, um ihre ruppige Zurechtweisung wieder gut zu machen. Dies ließ seine Miene wieder etwas aufhellen.

Zu Eleas Entzücken mussten sie einmal das Gebäude verlassen, um den riesigen Innenhof zu überqueren, in dem Maéls perfekte Vorstellung des brutalen Häschers bei ihrer Ankunft begann. Sie sog tief die kalte Luft ein und verlangsamte sofort ihren Schritt. Plötzlich blieb sie stehen, da sie Pferdegewieher von der gegenüberliegenden Seite des Hofes hörte. *Dort ist der Stall. Vielleicht ist Maél gerade bei Arok?* Finlay räusperte sich. „Wir sollten weiter gehen, sonst ist mein Vater verstimmt, weil er hungrig auf uns warten musste." Elea folgte ihm widerwillig, immer noch den Blick auf den Stall geheftet. Sie hielten vor einer Tür. Bevor Finlay sie öffnen konnte, legte sie eine Hand auf seinen Arm.

„Finlay, ich will offen zu Euch sein. Mir liegt nichts an dem Essen mit Eurem Vater, wie Ihr Euch denken könnt. Einzig die Aussicht auf unseren anschließenden Spaziergang im Schlossgarten hat mich dazu bewogen, mit ihm zu Abend zu essen." Finlay legte seine Hand auf Eleas und sagte in verschwörerischem Ton: „Glaubt mir, mir geht es nicht anders. Bei mir ist es nur die Aussicht auf Eure erquickliche Gesellschaft, die mich bewogen hat, im Schloss zu bleiben. Also dann würde ich sagen: Lasst uns das Essen möglichst schnell hinter uns bringen!" Er öffnete die Tür und wies ihr galant mit dem Arm, vor ihm einzutreten. Elea ignorierte diesmal die versteckte Bewunderung und erwiderte beim Betreten des Gebäudes sein Lächeln.

Das Essen fand zu Eleas Erleichterung nicht in einer pompösen, ehrfurchterregenden Halle statt, sondern in einem Raum, der zu den privaten Gemächern des Königs gehörte. Er war ähnlich gemütlich, wie ihr Zimmer. Nur hingen an der Wand kostbare Schwerter und Dolche und andere waffenähnliche Instrumente, die von einer Art waren, wie sie die junge Frau noch nie zuvor gesehen hatte.

Sie saßen an einem Ende einer Tafel, die Platz für zehn Personen bot. Finlay saß ihr gegenüber. Er widmete sich hauptsächlich dem Essen, das er von Zeit zu Zeit unterbrach, um Roghans Ausführungen bezüglich seiner größenwahnsinnigen Pläne mit einem Kopfschütteln und bösen Blicken zu kommentieren. Finlay mied es krampfhaft, Elea anzusehen, was ihr fast genauso unangenehm war wie seine Bewunderung ausdrückenden Musterungen. Sie verfolgte ebenfalls stumm die schwärmerischen Darlegungen des Königs. Als Roghan jedoch auf das Drachenfest zu sprechen kam, auf dem Elea ihren großen Auftritt haben sollte, brach sie ihr Schweigen. „Welche Rolle ist mir bei diesem Fest zugedacht? Soll ich mit meinen leuchtenden Haaren und entblößtem Rücken auf einem Karren durch die Straßen von Moray fahren und der sensationslustigen Meute mit enthusiastischem Gesicht zuwinken?" Ihr beißender Sarkasmus ließ die beiden Männer aufblicken. Elea entging nicht, dass sich die beiden sogar zulächelten. Mit einem Schmunzeln wandte Roghan sich ihr zu. „Habe ich es doch noch heute Abend geschafft, Euch aus der Reserve zu locken! Ich vermisse schon den ganzen Abend Eure scharfe Zunge." Er machte eine Pause, in der er genüsslich ein paar Bissen aß, immer noch vor sich hin schmunzelnd. Elea blickte fragend zu ihrem Gegenüber, der sich jedoch wieder mit ernster Miene seinem Essen zugewandt hatte. Ihr Geduldsfaden war bereits bedrohlich dünn geworden, als König Roghan endlich zu sprechen begann. „Ganz so schlimm wird es nicht werden. Auf das Entblößen Eures Rückens werde ich verzichten. Aber ansonsten liegen unsere Vorstellungen von Eurem Auftritt nicht weit auseinander. Ich habe vor fünf Jahren das Drachenfest wieder aufleben lassen, und zwar genau zu dem Zeitpunkt, als ich mit der Suche nach Euch begann. Fünf Jahre hat es gedauert, bis meine Spione Euren Aufenthaltsort aufgespürt haben." Eleas entsetzter Blick ließ Roghan verstummen. Der Körper des Mädchens überzog sich mit einer Gänsehaut. *Er hat tatsächlich Spione auf mich angesetzt! Wäre ich doch nur nie nachts ohne Kopftuch im Wald herumgestreut!* Roghan räusperte sich, bevor er fortfuhr. „Um zu dem Fest zurückzukehren: Es stammt noch aus der Zeit, in der die Drachen mit den Menschen in Frieden gelebt haben. Dies war vor mehr als fünfhundert Jahren. Es wurde alljährlich zu Ehren von Legolan, dem ersten Drachenreiter, und seinem Drachen Brachandur gefeiert. Mit diesem Fest wollte ich das Volk an die Zeit erinnern, in der die Drachen den Menschen wohlgesonnen waren."

Elea hatte mit ihrer Familie nie ein Drachenfest in den letzten Jahren gefeiert. Albin und Breanna hatten ihr auch nie von einem erzählt. Aber das wunderte sie auch nicht, da sie abgelegen von Rúbin und erst recht von Moray lebten.

Zu Finlay gewandt sagte er: „Du siehst, Finlay, ich habe alles gut durchdacht. Ich habe das Volk in den vergangenen fünf Jahren in gewisser Hinsicht auf die Rückkehr eines Drachen vorbereitet. Ich wollte, dass sie diesem Wesen ohne Furcht begegnen." Roghans Blick glitt wieder zu Elea. „Euer Auftritt, Elea, wird nun so aussehen, dass Ihr, sobald sich die abendliche Dunkelheit über Moray gelegt hat, in der Tat in einem Wagen durch Moray bis zum Drachonya-Platz gefahren werdet. Mit unbedecktem Haar natürlich. Dort werde ich dem Volk Eure Identität und meine Pläne preisgeben. Ihr müsst nur an meiner Seite stehen. Das ist alles. Mehr habt Ihr nicht zu tun. Während das Volk auf meine Kosten in der Stadt feiern wird, werden wir anschließend wieder zurück zum Schloss fahren und dort am Hofe unser eigenes Fest feiern."

Elea hatte während der letzten Worte Messer und Gabel mit zitternden Händen neben ihren Teller gelegt. Sie war unfähig, noch einen einzigen Bissen hinunterzuschlucken, da der Kloß, der sich bei Roghans Ausführungen in ihrem Hals gebildet hatte, sie fast erstickte. Sie konnte nicht glauben, was sie da hörte. Das, was sie insgeheim befürchtet hatte, sollte tatsächlich eintreten. Ihr rot glühendes Haar, das sie ihr Leben lang verborgen hielt, weil sie es hasste, von anderen angestarrt zu werden, sollte sie vor einer ganzen Stadt und noch dazu der Hauptstadt zur Schau stellen. Obwohl sie sich eben noch mit ihrer scharfen Zunge stark und aufmüpfig dem König zeigte, brachte sie nun vor Panik keinen Ton des Protests heraus. Sie sah mit schreckgeweiteten Augen Finlay an, der seinem Vater daraufhin einen zornigen Blick zuwarf und zu einer ungehaltenen Erwiderung an ihrer Stelle ansetzte. „Vater, das kannst du nicht machen! Sieh, sie dir an! Allein der Gedanke daran versetzt sie offensichtlich in Panik, was ihr auch nicht zu verdenken ist. Alles hier in Moray und in dem Schloss ist für sie fremd. Sie ist fast völlig isoliert nur mit ihrer Familie aufgewachsen und du willst sie dem sensationslustigen und wahrscheinlich von dir aufgeheizten Mob zum Fraß vorwerfen."

„Du übertreibst, Finlay. Sie muss sich dem Volk nur zeigen. Ihr wird nichts geschehen. Dafür werde ich sorgen. Maél wird mit ihr auf dem Wagen sein und über sie wachen, wie über einen Schatz." Diese Äußerung brachte in Finlay das Fass zum Überlaufen. Er sprang wutschnaubend von seinem Stuhl auf, sodass dieser mit einem lauten Poltern umkippte. „Das ist nicht dein Ernst!? Nicht genug, dass du sie zwingst, sich zur Schau zu stellen. Nein! Du stellst ihr den Mann an die Seite, der sie geschlagen und gewaltsam hierher gebracht hat. Ist es dir gleichgültig, dass du sie damit demütigst und quälst?"

„Um meine Ziele zu erreichen, kann ich nicht auf unbegründete Panikattacken einer jungen Frau Rücksicht nehmen. Sie wird es überleben. Die Reise nach Moray war wesentlich unangenehmer. Ich brauche sie, damit mein Plan aufgeht. Ich werde nicht davon abkommen. Es wird so gemacht, wie ich es befehle, Finlay", herrschte Roghan seinen Sohn an.

Während der lautstarken Auseinandersetzung zwischen Vater und Sohn, hatte Elea sich kein bisschen gerührt. Sie saß immer noch wie gelähmt vor ihrem Teller und schluckte mühsam gegen den Kloß in ihrem Hals an. In ihrem Kopf überschlugen sich jedoch ihre Gedanken. Sie sollte Maél wiedersehen? Vielleicht würden sie sich sogar berühren? Sie würde seine Stimme hören. Dass er vor den anderen ihr gegenüber einen höhnischen und verächtlichen Ton anschlagen würde, war ihr egal. Der Streit zwischen den beiden Männern ging indessen weiter. Finlay schäumte vor Wut. „Denkst du eigentlich noch an Mutter, an ihre Wertvorstellungen, die auch einmal deine waren und nach denen ihr beide gelebt habt? Du scheinst, alles vergessen zu haben, sie eingeschlossen." Plötzlich erhob sich Roghan mit vor Zorn gerötetem Gesicht und geballten Fäusten, die er scheinbar mit seiner ganzen Kraft auf den Tisch presste, sodass die Knöchel weiß hervortraten. Er musste sichtlich an sich halten, um seinen Sohn nicht niederzuschlagen, der ohne Furcht und in Lauerstellung nur zwei Schritte von ihm entfernt war. Von jetzt auf nachher wurde sich Elea der drohenden Eskalierung der Situation bewusst. Ihr eigenes Gefühlschaos trat in den Hintergrund und sie begann sich auf die beiden Männer zu konzentrieren. Sie musste etwas unternehmen. Zumal die Aussicht auf ein Wiedersehen mit Maél mit einem Mal ihre panische Angst vor der ihr zugedachten Rolle bei dem Drachenfest milderte. Sie wollte auf gar keinen Fall schuld an einer tätlichen Auseinandersetzung zwischen Vater und Sohn sein. Finlay hatte sie bereits ins Herz geschlossen. Sie fühlte, dass er ein ehrbarer, sensibler Mann war, der im Gegensatz zu seinem Vater nach moralischen Werten lebte. Und was Roghan anging, konnte sie nicht umhin, ihn - trotz seines rücksichtslosen und machthungrigen Verhaltens - auch auf gewisse Weise zu mögen. Sie musste etwas unternehmen. Der König presste mühsam wutverzerrte Worte zwischen seine Zähne hindurch. „Ich habe deine Mutter nicht vergessen. Ich denke jeden verfluchten Tag an sie. Mein Leben ist aber weitergegangen und hat sich verändert, seitdem sie nicht mehr bei uns ist. Wann geht das endlich in deinen Schädel?!"

„Du bist blind vor Machtgier und befleckst damit Mutters Andenken...", schrie Finlay seinem Vater förmlich ins Gesicht. Beide Männer gingen bedrohlich mit geballten Fäusten aufeinander zu. Elea hatte sich inzwischen unbemerkt erhoben und dem König genähert, da der Weg zu ihm der kürzere war. Sie hatte eine kleine, warme Welle aus Erinnerungen an Tage des Glücks mit ihrer Familie in sich anwachsen lassen. Zaghaft berührte sie Roghan am Arm, hielt gleichzeitig Finlays Blick mit ihren Augen fest und begann in ruhiger, gefestigter Stimme zu den beiden Männern zu sprechen. „Ich werde es tun, Finlay. Euer Vater hat Recht. Meine Reaktion war vielleicht wirklich etwas übertrieben. Die Fahrt zum Drachonya-Platz und zurück wird im Vergleich zu den vergangenen fünf Wochen ein Kinderspiel sein. Und vor diesem Maél habe ich keine Angst. Er kann mich wohl kaum vor dem König und dem Volk misshandeln, nicht wahr König Roghan?" Die Männer begannen sich augenblicklich zu entspannen. Mit einem zaghaften Nicken bekundete Roghan seine Zustimmung. Er war sichtlich etwas verwirrt, da er auf einmal gar nicht mehr nachvollziehen konnte, warum er sich von seinem Sohn so hatte reizen lassen. Und Finlay war so fasziniert von Eleas fast grasgrünen und Ruhe ausstrahlenden Augen, die ihn zuvor noch panisch angeblickt hatten, dass er sich verlegen räusperte und die Arme verschränkte. Elea hatte ihre Hand immer noch auf Roghans Arm liegen. „Wenn Ihr erlaubt, dann würde ich jetzt gerne auf die Erfüllung meiner Bedingung bestehen und mit Finlay in den Schlossgarten gehen." Sie zog ihre Hand zurück und wartete auf eine Antwort des Königs, der ihr zulächelte und seinem Sohn anschließend durch ein reserviertes Nicken die Erlaubnis erteilte, mit Elea sein Gemach zu verlassen.

König Roghan saß noch lange an dem Tisch. Nur das Knacken der Holzscheite störte die Stille um ihn herum. Das Wiedersehen mit Finlay war zugleich schmerzlich und aufwühlend. Er liebte ihn nach wie vor, war jedoch voller Groll, weil Finlay überhaupt kein Verständnis für seine ambitionierten Ziele hatte. Sein Sohn nannte es rücksichtslosen Wahnwitz, während es für ihn reines Fortschrittsdenken war, um sich und seinem Volk den Horizont zu erweitern. Dass solche Ziele Opfer mit sich brachten, war bedauerlich, aber unumgänglich. Mit dieser einzigartigen, jungen Frau war er der Erfüllung seines größten Wunsches so unglaublich nahe. Nicht nur ihre außerordentlichen Fähigkeiten, die von Maél und Jadora äußerst bildhaft geschildert wurden, oder ihre körperlichen Absonderlichkeiten gepaart mit ihrer beispiellosen Schönheit hatten ihn zunehmend in Erstaunen versetzt. Auch ihr einfühlsames Wesen und ihre offensichtliche bedingungslose Opferbereitschaft für andere hatten ihm heute Abend zu denken gegeben. Sie hatte es auf wundersame Weise geschafft, ihn und Finlay davon abzuhalten, sich die Köpfe einzuschlagen. Die seltsame Wärme, die er dabei empfand, umhüllte seine unbändige Wut auf Finlay, sodass sie von jetzt auf nachher wie weggeblasen war. Nicht zuletzt ihre Widerspenstigkeit und Scharfzüngigkeit, die sie mit Liljana, seiner Gemahlin, gemein hatte, ließen in ihm Sympathie für dieses Mädchen empfinden. Darrachs Misstrauen ihr gegenüber schien ihm unbegründet. Ihre Geschichte klang für ihn durchweg glaubhaft. Und dass sie das ein oder andere kleine Geheimnis hatte, musste nun nicht bedeuten, dass sie die Umsetzung seiner Pläne damit gefährdete. Zudem hatten Maél und Jadora fünf Wochen lang die Gelegenheit, sie genau zu beobachten. Und außer der Sache mit den Vögeln war ihnen nichts Außergewöhnliches aufgefallen. In drei Tagen sollte das Drachenfest stattfinden und nur zwei Tage später plante er den Aufbruch für die Suche nach dem Drachen. Ihm war durchaus bewusst, dass die Wetterbedingungen für diese Reise nicht die besten waren. Der Winter stand vor der Tür und im Akrachón war er bereits eingezogen. Er selbst würde mangels eines geeigneten Heerführers in Moray bleiben müssen - leider. Er wäre viel lieber dabei, wenn sie den Drachen, diese zugleich furchterregende und faszinierende Kreatur, aufspüren würden. Doch seine Anwesenheit in Moray und bei seinem Heer war aufgrund der jüngsten Geschehnisse unerlässlich.

Im Schlossgarten angekommen, blieb Finlay abrupt stehen und hielt Elea an der Hand fest. Er sah fasziniert auf ihr unbedecktes, leuchtendes Haar. Er konnte nicht widerstehen, eine Strähne in die Hand zu nehmen, um sie näher zu betrachten. Er wollte schon zu einem Kommentar ansetzen, als sie ihm einen warnenden Blick zuwarf und mit dem Kopf schüttelte. Also schluckte er seine Worte unausgesprochen hinunter und hustete dezent seine Stimme frei, bevor er auf das zu sprechen kam, was ihm ursprünglich auf dem Herzen lag. „Wie habt Ihr das eben gemacht? Es hat nicht mehr viel gefehlt und mein Vater und ich wären übereinander hergefallen wie zwei wild gewordene Keiler."

„Ich habe gar nichts gemacht, Finlay. Ich habe nur versucht, Euch und Euren Vater zu beruhigen. Ich habe selbst eingesehen, dass meine Panik unbegründet und übertrieben war. Mein Leben hat sich mit dem Tag, an dem Maél mich meiner Familie entriss, grundlegend geändert. Es ist auch nicht gerade normal, achtzehn Jahre lang völlig abgeschieden von der Außenwelt in den Tag hineinzuleben, findet Ihr nicht? Und wenn ich ehrlich bin, habe ich mich manchmal gelangweilt und gefragt, ob im Wald herumzustreunen und auf irgendwelche Gegenstände mit Pfeil und Bogen zu schießen, alles ist, was das Leben für mich bereithält."

„Aber Euer Leben als Drachenreiterin zu bestreiten, entspricht sicherlich nicht Euren Vorstellungen von einem aufregenderen Leben, oder etwa doch?!", fragte er in halb ernstem und halb scherzendem Ton.

Finlay hatte offenbar bemerkt, dass gerade etwas Außerordentliches vorgegangen war. Ob sie ihn von dem Gegenteil hatte überzeugen können, wusste sie nicht. Aber wenn sie jemand ihre Gabe offenbaren müsste, dann nur ihm. Dies hatte Maél ihr zu verstehen gegeben. Weitaus größere Sorgen machte sie sich jedoch darüber, was Roghan möglicherweise bemerkt hatte. Ihn hatte sie sogar berührt, auch wenn die warme Welle, die auf ihn übergegangen war, ungleich geringer war als bei Maél. Und wenn ihm tatsächlich etwas aufgefallen war, würde er es zweifelsohne Darrach erzählen, der geradezu versessen auf ein verräterisches Verhalten von ihr wartete. Jetzt war es zu spät. Es war geschehen. Maél wäre sicher außer sich, wenn er davon wüsste. Sie musste das Beste daraus machen und zumindest Finlays Verdacht, dass mit ihr etwas nicht stimmte, zerstreuen. Sie setzten sich wieder in Bewegung. „Finlay, mir ist klar, dass zwischen Euch und Eurem Vater einiges im Argen liegt - zu Recht. Ihr missbilligt seine Pläne, die durchaus nicht ehrenwert sind. Ich konnte jedoch Euren Streitgesprächen entnehmen, dass er nicht immer so rücksichtslos war. Und ich muss zugeben, es klingt absurd, aber auch wenn er mich zu all diesen Dingen zwingt, ja sogar mich mit meiner Familie erpresst, kann ich nicht umhin, ihn zu mögen. Ich bin nicht blind. Ich sehe und ich fühle, dass Ihr Euch noch liebt, ungeachtet dessen, was zwischen Euch steht. - Was hatte eigentlich das Lächeln zu bedeuten, das Ihr Euch gegenseitig zugeworfen habt, nachdem ich Euren Vater nach meiner Rolle auf dem Drachenfest gefragt hatte?" Finlay räusperte sich erst, bevor er antwortete. Seine Stimme klang trotzdem rau. „Wir dachten beide an meine Mutter... Ihr müsst wissen, Ihr seid ihr nicht unähnlich. Nicht im Hinblick auf Eure Erscheinung, sondern was Eure Scharfzüngigkeit und Widerspenstigkeit angeht, sowie Euren starken Willen, den Ihr mir heute Abend Belana gegenüber demonstriert habt." Elea war inzwischen in einen schnellen Schritt übergegangen, als sie lachend erwiderte: „Glaubt mir, die Demonstration meines starken

Willens, von der Ihr Zeuge sein durftet, war eine der äußerst raren Ausnahmen. Meistens gewinnt Belana das Kräftemessen oder es kommt gar nicht dazu, weil ich viel zu müde bin." Ernster fuhr sie fort: „Eure Mutter war also eine ebenso eigensinnige und bissige Frau wie ich. Was ist geschehen? Wieso lebt sie nicht mehr unter Euch?"

Finlay schluckte mühsam den Kloß im Hals hinunter. „Sie wurde ermordet, vor elf Jahren. Sie war alleine im Wald ausreiten, was sie normalerweise nie tat. Wenn mein Vater oder ich sie nicht begleiten konnten, dann hatten zwei Krieger die Aufgabe, mit ihr zu reiten. An jenem Tag hatte sie sich mit meinem Vater gestritten, sodass sie einfach ausritt, ohne ihm etwas davon zu sagen. Als sie abends immer noch nicht heimgekehrt war, schickte er einen Suchtrupp aus. Ich war auch dabei. Wir fanden sie mit einem Pfeil im Herzen." Elea blieb abrupt stehen und sah ihm mitfühlend in die Augen. Sie nahm einen tiefen Schmerz in seiner Stimme wahr und konnte regelrecht spüren, wie dieser Schmerz an dem erwachsenen Mann nach elf Jahren immer noch nagte. Sie musste den in ihr jäh aufkommenden Wunsch unterdrücken, Finlay mit ihrer Magie Trost zu spenden. Sie konnte nicht noch einmal das Risiko eingehen, ihre Gabe preiszugeben – zumindest jetzt noch nicht. Sie nahm ihren Weg geschwind wieder auf. „Finlay, das tut mir sehr, sehr leid. Ich weiß gar nicht, was ich sagen soll. Konnte denn ein Unfall ausgeschlossen werden?"

„Nein, den konnte man natürlich nicht ausschließen. Zu einem Jagdunfall kann es immer kommen. Aber ich bin mir sicher, dass es Mord war."

„Hattet Ihr auch einen Verdacht?", fragte Elea beharrlich nach. Finlay war das Thema merklich unangenehm, da er urplötzlich auf etwas anderes zu sprechen kam. „Wieso rennen wir eigentlich durch den Garten? Ich dachte, wir machen einen gemütlichen Spaziergang und jetzt muss ich feststellen, dass ich kaum mit Euch Schritt halten kann."

„Es tut mir leid, Finlay. Seit drei Tagen sitze ich in meinem Zimmer fest und die Wochen davor musste ich fast ausschließlich auf dem Rücken eines Pferdes verbringen. Zu Hause war ich täglich unter freiem Himmel in Bewegung. Meine Beine schreien förmlich nach Bewegung und Anstrengung." Ein breites Grinsen erschien mit einem Mal in Finlays Gesicht. „Ihr macht Euch lustig über mich. Maél und Jadora haben bestimmt erzählt, dass ich bis zu dem Zeitpunkt, als sie mich entführt haben, noch nie auf einem Pferd saß."

„Nein. Das ist es nicht. Ich musste gerade an Jadoras Schilderung denken, wie Maél Euch bestrafen wollte, indem er Euch an ein Seil band und Euch vor Ihm herlaufen ließ. Und Ihr habt ihm nicht den Gefallen getan, vor seinen Augen vor Erschöpfung zusammen zu brechen. Ist es nicht so?" Elea musste jetzt auch lachen. „Oh ja. Ich kann Euch sagen, es war ein Genuss, in sein wutverzerrtes Gesicht zu sehen, als er nach einer ganzen Weile von seinem Pferd absteigen musste, um mich wieder loszubinden. Ich hätte ihm nie die Genugtuung gegeben, mich zum Kapitulieren zu bringen. Lieber wäre ich auf allen Vieren weiter gekrochen." Finlay stimmte laut in ihr Lachen mit ein. Nach einem kurzen Schweigen blieb er plötzlich stehen. „Glaubt Ihr, Ihr könntet in dem langen Kleid und dem Umhang rennen?" Eleas Herz machte vor Freude einen Sprung. Sie nickte Finlay dankbar zu und raffte bereits den langen Rock über ihre Knie. Nur einen Augenblick später rannte Finlay los – mit Elea an seiner Seite, deren langes Haar durch die spätabendliche Dunkelheit wie eine brennende Fahne hinter ihnen her wehte. So rannten sie eine ganze Zeit lang den Weg, der den äußeren Rand des Schlossgartens umschrieb, schweigend nebeneinander her. Elea wäre am liebsten die ganz Nacht durchgelaufen. Irgendwann war das Keuchen des jungen Mannes so laut geworden, dass sie ein Einsehen mit ihm hatte und anhielt. „Dem Himmel sei Dank. Ich dachte schon, Ihr würdet nie müde werden."

„Ich muss Euch leider enttäuschen, Finlay. Ich habe Euretwegen angehalten, da Ihr den Eindruck erwecktet, jeden Moment umzufallen", erwiderte Elea in neckendem Ton. „Das hatte ich schon befürchtet. Ich bin hoffentlich nicht der erste Mann, dessen Stolz Ihr angekratzt habt?!" Elea musste unwillkürlich daran denken, wie sie Maél nach seiner Schwertkampfübung eine Lektion erteilt hatte. Lachend antwortete sie: „Nein, ich kann Euch beruhigen. Ihr seid nicht der erste."

Als sie sich so gegenüberstanden, glitten Finlays Augen wieder bewundernd über Eleas Gestalt. Seine Erheiterung verschwand mit einem Mal aus seinem Gesicht und an deren Stelle trat ein bekümmerter Ausdruck. „Elea, Ihr sagtet vorhin, wir könnten nur Freunde werden, wenn ich mich nicht zu Bewunderungen Eurer Schönheit und Persönlichkeit hinreißen lassen würde..." Finlay machte eine Pause, um seine belegte Stimme durch Räuspern klarer klingen zu lassen. Elea spannte ihren Körper an - in Erwartung dessen, was sie gleich hören würde. „Ich gebe zu,... wir kennen uns noch nicht lange. Aber ich frage mich, warum wir nur Freunde werden können. Gibt es denn bereits einen Mann in Eurem Leben?" Auf diese Direktheit war sie nicht vorbereitet gewesen. Was sollte sie ihm nur antworten? Sie zog wieder den Fellumhang enger um ihren Körper und sah ihn mit einem Blick an, der jegliche Antwort überflüssig erscheinen ließ. „Ich verstehe." Finlay wollte sich schon mit betrübter Miene von Elea abwenden, als sie ihn am Arm zurückhielt. „Finlay, Ihr liegt mit Eurer Vermutung nicht falsch. Mein Herz gehört bereits einem anderen. Er ist für mich jedoch im Augenblick unerreichbar. Es ist alles sehr, sehr kompliziert in meiner gegenwärtigen Lage, wie Ihr Euch unschwer denken könnt. Aber ich kann in meiner Situation jeden nur erdenklichen Freund gebrauchen. Versteht Ihr, was ich meine? Ich bin hier ganz allein in dieser fremden Welt und ich denke es wird nicht einfacher werden, wenn ich erst einmal diesen Drachen gefunden habe. Deshalb hoffe ich, dass ich auf Euch zählen kann. Ich habe Euch gern. Ich habe Euch wirklich sehr gern. Ich kann mir aber nicht vorstellen, dass mehr daraus wird als Freundschaft. Seid mir bitte nicht böse! Ja?" Finlays Kehle wurde immer enger, als er in Eleas flehende Augen sah. Dann nahm er ihre Hand in seine und sagte: „Ich danke Euch für Eure Aufrichtigkeit. Ich werde natürlich immer für Euch da sein." Er beugte sich über ihre Hand und gab ihr einen zarten Kuss auf den Handrücken. „Es ist schon spät. Ich bringe Euch jetzt zurück zu Eurem Zimmer."

Kapitel 7

Das Fenster seines Zimmers stand sperrangelweit offen und ließ die frostige Nachtluft in sein finsteres Zimmer strömen. Maél lag auf seinem Bett und starrte Löcher in die Decke, während er versuchte, das zu verarbeiten, was er gerade erfahren und erleben durfte.

Zwei seiner positiveren Eigenschaften – Geduld und Gelassenheit – hatten sich angesichts der Tatenlosigkeit, zu der er die vergangenen beiden Tage verdammt gewesen war, ins Nichts aufgelöst. Selbst die morgendlichen Ausritte mit Arok hatten seine andauernde Rastlosigkeit nicht mindern können. Nach seiner Rückkehr hatte er sich jedes Mal mit Essbarem versorgt und sich für den Rest des Tages in sein Zimmer zurückgezogen. Seine Gedanken waren ständig zwischen Elea und Darrach hin und her gekreist. Er hätte es nie für möglich gehalten, jemals so viel Sehnsucht nach einem Menschen zu empfinden, wie er nach dieser jungen Frau empfand. Sein ganzer Körper wurde von einem Schmerz beherrscht, den er nicht zu lindern vermochte. In Bezug auf Darrach hatte er sich den Kopf zermartert, wie er unentdeckt in dessen Arbeitszimmer gelangen sollte, während dieser dort unermüdlich mit fanatischem Eifer die alten Schriftrollen übersetzte. Zu seinem Entsetzen hatte er auf einem nächtlichen Erkundungsgang feststellen müssen, dass der Zauberer inzwischen in seinem Arbeitszimmer auch schlief. Er verließ nie das Zimmer, es sei denn, der König wünschte seine Anwesenheit. Heute Abend – endlich – hatte das Schicksal ein Einsehen mit ihm. Darrach schickte einen Diener zu ihm, von dem er ausrichten ließ, dass er ihn unverzüglich in seinem Arbeitszimmer zu sprechen wünsche. In gespannter Erwartung dessen, was er von ihm wollte, kam er dem Befehl rasch nach. Darrach empfing ihn, wie immer mit seinem kalten, hochmütigen Lächeln. Maél glaubte jedoch darunter einen Hauch von Besorgnis zu erkennen. Er selbst hatte seine emotionslose Miene aufgesetzt. Mit seinen gewohnt geschmeidigen und selbstgefälligen Bewegungen nahm er auf Darrachs Aufforderung hin auf dem Stuhl auf der anderen Seite des Schreibtisches Platz. Dies kam nur selten vor. Meist ließ er ihn während der Unterredungen stehen. Darrachs Arbeitszimmer war von derselben Schlichtheit wie Maéls kleine Kammer. In Regalen, die fast bis an die Decke reichten, standen unzählige Bücher und Schriftrollen. Nur das Fenster und die Ecke des Zimmers, in der ein schmales Bett stand, waren nicht mit Regalen zugemauert. Ihr Fassungsvermögen reichte jedoch nicht aus, um alle Schriftrollen darin aufzubewahren, sodass etwa ein Drittel des Bodens mit ihnen in ordentlichen Reihen bedeckt war. Ein paar Kerzen, die auf dem Boden standen, flackerten unruhig hin und her und warfen gespenstische Schatten an die Wände, da das Fenster weit offen stand. Das Feuer in dem kleinen Kamin war so gut wie erloschen ebenso wie jenes in dem hohen Feuergefäß, das der Zauberer direkt neben seinem Arbeitstisch stehen hatte. Von einer wohligen Wärme, die normalerweise in seinem Zimmer herrschte, konnte nicht die Rede sein.

Der Zauberer kam gleich zur Sache. Maéls Eindruck bestätigte sich. Er war besorgt, weil er immer noch keine Erkenntnis reicher bezüglich Eleas Person war. Er war alle in Frage kommenden Schriftrollen nochmals durchgegangen und war zu dem Ergebnis gekommen, dass er schon beim ersten Übersetzen nichts übersehen hatte. Daher forderte er Maél nochmals auf, genau darüber nachzudenken, ob Elea sich vielleicht noch bei anderen Gelegenheiten merkwürdig verhalten habe, außer im Zusammenhang mit den Vögeln oder beim Reiten. Maél runzelte nachdenklich die Stirn. Es verstrich einige Zeit, bis er vor Darrach zu dem Schluss kam, dass er nichts Auffälliges an ihr bemerkt habe, außer, dass sie sich ihm gegenüber erstaunlich furchtlos und rebellisch verhalten habe.

„Nun gut. Bevor wir uns auf die Suche nach dem Drachen machen, werde ich sie in jedem Fall noch unter vier Augen befragen. Mit mir allein wird die Befragung jedoch nicht so sanft verlaufen wie bei König Roghan. Sie verbirgt etwas vor uns, da bin ich mir sicher. Ich kann es regelrecht spüren." Bei diesen Worten wurde Maéls schauspielerisches Talent hart auf die Probe gestellt. Während er mit ungebrochenem Gleichmut in Darrachs kalte Augen blickte, kämpfte er in seinem Innern gegen das aufsteigende Bedürfnis an, ihm sein Messer, das im Schaft seines Stiefels steckte, ins Herz zu stoßen. Aber so weit würde es selbstverständlich nie kommen. Dafür hatte Darrach schon gesorgt.

Auf dem Weg zu ihm hatte er sich dazu entschlossen, den Zauberer geradeheraus nach der Bedeutung von Eleas Unberührtheit zu fragen. Eine andere Möglichkeit sah er nicht, wie er an dieses Wissen kommen konnte. Für den Fall, dass Darrach ihn nach dem Grund seines Interesses hierfür fragen würde, musste er allerdings eine Antwort parat haben, die plausibel war, aber keinen Verdacht erregte. Dass er ihn nach dem Grund seines Interesses fragen würde, war Maél sich sicher. Er würde sich auf dünnem Eis bewegen. Dennoch war er davon überzeugt, dass er bisher seine Rolle gut gespielt hatte, da Darrach ihn erst jetzt zu sich gerufen hatte. Noch hegte er scheinbar keinen Verdacht.

Maél lehnte sich lässig zurück und verschränkte seine Arme. „Was hat es nun mit ihrer verfluchten Unberührtheit auf sich? Warum ist sie so wichtig?" Wie erwartet erfolgte die Gegenfrage umgehend. „Wieso interessiert dich das? Du begehrst sie, nicht wahr? Es wäre auch ein Wunder, wenn es nicht so wäre. Sie ist eine schöne, junge Frau - auf eine... ganz außergewöhnliche Weise." Maél konnte es kaum glauben. Darrach hatte selbst die Antwort auf seine Frage geliefert, die er sich gerade eben noch zurechtgelegt hatte. Daher nickte er nur mit einem anzüglichen Lächeln auf den Lippen. „Wer weiß, vielleicht wirst du noch Gelegenheit haben, ihre Schönheit in vollen Zügen zu genießen. Vorerst ist sie jedoch tabu für dich. Hast du verstanden? Sie muss unberührt bleiben, zumindest bis wir den Drachen gefunden haben. Ihre Jungfräulichkeit ist unerlässlich für das Knüpfen des unsichtbaren Bandes zwischen ihr und dem Drachen. Nur so können die beiden als eine Einheit agieren. Elea wird durch dieses Band die Macht über ihn erlangen. Dieses Band ist untrennbar, es sei denn einer von beiden..." Darrach hielt urplötzlich mitten im Satz inne und starrte mit gerunzelter Stirn auf eine vor ihm ausgebreitete Schriftrolle. Allerdings schien es, als blickte er durch sie hindurch. Langsam sah er wieder auf - direkt in Maéls Augen. Seine ernste Miene war einem zufriedenen Lächeln gewichen. *Vielleicht ist die Lösung meines Problems näher als ich dachte.* Maél brach schließlich das Schweigen und fragte mit ungespielter Neugier: „Wann beginnt die Suche nach dem Drachen und wo soll er sich überhaupt aufhalten?"

„Sie wird früher beginnen als uns lieb ist. Schon in ein paar Tagen im Anschluss an das Drachenfest. Der König lässt sich nicht davon abbringen. Er hat für dich übrigens einen kleinen Auftrag. Anlässlich des Festes wird er Elea auf dem Drachonya-Platz zur Schau stellen und dem Volk seine Pläne offenbaren. Du wirst mit ihr auf dem Wagen stehen, der sie dorthin bringen wird. Du sollst sie beschützen, bewachen, was auch immer."

Eine gleichgültige Miene beizubehalten, bereitete Maél nun schon deutlich größere Schwierigkeiten. Seine Gedanken und Empfindungen führten in seinem Innern einen wilden Tanz auf. Die Tatsache, dass die Suche praktisch mit Beginn des Winters losgehen sollte, war mehr als besorgniserregend. Und Freude, Elea sehen zu können, kam auch nicht so richtig auf. Er kannte sie inzwischen gut genug, um zu wissen, dass ihre Zurschaustellung alles andere als ein Spaziergang für sie werden würde. „Und wo soll dieser Drache stecken?"

„Im Akrachón."

„Im Akrachón? Der Akrachón ist mehrere hundert Meilen lang. Noch dazu reicht er bis weit jenseits der Grenze zu Boraya, ganz zu schweigen von seiner unüberwindbaren Höhe. Wie stellt sich Roghan das vor bei dem uns bevorstehenden Winter? Gibt es zumindest einen Anhaltspunkt, wo sich der Drache aufhält?", wollte Maél aufgebracht wissen. „Es gibt keinen. Wir haben nur das Mädchen, den rätselhaften Stab und den Stein. Falls sie noch nicht weiß, wie wir ihn finden, dann wird sie es während der Reise zum Akrachón noch herausfinden. Davon ist zumindest Roghan überzeugt. Du wirst sie begleiten. Du kennst sie am besten und du hast die besten Voraussetzungen, um sie zu bewachen. Wir dürfen sie keinesfalls unterschätzen. Wir wissen nicht viel über sie. Es steckt jedenfalls mehr in ihr, als sie uns glauben macht. Ich habe vor, mich mit euch auf die Suche zu machen, auch wenn mir die unbarmherzige Kälte im Akrachón ein Dorn im Auge ist. Roghan will spätestens zur Jahreswende die Kapitulation von König Eloghan erzwingen. Deshalb lässt er sich nicht von einem Aufschub der Reise überzeugen." Maél erhob sich gereizt von seinem Stuhl und begann wütend hin und her zu schreiten. „Ich bin noch nicht mal eine Woche von der wenig erquicklichen Reise mit dem geschwätzigsten Hauptmann des gesamten Heeres, seinen stinkenden Kriegern und diesem Nerv tötenden Weib wieder zurück, da soll ich mich schon wieder in ihre Gesellschaft begeben, und dies auch noch bei Schnee und Eis. Wer weiß, wie lange wir unterwegs sein werden! Wie ich Roghan kenne, bleibt er in seinem warmen Nest!"

„Deine Vermutung trifft zu. In Ermangelung eines Heerführers wird er in Moray die Stellung halten. – Maél, bei der Suche nach dem Drachen wird Magie eine große Rolle spielen. Der Stein, den Elea um ihren Hals trägt, kann ebenso rot leuchten wie ihr Haar. Dieser Umstand und die befremdliche Tatsache, dass ihr diese Höcker gewachsen sind, machen mir Hoffnung, dass sich uns Wege eröffnen werden, die die Suche leichter machen werden, als sie uns zum gegenwärtigen Zeitpunkt erscheinen mag." Darrach erhob sich nun ebenfalls, ging mit langsamen Schritten auf den jüngeren Mann zu und blieb vor ihm stehen. Er streckte seine Hand nach dem Schlangenring um seinen Hals aus und umfasste ihn. Das grüne Auge begann sofort zu leuchten. Eine unerträgliche Kälte breitete sich vom Hals ausgehend auf Maéls gesamten Körper aus. „Du bist dafür verantwortlich, dass Elea uns nicht an der Nase herumführt. Hast du verstanden? Du wirst sie im Auge behalten. Dein übernatürlicher Spürsinn und deine außerordentlichen Fähigkeiten werden dabei von ungeheurer Bedeutung sein. Und wenn du den Eindruck hast, dass sie uns etwas vorenthält, dann will ich, unverzüglich davon unterrichtet werden", sagte der Zauberer mit einem warnenden Unterton. Maél vermittelte Darrach seine Zustimmung mit einem Blinzeln. Zum Sprechen war er nicht fähig, da die Eiseskälte nicht nur seinen Körper, sondern auch seine Zunge lähmte. „Nun gut. Du darfst jetzt gehen. Halte dich aber für weitere Anweisungen bereit." In Darrachs Gesicht waren deutliche Spuren der Erschöpfung zu sehen, als er den Ring losließ. Er wandte sich von Maél ab und ging langsam zurück zu seinem Schreibtisch. Maél musste noch einen Augenblick warten, bis seine Erstarrung weit genug gewichen war, damit er seine Glieder wieder bewegen konnte. Als dieser Punkt erreicht war, stürzte er fast fluchtartig zur Tür. Er wollte gerade seine Hand auf den Türgriff legen, als Darrach nochmals die Stimme erhob. „Und vergiss nicht, Maél! Erst wenn alles zu meiner und des Königs Zufriedenheit verlaufen ist, dann darfst du ihren Körper besitzen."

Maél verharrte in seiner Bewegung. Er wagte es nicht, Darrach sein Gesicht zuzudrehen. Diesmal würde es ihm nicht gelingen, seinen unendlichen Hass gegenüber dem Zauberer aus seinem Gesicht zu verbannen. Er zwang sich, die Tür langsam zum Ausdruck seiner Gelassenheit zu öffnen. Sobald sie sich jedoch hinter ihm geschlossen hatte, eilte er außer sich vor Wut durch die Gänge. Trotz des Rauschens seines Blutes in den Ohren vernahm er plötzlich eine vertraute Stimme, die von draußen durch die geschlossenen Fenster bis zu ihm vordrang. Er konnte nicht widerstehen, anzuhalten und ein Fenster zu öffnen. Vorsichtig warf er einen Blick in die Dunkelheit hinaus. Vor seinen Augen erstreckte sich der Schlossgarten in fast vollkommener Finsternis – mit einer Ausnahme: Von seinem Standort aus erleuchtete etwa siebzig Schritte links von ihm entfernt eine orangerot leuchtende Lichtkugel die nähere Umgebung. Und in dieser Lichtkugel steckten Elea und Finlay. Sie waren beide außer Atem. Dies war unschwer an den Dampfwölkchen zu erkennen, die stoßartig ihrem Mund entströmten. Finlays Keuchen war zudem für seine Ohren unüberhörbar. Kein einziges Wort der beiden entging ihm. Er schüttelte den Kopf und ein kleines Lächeln stahl sich auf seine

Lippen trotz seiner weißglühenden Wut, die er auf Darrach hatte. *Sie hat ihn genauso dazu gebracht, mit ihr durch die Gegend zu rennen wie mich.*

Mit einem Mal veränderte sich die lockere Stimmung zwischen den beiden. Finlays Stimme hatte einen ernsten Klang angenommen. *Dieser verdammte Mistkerl. Der lässt auch gar keine Gelegenheit aus!* Jeder einzelne seiner Muskeln schien sich in Erwartung dessen zu versteifen, was Elea Finlay zu antworten gedachte. Sein Körper entspannte sich aber schon wieder nach nur wenigen Augenblicken. Zwei Dinge erfuhr er, als er Eleas Antwort lauschte. Nein. Eigentlich waren es drei. Erstens liebte sie ihn immer noch. Zweitens mochte sie Finlay. Und drittens hatte sie Finlay noch nicht in ihre Geheimnisse eingeweiht. Ihre zartfühlende Stimme zu hören, wie sie flehend auf Finlay einredete, vertrieb die immer noch in seinen Gliedern steckende Kälte, die Darrach in seinen Körper geschickt hatte. *Was macht er da? Verflucht! Jetzt küsst er ihre Hand.*

Während die beiden den Schlossgarten verließen, blieb Maél noch einen Augenblick am offenen Fenster stehen und atmete tief die frostige Abendluft ein. Er hatte urplötzlich eine Erinnerung aus seiner Jugendzeit vor Augen, als er sich mit Finlay um ein Mädchen prügelte, die dieser ihm mit seinem umwerfenden Charme abspenstig gemacht hatte. Am liebsten wäre er in den Schlossgarten geeilt, um sich wieder mit ihm zu schlagen.

Nachdem Maél die Geschehnisse des Abends – auf seinem Bett liegend - noch einmal vor seinem inneren Auge vorbeiziehen hatte lassen, kam er zu dem Schluss, dass nicht nur Elea und er Geheimnisse vor Darrach hüteten, sondern dass der Zauberer ihm auch Wissen vorenthielt. Er verfolgte seine eigenen Pläne, sonst wäre er im Gegensatz zu Roghan in Bezug auf Elea nicht so beunruhigt, würde sich nicht die Nächte um die Ohren schlagen und wäre nicht so darauf versessen, mit Elea unter vier Augen eine Unterredung zu führen. Er durfte gar nicht daran denken, was er ihr vielleicht antun würde, wenn er mit ihr allein wäre. Ihm war auch nicht sein seltsames Lächeln entgangen, als sie darauf zu sprechen kamen, dass er sie begehrte. *Irgendetwas führt er im Schilde, da bin ich mir sicher. Nur was?*

Etwa zur gleichen Zeit lag auch Elea mit ihrem neuen, für sie passend gemachten Kleid im Bett. Nachdem Finlay sie bis zu ihrem Zimmer geleitet und sich von ihr verabschiedet hatte, entledigte sie sich nur ihres Umhangs und ihrer Stiefel und schlüpfte unter die warme Felldecke, unter der sie sich auf dem Schloss am geborgensten fühlte. Sie wusste jetzt schon, dass Belana sie deswegen am nächsten Morgen tadeln würde, aber das war ihr im Moment vollkommen gleichgültig. Sie war innerlich so aufgewühlt, fast schon panisch aufgrund der Ereignisse des Abends und der entsetzlichen Aufgabe, die sie auf dem Drachenfest zu bewältigen hatte. Wie konnte sie nur das Risiko eingehen, ihre Gabe bei König Roghan und Finlay einzusetzen! Sie konnte jetzt auf einmal überhaupt nicht mehr verstehen, warum sie sich dazu hatte hinreißen lassen. Sie musste verrückt sein, für den Mann, der sie entführen ließ und sie zu seinen Zwecken zu missbrauchen gedachte, Sympathie zu empfinden. Wegen Finlay machte sie sich keine Sorgen. Er stand auf ihrer Seite. Leider mehr als ihr lieb war. Aber Roghan! Wenn er tatsächlich etwas bemerkt haben sollte und mit Darrach darüber reden würde... Der Zauberer würde nicht eher Ruhe geben, bis er alles aus ihr herausgequetscht hätte und er würde sie dabei sicherlich nicht mit Samthandschuhen anfassen. Womöglich würde er Maél noch dazu zwingen, sie gewaltsam zum Reden zu bringen. Dieser Gedanke ließ in ihrer Kehle einen Knoten heranwachsen, von einer Größe, wie sie ihn noch nie verspürt hatte. Sie konnte ihn gar nicht hinunterschlucken, so groß war er. Sie kämpfte gegen einen Würgereiz an, der damit drohte, das Abendessen aus ihren Eingeweiden wieder ans Tageslicht zu befördern.

Und dann noch dieses Drachenfest! Fast ihr ganzes Leben lang hatte sie ihr Haar versteckt und jetzt sollte sie es vor dem Volke Morays in seiner leuchtenden Pracht zur Schau stellen. Wie sollte sie nur all die gaffenden und tuschelnden Gesichter, die nur auf *sie* blicken würden, überstehen? Sie würden vor ihr Angst haben. Selbst Jadoras Krieger hatten sie die ersten Tage immer mit angsterfüllten Augen angesehen. Vielleicht würden sie sogar Steine nach ihr werfen. Die Tatsache, dass sie ihnen nicht noch ihren missgestalteten Rücken zeigen musste, war ihr überhaupt kein Trost.

Die erste Freude, Maél wieder zu sehen, war auch in den Hintergrund gerückt. Eines stand für sie fest: Sein ihn abgrundtief hassendes Opfer spielen, dazu würde sie nicht in der Lage sein. Sie würde nur mit sich und der Menschenmenge beschäftigt sein, die sich ihren Anblick nicht entgehen lassen würde. Dafür würde Roghan schon sorgen. Jetzt hasste sie ihn auf einmal, während sie ihn vorhin noch vor einem Kampf mit seinem Sohn bewahren wollte. Bevor Maél und die Krieger sie holen kamen, war ihr Leben so einfach. Sie war die Starke und der ruhende Pol in der Familie. Sie hatte ihre Gefühle immer unter Kontrolle. Aber jetzt, seitdem sie von ihrer Bestimmung wusste und seitdem sie Maél begegnet war, ließ sie sich blind von ihren Gefühlen leiten, und, so wie es aussah, auch direkt ins Verderben.

In jener aufregenden Nacht fanden beide nicht in den Schlaf. Elea schlief erst ein, als bereits der Morgen dämmerte. Maél hingegen verließ noch vor dem Morgengrauen mit Arok die Festung und jagte ihn mit scharfem Galopp bis zur Erschöpfung über die hügelige Landschaft um Moray. Er kehrte erst wieder mit maskiertem Gesicht zurück, als Moray unter strahlend blauem Himmel nach der nächtlichen Stille längst zum gewohnten Trubel einer Hauptstadt gefunden hatte.

Aber auch Darrach fand diese Nacht keine Ruhe. Nicht, weil er wieder über den alten Schriftrollen brütete, sondern weil in ihm eine Idee herangereift war, die ihn in einen Zustand äußerster Erregung versetzte. Diese ließ ihn auch nicht die ungemütliche Kälte in seinem Zimmer aufgrund der heruntergebrannten Feuer wahrnehmen. Es war für ihn unfassbar, dass er nicht längst darauf gekommen war, obwohl es letztendlich so naheliegend war. All die wochenlangen Grübeleien darüber, wie er dieses letzte entscheidende Hindernis überwinden konnte – wenn der Drache einmal gefunden war -, waren mit dieser Idee mit einem Schlag wie weggefegt, sodass er seinem Ziel, den Schlüssel des Portals zur dunklen Seite der Welt in den Händen zu halten, näher war als erwartet. Es würde zweifelsohne nicht leicht werden, die Auserwählte von den Qualitäten Maéls zu überzeugen. Jetzt, wo sich die Idee in seinem Kopf geformt hatte, musste er ihn vor seinem Auftritt beim Drachenfest noch entsprechend instruieren. Er wusste, dass er auch in den letzten Jahren auf Frauen trotz seiner Gefühlskälte und Gleichgültigkeit eine gewisse Faszination ausübte, was ihm hin und wieder das Glück bescherte, dass sie sich ihm bereitwillig hingaben – zumindest für eine Nacht. Warum dann nicht auch diese widerspenstige, junge Frau?! Man müsste ihr nur die unschönen Erlebnisse mit ihm vergessen machen...

Kapitel 8

Während Belana erneut mit ihrem Wundermittel Eleas Haare gefügig machte, saß die junge Frau vor dem riesigen Spiegel der wuchtigen Frisierkommode und betrachtete deren aufwendige Schnitzereien und goldene Verzierungen mit vorgetäuschtem Interesse. Auf diese Weise wich sie Belanas bösen Blicken aus, die diese ihr immer wieder - nur durch Kopfschütteln unterbrochen - im Spiegel zuwarf. Es war genau das eingetreten, was sie am Abend zuvor, als sie zu Bett ging, schon befürchtet hatte. Belana kam sie wecken. Als Elea sich halb verschlafen aus der Felldecke hervorquälte, versetzte sie ein Aufschrei Belanas unverzüglich in einen unerbittlichen Wachzustand. Allein Belanas Moralpredigt darüber, dass es sich für eine Frau nicht zieme, in ihrem Kleid zu schlafen, zumal es am nächsten Tag völlig unbrauchbar sei, schien kein Ende nehmen zu wollen. Als sie dann noch die neuen Knoten in ihrem Haar entdeckte, in denen – ihrem fachmännischen Auge zufolge - eine vierköpfige Vogelfamilie Platz hätte, hielt sich Elea mit jeglichem Aufbegehren zurück und ließ Belanas immer wiederkehrenden Bekundungen ihres Missfallens über ihr wenig damenhaftes Verhalten stumm über sich ergehen.

Elea entkleidete und wusch sich in Windeseile, da Belana bereits mit einem anderen Gewand ungeduldig herumwedelte. Diesmal war es ein dunkelgraues Kleid aus schwerem Samt mit einem weiten Ausschnitt. Bevor sie in das Kleid schlüpfte, reichte Belana ihr noch ein weißes Hemd aus einem weich fließenden Stoff. Mit immer noch tadelndem Blick auf Elea gerichtet raffte sie den Ausschnitt mit der dünnen Kordel so weit zusammen, dass er sich fast wie ein Stehkragen um ihren Hals schmiegte.

Es dauerte eine Ewigkeit, bis die Hofdame mit der Hochsteckfrisur halbwegs zufrieden war. Gegenüber zwei lockiger Strähnen, die sich immer wieder aus den Nadeln lösten und sich links und rechts an Eleas Gesicht hinunter kräuselten, musste sie sich schließlich geschlagen geben. Darüber nachgrübelnd, wie sie die Zeit bis zu dem Drachenfest in zwei Tagen in diesem Zimmer totschlagen könnte, brach Belana unerwartet ihr Dauerschweigen. „Finlay, kommt Euch gleich abholen. Er beabsichtigt, mit Euch einen kleinen Ausflug zu machen." Elea wollte ihren Ohren nicht trauen. Ihre Rettung nahte, wenn auch in Gestalt eines unglücklich in sie verliebten Prinzen. Etwas beunruhigt war sie jedoch bezüglich des Ausflugsziels. Sie fragte mit unsicherer Stimme: „Wohin will er mich denn mitnehmen?"

„Das weiß ich nicht. – Hier, zieht diese langen Wollstrümpfe noch unter das Kleid. Es ist recht kalt draußen trotz des fast wolkenlosen Himmels. Ihr dürft auch Eure Stiefel anziehen. Ich will nicht schuld daran sein, wenn Ihr Euch einen Schnupfen holt und deshalb am Drachenfest unpässlich seid."

„Danke, Belana", sagte Elea mit einem Lächeln auf den Lippen, dem Belana nicht widerstehen konnte, sodass sie ebenfalls zurücklächeln musste. „Wenn Ihr nichts dagegen habt, dann würde ich mir gerne meine Haare mit einem Tuch bedecken", bat die junge Frau die Erste Hofdame höflich. Belanas erste Reaktion war ein entrüsteter

Blick. Doch dann besann sie sich eines Besseren. „In Ordnung. Bei dem frischen Wind ist eine Kopfbedeckung ohnehin ratsam." Elea ging zu der Truhe mit ihren Kleidern und holte den gewaschenen Streifen Stoff von Maéls Tunika heraus. Belana wollte schon zu einem Protest ansetzen, begnügte sich dann aber nur mit einem wortlosen, dezenten Kopfschütteln begleitet von einem resignierenden Blick und ließ sie gewähren. Elea war gerade im Begriff ihren zweiten Stiefel anzuziehen, als es an der Tür klopfte. Belana ging sie öffnen. „Prinz Finlay, Ihr kommt genau richtig. Elea ist gerade mit dem Ankleiden fertig geworden." Sie drehte sich nochmals zu ihr um, nickte ihr mit einem schelmischen Lächeln zu und verließ an Finlay vorbeihuschend das Zimmer. Elea legte sich gerade ihren Umhang um, als Finlay zaghaft ins Zimmer trat. Sie lächelten sich wortlos zur Begrüßung zu. Finlay versuchte krampfhaft seine Augen nicht wieder bewundernd über Elea hinweggleiten zu lassen. Dabei starrte er hochkonzentriert auf einen Punkt mitten auf ihrer Stirn. Es war schließlich Elea, die das peinliche Schweigen unterbrach. „Belana sagte, Ihr wolltet einen Ausflug mit mir machen. Wohin gehen wir denn?" Finlay räusperte sich erst seine belegte Stimme frei, bevor er zu sprechen begann. „Ich dachte, es wird für Euch auf Dauer hier in diesem Zimmer langweilig. Zumal Ihr ja gerne an der frischen Luft seid. Ich würde Euch gerne das Schloss von der Wehrmauer aus zeigen. Wir könnten auch auf einen Turm steigen und einfach die Aussicht in allen vier Himmelsrichtungen genießen. Heute ist ein besonders klarer Tag. Ursprünglich wollte ich die Festung mit Euch verlassen und Euch Moray und die Umgebung zeigen. Mein Vater hat dies aber nicht erlaubt. Außerdem hat er zwei Kriegern befohlen, uns zu bewachen. Er traut mir nicht. Ehrlich gesagt, habe ich auch schon daran gedacht, Euch von hier wegzubringen. Das hätte jedoch wenig Sinn, da Maél nicht lange brauchen würde, Euch wieder zu finden." Die Worte kamen geradezu aus ihm herausgesprudelt, so als ob er kein einziges Mal zwischendurch Luft hätte holen müssen. Elea kam auf ihn zu. „Mir reicht es vollkommen Moray und die Umgebung vom Schloss aus zu sehen. Ich bin sogar erleichtert, dass wir nicht nach Moray gehen. Bei meiner Ankunft hat mich die Enge und Düsternis, die dort herrschen, fast erdrückt, sodass ich jetzt gut darauf verzichten kann. Hauptsache ich kann mich in der frischen Luft bewegen und mich mit Euch unterhalten. Das ist schon mehr als ich in meiner Lage überhaupt zu hoffen wagte." Finlays Lippen verzogen sich zu einem breiten Lächeln, als er in Eleas Worten herauslesen konnte, dass seine Gesellschaft ihr nicht unangenehm war. „Also, worauf warten wir dann noch!?"

Im Gang warteten bereits die beiden Krieger. Sie beäugten Elea neugierig und unverhohlen, womit sie sofort missbilligende Blicke von Finlay ernteten. Er führte sie durch das Gängelabyrinth ins Freie - verfolgt von ihren beiden Bewachern, die sich ihnen, einen kleinen Abstand wahrend, an die Fersen geheftet hatten. Mit einem Mal befanden sie sich in dem riesigen Innenhof, in dem es nur so von Kriegern wimmelte, die ihre Tätigkeit kurz unterbrachen, um die junge Frau ebenfalls zu bestaunen. Elea ignorierte ihr Starren und ließ ihren Blick sofort zum Stall schweifen - in der Hoffnung, dass Maél jeden Moment heraustrat. Finlay steuerte mit ihr einen Durchgang mit einem Rundbogen an, der unter ein Gebäude direkt in den Schlossgarten führte. Eine ganze Schar kleiner Singvögel zwitscherte unter der warmen Sonne, während ein frostiger Wind erbarmungslos durch das blätterlose Geäst der Bäume fegte. Der Himmel erstrahlte in seinem Blau fast wolkenlos über dem Schloss. Elea zog reflexartig ihren Umhang enger um sich und war heilfroh, dass sie Maéls Stück seiner Tunika um ihren Kopf gebunden hatte. Ein paar Vögel hatten bereits die Verfolgung der vierköpfigen Gruppe aufgenommen und zog die Aufmerksamkeit der beiden befremdlich dreinblickenden Krieger auf sich. Finlay hielt sich glücklicherweise nicht lange in dem Garten auf, sondern ging auf eine Tür zu, die in einen Wehrturm führte. Nach etwa siebzig Stufen gelangten sie an einen Ausgang, der direkt auf den Wehrgang führte. Die enge Wendeltreppe des Wehrturms ging allerdings noch ein Stück weiter und führte zu einer überdachten Plattform, wo eine Handvoll Krieger Wache hielt.

Finlay ging ein paar Schritte den Wehrgang entlang, drehte sich dann um und zeigte mit seiner Hand auf etwas, das hinter Elea lag. „Das ist der Akrachón." Elea drehte sich um. Sie musste unwillkürlich die Luft anhalten, als sie das gigantisch hohe Gebirge sah. Sie konnte gar nicht glauben, dass dies das graue Band mit dem weißen Rand sein sollte, das Jadora ihr am Abend, bevor sie in Moray ankamen, gezeigt hatte. Es kam ihr viel, viel höher vor. Vor allem fielen ihr jetzt erst die endlos vielen ungewöhnlich spitz zulaufenden Berge auf, die sich wie die Zähne eines Raubtiers aneinanderreihten. Es kam ihr so vor, als hätte sich das Weiß des Schnees auf den Gipfeln auch schon viel weiter nach unten ausgebreitet. Eines stand unumstößlich fest. Der Winter war im Akrachón bereits eingezogen, wenn er nicht sogar das ganze Jahr über dort wütete. Finlay deutete ihre Sprachlosigkeit richtig. „Elea, allein die Tatsache, dass mein Vater Euch jetzt um diese Jahreszeit dorthin schickt, grenzt an Wahnwitz. Ich hoffe inständig, dass ihr bereits eine Ahnung habt, wie ihr diesen Drachen findet und wenn ja, dass ihr ihn möglichst schnell findet und dass der Zugang zu ihm für uns erreichbar ist. Sonst..."

„Was meint Ihr mit uns?", wollte Elea gespannt wissen. „Ich werde Euch begleiten und auf Euch aufpassen. Ich werde vielmehr auf Maél aufpassen, dass er Euch anständig behandelt." Elea sprach nun leiser, da sie Angst hatte, ihre beiden Bewacher würden sie hören. Der Wind heulte jedoch so laut an ihren und Finlays Ohren vorbei, dass sie das leise Sprechen bald aufgeben musste, da Finlay sie kaum verstand. „Aber Finlay das wird Euer Vater niemals erlauben."

„Er wird gar nichts davon erfahren. Ich schließe mich Eurer Gruppe außerhalb von Moray an. Mein Vater muss als Erster Heerführer ohnehin hier bleiben. Und ob Darrach tatsächlich mitkommt, glaube ich erst, wenn ich ihn auf seinem Pferd sitzen sehe. Er hat – soviel ich weiß - die letzten Tage, seitdem Ihr hier seid, nur einmal sein Arbeitszimmer verlassen, und zwar als er Euch zusammen mit meinem Vater befragt hat. Er übersetzt unermüdlich an den Schriftrollen herum. Er ist bestimmt irgendeiner Sache auf der Spur, die er solange verfolgt, bis sie ihn irgendwohin geführt hat. Er ist äußerst beharrlich und ausdauernd, was das angeht."

Sie gingen die Wehrmauer weiter in Richtung Süden. „Maél wird darüber nicht erfreut sein. Wir sind uns seit Jahren nicht wohlgesonnen. Aber er wird einsehen, dass jeder zusätzliche Mann eine willkommene Verstärkung bedeutet. Nicht nur Kälte und Schnee werden unsere Feinde sein. Im Akrachón leben außerordentlich gefährliche Wölfe." Eleas Entspannung und Ablenkung verheißender Ausflug entpuppte sich zusehends in einen Albtraum. Nicht nur dass sie sich in einer unbarmherzigen Kälte mit vielleicht unüberwindbaren Schneemassen und Höhen auf die Suche nach ihrem Drachen machen mussten. Jetzt mussten sie sich sogar noch der Gefahr hungriger Wölfe aussetzen, die geradezu auf ein Fressen wie sie und ihre Begleiter warteten. Elea musste einmal mehr gegen eine in ihrem Innern heranwachsende, panische Angst ankämpfen. Von dieser versuchte sie sich abzulenken, indem sie das von Finlay angerissene Thema Maél aufgriff, das ohnehin in den vergangenen fünf Wochen ihr Lieblingsthema war. „Ihr sagtet, dass Ihr seit einigen Jahren Maél nicht mehr wohl gesonnen seid. Das setzt voraus, dass Ihr es einmal ward. Was ist geschehen? Oder vielleicht sollte ich eher fragen: Was ist mit ihm geschehen, dass er so grausam, kaltherzig und voller Hass ist?" Finlay blieb abrupt stehen und fixierte Elea mit einem forschenden Blick. Nach ein paar Augenblicken setzte er seinen Weg jedoch fort und begann zu erzählen: „Wir waren die besten Freunde, wir waren sogar wie Brüder. Meine Mutter hat ihn behandelt wie einen eigenen Sohn. Er kam vor etwa fünfzehn Jahren zusammen mit Darrach zu uns. Darrach hatte sich ihm angenommen, da seine Eltern ums Leben kamen. So erzählte er es zumindest. Darrach hatte großen Einfluss auf Maél, und dieser Einfluss tat ihm nicht gut. Er war häufig betrübt, aber auch aggressiv. Er verschwand oft für ein paar Tage – niemand wusste wohin. Dann kehrte er häufig mit noch schlechterer Laune wieder heim. Aber trotzdem hatten wir auch schöne Tage zusammen verbracht. Er beschützte mich. Er hat mir sogar zweimal das Leben gerettet, dank seiner außerordentlichen Fähigkeiten."

Finlay machte eine kurze Pause. „Ich gehe davon aus, dass Ihr diese Fähigkeiten bereits kennt, oder etwa nicht?" Elea nickte zustimmend.

„Ich versuchte, ihn immer wieder aus seinen düsteren Stimmungen herauszuholen. Aber je älter er wurde, desto schwieriger wurde es. Eines Tages kehrte er wieder einmal nach einer längeren Abwesenheit zurück. Er hatte sich vollkommen verändert. Er war hartherzig und gefühlskalt geworden und neigte zunehmend zu Gewalttätigkeit. Es wurde von Tag zu Tag schlimmer, sodass ich mich irgendwann von ihm abwandte. Ich schien ihm ohnehin gleichgültig geworden zu sein. Wir wurden beide in meines Vaters Heer zu Kriegern ausgebildet. Maél wurde immer stärker in allem, was er tat. Er lebte nur noch für den Kampf. Es gab keinen, der ihn besiegen konnte. Egal mit welcher Waffe gekämpft wurde, er ging immer als Sieger hervor. Das machte ihn wiederum arrogant. Da er ungern Befehle entgegennahm, es sei denn von Darrach, quittierte er seinen Dienst im Heer und wurde zum Häscher meines Vaters. Er wurde immer mit besonderen Aufgaben betraut. Das Töten anderer – aus welchen Gründen auch immer – gehörte auch dazu. Er kannte keine Skrupel. So wurde aus ihm der *Schwarze Jäger*."

Als Elea all dies über Maél erfuhr, wurde sie von einer großen Trauer ergriffen, der sie sofort Einhalt gebieten musste, bevor diese Empfindung die Oberhand über sie gewann und sie wieder in einen emotionalen Kollaps stürzte. „Und was ist aus Euch geworden? Ihr seid offenbar auch nicht im Heer Eures Vaters geblieben?",
„Ich war es noch eine ganze Zeit lang. Ich wurde sogar zu seinem Ersten Heerführer – bis vor zwei Jahren, als er damit begann Vorbereitungen für einen Krieg zu treffen, den ich auf Schärfste verurteilte. Mit der Niederlegung meines Postens verlor ich jeglichen Anspruch auf den Thron, den ich ohnehin nie wollte. Jetzt lebe ich südwestlich von Moray in einem stattlichen Haus, das ich mit meinen eigenen Händen gebaut habe und verdinge mich von Zeit zu Zeit als Jäger oder als persönlicher Begleitschutz von Händlern."
„Gibt es keine Frau in Eurem Leben?", wollte Elea wissen. Finlays Gesicht verdüsterte sich bei dieser Frage. „Es gab eine. Sie hat sich jedoch von mir abgewandt, als ich auf sämtliche Ansprüche des Thronfolgers verzichtete", antwortete er verbittert. „Und was ist mit Maél? Hat sein Leben Platz für eine Frau?", wagte Elea zu fragen. Sie hatte Mühe ein Beben ihrer Stimme zu unterdrücken. Finlay warf ihr erneut einen prüfenden Blick zu, der Eleas Herzschlag einen kurzen Moment lang aussetzen ließ. Doch er gab ihr schließlich doch die Antwort, die sie hören wollte. „Sagen wir es einmal so: Es gab viele in seinem Leben, aber keine, die ihm etwas bedeutet hat. Er hat die Fähigkeit verloren, Zuneigung für jemand zu empfinden." Er blieb jäh stehen und stützte sich auf der Mauer ab, während er seinen Blick auf etwas in der Ferne richtete. Elea tat es ihm gleich und musste zum zweiten Mal an diesem Tage etwas sowohl Gigantisches als auch Angsteinflößendes erblicken. Vor ihren Augen erstreckte sich eine riesige Ebene in östliche Richtung, deren Ende durch etwas Glänzendes beschrieben wurde. Es war ein gewaltiger See, in dessen Oberfläche sich der graue Herbsthimmel spiegelte. Das erschreckende an dieser Ebene war jedoch, dass sie von Kriegerzelten nur so übersät war, an deren Spitze überall das schwarze morayanische Banner flatterte. Sie sah mit weit aufgerissenen Augen in Finlays Gesicht, der ihrer Reaktion mit einem ernsten Nicken beipflichtete. „Wofür braucht er mich denn noch, wenn er über so viele Krieger verfügt? Das müssen doch Tausende sein."
„Um genau zu sein siebentausend. – Das, was man meinem Vater trotz seines Wahnwitzes noch zugutehalten muss, ist, dass er bei dem Eroberungskrieg gegen König Eloghan nicht auf einen grausamen und blutigen Krieg aus ist, sondern dass er mit seinem zahlenmäßig überlegenen Heer, Eurem Drachen und Euch an seiner Seite auf eine schnelle Kapitulation König Eloghans hofft."
Finlay löste sich von der Mauer und ging zur gegenüber liegenden Seite hinüber und warf einen Blick nach unten. Eleas Aufmerksamkeit wurde jedoch plötzlich von zwei Türmen erregt, die das festungsähnliche Schloss deutlich überragten und deren Durchmesser im Vergleich zu den anderen Türmen fast doppelt so groß war. Einer der beiden Türme, jener der den anderen sogar noch um einige Fuß an Höhe übertraf, endete in einem kegelförmigen Dach, während der andere, mit einer Plattform ab-

schloss, die von Zinnen umsäumt war. Auf dieser Plattform konnte Elea eine Vorrichtung ausmachen, die aus dieser Entfernung wie eine überdimensionale Armbrust aussah. Finlay achtete gar nicht auf sie und sprach einfach weiter. „Dass ich ausgerechnet an dem Tag in Moray war, als Ihr ankamt, war Zufall oder Schicksal. Je länger ich aber darüber nachdenke, desto eher glaube ich an letzteres." Zu ihr gewandt sprach er weiter. „Elea, Ihr seid von großer Bedeutsamkeit. Darrach hat jedenfalls über Euch etwas in den alten Schriften entdeckt, was ein Gelehrter vor wer weiß wie vielen Jahren niederschrieb. Ihr seid wichtig und der Drache ebenfalls. Also denke ich, dass ich..." Jetzt erst bemerkte er, dass er überhaupt nicht mehr Eleas ungeteilte Aufmerksamkeit hatte. „Was ist los? Hört Ihr mir eigentlich noch zu? Wieso starrt Ihr die ganze Zeit zu den Türmen hinauf?", wollte er etwas verärgert wissen. „Um genau zu sein, starre ich nur auf diesen Turm mit den Zinnen." Elea zeigte auf den Turm mit der riesigen Armbrust. Ein – für sie angesichts ihrer neuen Lebenssituation – grausamer Verdacht hatte sie im Laufe der Betrachtung des Turmes beschlichen. „Was steht da auf der Plattform? Ist das eine Armbrust?", fragte sie mit zaghafter Stimme. „Ja. Das ist der Drachenturm. Er wurde von einem meiner Vorfahren gebaut und mein Vater hat ihn wiederherstellen lassen, da er während des Krieges gegen Feringhor zerstört worden war." Seitdem ihre Bestimmung ihren Lauf genommen hatte, schnürte sich Eleas Kehle wahrscheinlich zum hundertsten Male zusammen. Obwohl sie ihrem Drachen noch nicht persönlich begegnet war, war sie von der Vorstellung, dass er ein potentielles Ziel dieser Waffe sein könnte, deren Pfeile mindestens die Ausmaße eines Speers oder einer Lanze haben musste, mehr als erschüttert. „Wurden mit dieser Waffe Drachen vom Himmel abgeschossen?" Finlay reagierte etwas ungehalten auf diese Frage. „Wozu sollte er denn sonst dienen? Drachen sind gefährliche Wesen, wenn nicht sogar die gefährlichsten überhaupt." *Nein. Es gibt noch gefährlichere: böse Zauberer.* Elea hatte plötzlich keine Lust mehr auf einen weiteren Rundgang. Dies brachte sie nun lautstark und äußerst aufgebracht zum Ausdruck, sodass auch ihre beiden Aufpasser jedes einzelne Wort verstehen konnten, obwohl sie ein paar Schritte entfernt an der Mauer gelehnt standen. „Ehrlich gesagt, Finlay, habe ich mir den Ausflug mit Euch zur Ablenkung von dem unerfreulichen Ereignis, das mir bevorsteht, anders vorgestellt. Erst führt ihr mir die Monstrosität des Akrachóns schonungslos vor Augen, ohne es noch nebenbei zu versäumen, die gefährlichen Wölfe zu erwähnen. Dann zeigt Ihr mir das königliche Heer, das an Größe wahrscheinlich in der Geschichte des Menschenvolkes seinesgleichen sucht. Und schließlich muss ich noch einen Turm mit einer überdimensionalen Armbrust entdecken, dessen einziger Zweck darin besteht, Drachen vom Himmel zu schießen. Möglicherweise der Drache, auf dem ich irgendwann sitzen werde. Und wenn ich mich jetzt so umschaue, haben wir nicht einmal die Hälfte unseres Ausflugs hinter uns. Wer weiß, was mich noch alles erwartet!"

Elea hatte sich regelrecht in Rage geredet. Ihr Atem ging fast so schnell wie nach einem ihrer Läufe durch den Wald. Sie warf Finlay Blicke zu, von denen er glaubte, dass jeden Moment Blitze aus ihnen schießen würden, um ihn niederzustrecken. Er begann sich verlegen zu räuspern und unsicher die Haare zu raufen, eine Eigenart, die er mit Maél offensichtlich gemein hatte. Kleinlaut setzte er zu einer Entschuldigung an. „Ihr habt recht. Ich weiß gar nicht, wie ich auf diese törichte Idee kommen konnte. Mein Ziel war wirklich Euch frische Luft und Ablenkung zu verschaffen. Das ist mir wohl mehr als missglückt. Verzeiht!" Er kam auf die vor Erregung zitternde Frau zu und schloss sie unvermittelt in die Arme. Elea war im ersten Moment über diese völlig unerwartete Geste des Prinzen so überrascht, dass sie den naheliegenden Reflex, sich aufgrund ihrer noch nicht lange währenden Bekanntschaft aus seiner Umarmung zu befreien, nicht nachkommen konnte. Nach ein paar Atemzügen war sie jedoch schon froh darüber, ihn nicht weggestoßen zu haben, da sie fühlte, dass seine Nähe sie tröstete und sogar etwas Vertrauliches an sich hatte. Sie konnte deutlich sein aufrichtiges Mitgefühl spüren. Jetzt hatte sie die Gewissheit, dass sie in Finlay jemand gefunden hatte, dem sie vertrauen und auf den sie jederzeit zählen konnte. Er würde für sie ein wichtiger Freund in ihrem neuen Leben sein, vielleicht ebenso wichtig wie Maél, wenn auch auf eine ganz andere Weise. Die beiden verharrten eine ganze Weile so, bis das Zittern und das aufgeregte Atmen Eleas wieder nachgelassen hatten. Erst dann ließ Finlay die junge Frau aus seiner Umarmung frei und lächelte sie zu ihrer Verblüffung spitzbübisch an. „Eure spitze Zunge steht der meiner Mutter wirklich in nichts nach. Für meinen Vater wäre es wieder ein Hochgenuss gewesen, Eure bissigen Worte zu hören. – Also gut. Ich denke, den Ausblick auf Moray erspare ich Euch. Aber der Blick in den Westen ins Königreich Boraya dürfte Euch nicht in Angst und Schrecken versetzen und anschließend können wir ja noch einen entspannten Spaziergang durch den Schlossgarten machen, wenn Ihr noch Lust dazu habt", schlug Finlay in aufmunterndem Ton vor. „In Ordnung. Zu viel mehr bin ich heute auch nicht mehr in der Lage. Ich habe die letzte Nacht so gut wie kein Auge zugemacht. Ich bin erst eingeschlafen, als es draußen schon hell wurde. Mit der frischen Luft, die ich heute geschnappt habe, werde ich sicher so gut wie ein Baby schlafen." Dann hakte sie sich in den von Finlay galant hingehaltenen Arm ein und ließ sich von ihm weiter auf der Wehrmauer in westliche Richtung führen, wobei sie es tunlichst vermied, auch nur einen einzigen Blick nach Süden zu werfen, wo sie in zwei Tagen das Grauen erwarten sollte.

Die Dunkelheit des herannahenden Abends hatte sich schon früher über das Schloss gelegt, da der immer heftiger gewordene Wind einen dichten Wolkenteppich über Moray herangefegt hatte. Als Elea am späten Nachmittag in ihr Zimmer zurückkehrte, war sie zum Umfallen müde. Nach der Aussichtstour auf der Wehrmauer schlenderte sie mit Finlay noch eine Weile im Schlossgarten umher, obwohl sie eigentlich kaum noch die Augen aufhalten konnte. Sie gingen schweigend nebeneinander her. Elea fiel dabei auf, dass es diesmal kein unangenehmes Schweigen war, ähnlich wie sie es auch mit Maél erlebt hatte. Sie warf immer wieder einen Blick auf Finlays Profil, der irgendwelchen Gedanken nachhing und sie an seiner Seite gar nicht mehr so richtig wahrnahm. Sie mochte ihn und sie konnte sich gut vorstellen, dass er und Maél, so wie er sich die letzten Wochen wieder zum Guten verändert hatte, einst die besten Freunde waren.

In ihrem Zimmer angekommen warf sie sofort den Umhang von ihren Schultern und zog ihre Stiefel aus. Dabei bemerkte sie das Nachtkleid, das Belana demonstrativ auf dem Bett ausgebreitet hatte. Da sie nicht erneut am nächsten Tag den Unwillen der Ersten Hofdame auf sich ziehen wollte, machte sie sich mit trägen Bewegungen daran, die Schnüre an ihrem Rücken zu öffnen. Sie stellte sich vor den Spiegel der Frisierkommode. Endlich hatte sie es geschafft, das Mieder ein paar Fingerbreit zu weiten, sodass sie das Kleid samt Rock mit ein paar, nahezu akrobatischen Bewegungen über ihren Kopf ziehen konnte. Dabei löste sich auch das Kopftuch. Schließlich folgte das weich fließende Hemd. Als sie sich nackt im Spiegel sah, fielen ihr urplötzlich die Höcker ein, die ihren Rücken verunzierten. Sie drehte sich um, um nachzusehen, ob sie noch gewachsen waren. Ein Stein fiel ihr vom Herzen. Sie waren es nicht. Rasch ergriff sie das Nachtkleid vom Bett und zog es über. Kaum hatte sie sich auf das Bett gesetzt, klopfte es an der Tür, die einen Augenblick später auch schon aufschwang und Belana einließ. Sie trug ein Tablett mit dampfenden Speisen darauf, das sie auf die Frisierkommode stellte.

„Bevor Ihr Euch schlafen legt, werdet Ihr noch etwas essen müssen, Elea. Ich muss darauf bestehen. Eine Mahlzeit am Tag genügt nicht. In ein paar Tagen müsst Ihr Euch schon wieder auf eine neue Reise begeben, die zweifelsohne strapaziöser wird als die erste. Bis dahin möchte ich, dass Ihr bei Kräften bleibt. Also steht bitte auf und esst noch etwas. Ich werde solange Euer Haar für die Nacht herrichten. Euer Nachtgewand habt Ihr ja bereits an, wie ich sehe."

Elea erhob sich seufzend und protestlos wieder vom Bett und setzte sich vor den Spiegel. Müde und lustlos begann sie zu essen. Sie schaute sich gar nicht mal richtig die Speisen an. Sie aß einfach, um Belana zufrieden zu stellen und um möglichst schnell unter die warme Felldecke schlüpfen zu können. Belana musterte sie nur mit prüfendem Blick und hielt sich mit Fragen bezüglich des Ausfluges mit Finlay zurück. Nachdem sie Elea zum Schlafen einen Zopf geflochten hatte, räumte sie noch mit einem tadelnden Blick die von Elea achtlos auf den Boden geworfenen Kleidungsstücke auf. Dann erlöste sie die junge Frau, die vor Müdigkeit kaum noch gerade auf dem Stuhl sitzen konnte. Sie führte sie zum Bett, deckte sie wieder wie ein kleines Kind zu und konnte nicht umhin, ihr einen Gutenachtkuss auf die Stirn zu geben. Daraufhin verließ sie das Zimmer. Elea konnte gerade noch hören, wie der Schlüssel im Schloss herumgedreht wurde. Einen Wimpernschlag später war sie bereits eingeschlafen.

Kapitel 9

Den letzten Tag vor dem Drachenfest verbrachte Elea ausschließlich auf ihrem Zimmer, was ihr nach dem aufregenden Tag zuvor und dem noch aufregenderen Tag, der folgen würde, nicht ungelegen kam. Belana stürzte wie immer schwungvoll in ihr Zimmer. Elea war schon lange wach und hatte vor lauter Langeweile das gesamte Schuhsortiment probiert. Anfreunden konnte sie sich mit keinem einzigen Paar. Ihr Magen rebellierte auch schon geraume Zeit lautstark, sodass die junge Frau ausnahmsweise mal die Erste Hofdame überschwänglich begrüßte, als sie mit ihrem Frühstück das Zimmer betrat. Elea trug immer noch ihr Nachthemd, das sie an diesem Tag auch nicht auszuziehen gedachte, worüber Belana selbstverständlich im ersten Moment nicht begeistert war. Doch da sie das Zimmer an diesem Tag ohnehin nicht verlassen musste und die meiste Zeit im Bett verbringen würde, ließ die Hofdame sie gewähren. Während sie hungrig und weniger manierlich als sonst das Frühstück einnahm, was Belana ebenfalls nur mit hochgezogener Augenbraue zur Kenntnis nahm, informierte die ältere Frau sie über den Ablauf des nächsten Tages. Die zeitaufwendigste Vorbereitung würde ihr Haar benötigen, da Belana sich eine ausgefallene und komplizierte Frisur ausgedacht habe, von der sie nicht sicher war, ob sie ihr überhaupt gelingen würde. Elea konnte nicht umhin, die Augen zu verrollen. „Belana, warum macht Ihr Euch so viel Arbeit mit meinem Haar? Lasst es doch einfach offen! So kommt es doch am besten zur Geltung. Und das ist es doch, was König Roghan letztendlich will."

„Elea, lasst Euch einfach überraschen. Ich kenne Euch nun schon lange genug, um zu wissen, dass Euer Haar Euch nur eine Last ist und ihr es schändlich vernachlässigt. Aber Ihr werdet vielleicht sogar angenehm überrascht sein, wenn Ihr seht, was für eine Frisur ich mir zu dem Kleid, das Ihr tragen werdet, einfallen ließ. Ich verspreche Euch auch, so wenig Nadeln wie möglich zu verwenden." Elea seufzte laut. „Also schön. Meinetwegen. Wenn Euch so viel darin liegt."

„Ja. Mir liegt sehr viel daran. Euer Haar ist nicht gerade alltäglich und ich meine jetzt nicht die drei roten Strähnen oder die Tatsache, dass es bei Nacht rot glüht. Es ist zugleich wunderschön und widerspenstig wie Ihr selbst es seid, sodass es geradezu eine Herausforderung ist, es zu bändigen. Eine Herausforderung, die ich jedoch gerne annehme. – Also ich werde morgen recht früh zu Euch hereinschneien. Deshalb geht früh zu Bett, damit Ihr ausgeschlafen seid. Ich werde heute nicht mehr vorbeischauen. Ich habe noch einiges vorzubereiten. Sie drehte sich schon zum Gehen um, als Ihr noch etwas einfiel. „Ach ja, Elea. Ähm... Ihr wisst sicherlich schon, dass Maél Euch begleiten wird, auf dem Weg zum Drachonya-Platz. Also ich habe versucht, König Roghan davon zu überzeugen, dass Finlay es genauso gut machen könnte. Aber er ließ sich nicht davon abbringen. Es tut mir leid, aber Ihr werdet diesen seelenlosen Kerl ertragen müssen."

„Belana, macht Euch wegen ihm keine Sorgen. Ich werde so mit mir und meiner Angst vor dem Volk und der Stadt beschäftigt sein, da könnte, glaube ich, ein Rachegott, neben mir stehen. Ich würde ihn nicht wahrnehmen", sagte Elea in verbittertem Ton. „Kind, es wird alles halb so schlimm werden! Glaubt mir!" Belana lächelte Elea noch aufmunternd zu und atmete laut seufzend die Luft aus, während sie das Zimmer verließ. Elea aß noch sämtliche Teller und Schüsselchen leer und trank zwei Becher Tee, bevor sie sich schwerfällig nach dem reichlichen Essen aufs Bett warf. *Maél! Was wird nur aus uns werden? Was wird geschehen, wenn ich den Drachen gefunden habe?* Sie wurde mit einem Mal von solcher Sehnsucht nach ihm ergriffen, dass sie sich kurzerhand wieder vom Bett erhob und ihren Rucksack holte. Wieder auf dem Bett sitzend holte sie das Beutelchen mit seinen abgeschnittenen Haaren heraus und roch hinein. Es war nur noch ein Hauch seines Duftes wahrzunehmen. Anschließend überprüfte sie noch den Inhalt des Rucksacks. Sie würde auf jeden Fall noch Unterwäsche und wärmere Kleidung für die Reise in den Akrachón brauchen. Ihre kleine Tasche mit den Arzneimitteln musste sie auch noch auffüllen. Verbandsmaterial hatte sie gar keines mehr und Weidenrindentee, Arnikatinktur und Wundsalbe waren auch so gut wie aufgebraucht. Sie steckte wieder alles in den Rucksack zurück und streckte sich auf dem Bett aus. Außer das Knacken der Holzscheite vernahm sie keine Geräusche. Das Warten auf das nächste Knacken wirkte jedoch so einlullend, dass Elea schon nach einer kurzen Weile in einen tiefen Schlaf gesunken war.

Die junge Frau steht mit geschlossenen Augen aufrecht da. Sie sieht aus, als schliefe sie. Ihre Arme hängen locker an ihrem Körper hinunter. Sie ist von einem warmen, orangeroten Licht umgeben, das von allen Seiten glitzernd reflektiert wird. Plötzlich fühlt sie etwas Kühles und Nasses unter ihren Füssen. Sie schlägt die Augen auf, um nachzusehen, woher diese kühle Nässe herrührt. Es ist Schnee, der unter ihren nackten Füssen und zwischen ihren Zehen schmilzt. Ihre Füße sind nicht nur warm, sondern glühend heiß. Genau genommen glüht ihr ganzer Körper. Aber es ist kein krankhaftes Glühen wie bei Fieber. In ihrem Innern ist eine Hitze, die sich wellenartig in ihrem ganzen Körper ausbreitet und immer stärker wird. Ihr dünnes Nachthemd klebt schweißdurchnässt auf ihrer Haut. Sie lässt ihren Blick umherschweifen und sieht überall Schnee. Wie eine undurchdringliche Wand ist er überall um sie herum... Ein Gefängnis aus Schnee. Nirgends ist eine Öffnung zu sehen. Noch dazu scheint die Wand aus Schnee, immer näher zu kommen. Deshalb wagt sie einen Blick nach oben und sieht direkt in ein riesiges Auge, das auf sie niederschaut, wie durch das offene Dach eines runden Turmes. Das Auge blinzelt. Es hat nichts von einem menschlichen Auge. Es glitzert goldgelb. Und seine Pupille ist nicht rund, sondern ein Schlitz, der die Iris senkrecht in zwei Hälften teilt. Der Turm aus Schnee zieht sich immer enger um sie zusammen. Auch die Öffnung, durch die das Auge blickt, wird immer kleiner. Die Hitze in ihr ist nun kaum noch zu ertragen. Sie muss etwas unternehmen. Sie muss sich irgendwie abkühlen. Ihre heiß glühenden Füße haben bereits aus dem Schnee, auf dem sie stehen, eine riesige Pfütze gemacht. Urplötzlich rennt sie los, direkt in die Wand aus Schnee...

Elea fuhr aus ihrem Traum hoch, ausgerechnet an der spannendsten Stelle. Jemand rüttelte sie heftig an der Schulter. „Elea, habt Ihr mir einen Schrecken eingejagt! Ich dachte schon, Ihr seid... Ich habe Euren Namen mindestens sechs Mal laut gerufen und ihr habt nicht reagiert."

„Ja. Ja. Ich weiß. Das höre ich nicht zum ersten Mal. – Was wollt Ihr?", wollte Elea ungeduldig und etwas ungehalten wegen der Störung wissen. „ Ich bringe Euch das Abendessen. Eigentlich ist es noch zu früh. Belana wollte es aber so. Ich hätte es Euch einfach nur hingestellt und wäre wieder gegangen, wenn ich nicht noch Eure Beinlänge für die Hose, die ich Euch aus Fell nähe, messen müsste. Eure anderen Körpermaße habe ich ja bereits. Es tut mir leid, dass ich Euch geweckt habe." Elea erwiderte mit wesentlich freundlicherer Stimme: „Es tut mir leid, dass ich ebenso schroff reagiert habe. Aber Ihr habt mich an einer Stelle eines Traumes geweckt, bei der ich wahnsinnig gern gesehen hätte, wie er weitergegangen wäre." Sie sprang aus dem Bett und stellte sich bereitwillig vor Lyria. „Also, Ihr näht mir warme Kleidung für die Reise in den Akrachón. Dem Himmel sei Dank! Ich habe mir schon ernsthaft Sorgen gemacht, wie ich mit meinen einfachen Leinenhosen und meiner Lederkleidung dort überleben soll."

„Ich versichere Euch, mit der Fellkleidung, die Ihr problemlos über Eure Kleidung tragen könnt, werdet Ihr nicht so schnell frieren."

„Ihr kennt mich nicht. Mein Schicksal ist es, ständig in die unmöglichsten Situationen zu geraten, in denen ich friere, und zwar so sehr, dass meine Zähne klappern und ich auf die Wärme eines anderen Körpers angewiesen bin." Lyria hielt in ihrer Arbeit inne und sah Elea verständnislos an. Elea erschrak über diese Äußerung. Wie konnte sie sich nur dazu hinreißen lassen? Rasch sprach sie weiter. „Wie dem auch sei. Ich bin Euch sehr dankbar, dass Ihr mir auf die Schnelle warme Kleidung näht. - Ist denn das Kleid, das ich morgen tragen soll, schon fertig?"

„Meine Arbeit daran ist beendet. Belana kümmert sich noch um die schmückenden Feinarbeiten. – So! Ich bin fertig. Ihr könnt jetzt wieder ins Bett gehen. Wir sehen uns morgen früh. Habt eine gute Nacht!" Elea konnte der Näherin gerade noch eine gute Nacht hinterher rufen, bevor sie auch schon wieder die Tür hinter sich verschloss. *Schmückende Feinarbeiten!? Was soll das denn schon wieder heißen!? Muss sie aus allem, was sie für mich macht, ein Meisterwerk machen?* Sie zog sich verärgert ihren Umhang über und ging zum Fenster, um es zu öffnen. Vom Abend war noch nichts zu bemerken. Es war noch helllichter Tag. Allerdings herrschte ein tristes, nasskaltes Regenwetter, bei dem man am besten das Bett nicht verlassen sollte. *Auch das noch! Hoffentlich hat Belana das Wetter in ihre Überlegungen für meinen Auftritt miteinbezogen!* Elea ließ ihren Blick durch den Schlossgarten schweifen, um zu sehen, ob sich jemand darin aufhielt. Tatsächlich konnte sie am Teich eine Gestalt von weitem ausmachen, die sie auch auf der Stelle erkannte. Ihr liefen sogleich kalte Schauder den

Rücken hinunter und die Kälte, die sie durch das geöffnete Fenster ohnehin schon als unangenehm empfand, ging in eine Eiseskälte über. Es war Darrach. Er hatte seine Augen auf sie geheftet. Sein Gesichtsausdruck blieb Elea glücklicherweise aufgrund der Entfernung erspart. Sie hatte jedoch eine genaue Vorstellung davon. Kaltherzige Augen und ein höhnischer, verächtlicher Zug um seinen Mund waren seine unverkennbaren Merkmale. *Was findet nur König Roghan an einem so unangenehmen Menschen?* Elea schloss rasch wieder das Fenster. Und um ganz sicher zu gehen, falls Darrach es vielleicht durch irgendwelche Zauberkräfte gelingen würde, durch ihr Fenster zu sehen, schob sie noch den Holzladen davor, den sie seit ihrer ersten Nacht hier auf dem Schloss nicht wieder bewegt hatte.

Sie setzte sich an die Frisierkommode, um ihr Essen genauer zu beäugen. Es waren alles leckere Speisen und nicht die Spur von Fleisch war zu sehen. Entweder hatte Jadora die Erste Hofdame über ihre Vorlieben genauestens informiert oder Belana kannte sie bereits wirklich schon so gut, um zu wissen, dass Fleisch derzeit ganz unten auf ihrer Liste stand. Sie aß, obwohl sie eigentlich noch keinen Hunger verspürte. Doch die Vorstellung noch einmal das gemütliche Bett bei dem halb heruntergebrannten Feuer verlassen zu müssen, war nicht gerade verlockend. Nach dem Essen verrichtete sie noch ihre Notdurft in einem Eimer in einer Ecke des Zimmers, die dezent hinter einem Wandschirm verborgen blieb. Anschließend kuschelte sie sich wieder unter die weiche Felldecke und gab sich schönen Erinnerungen an Maél hin, bis sie davon eingeschlafen war.

Der Tag des Drachenfestes begann genauso wie von Belana angekündigt. Der Morgen war gerade im Erwachen begriffen – ein erst zaghaftes Schimmern war im Osten zu erahnen – da sprang bereits Eleas Tür ohne Anklopfen auf und Belana trat voller Tatendrang mit einer ganzen Schar Dienerinnen ein, von denen jede einzelne etwas vor sich hertrug. Elea war bereits wach und musste sich eingestehen, dass sie froh über die nun beginnenden Vorbereitungen um ihre Person war. Diese würden sie von dem grauenvollen Abend ablenken, der wie ein riesiger Schatten über ihr lauerte. Am liebsten wäre es ihr gewesen, wenn es jetzt schon so weit wäre und sie es endlich hinter sich bringen konnte. Auf unangenehme, wenig erfreuliche Dinge zu warten, war ihr schon immer ein Gräuel. So war es schon immer gewesen und so würde es wahrscheinlich ihr Leben lang bleiben. Als Albin sie vor Jahren noch mit nach Rúbin nahm, sah sie schon Tage vorher diesen Dorfbesuchen mit gereizter Ungeduld entgegen. Sie hasste es, dass sich ihr ganzes Denken nur darum drehte, bis dieser entsetzliche Tag endlich anbrach. Deshalb stürzte sie sich dann wie eine Irre in irgendwelche Tätigkeiten – zum Teil auch sinnlose – nur um sich abzulenken.

Belana schickte Elea wieder unter die Felldecke, da sie erst einmal das Zimmer richtig durchlüften und dann ein schönes großes Feuer im Kamin entfachen wollte, während alles für das Baden von den Dienerinnen vorbereitet wurde. Dem Mädchen war heute alles recht. Sollte doch Belana heute ungestört zu ihrem nicht alltäglichen

Vergnügen kommen und aus ihr ihr Meisterwerk machen. Am folgenden Tag würde alles vorbei sein und sie könnte dem nächsten, wahrscheinlich ebenso wenig erbaulichen Ereignis ins Auge sehen. *Langsam muss ich mich an die unangenehmen Dinge in meinem Leben als Drachenreiterin und Retterin des Menschenvolkes gewöhnen.* Elea seufzte so laut bei diesem Gedanken, dass mindestens fünf Augenpaare gleichzeitig auf ihr verharrten. Belanas Blick verriet Besorgnis und gewisse Anteilnahme. Deshalb wollte sie Elea etwas erlauben, was sie unter normalen Umständen nie gutheißen würde, da es sich für eine Dame am Hofe nicht ziemte. „Elea, es ist jetzt noch etwas kühl im Zimmer. Deshalb schlage ich vor, ich stelle Euch das Tablett auf das Bett, dann könnt Ihr schon einmal eine Kleinigkeit zu Euch nehmen. " Elea nickte zustimmend und begann von dem noch warmen Brot und dem Käse zu essen, während ihr gemütliches Zimmer zu einer Badeoase umfunktioniert wurde.

Die Tagesmitte war bereits fast erreicht. Alle Dienerinnen samt Badezuber hatten, mit Ausnahme von Lyria, die Belana beim Frisieren unterstützte, das Zimmer verlassen. Belana hatte Eleas Stuhl – vom Spiegel der Frisierkommode abgewandt - in die Mitte des Zimmers gestellt, wo zuvor noch der Badezuber stand. Elea sollte sich erst sehen, wenn sie das Kleid anhatte und die Frisur fertig war, was aber noch in weiter Ferne zu sein schien. In warme Tücher eingewickelt beobachtete sie, wie Belana ihr unzählige, dünne Strähnen zu Zöpfen flocht und dies konnte noch dauern, da Elea sehr dickes Haar hatte. Lyria stand geduldig neben der Ersten Hofdame und reichte ihr von Zeit zu Zeit weiße, glänzende Bänder, die die Hofdame um die Zöpfe band. Einmal legte Belana eine kleine Pause ein, in der sie Elea wieder ein Tablett mit Essen auf den Schoß stellte, von dem sie sich auch nicht gerade damenhaft bediente. Sie stand kauend vor der jungen Frau. „Was mache ich nur mit Eurem Gesicht?"
„Was meint Ihr damit?", wollte Elea beunruhigt wissen. „Euer blaues Auge sticht immer noch trotz eures dunklen Teints hervor. Aber schminken möchte ich Euch auch nicht. Das passt nicht zu Eurer wilden, natürlichen Schönheit. Aber irgendetwas muss ich machen, um den Bluterguss zu verdecken." Plötzlich räusperte sich Lyria. „Ja, Lyria. Hast du eine Idee?"
„Wie wäre es, wenn Ihr etwas Goldstaub um die Augen und auf die Wangen auftragen würdet. Es kaschiert, ist aber so dezent, dass es Eleas natürlicher Schönheit keinen Abbruch tut, sie aber dafür noch unterstreicht." Ein Strahlen breitete sich über Belanas Gesicht aus. „Lyria, das ist eine geniale Idee! Genauso machen wir es. – Ihr habt doch nichts dagegen Elea, oder?", fragte Belana höflichkeitshalber, um es nicht so aussehen zu lassen, als ob alles über den Kopf der jungen Frau hin entschieden würde. Elea nickte nur stumm und genoss die Pfannkuchen mit süßem Honig. Allerdings eine kleine Bemerkung, die Belanas enthusiastische Stimmung jäh dämpfte, konnte sie sich nicht verkneifen. „Ich hoffe nur, dass Lyria, als sie meine Maße für das Kleid nahm, berücksichtigt hat, dass ich die letzten Tage hier auf dem Schloss regelrecht gemästet wurde." Nach diesen Worten stopfte sie sich genüsslich ein riesiges

Stück Pfannkuchen in den Mund und schaute lächelnd in die vor Entsetzen aufgerissenen Augen Belanas. Diese nahm sofort Elea das Tablett wieder weg und sah dann mit zugleich fragendem und ängstlichem Blick auf Lyria, auf deren Gesicht eine Spur von Besorgnis abzulesen war. „Also, ich habe in der Tat daran gedacht, Herrin, dass Elea durch das reichhaltige Essen am Hofe wieder zunehmen würde. Deshalb habe ich überall einen Fingerbreit dazugegeben. Ich hoffe nur, dass das reichen wird." Belana hielt sich die Stirn, als habe sie auf einmal Kopfschmerzen. „Das hoffe ich auch, sonst haben wir ein Problem. Und ich glaube, um das zu lösen, müssten wir mehr als genial sein. Dann müssten wir zaubern können." Elea musste schmunzeln über die Aufregung und Unsicherheit, die sie unter den beiden Frauen ausgelöst hatte. Sie lehnte sich wieder entspannt zurück, überließ sich Belanas Haarkünsten und beobachtete amüsiert, wie diese Lyria von Zeit zu Zeit beunruhigte Blicke zuwarf.

Etwa zur gleichen Zeit stand Maél mitten im Arbeitszimmer von Darrach. Diesmal hatte ihm der Zauberer keinen Stuhl angeboten. Als er das Arbeitszimmer betrat, fiel ihm sofort das Chaos auf, das hier herrschte. Die Schriftrollen und Bücher waren größtenteils nicht mehr ordentlich in den Regalen eingeräumt, sondern lagen darin kreuz und quer übereinander. Jene, die auf dem Boden bei seinem letzten Besuch noch in Reih und Glied aufgestapelt waren, bildeten jetzt einen Haufen, als ob Darrach sie einfach achtlos nacheinander auf den Boden geworfen hätte. Das Chaos des Zimmers spiegelte sich auch in dessen Gesicht wider. Er sah noch schlechter aus, als bei der letzten Begegnung. Er schien noch magerer und sein Teint war von einem krankhaften, fahlen Grau, was sicherlich daher rührte, dass er viele Wochen kaum einen Fuß aus diesem stickigen Zimmer setzte und seinen Körper schändlich vernachlässigte. Nun saß er kerzengerade an seinem Schreibtisch, der ungewöhnlicherweise wie leergefegt war. Einzig Eleas Stab lag vor ihm. Bevor der Zauberer zu sprechen begann, musterte er den hochgewachsenen Mann ausgiebig mit seinem gewohnt abschätzigen Gesichtsausdruck. Maél stand in einer bequemen, breitbeinigen Haltung vor ihm mit den Händen auf dem Rücken und wartete geduldig darauf, dass er das Wort an ihn richtete. Endlich begann er zu sprechen. „Maél, ich habe ebenso wie Roghan einen Auftrag für dich. Es ist weniger ein Auftrag, sondern mehr eine Veränderung in deinem Verhalten und in deinem Wesen, die ich von dir verlange. Sie ist unerlässlich für einen erfolgreichen Ausgang unseres Vorhabens." Maél konnte nicht widerstehen, eine Frage zu stellen. „Welches Vorhaben meinst du? Den Drachen zu finden und ihn und das Mädchen zu kontrollieren?" Maél entging nicht, wie sich der Blick des Zauberers veränderte. Er fixierte ihn misstrauisch und alarmiert mit einem Adlerblick, als ob er in den Augen des jungen Mannes etwas lesen könnte. „Ja. So in etwa. Darum geht es letztendlich. – Du wirst dich ab sofort dem Drachenmädchen gegenüber anständig verhalten. Du wirst sie mit Samthandschuhen anfassen und dich von deiner besten Seite zeigen. Das dürfte auch in deinem Interesse sein, in Anbetracht der Tatsache, dass du sie zu besitzen begehrst. Nach allem, was du ihr bisher angetan hast, wirst du dich reichlich anstrengen müssen, um sie für dich zu gewinnen." Maél konnte nicht glauben, was er da aus Darrachs Mund hörte. Er verlangte tatsächlich von ihm, sich bei Elea einzuschmeicheln. *Verdammt! Ich wusste es. Irgendetwas Bedeutsames verheimlicht er mir.* Maéls schauspielerisches Talent war nun gefragt. „Weißt du, was du da von mir verlangst? Ich soll den galanten Verehrer spielen und mit diesem anstrengenden und kratzbürstigen Frauenzimmer Süßholz raspeln, wo ich ihr doch viel lieber das Fürchten lehren und mir bei ihr den nötigen Respekt verschaffen will?"

„Trotz deiner Unfähigkeit Zuneigung zu empfinden, übst du, meine ich zu glauben, eine gewisse Faszination auf die Damenwelt aus. Nicht zuletzt auch deshalb, weil du ein stattlicher, gutaussehender junger Mann bist, der mit Fähigkeiten ausgestattet ist, die die Herzen der Frauen höher schlagen lassen. Von diesen Fähigkeiten hat Elea sicherlich einige Kostproben auf eurer Reise zu sehen bekommen. Wenn ich da nur an deine Befreiungsaktion denke." Maél setzte eine grimmige Miene auf und hielt seine Hände zu Fäusten geballt an seinen Seiten. Dabei flammte wieder der stechende Schmerz in seiner Hand auf und jagte seinen Arm hoch. „Sie ist anders als alle Frauen, die mir jemals begegnet sind. Sie wird sich nicht von mir umgarnen lassen." Darrach erhob sich sehr langsam von seinem Stuhl. Maél war sich nicht sicher, ob es aus Schwäche war oder um seine Überlegenheit gegenüber ihm auszukosten, so wie er es häufig selbst mit seinen Opfern zu tun pflegte. Er kam auf ihn zu, blieb nicht einmal eine Armlänge vor ihm stehen und starrte mit einem hoch konzentrierten Blick auf den Schlangenring um Maéls Hals, der jedoch versteckt unter seiner Tunika lag. Maél spürte bereits die Kälte, die sich langsam vom Hals in seinen Körper fraß. „Dann wirst du dich eben anstrengen müssen. Ich werde bei dem Drachenfest zugegen sein. Wenn ich auch nur das geringste Fehlverhalten bei dir entdecke, dann weißt du, was dich erwartet. Also zügele deine impulsive Wut und Brutalität. Hast du verstanden?" Maél hatte das Gefühl, der Ring schnüre seine Kehle zu. Er konnte kaum noch atmen und zog reflexartig an dem Ring, der jedoch wie immer locker an der gewohnten Stelle auf seinen Schlüsselbeinen lag. Er nickte und presste ein ersticktes Ja aus seinem Mund heraus. Darrach ließ von ihm ab, sodass er wieder frei atmen konnte. Die Kälte zerrte jedoch immer noch an seinem Herzen und an seinen Eingeweiden. Der Zauberer sah Maél mit einem drohenden Blick unentwegt in die Augen, sodass er es nicht wagte, sich zu rühren, auch wenn er kaum dem Bedürfnis widerstehen konnte, den dürren Mann mit seinen bloßen Händen zu zerquetschen. Darrach sprach weiter. „Im Übrigen habe ich meine Reisepläne geändert. Ich werde vorerst in Moray bleiben, da ich auf eine heiße Spur bezüglich der Identität unseres Gastes gestoßen bin. Ich werde ein paar Tage später nachkommen. Du weißt ja, ich finde dich überall, auch im kleinsten Rattenloch. Jadora und eine Handvoll von ihm ausgewählter Männer werden dich und das Mädchen begleiten. Je kleiner die Gruppe, desto weniger Ausrüstung müsst ihr mitnehmen und desto schneller werdet ihr vorankommen. Je nachdem, wie weit Elea euch in den Akrachón hineinführt, werdet ihr ohnehin ohne Pferde auskommen müssen, sodass ihr euer Gepäck selbst tragen müsst. König Roghan möchte, dass ihr übermorgen aufbrecht. Ein Tag müsste dir genügen, um deine Habseligkeiten zu packen. – Bevor ihr aufbrecht, werde ich dich für eine letzte Unterredung holen lassen. Also halte dich bereit! Ebenso werde ich mit Elea noch ein intensives Gespräch unter vier Augen führen. Geh jetzt und bereite dich auf deinen Auftrag als Leibwache unseres Gastes vor! Und vergiss nicht, ich werde dich im Auge behalten!"

Der Zauberer wandte sich von Maél ab und begab sich wieder zu seinem Stuhl am Arbeitstisch. Maél musste erst dreimal tief durchatmen, bevor er sich von der Stelle fortbewegen konnte – und dies auch nur unter großer Anstrengung. Seine Glieder fühlten sich vor Anspannung fast so steif an, wie damals als er im Sumpf von den grün leuchtenden Kreaturen umzingelt war. Nachdem er die Tür hinter sich geschlossen hatte, ging er mit verkrampften Schritten in einen Trab über, um möglichst schnell an die frische Luft zu kommen. Er hatte das Gefühl, sich gleich übergeben zu müssen. Im Schlosshof angekommen, musste er den Drang unterdrücken, seinen Frust über die Hilflosigkeit gegenüber Darrach laut hinauszuschreien. Krieger trafen in großer Geschäftigkeit die letzten Vorbereitungen für den Auftritt von König Roghan und Elea. Aus dem Augenwinkel sah Maél, wie sich eine Gestalt von einer Wand löste und sich eilig ihm näherte. *Finlay! Mir bleibt heute auch gar nichts erspart!* Ohne den auf ihn zustürzenden Mann zu beachten, steuerte er auf den Stall zu. Finlay ließ sich von der offensichtlichen Abweisung nicht beeindrucken und heftete sich an Maéls Fersen, bis dieser im Stall an dem Unterstellplatz von Arok stehen blieb und sich ruckartig umdrehte, um ihm ins Gesicht zu blaffen. „Was willst du? Ich bin nicht zu irgendwelchen Gesprächen mit einem verliebten Ritter aufgelegt." Auf Finlays Stirn entstand eine steile Falte. „Was willst du damit sagen?"

„Tu nicht so, als wüsstest du nicht, wovon ich spreche! Das sieht doch ein Blinder, dass du Elea den Hof machst und dich jetzt offensichtlich als ihren Beschützer aufspielen willst. Ich muss dich aber enttäuschen. Nicht dir, sondern mir wurde diese wenig erfreuliche Aufgabe von deinem Vater zugedacht." Sprachlos über Maéls offene Worte, schnappte Finlay wutentbrannt nach Luft, und dies umso mehr, weil Maél ihn durchschaut hatte. „Oder was für ein Anliegen würde dich sonst in meine Nähe treiben?", bellte er Finlay zynisch entgegen. Dieser fand schließlich wieder seine. „Ich wollte dir nur zwei Dinge sagen: Erstens werde ich dich heute Abend im Auge behalten. Wenn du Elea auch nur ein Haar krümmst, dann werde ich dir auf der Stelle einen Pfeil mit einer Metallspitze in deinen verfluchten Körper schießen."

„Das höre ich heute nicht zum ersten Mal. Merkwürdig, wie jeder um das Wohl dieses widerspenstigen Weibs besorgt ist", fiel Maél ihm mit verächtlichem Ton ins Wort. „Und zweitens?"

„Zweitens kannst du dich schon einmal darauf einstellen, dass ich mich euch auf der Suche nach dem Drachen anschließen werde." Maéls höhnischer Zug um den Mund verschwand mit einem Schlag. Die bevorstehende Reise barg genügend Probleme, wenn auch eins – die Teilnahme Darrachs an der Suche – erst einmal aus der Welt geschafft war. An Eleas Liebe zu ihm war zwar nicht zu rütteln. Er kannte sie mittlerweile so gut, um zu wissen, dass sie nicht leichtfertig mit ihren Gefühlen umging. Dennoch brachte es sein Blut zum Kochen, wenn er sich nur vorstellte, dass Finlay sie genauso begehrte wie er. Er wollte schon zu einer lautstarken, missbilligenden Erwiderung ansetzen, als Finlay ihm zuvorkam. „Dass du darüber nicht begeistert bist, kann ich mir denken. Aber du wirst doch hoffentlich nicht so sehr von deinen Fähigkeiten eingenommen sein, als dass du euer Leben aus Stolz oder aus Verachtung mir gegenüber aufs Spiel setzt, angesichts der außerordentlichen Gefahren, in die ihr euch begebt. Du wirst jeden Mann gebrauchen können. So wie ich gehört habe, werdet ihr nicht mehr sein als bei eurer letzten Reise. Und du weißt sicherlich noch, dass ich nach dir der beste Schwertkämpfer im Königreich bin. Also überlege dir genau, was du jetzt sagst?" Maél schluckte die Worte, die ihm auf der Zunge lagen, zähneknirschend hinunter, und gab nur einen Knurrlaut von sich. Finlay hatte nicht unrecht. Ein Schwert mehr, das Elea beschützen könnte, konnte er nicht ablehnen. „Halte dich aber bloß fern von mir. Und im Übrigen viel Glück: Du wirst erst noch deinen Vater davon überzeugen müssen, es dir zu erlauben, was nicht einfach werden wird." Finlay hatte ihm bereits den Rücken zugedreht und sich in Bewegung gesetzt. Bevor er aus dem Stall trat, rief er ihm noch zu: „Mach dir deswegen keine Sorgen, Maél! Er wird es gar nicht erfahren. Ich werde erst zu euch stoßen, wenn ihr Moray längst hinter euch gelassen habt. – Und vergiss nicht! Heute Abend wird ein Pfeil auf dich gerichtet sein."

Maél öffnete die Tür zum Stand von Arok, der die ganze Zeit schnaubend den Kopf darüber gereckt hatte, um nachzusehen, warum sein Herr so lange brauchte, um sich ihm zuzuwenden. Er näherte sich seinem Pferd und blieb an seiner Seite stehen. Er legte seine Arme auf den Rücken des Tieres und presste seine Stirn, hinter der gerade ein Gedanke den anderen jagte, fest gegen das warme Fell. *Tagelang ergibt sich nicht das Geringste und heute werde ich gleich mit so viel Neuem konfrontiert.* Maél stand eine ganze Weile so an Arok gelehnt und atmete den intensiven Pferdegeruch ein. Er versuchte mit diesem vertrauten Geruch seine Nerven zu beruhigen. Der Gedanke, dass Darrach ihn und somit auch Elea die ganze Zeit beobachten würde, machte ihn wahnsinnig. Und die Tatsache, dass der Zauberer noch die feste Absicht hatte, allein Elea zu befragen, löste in ihm sofort wieder den Würgereiz aus, der ihn beim Verlassen seines Arbeitszimmers überkommen hatte. *Warum will er, dass ich sie für mich gewinne? Was bezweckt er damit?*

Darrach saß wie so oft an seinem Schreibtisch und starrte nachdenklich auf die Tür. Er war so müde und erschöpft wie noch nie. Schon seit Tagen arbeitete er ohne Pause, sogar die Nächte hindurch. Aber genau genommen waren die letzten Jahre, wenn er so zurückblickte, die anstrengendsten und zugleich aufregendsten, die er jemals durchlebt hatte. Er konnte sich nicht an einen einzigen Tag erinnern, an dem er sich nicht der Lektüre oder Übersetzung des kostbaren Gedankenguts der verschiedenen Gelehrten gewidmet hatte, die über Jahrhunderte hinweg ihr Wissen niedergeschrieben hatten. Alles begann mit dieser ungeheuerlichen Entdeckung, die er bei dem Entschlüsseln der alten Schriftrollen gemacht hatte – eine Entdeckung, die sein Leben verändern könnte. Der Zufall oder das Schicksal wollte es, dass die erste Schriftrolle, die er entschlüsselte auch diejenige war, die Wissen enthielt, was einem Zauberer wie Darrach besser hätte verborgen bleiben sollen. Diese Schriftrolle gab das Geheimnis um das Verschwinden von dem bösen wie mächtigen Zauberer Feringhor preis. Feringhors Plan war damals gewesen, sich mit einem überaus gefährlichen und mächtigen Dämon, namens M'urrok, zu vereinen, um die letzte, vernichtende Schlacht gegen die Menschen zu gewinnen. Dieser Dämon war jedoch schon vor vielen Hunderten von Jahren auf die dunkle Seite der Welt von den Drachen verbannt worden und wartete darauf, aus seinem Gefängnis befreit zu werden. Zu dieser finsteren Welt führte ein Portal, das sich im Akrachón befand. Als nun Feringhor kurz davor stand, dieses Portal mit seiner schwarzen Magie zu öffnen, verbündeten sich die letzten sieben Drachen mit dem damaligen König Locán und schafften es, auf wundersame Weise den bösen Zauberer ebenfalls auf die dunkle Seite zu verbannen. Sie versiegelten das Portal mit ihrer Lebensenergie. Nur ein Drache blieb zurück, als Wächter des Portals. Mit diesem bahnbrechenden Wissen machte sich Darrach daran, die Schriftrollen in unermüdlicher Arbeit zu entschlüsseln. Etwa ein Jahr später stieß er dann auf die Schriftrolle bezüglich der Auserwählten, die den letzten noch lebenden Drachen finden und reiten könne. Diese Auserwählte stellte nun die Schwachstelle des damals gefassten Plans der Drachen und der Menschen dar. Durch die ungewöhnliche, geistige Verbindung zwischen Drache und Drachenreiter sei es nämlich beiden zusammen möglich, das Portal wieder zu öffnen. Jetzt kam Maél ins Spiel. Denn Eleas Unberührtheit war nicht, wie er ihm und dem König glauben machte, notwendig zur Knüpfung des Bandes zwischen Drache und Reiter, sondern sie war für seine Pläne von viel folgenschwerer Bedeutung: Dem Mann, dem sie ihre Unschuld aus freien Stücken schenken würde, dem würde automatisch nicht nur die Kontrolle über sie, sondern auch über den Drachen übertragen werden. Also müsste Maél nur die Gunst Eleas gewinnen, um an ihre Unberührtheit zu gelangen. Somit hätte Maél – letztendlich aber er selbst – die Kontrolle über Elea und den Drachen, die die Versiegelung des Portals auf seinen Befehl hin rückgängig machen müssten. Sein ganzes Trachten war es nämlich, sich mit M'urrok zu vereinen, um dadurch Unsterblichkeit zu erlangen.

In jener Kräfte zehrenden Zeit war Darrach nun immer wieder gezwungen gewesen von dem kostbaren Kraftelixier zu trinken, das er seinem persönlichen Sklaven in seinen Kinder- und Jugendtagen unbemerkt entnommen hatte. In einem riskanten Selbstversuch hatte er von Maéls Blut getrunken, um die Wirkung dessen außergewöhnlichen Blutes auf andere zu testen. Dabei trat seine kraftspendende Wirkung an den Tag. Darrach hatte sich einen beachtlichen Vorrat angelegt, mit dem er in den ersten Jahren sehr sparsam umging. Manchmal griff er mondelang nicht zu Maéls Lebenssaft. Aber im Laufe der vergangenen fünf Jahre musste er immer häufiger Maéls Blut trinken, um bei Kräften zu bleiben. Einen Höhepunkt erreichte sein Verzehr innerhalb der letzten neun Wochen während Maéls Abwesenheit, da er unermüdlich an der Übersetzung der Schriftrollen arbeitete. Denn ein weiterer vorteilhafter Effekt durch das Trinken des außergewöhnlichen Blutes, war, dass er weder essen, trinken noch schlafen musste. Allerdings hatte der Zauberer im Laufe der Zeit auch eine beunruhigende Beobachtung gemacht: Je älter er wurde, desto mehr musste er davon trinken, um einen zufriedenstellenden Zustand der Regeneration und Stärkung zu erreichen. Zudem war die Kräftigung von immer kürzer werdender Dauer. Das Ergebnis seiner unermüdlichen Arbeit, der er wie ein Besessener nachging, war, dass sein Vorrat an Maéls Blut bedrohlich zur Neige ging. Daher war er auch derzeit in einer so schlechten körperlichen Verfassung. Sein Zustand hatte sich noch in den letzten Tagen verschlechtert, da er sich bei seinen fieberhaften Nachforschungen bezüglich Eleas Identität kaum eine Pause gegönnt hatte. Denn das, worauf er gestoßen war, war äußerst vielversprechend. Er hatte durch Zufall ein Auge auf ein paar Schriften geworfen, die noch älter zu sein schienen, als jene, die er bisher übersetzt hatte. Ihm fielen in einer davon Schriftzeichen auf, die er auf dem geheimnisvollen Stab wiedererkannte. Er machte sich gleich daran, diese Schriftrolle zu übersetzen, was sich aber als schwieriger erwies als bei den anderen. Er kam nur sehr langsam voran und an manchen Stellen war eine eindeutige Übersetzung nicht möglich, da er nicht alle Schriftzeichen zweifelsfrei bestimmen konnte. Zu einer Erkenntnis war er jedoch gelangt, von deren Richtigkeit er überzeugt war. Der Stab war ein Schlüssel, der mehrere Türen öffnen konnte. Er konnte jedoch nur von seinem Besitzer, einem Drachenreiter, benutzt werden. Niemand anderer war in der Lage, mit ihm die Türen zu öffnen. Denn jeder Stab wurde eigens für seinen Träger schon vor dessen Geburt bereits Hunderte von Jahren zuvor angefertigt und auf dessen Fähigkeiten und Wesenszüge abgestimmt. Wie das möglich war, noch lange bevor der zukünftige Träger des Schlüssels geboren war, hatte er bisher noch nicht erfahren. Aber dies war im Moment auch nicht die vordergründige Frage. Vielmehr wusste er jetzt, dass die Schriftzeichen und Symbole auf dem Stab ihm höchstwahrscheinlich Eleas Herkunft verraten würden. Er müsste nur nach ihnen in den Schriftrollen suchen. Hinter einem dieser Zeichen oder Symbole versteckte sich Eleas Geheimnis. Da war er sich sicher. Er hatte jedes einzelne von ihnen fein säuberlich abgeschrieben, da er der jungen Frau den Stab für die Suche nach dem Drachen zurückgeben musste. Er konnte jetzt unmöglich die Arbeit liegen lassen und sich zusammen mit den anderen auf die Suche nach dem Drachen begeben. Er musste auf Maél und auf die Macht vertrauen, die er über diesen Mann hatte. Dennoch müsste er ihm noch einen Teil seines Geheimnisses preisgeben, da er eine entscheidende Rolle in seinem Plan spielen müsste.

Elea hatte ihren Platz auf dem Stuhl mitten in ihrem Zimmer verlassen und stand in voller Pracht vor dem kritischen Auge Belanas und den vor Bewunderung glänzenden Augen Lyrias. Die Abenddämmerung hatte schon eingesetzt, was Belana mit großem Entsetzen aufgrund des immer schwächer gewordenen Tageslichtes bemerkte, das durch das Fensterglas ins Zimmer fiel. „Uns bleibt nicht mehr viel Zeit, Lyria, bis Elea in den Schlosshof gebracht werden muss", sagte Belana in gehetztem Tonfall. „Belana, ich weiß gar nicht, warum Ihr Euch so aufregt. Wir sind fertig. Es ist alles perfekt. Sogar das Kleid passt wie angegossen. Elea, Ihr seid wunderschön. Ich denke Moray hat nie eine schönere Frau zu Gesicht bekommen als Euch." Elea verrollte einmal mehr an diesem Tag die Augen. „Lyria, ich glaube, du hast recht. Es gibt nichts mehr, was wir noch verbessern können", seufzte die Erste Hofdame zugleich erleichtert und erschöpft. „Doch da wäre etwas, was sich verbessern ließe", sagte Elea etwas kleinlaut. „Ja? Was denn? Ihr habt Euch ja noch gar nicht im Spiegel betrachtet?", wollte Belana gereizt wissen.

„Belana, die Schuhe! Ich kann diese Schuhe unmöglich anbehalten. Schon allein das Stehen in ihnen verursacht Schmerzen. Und dann mein Kopf. Ihr habt Euch wirklich mit meinen Haaren die größte Mühe gegeben. Ich spüre keine einzige Haarnadel. Aber was habt Ihr mir nur alles in die Zöpfe geflochten oder an sie gesteckt. Ich habe das Gefühl, als lägen drei Bücher auf meinem Kopf. Das ist einfach zu viel! Von einer Qual müsst Ihr mich befreien, sonst stehe ich dieses Fest nicht durch." Elea sah die Erste Hofdame mit flehendem Blick an. Diese schaute entsetzt zu Lyria, die Ihr aufmunternd zunickte und Eleas Stiefel nahm, die neben dem Bett standen. Sie hielt sie Belana hin, die diese zunächst zögernd ergriff, sie ihr aber dann mit einem nachsichtigen Lächeln auf den Lippen reichte. „Also gut, Elea. Ich möchte Euch heute Abend nicht zu viel zumuten, wo ich doch weiß, dass es alles andere als leicht für Euch werden wird. Zieht Eure Stiefel an. Sehen kann sie sowieso keiner, zumindest nicht, wenn Ihr gerade steht. Doch bevor Ihr sie anzieht, dreht Euch jetzt um und begutachtet Lyrias und mein Werk!" Elea folgte Belanas Aufforderung und ging ein paar Schritte auf den Spiegel zu. Was sie darin erblickte, verschlug ihr den Atem. Die kunstvolle Frisur, für die Belana mit Hilfe von Lyria den halben Tag benötigt hatte, war wirklich ein Meisterwerk, das den Eindruck von etwas Magischem vermittelte und dies bereits, ohne dass ihr Haar leuchtete. Sie hatte ihr unzählige kleine Zöpfe vom Haaransatz ausgehend eng am Kopf anliegend und den Hinterkopf entlang hinunter geflochten. Diese vielen dünnen Zöpfe endeten etwa gut eine Handbreit unterhalb ihrer Schultern. Das war jedoch noch nicht alles. Belana hatte die weißen Bänder, die Lyria ihr gereicht hatte, nicht nur zum Zubinden der Zöpfe benutzt. Sie hatte sie auch in die kleinen Zöpfe mit hinein geflochten. Und an diese Bänder hatte sie in minuziöser Arbeit winzig kleine Scherben aus Spiegelglas befestigt, in denen sich die vielen Kerzenlichter im Zimmer spiegelten und die bei jeder Bewegung tanzende Lichtpunkte an die Decke und die Wände warfen. „Ihr seid wahrlich eine Haarkünstlerin, Belana. Die Frisur ist wunderschön und das, obwohl sie fast nur aus einfachen Zöpfen besteht." Belana räusperte sich etwas verlegen, bevor sie zu reden begann. „Ich hatte mir zwei, nein eigentlich drei Ziele gesetzt. Erstens wollte ich Euch zuliebe ohne Haarnadeln auskommen, was mir auch gelungen ist. Zweitens wollte ich Eurer wilden Schönheit gerecht werden. Bei meinen Überlegungen hierzu kam ich schließlich zu dem Schluss, dass Zöpfe am besten zu Euch passen. Diese habe ich dann mit den Bändern aufgewertet. Drittens wollte ich Euer ohnehin schon auffallendes Haar noch mehr zur Geltung bringen. Was wäre da nicht besser geeignet als kleine Spiegel, die das Glühen Eurer leuchtenden Haare in alle Richtungen reflektieren?"

„Ohne das Gewicht der kleinen Spiegelstücke wäre die Frisur aber wesentlich bequemer. Ich will gar nicht daran denken, wie lange Ihr brauchen werdet, um diese unzähligen Zöpfe wieder zu öffnen!"

„Das lasst nur meine Sorge sein. – So jetzt betrachtet Euch weiter!", forderte Belana Elea ungeduldig auf und legte dabei ihre Hände auf die Schultern der jungen Frau. Eleas Blick wanderte zu ihrem Gesicht hinunter. Zarter Goldstaub um die Augen bis zu ihren Wangenknochen glänzte ihr entgegen. Das schimmernde Gold verlieh ihr etwas Überirdisches, fast schon Ätherisches. Sie nickte anerkennend in den Spiegel und ließ ihre Augen ihren Körper entlang schweifen. Das Kleid hatte einen einfachen, schlichten Schnitt. Es war von demselben gelblich weißen, glänzenden Stoff wie die Bänder in ihrem Haar. Seine langen Ärmel reichten über ihre Hände hinaus. Das Mieder war eng anliegend und der Ausschnitt war gerade groß genug, um etwas von ihrer gebräunten Haut zu zeigen, auf der ebenfalls Spuren von Goldstaub zu sehen waren. Was nun letztendlich dieses Kleid zu einem einzigartigen Festgewand machte, waren erneut kleine Scherben aus Spiegelglas, die Belana angefangen von ihrer Brust bis hinunter an das Ende des Rockes so auf den Stoff befestigt hatte, dass daraus ein Mosaikbild entstanden war: ein Drache. Mit einem Schlag musste Elea an ihren merkwürdigen Traum von dem Drachen denken, in dem sie ein Kleid trug. Dieses hatte tatsächlich Ähnlichkeit mit diesem Festgewand. Elea musste mühsam schlucken. Zum einen erinnerte sie der Drache wieder an die Tortur, die gleich beginnen würde. Sie war tatsächlich so von Belanas Arbeit an ihr abgelenkt gewesen, dass sie völlig die Fahrt in das Herzen Morays vergessen hatte. Zum anderen war sie schlicht und ergreifend von Belanas Hingabe und Leidenschaft, aber auch von ihrer offensichtlichen Rücksicht auf ihre Bedürfnisse und Gefühle über alle Maßen gerührt. Zu guter Letzt hatte sie ihr sogar erlaubt, die Stiefel zu tragen. Eleas Nervengerüst lag blank. Sie musste sichtlich mit den Tränen kämpfen, was der Ersten Hofdame natürlich nicht entging. „Elea, ich verspreche Euch, der Abend wird schneller vorbeigehen als Ihr denkt. Mir nichts, dir nichts, liegt Ihr wieder in Eurem warmen Bett. Hier habe ich noch einen dicken Umhang aus rotem Samt, den Ihr Euch unbedingt umlegen müsst. Wir wollen doch nicht, dass Ihr Euch eine Lungenentzündung holt!"

Kapitel 10

Im Schlosshof herrschte ein Stimmengewirr, das immer wieder durch lautstarke Befehle übertönt wurde und nur für wenige Momente erstarb, bevor es wieder anschwoll. Mindestens fünfzig Krieger in Kettenhemd und braunem Lederpanzer mit dem roten Drachen auf der Brust und gegürtetem Schwert tummelten sich um ihre Pferde, die bereits gesattelt waren. Zahlreiche Fackeln brannten in Wandaufhängungen oder steckten im Boden in eingelassenen Gittern. Außerdem waren zwei große Lagerfeuer entzündet, um die sich der Wärme wegen ein Großteil der Krieger aufhielt.

Wenige Schritte von der Treppe entfernt, über die Elea an ihrem ersten Tag auf dem Schloss von Maél zur Thronhalle gezerrt wurde, stand ein Wagen, vor dem zwei Schimmel gespannt waren. Vorne auf dem Kutschbock saß ein Krieger. In der Mitte des Wagens befand sich eine Bank, die als Sitzplatz für sie vorgesehen war. Maél sollte hinter ihr stehen, um alles um sie herum gut im Auge behalten zu können. Nun stand er am hinteren Ende des Wagens angelehnt und wartete darauf, dass die Protagonisten des Schauspiels auftauchten. Er war wie immer ganz in schwarz gekleidet, mit Ausnahme seines silbrig glänzenden Kettenhemdes. Auf seine schwarze Maske hatte er verzichtet.

Maéls erster persönlicher Aufpasser, Finlay, war bereits auch schon auf seinem Beobachtungsposten. Er saß auf einer Bank seitlich der großen Treppe und hielt die Zügel seines Pferdes in der Hand. Die beiden Männer warfen sich immer wieder feindselige Blicke zu.

Maél war natürlich der Erste, der hörte, wie die Tür eines Gebäudes geöffnet wurde, das schräg gegenüber auf der anderen Seite des Hofes lag. Es war das Gebäude, in dem sich Eleas Zimmer befand. Maél hatte ebenso wie Finlay einen freien Blick auf die Tür. Durch kleine Lücken zwischen Wolkenbändern blitzten immer wieder vereinzelt Sterne auf und auch der Halbmond lugte von Zeit zu Zeit an ihnen vorbei. Die erste weibliche Gestalt, die durch die Tür ins Freie trat, war Belana und ihr würde jeden Moment Elea folgen, da schon aus dem Innenbereich des Gebäudes heraus ein glühend roter Schimmer sichtbar wurde. Als Elea in den Innenhof hinaustrat, hielt Maél unwillkürlich die Luft an. Eine Gänsehaut breitete sich unter seiner Kleidung aus, weil er plötzlich glaubte, genau das zu fühlen, was Elea in eben diesem Moment empfand: Panik. *Ist es möglich, dass ich als seelenloses Wesen eine Seelenverwandte gefunden habe?* Er schüttelte diesen Gedanken schnell ab, um sich besser auf Elea konzentrieren zu können, die sich in einem äußerst labilen Zustand befand. Ihre überirdische Anmut durch das rot leuchtende Haar und die davon in allen Richtungen reflektierten Glanzlichter, nahm er nur am Rande wahr. Ihn beunruhigte viel mehr ihre Atmung, die viel zu flach und zu schnell war. Das konnte er deutlich aus der Entfernung hören. Außerdem hatte er das Gefühl, dass sie schon in einen tranceähnlichen Zustand verfallen war, da sie sich von Belana mehr oder weniger passiv führen ließ. *Wie soll ich mich nur verhalten? Soll ich sofort Darrachs Befehl gehorchen und den fürsorglichen Beschützer spielen und dabei Gefahr laufen, sie so sehr zu verwirren, dass sie sich zu einer verräterischen Handlung hinreißen lässt? Oder soll ich weiterhin die Rolle ihres skrupellosen Entführers spielen?* Er musste sich jetzt schnell entscheiden, da die beiden Frauen nicht mehr weit waren. Belana war kurz stehen geblieben, um Elea gut zuzureden. Maél ließ rasch seinen Blick über die versammelten Krieger schweifen. Alle standen ausnahmslos mit offenem Mund und mit vor Faszination und Bewunderung überquellenden Augen bewegungslos da. Nur Finlay schien sich unter Kontrolle zu haben. Er beobachtete besorgt die beiden Frauen und warf ihm einen unsicheren Blick zu. *Er kennt sie schon besser, als ich dachte. Wahrscheinlich hat er keine Gelegenheit ausgelassen, ihr seine Gesellschaft aufzudrängen. Dieser Mistkerl!* Maél rang sich schließlich dazu durch, Darrachs Befehl zu gehorchen. Er baute darauf, dass Elea viel zu sehr mit sich selbst beschäftigt war, als dass sie sein verändertes Verhalten überhaupt wahrnehmen würde. Sie stand seiner Meinung nach ohnehin kurz vor einer Ohnmacht. Vielleicht wäre eine solche sogar ihre und seine Rettung in dieser vertrackten Situation.

Er hatte sich inzwischen an die Seite des Wagens begeben, wo eine Holzkiste als Einstiegshilfe stand. Belana blieb mit Elea vor dem Wagen stehen und bedachte ihn sogleich mit verächtlichen Blicken. Aus dem Augenwinkel konnte er sehen, wie sich Finlay mit schnellen Schritten näherte. Maél versuchte möglichst emotionslos in Eleas Augen zu sehen, die seinen Blick auf ähnlich ausdruckslose Weise erwiderte. Er war gerade im Begriff, ihr seine Hand zum Besteigen des Wagens zu reichen, als Belana ihn angiftete: „Wagt es nicht, sie zu berühren! Es ist schon schlimm genug, dass sie mit Euch zusammen auf diesem Wagen fahren muss! Finlay wird Ihr behilflich sein." Maél verkniff sich einen bissigen Kommentar und knurrte stattdessen die Erste Hofdame nur an. Er trat jedoch zur Seite, damit Finlay Elea auf den Wagen hoch heben konnte, da sie scheinbar unfähig war, noch einen einzigen Schritt zu tun – geschweige denn einen Schritt hoch auf die Kiste zu machen. Dort setzte Finlay sie auf der Bank ab. Mit ihren krampfhaft zu Fäusten geballten Händen auf dem Schoß und einem starren Blick geradeaus saß sie mit steifem Rücken auf dem Wagen. Für die Außenstehenden machte sie den Eindruck, als bekäme sie von dem, was um sie geschah, nichts mit.

In dem Moment, als sie zusammen mit Belana das Zimmer verließ, begann sich auch schon Eleas Mut und fester Wille, ihre Zurschaustellung in aufrechter Körperhaltung über sich ergehen zu lassen, in Luft aufzulösen. Mit jedem Schritt, den sie machte, wurde ihre innere Beklemmung ein Stück größer. Belana redete in dem Labyrinth aus Gängen und Treppen unentwegt auf sie ein, um sie zu beruhigen, jedoch ohne Erfolg. Als Belana dann die Tür zum Schlosshof öffnete, sodass das laute Stimmengewirr der Krieger an Eleas Ohren drang, wollten ihre Beine im ersten Moment keinen Schritt weitergehen. Erst als die ältere Frau sie behutsam an die Hand nahm und in den Hof hinausführte, setzte sie sich wieder wie eine Marionette in Bewegung. Elea befand sich in einem Zustand, in dem sie sich noch nie zuvor in ihrem Leben befunden hatte. Sie hatte keine Kontrolle über ihren Körper, während ihre Sinneswahrnehmung einwandfrei und schonungslos arbeitete. Es schien so, als ob die Verbindung zwischen Bewusstsein und Körper durchschnitten worden wäre. Auch wenn man es ihr nicht ansah, bemerkte sie durchaus, wie die vielen Männer verstummten, als sie sie erblickten. Der zugleich entgeisterte und faszinierte Blick der Krieger, ließ in ihrer Kehle, wie schon so oft in den letzten Wochen, einen Kloß heranwachsen, an dem sie zu ersticken drohte. Sie konnte kaum Luft holen. Sie trottete neben Belana her, als würde ein Bann über ihr liegen. Endlich kamen sie bei einem Pferdewagen an, vor dem Maél stand und sie ausdruckslos anstarrte. Belana blieb mit ihr direkt am Einstieg des Wagens stehen. Aber wie sollte sie auch nur einen Fuß hoch auf die Kiste bekommen?! Maél wollte ihr anscheinend beim Einsteigen helfen, aber Belana fauchte ihn sofort an, dies zu unterlassen. Glücklicherweise tauchte Finlay plötzlich auf, hob sie einfach in den Wagen hoch und setzte sie wie ein kleines Kind auf eine Bank ab.

Kurz nachdem Elea auf dem Wagen Platz genommen hatte, kam auch schon Roghan mit Darrach die Treppe hinuntergeeilt. Beide blickten wie gebannt auf Eleas Haar, das sie zum ersten Mal in seiner roten Leuchtkraft mit eigenen Augen sehen konnten. Darrach trug wie immer seine hellbraune Robe und darüber einen warmen Umhang aus Wolle, während Roghan sich seinem Volk als Oberbefehlshaber des Heeres in voller Rüstung zu präsentieren beabsichtigte. Er nickte Belana zum Gruß zu und richtete ein paar bewundernde Worte an Elea. Die junge Frau fixierte jedoch immer noch irgendeinen Punkt vor ihr und machte einen abwesenden Eindruck. Anstelle von Elea reagierte dafür Finlay umso aufgebrachter. „Dass sie in diesem Zustand ist, ist ganz allein deine Schuld, Vater! Aus ihrer Reaktion bei unserem gemeinsamen Abendessen konnte man unschwer schließen, was diese Zurschaustellung ihrer Person für sie bedeuten würde. Aber das ist dir ja gleichgültig! Du kannst es dir ja nicht leisten, auf unbegründete Panikattacken einer jungen Frau Rücksicht zu nehmen. - Aus ihr wirst du keinen Ton herausbekommen. Bewegen kann sie sich auch nicht. Sie ist wie in Trance vor lauter Angst. Bist du nun zufrieden?!", schnauzte Finlay seinen Vater in einem verächtlichen Ton an, dem Maél sich am liebsten lautstark angeschlossen hätte. Er musste sich jedoch in seinem schauspielerischen Talent üben und dem durchdringenden Blick Darrachs, der zwischen ihm und Elea hin und her wanderte, standhalten, indem er einen kalten, unbeteiligten Gesichtsausdruck annahm.

Die Miene des Königs verfinsterte sich bedrohlich bei dem verbalen Angriff seines Sohnes. Er ging jedoch nicht darauf ein und warf dafür Belana einen fragenden Blick zu. „Er hat recht, Herr. Sie ist momentan nicht ansprechbar. Ich hoffe nur, dass sie durchhält. Ich wusste, dass sie große Angst vor diesem Ereignis hat. Aber dass sie so groß ist und sie in einen derartig beängstigenden Zustand versetzt, hätte ich nie gedacht", sagte Belana mit besorgter Stimme. „Nun gut", erklang Roghans Stimme, „dann sollten wir es ihr zuliebe schnellstmöglich zu Ende bringen. - Maél, du wirst gut auf sie achten, und sie vor allem mit Samthandschuhen anfassen. Hast du verstanden?"

Maél nickte ausdruckslos, während Finlay offenbar wie ein wutschnaubender Stier sich nicht entscheiden konnte, ob er sich auf seinen Vater oder auf Maél stürzen sollte. Bevor er jedoch verbal oder physisch auf die Worte seines Vaters reagieren konnte, kam ihm Darrach zuvor. „Ich denke, Elea wird bei Maél gut aufgehoben sein. Er wird sein Bestes geben, damit ihr nichts zustößt. Und er wird sich ihr gegenüber in Zukunft auch tadellos verhalten. Er hat bei ihr, wie wir wissen, einiges wieder gut zu machen. Nicht wahr, Maél?" Darrach warf dem Mann, der mit ihm auf einer Augenhöhe stand, einen warnenden Blick zu. „Selbstverständlich! Ich werde ihr kein Haar krümmen und ich werde sie unversehrt wieder in Eure Hände übergeben, Belana", erwiderte Maél mit einem spöttischen Unterton in der Stimme. „So soll es sein", hängte Roghan schnell noch an Maéls Worte und gab den Befehl aufzusitzen, bevor Finlay noch zu einer weiteren Beleidigung ansetzen konnte und Belana sich womöglich noch auf ein Wortgefecht mit Maél einließ.

Maél stieg auf den Wagen und stellte sich hinter Elea, so wie es geplant war. Bevor sich der Wagen mit dem ganzen Zug in Bewegung setzte, warf er noch einmal einen Blick auf sie hinunter. Sie saß immer noch kerzengerade auf der Bank und hatte ihre Fäuste unverändert vor sich auf dem Schoß liegen. Doch als er ihr rot leuchtendes Haar näher in Augenschein nahm, blieb ihm vor Entsetzen fast das Herz stehen. Erst jetzt fielen ihm die unzähligen Scherben aus Spiegelglas auf, die ihm entgegenblitzten. Grauenvolle Erinnerungen wurden in ihm wach gerufen, die er nur mühsam unterdrücken konnte. Einzig und allein der Gedanke, Elea bei dem, was jetzt folgte, auf irgendeine Weise beistehen zu müssen, hielt ihn davon ab, selbst in Panik zu geraten und in Schweiß auszubrechen. Er richtete wieder seinen Blick hoch auf das Geschehen um ihn herum. So wie es aussah, würde König Roghan mit Darrach im Gefolge den Zug anführen, wobei beide inmitten von Kriegern zu ihrem Schutz ritten. Ihnen folgten Krieger in Zweiergruppen hintereinander gereiht, dann der Wagen mit ihm und Elea, der ebenfalls als Flankenschutz von Kriegern umringt war. Und schließlich folgte der Rest der Krieger ebenfalls in Zweiergruppen. Finlay hatte sich direkt an die letzte Zweiergruppe gehängt, immer noch nah genug, um ihm – in seiner vollen Größe auf dem Wagen stehend – einen Pfeil verpassen zu können.

Sie passierten das Tor, die einzige Öffnung in der gewaltigen, mit Zinnen umsäumten Wehrmauer, auf die gerade der Halbmond sein helles Licht warf. Ein kalter Wind brachte die Banner auf den Türmen der Festung zum peitschenden Flattern. Elea nahm immer noch alles um sich herum wahr, aber in einem Körper, der ihr nicht gehorchen wollte. Sie spürte sehr wohl den frostigen Wind, der von Zeit zu Zeit mit eisigen Stichen über ihr Gesicht hinweg fegte. Ebenso war sie sich der Anwesenheit Maéls hinter ihrem Rücken bewusst.

Jetzt, da Elea die erste Hürde, den von Kriegern nur so wimmelnden Innenhof, genommen hatte, war der gewaltige Kloß in ihrer Kehle zu einer erträglicheren Größe geschrumpft, sodass sie wenigstens wieder besser atmen konnte. Sie versuchte sich von dem, was noch kommen würde, abzulenken, indem sie sich - gefangen in ihrer

Starre – auf die Umgebung konzentrierte. Viel konnte sie bei der Dunkelheit zwar nicht erkennen, jedoch mehr als an jenem von dickem Nebel eingehüllten Tag bei ihrer Ankunft in Moray.

Maél stand hinter ihr wie ein Fels, ohne sich von dem Hin- und Hergeschaukle des Wagens aus dem Gleichgewicht bringen zu lassen. Sie fuhren auf einem Weg den Berg hinunter, der sich als einziger Zugang zu der Festung an ihm entlangschlängelte. Auf beiden Seiten am Wegesrand waren brennende Fackeln in den Boden gerammt worden, deren Flammen der Dunkelheit entgegenzüngelten. Der Weg führte bis zu der Brücke, die ebenfalls von unruhig flackerndem Licht umhüllt war, und setzte sich dann am anderen Ufer des Gerghs bis zu den Stadtmauern fort. Sie hatten die Brücke noch nicht ganz erreicht, da konnte Elea schon tumultartigen Lärm von der Stadt herkommend vernehmen, sodass der geschrumpfte Kloß in ihrer Kehle unvermittelt wieder anschwoll und ihre Hände sich erneut zu harten Fäusten schlossen. In dem Moment, als der Wagen auf die Brücke fuhr, spürte sie plötzlich Maéls heißen Atem in ihrem Nacken, der hinter ihr in die Hocke gegangen war. „Elea, versuche dich nur auf deinen Atem zu konzentrieren, so wie du es immer beim Laufen machst. Und atme vor allem immer tief ein. Am besten schaust du nur auf den Krieger vor dir. Und wenn dir die Menschen um dich herum zu viel werden, dann schließe die Augen. Ich bin bei dir. Gib mir irgendein Zeichen, dass du mich verstanden hast!", flüsterte Maél ihr halb ins Ohr. Elea nickte kaum merklich und versuchte, seiner Aufforderung gleich nachzukommen. Er erhob sich darauf wieder und schaute zu Darrach nach vorne, der mit versteinertem Blick der Stadt entgegen sah. Dann blickte er sich zu Finlay um, dessen Aufmerksamkeit ausschließlich auf den Wagen und die darauf befindlichen Personen gerichtet war. Ihm war es gelungen, sich noch vor der Brücke an zwei Zweiergruppen vorbeizudrängeln, als er beobachtet hatte, wie Maél sich Elea genähert hatte.

Der Lärm der Menschenmenge, die den Zug vor dem Stadttor erwartete, nahm immer mehr zu. Elea zwang sich nur auf ihren Atem zu achten. Sie atmete tief ein und lange wieder aus. Sie musste unwillkürlich an die Geburt der kleinen Elea denken, als sie Kyra zeigte, wie sie atmen sollte. Diese schöne Erinnerung gab ihr wieder Kraft, leider aber nur für kurze Zeit. Ihr wurde schonungslos klar, dass das nur ein Vorgeschmack auf das war, was sie in der Stadt und erst recht auf dem Drachonya-Platz zu erwarten hätte. Das Stadttor war hinter der gewaltigen Menschenansammlung kaum zu erkennen. Plötzlich kam durch laute und rüde Befehle Bewegung in die rumorende Masse. Eine stattliche Anzahl von Kriegern drängte mit ihren Lanzen oder Schwertern die Menschen zur Seite, sodass eine enge Gasse entstand, durch die der königliche Zug wie durch ein Nadelöhr in das Innere der Stadtmauer verschwand. Für einen kurzen Moment öffnete Elea die Augen, was sich als ein Fehler erwies. Ihr Magen krampfte sich so sehr zusammen, dass er nur noch ein hartes Etwas war, während ihre Atmung mehrere jagende Herzschläge aussetzte. Kein einziger Bewohner Morays schien sich, Roghans bevorstehende Verkündigung und ihre Zurschaustellung entgehen lassen zu wollen. Sogar Kinder hatte sie unter der Menschenmenge in diesem kurzen Augenblick erkennen können. Blitzartig presste sie die Augenlider wieder zusammen. Trotz ihrer Bewegungsunfähigkeit war sie in der Lage, die gewaltige Anspannung unter den Menschen zu fühlen. Sie fuhren so nah an den Menschen vorbei, dass Elea auch einzelne Zurufe verstehen konnte. Sie erkannten sie als die Frau, die Maél vor etwa einer Woche nach Moray gebracht hatte. Zunächst ließen sie sich natürlich schockiert oder fasziniert über ihr rot glühendes Haar aus. Es dauerte jedoch nicht lange, da bewunderten sie ihre Schönheit.

Das Gedränge an der Hauptstraße, die in einer geraden Linie die Stadt in zwei Hälften teilte, wurde immer größer, sodass die Krieger ihre Lanzen wie eine Schutzbarriere gegen die drängelnden Menschen einsetzten und sie mit lauten Zurufen zum Zurückweichen zwangen. Maél legte für einen kurzen Moment seine Hand auf ihre linke Schulter und drückte sie behutsam, ähnlich wie damals, als seine glühende Hand beruhigend auf ihrem Bein lag, während sie dem ekelerregenden Anführer der Wegelagerer auflauerten. Er war gedanklich bei ihr. Das konnte sie spüren. Aber sie war sich nicht sicher, ob es ihr helfen würde. Momentan sah es nicht danach aus. Sie versuchte, bei geschlossenen Augen, den ohrenbetäubenden Lärm der Menschen um sich herum auszublenden, was ihr jedoch nicht gelang. Beim Laufen fiel es ihr immer leicht, störende Dinge, wie unangenehme Gedanken oder Ängste zu vergessen, während sie ihren Fokus einzig und allein auf ihren Körper und seine Funktionen ausrichtete. An diesem Abend war jedoch alles ganz anders. Ihr Körper hatte bereits kapituliert und diente nur noch als Gefäß ihrer Sinne, die bestens arbeiteten. Zu allem Übel kam der königliche Reitertrupp nur langsam voran, da die Krieger die vielen neugierigen Morayer immer wieder zurückdrängen mussten, damit die Straße für den Wagen passierbar wurde. Elea hörte nicht auf, ihre Augenlider zusammenzudrücken, sodass sie ihr schon schmerzten. Sie unternahm vergebens den Versuch, sich schöne Erlebnisse mit Maél in Erinnerung zu rufen, um damit für sich warme, beruhigende Energie aufzubauen. Die Angst und Panik in ihr waren jedoch viel zu groß, als dass sie Platz für schöne Empfindungen ließen.

Nachdem sie eine Weile der Straße gefolgt waren, bog der Zug nach rechts ab. Der tumultartige Geräuschpegel von Hunderten von Menschen, die auf dem Drachonya-Platz den Zug erwarteten, wurde immer lauter. Während die Straße durch überall an den Hauswänden aufgehängte Fackeln erleuchtet war, bewegten sich die Reiter auf einen Punkt zu, der sich ihnen in einer unheimlichen Schwärze am Ende der Straße entgegenstreckte. Maél überkam plötzlich eine fürchterliche Ahnung. *Besser hätte Roghan Eleas leuchtendes Haar wohl kaum in Szene setzen können.*

Die Reitergruppe betrat nach einer Weile einen lichtlosen Drachonya-Platz. In jenem Moment gab es über der Stadt nicht eine einzige Lücke in dem nächtlichen Wolkenhimmel, um den Lichtschein des Mondes durchzulassen. Während die Krieger den Weg zum Ziel erahnen mussten, blieben Maéls Augen nichts verborgen. Am Ende des Platzes war ein großes Podest aufgebaut, auf dem König Roghan seine Ankündigung zu machen beabsichtigte. Durch die Menschenmenge ging ein Raunen, als der Wagen mit Elea und ihrem rot leuchtenden Haar in die schmale von Menschen gebildete Gasse fuhr. Maél konnte aus dem Lärm des Volkes Eleas flache und hektische Atmung herausfiltern. Er legte ihr beruhigend die Hände auf ihre Schultern und begann, sie sanft zu massieren. Auf dem Podest war inzwischen eine Fackel entzündet worden, um dem herannahenden Zug den Weg zu weisen. Maél ließ seine Blicke weiter umherschweifen. Er erblickte acht hohe Pfosten, die weit über der Menschenmenge hinaus ragten. Auf ihnen befanden sich riesige Feuerbecken. Das Raunen und laute Gemurmel der Menschen schwoll immer wieder erneut an, da immer mehr neue Morayer die rot glühende Lichtkugel mit den blitzenden Lichtreflexen zu Gesicht bekamen. Elea hatte inzwischen ihre Lider einen Schlitz weit geöffnet. Die hinter ihrem rötlichen Lichtschein lauernde Dunkelheit viel ihr sofort auf. Sie wagte noch immer nicht, die Augen vollständig zu öffnen.

Endlich gab König Roghan den Befehl zum Anhalten. Der Wagen fuhr jedoch noch weiter. Langsam löste Maél seine Hände von Eleas Schultern. In dem lauten Stimmengewirr der Menschen hörte die junge Frau immer wieder das Wort *Hexe* fallen. Ihre Beklemmung und Panik wurden dadurch nur noch größer. Plötzlich gab der Krieger, der den Wagen lenkte, einen Laut von sich. Das Rattern der Holzräder verstummte nur ein paar Augenblicke später. Der Wagen hatte sein Ziel erreicht. Als Elea spürte, wie Maél sich hinter ihr bewegte, öffnete sie vorsichtig die Augen und sah gerade noch aus dem Augenwinkel, wie er vom Wagen sprang. Ihre Haare erleuchteten nur ihre unmittelbare Umgebung. Alles andere blieb ihrem Blick verborgen. In einer überaus langsamen und vorsichtigen Bewegung drehte sie ihren Kopf, als ob sie darauf achten müsste, dass ihr Genick nicht entzwei brach. Eine einzige Fackel erleuchtete ein paar Gesichter, die auf sie hinab starrten. Sie konnte Roghans besorgte Miene und Darrachs missbilligenden Gesichtsausdruck erkennen. Es hielten sich aber noch andere gesichtslose, dunkle Gestalten in einem Halbkreis um Roghan und Darrach auf – Krieger, die für den Schutz der zwei mächtigsten Männer des Königreiches sorgten. Alle schienen nur darauf zu warten, dass Elea vom Wagen stieg. Aber sie war unfähig, ihre Beine zu bewegen. Es grenzte schon an ein Wunder, dass sie ihren Kopf bewegen konnte. Mit einem Mal sprang Finlay auf den Wagen und hob sie einfach hoch. Er blieb jedoch unentschlossen auf dem Wagen stehen, weil er nicht wusste, wie er sie auf den Boden bekommen sollte. An eine Kiste zum leichteren Aus- und Einsteigen hier auf dem Platz hatte offensichtlich keiner gedacht. Mit ihr auf den Armen und aus dieser Höhe einfach hinunter springen, ohne zu stürzen, war jedoch fast unmöglich. Plötzlich stellte sich Maél vor den Wagen, breitete seine Arme aus und gab ihm ein stummes Zeichen, sie ihm zu übergeben. Finlay zögerte kurz, bevor er sie ihm auf die Arme ablegte. Maél trug sie die Holztreppe zum Podest hinauf und fragte sie für alle Anwesenden hörbar: „Könnt Ihr stehen?" Elea nickte zaghaft, wusste aber gar nicht, ob es ihr auch gelingen würde, nachdem sie die ganze Zeit verkrampft auf dem Wagen gesessen hatte. Maél stellte sie vorsichtig auf die Beine an die Seite rechts von König Roghan. An dessen Linke befand sich Darrach, der mit Luchsaugen jede Bewegung seines Handlangers beobachtete. Roghan lächelte Elea aufmunternd zu, während Maél hinter ihr stehen blieb, obwohl dies so nicht geplant war. Er sollte eigentlich etwas abseits auf dem Podest stehen. An diesen Plan wollte er sich nun nicht mehr halten. Eleas labiler Zustand machte ihm Sorgen.

Elea redete sich immer wieder ein, dass sie das Schlimmste schon hinter sich hätte und dass bald alles vorbei sein würde. Sie hoffte nur, dass Roghan sich kurz fassen würde. Sie blickte geradeaus in die Dunkelheit, die ihr ganz persönliches Grauen in sich barg. Sie konnte die Bewohner der Hauptstadt Moray zwar weder sehen noch hören, da alle Stimmen mit einem Schlag verstummt waren. Was Elea jedoch mit jeder einzelnen Faser ihres Körpers spüren konnte, war die enorme Anspannung der Menschen aufgrund der unmittelbar bevorstehenden Ankündigung des Königs. Roghan hatte gerade das Volk überschwänglich begrüßt und zu dem Drachenfest willkommen geheißen, als er mit der Hand ein Zeichen gab. An mehreren Stellen gleichzeitig auf dem Platz, flackerten plötzlich kleine Flammen auf, die eine leuchtende Spur hinterlassend in den Himmel empor stiegen und die riesigen Feuerbecken entzündeten. Elea verfolgte mit den Augen wie gebannt die dünnen Flammenfäden hoch bis zu den Becken. Das Raunen, das auf die großen, laut aufflammenden Feuer einsetzte, lenkte ihren Blick jedoch jäh auf den Platz zurück – mitten auf die Menschenmenge. Dieser Anblick war zu viel. Sie sah noch für einen kurzen Moment in die sensationslustigen und gaffenden Gesichter, dann wurde alles um sie herum mit einem Mal schwarz. Sie verlor das Bewusstsein. Wäre Maél nicht hinter ihr gestanden, so wäre sie einfach in sich zusammensinkend auf den Boden gestürzt. Er hatte bereits, als er den dunklen Platz betrat, damit gerechnet, dass Elea durch diese Effekthascherei mit den Feuerbecken den Boden unter den Füßen weggezogen bekäme. Daher wusste er schon im Voraus, wann er die Arme ausbreiten musste, um sie aufzufangen. Während alle nach oben zu den Feuern blickten, war Finlays Aufmerksamkeit einzig auf Elea gerichtet. Misstrauisch beobachtete er Maéls vorausschauende Reaktion. Ein paar Augenblicke später bemerkte auch der König bestürzt, was sich an seiner Seite ereignet hatte. Finlay war inzwischen seitlich vom Podest, dort wo eigentlich Maél hätte stehen müssen, nach vorne gerannt. Maél schaute mit fragendem Blick Roghan an, der im ersten Moment überfordert zu sein schien. Von überall ertönten immer lauter und aufgeregter werdende Stimmen: „Sie ist eine Hexe!"

Finlay fand als erster seine Sprache wieder. Er musste gegen das tumultartige Getöse unter der morayanischen Bevölkerung regelrecht anschreien.

„Vater, wir müssen sie von hier wegschaffen, bevor die Meute noch über sie herfällt. Du musst die Menge beruhigen." Roghan zögerte keinen Moment.

„In Ordnung. Du und Maél, ihr bringt sie zurück ins Schloss. Ich besänftige das Volk und führe das zu Ende, was ich angefangen habe." Mit diesen Worten erntete er von seinem Sohn noch ein wütendes Kopfschütteln, bevor dieser zusammen mit Maél und Elea das Podest verließ. Ein Halbkreis aus Kriegern hatte sich um den Wagen aufgestellt und hielt die drängelnden Menschen mit ihren Schwertern auf Distanz.

Finlay sprang schnell auf den Wagen und ließ sich von Maél Elea übergeben. Er legte sie auf den Boden des Wagens, um sie vor den neugierigen Blicken und eventuellen Angriffen zu schützen. Maél setzte sich unterdessen auf den Kutschbock und ließ die Pferde die durch die Luft pfeifende Peitsche spüren. Die auf dem Platz verteilten Krieger versuchten, dem Pferdewagen einen Weg zu bahnen. Maél trieb wie ein Wahnsinniger die Pferde an und schrie den im Weg stehenden Menschen Beschimpfungen und Gewaltandrohungen entgegen, die oftmals mehr Wirkung zeigten, als die Waffen der Krieger. In der Stadt wusste jeder von seinen übermenschlichen Fähigkeiten und seiner Gewalttätigkeit und jeder kannte ihn auch ohne seine schwarze Ledermaske. Als sie endlich das rettende Nadelöhr erreichten, das aus dem von tobenden Menschen überquellenden Platz führte, erwartete sie eine fast menschenleere Straße. Maél wollte so schnell wie möglich aus der Stadt. Deshalb hörte er nicht auf, die Pferde anzutreiben. Finlay hielt besorgt Elea in seinen Armen und sprach sie immer wieder mit ihrem Namen an. Er tätschelte ihr erst zaghaft, dann schon etwas beherzter die Wangen, aber ohne Erfolg. Maél drehte sich zu den beiden um und sah Finlays vergebliche Bemühungen. Sein Gesicht spiegelte Sorge und Verzweiflung wider. *Soll ich ihm sagen, dass er sich keine Sorgen machen muss, dass das in Eleas Fall häufiger vorkommt und dass sie morgen wieder quietschfidel sein wird?* Maél zögerte noch. Aber bevor sie die Stadt nicht verlassen haben würden, würde er ohnehin nicht anhalten. Vereinzelt begegneten sie auf ihrer rasanten Fahrt noch Menschen, die erschreckt zur Seite sprangen, um nicht von dem Wagen überrollt zu werden. Endlich passierte Maél das Nordtor. Er zügelte etwas das Tempo, steuerte aber direkt weiter auf die Brücke zu, über die der Wagen mit lautem Gepolter hinweg ratterte. Auf der anderen Seite des Gerghs angekommen, wandte Maél kurz den Kopf, um zu sehen, ob sie verfolgt worden waren. Nicht ein einziger Krieger war ihnen hinterher geritten. Roghan schien alle seine Männer zu brauchen, um die verängstigten und aufgeregten Bewohner Morays im Zaum zu halten.

Er hielt kurzerhand den Wagen an und sprang vom Kutschbock in den Wagen. Finlay sah ihn beunruhigt und fast schon hilfesuchend an. „Was ist nur los mit ihr? Sie ist allein durch ihre Angst ohnmächtig geworden. Wie konnte das passieren? Sie kommt überhaupt nicht mehr zu sich. Ich habe alles versucht." In seiner Stimme klang deutlich panische Verzweiflung mit. Maél ging auf die Knie und beugte sich über sie, um es so aussehen zu lassen, dass er nach ihrem Atem und ihrem Herzschlag lauschte. Dass beides wieder normal arbeitete, davon hatte er sich mit seinem feinen Gehör längst auf dem Kutschbock Gewissheit verschafft. Er sprach so emotionslos wie möglich. „Sie ist nicht ohnmächtig. Zumindest nicht mehr. Sie schläft tief und fest."

„Ach, was du nicht sagst. Bist du jetzt unter die Heiler gegangen oder woher willst du so genau wissen, dass sie nur schläft?", wollte Finlay gereizt wissen.

„Ich kann es an ihrem ruhigen und tiefen Atem und an ihrem Herzen hören, das wieder in einem normalen Rhythmus schlägt. Wenn du mir nicht glaubst, dann lass einen Heiler kommen, der nach ihr schaut", erwiderte Maél überheblich und Desinteresse vortäuschend und begab sich wieder auf den Kutschbock. „Danke für den Hinweis. Diesen muss ich wohl als das Höchstmaß an Mitgefühl werten, zudem du fähig bist", gab der Sohn des Königs zynisch zurück. „Immerhin hast du sie aufgefangen, bevor sie auf dem Boden aufschlug, was ja schon an ein Wunder grenzt. Wie kam es zu diesem Sinneswandel?", fuhr er spöttisch fort. Maél hatte inzwischen die beiden Schimmel wieder zur Weiterfahrt angetrieben. „Darrach hat mir befohlen, sie mit Samthandschuhen anzufassen und mich von meiner besten Seite zu zeigen."

„Das hätte ich mir ja gleich denken können, dass er dahinter steckt und du nur seinem Befehl gehorchst. Zu etwas anderem bist du ja auch nicht in der Lage." Maél entgegnete nichts auf Finlays Beleidigungen hin und schwieg auf der restlichen Wegstrecke zurück zum Schloss. Sollte Finlay sich ruhig weiterhin über ihn verächtlich äußern. Ihm war jetzt alles egal. Er war nur froh darüber, dass Eleas Tortur vorzeitig zu Ende gegangen war.

Sie hatten gerade das geöffnete Tor der Wehrmauer erreicht, als die ersten Schneeflocken in diesem Jahr auf seinem Gesicht schmolzen und zusammen mit dem eisigen Wind frostig in seine Haut schnitten. *Auch das noch! Der Schnee kommt so früh wie seit Jahren nicht mehr.* Kaum waren sie in dem Innenhof angekommen, schrie Finlay irgendwelchen herumlungernden Bediensteten zu, Belana und einen Heiler in Eleas Zimmer zu schicken. Ohne ein weiteres Wort miteinander zu wechseln, kam Maél wieder zu den beiden in den Wagen und ließ sich von Finlay Elea in die Arme übergeben, worauf Finlay vom Wagen sprang und sich wiederum von Maél das Mädchen in die Arme legen ließ. Trotz der unüberwindbaren Kluft zwischen ihnen und ihrer jahrelangen Trennung arbeiteten die beiden Männer im Interesse von Elea Hand in Hand. Finlay nickte Maél zum Abschied noch knapp zu und verschwand unverzüglich in dem Gebäudetrakt, wo sich Eleas Zimmer befand. Maél stand noch eine ganze Weile auf dem Wagen und sah auf die Tür, die sich hinter den beiden längst geschlossen hatte. Ein unbestimmbarer Druck hatte sich um sein Herz gelegt. Er konnte nicht glauben, dass sich sein Leben oder vielmehr seine Gefühlswelt so massiv verändert hatte, seitdem er Elea kennen und lieben gelernt hatte. Jetzt musste er tatenlos mitansehen, wie sein einstiger bester Freund die Frau, die er über alles liebte, auf ihr Zimmer trug. Ein Räuspern eines Stallburschen riss ihn aus seinen eifersüchtigen Gedanken. Er warf ihm einen mürrischen Blick zu, sprang vom Wagen und ging zu Arok in den Stall.

Nach dem aufwühlenden Abend gelang es Darrach nicht mehr sich auf seine Nachforschungen bezüglich Eleas geheimnisumwitterter Identität zu konzentrieren. Roghans Ankündigung seines geplanten Eroberungskrieges gegen Boraya und seiner anschließenden ehrgeizigen Vorhaben verlief alles andere als zufriedenstellend. Nicht zuletzt deshalb, weil das Drachenmädchen unter der Bevölkerung nicht die von ihm erwartete Bewunderung und Begeisterung ausgelöst, sondern Befremdung und Angst entfesselt hatte. Aber das waren Roghans Probleme, mit denen er allein fertig werden musste. Darrach plagten ganz andere Sorgen. Er hatte an jenem Abend auf dem Podest eine besorgniserregende Beobachtung gemacht, die seine eigenen Pläne möglicherweise zunichtemachen könnte: Finlay hegte offenkundig Gefühle für Elea. Dies war unschwer zu erkennen, als er sie besorgt und liebevoll in den Armen haltend anblickte. Außerdem setzte er sich für sie ein, seitdem sie sich im Schloss befand, und äußerte lautstark bei jeder Gelegenheit seine Missbilligung bezüglich Eleas Behandlung. Finlays warmherzige und charmante Art, die am Hofe schon viele Frauenherzen höher schlagen ließ, musste auch bei Elea Eindruck hinterlassen, zumal er sich ja noch dazu als ihr Retter aufspielte. Maél hatte sich an diesem Abend für seine Verhältnisse tadellos verhalten. Aber Darrach hatte starke Zweifel, dass dies genügen würde, um ihr Herz zu erobern. Wenn es darum ging, die Gunst Eleas zu gewinnen, dann würde zweifelsohne Finlay als Sieger aus der Rivalität hervorgehen. Darrach kam plötzlich ein schrecklicher Gedanke. Was wäre, wenn Finlay sich dem Suchtrupp um Elea anschließen würde? Das wäre ihm durchaus zuzutrauen. Er hatte das Schloss bisher nur nicht verlassen, weil er, so wie es aussah, Elea vor Maél und seinem Vater beschützen wollte. Warum also sollte er nicht auch noch auf der Reise zu dem Drachen ihren Beschützer spielen wollen? Maél müsste eine sich anbahnende Liebesbeziehung zwischen den beiden verhindern. Es wäre nicht das erste Mal, dass er eine unbequem gewordene Person unschädlich machen würde. Darrachs Gedanken tanzten in seinem Kopf einen schwindelerregenden Reigen. Und die Tatsache, dass Elea plötzlich das Bewusstsein verloren hatte, machte es auch nicht besser. Dies kam ihm mehr als verdächtig vor. Was verbarg sie nur? Bis zum nächsten Tag musste sich der Zauberer genau überlegen, wie es weitergehen sollte, damit er Maél die entsprechenden Befehle mit auf den Weg geben konnte.

Die feinen Eiskristalle der dünnen Schneedecke glitzerten im Mondlicht, als König Roghan mit seinen Kriegern den Innenhof des Schlosses in scharfem Galopp betrat. Er sprang regelrecht von seinem Pferd und stürzte sofort – ohne ein Wort - wutentbrannt in Richtung seiner Gemächer. Dort angekommen warf er seinen Helm gegen die Wand, deren samtener Behang jedoch das zu erwartende Poltern verschluckte. Das scheppernde Geräusch durch die Landung auf dem Boden blieb ebenfalls aus, da der Helm auf den Sessel fiel, der direkt darunter an der Wand stand. Roghan schickte brüllend seinen Diener weg, der ihm beim Entkleiden behilflich sein wollte. Er tobte in seinem Zimmer umher und machte seiner Wut Luft, indem er sämtliche Gegenstände, die auf seinem Schreibtisch standen, mit aller Gewalt auf den Boden warf. Dann ließ er sich auf den Stuhl fallen, stützte seine Ellbogen auf dem Tisch auf und barg sein Gesicht in seinen Händen. *Wie konnte ich mich nur in meinem Volk so täuschen? Vielleicht hätte ich Elea doch weniger in Szene setzen sollen.*

Es hatte nicht mehr viel gefehlt und es wäre zu einem Aufstand gekommen. Glücklicherweise hatte Roghan hinter dem Podest noch dreißig Bogenschützen platziert, die zunächst als Warnung Pfeile auf die hohen Pfosten mit den Feuerbecken schossen. Fünfzig weitere Krieger, die sich ebenfalls im Hintergrund aufgehalten hatten, drängten die Menschen auf ihren Pferden vom Podest weg. Roghan musste seine ganze Wortgewandtheit und königliche Autorität unter Beweis stellen, um die tobende Menschenmenge zu besänftigen. Er versicherte ihr, dass es keinen Grund zur Beunruhigung gäbe. Er versuchte, ihre Angst vor Elea zu zerstreuen und beteuerte, dass sie keine Hexe sei, sondern eine Drachenreiterin, die den wahrscheinlich letzten Drachen finden würde. Diese Offenbarung machte die aufgeriebene Stimmung unter der Bevölkerung nicht unbedingt besser. Erst als er ihr den ursprünglichen Anlass für das Drachenfest vor Hunderten von Jahren in Erinnerung rief, kam sie wieder zur Ruhe. Die weiteren Ankündigungen rissen die Menschen, auch nicht gerade zu Begeisterungsstürmen. Ein lebendiger Drache und ein bevorstehender Krieg schüchterte das Volk ein, auch als Roghan von der unzerbrechlichen Kontrolle erzählte, die Elea über den Drachen haben würde, und auf die deutliche zahlenmäßige Übermacht seines Heeres gegenüber Eloghans hinwies. Er erwähnte die Verdienste seines Urgroßvaters, Großvaters und Vaters und seine eigenen beim Wiederaufbau des Königreiches. Außerdem führte er den Morayanern seine Bemühungen vor Augen, mit denen er das Leben in der großen Stadt einfacher machte. Dank des Fingerspitzengefühls und des kühlen Kopfes seiner Hauptleute, die nur wenig Gewalt anwenden mussten, und seiner inständigen und enthusiastischen Worte, konnte Roghan schließlich gerade noch eine Eskalation der Gewalt verhindern. Aber von der in seinen Augen bestehenden Unerlässlichkeit und Richtigkeit seiner Vorhaben konnte er die Morayer jedoch nicht überzeugen. Eines stand fest: Er musste noch mindestens zweitausend Krieger von seinem Außenlager am Nalua-See nach Moray beordern, um in der Hauptstadt seine Sicherheit zu gewährleisten und seine Macht zu demonstrieren. Und dann konnte er nur hoffen, dass Elea den Drachen so schnell wie möglich finden würde. Erst mit ihnen beiden an seiner Seite könnte er seinem Volk die unbegründeten Ängste nehmen und würde sich ein blutiger Eroberungskrieg vermeiden lassen.

Maél konnte nicht anders. Er musste diese Nacht noch Elea sehen, koste es, was es wolle. Ihm war klar, dass sie nach dieser überwältigenden Panikattacke bis zum nächsten Morgen durchschlafen würde. Aber nur neben ihr sitzen, sie vielleicht berühren und ihren regelmäßigen Atemzügen lauschen nach diesem aufwühlenden Abend war ihm mit einem Mal das Risiko wert, erwischt zu werden. Er wartete, bis das Leben auf dem Schloss nach der Rückkehr des Königs zum Erliegen gekommen war. Dann begab er sich auf leisen Sohlen in den Gebäudetrakt, in dem sich Eleas Zimmer befand. Zuvor vergewisserte er sich vor Belanas Gemach, dass die Erste Hofdame auf ihrem Zimmer war. Durch die geschlossene Tür konnte er sie atmen hören. Also machte er sich auf den Weg. Er wusste natürlich nicht, ob Eleas Tür verschlossen war. Aber er musste es darauf ankommen lassen. Falls ja, dann würde er sich an Ort und Stelle etwas einfallen lassen, um zu ihr ins Zimmer zu gelangen. Sein innerer Kompass führte ihn mit unerklärlicher Zielstrebigkeit durch die Gänge und über Treppen, bis er nach kurzer Zeit zwischen zwei Türen stehen blieb. Hinter einer der beiden Türen musste sie sein. Er ging auf eine der beiden zu und atmete tief die Luft durch die Nase ein. Er konnte keinen außergewöhnlichen Duft wahrnehmen und sein Gehör konnte auch keinen atmenden Menschen aufspüren. Er ging ganz nahe an die andere Tür heran. Diesmal konzentrierte er zuerst sein Gehör auf Atemgeräusche. Und tatsächlich konnte er ihre leisen, langsamen Atemzüge hören, die er unter Hunderten herausgehört hätte. Kein anderer Ton drang aus dem Raum zu ihm in den Gang. Er drückte nahezu geräuschlos unter höchster Körperanspannung den Türgriff nach unten. Tatsächlich ließ sich die Tür öffnen. Er warf einen flüchtigen Blick in den Raum. Niemand war zu sehen, nur Eleas schlafender Körper zeichnete sich unter der Felldecke auf dem großen Bett ab. Er schlüpfte schnell hinein und verschloss leise die Tür hinter sich. Mit zunächst angehaltenem Atem blieb er an der Tür stehen und starrte auf das Bett. Eleas offenes Haar erleuchtete das gesamte Zimmer. Sie lag auf der Seite und hatte ihm den Rücken zugedreht. *Dem Himmel sei Dank! Belana hat sie von den verfluchten Scherben befreit.* Er sah auf die Frisierkommode, wo ihm die unzähligen Folterwerkzeuge entgegenfunkelnden. Das Festgewand hing über der Rückenlehne des Stuhls. Erst jetzt konnte er sehen, dass es ebenfalls mit lauter kleinen Spiegelstücken versehen war, die einen Drachen darstellten. Er schüttelte den Kopf. *Das kann nur aus Belanas Ideenreichtum stammen.* Er ergriff das Kleid und legte es auf die Frisierkommode zu dem Haarschmuck. Dann nahm er den Stuhl und stellte ihn auf die Seite des Bettes, der sich Elea zugewandt hatte. Er setzte sich und blickte in ihr schlafendes Gesicht, das jetzt ganz entspannte Züge angenommen hatte und es fast den Anschein hatte, dass sie lächelte. Eine ihrer widerspenstigen roten Strähnen hing ihr wie so oft im Schlaf über dem Auge. Er strich sie ihr mit seiner verbundenen Hand vorsichtig aus dem Gesicht. Bei der Berührung ihrer Haut konnte er regelrecht spüren, wie sich eine wohlige Wärme von seinen Fingerspitzen ausgehend über seinen Arm bis in den Körper ausbreitete. Er ließ seine ganze Hand auf ihrem Gesicht ruhen, das durch feinen Goldstaub zauberisch schimmerte. An manchen Stellen um ihr linkes Auge konnte er noch Spuren seines Schlages erkennen, was ihm sofort einen Stich ins Herz versetzte. Er konnte sich nicht an ihrem Gesicht satt sehen. Nur die Vorstellung, dass unter ihren Lidern die strahlenden, smaragdgrünen Augen ruhten, die ihn immer voller Liebe ansahen – sofern sie sich nicht gerade über irgendetwas stritten, meist wegen ihrer Unberührtheit –, beschleunigte seinen Herzschlag. Er fragte sich nicht zum ersten Mal, wie er es nur hatte fertigbringen können, ihr absichtlich und böswillig Schmerzen zuzufügen, und das nicht nur einmal, sondern mehrere Male. *Elea, was soll aus mir werden ohne dich? Ein Leben ohne dich ist für mich undenkbar geworden. Aber ein gemeinsames Leben mit dir hat keine Zukunft. Wir dürfen uns nicht lieben. Ich bin eine Gefahr für dich.* Plötzlich begann Elea, sich zu regen. Sie drehte sich auf den Rücken, sodass die Decke etwas verrutschte und die halbe Brust entblößt wurde. Maéls Aufmerksamkeit wurde von einem kreisrunden Fleck erregt, mitten auf ihrem Brustbein. Er setzte sich auf das Bett und beugte sich über sie. *Nein, das kann nicht sein! Dieser verfluchte Stein hat im Stall auf ihrer Haut genauso eine Narbe hinterlassen, wie ich sie überall auf meinem Oberkörper habe.* Er strich vorsichtig mit dem Finger über die zum Teil noch mit Wundschorf bedeckte Stelle. Seine Augen wanderten hinunter zu ihren halb entblößten Brüsten. Sie hatten ihr offenbar das Kleid ausgezogen und sie dann einfach nackt unter die Decke gepackt. Wie gerne würde er jetzt mit ihr unter der Decke an ihren Körper geschmiegt liegen und ihre Haut überall berühren! Aber das wagte er nicht. Nicht wenn sie sich in diesem hilflosen Zustand befand. Und erst recht nicht, wenn sie bei Bewusstsein wäre und auf solche Zärtlichkeiten entsprechend reagieren könnte. Er begnügte sich damit, sich neben sie auf das Bett zu legen und ihr auf der Seite liegend das Gesicht sanft zu streicheln, so wie sie es an ihrem letzten gemeinsamen Abend mit seinem Gesicht gemacht hatte. So blieb er eine ganze Zeit lang liegen und sog mit jeder Faser seines Körpers die unglaubliche und bis vor kurzem ihm noch so fremde Wärme auf, die ihr zarter Körper auf so magische Weise ausstrahlte – eine Wärme, die die Kälte in seinem Inneren vertrieb und sein Herz in Flammen zu setzen vermochte.

Mit dem ersten zarten Licht des Morgengrauens erhob er sich widerwillig. Doch bevor er ging, holte er aus seinem Stiefel sein Messer und schnitt sich erneut eine kleine Strähne seines Haares ab. Diese legte er mitten auf den Sitz des Stuhls, den er neben dem Bett stehen ließ. Bevor er sich vom Bett entfernte, ließ er seine Lippen sanft wie die Berührung eines Schmetterlingsflügels über ihren Mund streichen und zog die Felldecke wieder hoch über ihre nackte Brust. An der Tür angelangt drehte er sich nochmals zu ihr um. Ihre leuchtenden Haare brachten ihn zum Schmunzeln. Doch nur einen Augenblick später verließ er sie mit einem Herzen so schwer wie Blei und trat den Weg zurück zu seiner Kammer an - mit wesentlich langsameren Schritten, als jene, mit denen er sie in der Nacht verlassen hatte.

Kapitel 11

Sein Herz hämmert wie wild in seiner Brust. Tränen der Verzweiflung, Wut und Trauer benetzen sein Gesicht. Er sieht auf die Waffe in seiner Hand. Am liebsten würde er sie entzwei brechen und weit, weit weg werfen. Aber dies wäre vergebens. Er konnte die grauenvolle Tat damit nicht mehr ungeschehen machen. Zitternd sieht er sich um. Nur Bäume, nichts als Bäume waren Zeugen seiner Tat. Nicht eine Menschenseele ist zu sehen oder zu hören. Der einzigen, die gerade noch nichts Böses ahnend umher gestreift war, blies er den Lebensatem aus.

Er fühlt nur noch Kälte, überall Kälte...

Die Erlösung von dem Albtraum, von dem er eigentlich geglaubt hatte, dass er ihn für immer los wäre, kam von der Tür. Dieser Traum hatte sich vor vielen Jahren in seinen Schlaf geschlichen und diesen zu einer zermürbenden Qual werden lassen. So wie eben.

Schweißgebadet erhob er sich von seinem Bett, auf das er sich nach seinem nächtlichen Besuch bei Elea ohne zu entkleiden geworfen hatte. Eine halbe Ewigkeit hatte er gebraucht, bis er in den Schlaf gefunden hatte. Nun war es wieder da, das Schreckgespenst von vielen Nächten. Er wusste, dass es nicht leicht werden würde, es abzuschütteln. Erst recht nicht, wenn Finlay... Das Klopfen wurde immer dringlicher. Jemand hämmerte geradezu gegen die Tür. Übelgelaunt öffnete Maél die Tür. Ein Halbwüchsiger, der im Dienste Darrachs war, stand ihm mit angsterfüllten Augen und schlotternden Knien gegenüber. „Was ist los? Was willst du?", schnauzte er ihn an. „Verzeiht... äh... die frühe Störung. Aber Darrach wünscht... Euch... unverzüglich zu sprechen", stotterte der Junge vor Maél. *Der hat mir gerade noch gefehlt!* Ohne eine Erwiderung schlug er dem Diener die Tür vor der Nase zu. Er entledigte sich schnell seiner nass geschwitzten Kleider, wusch sich rasch und zog sich trockene Kleider über.

Offensichtlich war Darrach nicht bei bester Laune, sonst hätte der Junge es niemals gewagt, so vehement an seine Tür zu klopfen.

Bevor er sein Zimmer verließ, warf er noch einen Blick auf das Fenster. Durch das Glas kündigte sich bereits der Morgen an. Lange hatte er nicht geschlafen. Seine Müdigkeit war jedoch wie weggeblasen mit dem Wissen, dass er jetzt gleich vor dem Mann stehen würde, der ihm seit er denken konnte, sein Leben zur Hölle machte und den er mehr als alles andere auf der Welt hasste.

Er stand, wie so oft schon, mitten in Darrachs Arbeitszimmer, in dem immer noch dasselbe Chaos herrschte wie bei seinem letzten Besuch. Darrach saß an seinem Schreibtisch. Er hielt Eleas Stab in seinen Händen, ließ jedoch Maél nicht aus den Augen. Sein eiskalter Blick fixierte nachdenklich das Gesicht des jungen Mannes, der diesen ungerührt erwiderte. In Maéls Innern brodelte heißer Hass, was er jedoch vor dem Zauberer verbergen musste. Dieser sah noch schlechter aus als beim letzten Mal.

Mit tief eingefallenen Augen und seinem stumpfen, schlohweißen Haar machte er den Eindruck eines gebrechlichen Greises.

„Maél, auf dich wartet wahrscheinlich der schwierigste Auftrag deines Lebens", begann er, mit überraschend kraftvoller Stimme zu sprechen. „Wenn du ihn erfolgreich ausführst, dann wartet auf dich eine beispiellose Chance. - Zuallererst was den Drachen angeht: Wenn ihr ihn gefunden habt – und ich bin davon überzeugt, dass Elea euch zu ihm führen wird – dann wird er das untrennbare Band zwischen ihr und sich knüpfen. Dabei wird Elea einer außerordentlichen, geistigen Beanspruchung ausgesetzt sein, die sie in einen tiefen Schlaf versetzen wird. Wenn sie wieder erwacht, ist sie in der Lage, den Drachen zu kontrollieren. Er wird ihren Befehlen gehorchen. Du wirst die ganze Zeit nicht von ihrer Seite weichen. Jeden, der sich zwischen dir und Elea in den Weg stellt, wirst du unschädlich machen. Somit wären wir auch schon bei dem zweiten Teil deiner Aufgabe angelangt: Finlay. So wie ich ihn kenne, wird er sich euch auf der Suche anschließen. Er wird Elea nicht aus den Augen lassen, weil er sich offensichtlich in sie verliebt hat und sie vor dir beschützen will. Du musst beide genau beobachten. Du darfst sie nie allein lassen. Schon gar nicht nachts im Zelt. Du wirst immer an Eleas Seite schlafen. Hast du mich verstanden?" Maél nickte so ungerührt wie möglich und unterdrückte das starke Bedürfnis zu fragen, was dieses Aufhebens um Finlay sollte. Seine Geduld wurde schließlich belohnt. „Ich werde dir jetzt ein Geheimnis anvertrauen, das du für dich behalten wirst." Darrach erhob sich und schritt langsam auf Maél zu, der bereits fühlte wie der Schlangenring an Gewicht und Kälte zunahm. Er blieb vor ihm stehen und sprach weiter, während er seinen Blick von Maéls Augen zum Auge der Schlange hin und her schweifen ließ. „Ich habe König Roghan belogen. Eleas Unberührtheit ist nicht für das Knüpfen des Bandes zwischen ihr und dem Drachen notwendig. Ihre Unberührtheit ist viel bedeutungsschwerer. Der Mann, dem sie aus freien Stücken ihre Unberührtheit schenkt, erlangt dadurch gleichzeitig die Kontrolle über sie und über den Drachen." Darrach machte eine Pause und beobachtete genau Maéls Reaktion auf seine Worte. Dieser hatte erheblich Mühe, äußerlich seine Fassung zu bewahren. In seiner Kehle wuchs unaufhaltsam ein Kloß heran und um sein Herz schien sich eine riesige Hand gelegt zu haben, die es zu zerquetschen drohte - und dies, ohne das Hinzutun von Darrachs dunkler Magie. „An deiner Reaktion sehe ich, dass dir die Tragweite dieses Umstandes bewusst geworden ist. Dir ist also auch klar, dass es in keinem Fall zu einer Liebesbeziehung zwischen Finlay und Elea kommen darf. Ansonsten ist die Kontrolle über den Drachen für uns ins Unerreichbare gerückt." Maél räusperte sich kurz und wagte es, Darrach mit heiserer Stimme zu unterbrechen. „Elea hat doch bereits eingewilligt, mit Roghan zusammenzuarbeiten. Und so wie ich ihn kenne, hat er ihre Familie als Druckmittel eingesetzt. Ihre Familie ist ihr heilig. Sie wird alles tun, was er verlangt, nur um ihre Familie zu schützen."

„Wohl wahr. Aber das, was *ich* von ihr verlangen werde, wenn es soweit ist, ist von viel folgenschwererer Tragweite für die Menschheit, als dass sie das Wohl ihrer

Familie über jenes aller Menschen stellen könnte. Deshalb ist es unvermeidbar, dass du Finlay beseitigst, wenn die Gefahr besteht, dass sich die beiden zu nahe kommen. Wir wissen beide, dass er mit seiner Erscheinung und seinem gewinnenden Wesen die Herzen der Frauen höher schlagen lässt und dass er dir darin entscheidend im Vorteil ist. Erst recht bei Elea, die du ja, wie wir wissen, nicht gerade liebevoll behandelt hast und die dir alles andere als zugetan ist. Also du wirst beide im Auge behalten und – falls nötig - entsprechend reagieren, aber so, dass es nach einem Unfall aussieht."
Maél konnte kaum dem Bedürfnis widerstehen die Hände zu Fäusten zu ballen. Sie begannen vor Anstrengung zu zittern, sodass er sie schnell hinter seinem Rücken verschränkte. Er hoffte, dass die Unterredung bald beendet sein würde. Er stand kurz davor, seine Selbstbeherrschung zu verlieren. Mühsam nickte er Darrach zu und schwieg, da er befürchtete, dass weitere Worte nur schwer von seinen Lippen gingen.

„Was deine Beziehung zu Elea angeht, so darfst du nichts überstürzen. Versuche dich in Freundlichkeit. Behandle sie zuvorkommend. Dann kannst du sie vielleicht doch noch für dich gewinnen, erst recht, wenn du Finlay ausgeschaltet hast. Aber zwinge sie zu nichts. Sie muss, wie gesagt, sich dir freiwillig hingeben. Erst dann erlangst du die Kontrolle über den Drachen. - Wenn das Band geknüpft ist, wirst du auf der Hut sein müssen. Ihr werdet euch auf den Rückweg machen. Sie soll dem Drachen befehlen, euch zu folgen. Weiche ihr nie von der Seite. Solange du in ihrer Nähe bist, wird der Drache dich nicht angreifen können. Sobald ich das herausgefunden habe, auf dessen Spur ich gestoßen bin, nehme ich eure Verfolgung auf."

„Und du bist dir sicher, dass das mit der Übertragbarkeit der Kontrolle auf den Mann, dem sie sich hingibt, auch tatsächlich so eintreten wird?", fragte Maél zögernd nach.

„Ja, das bin ich. Das Wissen über die Beziehung zwischen Drachen und ihren Reitern und der daraus resultierenden Kräfte und Fähigkeiten habe ich Schriftrollen entnommen, die in tadellosem Zustand waren und deren Übersetzung leichter war als die der Schriftrollen, die den Krieg gegen Feringhor betreffen. Sie sind noch viel älter. Mindestens so alt wie dieser Stab. Aus ihnen habe ich erfahren, dass die Beziehung zwischen einem Drachen und einer Frau als Drachenreiterin äußerst selten und von besonderer Art ist. Es gab in der Vergangenheit fast immer nur Männer, die Drachen geritten haben. Wahrscheinlich wegen dieser Sache mit der Unberührtheit, die nur bei Frauen von Bedeutung ist. Die Gefahr, dass die Macht des Drachen und seiner Reiterin missbraucht wird, ist bei ihnen natürlich viel größer. Dies werden wir uns auch zu Nutzen machen." Darrach zeigte auf Eleas Stab. „Er hat mich auf die richtige Spur bezüglich Eleas Herkunft gebracht. Denn in ihm sind Schriftzeichen geschnitzt, die ich in diesen Schriftrollen gefunden habe. Es wird nicht mehr lange dauern, dann weiß ich über sie und über ihre Fähigkeiten Bescheid, die uns möglicherweise gefährlich werden könnten." Darrach blickte eindringlich in Maéls schwarzes und blaues Auge und berührte mit seiner Hand den Ring um seinen Hals. „Ich hoffe, du hast begriffen, wie wichtig die erfolgreiche Ausführung deines Auftrages für das Gelingen meines Vorhabens ist. Wenn du erst einmal die Gunst des Mädchens erlangt hast, dann wird es dir sicherlich auch nicht mehr schwerfallen, sie zu verführen, sodass du über sie und den Drachen gebieten kannst. Natürlich in meinem Sinne. Hast du mich verstanden?" Der Ring fraß unaufhaltsam Stück für Stück Maéls Körperwärme auf. Erneut erfasste ihn eine Kältestarre. Das Auge der Schlange leuchtete so intensiv, dass Darrachs Arbeitszimmer in einem grünen Lichtschein eingetaucht war. Maél bejahte mit kaum hörbarer Stimme und schmerzverzerrtem Gesicht. „Du wirst niemandem von meinem Betrug erzählen. Du wirst Finlay töten, wenn er und Elea sich zu nahe kommen. Du wirst Elea mit dem Drachen zurückbringen. Habe ich mich deutlich ausgedrückt?", drang Darrach in bedrohlichem Ton auf Maél ein.

Da Maél unfähig war, auch nur einen Laut zu artikulieren, blinzelte er seinem Peiniger zu. Er konnte kaum einen Finger bewegen und er war dem Ersticken nahe. Jäh ließ der Zauberer den Ring wieder los. Maél brach auf dem Boden zusammen und schnappte laut nach Luft, als ob er gerade eine lange Strecke unter Wasser getaucht wäre. Darrach ging wieder zurück zu seinem Stuhl und ließ sich deutlich erschöpft auf ihn nieder. Die Demonstration seiner Macht an Maél hatte seinen von tage- und nächtelangem Arbeiten geschwächten Körper sichtbar Kraft gekostet. Maél entging jedoch dieser Moment der Schwäche, da er immer noch gekrümmt am Boden lag und darauf wartete, seine Glieder wieder richtig bewegen zu können. Nach ein paar Augenblicken richtete Darrach erneut das Wort an ihn: „Ihr werdet morgen bei Sonnenaufgang aufbrechen. Jadora und seine Männer werden zur Stelle sein. Heute Abend findest du dich in der Thronhalle zu einem Abschiedsessen ein. König Roghan wird nicht gerade bei bester Laune sein, wie du dir denken kannst. Er wird unter allen Umständen seinen Krieg gegen Eloghan führen, auch ohne Drachen. Allerdings hat er keinen Krieg an zwei Fronten geplant. Und ein solcher steht ihm möglicherweise bevor, falls er es nicht schafft, das Volk davon zu überzeugen, dass er mit Eleas Hilfe den Drachen beherrschen kann. Ich werde auch zugegen sein. Bei dieser Gelegenheit kannst du mir zeigen, wie charmant du dich unserem Gast gegenüber verhalten kannst. Geh jetzt!"

Maél hatte sich inzwischen aufgerappelt und versuchte das krampfartige Zittern seines Körpers zu unterdrücken. Er konnte noch immer nicht sprechen. Kälte und Angst waren zwar weitgehend aus seinem Körper gewichen. Zurückgeblieben waren aber ein gewaltiger Kloß in seiner Kehle und nach wie vor der Druck auf seinem Herzen. Er würdigte Darrach keines Blickes mehr und verließ auf schwankenden Beinen das Zimmer. Der Weg zu seiner Kammer kam ihm endlos lange vor. Nachdem er geräuschvoll seine Tür hinter sich zugeschlagen hatte, schaffte er es gerade noch rechtzeitig zu dem Eimer, in dem er immer seine Notdurft verrichtete. Er musste dem überwältigenden Würgereiz nachgeben. Es kam jedoch nur Galle, da er an diesem Morgen noch nichts zu sich genommen hatte. Das Würgen wollte nicht aufhören. Kalter Schweiß brach ihm aus. Er hatte das Gefühl, dass sich seine Eingeweide nach außen stülpten. Vor Schmerzen im Magen konnte er nicht mehr aufrechtstehen, sodass er auf die Knie sank. Als das Würgen nach einer halben Ewigkeit endlich aufhörte, ließ er sich vor Erschöpfung auf das Bett fallen. Seine Gedanken kreisten nur um eine Person: Elea. Er hatte bereits geahnt, dass ihre Liebe keine Zukunft hatte. Aber irgendwie hatte er in seinem tiefsten Innern noch einen Funken Hoffnung zurückbehalten, so absurd und vernunftwidrig es auch war. Nach Darrachs Enthüllung der eigentlichen Bedeutung ihrer Unberührtheit jedoch war die Hoffnungslosigkeit seiner Situation perfekt. Er durfte sie nie so lieben, wie er es gerne täte und sie durfte sich ihm nie hingeben, koste es, was es wolle. Darrach plante irgendetwas, was das Menschenvolk bedrohte. Das konnte er aus seinen Worten heraushören. Diese deuteten wiederum zweifelsfrei auf Eleas Bestimmung hin. Aber was genau, das wusste er nicht. Die Menschen interessierten ihn wenig. Aber wenn sie bedroht waren, dann war es auch Elea. Er wollte alle seine Gräueltaten wieder gutmachen - falls dies überhaupt möglich war -, indem er Elea vor Darrach in Sicherheit bringen würde. Und wenn er sie rettete, würde er vielleicht sogar das Menschenvolk retten. Roghans selbstsüchtiges Vorhaben und Eleas Missbrauch dafür kamen ihm im Vergleich zu Darrachs Plänen, die offensichtlich eine viel verhängnisvollere Tragweite als einen Krieg zwischen zwei Königreichen in sich bargen, geradezu lächerlich vor. Er richtete seinen Oberkörper auf und versuchte die Panik und Verzweiflung, die in ihm wüteten, in den Griff zu bekommen. Dann ging er zu der Waschschüssel voll Wasser und schüttete es sich über, um einen klaren Kopf zu bekommen. Er entkleidete seinen Oberkörper und zog erneut eine frische, trockene Tunika an. Bevor er sein Schwert gürtete, zog er noch sein Kettenhemd über. Solange er Elea nicht sicher zu dem Drachen gebracht hätte, durfte er sein Leben nicht unnötigen Gefahren aussetzen. Dann nahm er seinen Umhang und begab sich eiligen Schrittes zum Stall. Er hatte an diesem letzten Tag in Moray noch viel zu erledigen. Er musste noch seine Taschen und Waffen packen und Jadora aufsuchen, um mit ihm die Ausrüstung und den Proviant zusammenzustellen. Zuallererst jedoch musste er Arok zu einem scharfen Ritt nötigen und sich einen eigenen Plan zur Rettung von Elea ersinnen. Vielleicht würde sich Finlays Teilnahme an der Suche letztendlich sogar als ein Glücksfall erweisen.

In dem Moment, als Maél vor Darrachs Schreibtisch auf dem Boden zusammenbrach, war Elea noch in tiefem Schlaf versunken. Erst als der Vormittag bereits halb vorüber war, wurde sie nicht wie üblich von der tatkräftigen Hofdame geweckt, sondern von zwei Tauben, die lautstark mit ihren Schnäbeln gegen die Fensterscheibe pickten. Elea schlug die Augen auf. Sie drehte ihren Kopf in Richtung dieser störenden Geräuschquelle. Dabei fiel ihr Blick zunächst auf einen Stuhl, der ungewöhnlicherweise zwischen dem Bett und dem Fenster stand. Das Nächste, was sie erkannte, war eine Strähne schwarzer Haare, die auf dem Sitz lag. Mit einem Schlag war sie hellwach. *Maéls Haare!* Sie streckte ihren Arm aus, um nach der Strähne zu greifen, und roch daran. Es haftete sein unverkennbarer Geruch daran. Plötzlich kamen die Erinnerungen an die Ereignisse des Vorabends hoch. Allerdings empfand sie überhaupt keine panische Angst mehr und dachte auch nicht mehr mit Schrecken daran zurück. Sie war einfach nur froh darüber, dass es vorbei war und dass sie morgen schon zu ihrem Drachen aufbrechen würde - zusammen mit Maél und Finlay. Auf ihrem nackten Oberkörper bildete sich bereits eine Gänsehaut. Das Feuer war erloschen. Also sprang sie behände wie eh und je aus dem Bett, stopfte schnell Maéls Haare in den Beutel, in dem sie bereits die anderen versteckt hatte und zog sich das Nachthemd an. Daraufhin entfachte sie ein neues Feuer. Es dauerte nicht lange, da wurde ihr Zimmer wieder mit einer wohligen Wärme und mit Knackgeräuschen der brennenden Holzscheite erfüllt.

Elea war rastlos und voller Tatendrang. Sie konnte es kaum erwarten, wieder mit Maél zusammen zu sein, auch wenn sich dieses Zusammensein darauf beschränken sollte, ihn zu sehen, was ja durchaus im Bereich des Möglichen war, falls Darrach sie begleiten würde. Sie wollte gerade ihre Lederkleidung aus der Truhe holen, als es zaghaft an die Tür klopfte. Wider Erwarten öffnete sie sich jedoch nicht wie sonst, um Belana hereinzulassen. Deshalb rief Elea neugierig: „Herein!" Die Tür ging auf und Lyria trat etwas zögernd ein. „Elea, ich habe vom Gang aus Geräusche in Eurem Zimmer gehört. Deshalb wollte ich mich vergewissern, dass es Euch gut geht. Wir haben uns gestern Abend große Sorgen um Euch gemacht. Ihr ward in einem todesähnlichen Schlaf, aus dem wir Euch nicht mehr wach zu kriegen vermochten. Der Heiler meinte aber, dass es bei der außerordentlich großen, panischen Angst, der ihr für geraume Zeit ausgesetzt ward, durchaus vorkommen könne, dass man in einen solchen Schlaf falle."

„Mir geht es wieder gut, Lyria. Ihr braucht Euch keine Sorgen zu machen. Allerdings sterbe ich vor Hunger."

„Ich habe gehofft, das von Euch zu hören. Ich werde Euch gleich etwas bringen."

Lyria kam wenig später mit einer Dienerin namens Solana zurück. Diese trug ein Tablett mit einem großen Angebot von Speisen wie Kuchen, Brot, Käse, kaltem Braten und einem Obstmus, auf das sich Elea als erstes stürzte, ohne auf ihre Essmanieren zu achten. Belana war ja nicht anwesend und von Lyria wusste sie, dass sie diesbezüglich nicht so streng war.

Nachdem Solana wieder das Zimmer verlassen hatte, begann Lyria ein riesiges Fellbündel, das sie mitgebracht hatte, auf dem Bett aufzurollen. „Was ist das?", wollte Elea mit vollem Mund wissen. „Das ist Eure warme Kleidung für den Akrachón. Ich habe in den letzten Tagen gleichzeitig Euer Festgewand und diese Kleider aus Wolfsfell genäht. Ich habe mein Bestes getan in dieser kurzen Zeit, die ich zur Verfügung hatte." Sie hielt Elea eine Hose an die Taille, die weit genug war, um darunter ihre Lederhose und zusätzlich noch eine Wollhose zu tragen. Dann ergriff sie ein Oberteil mit langen Ärmeln von der Länge einer Tunika, das ihr bis über die Knie reichte. Es war vorne geschlossen, sodass sie es wie ein Hemd über den Kopf ziehen musste. Es war ebenfalls weit genug, damit Elea ihre andere Kleidung noch bequem darunter tragen konnte. Außerdem hatte sie eine großzügige, dicke Kapuze angenäht. Zum Schluss zeigte sie ihr noch Fäustlinge und Stiefel, die ebenfalls aus Fell gefertigt waren. Elea war fast zu Tränen gerührt. Sie konnte kaum glauben, dass die Frau in den wenigen Tagen alle diese Kleider wahrscheinlich in nächtelanger Arbeit für sie genäht hatte. „Lyria, Ihr habt das alles ganz alleine genäht?! Ich weiß gar nicht, was ich sagen soll? Ich danke Euch. Damit werde ich ganz bestimmt nicht frieren."

„Ihr müsst mir nicht danken. Ich habe es gern getan, auch wenn es natürlich ein Befehl König Roghans war, warme Kleidung für Euch anzufertigen. - Ihr dürft Belana nichts davon sagen. Aber ich habe mir viel mehr Mühe mit ihr gegeben, als für das Festgewand, auf das sie selbst so viel Wert gelegt hatte. Ich dachte aber, die Fellkleider sind für Euch von größerem Nutzen und lebenswichtiger. Aus diesem Grund habe ich Euch auch an die Innenseite überall noch Kaninchenfell genäht." Elea konnte nun doch ihre Tränen nicht mehr zurückhalten. Der Bissen Kuchen, den sie gerade hinunterschlucken wollte, blieb ihr fast im Hals stecken. Sie legte das angebissene Stück Kuchen zurück auf das Tablett und umarmte die Näherin, die ihre Umarmung ebenso herzlich erwiderte. Während die beiden Frauen so dastanden, sprang unangekündigt die Tür auf und Belana kam etwas aufgewühlt in das Zimmer hereingestürzt. Als sie die beiden Frauen, die erschrocken ihren Kopf zu ihr gedreht hatten, erblickte, kam sie wortlos zu ihnen geeilt und schloss sich deren Umarmung an. Nach ein paar Augenblicken löste sie sich wieder von ihnen und versuchte, zu ihrer Fassung zurückzufinden, indem sie eine Zeit lang ihr Kleid unnötigerweise glatt strich. Elea und Lyria lösten sich währenddessen ebenfalls voneinander. Belana entgingen Eleas Tränenspuren nicht. Sie sah jedoch über sie hinweg und begann schließlich mit angespannter Stimme zu sprechen.

„Elea, ich bin froh, dass es Euch wieder gut geht. Gestern glaubte ich schon, Ihr würdet nie wieder aus diesem todesähnlichen Schlaf erwachen. - Wie ich sehe, hat Lyria Euch bereits das Essen und die Kleider für die Reise gebracht." Sie machte eine Pause, um tief einzuatmen und ihre Stimme durch ein Räuspern zu festigen. Dann fuhr sie mit ineinander verschränkten Händen und ernstem Ton fort. „Lyria, ich danke dir. Lass mich jetzt bitte mit Elea allein!" Lyria nickte kurz den beiden Frauen zu und verschwand aus dem Zimmer. Elea beschlich sofort die Befürchtung, dass Belana mit einer wenig erfreulichen Nachricht herausrücken würde.

„Elea, Ihr habt Euch sicherlich schon gewundert, warum ich heute nicht längst nach Euch gesehen habe. Aber heute früh kam ein Diener von Darrach zu mir und bestellte mir von ihm, dass er Euch heute Abend vor dem Abschiedsessen unter vier Augen in seinem Arbeitszimmer zu sprechen wünsche. Da ich Euch jetzt schon gut genug kenne, weiß ich, dass Ihr gegenüber diesem Mann eine große Abneigung, wenn nicht sogar Angst empfindet – was ich im Übrigen durchaus nachempfinden kann. Deshalb habe ich mich gleich zu König Roghan begeben und ihn gebeten, mir zu erlauben, bei der Unterredung zwischen Euch und Darrach zugegen sein zu dürfen. Ich dachte, dass eine erneute Aufregung nach dem albtraumhaften Erlebnis von gestern zu viel für Euch wäre. Ihr könnt Euch denken, wie vehement ich meinen Standpunkt vor ihm vertreten habe und ich habe mich wieder einmal nicht gerade beliebt bei ihm gemacht, leider ohne Erfolg. Roghan drohte mir sogar, mich vom Schloss zu verbannen, wenn ich nicht damit aufhören würde, mich in seine und Darrachs Angelegenheiten einzumischen. Darrach besteht auf eine Unterhaltung mit Euch - alleine. Es tut mir leid. Ich werde Euch am späten Nachmittag zu ihm bringen."

Von Eleas Glücksgefühl, das sie nach dem Erwachen überkommen hatte, war mit einem Schlag nicht die Spur mehr übrig. Dafür hatte sie wieder mit einem Knoten in ihrer Kehle zu kämpfen. Sie nickte Belana zugleich verständnisvoll und niedergeschlagen zu. „Danke, dass Ihr Euch beim König für mich eingesetzt habt. Aber eigentlich wusste ich ja bereits, dass es noch zu einem Gespräch unter vier Augen mit Darrach kommen würde. Er hat es mir ja angekündigt. Irgendwie werde ich es hinter mich bringen."

Belana war schon dabei, Elea zu dem Stuhl vor der Frisierkommode zu bugsieren, als ihr auffiel, dass dieser nicht wie sonst an seinem Platz, sondern zwischen Bett und Fenster stand. „Habt Ihr den Stuhl an das Bett gestellt?", wollte Belana verdutzt wissen. „Ähm,... nein,... eigentlich nicht. Ich habe mich auch schon gewundert, warum er dort steht", log Elea mit Unschuldsmiene. „Heute Nacht stand er noch vor der Frisierkommode und ich habe Euer Festgewand über die Rückenlehne gelegt. Seltsam! Ich habe offensichtlich vor lauter Aufregung vergessen, letzte Nacht eure Tür abzuschließen, sonst hätte Lyria auch gar nicht zu Euch ins Zimmer gelangen können." Elea spielte die Entsetzte und riss ihre Augen auf. „Aber das würde ja heißen, dass jemand heute Nacht in meinem Zimmer war, als ich schlief!" Belana versuchte, Elea zu beruhigen. Es sei ja nichts passiert und heute Abend würde sie auf jeden Fall die Tür abschließen. Sie holte den Stuhl und stellte ihn wieder vor die Frisierkommode. Dann schob sie Elea darauf. Während sich Belana um Eleas Haar kümmerte, widmete sich die junge Frau ihrem Essen, allerdings mit deutlich weniger Appetit als noch wenige Augenblicke zuvor. Belana erzählte ihr von den Geschehnissen, die sich von dem Zeitpunkt an ereignet hatten, als sie ohnmächtig wurde. Finlay hatte ihr alles berichtet. Dass die Ankündigung König Roghans nicht die von ihm erhoffte Wirkung unter dem Volk erzielt hatte, habe sie unschwer seiner laut zum Ausdruck gebrachten Wut bei seiner Rückkehr aus der Stadt entnehmen können. Außerdem wurde unter der Dienerschaft viel über den gerade noch verhinderten Aufstand geredet. Am Morgen wurde sie dann Zeuge, wie König Roghan einen Trupp Krieger zum Außenlager am Nalua-See schickte, um von dort zweitausend Mann nach Moray verlegen zu lassen, die in der Stadt und im Umland für Ruhe und Ordnung sorgen sollten.

„An Finlays Erzählungen hat mich am meisten verwundert, wie dieser seelenlose Kerl Euch noch rechtzeitig aufgefangen hat, bevor Ihr bewusstlos auf dem Boden aufgeschlagen wärt. Das hätte ich ihm niemals zugetraut. Außerdem hat er mir erzählt, dass er wie wild die Pferde des Wagens angetrieben hat, um Euch möglichst schnell aus der Stadt zu bringen. Wer hätte das gedacht? An dem Tag, an dem er Euch nach Moray gebracht hat, machte er den Eindruck auf mich, als bereite es ihm die größte Freude, Euch zu quälen und Schmerzen zuzufügen."

Elea enthielt sich jeglichen Kommentars über Maéls verändertes Verhalten, sondern malte sich aus, was Maél in der vergangenen Nacht, als er auf dem Stuhl neben dem Bett saß, wohl gemacht hatte. Hatte er sie nur angesehen? Oder hatte er sie gestreichelt oder sogar geküsst? Ihr fiel mit einem Mal ein, dass sie splitternackt unter der Decke war, was zweifelsohne seinen Luchsaugen nicht entgangen war. In ihr Gesicht schoss auf einmal eine Hitze und ein heißer Schauder durchströmte wellenartig ihr Innerstes. Sie war so vertieft in diesen aufregenden Gedanken, dass sie gerade noch Belanas Stimme wahrgenommen hatte, die zu ihr gesprochen zu haben schien. „Verzeiht, Belana, ich war ganz in Gedanken versunken. Was sagtet Ihr gerade?"

„Ich habe mich laut gefragt, was jetzt aus dem märchenhaften Festkleid werden soll. Keiner hat es gesehen. Und heute Abend ist, glaube ich, nicht unbedingt der geeignete Zeitpunkt, es zu tragen. König Roghan ist alles andere als zum Feiern zumute. Was für ein Jammer!"

„Belana, es wird sich bestimmt noch eine Gelegenheit bieten, es zu tragen, wenn ich mit dem Drachen wieder vom Akrachón zurückgekehrt bin. Dann wird Roghan bestimmt ein Fest für das ganze Volk veranstalten. Bewahrt es einfach für diesen Anlass für mich auf!", versuchte Elea die Erste Hofdame aufzumuntern. „Und welches Kleid wollt Ihr heute Abend tragen?" Elea dachte kurz nach. Dabei hielt sie unbewusst ihren Stein in der Hand. Plötzlich hatte sie eine Idee, vielmehr einen Hoffnungsschimmer. *Was wäre, wenn Darrach mir mit seiner schwarzen Magie nicht gefährlich werden kann, solange ich den Stein um den Hals trage?* „Belana, ich werde das graue Kleid mit der weißen Bluse darunter tragen. In dem habe ich mich recht wohl gefühlt." Der Ausschnitt der Bluse war groß genug, dass ihr Stein etwas zu sehen war. Sie hoffte, dass Darrach dadurch etwas abgeschreckt würde. „Wie Ihr wünscht. Ich werde Euch heute an Eurem letzten Tag in der Kleiderfrage freie Hand gewähren, vorausgesetzt es ist ein Kleid und nicht eine Jungenhose", sagte sie mit einem Lächeln auf den Lippen.

Belana half Elea noch beim Ankleiden, dann verließ sie die junge Frau. Elea nutzte die Gelegenheit, um ihren Rucksack zu packen. Ihr fiel ein, dass sie noch Verbandsmaterial, schmerzlindernde Kräuter, Wundsalbe und Arnikatinktur benötigte. Deshalb rief sie auf dem Gang nach einer Dienerin und bat sie, diese Dinge für sie zu besorgen. Die dicke Fellkleidung rollte sie mit ihrem Umhang zu einem Bündel zusammen und verschnürte dieses mit einem Lederriemen. Vorerst würde sie die nicht brauchen, so dachte sie zumindest. Als sie jedoch kurze Zeit später das Fenster öffnete, um frische Luft zu schnappen, musste sie feststellen, dass eine dünne Schneeschicht auf den Wegen in dem Schlossgarten lag. Am Himmel hatte sich eine graue, lückenlose Wolkendecke entfaltet, die noch mehr Schnee in den kommenden Tagen erwarten ließ. Als sie so aus dem Fenster schaute, wanderten ihre Gedanken zu ihrem Drachen, der irgendwo im Akrachón-Gebirge auf sie wartete. Sie konnte gar nicht glauben, dass der Tag, an dem sie ihm gegenüberstehen würde, nicht mehr in so weiter Ferne lag. Sie hoffte nur, dass er mehr über ihre Herkunft wusste und dass er vor allem Kenntnisse darüber hatte, wie sie ihre Gaben weiter entfalten und sie besser kontrollieren konnte. Ihr vordringliches Ziel war nach wie vor Darrach unschädlich zu machen, um Maél von dessen grausamem Zauberbann zu befreien. Nur noch einmal schlafen, dann würde sie ihn wiedersehen. Sie konnte es kaum erwarten. Aber erst musste sie noch in die Höhle des Löwen und sich einer strengen Befragung unterziehen.

Der anbrechende Abend begann gerade in Dämmerlicht einzutauchen, als es an Eleas Tür klopfte. Es dauerte allerdings ein paar Augenblicke, bis sie sich öffnete, und dies weniger schwungvoll als sonst. Es war Belana. Elea saß gerade vor dem riesigen Spiegel und betrachtete ihr Spiegelbild. Die Hofdame hatte ihr diesmal rings um ihren Kopf herum einen Zopf geflochten, dessen Enden sie auf wundersame Weise verschwinden lassen hatte. Kleine, widerspenstige Locken fanden hier und da aus dem Geflecht ihren Weg ins Freie. Der Stein lag halb verdeckt auf ihrer Haut unter der Bluse. Belana trat an Elea heran und legte ihr sanft die Hände auf die Schultern. Sie lächelte Eleas Spiegelbild aufmunternd zu. „Elea, es ist so weit. Darrach erwartet Euch." Elea erhob sich von dem Stuhl und sah der Ersten Hofdame gefasst in die Augen. Die Frauen sprachen kein Wort auf dem Weg zu Darrach. Als sie schneller als erwartet vor einer Tür stehenblieben, musste Elea mit Schrecken feststellen, dass Darrachs Arbeitszimmer sich in demselben Gebäudetrakt befand wie ihr eigenes. Belana klopfte an die Tür, während die junge Frau versuchte, ihre Angst niederzukämpfen, indem sie langsam tief ein- und ausatmete. Von drinnen erklang ein tiefes „Herein", worauf Belana die Tür öffnete und vor Elea in das Zimmer eintrat. „Darrach, ich bringe Euch Elea, wie Ihr es gewünscht habt. Ich werde draußen auf sie warten und sie dann in die Thronhalle begleiten."

„Das wird nicht nötig sein, Belana. Ich weiß nicht, wie lange unsere Unterredung dauern wird. Außerdem werde ich ebenfalls an dem Abschiedsessen für unseren Gast und ihren Begleitern teilnehmen. Ich werde sie also selbst sicher zur Thronhalle begleiten, sobald unser Gespräch zu meiner Zufriedenheit abgeschlossen ist."

Bei dem Wort „Zufriedenheit" lächelte er Elea eiskalt an, sodass sich über ihre gesamte Haut blitzartig eine Gänsehaut ausbreitete und ihre Kehle sich zuschnürte. Belana drehte sich zu Elea herum, nickte ihr mit einem gezwungenen Lächeln zu und verließ etwas zögernd das Zimmer.

Die Tür hatte sich längst geschlossen, als Darrach immer noch das vor seinem Schreibtisch stehende Mädchen abschätzig musterte. Sie stand fast genau auf derselben Stelle, auf der Maél am frühen Morgen, der dunklen, qualvollen Magie des Zauberers ausgesetzt war. Elea hasste nichts mehr, als Angst zu zeigen. Deshalb bemühte sie sich um einen möglichst gelassenen Blick. Sie sah nur ihn und nicht das Chaos, das in dem Zimmer herrschte. Sie sagte sich immer wieder, dass er nicht dieselbe Macht über sie hatte wie über Maél. Wenn Maél wüsste, dass sie sich gerade allein bei seinem Peiniger befand, wäre er außer sich vor Sorge. Sie hoffte inständig, dass er nicht davon wusste.

Elea wartete mit wachsender Ungeduld und Nervosität darauf, dass Darrach das Wort an sie richtete. Endlich begann er zu sprechen. „Setzt Euch doch zu mir, Elea!", forderte er sie mit gespielter Freundlichkeit auf. Elea zögerte einen Moment. Dann begab sie sich jedoch zu dem Stuhl, auf den der Zauberer deutete, und ließ sich steif darauf nieder. Von jetzt auf nachher spürte sie, wie ihr Stein die Haut, die er berührte, erwärmte. Auch Darrachs Aufmerksamkeit richtete sich plötzlich auf den Stein, der angefangen hatte, mit seinem rot pulsierenden Licht die Wände anzustrahlen. Noch war das Pulsieren recht langsam.

„Ich habe Euch kommen lassen, um Euch noch einmal unter vier Augen die Frage zu stellen, ob ihr uns nicht vielleicht doch wichtige Kenntnisse bezüglich Eurer Herkunft oder bestimmte Fähigkeiten, die in Euch stecken, vor uns geheim haltet." Elea antwortete mit fester Stimme: „Ich habe Euch bereits alles gesagt, was ich weiß. Meine leiblichen Eltern erzählten meinen Pflegeeltern nur, dass ich eine Drachenreiterin sei. Nicht mehr und nicht weniger." Darrachs Augen saugten sich prüfend an ihre fest, bevor er fortfuhr. „Nun gut. Ich werde ohnehin nicht mehr lange brauchen das Geheimnis um Eure Identität zu lüften. Euer Stab war mir mit seinen eingeritzten Schriftzeichen äußerst hilfreich bei der Suche nach brauchbaren Hinweisen." Elea blickte mit großen Augen auf ihren Stab, der vor dem Zauberer auf dem Tisch lag. Nach einer kleinen Pause erhob sich Darrach schwerfällig von seinem Stuhl. Er machte auf sie einen wesentlich geschwächteren Eindruck als bei der Befragung in Roghans Arbeitszimmer. In seinem Gesicht waren deutliche Spuren der Erschöpfung zu finden: Seine Augen lagen tief in ihren Höhlen und wurden von dunklen Ringen umrahmt. Davon wollte sich Elea jedoch nicht täuschen lassen. Sie verfolgte seine Bewegungen, die ihn zu ihrem Entsetzen um den Tisch direkt zu ihr führten. Er blieb unmittelbar hinter ihr stehen, sodass sie ihn nicht mehr sehen konnte. Mit überheblicher Stimme fuhr er fort: „Ich frage mich allerdings, ob es nicht doch etwas gibt, was ihr mir sagen könntet, und zwar bezüglich des Phänomens der großen Vogelansammlungen in Eurer Nähe oder die Tatsache, dass Vögel vor Euch keine Angst haben und sich auf Eurem Kopf oder Euren Schultern niederlassen." Bei dem Wort „Schultern" spürte Elea plötzlich, wie seine Hände sich auf ihre Schultern legten. Erst spürte sie nur ihr Gewicht auf ihnen ruhen. Doch nur wenige Augenblicke später begannen seine Finger sich langsam mit zunehmendem Druck in ihr Fleisch zu bohren. Unglücklicherweise war dies nicht der einzige Schmerz, den sie durchaus hätte ertragen können. Ein ganz anderer Schmerz ließ Elea die Luft anhalten. Der Stein auf ihrer Haut wurde unter Darrachs Berührung immer heißer. Er fühlte sich bereits fast so heiß an, wie damals im Stall, als Maél ihn ihr vom Hals riss. Sein rötlicher Lichtschein pulsierte auf den Wänden inzwischen rasend schnell. Elea hob reflexartig die rechte Hand, um den Stein von ihrer Haut zu nehmen. Doch sie kam nicht weit, da Darrach grob ihren Arm festhielt und ihn an ihren Körper drückte. Dasselbe machte er auch mit ihrem linken Arm, sodass Elea hilflos zusehen musste, wie die Haut unter dem Stein verbrannte. Sie konnte kaum klar denken vor lauter Schmerzen. Noch konnte sie ihre Schmerzensschreie unterdrücken, aber nicht mehr lange. Dicke Tränen liefen ihr die Wangen hinunter. Was sollte sie nur tun? Ihr blieb nichts anderes übrig als irgendetwas zu gestehen, in der Hoffnung, dass der Zauberer sich mit dem einen Geheimnis, das sie ihm enthüllen würde, auch zufrieden geben würde. Elea spürte bereits, wie sich eine neue Brandblase an exakt der gleichen Stelle, wie damals im Stall, unter dem Stein bildete. Mit vor Schmerzen gepresster Stimme sprudelte es geradezu aus ihr heraus: „Ich kann die Gefühle und die Gedanken von Tieren lesen und ich kann mich ihnen gedanklich mitteilen. Am leichtesten fällt mir dies bei Vögeln. Ich habe diese Gabe, schon seit ich denken kann. Das ist alles, was ich Euch sagen kann. Das müsst Ihr mir glauben. Bitte lasst mich los! Der Stein, er verbrennt meine Haut."

„Ist das alles oder verschweigt Ihr mir noch etwas?", knurrte er sie jetzt in drohendem Ton an. „Nein! Nein! Nein! Ihr müsst mir glauben." Doch Darrach hatte keineswegs vor, sofort ihre Arme loszulassen. Er wollte ihre Schmerzen zu einem unerträglichen Maß heranwachsen lassen, von dem er sicher sein konnte, dass sie ihm noch mehr verraten würde, falls sie noch andere Gaben vor ihm verbergen würde. Elea konnte es nicht mehr aushalten. Sie versicherte ihm immer wieder mit Tränen erstickter Stimme, dass sie keine weiteren Gaben mehr habe. Darrach war gnadenlos. Er wartete noch einen weiteren Moment, bis sie schließlich vor Schmerzen laut zu Schreien und sich unter seinem festen Griff zu winden begann. Dann ließ er sie abrupt los. Rasch ergriff Elea das Lederband und hielt den Stein in die Luft. Ihr Atem kam in schnellen keuchenden Stößen und ihr Herz klopfte bis zu ihrem Hals. Erschöpft und gepeinigt ließ sie sich in die Rückenlehne des Stuhls zurückfallen. Sie hielt die Augen geschlossen und wischte sich mit der freien Hand die Tränen aus dem Gesicht. *Wie konnte ich nur so dumm sein und den Stein direkt auf der Haut tragen! Ich habe doch selbst gesehen, wie er sich die Finger daran verbrannt hat!* Der Zauberer hatte sich inzwischen wieder auf seinen Stuhl gesetzt und sein eiskaltes Lächeln aufgesetzt. „Ihr hättet Euch dieses unerfreuliche Erlebnis ersparen können, wenn Ihr gleich mit der Sprache herausgerückt wärt. Ich fürchte, diese Unterredung wird Euch Euer Leben lang in Erinnerung bleiben. – Wie dem auch sei. - Ihr könnt also mit Tieren, vor allem mit Vögeln reden. Sehr interessant. Allerdings wenn man bedenkt, dass Ihr dies als Drachenreiterin auch mit dem Drachen könnt, dann überrascht es mich gar nicht so sehr. Diese Gabe zusammen mit Euren absonderlichen Höckern auf dem Rücken sowie Eurer Abneigung, auf einem Pferd zu sitzen, zeigen meiner Meinung nach, dass zwischen Euch und den Tieren eine außergewöhnliche Verbundenheit besteht. Nichtsdestoweniger bin ich davon überzeugt, dass in Euch noch mehr steckt, was aber scheinbar noch nicht ans Tageslicht getreten ist."

Elea war inzwischen wieder in der Lage, Darrachs kalten Blick zu erwidern. Sie nahm wieder eine stolze, aufrechte Haltung ein, obwohl ihre Schultern immer noch schmerzten - von ihrer verbrannten Haut ganz zu schweigen. Der Schmerz war so groß, dass er ihr Schweißperlen auf die Stirn trieb. Sie wagte es nicht, auch nur einen kurzen Blick auf die Brandwunde zu werfen. Wie würde sie bei diesen Schmerzen den angebrochenen Abend zusammen mit wer weiß wie vielen Menschen bei einem Essen ausklingen lassen können!? Sie würde keinen Bissen hinunter bekommen. Nur der Gedanke an Essen, löste schon ein Würgereiz in ihrem Hals aus.

Der Stein gab inzwischen nur noch eine angenehme Wärme ab, sodass sie ihn vorsichtig auf den Rand der Bluse ablegte. Er pulsierte immer noch.

„Ich gebe Euch wieder Euren Stab zurück. Ihr werdet ihn brauchen, um den Drachen zu finden. Es liegt in Eurem eigenen Interesse, ihn möglichst schnell zu finden. Ihr habt sicherlich schon von der unbarmherzigen Kälte, die im Akrachón herrscht, und von der ein oder anderen Gefahr, die dort lauert, gehört. Ich werde ein paar Tage später zu Euch und Euren Begleitern stoßen, sobald ich das Geheimnis um Eure Person gelüftet habe."

Er hielt Elea den Stab hin, den sie auch sofort ergriff. Dann schwieg er wieder und fixierte sie aus wieder zusammengekniffenen Augen, als ob er noch auf eine Erwiderung ihrerseits warten würde. Aber Elea hatte nicht die Absicht noch irgendein Wort zu diesem schrecklichen Mann zu sagen. Sie wusste auch gar nicht, was sie sagen sollte. Ihre Scharfzüngigkeit versagte vollkommen in seiner Anwesenheit, wofür sie letztendlich dankbar war. Sie hatte nämlich den Eindruck, dass er auf ihre bissigen Kommentare nicht so wohlwollend und amüsiert reagieren würde, wie der König es tat. Und Freude darüber, dass Darrach an den ersten Tagen der Reise nicht zwischen ihr und Maél stehen würde, wollte auch nicht aufkommen. Denn sie musste plötzlich daran denken, was für Schmerzen er wohl schon Maél zugefügt haben musste, um ihn zu dem Mann zu machen, der er geworden war. Eiskalte Schauder liefen ihr den Rücken hinunter, nur bei dem Gedanken daran.

Endlich kam die Erlösung. Der Zauberer erhob sich und forderte Elea auf, ihm zu folgen.

In der Thronhalle stand noch die gedeckte Festtafel vom Vorabend, mit etwa zwanzig Gedecken, die alle unberührt waren. In glänzendem Silbergeschirr und kunstvollen Kristallkelchen brach sich das Licht der Kerzenleuchter, die ebenfalls in prunkvollem Silber auf der Tafel standen. Die Thronhalle war wie immer hell erleuchtet und eine gemütliche Wärme entströmte von den in den Boden eingelassenen Feuerbecken. Hauptmann Jadora unterhielt sich angeregt mit Finlay an den hohen Fenstern, die die abendliche Dunkelheit erkennen ließen. Auf der gegenüberliegenden Seite stand Maél lässig an eine Wand angelehnt. Nach außen vermittelte er wie immer einen teilnahmslosen, selbstgefälligen Eindruck. In seinem Innern war er jedoch alles andere als gleichgültig. Mit freudiger Erwartung und gleichzeitig großer Sorge sah er der Begegnung mit Elea entgegen, die im Gegensatz zum Vorabend Herr ihrer Sinne und ihres Körpers war. Wie würde sie auf sein verändertes Verhalten in Anwesenheit von König Roghan und Darrach reagieren?

Noch lange bevor die anderen beiden Männer sie vernehmen konnten, hörte er plötzlich Schritte aus der Vorhalle sich nahen, die wenige Augenblicke später bereits in dem langen Gang hallten, der zur Thronhalle führte. Es waren eindeutig die Schritte einer Frau. Aber warum nur von *einer* Frau? Maél hatte erwartet, dass Elea zusammen mit Belana kommen würde. Eine entsetzliche Ahnung ließ für einen Moment seinen Herzschlag aussetzen. *Nein! Nicht Darrach!*

Finlay und Jadora hatten inzwischen auch die sich nähernden Schritte gehört und schauten erwartungsvoll auf die Öffnung des Ganges, dessen Türflügel weit geöffnet waren. Maél hatte sich von der Wand abgedrückt und ging ein paar Schritte auf die Festtafel zu, ohne den Blick von dem Gang zu lösen. Schon einen Augenblick später erschien Belanas imposante Gestalt. Finlay kam ihr eilig entgegen und fragte nach Elea. Die Frau räusperte sich erst etwas unsicher, bevor sie sprach. „Sie ist bei Darrach... Allein." Jadoras Blick verfinsterte sich sofort und schwenkte zu Maél hinüber, der offensichtlich darum bemüht war, nicht die Fassung zu verlieren. Er ballte die Hände zu Fäusten und musste sich zwingen, langsam und tief zu atmen. Zudem musste er erneut gegen ein Würgen ankämpfen. Glücklicherweise hatte sich Finlays fassungsloser Blick auf Belanas Gesicht geheftet, sodass er Maéls nach außen gut sichtbaren inneren Kampf nicht bemerkte. Außer sich vor Wut schnauzte Finlay Belana an. „Wie konntet Ihr sie allein bei ihm lassen, nach allem, was sie gestern bereits durchgemacht hat?" Belana setzte sofort in einem für sie völlig untypischen, kleinlauten Ton zu einer Verteidigung an. Sie erzählte von ihrem morgendlichen Besuch bei König Roghan. Zu allem Überfluss fügte sie noch hinzu, dass sie ein ungutes Gefühl hatte, als sie Elea und Darrach verließ. Finlay begann darauf, sich wie wild die Haare zu raufen, was Maél am liebsten auch getan hätte. Er hatte es inzwischen geschafft, wieder eine halbwegs gleichgültige Miene aufzusetzen und bemühte sich, die letzte Äußerung Belanas nur in seinem Innern zu verarbeiten. Plötzlich hörten die vier in der Thronhalle versammelten Personen wieder Schritte, allerdings aus der entgegengesetzten Richtung. Hinter dem großen Sockel mit dem Thronsessel befand sich eine Tür, die direkt zu den Gemächern des Königs führte. Diese öffnete sich jetzt und hereintrat Roghan mit seiner Leibgarde, die sich sofort in der Thronhalle postierte, während Roghan die Festtafel ansteuerte. Vor seinem Platz am Kopf der Tafel blieb er stehen und begrüßte die Anwesenden mit einem knappen Nicken, das die anderen mit einer Ausnahme erwiderten. Roghan hatte sich gerade auf seinem Stuhl niedergelassen, als auch schon sein Sohn außer sich vor Wut auf ihn zugestürzt kam. „Vater, wie konntest du es zulassen, dass Darrach Elea allein befragt?", platzte es aus ihm heraus. Roghans ohnehin schon finstere Miene verdüsterte sich noch mehr bei diesem neuerlichen Angriff seines Sohnes. Mit herrischer und drohender Stimme erwiderte er: „Ich warne dich, Finlay! Ich habe heute keinen Sinn für deine unangemessenen Ausbrüche. Wenn du nicht deine Zunge im Zaum halten kannst, dann werde ich dich unverzüglich von meiner Leibgarde in die unteren Gefilde des Schlosses bringen lassen, wo ich dir genügend Zeit lassen werde, dich wieder unter Kontrolle zu bringen. Überlege dir also genau, was du sagst! Noch ein beleidigendes Wort von dir, dann landest du im Kerker!" Finlay schluckte zähneknirschend seine heiße Wut hinunter und wandte sich von seinem Vater ab. Dieser forderte die anderen auf, sich an die Tafel zu setzen. Belana setzte sich zu seiner Linken. Zu seiner Rechten sollte Darrach sitzen. Jadora setzte sich neben den dem Berater vorbehaltenen Platz und Maél wiederum neben Jadora. Finlay war noch nicht bereit, sich an denselben Tisch zu setzen, an dem sein Vater saß. Er ging nervös auf und ab und blickte immer wieder angespannt auf die Türöffnung, die in den langen Gang führte.

Die lautstarke Zurechtweisung des Königs hatte ein angespanntes Schweigen zur Folge. Belana fixierte unentwegt ihren Kristallkelch und mied den Blick von Roghan. Maél bereitete sich im Geiste auf die bevorstehende Begegnung mit Elea und seinem Peiniger vor. Nur Jadora machte die Stille offenkundig zu schaffen. Er klopfte nervös mit den Fingern seiner rechten Hand auf den Tisch und schaute immer wieder zu Roghan in der Hoffnung, dass dieser ein Gespräch mit ihm beginnen würde. Er selbst wagte es nicht, das Wort an den König zu richten - erst recht nicht jetzt, wo sich dieser in einer äußerst gereizten Stimmung befand. Nach einer Weile durchbrach Roghan die Stille. Er richtete das Wort jedoch nicht an den Hauptmann, sondern an Maél. Er machte seinem und Darrachs Handlanger nochmals deutlich, wie außerordentlich wichtig es sei, den Drachen zu finden und diesen zusammen mit Elea zurück nach Moray zu bringen. Allein davon hänge das weitgehende Vermeiden eines blutigen Krieges gegen König Eloghan und das Verhindern eines Aufstandes der Bevölkerung Morays ab. Maél ließ einmal mehr sein schauspielerisches Talent spielen. Er strahlte souveräne Zuversicht aus, als er ihm versicherte, Elea mit dem Drachen nach Moray zurückzubringen.

In der Thronhalle entstand eine willkommene Unruhe, als ein paar Diener Kristallkaraffen mit Wein und Wasser und Schüsseln mit Brot auf dem Tisch verteilten. Zu Jadoras Freude begann Roghan doch noch ein Gespräch mit ihm. Belana füllte ihren Kelch mit Wein und trank ihn in einem Zug leer. Sie saß stumm an der Seite von König Roghan, der ihr immer wieder böse Blicke zuwarf. Finlay nahm schließlich mit deutlichem Unwillen gegenüber Maél Platz, der ihn mit grimmigem Gesichtsausdruck musterte. Endlich vernahmen die Anwesenden Schritte vom Gang herkommend, die Maél schon eine Zeit lang vor ihnen gehört hatte. Es waren die Schritte von zwei Personen.

Elea folgte dem Zauberer stumm mit zusammengebissenen Zähnen. Sie umschloss mit beiden Händen ihren Stab, als würde er ihr für das, was jetzt auf sie zukam, die nötige Kraft geben. Was würde sie nun in der Thronhalle erwarten? Vielmehr wer würde sie dort erwarten? Sie hoffte inständig, dass Maél nicht anwesend war. Er kannte sie schon gut genug, um auf den ersten Blick zu erkennen, dass mit ihr etwas nicht stimmen würde. Falls er tatsächlich an dem Abschiedsessen teilnehmen sollte, dann musste er es einfach schaffen, seinen Hass und seine Wut auf Darrach hinunterzuschlucken.

Eleas Hoffnung löste sich ins Nichts auf, und zwar bereits in dem Moment, als sie, noch bevor sie den ersten Fuß in die Thronhalle setzte, an Darrach vorbei als erstes

Maél erblickte, der an einer langen Tafel saß. Er starrte direkt auf sie, das konnte sie mehr spüren als sehen. Sie atmete nochmal tief durch, zog die Bluse vorsichtig noch etwas höher über die Brandwunde und versuchte, den unaufhörlich pochenden Schmerz auf ihrem Brustbein auszublenden. Als sie sich der Tafel näherten, zwang sie sich zu einem unverfänglichen Gesichtsausdruck, dem ihre qualvollen Schmerzen nicht anzusehen waren. Sie spürte nicht nur Maéls Blick auf sich ruhen, sondern alle Anwesenden musterten sie aus mehr oder weniger besorgten Augen. Belana gab Elea ein Zeichen sich zwischen ihr und Finlay zu setzen. Während Darrach sich bei Roghan für die Verspätung entschuldigte, nutzte Finlay die Gelegenheit, Elea zu fragen, ob alles in Ordnung sei. Elea gelang es, sich ein Lächeln abzuringen und versicherte ihm, dass alles bestens sei. Finlay und Belana konnte sie damit täuschen, vorerst zumindest. Beide atmeten hörbar erleichtert durch und widmeten sich dem Essen, das die Diener nach und nach in Schüsseln und auf Platten auftrugen. Als Elea jedoch Jadora grüßend zunickte, musste sie in seinem Gesicht eine tiefe Sorgenfalte auf der Stirn entdecken. *Oje! Wenn ich ihm schon nichts vormachen konnte, dann Maél schon gar nicht.* Da Darrach und Roghan sich angeregt unterhielten, wagte sie einen Blick in Maéls Richtung, dessen Augen unverwandt auf ihr ruhten und jede ihrer Bewegungen verfolgten. Sie blickte ihm in sein schwarzes und blaues Auge und versuchte sich in einem kalten, abschätzigen Gesichtsausdruck, der ihr aber nicht einmal annähernd gelang. Maél erwiderte für einen kurzen Moment ihren Blick so unbeeindruckt wie möglich. Dann schaufelte er sich lustlos Kartoffeln und Gemüse auf seinen Teller. Erst jetzt fielen Elea die vielen Speisen auf dem Tisch auf. Latente Übelkeit überkam sie. Ihre Hände umklammerten den Stab immer noch. Sie hoffte, dass niemand sie in ein Gespräch verwickeln würde. Zu einem entspannten Plaudern war sie überhaupt nicht in der Lage.

Als sie die mit Wasser gefüllten Kristallkaraffen entdeckte, verspürte sie mit einem Mal unglaublich großen Durst. Sie legte ihren Stab neben ihren Teller und streckte ihre Hand nach der Karaffe aus. Bereits bei dieser kleinen Bewegung nahm der unerträgliche heiße Wundschmerz noch mehr zu. Elea stellte mit Schrecken fest, dass ihre Hand zitterte. Sie griff schnell nach der Karaffe und schaute sich um. Niemand schien es bemerkt zu haben – außer einer Person, natürlich. Maél starrte wie versteinert auf ihre Hand. Rasch konzentrierte sie sich wieder auf die Karaffe und ihren Kelch. Sie begann, ganz vorsichtig Wasser hinein zu gießen. Als sie das Plätschern des Wassers hörte, wie es langsam in das Gefäß floss, konnte sie sich kaum zurückhalten, das kalte, kühlende Nass einfach über ihre Brust zu schütten. Sie führte den Kelch an ihre Lippen, schloss die Augen und trank. Jeden einzelnen Schluck Wasser ließ sie mit der Vorstellung ihre Kehle hinunterlaufen, dass er von innen die Verbrennung lindern würde. Sie war so in dieser imaginären Linderung ihres Schmerzes vertieft, dass sie gar nicht hörte, wie Darrach sie mit ihrem Namen ansprach. Erst als Belana sie zaghaft am Ellbogen zupfte, war sie gedanklich wieder bei den Anwesenden. Sie stellte den Kelch ab und sah zu König Roghan hinüber, der sie ernst anblickte. Darrach fixierte sie mit seinem geringschätzigen Lächeln und wiederholte seine Worte. Elea hielt seinem Blick mit stolzer und gefasster Miene stand.

„Elea, ich erzählte gerade König Roghan von unserem etwas aufwühlenden Gespräch, das uns einen kleinen Schritt weiter gebracht hat." Bei diesen Worten erntete er sogleich drei entsetzt dreinblickende Augenpaare. Maél ließ seinen Blick hingegen krampfhaft auf seinem Teller haften und zermalmte das Stück Brot, das er sich kurz zuvor aus einer Schüssel genommen hatte, in seiner Faust. Darrach fuhr in gespielter Höflichkeit fort. „Vielleicht wollt Ihr den hier Anwesenden von Eurer außergewöhnlichen Gabe erzählen?" Elea schluckte mühsam und blickte Jadora ins Gesicht, dessen Augen sich vor Schreck weiteten. Bevor sie zu sprechen begann, musste sie sich erst räuspern. „Ich kann gedanklich meine Gefühle Tieren mitteilen und ihre Gefühle verstehen", sagte sie mit tonloser Stimme. König Roghan fragte verwundert nach: „Soll das heißen, dass Ihr mit Tieren reden könnt?" Elea nickte. „Ja. So in etwa."

„Und mit Vögeln fühlt sie sich besonders eng verbunden. Ist es nicht so, Elea?", fügte Darrach noch hinzu. Die junge Frau nickte erneut. Alle starrten voller Staunen auf sie mit Ausnahme von Maél, der gegen den immer größer werdenden Drang ankämpfen musste, seinen Frust über seine Hilflosigkeit ungezügelt hinauszuschreien. Ihm war klar, dass Elea dem Zauberer diese Gabe nicht freiwillig gestanden hatte. Und dass mit ihr etwas nicht stimmte, war ihm aufgefallen, noch bevor sie sich an den Tisch setzte. Ihre Bewegungen waren viel zu verkrampft und ihre ausdruckslose Mimik wirkte zu angestrengt. Er wurde den Verdacht nicht los, dass sie Schmerzen haben musste, die sie sich aber offensichtlich nicht anmerken lassen wollte.

Belana unterbrach ihr Schweigen, indem sie Elea aufforderte, etwas zu essen. Sie schöpfte dem Mädchen einfach etwas Gemüse auf ihren Teller. Elea konnte den Anblick des Essens direkt vor ihr kaum ertragen, geschweige denn den Geruch, der ihr von ihrem Teller direkt in die Nase stieg. Sie spürte, wie ein Würgereiz ihre Kehle hinaufschlich. Rasch ergriff sie ihr Glas, um ihn hinunterzuschlucken. Plötzlich schaltete sich Finlay ein. „Elea, ist wirklich alles mit Euch in Ordnung? Ihr habt doch etwas!"

„Mir geht es in der Tat nicht gut. Ich weiß auch nicht, was los ist. Mir ist übel und etwas schwindelig. Vielleicht sollte ich mich lieber hinlegen. Von dem Essen, befürchte ich, kann ich ohnehin nichts anrühren." Elea hatte nur noch einen Gedanken, weg von Darrach, weg aus der Thronhalle. Am liebsten wäre sie hinaus in den Schlosshof gerannt und hätte sich mit ihrer nackten Brust auf den schneebedeckten Boden gelegt.

„Ich denke, das wird das Beste sein, mein Kind. Wenn König Roghan nichts dagegen hat, dann werde ich Euch zu Eurem Zimmer geleiten", sagte Belana und sah erwartungsvoll zu Roghan, der schon zu einer Antwort ansetzen wollte, als Darrach ihm zuvorkam. „Diese Aufgabe kann durchaus Maél übernehmen. Er hat ja noch einiges wieder gut zu machen bei unserem Gast." Finlay warf geräuschvoll Messer und Gabel auf seinen Teller und wollte schon wutschnaubend zu einer Erwiderung ansetzen, als er den drohenden Blick sah, mit dem ihn sein Vater fixierte. Belanas empörte Miene über Darrachs Vorschlag verschwand blitzartig aus ihrem Gesicht, als Roghan so heftig mit der Faust auf den Tisch schlug, dass das Geschirr schepperte.

Elea wusste mit einem Mal, dass dies die Gelegenheit war, mit Maél alleine zu sein und sei es nur für wenige Augenblicke. Sie brauchte ihn jetzt, koste es, was es wolle. Nur er könnte ihr über diesen entsetzlichen Schmerz und diese albtraumhafte Begegnung mit Darrach hinweghelfen. Sie nahm ihren ganzen Mut und ihre ganze Kraft zusammen und riskierte, von mindestens der Hälfte der Anwesenden als wahnsinnig gehalten zu werden. Aber für Darrach konnte sie es so aussehen lassen, dass sie sich von ihm und seinen versteckten Quälereien nicht unterkriegen lassen wollte, erst recht nicht, wenn er ihr seinen brutalen Handlanger aufdrängte. Herausfordernd blickte sie Darrach in die Augen und erwiderte mit fester Stimme: „Ach, was Ihr nicht sagt, Darrach. Er hat also vor, die Misshandlungen und Demütigungen, die er mir zugefügt hat, auf wundersame Weise wiedergutzumachen? Da bin ich aber gespannt, wie er das schaffen will." Sie warf Maél einen spöttischen Blick zu, der ihm mit ausdruckslosem Gesicht standhielt. „Dann sollten wir ihm vielleicht wirklich gleich hier und jetzt die Gelegenheit geben, seine Wandlung unter Beweis zu stellen." Belana und Finlay fehlten angesichts Eleas gerade stattgefundenen Stimmungswandels die Worte. In ihren Augen war nur Unverständnis zu lesen. Jadora verfiel wieder in sein typisches, nervöses Räuspern, während Darrachs Lächeln im Gesicht gefror. Endlich zeigte Maél eine Reaktion. Auf seinem Gesicht breitete sich ein spöttisches Lächeln aus, als er sprach. „Ich werde mein Bestes geben, um Euch wohlbehalten und unversehrt zu Eurem Zimmer zu geleiten. Und falls ich heute durch meine erste Prüfung falle, dann werde ich auf unserer bevorstehenden Reise noch genügend Gelegenheiten haben, mich zu bewähren. Meint Ihr nicht auch, Elea?" Maél war klar, dass er mit dieser sarkastischen Äußerung wahrscheinlich Darrachs Unwillen auf sich ziehen würde. Dies war ihm jedoch im Moment vollkommen gleichgültig, da er gegenüber Elea seine Rolle gut spielen wollte.

„Genug mit dem Geplänkel. Maél, du wirst Elea unverzüglich zu ihrem Zimmer geleiten", schaltete sich Roghan gebieterisch ein. Zu Elea gewandt sagte er: „In Anbetracht der Tatsache, dass Ihr morgen sehr früh aufbrechen werdet, solltet Ihr Euch ausruhen. Der gestrige Tag ist offensichtlich nicht spurlos an Euch vorübergegangen." Er nickte Maél zu. Daraufhin ergriff Elea betont langsam ihren Stab und versicherte noch ihren beiden Tischnachbarn, dass sie Maél nicht fürchtete und dass sie sich keine Sorgen machen bräuchten. Dann erhob sie sich und schloss sich Maél an, der in der Zwischenzeit aufgestanden war und am anderen Ende der Tafel auf sie wartete. Kaum waren sie in dem Gang verschwunden, beschleunigte Maél sein Tempo, sodass Elea Mühe hatte ihm zu folgen. Keiner wagte zu sprechen. Sie sah ihn immer wieder von der Seite an, während er starr geradeaus blickte. Im Schlosshof herrschte im Vergleich zum Vorabend nur wenig Betriebsamkeit. Sie überquerten eilig den Hof zu dem Gebäude, in dem sich Eleas Zimmer befand. Er öffnete die Tür und trat vor Elea in das Gebäude, um seine schnellen und ausladenden Schritte drinnen fortzusetzen. Nur noch das Labyrinth aus Gängen und Treppen trennte sie von der rettenden Zuflucht in Eleas Zimmer. Durch das schnelle Gehen – für Elea war es schon fast ein Traben, da ihre Schritte wesentlich kleiner waren als Maéls – wuchs der Schmerz auf ihrem Brustbein ins Unerträgliche. Sie biss jedoch die Zähne zusammen. Tränen vor Schmerz, Erleichterung und Freude darüber, dass sie es geschafft hatte, mit Maél alleine zu sein, liefen bereits ihre Wangen hinunter. Endlich standen sie vor ihrer Tür. Bevor Maél sie öffnete, schaute er nochmals nach links und rechts, um sich zu vergewissern, dass sie niemand beobachtete. Dann öffnete er die Tür, nahm Elea an die Hand und zog sie mit sich hinein. Nachdem er die Tür halbwegs geräuschlos geschlossen hatte, drehte er sich zu ihr herum und zog sie vorsichtig an sich. Seine Stimme war leise und rau, als er zu ihr sprach: „Was hat er dir angetan, Elea? Sag es mir!" Mit nicht enden wollendem Tränenstrom begann die junge Frau, aufgeregt zu erzählen. „Ich war so dumm, Maél. Ich trug meinen Stein direkt auf der Haut und dachte er würde mich vor Darrachs Magie schützen. Aber Darrach kam immer näher zu mir, bis seine Hände auf meinen Schultern lagen. Der Stein leuchtete immer schneller und wurde immer heißer - heißer als damals im Stall. Als ich ihn von meiner Haut wegreißen wollte, hielt er meine Arme fest. Er hat mich unter Druck gesetzt. Er hätte niemals meine Arme losgelassen, wenn ich ihm nicht irgendeine meiner Gaben gestanden hätte. Selbst als ich ihm das mit den Tieren verraten hatte, wollte er meine Arme erst nicht frei lassen. Er hatte so lange gewartet, bis ich anfing zu schreien." Die letzten Worte wurden von lauten Schluchzern begleitet. Maél drückte behutsam Eleas Kopf an seine Brust und streichelte tröstend ihren Rücken und ihr Haar. Am liebsten wäre er sofort in die Thronhalle gerannt, um Darrach sein Messer in sein schwarzes Herz zu stoßen. Mit seinem Mund an Eleas Ohr sagte er mit gepresster Stimme: „Nur noch die eine Nacht, Elea, dann verschwinden wir von hier. Ich werde dich in Sicherheit bringen. Darrach wird dir dann nie wieder wehtun können. Das verspreche ich dir." Er drückte sie etwas von sich, um ihr mit seinen Daumen zärtlich die Tränen von den Wangen wegzuwischen. Dann zog er vorsichtig Eleas Bluse etwas nach unten, während das Mädchen die Augen schloss. Maél musste die Luft anhalten, als er die riesige Brandblase sah, die aufgeplatzt war. Zum Teil blutendes Fleisch kam darunter zum Vorschein. „Ich werde Belana sagen, dass sie einen Heiler zu dir schicken soll. Ich muss jetzt gehen, sonst wundern sie sich, wo ich so lange bleibe." Elea nickte ihm verständnisvoll zu. Dann drückte er ihr noch zart seinen Mund auf ihre salzig-nassen Lippen. Zwei Herzschläge später war er bereits geräuschlos aus ihrem Zimmer verschwunden.

Elea setzte sich, immer noch den Stab in der Hand haltend, aufs Bett und ließ sich einfach nach hinten fallen. Sie hoffte, dass schnell heilkundige Hilfe kommen würde, um ihr Linderung zu verschaffen. Sie war zu allem bereit. Sie würde sogar Bilsenkrauttee trinken, wenn sie nur nicht mehr diese Schmerzen ertragen müsste.

Teil IV
Die Suche

Kapitel 1

Elea erwachte so früh wie noch nie, seit sie sich auf dem Schloss befand, und das, obwohl sie am Abend zuvor reichlich betäubenden Bilsenkrautsud getrunken hatte. Durch das dicke Fensterglas schimmerte noch nicht einmal das erste Licht des dämmernden Morgens. Sie hatte nicht die geringste Ahnung, wie lange sie geschlafen hatte. Auf jeden Fall war es ein traumloser Schlaf, in dem sie den unerträglichen Schmerz nicht mehr hatte spüren müssen. In wachem Zustand ließ sie jedoch das unaufhörliche Pochen in ihrer verbrannten Haut erschaudern. Bei der geringsten Bewegung ihres Oberkörpers hatte sie das Gefühl, dass unzählige kleine Messer ihr ins verletzte Fleisch stachen. Dennoch beschloss sie, aufzustehen und sich ohne Belana reisefertig zu machen. Zuerst nahm sie noch einen Schluck von dem Betäubungstrank und stieg dann langsam – etwas schwankend - aus dem Bett. Ein frisches Feuer machen unterließ sie, da nur der Gedanke an Hitze Übelkeit in ihr hervorrief. Sie ging zum Fenster, um einen Blick nach draußen zu werfen. Ein frostiger Luftzug ließ ihr Gesicht erstarren und sorgte sogleich für eine Gänsehaut auf ihrer nackten Haut, die sie nun willkommen hieß. Die dünne Schneedecke vom Vortag war kaum noch zu sehen. Sie schloss wieder das Fenster und ging zu der Frisierkommode, auf die Belana am Abend zuvor ihre Kleider gelegt hatte. Während sie sich vorsichtig und immer wieder den Atem anhaltend ankleidete, ließ sie nochmals den Abend Revue passieren, nachdem Maél sie in ihrem Zimmer zurückgelassen hatte. Glücklicherweise hatte es nicht lange gedauert, bis Belana mit einem älteren, bereits ergrauten Mann auftauchte, den sie noch nicht kannte. Belana stellte ihn ihr als den Heiler vor, der sie bereits am Vorabend untersuchte, als sie alle mit ihrem todesähnlichen Schlaf in Angst und Schrecken versetzt hatte. Elea richtete schwerfällig und mit schmerzverzerrtem Gesicht ihren Oberkörper vom Bett auf, als die beiden das Zimmer betraten. Der Heiler nickte ihr freundlich zu, während Belana besorgt fragte, was ihr fehle. Elea war außer Stande, auch nur ein Wort zu sagen. Sie zog lediglich ganz vorsichtig das Hemd etwas hinunter, sodass sie die blutende Brandwunde sehen konnten. Beide zogen scharf die Luft ein. Der Heiler verschwand sofort wieder, um die nötigen Heilmittel zu besorgen, während Belana Elea mitfühlend betrachtete und ihr über das Haar streichelte. „Elea, Ihr braucht mir nichts zu erzählen. Darrach war mir schon immer ungeheuer. Aber dass in ihm eine so grausame Ader steckt, hätte ich niemals für möglich gehalten. Und dass Roghan ihn darin unterstützt, nur um seine größenwahnsinnigen Ziele zu verwirklichen, ist unerhört. – Kommt, ich helfe Euch beim Entkleiden und dann legt Ihr Euch ins Bett. Levian wird sicherlich Eure Schmerzen lindern können. Allerdings mache ich mir Sorgen, ob Ihr überhaupt reisetauglich seid. Die Reise wird eine Tortur für Euch werden." Die junge Frau nahm ihre ganze Kraft zusammen und beruhigte sie. „Belana, macht Euch darüber keine Sorgen. Ich bin schon mit ausgepeitschtem Rücken geritten, dann werde ich die nächsten Tage auch überstehen. Lieber halte ich diese Schmerzen aus und ertrage die Gegenwart Maéls, als einen Tag länger unter einem Dach mit Darrach zu verbringen." Belana nickte Elea verständnisvoll zu und gab noch zu bedenken. „Also Maél hat mich die letzten Tage angenehm überrascht, auch wenn er sich immer noch eiskalt und arrogant zeigt. Erst sein für ihn untypisches Verhalten am Abend der Ankündigung und jetzt der Hinweis, dass Ihr dringend einen Heiler benötigen würdet. In ihm scheint eine Wandlung vorgegangen zu sein." Elea erwiderte nichts darauf. Sie zog sich noch den Lederriemen mit dem verhängnisvollen Stein über ihren Kopf, legte ihn auf die Frisierkommode und breitete sich splitternackt auf dem Bett aus. Belana zog die Felldecke bis zur aufgeplatzten Brandblase über sie. Ein paar Augenblicke später betrat auch schon Levian das Zimmer mit einem Holzkasten, den er an einem breiten Lederband über der Schulter trug. Belana trat zur Seite, sodass sich der Heiler auf das Bett setzen konnte. Elea ließ den Mann mit geschlossenen Augen und stumm seine Arbeit machen, während die Erste Hofdame aus der Truhe Eleas altes Reisegepäck und ihre Kleider für die Reise herausholte. Anschließend setzte sie sich auf den Stuhl und wartete, bis Levian fertig war. Zum Schluss gab der Heiler Elea noch Anweisungen, wie sie ihre Wunde täglich zu versorgen hatte. Er überließ ihr einen Tiegel, ähnlich wie jener von Breanna, in dem eine grünliche Paste war, von der sie einmal am Tag auf die verbrannte Stelle auftragen und dann vorsichtig eines der sauberen Verbandtücher daraufzulegen sollte, die er ihr ebenfalls da ließ. Zur Linderung der Schmerzen holte er eine tönerne Flasche aus seiner Heilertasche, in der sich schon fertig zubereiteter Bilsenkrautsud befand. Sie nahm sofort ein paar kräftige Schlucke davon. Die Hofdame teilte ihr noch mit, dass sie sie am nächsten Morgen rechtzeitig für den Aufbruch wecken käme. Dann verließ sie sie auch schon mit dem Heiler. Es dauerte nicht lange, da zeigte der Bilsenkrautsud seine Wirkung und entführte Elea in den ersehnten schmerzlosen Schlaf...

In Gedanken versunken fiel ihr Blick plötzlich auf ihren Stein. Es kostete sie große Überwindung, ihn sich wieder umzulegen, aber sie musste es tun. Der Stein war nach allem, was sie zusammen mit ihm erlebt hatte, ein Teil von ihr geworden.

Trotz ihrer vorsichtigen Bewegungen beim Ankleiden waren die Schmerzen so stark geworden, dass ihr der Schweiß auf der Stirn stand. Sie packte noch ihren Rucksack mit ihren übrigen Kleidern, der Paste und den Wundtüchern und steckte wieder ihren Stab in das Seitenfach an seinen alten Platz. Erst dann ließ sie sich erschöpft mit einem Stöhnen auf dem Stuhl vor der Frisierkommode nieder.

Als sie so dasaß, kam sie nicht umhin, sich im Spiegel zu betrachten. Ihr Bluterguss unterhalb ihres linken Auges war so gut wie verschwunden. Auf ihren Wangen waren immer noch schimmernde Spuren des Goldstaubs zu erkennen. Ihr Blick wanderte hoch zu ihrem Haar, das noch immer durch Belanas aufwendiges Geflecht gebändigt war. Sie suchte die Enden des Zopfes und begann, die Haare daraus zu lösen. Es dauerte jedoch eine ganze Weile, bis sie sie befreit hatte, da sie immer wieder eine Pause wegen des Wundschmerzes einlegen musste. Schließlich hatte sie es geschafft.

Sie wollte ihren Augen nicht trauen. Es fehlten vielleicht nur noch zwei Handbreit und ihr Haar würde ihr Hinterteil berühren. *Nein! So werde ich ganz sicherlich nicht die Reise antreten.* Sie öffnete versuchshalber die große Schublade in der Frisierkommode und da sah sie sie: Belanas Schere. Ihr erster Gedanke war, ihr Haar auf der Stelle abzuschneiden. Aber es dauerte nicht lange, da beschlich sie Belana gegenüber ein schlechtes Gewissen. Sie hatte irgendwie das Bedürfnis, es mit ihrem Einverständnis und ihrer Hilfe zu tun. Allerdings wusste sie überhaupt nicht, wie sie sie dazu bringen sollte, ihr das Haar bis zu den Schultern abzuschneiden, wo ihr doch beim Kürzen um einen Fingerbreit bereits das Herz blutete. Sie musste es versuchen. Und falls sie scheitern sollte, musste Jadora herhalten. Er hatte bestimmt in einer seiner vielen Satteltaschen auch eine Schere verstaut. Dann blieb allerdings noch die nicht leicht zu beantwortende Frage, wie sie sich von ihnen entledigen konnte, ohne von Maél dabei erwischt zu werden. Er würde es ihr niemals erlauben. Nein! Sie musste Belana dazu überreden. Es ging kein Weg daran vorbei.

Elea nahm die Schere aus der Schublade, legte sie vor sich auf die Frisierkommode und wartete. Durch das Fenster war noch immer kein Dämmerlicht zu sehen, als es nach einer kleinen Weile an die Tür klopfte. Einen Wimpernschlag später kam auch schon Belana mit Eleas Frühstück hereingetreten. Belanas Überraschung darüber, dass Elea schon reisefertig war, zumindest bis auf das Frisieren ihres Haars, stand ihr deutlich ins Gesicht geschrieben. „Wie ich sehe, Elea, wartet Ihr bereits auf mich und meine Haarkünste. Ich..." In dem Moment, als Belana das Tablett vor Elea abstellen wollte, erblickte sie die Schere. Bei ihrem Anblick versagten ihr die Worte, sodass sie ihren angefangenen Satz nicht beenden konnte. Sie suchte schockiert Eleas Blick im Spiegel. Als sie ihn fand, erübrigte sich jegliche Frage. Sie stellte das Tablett ab und wollte schon zu einem Protest ansetzen, als Elea ihr zuvorkam. Mit entschlossener, aber ruhiger Stimme begann sie zu sprechen: „Belana, ich weiß, wie Ihr darüber denkt. Aber ich bitte Euch, hört mich zuerst an, bevor Ihr mein Vorhaben verurteilt." Belana blieb mit ernstem Blick hinter der jungen Frau stehen und verschränkte erwartungsvoll die Arme.

„Belana, Ihr könnt unschwer erkennen, dass mein Haar in der vergangenen Woche mehr als eine Handbreit gewachsen ist. Ihr wisst selbst, dass ich mir aus meinem Haar nicht sehr viel mache und Ihr habt auch gesehen, dass ich mit ihm nicht umgehen kann, schon gar nicht bei dieser Länge. Ich weiß nicht, wie lange die Reise dauern wird, aber sicherlich so lange, dass es wieder mindestens zwei Handbreit in dieser Zeit wachsen wird. Ich kann wohl kaum Maél oder Jadora bitten es mir zu kämmen oder die Knoten zu entwirren, meint Ihr nicht auch? Glaubt mir, es ist mir eine Last – jetzt schon -, und erst recht auf der Reise. Wenn Ihr es mir jetzt nicht abschneidet, dann werde ich Jadora bitten, es zu tun. Er trägt in seinen Satteltaschen fast seinen ganzen Hausrat mit sich herum. Dann findet sich in ihnen bestimmt auch eine Schere. Mir wäre es aber viel lieber, wenn Ihr es tätet." Elea hielt für einen Moment inne, um sich zu räuspern, während Belana, wie zu einer Salzsäule erstarrt, sie nicht aus den Augen ließ. „Ich sitze hier schon eine Weile vor der Schere. Ich hätte es mir einfach abschneiden und Euch vor vollendete Tatsachen stellen können. Das wollte ich aber nicht. Ich wollte Euer Einverständnis. Es bedeutet mir sehr viel."

Je länger Belana Eleas rührende Worte verfolgt hatte, desto größer war der Kloß in ihrer Kehle geworden, gegen den sie nur mühsam anschlucken konnte. Die Erste Hofdame musste einsehen, dass Elea mit allem, was sie sagte, recht hatte. Ihr war durchaus klar, dass bei einer so strapaziösen Reise, die auf das Mädchen wartete, ästhetische Gesichtspunkte zugunsten praktischer an Bedeutung verloren. Dennoch sträubte sich jede Faser ihres Körpers gegen eine so radikale Handlung. Allerdings die Tatsache, dass Elea sich nicht einfach über ihren Willen hinweggesetzt und ihr Haar bereits ohne ihr Einverständnis abgeschnitten hatte, berührte sie zutiefst. Sie sah in die flehenden Augen der jungen Frau und musste an das denken, was sie bereits alles durchmachen musste, nicht nur auf der Reise nach Moray, sondern auch in den letzten Tagen hier auf dem Schloss. Nachdem sie es endlich geschafft hatte, den Kloß hinunterzuschlucken, atmete sie dreimal tief ein und aus. Dann ergriff sie die Schere und machte sich wortlos daran, Elea von ihrer Last zu befreien.

Der Morgen kündigte sich endlich an, als Elea sich in ihrem Zimmer von Belana und Lyria verabschiedete. Belana hätte Elea gerne zum Abschied in die Arme genommen, um sie fest an ihr Herz zu drücken, aber aus Rücksicht auf ihre Verletzung begnügte sie sich damit, ihr einen Kuss auf die Stirn zu drücken und ihr viel Glück zu wünschen. Dabei konnte sie nicht widerstehen, noch an dem Kopftuch herumzuzupfen, das sie Elea gleich, nachdem sie die letzte Haarsträhne abgeschnitten hatte, ähnlich kunstvoll wie Breanna um den Kopf drapiert hatte. Lyria nahm Eleas Hände in ihre und drückte sie fest und wünschte Ihr ebenfalls alles Gute. Beide Frauen des Hofes kämpften erfolglos gegen ihre Tränen an, von denen Elea am letzten Abend schon genug vergossen hatte, sodass ihre Augen an diesem Morgen trocken blieben. Kaum hatte sie sich ihren Rucksack und Bogen geschultert, klopfte es auch schon an die Tür. Es war ein Stallbursche, der von Jadora geschickt wurde, um Elea abzuholen. Sie ergriff die beiden Fellbündel und nickte den beiden Frauen zum Abschied nochmals zu. Dann folgte sie dem jungen Mann, der sie hoffentlich zum letzten Mal durch das Labyrinth aus Gängen und Treppen zu dem Innenhof führte, wo ihre Reisebegleiter bereits auf sie warteten. Während Elea etwas zögernd auf die Männer zuschritt, fiel ihr als Erstes auf, dass wesentlich mehr Pferde im Hof standen, als Krieger zu sehen waren. Jadora kam ihr lächelnd entgegen und nahm ihr das Gepäck ab. „Ich hoffe, Ihr habt den gestrigen Abend gut überstanden, Elea", begrüßte er sie förmlicher als sonst, aber mit besorgtem Unterton in der Stimme. Elea versuchte sich in einem bejahenden Lächeln, das den Hauptmann jedoch nicht zu überzeugen schien.

„Wo ist Maél?", fragte sie zaghaft. „Darrach wollte ihn noch ein letztes Mal sprechen." Elea zuckte kurz zusammen, bei dem Gedanken, dass Maél jetzt an ihrer Stelle vielleicht irgendeiner Grausamkeit des bösen Zauberers ausgesetzt sein würde. Suchend ließ sie ihren Blick über die Pferde schweifen. Sie erkannte Arok und auch Jadoras Pferd wieder. Dabei sah sie auch, dass drei Pferde mit allerlei Gepäck beladen waren. Sie blickte Jadora fragend an. „Wir wollten erst einen Wagen nehmen, aber Maél meinte, er behindere uns nur. Wer weiß, welche Wege Ihr uns entlang führt!", lächelte Jadora ihr spitzbübisch zu. „Was machen wir eigentlich, wenn uns unser Weg die Berge hochführt? Auf die Pferde werden wir dann auch noch verzichten müssen, oder etwa nicht?", wollte Elea besorgt wissen. „Darüber machen wir uns erst dann Sorgen, wenn es soweit ist, Mädchen", beruhigte Jadora sie.

Seit Elea sich das letzte Mal unter freiem Himmel aufgehalten hatte, waren die Temperaturen deutlich gesunken. Sie begann bereits vor Kälte zu zittern und es kostete sie einige Anstrengung, ihre Zähne daran zu hindern, geräuschvoll aufeinander zu klappen. Beklommen schweifte ihr Blick zu den beiden hohen Türmen empor. Es fehlte nicht mehr viel, bis das Tageslicht seine volle Kraft erreicht haben würde. Ihre Augen blieben zunächst an dem Drachenturm mit der riesigen Armbrust hängen, die sie aus der Entfernung jedoch nicht erkennen konnte. Ihr Anblick beim Ausflug mit Finlay hatte sich dafür unauslöschlich in ihr Gedächtnis gebrannt, ebenso wie ihr Stein einen lebenslangen Abdruck auf ihrer Haut hinterlassen hatte. Schaudernd über die Vorstellung, welche Gefahr von diesem Turm für ihren Drachen und sie ausging, glitt ihr Blick hinüber zu dem noch höheren Turm. Aufgrund des Lichtes, das aus dem Innern des Turmzimmers strahlte, konnte Elea aus der Entfernung eine Gestalt am Fenster ausmachen, König Roghan. Elea zog instinktiv die Kapuze ihrer Lederjacke über das Kopftuch. So hatte sie wenigstens das Gefühl vor seinen Blicken verborgen zu sein. Sie drehte sich zu Jadora um, als sie geradewegs in ein schwarzes und blaues Auge blickte. *Wie hat er das nun wieder geschafft - sich einfach so an mich heranzuschleichen?* Noch rechtzeitig fiel ihr ein, dass sie sich noch nicht in Sicherheit vor unerwünschten Augen und Ohren befanden. Sie mussten ihr Täuschungsmanöver also noch eine Weile aufrechterhalten. Während sie sich in einem distanzierten Blick versuchte, obwohl sie eigentlich viel lieber ihre Arme um ihn geschlossen und seinen unverkennbaren Duft eingeatmet hätte, musterte Maél sie eindringlich und nickte ihr zum Gruß ernst zu. Dann richtete er das Wort an Jadora, während er sie nicht aus den Augen ließ. „Hast du sie schon mit ihrem Transportmittel bekannt gemacht, Jadora?" In dem Moment, als Jadora anfing, nervös herumzuhüsteln und Eleas fragenden Blick auswich, überkam Elea eine böse Vorahnung. *Nein! Das darf nicht wahr sein! Was muss ich noch alles ertragen, bis wir diesen verfluchten Drachen gefunden haben?!* Das Entsetzen in Eleas Gesicht war für Maél ein Zeichen, dass sie begriffen hatte. Er schritt auf ein Pferd zu, dem sie die ganze Zeit über den Rücken zugedreht hatte. Elea folgte Maél mit ihren Augen, rührte sich aber nicht vom Fleck. Erst als Jadora sie behutsam am Arm berührte und sie aufforderte, ihn zu dem Pferd zu begleiten, setzte sie sich zaghaft in Bewegung. Für Maél, der sich streitlustig vor das Pferd aufgebaut hatte, hatte Elea in diesem Moment keine Augen. Sie starrte nur auf das Pferd, das um einiges kleiner als Arok und sogar als Jadoras Pferd war. Es war ein dunkelbrauner

Fuchs, dessen Mähne und Schweif von nahezu demselben Rot war wie Eleas kupferrote Strähnen. *Soll das ein Scherz sein?!* „Wem habe ich ihn zu verdanken?", wollte Elea zugleich neugierig und empört wissen. Jadora räusperte sich wieder ausgiebig, bevor er antwortete: „Also, ähm... ich habe sie – es ist eine Stute – für Euch ausgesucht. Maél hat mich damit beauftragt, für Euch ein passendes Pferd zu suchen."

„Das ist Euch offensichtlich gelungen", schnaubte Elea dem Hauptmann zu, während sie gleichzeitig Maél einen giftigen Blick zuwarf. Dieser konnte sich ein Schmunzeln nicht verkneifen. Jadora fügte noch kleinlaut hinzu. „Sie heißt Shona und ist lammfromm. Ein besseres Pferd gibt es nicht für Euch. Sie ist leicht zu reiten. Ihr müsst so gut wie nichts machen."

Obwohl Elea alles andere zumute war, als sich zu streiten, hatte sie keine Lust, einfach klein beizugeben und sich kampflos zu ergeben. „Und was spricht dagegen, dass wir diese Reise genauso bestreiten, wie schon die erste. Da war es doch auch kein Problem, dass ich bei Euch mit auf dem Pferd saß." Jadora nestelte verlegen an seinem Schwert herum, als ob es nicht an seinem richtigen Platz saß, und sah hilfesuchend zu Maél. Während Eleas durchbohrender Blick sich abwechselnd auf die beiden Männer heftete, erlöste Maél endlich Jadora und beantwortete in seinem gewohnt überheblichen Ton Eleas dringliche Frage. „Es ist immer eine Belastung für ein Pferd zwei statt einer Person zu tragen. Erst recht, wenn es Sturm und Schnee ausgesetzt ist oder noch zusätzliches Gepäck tragen muss. Wie Ihr wahrscheinlich bereits festgestellt habt, haben wir drei Packpferde, die nur unsere Ausrüstung und unseren Proviant tragen. Darüber hinaus müssen die Pferde der Reiter auch deren persönliches Gepäck tragen, was im Winter deutlich schwerer ausfällt als zu anderen Jahreszeiten."

Elea musste – ebenso wie schon kurz zuvor Belana, als es um ihre Haare ging – schweren Herzens zugeben, dass Maél unbestreitbar recht hatte, und zwar ebenfalls aus praktischen Gründen. In diesem Fall konnte man natürlich nicht auf eine junge Frau Rücksicht nehmen, die sich aus unerfindlichen Gründen sträubt, sich allein auf ein Pferd zu setzen. Elea wollte schon einlenkend Maél zunicken, als dieser noch etwas anzumerken hatte.

„Außerdem denke ich, dass es nicht schadet, ein Pferd eigenständig zu reiten, bevor man einen Drachen reitet. Seht es also als eine Übung an!", sagte er mit einer Stimme, aus der Elea deutlich den amüsierten Unterton heraushören konnte. Zu der Hitze auf ihrem Brustbein begann es nun auch noch in ihrem Innern zu brodeln. Sie war nahe dran, über ihre Schmerzen hinwegzusehen und sich wutschnaubend auf ihn zu stürzen. *Er schafft es immer wieder, mich so zu reizen, dass ich überhaupt nicht mein schauspielerisches Talent bemühen muss.* Sie schloss die Augen und atmete wieder dreimal tief ein und aus. „Worauf warten wir dann noch?" Sie stieß Maél zur Seite und befestigte ihren Rucksack am Sattel. Dann holte sie noch ihre Fellbündel. Nachdem sie diese ebenfalls an den Sattel gebunden hatte, legte sie sich ihren Umhang um die Schultern. Maél und Jadora beobachteten sie dabei mit offen stehendem Mund und ohne einen Laut von sich zu geben. Ihre Wut ließ sie sich viel zu ruckartig bewegen, sodass der Schmerz auf ihrem Brustbein wieder heiß aufflammte. Sie biss jedoch die Zähne zusammen und ließ sich nichts anmerken. Als sie sich jedoch mit einem Fuß im Steigbügel am Sattel hochziehen wollte, entrann ihr doch ein schmerzvolles Aufstöhnen. Dennoch hielt sie nicht in ihrer Bewegung inne, sondern bestieg Shona, als würde sie es täglich tun. Oben angekommen blickte sie stolz auf Maél, dessen Miene plötzlich schuldbewusstes Mitgefühl widerspiegelte. *Dafür ist es jetzt zu spät, du Mistkerl!* Mit etwas belegter Stimme setzte er noch hinzu: „Schön, dass Ihr so einsichtig seid. So sparen wir kostbare Zeit. Zumal wir ohnehin schon spät dran sind." Dann gab er den Kriegern das Zeichen aufzusitzen. Jadora kam sofort zu ihr geritten und sagte aufmunternd: „Ich werde die ganze Zeit an Eurer Seite bleiben und Euch sagen, was Ihr zu tun habt. Ihr werdet sehen, es wird ein Kinderspiel sein. Ihr könntet ja mit ihr reden und ihr zu verstehen geben, dass ..." Weiter kam Jadora nicht, da Elea ihm einen Blick zuwarf, der ihn sofort zum Erstarren brachte.

Schon auf dem Weg, der sich den Berg hinunterschlängelte, kam Elea zu dem Schluss, dass Shona in der Tat ein zartfühlendes Geschöpf war. Sie schritt in gleichmäßigem Tempo ohne hektische Bewegungen neben Jadoras Pferd her und schien Eleas zunächst vorsichtige Streicheleinheiten an ihrem Hals und der Mähne zu mögen. Denn jedes Mal, wenn sie aufhörte, sie zu streicheln, begann sie ihren Kopf hin und her zu schütteln, so als forderte sie Elea auf mit dem Streicheln fortzufahren. Dies fiel auch Jadora auf, was ihn zum Schmunzeln brachte. Elea hatte natürlich längst seinen Rat befolgt und mit der Stute auf ihre Weise Kontakt aufgenommen. Ihre anfängliche Furcht hatte sich recht schnell verflüchtigt, vor allem in dem Moment, als Shona ihr zu verstehen gab, dass es ihr Spaß machen würde, sie auf ihrem Rücken zu tragen.

Maél führte die Reiter zunächst in langsamem Tempo an, sodass die Schmerzen für Elea einigermaßen auszuhalten waren. Sie war so auf das Reiten, das Pferd und dessen Gefühle konzentriert, dass ihr gar nicht auffiel, dass sie kurz vor der Brücke nach rechts schwenkten und sich am Fuße des Berges entlang, auf dem sich das Schloss befand, in Richtung Norden zum Akrachón bewegten. Erst als Elea rechterhand die hoch über ihr prangende Wehrmauer mit den vielen Wehrtürmen erblickte, drehte sie sich um und stellte mit großer Erleichterung fest, dass sie keinen Fuß mehr in die schreckliche Hauptstadt setzen musste.

Als sie wenig später den Berg hinter sich gelassen hatten, war es mit Eleas entspannter Stimmung jedoch zu Ende. Maél trieb Arok erst zum Trab und schließlich zum Galopp an. Shona zu reiten war nicht das Problem. Jadora hatte recht behalten. Elea musste überhaupt nichts tun, als nur die Zügel halten. Die Stute passte sich einfach Jadoras Pferd an. Sie musste jedoch gegen den unbarmherzig zunehmenden Schmerz auf ihrem Brustbein ankämpfen, der durch das Geschaukel immer unerträglicher wurde. Eine Zeit lang konnte sie ihn unter großer Selbstbeherrschung aushalten. Doch dann überkam sie eine Übelkeit, gepaart mit kalten Schweißausbrüchen. Völlig überraschend blieb Shona so abrupt stehen, sodass Elea durch die ruckartige Bewegung einen Schrei nicht mehr unterdrücken konnte. Jadora forderte Maél sofort auf anzuhalten. Dieser kam auch sogleich von der Spitze des kleinen Zuges zurückgeritten und baute sich hünenhaft auf seinem gewaltigen Ross sitzend vor ihr auf. Sein Ärger über die Unterbrechung war unschwer an seiner steilen Falte zwischen seinen Augen abzulesen. „Was ist los? Ich dachte, du willst so schnell wie möglich das Schloss und Darrach hinter dir lassen, und jetzt halten wir an, obwohl wir gerade mal an dem Berg vorbei sind." Elea musste im ersten Moment über Maéls ungehaltene und unsensible Worte schwer schlucken. Dann setzte sie empört zu ihrer Verteidigung an. „Ich habe Shona nicht angehalten. Ich, ich weiß ja überhaupt nicht, wie das geht. Ich..." Maél unterbrach sie in ihrem Satz, indem er näher zu ihr herangeritten kam. Er zog ihr die Kapuze vom Kopf und erblickte das Schweiß durchtränkte Kopftuch. „Du hast große Schmerzen, nicht wahr? Das hättest du mir sagen müssen. Ich wusste nicht, dass sie so schlimm sind", sagte er schuldbewusst und fuhr sich verlegen mit seiner behandschuhten Hand durchs Haar. „Also gut. Dann werden wir im Schritt weiterreiten müssen. Mir wäre es allerdings lieber gewesen, wenn wir gleich vom ersten Tag an unseren Vorsprung vor Darrach hätten ausbauen können."

„Vielleicht geht es mir morgen schon viel besser als heute. Übrigens woher weißt du überhaupt, wohin wir reiten müssen?"

„Wer sagt denn, dass ich es weiß? Du bist diejenige, die uns den Weg weisen muss. Mir ist jetzt erst einmal wichtig, außer Sichtweite des Schlosses zu kommen. Das Einzige, was wir wissen, ist, dass der Drache sich im Akrachón aufhält. Ich hoffe auf deinen Stein. Er muss uns den Weg zu ihm leuchten. Oder aber du hast wieder einen deiner seherischen Träume."

„Ja! Das hoffe ich auch. Im Moment habe ich nämlich nicht den leisesten Schimmer, wo wir in diesem riesigen Gebirge unsere Suche beginnen sollen", gab sie schnippisch zurück. Jadora stand die ganze Zeit daneben, ohne ein Wort zu sagen. Sein Blick schweifte ständig prüfend zwischen der Stute und Elea hin und her. „Was ist los, Jadora?", fragte Maél immer noch mit zusammengezogenen Brauen den Hauptmann ungeduldig. „Also ich glaube, ich habe mich für das richtige Pferd entschieden. Wenn mich nicht alles täuscht, dann seid ihr beide schon richtig gute Freunde geworden und versteht euch blind. Ist es nicht so, Elea?", fragte er schmunzelnd. Ohne von Elea eine Antwort abzuwarten, wandte er sich zu Maél. „Die Stute hat von sich aus angehalten, weil sie bemerkt hat, dass Elea es vor Schmerzen kaum noch aushält. Da bin ich mir sicher, Maél."

„Was du nicht sagst, Jadora! Glaubst du etwa, dass mich das nach allem, was ich mit dieser Frau bisher erlebt habe, noch in Erstaunen versetzt. – Los, lasst uns endlich weiterreiten!" Bevor er Arok antrieb, neigte er sich zu Elea hinüber und sagte mit leiser und sanfter Stimme: „Elea, glaube mir, es fällt mir nicht leicht, dich so leiden zu sehen, aber ich verspreche dir, heute Abend werde ich es wieder gut machen." Er sah ihr dabei so tief und mitfühlend in die Augen, dass Elea ihre Wut auf ihn fast vergessen hätte, aber nur fast. Sie verspürte irgendwie Lust, ihm nach seinem Auftritt im Innenhof und von eben einen Stich zu versetzen. „Ich frage mich nur, wie du das anstellen willst, wenn wir wahrscheinlich heute im Laufe des Tages noch Besuch bekommen werden?" Maél erwiderte völlig unbeeindruckt mit einem spöttischen Lächeln um seine Lippen: „Falls du unseren verliebten Prinzen meinst, der glaubt, sich als dein Beschützer aufspielen zu müssen, dann weiß ich längst, dass er sich uns mit seiner Gegenwart beehren will."

„Du weißt davon?" Dass Maél bereits über Finlays Plan im Bilde war und ganz und gar nicht so reagierte, wie sie erhofft hatte, fuchste Elea insgeheim, zeigen wollte sie ihm dies jedoch nicht. „Er hat es mir selbst gesagt", erwiderte er ungerührt. „Und? Was sollen wir jetzt machen? Sollen wir ihm jetzt die ganze Zeit vorspielen, dass wir uns hassen? Dazu habe ich, ehrlich gesagt, keine Lust, wobei es mir gerade nicht schwer fallen würde, es zu tun. Und im Übrigen: Warum hast du mir verschwiegen, dass ihr einmal die besten Freunde oder sogar fast wie Brüder wart?"

„Wir müssen ihm nichts vorspielen. Er stellt keine Gefahr dar. Er wird allerdings damit leben müssen, dass die Frau, in die er sich verliebt hat, seinen einstigen besten Freund liebt. Und um deine letzte Frage zu beantworten: Ich hatte dir alles über ihn gesagt, was du zum damaligen Zeitpunkt wissen musstest. Alles andere war unwichtig. Habe ich deine Fragen nun zu deiner Zufriedenheit beantwortet? Können wir jetzt endlich weiterreiten?"

„Ja! Von mir aus", erwiderte sie, nachdem sie unüberhörbar die Luft durch die Nase gestoßen hatte. „Darf ich noch etwas Wasser trinken, bevor wir weiterreiten oder muss ich verdursten?" Maél schnaubte nun ebenfalls die Luft genervt durch die Nase. Jadoras Grinsen wurde immer breiter. Er wollte gerade zu einem Kommentar ansetzen, als Maél ihn anfuhr. „Ich warne dich, Jadora. Verschone mich mit deinem Kommentar!" Daraufhin preschte er wieder an die Spitze und gab das Zeichen zum Weiterreiten.

Sie ritten den Rest der Tagesetappe in schnellem Schritt. Jadora versorgte Elea wie eh und je mit süßen Leckereien, die er eigens für sie auf dem Markt in Moray gekauft hatte. Um sich von ihren halbwegs erträglichen Schmerzen abzulenken, fragte Elea ihn nach der Ausrüstung aus. Sie hatten zahlreiche Felle und Zelte mitgenommen, die sie aufbauen würden, wenn es zu kalt wäre oder sie keinen geschützten Schlafplatz für die Nacht fänden. An trockenes Brennholz und kleine Metallbecken, um die Zelte zu beheizen, hatten sie ebenfalls gedacht. Außerdem hatten sie Seile und eine große Anzahl an Waffen dabei. Vor allem eine Unmenge an Pfeilen, um mögliche Gefahren aus der Entfernung auszuschalten. Elea wusste sofort, welche Gefahren er damit meinte: die Wölfe. Als Jadora die Seile erwähnte, konnte Elea nicht umhin, ihn leise zu fragen, ob er auch die Kette wieder dabei hätte. Daraufhin drehte Maél sich um, und warf den beiden einen bösen Blick zu. Kaum hatte der schwarze Krieger seine Aufmerksamkeit wieder auf den Weg vor sich gerichtet, nickte Jadora Elea als Antwort auf ihre Frage ernst zu.

Der Abend war schon nicht mehr fern, als Maél das von Elea herbeigesehnte Zeichen zum Anhalten gab. Sie drehte sich noch ein letztes Mal zum Schloss um. Sie waren außer Sichtweite, da Maél die Gruppe an ein Waldgebiet entlang geführt hatte, das die Sicht auf die Reiter versperrte. Sie umschlang den Hals von Shona und bedankte sich auf ihre Weise bei ihr für den sicheren Ritt. Als sie absteigen wollte, stand Maél bereits an Shonas Seite, um ihr zu helfen. Im ersten Moment zögerte sie, weil sie immer noch wütend auf ihn war. Aber als sie dann in seine außergewöhnlichen Augen sah und Mitgefühl und Fürsorge darin lesen konnte, war ihr Ärger auf ihn schnell vergessen. Sie ließ es zu, dass er sie vorsichtig vom Pferd hob und sie hatte noch weniger etwas dagegen einzuwenden, dass er seine Arme um sie schlang und sie gefühlvoll an sich drückte. „Hast du immer noch so starke Schmerzen?", fragte er sie in ihr Ohr flüsternd. „ Es ist nicht mehr ganz so schlimm wie gestern Abend, aber immer noch schlimm genug, dass jede Bewegung mit dem Oberkörper schmerzt", gab sie zaghaft zu.

Jadora stand plötzlich neben dem Paar und räusperte sich verlegen. „Maél, wo sollen wir unser Lager aufschlagen? Wenn wir ein Stück in den Wald hineingehen, sind wir durch die Bäume geschützt, sodass wir nicht die Zelte aufbauen müssen. So kalt ist es ja noch nicht. Was meinst du?" Ohne den Blick von Eleas Gesicht zu lösen, antwortete er völlig unbeeindruckt von Jadoras Vorschlag. „Wir bleiben hier am Waldrand und schlagen die Zelte auf. Elea ist verletzt. Wärme tut ihr gut. Außerdem wird sie mit ihrer Verletzung nur auf dem Rücken liegen können, sodass ich sie nicht wie sonst wärmen kann. Wir schlagen zwei Zelte auf. Du kannst mit mir und Elea ein Zelt teilen. Deine sechs Krieger nehmen das andere und unser ungebetener Gast, der, wie ich hören kann, nicht mehr weit ist, wird ohne Zelt auskommen müssen – sofern er kein eigenes hat." Elea bedachte ihn sofort mit einem bösen Blick. „Er kann doch mit in unser Zelt kommen! Wir haben Platz genug." Maél sah sie an diesem Tag zum zweiten Mal mit steiler Falte auf der Stirn an. „Dir ist doch bestimmt schon aufgefallen, dass er in dich verliebt ist, oder etwas nicht? Dir macht es vielleicht nichts aus, dass er die ganze Nacht eifersüchtig über uns wachen wird. Mir schon!"

„Und was ist mit Jadora? Er stört dich also nicht?!", warf Elea streitlustig ein. „Jadora ist nicht in dich verliebt. Ich denke, ihm ist es vollkommen egal, was wir neben ihm machen. Deine Unberührtheit bleibt ohnehin unangetastet. – Kommt jetzt und lasst uns die Zelte aufbauen!", sagte er unwirsch und löste sich abrupt von der jungen Frau, die ihn jedoch noch am Arm festhielt, bevor er mit Jadora zu den Packpferden gehen konnte. „Sie bleibt nur so lange unangetastet, bis wir den Drachen gefunden haben und das Band zwischen ihm und mir geknüpft ist. Ich hoffe, dass du das nicht vergessen hast." Maél musste im ersten Moment schwer schlucken und hätte sich am liebsten von ihr weggedreht. Aber Elea umklammerte seinen Arm und schien noch auf eine Erwiderung seinerseits zu warten. „Wie könnte ich das vergessen, Elea!", sagte er mit heiserer Stimme. Elea wollte gerade noch darauf etwas erwidern, als ein herangaloppierendes Pferd auf sich aufmerksam machte. Es war Finlay, wie von Maél vorhergesagt. Er kam direkt auf sie zugeritten. Während er abstieg, warf er Maél einen feindseligen Blick zu, bevor er auf Elea zuging und sie besorgt ansprach: „Elea, wie geht es

Euch? Ich habe von Belana gehört, dass Ihr eine ziemlich üble Verbrennung habt, und zwar von einem Stein den Ihr um den Hals tragt. Stimmt das?"

„Ja, das stimmt." Eleas Antwort fiel sehr kurz aus, die Finlay nicht zufriedenstellte, sodass er nochmals nachhakte. „Mehr wollt Ihr mir nicht dazu sagen? Zum Beispiel, wie es dazu kam, dass ein Stein Euch verbrennt?" Elea sah hilfesuchend zu Maél, der Finlay grimmig fixierte, wovon sich dieser aber nicht beeindrucken ließ. „Ja,... also Darrach hat mich so bedrängt, dass der Stein immer heißer geworden ist. Er hat mich aber daran gehindert, ihn von meiner Haut wegzuziehen, sodass er sie verbrannt hat." Finlays Blick schwankte zwischen Entsetzen und Unglauben. „Was ist das für ein Stein? Ein Zauberstein? Und warum wurde er durch Darrach so heiß?", wollte Finlay ungeduldig wissen. „Finlay, es ist alles sehr kompliziert und im Moment ist nicht der richtige Zeitpunkt darüber zu reden. Aber ich verspreche Euch, Ihr werdet alles erfahren, bis wir den Drachen gefunden haben", sagte Elea mit erschöpfter Stimme. Finlay wandte sich in vorwurfsvollem Ton Maél zu. „Wieso seid ihr so langsam geritten? Ihr hättet das gute Wetter nutzen können. Ihr vertrödelt kostbare Zeit. Je später wir den Akrachón erreichen, desto schlechter werden dort die Bedingungen sein." Maéls finsterer Ausdruck kehrte auf Finlays Belehrung hin wieder in sein Gesicht zurück. Er näherte sich ihm in drohender Haltung und sprach mit gereizter Stimme. „Erstens bin ich der Führer dieser Gruppe und entscheide, in welchem Tempo wir reiten. Zweitens ein Tag früher oder später im Akrachón ist jetzt auch nicht mehr von Bedeutung. Die Wetterbedingungen werden in jedem Fall schlecht sein. Und drittens konnten wir nicht schneller reiten, weil Elea unerträgliche Schmerzen hat." Im ersten Moment war Finlay über Maéls Erwiderung so verblüfft, dass er mit offenem Mund zwischen ihm und Elea hin und her blickte. Nach ein paar Augenblicken fand er wieder zu seiner Sprache und fragte ungläubig: „Elea?"

„Ja, Elea. Falls es dir entgangen sein sollte, sie ist die Drachenreiterin, die für deinen Vater einen Drachen suchen und reiten soll."

„Ich weiß, wer Elea ist. Verschon mich mit deinem Sarkasmus! Ich wundere mich viel mehr über die Art, wie du ihren Namen ausgesprochen hast, fast schon zärtlich. Und die Tatsache, dass du auf ihre Schmerzen Rücksicht nimmst, passt auch nicht zu dir."

Jadora, der der Auseinandersetzung stumm beigewohnt hatte, fing wieder an, nervös zu hüsteln. Er gab Maél ein Zeichen und begab sich zu den Kriegern. Daraufhin sah Maél Elea an und sagte: „Ich werde jetzt mit Jadora und den Männern die Zelte aufbauen. Kläre du ihn bitte auf!"

„Ich? Ähm... warum ich?", wollte Elea verunsichert wissen. „Ganz einfach, weil du ja bekanntlich die Expertin für Gefühle bist. Du wirst es ihm, denke ich, am schonendsten beibringen können." Für diese Worte erntete er von Elea einen giftigen Blick und von Finlay wieder nur einen vor Verblüffung geöffneten Mund. Während Maél davonschritt, begann Elea sich verlegen zu räuspern. Finlay fixierte sie dabei erwartungsvoll mit verschränkten Armen. „Was wird hier eigentlich gespielt? Er hat *du* zu

Euch gesagt?!", platzte es aus Finlay heraus. „Finlay, hier wird gar nichts gespielt! Aber auf dem Schloss haben Maél und ich allen etwas vorgemacht." Elea hielt kurz inne, bevor sie weitersprach. Finlay wartete mit zunehmender Ungeduld, die in seinem nervösen Auf- und Abgehen zum Ausdruck kam. „Wisst Ihr noch im Schlossgarten? Da sagte ich Euch, dass mein Herz bereits einem anderen gehört. Ich meinte Maél. Wir lieben uns. Aber wir durften es uns nicht anmerken lassen – wegen Darrach..." Finlay unterbrach Elea aufgebracht. „Ihr liebt euch? Maél kann nichts und niemanden lieben."

„Doch das kann er. Er hat es gelernt... durch mich. Er will mich vor Eurem Vater und vor Darrach in Sicherheit bringen. Dazu müssen wir aber den Drachen finden. Wir mussten Darrach täuschen, damit er glaubt, dass Maél immer noch in seinem Interesse handelt. Wenn er erfahren hätte, dass Maél mich liebt, dann hätte er niemals erlaubt, dass er mich zum Drachen bringt, zumindest nicht ohne einen neuen bösen Zauberbann." Finlay geriet immer mehr aus der Fassung. „Ein böser Zauberbann? Darrach ist also ein Zauberer, einer der dunklen Mächte? Das wundert mich überhaupt nicht. Was aber euch beide angeht, so muss ich blind gewesen sein. Jetzt ergibt alles einen Sinn. Euer merkwürdiges Verhalten gestern Abend. Ich dachte, Ihr seid von allen guten Geistern verlassen, als Ihr einwilligtet, dass Maél Euch auf Euer Zimmer begleitet. Ihr wolltet mit ihm allein sein. Dann Maéls merkwürdiges Verhalten auf der Fahrt nach Moray am Abend des Drachenfestes. Mir ist es nicht entgangen, dass er Euch ganz nahe gekommen ist, um Euch etwas ins Ohr zu flüstern. Außerdem ist er Euch die ganze Zeit über nicht von der Seite gewichen, als ob er gewusst hätte, dass ihr jeden Moment in Ohnmacht fallen würdet. Und Eure Frage auf der Wehrmauer, ob in Maéls Leben eine Frau eine Rolle spielen würde, machte mich auch schon etwas stutzig. – Allerdings drei Dinge verstehe ich nicht. Erstens: Wenn ihr euch so liebt, warum seid Ihr noch unberührt? Ich kenne Maél. Der lässt nichts anbrennen. Zweitens: Warum war er nicht die Spur beunruhigt, als ihr dieser mehr als besorgniserregenden Bewusstlosigkeit zum Opfer gefallen seid? Und drittens: Wie kam es zu dem frischen Bluterguss in Eurem Gesicht?"

„Finlay das sind alles Fragen, die lassen sich nicht einfach so leicht beantworten. Können wir dies nicht auf morgen verschieben? Ich bin sehr müde und meine Wunde schmerzt. Ich will mich einfach nur hinlegen, noch ein paar Schlucke Bilsenkrautsud trinken und schlafen."

„Elea, das sind nur drei Fragen von vielleicht Hundert, die mir gerade durch den Kopf gehen. Bitte beantwortet mir wenigstens noch diese", bedrängte Finlay die junge Frau.

„Also gut. Aber Ihr müsst Euch mit den Antworten begnügen, die ich Euch gebe. Ich werde mich kurz fassen." Elea legte ihre Arme fest um ihren frierenden Körper und atmete noch einmal tief durch, bevor sie zu sprechen begann. „Was die letzte Frage angeht: Es durften keine Zweifel an Maéls Gefühlskälte und Brutalität aufkommen. Er konnte mich deshalb unmöglich vollkommen unversehrt dem König übergeben. Er hat mir am Abend zuvor die Verletzung beigebracht. Eure zweite Frage ist die Frage, die am schwierigsten zu beantworten ist, weil ihr hierzu viel mehr über mich wissen müsstet, um meine Antwort zu verstehen. Maél hat damit gerechnet, dass ich in Ohnmacht fallen würde, weil es nicht das erste Mal gewesen war und weil es in meinem Fall völlig normal ist. Und Eure erste Frage finde ich mehr als indiskret. Es geht Euch überhaupt nichts an, warum ich noch unberührt bin, findet Ihr nicht auch? Aber vielleicht beantwortet Euch ja Maél diese Frage? Er ist nämlich der Experte für meine Unberührtheit." Bei den letzten Worten erhob Elea ihre Stimme, damit diese auch ja nicht Maél entgingen. Aber dazu wäre es gar nicht notwendig gewesen, da er ohnehin beim Aufbauen der Zelte jedes Wort der beiden mit seinem feinen Gehör mitverfolgte.

„Wenn Ihr mich jetzt entschuldigt, ich werde mich jetzt zu den anderen begeben." Finlay heftete sich an Eleas und Shonas Fersen. Er war alles andere als zufriedengestellt. Er wollte Antworten, egal von wem. Als die beiden beim Nachtlager ankamen, stand bereits ein Zelt, während zwei andere schon halb aufgebaut waren. Jadora hatte Maél überreden können, noch das dritte Zelt aufzustellen, damit er mit Elea allein sein konnte, während er sich mit Finlay eins teilen wollte.

Maél kam Elea entgegen, löste ihr Gepäck von Shonas Sattel und brachte es in das Zeltinnere. Wenige Augenblicke später war er schon wieder bei ihr und nahm ihr die Zügel ab. „Elea, du kannst schon mal ins Zelt gehen und etwas essen. Ich werde noch unsere Pferde versorgen. Anschließend komme ich – und zwar allein", sagte er Finlay grimmig anblickend, „und versorge deine Wunde." Er führte Shona zu den anderen Pferden, wobei Finlay ihm beharrlich folgte. „Maél, ich erwarte Antworten auf meine vielen Fragen, wenn ich Euch in den Akrachón begleiten soll."

„Darf ich dich daran erinnern, dass du dich uns selbst aufgedrängt hast. Ich habe dich nicht gebeten, uns zu begleiten. Ich bin dir also keine Antworten schuldig." Finlay überging geflissentlich Maéls Erwiderung und fuhr fort: „Also ihr zwei seid ein Liebespaar, wenn ich das richtig verstanden habe. So unglaublich es mir erscheint, aber wenn Elea es sagt, dann werde ich es wohl glauben müssen. Ist Jadora im Bilde? Weiß er über alles Bescheid?" Maél löste den Sattel von Shonas Rücken und ließ ihn geräuschvoll fast auf Finlays Füße fallen. „Ja, er weiß alles – zumindest was Elea angeht. Er hat vor, mit dir ein Zelt zu teilen. Dann kann er dir alles als Gutenachtgeschichte erzählen. Das wird er mit Freuden tun", sagte Maél in spöttischem Ton. Finlay begann ebenfalls, das Gepäck von seinem Pferd zu laden und es abzusatteln. „Es ist nicht unschwer zu übersehen, dass sie anders ist als alle Frauen, denen wir jemals begegnet sind."

„Du weißt nur von dem, was offensichtlich ist, Finlay. In ihr stecken Gaben, an die du nicht einmal im Traum gedacht hättest. Aber du wirst sie nicht nur aus Jadoras Erzählungen kennenlernen, sondern auf dem Weg zu diesem Drachen selbst erleben. Wir werden sicherlich genügend Gelegenheiten dazu haben."

„Jetzt spann' mich nicht auf die Folter! Erzähl schon! Was kann sie denn noch außer mit den Tieren reden?"

„Ich habe jetzt weder Lust noch Zeit dir davon zu erzählen. Wie gesagt, halte dich an Jadora! Ich muss mich jetzt um sie kümmern. Und bitte verschon uns mit deinem Erscheinen in unserem Zelt!" Er war bereits im Begriff, sich in Richtung der Zelte aufzumachen, als Finlay ihn am Arm zurückhielt. „Zwei Dinge noch, bevor du dich in euer Liebesnest begibst. Was ist zwischen dir und Darrach? Elea sagte, er sei ein Zauberer."

„Ich werde dir alles zu gegebener Zeit erklären. Aber nicht jetzt. Dafür bedarf es mehr Zeit. Die habe ich jetzt aber nicht."

„Dann wirst du mir sicherlich auch nichts über Eleas Unberührtheit sagen wollen. Sie meinte, du seist Experte darin. Was meint sie damit? Und überhaupt warum ist sie die Expertin für Gefühle?", fragte Finlay mit hoch gezogener Augenbraue. „Finlay, ich kann dir nur so viel dazu sagen, dass sie noch genauso unberührt ist, wie sie es bei ihren Eltern zu Hause war. Und was die Sache mit den Gefühlen angeht, wird Jadora dir eine Menge darüber erzählen können."

„Entschuldige bitte, dass mich das mehr als erstaunt. Aber auch wenn sie auf eurer Reise nach Moray die ganze Zeit über diese Jungenkleidung getragen hat, kann ich mir nicht vorstellen, dass ihre Reize dich unbeeindruckt ließen." Maél wurde Finlays Fragerei jetzt zu persönlich. Ungehalten knurrte er ihn an. „Ich werde meine Gefühlswelt ganz sicherlich nicht hier und jetzt vor dir ausbreiten. Das Einzige, was zählt, ist, dass ich sie über alles liebe. Das muss dir genügen. Aber Jadora kann sicherlich auch die eine oder andere Weisheit zu diesem..." Finlay unterbrach Maél jäh. „Was im Himmels Namen hat sie mit ihren Haaren gemacht?!" Während Maél den Zelten den Rücken zugedreht hatte, hatte Finlay freien Blick auf Maéls und Eleas Zelt, die im Eingang erschienen war, und zwar ohne Kopftuch. Maél drehte sich rasch um und sah sie nun auch - mit ihrer neuen Frisur. *Sie hat es tatsächlich gewagt...* „Diese Frau treibt mich noch in den Wahnsinn!" Außer sich ging er mit eiligen Schritten auf die junge Frau zu. Finlay hielt ihn nochmals am Arm zurück. „Was hast du vor? Vergiss nicht, sie ist verletzt! Auch wenn du sie liebst, sehe ich mich trotzdem noch als ihren Beschützer. Also wenn ich auch nur den geringsten Laut von ihr höre, werde ich in eurem Zelt auftauchen." Maél brummte nur unverständliche Worte und riss sich von ihm los.

Elea dauerte es viel zu lange im Zelt allein ohne Maél. Sie wollte mit ihm unbedingt noch ein paar Worte wechseln, bevor sie den einschläfernden Sud trinken würde. Deshalb kam sie zum Zelteingang, um nachzusehen, wo er blieb. Dabei hatte sie völlig vergessen, dass sie das Tuch längst vom Kopf gewickelt hatte. Erst in dem Moment, als Finlay sie mit entsetztem Gesichtsausdruck ansah, erinnerte sie sich wieder an den ungewohnten Anblick, den sie bot. Von Maéls finsterer Miene konnte sie unschwer ablesen, dass er außer sich war vor Wut. Deshalb zog sie sich rasch wieder in das Zelt zurück. Da es zu niedrig war, um stehen zu können, kniete sie sich auf ihren Fellumhang und wartete bis Maél am Zelteingang erschien. Sein grimmiger Blick streifte über ihr Haar, bevor er ebenfalls in das Zelt gekrochen kam. Er ließ sich vor ihr auf die

Knie nieder und versuchte, sichtlich seine Aufgebrachtheit unter Kontrolle zu bekommen. Er atmete ein paar Mal tief ein und bemühte sich, die zu Fäusten geballten Hände wieder zu entkrampfen. Dann erst ergriff er mit der immer noch verbundenen Hand zaghaft eine ihrer kurzen Haarsträhnen. Elea war so berührt von seiner Reaktion, dass sie ihn schuldbewusst anblickte. „Warum hast du das getan, Elea? Du weißt doch, wie sehr ich dein Haar liebe!", fragte er mit gepresster Stimme. „Maél, du weißt selbst, wie sehr sie mir zur Last fallen. Sie sind in der Woche auf dem Schloss schon wieder fast zwei Handbreit gewachsen. Es fehlte nicht mehr viel und sie hätten mein Hinterteil berührt", versuchte Elea ihr Handeln zu rechtfertigen.

„Wann hast du es getan? Eben, in der kurzen Zeit, wo du allein... Finlay, verschwinde von unserem Zelt! Ich kann dich riechen und hören", schrie er in Richtung Zelteingang und fuhr mit ebenso lauter Stimme fort: „Ich schwanke noch, ob ich sie an den nächsten Baum hängen oder ihr den Hintern versohlen soll. Ich tendiere momentan zur zweiten Alternative." Elea antwortete kleinlaut: „Belana hat sie mir abgeschnitten." Maél wollte seinen Ohren nicht trauen. „Belana? Das tat sie aber sicherlich nur, weil du sie mit einer deiner magischen Wellen manipuliert hast!?"

„Nein! Ich habe sie überhaupt nicht manipuliert! Ich habe ihr nur vor Augen geführt, dass ästhetische Gesichtspunkte bei der Art der Reise, die vor mir liegt, bedeutungslos sind. Ich denke jedoch, dass für sie letztendlich ausschlaggebend war, dass ich mich nicht einfach über sie hinweggesetzt, sondern dass ich Wert auf ihre Zustimmung gelegt habe. Darüber war sie sichtlich gerührt. Sie biss dann die Zähne zusammen und schnitt sie mir ohne mit der Wimper zu zucken ab." Bei der Vorstellung, wie Belana unter größter Überwindung Eleas Haar abschnitt, konnte er sich ein Lächeln nicht verkneifen. *Gerne hätte ich mich noch einmal in ihrem Haar verloren, bevor...* Er schluckte geräuschvoll einen Kloß hinunter und ließ Eleas Strähne los. „Hast du etwas gegessen? Ich will nicht, dass du schon am ersten Tag wieder von deinen Fettreserven zehrst, die du auf dem Schloss angesetzt hast." Elea nickte, verrollte aber dabei die Augen. „Gut, dann werde ich mir jetzt deine Wunde anschauen." Er öffnete behutsam die fünf Schnallen ihrer Jacke und zog sie ihr von den Schultern hinunter. Dann half er ihr, das Hemd über den Kopf zu ziehen. Elea konnte dabei ein Aufstöhnen nicht unterdrücken. „Ich hätte vielleicht ein paar Holzscheite anzünden sollen, damit du jetzt nicht so frieren musst", gab Maél zu bedenken. „Das ist nicht notwendig. Die Versorgung der Wunde dauert ja nicht lange." Elea saß jetzt nur noch in ihrem ärmellosen Trägerhemd Maél gegenüber, der ihr tief in die Augen sah. Er konnte sich nur schwer von ihrem Gesicht losreißen. Langsam zog er den Ausschnitt nach unten, um besser an das Wundtuch heranzukommen, das er ganz vorsichtig von der verletzten Haut löste. Sein Magen krampfte sich urplötzlich zusammen. Die Brandwunde sah genauso schlimm aus, wie seine unzähligen Brandwunden, die Darrach ihm beigebracht hatte. Er konnte sogar jetzt in diesem Moment den Schmerz fühlen, den sie ihm die ersten Tage immer bereitet hatten. Elea hielt ihm wortlos den Tiegel mit der Paste und ein frisches Wundtuch hin. Ganz sanft trug er die Paste auf, immer wieder in Eleas Augen blickend, um zu sehen, ob es sie zu sehr schmerzte. Aber sie sah ihm nur wie gebannt ins Gesicht und zuckte nicht einmal mit der Wimper. Anschließend legte er das Wundtuch auf. Elea griff schon nach ihrem Hemd, als Maél ihre Hand festhielt und sie daran hinderte. Er umfasste mit seinen großen Händen ihr Gesicht, wie er es schon oft getan hatte. Doch dann legte er sie - für Elea völlig unerwartet -auf ihre Schultern und ließ sie von dort langsam an ihren Armen entlanggleiten, deren nackte Haut er zu streicheln begann. Elea konnte kaum atmen und ihr Herz klopfte wie wild in ihrer Brust. Die Kälte, die im Zelt herrschte, spürte sie mit einem Schlag nicht mehr. „Maél, ich glaube, das ist keine gute Idee..." Während Elea ihren Atem immer wieder vor Erregung anhielt, ging Maéls Atmung dafür immer schneller. Dennoch fuhr er in seinen sanften Liebkosungen unverwandt fort und sagte mit heiserer Stimme: „Keine Angst! Ich habe mich unter Kontrolle. Es ist nur – ich habe mich eine Woche nach deiner Nähe gesehnt und dich jetzt so vor mir zu haben... ich muss deine Haut einfach berühren." Elea schloss darauf die Augen und gab sich seinen zarten Berührungen hin. Als sie sie wieder öffnete, war sein Gesicht ganz nahe ihrem. Sein heißer Atem stieß auf die Haut ihrer Halsbeuge, als er ihr zuflüsterte: „Ich wäre am liebsten gestorben, als ich erfuhr, dass du allein bei Darrach bist. Elea, es tut mir so leid, dass er dir das angetan hat." Sie legte ihre Hände um seinen Hals und flüsterte zurück: „Ich habe es überstanden. Das allein zählt. – Maél, ich... ich habe mich auch so sehr nach dir gesehnt." Seine Lippen wanderten langsam ihr Gesicht entlang, bis sie gefunden hatten, was sie suchten. Wie ein Hauch berührten sich ihre Lippen und verharrten so ein paar Augenblicke, bis sie sich immer reger bewegten und sich dem anderen öffneten. Ohne ihren Mund frei zu geben, ließ er sich mit ihr auf den mit Fellen ausgelegten Boden nieder. Sie küssten sich mit einer Hingabe und Ausdauer, als wäre es ihr letzter Kuss. Mit einem Mal löste er sich behutsam aus ihrer Umarmung und deckte sie mit seinem Schlaffell zu. Dann begann er sich etwas umständlich in gebückter Haltung von seiner Kriegerausrüstung zu befreien. Während er sich anschließend noch seiner Tunika und seines Unterhemdes entledigte, stützte Elea sich auf ihren Ellbogen und fragte ihn verwundert: „Was hast du vor?"

„Ich kann dich mit meiner nackten Haut besser wärmen. Außerdem kann ich dich so auch besser fühlen." Elea wollte sich gerade wieder auf den Rücken legen, als ihr Blick auf seine verbundene Hand fiel. „Was ist mit deiner Hand geschehen?"

„Ach, es ist nicht der Rede wert."

„Lass sie mich bitte mal ansehen!" Sie richtete sich auf und entfernte den Verband. Sie erschrak, als sie den dicken Wundschorf auf den Fingerknöcheln und den immer noch geschwollenen und blau unterlaufenen Handrücken sah. „Wie ist das denn passiert? Sag schon!", forderte sie ihn mit Nachdruck auf. „Am ersten Abend, als wir in Moray ankamen, war ich so außer mir wegen der ganzen Situation und wegen meiner Hilflosigkeit, dass ich aus lauter Wut mit der Faust gegen meine Tür geschlagen habe."

„Und das – so wie es aussieht – mit all deiner Kraft. Sie ist bestimmt gebrochen. Du musst doch Schmerzen haben?!", erwiderte sie zugleich vorwurfsvoll und mitfühlend. Bevor sie wieder das Tuch um die Hand wickelte, streichelte sie noch zärtlich über den Handrücken und drückte sanft ihre Lippen darauf. Maél erwiderte darauf mit stockendem Atem: „Sicherlich nicht so große wie du. – Wir sollten jetzt schlafen. Du bist erschöpft und hast Schmerzen. Hast du etwas gegen die Schmerzen dabei?" Sie holte aus ihrer kleinen Tasche die Flasche mit dem Bilsenkrautsud und trank diesmal eine größere Menge davon. Dann kuschelte sie sich auf dem Rücken liegend an Maél, der sich bereits unter das Schlaffell auf die Seite gelegt hatte. Den einen Arm legte er wie ein schützendes Nest um ihren Kopf, während er sie mit dem anderen umschlang, ohne auch nur in die Nähe der schmerzenden Wunde zu kommen. „Wie geht es jetzt weiter? Und was machen wir mit Finlay?", wollte Elea mit müder Stimme wissen. „Mach dir wegen Finlay keine Sorgen. Jadora ist wahrscheinlich gerade dabei, ihn über alles aufzuklären. Er machte auf mich einen überraschend gefassten Eindruck, was uns beide angeht. Und morgen früh, werden wir überlegen, wie wir bei der Suche vorgehen werden."

Kapitel 2

Maéls unruhiger Schlaf endete schon vor Einsetzen der Morgendämmerung. Vorsichtig löste er sich von Elea und packte sie wie ein Baby eng in das warme Fell ein. Anschließend kleidete er sich an und verließ das Zelt, um ein wärmendes Lagerfeuer zu machen. Lautes Schnarchen drang aus den beiden Zelten an seine empfindlichen Ohren. Mit leisen Schritten ging er auf den lichten Wald zu, um Brennholz zu sammeln. Seinen scharfen Augen entging dabei nicht die Gestalt, die an einem Baum angelehnt auf dem Boden saß. Es war Finlay, der ihn längst hatte kommen sehen. Maél hatte den Vorteil, von seinem Gesicht sämtliche Gefühle ablesen zu können, die den Mann im Augenblick beherrschten. Offensichtlich hatte Jadora Bericht erstattet. Maél konnte Verwunderung und Ratlosigkeit, aber auch Skepsis und Unglauben erkennen. Er zögerte einen kurzen Moment, in dem er überlegte, ob er ihn einfach ignorieren und im Wald Brennholz suchen gehen sollte oder ob er sich zu ihm setzen sollte. Merkwürdigerweise verspürte er gar nicht mehr den Groll, den er noch in Moray gegen ihn gehegt hatte. In Anbetracht der Tatsache, dass er ihn für seinen Plan brauchte, setzte er sich neben ihn. Finlay ließ es geschehen ohne ein Wort, ohne eine Regung. So saßen die beiden Männer eine kleine Weile schweigend nebeneinander – wie in alten Tagen, als sie noch unzertrennbar waren. Maél durchbrach schließlich die Stille. „Jadora hat dir alles erzählt, nehme ich an?"

„Ist das wirklich alles wahr, das mit ihren Energiewellen aus schönen Gefühlen, ihrer seherischen Gabe und ihrer Fähigkeit, Gedanken zu übertragen? Es ist unglaublich!"

„Ja! Das ist es, Finlay. Du wirst es noch selbst erleben."

„Und all das ist durch eure Liebe geschehen? Wie ist so etwas möglich?"

„Ja. Das wüsste ich auch gerne. Deshalb ist es auch so wichtig, dass wir sie mit dem Drachen zusammenbringen. Er wird ihr - so hoffe ich - mit seinem unermesslichen Wissen sagen können, was sie ist und woher sie stammt. Und ich hoffe, dass er ihr auch helfen kann, ihre Gaben zu kontrollieren und besser zu nutzen, um sich so selbst gegen alles Böse verteidigen zu können."

„Was sie alles schon durchmachen musste, erst durch dich, dann durch die Kerle in dem Wald, der Sturz von dem Felsen im Sumpf und das Drachenfest und dann noch durch Darrach! Jadora sprach auch von der Prophezeiung. Ist denn von dem, was sie besagt bereits etwas eingetreten?" Maél nickte, was Finlay dank des beginnenden Morgengrauens sehen konnte. „Du musst sie selbst lesen. Ich will darüber nicht reden. Es ist zu schmerzlich für mich."

„Dass dich etwas schmerzt – also gefühlsmäßig – grenzt an ein Wunder. Aber Elea ist ja auch so etwas wie ein Wunder – ein übersinnliches Wunder. In dieser Hinsicht seid ihr euch ja ähnlich, wenn auch auf einer anderen Ebene."

Es trat eine Pause ein, in denen beide ihren eigenen Gedanken nachhingen. Diesmal war es jedoch Finlay, der das Schweigen unterbrach. „Sie muss dich wirklich sehr lieben, wenn sie sogar dazu bereit war, dir von ihrem Blut zu trinken zu geben, obwohl sie wusste, welche Konsequenzen sich daraus für sie ergeben. Und dass du ihre Unberührtheit nicht angetastet hast, obwohl du gar nicht wusstest, welche Rolle diese spielt – allein aus deinem Gefühl heraus, dass sie für ihr Leben von Bedeutung sein muss – spricht für dich. Das muss ich unumwunden zugeben. Dass dir das nicht leicht gefallen ist, kann ich mir lebhaft vorstellen." Über Finlays Lippen huschte ein amüsiertes Lächeln.

„Es war ein Befehl von Darrach. So gesehen...", Maéls Stimme brach plötzlich ab. „Was ist los, Maél? Wieso redest du nicht weiter? Was ist das eigentlich zwischen dir und Darrach?"

„Verdammt, ich kann es nicht sicher sagen, ob... oder doch?"

„Meine Güte! Jetzt sag schon, was ist los?"

„Es kann nicht sein. Es ist einfach unmöglich. Vielleicht..." Maél sprach wie mit sich selbst, während Finlay neben ihm immer ungeduldiger wurde. „Willst du mir jetzt nicht endlich sagen, was dich so aus der Fassung bringt?"

„Darrach ist ein Zauberer, der sich der dunklen Mächte verschrieben hat. Er hat mich mit einem bösen Zauberbann in seiner Gewalt. Ich muss das tun, was er mir befiehlt. Ich kann dieser Macht oder diesem Drang, der dadurch mir innewohnt, nicht entgehen, auch wenn ich mich noch so sehr dagegen sträube. So war es zumindest bisher. Bei dem Befehl, Elea unberührt nach Moray zu bringen, bin ich mir auf einmal nicht mehr sicher, ob ich ihn vielleicht doch hätte missachten können. Glaube mir, es gab mindestens zwei Situationen, in denen ich beinahe schwach geworden wäre, wenn ich nicht, das unerklärliche Gefühl gehabt hätte, dass es für Eleas Schicksal fatale Folgen hätte, wenn wir uns einander hingeben würden. Der von Darrach auferlegte Zwang, sie nicht anzurühren, war für meine Zurückhaltung möglicherweise gar nicht ausschlaggebend. Vielleicht verliert Darrachs Macht über mich an Stärke bei Befehlen, die unmittelbar Elea betreffen, weil die Liebe, die wir füreinander empfinden, groß genug ist, um diese dunkle Macht auf wundersame Weise zu überwinden. Und wenn ich recht überlege, damals im Sumpf, als diese Kreaturen mich in ihrem Kreis ebenfalls durch magische Eiseskälte gefangen hielten, da genügte allein die Erkenntnis, dass ich Elea über alles liebe, dass eine Wärme in mir entstand, die groß genug war, um der Kälte in mir entgegenzuwirken und den dämonischen Gestalten zu entkommen."

Beide Männer schwiegen für eine Weile. Jeder schien über etwas nachzugrübeln. Schließlich drehte Finlay sein Gesicht Maél zu und fragte ihn mit belegter Stimme: „Wenn du alles tun musst, was Darrach dir befiehlt, welche Befehle hat er dir dann für diese Reise mit auf den Weg gegeben?" Maél sah Finlay nachdenklich an. Er zögerte, weil er sich nicht sicher war, ob es gut wäre, ihn jetzt schon in seinen Plan einzuweihen. Eines wusste er jedoch mit Sicherheit, nämlich dass Finlay neben Elea und Jadora zu dem kleinen Personenkreis gehörte, dem er vertrauen konnte, trotz ihres jahrelangen Bruches und ihrer Feindschaft.

„Also gut, Finlay. Der erste Befehl, den er mir erteilte, betrifft dich. Ich werde jedoch zu deinem Glück nie gezwungen sein, ihn auszuführen." Finlay sah ihn zugleich mit gespanntem und ungläubigem Gesichtsausdruck an. „Ich soll dich töten, wenn sich zwischen dir und Elea eine Liebesbeziehung anbahnt." Finlays Augen wurden immer größer. Nach dem ersten Schock über diese Offenbarung hakte er mit rauer Stimme nach: „Warum das denn?"

„Das kann ich dir nicht sagen, weil es etwas mit dem zweiten Befehl zu tun hat. Vielleicht kommst du selbst drauf. Wichtig ist nur, falls du drauf kommst, dann musst du mir schwören, niemals Elea davon zu erzählen. Sie darf es nicht erfahren. Es ist zu ihrer eigenen Sicherheit. Das mag jetzt für dich alles sehr verworren und rätselhaft klingen, aber du musst mir dabei vertrauen, so schwer es dir nach all den Jahren fallen wird." Maél schwieg einen Moment, damit Finlay seine Worte verarbeiten konnte. Nach einer Weile fuhr Maél fort. „Der dritte und letzte Befehl ist der, der mir am meisten Kopfzerbrechen bereitet hatte."

„Hatte?"

„Ja! Wenn es stimmt, dass ich Darrachs Befehle, die unmittelbar mit Elea zu tun haben, missachten kann, dann sind meine Sorgen diesbezüglich möglicherweise hinfällig. – Er hat mir befohlen, Elea zusammen mit dem Drachen zurück nach Moray zu bringen. Das darf aber auf gar keinen Fall geschehen. Der Drache soll sie vor Darrach, Roghan und ... früher oder später vielleicht sogar vor mir - in Sicherheit bringen."

„Warum vor dir? Du liebst sie doch! Du stellst doch keine Gefahr für sie dar!", fragte Finlay verständnislos. „Finlay, du hast keine Vorstellung davon, wie vertrackt meine Lage ist." Maél rieb sich mit seinen Händen das Gesicht und machte auf Finlay den Eindruck eines verzweifelten Mannes, was überhaupt nicht zu seiner sonst so kaltschnäuzigen und souveränen Art passte. „Wenn Darrach erfährt, dass ich ihn hintergangen habe und dass seine Macht über mich in Zusammenhang mit Elea möglicherweise nicht wirkt, dann wird es ihm sicherlich nicht schwer fallen, sich einen neuen Bann auszudenken, der wesentlich stärker ist, als sein erster." Finlay erhob sich plötzlich. „Nimm's mir nicht übel, Maél, aber ich versteh jetzt gar nichts mehr! Erkläre mir bitte..." Finlay konnte seinen Satz nicht zu Ende sprechen, da er jäh von lauten Schreien Eleas unterbrochen wurde, die hysterisch nach Maél schrie. Dieser sprang sofort entsetzt auf und rannte mit Finlay an seiner Seite zurück zum Lager. Während sie liefen rang er noch Finlay das Versprechen ab, mit keinem Wort ihr soeben geführtes Gespräch Elea gegenüber zu erwähnen. Als sie am Zelt ankamen, erhob sich gerade Jadora vor Eleas Zelteingang und beruhigte die beiden Männer: „Sie hatte nur einen Albtraum, Maél. Geh zu ihr und tröste sie!"

„Maél, wo warst du nur? Ich bin von dem schrecklichen Traum aufgewacht. Im ersten Moment war ich mir gar nicht sicher, ob es überhaupt ein Traum war oder ob vielleicht alles wirklich passierte. Ich merkte, dass du nicht mehr neben mir lagst und da dachte ich, dass Darrach dich... Es war so schrecklich! Ich..." Elea schluchzte laut in

Maéls Armen, der sich neben sie gekniet hatte und ihr beruhigend den Rücken streichelte. Dabei sagte er immer wieder wie zu einem kleinen Kind, dass es nur ein böser Traum gewesen sei. Doch sie ließ sich nicht so leicht beruhigen. „Maél, ich kann diesen Traum nicht einfach nur als einen schlimmen Albtraum abtun. Wir wissen doch inzwischen, dass meine Träume etwas bedeuten und einen Blick in die Zukunft eröffnen können."
Sie riss sich plötzlich von ihm los und begann, sich immer wieder aufschluchzend anzukleiden. „Was hast du geträumt?", fragte er sie nun ernst. Elea sah ihn unter Tränen an und zögerte für einen Augenblick. Eine Gänsehaut breitete sich auf ihrem gesamten Körper aus, sobald sie sich die einzelnen Bilder des Traums wieder in Erinnerung rief. Sie begann stockend zu erzählen. „Darrach hat... irgendetwas mit dir gemacht. Ich weiß nicht was. Aber es sah schrecklich aus, weil du ihm völlig hilflos ausgeliefert warst."

„Könntest du dich vielleicht etwas konkreter ausdrücken? Was hast du genau gesehen?", fragte Maél mit einer Stimme, der nun auch seine Besorgnis anzumerken war. „Du warst in einem Raum. Nein! Ich weiß gar nicht, ob es ein Raum war, weil alles in grün schimmerndem Nebel eingehüllt war. Auf jeden Fall lagst du auf einem Tisch oder vielmehr auf einem Steinblock. Du warst gefesselt und hattest die Augen geschlossen, als ob du schliefest. Auf einmal tauchte Darrach aus dem Nebel auf. Er hielt irgendetwas in den Händen. Ich konnte aber nicht erkennen was es war, weil immer wieder Nebelschwaden seine Gestalt umwaberten. Er sprach in einer fremdartigen Sprache, während er an deiner Seite stand und diesen Gegenstand vor dein Gesicht hielt. Aus seinen Augen blitzte immer wieder grünes Licht auf. Es war schrecklich. Hast du eine Ahnung, was der Traum zu bedeuten hat?" Maél schluckte mühsam gegen den Kloß in seiner Kehle an. Aber auch sein Magen focht seinen ganz eigenen Kampf aus. Er wusste ganz genau, was Elea in ihrem Traum beobachtet hatte: Darrach war dabei einen neuen Zauberbann zu weben. Aber er durfte und er konnte es ihr unter gar keinen Umständen sagen. Also log er: „Nein, das weiß ich nicht. Vielleicht weist dieser Traum diesmal gar nicht in die Zukunft, sondern in die Vergangenheit. Quäle dich jetzt nicht mehr damit! Komm, lass uns zu den anderen nach draußen gehen und etwas essen", forderte er die junge Frau auf. Doch Elea ließ nicht locker. „Wenn er etwas aus der Vergangenheit gezeigt hat, dann müsstest du doch eigentlich wissen, was er bedeutet. Jetzt sag schon! Ich will es wissen, und zwar sofort!" Elea wurde immer ungehaltener und fixierte Maél mit einem durchdringenden, Tränen verhangenen Blick. Der Mann ließ sich resigniert auf dem Boden nieder. Er wusste genau, sie würde nicht eher Ruhe geben, bis er mit der Sprache herausgerückt wäre. Er rieb sich angespannt die Nasenwurzel und blickte ihr dann traurig in ihre geröteten Augen. „Du hast gesehen, wie Darrach einen Zauberbann über mich gesprochen hat. Möglicherweise ein Zauber, der speziell dich betrifft. Vielleicht verstehst du jetzt, warum es so wichtig ist, dass du fliehst, sobald wir den Drachen gefunden haben, und zwar auch vor mir. Ich stelle eine Gefahr für dich dar. Wenn Darrach herausbekommt, dass ich ihn betrogen habe – und das wird er, davon bin ich überzeugt –, dann kann er jederzeit einen neuen Bann über mich legen, wenn er mich zu fassen kriegt. Deshalb müssen wir auch schnell vorankommen, damit unser Vorsprung vor ihm möglichst groß wird."

Eleas Herz schlug ihr bis zum Hals und sie hatte das Gefühl, sich jeden Moment auf Maéls Schlaffell übergeben zu müssen, so groß war der Würgereiz, der unaufhaltsam von ihrem Magen nach oben kroch. „Was siehst du mich so entsetzt an? Du hörst dies nicht zum ersten Mal." Elea schlug sich die Hände vor das Gesicht und schluchzte verzweifelt: „Ich habe diesen Gedanken immer verdrängt, weil ich dachte, ich würde stark genug werden, um dich von Darrachs Bann zu befreien."

„Unsere Liebe hat es vielleicht tatsächlich geschafft, den derzeitigen Bann, den er über mich gelegt hat, zu schwächen, aber..." Elea nahm schlagartig ihre Hände wieder vom Gesicht und fragte neugierig: „Was willst du damit sagen?" Maél erzählte ihr von seiner neuesten Entdeckung bezüglich der Kraft ihrer Liebe. „Dennoch ist es unausweichlich, dass du mit dem Drachen in eine entlegene Ecke des Königreiches fliehen musst. Elea, ich habe die Hoffnung, dass er dir dabei helfen kann, deine Gabe besser zu kontrollieren oder sogar noch mächtiger zu machen. Denn durch das Band, das zwischen euch geknüpft wird, werdet ihr auf eine besondere und enge Art und Weise miteinander verbunden sein." Maél näherte sich ihr auf den Knien rutschend. Er legte seine Hände auf ihre Schultern. „Was ich dir jetzt sage, das wird dir nicht gefallen. Aber es führt kein Weg daran vorbei. Du musst dich jetzt allmählich an den Gedanken gewöhnen, dass unsere Wege sich trennen werden, sobald wir den Drachen gefunden haben. Es muss jedoch nicht für immer sein. Wenn du in der Lage bist, Darrach die Stirn zu bieten, dann kannst du zurückkehren, aber erst dann. Der Drache wird wissen, wann der Zeitpunkt gekommen ist." Elea sah Maél wie versteinert ins Gesicht. Sie konnte gar nicht glauben, was sie da gehört hatte. In ihrem Kopf hallten immer und immer wieder die Worte „es muss jedoch nicht für immer sein" wider. Sie war so geschockt, dass sogar ihr Tränenstrom urplötzlich versiegte. Auch nur die geringste Unsicherheit darüber, dass sie Maél jemals wieder sehen sollte, kam einem Todesstoß in ihrem Herzen gleich. Und an das, was er in Zukunft – wenn sie mit ihrem Drachen über alle Berge wäre - unter Darrach zu erleiden hätte, wollte sie erst gar nicht denken.

Maél konnte es nicht länger ertragen, Eleas leeren und resignierten Blick auf sich ruhen zu sehen. Diese offenen Worte von ihm kamen viel früher, als er ursprünglich vorhatte. Mit sanfter Stimme sagte er zu ihr: „Elea, ich werde dich jetzt allein lassen. Wenn du wieder zu deiner Fassung gefunden hast, dann komme zu uns nach draußen! Ja? Du musst etwas essen und wenn wir wissen, wie wir weiter vorgehen, dann werden wir unverzüglich aufbrechen."

Elea schloss die Augen und versuchte, die anhaltende Übelkeit und das überwältigende Gefühl von Hoffnungslosigkeit unter Kontrolle zu bringen, indem sie sich auf eine langsame und tiefe Atmung konzentrierte. Ihre Lage konnte nicht aussichtsloser sein. Einerseits wollte sie nie wieder Darrach begegnen, zumindest solange nicht, bis sie stark genug war, um ihn zu bezwingen. Deshalb musste sie auch schnellstmöglich den Drachen finden. Dies würde aber zwangsläufig ihre Trennung von Maél immer näher rücken lassen. Elea hatte das Gefühl, dass sie sich auf einem schmalen Grat befand, mit einem Abgrund direkt vor und hinter ihr. Wie sollte sie nur einen Ausweg aus dieser Situation finden? Während der Reise nach Moray überkam sie immer wieder das Gefühl, dass ihre Liebe zu Maél keine Zukunft hatte. Sie musste es also akzeptieren lernen, je früher desto besser, so bitter es auch war. Vielleicht durfte sie einfach nicht mehr so egoistisch sein und nur an sich denken, sondern an ihre Bestimmung. Von ihrem Erfolg oder Scheitern hing immerhin das Leben des Menschenvolkes ab. Sie beschloss, diesen Gedanken zukünftig in ihrem Innern zu hegen und zu pflegen. Sie musste ihr Glück, hinter das der anderen stellen. Laut der Prophezeiung war sie der „letzte Hoffnungsschimmer" der Menschen. Also durfte sie den Erfolg ihrer Mission nicht wegen einer hoffnungslosen Liebe aufs Spiel setzen.

Nachdem sie mit diesem Gedanken wieder einigermaßen zu einer gefassten Haltung gefunden hatte, ging sie zu den anderen nach draußen. Sie wurde sogleich schockartig von einem eisigen Wind umfegt, der sie reflexartig noch die Kapuze ihrer Lederjacke über das Kopftuch ziehen ließ. Alle saßen bereits nahe um ein prasselndes Feuer und ließen sich ihre Gesichter wärmen. Es herrschte eine gedrückte Stimmung unter den Männern. Nur die sechs Krieger unterhielten sich mit gedämpfter Stimme, während Maél, Finlay und Jadora sich anschwiegen. Als die drei Männer sie erblickten, zwangen sich alle drei zu einem Lächeln, von dem eins gequälter war als das andere. Elea nickte zum Gruß nur knapp und setzte sich neben Maél. Jadora reichte ihr eine flache Holzschüssel mit Brot und Käse. Sie betrachtete die Schüssel als würde sie zum ersten Mal in ihrem Leben Brot und Käse sehen. Nach dem schrecklichen Traum und dem niederschmetternden Gespräch mit Maél verspürte sie nicht den geringsten Hunger. Als sie jedoch sah, wie Jadora ihr ermutigend zunickte und Maél ihr ebenfalls ein Zeichen gab, zu essen, überwand sie sich, in das Brot zu beißen. Nach einer Weile durchbrach sie zur Überraschung der anderen die Stille. „Meinem Traum zufolge, müsste uns mein Stein zu dem Drachen führen. Er hat sich bisher jedoch nicht bemerkbar gemacht."

„Elea, ich habe schon mit Jadora und Finlay darüber beratschlagt, wie wir am besten vorgehen. Wir werden erst einmal den kürzesten Weg zum Akrachón nehmen, und dies möglichst schnell. Ich vermute, dass der Stein erst dort zu leuchten anfängt und uns dann die Richtung auf dieselbe Art und Weise zeigen wird, wie er es dir bereits im Sumpf getan hat, als du mich gefunden hast."

„Eine Sache macht mir aber Sorgen. Er hat bisher immer nur geleuchtet, wenn böse und dunkle Mächte im Spiel waren: erst die merkwürdigen Kreaturen im Sumpf, dann die Sache im Stall, als ich von deinem Schlangenring nicht loskam und schließlich als Darrach in meine Nähe kam", gab Elea zu bedenken. „Das hat gar nichts zu bedeuten. Bei mir leuchtet er auch nicht, obwohl ich unter Darrachs Bann stehe." Jadora begann, sich nervös zu räuspern. „Du stehst unter Darrachs Bann?! Soll das etwa heißen, dass er ein Zauberer ist?", wollte der Hauptmann ungläubig wissen. Maél sah ihn grimmig an. „Ja, das heißt es wohl, Jadora. Darf ich jetzt fortfahren?" Jadora musste schwer schlucken und nickte mit großen staunenden Augen. „Ich denke, dass der Stein dir nicht nur dazu dient, den Drachen zu finden, sondern auch als eine Art Warnsignal, wenn dir Gefahr von finsteren Mächten droht."

Finlay hatte auch etwas zu diesem Thema beizutragen. „Vielleicht reagiert der Stein auch nur auf Magie – egal, ob sie nun gut oder böse ist. Ich kenne Maél schon viele Jahre, schon seitdem er als Junge zu uns an den Hof kam. An ihm ist nichts Magisches. Er ist eben nur zur Hälfte nicht menschlich, nicht mehr und nicht weniger." Obwohl er für diese Worte von Maél einen verdrießlichen Blick erntete, konnte dieser nicht umhin, ihm zuzustimmen. „Finlay könnte sogar damit recht haben. Der Bann, der auf mir liegt, macht aus mir kein magisches Wesen."

Jadora hatte schließlich ebenfalls noch etwas einzuwerfen, was jedoch die gerade entstandene Theorie wieder in Frage stellte. „Und warum leuchtet der Stein dann nicht die ganze Zeit über an Eleas Hals. Sie hat eindeutig etwas Magisches an sich. Darüber besteht kein Zweifel. Oder etwa nicht?" Maél und Finlay warfen sich wegen Jadoras Äußerung genervte Blicke zu. Bevor jedoch einer schroff darauf reagieren konnte, ergriff Elea das Wort. „Ich glaube, es ist vergeudete Zeit, darüber zu spekulieren, worauf der Stein reagiert oder worauf nicht. Ich muss mich einfach darauf verlassen, dass er in meinem Sinne funktioniert und mir den Weg zu dem Drachen weist. Also lasst uns das Lager abbrechen und weiterreiten", sagte sie mit einer für sie ungewohnt ausdruckslosen Stimme. Elea war bereits im Begriff aufzustehen, als Maél sie zurückhielt. „Elea, geht es dir gut?"

„Was denkst du wohl?! Ich soll das Menschenvolk auf einem Drachen fliegend retten, während der Mann, den ich liebe, mir gerade gesagt hat, dass unsere Liebe in ein paar Tagen enden soll, wo sie doch noch gar nicht richtig angefangen hat", erwiderte sie in halb resigniertem und halb vorwurfsvollem Ton. Ohne ein weiteres Wort drehte sie sich um und verschwand in Richtung dichten Gebüsches. Jadora und Finlay sahen ihr betreten hinterher, während Maél sich ruckartig erhob und sich übereifrig daran machte, Arok zu satteln und zu beladen. Er konnte weder die quälenden Blicke der beiden Männer ertragen noch deren unangenehme Fragen beantworten. Er hatte genug damit zu tun, den Gefühlssturm, der in ihm tobte, zu bezwingen.

Elea hatte ihre Sachen bereits gepackt und sattelte Shona. Die Männer waren noch damit beschäftigt, die Zelte abzubauen und die Pferde zu beladen. Maél und Finlay warfen immer wieder besorgte Blicke zu ihr hinüber. Sie streichelte ihre Stute ausgiebig und vermittelte ihr ihre Gefühle, die sie momentan beschäftigten. Shona drehte immer wieder ihren Kopf zu ihr und knabberte sanft an ihrer Schulter. Diese zärtliche Geste des Pferdes, das sie erst einen Tag kannte, hatte etwas so Tröstliches, dass Elea sich nach noch mehr Trost suchend mit ihrem ganzen Körper an die Seite von Shona lehnte. Sie spürte plötzlich eine Wärme, die sich immer weiter in jeden noch so kleinen Winkel ihres Körpers ausbreitete und ihr Zuversicht und Mut schenkte. Sie wurde unvermittelt aus dieser so angenehmen Empfindung gerissen, als sich eine Hand auf ihre Schulter legte. „Elea, wir sind soweit. Ich denke, es wäre besser, wenn du heute bei mir vorne auf Arok mitreitest. Wir müssen unbedingt schneller vorwärtskommen. Wir können nicht noch einen Tag im Schritt weiterreiten. Du trinkst am besten eine ordentliche Menge von dem Betäubungstrank. Dann kannst du in meinem Arm schlafen." Maél sah Elea unsicher in Erwartung dessen an, was sie ihm auf diesen Vorschlag hin antworten würde, nachdem sie sich zuvor am Lagerfeuer ihm gegenüber so bissig und abweisend verhalten hatte. Sie musste nicht lange über die Antwort nachdenken, die sie ihm gab. „Und was passiert mit Shona?"

„So wie ich sie einschätze, wird sie dich inzwischen überallhin begleiten. Wir werden ihre Leine gar nicht am Sattel befestigen müssen. Du wirst sehen, sie wird dir nicht von der Seite weichen. Jadora hat mit ihr wirklich eine gute Wahl getroffen und damit meine ich nicht die Farbe ihres Fells", sagte er mit einem kleinen Lächeln auf den Lippen und einem zwinkernden Auge, woraufhin sich Elea ebenfalls ein Lächeln nicht verkneifen konnte. Ohne ein weiteres Wort holte sie aus ihrem Rucksack die Flasche des Heilers und trank das bittere Gebräu in einem Zug leer. Dann ließ sie sich vorsichtig von Maél auf Arok setzen, der sich sogleich hinter sie setzte. Bevor Maél jedoch los galoppierte, löste er Eleas Fellumhang von ihrem Rucksack, der an Shonas Sattel befestigt war, und wickelte sie vorsichtig darin ein. „Wenn dir unser schneller Ritt, bevor das Bilsenkraut wirkt, noch zu große Schmerzen bereitet, dann musst du es mir sagen. Dann reiten wir erst etwas langsamer, bis du eingeschlafen bist." Elea nickte wortlos. Jetzt, da sie auf Arok saß, hatte sie auch das erste Mal an diesem Tag ein Auge für den Himmel. Sie kannte sich nicht gut mit Schneewetter und den dazugehörigen Anzeichen aus. Die Wolkendecke, die sich schwer auf das Blau des Himmels gelegt hatte, war jedoch lückenlos und schien von einer undurchdringbaren Dicke zu sein – so dick, dass Elea das Gefühl hatte, sie würde nur wenige Fuß über ihrem Kopf schweben. Da sie bisher noch nie einem solchen wolkenschweren Himmel begegnet war, schloss sie daraus, dass sie bald mit Schnee zu rechnen hatten, und zwar in einer für sie bisher noch nie erlebten Menge.

Nach einer kurzen Weile spürte sie bereits die Wirkung des Bilsenkrauts. Sie bäumte sich jedoch noch ein letztes Mal gegen die sie überkommende Müdigkeit auf, da ihr mit einem Schlag Shona einfiel. Sie drehte ihr Gesicht an Maéls Brust vorbei, um einen Blick nach hinten zu werfen. Maél hatte recht, die kleine Stute galoppierte leichtfüßig etwas hinter Arok her. Elea zog beruhigt noch die Kapuze des Fellumhanges tief in ihr Gesicht. Dann bettete sie ihren Kopf an Maéls Brust und ergab sich dem Schlaf.

Die Reitergruppe hielt ein hohes Tempo bis in den frühen Nachmittag bei, mit Ausnahme von einer kurzen Pause, in der Tier und Mann sich stärken konnten. Maél ritt Arok bereits eine Weile im Schritt. Elea schlief immer noch in seinem Arm. Seitdem sie den Bilsenkrautsud getrunken hatte, hatte sie sich nicht einmal gerührt, nicht einmal während der Rast. Er hatte sie in dieser Zeit bequem auf seinem Schlaffell gebettet.

Jadora kam auf einmal an seine linke Seite geritten. An Aroks rechter Seite klebte nach wie vor Shona. „Wenn wir Pech haben, fängt es heute Abend an zu schneien. Kein Wunder! Hast du gesehen, wie weit der Schnee schon die Felswände des Akrachóns hinunterreicht?"

„Ja, das habe ich, Jadora. Ich bin ja nicht blind!", antwortete Maél gereizt. „Was machen wir eigentlich, wenn uns der Stein in westliche Richtung führt? Hast du dir darüber schon Gedanken gemacht? Jetzt, nachdem Roghan öffentlich seine Eroberungspläne verkündet hat, lässt Eloghan vielleicht auch nördlich am Akrachón den San beobachten."

„Wir werden uns dann wohl oder übel einen Weg durch das Gebirge nach Westen suchen müssen. Dort hat Eloghan – so hoffe ich - keine Wachposten aufgestellt", erwiderte Maél gelassen. Jadora gab daraufhin nur einen Brummlaut von sich, mit dem er offensichtlich zum Ausdruck bringen wollte, dass ihm dieser frühe Weg durch den Akrachón nicht gefiel. Nach einer Weile durchbrach er die eingetretene Stille. „Was ist mit ihr? So resigniert und gleichgültig habe ich sie noch nie erlebt." Maél war im ersten Moment dazu geneigt, Jadora mit einer schroffen Zurechtweisung, dass es ihn nichts anginge, abzuspeisen. Aber dann besann er sich eines Besseren, da Jadora es nicht verdient hatte, dass er mit ihm so rüde umging. „Ich habe ihr heute Morgen im Zelt gesagt, dass sich unsere Wege trennen werden, wenn wir den Drachen gefunden haben. Nur so hat sie eine Chance, Darrach und Roghan zu entkommen. Dass sie darüber nicht erfreut war, das kannst du dir ja denken."

„Und wie geht es dir dabei?", wollte Jadora wissen. Maél war so über Jadoras Frage überrascht, dass er für einen kurzen Moment an Aroks Zügel zog, sodass dieser fast stehen geblieben wäre. Er konnte sich nicht erinnern, dass in den vergangenen zehn Jahren sich jemand danach geschert hatte, wie es ihm ging, wenn man von Elea einmal absah. Es verstrichen erst wieder ein paar Atemzüge, bis er dem Hauptmann antworten konnte. „Jadora, wie es mir dabei geht, ist unerheblich. Für mich zählt nur die Sicherheit Eleas. Und die ist nun einmal außerhalb der Reichweite von Darrach und Roghan, aber auch von mir. – Ja, ich weiß, was du sagen willst. Aber glaube mir, ich stelle auch eine Gefahr für sie dar, auch wenn dies momentan nicht den Anschein hat. Ich kann es dir nicht erklären, zu deiner eigenen Sicherheit. Also vertrau' mir einfach!"

„Das wird nicht nur ihr Herz brechen, sondern auch deines", war alles, was Jadora noch zu sagen hatte. Dann hüllte er sich in Schweigen. In Maéls Ohren hallten allerdings noch lange die letzten Worte Jadoras nach. Er sah hinab zu Elea. Ihr Gesicht war durch die großzügige Fellkapuze vor seinem Blick verborgen. Er drückte sie noch fester an sich und versuchte vergeblich, durch die ganzen Kleiderschichten hindurch den Duft ihres Haares zu riechen.

Das beruhigende Geschaukel, das Elea in ihrem Schlaf festhielt, nahm ein abruptes Ende und zwang sie, widerwillig die Lider aufzuschlagen. Sie saß immer noch auf Arok an Maéls Brust geschmiegt. Er verkündete gerade, dass sie hier ihr Lager aufschlagen würden. Neugierig zog sie sich die Kapuze von ihrem Kopf. Sie wagte einen Blick in Maéls Gesicht, bevor sie die Umgebung näher in Augenschein nahm. Sie musterten sich gegenseitig mit einem halbherzigen Lächeln, ohne ein Wort zu sagen. Elea hatte urplötzlich das Bedürfnis, ihre Beine zu vertreten. Deshalb wand sie sich aus Maéls Umarmung und rutschte von Arok hinunter. Dabei bemerkte sie, dass der Wundschmerz im Vergleich zum Vorabend deutlich nachgelassen hatte.

Elea sah sich um. Zu ihrer Linken erstreckte sich ein Wald aus Laubbäumen, deren nahezu nacktes Geäst einen trostlosen Anblick bot. Die Äste trugen eine dünne pudrige Schneeschicht ebenso wie der Boden. Zu ihrer Rechten, in östlicher Richtung, erstreckte sich wieder eine riesige steppenähnliche Ebene, wie sie sie auf ihrer Reise nach Moray schon viele Tage lang durchritten hatten. Und direkt vor ihr eröffnete sich ein Ehrfurcht gebietender Blick auf den Akrachón in seiner gigantischen Höhe. Er war schon sehr nahe. Ein Tag noch oder noch einen halben mehr, dann würden sie das Gebirge erreichen. Jetzt erst – in dieser Entfernung – war es Elea möglich zu erkennen, dass der Akrachón nicht nur eine Gebirgskette war, die aus schwindelerregend hohen Bergen bestand, sondern dass sich davor auch wesentlich niedrigere Gebirgszüge entlang zogen. Diese Entdeckung machte Elea Hoffnung, dass sie vielleicht die Berge gar nicht so hoch hinaufklettern müssten, um den Drachen zu finden. Vielleicht hielt er sich in einer der niedrigeren Berge auf? Ihren Blick immer noch auf das Gebirge gerichtet und in ihren Gedanken versunken, vernahm Elea plötzlich ihren Namen. Finlay kam auf sie zu und hielt irgendein süßes Gebäck in der Hand. „Jadora meinte, ich soll Euch Gesellschaft leisten, bis die Zelte stehen. Und das hat er mir für Euch mitgegeben." Elea ergriff sogleich den Kuchen, da sie in dem Moment, als sie ihn erblickte, einen Bärenhunger verspürte. Es dauerte nicht lange, da hatte sie ihn sich auch schon einverleibt, sodass Finlay sich sofort wieder zu Jadoras Gepäck begab und ihr noch ein zweites, wesentlich größeres Stück brachte. Elea konnte nicht umhin, mit vollem Mund zu bemerken: „Jetzt sorgen sich schon drei Männer um mein leibliches Wohl. Meine beiden Brüder waren dagegen immer darum bemüht, mich vom Essen abzuhalten, weil sie Angst hatten, ich würde ihnen alles wegessen."

„Ich muss Euch korrigieren: drei Männer und ein Pferd." Elea sah Finlay fragend an. Dieser deutete grinsend auf etwas hinter ihr. Daraufhin drehte das Mädchen sich um und sah direkt auf Shonas Maul, die sich ihr scheinbar genähert hatte, ohne dass sie es bemerkt hatte. Die Stute begann, an Eleas Kapuze zu knabbern und gab leise Wieherlaute von sich. Liebevoll streichelte sie ihre lange kupferrote Mähne.

„Als wir rasteten, blieb sie die ganze Zeit über bei Euch stehen und schien über Euch zu wachen. Jadora musste ihre Haferration zu ihr bringen, sonst hätte sie, so wie es aussah, auf sie verzichtet." Elea musste darüber lächeln und dankte dem Pferd für

seine Fürsorge. Sie schlug Finlay vor, sich etwas die Füße mit ihr zu vertreten, während die anderen das Lager errichteten. „Jadora hat Euch also alles über mich erzählt."
„Ja, das hat er. Er hat auch erzählt, dass Ihr Maél tatsächlich dazu gebracht habt, bei einer Geburt dabei zu sein. - Wisst Ihr, was mich an alldem am meisten wundert? Es sind nicht Eure außergewöhnlichen Gaben, sondern die Wandlung, die ihr in Maél bewirkt habt." Finlay machte eine Pause, weil er von Elea eine Erwiderung auf seine Bemerkung erwartete. Sie sah ihm jedoch nur flüchtig in die Augen und richtete dann ihren Blick wieder geradeaus. Also blieb ihm nichts anderes übrig als fortzufahren: „Ihr werdet es mir wahrscheinlich nicht glauben, aber an dem Tag, an dem ich Euch das erste Mal sah – in der Thronhalle, in Belanas Schlepptau – da hatte ich schon das unerklärliche Gefühl, dass Ihr etwas Besonderes seid, und ich meine damit nicht Eure außergewöhnliche Schönheit. Ich verspürte schon damals das unerklärliche Bedürfnis, Euch beschützen. Nein! Es war viel mehr als nur ein Bedürfnis. Es war wie eine innere Stimme, die mir sagte, es wäre meine Bestimmung, Euch auf Eurem Weg, wo auch immer er Euch hinführen mag, zu begleiten." Elea blieb abrupt stehen, nahm seine Hände in ihre und sah ihm traurig in die Augen. Sie konnte die Tränen nur mit Mühe zurückhalten. „Finlay, ich danke Euch, ich danke dir. Wir können doch du zueinander sagen, meinst du nicht auch?" Finlay nickte mit dem Hauch eines Lächelns in den Mundwinkeln, in dem zugleich Freude und Melancholie lag. Er unterstrich seine Zustimmung, indem er ihre Hände sanft drückte. „Finlay, ich spüre auch, dass du bei dem, was noch auf mich zukommen wird, eine wichtige Rolle spielen wirst. Du bist dir hoffentlich darüber im Klaren, dass mir eine gefährliche Aufgabe bevorsteht?! Auch dein Leben wird in Gefahr sein." Finlay unterbrach sie. „Elea, das weiß ich und es ist mir egal. Ein bisschen mehr Aufregung in meinem eintönigen Leben, das ich seit zwei Jahren führe, kommt mir gerade recht."
„Sobald ich den Drachen gefunden habe, muss ich von hier verschwinden... ohne Maél. Er will es so. Er glaubt, er stellt eine Gefahr für mich dar wegen Darrach und seiner Macht über ihn. Ich werde dich brauchen. Ich weiß zwar noch nicht, wann und wie. Aber allein zu wissen, dass wenigstens du für mich da sein wirst, obwohl ich dir unmissverständlich gesagt habe, dass ich Maél liebe, ist..."
Elea konnte nicht weiterreden. Ihre Stimme wurde von lautem Schluchzen jäh unterbrochen. Finlay zog sie sofort an sich und hielt sie fest. Ihr Körper wollte nicht aufhören, in seinen Armen zu erbeben. Auf einmal drückte der Mann sie etwas von sich, um ihr in die Augen sehen zu können. Er sprach mit eindringlicher Stimme auf das Mädchen ein: „Elea, eure Trennung muss nicht für immer sein. Dass Maél dich zum Drachen bringt, ist aber eure einzige Chance. Er kann dich am besten beschützen und er weiß sicherlich, wer oder was du bist. Jadora und Maél sind davon überzeugt, dass in dir eine Macht ruht, die noch nicht zu ihrer ganzen Entfaltung gekommen ist. Der Drache wird dir helfen können, sie zu vervollkommnen und noch besser zu nutzen. Wer weiß, vielleicht bist du tatsächlich eines Tages so stark und mächtig, dass du Darrach bezwingen und Maél aus seinen Klauen befreien kannst."

„Aber was wird aus ihm, wenn ich weg bin? Was wird Darrach ihm antun, wenn er erfährt, dass er mir zur Flucht verholfen hat, weil er mich liebt?" Dicke Tränen liefen ihr heiß die kühlen Wangen hinunter. „Eines ist sicher, töten wird er ihn nicht. Er braucht ihn für seine Zwecke", erwiderte Finlay. „Aber er wird ihn quälen und Schmerzen zufügen", sagte Elea schluchzend. „Schmerzen sind Teil seines Lebens. Er wird sie genauso ertragen, wie er es bereits zuvor getan hat. Er ist zäh. Die Hoffnung in seinem Herzen, dass du irgendwann zurückkommen wirst, um ihn zu retten, wird ihm Kraft genug geben, um in Darrachs Gewalt auszuharren." Elea konnte jedoch nicht damit aufhören, ihren Blick pessimistisch in die Zukunft schweifen zu lassen. „Und was ist mit einem neuen, bösen Zauberbann, den Darrach höchstwahrscheinlich auf Maél legen wird, durch den er mich dann vielleicht hassen wird?"

„Dann wird deine Liebe und deine Macht, umso stärker sein, um ihn davon zu befreien. Du darfst nicht die Hoffnung verlieren, Elea. Du musst dir immer wieder sagen - so schwer es dir auch fallen mag - dass Maéls Leben nicht bedroht ist, seine Seele vielleicht, ja. Aber du hast ihn schon einmal dazu gebracht, sich zu wandeln. Das nächste Mal wird es möglicherweise schwerer werden, aber du wirst es schaffen. Irgendwie. Da bin ich mir sicher."

Finlay hatte sie wieder behutsam an sich gedrückt. Durch den allmählich versiegenden Tränenstrom klärte sich ihr Blick und blieb auf ihrem Arm haften. Kleine Schneeflocken landeten auf dem Wolfsfell ihres Ärmels. Als sie zum Himmel hoch sah, legten sie sich sofort kühlend auf ihre vom Weinen erhitzten Wangen. Sie fielen immer dichter und wurden immer dicker. Sie konnte vor Faszination nicht den Blick vom Himmel wenden. In ihrem ganzen Leben hatte sie noch nie so große Schneeflocken gesehen. Sie löste sich von Finlay und streckte die Hände aus. Wie gebannt sah sie auf ihre Handflächen, in denen die Flocken von jetzt auf nachher zu großen Wassertropfen schmolzen. Finlay stand still neben ihr und betrachtete Elea ebenso fasziniert wie das Mädchen die schmelzenden Schneeflocken. Nach einer Weile räusperte er sich verlegen und meinte: „Wir sollten zu den anderen zurückgehen. Maél wirft schon die ganze Zeit grimmige Blicke zu uns herüber."

„Ja! Das kann er grimmig dreinschauen und knurren wie ein Wolf. Damit wollte er mir immer in den ersten Tagen unserer Bekanntschaft Angst einjagen, was ihm auch gelungen ist. Aber ich habe ihm nicht den Gefallen getan, es ihm zu zeigen." Finlay lachte leise: „Ich kann mir lebhaft vorstellen, wie ihn das vor Wut zum Kochen gebracht hat. Siehst du, wieder ein Beweis dafür, wie stark du sein kannst. Du hast dich nicht einmal von ihm unterkriegen lassen, als er dich an den Baum gehängt hat." Elea musste schlucken, als sie dies hörte. „Jadora hat dir offenbar alles erzählt." Er nickte ihr nur wortlos zu, ergriff ihre Hand und führte sie zurück zum Lager.

Als sie dort ankamen, galt Eleas Sorge in erster Linie Shona, auf deren Mähne und Rücken schon eine dünne Schicht aus Schneeflocken liegen geblieben war. Als sie Maél nirgendwo sehen konnte, krabbelte sie in eines der Zelte, aus dem Geräusche zu hören waren. Maél war gerade dabei, in einer großen, flachen Metallschale ein paar

Holzscheite anzuzünden. „Maél, es hat angefangen zu schneien. Was machen wir jetzt mit den Pferden,... mit Shona?" Maél hätte es niemals für möglich gehalten, dass er wegen einer so lächerlichen Frage Erleichterung verspüren würde. Elea hatte ihre Gleichgültigkeit vom Morgen wieder abgelegt und war offensichtlich in der Lage, sich um das Wohl anderer zu sorgen. Dass es sich dabei nur um die Gesundheit eines Pferdes handelte, machte ihn umso glücklicher. Er blickte auf und sah in ihr verweintes Gesicht. Mit einem verschmitzten Lächeln antwortete er: „Wenn ich hier fertig bin, dann werde ich mich nach einem geschützten Plätzchen für sie umsehen. Allerdings bin ich mir nicht sicher, ob sie damit einverstanden sein wird, wenn sie von dir mehr als fünf Schritte entfernt ist. Aber du kannst ihr ja mal gut zureden gehen." Elea konnte nicht umhin, sein Lächeln zu erwidern. „Ja. Ich werde mal sehen, was ich tun kann."

Nach dem gemeinsamen Essen um das Lagerfeuer, das zur Freude der Krieger zwei erlegte Kaninchen beinhaltete, stattete Elea Shona noch einen Besuch ab, um sich zu vergewissern, dass es ihr gut ging. Die kleine Stute war zusammen mit den anderen Pferden unter ein paar Bäumen fest gebunden, die ihnen ein wenig Schutz vor dem immer stärker gewordenen Schneefall boten. Da Elea die nur noch spärlich belaubten Bäume zu wenig erschienen, holte sie kurzerhand ein Fell aus ihrem Zelt, mit dem Maél den Boden ausgelegt hatte, und legte es ihr über den Rücken. Dies brachte ihr sofort unter den Männern ein amüsiertes Lächeln ein, dem sie jedoch keine Beachtung schenkte. Sie umarmte noch einmal die Stute und vermittelte ihr, dass es ihr wieder besser ginge.

Auf dem Boden wuchs indessen die Schneedecke unaufhörlich weiter. Sie gab bereits bei jedem Schritt jenes knirschende Geräusch von sich, das Elea aus dem Traum kannte, in dem sie ihren Drachen fand. Bevor sie im Zelt verschwand, nahm sie sich noch eine der leeren, übrig gebliebenen Metallschalen und füllte sie mit Schnee. Sie hatte vor, sich in dem beheizten Zelt zu waschen. Die Männer blieben noch um das Lagerfeuer sitzen. Sie störten sich offensichtlich nicht daran, dass die Schneeschicht auf ihrer Kleidung immer dicker wurde.

Im Zelt war es bei weitem nicht so warm wie in ihrem Zimmer auf dem Schloss, aber es genügte, um sich eine Weile nackt darin aufzuhalten. Das Innenleben des Zeltes erstrahlte durch Eleas unbedecktes Haar orangerot. Sie kniete nur mit ihrer Lendenhose bekleidet vor dem Gefäß mit dem geschmolzenen Schnee und wusch sich mit ihrem Kopftuch. Sie zog den Lederriemen mit dem Stein über ihren Kopf und legte ihn in ihre beiden zu einer Schale geformten Hände. Dabei betrachtete sie ihn, als wartete sie darauf, dass er ihr ein Zeichen gab. Aber nichts dergleichen geschah. Kein Leuchten, kein Erwärmen. Dann fiel ihr der Stab ein. Sie legte den Stein auf das Fell und kramte den Stab aus dem Seitenfach ihres Rucksacks. Er zeigte ebenso wenig eine Veränderung. Dass sie mit seiner Hilfe die Schneemassen vor dem Eingang zur Höhle ihres Drachen zum Einstürzen bringen würde, hatte sie bereits in einem Traum gesehen. Wie sie jedoch durch den dabei entstandenen Schneeberg den Eingang erreichen würde, wusste sie immer noch nicht.

Sie verstaute den Stab wieder im Rucksack und machte sich daran, das Wundtuch behutsam von der Wunde abzulösen. Für einen kurzen Moment musste sie die Luft anhalten, da die Haut der Brandblase teilweise am Wundtuch festgeklebt war und sie sie mit dem Tuch schmerzvoll abzog. Anschließend atmete sie einmal tief durch. Dann erst wagte sie einen ersten Blick auf die Wunde. Unter den Resten der grünlichen Paste schaute das rohe Fleisch hervor. Die kreisrunde Verbrennung war von der Größe einer Silberdrachone. Sie ging so tief, dass sie auf jeden Fall eine hässliche Narbe zurückbehalten würde, eine Narbe wie Maél eine im Gesicht und viele auf seiner Brust hatte. Sie öffnete den Tiegel mit der Paste und trug vorsichtig etwas davon auf das verletzte Fleisch. Dann bedeckte sie die Wunde mit einem neuen Tuch. Sie wollte gerade den Tiegel und die Tücher wieder einpacken, als sie hinter sich Geräusche hörte. Maél war bereits halb im Zelt, als er die nackte Frau vor sich knien sah. Er sah ihr zuerst in die Augen, bevor er sehnsüchtig seinen Blick über ihren nackten, vom Bogenschießen gestählten Rücken gleiten ließ, dessen Mitte durch eine Linie aus kleinen Höckern hervorgehoben war. *Alles ist perfekt an ihr, auch mit den Höckern.* Mit einem Mal wurde seine auf ihre Nacktheit gerichtete Aufmerksamkeit jedoch durch etwas abgelenkt, das sich am unteren Ende ihres Rückens befand. Seine eben noch empfundene Scheu, in das Zelt hineinzukrabbeln, hatte er von jetzt auf nachher abgeschüttelt. Mit zwei, drei schnellen Bewegungen hatte er sich Elea genähert, die ihn verschreckt ansah. „Das kann nicht sein! Das ist unmöglich!" Elea spürte, wie er über die Stelle strich, wo sich ihr Mal befand. „Was ist los? Was hast du jetzt schon wieder entdeckt? Ist das Mal verschwunden!"

„Also das kann man nicht gerade behaupten. Im Gegenteil: Es ist bestimmt doppelt so groß. Die Rosenknospe ist sozusagen zu ihrer ganzen Größe erblüht", antwortete Maél in einem Ton, aus dem Staunen und Faszination herauszuhören war. Elea drehte ihren Oberkörper hin und her, und machte die unmöglichsten Verrenkungen, um das Mal zu sehen. „Wie ist das geschehen? Wann ist das geschehen?", fragte sie Maél mit einem Hauch von Panik in der Stimme. „Mich würde eher interessieren, warum es geschehen ist. Elea, ich bin mir ziemlich sicher, dass es etwas mit deiner Herkunft zu tun hat. So wie sich deine Gabe verändert hat, verändert sich offensichtlich dein Körper."

„Vielen Dank für den Hinweis. Wenn das so weiter geht, dann werde ich vielleicht doch noch irgendwann morgens aufwachen und dir mit meinem Feueratem dein Haar in Brand setzen", erwiderte Elea bissig. Maél musste leise lachen und da er glücklich darüber war, dass sie wieder wie eh und je ihre scharfe Zunge an ihm wetzte, umarmte er sie übermütig von hinten völlig außer Acht lassend, dass sie nackt war. Erst als er spürte, dass sie sich unter seinen Armen versteifte, wurde er sich der heiklen Situation bewusst. Ganz langsam zog er seine Arme zurück, aber nicht ohne mit seinen Händen bei dieser Bewegung ganz sachte über ihre Brüste zu streichen. *Wenigstens einmal muss es mir vergönnt sein, sie zu berühren.* Elea hielt den Atem an. In ihrem Innern breitete sich von jetzt auf nachher eine sengende Hitze aus und ihr Herzschlag nahm ein Tempo an, ähnlich dem eines galoppierenden Pferdes. Sie drehte sich blitzschnell zu ihm um, sodass er auf ihre nackten Brüste sehen musste. Sein verlangender Blick blieb auf ihnen für ein paar Augenblicke haften, ehe er ihn über ihren ganzen Körper schweifen ließ. Elea fühlte regelrecht die heiße Spur, die sein Blick auf ihrer Haut hinter sich herzog. Der Brustkorb der beiden senkte und hob sich viel stärker und schneller als üblicherweise. Elea sah wie Maél seine Hände zu Fäusten ballte. Dann löste er seinen glühenden Blick von ihrer Nacktheit und richtete ihn ernst auf ihre grünen Augen. Seine Worte kamen nur gepresst über seine Lippen: „Zieh dich an! Ich warte solange draußen." Kaum hatte er die Worte ausgesprochen, da sah Elea nur noch seinen durch den Zelteingang verschwindenden Rücken. Ein paar Augenblicke dauerte es noch, bevor Elea sich bewegen konnte. Sie hielt die Augen geschlossen und versuchte, sich dieses wundervolle Gefühl seiner Berührung in ihrem Gedächtnis einzubrennen. Die ungewohnte Hitze in ihrem Körper spürend kleidete sie sich mit zitternden Händen an. Dann räumte sie den Tiegel und die Wundtücher in ihren Rucksack, leerte die Schale mit dem Wasser aus und wrang ihr Kopftuch aus. Anschließend legte sie sich nieder und deckte sich mit Maéls Schlaffell zu. „Du kannst wieder reinkommen", rief sie zum Zelteingang, wobei ihr kurz darauf wieder einfiel, dass sie es auch im Flüsterton hätte sagen können. Ein paar Augenblicke später war er bereits wieder im Zelt. Ohne Elea anzusehen, warf er seinen von Schnee bedeckten Umhang von sich. Dann folgten seine Lederjacke und seine Tunika, sodass er nur noch ein Hemd trug. Elea ließ ihn beim Entkleiden keinen Wimperschlag aus den Augen. Sie verfolgte wie gebannt jede seiner Bewegungen. Ihre Blicke begegneten sich erst, als er zu ihr unter das Fell schlüpfen wollte. Ein unverfängliches Thema anschneidend fragte er sie: „Was macht die Wunde? Schmerzt sie noch sehr?" Elea schüttelte nur mit dem Kopf. Dann drehte sie sich vom Rücken vorsichtig auf die Seite, um ihm besser ins Gesicht sehen zu können. Diesmal war es Maél, der sich auf den Rücken legte. Er starrte angestrengt mit unter dem Kopf verschränkten Armen an die Decke des Zeltes. Elea nahm sich schließlich ein Herz und begann zu sprechen: „Maél, bitte zieh dich nicht vor mir zurück und entsage uns nicht die wenigen Zärtlichkeiten, die uns noch bleiben. Es werden unsere letzten sein auf unbestimmte Zeit, vielleicht sogar für immer. Außerdem, wenn meine Unberührtheit nach dem Knüpfen des Bandes nutzlos geworden ist, dann können wir doch..."

Maél ließ Elea nicht weiterreden. Er drehte sich abrupt zu ihr um. „Lass uns jetzt nicht davon sprechen! Ja? Ich bin müde. Morgen, beim ersten Tageslicht, werden wir weiterreiten. Wir kommen bei dem tiefen Schnee wesentlich langsamer voran. Es wird für alle anstrengend werden. Ich weiß, du hast den ganzen Tag geschlafen. Aber versuche bitte trotzdem zu schlafen! Willst du dich an mich oder soll ich mich an dich schmiegen?"

In Elea wirkte immer noch diese wundervolle Empfindung von eben nach und da sie sie auch als schöne, wertvolle Erinnerung in sich tragen wollte, verzichtete sie auf eine aufwühlende Auseinandersetzung und drehte sich ohne ein weiteres Wort auf die andere Seite. Maél legte sofort seinen Arm um sie und ergriff ihre Hand. Es dauerte nicht lange, da spürte Elea, wie Maéls Atem leise und gleichmäßig ihr Haar streifte. Es war das erste Mal, dass er vor ihr eingeschlafen war.

❧❦

Darrach lag auf dem schmalen Bett in seinem Arbeitszimmer. Er hatte das Fenster geöffnet, um seinen vom Denken erschöpften Geist durch die frostige Luft, die ins Zimmer strömte, zu erfrischen. Die Kälte sollte ihn davor bewahren, in der kurzen Pause, die er sich gönnte, den Kampf gegen seine Müdigkeit zu verlieren. Seit Maél mit Elea das Schloss verlassen hatte, hatte er kein Auge mehr zugetan. Vor dem Aufbruch hatte er ihn noch einmal zu sich gerufen, um ihm von seinem Gespräch unter vier Augen mit ihr zu berichten. Er wollte ihn eindringlich davor warnen, sie in die Nähe von Tieren zu lassen, vor allem von den Akrachón-Wölfen. Vielleicht hatte sie die Macht, sie so zu manipulieren, dass sie sie als Waffe gegen Maél und die anderen einsetzen konnte.

Als er Maél genau schilderte, wie er sie dazu gebracht hatte, ihm dieses Geheimnis preiszugeben, meinte er für den Bruchteil eines Augenblicks ein Zucken in Maéls Gesicht gesehen zu haben. Aber er musste sich getäuscht haben. Er hatte Elea selbst geschlagen und gequält und die Verletzung, die sie ihm Gesicht hatte, als sie in Moray ankamen, war eindeutig nicht älter als ein Tag.

Darrach stand kurz vor dem Durchbruch bei der Enthüllung von Eleas Identität. Er war gerade mit der Entschlüsselung einer Schriftrolle fertig geworden, in der der Gelehrte Beobachtungen niedergeschrieben hatte, bei denen ein Mädchen die Gabe besaß, Empfindungen von Tieren zu fühlen und ihre eigenen ihnen zu vermitteln. Im Laufe der Jahre ging diese Gabe sogar soweit, dass sie sie auch auf Menschen anwenden konnte. Diese Information versetzte Darrach sofort in Alarmbereitschaft. Beim weiteren Übersetzen bekam er noch heraus, dass jener Gelehrte in einem dreihundert Jahre alten Buch über Hexen seine Forschungen bezüglich dieser außergewöhnlichen, jungen Frau weiter betrieben hätte und dass er auf ein uraltes Hexengeschlecht gestoßen sei. Damit endete die Schriftrolle. Darrach hatte daraufhin jedes einzelne Buch, das sie in der geheimen Kammer gefunden hatten, in die Hand genommen. Dieses war jedoch nicht darunter. Es musste dem Feuer zum Opfer gefallen sein, das auch schon die Schriftrolle bezüglich der Auserwählten beschädigte. Völlig erschöpft ließ er sich auf sein Bett fallen. Ihm war klar, dass ihm nichts anderes übrig blieb, als die etwa hundert Schriftrollen, die er noch nicht übersetzt hatte, durchsehen zu müssen, um diejenige zu finden, auf die der Gelehrte möglicherweise seine weiteren Erkenntnisse niedergeschrieben hatte. In seinem Kopf drehte es sich. Er konnte keinen klaren Gedanken mehr fassen. Seit zwei Tagen hatte er ab und zu nur ein paar Schlucke Wasser zu sich genommen. Zum Essen hatte er keine Zeit. Dies war umso fataler, als er Maéls stärkendes Blut bis auf einen kleinen Rest aufgebraucht hatte, den er sich unter allen Umständen für die anstrengende Reise in den Akrachón aufbewahren musste. Je länger er auf dem Bett lag, desto mehr wurde er sich der Notwendigkeit bewusst, etwas zu essen und zu schlafen. Einen derartigen Raubbau an seinem Körper konnte er nicht weiter fortsetzen. Zumal er nicht wusste, was ihn erwartete, wenn er auf die anderen stoßen würde. Er würde vielleicht all seine Kraft und dunkle Macht benötigen, um Elea und den Drachen in Schach zu halten.

Immer wieder machte sein Herz holpernde Schläge, wenn er nur daran dachte, dass die mysteriöse junge Frau möglicherweise Maéls Gefühlskälte und Skrupellosigkeit besiegt hatte. Sein großer Plan, den er schon mehr als fünf Jahre verfolgte, wäre dann mehr als gefährdet. Er machte sich große Vorwürfe, dass er sich voll und ganz auf die Ergebenheit dieses einzigartigen Mannes verlassen hatte. Aber sein ganzes Denken galt nur der Enthüllung von Eleas Identität.

Darrach begann zu zittern – vor Kälte, aber auch vor Panik. Er erhob sich schwerfällig vom Bett, schloss das Fenster und rief nach seinem Gehilfen, damit dieser ihm etwas zu essen brachte. Er fühlte sich, als wäre er um zwanzig Jahre gealtert. Und so schwer es ihm bei dem gegenwärtigen Stand seiner Nachforschungen auch fiel, er musste auch ein paar Stunden schlafen. Mit neuer Kraft wollte er im Morgengrauen weiterarbeiten. Er spürte regelrecht, wie nah er des Rätsels Lösung war.

Kapitel 3

Als Elea am Morgen aus dem Zelt trat, wollte sie ihren Augen nicht trauen. In nur einer Nacht war die Steppe in eine Winterlandschaft verwandelt worden. Der Schnee reichte Elea bereits fast bis an die Kniekehlen. Die Inseln hohen Grases waren nicht mehr zu sehen, da sie von der Last des Schnees niedergedrückt wurden. Alles war weiß. Nur die Pferde und die Krieger brachten Farbe in das Weiß. Dies war nun der Moment Lyrias Fellkleider überzuziehen. Ebenso mussten Albins Stiefel den dicken Fellstiefeln weichen. Ein Ende des Schnees war nicht in Sicht. Immer noch fiel der Schnee so dicht wie ein Schleier, dass nicht einmal mehr der Akrachón zu erkennen war.

Die Weiterreise gestaltete sich für alle Beteiligten äußerst anstrengend, vor allem für die Pferde. Sie mussten nicht nur durch tiefen und kalten Schnee waten, sondern hatten zum Teil mit heftigem Sturm zu kämpfen, der ihnen die Schneeflocken regelrecht in Gesicht und Augen peitschte. Auf Maéls Vorschlag hin ritt Elea wieder auf Shona, damit Arok entlastet war. Allerdings musste sie immer an seiner Seite bleiben, da er Angst hatte, sie würde in dem Schneetreiben verloren gehen.

Sie saß auf Shonas Rücken, ohne viel tun zu müssen. Immer wieder streichelte sie ihren Hals oder schmiegte ihren Oberkörper Schutz suchend an ihn. Die Zügel hielt sie nur, um sich an irgendetwas festzuhalten und überließ der Stute alles andere. Den Großteil der Strecke mussten die Reiter ohnehin im Schritt zurücklegen. Alle ritten hochkonzentriert, das Auge immer auf den Vordermann gerichtet. Maél hatte die Männer angewiesen, sofort zu rufen, sobald sie ihren Vordermann nicht mehr sahen. Irgendwann hatte der Schneesturm so an Stärke zugenommen, dass Maél unter dichter bezweigten Bäumen am Saum eines Waldes vorübergehend Zuflucht suchte. Die Reitergruppe nutzte diese Unterbrechung im Schutze des Waldes, um etwas zu essen, während die Pferde sich ausruhen konnten. Etwa um die Tagesmitte ließ endlich der Sturm nach, sodass sie weiterreiten konnten. Der Schleier aus Schnee lichtete sich ebenfalls, wodurch die Sicht in Richtung Norden zum Akrachón klarer wurde. Gegen Nachmittag hörte es endlich auf zu schneien. Die Wolken hatten alles gegeben. Nun gewann die Sonne allmählich die Oberhand. Das schwere Himmelgrau brach auf und wurde von der Sonne zusehends verdrängt.

Maél wollte noch bis zur Abenddämmerung weiterreiten. Den Akrachón sollten sie aber erst am nächsten Tag erreichen. Elea machte sich Sorgen um Shona, die für sie spürbar erschöpft war. Daraufhin bot sich Finlay an, Elea bei sich mitreiten zu lassen, um die kleine Stute etwas zu entlasten. Dies brachte ihm gleich einen grimmigen Blick von Maél ein. Aber Elea ließ sich davon nicht beeindrucken. Sie sah darin eine Gelegenheit, vielleicht noch etwas über Maéls Vergangenheit herauszufinden. Sie setzte sich hinter Finlay, während Shona wieder zu ihrer Rechten nebenher schritt. Elea wartete nicht lange damit, den Königssohn auszufragen. Obwohl sie das Schlusslicht der Gruppe bildeten, während Maél wie immer an der Spitze ritt, senkte Elea dennoch ihre

Stimme. „Finlay, dass Maél empfindlich auf Eisen reagiert und sich in ein blutrünstiges Wesen verwandelt, wenn er Blut getrunken hat, hast du das von Jadora erfahren oder wusstest du es schon?"

„Ich weiß es schon lange. Schon seit vielleicht elf Jahren", antwortete Finlay im Flüsterton. „Hat Maél dir selbst davon erzählt?", hakte sie nach. Finlay räusperte sich, bevor er mit deutlichem Widerwillen zu sprechen begann. „Ich habe es... mit eigenen Augen gesehen." Er schwieg, sodass Elea ermutigend ihren Griff um seine Taille verstärkte. „Darrach erzählte irgendwann einmal meinem Vater von Maéls verborgenen Eigenarten. Mein Vater fühlte sich nie wohl in Maéls Anwesenheit, schon allein aufgrund seiner sichtbaren Andersartigkeit. Ganz im Gegensatz zu meiner Mutter: Sie hatte ihn schon als Jungen in ihr Herz geschlossen. Na ja. Jedenfalls wollte mein Vater mit eigenen Augen sehen, was Darrach ihm schilderte. Erst gab er Maél Blut von einem Mörder zu trinken, der im Kerker meines Vaters saß. Maél schloss er zuvor ebenfalls in einer Zelle ein. Wir konnten also zusehen, wie er sich verwandelte und wie er als wild gewordene Bestie in seiner Zelle herumtobte und immerzu nach Blut schrie." Elea unterbrach Finlay fassungslos: „Du warst auch dabei? Er war... dein bester Freund und... du hast dabei zugesehen, wie sie ihn gedemütigt und gequält haben?!"

„Elea, es war nicht so, wie du denkst! Ich wollte es nicht. Aber mein Vater zwang mich, dabei zuzusehen. Er war nie damit einverstanden, dass ich so viel Zeit mit Maél verbrachte. Er hat es mir gegenüber zwar nie direkt geäußert, aber ich wusste es. Schon allein deshalb, weil Maél ein ständiges Streitthema zwischen meinen Eltern war. - Während Darrach und mein Vater Maél nach seiner Verwandlung einfach in seiner Kerkerzelle allein zurückließen, blieb ich die ganze Zeit bei ihm vor seiner Zelle sitzen und wartete, bis er sich wieder zurückverwandelt hatte. Aber das Schlimmste kam erst noch. Mein Vater ließ eine Arena bauen, deren Wand aus mindestens zwölf Fuß hohen Pfosten bestand."

In Eleas Kehle wuchs allmählich ein Kloß heran, der sich nicht hinunterschlucken ließ, sodass sie glaubte, keine Luft mehr zu bekommen. Sie ahnte bereits das Ende, auf das Finlays Erzählung zusteuerte.

„Zuvor ließ man jenen Mörder, von dessen Blut Maél getrunken hatte, frei und gab ihm ein Pferd. Er hatte einen Vorsprung von einem Tag und einer Nacht. Dann wurde Maél losgeschickt, um ihn zurückzubringen. So sollte meinem Vater sein außergewöhnlicher Spürsinn demonstriert werden. Nach nicht einmal drei Tagen kehrte er bereits wieder zurück – mit dem Mörder. Maél war damals etwa sechzehn Jahre alt. Er war also noch kein erwachsener Mann. Er war jedoch den meisten Männern bereits körperlich überlegen."

Finlay schwieg einen Moment, um sich auf das vorzubereiten, was er Elea gleich erzählen würde. Diese war unfähig, auch nur ein Wort zu sprechen. Sie hatte plötzlich das Gefühl, in Maéls Körper geschlüpft zu sein, da sie in sich Empfindungen verspürte, die sie zu übermannen schienen. *Nein! Das darf nicht sein! Das darf nicht wahr sein! Wie konnten sie ihm das nur antun?* Finlay fuhr mit heiserer Stimme fort. „Meine

Mutter stellte meinen Vater natürlich zur Rede, was er denn vorhabe. Er gab vor, an dem Mörder ein Exempel statuieren zu wollen. In Wirklichkeit jedoch wollte er Maél nur quälen, weil er ihn – warum auch immer – hasste. Und er wollte, dass das Volk ihn auch zu hassen begann, indem es ihn fürchtete. Also wurde ein riesiges Spektakel veranstaltet, das angeblich der Abschreckung dienen sollte. Meine Mutter war außer sich. Sie versuchte alles, um ihn davon abzubringen, ohne Erfolg. Sie machte Darrach dafür verantwortlich. Sie verdächtigte ihn ohnehin schon die ganzen Jahre, dass er Maél misshandelte, auch wenn Maél es immer beharrlich abstritt. Meine Mutter und ich ritten an jenem schrecklichen Tag tief in den Wald hinein und kamen erst wieder zurück, als alles vorbei war. Wir mussten jedoch mitanhören, wie die Dienerschaft über das, was in der Arena zwischen Maél und dem Mörder passiert war, redete. Es war schrecklich, Elea. Ich will dir gar nicht schildern, was alles im Einzelnen sich in der Arena zugetragen hat. Du kannst es dir sicherlich vorstellen. Du hast ihn ja erlebt,... wie er sich verändert... unter dem Einfluss von Blut." Elea konnte ihre Tränen nicht zurückhalten. „Die Rechnung meines Vaters ging also auf. Die Bevölkerung Morays fürchtete von da an Maél und es wurden kaum noch Verbrechen begangen. Die Menschen fingen an, ihm aus dem Weg zu gehen und ihn zu hassen. Von jenem Tag an war Maél auch nicht mehr derselbe. Er zog sich noch mehr zurück, obwohl meine Mutter und ich uns nicht von ihm abgewendet haben."

Als Finlay geendet hatte, breitete sich in Elea ein Gefühl von Verzweiflung und Einsamkeit aus, so wie Maél es damals empfunden haben musste. Sie verstand nun noch besser, warum er zu diesem gefühlskalten und hasserfüllten Mann geworden war. Finlay merkte, wie sich ihr Körper verkrampft hatte und drückte mitfühlend ihre in den Fellfäustlingen steckenden Hände. Es dauerte noch eine Weile, bis Elea wieder in der Lage war, einen halbwegs klaren Gedanken zu fassen. Sie dachte noch einmal über den Zeitpunkt dieses entsetzlichen Ereignisses nach. Mit einem Mal überkam sie eine grauenvolle Ahnung. Sie hielt den Atem an. *Oh nein! Er war es!* Elea hoffte, dass Finlay nie zu dieser Schlussfolgerung kommen würde. Es wäre schrecklich für ihn, aber auch für Maél. Kein Wunder, dass Maél sich von ihm zurückgezogen und ihm gegenüber so abweisend verhalten hatte. Und was am allerwichtigsten war: Sie konnte mit dieser schrecklichen Erkenntnis nachvollziehen, warum er unbedingt wollte, dass sich ihre Wege trennten. Er hatte Angst, dass er noch einmal jemand töten müsste, den er liebte.

Die abendliche Dunkelheit hatte sich vollkommen über die Winterlandschaft gelegt, als die Krieger die drei Zelte aufgebaut hatten. Ein eisiger Wind umwehte die zehn in Fellkleidern eingepackten Menschen. Elea saß bei Shona, die ihr ständig von hinten ihren heißen Atem an den Kopf schnaubte. Sie knabberte lustlos auf einem Stück Brot herum, von dem sie das meiste dem Pferd ins Maul steckte. Das Wissen um Maéls schreckliche Tat, lag ihr schwer im Magen. Vor allem quälte sie die ganze Zeit über die Frage, wie sie sich ihm gegenüber verhalten sollte. Sollte sie mit ihm darüber reden? Dies würde ihm zweifelsohne über alle Maßen zusetzen. Aber sie konnte auch nicht einfach so tun, als wüsste sie es nicht. Zwischen ihnen war etwas ganz Besonderes. Schon allein die Tatsache, dass sie während Finlays Schilderung Empfindungen hatte, die damals Maél bewegt haben mussten, wies auf eine Seelenverwandtschaft hin.

Elea war so in ihre Gedanken versunken, dass sie gar nicht bemerkt hatte, dass Maél in der Zwischenzeit gekommen war, um Shona zu holen und für die Nacht vorzubereiten. Sie nahm ihn nicht einmal wahr, wie er anschließend vor ihr stand. Erst als er nach ein paar Augenblicken in die Hocke ging, um mit ihr fast in Augenhöhe zu sein, wurde sie auf ihn aufmerksam. „Ich hoffe, du sinnst darüber nach, wie wir in den Berg zu deinem Drachen gelangen, nachdem du mit dem Stab die riesigen Schneemassen vor dem Eingang weggezaubert hast", sagte er in scherzendem Ton. Elea mühte sich ein Lächeln ab. „Wir werden heute auf das Lagerfeuer verzichten und uns deshalb gleich in die Zelte zurückziehen. Mit den Feuerbecken ist es darin ganz gut auszuhalten. Morgen werden wir gegen Mittag den Akrachón erreichen. Ich hoffe, dass dein Stein dann zu uns sprechen wird. Übrigens, nur zu deiner Beruhigung: Shona und die anderen Pferde haben wir mit Fellen bedeckt. Komm!" Er reichte Elea die Hand und zog sie zu sich hoch. Bevor er jedoch mit ihr zum Zelt ging, legte er seine Hände auf ihr Gesicht und fragte sie etwas zaghaft: „Ist alles in Ordnung mit dir? Seitdem du bei Finlay mitgeritten bist, kommst du mir etwas bedrückt und abwesend vor."

Elea wusste nicht, was auf sie zukam, aber sie konnte nicht anders. „Maél, ich muss mit dir reden. Aber lass uns erst ins Zelt gehen. Ja?" Maél nickte mit ernster Miene. Ihm war nicht entgangen, dass ihre Stimme beim Sprechen gezittert hatte, und dies war ausnahmsweise nicht auf die Kälte zurückzuführen.

Im Zelt angekommen entledigten sich beide erst einmal wieder umständlich ihrer Fellkleider. Endlich hatte Elea das letzte Fellteil von sich geworfen und saß nur noch in Tunika und Lederhose vor ihm. Maél kniete schon länger in orangerotem Licht eingetaucht vor ihr und sah sie erwartungsvoll an. „Also! Ich höre!", sagte er mit belegter Stimme. Elea atmete zweimal tief durch. Dann ergriff sie seine beiden Hände. Ihre Stimme zitterte erneut. „Maél, ich weiß jetzt, warum du unbedingt willst, dass sich unsere Wege trennen."

„Das ist doch nichts Neues. Darüber haben wir doch bereits gesprochen." Elea umschloss mit ihren Händen so gut es ging Maéls große Hände und drückte so fest zu, wie sie nur konnte. Sie hatte Angst, dass er sie ihr sofort entziehen würde bei dem, was er nun hören würde. „Maél, du willst nicht noch einmal jemanden töten, den du liebst." Maél stockte der Atem und seine Haut überzog sich blitzartig mit einer Gänsehaut. Seine Augen wurden immer größer und er glaubte, in einen nicht enden wollenden schwarzen Abgrund zu stürzen. Reflexartig wollte er seine Hände Elea entziehen, aber sie klammerte sich mit all ihrer Kraft daran, sodass er sie mit Gewalt von seinen Händen hätte lösen müssen. Aber wehtun wollte er ihr auf gar keinen Fall. Keiner von beiden war in der Lage zu sprechen. Elea konzentrierte sich gleichzeitig auf zwei Dinge: Zum einen versuchte sie, Maéls Blick mit ihrem festzuhalten. Zum anderen baute sie eine warme, magische Woge in sich auf und bemühte sich dabei, all die Empfindungen mit hineinzulegen, die sie momentan bewegten und die sie Maél unbedingt mitteilen wollte: Mitgefühl, Verständnis und viel, viel Liebe. Maél kämpfte um seine Fassung und spürte bereits, was in Elea vor sich ging. Er war sich jedoch nicht sicher, ob er es zulassen wollte. Er konnte seine Augen nicht von ihrem fesselnden Blick losreißen. Endlich war es soweit: Elea ließ die mächtige Woge über Maél einstürzen. Er schloss einfach die Augen und ergab sich kampflos der Gefühlsflut. Die Welle ging mit einer solchen Kraft auf ihn nieder, dass er beinahe das Gleichgewicht verloren hätte und mit Elea, wie schon im Stall, auf den Rücken gestürzt wäre. Erst als die Magie an Intensität verloren hatte, öffnete er wieder die Augen und sah direkt in Eleas Tränen verschleiernden Blick. Er löste seine Hände aus ihrem locker gewordenen Griff, nahm sie in seine Arme und drückte sie so fest an sich, als ob er sie nie wieder loslassen wollte. Nach ein paar Augenblicken sprach er leise und stockend an ihrer Halsbeuge: „Elea, ich... weiß gar nicht,... was ich sagen soll. Ich..."

„Du musst gar nichts sagen, Maél. Es gibt auch gar nichts zu sagen. Außer, dass das, was dir widerfahren ist, grauenvoll und menschenverachtend ist. Dich trifft keine Schuld. Es tut mir so leid. All das, was Roghan und Darrach dir angetan haben, ist viel, viel schlimmer, als das, was ich bisher erlitten habe und vielleicht noch erleiden werde." Maél drückte sie abrupt etwas von sich, um ihr ins Gesicht sehen zu können. „Hör auf so zu reden! Wenn du den Drachen gefunden hast, dann wirst du so schnell wie möglich das Weite suchen. Ich werde nicht zulassen, dass du noch einmal unter Darrach oder mir leidest. Hast du verstanden? Versprich mir, dass du dich auf den Rücken des verdammten Drachen schwingen und wegfliegen wirst!", sagte Maél aufgebracht. „Maél, ich verspreche es dir nur, wenn du mir auch etwas versprichst", erwiderte Elea leise. Ihm wurde mit einem Male ganz beklommen zumute, da er wusste, worauf sie hinaus wollte. „Ich werde mit dem Drachen verschwinden, wenn wir uns vorher so lieben, wie wir es uns schon die ganze Zeit wünschen. *Ich* wünsche es mir zumindest mehr als alles andere. Ich will dir so nahe sein wie nur möglich. Verstehst du das?" Maél hatte das Gefühl, dass sein Herz und sein Magen einen Reigen miteinander tanzten. Dass es nie so weit kommen durfte und würde, konnte und wollte er ihr nicht sagen. Also würde er sie anlügen müssen, auch wenn es ihm noch so zuwider war. „Elea, ich wünsche es mir auch schon so lange. Ich weiß gar nicht, wie lange schon... Also gut! Ich verspreche es! Sobald wir es aber getan haben, machst du dich mit dem Drachen auf und davon. Und du wirst nicht eher wieder zurückkommen, bis der Drache davon überzeugt ist, dass du stark genug bist, Darrachs Zauberkraft zu besiegen. Versprichst du mir das?" Elea sah ihm mit zwei nicht versiegenden Tränenströmen in die Augen. „Ich verspreche es." Daraufhin küsste er ihr die Tränen von den Wangen und streichelte ihr kurzes, noch lockiger gewordenes Haar. „Wie bist du drauf gekommen?"

„Ich habe Finlay gefragt, wie er von der Sache mit dem Blut und deiner Verwandlung erfahren hat? Daraufhin erzählte er mir die Geschichte von dem Mörder im Kerker seines Vaters, von dessen Blut du... Du weißt schon..." Maél nickte ernst und bettete Elea behutsam auf ihr Schlaflager. Er merkte bereits, wie ihr Körper in seinen Armen immer schlaffer und ihre Stimme immer dünner wurde. Es würde nicht mehr lange dauern, dann würde sie wieder in einen tiefen Erholungsschlaf sinken. „Ja und weiter?", sagte er und deckte sie mit dem Fell zu. Er blieb auf den Ellbogen gestützt neben ihr liegen und streichelte ihr Gesicht. „Er sagte, dass sich dieses grauenvolle Ereignis vor etwa elf Jahren zugetragen habe. Auf dem Schloss erzählte er mir bereits, dass seine Mutter vor zehn Jahren ermordet worden sei. Und du hast mir erzählt, dass Darrach dir zu deinem sechzehnten Geburtstag den Schlangenring umgelegt habe. Dann habe ich einfach eins und eins zusammengezählt. Außerdem hatte ich auf einmal deine ständigen Worte im Ohr, dass du eine Gefahr für mich darstellen würdest. So kam ich zu dem Schluss, dass Darrach dich gezwungen hatte, Finlays Mutter... Es tut mir so leid, Maél."

„Und Finlay ahnt noch nichts", sagte Maél wie zu sich selbst. „Es kommt ihm wahrscheinlich so abwegig vor, dass du..." Elea hatte den Satz nicht einmal zu Ende sprechen können. In dem Moment, wo ihre Augen zufielen, versagte auch ihre Stimme. Maél betrachtete sie noch eine kleine Weile, um einmal mehr zu dem Schluss zu kommen, dass sie nicht nur das schönste, sondern auch das wundervollste Wesen war, dem er jemals begegnet war. Sie hatte es tatsächlich mit ihrer so außergewöhnlichen Magie geschafft, ihn daran zu hindern, einfach davon zu rennen. Eigentlich hätte in ihm nach ihrer Enthüllung seines schrecklichsten Geheimnisses ein Gefühlssturm toben müssen. Aber dem war nicht so. Er war von einem inneren Frieden erfüllt, wie er ihn schon lange nicht mehr empfunden hatte. Dass sie nun davon wusste, machte ihm seltsamerweise überhaupt nichts aus. Im Gegenteil, er fühlte sich von einer Last befreit, die er schon ein Jahrzehnt mit sich herumtrug und die er nur dadurch zu ertragen gelernt hatte, dass er alle schönen Empfindungen in sich ersterben ließ und schließlich nur noch Hass gegenüber alles und jedem, vor allem aber gegenüber sich selbst empfand. Wenn Finlay es erfahren sollte, aus eigener Kraft oder von jemand anderem, hätte dies fatale Folgen. Diese würde er sich möglicherweise auch zunutze machen – für seinen Plan. Jetzt war allerdings noch nicht der geeignete Zeitpunkt dafür.

☙❧

Darrach schritt eilig durch die Gänge, die ihn zu Roghans Turm führten. Die Sonne war gerade aufgegangen. In der Nacht hatte er endlich das Rätsel um Eleas Herkunft gelöst. Seine Entdeckung war mehr als besorgniserregend. Er hatte bereits alles in die Wege geleitet, um gleich, nachdem er Roghan von seinen neusten Erkenntnissen erzählt haben würde, die Verfolgung von Maéls Gruppe aufzunehmen. Er war außer sich. Die ganze Zeit fragte er sich, ob Maél ihn hintergangen hatte, ob diese Hexe es tatsächlich geschafft hatte, ihn mit ihrer Magie, die sie aus Gefühlen schöpfen konnte, so zu manipulieren, dass er nicht mehr in seinem Sinne handelte, sondern sich auf ihre Seite gestellt hatte. Er war sich sicher, dass sie seinen Zauberbann nicht so einfach aufheben konnte. Aber vielleicht konnte sie seine Wirkung schwächen. Darrach erreichte die Tür, die in den Turm führte. Er war bereits außer Atem und sein Herz hämmerte wie wild gegen seinen Brustkorb. Er blieb kurz stehen, um zu verschnaufen, bevor er die Wendeltreppe emporstieg. Wieder hatte er die letzte Unterhaltung mit Maél vor Augen, bevor er zum Akrachón aufbrach. Hatte er sich also doch nicht getäuscht? War es Elea gelungen, in ihm andere Gefühle als Hass und Verachtung hervorzurufen? Empfand er womöglich Liebe für sie? Darrach war sich darüber im Klaren, dass Maél ihn hasste für das, was er ihm in der Vergangenheit angetan hatte und immer noch antat. Dies war bisher jedoch nie ein Problem, da er jeden hasste, sich eingeschlossen - außer vielleicht sein Pferd. Aber wenn er für dieses Mädchen Gefühle entwickelt hätte, dann wäre es durchaus möglich, dass er in seiner Abwesenheit außer Kontrolle geraten könnte.

Nach einer Weile kam er endlich erneut laut nach Luft japsend vor Roghans Tür an. *Warum muss er auch ausgerechnet in diesem verfluchten Turm sein Arbeitszimmer haben?!* Er wartete ein paar Augenblicke, bis sein Keuchen nachgelassen hatte, dann klopfte er und trat sofort ein, ohne auf eine Aufforderung des Königs zu warten. Roghan sah ihm sofort an, dass etwas Unerfreuliches geschehen war. „Was ist Darrach? Hast du etwas über Elea herausgefunden?", wollte er ungeduldig wissen und wies auf den Stuhl ihm gegenüber an dem Schreibtisch. Darrach ließ sich sofort erschöpft mit einem Seufzer darauf nieder und antwortete immer noch etwas außer Atem: „Sie ist eine Hexe. Ihr Mal, die Rosenknospe, hat es verraten. Es besteht nicht der geringste Zweifel. Allerdings stammt sie von einem uralten Hexengeschlecht ab, das eigentlich längst als ausgestorben gilt, schon lange, bevor vor hundertfünfzig Jahren alle magischen Wesen verschwanden. Sie ist eine *Farinja*."

„Eine *Farinja*? Was bedeutet das? Über welche Fähigkeiten verfügt sie? Stellt sie eine Gefahr für den Erfolg unseres Vorhabens dar?" Roghan hatte sich bestürzt von seinem Stuhl erhoben und lief unruhig hin und her. „Wenn ich es richtig dieser alten Schriftrolle entnommen habe, dann zaubert sie mit ihren Gefühlen. Sie vermag es, mit schönen Gefühlen eine magische Kraft zu erzeugen, mit der sie andere Lebewesen – Mensch oder Tier – manipulieren kann. Zum Beispiel kann sie sie besänftigen oder beruhigen, wenn sie aufgebracht oder aggressiv sind." Roghan blieb auf einmal wie versteinert stehen und starrte Darrach bleich vor Entsetzen an. „Verdammt! Dann hat mein erster Eindruck an jenem Abend, als sie mit mir und Finlay aß, mich nicht getrogen."

„Was meint Ihr? Was ist an jenem Abend vorgefallen?"

„Finlay und ich wären, wenn sie nicht gewesen wäre, wie zwei wild gewordene Stiere übereinander hergefallen. Mit einem Mal stand sie neben mir und legte ihre

Hand auf meinen Arm. Ich hatte plötzlich das Gefühl, dass eine warme Decke über mich gelegt würde und ich konnte auf einmal gar nicht mehr so recht nachvollziehen, warum ich wegen Finlay so in Rage war. Ihn hat sie zwar nicht berührt, aber ich sah, wie sie ihm mit einem merkwürdigen Blick in die Augen sah. Außerdem sprach sie zu uns mit einer Stimme, die ungewöhnlich beruhigend auf mich wirkte. Aber glaube mir Darrach, sie tat es nicht zu ihrem eigenen Vorteil. Ganz im Gegenteil: Ich hatte ihr gerade offenbart, wie ich sie beim Drachenfest zur Schau stellen wollte. Sie reagierte panisch und ängstlich. Daraufhin begann Finlay mit mir zu streiten und mir Vorwürfe zu machen. Wir haben uns dann beide so in Rage geredet, dass wir uns an die Kehle gegangen wären, wenn sie nicht... Sie willigte schließlich sogar in meinen Plan ein, nur um die Wogen zu glätten. Sie wollte einfach nur unseren Streit schlichten. Da bin ich mir ganz sicher. Ist das nicht merkwürdig?" Darrachs Stirn legte sich in Falten und seine Augen zogen sich zu Schlitzen zusammen. Er wusste nicht, was er davon halten sollte. „Das ist wirklich merkwürdig. Aber eines wissen wir nun zumindest: Sie verfügt über Magie und sie kann sie auch einsetzen. Ich fürchte, dass sie sie bei Belana auch angewendet hat. Sie hat sich bei jeder Gelegenheit vehement für sie stark gemacht. Dies würde heißen, dass sie Menschen in ihrem Sinne auch zu einem bestimmten Verhalten bewegen kann." Roghan nickte Darrach zustimmend zu. „Glaubst du, dass sie in der Lage ist, Maél zu manipulieren, obwohl er gefühlskalt und gleichgültig gegenüber jedem ist und den du bisher an der Kandare gehalten hast?", fragte der König besorgt.

„Möglich wär's. Zumal sie mit ihrer außergewöhnlichen Schönheit Männer leichter betören kann. Das beste Beispiel ist Finlay. Er hat sich auch gleich auf ihre Seite geschlagen. Und ich wette, dass nicht sein Groll Euch gegenüber es war, sondern bereits die erste Begegnung mit ihr in der Thronhalle, die ihn dazu bewogen hat. Im Übrigen bin ich davon überzeugt, dass er sich ihnen auf der Suche angeschlossen hat, weil er Maél nicht traut und meint, er müsse Elea vor ihm beschützen. – Wie dem auch sei! Ich werde unverzüglich mit einer Handvoll Krieger aufbrechen und die Verfolgung aufnehmen. Ich hoffe, dass Maél und Jadora auf Schwierigkeiten stoßen, die sie aufhalten."

„Das dachte ich mir schon, dass Finlay so etwas im Sinn hat. Wie willst du den Kriegern, die dich begleiten, erklären, dass du in der Lage bist, sie zu finden, ohne die geringsten Spuren zu lesen? Lange werden wir nicht mehr geheim halten können, dass du ein Zauberer bist. Es ist auch durchaus möglich, dass ihr in lebensgefährliche Situationen geratet, in denen du auf deine Magie angewiesen bist."

„Lasst das nur meine Sorge sein, Roghan! Wenn es sich nicht vermeiden lässt, dann werde ich eben vor ihren Augen zaubern müssen. Das Volk freundet sich gerade mit dem Gedanken an, dass ein Drache bald unter ihnen weilen wird, dann werden sie sich auch an einen Zauberer gewöhnen."

„Du darfst jedoch nicht vergessen, dass durch Feringhor das Ansehen der Zauberer stark gelitten hat", gab Roghan zu bedenken. „Ja, aber sie wissen auch, was ich beim

Wiederaufbau von Moraya geleistet habe und dass ich in Eurem Dienst stehe und dies schon seit mehr als fünfzehn Jahren. – Wie ist die Stimmung derzeit unter dem Volk?", wollte Darrach wissen. Da er seit der Ankündigung Roghans auf dem Drachonya-Platz sein Zimmer nicht wieder verlassen hatte, wusste er nicht, was außerhalb seines Zimmers und erst recht nicht außerhalb des Schlosses vonstattenging. „Die Truppenverstärkung um die Stadt herum und bei den nahegelegenen Dörfern schüchtert die Menschen ein. Sie sehen, dass jegliches Aufbegehren keine Aussicht auf Erfolg haben würde. Ich brauche unbedingt den Drachen mit Elea als seine Zähmerin. Ich hoffe nur, dass wir das Mädchen unter Kontrolle bekommen, jetzt, wo wir wissen, dass mehr als nur eine Drachenreiterin in ihr steckt."

„Ja, das hoffe ich auch inständig. Deshalb werde ich jetzt sofort aufbrechen, um den Schaden, den sie vielleicht bereits angerichtet hat, möglichst klein zu halten. Ich habe die Hoffnung, dass sie gar nicht weiß, was sie in Wirklichkeit ist und dass sie ihre Gabe gar nicht bewusst einsetzt, sondern rein intuitiv, wie in Eurem Fall. Außerdem wird sich ihre Macht erst ganz entfaltet haben, wenn die Rosenknospe zu einer Blüte aufgegangen ist. Und das war sie noch nicht als Maél und Jadora sie zuletzt gesehen haben. Bei meinen Recherchen habe ich allerdings nicht herausgefunden, wodurch die Entfaltung der Blüte ausgelöst wird. – Wie dem auch sei. Ich werde mich jetzt auf den Weg machen." Der Zauberer erhob sich und nickte dem König zum Abschied zu. Dieser sah mit ernster Miene, wie sich die Tür hinter seinem Berater schloss. Dass er hilflos und untätig die Stellung halten musste, gefiel ihm gar nicht. Aber er konnte unmöglich Moray verlassen, da er über keinen Heerführer verfügte, dem er die Verantwortung über die Kriegertruppen übertragen konnte. Wütend schlug er mit beiden Fäusten auf den Tisch. Er ging zum Fenster und öffnete es. Der frostige Wind, der heulend um den Turm wehte, kühlte seinen erhitzten Kopf ab und seine Lungen erstarrten schmerzhaft durch das Einatmen der eisigen Luft.

Kapitel 4

Laute Männerstimmen drangen in Eleas Ohren. Seit langer Zeit erwachte sie nicht allein in ihrem Nest aus Fell. Sie lag an Maéls Brust geschmiegt, der sie mit beiden Armen umschlungen hielt.

„Ich dachte schon, du wirst überhaupt nicht mehr wach. Jadora und seine Krieger veranstalten schon eine ganze Zeit lang draußen einen Lärm, von dem du eigentlich längst hättest wach werden müssen. Ich glaube, sie sind schon aufbruchbereit."

„Aber du hättest mich doch wecken können!?", sagte Elea mit verschlafener Stimme und stützte sich dabei auf ihren Ellbogen, um Maél besser betrachten zu können. „Ja, das hätte ich wohl tun können. Ich wollte es aber nicht. Du brauchst deinen Schlaf, erst recht nach der magischen Welle von gestern Abend. Elea, ich muss dich eine Sache fragen. Sie beschäftigt mich schon, seit ich wach bin." Elea nickte ihm ermutigend zu. „Warum liebst du mich immer noch so sehr, obwohl du weißt, dass ich in der Vergangenheit grauenvolle Taten begangen habe und ein mehrfacher Mörder bin? Und dass du mich liebst, darüber gibt es keinen Zweifel. Ich habe deine Liebe gespürt, als deine Welle über mich einstürzte." Elea war auf einmal hellwach. Sie konnte gar nicht verstehen, dass Maél auf eine so abwegige Frage kam. „Du erwartest von mir - mit meinen achtzehn Jahren und völlig unerfahren, was die Liebe angeht -, dass ich dir das erklären soll?! – Na schön, ich werde es versuchen. Also erstens hast du die Morde gegen deinen Willen ausgeführt, entweder als Marionette Darrachs oder als dieses andere aggressive Wesen in dir. Du konntest dich nicht dagegen wehren. Du warst beiden hilflos ausgeliefert. Und zweitens fühle ich, dass du in deinem Kern nicht böse bist. Das habe ich dir aber schon oft gesagt, was du aber immer wieder vehement abstreitest. Und schließlich – was für mich am wichtigsten ist – liebe ich dich bedingungslos. Ist es nicht so, dass Liebe ihre eigenen Wege geht, auch wenn sie noch so unvernünftig sind? Breanna hat mir manchmal in einem Anflug von mütterlicher Fürsorge von der Liebe erzählt. Meistens habe ich gar nicht richtig hingehört, weil mir das Thema so unbedeutend erschien. Ich kannte ja gar keine Männer und wollte auch gar keine kennenlernen. Aber ich glaube mich zu erinnern, dass sie mehr als einmal erwähnte, dass Liebe und Unvernunft häufig untrennbar sind."

Während Elea redete, wanderten Maéls Augen unablässig zwischen ihren grünen Augen und ihrem Mund hin und her. Als sie geendet hatte, drückte er sie unvermittelt auf den Rücken und begann sie leidenschaftlich und wild zu küssen. Elea war so von seiner Wildheit überrumpelt, dass sie wie leblos in seinen Armen lag und unfähig war, seinen Kuss zu erwidern. Daraufhin löste Maél sich jäh von ihr und sah sie fragend an. Erst jetzt war sie in der Lage, ihren eigenen Körper und dessen Bedürfnisse wahrzunehmen. Sie zog seinen Kopf wieder zu sich hinunter und begann, ihn voller Hingabe zu küssen. Maél reagierte sofort darauf. Ihre Zärtlichkeiten wurde immer leidenschaftlicher und kühner. Eleas Hände suchten streichelnd ihren Weg von Maéls Kopf über seinen muskulösen Rücken und glitten hinab zu seinem Gesäß, das sie mit ihrer Hand unter dem Bund zu berühren versuchte. Maéls Hand ging hingegen unter Eleas Unterhemd auf Entdeckungsreise. Er streichelte ihren Bauch, wanderte dann mit seiner Hand am Rippenbogen entlang hoch zu ihrer Brust und ließ sie auf ihr ruhen. Bei dieser aufregenden Berührung war Eleas Wahrnehmung nur noch auf ihren Körper und seinen Empfindungen fixiert. Keuchende Atemgeräusche erfüllten das Zelt. Nur wenige Augenblicke später konnte man von draußen ein immer lauter werdendes Räuspern hören, das nur von einem Mann stammen konnte. Maél hielt abrupt inne und ließ sich laut schnaubend auf die Seite neben Elea rollen. „Wir können alle hören, dass ihr wach seid. Ich weiß nicht, was ihr da drinnen in eurem Zelt macht. Für mich klingt es jedoch, als wärt ihr im Begriff Eleas Unberührtheit über den Haufen zu werfen. Wir sind bereits seit geraumer Zeit aufbruchbereit und warten nur noch auf euch!" Jadoras Stimme drang in einer Lautstärke zu den Liebenden, als stünde er direkt neben ihnen. Die beiden sahen sich erschrocken an. Während Maél mit ernster Miene versuchte seiner Erregung und seiner Atmung wieder Herr zu werden, konnte Elea nicht umhin zu kichern. „Wir könnten Jadora zum Wächter meiner Unberührtheit ernennen, findest du nicht auch?" Daraufhin umspielte Maéls Lippen die Andeutung eines Lächelns. „Wir beeilen uns, Jadora", rief er Richtung Zeltausgang. „Ja. Aber hoffentlich mit dem Anziehen. Wenn ihr jetzt nicht gleich rauskommt, baue ich euer Zelt ab, auch wenn ihr euch noch darin aufhaltet." Während Maél sich eilig ankleidete, versorgte Elea noch ihre Wunde, die schon einen dicken Schorf gebildet hatte. Plötzlich begann sie mit dem Kopf zu schütteln. „Alles an mir ist verrückt. Mein Aussehen. Mein Leben mit dieser lästigen Bestimmung als Auserwählte mit einem Drachen durch die Lüfte zu fliegen. Und dann auch noch meine Gefühle, die völlig verrücktspielen. Erst verliebe ich mich in meinen Entführer. Und dann, wenn ich zu Tode betrübt sein müsste, weil unsere Liebe keine Zukunft hat, muss ich über einen morayanischen Hauptmann lachen, der sich als unser Aufpasser aufspielt. Ich muss vollkommen verrückt sein!" Auch wenn es für Elea nicht so aussah, hatte Maél, der die Felle zusammenrollte, aufmerksam der jungen Frau zugehört. Bevor er das Zelt verließ, kam er noch einmal auf den Knien zu ihr gerutscht, legte seine Hände auf ihre Schultern und sah ihr eindringlich mit seinem blauen und schwarzen Auge in ihre smaragdgrünen. Trotz des angebrochenen Tages verströmte Eleas Haar immer noch sanftes, rot glühendes Licht im Zelt. „Elea, du bist nicht verrückt. Nichts an dir ist verrückt. Du bist einfach nur besonders. Und nur jemand Besonderes kann auserwählt sein, das Menschenvolk zu retten. Und dass deine Gefühle oft verrücktspielen, dafür gibt es bestimmt eine Erklärung, die dir höchstwahrscheinlich dein Drache geben kann. Also so hoffnungslos unsere Liebe auch sein mag, du wirst auf jeden Fall erfahren, was oder wer du bist. Da bin ich mir ganz sicher." Er wandte sich von ihr ab, um aus dem Zelt zu kriechen, als ihre Stimme nochmals erklang. „Mir wäre es bedeutend lieber, nie zu erfahren, was oder wer ich bin, wenn ich dafür immer mit dir zusammen sein könnte."

Um die Tagesmitte erreichten sie den Akrachón, der sich mit seinen steilen, hohen Gipfeln wie das Gebiss eines Raubtieres in das Blau des Himmels hineinfraß. Der Schnee auf den Felswänden glitzerte unter der Sonne. Während die Krieger sich um Jadora niedergelassen hatten, um ihre Ration Essen in Empfang zu nehmen, stapften Maél, Finlay und Elea durch den Schnee noch näher an das niedrigere Vorgebirge, das teilweise auch noch bewaldet war. Maél trug schon den ganzen Tag seine Maske, die er jetzt in dem Halbschatten abnehmen konnte. Finlay durchbrach schließlich das Schweigen: „Und was nun? Was sagt dein Stein, Elea?" Während Elea ihren eingeschüchterten Blick nicht von den Bergspitzen wenden konnte, haftete Maéls Blick unablässig auf dem Boden. Von Zeit zu Zeit ging er auf die Knie und ließ seine Nase dicht über den Schnee entlanggleiten, als erschnüffelte er eine bestimmte Duftspur. Finlay wurde schon ungeduldig, weil ihm keiner Aufmerksamkeit schenkte. Schließlich schaute Elea ihn böse an: „Sprechen tut er schon gar nicht!" Sie streifte ihre Fäustlinge ab und zog unter den vielen Kleiderschichten das Lederband hervor. Der Stein zeigte keine Reaktion. Elea wusste nicht, ob sie sich darüber freuen oder enttäuscht sein sollte. „Was machen wir jetzt? Er leuchtet nicht", sprach sie zu Maél gewandt, der sich mit besorgtem Gesichtsausdruck aus der Hocke erhob. „Wir sind wahrscheinlich noch nicht weit genug im Gebirge. - Ich rieche Wölfe. Ihre Duftspur ist intensiv, sehr intensiv, das heißt, dass sie vor nicht allzu langer Zeit durch dieses Gebiet gestreift sind. Wir gehen zurück zu den anderen, essen etwas und suchen uns einen Weg in das Vorgebirge. Wir müssen uns nach einem geeigneten Lagerplatz umsehen, von dem aus wir uns bei ihrem Angriff angemessen verteidigen können." Elea entging nicht der vielsagende Blick, den er Finlay zuwarf. Sie machten sich eilig auf den Rückweg.

„Ich hoffe nur, dass sich der Drache nicht in den hohen Bergen aufhält, Maél. Es wäre unmöglich, bei den gegenwärtigen Wetterverhältnissen dorthin zu gelangen, geschweige denn sich bei der bitteren Kälte dort länger als einen Tag aufzuhalten. Die Pferde müssten wir auch zurücklassen. Es wird schon hier für sie anstrengend genug werden", gab Finlay zu bedenken. Elea schaute sofort ängstlich zu Maél, als Finlay von den Pferden sprach. Er nahm ihre Hand und drückte sie beruhigend. Dann schnauzte er Finlay gereizt an: „Wie wäre es, Finlay, wenn wir uns mit den Problemen auseinandersetzen, wenn wir unmittelbar vor ihnen stehen und nicht schon vorher, ohne dass sie überhaupt zum jetzigen Zeitpunkt ein Problem darstellen. Wir müssen Schritt für Schritt vorgehen. Außerdem vergisst du, dass bei der Suche Magie im Spiel sein wird, die uns den vermeintlich schwierigen Weg zum Drachen möglicherweise leichter gestalten wird als es auf dem ersten Blick erscheint. Also halte dich mit deiner Schwarzseherei zurück, wenn du nicht riskieren willst, dass ich dich zum Schweigen bringe." Auf Maéls Drohung hin formte sich auf Finlays Stirn sofort eine steile Falte. Er wollte schon zu einer bissigen Erwiderung ansetzen, als Elea ihm zuvorkam. „Finlay, Maél hat recht. Wir können uns nicht jetzt schon über mögliche Schwierigkeiten den Kopf zerbrechen, wo wir offensichtlich einem anderen Problem bereits gegenüberstehen: die kommende Nacht und die Wölfe." Finlay brummte etwas Unverständliches in seinen Bart und setzte seinen Weg schweigend fort.

Bei den anderen angekommen, musste Elea auf Jadoras dringlicher Aufforderung hin gleich etwas essen. Er hatte für jeden der drei bereits drei Schalen bereitgestellt. Während sie aß, stupste Shona sie immer wieder von hinten mit ihrem Maul zärtlich an. Dies brachte Elea von Seiten der sechs Krieger befremdliche Blicke ein. Die drei anderen Männer grinsten sie nur amüsiert an, worüber Elea mindestens genauso empört gewesen war.

Maél berichtete Jadora von seiner Entdeckung und über die weitere Vorgehensweise. Für Jadora stand daraufhin fest, dass in der kommenden Nacht auf jeden Fall eine Wache aufgestellt werden musste, schon der Pferde wegen. Dies wiederum löste in Elea eine Beklommenheit aus, die schnell in panische Angst umschlug. Allein die Vorstellung, dass Shona ungeschützt im Freien nächtigen sollte, ließ in ihrer Kehle wieder einmal einen kaum hinunter zu schluckenden Kloß heranwachsen. Sie stellte abrupt ihre fast leer gegessene Schale ab, erhob sich und umarmte die Stute. Maél hatte die Schwarzmalerei schließlich satt und forderte alle auf, wieder auf ihr Pferd zu steigen. Bevor sie losritten, rief er Elea zu sich. „Elea, du bleibst in meiner Nähe, sodass ich dich sehen kann. Du behältst den Stein im Auge. Außerdem versuche dich noch einmal an jedes Detail deines Traumes zu erinnern. Auch wenn es dir noch so unbedeutend vorkommt, ist es vielleicht ein Hinweis." Zu Finlay gewandt sagte er: „Für dich habe ich auch eine Aufgabe, falls sie dich nicht überfordert. Du wirst vor allem den Himmel im Auge behalten, während ich uns einen geeigneten Weg durch den Schnee und die Berge bahnen werde." Finlay warf ihm einen verständnislosen Blick zu. „Jadora, du und deine Männer ihr haltet zusätzlich noch Augen und Ohren für mögliche Gefahren offen." Während der Hauptmann und seine Krieger ihm eifrig zunickten, konnte sich Finlay einen spöttischen Kommentar nicht verkneifen. „Was soll denn schon für eine Gefahr vom Himmel drohen, außer dass dir vielleicht Vogelkacke auf den Kopf fällt?" Elea musste daraufhin trotz des Knotens in ihrem Magen an diesem Tag zum zweiten Mal kichern, was ihr Maél unverzüglich mit einem grimmigen Blick quittierte, den er dann an Finlay weitergab. „Tu einfach, was ich sage!"

Sie drangen eine ganze Zeit lang in Schritttempo durch kleine Schluchten und über hügeliges Gelände tiefer in den Akrachón vor. Elea hatte vom vielen Nachdenken bereits Kopfschmerzen. Vor ihrem geistigen Auge hatte sie immer wieder den Weg, den sie zwischen den schneeverhangenen Felswänden bis zu der riesigen, freien Fläche beschritten hatte, abgespielt. Ihr fiel aber nur die ungewöhnlich warme Luft um sie herum wieder ein. Sie drehte sich zu Finlay um. Er massierte sich seinen Nacken, der vom ständigen nach oben schauen schmerzte. Jadora und die Männer rieben sich hingegen die Augen vom angestrengten Sehen auf die schneebedeckten Felswände, von denen das gleißende Licht der Sonne reflektiert wurde. Finlays laute Stimme durchbrach plötzlich die angespannte Stille und echote immer leiser werdend zwischen die

Felsen hindurch. „Elea, dein Stein, er leuchtet!" Und tatsächlich: Er leuchtete in einem langsamen Pulsieren, das so langsam war, dass es bei einem kurzen Blick darauf einem durchaus entgehen konnte. Finlay kam zu ihr geritten. „Dem Himmel sei Dank! Wie gehen wir weiter vor, Befehlshaber?", fragte er spöttisch zu Maél gewandt. Maél machte sich in seinem Sattel noch größer als er ohnehin schon war und begutachtete die nähere Umgebung. „Jadora, du wirst einen geeigneten Lagerplatz für die Nacht suchen. Ich werde mit Elea versuchen, die Richtung zu finden, auf die der Stein am stärksten reagiert."

„Und was soll ich tun? Soll ich weiterhin den Himmel im Auge behalten oder kann ich mich euch anschließen?"

„Tu, wozu du Lust hast, aber verschone mich mit deinen schwarzmalerischen Kommentaren! - Wir gehen am besten zu Fuß. Da sind wir in unwegsamem Gelände schneller als mit den Pferden. Wir fangen in östlicher Richtung an." Er sprang vom Pferd, schulterte seinen Bogen und Köcher und bahnte sich anschließend mit seinen gewohnt großen Schritten einen Weg in dem tiefen Schnee, sodass Elea wieder einmal Mühe hatte ihm zu folgen. Finlay blieb hinter ihr und fluchte leise vor sich hin. Elea schaute immer wieder auf ihren Stein, sodass sie mehr als einmal beinahe über schneebedeckte Hindernisse gestolpert wäre, hätte Finlay, der an ihren Fersen klebte, sie nicht aufgefangen. Maél hatte bereits einen Vorsprung von mindestens zwanzig Schritten, als er sich umdrehte und ungeduldig rief: „Wo bleibt ihr denn? Wir haben nicht ewig Zeit. Der Abend bricht bald an und dann sollten wir lieber wieder im Lager sein. Ich muss euch ja nicht sagen, warum!" Hätte Elea nicht so konzentriert den Stein beobachtet, dann hätte sie ihm auf seine Unfreundlichkeit hin eine scharfzüngige Antwort gegeben. Stattdessen sagte sie aufgeregt: „Maél, ich glaube wir bewegen uns in die falsche Richtung. Wenn mich nicht alles täuscht, ist das Pulsieren noch langsamer geworden und das Leuchten schwächer." Maél kam ihnen eilig entgegen. „Bist du dir sicher?"

„Ganz sicher nicht, aber ziemlich sicher." Er betrachtete sie nachdenklich mit gerunzelter Stirn. Finlay kam näher an Elea heran, nahm den Stein zwischen Zeigefinger und Daumen und fixierte ihn eine Zeit lang. Schließlich ließ er verlauten: „Sie hat recht. Er blinkt langsamer als zu dem Zeitpunkt, als ich auf ihn aufmerksam wurde. Lass uns umkehren und in die entgegengesetzte Richtung nach Westen gehen! Ich dachte mir schon, dass zu unserer ohnehin schon prekären Lage noch erschwerende Umstände hinzukommen werden. Da hilft uns auch nicht dein grimmiger Blick weiter. Los kommt! Diesmal gibt aber Elea das Tempo vor!" Er warf Maél noch einen bösen Blick zu, ergriff dann Eleas Hand und zog sie einfach mit sich, während sie dem überrumpelten Mann rasch noch ein flüchtiges Lächeln schenkte. Erst eine ganze Reihe beschleunigter Herzschläge später setzte Maél sich in Bewegung, um die beiden einzuholen. Wenn er Finlay nicht noch für seinen Plan brauchen würde, hätte er ihn schon längst davongejagt.

Sie kamen wieder an die Stelle, wo sie Jadora und die Krieger zuvor verlassen hatten. Die Männer hatten bereits begonnen, das Lager aufzubauen. Sie hatten eine Stelle gefunden, wo ihnen von einer Seite keine Gefahr drohen würde, da die Zelte sich direkt an einer steilen Felswand befanden. Rechts davon, nur wenige Schritte entfernt, begann bewaldetes Gelände mit kahlen Bäumen, an die die Pferde fest gebunden waren.

„Also gut. Dann such du dir einen Weg, Elea. Aber du musst die westliche Richtung beibehalten", meinte Maél in etwas versöhnlichem Ton zu Elea gewandt. Finlay würdigte er jedoch keines Blickes. Elea ging zur Überraschung der beiden Männer sofort in einen Trab über. Die beiden Männer folgten ihr. Finlay fragte sie verständnislos: „Wieso rennst du jetzt? Eben wärst du ständig hingefallen, hätte ich dich nicht aufgefangen, weil du nur auf deinen Stein geachtet hast. Als ob das Gehen in dem tiefen Schnee nicht anstrengend genug ist!"

„Jetzt jammere nicht rum wie ein Mädchen, Finlay!", neckte Elea ihn. „Es dämmert bereits. Wir sollten also möglichst schnell zu einem Ergebnis kommen. Wir rennen einfach eine ganze Strecke lang. Dann bleiben wir stehen und sehen nach, wie der Stein reagiert. Oder bin ich dir zu schnell?" Maél machte aus seiner Belustigung keinen Hehl. Ein spöttisches Grinsen breitete sich über sein Gesicht aus. „Nein, überhaupt nicht... ähm ... oder zumindest noch nicht", erwiderte Finlay etwas verlegen. Nach einer Weile wollte er von den beiden wissen: „War es Teil eures Täuschungsmanövers oder hat es sich wirklich so zugetragen, dass du Elea als Bestrafung vor dir hast herrennen lassen?" Maél antwortete ohne zu zögern, aber merklich in einem Ton, aus dem man leicht seinen verletzten Stolz heraushören konnte: „Ganz so hat es sich nicht zugetragen. Leider! Sie hat mir vielmehr sehr drastisch meine Grenzen aufgezeigt." Elea musste daraufhin lachen. Sie verringerte ihr Tempo, da es auf Dauer auch an ihren Kräften zehrte, durch den tiefen Schnee mit der schweren Fellkleidung zu rennen. Kurz darauf blieb sie stehen, was die beiden Männer stillschweigend begrüßten. Während Finlay sich einfach in den Schnee fallen ließ, um wieder zu Atem zu kommen, stützte Maél sich mit den Armen auf seinen Oberschenkeln ab und beobachtete Elea, die der Lauf offensichtlich viel weniger angestrengt hatte als die beiden Männer. Sie sah sich ihren Stein an und umschloss ihn mit ihrer Hand. Dann öffnete sie sie wieder und besah ihn sich erneut. „Wir sind auf dem richtigen Weg. Sein Pulsieren ist bedeutend schneller als vorhin. Diesmal bin ich mir ganz sicher." Maél ging zu ihr und nahm den Stein zwischen seine Finger. „Und wie fühlt er sich an? Ist er wärmer geworden?"

„Das kann ich jetzt nicht sagen. Mein ganzer Körper ist vom Laufen erhitzt."

„Gut. Dann lasst uns jetzt zu den anderen zurückgehen, bevor die Sonne untergegangen ist." Er machte auf dem Absatz kehrt und marschierte los. Finlay hatte sich in der Zwischenzeit erhoben und den Schnee, der an seiner Fellkleidung haften geblieben war, abgeklopft. Er nahm wieder Eleas Hand und wollte Maél folgen. Doch die junge Frau zögerte. „Wartet! Was hat Finlay vorhin mit erschwerenden Umständen gemeint, als klar war, dass wir den Drachen wahrscheinlich in westlicher Richtung suchen müssen?" Maél blieb stehen und drehte sich zu den beiden um. „Wir werden borayanisches Gebiet betreten müssen. Aber deswegen brauchst du dir keine Sorgen machen. Wir werden diesseits der Grenze noch weiter in den Akrachón gehen und uns erst später nach Osten begeben. In den Akrachón hinein wird Eloghan keine Späher ausgeschickt haben. Schon gar nicht zu dieser Jahreszeit. Lasst uns jetzt erst einmal diese Nacht heil hinter uns bringen."

Beim Essen am Lagerfeuer, das größer als sonst ausfiel und die ganze Nacht hindurch brennen sollte, wurden die Wachen eingeteilt. Maél hielt es für überflüssig extra Wachen vor dem Zelt zu postieren, da er die Wölfe schon hören würde, bevor sie überhaupt in Sicht kämen. Aber Jadora bestand darauf. Ihre größte Schwachstelle stellten die Pferde dar. Maél hätte sie lieber weg von dem lichten Waldrand gehabt, weil er genau von dort einen Angriff der Wölfe erwartete. Er hatte versucht, Pflöcke auf einer gut einsehbaren Fläche in der Nähe der Zelte in den harten Boden zu hauen. Aber er konnte sie nicht tief genug hineinschlagen, als dass sie gehalten hätten, wenn die Pferde vor den Wölfen gescheut und wie wild mit ihren Leinen daran gezerrt hätten.

Die Anspannung der Männer war für Elea beinahe mit der Hand zu fassen. In ihrem Nacken stellten sich bereits die Härchen. Als dann Finlay noch darüber jammerte, dass sich nach dem sonnigen, fast wolkenlosen Tag eine Wolkendecke vor den Mond geschoben hatte, sodass nun rings um sie herum fast vollkommene Finsternis herrschte, platzte es aus Elea heraus: „Haben wir es mit besonderen Wölfen hier zu tun? Oder warum sind alle so angespannt? Wir haben doch unsere Bögen und eine Unmenge von Pfeilen, sodass wir sie doch abschießen können, sobald sie in unser Sichtfeld kommen. Wir sind zu zehnt. Da wird es doch ein Leichtes sein, sie zu vertreiben." Maéls Antwort kam prompt und schroff. „Wir sind zu neunt. Du wirst schön im Zelt bleiben. Ich will dich auf gar keinen Fall draußen sehen. Und bevor du gleich zu protestieren beginnst und damit kommst, dass du von uns wahrscheinlich die beste Bogenschützin bist – womit du sicherlich recht hast –, muss ich dir sagen, dass dir dein Talent bei diesen Wölfen nicht viel nützen wird."

Elea unterdrückte ihr empörtes Aufbegehren, weil ihr mit einem Mal die Stille bewusst wurde, die unter den Männern eingetreten war. Sie starrten sie ernst an und nickten ihr zu, als ob sie Maéls Worte damit Nachdruck verleihen könnten. Die junge Frau wurde allmählich ungeduldig, weil anscheinend keiner der Anwesenden es für nötig hielt, sie über die Wölfe aufzuklären. „Was ist mit den Wölfen? Jetzt sagt schon!" Jadora begann sich zu räuspern, was für Elea ein Zeichen war, dass er mit der Sprache herausrücken würde. Sie sah ihm erwartungsvoll in sein von der Fellkapuze umrahmtes Gesicht. In seinem Bart hingen kleine Eiskristalle. Er schnaubte fest durch die Nase, sodass sich eine kleine Dampfwolke vor seinem Gesicht entfaltete. „Es sind besonders gefährliche Wölfe. Sie sind viel größer als die herkömmlichen und daher viel stärker. Außerdem sind ihre Rudel wesentlich größer. Sie treten meistens nicht unter dreißig Tieren auf." Jadora machte eine Pause, damit Elea das soeben Gehörte auf sich wirken lassen konnte. Und das tat es auch. In ihrem Magen machte sich ein mulmiges Gefühl bemerkbar und sie spürte, wie sich unter den vielen Kleiderschichten eine Gänsehaut bildete. „Das ist jedoch noch nicht das Schlimmste." Jadora hielt inne und sah Maél hilfesuchend an. Dieser setzte Jadoras angefangene Aufklärung fort. „Elea, sie sind außergewöhnlich listig. Sie greifen nicht nur einfach an, sondern sie haben immer eine gewisse Taktik, wie sie vorgehen. Außerdem verfügen sie noch über ein außergewöhnliches Fell, das es dem Menschen enorm erschwert, sie bei Nacht zu erkennen. Außer mir natürlich. Deshalb werde ich versuchen, sie aus der Ferne mit Pfeilen zu dezimieren, während die anderen die bis ins Lager vordringenden Wölfe mit dem Schwert unschädlich machen werden." Elea konnte kaum schlucken. Sie hatte das Gefühl, jemand würde ihre Kehle zudrücken. „Und was ist mit den Pferden? Was ist mit Shona?", fragte sie mit panischer Stimme. „Wenn klar wird, dass wir die Wölfe nicht von ihnen fernhalten können, wird Finlay sie losschneiden, damit sie sich selbst in Sicherheit vor ihnen bringen können."

Elea legte das Stück Brot, das sie bereits einige Zeit in der Hand hielt, ohne davon abgebissen zu haben, in ihre Schale zurück und versuchte, den riesigen Kloß in ihrem Hals hinunterzuschlucken. Maél stand jäh auf. „Wir ziehen uns jetzt in die Zelte zurück." Er streckte ihr die Hand entgegen, die sie nur zögerlich ergriff. Finlay lächelte ihr zuversichtlich zu. Von seiner scheinbaren Zuversicht ging jedoch nicht die Spur auf sie über. Sie warf noch einen letzten Blick zu Shona hinüber, deren Ohren sich die ganze Zeit nervös hin und her bewegten. Dann ließ sie sich von Maél widerstrebend ins Zelt schieben.

Sie lagen unter dem Schlaffell und starrten auf die orangerot erleuchtete Decke des Zeltes. Elea sah immer wieder zu Maél hinüber. Er machte einen abwesenden Eindruck. Sie war sich jedoch sicher, dass er seine spitzen Ohren nach draußen gerichtet hatte. Dies war auch der Grund, warum sie es nicht wagte, sich zu bewegen, geschweige denn, etwas zu sagen. Es herrschte eine Totenstille, in der Elea sogar glaubte, ihr eigenes Herz schlagen zu hören. Sie sah angespannt zu, wie sich beim Ausatmen immer wieder kleine Dampfwolken über ihrem Gesicht bildeten. Plötzlich spürte sie, wie Maél unter dem Fell nach ihrer Hand griff und sie drückte. Er drehte sich zu ihr um und nahm ihr Gesicht behutsam in seine Hände. „Es geht los, Elea. Ich höre sie. Du wirst keinen Fuß aus dem Zelt setzen! Hast du verstanden? Ein Schwert und dein Bogen mit dem Köcher stehen hinter dir – nur für alle Fälle, falls du unliebsamen Besuch bekommst. Aber wir werden schon dafür sorgen, dass es nicht soweit kommen wird." Daraufhin küsste er sie zärtlich auf ihre vor Angst bebenden Lippen. Ein Atemzug später war er schon auf den Knien, schnappte sich seine Felltunika und verließ das Zelt.

Draußen angekommen atmete Maél als erstes die eisige Luft tief durch die Nase ein, die auf seine Lungen wie Messerstiche stieß. Wittern konnte er sie kaum, da es praktisch windstill war. Er gab den beiden Kriegern, die die erste Wache hielten, ein

Zeichen. Sie schossen daraufhin sofort in die Höhe und schauten suchend in die Finsternis. Maél unterrichtete die anderen in den Zelten. In kürzester Zeit waren alle draußen um das noch brennende Lagerfeuer versammelt.

Maél hatte zwei Gruppen von Wölfen ausmachen können. Die eine näherte sich, wie er bereits befürchtet hatte, von dem bewaldeten Gelände heran, an dessen Rand sich die Pferde befanden. Die zweite kam frontal auf ihr Lager zu. Er konnte das Getrappel vieler Tiere hören. Während er die steile Felswand hinter den Zelten mit seinem Bogen und drei Köchern voller Pfeile hinaufkletterte, um von dort freie Sicht auf sie zu haben, teilten sich die Krieger und Finlay in zwei Vierergruppen auf. Finlay postierte sich mit drei Kriegern um die Pferde herum, wobei zwei Krieger auch noch zusätzlich zu ihrem Schwert ihren Bogen dabei hatten. Ebenso verhielt es sich mit Jadoras Gruppe, deren Aufgabe es war, das Lager zu sichern. Maél stand halb an die Felswand gelehnt und ließ seinen Blick ständig zwischen dem zum Teil felsigen Gelände direkt vor ihm und dem kahlen Wäldchen mit den Pferden hin und her schweifen. Mit einem Schlag versteifte er sich. Er witterte sie, bevor er sie sehen konnte. Wenn Finlay und die Krieger angestrengt und aufmerksam genug in die Finsternis blicken würden, könnten sie vielleicht ihre in der Dunkelheit silbrig-weiß leuchtenden Augen erkennen. Mehr jedoch nicht. Plötzlich nahm Maél mehrere Schatten wahr, direkt vor ihm und aus dem Augenwinkel, hinter den Pferden. Es waren viele, so viele, dass er sie nicht einmal zählen konnte. Diese große Zahl ließ in ihm den Verdacht aufkommen, dass es zwei Rudel seine mussten, die sich zusammengeschlossen hatten, um den Angriff auf die Menschen gemeinsam durchzuführen und sich anschließend die Beute zu teilen. Die beiden Rudel bewegten sich völlig synchron. Sie schlichen sich langsam an und mit einem Mal begannen sie, wieder ein Stück zu rennen in vollkommener, zeitgleicher Abstimmung. Die Pferde scheuten. Maél beschlich die Befürchtung, dass sie viel zu wenige Männer waren, um diese Bestien zu bezwingen. *Wenn ich nur so zielsicher und schnell schießen könnte wie Elea, dann könnte ich zumindest einen der beiden Rudel halbwegs in Schach halten.* Er konzentrierte sich auf das Rudel vor ihm. Er suchte die vorderste Reihe von ihnen nach dem Leitwolf ab. Er wusste, dass die Leitwölfe der Akrachón-Wölfe immer größer waren als die anderen Rudelmitglieder. Er konnte jedoch kein Tier entdecken, das sich von den anderen abhob. Also schoss er seinen ersten Pfeil einfach auf einen der vorderen Wölfe ab. Er traf ihn. Sofort begann der Rest der Meute zu knurren und kam noch schneller herangeprescht. Maél hatte inzwischen rasch den nächsten Pfeil aufgelegt und auf ein zweites Ziel geschossen. Er schoss so schnell er konnte, einen Pfeil nach dem anderen ab. Doch er traf nicht alle seine Ziele. Einen Köcher hatte er bereits leer geschossen. Die Wölfe waren jetzt vielleicht nur noch dreißig Schritte von den Zelten entfernt. Es waren immer noch viele. Vom Wald her wurde das Knurren auch immer lauter. Er hörte, wie Pfeile durch die Luft schwirrten. Dort benutzten die Krieger ebenfalls ihre Bögen und schossen wahrscheinlich nur aufs Geratewohl, um wenigstens irgendetwas zu tun, als nur hilflos auf das Unvermeidliche zu warten.

Jadora stand breitbeinig mit zwei Schwertern bewaffnet ein paar Schritte von dem Zelt entfernt, in dem Elea sich aufhielt. Plötzlich blieb das Rudel bewegungslos vor den Kriegern stehen. Sie waren jetzt so nahe, dass auch die anderen sie aufgrund des Lichtscheins des Lagerfeuers erkennen konnten. Maél hielt kurz inne, um zu sehen, was sich auf Finlays Seite tat. Auch hier schienen die beiden Krieger ab und zu ein Tier zu treffen, da man von Zeit zu Zeit ein Aufjaulen hören konnte. Von seinem Standort aus zwischen den Bäumen hindurch einen Wolf zu treffen, war ausgeschlossen, zumal die Pferde zum Teil in der Schusslinie standen. Sie bäumten sich schon mit aufgeregtem Gewieher auf und versuchten, sich von der Leine loszureißen.

Maél wollte seine Stellung erst verlassen und sich den Männern im Kampf mit dem Schwert anschließen, wenn er wenigstens einen der beiden Leitwölfe getroffen hätte. So würde er wenigstens bei einem Rudel Verwirrung und Unsicherheit auslösen. Er suchte erneut die stehengebliebene Meute mit aufgelegtem Pfeil nach dem Leitwolf ab. Aber er konnte immer noch keinen entdecken. *Habe ich mich vielleicht getäuscht und es ist doch nur ein Rudel und der Leitwolf hält sich drüben bei der anderen Gruppe auf?*

Urplötzlich geschahen mehrere Dinge gleichzeitig. Er konnte deutlich ein tiefes Heulen aus der entgegengesetzten Richtung von den Pferden hören, links von ihm von den Felsen her. Sein Kopf drehte sich blitzschnell in diese Richtung, sodass er für einen kurzen Moment einen riesigen Schatten erkennen konnte, der hinter einem Felsen verschwand. Der Leitwolf. Einen Wimpernschlag später starteten die Wölfe beider Rudel ihren Angriff. Sie sprangen zu mehreren auf die Männer zu, ohne Rücksicht auf Verluste. Dabei versuchten sie, die Männer voneinander zu trennen, um sie von mehreren Seiten angreifbar zu machen. Bei Jadora und seinen drei Kriegern gelang ihnen diese Taktik nicht, da das Rudel offensichtlich schon zu stark durch Maéls Pfeile dezimiert war. Immer wieder wurde einer von ihnen durch ein Schwert niedergestreckt, bis sie irgendwann zu wenig waren, um diese Lücke zu schließen. Zwar gelang es einem von ihnen hin und wieder, die Schwerthand eines Kriegers zu fassen. Es war jedoch immer gleich ein Krieger zur Stelle, um den angreifenden Wolf so zu verletzen, dass er die Hand losließ.

Maél warf einen Blick zu Finlay hinüber. Seine Gruppe hatte es wesentlich schwerer, da ihr mehr Wölfe gegenüberstanden und sich die panischen Pferde in ihrem Kreis immer wieder auf die Hinterhand stellten und an ihren Leinen zogen. Ab und zu wagte es eine der Bestien sogar, auf den Rücken eines Pferdes zu springen. Dieses bäumte sich sofort immer wieder wild auf, bis der Wolf von ihm wieder herunterstürzte und von herumtrampelnden und ausschlagenden Hufen so getroffen wurde, dass er aufjaulte und davon humpelte.

Maél traf eine Entscheidung, die ihm gegen den Strich ging, aber sie war unerlässlich. Er musste den Leitwolf, der offenbar den anderen Wölfen die Kommandos gab, zur Strecke bringen. Er rutschte die Felswand hinunter und rief noch Jadora zu, bevor er zu dem Felsen zu seiner Linken rannte, dass er einen Mann zu Finlays Gruppe schicken sollte. Dann jagte er auch schon los. Er hörte noch, wie Jadora mit japsender Stimme ihm hinterher schrie, wohin er ginge und dass sie es nicht schafften, ohne ihn schon gar nicht. Aber Maél rannte auf den Felsen zu, hinter dem er den Wolf verschwinden sah.

Jadora gab verschiedene Befehle, unter anderem auch, dass Finlay die Pferde losschneiden solle, um die Wölfe, die sich um ihn geschart hatten, von sich abzulenken. Es war ein ohrenbetäubender Kampflärm. Die Männer begannen vor Anstrengung und Erschöpfung zu keuchen und jeder Hieb wurde von einem lauten Stöhnen begleitet. Die Wölfe knurrten wild bei ihren Angriffen, jaulten laut auf bei Verletzungen und begannen sofort in lautes Geheule zu verfallen, sobald sie kampfunfähig nur noch als Zuschauer dem Kampf beiwohnten. Vielleicht war es dieser Kampflärm, der Maél daran hinderte, rechtzeitig über ihm auf dem Felsen das kratzende Geräusch von Krallen auf Stein zu hören. Es ging alles auf einmal sehr schnell. Er nahm eine schattenhafte Bewegung über sich wahr, sodass er sich reflexartig nur noch umdrehen und einem auf ihn springenden Wolf im letzten Augenblick gerade noch sein Schwert in den Körper rammen konnte. Der Wolf war sofort tot und blieb mit seinem massigen Körper auf Maéls Körperseite mit dem Schwertarm liegen, den er nur schnell genug frei bekommen konnte, indem er den Griff losließ. Dies wollte er aber nicht. Er war gerade dabei, den schweren Körper von sich zu schieben, als er von der linken freien Seite völlig unerwartet angegriffen wurde. Ein riesiger Kopf mit einem gewaltigen Maul und langen Fangzähnen versuchte an seinen Hals zu kommen. Dies war eindeutig der Leitwolf. Maél wehrte mit seiner freien Hand und seinem freien Bein immer wieder den Wolf ab. Er spürte auf seinem Arm durch die dicke Fellschicht hindurch die scharfen Zähne des Wolfes, der nicht aufhörte, nach seiner Kehle zu schnappen. Lange würde er den Wolf mit nur einem Arm nicht mehr abwehren können. Er hatte nur eine Chance. Er musste den Schwertgriff loslassen und so schnell wie möglich an sein Messer im Stiefel kommen. Der Geifer des Leitwolfes tropfte ihm ins Gesicht, als er den Griff jäh losließ und seine Hand zu seinem Stiefel hinunterschnellte. In dem Moment als er die Hand in den Stiefel steckte, vernahm er Jadoras laute, vor Anstrengung sich überschlagende Stimme: „Elea, nein! Geh zurück ins Zelt!" *Verdammt! Was hat dieses sture Weib vor?* Maél hatte jetzt nicht mehr viel Zeit sich darüber den Kopf zu zerbrechen. Er spürte bereits die Zähne des Wolfes an seiner Kehle. Er ergriff das Messer und stieß es mit seiner verletzten Hand ins Herz des Wolfes. Dieser jaulte noch einmal laut auf und brach auf ihm zusammen. Er schob den leblosen Körper zur Seite und sprang rasch auf die Beine, um zu sehen, was sich am Lagerplatz abspielte. Bei dem Anblick, der sich ihm bot, gefror ihm das Blut in den Adern und sein Herz setzte ein paar Schläge aus. Elea stand mit ihrem unbedeckten Haar und zur Seite ausgestreckten Armen ein paar Schritte vor dem Zelt. Der Lichtschein, der von ihr ausging, war so stark, dass es aussah, als befände sie sich in einer riesigen Feuerkugel. Die Wölfe um Jadora und um die drei Krieger hatten sich zurückgezogen, sich auf die Hinterbeine gesetzt und sahen wie hypnotisiert auf die junge Frau, die unter höchster

Konzentration die Augen geschlossen hielt. An den Wölfen war mit einem Mal nichts Aggressives und Blutrünstiges mehr. Sie sahen viel mehr wie Hunde aus, die darauf warteten, dass man ihnen einen Stock warf, den sie wieder zurückbringen sollten. Von Finlays Gruppe rissen die Schreie jedoch nicht ab. Dort schien der Kampf Mensch gegen Tier noch in vollem Gange zu sein. Maél beobachtete mit angehaltenem Atem, wie Elea die Augen öffnete und zu Finlay hinüber sah, der ohne Waffe nur mit bloßen Händen - auf dem Rücken liegend - gegen einen gewaltigen Wolf kämpfte. Erst als Elea sich in seine Richtung in Bewegung setzte, war Maél fähig, sich aus seiner Erstarrung zu lösen.

Nachdem Maél das Zelt verlassen hatte, blieb Elea zunächst unschlüssig unter dem Fell liegen. Sie lauschte den Befehlen, die er und Jadora weitergaben. Kurz darauf zuckte sie bei dem metallischen Geräusch zusammen, das die Krieger machten, als sie ihre Schwerter aus den Scheiden zogen. Dann war wieder Totenstille, wie schon wenige Augenblicke zuvor, als Maél noch mit ihr unter dem Fell lag.

Nach einer ganzen Weile – Elea kam es ewig vor – hörte sie den ersten Wolf aufjaulen. Dann kehrte für einen Moment wieder lähmende Stille ein, die wenig später durch weiteres Aufjaulen durchbrochen wurde. Auch die Pferde begannen, aufgeregt zu wiehern. So verfolgte sie eine Weile den Kampf, den zu diesem Zeitpunkt Maél alleine von seinem Standort über ihr gegen die Übermacht von Wölfen austrug. Plötzlich waren da noch Kampfgeräusche mit dem Schwert in ihrer unmittelbaren Nähe. Sie warf abrupt das Fell von sich und schlüpfte in ihre Stiefel. Dann kroch sie in die Ecke, wo Maél ihr die Waffen hingelegt hatte. Sie ergriff das Schwert. Es fühlte sich in ihrer Hand kalt und fremd an. Sie starrte wie gebannt auf den Zeltausgang. Die Männer kämpften um ihr Leben, das war unüberhörbar. Mit einem Mal kam sie zu der Erkenntnis, dass sie alle sterben würden, wenn kein Wunder geschehe. Es waren scheinbar zu viele Wölfe. Sie konnte es nur erahnen, aber das war nicht schwierig, da die Kampfgeräusche nicht abnahmen und die Männer vor körperlicher Anstrengung schon zu keuchen und zu stöhnen begonnen hatten. Sie würden früher oder später sich vor Erschöpfung den wilden Bestien ergeben müssen. Elea sah auf das Schwert in ihrer Hand. *Damit kann ich nichts ausrichten.* Sie legte es zurück auf den Boden und schloss ihre Augen. Ihr blieb nichts Anderes übrig. Sie musste es versuchen. Ihre Gabe war ihre einzige Rettung. Sie hatte sie allerdings noch nie auf so viele Lebewesen auf einmal angewendet. Also musste sie eine gigantische Welle aufbauen, so groß wie die, die sich damals unkontrolliert im Stall in ihr aufgetürmt hatte und sie beinahe innerlich zerquetscht hätte. Sie setzte sich in den Schneidersitz, blendete den tosenden Kampflärm aus und rief sich alle nur erdenklichen, schönen Erlebnisse in Erinnerung. Die magische Energie wuchs und wuchs. Erst die aufgeregte Stimme Jadoras ließ sie innehalten. Ihre Magie war inzwischen so gewaltig, dass ihr der Schweiß aus den Poren trat. Sie öffnete die Augen und kroch langsam zum Zeltausgang. Sie stand diesmal gleich zwei neuen Herausforderungen gegenüber. Zum einen musste sie mehrere ag-

gressive Wesen gleichzeitig besänftigen. Zum anderen durfte sie ihre magische Welle nicht auf einmal entfesseln, da ein zweiter Kampf bei den Pferden weiter entfernt stattfand. Sie musste jetzt sofort handeln. Sie hatte schon wieder das Gefühl, dass sie innerlich zu kochen begann. Außerdem fiel ihr das Atmen von Augenblick zu Augenblick immer schwerer. Sie öffnete den Zeltausgang und trat hinaus zu den kämpfenden Männern und zu der Meute zähnefletschender Wölfe. Jadora bemerkte sie nicht sofort. Erst als sich aufgrund ihres leuchtenden Haars eine riesige, glühendrote Lichtkugel um sie herum gebildet hatte. Er schrie ihr zu, wieder ins Zelt zurückzugehen. Sie schloss jedoch die Augen, streckte ihre Arme seitlich aus und ließ langsamer als sonst die magische Energie aus ihren Händen auf die erbittert kämpfenden Männer und Wölfe strömen. Es dauerte nicht lange, da konnte Elea hören, wie die Kampfgeräusche direkt um sie herum nachließen, bis sie völlig erstarben. Sie zog ihre Arme wieder zurück an ihren Körper und lenkte ihre Aufmerksamkeit erneut auf die Erinnerung an schöne Erlebnisse. Sie befürchtete, dass die Zauberkraft, die sie zurückbehalten hatte, nicht genügen würde, um die anderen Wölfe, die immer noch gegen Finlay und seine Männer kämpften, ruhig zu stellen. Plötzlich vernahm sie Finlays schmerzerfüllte Schreie. Sie öffnete die Augen und sah ihn am Boden liegen - ohne Waffe -, nur mit den Armen und Händen einen riesigen Wolf abwehren. Ohne zu zögern setzte sie sich in Bewegung. Und nur einen Wimpernschlag später erklang von weiter entfernt Maéls Stimme. Davon ließ sie sich jedoch nicht ablenken. Ihr Fokus war nur auf diesen einen Wolf gerichtet, der im Begriff war Finlay zu zerfleischen. Sie zwang sich, unter dem überwältigenden Druck ihrer Magie noch schneller zu rennen. Noch bevor sie den Kampfplatz erreichte, gab sie einen Teil der Magie frei. Der riesige Wolf, der mit seinem Maul an Finlays Händen und Armen herumzerrte, blieb davon jedoch unbeeindruckt. Er ließ von seinem Opfer nicht die Spur ab. Also blieb Elea nichts anderes übrig als ihn durch Körperkontakt zum Innehalten zu bewegen. Sie machte noch ein paar schnelle Schritte, sprang in einem langen Hechtsprung auf seinen Rücken und umklammerte seinen Bauch mit ihren Armen. Der Wolf schnappte noch reflexartig nach ihr, ließ sich dann aber jäh von Finlays Körper auf die Seite rollen und begrub Elea unter seinem massigen Körper. Finlay richtete sich schwer atmend auf und begann sofort, auf dem Boden hektisch nach seinem Schwert zu suchen. Plötzlich stürzte Maél wie aus dem Nichts mit seinem Messer auf das bewegungslose Tier und durchschnitt ihm blitzschnell die Kehle. Während er ihn rasch von Eleas Körper wegschob, ließ sich Finlay neben ihn auf die Knie nieder. Sein Atem kam immer noch in Stößen. Maél hatte kein Auge für ihn. Er untersuchte Elea hektisch nach Bisswunden. Sie schien, auf den ersten Blick unverletzt zu sein. Aber sie hatte ihr Bewusstsein verloren. Jadora war auch inzwischen laut nach Luft japsend angerannt gekommen. Während Maél Elea zart die Wange streichelte, brach Finlay ängstlich das Schweigen.
„Was ist mit ihr? Lebt sie noch? Sag doch was, Maél!"
„Keine Sorge! Es ist alles bestens. Sie ist nur wieder mal in einen tiefen Erholungsschlaf gesunken, nach dem geistigen Kraftakt, mit dem sie wahrscheinlich unser

aller Leben gerettet hat, vor allem deines, Finlay." Finlay hielt seine durch die Lederhandschuhe hindurch blutenden Hände mit schmerzverzerrtem Gesicht vor sich. „Wenn sie nicht gewesen wäre, dann hätte mir dieser verfluchte Wolf die Kehle durchgebissen."

Jadora war inzwischen wieder zu Atem gekommen. „Die Wölfe haben schwanzeinziehend das Schlachtfeld verlassen. Sie sind alle verschwunden. Das scheint, der Leitwolf zu sein, der Größe nach zu urteilen." Jadora zeigte auf den toten Wolf neben Elea. „Einer von zweien. Den anderen habe ich hinter dem Felsen erledigt. Es waren zwei Rudel, die sich zusammengerottet haben." Jadora pfiff staunend durch die Zähne und sah sich um. „Die Pferde haben erst mal das Weite gesucht. Was machen wir jetzt?"

„Ihr versorgt eure Wunden, während ich solange Elea ins Zelt bringe. Sie trägt nur ihre Lederjacke und ist schweißgebadet. Ihr Körper kühlt bereits aus. Finlay, du begleitest mich! Du wirst dich mit ihr unter das Schlaffell legen und sie wärmen, während ich die Pferde suchen gehe." Er erhob sich mit Elea auf den Armen und sagte noch zu Jadora gewandt: „Um Arok mache ich mir keine Sorgen. Der wird schon wieder kommen. Shona ebenfalls, vorausgesetzt, die Wölfe haben sie nicht erwischt. Ich hoffe nur, dass wir die anderen Pferde finden, sonst haben wir ein Problem."

Im Zelt angekommen bettete Maél Elea behutsam auf ihr Nachtlager. Bevor er sie jedoch zudeckte, zog er ihr noch die Lederjacke aus, um ihren Körper nochmals genauer nach Bisswunden zu untersuchen. „Zieh deine Fellkleidung aus und sieh nach, wo du verletzt bist, Finlay, aber beeil dich!" Finlays Aufstöhnen beim Bewegen seiner Finger und sein schmerzverzerrtes Gesicht verrieten Maél, dass er dem Mann beim Entkleiden helfen musste. Nachdem er sich vergewissert hatte, dass Elea keine Bissverletzung durch ihr Eingreifen davongetragen hatte und er sie zugedeckt hatte, half er ihm beim Ausziehen. Zum Schluss zog er ihm vorsichtig die Lederhandschuhe von den Händen. Er musste scharf die Luft einziehen, als er die blutenden Hände sah, aus deren Wunden Fetzen von rohem Fleisch herausschauten. „Wenn Elea aufgewacht ist, wird sie sich als Erstes deine Hände vornehmen müssen. Die sehen böse aus. Hast du noch andere Bisswunden?" Während er aus ihrem Rucksack die kleine Tasche hervorkramte, antwortete Finlay: „Am Bein eine. Die ist aber nicht so schlimm."

„Ich schütte dir etwas Arnika-Tinktur auf die Wunden und mache dir einen Verband. Mehr kann ich nicht tun."

Kaum hatte er Finlays Wunden versorgt, da forderte er ihn auch schon auf, sich zu Elea unter das Fell zu legen. Ihr Körper war eiskalt. Finlay fühlte sich etwas unwohl. Er wusste nicht, wie nahe er Elea kommen durfte. Deshalb hielt er Maél, der bereits im Begriff war, das Zelt zu verlassen, verunsichert zurück. „Maél, sie ist kalt wie ein Eiszapfen. Was soll ich machen?"

„Na, was schon? Schmieg deinen warmen Körper an ihren und leg deine Arme um sie. Da deine Hände ja außer Gefecht gesetzt sind, muss ich mir keine Gedanken darüber machen, dass du vielleicht auf dumme Gedanken kommst. Ich beeile mich. Wenn ich wiederkomme, löse ich dich ab."

Jadora nahm Maél draußen schon in Empfang. „Manche der Krieger haben schlimme Bisswunden. Ich habe einfach von dem Branntwein drüber geschüttet. Aber sie brauchen unbedingt Elea", sagte er besorgt zu Maél. „Ja, ich weiß. Finlays Hände sehen auch böse aus. Verdammt! Das wird uns aufhalten! Ich will nicht noch einmal eine Nacht in dem Jagdrevier dieser verfluchten Wölfe verbringen. Und Darrach sitzt uns bestimmt auch schon im Nacken."

„Du hast übrigens recht gehabt. Arok und Shona sind schon mit zwei Pferden im Schlepptau aufgetaucht."

Jadora hielt ihm sein Schwert hin, das er inzwischen aus dem Kadaver des Leitwolfes hinter dem Felsen gezogen hatte. Maél schulterte sich noch einen Bogen und einen Köcher mit Pfeilen. Dann ging er zu Arok und sprang auf seinen Rücken ohne Sattel. Ein paar Augenblicke später war er von der nächtlichen Finsternis verschluckt.

Die Morgendämmerung war nicht mehr fern, als Jadora und Morgad, der Krieger, der zusammen mit Jadora die harmlosesten Verletzungen davongetragen hatte, Pferdegetrappel nahen hörten. Jadora zählte von weitem sechs Pferde. Als Maél vor ihm stehen blieb und abstieg, nickte er ihm anerkennend zu. „Zwei Pferde haben es nicht geschafft. Eines war nicht auffindbar. Mit zehn Pferden können wir mehr als zufrieden sein. Elea wird wieder bei mir mitreiten und Shona nehmen wir als Packpferd."

Er übergab Jadora die Pferde. Leises Schnarchen kam von den Zelten der Krieger. „Ihr könnt euch auch noch aufs Ohr hauen. Heute Nacht werden wir keinen erneuten Angriff dieser Mistviecher zu befürchten haben. Wenn Elea erwacht, muss sie sich um die schlimmsten Wunden kümmern. Dann verschwinden wir von hier in Richtung Westen."

Als er in das Zelt kroch, nahm er gleich Finlays wachen Blick wahr, der auf ihn gerichtet war. „Ich habe mitgehört. Du hast sechs Pferde wiedergefunden. Das ist gar nicht schlecht. Deine Spürnase ist wirklich erstaunlich."

„Es ist diesmal eher meinem guten Gehör und den Spuren zu verdanken, dass ich sie gefunden habe. Der ganze Wald stinkt nach dem Blut der Wölfe", erwiderte Maél, während er sich aus seiner Fellkleidung schälte. Finlay kam langsam unter dem Fell hervorgekrochen. „Sie hat jetzt wieder eine gesunde Körpertemperatur. Aber sie hat sich nicht ein einziges Mal gerührt. Ich habe ständig nach ihrem Atem gelauscht, weil ich Angst hatte, sie ist tot."

„Das ist immer so bei ihr. Wenn sie ihre Magie in sich gebündelt hat oder von Gefühlen überrannt wurde, mit denen sie nicht fertig wird, dann fällt sie in einen todesähnlichen Schlaf, genauso wie am Abend des Drachenfestes. - Deine Fellkleidung kannst du mit deinen Händen nicht anziehen. Nimm dir ein Fell vom Boden, bevor du rausgehst!" Finlay tat wie ihm Maél geheißen hatte. Er zögerte jedoch noch, das Zelt zu verlassen. „Maél, während ich so bei ihr lag, sind mir die ganze Zeit zwei Fragen durch den Kopf gegangen. Über die eine wirst du sicherlich nicht erfreut sein." Maél sah Finlay alarmiert in die Augen, während er einen Arm unter Eleas Kopf schob. „Ist dir eigentlich schon aufgefallen, dass mit Darrach und Elea fast zeitgleich zwei magische Wesen aufgetaucht sind und das, nachdem vor etwa hundertfünfzig Jahren alle mit einem Schlag von der Oberfläche verschwunden sind? Und dann noch der Drache. Wenn der tatsächlich irgendwo im Akrachón existiert, dann wären es sogar drei. Ob dies nicht etwas zu bedeuten hat?"

„Ich weiß nicht. Kann sein. Es interessiert mich nicht. Für mich zählt nur Elea. Außerdem war Darrach schon ein Zauberer, als er sich mir vor über zwanzig Jahren angenommen hatte. Er hat es nur immer vor den anderen geschickt verborgen gehalten. Zu der Zeit war Elea noch gar nicht geboren. - Ich nehme an, dass dies nicht die Frage war, die mir missfallen wird. Also spuck's schon aus!"

„Also, verstehe mich jetzt nicht falsch! Ich bin auch nur ein Mann. Und du weißt auch, dass ich für Elea romantische Gefühle gehegt habe und es vielleicht sogar noch tue... "

„Ja und! Worauf willst du hinaus?", fragte Maél ungeduldig. „Darüber, dass sie magisch ist, sind wir uns einig. Und dass ihre Magie etwas mit ihren Gefühlen zu tun hat, darüber gibt es auch keine Zweifel. Und wir wissen, dass sie zu alldem fähig ist, wenn sie sich schöne Erlebnisse in Erinnerung ruft... Vielleicht hast du jetzt eine Ahnung, worauf ich hinaus will?", wollte Finlay etwas verschüchtert wissen angesichts Maéls immer finsterer werdender Miene. „Nein, die habe ich nicht. Kannst du jetzt endlich auf den Punkt kommen. Ich würde ganz gerne mit Elea noch allein sein, bevor sie wach wird und sämtliche Wunden schnellstmöglich versorgen muss, damit wir von hier verschwinden können."

„Hast du dir nicht auch schon vorgestellt, wie es sein wird, wenn du dich mit ihr... körperlich vereinigst? Sie ist noch Jungfrau. Sie wird mit ganz neuen Empfindungen konfrontiert sein, schönen Empfindungen, die sie möglicherweise überwältigen werden – vielleicht in Form von dieser unglaublichen, magischen Energie, an der sie dich mit aller Wahrscheinlichkeit nach teilhaben lassen wird. Es wird mit Sicherheit ein einzigartiges und außergewöhnliches Erlebnis für euch beide werden." Maél war im ersten Moment sprachlos über Finlays offene Worte, aus denen er auch unverhohlenen Neid heraushören konnte. Mit belegter und etwas ungehaltener Stimme antwortete er: „Das wird es sicherlich nicht, da es nie so weit kommen wird. Nimm jetzt das Fell und verschwinde!" Finlay sah ihn verständnislos an. „Was willst du damit sagen? Ihr liebt euch doch! Du wirst sie doch nicht etwa, nachdem sie den Drachen gefunden hat und dieses Band zwischen beiden geknüpft ist, unverzüglich wegschicken, ohne dass ihr euch wenigstens einmal geliebt haben werdet?! Das ist nicht dein Ernst!" Finlays Bestürzung war unüberhörbar. „Doch das ist es!"

„Aber warum? Ich würde alles dafür tun, dass ich an deiner Stelle wäre. Und du..."

„Finlay, du weißt gar nicht, was du da redest. Du kannst froh sein, dass du nicht an meiner Stelle bist. Es darf nicht sein. Ich habe es dir am ersten Abend, als du zu uns gestoßen bist, angedeutet. Erinnere dich daran, was ich dir damals gesagt habe. Mehr kann ich dir dazu nicht sagen. Du musst selbst draufkommen. Geh jetzt! Bitte!" Maél flehte Finlay förmlich mit bebender Stimme an, was diesen letztendlich dazu bewog, völlig entgeistert das Zelt zu verlassen.

Maéls Herz fühlte sich an, als wäre es in einem Schraubstock eingespannt. Finlay hatte es geschafft, ihm das traurige und bittere Ende ihrer Liebe, die sie nie in ihrer Vollkommenheit auskosten durften, vor Augen zu führen. Seit jenem frühen Morgen, als Darrach ihm die wahre Bedeutung von Eleas Unberührtheit enthüllt hatte, verdrängte er diese grauenhafte Vorstellung. Und die Tatsache, dass er sie deswegen hatte anlügen müssen und sein Versprechen ihr gegenüber in absehbarer Zeit brechen würde, nur um ihr dadurch ein Versprechen abgerungen zu haben, bereitete ihm Seelenqualen. Mit wild hämmerndem Herzen betrachtete er Eleas Gesicht im rötlichen Schimmer ihres Haares und streichelte es zart mit seinem Daumen. Jede einzelne Stelle ihres Gesichtes sollte sich in sein Gehirn einbrennen, auf dass er es niemals vergessen würde.

Kapitel 5

In dem Moment, als Elea erwachte, hatte sie sofort das letzte Bild des nächtlichen Kampfes vor Augen, bevor sie das Bewusstsein verlor: Finlay am Boden und mit bloßen Händen einen riesigen Wolf abwehrend. Panisch schoss sie mit einem lauten Schrei in die Höhe: „Finlay!" Sofort wurde sie von zwei Armen besitzergreifend wieder hinuntergezogen. Sie drehte ihren Kopf etwas zur Seite und erkannte Maél, der sie auf der Seite liegend anblickte. „Hab keine Angst! Es ist alles vorbei. Du hast die Wölfe vertrieben." Elea presste sich an seine Brust und atmete erleichtert durch. „Sind alle am Leben, auch die Pferde und Shona?", fragte sie ängstlich. „Drei Pferde haben es nicht geschafft. Aber Shona geht es gut. Von uns haben es alle überlebt, einige jedoch mit schlimmen Bissverletzungen, vor allem Finlays Hände sehen übel aus."

„Und was ist mit dir? Bist du verletzt?" Elea zog das Schlaffell von Maél und begann aufgeregt seinen Körper abzutasten, bis er ihre Hände behutsam festhielt und sie beruhigte: „Mir geht es gut. Meine linke Hand hat nur ein paar harmlose Bisswunden und der halb verheilte Bruch der rechten Hand ist wahrscheinlich wieder aufgebrochen. Das ist alles. – Allerdings dachte ich im ersten Moment, dass dich der Wolf, auf den du dich gestürzt hattest, erwischt hat. Elea, das war sehr gefährlich, was du getan hast, aber auch sehr mutig. Du hast uns allen damit wahrscheinlich das Leben gerettet. Mir jetzt schon zum vierten Mal."

Er richtete sich auf und nahm sie in seine Arme. Als er spürte, dass Eleas Herz wieder gewohnt langsam schlug, löste er sich etwas von ihr. „Elea, ich würde jetzt viel lieber mit dir hier liegen und deinen Körper an meinem spüren, aber wir haben keine Zeit. Du musst die Wunden versorgen und dann müssen wir schnellstmöglich von hier verschwinden. In Ordnung?" Elea nickte verständnisvoll und drückte ihre Lippen zärtlich auf seine. Während er sie mit spürbarem Widerwillen los ließ, fuhr er mit heiserer Stimme fort. „Ich helfe jetzt den anderen beim Abbauen des Lagers. Die Verletzten werden nacheinander ins Zelt zu dir zu kommen. Als Erstes schicke ich dir Finlay." Er schnappte sich seine Felltunika und kroch aus dem Zelt. Es dauerte nicht lange, da erschien auch schon Finlays Kopf am Zelteingang. Elea hatte in der Zwischenzeit ihre Lederjacke angezogen, da sie vor Kälte zu zittern begonnen hatte. Als sich ihre Blicke trafen, lächelten sie sich unsicher zu. Finlay kam unbeholfen mit verbundenen Händen auf den Knien rutschend zu ihr gekrochen und setzte sich vor sie, ohne sie aus den Augen zu lassen. Das Schweigen hielt an. Elea holte verlegen ihren Rucksack und kramte die kleine Tasche mit dem heilkundigen Inhalt hervor. Dann sah sie wieder Finlay ins Gesicht, der sie immer noch mit einem undurchschaubaren Blick betrachtete. Elea wurde das Schweigen allmählich unangenehm, also durchbrach sie mit zaghafter Stimme die Stille, während sie den Verband an Finlays Händen vorsichtig löste. „Ich hoffe, du hast jetzt nicht Angst vor mir, nachdem du gesehen hast, was ich gestern mit meiner Magie getan habe. Ich bin immer noch dieselbe Frau, die..."

„Wie kommst du darauf, dass ich Angst vor dir habe, Elea. Ich habe vielleicht Ehrfurcht vor dem, was du getan hast, aber Angst habe ich sicherlich nicht vor dir. Du hast mir das Leben gerettet. Noch ein paar Augenblicke länger und der Wolf hätte meine Kehle zwischen seinen Fängen gehabt. Elea du bist unglaublich! Du bist wirklich eine Frau mit magischen Kräften. Vielleicht bist du eine Hexe oder eine Fee oder beides. Maél hat tatsächlich Recht behalten. Er meinte, ich würde auf unserer Reise deine Magie selbst erleben. Au!" Elea hatte mit einem Ruck die unterste Schicht des Verbandes von Finlays Hand gelöst, sodass dieser vor Schmerz aufschrie. „Entschuldige, aber du weißt genau, dass ich es nicht leiden kann, wenn man mich so bewundert. – Verdammt, Finlay! Sieht die andere Hand genauso schlimm aus?" Als sie Finlays verbissene Hand sah, wurde es ihr ganz mulmig. „Ich fürchte, ja. Was meinst du? Werde ich sie verlieren?", fragte der junge Mann mit belegter Stimme. Elea sah erschrocken auf. Die andere Hand befreite sie wesentlich behutsamer von dem Verband. „Ich werde alles in meiner Macht stehende tun, um das zu verhindern, Finlay." Auch ihre Stimme klang heiser.

Sie verschwand eilig, kehrte aber nach ein paar Augenblicken schon wieder zurück. Sie hatte eine Flasche von Jadoras Branntwein geholt. Plötzlich bewegten sich die Zeltwände, sodass beide auf einmal unter freiem Himmel saßen. Finlay sah Elea fragend an. „Ich brauche Licht, um deine Hände besser untersuchen zu können. Und erst recht, wenn ich anfange zu nähen." Finlay nickte ihr verstehend zu und beobachtete beklommen jeden ihrer Handgriffe. Nach gründlicher Untersuchung der Hände kam Elea zu dem Ergebnis, dass die rechte Hand nur Fleischwunden hatte, die sie zum Teil nähen konnte. Bei der linken Hand fiel ihr Urteil jedoch nicht so hoffnungsvoll aus. „Finlay, der Zeigefinger ist so gut wie durchgebissen und die Sehnen vom kleinen Finger und Ringfinger ebenfalls. Ich weiß nicht, was ich tun soll. Ich..."

Maél und Jadora hatten sich inzwischen ebenfalls zu den beiden in die Hocke begeben und einen ernsten Blick auf Finlays linke Hand geworfen. Jadora räusperte sich, wie immer, bevor er etwas Unangenehmes zu sagen hatte.

„Ich schneide den Finger am besten ab, bevor er abstirbt und dir deinen Körper vergiftet. Zum Glück ist es die linke und nicht die rechte Hand. Du wirst dein Schwert also noch so gut wie eh und je schwingen können." Alle sahen entsetzt auf Jadora, einschließlich Maél, der nun auch schwer schlucken musste. Da Elea sich noch zu keiner Entscheidung durchringen konnte, säuberte sie schon einmal die rechte Hand mit dem Branntwein. Anschließend begann, sie die größere Bisswunden zuzunähen. Maél stand auf und begann, aufgebracht im Schnee hin und her zu stampfen. „Das wird den halben Tag oder noch länger dauern, bis du die Wunden versorgt hast. Verflucht! Wir verlieren kostbare Zeit." Ohne ein Blick von ihrer Arbeit zu wenden, entgegnete sie ihm in schroffem Ton: „Maél, ich werde so schnell wie möglich die Wunden versorgen, aber ich werde deswegen nicht weniger gründlich und gewissenhaft arbeiten." Bei den letzten Worten warf sie ihm einen bösen Blick zu und forderte die beiden Männer mit herrischer Stimme auf: „So und jetzt verschwindet! Beide! Ihr macht mich nervös." Jadora erhob sich sofort und entfernte sich mit schüttelndem Kopf. Maél machte allerdings noch keine Anstalten, die beiden allein zu lassen. Er starrte immer noch grimmig auf die junge Frau. Er hatte das unbestimmte Gefühl, dass Darrach bereits seine Verfolgung aufgenommen hatte. „Maél, bitte! Es geht immerhin um Finlays Hände. Er braucht sie. Du selbst hast mir gesagt, dass ich sie versorgen muss. Wenn ich tatsächlich zu lange brauche, dann müssen die anderen eben bis heute Abend warten. Wenn ich nicht da wäre, dann müssten sie ohnehin ohne mich auskommen und das sind sie bisher wohl auch, oder etwa nicht?" Endlich reagierte er mit einem angedeuteten Nicken und verschwand in Richtung der Pferde.

Elea arbeitete konzentriert und schnell. Sie hielt auch nicht inne, wenn Finlay vor Schmerz aufstöhnte oder zusammenzuckte. Erst als sie die rechte Hand nochmals mit Arnika-Tinktur eingepinselt und den Verband angelegt hatte, sah sie Finlay ins Gesicht, der sie mit Schweißtropfen auf der Stirn aufmunternd anblickte. „Jadora hat Recht, Elea. So gut, wie du meine rechte Hand versorgt hast, wird sie bestimmt wieder wie neu sein. Er soll mir den Finger abscheiden. Ihn zu versorgen würde ewig dauern und dann haben wir nicht einmal die Gewissheit, dass er richtig anwächst. Womöglich vergiftet er mich tatsächlich." Elea ergriff ihr Kopftuch vom Boden und begann Finlays Schweiß von der Stirn zu wischen, während seine Augen verzweifelt ihren smaragdgrünen Blick suchten. Sie ließ sich davon jedoch nicht beirren. Sie hatte schon wieder die Branntweinflasche in der Hand und reinigte nun die linke Hand. Finlay blickte zu Maél hinüber, der bei Arok saß und auf irgendetwas herumkaute, während er jede ihrer Bewegungen im Auge behielt. Finlays Blick blieb wieder auf Eleas angespanntem Gesicht haften. Dabei fiel ihm auf, dass auch sie offenbar trotz der Eiseskälte schwitzte. Kleine Schweißperlen hatten sich auch auf ihrer Stirn gebildet. Er schüttelte mit dem Kopf und zauberte trotz des Brennens, das durch den Branntwein ausgelöst von seinen Händen in seinen gesamten Körper ausstrahlte, ein Lächeln auf seine Lippen. Elea bemerkte es und sah ihn verdutzt an. „Was ist so lustig, Finlay, dass du trotz dieser Katastrophe lächeln kannst?", fragte sie den Tränen nahe. „Ich wundere mich nur darüber, dass du bei einer so ruhigen Tätigkeit, die du gerade verrichtest, schwitzt, während du beim Rennen nicht einmal vor Anstrengung rot anläufst, geschweige denn einen Schweißtropfen von dir gibst", antwortete er in belustigtem Ton. „Ja. Sehr witzig. Ich zermartere mir den Kopf, wie ich deinen Finger retten kann und du wunderst dich über meinen Schweiß!" Es trat ein erneutes Schweigen ein. Elea warf einen kurzen Blick zu Maél hinüber, der sie mit einer steilen Falte auf der Stirn grimmig anstarrte. „Ja. Ja. Ja. Jetzt fehlt nur noch das Knurren und schon haben wir wieder einen Wolf unter uns."

Nach einer Weile hatte Elea die Fleischwunden genäht, sodass nur noch der fast durchtrennte Zeigefinger und die beiden durchtrennten Sehnen übrig geblieben waren. Elea seufzte schwer und sah in Finlays haselnussbraune Augen, die sie immer noch ermutigend fixierten. „Finlay, den kleinen Finger und den Ringfinger wirst du nie wieder richtig bewegen können. Ich kann die Sehnen nicht zusammennähen. Was aber noch viel schlimmer ist... ich fürchte, wir müssen den Zeigefinger wirklich abtrennen. Deine Hände sind eiskalt und durch die weiterhin anhaltende Kälte werden sie sich auch nur schwer aufwärmen, erst recht der so gut wie abgetrennte Finger. Aber das ist wichtig, damit er wieder anwächst. Verstehst du? Breanna hat mich ausführlich darüber aufgeklärt." Eleas Stimme war immer weinerlicher geworden, während sie ihre Entscheidung rechtfertigte. Finlay legte die bereits verbundene Hand auf ihre Schulter und sagte in beruhigendem Ton. „Elea, ich vertraue dir. Wenn du sagst, er muss ab, dann ist es ebenso. Es ist nur ein Finger. Ich habe ja immer noch vier an der Hand, auch wenn zwei davon wahrscheinlich unbrauchbar sind. Ich rufe Jadora, damit er ihn abschneidet."

„Nein!", fuhr Elea ihn an. „Das brauchst du nicht. Ich werde es tun. Ich habe die Versorgung deiner Wunden begonnen, dann werde ich sie auch zu Ende bringen."

„Aber das will ich dir nicht zumuten", entgegnete Finlay bestürzt. Plötzlich stand Maél wieder neben den beiden. Er hatte natürlich jedes Wort mitangehört. „Er hat Recht. Das brauchst du nicht. Jadora macht so etwas nicht zum ersten Mal..." Elea schaute Maél entschlossen in die Augen. „Ich habe gesagt, dass ich es machen werde. Oder glaubst du vielleicht ich bin nicht dazu fähig?! Ich habe dir bereits eine Pfeilspitze aus deinem Knochen gerissen. Und ich habe meine schlimme Brandwunde selbst versorgt. Dann werde ich auch Finlays Finger, der ohnehin schon so gut wie durchgebissen ist, auch abschneiden können."

„Elea, ich zweifle keinen Moment daran, dass du dazu fähig bist. Ich weiß aber, dass dich es sehr mitnehmen wird. Ich habe dich die ganze Zeit beobachtet, wie du Finlay versorgt hast. Er ist dir nicht gleichgültig. Du hast ihn gern." Dabei warf er Finlay einen eifersüchtigen Blick zu, den dieser mit einem strahlenden Lächeln zur Kenntnis nahm. Dann fuhr er mit eindringlicher Stimme fort: „Bitte, lass es Jadora tun!" Elea hatte bereits das kleine, scharfe Messer aus dem Beutel geholt und es sorgfältig mit dem Branntwein gereinigt. Dann sah sie zuerst Finlay in die Augen, bevor sie ihren Blick auf dem Mann ruhen ließ, den sie mehr als ihr Leben liebte. „Ich sage es jetzt zum letzten Mal: Ich will und werde es tun. Und gerade weil ich Finlay gern habe, wie du bereits richtig festgestellt hast, komme nur ich hierfür in Frage. In ein paar Tagen werden du und ich getrennte Wege gehen. Dann habe ich nur noch ihn. Ich weiß nicht warum, aber ich spüre, dass er in meinem Leben noch eine wichtige Rolle spielen wird, und auf meine Gefühle kann ich mich verlassen, wie du weißt. Also lass mich jetzt endlich meine Arbeit tun, damit wir deinem brennenden Wunsch nachkommen und von hier verschwinden können!" Maél musste tief Luft holen und sie lange wieder ausatmen, da ihn Eleas Worte tief berührten und zugleich schockierten, erst recht, weil sie der Wahrheit entsprachen. „Also gut. Wie du willst! Brauchst du noch irgendetwas?", fragte er mit brüchiger Stimme. „Ja! Jadora soll mir noch Wundtücher oder andere saubere Tücher bringen. Und du kannst dir schon mal darüber Gedanken machen, wie Finlay mit seinen verbundenen Händen reiten soll. Die Zügel kann er jedenfalls nicht halten", erwiderte sie noch immer in unfreundlichem Ton.

Maél setzte sich sofort in Bewegung, nachdem er Finlay mitfühlend und zugleich aufmunternd die Schulter gedrückt hatte. „Dass er zu einer solchen Gefühlsregung imstande ist, hat er einzig und allein dir zu verdanken", kommentierte Finlay Maéls ungewohnte Geste, während er Elea nicht aus den Augen ließ. Die junge Frau war im Moment nicht in der Lage zu sprechen. Sie versuchte, sich auf das zu konzentrieren, was sie jetzt gleich tun musste. Sie hatte bisher noch nie einem Lebewesen einen Körperteil abgetrennt. Breanna hatte ihr jedoch alles in der Theorie beigebracht, was sie wissen musste. Viel zu tun hatte sie ohnehin nicht mehr, da der Wolf das Gelenk nach dem ersten Fingerglied durchgebissen hatte. Nachdem sie das Fleisch, das den Finger noch an der Hand hielt, durchtrennt hätte, müsste sie nur eventuell verbliebene Knochensplitter entfernen und dann die offene Wunde so gut es ging zunähen. Endlich kam Jadora mit den sauberen Tüchern. Er sah besorgt in die beiden Gesichter. Bevor er etwas sagen konnte, kam Elea ihm mit entschlossener Stimme zuvor. „Jadora, bemühe dich nicht. *Ich* werde es tun." Sie nahm ihm die Tücher ab und legte eines unter die Hand von Finlay. Dann holte sie noch die kleine Zange aus dem Beutel heraus, mit der sie die Knochenreste aus der Wunde ziehen konnte. Auch diese reinigte sie mit dem Branntwein. Dann sah sie zu Finlay auf und hielt ihm die Flasche an den Mund. Er nickte und trank bereitwillig ein paar große Schlucke. „Willst du, dass ich dir schildere, was ich tun werde oder willst du lieber gar nichts davon hören?" Finlay fühlte auf einmal einen Kloß in seiner Kehle, der ihn fast zum Würgen brachte. Mit gepresster Stimme antwortete er noch halb scherzend: „Ich glaube, ich bin zu feige, um das zu hören, was du tun wirst. Nicht, dass ich in Ohnmacht falle, bevor du überhaupt angefangen hast!"

„Gut. Dann würde ich vorschlagen, dass Jadora deine Hand für alle Fälle festhält und du schließt die Augen oder schaust zu unserem knurrenden Wolf hinüber." Maél saß wieder Arok zu Füßen und beobachtete angespannt das Geschehen aus der Ferne. Finlay entschied sich, die Augen zu schließen. „Ich werde mich beeilen, Finlay. Es wird auch nur ein kurzer Schmerz sein, der nicht viel größer sein wird, als die Schmerzen, die du schon die ganze Zeit aushalten musstest." Jadora umschloss Finlays Handgelenk mit einer Hand und drückte es fest auf die Unterlage. Elea schüttete noch etwas Branntwein über ihre Hände. Dann atmete sie einmal tief ein und aus, ergriff das kleine Messer und schnitt das bereits zerfetzte Gewebe mit einem kräftigen Schnitt durch. Finlay zuckte dabei zusammen und schrie laut auf. Elea tupfte sofort das Blut auf, um besser die Knochensplitter zu sehen. Diese zog sie dann vorsichtig mit der Zange heraus, wobei Finlay ebenfalls jedes Mal zusammenzuckte, wenn die Zange in sein Fleisch eintauchte. Auf ihrer und Finlays Stirn hatten sich inzwischen wieder Schweißtropfen gebildet, die sich schon einen Weg über ihre Gesichter bahnten. Finlay hielt die Augen immer noch geschlossen. Er beabsichtigte, sie erst zu öffnen, wenn Elea den Verband angelegt hatte. Dies dauerte jedoch eine Weile, da Elea die Nadel und den Faden erst aus der Hand legte, als sie vollkommen mit ihrer Arbeit zufrieden war. Anschließend trug sie noch ganz vorsichtig von Breannas restlicher Wundsalbe auf, bevor sie einen stabilen Verband anlegte.

„Ich bin jetzt fertig, Finlay. Du kannst die Augen öffnen." Elea rieb sich mit dem Ärmel den Schweiß von der Stirn. Jadora nickte ihr noch bewundernd zu. Dann verließ er die beiden in Richtung Maél schreitend.

Finlay sah zuerst in Eleas traurige Augen und dann auf seine dick verbundenen Hände. Er machte einen gefassten Eindruck. „Finlay, es tut mir so leid, dass dir das zugestoßen ist. Es wird dir vielleicht kein Trost sein, aber ich glaube, es hätte wesentlich schlimmer kommen können. - Eine Sache beschäftigt mich allerdings schon die ganze Zeit. Du musst doch die ganze Nacht schreckliche Schmerzen gehabt haben?! Du hast sicherlich kein Auge zugetan."

„Ja. Das lag aber nicht nur an den Schmerzen, sondern auch an dem Umstand, dass ich mich zusammen mit dir unter ein Fell legen *musste*, weil du so ausgekühlt warst", erwiderte Finlay mit einem amüsierten Unterton in der Stimme. „Du musstest was?", fragte Elea erschrocken. „Ja. Du hörst richtig. Maél bestand darauf, dass ich dich wärme, während er die Pferde suchen ging. Ja, also ich konnte auch nicht glauben, dass er das zuließ, wo er doch weiß, dass ich für dich ebenfalls etwas... empfinde. Er muss dich wirklich sehr lieben, wenn er sogar in Kauf nimmt, dass sein größter Rivale sich ein Schlaffell mit dir teilt." Elea kam aus dem Staunen nicht mehr heraus. Sie sah zu Maél hinüber, der jedoch von Jadora verdeckt war. Der Hauptmann redete mal wieder wie so oft heftig auf ihn ein.

„Elea, ich weiß, du magst es nicht, wenn dich jemand bewundert. Aber danken darf ich dir doch dafür, was du eben für mich getan hast. Ich hätte es niemals geäußert, aber insgeheim hatte ich mir gewünscht, dass du diejenige bist, die den Finger von meiner Hand trennt." Er kam auf den Knien ganz nahe zu ihr herangerutscht und schlang unvermittelt seine Arme um sie. Auch Elea drückte ihn mit ihren Armen fest an sich. So verharrten die beiden eine Zeit lang, ohne dass der eine sehen konnte, dass dem anderen die eine oder andere Träne die Wangen hinunterlief. Elea löste sich schließlich von ihm. „Ich glaube, ich sollte mich jetzt um die anderen kümmern, falls es für Maél nicht schon zu spät ist."

„Ja. Du hast recht. Wo ist er eigentlich? Ich wundere mich schon die ganze Zeit, dass er sich vor Eifersucht nicht schon längst auf mich gestürzt hat", sagte Finlay scherzend. Sie erhoben sich schwerfällig vom Boden, indem sie sich gegenseitig stützten. Wenige Augenblicke später stand auch schon Maél an ihrer Seite. „Wie geht es euch?", fragte er beide mit unsicherer Stimme. Finlay antwortete als erster. „Den Umständen entsprechend. Heute Nacht brauche ich unbedingt von Eleas Zauberschlaftrunk. Bei den Schmerzen glaube ich kaum, dass ich ohne Betäubung schlafen kann." Seine Hände hoch haltend fuhr er fort: „Ich werde euch keine Hilfe mehr sein, eher ein Klotz am Bein. Am besten wäre es, wenn ich wieder zurückreite. Ach, ich vergaß. Ich kann ja gar nicht reiten, mit diesen verfluchten Händen."

„Du bleibst bei uns und wir werden uns um dich kümmern, bis du deine Hände wieder einigermaßen gebrauchen kannst. Geh jetzt zu Jadora rüber. Er füttert dich, bevor wir losreiten." Finlay setzte sich schon mit müden Schritten in Bewegung, als Elea entgegnete: „Aber wie soll er reiten? Er wird schreckliche Schmerzen haben. Außerdem was ist mit den anderen? Ich muss mir ihre Wunden auch noch ansehen."

„Du musst jetzt gar nichts mehr – außer etwas essen und trinken. Du bist erschöpft und aufgewühlt. Was du gerade getan hast, ist nicht gerade alltäglich. Du machst den Eindruck auf mich, als ob du gleich wieder das Bewusstsein verlierst. Oder täusche ich mich da?", wollte Maél mit sanfter Stimme wissen. „Nein. Ganz so schlimm ist es nicht. Wenn ich gegessen habe, geht es mir bestimmt gleich besser."

Es war bereits fast Mittag mit einem strahlend blauen Himmel, als die Reitergruppe endlich das Schlachtfeld der vergangenen Nacht verließ. Jadoras Krieger mussten vorerst ohne Eleas heilkundiger Versorgung auskommen. Und Finlays Reitproblem war auch schneller gelöst als erwartet. Elea kam auf die Idee ihn auf Shona reiten zu lassen, da sie als Orientierung nur Arok brauchte auf dem Elea gemeinsam mit Maél saß. Finlay musste nur die Zügel um seine Handgelenke wickeln, um wenigstens einen Halt zu haben, für den Fall der Fälle. Elea hatte auf dem fast heruntergebrannten Lagerfeuer noch auf die Schnelle neuen Bilsenkrautsud gekocht. Davon gab sie Finlay ein paar Schlucke zu trinken, aber nur so viel, dass er nicht Gefahr lief, einzudösen.

Maél hüllte sich während des Ritts in ausdauerndes Schweigen. Er war gedanklich schon bei dem nächsten Problem: Wo und wie würden sie die nächste Nacht verbringen?

Sie drangen noch etwas weiter in das Gebirge vor, hielten sich jedoch immer leicht in westlicher Richtung. Elea schaute immer wieder auf ihren Stein, der stetig pulsierte und dabei auch nicht langsamer wurde. Nach einer ganzen Weile hielt Maél an. Sie waren an einer baumlosen Fläche angelangt, hinter der sich die wesentlich höheren und steileren Berge des Akrachóns zu einem unüberwindbaren Hindernis aneinanderreihten. Eleas Blick schweifte ehrfurchtsvoll die steilen Felswände bis zu den Gipfeln empor, die zum Teil von kleinen Wolkenfeldern umhüllt waren. „Die freie Fläche in deinem Traum, sah die vielleicht zufällig so aus?", wollte Maél hoffnungsvoll wissen. Finlay und Jadora waren inzwischen ebenfalls neben Maél und Elea aufgetaucht und warteten gespannt auf ihre Antwort. „Ich muss dich enttäuschen. Sie war nicht so groß wie diese und sie war irgendwie kreisrund und von gleichmäßig hohen Bergen umgeben. Es erschien alles irgendwie viel enger, fast wie eine Schlucht."

„Was sagt deine Nase, Maél? Bekommen wir heute Nacht wieder ungebetenen Besuch?", wollte Jadora wissen. „Bis jetzt konnte ich noch nichts wittern. Ich hoffe, es bleibt so. Noch so eine Nacht wie die letzte werden wir nicht durchstehen." Maél wendete seinen Kopf auf die andere Seite zu Finlay hinüber. „Wie geht es dir? Hältst du es noch eine Weile auf dem Pferd aus oder sollen wir hier unser Nachtlager aufschlagen?"

„Es geht noch. Lass uns weiterreiten, bis es dunkel wird." Während Finlay sprach, befreite sich Elea einfach aus Maéls Arm und ließ sich von Arok hinuntergleiten. „Was hast du vor?", fragte Maél verblüfft. Die junge Frau war schon einige Schritte hinaus auf die Fläche gegangen, als sie erwiderte: „Ich will etwas versuchen. Ich will sehen, ob der Stein schneller pulsiert, wenn ich mich den riesigen Bergen nähere oder wenn ich mich noch weiter westlich halte. Du kannst mich hier auf dieser unbewachsenen Ebene wohl kaum aus den Augen verlieren, falls dir das Sorge bereitet", sagte sie mit einem spöttischen Unterton in der Stimme. Kaum hatte sie die Worte ausgesprochen, rannte sie auch schon mit stapfenden Schritten durch den tiefen Schnee. Maél schrie ihr noch hinterher: „Bleib stehen und warte bis ich bei dir bin. Du musst aufpassen. Wir wissen nicht, was unter..." Maél brach mitten im Satz ab, da ein lautes Knacken seine Stimme übertönte. Elea blieb abrupt stehen, da auch sie das Knacken hörte. Sie drehte sich zu den anderen herum und konnte gerade noch sehen, wie Maél ein paar vorsichtige Schritte in ihre Richtung machte, dann gab mit einem Mal der Boden unter ihr nach. Sie versuchte sich an der Eisdecke, die von dem Schnee verdeckt war, festzuhalten, aber es war zwecklos. Mit einem lauten Schrei nach Maél versank sie mit dem nachgebenden Eis unter ihr in die Tiefe. Ihre Hände, die in den Fäustlingen eingepackt waren, rutschten an der glatten Wand immer wieder Halt suchend ab. Sie war wie blind. Überall um sie herum war Schnee, den sie einatmete und der ihre Lungen zum Rebellieren brachte. Mit einem Mal stieß sie auf einen festen Untergrund. Ihre Landung wurde jedoch durch den lockeren Schnee, der mit ihr hinuntergefallen war, gedämpft. Sie drückte sich mit der Brust an die Wand, um ihren Hustenreiz und ihren galoppierenden Herzschlag wieder unter Kontrolle zu bringen. Schnee fiel immer noch auf sie nieder, sodass sie die Augen weiterhin geschlossen hielt. Ihre Gedanken wanderten zu Maél, der ebenfalls schon ein paar Schritte auf die gefährliche Fläche gewagt hatte. *Hoffentlich ist ihm nicht das Gleiche passiert! Er muss mich doch hier irgendwie wieder herausholen!* Endlich kam kein Schnee mehr von oben. Elea konnte wieder tief einatmen und öffnete langsam ihre Augen. Es war ziemlich dunkel, sodass sie die Fellkapuze von ihrem Kopf streifte und das Kopftuch löste. So konnte sie erst einmal ihre Umgebung in Augenschein nehmen. Zuerst schaute sie auf ihre Füße. Sie stand auf einem Vorsprung, der knapp zwei Schritte von der Wand ragte und mindestens fünf Schritte breit war. Auf diese Erkenntnis hin entspannte sie sich etwas. Was unter dem Vorsprung war wollte sie vorerst nicht wissen. Sie lehnte sich mit dem Rücken an die Wand und schaute nach oben. Ihre nächste Erkenntnis war, dass sie in eine Eisspalte gefallen sein musste. Sie war umzingelt von Wänden aus purem Eis. Von hier unten konnte sie noch deutlich einen Streifen blauen Himmels erkennen. Leider aber noch nicht das grimmig dreinblickende Gesicht Maéls. *Er wird außer sich sein vor Wut, weil ich so unvorsichtig war und einfach losgerannt bin.* Nach einer Weile brachte Elea ihren Kopf wieder in seine normale Position, weil ihr bereits der Nacken durch das steile Nach-oben-Blicken schmerzte. Sie drehte sich wieder um und besah sich die Wand genauer, an der sie hinuntergeschlittert war. Ihr

Eis war hart wie Stein. Und dieses Eis war nicht weiß und undurchsichtig wie Schnee, sondern so klar wie Fensterglas. Fasziniert strich sie über die glatte Fläche, um den vom Sturz daran hängen gebliebenen Schnee wegzuwischen. Plötzlich hielt sie inne, da sie meinte ein rötliches Licht in dem Eis gesehen zu haben. Rasch wischte sie noch den restlichen Schnee weg, um besser sehen zu können. Sie hatte sich nicht getäuscht. Etwas leuchtete ihr entgegen - genauso rot wie ihr Haar und ihr Stein, der noch stärker pulsierte. Elea versuchte angestrengt zu erkennen, was ihr aus dem Eis entgegenleuchtete. Je länger sie hinsah, desto deutlicher zeichneten sich die Umrisse einer Gestalt ab, einer riesigen Gestalt. Es war kein Mensch. Es war ein Tier. Und es hatte unverkennbar Ähnlichkeit mit dem Drachen aus ihrem Traum. Sie konnte jedoch mit absoluter Sicherheit ausschließen, dass es ihr Drache war. Ihr Drache hatte vier Hörner am Kopf, dieser nur zwei. *Er muss noch leben, sonst würde er nicht mehr leuchten. Aber wie kann er das? Er ist im Eis eingefroren.* Elea bewegte sich vorsichtig ein paar Schritte seitwärts auf ihrem Vorsprung entlang und wedelte mit ihren Fäustlingen weiter den Schnee von der Eiswand. Als sie freie Sicht in das Innere des Eises hatte, wich sie abrupt einen Schritt von der Wand zurück, sodass sie diesen beinahe ins Leere gemacht hätte. Sie konnte gerade noch ihr Gewicht auf dem Vorsprung verlagern. Nachdem sie sich von dem ersten Schreck erholt hatte, kam sie der Wand wieder so nahe, dass ihre Nasenspitze sie fast berührte. Mit angehaltenem Atem wagte sie nochmals einen Blick in das Innere. Sie sah direkt in ein fremdartiges Augenpaar, das nicht einmal eine Armlänge von ihr entfernt war. Diesmal waren es die Augen einer menschlichen Gestalt, die aber kein Mensch war. Sie konnte kaum glauben, was sie da sah. Die Gestalt ähnelte haargenau dem fremdartigen Mann, von dem Breanna ihr erzählt hatte und von dem sie vermutete, dass Maél von dessen Volk abstammte. Der Mann hatte langes, glattes, sehr helles Haar. Lange, spitze Ohren – wie Maél nach seiner Verwandlung – ragten hervor. Und die Augen standen genauso schräg, wie damals bei Maél. Außerdem hatte er auf grauenerregende Weise den Mund wie zu einem Schrei aufgerissen, sodass Elea sehr gut die langen Eckzähne erkennen konnte. Der Mann trug Kleider. Er hatte einen Bogen geschultert, hielt ein Schwert kampfbereit in der erhobenen Hand und ein zweites hing an seinem Gürtel. Eleas Herzschlag beschleunigte sich vor Aufregung. *Er muss sich das ansehen. Wo bleibt er nur?* Sie sah wieder nach oben und fing an, laut nach ihm zu rufen.

Als Elea in die Tiefe hinabstürzte, warf Maél sich in einem ersten Reflex auf den Boden und wartete bis das Knacken des Eises aufgehört hatte. Dann stellte er sich vorsichtig auf die Beine und kam mit langsamen Schritten zu den anderen an den Rand der Schneefläche zurück. Die Männer waren inzwischen abgestiegen und empfingen ihn mit besorgter Miene. In Maéls Stirn hatte sich eine tiefe Zornesfalte gegraben: „Jadora, wir brauchen Seile. Am besten alle, die du auftreiben kannst." Der Hauptmann machte sich gleich daran, sämtliche Seile von seinen Kriegern sowie von seinem und Maéls Sattel einzusammeln. Finlay hatte es endlich geschafft, sich von seiner

Schockstarre zu befreien. „Was machen wir jetzt? Wir haben es hier mit einem Gletscher zu tun. Sie ist in eine Gletscherspalte gestürzt, wer weiß wie tief. Es wird hier nur so von solchen Spalten wimmeln", sprudelte es aus ihm mit sich überschlagender Stimme nur so heraus. Maél bedachte ihn sogleich mit einem noch grimmigeren Blick. Er hatte angefangen, die Seile, die Jadora ihm gebracht hatte, aneinander zu knoten. „Spar dir deinen Pessimismus! Der hilft uns jetzt auch nicht weiter. Jadora und ich werden nacheinander zu Elea am Boden entlangrobben, und zwar jeweils mit dem Seil gesichert. Sie ist nicht sehr weit gekommen, vielleicht dreißig Schritte. Ich habe mir die Stelle gemerkt." Zu den Kriegern gewandt sagte er in seinem typisch unfreundlichen Befehlston: „Ihr haltet unsere Seile!" Plötzlich vernahm Maél deutlich Eleas Stimme, die seinen Namen rief und ihn aufforderte, schnell zu kommen. Ein Stein der Erleichterung fiel ihm vom Herzen. Sie lebte und schien, bei bester Gesundheit zu sein. Die anderen hörten sie auch, verstehen konnten sie sie jedoch nicht. „Was hat sie geschrien? Du musst sie doch verstanden haben mit deinem scharfen Gehör!? Ist sie verletzt?", wollte Finlay aufgeregt wissen. „Davon hat sie nichts gesagt. Ich soll nur schnell kommen. Sie hat wohl irgendetwas entdeckt." Maél und Jadora banden sich bereits die Seile um ihren Bauch, als Finlay sich vor Maél aufbaute und ihn verzweifelt fragte: „Was kann ich tun, Maél? Sie hat mir das Leben gerettet und ich bin mit meinen zerfetzten Händen vollkommen nutzlos."

„Genau! Du hast es erfasst. Du kannst im Moment gar nichts tun. Du musst einfach abwarten, bis wir wieder mit ihr zurückkommen. Und dann, falls es mir bis dahin entfallen sein sollte, erinnere mich bitte daran, dass ich diesem eigensinnigen und unvernünftigen Frauenzimmer den Hintern versohle!" Die beiden Männer sahen Maél erschrocken an. Als sie jedoch ein angedeutetes Lächeln auf seinen Lippen entdeckten, entspannten sie sich wieder und erwiderten es erleichtert. „Sei vorsichtig!", sagte Finlay. „Ich mache mir ehrlich gesagt mehr darüber Sorgen, dass Darrach uns bereits im Nacken sitzt, als darüber, wie ich sie von da unten heil wieder hochbringe." Jadora forderte er noch auf, seine Fellkleidung abzulegen, da die sie bei der Kraftanstrengung nur behindere und zusätzlichen Ballast bedeute.

„Ich gehe zuerst. Wenn ich dort angekommen bin, folgst du meiner Spur! In Ordnung Jadora?" Der Hauptmann nickte und hielt mit einem anderen Krieger das Ende von Maéls Seil fest. Maél setzte noch seine Maske auf, da die Sonne immer wieder zwischen den Wolken hervorlugte und ihre Strahlen vom Schnee reflektiert wurden. Er tastete sich langsam auf dem Bauch liegend vor. Nach ein, zwei Vorwärtsbewegungen hielt er immer kurz inne, um zu sehen wie die Schneedecke auf sein Gewicht reagierte. Finlay stand mit vor seiner Brust gekreuzten Händen am Rand der Schneefläche und verfolgte mit angehaltenem Atem jede seiner Bewegungen. Er wurde immer ungeduldiger. „Verdammt! Wie weit will er denn noch gehen? Ich dachte, sie ist nicht so weit gekommen. Das Seil ist gleich zu Ende."

Endlich erreichte Maél den Rand der Gletscherspalte. Er näherte sich vorsichtig dem brüchigen Rand und klopfte noch lockeres Eis und Schnee ab, sodass sein Oberkörper eine stabile Unterlage hatte. Dann erst nahm er seine Maske ab und rief hinunter: „Elea, bist du verletzt? Geht es dir gut?" Seine Worte hallten dumpf in die Tiefe, von wo ihm Eleas rot glühendes Haar entgegenleuchtete. Sie saß an der Wand angelehnt auf einem kleinen Vorsprung – etwa vierzig Fuß unter ihm. Die Seile würden auf jeden Fall reichen.

„Wo bleibst du nur so lange? Du musst unbedingt zu mir hinunter kommen und dir anschauen, was ich entdeckt habe", sagte sie in fordernder Stimme und erhob sich. „Elea, ich bin froh, wenn ich dich heil wieder nach oben gebracht habe. Dann werde ich wohl kaum selbst in diesen Eisschlund hinunterklettern. Du kannst mir doch sagen, was du entdeckt hast!"

„Nein! Das kann ich nicht. Du musst dir es mit eigenen Augen ansehen, Maél. Ich bitte dich! Es ist wichtig. Sehr wichtig. Es betrifft dich." *Verdammt! Diese Frau treibt mich noch in den Wahnsinn!* „Also gut. Aber ich warne dich! Wenn deine Entdeckung nicht von außerordentlicher Tragweite ist, dann werde ich dich heute Abend vor allen übers Knie legen. Ich bin schon so wütend genug auf dich, weil du einfach drauflos gerannt bist, als hättest du dich auf einer grünen, duftenden Frühlingswiese befunden." Maél drehte seinen Kopf nach hinten, um zu sehen, wie weit Jadora noch entfernt war. Er konnte ihn laut vor Anstrengung schnaufen hören.

„Bewege dich so wenig wie möglich! Ich muss noch warten, bis Jadora da ist. Er muss mich mit dem Seil hinunter lassen." Elea ließ sich wieder auf dem eisigen Vorsprung nieder und pustete gelangweilt ihren heißen Atem durch den Mund aus, um zu sehen, wie sich in dem rötlichen Licht kleine Dampfwolken bildeten. Endlich hörte sie von oben Stimmen und nahm Bewegungen wahr. Sie stand wieder auf und machte Maél Platz, der sich direkt über ihr vorsichtig über den Rand der Gletscherspalte schwang und von Jadora stückchenweise an einem Seil hinunter gelassen wurde, wobei er sich mit den Füßen an der Wand abstützte. Es dauerte nicht lange, da landete er neben ihr und sah ihr zugleich grimmig und erwartungsvoll ins Gesicht. „Und? Was ist so bedeutungsvoll, dass ich mich mit meiner gebrochenen Hand zu dir hinunterhangeln musste?" Elea erschrak, weil sie überhaupt nicht mehr an seine verletzte Hand gedacht hatte. Sie wollte gerade zu einer Entschuldigung ansetzten, als Maél sie etwas zur Seite schob. „Verflucht! Ist das ein Drache? Im Eis eingefroren?"

„Ja! Aber da ist noch etwas viel Bedeutungsvolleres." Elea nahm ihn an die Hand und zog ihn etwas zu sich hinüber, sodass er dem Wesen genau gegenüber stand. Maéls Augen wurden immer größer. Mit seiner freien Hand raufte er sich nervös die Haare. Elea spürte, wie sein Herz zu rasen begann. Er konnte den Blick nicht von dem Mann wenden, der ihn aus seinen schwarzen, schräg stehenden Augen und dem aufgerissenen Mund anstarrte, auch dann nicht, als Elea seine Hand drückte und zu ihm mit sanfter Stimme sprach: „Maél, vielleicht verstehst du jetzt, warum ich wollte, dass du zu mir hinunter kommst. Du hättest es mir niemals geglaubt, wenn ich dir geschildert hätte, was ich gesehen habe." Maél konnte immer noch nicht sprechen. Er nickte nur geistesabwesend und musterte die Gestalt gründlich von oben bis unten und dann wieder von unten nach oben. „Maél, du stammst von dem Volk dieses Mannes ab. Da bin ich mir ganz sicher. Weißt du, was das bedeutet? Du bist dem Geheimnis um deine Herkunft ein bedeutendes Stück weitergekommen. Womöglich lebte es oder vielleicht lebt es sogar immer noch im Akrachón." Endlich fand Maél seine Sprache wieder, wenn sie auch nur sehr leise war. „Sehe ich wirklich so aus, wenn ich mich verwandelt habe? Ich habe mich noch nie in verwandeltem Zustand im Spiegel betrachtet." Elea wollte gerade auf Maéls Frage antworten, als Jadora sich von oben bemerkbar machte. „Was ist los mit euch beiden? Wollt ihr da unten Wurzeln schlagen oder können wir endlich damit beginnen, euch wieder hoch zu holen. Es wird schon dunkel, Maél."

„Verdammt! Ja! Wir kommen schon!" Ohne den Mann, von dessen Volk er allem Anschein nach abstammte, aus den Augen zu lassen, löste er den Knoten des Seils um seinen Bauch. Erst als er es um Elea band, riss er seinen Blick von dem Wesen los und sah in Eleas Gesicht, dessen ernster Ausdruck in ein aufmunterndes Lächeln überging. „Jadora zieht dich zuerst hoch, dann mich. In Ordnung?" Elea nickte. „Und was ist mit dem Drachen? Er leuchtet genauso wie mein Haar und der Stein. In ihm scheint, noch Leben zu stecken."

„Elea, wir können nichts für ihn tun. Außerdem glaube ich kaum, dass er noch lebt. Wer weiß wie viele Jahre oder Jahrhunderte er schon in dem Gletscher eingefroren ist. - Los! Jadora wartet." Maél gab Jadora ein Zeichen, mit dem Hochziehen zu beginnen. Elea war so leicht, dass es nicht lange dauerte bis sie aus Maéls Blickfeld verschwunden war. Kurze Zeit später fiel das Seilende auf ihn. Während er es sich erneut um den Bauch band, warf er noch einmal einen letzten Blick auf den fremdartigen Mann. Abrupt wandte er sich von ihm ab und rief zu Jadora hinauf, dass er bereit sei. Es dauerte wesentlich länger, ihn hinaufzuziehen, da er fast doppelt so schwer wie Elea war. „Maél, ist alles in Ordnung?", wollte Elea gleich fürsorglich wissen, als er seine langen Beine über den Rand auf festen Boden schwang. Sie hatte den Verdacht, dass diese Entdeckung ihm ziemlich zusetzte und ihn womöglich wieder in eine seiner düsteren Stimmungen versetzte. „Ja! Was soll schon sein?!", fuhr er sie schroff an. *Ich wusste es!* Sie beschloss, zunächst nichts darauf zu erwidern. Erst mussten sie wieder heil bei den anderen ankommen.

Elea robbte als Erste auf der Spur entlang, die Maél und Jadora hinterlassen hatten. Maél hatte das Ende seines Seils um sie gebunden. Dann folgte Jadora.

Elea wurde gleich von Finlay erleichtert umarmt. „Elea, du hättest für immer in der Tiefe des Eises verschwunden sein können. Maél ist stocksauer auf dich. Ich soll ihn daran erinnern, dir den Hintern zu versohlen, falls er es vergisst."

„So wie ich ihn kenne, vergisst er es schon nicht", erwiderte Elea in scherzendem Ton. Mit ernster, aber flüsternder Stimme fuhr sie fort: „Finlay, da unten in dem Eis ist ein Drache eingefroren, der leuchtet genauso wie mein Haar und mein Stein. Aber da ist noch etwas viel Interessanteres: ein menschenähnliches, aber dennoch fremdartiges Wesen – ebenfalls eingefroren."

„Ja und! Was ist an ihm so interessant?"

„Es ist ein Mann und sieht genauso aus wie Maél, wenn er sich verwandelt hat." Finlays Augen wurden immer größer. Er sah nachdenklich hinüber zu Maél, der immer noch an der Gletscherspalte darauf wartete, dass Jadora endlich bei den anderen ankam. „Lass mich wetten! Er ist nicht gerade begeistert darüber", flüsterte er zurück. Elea nickte Finlay zu und legte ihre Hand auf seinen Arm. „Bitte sprich ihn nicht darauf an! Wir tun einfach so, als wüsstest du von nichts. Ich werde mit ihm heute Abend darüber reden."

„Ich verstehe schon. Du bist die Expertin für Gefühle. Viel Glück! Ich hoffe nur, dass er unser Gespräch eben nicht mitangehört hat!"

Jadora war immer noch dabei, sich lautstark von dem Weg vom Gletscherrand zurück zu den anderen zu erholen, als Maél sich aus seiner Robbhaltung erhob und von drei gespannten Augenpaaren beobachtet wurde. „Was starrt ihr mich alle so an? Ich habe nicht vergessen, was ich vorhin gesagt habe." Dabei sah er grimmig auf Elea. „Aber ich habe mir unterwegs hierher überlegt, dass ich es nicht vor euren Augen, sondern nachher im Zelt machen werde, wenn ich allein mit ihr bin. - Jetzt müssen wir erst einmal überlegen, wie es weitergeht." Jadora meldete sich sogleich zu Wort: „Also es dauert nicht mehr lange, bis die Sonne ganz untergegangen ist. Wir sollten hier in der Nähe möglichst schnell einen Lagerplatz finden und die Zelte aufschlagen."

„Und was ist mit den Wölfen?", wollte Elea kleinlaut wissen. „Ich glaube, heute Nacht bleiben wir von ihnen erst einmal verschont. Ich kann immer noch keine wittern. Was mir allerdings viel mehr Kopfzerbrechen bereitet, ist der eingefrorene Drache, den Elea entdeckt hat."

„Sie hat was?" Jadoras Gesichtsausdruck schwankte zwischen Überraschung und Entsetzen, während Finlay keine Miene verzog, was Elea dazu veranlasste, ihn böse anzublicken. Er war offensichtlich ein schlechter Schauspieler. Maél antwortete wie immer gereizt auf Jadoras Frage: „Du hast schon richtig gehört. Sie hat einen Drachen gefunden. – Es gibt zwei Möglichkeiten, die beide äußerst ungünstig sind. Erstens dieser Drache ist dein Drache, ein toter Drache. Somit wäre deine schnelle und sichere Flucht und eine wichtige Quelle des Wissens bezüglich deiner Person dahin." Elea unterbrach ihn bissig. „Es ist überhaupt nicht sicher, dass der Drache tot ist. Wie du selbst gesehen hast, leuchtet er. Außerdem kann ich mit Sicherheit sagen, dass der Drache da unten nicht der Drache aus meinem Traum ist. Mein Drache hat vier Hörner, während der da nur zwei hat."

„Also gut. Dann bleibt noch die zweite Möglichkeit. Dein Stein hat womöglich die ganze Zeit nur auf diesen Drachen da unten – ob nun tot oder lebendig – reagiert und wir sind womöglich die ganze Zeit über in die falsche Richtung geritten." Maél raufte sich schon wieder die Haare und hinterließ durch sein nervöses Hin- und Hergehen eine immer breiter werdende Spur im Schnee. „Verflucht nochmal! Unsere Zeit wird knapp. Wir müssen endlich deinen verdammten Drachen finden. Darrach hat sicher längst schon unsere Verfolgung aufgenommen."

„Ich glaube nicht, dass mein Stein uns fehlgeleitet hat. Meine Eltern sagten zu Albin und Breanna, dass ich ihn überallhin mitnehmen sollte. Also werde ich mich einfach darauf verlassen, dass er uns zu meinem Drachen führen wird", erwiderte Elea trotzig wie ein Kind.

Jadora erhob sich schwerfällig und ging müde auf seine Krieger zu, die ihrem Hunger nachgegeben hatten und trockenes Brot kauten. Er drehte sich nochmal kurz um und verkündete: „Ich werde jetzt da vorne bei der kleinen Baumgruppe mit meinen Männern die Zelte aufbauen. Ihr könnt ja noch eine Weile über unser weiteres Vorgehen sinnieren."

Finlay hatte sich die ganze Zeit in Schweigen geübt. Er blickte nachdenklich zu dem noch nicht ganz in abendlicher Dunkelheit gehüllten Himmel hoch, als er plötzlich bemerkte: „Merkwürdig! Der Adler fliegt immer noch seine Kreise über uns."

„Was für ein Adler?", fragte Maél immer noch gereizt nach. „Als du und Jadora Eleas Rettungsaktion in Angriff genommen habt, fing ich aus Nervosität und Langeweile an mir den Himmel zu betrachten. Dabei ist mir ein Adler aufgefallen, der genau über der Stelle, wo ihr euch aufgehalten hattet, seine Kreise gezogen hat. So ging es die ganze Zeit. Aber jetzt, schaut doch selbst! Jetzt fliegt er direkt über uns." Maél und Elea sahen nach oben. „Finlay, er fliegt nicht über uns, sondern über unserer Vogelliebhaberin. Sie zieht Vögel magisch an, falls dir das inzwischen entgangen sein sollte", ließ Maél spöttisch verlauten. „Ja. Ja. Mach dich ruhig wieder lustig über meine Gabe. Wenn ich tatsächlich Vögel magisch anziehe, dann muss es hier im Akrachón aber reichlich wenig geben, wenn nur einer seine Kreise über mir zieht." Elea sah erneut nach oben und konnte gerade noch einen Adler sehen, wie er von einem kleinen Kreis zu einem großen überging. Plötzlich hielt sie die Luft an und schlug ihre Hand vor den Mund. „Wie konnte ich das vergessen... Maél?! In meinem Traum, auf dem Weg zu der kreisrunden Fläche, wurde ich von einem Adler begleitet. Aber möglicherweise hat *er* mir den Weg zu dem Drachen gezeigt!" Die abendliche Dunkelheit hatte den Akrachón fast vollständig erfasst. Es war jedoch gerade noch hell genug, um zu sehen, dass Maéls Miene sich bedrohlich verfinsterte. Er kam auf Elea zu - sichtbar nach Fassung ringend. Sie spürte seinen heißen Atem in ihrem Gesicht, als er sie anblaffte. „Ach! Und warum fällt dir das jetzt erst ein? Ich habe dir ausdrücklich gesagt, dass jedes Detail deines Traumes, wenn es auch noch so unbedeutend erscheinen mag, ein Hinweis sein kann. Und dann auch noch ein Adler! Also einen deutlicheren Hinweis gibt es ja wohl kaum!" Ohne seine grimmig dreinblickenden Augen von Elea zu wenden, sagte er zu Finlay: „Finlay, ich denke, es ist besser, wenn du heute Nacht mit Elea ein Zelt teilst, sonst vergesse ich mich vielleicht doch noch. Ihr versteht euch ohnehin ja blendend." Er drehte sich abrupt auf dem Absatz um und zog mit eiligen Schritten von dannen. Elea sah mit betretener Miene zu Finlay. „Er hat vollkommen recht. Ich bin eine Närrin. Aber ich war so auf die Wärme fixiert, in der ich mich in meinem Traum bewegte, obwohl überall um mich herum Schnee war, dass ich den Adler völlig aus den Augen verloren habe. Und dann habe ich mich noch so leichtsinnig verhalten, als ich einfach auf die Fläche hinausgerannt bin. Ich kann es ihm gar nicht verübeln, dass er böse auf mich ist. Dieses Wesen, das so aussieht wie er, gibt ihm jetzt noch den Rest." Eleas Stimme war voller Bedauern. Sie wäre ihm gerne nachgegangen, um sich zu entschuldigen. Aber sie wusste, dass man mit Maél in der aufgebrachten Stimmung, in der er sich gerade befand, kein vernünftiges Wort reden konnte. „Er beruhigt sich schon wieder. Er reagiert immer im ersten Moment sehr cholerisch. Wobei ich sagen muss, dass er bei dir seinen Jähzorn ganz gut unter Kontrolle hat", tröstete Finlay Elea. „Lass uns zu den anderen gehen! Ich sterbe vor Hunger. Du wirst mich wie ein kleines Kind füttern müssen."

Nach dem Essen ging Elea zu Shona, um ihr ein paar Streicheleinheiten zukommen zu lassen. Aber auch um selbst die Wärme aus der Zuneigung, die das Pferd ihr entgegenbrachte, in sich aufzunehmen. Sie zog sich an Shonas Mähne hoch auf ihren ungesattelten Rücken, legte sich mit ihrem Oberkörper auf ihren Widerrist und schlang ihre Arme um ihren Hals. Sie schaute zu den Männern, die alle am Lagerfeuer versammelt waren. Von Maél war jedoch immer noch keine Spur seit seinem Ausbruch. Shona stand regungslos da. Tier und Mensch wärmten sich gegenseitig. Die wohlige Wärme, die sie gleichzeitig von außen und innen wärmte, machte Elea mit einem Mal schläfrig. Sie schloss die Augen und versuchte für einen Moment an gar nichts zu denken, was ihr normalerweise nur gelang, wenn sie durch schnelles Laufen ihr Herz und ihre Lungen forderte. Sie wollte wenigstens einmal ihren Kopf frei von Problemen haben. Sie bemühte sich immer wieder, sich nur auf ihre Atmung zu konzentrieren. Aber ständig hatte sie den Traum vor Augen, den sie in Moray hatte und den sie nicht zu Ende träumen konnte, da Lyria plötzlich in ihr Zimmer hereingeschneit kam. Sie fühlte regelrecht die damalige Hitze in sich, die schon fast einem fieberartigen Anfall gleichkam. Sie sah sich wieder barfuß in der Pfütze stehen, die unter ihren heißen Füßen entstanden war. Die kreisrunde Schneewand zog sich immer enger um sie herum. Dann erinnerte sie sich an das riesige Auge, das durch die immer kleiner werdende Öffnung auf sie hinab schaute. Als sie jedoch vor ihrem inneren Auge sah, wie sie einfach auf die Wand zulief, fiel es ihr auf einmal wie Schuppen von den Augen. Sie war mit einem Schlag hellwach. Sie sprang voller Elan von Shonas Rücken, um den anderen von ihrer Erkenntnis zu erzählen. Aber sie kam nicht weit, da sie direkt in eine riesige, schwarze Gestalt hineinrannte, deren Gesicht sie durch die winterabendliche Finsternis nicht erkennen konnte. Von den Armen des Mannes gefangen und an seine Brust gedrückt dauerte es jedoch nur einen Wimpernschlag, bis Elea wusste, dass sie von dem Mann festgehalten wurde, der ihr den Hintern versohlen wollte. „Maél, ich muss mit dir reden. Ich..."

„Ich muss auch mit dir reden. Es..."

„Deine Sache muss warten. Maél, ich weiß, wie wir durch den Schneeberg kommen, der sich vor dem Höhleneingang aufgetürmt haben wird. Gerade eben auf Shona versuchte ich, meinen Kopf frei zu bekommen. Ich wollte an gar nichts mehr denken, vor allem nicht an die vielen Probleme, die noch vor uns oder vor mir liegen. Ich hatte aber ständig einen Traum vor Augen, den ich in Moray hatte. Ich weiß es nicht mit absoluter Sicherheit, aber ich denke, ich muss nur eine große Menge meiner Magie in mir erzeugen und dann einfach durch den Schnee rennen, so wie ich es wahrscheinlich bereits in meinem ersten Traum bei Kyra tat. Nur konnte ich darin nicht sehen, dass ich es mit meiner Magie geschafft habe."

Während Elea ihre neueste Entdeckung Maél aufgeregt mitteilte, zog er ihre Kapuze und das Tuch vom Kopf, sodass sie sein Gesicht ebenso gut sehen konnte, wie er ihres. Als sie geendet hatte, schaute sie ihn erwartungsvoll an. Doch Maél schwieg immer noch. Stattdessen drückte er ihr zärtlich seinen Mund auf die Lippen und küsste sie, bis sie von einer Hitze ergriffen seinen Kuss erwiderte. Ein paar Augenblicke später löste er sich langsam von ihr und sah ihr eindringlich in die Augen. „Weißt du eigentlich, was du mir heute für einen Schrecken eingejagt hast?! Ich dachte zuerst, dein Körper liegt hundert Fuß tief zerschmettert am Grund der Gletscherspalte. Erst als ich deine Stimme hörte, ließ meine Todesangst um dich nach."

„Maél, es tut mir leid. Ich war unvorsichtig und leichtsinnig. Ich hätte das niemals tun dürfen. Vielleicht lag es daran, dass ich mich in den letzten Wochen nicht so bewegen konnte, wie ich es zuhause gewohnt war. Aber ehrlich gesagt, glaube ich fast,... Nein! Ich bin mir ziemlich sicher, dass es eine Fügung des Schicksals war, dass ich völlig kopflos auf die Fläche hinausgerannt bin. Sonst hätten wir niemals dieses Wesen entdeckt."

Maéls Körper verkrampfte sich sofort unter Eleas Händen. Sie legte ihre Hände auf seine Wangen: „Maél, ich fühle, dass du über diese Entdeckung nicht glücklich bist. Sag mir bitte warum! Ich will dich verstehen."

„Das liegt doch auf der Hand. An dieser Kreatur ist nichts Menschliches, außer dass sie einen Kopf, zwei Arme und zwei Beine hat", sagte er niedergeschlagen. „Das ist der Grund, warum du dich nicht darüber freuen kannst, endlich einen Hinweis über deine Herkunft gefunden zu haben? An diesem Wesen ist mehr Menschliches als an Darrach. Es ist einfach nur fremdartig. Aber für mich hat es trotzdem noch viel von einem Menschen. Und glaube mir, wenn aus irgendeinem Grund deine Verwandlung nicht rückgängig gemacht werden könnte, dann würde ich dich in dieser Gestalt genauso lieben wie in deiner „menschlicheren".

„Du würdest mich, glaube ich, auch noch lieben, wenn ich dich auspeitschen würde", sagte er scherzend mit einem Lächeln auf den Lippen und nahm ihre Hände von seinem Gesicht und begann diese zu küssen. „Maél, hast du mir eben eigentlich zugehört. Ich weiß, wie wir in die Höhle gelangen. Und mit dem Adler wird es sicherlich nicht mehr lange dauern, bis wir meinen Drachen gefunden haben, auch wenn mich dies nicht gerade euphorisch stimmt."

„Elea, glaubst du mich macht es glücklich, dass wir bald am Ziel unserer Reise sind?! Es ist nun mal eine Notwendigkeit, um dein Leben zu retten. Alles andere ist leider zweitrangig, vor allem unsere Gefühle füreinander."

„Lass uns nicht weiter darüber reden. Der Moment, wenn es soweit ist, wird schmerzlich genug sein. Das Einzige, was mich noch halbwegs tröstet, ist die Aussicht, dass wir uns vorher noch so lieben werden, wie wir es uns beide wünschen. Und die Erinnerung daran wird mir niemals jemand nehmen können." Maéls Magen und Herz verkrampften sich gleichzeitig. *Dass ich mein Versprechen nicht halten werde, wird ihr das Herz brechen.* Er legte seinen Arm um sie und setzte sich mit ihr in Richtung Lager in Bewegung. „Ich glaube, die Hälfte der Männer schläft schon. Alle sind todmüde von der letzten Nacht und der Aufregung von heute, ich einschließlich. Und du schienst mir eben auch schon fast eingeschlafen auf Shonas Rücken." *Typisch! Ich habe mir Sorgen gemacht, wo er nur steckt. Und er saß irgendwo ganz in der Nähe und hat mich die ganze Zeit mit seinem Nachtblick beobachtet.*

Darrach saß in seinem kleinen Zelt über eine große Tierhaut gebeugt, auf die eine Landkarte gezeichnet war. Er trug seine komplette Fellkleidung, die er auch zum Schlafen nie ablegte, trotz einer Heizschale mit dicken, glühenden Holzscheiten. Er griff in seinen Halsausschnitt unter seine zahlreichen Kleiderschichten und zog sich eine Kette mit einer kleinen Phiole daran über den Kopf. In dieser Phiole war eine dunkle Flüssigkeit: Maéls Blut. Er legte sie auf die Stelle der Landkarte, wo er und die fünf Krieger sich gerade befanden. In den letzten beiden Tagen hatten sie eine beachtliche Strecke zurückgelegt. Sie waren sogar auf deutliche Spuren, die Maéls Trupp hinterlassen hatte, gestoßen. Gegen Abend begann es nun zu schneien und es sah auch so aus, als würde es die ganze Nacht durch schneien. Der Zauberer schloss die Augen und hielt seine beiden geöffneten Hände über die Phiole. In einer fremden Sprache begann er leise vor sich hin zu sprechen. Dazu bewegte er die Hände kreisend über die Phiole: erst sieben Mal links herum, dann sieben Mal rechts herum. Anschließend öffnete er seine Augen und legte seine Hände zurück auf seinen Schoß. Er starrte auf die Phiole, die sich langsam in westliche Richtung in das niedere Vorgebirge des Akrachóns hinbewegte. Kurz vor der Grenze zu Boraya kam sie zum Stehen. Auf Darrachs Gesicht erschien ein zufriedenes Lächeln. Maél kam langsamer voran, als er vermutet hatte. Er und die Hexe hatten vielleicht noch einen Vorsprung von einem Tag und wenn er sich mit seinen Kriegern ranhielt und das Wetter mitspielte, würden sie möglicherweise weniger als einen Tag brauchen, um sie einzuholen. Er legte sich wieder die Kette mit der Phiole um den Hals, rollte die Landkarte zusammen und verstaute diese in einen großen Lederbeutel. Dann trank er noch ein paar Schlucke aus einer Flasche, die den letzten Rest von Maéls Blut enthielt. Er wickelte sich in sein Schlaffell ein. Endlich konnte er wieder schlafen, jetzt, da er das Rätsel um Eleas Identität gelöst hatte. Und mit Hilfe der Phiole würde er Maél jederzeit überall finden.

Kapitel 6

Maél starrte nachdenklich auf die rötlich erleuchtete Zeltdecke. Elea beobachtete ihn bereits eine Weile auf der Seite liegend. Entweder war er so in seine düsteren Gedanken versunken, dass er nicht bemerkte, dass sie bereits wach war. Oder er ignorierte sie schlichtweg – warum auch immer. Falls letzteres zutraf, so ließ sie sich davon jedoch nicht beeindrucken. Ohne ein Wort zu sagen, näherte sie sich ihm und drückte ihm sanft ihre Lippen auf seine Wange. Endlich rührte er sich. Mit seinem Daumen strich er über die Stelle unter ihrem Auge, wo vor mehr als einer Woche noch der blaue Bluterguss geprangt hatte. Er hielt ihren Blick ein paar Atemzüge lang gefangen. Dann erhob er sich abrupt und kleidete sich wortlos an. Elea schloss sich ihm an – ebenfalls wortlos. Niedergeschlagen blickte er noch kurz zu ihr auf. Einen Wimpernschlag später war er auch schon verschwunden. Bei dem traurigen Blick, den er ihr zuwarf, verkrampfte sich Eleas Magen, wobei die Verkrampfung langsam auch ihre Kehle hinaufkroch und sie zuschnürte. Ihre gemeinsamen Tage waren gezählt, vielleicht war es heute sogar ihr letzter.

Die Morgendämmerung hatte sich bereits über die Schneegipfel des Akrachóns gelegt, als Maél ins Freie trat und die anderen wecken ging. Anschließend ging er zu den Pferden. Ihm war nicht nach menschlicher Gesellschaft zumute.

Jadora löste Elea beim Zeltabbau ab, damit sie etwas essen konnte. Doch sie würgte nur ein paar Bissen hinunter, die sie nur mit viel Eiswasser ihre Kehle hinunterbefördern konnte. Sie hatte das Gefühl, sie blieben ihr sonst im Halse stecken. Jadora bedachte sie gleich mit einem bösen Blick, als er die nicht einmal halb leer gegessene Schale vor ihr stehen sah. Sie entschuldigte sich damit, dass sie Finlay beim Packen helfen und nach seinen Händen schauen wolle. Bei der Gelegenheit bat sie ihn, seine Männer zu ihr zu schicken, damit sie nach ihren Verletzungen sehen konnte. „Ich dachte, wir brechen, so schnell wie möglich auf. Weiß Maél davon? Falls nicht, dann will ich nicht derjenige sein, der ihn davon unterrichtet. Seine Laune ist heute Morgen nicht die beste."

„Er wird sich damit abfinden müssen. Ich werde es auf jeden Fall nachholen. Ich habe schon ein schlechtes Gewissen, weil ich sie nicht längst versorgt habe."

„Mach dir keine Sorgen, Mädchen! Ich habe mich einigermaßen um sie gekümmert. Ein bisschen kenne ich mich auch darin aus. Wir sind ja Krieger und da kommt es ja nicht selten vor, dass man verletzt wird."

Elea hatte bereits Finlays Hände versorgt und neue Verbände angelegt und wollte sich gerade eine Bisswunde eines Kriegers am Arm ansehen, als Maél auch schon mit schnellen Schritten auf sie zumarschiert kam.

„Hast du jetzt etwa vor alle Wunden, die bereits älter als ein Tag sind, dir anzuschauen? Du weißt doch, dass Darrach uns im Nacken sitzt! Jadora hat sie bereits alle versorgt. Das muss genügen." Maél war seine Aufgebrachtheit anzumerken, auch wenn er offensichtlich darum bemüht war, sie hinter einem halbwegs freundlichen Ton zu verbergen. „Mein Gefühl sagt mir, dass wir die Höhle bald gefunden haben werden. Ich muss mir ihre Verletzungen wenigstens mal ansehen. Außerdem wissen wir ohnehin nicht, wohin wir gehen sollen, solange der Adler nicht da ist. Ich schaue ständig hoch zum Himmel. Bis jetzt ist er noch nicht aufgekreuzt", erwiderte Elea mit ruhiger Stimme. „Da täuschst du dich aber. Du schaust in die falsche Richtung. Er sitzt da hinten bei den Pferden auf einem Ast, schon seit ich mich dort aufhalte. Er scheint nur darauf zu warten, dass du dich endlich in Bewegung setzt", erwiderte Maél jetzt schon etwas gereizter. Elea schaute zu den Pferden hinüber. Und tatsächlich: Der Adler saß majestätisch auf einem dicken, knorrigen Ast und schien mit seinen Augen jede ihrer Bewegungen zu verfolgen. Elea nahm auf ihre Weise Kontakt mit ihm auf. Im Gegensatz zu Maéls derzeitiger Gefühlswelt waren seine Gefühle Geduld und Gelassenheit, die sie von ihm empfing. „Maél, sieh in dir an! Er ist völlig ruhig. Er vermittelt mir keine Angst. Vögel haben einen guten Instinkt, wenn Gefahr droht. Ich werde jetzt auf jede Wunde einen Blick werfen. Dann können wir sofort aufbrechen. Wir sind ja bereits aufbruchbereit. Dank deines morgendlichen Anfalls von Übereifer sind schon alle Pferde gesattelt." Auch Elea war nun bemüht, ihren spitzen Ton zu unterdrücken. Ohne ihn weiter zu beachten, machte sie sich an die Arbeit, während er betont laut die Luft einatmete und wieder ausstieß. Daraufhin nahm er sich ihre halbleer gegessene Schale vor.

Elea arbeitete so schnell wie möglich. Sie kam jedoch zu Maéls Verdruss nicht umhin, zwei Wunden mit ein paar Stichen zu nähen, da sie immer noch bluteten. Fluchend stampfte er bei den Pferden auf und ab.

Die Männer bestiegen ihre Pferde bei schon recht fortgeschrittenem Morgen. Elea ließ sich jedoch davon nicht aus der Ruhe bringen. Sie ging zu dem Adler, der immer noch auf dem Ast saß, und führte noch ein stummes Gespräch mit ihm, was von den sechs Kriegern befremdet, von Jadora und Finlay fasziniert und von Maél verärgert beäugt wurde. Als sie dann noch zu Shona eilte, auf der bereits Finlay saß, um ihr ein paar Streicheleinheiten zukommen zu lassen, kam Maél gereizt zu ihr geritten und nötigte sie, seine ausgestreckte Hand zu ergreifen, um sie zu sich hoch zu ziehen. Jadora beobachtete die beiden die ganze Zeit über wieder mit einem Grinsen, während Finlay damit beschäftigt war, auszuprobieren, wie er am schmerzlosesten mit der rechten Hand die Zügel halten konnte. Elea hatte ihm den Verband an dieser Hand so angelegt, dass er den Daumen frei bewegen konnte. Die linke Hand ruhte immer noch in einem stabilen Verband.

Sobald Maél sich in Bewegung gesetzt hatte, breitete der Adler seine Schwingen aus und hob von seinem Ast ab. Er stieg in den Himmel hoch und flog der Reitergruppe weit voraus, kam jedoch in zunächst weiten, und dann immer kleiner werdenden Kreisen zu ihnen zurückgeflogen, um ihnen dann wieder ein Stück vorauszufliegen. Auf diese Weise setzte sich die Reise der zehnköpfigen Reitergruppe eine ganze Weile fort. Der Adler führte sie in noch felsigeres Gelände durch Schluchten noch weiter in nordwestliche Richtung, in borayanisches Gebiet. Maél konzentrierte sein Gehör auf alle Geräusche in ihrer näheren, aber auch entfernteren Umgebung. Er wollte nicht noch einmal von einem Überfall überrascht werden wie damals im Wald bei Kaska. In dieser unwirtlichen Gegend hatten sie zwar nicht mit Wegelagerern zu rechnen, aber möglicherweise mit Spähtrupps von König Eloghan. Maél hielt es allerdings für eher unwahrscheinlich, dass sie im Winter so tief im Akrachón auf borayanische Krieger stoßen würden. Dass sie sich schon sehr nahe an der Hochgebirgskette bewegten, bereitete ihm viel mehr Kopfzerbrechen. „Wenn dein Adler uns noch eine halbe Meile tiefer in den Akrachón führt, dann müssen wir ohne die Pferde weitergehen und die verschneiten Berge hochklettern. Und dies ist fast unmöglich. Du siehst selbst, wie steil sie sind. Und ich rede noch nicht einmal von der bitteren Eiseskälte, die nachts über uns hereinbrechen wird." Elea heftete, wie so oft, ihren ängstlichen Blick auf die steil in den Himmel emporragenden Berge, die sie auf unbehagliche Weise an die spitzen Zähne eines gefährlichen Raubtiers erinnerten. Sie weigerte sich aber inzwischen, sie mit den Zähnen eines Drachen zu vergleichen. Der Himmel verhieß auch nichts Gutes. Im Laufe des Tages hatte sich über sein Blau eine dicke, graue Wolkendecke gezogen, die zweifelsohne wieder Schnee bringen würde. Finlay kam an Maéls und Eleas Seite geritten. Er hatte Maéls Bemerkung unschwer verstehen können, da Shona bereits wieder den ganzen Tag an Aroks Hinterteil klebte. „Hast du mir nicht einen Vortrag darüber gehalten, dass wir uns erst mit einem Problem auseinandersetzen sollen, wenn wir vor einem stehen. Jetzt mache ihr nicht unnötig Angst mit deiner Schwarzmalerei! Ihr steht noch einiges bevor. Das weißt *du* am besten." Bei den letzten Worten warf Finlay seinem Jugendfreund einen vielsagenden Blick zu, den Maél stumm zur Kenntnis nahm. Elea brachte kein Wort heraus, da sie wieder mit einem stetig anwachsenden Kloß zu kämpfen hatte. Ihr erster Gedanke bei Maéls Worten galt Shona, die sie im Ernstfall einfach zurücklassen müsste. Sie sah immer wieder ängstlich zu dem Adler hinauf, der gerade wieder direkt über ihnen flog und sie in eine Schlucht führte, die so eng war, dass gerade noch zwei Reiter nebeneinander passten. Links und rechts von ihnen stiegen schneebedeckte, steile Felswände in die Höhe, sodass es Elea fast schwindelig wurde, als sie versuchte, die Gipfel mit ihren Augen zu erfassen. Mit einem Mal begann ihr Körper, vor Aufregung zu beben. „Maél, hier sieht es genauso aus wie in meinem Traum. Das Einzige, was anders ist, ist die Kälte. In meinem Traum war es trotz des Schnees und des Eises um mich herum warm." Maél nickte ihr zu, während sich sein Gesichtsausdruck etwas entspannte. Finlay, der hinter ihnen ritt, erwiderte auf Eleas Bemerkung: „Vielleicht musst du die Wärme als einen Hinweis darauf sehen, wie du den Schneeberg überwinden kannst?" Maél hatte seine Sprache wiedergefunden und entgegnete darauf: „Ach, du weißt es ja noch gar nicht. Gestern Abend hatte unsere Drachenreiterin noch eine zweite Erleuchtung. Sie ist davon überzeugt, dass sie nur wieder eine riesige Woge ihrer magischen Energie erzeugen muss, um die Schneemassen zu überwinden. Du liegst also mit deiner Theorie gar nicht so falsch."

Von weiter hinten dröhnte plötzlich Jadoras Stimme dumpf nach vorne. „Jetzt reiten wir direkt in das Hochgebirge und nicht mehr in westliche Richtung."

„Wenn der Narr noch lauter schreit, dann löst er womöglich eine Lawine aus", sagte Maél wie zu sich selbst und brachte Arok zum Stehen. Als alle Reiter aufgeschlossen hatten, stieg er ab und schritt zu Jadora. „Danke für den Hinweis, Jadora. Aber das haben wir bereits selbst schon bemerkt. Im Übrigen: An deiner Stelle würde ich mich mit dem Schreien zurückhalten. Wir befinden uns in einem Gebirge mit schneebedeckten Steilwänden. Du weißt hoffentlich, was das bedeutet." Jadoras Gesichtsfarbe war mit einem Mal kaum noch von dem Weiß des Schnees zu unterscheiden. „Ja! Ist ja schon gut. Ich habe verstanden. Ihr habt gehört Männer. Nur noch leise Unterhaltungen! – Maél, was machen wir, wenn..." Weiter kam Jadora nicht, da Maél ihn mitten im Satz unterbrach. „Ich weiß, was du sagen willst. Halte dich mit schwarzseherischen Äußerungen zurück. Ich musste mir dies auch schon vor einer Weile sagen lassen. Das Glück scheint, auf unserer Seite zu sein. Die Schlucht sieht hier genauso aus, wie die in Eleas Traum. Demnach müsste sie uns direkt zu der riesigen Fläche vor dem schicksalhaften Berg führen."

Sie bewegten sich nur noch in langsamem Schritttempo, um Erschütterungen zu vermeiden. Die Lawinengefahr war einfach zu groß, auch wenn der Winter erst angefangen hatte.

Eleas Ungeduld und Neugier wuchsen von Schritt zu Schritt, sodass sie am liebsten von Arok gesprungen und dem Adler einfach hinterhergerannt wäre. Aber sie wollte nicht noch einmal leichtsinnig sein und mit ihrem unüberlegten Verhalten womöglich das Leben aller in Gefahr bringen.

Die Schlucht war inzwischen so eng, dass sie nur noch hintereinander reiten konnten. Der Adler verschwand von Zeit zu Zeit immer wieder aus ihrem Sichtfeld, da der Streifen Himmel über ihnen sehr dünn geworden war. Nur noch wenig Tageslicht fiel zu ihnen auf den Boden hinunter. Alle richteten ihren Blick auf den Adler in die Höhe, sodass ihnen schon der Nacken vom ständigen Nach-oben-Schauen schmerzte. Plötzlich berührte etwas Kühles und Nasses Eleas Gesicht: Schneeflocken. *Auch das noch!*

„Ich glaube, wir haben unser Ziel fast erreicht. Vor uns kann ich einen Spalt erkennen. Ich denke, dass dies der Zugang zu der kreisrunden Fläche aus deinem Traum ist, Elea", sagte Maél mit zuversichtlicher Stimme.

Elea ließ immer noch nicht den Adler aus den Augen. Er war schon weit voraus geflogen, als er wieder zu einem großen Kreis ansetzte und zu ihnen zurückflog, wobei er immer wieder aus Eleas Blickfeld geriet. „Du kannst jetzt damit aufhören, nach oben zu sehen. Ich bin mir ziemlich sicher, dass wir gleich unser Ziel erreicht haben. Dann wären wir schon einmal ein Problem los." Elea war immer noch nicht in der Lage, ein einziges Wort zu sprechen. Sie war so aufgeregt, wie noch nie. Überall auf ihrer Haut unter den vielen Kleiderschichten kribbelte es. Merkwürdigerweise verspürte sie überhaupt keine Angst vor dem, was sie in der Höhle erwarten würde. Im Gegenteil: Sie war von einer freudigen Erregung ergriffen, die ihr angesichts der bevorstehenden Trennung von Maél völlig absurd erschien. Aber die Empfindung von widersinnigen Gefühlen war inzwischen Teil ihres Lebens geworden, sodass sie dies nicht mehr sonderlich überraschte.

Die herabfallenden Schneeflocken woben einen immer undurchsichtiger werdenden Vorhang. Die Fellkleidung der Reiter und die Pferde waren bereits von einer dünnen Schneeschicht bedeckt. Elea hatte jetzt große Mühe den Adler noch zu erkennen. Doch dies war auch urplötzlich nicht mehr nötig. Die Steilwände links und rechts von der Gruppe waren abrupt zu Ende, sodass sie direkt auf eine riesige, kreisrunde Fläche ritten. An ihrem Rand reihte sich ein Felsen an den anderen. Dieser Anblick ließ sie die Luft anhalten. Alles sah genauso aus wie in ihrem Traum. Ihr Herz begann wie wild zu schlagen. Sie konnte es nicht fassen. Sie war also nicht nur eine Drachenreiterin, sondern tatsächlich auch eine Seherin. Mit einem Schlag fiel Elea der Stein ein. Sie nestelte hektisch an ihrem Halsausschnitt herum, bis sie endlich das Lederband zu fassen bekam.

„Gedenkst du eigentlich in nächster Zeit mal wieder ein Wort mit uns zu reden oder hüllst du dich jetzt in Schweigen, bis wir den Drachen gefunden haben." Maéls Stimme riss sie aus ihren Gedanken. Sie ließ sich von Aroks Rücken hinabgleiten und baute sich erregt vor ihm auf. „Maél, du wirst es nicht glauben, aber der Stein, er leuchtet nicht und heiß ist er auch nicht geworden. Das verstehe ich nicht. Bei dem Drachen im Eis hat er geleuchtet. Aber die Berge hier und diese freie Fläche sind haargenau so wie in meinem Traum. Mein Drache muss hier sein!"

Elea schaute immer noch fassungslos auf ihren Stein, während Finlay, Jadora und die sechs Krieger inzwischen neben Maél stehen geblieben waren und fasziniert von dem riesigen Kreis vor ihnen auf die Berge dahinter blickten, die wie Zacken einer Krone in den Himmel emporragten. „Damit haben wir den Beweis, dass der Stein ein Warnsignal für Gefahr oder dunkle Magie ist", erwiderte Maél.

„Dann verstehe ich aber nicht, warum er bei dem eingefrorenen Drachen geleuchtet hat. Der stellte für mich als Drachenreiterin bestimmt keine Gefahr dar", gab Elea in spitzem Ton zu bedenken. Maél sprang von Arok ab und sah ihr ernst in die Augen. „Möglicherweise hat er auf das andere Wesen im Eis reagiert." Auf diese Erwiderung reagierte Elea gleich ungehalten. „Ja, natürlich! Warum hältst du immer wieder an deiner Behauptung fest, dass du böse bist, zumal der Stein auf dich überhaupt nicht reagiert? Manchmal habe ich das Gefühl, dass du es sein willst, anstatt dagegen anzukämpfen. - Bei dem Drachen bin ich mir nicht sicher, ob er tot war. Du hast selbst gesehen, dass er geleuchtet hat. Was den fremdartigen Mann angeht, der war es auf jeden Fall. Kein gewöhnliches Wesen aus Fleisch und Blut überlebt dieses Eis. Dieser Mann stellte für mich also keine Gefahr mehr dar, falls er es überhaupt lebend getan hätte. Der Stein muss aus einem anderen Grund geleuchtet haben."

Jadora räusperte sich verlegen, bekanntlich als Ankündigung, dass er etwas zu sagen gedachte. Maél warf ihm einen warnenden Blick zu, den er jedoch ignorierte. „Entschuldigt, dass ich mich in euer äußerst interessantes Gespräch einmische, aber ist mir da irgendetwas entgangen? Ihr sprecht die ganze Zeit von einem anderen Wesen, das mit dem Drachen eingefroren war."

„Nicht jetzt, Jadora!" Bevor Maél weitersprechen konnte, fuhr Elea ihm ins Wort. „Doch! Jetzt gleich, Maél! Lass uns jetzt endlich dieses Thema aus der Welt schaffen." Finlay, der sich die ganze Zeit bedeckt hielt, streichelte mit einer Hingabe Shonas Mähne. Zu Jadora gewandt sagte Elea: „Mit dem Drachen zusammen war noch ein Wesen eingefroren, das haargenau so aussah, wie Maél, wenn er verwandelt ist. Jetzt meint er, dass von diesem Wesen etwas Böses ausging, weil mein Stein geleuchtet hat."

„Elea, ich habe nicht gesagt, dass es so ist, sondern, dass es möglich wäre. Außerdem konntest du bereits selbst miterleben, wie ich mich nach meiner Verwandlung verhalten habe. Finlay und Jadora waren auch schon Zeugen davon - mehr als einmal. Es besteht kein Zweifel darüber, dass ich – wenn ich Blut getrunken habe – zu einer wilden blutrünstigen Bestie werde, oder etwa nicht?" Maél sah zu Jadora und Finlay, als erwarte er von ihnen, dass sie ihm beipflichten würden, was diese auch mit einem unsicheren, angedeuteten Nicken taten. Elea schnaubte lautstark die Luft durch die Nase. „Das ist jetzt nicht das Thema. Dieser Mann im Eis, hatte er für dich etwas Blutrünstiges an sich?", wollte Elea hartnäckig wissen. „Nein. Nicht direkt. Aber vertrauenserweckend war er auch nicht gerade."

„Ja. Eben. Dann schau dir mal Jadoras Krieger an! Sehen die vertrauenserweckend aus?" Jadora und Finlay konnten sich ihr Grinsen nicht mehr verkneifen. Morgad und die anderen sahen hingegen etwas bestürzt zu Elea und musterten sich anschließend gegenseitig. Maél spürte bereits wieder die wohlige Wärme in ihm aufsteigen, die ihn immer dann überkam, wenn Elea sich wie eine Löwin für ihn stark machte. Seine Augen blieben zärtlich auf ihrem Gesicht ruhen. Sie fuhr indes mit ihrer Theorie fort: „Dieses Wesen stammt von einem Volk, das mit diesem fremdartigen Aussehen geboren wird, davon gehe ich zumindest aus. Du hingegen bist zur Hälfte ein Mensch. Deine andere Hälfte tritt erst dann richtig zu Tage, wenn du Blut getrunken hast. Vielleicht ist diese blutrünstige Seite an dir eine Besonderheit, wenn nicht sogar eine Einzigartigkeit, die eben aus einer Verbindung zwischen einer Menschenfrau und einem solchen spitzohrigen Mann oder umgekehrt hervorgegangen ist..." Während ihrer hitzigen Ausführungen, hatte Maél seine Hände auf ihre Schultern gelegt. Jadora und Finlay warf er jedoch noch einen bösen Blick zu, da diese ihr Lachen bei dem Wort *spitzohrig* nicht mehr zurückhalten konnten. Als er zu sprechen begann, tauchten seine Augen tief in ihre ein. „Elea, kleine Drachenreiterin, Seherin oder was immer du auch noch sein magst, wir könnten noch eine halbe Ewigkeit über meine Herkunft und meine guten oder bösen Charaktereigenschaften reden. Wir können dieses Gespräch gerne unter vier Augen später im Zelt fortsetzen. Jetzt aber sollten wir uns noch – bevor es stockdunkel ist - davon überzeugen, dass dein Stab wirklich das kann, was er in deinem Traum gezeigt hat. Findest du nicht auch?" Ohne eine Reaktion von ihr abzuwarten, riss er sie unvermittelt in seine Arme und küsste sie leidenschaftlich. Er ließ ihre bebenden Lippen erst frei, als die acht Zuschauer verlegen zu hüsteln begannen. „Du hast recht, Maél", antwortete sie etwas atemlos. „Ich habe auf einmal völlig vergessen, warum wir eigentlich hier sind. Aber du machst mich jedes Mal rasend damit, wenn du immer wieder behauptest, in dir stecke etwas Böses." Sie löste sich von ihm und kramte aus ihrem Rucksack den Stab. „Ich gehe dann jetzt zum Mittelpunkt des Kreises, wie ich es geträumt habe", sagte sie mit unsicherer Stimme. „Warte! Ich begleite dich. Und wenn unser Klotz-am-Bein es möchte, dann kann er auch mitkommen", sagte Maél scherzend zu Finlay gewandt. Dieser nickte erfreut über die Einladung. „Jadora, ihr wartet, bis wir wieder zurückkommen! Solange wir nicht wissen, wo sich die Höhle befindet, macht es keinen Sinn die Zelte aufzuschlagen." Der Hauptmann machte eine ernste Miene, die noch ein paar Augenblicke zuvor von seiner Amüsiertheit über Eleas und Maéls Debatte beherrscht war. Die Drei schritten zur Mitte der Fläche. Von dem Adler war nicht die Spur mehr zu sehen. Finlay, der die ganze Zeit geschwiegen hatte, konnte sich nun doch eine schwarzseherische Bemerkung nicht verkneifen. „Hoffentlich bewegen wir uns nicht wieder auf einem Gletscher!" Während Elea unbeirrt weiterschritt, quittierte Maél Finlays Äußerung sogleich mit einem Knurrlaut und einem bösen Blick. Als sie ihr Ziel unversehrt erreichten, forderte Maél Elea auf: „Tu einfach das, was du in deinem Traum gemacht hast. Wir werden sehen, was passiert." Sie schluckte einmal mehr einen dicken Kloß in ihrem Hals hinunter. Dann ließ sie sich auf die Knie nieder, schloss ihre Augen und konzentrierte sich auf das Bild des Drachen, das sie in ihrem Kopf hatte. Warum sie das tat, wusste sie nicht. Sie tat es einfach aus einem Instinkt heraus. Dann holte sie mit ihrem Arm, mit dessen Hand sie den Stab umfasst hielt, weit aus und stieß ihn mit aller Kraft in den Boden, bis er durch die weiche Schneedecke hindurch auf harten Untergrund stieß. Kaum hatte der Stab den hartgefrorenen Boden berührt, begann die Erde zu beben. Elea erhob sich schnell und bildete mit den beiden Männern einen Kreis, wobei sie sich gegenseitig an den Händen hielten. Ein dumpfes Grollen hallte plötzlich durch die hereinbrechende Nacht und schwoll immer mehr an. Das Beben der Erde erreichte eine Stärke, bei der sich die beiden Männer und Elea nur noch mühsam auf den Beinen halten konnten. Fest aneinandergeklammert schauten sie angespannt um sich. Von jetzt auf nachher hörte das Beben auf und eine bedrückende Stille löste den ohrenbetäubenden Lärm ab. Diese hielt jedoch nicht lange an. „Da seht! Dort bewegt sich was." Finlay zeigte auf einen Berg hinter den beiden. Maél und Elea drehten sich um und sahen es auch: Von ganz oben, von einem der vielen spitzen Gipfel, rutschte langsam die dicke Schneedecke, die, wer weiß wie lange schon dort ruhte, die Felswand hinunter. Es entstanden dicke Risse, die knackende und knirschende Laute von sich gaben. Die Schneemassen, die sich langsam in Bewegung setzten, wurden immer größer. Es schien, als würde sich der ganze Berg von einer Last befreien wollen, die ihn schon viel zu lange erdrückt hatte. Unter dem unaufhaltsam hinunterrutschenden Schnee kam nackter Felsen zum Vorschein. Maél war der Erste, der bei diesem urgewaltigen Schauspiel seine Stimme wiederfand. „Wir verschwinden lieber von hier. Ich weiß nicht wie weit die Lawine reichen wird. Sie wird auf jeden Fall gigantisch sein. Los schnell! Lasst uns zurückrennen!" Maél packte Elea an der Hand und gab Finlay einen Stoß. Die drei rannten so schnell sie konnten zurück zu den anderen, die mit offen stehenden Mündern fassungslos auf den Berg starrten, von dessen Fuße aus sich ihnen eine bedrohlich nähernde Lawine entgegenwälzte. Zugleich erhob sich wie von weitem ein leises Rauschen, das immer lauter wurde. Durch die sich bewegende Unmenge an Schnee schlug den Reitern und ihren Pferden plötzlich ein heftiger, mit feinem Eisstaub durchsetzter Wind ins Gesicht. Dadurch wurde ihnen die Sicht auf den Berg verwehrt. Instinktiv gingen sie noch ein paar Schritte zurück und mussten ihr Gesicht abwenden, um es vor den pfeilschnell durch die Luft wirbelnden Eiskristallen zu schützen.

Nach einer Weile hörte endlich das Knacken und Knirschen des Eises auf und der sturmartige Wind hatte sich von jetzt auf nachher gelegt. Als sie sich wieder umdrehten, hielten alle unwillkürlich den Atem an. Jadora pfiff laut durch die Zähne und Finlay hatte bereits wieder eine pessimistisch dreinblickende Miene aufgesetzt. Der Blick der zehn Menschen fiel auf einen ungeheuer großen Schneehaufen, der sich fast haushoch bis über die Mitte der Kreisfläche aufgetürmt hatte. Elea konnte ihre Mutlosigkeit nicht verbergen. „Also von einem Schneeberg wie in meinem Traum, der einfach nur den Eingang der Höhle versperrt, kann nicht unbedingt die Rede sein, Maél. Wie soll ich nur..." Bevor irgendjemand einen niederschmetternden Kommentar von sich geben konnte, unterbrach er sie, während er ihr die Hand drückte und ihr ruhig und gelassen in die Augen sah. „Elea, lass dich von dieser Schneemenge nicht verunsichern. Dein kleiner Stab hat es doch auch geschafft, den Berg von all dem Schnee zu befreien. Mit deiner Magie wird es dir schon gelingen. Davon bin ich felsenfest überzeugt."

„Habt ihr eigentlich schon etwas weiter geschaut, als bis zu dem riesigen Schneehaufen?", wollte Finlay wissen, von dessen Stimme Unglauben und Faszination herauszuhören war. Maél und Elea lösten ihren Blick voneinander und sahen auf den riesigen Felsen, der den vor ihm aufgetürmten Schneeberg immer noch weit überragte. Eine gewaltige Öffnung war zu erkennen, die ebenso spitz und steil wie der Berg selbst fast bis an dessen Gipfel reichte. Diese Öffnung sah aus wie ein Spalt, der mit einem riesigen Beil und mit übermenschlicher Kraft in das Felsgestein geschlagen wurde. Maél und Elea sahen sich wieder an. Er sprach mit zuversichtlicher Stimme zu ihr, auch wenn er angesichts der bevorstehenden Trennung und der Tatsache, dass er ihr in naher Zukunft das Herz brechen würde, alles andere als hoffnungsvoll war. „Bisher lief alles so, wie du es in deinem Traum gesehen hast. Den Schneehaufen wirst du auch bewältigen. Du wirst sehen! Allerdings wirst du eine enorme Welle in dir aufbauen müssen, mindestens so groß wie jene im Stall. Deshalb werden wir jetzt die Zelte aufschlagen, damit du dich noch einmal richtig ausschlafen kannst. Du wirst deine ganze Kraft brauchen." Elea entgegnete ihm sofort: „Aber ich dachte, du wolltest mich so schnell wie möglich zum Drachen bringen, weil Darrach uns höchstwahrscheinlich schon auf den Fersen ist. Wir sind doch schon fast an unserem Ziel!"

„Ich weiß, aber du hast doch selbst gesagt, dass der Adler noch ganz gelassen sei und dich nicht zur Eile gedrängt habe. Außerdem ist es bereits so dunkel, dass Darrach sicherlich die Nacht dort verbringen wird, wo er sich gerade befindet. Auch wenn er ein Zauberer ist, bleibt er ein Mensch. Und nach seinem körperlichen Zustand zu urteilen, in dem er sich befand, als wir Moray verließen, glaube ich kaum, dass er in der Lage ist, auch noch die Nächte durchzureiten. Morgen früh beim ersten Tageslicht werde ich die beste Stelle an diesem verfluchten Schneehaufen suchen, wo wir seine Durchdringung angehen werden." Maél bemühte sich, seine Entscheidung vor Elea glaubhaft zu rechtfertigen. Er hoffte, dass Jadora und Finlay nicht zu irgendwelchen Einwänden ansetzten. Er war sich durchaus im Klaren, dass die Eile, die er zuvor an den Tag gelegt hatte, völlig im Widerspruch zu dem Aufschieben der bedeutungsvollen Begegnung Eleas mit dem Drachen stand. Aber er konnte nicht anders. Insgeheim hatte er nämlich ganz andere Motive für eine letzte gemeinsame Übernachtung in den Zelten. Glücklicherweise hatte sich Jadora in der Zwischenzeit seinen Soldaten zugewandt und sie angewiesen, die Pferde von dem Gepäck zu befreien und die Zelte aufzubauen. Nur Finlay stand noch bei dem Paar und blickte misstrauisch auf Maél. Elea stimmte ihm schließlich zu, da sie sich im Augenblick ohnehin nicht in der Lage fühlte, eine gigantische Energiewelle aus schönen Erinnerungen aufzubauen. Sie war innerlich immer noch viel zu aufgewühlt von dem, was sie gerade erlebt hatte. Also fügte sie sich Maéls Entschluss und ging zu Shona, um sie für die Nacht vorzubereiten. Maél wollte ihr folgen, wurde jedoch von Finlay zurückgehalten. Als sie außer Hörweite war, begann er zu sprechen. „Ihr kannst du vielleicht etwas vormachen, mir aber nicht. Was hast du vor?" Maél atmete laut die Luft aus und sah zu Elea hinüber. „Ich muss noch etwas Wichtiges mit Jadora besprechen. Das ist der erste Grund, warum ich noch eine Nacht hier vor der Höhle verbringen will. Der zweite Grund ist, wie du dir vielleicht denken kannst, von sehr persönlicher Natur. Ich will noch eine letzte Nacht mit Elea verbringen."

„Du willst es tatsächlich durchziehen? Sie einfach bei dem Drachen zurücklassen, ohne sie vorher richtig geliebt zu haben? Warum? Du wirst ihr das Herz brechen!"

„Lieber das Herz brechen, als sie töten."

„Es hat irgendetwas mit ihrer Unberührtheit zu tun, nicht wahr?"

„Ich gebe dir jetzt ein Rätsel auf, Finlay. Du hast Zeit es zu lösen, bis wir in der Höhle den Drachen gefunden haben. Erstens: Darrach will, dass ich dich töte, wenn du und Elea euch zu nahe kommt. Zweitens: Ich muss unter allen Umständen verhindern, ihr selbst zu nahe zu kommen. Drittens: Wir wissen beide, dass Darrach etwas Böses im Schilde führt. Viertens: Ich bin als sein Werkzeug ihm hilflos ausgeliefert. – So jetzt streng dich an! Du musst selbst draufkommen. Mehr kann ich dir dazu nicht sagen." Finlay sah Maél fassungslos an. „Du hast vor, mich mit in die Höhle zu nehmen?! Was soll ich da? Nicht dass du meinst, ich fürchte mich vor dem Drachen! Aber..." Maél fuhr ihm ins Wort: „Ich brauche dich, Finlay. Wofür, das erfährst du, wenn Elea bei ihrem Drachen ist und in ihren tiefen Schlaf gefallen ist. Bis dahin musst du dich gedulden. – So. Und jetzt entschuldige mich, bitte. Ich muss mich noch um ein paar Dinge kümmern. Lass dir von Elea nochmal die Hände versorgen! Morgen früh werden wir keine Zeit mehr dazu haben." Er hatte sich schon abgewendet und auf den Weg zu den eifrig hantierenden Kriegern gemacht, als Finlay ihm noch hinterher flüsterte: „Ich hoffe, du weißt, was du tust!"

Elea saß mit Finlay im Zelt und war im Begriff, die Verbände von seinen Händen zu entfernen, als Jadora kam, um ihnen ihre Ration Essen zu bringen. Kurz darauf verschwand er auch schon wieder, da Maél ihn zu sich rief. Dieser bereitete Arok für die Nacht vor. Zu seinem Erstaunen hatte es sich sein Pferd offenkundig zur Angewohnheit gemacht, sich immer in der Nähe von Shona aufzuhalten. Dies ging sogar soweit, dass sie eng – Fell an Fell - nebeneinander standen, als ob er sie mit seinem riesigen Körper wärmen wollte. Dies passte überhaupt nicht zu seinem Pferd, da es, wie er, ein Einzelgänger war. Bei diesem Gedanken musste er lächeln. Denn diese Beobachtung traf auch vollkommen auf ihn selbst zu. Seitdem er mit Elea auf Reisen war, tat er im Grunde nichts anderes als sie zu wärmen. Darüber hinaus suchte er seit jener verhängnisvollen Nacht, in der er sie beinahe am Baum sterben lassen hatte, ebenfalls ihre Nähe.

Maél lehnte an Aroks gewaltiger Flanke, als Jadora auf ihn zukam. „Was ist, Maél?", wollte der Hauptmann wissen. „Jadora, ich habe einen wichtigen Auftrag für dich. Finlay wird mit mir und Elea in die Höhle gehen. Wenn er wieder herauskommt – wie er das schaffen wird, steht zwar noch in den Sternen, aber ich hoffe inständig, dass wir einen Weg finden werden – dann bist du für sein Leben verantwortlich, bis du ihn sicher zurück nach Moray gebracht hast."

„Was ist mit dir? Kommst du etwa nicht zurück? Fliehst du jetzt doch mit Elea?"

„Nein! Das werde ich nicht. Lass mich jetzt ausreden! Falls Darrach aufkreuzt, während Finlay noch in der Höhle ist, dann sagst du ihm, dass wir reingegangen sind. Er wird dir sicherlich auch Fragen über mich und Elea stellen. Ganz wichtig ist, Jadora, dass du sie wahrheitsgemäß beantwortest. Wenn er irgendetwas über Elea herausgefunden hat, und das hat er, da kannst du dich darauf verlassen, dann wird er dich nicht eher in Ruhe lassen, bis er die Antwort gehört hat, die er hören will. Also sag die Wahrheit, in deinem eigenen Interesse. Wenn er hören will, ob wir etwas füreinander empfinden, dann bestätige es. Er wird nicht davor zurückschrecken, dich unter Anwendung von Gewalt oder dunkler Magie dazu zu bringen, es zuzugeben. Hast du verstanden? Mache mich für den Betrug vor dem König und ihm verantwortlich! Sag, dass ich dir mit dem Tod gedroht habe, falls du nicht mitspielen würdest!" Jadora nickte mit ernster und nachdenklicher Miene. „Sobald Finlay herausgekommen ist und Darrach Rede und Antwort gestanden hat – ich werde ihn auch noch entsprechend instruieren – dann verschwindest du mit ihm und deinen sechs Soldaten so schnell wie möglich. Ist Darrach noch nicht angekommen, wenn du mit Finlay das Weite suchst, und er euch unterwegs begegnet, dann beantwortet ihm ebenfalls seine Fragen! Wenn er von euch erfahren hat, was er ohnehin bereits vermutet, dann seid ihr für ihn nicht mehr von Interesse. Er wird sich dann voll und ganz auf mich konzentrieren und mich suchen. Er wird euch gehen lassen. Lass Arok frei! Er soll selbst entscheiden, ob er euch folgt oder seine eigenen Wege geht." Maél machte eine Pause, die Jadora mit belegter Stimme nutzte. „Was wird aus dir? Was hast du vor?" Maél ließ ein paar Atemzüge verstreichen, bevor er antwortete: „Wenn alles planmäßig läuft, dann werde ich die Höhle nicht mehr verlassen. Bis dorthin werde ich Elea noch von Nutzen sein. Wenn Darrach zu uns gestoßen ist, bin ich nur noch eine Gefahr für sie."

„Hast du etwa vor diesen Berg zu deinem Grab zu machen?", fragte Jadora erschüttert.

„Ja, Jadora. Genau. Du hast die richtigen Worte hierfür gefunden", antwortete Maél ungerührt. „Aber was ist mit Elea? Was ist mit eurer Liebe?"

„Sie muss und wird auch ohne mich zurechtkommen. Ganz alleine wird sie ohnehin nicht sein. Sie hat Finlay. Er würde ebenso wie ich für sie sterben. Deshalb ist es überaus wichtig, dass du ihn bis Moray beschützt. Wenn er seine Hände wieder gebrauchen kann, dann wird er sie suchen gehen und zweifelsohne auch finden." Jadora ging ein paar Schritte auf Maél zu und blieb eine Armlänge vor ihm stehen. Mit hörbar berührter Stimme sprach er zu ihm: „Maél, sie hat recht damit. Du bist nicht von Grund auf schlecht. Jetzt, da ich weiß, dass Darrach an deiner Kaltherzigkeit und an deinem Hass schuld ist und dass er offenbar die Kontrolle über dich hat, ist mir einiges klar geworden. Im Grunde genommen habe ich schon immer gespürt, dass in dir auch andere Gefühle stecken, die nur darauf gewartet haben, von einer Frau wie Elea wieder zum Leben erweckt zu werden. Allein ihr ist es zu verdanken, dass du dich so gewandelt hast. Gewissermaßen hat sie deine verloren gegangene Seele wieder gefunden. Egal, was du in den letzten Jahren verbrochen hast, du hättest sie verdient - allein aus dem Grund, was du alles unternimmst, um sie vor Darrach und Roghan in Sicherheit zu bringen." Maél musste auf diese Worte Jadoras hin schwer schlucken. *Oh, nein, Jadora. Das habe ich nicht. Wenn du wüsstest, was ich verbrochen habe!* Aus einem spontanen Reflex heraus umarmte Maél plötzlich kurz, aber innig den Hauptmann. Dieser erwiderte die Umarmung tief bewegt. „Das war's, Jadora. Ich verlasse mich auf dich." Einen Augenblick später hatte er schon dem fassungslosen Krieger den Rücken zugedreht und sich auf den Weg zu den Zelten gemacht.

Als Maél in das rot erleuchtete Zelt hineingekrochen kam, verband Elea gerade Finlays zweite Hand. Er nickte beiden stumm zu und zündete ein paar Holzscheite in der Feuerschale an. „Wollten wir heute nicht auf Feuer verzichten, um Holz zu sparen?", fragte Elea erstaunt. „Jadoras Befehl betrifft nicht uns. Du brauchst deinen Schlaf. Und wir beide wissen, dass es sich schlecht schläft, wenn man friert."

„Maél hat Recht. Wir Krieger sind einiges gewohnt. Wir können auch bei der Kälte schlafen", pflichtete Finlay ihm bei.

Als Elea mit dem Verband fertig war, machte Finlay sogleich Anstalten, das Zelt zu verlassen. Maél hielt ihn jedoch zurück. „Warte! Wie ich sehe, hat Jadora uns Essen gebracht. Iss noch mit uns, bevor du gehst!" Finlay ließ sich wieder im Schneidersitz nieder. Elea begann sofort damit, ihn mit kleinen Stücken Essens zu füttern. So saßen die drei schweigsam zusammen und aßen, bis Finlay die Stille durchbrach, die ihm offensichtlich unangenehm wurde. „Also ich muss sagen, es hat doch schon etwas für sich leuchtende Haare zu haben. Man muss sich nie mit Kerzen oder ähnlichem Ballast auf Reisen herumschlagen." Mit dieser Äußerung gelang es ihm, Maéls ernster Miene ein Lächeln zu entlocken, während er sich von Elea einen Stoß mit dem Ellbogen in die Rippen einfing. Damit hatte sie ihn jedoch noch nicht zum Schweigen gebracht. „Ach! Aber wenn ich es mir recht überlege, so wären mir Nachtsichtaugen, wie Maél sie hat, natürlich viel lieber. Die fallen nicht so auf, wie rot glühende Haare." Daraufhin landete ein zweiter Stoß in seinen Rippen. Elea konnte sich nun ebenfalls ihr Lächeln nicht mehr verkneifen, nachdem sie noch zuvor eine empörte Miene aufgesetzt hatte.

Die aufgelockerte Stimmung hielt nicht lange an. Eleas und Maéls Augen trafen sich unvermittelt. Beide hatten denselben traurigen Gedanken, der sie dazu veranlasste, mit dem Essen innezuhalten. Diese Traurigkeit spiegelte sich auch in ihren Gesichtern wider, was Finlay nicht verborgen blieb. Er aß seinen letzten Bissen auf, verabschiedete sich und kroch nicht mehr ganz so unbeholfen auf seine rechte Hand gestützt aus dem Zelt.

Maél und Elea legten das Essen, an dem sie gerade noch geknabbert hatten, zurück in ihre Schalen, wobei sie sich nicht einen Wimpernschlag aus den Augen ließen. Die Herzen der beiden begannen, in immer schnellerem Takt zu schlagen. Elea liefen kalte und heiße Schauer zugleich den Rücken hinunter. Sie konnte nicht sagen, ob sie auf die Angst vor der bevorstehenden Trennung zurückzuführen waren oder von der Erregung herrührten, die Maéls durchdringender Blick in ihr auslöste. Endlich ertönte seine Stimme – rau und bestimmt: „Zieh deine Fellkleider aus!" Elea erwiderte mit belegter Stimme: „Ähm, du weißt, dass wir uns noch etwas gedulden müssen, bis wir uns einander hingeben können."

„Ich weiß. Aber ich kann dich mit meiner Körperwärme besser wärmen und die dicke Fellkleidung würde sie nicht bis zu dir hindurchlassen." Sie entledigten sich umständlich ihrer Fellkleidung und der Stiefel. Während sie sich aneinander geschmiegt in die Schlaffelle kuschelten, erinnerte Elea ihn an sein Versprechen. „Maél, du weißt, was morgen geschehen wird, nachdem ich es hoffentlich geschafft habe, den Schneeberg mit meiner Magie zu durchdringen?!"

„Ja. Du wirst wieder erschöpft in einen tiefen Schlaf sinken, wie immer nach deinen mentalen Kraftanstrengungen."

„Wenn ich wieder aufwache, dann will ich, dass du an meiner Seite bist. Denk an dein Versprechen! Wenn du nicht deines einlöst, dann kann ich auch nicht meines halten", sagte sie mit einem warnenden Unterton in der Stimme. Maéls Herz setzte ein paar Schläge aus. *Verdammt! Das hätte ich mir denken können. Sie lässt sich nicht so leicht hinters Licht führen.* „Elea, glaube mir, jede Faser meines Körpers verlangt nach dir und deinem Körper, aber dein Leben geht vor. Das verstehst du doch?!", versuchte Maél sie behutsam zu einer Einsicht hin zu bewegen. „Was willst du damit sagen?" Elea stützte sich alarmiert auf ihren Ellbogen, um ihn mit ihren Augen besser durchbohren zu können. Er hob seine rechte verbundene Hand und berührte zärtlich ihre linke Wange. „Wir wissen nicht, wie weit Darrach noch von uns entfernt ist. Vielleicht ist er erst aufgebrochen, vielleicht ist er schon seit ein paar Tagen unterwegs. Sobald ich spüre, dass er in unserer Nähe ist, und ich meine, wirklich nahe, dann muss ich dich so schnell wie möglich verlassen, so schwer es mir auch fallen wird. Und es wird mir schwer fallen. Dich verlassen zu müssen wird schwerer als alles andere zu ertragen sein. Aus diesem Grund wird Finlay uns in die Höhle begleiten. Falls es nämlich so weit kommt, und ich es nicht aus eigener Kraft schaffe, dich zurückzulassen, dann wird Finlay mich außer Gefecht setzen und aus der Höhle hinaustragen müssen."

„Aber Maél, ich kann dich nicht... Ich habe den Gedanken die ganze Zeit verdrängt. Aber wenn ich ehrlich bin, weiß ich nicht, wie ich es fertig bringen soll, dich einfach zurückzulassen, in Darrachs Klauen. Ich wollte dir zum Abschied wenigstens meine Unberührtheit schenken, als vielleicht unsere schönste gemeinsame Erinnerung. Auch ich werde sie brauchen, wenn ich ohne dich, wer weiß wo, weiterleben soll." Eleas Stimme nahm bereits einen weinerlichen Ton an und ihre Augen glänzten verdächtig. Maél richtete sich langsam auf, während er Elea sanft in die Felle hinunterdrückte. Er wusste, dass er behutsam mit ihr umgehen musste, wenn er sie davon überzeugen wollte, dass es unter Umständen unumgänglich sein würde, sie ohne die Erfüllung seines Versprechens zu verlassen. Er sah ihr eindringlich in die Augen. „Darrach darf nicht in meine Reichweite kommen, solange du noch in meiner Nähe bist. Du weißt, wozu er mich schon gebracht hat. Du bist selbst darauf gekommen."

„Ja. Aber er würde dich niemals zwingen, mich zu töten. Er braucht mich und den Drachen für irgendetwas", gab Elea aufgeregt zu bedenken. „Ja. Du hast Recht. Zumindest noch nicht. Aber bis dahin kann er mich zwingen, dir andere schlimme Dinge anzutun. - Möglicherweise ist meine Sorge diesbezüglich unbegründet und Darrach ist noch weiter von uns entfernt, als ich annehme. Dann werde ich mein Wort halten. Das verspreche ich dir. Aber falls ich das Gefühl habe, dass durch meine Anwesenheit dein Leben in Gefahr ist, dann werde ich mit oder ohne Finlays Hilfe verschwinden und du wirst mit dem Drachen den Akrachón verlassen. Wirst du mir das versprechen, Elea?" Eleas Gesicht zierten mittlerweile zwei glänzende Tränenspuren, die ihr immer wieder Nachschub bekommend die Wangen hinunterliefen. Der Kloß in ihrem Hals war bereits von einer Größe, sodass sie ihn kaum noch hinunterschlucken konnte. Maél begann, ihr sanft die Tränen wegzuküssen. Dabei arbeitete er sich langsam zu ihrem Mund hinunter und streifte mit seinen Lippen hauchzart ihre, während er sie erneut mit leiser und flehender Stimme fragte: „Elea, wirst du mir das versprechen?" Sie brauchte noch ein paar Augenblicke, bis sie zu Maéls Erleichterung endlich mit dem Kopf nickte. Doch er gab sich mit dem Nicken noch nicht zufrieden. „Bitte sage es mit deinen Worten!"

„Du bist unerbittlich! Also gut! Ich verspreche dir, mit dem Drachen von hier wegzufliegen, auch wenn du mich bereits verlassen hast, ohne dass wir uns geliebt haben." Kaum hatte Elea die Worte ausgesprochen, da drückte Maél ihr erneut seinen Mund auf ihren und begann, sie leidenschaftlich zu küssen. Elea gab sich ganz seiner glühenden Wildheit hin. Zu mehr war sie nicht fähig, da er sie fest mit seinen Armen umschlungen hielt. Sein Kuss wollte nicht enden. Immer und immer wieder teilte sein Mund Eleas Lippen, damit sich wenigstens ihre Zungen vereinen konnten. Nach einer halben Ewigkeit ließ er nur zögernd von ihr ab und sah ihr mit lautem Atem sehnsuchtsvoll in die Augen. „Elea, egal was geschieht, vergiss nie, dass ich dich mehr als alles andere auf der Welt liebe. Für eine Sache bin ich Roghan und Darrach dankbar: Dass sie mich entsendet haben, dich zu ihnen zu bringen. Ich hätte sonst nie die Gelegenheit gehabt, mit dir die schönste Zeit meines Lebens zu verbringen."

Maél spürte, wie Elea sich in seinen Armen bereits vor lauter Trauer und Schmerz verkrampfte. Sie stand wieder kurz vor einem Gefühlskollaps, der sich in einem nicht enden wollenden Tränenstrom und anschließenden Tiefschlaf äußern würde. Daher lenkte er sie rasch ab, indem er sie nach dem Innern der Höhle und dem Weg zum Drachen in ihrem Traum befragte. Er legte ihr auch nahe, sich unverzüglich mit dem Drachen zu ihrer Familie aufzumachen, und, falls diese es nicht schon längst getan hatte, ihren alten Wohnort zu verlassen.

In Maéls Armen und an seine Brust geschmiegt lauschte Elea geraume Zeit seinem Herzschlag, der wieder im selben Rhythmus schlug wie ihr eigener. Dies hatte eine einschläfernde Wirkung auf sie, sodass sie zu Maéls Erleichterung nach einer Weile zu ihrer gewohnt ruhigen und leisen Atmung fand. Maél hingegen machte die ganze Nacht kein Auge zu. Er saugte mit allen seinen übermenschlichen Sinnen zum letzten Mal Elea in sich auf: mit seinen Händen fühlte er ihre zarte Haut, mit seiner Nase zog er tief ihren Duft nach Rosen und Lavendel ein, mit seinen spitzen Ohren lauschte er ihrem Herzschlag und mit seinen Augen brannte er sich einmal mehr jedes Detail ihres Gesichtes ein.

Wie schon die vergangenen fünf Nächte saß Darrach in etliche Fellschichten eingepackt in seinem Zelt. Zwei dicke Kerzen hatte er angezündet und links und rechts von der Landkarte aufgestellt. Er hatte sich gerade davon überzeugt, dass Maél und die Hexe ihren Standort seit dem Abend nicht mehr verlassen hatten. Sie befanden sich jetzt irgendwo im Hochgebirge, möglicherweise bereits am Zielort. Das Wetter war immer noch auf seiner Seite, sodass er schneller als erwartet vorankam, schneller als die anderen, die sich offensichtlich einen Kampf auf Leben und Tod mit den gefährlichen Wölfen des Akrachóns geliefert hatten. Trotz des Neuschnees entging ihm und seinen Begleitern nicht das Schlachtfeld mit den niedergemetzelten Wölfen, das Maéls Gruppe hinterlassen hatte. Außerdem stießen sie auf drei Pferdekadaver, von denen mehr oder weniger nur noch die Skelette übrig waren. Dies erwies sich für Darrachs Trupp schließlich als ein Glücksfall. Da die Wölfe ihren Hunger an den drei Pferden bereits gestillt hatten, drohte ihnen von den Bestien vorerst keine Gefahr. Maél und seine Begleiter hingegen wurden scheinbar von diesem Kampf zurückgeworfen, vielleicht gab es sogar Verletzte.

Er war im Laufe der Reise gezwungen gewesen, sein großes Geheimnis vor den Kriegern preiszugeben. Er musste zweimal anhalten, um mit seiner Magie und der Phiole die Landkarte nach dessen Aufenthaltsort zu befragen. Nächtlicher Neuschnee und Schneeverwehungen hatten die Spuren verwischt. Die fünf Krieger beobachteten ihn dabei jedes Mal mit angehaltenem Atem aus der Ferne. Da er nicht direkt vor ihren Augen und Ohren seine Zauberformeln aufsagen wollte, entfernte er sich jedes Mal ein paar Schritte von ihnen. Von dem Zeitpunkt an begegneten sie ihm mit noch ängstlicheren Blicken. Über das, was er tat, verlor er kein Wort und keiner der Krieger wagte es, ihn danach zu fragen. Dazu bestand auch gar keine Notwendigkeit, da ihnen recht schnell klar wurde, was der Berater des Königs in Wirklichkeit war.

Darrach sah noch ein letztes Mal auf die Karte. Falls der gegenwärtige Standort tatsächlich das Ziel sein sollte, dann würden er und seine fünf Krieger Maéls Gruppe am nächsten Tag erreichen.

Kapitel 7

Elea erwachte, als Maél schon mit dem Anziehen seiner Fellkleidung beschäftigt war. Bevor sie irgendetwas sagen konnte, und sei es nur einen Morgengruß, kam Maél ihr schon zuvor. „Pack deinen Rucksack! Und vergiss nicht deinen Fellumhang! Jadora werde ich anweisen, uns etwas Proviant zu richten und deinen Bogen mit vollem Köcher bereitzustellen. Ich werde mir jetzt den Schneeberg näher anschauen." Kaum hatte er den letzten Satz beendet, war er auch schon aus dem Zelt verschwunden. *Ja! Das war's dann! Jetzt beginnt der ernste Teil, nachdem wir gestern Abend den gefühlvollen Teil erledigt haben.* Elea hatte sich den Morgen wesentlich herzlicher vorgestellt. Dazu würde es jedoch eindeutig nicht mehr kommen, da Maél sich schon wieder mit Übereifer auf die Bewältigung des riesigen Schneehaufens stürzte. Mit einiger Überwindung schlüpfte sie rasch unter dem wärmenden Fell hervor. Schockartig stieß die Kälte auf ihren Körper, sodass sie sich mit angehaltenem Atem blitzschnell ihre Wolfsfellkleidung über ihre vielen anderen Kleiderschichten zog. Dann wickelte sie noch das Kopftuch um ihr Haar und packte ihre Habseligkeiten zusammen. Als sie aus dem Zelt trat, nahm Jadora sie wie immer mit Essen in Empfang. Doch sie war unmöglich in der Lage, auch nur einen kleinen Bissen hinunter zu bekommen. Sie schüttelte wortlos den Kopf, woraufhin Jadora ihre Ablehnung mit verständnisvollem Nicken akzeptierte. Es standen bereits zwei Satteltaschen und ein Schlaffell sowie ihr Bogen mit Köcher bereit. Außer Jadora waren nur zwei Krieger zu sehen. Sie gaben den Pferden ihre Ration Hafer, die von Tag zu Tag immer kleiner wurde. Von Maél und Finlay fehlte jede Spur. Elea sah fragend zu dem Hauptmann. „Die beiden erkunden die andere Seite des Schneebergs. Die werden bald wieder auftauchen. Ist mit dir alles in Ordnung, Drachenmädchen?", wollte er besorgt wissen. Sie nickte mit der Andeutung eines Lächelns, das ihn jedoch nur wenig überzeugte. Die passenden tröstenden Worte fielen ihm allerdings auch nicht ein, sodass er sich einfach auf ein Fell niederließ und schweigend mit Elea auf die beiden Männer wartete. Doch Elea wurde ungeduldig. Sie setzte sich durch den Schnee stapfend in Bewegung, um die beiden zu suchen. Bevor sie sie sehen konnte, vernahm sie schon ihre Stimmen. Sie kamen ihr an der Seite des haushohen Schneebergs entgegen. Maél trug seine Maske, die er sofort herunternahm, als er Elea erblickte. Er lächelte ihr ermutigend zu, während Finlay aus seinem gegenwärtigen Gefühlszustand keinen Hehl machte. Sein Gesichtsausdruck spiegelte deutlich Nervosität und Unsicherheit wider. Maél blieb vor ihr stehen, zog sie unvermittelt an seine Brust und schlang seine Arme um sie. Zärtlich glitten seine Lippen über ihre, was ihren Körper erzittern ließ. Als er sich wieder von ihr löste, begann sie mit einem Beben in der Stimme zu sprechen. „Und wie sieht es aus? Hast du eine geeignete Stelle gefunden?"

„Wir werden es an der westlichen Seite, auf die die Sonne scheint, versuchen, und zwar nahe dem Berg. So müssen wir wesentlich weniger Schneemassen durchdringen, als wenn wir von hier anfangen. Ich habe allerdings die Vermutung, dass es völlig unerheblich ist, wo wir es angehen, weil Magie im Spiel sein wird, deine und möglicherweise noch eine andere. Finlay ist aber der Meinung, dass wir es nahe am Berg versuchen sollten." Finlay verlieh Maéls Äußerung Nachdruck, indem er Elea mit ernster Miene zunickte.

„Also ich muss zugeben, dass der Schneehaufen in meinem Traum nicht so riesig war. Aber in dem Moment, als ich losrannte, stand ich frontal vor dem Berg. Rein intuitiv würde ich es vorziehen, von genau hier zu starten, so widersinnig es dir auch erscheinen mag, Finlay." Endlich brachte Finlay einen Ton heraus. „Ich dachte nur, dass es einfacher wäre, von dort loszulaufen, wo wir am wenigsten Schnee zu durchdringen haben. Aber wenn dir dein Gefühl sagt, es von hier zu probieren, dann soll es so sein", pflichtete er ihr mit angespanntem Unterton bei. „Also gut. Wir machen es von hier. Zeigt dein Stein irgendeine Reaktion?", fragte Maél mit einer Stimme, die Ruhe und Gelassenheit vermittelte. Elea zog an dem Lederriemen, bis der Stein hervorkam. Er sah wie immer aus. Er strahlte weder ein rotes Licht aus noch fühlte er sich warm an. Sie blickte kopfschüttelnd zu ihm auf. „Nun gut! Wir werden sehen. Vielleicht beginnt er erst dann zu leuchten oder warm zu werden, wenn du deine Magie in dir aufbaust. Finlay hol dein Gepäck! Elea du auch!" Zu Jadora gewandt fragte er nach dem Proviant. Elea schulterte ihren Rucksack mit Fellumhang und ihren Bogen mit dem Köcher. Die beiden Männer hatten sich ihre Satteltasche über die Schulter geworfen und ihr Schlaffell unter den Arm geklemmt. An Waffen trug nur Maél sein Schwert umgürtet, da Finlay ohnehin nicht fähig war, eines zu führen. Misstrauisch sah er zuerst auf das Schwert und dann fragend in Maéls Gesicht. Er wollte gerade zu einem Kommentar ansetzen, als Maél ihm kopfschüttelnd ein Zeichen gab, es zu unterlassen. „Wir gehen noch ein paar Schritte vom Lager weg. Dann hast du mehr Ruhe, um dich zu konzentrieren", lenkte Maél schnell von Finlays sich anbahnenden Einwand ab. Er wollte Elea gerade an die Hand nehmen, da fiel ihr noch etwas ein. „Wartet noch! Ich muss mich noch von Shona verabschieden. Was wird nur aus ihr werden?", fragte sie hilfesuchend in die Runde. Finlay und Jadora setzten beide zu einer Antwort an, wobei Finlay dann Jadora den Vortritt gab. „Ich werde mich schon um sie kümmern. Ich bringe sie zurück nach Moray. Und wenn ich keinen passenden Besitzer für sie finde, dann behalte ich sie oder..."

„Nein. Das kommt gar nicht in Frage!", schaltete sich nun doch Finlay ein. „Ich nehme sie und wenn du zurückkehrst, dann wartet sie auf dich in meinem Stall. Einverstanden?"

Elea musste schwer schlucken, rang sich jedoch ein Lächeln ab und nickte, bevor sie zu der Stute eilte. Finlay warf indessen Maél einen ernsten Blick zu. Dieser schloss für einen kurzen Moment die Augen und atmete tief durch, bevor er sie wieder öffnete und Finlay dankend zunickte. Nach ein paar Augenblicken sagte er: „Ich befürchte, sie wird Probleme haben, schöne Gefühle in sich wach zu rufen. Die ganze Situation ruft in ihr schlechte Empfindungen hervor. Und der Abschied von dem Pferd, jetzt unmittelbar, bevor sie die heiße magische Energie aufbauen muss, macht es auch nicht gerade leichter", gab Maél zu bedenken.

Wenig später kam sie zurück. Der Abschied von Shona hatte wie erwartet Spuren in ihrem Gesicht hinterlassen. Jadora umarmte sie und drückte sie lange an seine Brust, als wollte er sie nie wieder loslassen. „Jadora, jetzt mach schon! Darrach sitzt uns im Nacken. Wir müssen uns beeilen", ertönte Maéls Stimme, in der nun doch eine Spur Ungeduld herauszuhören war. Widerwillig löste der Hauptmann seine Arme von ihr, nahm dafür ihr kleines Gesicht in seine riesigen behandschuhten Hände und sah ihr aufmunternd in die Augen. „Weißt du worauf ich mich freue, Elea? – Dich wieder zu sehen, und zwar auf dem Rücken des stärksten Tieres, das die Natur hervorgebracht hat. Ich bin davon überzeugt, dass du eine ausgezeichnete Reiterin sein wirst. Du saßt bereits auf Shonas Rücken, als würdest du schon von Kindesbeinen an reiten." Über Eleas Lippen huschte ein Lächeln. „Jadora, mittlerweile, bereitet mir der Drachen überhaupt kein Kopfzerbrechen mehr." Sie ging zu den beiden Männern und sagte mit belegter Stimme: „Wir können jetzt!" Daraufhin nahm sie Maél an ihre linke und Finlay an ihre rechte Hand und führte sie direkt zu der Lawine. Sie umarmte Finlay als wäre es ein Abschied. Er konnte nicht widerstehen, ihr wenigstens einen Kuss auf die Stirn zu geben. Anschließend drehte Elea sich zu Maél um, der sie mit einem Blick betrachtete, der ihre Kehle immer enger werden und sie ganz schwach auf den Beinen werden ließ. In seinen Augen konnte sie bis auf den Grund seiner Seele sehen. Sie spiegelten unendliche Liebe und unsäglichen Schmerz wider. Unvermittelt packte sie ihn an den Handgelenken, legte seine Hände auf ihre Wangen und ihre eigenen auf sein Gesicht. So blickten sich beide ein paar Augenblicke schweigend an, bis Finlay anfing, sich ungeduldig zu räuspern. Daraufhin zogen beide gleichzeitig ihre Hände von dem Gesicht des anderen weg. Elea wandte sich wieder dem undurchdringbar erscheinenden Schneeberg zu und sagte: „Bis später!" Was Elea nicht mehr sah, waren die ernsten Blicke, die sich die beiden Männer zuwarfen. Sie hatte bereits die Augen geschlossen und versuchte, sich alle schönen Erlebnisse der letzten Wochen in Erinnerung zu rufen. Doch immer wieder schlichen sich unter die schönen Bilder, die sie vor ihrem geistigen Auge hatte, die grauenerregenden und traurigen Bilder ein, die sich für immer in ihre Seele eingebrannt hatten. Da waren die blutrünstigen Wölfe, Darrach mit seinem eiskalten Lächeln und sein Arbeitszimmer, in dem sie mit dem brennenden Schmerz auf ihrer Haut saß. Dann noch die schrecklichen Erlebnisse auf dem Drachonya-Platz, die albtraumhafte Besichtigungstour auf der Wehrmauer und die vielen anderen schmerzvollen Geschehnisse auf der Reise nach Moray. Nach einer Weile öffnete sie resigniert ihre Augen und sah Maél hilfesuchend an. „Ich schaffe es nicht. Ich kann mich einfach nicht auf die schönen Erinnerungen konzentrieren. Die schrecklichen Erinnerungen gewinnen immer wieder die Oberhand, sodass in mir nur schlechte Empfindungen geweckt werden. Maél, was soll ich nur tun?", fragte sie in fast weinerlichem Ton. Er sah ihr fest in die Augen und lächelte sie hoffnungsvoll an. „Ich weiß, was zu tun ist, damit deine schönen Erinnerungen die schlechten verdrängen." Er nahm sie in die Arme und fuhr fort. „Du lässt dich jetzt einfach fallen. Denk an gar nichts! Wenn du dich dem einen Gefühl, das dich überkommt, hingibst, dann wird es dir leicht fallen, alles Störende für eine Weile zu vergessen. Vertrau mir!" Elea sah ihn verständnislos an. Maél sprach zu Finlay gewandt weiter. „Du wirst keinen Ton von dir geben! Kein Räuspern, kein gar nichts. Schweig einfach!" Seine linke Hand glitt mit einem Mal von ihrem Rücken hoch zu ihrem Kopf, den er behutsam sich entgegen drückte. Dann beugte er sich zu ihr hinunter, sodass sich ihre Lippen ganz sanft berührten. Es dauerte nicht lange, bis daraus ein leidenschaftlicher Kuss wurde, bei dem Maél alles gab, was er zu geben hatte. Er legte seine ganze Liebe, die er für Elea empfand, in diesen einen, nicht enden wollenden Kuss. Und Elea tat genau das, was er sie geheißen hatte. Sie gab sich ihm vollkommen hin, öffnete sich ihm und fühlte diese starke Liebe, deren Wärme bis in den kleinsten Winkel ihres Körpers vordrang. Sie begann, seinen Kuss ebenso von unsagbarer Liebe erfüllt zu erwidern. In dem Moment, als sie spürte, dass ihre Herzen wieder völlig im Einklang schlugen, wurde die Blockade in ihr durchbrochen. Sie hörte urplötzlich auf, Maéls Kuss zu erwidern. Ihr Körper spannte sich an und ein Strom von schönen Bildern rauschte vor ihrem inneren Auge vorüber: alle glücklichen und ergreifenden Momente, die ihre Liebe langsam erblühen und nach und nach erstarken ließ, bis sie bedingungslos und unsterblich wurde.

Maél fühlte sofort die Veränderung, die in Elea vorging. Vorsichtig löste er seinen Mund von ihrem, hielt sie aber immer noch mit beiden Armen fest umschlungen, um ihren Körper bei der geistigen Anstrengung zu stützen. Er konnte fühlen, dass sie diesmal eine magische Energie in sich bündelte, die von gigantischem Ausmaße war. Der Schweiß lief ihr bereits die Stirn hinunter. Finlay, der wie gebannt die ganze Zeit über nicht die Augen von dem sich küssenden Paar hatte wenden können, suchte erwartungsvoll und ungeduldig Maéls Blick, der sich nach einer halben Ewigkeit scheinbar wieder an seine Anwesenheit erinnerte und ihm endlich zuversichtlich zunickte.

Elea hielt immer noch die Augen geschlossen. Sie musste den Energiestrom solange in sich anwachsen lassen, bis die Hitze und die Kraft, die von ihm ausging, nicht mehr auszuhalten war. Der Stein hatte inzwischen zu pulsieren begonnen und blinkte nun wie wild in einer ungeheuren Leuchtkraft. Mit einem Mal schlug sie die Augen auf. Das war für Maél das Zeichen, dass sie bereit war. Er löste seine Umarmung und nahm ihre Hand in seine, während sich Elea zu Finlay umdrehte und ihm ihre Hand entgegen streckte. Daraufhin rannten die Drei los, direkt auf den Schneeberg zu. Ein paar Schritte bevor sie ihn berührten, ließ Elea den kaum noch zu kontrollierenden magischen Strom über ihre Hände auf Maél und Finlay übergehen. Deren Körper wurden sofort von einer Hitze erfasst. Gleichzeitig fühlten sich beide auf einmal so leicht, als schwebten sie über dem Boden dahin. In dem Moment, als die Drei die Schneewand durchbrachen, waren sie von einer Glocke voller magischer Energie umgeben. Finlay hatte kurz zuvor noch die Augen geschlossen, da er immer noch nicht so recht daran glaubte, dass es ihnen gelingen würde die Schneemassen zu durchdringen. Maél und Elea hingegen hielten ihre Augen neugierig geöffnet, in Erwartung dessen, was passieren würde. Und es geschah genau das, was Elea in ihrem Traum erlebte: Sie spürten keinen Widerstand, sondern durchdrangen den Schnee, als würden sie einen Raum durch eine Tür betreten. Um sie herum glitzerten in einem warmen, gelblichen Licht Millionen von Eiskristallen. Eleas heiße Magie trieb nun auch Maél und Finlay den Schweiß aus allen Poren. Sie rannten immer weiter, bis Elea plötzlich langsamer wurde. Maél sah ihr an, dass sie so gut wie am Ende ihrer Kräfte war. Vor ihnen war schon das rot glühende Licht wie in Eleas Traum zu erkennen. Er blieb kurzerhand stehen und warf Finlay seine Satteltasche zu, die dieser unbeholfen mit seinen verbundenen Händen auffing und sich über seine andere Schulter legte. Maél nahm Elea kurzerhand auf seine Arme. Dann rannten sie einfach weiter - nach wie vor in dieser magischen Glocke eingehüllt. Endlich erreichten sie das rote Licht. Und wie in Eleas Traum schlug ihnen auch angenehm kühle Luft entgegen, als sie darin eintauchten. Maél hielt sofort an und fiel mit Elea vor Erschöpfung auf die Knie. Finlay warf die Satteltaschen von sich und ließ sich auf den Boden fallen. Die Steinwände hallten das laute Keuchen der beiden Männer wider. Eleas Atemzüge waren jedoch kaum zu hören. Sie kamen gewohnt ruhig und leise, wie immer, wenn sie in ihren tiefen Schlaf gefallen war. Sie war schweißgebadet. Ein paar nasse Haarsträhnen schauten unter ihrem Kopftuch hervor. Maél legte sie behutsam auf dem Boden ab und begann, ihr die Felltunika und die Fellhose auszuziehen. „Wie geht's jetzt weiter?" Maél antwortete nicht sofort. Er löste noch das Kopftuch von Eleas Kopf und öffnete die Riemen ihrer Lederjacke. Ihr Hemd darunter war völlig durchnässt. Zärtlich streichelte er ihr Gesicht. „Sie hat mir gestern genau den Weg zu dem Drachen beschrieben. Er dürfte nicht zu verfehlen sein. Wir müssen einfach solange geradeaus weiter gehen, bis wir auf einen kleinen Eingang stoßen. Dahinter befindet sich eine riesige Höhle, in der er sich aufhält."

„Ich hätte es niemals für möglich gehalten, wenn ich es nicht mit meinen eigenen Augen gesehen und in mir gespürt hätte, Maél. Wer oder was ist sie nur?" Finlay sah voller Bewunderung und Faszination auf die schlafende junge Frau. „Ich weiß es ebenso wenig wie du, Finlay. Ich sagte dir ja bereits, dass sie unglaublich ist und dass sie vielleicht stärker ist als alles andere, was ich bisher in meinem Leben gesehen habe... mit Ausnahme von Darrach."

„Wenn der Drache ihr dabei helfen kann, ihre Gaben noch weiter zu entfalten und besser zu kontrollieren, dann kann sie ihn möglicherweise doch irgendwann bezwingen", gab Finlay hoffnungsvoll zu bedenken. Maél sah seinen Jugendfreund mit ernster und skeptischer Miene an. Er hatte längst damit abgeschlossen, sich an irgendwelche Hoffnungsschimmer für seine und Eleas Liebe festzuklammern. Für ihn würde alles enden, sobald er Elea unversehrt zu dem Drachen gebracht hätte. Er schüttelte schnell seine düsteren Gedanken ab und forderte Finlay auf, die Satteltaschen aufzuheben. Er selbst rollte Eleas Fellkleider zusammen, befestigte sie noch an ihrem Rucksack, den er sich schulterte. Anschließend nahm er Elea wieder auf seine Arme. Finlay hatte sich inzwischen in der Höhle umgesehen. Eleas glühendes Haar sorgte für das nötige Licht. Silbrig glänzende Steine von unterschiedlicher Größe steckten in den Wänden. Merkwürdige Steingebilde verbanden immer wieder Boden und Decke miteinander, sodass die Höhle den Eindruck eines Säulenganges erweckte. „Es sieht hier genauso aus, wie in Eleas Traum", sagte Maél fasziniert. „Lass uns einfach weitergehen! Ich bin mir sicher, dass alles genauso eintreten wird, wie sie es mir geschildert hat."

Während die beiden Männer eine Weile die Höhle in die einzig mögliche Richtung, die sich ihnen bot, entlangschritten, wurde diese immer schmaler und die Decke immer niedriger. Sie befanden sich mit einem Mal in einem Höhlengang, der zu einem pulsierenden rötlichen Licht führte, das intensiver als Eleas Haarglühen war. Maél und Finlay warfen sich immer wieder erwartungsvolle, aber auch angespannte Blicke zu. Keiner wagte mehr zu sprechen. Die einzigen Geräusche, die zu vernehmen waren, waren ihre knirschenden Schritte.

Endlich war von weitem ein kleiner Durchgang zu sehen, durch den der pulsierende Lichtschein in den Höhlengang strahlte. Als sie dort ankamen, sahen sie sich staunend an. „Also wenn du mich fragst, dann wurde der Eingang von Zwergen in den Felsen gehauen." Maél nickte mit ernster Miene. Er ließ sich auf die Knie hinab und rutschte immer noch mit Elea auf den Armen durch den Eingang, gefolgt von Finlay. Maél blickte wie gebannt auf den riesigen Hohlraum, der sich vor ihm auftat. Beide Männer hielten die Luft an, während ihre Augen über die gewaltige kuppelartige Decke glitten, die sich über sie wölbte. Finlay konnte sich als erster von seiner Starre befreien. Er stand auf und ging ein paar Schritte bis zu der Kante der kleinen Plattform, auf der sie sich befanden. Dann warf er vorsichtig einen Blick hinunter. Was er etwa zwanzig Fuß tiefer entdecken musste, ließ sein Blut zu Eis gefrieren. Langsam drehte er sich zu Maél herum, der sich immer noch nicht von seinen Knien erhoben hatte. Mit weit aufgerissenen Augen flüsterte er Maél zu: „Du wirst es mir nicht glauben, aber da unten liegt ein glühender Drache, der, wie es scheint, schläft." Maél nickte erneut. „Ich weiß. Elea hat es genauso geschildert. Und? Wie sieht er aus? Glaubst du, er greift uns an?", fragte Maél halb ernst halb scherzend. „Also im Moment macht er keinen aggressiven Eindruck auf mich. Aber welches wilde Tier macht das schon, wenn es schläft?! Wir können nur hoffen, dass er einen genauso tiefen Schlaf hat wie unsere Drachenreiterin." Maél erhob sich ruckartig und steuerte die in Stein gehauenen Stufen an, die links von ihm nach unten führten. Finlay hielt ihn ängstlich zurück. „Meinst du wirklich, dass wir es riskieren können? Es ist immerhin ein Drache. Du weißt, wozu sie fähig sind."

„Finlay! Wir bringen ihm seine Reiterin. Außerdem hat er ihm Traum zu ihr gesagt, dass er schon lange auf sie warte. Also ich denke, er wird uns nichts tun, falls er überhaupt aufwacht, was ich bezweifle", versuchte Maél Finlay zu beruhigen. Dieser nahm sich schließlich ein Herz und hing sich an Maéls Fersen. Als sie unten ankamen, hielt Maél für einen kurzen Moment inne, um den schlafenden Drachen zu betrachten. Er sah genauso aus, wie Elea ihn beschrieben hatte. Er hatte vier Hörner auf dem Kopf, höckerartige Gebilde auf dem Rücken, rote, schuppige Haut und... tatsächlich einen gutmütigen Gesichtsausdruck. Er war groß, aber nicht von der monströsen Größe, wie man sich Drachen vorstellte. Langsam ging er auf das Tier zu. Drei Schritte vor seinem Kopf blieb er stehen und schaute sich die nähere Umgebung um ihn herum an. Unschlüssig überlegte er, wohin er Elea betten könnte. Er beschloss, sich von seinem Instinkt und nicht von seiner Vernunft leiten zu lassen. Er legte sie direkt neben das linke Vorderbein, auf dessen anderer Seite der große Kopf des schlafenden Tieres ruhte. Finlay sah ihn bestürzt an. Bevor er etwas einwenden konnte, lieferte Maél ihm die Erklärung für seine Entscheidung. „Ich denke, dass es wichtig ist, dass sie nahe beisammen liegen, wenn das Band zwischen ihnen geknüpft wird. Ich weiß, es entbehrt jeglicher Vernunft. Drachen sind höchstwahrscheinlich die gefährlichsten und unberechenbarsten Kreaturen, die dem Menschen bekannt sind. Aber mein Instinkt sagt mir, dass sie bei ihm am sichersten ist, Finlay."

„Ich baue auf deine Instinkte. Die haben uns bisher noch nie enttäuscht. Ich sehe mich mal in dieser gewaltigen Höhle um." Er legte das gesamte Gepäck neben Maél ab. „Ja! Tu das! Ich höre Wasserplätschern. Irgendwo muss eine Quelle sein. Dann hätte Elea auf jeden Fall Wasser."

„Gehst du etwa davon aus, dass sie sich länger in der Höhle aufhalten wird?", fragte Finlay erstaunt. „Nein! Das gehe ich nicht. Und ich hoffe, dass es auch nicht dazu kommen wird. Aber man weiß nie. Es beruhigt mich jedenfalls zu wissen, dass sie nicht verdursten muss. Verstehst du, was ich meine?", sagte er etwas gereizt. „Ja, ja, ja! Ist ja schon gut!", sagte Finlay beschwichtigend. Er hatte bereits angefangen, sich umständlich mit seinen verbundenen Händen aus seiner Fellkleidung zu schälen. Maél stand ebenfalls auf und erlöste sich ebenfalls von seinen nass geschwitzten Kleidern. In der Höhle war es so warm, dass man sich ohne weiteres auch nackt darin aufhalten konnte.

Während Finlay sich aufmachte, um die Höhle zu inspizieren, richtete Maél aus Eleas Fellumhang und ihrer Fellkleidung eine weiche Unterlage. Dabei sah er immer wieder auf das Gesicht des Drachen, weil er jeden Moment damit rechnete, dass er die Augen aufschlug. Aber nichts dergleichen geschah. Er legte Elea schließlich so neben den Drachen, dass sie sein riesiges Bein mit ihrem Körper berührte. Der Drache regte sich immer noch nicht. Er zog ihr noch das nasse Hemd aus. Dann fiel sein Blick auf den Stein, der aufgehört hatte zu leuchten. Ihn überkam mit einem Mal das unerklärliche Gefühl, dass sie ihn jetzt, wo sie bei ihrem Drachen war, nicht mehr bräuchte, aber dass er vielleicht Finlay von Nutzen sein könnte. Also zog er ihn über ihren Kopf und steckte ihn sich vorne in die Hose. Ihm war immer noch viel zu warm. Deshalb befreite er sich von sämtlichen Kleidungsstücken oberhalb der Taille. Mit nacktem Oberkörper setzte er sich im Schneidersitz neben Elea und streichelte ihr Gesicht und die nackte Haut ihrer Arme. Diese Berührungen erfüllten sein Inneres wieder mit dieser wohligen Wärme. Von dieser wunderschönen Empfindung, sowie von der Quelle selbst, der Frau, die auch alle anderen schönen, lange Zeit in Vergessenheit geratenen Empfindungen wieder in ihm wachgerufen hatte, würde er in naher Zukunft für immer Abschied nehmen müssen. Maél spürte jetzt schon, dass es ihm schwerer fallen würde, als alles andere, was er bisher in seinem Leben gegen seinen Willen hatte tun müssen. Er hörte bereits die innere Stimme, die ihm immer wieder sagte, dass es der einzige Weg war, um sie vor allem Bösen zu schützen. Aber da war noch etwas anderes in ihm, etwas Bedrohliches, das langsam, aber stetig an Kraft zunahm. Es fühlte sich genauso an, wie die dunkle Kraft in seinem Traum, die ihn - als kleinen Jungen - zu dem See voller Blut hinzog. Diese dunkle Kraft wollte ihn nicht von Elea wegtreiben, sondern ihn an sie binden, dass er sie niemals verlassen könnte. *Verdammt! Es funktioniert doch nicht. Unsere Liebe kann seinen Bann doch nicht durchbrechen.* Maél begann bei dieser Erkenntnis noch mehr zu schwitzen, weil er gegen diese dunkle Kraft ankämpfte. *Wo bleibt Finlay nur?* Ihm wurde klar, dass er Elea schneller verlassen musste, als er ursprünglich vorhatte. Denn diese dunkle Kraft würde unaufhaltsam weiterwachsen, sodass er Finlay womöglich zu großen Widerstand leisten oder ihn sogar töten würde. Endlich hörte er von weitem Schritte.

Als Finlay bei den drei fremdartigsten Wesen ankam, denen er jemals begegnet war, wurde er sogleich von Maéls grimmigem Blick empfangen. „Wo warst du so lange? Wir müssen so schnell wie möglich wieder die Höhle verlassen!"

„Willst du dir nicht vielleicht erst einmal anhören, was ich zu berichten habe?", fragte Finlay ihn vorwurfsvoll. Er fuhr jedoch einfach fort, ohne eine Antwort abzuwarten. „Du hattest Recht. Es gibt hier eine Quelle. Außerdem gibt es einen Ausgang ins Freie, der groß genug ist, dass der Drache hindurchpasst. Von irgendwo muss er ja nach draußen gelangen. Durch den kleinen Durchgang, durch den wir eben gekrochen sind, passt er jedenfalls nicht." Finlay ließ Maél erst gar nicht zu Wort kommen. Seine Aufregung war deutlich seiner Stimme zu entnehmen.

„Maél kannst du dich daran erinnern, dass wir, als wir vorhin gerannt sind, bergauf gerannt sind? Also ich nicht. Aber dieser Ausgang, von dem ich gerade gesprochen habe, endet tatsächlich an einem Vorsprung des Berges etwa fünftausend Fuß hoch. Ich konnte von dort aus sogar auf die andere Seite des Akrachóns sehen. Viel konnte ich zwar nicht erkennen, aber das Land ist auf jeden Fall fruchtbar. Es ist keine Wüste." Finlay bemerkte plötzlich Maéls konzentrierten Blick, mit dem er ihn fixierte. „Maél, was ist los mit dir? Warum starrst du mich so an?"

„Setz dich zu mir! Du wirst mir jetzt genau zuhören und mich nicht unterbrechen. Wir müssen schnell wieder von hier verschwinden. Ich spüre bereits, dass es mir von Augenblick zu Augenblick schwerer fällt, Elea zu verlassen. Entweder liegt es daran, dass Darrach schon sehr nah ist oder dass ich den Kampf, mich seinem Befehl zu widersetzen, verlieren werde." Er hielt kurz inne, um Finlay aus der Proviantasche ein Stück Brot und getrocknetes Fleisch herauszuholen. Als er es ihm hinhielt, schaute dieser ihn mit einem Gesichtsausdruck an, als zweifelte er an seinem Verstand. „Du glaubst doch etwa nicht, dass ich jetzt etwas essen kann!?"

„Iss! Wer weiß, wann du wieder dazu kommen wirst! Bitte, Finlay!" Maél hatte die Hoffnung, dass Finlay ihn mit vollem Mund weniger unterbrechen würde. Dieser nahm ihm kopfschüttelnd das Brot und das Fleisch ab und biss lustlos hinein. Kauend fragte er: „Und was ist mit dir? Du musst auch etwas essen." Um jede weitere Diskussion zu vermeiden, nahm sich Maél ebenfalls ein Stück Brot, biss hinein und begann zu sprechen. „Finlay, du musst mir versprechen, auf Elea aufzupassen." Finlay konnte sich schon nach Maéls erstem Satz nicht mit einem Einwand zurückhalten. „Und wie stellst du dir das vor? Sie fliegt auf einem Drachen durch die Lüfte. Und ich bin vorerst außer Gefecht gesetzt." Er hielt demonstrativ seine Hände hoch. Maél schnaubte laut die Luft durch die Nase. Er atmete noch einmal tief durch, um seine aufkommende Wut über Finlays Unterbrechung im Keim zu ersticken. Dann fuhr er mit halbwegs beherrschter Stimme fort. „Hör mir einfach zu, ohne mich zu unterbrechen! Ich habe alles genau durchdacht. Elea wird mit dem Drachen als erstes ihre Familie suchen gehen. Wenn ihre Eltern schlau sind, haben sie Rúbin bereits verlassen. Sie wird natürlich viel schneller sein als du. Sobald du aus der Höhle bist und Darrachs Verhör überstanden hast - falls du ihm begegnest, wovon ich stark ausgehe -, wird Jadora dich nach Moray zurückbringen. Von dort wirst du dich schnellstmöglich auf die Suche nach ihr machen. Es wird nicht schwierig sein, ihrer Spur zu folgen. Ein Drache am Himmel fällt jedem auf. Und wenn ich richtig vermute, dann verhält es sich mit seiner Haut genauso wie mit ihrem Haar. Sie leuchtet im Dunkeln. Also können sie bei Nacht nicht ungesehen fliegen. Und bei Tag erst recht nicht. Wenn du sie gefunden hast, dann halte sie unter allen Umständen davon ab, nach Moray zurückzukehren. Sie muss sich unbedingt von Darrach fernhalten."

„Was macht dich so sicher, dass Darrach mich einfach mit Jadora gehen lässt?", hakte Finlay nach. „Ganz einfach. Du sagst ihm die Wahrheit über mich und Elea. Das ist es, was er hören will, falls er es nicht schon von Jadora weiß. Du bist dann für ihn uninteressant. Außerdem bist du Roghans Sohn. Er wird dir nichts tun. Er hat sich bisher noch nie selbst die Hände schmutzig gemacht... Das habe ich immer für ihn erledigt." Finlay sah ihn misstrauisch mit zusammengekniffenen Augen an. Bevor Maél fortfahren konnte, übernahm er rasch das Wort: „Gut nehmen wir einmal an, ich schaffe es, an Darrach vorbeizukommen. Ich kenne Elea aus Erzählungen von Jadora und ich habe sie bereits selbst erlebt. Wenn sie nicht gerade von schlechten Gefühlen überfordert ist, dann kann sie äußerst stur und zielstrebig sein. Sie hat einen starken Willen. Wie könnte ich sie denn daran hindern, nach Moray zurückzukehren, um dich zu retten? Du hattest sicherlich die ein oder andere Kostprobe mehr ihres unerschütterlichen Willens." Maél blickte Finlay mit todernster Miene an. Dann ergriff er sein Schwert, das er mit seinem Gürtel abgelegt hatte, zog es aus der Scheide und legte es mit dem Griff an Finlays rechter Seite ab. Dieser sah ihn halb verständnislos halb schockiert in seine verschieden farbigen Augen. „Du wirst mich töten. Es ist die einzige Chance für Elea, vor mir sicher zu sein. Wenn Darrach mich in die Hände kriegt, dann stelle ich die größte Gefahr für sie dar. - Sieh mich nicht so entgeistert an! Du hast in den letzten Jahren bestimmt mehr als einmal mit dem Gedanken gespielt, mich zu töten. Und glaube mir, ich hätte es längst selbst getan, wenn ich es könnte. Aber Darrach hat auch hierfür Vorkehrungen getroffen. Ich kann weder ihn noch mir selbst das Leben nehmen. – Du wirst ihr sagen, dass ich tot bin, und dass es keinen Grund gibt nach Moray zurückzukehren." Finlay war sprachlos. Im ersten Moment war er gewillt, laut herauszulachen. Aber der Blick, mit dem Maél ihm in die Augen sah, ließ keine andere Deutung zu, als dass es sein voller Ernst war. Finlay sprang jäh auf und schrie ihn an: „Du bist wahnsinnig! Wahrscheinlich erwartest du noch von mir, dass ich sie über deinen Tod hinweg tröste, nachdem du durch meine Hand gestorben bist. Soll ich sie vielleicht auch noch dazu bringen, dass sie sich in mich verliebt, damit sie dich vergisst? Dass sie mir viel bedeutet, steht außer Frage. Aber an der Tatsache, dass sie dich über alles liebt - und so wie es aussieht - bis an das Ende ihrer Tage -, ist nicht zu rütteln. Ich könnte niemals mit der Last leben, den Mann getötet zu haben, den sie mehr als ihr eigenes Leben liebt, geschweige denn mich mit diesem Wissen in ihrer Nähe aufhalten. Außerdem was macht dich so sicher, dass ihre Bestimmung das Menschenvolk zu retten, sie nicht wieder zurück nach Moray führen wird, unabhängig davon, ob du noch lebst oder nicht? Sie wird sich ihrer Bestimmung stellen, ob es ihr gefällt oder nicht. So gut müsstest du sie inzwischen auch kennen." Maéls Herz hämmerte wie wild in seiner Brust, zum einen weil er immer mehr gegen den von Darrach auferlegten Zwang, Elea nicht zurückzulassen, ankämpfen musste. Zum anderen aber auch weil er seinen Trumpf ausspielen musste, um Finlay zu dieser drastischen Tat zu bewegen. Dieser stand direkt vor ihm und blickte ungehalten auf ihn hinab. Maél erhob sich langsam und sah ihm fest in die Augen. „Ich hatte die Hoffnung, der Schritt, mich zu töten, würde dir leichter fallen. Nun gut. Du hast es nicht anders gewollt. Ich dachte, ich könnte dir das, was ich dir jetzt sagen werde, ersparen... Ich habe vor elf Jahren den Pfeil auf Liljanas Herz abgeschossen. Ich hatte mich im Wald versteckt und auf die Lauer gelegt und gewartet bis sie in meine Schusslinie kam. Dann schoss ich den Pfeil ab." Finlays Atemzüge kamen immer lauter und schneller. Er fixierte Maél mit aufgerissenen Augen und begann langsam mit dem Kopf zu schütteln, als ob er das, was er soeben gehört hatte, nicht glauben konnte oder wollte. „Nein! Nein! Nein! Nein!" Schreiend stürzte er sich auf Maél und schlug ihn nieder. Dieser setzte sich kein bisschen zur Wehr. Er ließ die Faustschläge, die auf ihn niedertrommelten kampflos über sich ergehen, bis Finlay außer Atem und vor Schmerzen in seinen Händen sich neben ihn auf den Boden fallen ließ. Trotz der Verbände war es Finlay in seiner unbändigen Wut gelungen, Maéls Gesicht blutig zu schlagen. Sie waren jedoch nicht nur von Maéls Blut, sondern auch von dem Blut seiner aufgebrochenen Wunden durchtränkt.

Beide Männer lagen schwer atmend mit geschlossenen Augen nebeneinander, bis Maél endlich nach einer Weile zu sprechen begann. „Das, was ich getan habe ist unverzeihlich. Ich habe es mir auch selbst nie verziehen. Ich konnte damit nur leben, indem ich mich von dir distanziert habe und indem ich alle Gefühle außer Hass und Verachtung in mir abtötete. Du siehst, wie groß Darrachs Macht über mich ist und wozu er mich bringen kann. Deshalb musst du mich töten. Wenn du es nicht zur Rettung von Elea tun willst, dann vielleicht aus Rache."

„Ich hatte schon immer den Verdacht, dass Darrach dahintersteckt. Aber dass du letztendlich den tödlichen Pfeil auf sie abgeschossen hast, hätte ich nie für möglich gehalten. Du hast sie doch geliebt wie deine eigene Mutter!" Finlay machte eine kurze Pause, bevor er weitersprechen konnte. Dann drehte er seinen Kopf, sodass er direkt in Maéls Gesicht sah, der ihn mit blutverschmiertem Gesicht erwartungsvoll anblickte. Drei, vier Atemzüge später sagte er mit Entschlossenheit: „Ich muss dich enttäuschen. Auch wenn ich im Augenblick nichts lieber täte, als dir dein eigenes Schwert in den Bauch zu rammen, muss ich fair genug sein und zugeben, dass du es unter Darrachs Zauberbann und gegen deinen Willen getan hast. Du hast zwar den Pfeil abgeschossen, aber Darrach war es, der ihn gelenkt hat. - So leicht werde ich es dir nicht machen. Du wirst dich ihm stellen müssen. Ich werde dich jedenfalls nicht töten." Mit einem Mal hatte Maél das Gefühl, dass sein Magen um die Hälfte schrumpfte. Seine Kehle war so eng, dass er kaum noch atmen konnte – aus Wut, aus Panik, da sein Plan zu scheitern drohte. Außer sich stürzte er sich auf Finlay und drückte ihm seinen Arm auf den Hals. „Glaubst du etwa ich fürchte seine Bestrafungen und seine Folter, die er sich sicherlich schon auf dem Weg hierher zurechtgelegt hat? Die kann ich ertragen. Sie haben mich mein Leben lang begleitet. Ich fürchte nur das, was er aus mir machen wird, um Elea das Leben noch schwerer zu machen, als es ohnehin schon ist. Vielleicht bringt er mich sogar so weit, dass ich sie töte, wenn er von ihr hat, was er offenbar so begehrt. Verstehst du, du Narr?!", schrie er ihm ins Gesicht. „Dann kämpfe dagegen an, mit all deiner Liebe, die du für sie empfindest! Kämpfe gegen seinen Zauberbann an!", schrie Finlay mit gepresster Stimme zurück, da Maél immer noch den Arm auf seine Kehle drückte. Maél ließ sich resigniert zurück auf den Rücken rollen, während Finlay seine schmerzende Kehle rieb. „Das wird nicht reichen, Finlay. Was glaubst du, was ich schon die ganze Zeit tue, seitdem wir hier sind. Der Zwang, mit ihr zurückzukehren wird immer größer. Wenn du mich nicht töten willst, dann schaffe mich wenigstens von hier fort. Du musst mich bewusstlos schlagen und von hier wegbringen, egal wie. Solange Elea noch hier ist, darf Darrach nicht in die Höhle gelangen und schon gar nicht, wenn ich hier bin. Dann bleibt noch... Verdammt! Das darf nicht sein!" Maél spürte plötzlich, wie der Ring um seinen Hals schwerer und kälter wurde. Finlay sah wie gebannt auf den Schlangenring, dessen Auge mit einem Mal auch grün leuchtete. „Hat das etwas zu bedeuten?", fragte er ängstlich, während er auf das leuchtende Auge zeigte. Maél sah das Leuchten nun auch. „Darrach ist wahrscheinlich angekommen. Finlay, wir müssen uns beeilen." Maél zog sich schnell seine Kleider wieder an. Auf die Fellkleidung verzichtete er. Er hob schweren Herzens sein Schwert vom Boden auf und betrachtete es kurz, bevor er es wieder in seine Scheide zurücksteckte. Er beschloss, es Elea zurückzulassen. Er würde es ohnehin nicht gegen Darrach einsetzen können. Er drehte sich zu Elea und dem Drachen um, die er eine ganze Weile aus den Augen gelassen hatte. Was er sah, ließ eine Gänsehaut über seinen Körper hinwegwachsen – und dies war bisher in seinem Leben äußerst selten vorgekommen. Der Drache hatte im Schlaf seine Position so verändert, dass Elea jetzt zwischen seinem großen Kopf und seinem Bein geschützt lag. Er sah zu Finlay, der es ebenfalls bemerkt hatte. „Du hast Recht, Maél. Bei ihm ist sie am besten aufgehoben. Er beschützt sie jetzt schon, während er schläft. Übrigens: Ich glaube, ich habe dein Rätsel gelöst. Kann es sein, dass der Mann, dem sich Elea als Jungfrau hingibt, irgendwie ihre Fähigkeiten oder die Kontrolle über sie bekommt?"

„Nicht schlecht. Du bist nah dran." Daraufhin sah er auf den Drachen und dann wieder zustimmend zu Finlay, dessen Augen weit aufgerissen waren. „Er erlangt dadurch die Kontrolle über den Drachen?"

„Verstehst du jetzt, warum nicht ich es sein darf, dem sie ihre Unberührtheit schenkt, so sehr wir es uns auch wünschen?" Finlay staunte über Maéls selbstloses Verhalten, wozu er vor zwei Monden noch nicht in der Lage gewesen wäre. Er nickte ihm verständnisvoll zu, während Maél sich niederkniete, um Elea das letzte Mal die Wange zu küssen und den Duft ihres Haars einzuatmen. Er verharrte so einige Zeit, bis Finlay ihn an der Schulter packte und von ihr wegzog. „Maél, wir müssen los! Du musst dich zusammenreißen! Ich weiß nicht, ob ich dich überwältigen kann. Du musst mir helfen. Mach es wie sie! Denk an eure schönen gemeinsamen Momente! Erinnere dich an die Gefühle, die sie in dir wieder zum Leben erweckt hat! Wir müssen denselben Weg zurückgehen. Unsere einzige Chance hier wieder herauszukommen ist die Überwindung des Schneebergs. Der andere Ausgang ist unser sicherer Tod." Maél nickte, ohne seinen Blick von Elea zu wenden. „In meiner Satteltasche ist ein Seil. Das wirst du brauchen." Dann schloss er die Augen, konzentrierte sich auf das, was Finlay ihm geraten hatte und drückte die zu Fäusten geballten Hände krampfhaft auf seine Oberschenkel. „Los, schlag zu!", forderte er ihn auf. Finlay wusste, dass er es mit seinen verbundenen und höllisch schmerzenden Händen nicht schaffen würde, ihn bewusstlos zu schlagen. Es würde schon anstrengend genug für ihn werden, den schweren Mann zurückzutragen. Er hob Maéls Schwert auf, hielt es an der Scheide, holte weit aus und schlug ihm den Griff mit aller Kraft gegen die Schläfe. Maél verlor sofort das Bewusstsein und kippte zur Seite auf den Boden. Da Finlay nicht wusste, wie lange Maél ohnmächtig sein würde - erfahrungsgemäß hielt bei ihm Bewusstlosigkeit nie lange an – musste er schnell handeln. Er nahm das Seil und schnitt es in zwei Teile. Dann zog er seine Fellkleidung über und band sich mit einem Seil, seine Satteltasche um die Hüfte. Die andere Hälfte des Seils steckte er ein. Maéls Satteltasche und Fellkleidung musste er zurücklassen. Unter lautem Ächzen ergriff er Maél mit seinen wunden Händen und legte ihn sich über die Schulter. Bevor er auf die Treppe zusteuerte, warf er nochmal einen letzten Blick auf Elea. „Elea, wir werden uns wiedersehen.

Das verspreche ich dir. Bis dahin viel Glück!" Dann stieg er ächzend die Treppe zu dem emporenartigen Vorsprung hinauf.

Kapitel 8

Die Sonne hatte bei strahlend blauem Himmel fast ihren höchsten Stand erreicht. Jadora hatte mit seinen sechs Kriegern und den Pferden den Lagerplatz verlassen und sich aus dem frostigen Schatten auf die westliche Seite der Fläche in die wärmende Sonne begeben. Alle hatten sich entweder ein schützendes Tuch vor die Augen gebunden oder ihre Kapuze tief ins Gesicht gezogen, um sich vor den blendenden Sonnenstrahlen zu schützen, die von den schneebedeckten Felswänden reflektiert wurden. Sogar den Pferden hatten sie leere Vorratssäcke über den Kopf gezogen. Diese zermalmten jetzt blind ihre letzte Haferration. Die Gefahr, schneeblind zu werden, erschien ihnen nach der eiskalten Nacht, die ihre Glieder im Zelt erstarren oder zum Teil ganz taub werden ließ, das geringere Übel zu sein. Nur langsam drang die Wärme in ihr Innerstes vor und brachte ihren Gliedern ihre Beweglichkeit zurück.

Seit Maél mit Elea und Finlay in der Lawine am frühen Morgen verschwunden war, wurde Jadoras Miene zusehends düsterer und beunruhigter. Als er dann noch feststellen musste, dass ihr Proviant nur noch einen Tag, wenn sie sehr sparsam damit umgingen, vielleicht auch zwei Tage reichen würde, begann er, sich ernsthaft Sorgen zu machen. Die zunehmende Kälte bereitete ihm allerdings am meisten Kopfzerbrechen. Eine weitere Nacht würden sie ohne ein wärmendes Feuer kaum noch durchstehen können, von den Pferden ganz zu schweigen. Ihm wäre es am liebsten, wenn sie noch am selben Tag von hier verschwinden könnten, um wieder in bewaldetes Gelände zu gelangen. Er sah immer wieder nervös auf die Stelle des Schneebergs, wo die Drei hineinrannten. Er sehnte inständig den Augenblick herbei, wo Finlay - lieber wäre ihm jedoch Finlay und Maél - wieder von dem Schneeschlund ausgespuckt werden würden. In seinen Gedanken versunken bemerkte er, wie Morgad sich ihm näherte. Der Krieger klopfte sich immer noch mit seinen in Fellfäustlingen steckenden Händen auf die Oberarme, obwohl dies eigentlich nun nicht mehr notwendig war. Er hatte offensichtlich ein Anliegen, traute sich jedoch nicht, es seinem Hauptmann mitzuteilen. Jadora erlöste ihn schließlich aus seiner misslichen Lage, wenn auch mit deutlichem Unmut. „Rück schon raus damit, Morgad! Was liegt dir auf der Zunge?" Morgad hustete einmal kräftig seine Stimme frei, bevor er zu sprechen begann. „Hauptmann Jadora, wir könnten doch ein Zelt hier in der Sonne aufbauen. Es würde sich aufheizen und wir könnten uns drinnen aufhalten und uns dabei gleichzeitig vor den blendenden Sonnenstrahlen schützen." Jadora sah den Krieger mürrisch an und erwiderte in noch gereizterem Ton. „Ich hoffe darauf, dass Prinz Finlay jeden Moment aus dem Schnee herausgerannt kommt, damit wir endlich von hier verschwinden können. Ich habe nicht vor, es mir hier in dieser unwirtlichen Gegend noch gemütlich zu machen!" Er erhob sich abrupt vom Boden. „Wisst ihr was wir tun werden, Männer? Wir werden die Zelte abbauen. Bei dieser körperlichen Tätigkeit wird es uns auch warm werden. Wenn Finlay dann auftaucht, können wir sofort aufbrechen." Morgad räusperte sich verlegen und verlagerte dabei sein Gewicht ständig von einem Fuß auf den anderen.

„Und was ist, wenn er nicht so bald auftaucht? Was ist, wenn er erst morgen wieder zu uns gelangt? Oder wenn er vielleicht überhaupt nicht mehr zurückkehrt?" Auf Jadoras Stirn grub sich eine tiefe Falte und seiner Kehle entrang ein Knurrlaut, der es durchaus mit Maéls Knurren hätte aufnehmen können. „Du solltest darum beten, dass dies nicht eintritt! Wenn doch, dann sieht es nicht gut für uns aus. – Und jetzt kein Wort mehr davon! Vielleicht ist uns das Glück immer noch hold. Los Männer! Bewegt euren Hintern!"

Die sieben Männer stapften durch den Schnee wieder zurück zur anderen Seite hinüber, wo die Zelte standen. Jadora erreichte als Erster den engen Zugang zur Schlucht und wagte einen Blick hinein. „Verdammt! Wir bekommen Besuch." Er erkannte sofort die Gestalt, die den Reitertrupp anführte. Jetzt, da er wusste, dass Darrach ein Zauberer war, der sich der dunklen Mächte verschrieben und so Maél zu seiner Marionette gemacht hatte, überkam ihn ein eisiger Schauder, der mindestens ebenso unerträglich war wie die frostigen Temperaturen. Dennoch ließ er sich nicht durch das herannahende Grauen von seinem Plan abbringen. Die Krieger setzten ihren Weg fort und begannen übereifrig mit ihrer Arbeit. Sie legten gerade die Tierhäute zusammen, als die Reitergruppe bei ihnen anhielt. Jadora sah zu Darrach auf, der trotz der dicken Fellkleidung wie immer eine dürre Erscheinung im Vergleich zu den massigen Kriegern abgab, die sich hinter ihm mit ihren Pferden aufgereiht hatten. Jadora konnte in ihrer versteinerten Miene Furcht lesen, gegen die er ebenfalls ankämpfte. Er bemühte sich so unbeeindruckt wie möglich dem durchdringenden Blick des Zauberers standzuhalten. Es gelang ihm sogar, ihm zum Gruß zuzunicken. Darrach durchbrach schließlich die beklemmende Stille. „Jadora, wie ich sehe, sind Maél und Elea nicht mehr unter euch." Der Hauptmann zeigte auf die schneefreie Felswand mit dem hohen, spitz zulaufenden Höhleneingang und erwiderte knapp. „Sie sind dort drinnen." Der Zauberer stieg langsam von seinem Pferd ab und schritt ebenso langsam auf Jadora zu, was auf ihn einen noch bedrohlicheren Eindruck machte, als wenn er auf ihn zugeeilt wäre. Er ließ sich jedoch nichts von seiner Unsicherheit anmerken. Eine Armlänge entfernt blieb der hoch gewachsene Zauberer vor dem bulligen, mindestens einen Kopf kleineren Mann stehen. „Ihr baut die Zelte ab? Wie lange sind sie schon in dem Berg?"

„Seit heute Morgen mit dem ersten Tageslicht." Darrach sah Jadora immer noch unverwandt an. Er blickte kurz auf die Schneemassen vor dem Höhleneingang, dann wieder auf Jadora. „Wie haben sie den Schnee überwunden? Sie haben sich wohl kaum einen Weg hinein frei geschaufelt?!", wollte der Zauberer mit lauernder Miene wissen. Der drohende Unterton seiner Stimme ließ Jadora fast vergessen zu atmen. Darrachs Begleiter wandten ängstlich ihren Blick von dem Hauptmann ab, als dieser ihren suchte. Jadora räusperte sich nervös. Er musste an Maéls Worte denken, mit denen er ihn aufgefordert hatte, Darrach gegenüber die Wahrheit zu sagen. „Elea hat so eine Gabe, mit der sie magische Energie erzeugen kann." Darrachs blauer Lauerblick überzog sich urplötzlich mit einer Düsternis, wie dunkelgraue Gewitterwolken von jetzt auf nachher das Himmelblau unter sich verdeckten. „Was für eine Energie ist das? Woraus schöpft sie sie?", zischte er ungeduldig Jadora entgegen, sodass dieser glaubte, seinen heißen Atem auf seiner Stirn zu spüren. „Sie gewinnt sie aus Gefühlen, vor allem aus Liebe."

„Und woher nimmt sie die Liebe in ihrer gegenwärtigen, misslichen Lage?"

Der Hauptmann musste schwer gegen den Kloß in seiner Kehle anschlucken, bevor er zu einer Antwort fähig war. Er musste jetzt etwas tun, was ihm gewaltig gegen den Strich ging. Aber sein Leben war ihm wichtiger, als Maéls und Eleas Geheimnis um jeden Preis für sich zu behalten. Er spürte, dass dieser Mann über eine Macht verfügte, die sein Schwert lächerlich erscheinen ließ. „Sie liebt Maél und er liebt das Drachenmädchen." Darrachs Herzschlag setzte für einen kurzen Moment aus, obwohl er mit einer derartigen Antwort schon gerechnet hatte. Er sah Jadora grimmig ins Gesicht. „Seit wann wisst Ihr von dieser Liebe und dieser Gabe?

„Von der Gabe habe ich erst auf dieser Reise erfahren. Dass sie sich lieben, ist bereits auf der Reise nach Moray deutlich geworden. – Ich weiß, was Ihr denkt. Maél hat uns allen mit dem Tod gedroht, wenn wir ein Wort darüber in Moray hätten verlauten lassen. Ihr wisst selbst, wie überzeugend er in dieser Hinsicht sein kann", log Jadora. Darrach kniff wieder prüfend die Augen zusammen und ließ seinen Blick über die sechs Krieger schweifen, die ihre Arbeit, während der Befragung ihres Hauptmannes, nicht unterbrochen hatten. In Darrachs Kopf formte sich bereits seine nächste Frage. „Was plant Maél, nachdem er Elea zu dem Drachen gebracht hat? Das hat er ja offensichtlich."

„Er lässt sie bei ihm zurück, damit sie mit ihm fliehen kann. Er selbst hat nicht vor lebend aus dem Berg wieder herauszukommen." Darrachs Augen weiteten sich für die Dauer eines Atemzuges. Er kam Jadora noch näher, sodass sie sich fast berührten. Mit drohender Stimme sprach er zu ihm. „Das wird ihm aber ohne Hilfe nicht gelingen, Jadora. Ich denke, er wird noch jemand an seiner Seite haben. Also rückt mit der Sprache heraus! Wer hilft ihm dabei?"

„Prinz Finlay."

„Das dachte, ich mir schon, dass er mit von der Partie ist. – Nun gut. Jetzt weiß ich, was ich ohnehin schon die ganze Zeit befürchtet habe. Und ihr wartet darauf, dass der Prinz wieder herauskommt. Sehe ich das richtig?" Jadora nickte diesmal nur zustimmend ohne ein weiteres Wort. Wider Erwarten wandte sich der Zauberer abrupt von Jadora ab und gab seinen Männern den Befehl, das Lager aufzuschlagen. Daraufhin begab er sich wieder gemächlichen Schrittes zu seinem Pferd und löste eine Tasche von dem Sattel. Anschließend setzte er sich seelenruhig auf den Boden und begann zu essen. Jadora beobachtete den Zauberer mit Unverständnis, aber auch Erleichterung. Er hatte eine ganz andere Reaktion von ihm erwartet: toben, fluchen, magische Sprüche aufsagen, um den Schneeberg zu beseitigen. Aber Darrach war ein gefährlicher und unberechenbarer Mann. Wer weiß, was für Kräfte er besaß, die ihm eine solche gelassene Haltung erlaubten.

Jadora konnte natürlich nicht sehen, wie es wirklich in ihm aussah. Darrachs Gedanken wirbelten sturmartig in seinem Kopf herum, ebenso wie sein Herz gegen seine Brust trommelte. Die Tatsache, dass er vielleicht für immer sein Werkzeug und seine Lebenskraft spendende Quelle verloren hatte, versetzte ihm einen so großen Schock, dass er zunächst gar nicht an die Konsequenzen für seinen ursprünglichen Plan dachte, nämlich wenn der Drache und Elea unerreichbar für ihn werden würden. Er musste essen, zum einen um seinen schwachen Körper zu stärken, zum anderen um besser darüber nachdenken zu können, was er nun unternehmen sollte. Unter normalen Umständen würde er den Schneeberg ohne weiteres mit seiner dunklen Magie zum Schmelzen bringen können. Aber er war so geschwächt von den vergangenen Wochen und den letzten Tagen durch die Reise und die unerbittliche Kälte, dass er unmittelbar nach dem Zauber für jedermann verwundbar wäre. Das konnte er nicht riskieren. Er musste sich ein gewisses Maß an Kraft aufsparen, um sein Leben zu schützen. Deshalb wollte er lieber erst einmal abwarten, was passierte. Vielleicht lief Maéls Plan nicht so, wie er gehofft hatte und er hätte doch noch Zugriff auf ihn. Auch hierfür – Maél in die Knie zwingen – würde er Kraft benötigen. Erst recht, wenn er möglicherweise von der Zaubermagie der Hexe beeinflusst war.

Ein Gedanke befreite sich immer wieder aus seinem Gedankensturm und ließ ihn Hoffnung schöpfen, sodass sein panischer Gefühlsaufruhr allmählich abebbte. Jadora sprach davon, dass nicht nur Maél die Hexe, sondern dass auch sie ihn lieben würde. Dies musste der Wahrheit entsprechen. Sonst hätte sie nicht diese Energie, die Jadora erwähnt hatte, einsetzen können. Dies würde auch zu all dem passen, was er über die *Farinjas* herausbekommen hatte. Vielleicht würde sich ihre Liebe zu Maél letztendlich als ihre Schwäche ausnutzen lassen.

Nachdem er gegessen und sich eine Weile ausgeruht hatte, erhob er sich immer noch erschöpft vom Boden und näherte sich dem Schneeberg. Er schloss die Augen und versuchte, seinen Geist auf Maél auszurichten. Aufgrund des Ringes um seinen Hals war er in der Lage zu spüren, ob er noch lebte oder nicht. Denn der Zauberbann, mit dem er ihn belegt hatte, würde in dem Moment sein Ende finden, wenn Maél den Tod gefunden haben würde. Erleichtert stellte er nach wenigen Augenblicken fest, dass er noch lebte. Er fühlte deutlich die Fesseln der dunklen Macht, die er dem jungen Mann umgelegt hatte. Doch er bemerkte noch etwas anderes, etwas, das ihn mit Ehrfurcht, aber auch mit Zuversicht erfüllte. Er konnte eine Macht spüren, eine Macht, der er bisher noch nie begegnet war. Die Magie der Hexe war es nicht. Die hatte er auch im Schloss noch nicht gespürt. Entweder weil sie noch nicht zu ihrer vollkommenen Entfaltung gefunden hatte oder weil die Hexe sie vor ihm auf wundersame Weise geheim halten konnte. Die Macht, die er in diesem Augenblick fühlte, war so groß, dass sie nur von einem Wesen stammen konnte, von dem Drachen. Elea war also noch im Akrachón. Es war noch nichts verloren.

Darrach wich nicht von der Lawine. Wie eine Statue stand er davor und wartete. Jadora, der sich mit seinen Kriegern nach getaner Arbeit wieder zu den Pferden gesellt hatte – in sicherem Abstand zu dem personifizierten Unheil -, wartete ebenfalls mit großer Anspannung, dass irgendetwas geschah.

Finlay brach schweißgebadet auf den Knien zusammen und ließ Maél einfach seinen Rücken entlang auf den Boden hinunterrutschen. Er spürte kaum noch seine Hände. Auf dem Weg zum Höhlenausgang hatte er kein einziges Mal angehalten. Er hatte die Zähne zusammengebissen und sich mit dem unerträglichen Schmerz in seinen Händen bis an den Ausgang geschleppt.

Nachdem er wieder zu Atem gekommen war und es geschafft hatte, diesen, seinen Verstand lahm legenden Schmerz auszublenden, begann er sich, mit dem nächsten Problem auseinanderzusetzen. Wie sollte er den riesigen Schneehaufen überwinden? Für einen kurzen Moment huschte ein Lächeln über sein Gesicht, weil er an Maéls Worte denken musste, als er ihn unlängst aufforderte, sich erst dann über ein Problem den Kopf zu zerbrechen, wenn man vor ihm stand. *Hoffentlich habe ich eine zündende Idee! Sonst müssen wir warten, bis der Schweinehund von Darrach...* Weiter kam Finlay nicht mit seinem Gedanken, da Maél plötzlich aufstöhnte. Schnell löste er das Seil um seinen Bauch und fesselte Maéls Hände damit. Das andere, das er in seine Satteltasche gesteckt hatte, knotete er um seine Beine. So verschnürt, hatte Maél keine Chance, wieder zu Elea zurückzugelangen oder sich gegen ihn zur Wehr zu setzen. Er begann nun auch, sich zu regen, wobei seine Bewegungen immer hektischer und kraftvoller wurden, als er bemerkte, dass er gefesselt war. Er riss die Augen auf und schrie Finlay zu: „Finlay! Verdammt! Du hast mich gefesselt. Schnell! Vorne unter meiner Hose. Eleas Stein, er verbrennt mich!" Finlay griff rasch in Maéls Hose und zog den Stein heraus. Sein Licht pulsierte rasend schnell. Die Männer sahen sich erstaunt an. Maél löste seinen Blick von dem Stein und sah sich um. „Wir sind ja schon am Ausgang! War ich lange bewusstlos?" Finlay reagierte nicht auf seine Frage. Er starrte immer noch stirnrunzelnd auf den leuchtenden Stein. Maél gab schließlich die Hoffnung auf, eine Antwort zu bekommen. Dafür begann er, sich wie wild in seinen Fesseln zu winden, als ob er versuchte, sich von ihnen zu befreien. Darrachs Befehl, Elea wieder zurückzubringen, hatte in ihm die dunkle Kraft, die ihn antrieb, bedrohlich anwachsen lassen. Sein Blick heftete sich wie der eines lauernden Raubtiers auf das andere Ende des Höhlenganges, von wo Finlay ihn mit seinen wunden Händen wie durch ein Wunder zum Ausgang geschleppt hatte. „Du hast gute Arbeit geleistet, Finlay. Ich bin nicht in der Lage, der dunklen Macht in mir nachzugeben. – Sprichst du irgendwann wieder zu mir oder was ist los?", fragte er gereizt, da Finlay immer noch nachdenklich den Stein betrachtete. Endlich sah er auf, direkt in Maéls Augen, die immer wieder nervös zum anderen Ende des Ganges schweiften. Finlay begriff sofort: „Ohne die Fesseln hätte ich jetzt ein Problem, stimmt's?", sagte er völlig unbeeindruckt. Maél stieß wütend die Luft aus seinem Mund aus. „Ja! Und zwar ein gewaltiges. Und wenn wir jetzt nicht bald aus dieser verfluchten Höhle herauskommen, dann stehen wir noch vor einem viel größeren Problem. Ich kann Darrach spüren. Er muss ganz in der Nähe sein. Mein Ring lastet tonnenschwer um meinen Hals. Ich hoffe, du hast eine brauchbare Idee, sonst..." Finlay ignorierte Maéls Gereiztheit. „Ich glaube, ich habe in der Tat einen Weg gefunden, wie wir durch den Schnee gelangen. Wunderst du dich denn gar nicht, dass der Stein reagiert, obwohl er nicht um Eleas Hals hängt? Ich weiß nicht, wie ich es sagen soll, aber ich glaube, der Stein wird unsere Rettung sein." Maél sah Finlay skeptisch an. Dann rutschte er unbeholfen auf dem Rücken liegend zu der Wand aus Schnee, um ihre Beschaffenheit zu überprüfen. „Schnee! Der Schneeberg ist ziemlich real. Verdammt! Verdammt! Verdammt! Wer weiß, was Darrach sich draußen für einen Zauber einfallen lässt, um ihn zu überwinden. Ich hoffe, dass Jadora es geschickt anstellt, um uns Zeit zu verschaffen." Finlay ließ sich nicht von Maéls nervöser Umtriebigkeit aus der Ruhe bringen. Er beschäftigte sich weiterhin mit dem Stein: Er legte ihn sich um den Hals, schloss die Augen und schien, sich auf irgendetwas zu konzentrieren. „Was machst du eigentlich? Denkst du etwa, du kannst mit seiner Hilfe dieselbe Magie erzeugen wie Elea?!", fragte er spöttisch. Finlay antwortete nicht sofort, da er sich tatsächlich Erinnerungen an schöne Momente mit Elea ins Gedächtnis rief, von denen es aber nicht viele gab. Vor allem waren sie nicht von so tiefer, leidenschaftlicher Liebe bestimmt, wie Maél und Elea sie sich entgegenbrachten. Außerdem fehlte zu seiner Liebe Eleas Pendant. Er schüttelte den Kopf. „Versuch du es! Der Stein sieht in dir nichts Böses. Aber möglicherweise erkennt er dich als Eleas Gegenstück. Er hat sie immer vor Gefahren gewarnt, in denen dunkle Magie im Spiel war. Also will er sie beschützen. Und wir wollen sie vor Darrach beschützen. Vielleicht hilft er uns", sprach Finlay eindringlich auf Maél ein, der ihn zunächst zweifelnd anblickte. Je länger er jedoch darüber nachdachte, desto plausibler erschien ihm Finlays Gedankengang. Eine andere Möglichkeit, aus dem Berg zu gelangen, blieb ihnen ohnehin nicht. Er nickte Finlay zu und forderte ihn auf, ihm den Stein umzulegen. „Es wird nicht einfach werden, Finlay. Ich muss gegen Darrachs Bann ankämpfen, der mich fest im Griff hat, und mir gleichzeitig die schönsten Augenblicke mit Elea in Erinnerung rufen."

„Sag dir einfach, dass es die einzige Möglichkeit ist, sie vor Darrach und dir zu retten. Das ist es doch, was du willst. Oder nicht? Also fang an!"

„Finlay, falls ich es tatsächlich schaffen sollte, dann musst du, sobald wir auf der anderen Seite sind, den Stein an dich nehmen. Darrach darf ihn nicht in die Hände kriegen. Verstanden? Er ist ein Teil von Elea geworden. Wenn er ihn hat, kann er durch ihn womöglich Macht über sie ausüben." Finlay nickte stumm. Daraufhin schloss Maél die Augen. Er ließ zunächst vor seinem inneren Auge ein Bild von Elea entstehen. Daran klammerte er sich, um alles andere um ihn herum zu vergessen, vor allem der von Darrach auferlegte innere Drang, seinen Befehl auszuführen. Als ihm dies – nach Finlays Empfinden – nach endlos langer Zeit gelungen war, sprudelten mit einem Mal gemeinsame Momente von irgendwoher in seinen Kopf hinein, die in ihm die Empfindungen von Glück und Zufriedenheit ausgelöst hatten. Darunter waren jedoch auch Erinnerungen an Situationen, die ihn einerseits über alle Maßen ergriffen und zu überwältigen gedroht hatten, aber andererseits ihm auch Elea viel näher gebracht hatten: die Nacht, als er sich um sie sorgte, weil sie durch seine Gewalttätigkeit beinahe gestorben wäre; der Moment, als er erfuhr, dass sie in jahrelanger Unwissenheit um ihrer außergewöhnlichen Schönheit gelebt hatte; sein Handkuss und sein Blick bis auf den Grund ihrer Seele unmittelbar vor der Durchquerung des Sumpfes; ihre bewundernswerte Leistung bei der Geburt der kleinen Elea oder als er ihr zur Täuschung aller auf dem Schloss den schlimmen Bluterguss im Gesicht beibringen musste.

Während Maél sich höchster geistiger Anstrengung hingab, wurde Finlay sich schonungslos der Tatsache bewusst, dass er Maél - vorausgesetzt, ihm würde es gelingen, eine Energie aufzubauen ähnlich wie die Eleas - gleich wieder tragen musste und dies zudem im Lauf. Und falls Maél sich wehren würde, dann müsste er ihn womöglich bis ans Ende des Schneehaufens den Boden entlangschleifen. Als Finlay seinen in der Höhle nervös umherwandernden Blick wieder auf Maél ruhen ließ, stach ihm sofort der Stein ins Auge. Er hatte aufgehört zu pulsieren. Aber dafür leuchtete er in einem so starken roten Licht, dass es ihn blendete, wenn er länger darauf schaute. Außerdem bildete sich um ihn herum weißer Rauch. Maél schien von alldem nichts mitzubekommen. Er hatte immer noch die Augen geschlossenen und saß mit auf den Rücken gefesselten Händen und vor sich ausgestreckten Beinen auf dem Boden. Von seiner Stirn perlten Schweißtropfen sein Gesicht herab, während der Stein ein immer gleißenderes Licht aussandte. Er war inzwischen von einer Rauchwolke umgeben. Finlay wagte nicht, ihn zu warnen. Vielleicht war dies ihre einzige Chance, den Schnee mit Hilfe des Steines zu überwinden. Plötzlich hatte er das unbestimmte Gefühl, dass er in Deckung gehen musste. Er zog sich ein paar Schritte zurück und hielt sich schützend eine Hand vor die Augen, weil das Leuchten immer unerträglicher wurde. Aufgrund des weißen Rauches und des grellen Lichtscheins konnte er Maél kaum noch erkennen. Er hatte sich gerade wieder von ihm abgewandt, weil ihm die Augen schmerzten, als es einen ohrenbetäubenden Knall gab, der durch die Höhle dröhnend schallte. Rasch drehte er sich wieder um. Maél lag auf dem Rücken. Er rannte schnell zu ihm und wedelte den Rauch weg, um besser sehen zu können. Maél hatte die Augen geöffnet und nickte ihm heftig zu, was Finlay als Aufforderung interpretierte, ihn zu schnappen und loszurennen. Sein Blick blieb dabei kurz auf dem Stein haften. Was er sah, faszinierte und erschreckte ihn zugleich. Aber er konnte sich jetzt nicht damit auseinandersetzen. Er musste handeln, und zwar schnell, da Maéls Blick immer dringlicher wurde. Seine Satteltasche hatte er sich zuvor schon um den Hals gelegt, da er kein Seil mehr hatte, um sie sich um die Hüfte zu binden. Er ergriff wieder unter Ächzen den Mann und legte ihn sich erneut über die Schulter. Die Zähne zusammenbeißend, rannte er einfach los, ohne einen einzigen Gedanken an die Wand aus Schnee zu verschwenden. Und tatsächlich: Es funktionierte genau wie schon bei Elea. Er rannte hinein, als ob er durch einen Durchgang in einen anderen Raum gehen würde. Er rannte so schnell es eben ging, mit einem hundertachtzig Pfund schweren

Mann auf der Schulter. Nur kurz hielt er an, um Maél wieder zurecht zu rücken. Dieser ließ alles passiv über sich ergehen. Er leistete nicht die geringste Gegenwehr. Finlay trabte wieder los. Ihm lief bereits der Schweiß in Strömen sein Gesicht und unter seiner dicken Kleidung den Körper hinunter. Er nahm kaum Notiz von dem Glitzern um sich herum, das jetzt langsamer an ihm vorbeizog als noch am Morgen mit Elea. Er war nur zu einer Wahrnehmung fähig: der Schmerz in seinen Händen, der immer heftiger wurde. Er musste sich irgendwie davon ablenken. Deshalb löste er seinen starren Blick vom Boden und richtete ihn angestrengt geradeaus - in der Hoffnung vielleicht das Ende des Schneeberges zu erkennen. Doch was er vor sich entdecken musste, ließ ihn beinahe vor Schreck über seine eigenen Füße stolpern. Er konnte wie durch eine Fensterscheibe, in nicht mehr weiter Entfernung eine Gestalt sehen, die in ihm ein unvorstellbares Grauen, aber auch Wut hervorrief: Darrach. Er verlangsamte in einem ersten Reflex heraus etwas sein Tempo. Maéls Körper lastete auf ihm immer noch ohne jeglichen Widerstand. Er hatte sogar den Eindruck, als wäre er ohne Bewusstsein. Mit einem Mal schoss ihm ein Gedanke durch den Kopf: Was wäre, wenn mit Maéls Bewusstlosigkeit die Magie schwinden würde? Wären sie dann lebend in den Schneemassen begraben? Ihm blieb nichts anderes übrig, als weiterzugehen, hinaus zu dem Mann, den er mehr als alles andere auf der Welt hasste. Das langsamere Tempo hatte ihm wieder zu einem ruhigeren Atem verholfen, sodass er genug Kraft hatte, um wieder schneller zu werden. Er wusste nicht, ob auch Darrach ihn sehen konnte. Außerdem konnte er nicht abschätzen, wie weit dieser vom Schneeberg entfernt war. Er konnte nur hoffen, dass Darrach sich ganz nahe an der Lawine aufhielt, sodass er nicht mehr allzu weit laufen musste. Seine Beine standen kurz davor, ihren Dienst zu verweigern und seine Lungen ebenso. Noch ein paar Schritte, schätzte er, dann würde er schockartig in die frostige Kühle eintauchen, die er im Moment mehr denn je herbeisehnte. Und plötzlich... war es soweit. Kurz bevor er aus dem Schnee taumelnd hinausstürzte, sah er noch, dass Darrach nicht einmal zwei Schritte von der aus seiner Sicht unüberwindbar wirkenden Schneewand entfernt stand. Als Finlay aus dem magischen Feld ins Freie stolperte, konnte er aus dem Augenwinkel Darrachs erschrecktes Zusammenzucken sehen. Zu mehr war er jedoch nicht mehr fähig. Er vergrößerte noch mit ein paar Schritten seinen Abstand zu Darrach, katapultierte Maél regelrecht von seiner Schulter unsanft auf den Boden und ließ sich dann einfach auf den Boden fallen. Auf diese Weise lag er halb auf Maéls Oberkörper und riss ihm durch seinen eigenen Körper verdeckt rasch den Stein vom Hals. Er steckte ihn sich sofort schwer atmend vorne in seinen Ausschnitt. Erst dann konnte er sich halbwegs entspannen und seinem Körper die nötige Erholung gönnen.

Es dauerte nicht lange, bis er sich langsam nähernde, im Schnee knirschende Schritte hörte. Darrach war im Anmarsch. Finlay lag immer noch halb auf Maél mit dem Gesicht nach unten. Maél war, wie es schien, immer noch ohne Bewusstsein. Er gab kein Lebenszeichen von sich. Plötzlich erschienen in Finlays Blickfeld Fellstiefel.

Er wartete noch ein paar Augenblicke, bis er seinen Kopf so drehte, um dem Zauberer ins Gesicht zu sehen.

„Prinz Finlay! Mit Euch habe ich gerechnet. Aber dass ihr meinen kostbarsten Schatz wieder zurückbringt, hatte ich nicht erwartet. Und dann auch noch so gut verschnürt, dass ich gar nicht mal meine Magie anwenden muss, um ihn in Schach halten zu müssen. Ich bin Euch zu großem Dank verpflichtet", sagte er mit gespielter Freundlichkeit, die nur so von beißender Ironie triefte. Finlays Selbstbeherrschung wurde hart auf die Probe gestellt. Gerade hatte er noch mit dem Gedanken gespielt, ihm ins Gesicht zu schreien, dass er alles über ihn wusste, auch dass er es war der den Befehl gegeben hatte, seine Mutter zu ermorden. Doch als er in die kalten, Überlegenheit ausstrahlenden Augen des Zauberers sah, besann er sich eines Besseren. Er wollte ihn nicht unnötig erzürnen und ihn womöglich in die Zwangslage bringen, ihn ebenfalls aufgrund dieses Wissens töten zu müssen. Daher wollte er lieber den Unwissenden spielen, auch in Bezug auf Maél und Elea.

Aus dem Augenwinkel sah Finlay mit einem Mal, Jadora sich eilig ihnen nähern. Als er dessen bekümmerten Gesichtsausdruck sah, überkam ihm die Befürchtung, dass der Hauptmann Darrach bereits über alles ins Bild gesetzt hatte. Darrach entgingen nicht die Blicke, die die beiden Männer austauschten. „Ihr braucht Euch nicht zu bemühen. Hauptmann Jadora hat mich bereits über alles aufgeklärt. Auch über die Liebe zwischen Maél und der Hexe." Finlay konnte nun doch nicht umhin, sich ungehalten zu erheben, sodass er dem ihn um eine halbe Kopflänge überragenden Zauberer gegenüberstand. In streitlustigem Ton richtete er das Wort an ihn. „Das habt Ihr also über Elea herausbekommen, dass sie eine Hexe ist?"

„Ja! In der Tat, so ist es. Sie ist eine *Farinja* und entstammt einem uralten Hexengeschlecht, das eigentlich längst als ausgestorben gilt. Von den Fähigkeiten dieser Hexen muss ich Euch ja nicht berichten. Ihr habt sie sicherlich selbst erleben dürfen", erwiderte der Zauberer mit einem wissenden Blick und einem eiskalten Lächeln auf seinen Lippen. *Du weißt bei weitem nicht alles über sie, du Schweinehund!* Finlay zeigte sich von Darrachs Äußerung wenig beeindruckt. „Ist es nicht merkwürdig, dass fast zeitgleich drei magische Wesen in Moraya auftauchen: eine Hexe, ein Drache und... ein Zauberer? Weiß mein Vater von Eurer wahren Identität?" Er war gespannt zu erfahren, ob sein Vater davon wusste und mit diesem Wissen seinen Berater und dessen dunkle Macht gedeckt hatte. „Um Eure zweite Frage zu beantworten: Ja. Euer Vater weiß von meiner wahren Natur. Er sah in mir nie eine Gefahr, sondern eher ein Werkzeug für seine eigenen ehrgeizigen Ziele, genau wie ich in Maél für meine. Was Eure erste Frage angeht, so muss ich Euch gestehen, dass ich mir darüber auch schon meine Gedanken gemacht habe. Ich bin jedoch zu dem Schluss gekommen, dass kein tieferer Sinn dahinter steckt. Mich gab es schon, bevor die *Farinja* auf die Welt kam. Und als ihre Bestimmung ihren Anfang nahm, war abzusehen, dass es nicht lange dauern würde, bis ihr Drache aus seinem hundertfünfzig Jahre alten, geheimen Versteck herausgelockt werden würde."

„Ihr seid der Bösewicht, vor dem Elea das Menschenvolk retten soll", schleuderte Finlay ihm plötzlich mit sich fast überschlagender Stimme entgegen. „Oder Euer Vater, der möglicherweise die Menschen in einen Krieg der Selbstzerstörung stürzt und sie obendrein mit seinen Eroberungsbestrebungen unvorhersehbaren Gefahren aussetzt." Finlay wollte schon zu einer erneuten, provozierenden Erwiderung ansetzen, als Jadora, der bisher der Auseinandersetzung mit angehaltenem Atem still beigewohnt hatte, sich nervös zu räuspern begann. Er warf Finlay einen warnenden Blick zu. Daraufhin schluckte dieser das, was ihm gerade auf der Zunge lag, zähneknirschend hinunter. Jadora nahm sich schließlich ein Herz und ergriff das Wort mit fester Stimme. „Wenn Ihr keine weiteren Fragen mehr an uns habt, Darrach, dann werden meine Männer und ich mit Prinz Finlay den Heimweg antreten. Unsere Vorräte sind so gut wie aufgebraucht. Und wie Ihr unschwer sehen könnt, ist der Prinz verletzt. Wir hatten eine unerfreuliche Begegnung mit zwei Wolfsrudeln, bei der Finlay sogar einen Finger verloren hat. Ich denke, es wäre im Sinne des Königs, wenn wir ihn sicher zurück nach Moray brächten."

Während Jadora sprach, sah Finlay auf Maél hinunter, der scheinbar immer noch nicht das Bewusstsein wiedererlangt hatte. Ihn jetzt einfach hilflos seinem Peiniger ausgeliefert zurückzulassen, fiel ihm schwerer als er erwartet hatte, und das obwohl er wusste, dass seine Mutter durch seine Hand den Tod gefunden hatte. Aber er durfte jetzt nicht auch noch diesen Teil von Maéls Plan zum Scheitern bringen, nachdem er wider seinem Willen den Berg lebend verlassen musste. Zumal Maél ihn auch noch mit der nicht gerade einfachen Aufgabe betraut hatte, sich um Elea zu kümmern – was er ohnehin getan hätte.

Es war eine qualvolle Stille entstanden, in der von Augenblick zu Augenblick die Anspannung der beiden Männer fast greifbar wurde. Darrachs misstrauischer Blick schweifte zwischen dem Prinzen und dem Hauptmann hin und her. Er spürte die angespannte Haltung der beiden Männer und kostete diesen Moment aus. Sie hatten offenkundig Angst vor ihm, da sie ihn und seine Fähigkeiten nicht einzuschätzen wussten. Endlich begann er zu sprechen. „Ich hoffe, Ihr seid Euch dessen bewusst, Finlay, dass Ihr meinen und Eures Vaters ursprünglichen Plan zunichte gemacht habt. Ihr habt Maél gewaltsam von der Hexe getrennt – natürlich auf seinen Wunsch hin -, obwohl ich ihm befohlen habe, mit ihr und dem Drachen zurückzukehren. Ich müsste darüber alles andere als erfreut sein. Aber es hätte schlimmer kommen können. Ihr hättet ihn töten können. Dann würde ich jetzt mit leeren Händen dastehen. Außerdem hat sich eine ungeahnte Wendung ergeben, die sich für mich als ein Glücksfall erweisen könnte, wenn ich es geschickt genug anstelle. Von daher habt Ihr meine Erlaubnis, Euch auf den Rückweg zu machen. Maéls Pferd lasst aber hier! Er wird es noch brauchen."

Kaum hatte Darrach das letzte Wort ausgesprochen, packte Jadora Finlay am Arm und zog ihn in Richtung seiner Krieger, die unterdessen eilig die Pferde gesattelt und mit dem Gepäck beladen hatten. Doch Darrach war noch nicht fertig. „Euch ist es selbstverständlich freigestellt, dem König von den Geschehnissen und unserer Begegnung zu berichten. Aber lasst Euch gesagt sein! Ich handle ganz im Sinne Eures Vaters, Finlay. Ich bin sein Berater und die Person seines Vertrauens und dies schon seit über fünfzehn Jahren. Wenn Ihr ihn also nicht noch mehr gegen Euch aufbringen wollt, haltet Euch mit wilden Spekulationen über meine möglichen Absichten zurück! Dies liegt in Eurem eigenen Interesse." Darrachs Blick schweifte bedrohlich zwischen Finlay und Jadora hin und her. Beide hatten sich widerwillig zu dem Zauberer umgedreht. „Aber auch im Interesse Eures Vaters..., wenn Ihr versteht, was ich meine!" Der eiskalte Blick, mit dem er die beiden Männer dabei fixierte, ließ eine Gänsehaut über deren Körper wandern. Jadora spürte, wie Finlay sich versteifte, tief einatmete und offensichtlich beabsichtigte, dem Magier noch eine Erwiderung entgegenzuschleudern. Deshalb verstärkte er den Griff um seinen Arm und deutete mit dem Kopf ein Nein an. Finlay hielt daraufhin seine brennende Wut und die bissigen Worte zurück. Er setzte seinen Weg mit Jadora fort, der ihn immer noch am Arm festhielt und ihn wie einen Gefangenen zu den anderen führte. Als sie außer Hörweite des Zauberers waren, fragte Jadora mit nervösem Unterton in der Stimme: „Was ist passiert, Prinz Finlay? Maél hatte nicht vor, lebend aus dem Berg wieder herauszukommen." Finlay sah den Hauptmann vorwurfsvoll an. „Jadora, ich weiß nicht, inwieweit Maél Euch in seinen Plan eingeweiht hat. Aber ich bin kein Mörder. Ich konnte ihm nicht den Gefallen tun und ihn einfach mit seinem Schwert töten, so wie er es geplant hatte, auch wenn ich einen guten Grund dazu hätte."

„Seinem Gesicht nach zu urteilen, habt ihr euch geschlagen, oder zumindest habt Ihr ihn geschlagen. Ihr seht jedenfalls völlig unversehrt aus. Was ist geschehen?", hakte Jadora neugierig nach. Finlay ließ sich von Jadora nicht beirren. Er schritt auf Shona zu, die bereits ebenfalls gesattelt war, und stieg unter Stöhnen vor Schmerzen in den Händen auf. „Das geht Euch nichts an! Los! Jetzt steigt schon auf Euer Pferd, damit wir von hier verschwinden können! Eben ging es Euch nicht schnell genug, von Darrach wegzukommen. Jetzt haltet ihr uns auf, indem Ihr mir Löcher in den Bauch fragt", fuhr Finlay ungeduldig den Hauptmann an. „Da habt Ihr nicht Unrecht. Aber Maél jetzt so hilflos... zurückzulassen, erscheint mir... nicht richtig. Und was ist mit Elea und dem Drachen?"

„Maél wollte, dass Ihr mich nach Moray zurückbringt, damit ich mich von dort aus auf die Suche nach den beiden mache. Sie ist bei dem Drachen und sie ist dort in Sicherheit, vorerst zumindest. Maél muss sich allein Darrach stellen. Wir können ihm da nicht helfen. Lasst uns jetzt losreiten, bevor Darrach es sich anders überlegt!"

Jadora stieg schweren Herzens auf sein Pferd und starrte auf die beiden Männer, den großen dürren, der wie ein Racheengel über den auf dem Boden liegenden Mann wachte und nur darauf wartete, dass dieser die Augen aufschlug. Bevor Finlay losritt, sah er ebenfalls noch ein letztes Mal zu seinem Jugendfreund. Je länger er zu den beiden Männern sah, die auf so verhängnisvolle Weise über so lange Zeit schon aneinandergebunden waren, desto größer wurde seine Beklommenheit und sein Mitgefühl für Maél, den er die letzten Jahre so verachtet hatte und den er in den letzten Tagen kaum wiedererkannt hatte. Seine Liebe zu Elea und seine Sorge um sie waren unleugbar. Sie konnten nichts gegen Darrach ausrichten. Das spürte er. Und wenn Maél erwachte, dann könnte Darrach ihm ohne weiteres befehlen, ihn oder die anderen zu töten.

Jadora konnte Finlays emotionalen Aufruhr unschwer von seiner Miene ablesen. Widerwillig gab er den Befehl zum Aufbruch. Die beiden Männer waren jedoch nicht die Einzigen, die sich mit Widerwillen von dem Drachenberg entfernten: Shona setzte sich erst nach dem dritten Versuch und nach einem festen Schlag von Jadora auf ihr Hinterteil in Bewegung. Sie ritten in schnellem Schritt in die enge Schlucht hinein, wobei die fünf Begleiter Darrachs ihnen mit einem neidvollen Blick hinterher schauten. Als die um zwei Reiter geschrumpfte Gruppe jedoch von den steilen schneebedeckten Felswänden links und rechts umgeben war, gab Jadora den Befehl, wegen der Lawinengefahr langsamer weiterzureiten. Keiner drehte sich mehr um. Die Aufmerksamkeit der Krieger richtete sich ausschließlich auf den schmalen Pfad, der sich vor ihnen - an diesem Tag ohne Schneegestöber - scheinbar endlos erstreckte. Über ihren Köpfen begleitete sie der Himmel in Form einer blauen Schnur ihres Weges.

Nach einer ganzen Weile erreichten sie endlich wieder offenes Gelände. Jadora gab das Zeichen, für eine kurze Rast anzuhalten. Während jeder seine von Jadora streng eingeteilte Ration aß, stellte Jadora Finlay eine Frage, die ihn den ganzen Weg durch die Schlucht schon beschäftigt hatte. „Wie habt ihr es eigentlich geschafft, den Schneehaufen zu durchdringen, ohne dass Elea bei euch war?" Finlay hatte, seitdem sie die kreisrunde Fläche verlassen hatten, kein Wort mehr gesprochen. Urplötzlich fiel ihm wieder der Stein ein. Er hatte ihn völlig vergessen. Mit Jadoras Frage hatte er jedoch sofort wieder das Bild vor Augen, wie er ihn zuletzt von Maéls Hals riss. Rasch suchte er nach dem Lederriemen in seinem Halsausschnitt und zog den Stein daran hervor. Jadora pfiff vor Staunen durch die Zähne. „Ist das Eleas Stein? Was ist mit ihm geschehen?", wollte er neugierig wissen. Bevor Finlay antwortete, betrachtete er ihn eingehend. Der Knall war offensichtlich durch eine Explosion entstanden, durch deren Kraft Maél auf den Boden geschleudert wurde. Durch diese Explosion wurde die äußere Schicht des Steines weggesprengt. Er hatte jetzt keine raue Oberfläche mehr, sondern eine glatte, glänzende wie die eines geschliffenen Edelsteines. Der Stein ähnelte in seiner Form einem großen Tropfen. Und da seine Farbe von einem dunklen Rot war, erinnerte er an einen sehr großen Blutstropfen. Erst als Finlay den Stein wieder unter der Fellschicht hatte verschwinden lassen, begann er Jadora von den Erlebnissen in der Höhle zu erzählen. Er erzählte alles, nur den Grund, warum er Maél das Gesicht so schlimm zugerichtet hatte, verschwieg er. Finlays lebhafte Schilderungen dauerten noch an, als die Männer längst wieder aufgebrochen waren. Jadora lauschte der Erzählung mit ehrfurchtvoller Miene. Vor allem der Teil, als der Drache beschützend sein Bein um Elea gelegt hatte oder jener, als die drei und später noch einmal Finlay mit Maél allein unmittelbar mit der Magie umgeben in die Schneemassen eingetaucht sind, ließen Jadora nicht mehr aus dem Staunen herauskommen.

Als Finlay geendet hatte, schwiegen die beiden Männer – jeder seinen eigenen Gedanken nachhängend. Jadora gab sein Schweigen als Erster unvermittelt auf, um sich einer bedeutungsschweren Bemerkung hinzugeben. „Dass Darrach noch einen Trumpf im Ärmel hat, war offensichtlich. Hoffentlich verschwindet Elea wirklich mit dem Drachen, sobald sie erwacht ist. Wenn nicht, dann bleibt zu hoffen, dass sie nicht sieht, wie Maél wieder in Darrachs Klauen ist. Sonst..." Jadora sprach seinen Gedanken nicht zu Ende, da für die beiden Männer ohnehin klar war, wie die junge Frau darauf reagieren würde. Finlay grübelte schon die ganze Zeit darüber nach. Dass Maél sie zurückgelassen hatte, ohne sein Versprechen eingelöst zu haben, verschärfte noch die Situation. Er hatte sie inzwischen so gut kennengelernt, um zu wissen, dass sie nicht unbedingt zu Vernunftshandlungen neigte, sondern sich von ihren Gefühlen leiten ließ. Er vertrieb rasch diesen unheilkündenden Gedanken, indem er sich einredete, dass es dem Drachen, einem der weisesten Wesen auf der Welt, irgendwie gelingen würde, an ihre Vernunft zu appellieren. Er würde ihr schon ihre Verantwortung gegenüber der Menschheit vor Augen führen, die letztendlich wichtiger war, als eine Liebe ohne Zukunft.

Der Zauberer starrte immer noch auf seinen kostbarsten Schatz, der sich immer noch nicht regte. Er beugte sich über ihn, um nach seinem Atem zu lauschen. In diesem Moment riss Maél seine Augen auf und blickte seinem jahrelangen Peiniger direkt ins Gesicht – mit Augen, in denen Darrach abgrundtiefen Hass lesen konnte. Im ersten Moment wich er erschrocken zurück, da er nicht darauf gefasst war. Was er nicht wusste, war, dass Maél nur den bewusstlosen Mann gespielt hatte, und zwar schon eine ganze Zeit lang. Er hielt es für besser, den Ohnmächtigen zu spielen. So war es für Finlay und Jadora leichter, ihn einfach zurückzulassen. Wenn Darrach vor ihren Augen seine Macht über ihn demonstriert hätte - und dazu wäre es sicherlich gekommen, zumal er nicht vorhatte, wie sonst den unterwürfigen Handlanger zu spielen –, dann wäre die Situation möglicherweise eskaliert und das sicherlich zu Ungunsten von Jadora und Finlay. Maél wusste durchaus, wozu der Zauberer fähig war, auch wenn er es immer sehr gut zu verbergen verstand.

Maél nutzte Darrachs Überraschung und schleuderte ihm entgegen. „Deine ganzen Bemühungen und Pläne waren umsonst, Darrach. Du wirst die beiden nie in die Hände kriegen. Dafür habe ich gesorgt."

„Vielleicht ist dies ja gar nicht mehr meine Absicht. Ich hatte mir zwar die Reihenfolge andersherum vorgestellt, aber die Dinge haben sich offensichtlich geändert. Also muss ich mich den neuen Gegebenheiten anpassen. Eins kann ich dir aber mit Sicherheit sagen. Wenn die Geschichte hier im Akrachón abgeschlossen ist, dann wirst du dafür, dass du mich hintergangen hast, büßen. Und wenn das stimmt, was Jadora mir über dich und Elea erzählt hat, wovon ich stark ausgehe, dann wird die Strafe, die dich ereilen wird, alle bisherigen in den Schatten stellen." Darrach sprach in einem so ruhigen und souveränen Ton, dass Maéls Magen plötzlich vor Panik bittere Galle seine

Kehle hinaufschickte, die er würgend wieder hinunterschluckte. Darrach ergötzte sich eine Zeit lang mit hämischem Lächeln an seinem Entsetzen. Als seine Begleiter mit dem Aufbau der Zelte fertig waren, rief er drei zu sich und befahl ihnen, Maél in sein Zelt zu bringen. „Was hast du vor, du verfluchter Schweinehund? Ich schwöre dir, irgendwann, auch wenn es noch in ferner Zukunft liegen mag, werde ich dich den Preis dafür zahlen lassen, was du mir und Elea angetan hast, falls sie mir nicht eines Tages zuvorkommt."

Maél wand sich mit all seiner Kraft in den Fesseln und kämpfte so vehement gegen die ihn festklammernden Hände an, dass auch noch die anderen beiden Krieger von dem Zauberer herbeizitiert wurden. Im niederen Zelt angekommen ging der Kampf zwischen Maél und den fünf Kriegern weiter. Darrach forderte sie auf, Maél mit noch mehr Seilen zu fesseln, damit er sich nicht mehr bewegen konnte. Hierfür pflockten sie ihn auch an den Boden. Sie schlugen durch einen Teil der Seile lange, dicke Nägel, die Darrach aus seiner großen Tasche hervorgeholt hatte. Das Zelt schwankte gefährlich, da Maél sich wie ein Wilder wehrte. Schweißgebadet und mit heiser geschriener Stimme musste er schließlich aufgeben. Er war so verschnürt und an den Boden gepflockt, dass er sich keinen Fingerbreit mehr bewegen konnte. Die eingeschüchterten Krieger verließen auf Darrachs Befehl mehr als bereitwillig das Zelt. Sie hatten jetzt nicht mehr nur Angst vor Darrach, sondern auch vor Maél – noch mehr als sonst -, da er ihnen die grausamsten Tötungsweisen angedroht hatte.

Es dauerte nicht lange, bis das Zelt sich durch die gleißenden Sonnenstrahlen aufgeheizt hatte. Darrach wurde es in seiner Felltunika zu heiß. Deshalb zog er sie aus. Maél hatte seinen Kopf so gedreht, dass ihm nicht die kleinste Bewegung des Zauberers entging. Im Moment kramte er in einer riesigen Tasche herum, bis er gefunden hatte, was er gesucht hatte: einen kleinen Becher, einen Lederriemen... und ein Messer. *Verdammt! Was hat er vor?* Als Darrach sah, wie Maél ihn angsterfüllt beobachtete, begann er in seiner hochmütigen und eiskalten Stimme zu sprechen. „Maél, bisher habe ich nie mit dir darüber gesprochen. Doch ich glaube jetzt ist der Zeitpunkt gekommen, wo ich dir sagen kann, dass du nicht nur mein kostbarstes Werkzeug bist, sondern auch der Quell meiner Lebenskraft. Als ich der besonderen Bedeutung von Menschenblut für dein Leben auf die Spur gekommen bin, wagte ich einen riskanten Selbstversuch. Ich war neugierig, wie *dein* Blut sich auf einen anderen Menschen auswirkt. Deshalb trank ich davon. Dabei machte ich eine äußerst vorteilhafte Entdeckung: Dein Blut vermag mir, auf recht schnelle Weise neue Lebenskraft zu verschaffen. So habe ich mir in deinen Kindertagen einen beachtlichen Vorrat davon angelegt. Eine kleine magische Zutat von mir hat es über Jahre hinweg haltbar gemacht. Die Arbeit mit den Schriftrollen in den letzten Monaten hat sehr an mir gezehrt, sodass ich fast den gesamten Vorrat an deinem kostbaren Lebenssaft aufbrauchen musste."

Maél kämpfte gegen einen immer stärker werdenden Würgereiz an. Sein Blick war voller Entsetzen, als er zusehen musste, wie Darrach sich bedrohlich mit dem Messer seinem Bein näherte. „Du verdammter Mistkerl! Bleib mir vom Leib!" Er begann sich in seiner Verschnürung zu wehren, aber es war zwecklos. Er war Darrach hilflos ausgeliefert. Der Zauberer schnitt zunächst seine Lederhose am Oberschenkel auf, dann machte er einen tiefen Schnitt in das Fleisch des jungen Mannes. Maél gab keinen Schmerzenslaut von sich, obwohl das Eisen sein heißes Gift in seinem Muskel hinterließ. Er beobachtete, wie Darrach den Becher an die Schnittwunde hielt und das dünne, dunkelrote Rinnsal in dem Becher auffing. Irgendwann setzte er den Becher ab und band Maéls Bein oberhalb der Wunde ab. Anschließend ergriff er wieder den Becher, setzte ihn an seinen Lippen an und begann, bedächtig zu trinken, ohne Maél mit seinem höhnischen Grinsen aus den Augen zu lassen. Maél schrie vor Wut, vor Hilflosigkeit und vor Grauen. Nachdem der Zauberer den Becher leer getrunken hatte, lockerte er wieder den Lederriemen und wiederholte die Prozedur noch zweimal. Allerdings bewahrte er den dritten Becher Blut auf. Maél konnte trotz Übelkeit den Blick nicht von seinem Peiniger wenden. Wie gebannt, starrte er auf das Gesicht des Zauberers. Die Veränderung, die sich darin vollzog, war zugleich beängstigend und faszinierend. Sein fahler Teint und die dunklen Ringe um die Augen wichen einer rosigen Farbe. Das ausgemergelte Gesicht gewann wieder an Fülle, was ihn wieder um zwanzig Jahre jünger erscheinen ließ. Sein schlohweißes Haar verlor seine Stumpfheit und nahm einen fast überirdischen, silbrigen Glanz an. Die Veränderung von Darrachs Augen brachte jedoch schließlich Maéls Atem zum Stocken. Ihr zuvor noch wässriges Blau verwandelte sich in ein strahlendes, unnatürlich wirkendes Blau, das von einer solchen Intensität war, dass er den Blick von dem Zauberer abwenden musste. Maél schloss die Augen und musste gegen die erneut in ihm aufsteigende Panik ankämpfen. Es war nicht die Panik vor dem, was Darrach ihm jetzt oder in Zukunft antun würde, sondern die Panik vor dem, was er im Moment plante, solange sich Elea und der Drache noch im Berg aufhielten. Irgendetwas hatte er vor und er schien ziemlich zuversichtlich zu sein, was das Gelingen seines neu gefassten Planes anbelangte. Weiter kam Maél mit seinen Gedanken nicht mehr, da Darrach zu ihm mit deutlich an Kraft gewonnener Stimme sprach. „Ich nehme an, dass du nicht freiwillig über das berichten wirst, was sich auf der Reise von Rúbin nach Moray zwischen dir und der Hexe zugetragen hat. Und da eine Folter dich jetzt unnötig schwächen würde, in Anbetracht dessen, was dich nachher noch zu erwarten hat, werde ich dir – großzügig wie ich bin – zu einem für dich erholsamen und für mich äußerst aufschlussreichen Schlaf verhelfen." Daraufhin wühlte Darrach erneut in seiner Tasche herum, bis er eine kleine Holzflasche hervorholte. Maél drückte reflexartig die Lippen aufeinander und drehte den Kopf weg. Doch schon spürte er, wie sich von dem Schlangenring ausgehend die ihm nur allzu bekannte Eiseskälte ausbreitete, die seine Gliedmaßen zusätzlich zu der Verschnürung noch versteifen ließ. So war es für Darrach ein Leichtes, das Gesicht des Mannes etwas zu sich zu drehen. Maél fiel das Atmen zusehends schwerer. Alles erstarrte, auch seine Lungen. Es dauerte nicht lange, bis er wie ein nach Luft schnappender Fisch seinen Mund aufriss, was der Zauberer gnadenlos ausnutzte, um ihm die Flüssigkeit aus der Holzflasche einzuflößen. Eine Schwere legte sich mit einem Mal wie zäher Morast auf seinen Verstand. Es fiel ihm von Augenblick zu Augenblick schwerer einen Gedanken zu Ende zu denken, bis auf einmal jegliches Denken unmöglich war. Es kostete ihn ungeheure Kraft, die Lider aufzuhalten, die wie mit Bleigewichten versehen, immer wieder über seine Augäpfel gleiten wollten. Schließlich verlor er den Kampf.

Darrach legte seine Hände so auf Maéls Gesicht, dass die Daumen auf dessen geschlossenen Lidern ruhten. Wieder kamen leise Worte der fremdartigen Sprache über seine Lippen, die er bereits benutzt hatte, um mit Maéls Blut auf der Landkarte dessen Aufenthaltsort ausfindig zu machen. Nach einer Weile verstummte er, nahm seine Hände wieder von Maéls Gesicht und ließ sich in einem bequemen Schneidersitz neben ihm nieder. Er stellte eine Frage nach der anderen und ließ sich von dem schlafenden Mann alles haargenau schildern, was sich auf den beiden Reisen zwischen ihm und Elea zugetragen hatte. Und er hörte erst auf, als er davon überzeugt war, Elea genauso gut zu kennen wie Maél.

Kapitel 9

Elea befand sich in einem Zustand des absoluten inneren Friedens. Sie dachte an gar nichts. Ihr Verstand ruhte. Sie war umgeben von einer schützenden, Wärme spendenden Hülle, in der ihr Körper völlig entspannt und schwerelos schwebte – so entspannt und schwerelos, dass sie ihn überhaupt nicht spürte. Sie nahm nur diese wunderbare Ruhe und die Wärme wahr, sodass sie sich wie ein körperloses Wesen in einer übernatürlichen Sphäre bewegte.

Plötzlich wurde sie aus ihrem friedvollem Dämmerzustand von einem Geräusch gerissen, das - wie ein spitzer Stein, den man auf einer Fensterscheibe entlang zieht - an der Oberfläche ihres Bewusstseins kratzte. Es dauerte eine ganze Weile, bis sie dieses Geräusch als den Klang einer Stimme deutete. Und diese immer wieder erklingende Stimme, die eben noch unsanft ihren inneren Frieden gestört hatte, kam ihr von Mal zu Mal vertrauter vor. Sie konnte nicht sagen, woher diese Stimme kam. Sie schien so nah, als wäre sie Teil ihrer Gedanken geworden. Andererseits war sie jedoch von so tiefem Klang und von solcher Fremdartigkeit, als käme sie aus einer anderen Welt. Diese Stimme wiederholte immer wieder dieselben Worte: *„Ich habe lange auf dich gewartet, Elea."*

Der angenehme Klang der Stimme lullte sie so sehr ein, dass sie wieder in diesem wohltuenden Dämmerzustand schwebte. Als ihr Verstand dann endlich doch den Sinn der Worte erfasste und sie ihren eigenen Namen erkannte, überkam sie eine vage Erinnerung an einen Traum, der immer deutlichere Konturen annahm. Mit einem Schlag war sie hellwach. Es war der Traum von ihrem Drachen, der darin mit denselben Worten zu ihr gesprochen hatte. Sofort versuchte sie, ihre Glieder zu bewegen oder zumindest die Augen zu öffnen. Aber ihre Bemühungen waren ohne Erfolg. Wie sollte sie etwas bewegen, was sie nicht spürte?

„Elea, ich bin der Drache, nach dem du gesucht hast. Ich bin bei dir. Ich bin dein Drache und du bist meine Reiterin. Meine Stimme ist in deinem Kopf. Wir gehören nun auf ewig zusammen. Zwischen uns existiert jetzt ein Band, das untrennbar ist. Ich heiße Arabín. Meine Aufgabe war es, auf dich zu warten. Jetzt bist du hier. Das heißt, dass dem Menschenvolk eine unvorstellbar große Gefahr droht und dass deshalb deine Bestimmung ihren Anfang genommen hat."

Endlich machte die Stimme in Eleas Kopf eine Pause, sodass die junge Frau das Gesagte verarbeiten konnte. Sie verspürte nicht die geringste Furcht. Der Drache oder was auch immer zu ihr sprach - denn sehen konnte sie immer noch nicht – sprach in einer freundlichen Stimme, der sie sofort Vertrauen entgegenbrachte. Es war also geschehen. Maél und Finlay hatten sie zu ihrem Drachen gebracht. Das unsichtbare Band zu ihm war ebenfalls schon geknüpft. *Aber warum spüre ich nicht meinen Körper und kann nicht sehen?*

„Das liegt daran, dass nur dein Geist wach ist, während dein Körper sich noch ausruht. Es dauert nicht mehr lange, dann hast du auch wieder die Kontrolle über ihn."

Wieso versteht er mich, obwohl ich gar nicht zu ihm spreche?

„Auch diese Frage kann ich dir beantworten. Ich kann deine Gedanken in meinem Kopf hören, so wie du meine gerade in deinem hörst. Dies ist unserem Band zu verdanken. Deine Ausbildung als Drachenreiterin beginnt erst, wenn wir den Akrachón verlassen haben. Du wirst dann auch lernen, deine Gedanken vor mir zu verbergen. Dies ist dir im Moment noch nicht möglich. Ich hingegen bin durchaus in der Lage, Gedanken, von denen ich glaube, dass du sie nicht kennen solltest, vor dir verborgen zu halten."

Das hat mir ja gerade noch gefehlt! Nicht nur dass ich mich mit Tieren verständigen kann! Jetzt höre ich ständig eine Stimme in meinem Kopf. Elea vernahm plötzlich ein merkwürdig klingendes Brummen, das dem Rhythmus nach zu urteilen ein Lachen gewesen sein musste. *Na prima! Jetzt lacht er offenbar auch schon über mich!*

„Du hast richtig geraten. Auch Drachen können lachen. Du kannst jetzt ruhig aufhören, in der dritten Person von mir zu sprechen. Elea, ich weiß schon sehr viel über dich. Während dein Bewusstsein ebenso wie dein Körper geschlafen hatte, konnte ich über das Band, das zwischen uns geknüpft wurde, dein Wesen kennenlernen. Ich kenne jetzt deine Stärken und Schwächen. Du besitzt eine sehr ausgeprägte empathische Gabe. Du kannst die Gefühle von Lebewesen verstehen, du kannst dich regelrecht in sie hineinversetzen und sogar ihre Gefühle selbst fühlen. Außerdem hast du einen außerordentlich starken Willen, der dir in deinem Leben sicherlich schon häufig geholfen, dich aber vielleicht auch schon in Schwierigkeiten gebracht hat. Du bist mitfühlend, hilfsbereit, mutig und du hasst es, Angst zu zeigen, obwohl du in letzter Zeit viel Angst verspürt hast. Das konnte ich deutlich fühlen. Du kannst aber auch stur, rebellisch, unvernünftig und ungeduldig sein. Was mir allerdings am meisten Sorgen bereitet, Elea, ist die Tatsache, dass mit deiner Angst auch fast immer großer körperlicher Schmerz verbunden war. Unser Band erlaubt mir jedoch nicht zu sehen, welche Ereignisse, diese Schmerzen ausgelöst haben. Und noch etwas bereitet mir Kopfzerbrechen: An dir haftet etwas Magisches. Oder vielleicht sollte ich besser sagen, du erscheinst mir wie ein Gefäß, das die Fähigkeit besitzt, eine Magie in sich aufzunehmen. Ich habe allerdings nicht die geringste Ahnung, von welcher Art diese Magie ist. Sie scheint mir von außergewöhnlicher Kraft zu sein. Deshalb musst du mir alles über dich und über die Geschehnisse erzählen, mit denen deine Bestimmung, mich zu finden, ihren Anfang genommen hat."

Elea war sprachlos, was sie ja im wahrsten Sinne des Wortes tatsächlich war, da sie nicht nur nicht einen einzigen Körperteil, sondern nicht einmal ihre Zunge bewegen konnte. Der Drache hatte ihr in kürzester Zeit haargenau ihre Wesenszüge dargelegt und dies, ohne dass sie ein Wort darüber verloren hatte. Wenn Elea jetzt ihren Körper gespürt hätte, hätte sie vor lauter Befremdung wieder einmal gegen einen Kloß in ihrer

Kehle anschlucken müssen. Aber dies blieb ihr glücklicherweise aufgrund ihrer momentanen Körperlosigkeit erspart. Bevor sie jedoch von ihrem Leben gedanklich erzählen wollte, stellte sie dem Drachen noch eine Frage, die ihr schon die ganze Zeit auf den Fingernägeln brannte: *„Wieso weißt du durch unser Band so viel über mich, aber ich nichts über dich?"*

„Das weiß ich nicht. Auch wenn Drachen als sehr weise gelten, sind sie nicht allwissend. Ich hätte aber eine Vermutung. Drachen unterscheiden sich nicht sehr in ihrem Wesen voneinander. Das was Menschen über sie sagen, trifft im Grunde genommen auf alle zu. Wir werden aber zweifelsohne an einem anderen Ort und zu gegebener Zeit noch Gelegenheit haben, in der ich dir von meinem Leben erzählen kann."

Elea musste sich wohl oder übel mit dieser Antwort zufrieden geben. Also begann sie mit ihrer Erzählung, indem sie ganz von vorne anfing, damit ihr auch ja nichts Wichtiges entgehen konnte. Sie erzählte dem Drachen, wie sie als Baby zu Albin und Breanna kam. Sie schilderte ihre körperlichen Besonderheiten und ihre Gaben, die zunächst noch nicht so stark ausgeprägt waren. Von diesem Abschnitt ihres Lebens, der im Vergleich zu den letzten beiden Monden vollkommen unspektakulär verlief, hatte Elea recht schnell berichtet. Weil sie immer noch keine Kontrolle über ihre geschlossenen Lider hatte, entging ihr, wie der Drache stutzte, als sie von ihrem Mal erzählte. Er unterbrach sie jedoch nicht. Er ließ sie einfach reden. Die Erzählung, die ihr neues Leben betraf, welches mit Albins Offenbarung ihrer geheimnisvollen Herkunft und der rätselhaften Hinterlassenschaft ihrer leiblichen Eltern begann und schließlich in ihrer Entführung durch Maél gipfelte, fiel wesentlich umfangreicher aus. Elea schilderte nicht nur die vorwiegend schrecklichen Erlebnisse auf der Reise nach Moray. Sie breitete auch ihre komplette Gefühlswelt vor dem Drachen aus. Sie erzählte von dem Hass, den sie anfangs Maél entgegenbrachte, und wie dieser urplötzlich in eine immer größer werdende Liebe umschwang. In diesem Zusammenhang erwähnte sie auch die Entfaltung ihrer Gaben, ihre ohnmachtartigen Anfälle und die Theorie, der sich Maél und Jadora diesbezüglich hingaben. Das leidliche Streitthema ihrer Unberührtheit ließ sie ebenso wenig aus. Sie erzählte von Maéls rätselhafter Herkunft und seiner ungewöhnlichen Reaktion auf Blut und Eisen. Besonders ausführlich beschrieb sie Maéls tragische Verbindung mit Darrach. Außerdem schilderte sie die Geschehnisse in Galen. Ihren Aufenthalt auf König Roghans Schloss, vor allem ihre schmerzvolle Unterredung mit Darrach, hatte sie auch rasch dargelegt. Nachdem sie von dem Kampf mit den Wölfen und ihrer Entdeckung in dem Gletscher erzählt hatte, endete ihre Erzählung schließlich damit, wie sie ihn gefunden hatte.

Als Elea damit aufhörte, ihre Gedanken hervorsprudeln zu lassen, hatte sie mit einem Mal das Gefühl, von einer ungeheuren Last befreit zu sein. Es gab nun jemand, der aufgrund des Bandes – ob er nun wollte oder nicht, ob Tier oder Mensch – für sie und ihre Probleme da war.

"Elea, du bist wirklich eine äußerst sensible, junge Frau. Dein Gefühl täuscht dich nicht. Unser Band beruht auf dem Leitsatz „Geteiltes Leid ist halbes Leid". Deine Probleme werden meine sein und umgekehrt. Ich werde aber auch deinen körperlichen Schmerz spüren und teilen, so wie du meinen. Unser Band kann also gleichzeitig ein Segen und ein Fluch sein." Der Drache machte wieder eine Pause, worauf sich eine bedeutungsschwere Stille in Eleas Kopf breit machte. Bei seinen letzten Worten hatte sie schlagartig die riesige Armbrust auf dem Drachenturm in Roghans Festung vor Augen. Ihre damals empfundene Beklemmung bei dem Anblick dieser monströsen Waffe war also durchaus berechtigt. Der Drache ging auf diesen Gedanken nicht ein, obwohl er ihn durchaus gehört hatte. Endlich durchbrach er die Stille. *„Nun sollte ich vielleicht ein paar deiner brennenden Fragen beantworten. Wo soll ich anfangen? Ich fange am besten mit deiner Person an. Du bist eindeutig eine Farinja. Dein Mal hat es mir verraten. Ich bin nie einer begegnet. Aber ich habe einiges über sie gehört, in der Zeit als ich noch nicht durch einen Pakt mit den Menschen an diese Höhle gebunden war. Dies ist aber schon sehr, sehr lange her. Die Farinjas entstammen einem uralten Hexengeschlecht, das eigentlich als ausgestorben gilt. Es gibt zwei Arten von Farinjas: die der schönen und die der schlechten Gefühle. Du bist eine Vertreterin von ersteren."*

Elea war fassungslos. Sie war tatsächlich eine Hexe. *„Dann haben die Menschen auf dem Drachonya-Platz mich sogar zu Recht als Hexe beschimpft."*

„Ich spüre, dass draußen, außerhalb des Berges, eine dunkle Macht immer mehr an Stärke gewinnt. Das wird Darrach sein. Wir werden bald aufbrechen müssen. - Maéls und Jadoras Theorie, was das Erstarken deiner Gabe angeht, stimmt auch. Mit deiner zunehmenden Liebe zu Maél kam sie zur vollen Entfaltung. Das Zeichen hierfür ist dein Mal: Die Rosenknospe ist zu einer vollkommenen Blüte aufgegangen. Und ich muss dir leider auch sagen, dass er dir die Wahrheit gesagt hat bezüglich der Gefahr, die er für uns, aber vor allem für dich darstellt. Er ist durch den Schlangenring um seinen Hals Darrachs Sklave und muss sich seinem Willen beugen. Deshalb war es von ihm ein guter Schachzug Prinz Finlay mit in die Höhle zu nehmen. Ohne seine Hilfe wäre es ihm niemals gelungen, dich bei mir zurückzulassen." Als Elea dies hörte, setzte ihr Herz mehrere Schläge aus. *„Er hat was? Er hat mich einfach verlassen, ohne sich von mir zu verabschieden? Er hat tatsächlich sein Versprechen gebrochen, dass wir uns, bevor ich mit dir von hier verschwinde, noch so nahe kommen würden, wie Liebende es tun? Das kann nicht sein, Arabín!"*

„Doch Elea. Es ist so gewesen. Es tut mir leid. Aber er hat richtig gehandelt, glaube mir. Er musste es tun, weil Darrach immer näher gekommen ist und dadurch seine Macht über ihn immer größer wurde."

Elea war wie benommen. Trauer, Enttäuschung und - was am unerträglichsten war – ein Gefühl von Verlorenheit und Einsamkeit nahmen von ihr Besitz. Und dies obwohl sie gerade einen Gefährten auf Lebenszeit gefunden hatte. Plötzlich spürte sie etwas in ihrem Gesicht, etwas Feuchtes. Es war die Nässe ihrer Tränen, die aus ihren

Augen wie kleine Bäche hervorschossen und ihre Wangen benetzten. Mit diesen Tränen kehrte auch Eleas Gefühl für ihren Körper zurück. Von Augenblick zu Augenblick wurde sie sich wieder ihrer einzelnen Körperteile gewahr, die sie auch gleich bewegte, um sich so davon zu überzeugen, dass sie ihr wieder gehorchten. Trotz des nicht versiegenden Tränenstroms öffnete Elea ganz zum Schluss ihre Augen, erst nachdem sie sich vergewissert hatte, dass ihr Körper wieder ihr gehörte. Ganz langsam hob sie die Lider an. Sie blickte direkt auf den riesigen Kopf des Drachen, der neben ihr ruhte. Er hatte ebenfalls die Augen geöffnet und sah sie neugierig an. Kaum hatte Elea ihn erblickt, bildete sich auch schon wieder ein Kloß in ihrem Hals, den sie jedoch schneller hinunterzuschlucken vermochte als üblich. Sie richtete langsam ihren Oberkörper auf, um ihn sich besser betrachten zu können. Der Drache hob ebenfalls seinen Kopf an, aber ganz langsam und vorsichtig, als wollte er die junge Frau nicht erschrecken. Elea konnte es kaum glauben. Er sah genauso aus wie in ihrem Traum. Nur erschien er ihr viel größer. Allein sein Kopf war so groß wie sie. Seine schuppenartige Haut war so rot wie ihre drei Haarsträhnen. Er hatte vier Hörner auf dem Kopf und lange, spitze Ohren, die sich an seinen Kopf schmiegten. Ihr Blick fiel auf seine Klauen mit den messerscharfen Krallen, die ebenso furchterregend wirkten wie die in ihrem Traum. Mit ihren beiden Händen wischte sie sich die Tränen aus dem Gesicht. Sie war so fasziniert und innerlich bewegt von dem Anblick des Drachen, dass sie sogar für eine Weile ihren überwältigenden Kummer vergaß. Ohne Scheu streckte sie ihre Hand nach seinem Maul aus und streichelte sanft über die raue, schuppige Haut. Sie war erstaunlich warm. „Kein Wunder, dass ich um mich herum diese wohlige Wärme gespürt habe!", sagte sie, indem sie zum ersten Mal, seit sie bei dem Drachen war, wieder ihre Stimme gebrauchte. Der Drache nickte, während Elea aufstand, um sich ihre Umgebung näher zu betrachten. Die Höhle sah ebenfalls haargenau so aus wie in ihrem Traum. Sie hatte diese kuppelartige Decke und über eine steinerne Treppe gelangte man hoch zu dem unbefestigten Vorsprung. Rot glühendes Licht erhellte sie, das nicht nur von ihrem Haar, sondern auch von der Haut des Drachen ausging. *„Wir haben eine Gemeinsamkeit, Elea. Wir leuchten im Dunkeln glühend rot."* Sie vernahm erneut die Stimme des Drachen in ihrem Kopf. Es musste so sein, da der Drache sein Maul nicht geöffnet hatte. „Dann bin ich wenigstens nicht mehr allein mit dieser Absonderlichkeit!"

Ihr Blick fiel auf den Boden um sie herum. Ihr Rucksack, ihre Fellkleidung und eine Tasche mit Essensvorräten lagen ganz in ihrer Nähe. Ein paar Schritte weiter weg entdeckte sie Maéls Fellkleidung, Satteltasche und – sie wollte ihren Augen nicht trauen – sein Schwert. Sie ging mit langsamen Schritten auf das Schwert zu und hob es auf. Dann sah sie zugleich verständnislos und besorgt zu dem Drachen, der jede ihrer Bewegungen beobachtete. „Maél würde niemals sein Schwert zurücklassen. Arabín, hast du die beiden gesehen? Hast du gesehen, was geschehen ist? Ich muss es wissen?", fragte Elea den Drachen mit einem Zittern in der Stimme. *„Ich habe sie nur gehört, Elea. Maél forderte Finlay auf, ihn bewusstlos zu schlagen. Nur so konnte er* *ihn von dir trennen. Maél spürte, wie Darrach immer näher kam"*, rechtfertigte Arabín Maéls Entscheidung.

Elea hielt immer noch das Schwert in der Hand. Erneut liefen ihr dicke, heiße Tränen die Wangen hinunter. *Er hat sich für mich geopfert und hilflos Darrach ausgeliefert. Was wird er nur mit ihm anstellen?* Elea kam plötzlich ein Gedanke, den sie aus Gewohnheit wieder in Worte fasste. „Wie haben sie es eigentlich aus der Höhle hinaus geschafft – ohne mich? Und warum hat Maél seine Sachen nicht mitgenommen, während Finlay seine offensichtlich schon?" Sie schaute sich suchend nach Finlays Fellen um. *„Es ging alles sehr schnell. Vielleicht hat Finlay sie, nachdem er Maél niedergeschlagen hat, schlichtweg vergessen oder es war für ihn zu viel zu tragen."*

„Und wie haben sie die riesigen Schneemassen vor dem Höhleneingang überwunden?" Arabín schloss die Augen, was Elea als ein Nachdenken deutete. Nach einer Weile öffnete er sie wieder. Erst jetzt, nachdem er sie zuvor für einen Moment geschlossen hatte und ihr nun offen und durchdringend ins Gesicht sah, fielen Elea seine außergewöhnlichen Augen auf: das schlitzförmige Dunkle seiner Pupille stand in Kontrast zu seiner hellen Iris. Elea konnte jedoch bei dem rot schimmernden Licht in der Höhle nicht sagen, ob sie gelb oder sogar golden war. Auf jeden Fall hatten seine Augen eine fesselnde Wirkung auf sie. *„Wo sind die Sachen, die dir deine Eltern hinterlassen haben? Der Stein und der Stab?"*, ertönte es in ihrem Kopf. Sie tastete an ihrem Hals herum und stellte fest, dass das Lederband mit dem Stein nicht mehr an seinem Platz war. „Der Stein! Er ist weg!"

„Er war möglicherweise ihr Schlüssel nach draußen. Bevor du mich fragst, wie das funktioniert haben soll: Ich weiß es nicht. Es scheint, ihnen aber gelungen zu sein. Ich kann dir nur so viel sagen: Der Stein ist ein Stück meines Herzens, das mir vor mehr als dreihundert Jahren entnommen wurde, damit es zusammen mit deinem Stab an einen sicheren Ort gebracht werden konnte. Dort wurden sie in einer kleinen Holzkiste aufbewahrt, bis deine Vorfahren kamen, um sie für dich, die, du erst viele Jahre später geboren werden solltest, entgegenzunehmen. Elea, vielleicht hängt es mit deiner Magie zusammen. Du bist nicht nur eine Drachenreiterin, sondern auch eine Farinja mit außerordentlichen Fähigkeiten. Möglicherweise hast du den Stein in seiner Wirkweise beeinflusst."

„Ja! Du könntest Recht haben. Aber Sorgen macht mir, dass Maél jetzt da draußen bei bitterer Kälte ohne seine Fellkleidung ist, und zu alledem noch ohne sein Schwert." *Das wird sein geringstes Problem sein.* Arabín verbarg diesen Gedanken vor Elea, da er sie nicht unnötig beunruhigen wollte.

„Elea, was ich dir jetzt erzählen werde, weiß niemand, außer höchstwahrscheinlich Darrach, der Einblick in die geheim gehaltenen Schriftrollen hatte. Ich glaube kaum, dass er König Roghan oder Maél davon erzählt hat. – Elea, du hast nicht nur mich gefunden, sondern auch das Portal zur dunklen Seite unserer Welt. Auf diese dunkle Seite wurden über viele Jahrhunderte hinweg böse Kreaturen verbannt, die für die diesseitige Welt eine Bedrohung darstellten. Die letzte Kreatur des Bösen war der

Zauberer Feringhor. Du wirst ihn aus Erzählungen kennen. Er wollte sich die Menschheit unterjochen und die Welt nach seinen düsteren Vorstellungen verändern. Er hätte es auch beinahe geschafft, wenn wir Drachen uns nicht mit den Menschen verbündet hätten. Feringhor hatte aus irgendeiner uns unbekannten Quelle von dem Ort des Portals erfahren. Und was von noch verheerender Tragweite war, er hatte in unermüdlicher Forschung und mit Hilfe seiner großen dunklen Magie einen Weg gefunden, es zu öffnen. Du musst wissen, dass bis zu jenem Zeitpunkt es nur uns Drachen als Hüter des Portals möglich war, es zu öffnen und zu schließen. Davon wusste aber niemand. Um nun aber in einer entscheidenden Schlacht als Sieger über die Menschen und Drachen hervorzugehen, wollte er die absolute Verkörperung des Bösen, einen tausend Jahre alten Dämon, der hinter dem Portal seit mehr als fünfhundert Jahren gefangen gehalten wird, in unsere, in eure Welt lassen. Er wollte sich mit ihm verbünden. Als Feringhor mit seinen Handlangern das Portal zur dunklen Seite der Welt durchschritt, um den Dämon aufzuspüren, lockten wir sie in eine Falle, schlossen es hinter ihnen und versiegelten es mit einer aus sieben Drachen und sieben Menschen gebündelten Lebensenergie." Arabín machte eine Pause, um Elea Zeit zu geben, dieses bedeutungsschwere Wissen zu verdauen. Sie hatte die Worte Arabíns in ihrem Kopf mit immer schneller klopfendem Herzen verfolgt. Sie begann schon, ihrer Körperlosigkeit von vorhin nachzutrauern, da sich ihr Magen zusammenzog und ein Würgereiz ihre Kehle hinaufschlich. Sie hatte das ungute Gefühl, dass Arabín noch eine weitere Ungeheuerlichkeit zurückhielt. Sie wagte zögernd eine Frage, die sie aber aufgrund des immer noch lauernden Würgereizes gedanklich an Arabín richten musste. *„Kann dieses Portal... jemals wieder... geöffnet werden?"* Bevor Arabín antwortete, nickte er ihr mit einem bedeutsamen Blick zu, sofern man dies überhaupt von einem Drachen behaupten konnte. Elea empfand ihn jedenfalls als einen solchen. *„Ein Mensch und ein Drache sind zusammen in der Lage, es zu öffnen. Genau genommen ein Drache und sein Reiter, der wiederum seinen Stab als eine Art Schlüssel benutzen muss, um es zu öffnen oder zu schließen. Und zwar dient er sowohl diesseits als auch jenseits des Portals als Schlüssel."* Eleas Herz begann wie wild gegen ihre Brust zu hämmern. Ihr Atem ging ebenfalls immer schneller. Sie hörte bereits ihr eigenes Keuchen. Beide Organe arbeiteten, als wäre sie im schnellen Lauf auf halber Strecke zu ihrem See im Wald. „Nein! Das kann nicht wahr sein. Das darf einfach nicht wahr sein. Warum ich? Warum ausgerechnet ich?" Ihre Stimme klang ungewöhnlich hoch und schrill. Sie ließ sich nach dieser niederschmetternden Enthüllung auf die Knie fallen und schlug die Hände vors Gesicht. Jetzt bekamen die Worte ihrer Prophezeiung einen Sinn. Allerdings war in ihr die Rede von *einem* übermächtigen Gegner. Sie hatte aber im Moment das Gefühl nur so von übermächtigen Gegnern umzingelt zu sein, von denen einer übermächtiger war als der andere: König Roghan und Darrach, möglicherweise auch Maél in ihrer Welt und nun auch noch Feringhor und ein Dämon in der dunklen Welt.

Sie hatte das Gefühl, in freiem Fall in einen Abgrund der Unentrinnbarkeit ihres Schicksals zu stürzen. Unglaublich heiße Luft wehte ihr plötzlich entgegen. Sie nahm ihre Hände vom Gesicht und sah direkt auf die großen Nasenlöcher von Arabín, der sich offensichtlich zum ersten Mal seit hundertfünfzig Jahren von seinem Schlafplatz erhoben hatte, um sich ihr zu nähern. Elea wusste nicht warum, aber sie hatte das ununterdrückbare Bedürfnis eine ganz bestimmte Frage zu stellen, so lächerlich sie angesichts ihrer ausweglosen Lage auch erscheinen musste. „Kannst du eigentlich auch Feuer spucken?" Arabín hatte bereits sein typisches, brummendes Lachen von sich gegeben, bevor Elea die Frage laut zu Ende formuliert hatte. *„Ja! Das kann ich sehr wohl. Und ich kann es kaum erwarten, bis ich endlich meinen Feueratem wieder einsetzen kann."* Die junge Frau musste darüber lächeln, obwohl ihr alles andere als zum Lächeln zumute war. Aber so war das in ihrem Leben. Ihre Gefühle befanden sich in einem ständigen Auf und Ab, ähnlich wie in einem mit dunklen Wolken verhangenen Gewitterhimmel sich urplötzlich ein immer breiter werdender Riss bilden konnte, der der Sonne und dem blauen Himmel wieder Einlass in die Welt gewährte. Sie streichelte seine Nase, die spürbar wärmer war als sein Hals. Sie sah an seinem Gesicht vorbei und ließ ihren Blick über seinen nun zur vollen Größe aufgerichteten Körper schweifen. Er war wirklich riesig, ganz und gar kein Vergleich zu Arok, der bisher das größte Tier war, das ihr jemals begegnet war. Allein seine Vorderbeine waren nahezu so groß wie sie. Jetzt sah sie zum ersten Mal auch seinen Schwanz, der mindestens nochmal so lang war, wie der Drache selbst. Elea kam zu dem Schluss noch nie eine imposantere und schönere Kreatur gesehen zu haben als Arabín - *ihren* Drachen. Die Vorstellung, mit ihm durch die Lüfte zu fliegen, erschien ihr mit einem Mal verlockender als sie jemals für möglich gehalten hätte. Sie verstand auf einmal gar nicht mehr, warum sie dies bisher so geängstigt hatte. War es nicht das Fliegen, worum sie die Vögel immer so beneidet hatte? Und das Gefühl, fast in die Luft abzuheben, wenn sie lange Strecken rannte, hatte sie immer mehr als genossen. Auf diesen Gedanken hin breitete Arabín plötzlich seine Flügel aus, deren Spannweite in Elea nun doch ein Gefühl von Ehrfurcht entstehen ließ. Dennoch konnte sie nicht umhin, laut zu lachen. Sie erschrak über sich und über ihr kindisches Verhalten, aber Arabín stimmte in ihr Lachen mit seinem Brummen mit ein. Er schien es nicht nur kaum erwarten zu können, Feuer zu spucken, sondern auch endlich wieder als König der Lüfte den Himmel unsicher zu machen. Als beide wieder zum Ernst der Lage zurückgefunden hatten, begann der Drache, wieder in ihrem Kopf zu sprechen. *„Elea, jetzt, da du weißt, was sich hier im Berg verbirgt und dass du und ich zusammen mit deinem Stab das Portal öffnen können, verstehst du sicherlich, wie wichtig es ist, von hier zu verschwinden. Solange du noch in Darrachs oder Maéls Reichweite bist, besteht die Gefahr, dass sie dich in ihre Gewalt bringen."*

„Aber du kannst mich doch vor ihnen beschützen, oder etwa nicht?", wollte Elea wissen. *„Bis zu einem gewissen Grad schon. Aber Darrach ist ein Zauberer und ich meine zu spüren auch ein starker, nicht so mächtig wie Feringhor, aber möglicher-*

weise stark genug, um dir und mir gefährlich zu werden. – Bevor wir gehen, solltest du dich noch stärken", forderte er sie auf. *Schon wieder einer, der sich um mein Leib und Wohl sorgt! Alle behandeln mich als wäre ich noch ein Kind. „Das habe ich gehört, Elea."*

Elea ließ sich auf die Felle nieder und kramte aus der Tasche mit dem Proviant die Haferkekse hervor. Während sie aß, stellte sie Arabín gedanklich eine weitere Frage. *„Wo genau befindet sich denn dieses Portal?"*

„Du sitzt genau darauf", kam prompt Arabíns Antwort. Das Stück Haferkeks, das sie gerade abgebissen hatte, wäre ihr vor Schreck beinahe wieder aus dem Mund gefallen. Sie erhob sich ganz langsam wieder von ihrem Platz und besah sich die Stelle etwas genauer. Sie schob die Felle zur Seite. Auf den ersten Blick kam darunter nichts Ungewöhnliches zum Vorschein - staubiger, ururalter Höhlenboden eben. Aber als sie sich bückte und mit der Hand den Staub wegwischte, glänzte ihr eine glatte Oberfläche entgegen. Sie war schwarz und undurchsichtig, obwohl sie von ihrer Beschaffenheit an Glas oder Kristall erinnerte. Elea begann auf einmal, hektisch um sich herum Staub und Sand wegzuwischen und musste mit Schrecken feststellen, dass sie von dieser glänzenden Fläche geradezu umgeben war. Sie sah den Drachen zugleich fragend und ängstlich an, der sie natürlich wortlos verstand. Er stampfte mit seinem rechten Vorderbein auf, womit er Eleas Aufmerksamkeit auf eine bestimmte Stelle auf dem Boden lenken wollte. Elea ging darauf zu. Erst jetzt, auf den zweiten Blick, konnte sie genau sehen, wo das Portal endete. Die Grenze zum gewöhnlichen Höhlenboden bildeten kleine Felsstücke, die kreisförmig angeordnet waren. Als sie noch schlief und zur Bewegungslosigkeit verdammt war, befand sie sich zusammen mit Arabín auf der einen Hälfte dieses Kreises, während sie jetzt gerade auf der anderen Hälfte stand. Das Portal war riesig. Es hatte einen Durchmesser von mindestens zwanzig Schritten. Es war annähernd so groß wie der Teich in Roghans Schlossgarten.

„Und es ist nicht gefährlich, dass wir uns darauf befinden?"

„Keine Sorge. Solange wir den Stab nicht benutzen, kann uns nichts passieren."

Elea hatte schon wieder die nächste Frage im Kopf. *„Wie das Portal sich genau öffnen lässt, brauchst du noch nicht zu wissen. Iss jetzt zu Ende und zieh dich an! Draußen ist es nicht so gemütlich warm wie hier drinnen bei mir, und schon gar nicht hoch oben im Himmel."* Ihr fiel zum ersten Mal auf, dass sie nur ihre Wollhose und ihr ärmelloses Unterhemd anhatte. *Maél muss mich ausgezogen haben, weil ich wieder schweißgebadet war.*

Mit diesem Gedanken an Maél, aus dessen Reichweite sie bald für wer weiß, wie lange, - vielleicht sogar für immer - verschwunden sein würde, machte sich wieder in ihrem Herz das Ziehen bemerkbar, das sie bereits auf dem Schloss empfand, als sie Maél im Schlossgarten entdeckte. Doch dieses Ziehen ging nun immer mehr in einen Druck über, einen Druck herbeigeführt durch eine Last, die wie ein großer Felsbrocken ihr Herz zu zerquetschen drohte. Ihre Kehle begann sich auch schon wieder zuzuschnüren, sodass sie sich beeilte, ein paar Haferkekse hinunterzuwürgen, bevor der

Durchgang zu ihrem Magen vollends versperrt war. Sie musste sich jetzt unbedingt zusammenreißen. Von ihr hing das Schicksal des Menschenvolkes ab. Außerdem trug sie jetzt auch noch die Verantwortung für Arabín, der ihre Schmerzen teilen würde. Ob dies auch seelische Schmerzen betraf, wusste sie nicht. Sie warf einen verunsicherten Blick zu Arabín hinüber, der sich natürlich, ohne dass sie ihm direkt diesen Gedanken geschickt hatte, angesprochen fühlte. Er nickte ihr mit seinen faszinierenden Augen ernst zu. Aber noch etwas anderes konnte Elea von dem Drachengesicht ablesen, etwas, was ihr einerseits Trost spendetet, aber andererseits auch die Hoffnungslosigkeit ihrer Lage, ihrer Liebe zu Maél nur allzu deutlich machte: Mitgefühl und Trauer. Arabín wusste offensichtlich, welche Gefühle gerade in ihr tobten. Nein! Sie durfte nicht zulassen, dass diese schrecklichen Empfindungen sich ihrer ganz und gar bemächtigten, sonst wäre sie verloren. Sie musste dagegen ankämpfen, koste es, was es wolle. Sie griff energisch nach ihrem Wasserschlauch und trank ihn halb leer, als wollte sie die bedrückende Schwere in sich ertränken. Bevor sie sich anzog, suchte sie noch einen versteckten Ort, wo sie ihre Blase entleeren konnte. Als sie halb kauernd auf dem Boden hockte und ihrem Bedürfnis nachgab, erschien ihr die Tatsache, dass sie sich vor einem Drachen deswegen versteckte, irgendwie unangebracht. Wahrscheinlich lag es daran, dass Arabín durch das Sprechen eher etwas von einem Menschen als von einem Tier hatte. Während sie sich wieder in ihre vielen Kleiderschichten einhüllte, überlegte sie, was sie mit Maéls Sachen machen sollte. Sein Schlaffell rollte sie mit ihrem Fellumhang zusammen und befestigte das Bündel an ihrem Rucksack. Ihren Rucksack samt Bogen und Köcher konnte sie schultern, aber was sollte sie mit der Provianttasche, Maéls Satteltasche, seiner Fellkleidung und seinem Schwert machen? Sie konnte sie wohl kaum die ganze Zeit in der Hand halten, während sie auf Arabíns Rücken saß und er sich seinen Flugkünsten hingab, auf die er schon eine halbe Ewigkeit hatte verzichten müssen. Womöglich war er aus der Übung. Und irgendwie würde sie sich ja festhalten müssen. Hilflos sah sie zu dem Drachen, der sie die ganze Zeit nicht aus den Augen gelassen hatte. Nach einer kleinen Weile drehte er sich abrupt um und watschelte etwas unbeholfen in die entgegengesetzte Richtung, die zu einem breiten Gang hinaus aus der kuppelartigen Höhle führte, bis er mit dem ihn umgebenden glühend roten Schimmer aus Eleas Blickfeld verschwunden war. *Was hat er jetzt vor? Ist er etwa beleidigt, weil ich mich nicht von Maéls Sachen trennen kann?*

„Nein! Das ist er nicht. Er holt nur etwas, womit du dein Problem lösen kannst." *Verdammt! Daran muss ich mich erst gewöhnen, dass er alles hört, was ich denke. Hoffentlich dauert meine Ausbildung zur Drachenreiterin nicht all zu lange.* Für seine Ohren bestimmt fragte sie ihn in Gedanken: *„Wenn ich eine vollwertige Drachenreiterin bin, bin ich dann auch in der Lage, mir die Ohren oder was auch immer zuzuhalten, damit ich deine Stimme nicht hören muss, wenn ich einmal keine Lust dazu habe?"* Wieder ertönte das eigentümliche Lachen des Drachen in Eleas Kopf. Er kam schon wieder zurück, da das Kratzen seiner Krallen auf dem steinernen Boden immer lauter wurde. *Warum sind meine Weggefährten eigentlich immer Wesen, die sich über mich amüsieren? Es muss wirklich an mir liegen.* Wieder ein Brummen.

Als Arabín nahe genug war, konnte Elea erkennen, dass er eine große Holztruhe im Maul trug. Wenige Schritte vor der jungen Frau blieb er stehen und stellte die Truhe vorsichtig auf den Boden ab. Allerdings hatte sie zunächst gar keine Augen für die Truhe, da Arabín zum ersten Mal sein Maul geöffnet hatte, sodass sie seine Zähne aufblitzen sehen konnte. Elea hielt unwillkürlich den Atem an. Das riesige Raubtiergebiss der Akrachón-Wölfe war schon angsteinflößend. Die Innenausstattung von Arabíns Maul stellte jedoch alles in den Schatten. Nicht nur, dass sich seine Zähne von beeindruckender Länge lückenlos aneinanderreihten, nein, sie schimmerten dem Betrachter in einem fremdartigen, gräulich-metallischen Glanz entgegen, was sie zusammen mit ihren scharfen Spitzen wie Dolche erscheinen ließ. Elea schluckte schwer. Arabíns messerscharfe Krallen erschienen im Vergleich zu seinem Gebiss, mit dem er zweifelsohne einen Menschen mit einem Biss in zwei Teile durchtrennen könnte, geradezu harmlos.

Elea konnte nicht aufhören, auf das inzwischen geschlossene Maul des Drachen zu starren. Ihr eingeschüchterter Blick löste in Arabín ein bisher noch nie dagewesenes Unbehagen aus. Andere Menschen, denen er in seinem Leben begegnet war, hatte er damit gerne in Angst und Schrecken versetzt. Bei Elea war dies jedoch ganz anders. Obwohl er sie erst seit gut einem Tag kannte, war sie ihm bereits an sein Drachenherz gewachsen.

„Um deiner Frage vorzugreifen: Nein! Ich weiß nicht, wem die Truhe gehört. Sie war schon da, als ich hierher kam. Sieh mal hinein, vielleicht ist etwas Brauchbares drin!" Elea war froh, wieder die freundliche Stimme des Drachen zu hören, die ganz im Widerspruch zu seiner mehr als stark ausgeprägten Drachenqualitäten stand. Eine Sache stieß ihr allerdings bitter auf. Arabín gab häufig die Antwort auf eine Frage, die ihr gerade in den Sinn gekommen war, die sie aber noch gar nicht gestellt hatte. Sie machte sich schon auf eine spöttische Erwiderung auf diesen Gedanken hin gefasst. Diese blieb jedoch aus. Stattdessen hatte sich Arabín wieder niedergelassen und seinen gewaltigen Kopf zwischen seine Beine abgelegt. *Sein Kopf ist so groß, der muss ihm auf Dauer zu schwer werden.* Kaum hatte sie den Gedanken zu Ende gedacht, fiel ihr auch schon ein, dass er ihn gehört hatte. In der Tat: Es brummte bereits schon wieder in ihrem Kopf. Sie wandte ihren verärgerten Blick von dem sich amüsierenden Drachen ab und öffnete die Kiste. Seile, Werkzeuge und glitzernde Steine bildeten ein großes Wirrwarr in der verstaubten Truhe. Elea nahm sich ein paar Seile heraus und schloss die Kiste sofort wieder, ohne den anderen Gegenständen größere Aufmerksamkeit zu schenken. Sie begann unverzüglich mit der Arbeit. Ohne Scheu warf sie ein Seil über Arabíns Hals. Der Drache hob verdutzt den Kopf in die Höhe, was sie sofort ausnutzte, um das Ende, das sie über ihn geworfen hatte, unter ihm hervorzuholen, sodass sie beide Enden miteinander verknoten konnte. *„Was hast du vor?"*

„Ich kann wohl kaum alles an meinen Körper binden, Arabín! Die paar Seile werden dich ja wohl mit deinen harten Schuppen nicht stören. Daran kann ich dann Maéls Sachen und die Provianttasche befestigen." Sie warf noch zwei weitere Seile über den Rücken des Drachen. „Los, steh schon auf, damit ich die Seile unter deinem Bauch hervorholen kann. Du machst mir ja einen ziemlich trägen Eindruck. Hoffentlich stürzen wir nicht ab!"

Elea gab sich großer Geschäftigkeit hin. Dies war die einzige Möglichkeit, sich von dem unmittelbar bevorstehenden Aufbruch und der damit verbundenen Trennung von Maél abzulenken. Arabín tat wie sie ihm geheißen hatte, ohne seinen wachen und neugierigen Blick von ihr abzuwenden. „Wieso starrst du mich die ganze Zeit so an?", fragte ihn Elea nervös, ohne in der Verschnürung des Drachen und des Gepäcks inne zu halten. *„Ich wundere mich über dich. Du verhältst dich ganz und gar nicht wie eine typische Menschenfrau. Dein Vater hat dich in der Tat, wie ein Junge aufgezogen. Das wird dir vieles in deinem neuen Leben mit mir erleichtern. Du musst wissen, es gab bisher nur sehr, sehr wenige Frauen, die Drachen geritten haben."*

Elea zuckte mit den Achseln. „Dadurch wird der Verlust von Maél auch nicht leichter zu ertragen", entgegnete Elea mit belegter Stimme. „Ich weiß gar nicht, was aus mir werden soll ohne ihn. Auf Roghans Schloss war die Trennung von ihm schon kaum auszuhalten. Wie wird es erst sein, wenn ich mich am anderen Ende des Königreiches befinde?!" Arabín erwiderte nichts darauf, sondern schnaubte nur einmal kräftig durch seine Nasenlöcher, sodass die Höhle mit einem Schlag voller gelblichen Rauches war, den Elea zwangsläufig einatmen musste und der sofort einen beißenden Schmerz in Nase und Rachen auslöste. Daraufhin bekam sie einen Hustenanfall, der ihr heiße Tränen in die Augen trieb. *„Hättest du nicht damit warten können, bis wir im Freien sind?"*, fragte sie ihn empört mit ihren Gedanken. Sie bekam vor lauter husten kein Wort heraus. *„Ich wollte meine Lungen nach dem langen Schlaf endlich frei bekommen. Los! Steig schon auf! Ich trage dich bis zum Ausgang."* Da sie möglichst schnell dem beißenden Rauch entrinnen wollte, hatte sie gar keine Zeit sich damit auseinanderzusetzen, dass sie nun im Begriff war, sich auf den Rücken eines Drachen zu setzen. Sie tat es mit ihrer typischen Behändigkeit, indem sie sich einfach an den Seilen an Arabíns Flanke hochzog und sich zwischen seinen Schulterblättern – dort, wo die Höcker flacher und rundlicher waren – niederließ. Der Drache setzte sich daraufhin sofort mit seinem etwas unbeholfenen Gang in Bewegung und schüttelte dadurch Elea zu ihrem anhaltenden Husten noch kräftig durch. „Also Gehen ist offensichtlich nicht deine Stärke", meinte Elea mit heiserer Stimme. *„Ich bin ja auch ein Drache und kein Pferd"*, rechtfertigte er sich.

Arabín ging eine ganze Weile immer geradeaus. Elea betrachtete sich dabei im roten Lichtschein den Höhlengang etwas genauer. Sie konnte aber nichts als gewöhnliche steinerne Wände um sich herum entdecken. Plötzlich wurde der Gang spürbar enger und machte eine Kurve nach rechts. Frostige Luft wehte ihr ins Gesicht, die ihre Haut zum Erstarren brachte. Ihr Kopftuch hatte sie bereits zuvor um ihr Haar gebunden. Also zog sie sich die Kapuze ihrer Lederjacke über den Kopf. Ihre Fellkapuze wollte sie sich für draußen aufsparen, wenn sie mit Arabín durch die eisige Luft fliegen würde.

Mit einem Mal tauchten die beiden in immer heller werdendes Licht ein, sodass Arabíns Schuppen von jetzt auf nachher zu leuchten aufhörten. Ein paar Atemzüge später traten sie schon hinaus ins Freie. Es war helllichter Tag. Und vom Stand der Sonne her zu urteilen, die ihre gleißenden Strahlen auf die schneebedeckten Felswände hinunter schickte, musste etwa die Tagesmitte erreicht sein.

Elea konnte nicht sagen, ob sie einen, zwei oder sogar drei Tage durchgeschlafen hatte. Die Antwort ertönte sogleich in ihrem Kopf. *„Dein Körper hat eineinhalb Tage und eine Nacht geruht. Die Sonne steht jetzt an ihrem höchsten Punkt. Wir haben also, wie du selbst schon erraten hast, etwa Mittag."*

Elea ließ ihren Blick weit in die Ferne ringsumher schweifen. Ihr stockte der Atem von dem Anblick der gewaltigen Berge, die wie riesige Zacken einer Krone in den blauen, wolkenlosen Himmel ragten. Hier oben war es nochmal deutlich kälter als unten auf der kreisrunden Fläche vor dem Höhleneingang. Rasch zog sie ihre Fellkapuze über. Dann atmete sie tief durch und fragte zaghaft: „Wohin fliegen wir eigentlich?"

„Das ist deine Entscheidung, Elea. Ich tue, was du mir befiehlst."

„Maél hat mir geraten, zu allererst meine Familie zu suchen. In diesem Fall müssten wir nach Osten fliegen."

„Gut. Dann tun wir das." Arabín wollte gerade mit einem kräftigen Flügelschlag von dem Felsvorsprung abheben, als Eleas Stimme nochmals erklang. „Fliege aber bitte über die Fläche vor dem Höhleneingang! Ich will sehen, was dort los ist." Der Drache klappte seine Flügel wieder ein, schnaubte in der Stärke einer kräftigen, plötzlich aufkommenden Windböe einmal laut die Luft durch seine Nasenlöcher und sprach mit eindringlicher Stimme in Eleas Kopf: *„Elea, ich denke, dass es keine gute Idee ist, dorthin zu fliegen. Wir wissen nicht, was uns dort erwartet. Und wenn du Maél siehst, dann wird es dir noch schwerer fallen, ihn zu verlassen."*

„Ich will es aber so, Arabín", entgegnete die junge Frau trotzig. „Du sagtest gerade, dass du tun wirst, was ich befehle. Es fällt mir nicht leicht, dir gleich zu Beginn unserer... wie soll ich nur sagen?... Partnerschaft vielleicht? - einen Befehl zu erteilen, der dir unvernünftig erscheint. Aber ich muss wissen, was da unten los ist. Ich mache mir nicht nur Sorgen um Maél, sondern auch um Finlay und Jadora. Sie sind mir alle ans Herz gewachsen. Bitte! Außerdem wird Maél erleichtert sein, wenn er mich mit dir wegfliegen sieht." Diesmal vernahm Elea kein Brummen, sondern ein Knurren, mit dem der Drache seinen Unwillen kundtat. Dennoch breitete er ohne ein weiteres Wort seine gigantischen Schwingen aus, setzte zu einem kraftvollen Sprung an und erhob sich mit lautem Flattergeräusch in die Luft. Elea umklammerte mit ihren in den Fellfäustlingen steckenden Händen so gut es ging die Seile und drückte ihre Beine fest an Arabíns Flanken, so wie Jadora es ihr immer gesagt hatte, als sie auf Shona saß. Ihr

Herz schlug ihr bis zum Hals und sie hielt vor lauter Angst, in die Tiefe zu stürzen, den Atem an. Jeder einzelne Muskel verkrampfte sich in ihr. Arabín fühlte deutlich ihre Furcht. *„Elea, hab keine Angst! Du musst gleichmäßig atmen und dich entspannen. Stell dir vor, dass wir beide durch das Band nicht nur gedanklich, sondern auch körperlich miteinander verbunden sind. Wir fliegen als Einheit. Du wirst es noch lernen zu fühlen."* Sie schaffte es tatsächlich, ihre Muskeln zu lockern, aber eher aufgrund von Arabíns Stimme, die wie auf ein kleines Kind beruhigend auf sie einredete. Ihr Herzschlag und ihre Atmung erlangten hingegen nur langsam einen langsamen Rhythmus.

Der Drache bewegte wie wild seine Flügel, um dadurch immer mehr an Höhe zu gewinnen. Elea zog rasch mit einer Hand die Fellkapuze eng um ihr Gesicht, da die eisige Luft wie kleine, spitze Pfeile auf ihre Haut stieß. Erst als Arabín endlich seinen fast senkrechten Flug in die Höhe aufgab und sich in eine horizontale Lage begeben hatte, wagte Elea es, die Augen zu öffnen und auf die Berge hinunterzublicken, die sie weit unter sich gelassen hatten. „Ist es denn notwendig, dass wir so hoch fliegen?", wollte sie mit einem mehr als mulmigen Gefühl in der Magengegend wissen. *„Ja! Das ist es. Erst recht, wenn du von mir verlangst, dass wir uns unnötig in Gefahr begeben. Ich bin hundertfünfzig Jahre nicht geflogen. Du kannst dir vielleicht vorstellen, dass man da etwas eingerostet ist."* Arabíns Stimme klang ungehalten, natürlich wegen ihres unvernünftigen Befehls. Dies störte aber die junge Frau nicht im Geringsten. Sie konnte nicht einfach mir nichts, dir nichts verschwinden und sich in Sicherheit wiegen, während womöglich Menschen, die sie liebte, in Gefahr waren. *„Halte dich jetzt wieder gut fest! Wir fliegen im halben Sturzflug über dein gewünschtes Ziel."* Elea wusste gar nicht, wie sie sich noch fester an den Seilen festhalten sollte, als sie es bereits ohnehin schon die ganze Zeit über tat. Ihre Finger hielten die Seile so umkrallt, dass sie schon taub waren. Plötzlich machte es einen gewaltigen Ruck, wodurch Elea beinahe über Arabíns Kopf geflogen wäre, hätte sie nicht zusätzlich ihre Füße unter die Seile eingehakt. Ihre Fellkapuze war durch den steilen, rasanten Flug kopfüber wieder nach hinten geweht worden. Der eisige Wind, der ihr regelrecht ins Gesicht peitschte, trieb ihr erneut Tränen in die Augen. Sie konnte das Bedürfnis zu schreien kaum unterdrücken. Da ihr nichts anderes übrig blieb, als die Augen fest zuzudrücken, konnte sie gar nicht sehen, wie lange sie diesen Höllenflug noch ertragen musste. Der Wind heulte so laut an ihren Ohren vorbei, dass sie sie am liebsten mit ihren Händen zugehalten hätte. Es dauerte jedoch nicht mehr lange, da ging Arabín wieder langsam in die Horizontale über und drosselte sein Tempo. Sie öffnete die Augen und konnte gerade noch erkennen, wie sie den größtenteils vom Schnee befreiten Berg überflogen, in dem Arabín seinen hundertfünfzig Jahre langen Schlaf gehalten hatte. Elea richtete ihren Blick sofort auf die riesige freie Schneefläche vor ihnen, die in der Tat die exakte Form eines Kreises hatte. Die gesamte Fläche lag in strahlendem Sonnenlicht. Von einer Stelle am Ende der Lawine gingen seltsame aufblitzende Lichtreflexe aus, um die herum sich dunkle Punkte bewegten, die Elea als Menschen deutete. Unter den

Lichtreflexen befand sich etwas, was – je näher sie kamen – immer mehr einem Kreuz ähnelte. Ihr Herz schlug immer schneller. Arabín hatte fast die Fläche überflogen, während sie sich den Hals fast verrenkte, weil sie den Blick von dem Kreuz nicht abwenden konnte. Sie konnte zwar nicht mit letzter Sicherheit sagen, was sie erkannt hatte. Aber sie hatte bereits eine dunkle Ahnung, die in ihr ein unvorstellbares Grauen auslöste. Ein Zittern durchfuhr ihren Körper. Sie musste sich unbedingt Gewissheit verschaffen. „Ich weiß, Arabín, es wird dir nicht gefallen, aber du musst noch einmal zurückfliegen und tiefer über die südliche Seite des Kreises fliegen, dort, wo der Schneehaufen endet. Irgendetwas Merkwürdiges spielt sich dort ab", schrie sie gegen das laute Geheule des Windes um sie herum an. *„Ich wusste, dass es soweit kommen würde",* knurrte seine tiefe Stimme in ihrem Kopf. Er wendete trotzdem in einem großen Kreis und flog immer tiefer werdend zurück zu der Stelle, die Eleas Aufmerksamkeit erregt hatte. Kurz bevor sie über die Menschengruppe flogen, sah Elea ihre Ahnung, was es mit dem Kreuz auf sich hatte, bestätigt. Ein Mensch lag auf dem Rücken mit zur Seite ausgestreckten Armen. „Flieg noch tiefer!", befahl sie dem Drachen. Ihr Herz und ihr Atem standen für einige Augenblicke still. Es war Maél, der dort unten mit nacktem Oberkörper auf dem eiskalten Schnee lag. Arabín hatte die Gruppe bereits überflogen, als Elea Darrachs Gestalt ausmachte, die ganz nahe an Maéls Seite stand und einen Gegenstand über ihn hin und her bewegte, von dem diese seltsamen Lichtreflexe ausgingen. „Um Himmels willen! Da liegt Maél im Schnee! Was macht Darrach nur mit ihm? – Arabín, flieg sofort zurück und kreise über sie, sodass ich besser sehen kann, was er mit ihm anstellt. Ich bitte dich, tu es!" Eleas Stimme war nur noch ein flehendes Wimmern, das sogar ein Drachenherz erweichen konnte. *„Elea, du brauchst mich nicht zu bitten. Ich muss dich aber warnen. Wenn Darrach stark genug ist, kann er uns vom Himmel holen, wenn wir zu nahe sind."*

„Das Risiko müssen wir eingehen."

Arabín flog ähnlich wie der Adler, der Elea den Weg zu ihm gewiesen hatte, in kleiner werdenden Kreisen immer tiefer – allerdings in viel rasanterer Geschwindigkeit. Sie waren bereits so tief, dass Elea einen blutigen, kreisförmigen Fleck auf Maéls Bauch erkennen konnte, der offenbar von dem blinkenden Gegenstand herrührte, den Darrach über seinen Bauch hielt. Elea begriff mit einem Schlag, was da gerade vor ihren Augen geschah. Ihre Narbe begann urplötzlich wieder diesen pochenden und brennenden Schmerz auszustrahlen. Es war derselbe Schmerz, den Maél in diesem Moment empfand und den er bei jeder einzelnen Narbe auf seinem Oberkörper und in seinem Gesicht in der Vergangenheit unter der Folter dieses grässlichen Mannes hatte ertragen müssen. Dieser Schmerz ging mit einer Übelkeit einher, die unaufhaltsam ihre Kehle hochkroch. Außerdem bekam sie trotz der bitteren Kälte, die auf Arabíns Rücken herrschte, Schweißausbrüche. Ihr Unterhemd klebte bereits auf ihrer Haut. Plötzlich drangen Worte zu ihren Ohren vor, die Maél ihr zuschrie. Sie konnte sie jedoch nicht verstehen. „Arabín, kannst du verstehen, was er mir zuruft?"

„Er will, dass du von hier verschwindest, und zwar auf der Stelle."

Er kam der Oberfläche seines Bewusstseins immer näher. Sein Körper zitterte... Ein Zittern vor Eiseskälte. Doch dies war nicht die einzige Wahrnehmung. Gleichzeitig war da eine Hitze auf seiner Brust, die in einem Punkt auf seinem Bauch in einem unerträglichen Brennen gipfelte. Langsam schlug er die Augen auf. Als er sah, wo er sich befand und wer bei ihm stand, hätte er sich am liebsten wieder in den Zustand der Bewusstlosigkeit zurückgeflüchtet. Mit dem Anblick Darrachs und dem Stück Glas, das er in die Sonne hielt, um so ihre warmen Strahlen einzufangen und zu einem um ein Vielfaches stärkeren Strahl zu bündeln, kamen albtraumhafte Kindheits- und Jugenderinnerungen wieder hoch. Trotz der eisigen Kälte, die Haut und Muskeln auf dem Rücken taub werden ließ, brach Maél durch die aufsteigende Panik der Schweiß aus. Der Schmerz auf seinem Bauch wurde immer stärker. Bisher hatte er noch keinen Laut von sich gegeben, wohingegen als Kind oder Jüngling er schon längst vor Schmerz geschrien und den Zauberer um Gnade angefleht hatte. Diese Genugtuung beabsichtigte er, diesmal seinem Peiniger nicht zu bereiten. Er versuchte, sich von dem Schmerz abzulenken, indem er darüber nachsann, wie lange er wohl geschlafen hatte. Nach Darrachs eiskaltem und wissendem Grinsen zu urteilen lange genug, sodass er jetzt über alles im Bilde war, aber anscheinend nicht lange genug, als dass Elea mit dem Drachen bereits den Akrachón verlassen hätte. Sonst würde Darrach ihn nicht die ganze Zeit so triumphierend angrinsen. Seine immer noch vorhandene Sorge um Elea beruhigte ihn wiederum ein wenig. Dies war ein Zeichen dafür, dass Darrach noch keinen neuen Zauber über ihn gewebt hatte. *Was hat diese Ratte nur vor?*

Was Maél nicht wusste, der Zauberer hatte, nachdem er ihm den halben Tag und die ganze Nacht hindurch jedes kleinste Detail über die Reise und Elea entlockt hatte, nochmals drei Becher Blut von seinem Oberschenkel abgezapft. Diese hatte er als Vorrat in eine Flasche gefüllt, während er den dritten Becher, der noch vom ersten Mal bereit stand, ausgetrunken hatte. So gestärkt konnte sich der Zauberer dem Drachen und der Hexe stellen, die laut Maéls Schilderung zwar über ihre Macht bereits verfügte, sie jedoch noch nicht kontrolliert einsetzen konnte. Darrach fühlte sich so stark und gesund wie schon lange nicht mehr. Er hatte sich mit Maéls Blut regelrecht in einen Rausch getrunken. Die Zuversicht, was das Gelingen seines Planes anging, trug ebenfalls zu seiner euphorischen Stimmung bei. Die Hexe musste nur noch einmal zurückkommen, um Maél so auf den Eisboden gepflockt zu sehen. Ihre Reaktion darauf war für Darrach vorhersehbar. Sie würde ihn unter allen Umständen retten wollen. Zu dieser Erkenntnis kam er, als Maél ihm erzählte, wie sie ihm das Leben mit ihrem Blut rettete, obwohl sie von der fatalen Konsequenz daraus wusste. Sie liebte ihn über alles. Und die Liebe einer *Farinja* war ungleich stärker und bedingungsloser als die eines normalen Menschen.

Er wandte seinen Blick von dem Blau des Himmels ab und sah zunächst in Maéls schmerzverzerrtes Gesicht und anschließend auf die Brandwunde, die er ihm mit der Glasscherbe zugefügt hatte. Er änderte die Position des Glases, sodass der gebündelte

Strahl auf eine andere Stelle von Maéls Haut stieß. Er sah ihm gerade wieder mit seinem grausamen Grinsen ins Gesicht, als er dessen erschrockenen, nach oben in den Himmel gerichteten Blick entdeckte. Der Zauberer hob seinen Kopf und sah in dieselbe Richtung. Seine Hoffnung erfüllte sich allem Anschein nach. Die liebeskranke und leichtsinnige junge Hexe, konnte nicht widerstehen, ihren Geliebten noch ein letztes Mal zu sehen.

Der Drache wendete, um wieder zu ihnen zurückzufliegen, während Maél mit sich überschlagender Stimme unablässig schrie, dass sie verschwinden sollte. Die Krieger, denen Darrach befohlen hatte, sich ringsum ihn und Maél zu postieren, waren sichtlich mit der sich anbahnenden Situation überfordert. Nicht nur, dass sie offensichtlich eine Reise mit einem Zauberer unternahmen und mit Morddrohungen von seinem gefürchteten Handlanger leben mussten, jetzt mussten sie auch noch einem Angriff eines Drachen und einer Hexe standhalten. Zwei von ihnen hatten schon verzweifelt und panikartig einen Pfeil abgeschossen, obwohl der Drache noch viel zu weit entfernt war. Darrach schrie ihnen warnend zu, nur zu schießen, wenn sie sicher waren, nicht Elea zu treffen. Die Aufregung auf dem Boden wurde immer größer, als Arabín in rasantem Tempo auf sie zu schoss. Darrach hatte inzwischen das Stück Glas weggeworfen und selbst einen Bogen mit Köcher ergriffen. Maél nahm dies aus dem Augenwinkel wahr, maß dem aber nicht weitere Aufmerksamkeit bei, da er immer noch außer sich vor Wut und Sorge Elea zubrüllte, das Weite zu suchen. Das Brennen auf seinem Bauch und das taube Gefühl auf seinem Rücken spürte er mit der zunehmenden Angst um sie nicht mehr. *Dieses unvernünftige, eigensinnige Frauenzimmer! Sie bringt sich und ihre Mission in Gefahr.*

Die Krieger hatten ihre Formation um Maél und Darrach aufgegeben und sich gesammelt eine paar Schritte hinter Maéls Füße aufgestellt. Verzweifelt schossen sie ihre Pfeile auf den bedrohlich nahen Drachen ab. Diese prallten jedoch wie Kieselsteine von seinen Schuppen ab. Darrach hatte sich inzwischen neben Maéls Kopf postiert und schien sich, auf eine Auseinandersetzung mit Arabín und Elea vorzubereiten. Sein bohrender Blick, von dem höchste Konzentration abzulesen war, heftete sich auf die beiden magischen Wesen. Ein Surren, das zunächst so leise war, dass nur der auf das Eis gepflockte Mann mit seinem scharfen Gehör und der Drache es hören konnten, schwoll langsam an. Mit diesem ungewöhnlichen Geräusch veränderte sich auch die Luft um den Zauberer. Seine unmittelbare Umgebung begann zu flirren, sodass die Konturen seiner Gestalt verschwammen. Schließlich hatte sich die flirrende Luft in Form einer riesigen Kugel wie ein schützendes Kraftfeld um ihn angesammelt. Maél beobachtete dieses Schauspiel wie gelähmt. Er vergaß sogar zu atmen, so entsetzt war er über Darrachs Demonstration seiner Macht. Erst, als sein Körper reflexartig nach frischer Luft verlangte, indem er ihn zu einem tiefen, pfeifenden Atemzug zwang, fiel die Starre jäh von ihm ab. Er begann, wieder zu schreien und sich wie wild in seiner Verschnürung zu winden.

Die fünf Krieger wussten nicht, welcher Anblick grauenerregender war: das pfeilschnell auf sie zufliegende Ungeheuer, das gefährlichste und stärkste Tier überhaupt, oder der Zauberer, der eine in sich verborgen gehaltene Macht entfesselt hatte, die es allem Anschein nach mit dem Drachen aufnehmen konnte. Plötzlich hörte Maél lautes Flügelschlagen. Nur wenige Augenblicke später knirschte der Schnee unter einer gewaltigen Last. Sehen konnte er nicht viel, da sich alles hinter ihm abspielte und er den Kopf schmerzhaft verrenken musste, um aus den Augenwinkeln allenfalls schemenhafte Bewegungen wahrnehmen zu können.

Elea saß immer noch auf Arabín und bohrte ihren Blick unentwegt in Darrachs bösartig grinsendes Gesicht, das durch die flirrende Luft um ihn herum nur verschwommen wahrzunehmen war. Die Enge in ihrer Kehle, die mit der Erinnerung an ihr Gespräch unter vier Augen mit dem Zauberer über sie hereinbrach, lähmte für einen kurzen Moment ihren Verstand. Rasch schüttelte sie wieder die albtraumhaften Erinnerungen und die damit verbundenen Empfindungen ab. Sie durfte sich durch sie nicht von der Ausführung ihres Planes ablenken lassen, den sie auf die Schnelle gefasst hatte. Urplötzlich wurde ihr auf niederschmetternde Weise bewusst, dass sie in dem emotionalen Zustand, in dem sie sich gerade befand, niemals ihre Magie hervorrufen könnte. In ihr tobten durchweg schlechte Gefühle, die auch mit viel Konzentration und außerordentlicher Anstrengung nicht den geringsten Raum für ein schönes Gefühl lassen würden. Maéls wütende Flüche und Zurufe rissen nicht ab. Sie ließ sich davon jedoch nicht einschüchtern. Durch nichts durfte sie sich jetzt ablenken lassen. Sie konzentrierte sich einzig und allein auf ihre Atmung, die immer noch zu heftig ging. Ihr Brustkorb hob und senkte sich viel zu stark und zu schnell, als dass sie einen gezielten Pfeilschuss abgeben könnte.

Ihren Rettungsplan hatte Arabín kurz zuvor damit kommentiert, indem er gelblichen Rauch lautstark durch seine Nasenlöcher schnaubte, den sie bei dem rasanten Flug zwangsläufig unter Husten einatmete. Seine prompt folgende Warnung schlug sie natürlich ebenso in den Wind, wie sie es schon einmal getan hatte. Arabín musste sich aber wohl oder übel ihrem Befehl fügen.

Obwohl ihr Blick immer noch unverwandt auf Darrach haftete, konnte sie im Hintergrund erkennen, wie die Krieger den Abstand zwischen sich und Maél vergrößerten und Pfeile auf sie und Arabín schossen. Dies beunruhigte sie jedoch nicht, da der Drache, sie darüber aufgeklärt hatte, dass herkömmliche Pfeile keine Gefahr für ihn darstellten. Darüber war sie kein bisschen erstaunt gewesen. Nicht umsonst gab es auf Roghans Festung den Drachenturm mit der gewaltigen Armbrust. Die merkwürdig flirrende Luft um Darrach ließ Elea für einen kurzen Augenblick zaudern. Aber jetzt gab es kein Zurück mehr. *„Ich sagte dir ja, dass es nicht einfach, wenn nicht sogar aussichtslos sein wird, Maél zu befreien", ertönte Arabíns Stimme.*

Völlig unerwartet wurden Maéls Zurufe durch Darrachs Stimme unterbrochen. „Ich freue mich, Euch wiederzusehen, Elea. Und die Tatsache, dass ich mich nicht in Euch getäuscht habe, lässt mich wieder hoffen. Denn dank Maéls ausführlichen Schilderungen von eurer gemeinsamen Reise nach Moray habe ich jetzt ein so komplettes Bild von Euch, dass Ihr in Eurem Handeln sehr berechenbar seid. Auch weiß ich, dass Ihr eine *Farinja* seid und dass Eure Hexenmagie auf Eurer hoffnungslosen Liebe zu meinem tragischen Sklaven beruht." Elea hatte nicht vor sich auf ein Wortgefecht mit dem Mann einzulassen. Sie nahm seine Worte nur am Rande wahr. Sie blendete alles Störende um sich herum aus und konzentrierte sich ganz auf ihren Plan und ihre Atmung. Langsam ließ sie sich von Arabíns Rücken hinuntergleiten, nahm ihren Bogen von der Schulter und zog einen Pfeil aus dem Köcher. Sie legte ihn sofort auf und bewegte sich nach links, sodass sie einerseits in Maéls Blickfeld trat und andererseits damit Darrach Probleme bereitete, gleichzeitig sie und Arabín im Auge zu behalten. Darrach reagierte darauf, indem er sich rückwärts schreitend weg von Maél in die entgegengesetzte Richtung von Elea bewegte. So hatte er seine beiden Gegner, die eine Angriffsposition eingenommen hatten, gleichzeitig im Blick. Maél lag genau zwischen Elea und Darrach, während Arabín immer noch hinter seinem Kopf stand. Elea legte ihre ganze Kraft in das Spannen des Bogens, sodass sie fürchtete, dass die Sehne riss. Sie zielte, presste langsam die gesamte Luft aus ihren Lungen heraus und gab gleichzeitig Arabín gedanklich den vereinbarten Befehl *„Jetzt!"*. Einen Wimpernschlag später passierten drei Dinge gleichzeitig: Elea schoss einen gezielten Pfeil auf Darrachs Herz ab; Arabín riss sein Maul auf und stieß einen gewaltigen Feuerstrahl auf den Zauberer aus. Doch nur einen Wimpernschlag später schnellten dessen Arme nach vorne, sodass die magische Hülle um ihn herum blitzartig in einem grünen Licht aufleuchtete. Eleas Pfeil verglühte in dem Moment, als er auf Darrachs Schutzschild traf. Ebenso unwirksam blieb Arabíns Feueratem. Er prallte einfach daran ab. Bei alldem entstand ein ohrenbetäubendes Getöse, das von Arabíns Brüllen und dem Aufeinanderstoßen seines Feueratems und Darrachs Schutzschild herrührte. Elea, die mit einer solchen blitzschnellen Reaktion des Zauberers nicht gerechnet hatte, fand jedoch schnell wieder zu ihrer Fassung zurück und rannte sofort zu Maéls Füßen mit einem angelegten Pfeil auf die Krieger gerichtet. Diese hatten jedoch nur Augen für Arabín, der immer noch vergebens seinen Feueratem auf Darrach ausstieß. Sie vergrößerten aus Furcht noch mehr ihren Abstand zu ihm. Elea schulterte wieder ihren Bogen und machte sich an Maéls Stiefel zu schaffen. Sie suchte sein Messer, um seine Fesseln durchzuschneiden. „Verdammt noch mal, Elea! Bist du taub, oder was? Kannst du nicht einmal auf mich hören?! Du sollst mit deinem Drachen verschwinden, bevor Darrach oder ich dich kriegen!" Elea reagierte nicht auf Maéls wütenden Beschimpfungen. Sie begann ungerührt, die Fesseln an seinen Füssen durchzuschneiden. „Das kannst du dir sparen, ich werde nicht mit dir gehen", schrie er zu ihr nach unten, damit sie ihn bei dem anhaltenden Lärm verstehen konnte. Endlich hielt sie inne und sah ihn zugleich verständnislos und wütend an. „Willst du dich etwa von ihm zu Tode foltern lassen?!"

Plötzlich verstummte Arabíns Brüllen und eine bedrohliche Stille senkte sich über den Schauplatz des Kampfes. Elea sah zu Arabín hinüber, der aufgehört hatte, Feuer zu speien und mit lautem Flattern wieder in die Luft emporstieg. Die flirrende Kugel um Darrach hatte aufgehört, ihr grelles grünes Licht auszusenden. *„Elea, du musst dich beeilen, wenn du Maél befreien willst. Ich kann gegen Darrach nichts ausrichten. Ich kann ihn nur ablenken. Ich werde gegen ihn ein paar Flugmanöver fliegen. Wenn ich sehe, dass Maél dir gefährlich wird, komm ich sofort und schnappe dich mit meinen Klauen."* In der Zwischenzeit hatte sie Maél von seinen Fußfesseln befreit und machte sich jetzt an den Handfesseln zu schaffen.

„Willst du es nicht hören oder kannst du es nicht hören?", Maél schrie immer noch vor Wut die junge Frau an. Gleichzeitig versuchte er, mit all seiner Kraft ihr die Hände zu entziehen, was jedoch zwecklos war. „Ich werde hier bleiben! Verschwinde endlich! Willst du, dass alles umsonst war?"

„Das war es ohnehin, Maél!", erklang Darrachs Stimme, die nur so von eisigem Hohn triefte. „Ich befehle dir, ihr das Messer wegzunehmen und ihr an die Kehle zu halten. Zwing sie dazu, den Drachen zurückzurufen!" Darrach musste sich wieder von Maél und Elea abwenden, weil Arabín in schnellem Flug auf ihn zugestürzt kam. Rasch breitete er erneut seine Arme aus. Sofort leuchtete das magische grüne Licht auf. Arabín spuckte mehrere Male Feuer auf die Kugel, ohne damit jedoch etwas zu erreichen. Kaum hatte er sich von dem Zauberer abgewendet, machte Darrach unvermutet eine kräftige Bewegung mit seiner rechten Hand in seine Richtung. Aus ihr schoss urplötzlich durch die schützende Hülle hinaus ein noch hellerer grüner Strahl, der den Drachen vor Schmerz aufbrüllen und für ein paar Augenblicke erstarren ließ. Elea hatte gerade die zweite Handfessel durchschnitten, als sie im selben Moment ebenfalls ein heißer, stechender Schmerz von ihrem Rücken ausgehend durchfuhr. Auf den Boden stürzend schrie sie auf und ließ das Messer fallen. Arabín hatte recht behalten. Sie konnte seinen Schmerz fühlen. Sie blickte ängstlich in Maéls Gesicht, von dem sie nur eine Handbreit entfernt war. Sein Entsetzen stand ihm ins Gesicht geschrieben. Er konnte nicht glauben, was sich gerade eben abgespielt hatte. An den kleinen Dampfwölkchen, die schnell aufeinanderfolgend und unter Keuchen seinen Mund verließen, konnte sie unschwer seine Fassungslosigkeit ablesen. Er hielt ihrem schmerz- und angsterfüllten Blick stand und drückte immer noch angestrengt seine zu Fäusten geballten Hände in den Schnee. Offenbar focht er in seinem Innern einen Kampf aus, den er unter allen Umständen nicht verlieren wollte. Er rührte sich keinen Fingerbreit vom Fleck, geschweige denn machte er Anstalten, sie zu ergreifen oder ihr das Messer zu entreißen.

„Maél, bitte! Wenn du mich liebst, dann komm mit mir! Ich flehe dich an! Wir werden einen Weg finden, wie er dich nicht finden kann." Elea konnte kaum sprechen – vor Angst, vor Unverständnis, vor Verzweiflung. Sie brachte nur ein kaum hörbares Flüstern zustande. Wie zur inneren Befreiung schrie Maél plötzlich: „Nein! Nein! Ich werde weder deinem Befehl gehorchen, Darrach, noch werde ich mit dir gehen, Elea. Wir haben keine Chance gegen ihn. Du hast gesehen, was er deinem Drachen entgegenzusetzen hat. Ich will, dass du gehst! Nimm deinen Drachen und verschwinde endlich!" Die Wut und Kälte in seiner Stimme ließ Elea zusammenzucken und ihre Kehle schnürte sich zu. Sie konnte kaum schlucken. Mit einem Mal war wieder das laute Getöse zu hören, als Arabíns Feueratem auf Darrachs Schutzschild traf. Maéls Körper verkrampfte immer mehr durch die Anstrengung, sich gegen den von Darrach auferlegten Zwang zu wehren. Eleas flehendem Blick hielt er ebenfalls unter größter Selbstbeherrschung stand. Die junge Frau konnte nicht fassen, was gerade vor ihren Augen geschah. Sie hatte ihres und Arabíns Leben aufs Spiel gesetzt, um Maéls Leben zu retten. Und dieser sture Mistkerl weigerte sich schlichtweg, sich von ihr retten zu lassen. Sie erhob sich langsam und tief erschüttert, ohne seinen Blick mit ihren tränenverschleierten Augen loszulassen. Dafür vernahm sie Arabíns Stimme in ihrem Kopf. *"Elea, es hat keinen Sinn. Ich komme jetzt dich holen. Er wird nicht mitkommen. Lass uns verschwinden, bevor es zu spät ist!"*

Als Elea resigniert zu Darrach hinübersah, war es für eine Reaktion bereits zu spät. In dem Moment, als sich ihre Blicke trafen, ließ der Zauberer seinen aufgelegten Pfeil los, der nur ein oder zwei Augenblicke später durch sein Schutzschild flog und über Maél hinwegzischte und in Eleas Bauch stecken blieb. Sie war so überrascht, dass ihr nicht einmal ein Schmerzensschrei entglitt. Dafür hörte sie, wie Maél ein lautes nicht enden wollendes „Nein!" schrie und wie Arabín plötzlich aufbrüllte und regelrecht eine Bruchlandung etwa zwanzig Schritte rechts von ihr machte. Elea sah fassungslos auf den Pfeil in ihrem Bauch, von wo aus ein viel größerer Schmerz hätte ausstrahlen müssen, als jener, der damals von Louans Pfeil verursacht wurde. Aber dem war nicht so. Sie drehte langsam ihren Kopf nach rechts zu Arabín, der offensichtlich einen Teil ihres Schmerzes ertrug. Eine feuchte Wärme verteilte sich auf ihrem Bauch, während sich in ihrem Innern langsam eine Kälte ausbreitete. Sie sackte auf die Knie, was Maél sofort veranlasste, seine Liegeposition aufzugeben, um sie aufzufangen. Er hielt ihren Oberkörper an seine nackte Brust angelehnt und sah entsetzt von Darrach auf Elea und dann wieder zurück zu Darrach, der ihn nur kalt anlächelte. Maéls Herz schlug so laut, dass es in seinen Ohren wie Hammerschläge dröhnte.

„Jetzt wollen wir mal sehen, ob du nicht doch einem von uns beiden nachgeben wirst?! Oder willst du sie einfach in deinen Armen sterben lassen. Ich bin gespannt, für wen du dich entscheiden wirst! Aber wir wissen beide, wer das sein wird, oder etwa nicht? Wenn ich ehrlich bin, Maél, habe ich von Anfang an damit gerechnet, dass ich zu diesem Mittel greifen muss, um dich dazu zu bewegen, mit ihr zu gehen, auch wenn es natürlich nicht weit genug sein wird, um mir zu entkommen; aber immerhin weit genug, damit ihr das vollenden könnt, wozu ihr beide offensichtlich bestimmt seid."

„Du verdammter Mistkerl! Du hattest alles geplant. Ich verfluche dich!" Er hatte Elea inzwischen vorsichtig auf den Schneeboden gebettet, um besser den Pfeil in Augenschein nehmen zu können. Ihre Augen begannen bereits zu flattern. Sie schien, ihn kaum noch wahrzunehmen. „Elea, halte durch! Ich bringe dich von hier weg. Alles wird gut!" Maéls Stimme war durch das viele Schreien nur noch ein raues Krächzen.

Er zog mit einem kräftigen Ruck den Pfeil aus ihrem Körper. Eleas gellender Schrei und Arabíns tiefes Brüllen durchbrachen schockartig die schwere Stille. Ihr Echo verlor sich nur langsam im Akrachón. Elea sank daraufhin in eine Ohnmacht.

Arabín kämpfte gegen den Schmerz an, den er mit Elea teilte. In dem Moment, als sich Darrachs Pfeil in Eleas Bauch bohrte und gleichzeitig in ihm ein Schmerz aufflammte, ließ vor seinem inneren Auge plötzlich die riesige Armbrust auftauchen, an die seine Reiterin schon mehr als einmal gedacht hatte, seitdem sie bei ihm war. Dessen ungeachtet stellte er sich auf seine vier Beine.

Maél verlor keine Zeit. Er hatte jedoch Mühe, sein Gleichgewicht zu halten, als er sich mit ihr auf seinen Armen erhob. Dennoch gelang es ihm, schwankend auf den Drachen zuzurennen, der ihn die ganze Zeit über nicht aus den Augen gelassen hatte. Arabín wusste auch, ohne Maéls Gedanken zu hören, was der Mann vorhatte. Er benötigte Maél ohnehin, um Elea das Leben zu retten. Er machte sich so klein wie möglich, um ihm den Aufstieg zu erleichtern. Oben angekommen, drückte Maél Elea mit einem Arm an seine Brust, während seine andere Hand eines der Seile um Arabíns Hals umkrallte. Der Drache stieg nur einen Atemzug später in die frostige Winterluft empor, ohne einen Funken Aufmerksamkeit an Darrach zu verschwenden. Dieser schrie unter lautem Lachen Maél noch hinterher, dass sie sich bald wiedersehen würden. Maél warf dem Zauberer nur einen hasserfüllten Blick zu und schrie Arabín an: „Wenn du mich verstehen kannst, dann flieg zurück zur Höhle!"

Etwas anderes bleibt uns auch gar nicht übrig. Arabín flog, so schnell er konnte, auf seinen Berg zu - immer mehr an Höhe gewinnend. Elea hatte die Augen geschlossen. Vor lauter Angst und Sorge nahm Maél von der klirrenden Kälte, die durch den rasanten Flug auf seine nackte Haut schlug, überhaupt keine Notiz. Er konnte keinen klaren Gedanken fassen. Ständig wiederholte er immer wieder dieselben Worte mit verzweifelter Stimme: „Du hättest nicht zurückkommen dürfen, Elea! Du hättest nicht zurückkommen dürfen!" Endlich kam der Vorsprung, der sich auf der Rückseite des Berges befand, in Sicht. Ein paar Augenblicke später setzte Arabín mit seinen Beinen auf. Maél rutschte sofort mit Elea von Arabín hinunter und rannte in die schützende Wärme des Höhlenganges. Seine Augen gewöhnten sich blitzartig an die Finsternis, die dort herrschte. Er musste jedoch abrupt stehenbleiben, da alles sich um ihn drehte und Sterne vor seinen Augen aufblitzten. „Dieser verfluchte Schweinehund! Wieviel Blut hat er mir denn geraubt?" Das Rennen konnte er vergessen. Also bewegte er sich mit großen und schnellen Schritten fort und musste aufpassen, dass er mit Elea nicht torkelnd an die Höhlenwand stieß. Er folgte dem Gang, der einen Knick nach links machte. Nach einer kurzen Weile, die Maél aber viel zu lange erschien, erreichte er die Höhle. Hinter sich hörte er die auf dem Boden kratzenden Krallen des Drachen, der mit seinem unbeholfenen Gang noch langsamer vorankam als er.

Maél steuerte den Platz an, an dem er Elea bei dem Drachen zurückgelassen hatte. Er legte sie dort behutsam ab und begann, sie vorsichtig von ihren Kleidern zu befreien. Seine Hoffnung schwand und immer größere Panik erfasste ihn mit jedem Kleidungsstück, das er entfernte. Elea hatte bereits eine große Menge Blut verloren. Ihre Kleider waren blutdurchtränkt. Schließlich trug sie nur noch die Wollhose und ihr ärmelloses Hemd. Mit zitternden Händen und angehaltenem Atem schob Maél ihr das Hemd hoch. Sein Herz machte holprige Schläge, als er das Loch sah, aus dem immer noch Blut rann. Darrach hatte ganze Arbeit geleistet. Trotz der vielen Kleidungsstücke und der Felltunika, die Elea getragen hatte, war sein Pfeil tief in ihren Bauch eingedrungen. „Verdammter Drache, wo bleibst du? Ich brauche mein Schwert." Maél sah nur eine Möglichkeit die junge Frau zu retten: mit seinem Blut. Er wusste nur nicht, ob es auch stark genug war, eine solche Wunde zu heilen. Sein Messer hatte sie draußen fallen lassen. Aber während des Fluges hatte Maél sein Schwert unter einem Seil eingeklemmt an dem Rumpf des Drachen entdeckt. Endlich erschien Arabín in der Höhle. Maél rannte ihm schwankend entgegen und zog das Schwert aus seiner Verschnürung. Während er zurück zu Elea rannte, schnitt er sich eine tiefe Wunde in die Handfläche. Bei ihr wieder angekommen, begann er sie erst sanft, dann immer kräftiger an der Schulter zu rütteln, bis sie kurz die Augen aufschlug, um sie dann wieder kraftlos zu schließen.

„Elea, du musst mein Blut trinken. Es hat stärkende und hoffentlich auch heilende Wirkung. Es ist unsere einzige Chance! Trink es!" Maél schob seinen Arm unter ihren Kopf und richtete sie etwas auf. Dann drückte er seine Hand zu einer Faust zusammen, sodass das Blut auf Eleas Lippen tropfte. Sie leckte es mit ihrer Zunge auf und schluckte es. So verging eine kleine Weile, bis sie endlich ihre Augen öffnete. Maéls Blick auf die Wunde verriet ihm jedoch, dass sie nicht heilte, geschweige denn sich schloss. Plötzlich begann Elea, mit schwacher und immer wieder abbrechender Stimme zu sprechen. „Ich konnte... nicht zusehen, ...wie er dich mit... dem Glas und der Sonne... quält, Maél. Jetzt weiß ich, woher... deine... ganzen Narben kommen. Es ist... schrecklich! Ich habe... deinen Schmerz gespürt. Er war... wie der, den... mein Stein auf... meiner... Haut... Mir ist... kalt." Ihre letzten Worte kamen ihr nur bibbernd über die Lippen. Ihr ganzer Körper wurde immer wieder von einem Zittern ergriffen. Sie hob unglaublich langsam ihre Hand und streichelte Maéls Narbe in seinem Gesicht. Dann schloss sie vor Anstrengung wieder die Augen. Maél deckte sie schnell mit ihrer Felltunika zu.

Arabín hatte sich inzwischen den beiden genähert und stieß seinen heißen Atem auf Maéls Rücken. Maél drehte sich daraufhin verzweifelt um und sah Arabín flehend in die Augen. Dann rückte er etwas zur Seite. „Verdammt! Hilf mir! Mein Blut kann ihre Wunde nicht heilen. Sie hat bereits zu viel Blut verloren. Du bist ein Drache. Du musst doch wissen, was wir tun können, um sie zu retten!" Er redete verzweifelt auf den Drachen ein, als würde er ihn verstehen. Das tat er auch. Nur konnte dieser sich ihm nicht verständlich machen. Einzig und allein Elea war es vorbehalten, den Drachen zu verstehen. Sie war jedoch im Begriff, in eine tiefe Bewusstlosigkeit zu fallen, die ihr den Tod bringen würde. Arabín kam noch näher an Elea herangekrochen, so nah, dass sein Maul ihr Bein berührte. *„Elea, hör mir genau zu! Wir können dich ret-*

ten. *Maél muss ein paar meiner Tränen auffangen und sie nur auf die Wunde geben. Dann wird alles gut. Du musst es ihm nur sagen. Ich kann es nicht."*
"Arabín, ich bin so müde und so schwach. Ich kann nicht mehr sprechen. Ich will nur schlafen."
"Nein! Nein! Nein! Du darfst nicht schlafen. Wenn du schläfst, dann stirbst du. Wenn du nicht sprechen kannst, dann zeig ihm, was er zu tun hat, um dich zu retten. Du hast es schon einmal getan. Im Stall in Galen. Streng dich an! Nimm all deine Kraft zusammen und konzentriere dich auf das eine rettende Bild."

Maél spürte, dass irgendetwas zwischen Elea und dem Drachen vor sich ging. Er sah den Drachen ungeduldig an. Dieser deutete mit seinem riesigen Kopf auf Elea. Er beugte sich daraufhin über sie und bedrängte sie aufgeregt: „Elea, was soll ich tun? Es gibt eine Möglichkeit, dich zu retten. Aber du musst mir sagen wie. Los! Sag es!" Seine Stimme wurde immer lauter und verzweifelter. Aber Elea hatte die Augen immer noch geschlossen. Ihr Atem ging immer flacher und ihr Herz schlug immer langsamer. Sie war so müde wie noch nie in ihrem Leben, müder als bei ihren ohnmachtartigen Erschöpfungszuständen. Sie spürte in ihrem Innern eine sich immer weiter ausbreitende Kälte, die alle ihre Bewegungen und Körperfunktionen lahm zu legen schien. Schockartig spürte sie, wie sich auf einmal etwas Heißes auf ihr Gesicht legte: Es waren Maéls große Hände, die wie unter Fieber glühten. Außerdem schrie er mit heiserer Stimme immer wieder ihren Namen... Dann war da noch eine tiefe, drängende Stimme, die in ihrem Kopf immer wieder dieselben Worte sagte: *„Zeig ihm das Bild mit deinen Augen! Zeig es ihm! Zeig ihm das Bild!"* Mit einem Schlag durchschoss sie eine Erinnerung wie ein Blitz. Arabín hatte zu ihr gesprochen. Die Tränen aus seinen Augen würden sie retten. Sie hörte noch wie Maél ihr erneut ins Gesicht schrie und sie an den Schultern packend schüttelte: „Mach endlich deine Augen auf!"

Kaum hatte er die letzten Worte ausgesprochen, da riss Elea sie auch schon auf. In dem Moment, als sich ihre Blicke trafen, entstand in Maéls Kopf sogleich das Bild eines riesigen Auges mit einer schlitzförmigen Pupille. Dieses Auge war eindeutig nicht menschlich, aber dennoch weinte es. Dicke Tränen schossen aus ihm hervor. Er sah rasch zu Arabín, aus dessen Augen bereits das rettende Nass floss. „Drachentränen! Drachentränen! Ich muss seine Tränen auffangen. Nur womit?" Maél sah sich um. Er sah nicht annähernd einen Gegenstand, mit dem er eine Flüssigkeit auffangen konnte. Dann fiel ihm Eleas Rucksack ein, den er ihr vorhin mit ihren Kleidern ausgezogen hatte. Schnell kramte er die kleine Tasche mit den Heilmitteln hervor und fand darin, was er suchte. Den Tiegel mit der Heilpaste. Er kratzte noch den restlichen Inhalt mit seinen Fingern heraus, sprang dann auf und hielt ihn erst an Arabíns rechtes, dann an sein linkes Auge. Als der Tiegel halb voll war, ging er schnell wieder zu Elea und ließ die Tränen auf die Wunde tropfen. Wie gebannt, sah er auf die Wunde und wartete darauf, dass etwas geschah. Nach nur kurzer Zeit hörte sie bereits auf zu bluten. Noch ein paar Augenblicke später waren Eleas Atemzüge bereits wesentlich ruhiger und tiefer und ihr Herz schlug wieder kräftiger. Dankbar und erleichtert lächelte er dem Drachen zu, der mit seinem rechten Fuß Eleas Wasserschlauch einen Stoß gab, sodass er zu Maél rutschte. Er nahm ihn und flößte Elea ein paar Schlucke ein. Als er den Schlauch wieder absetzte, vernahm er einen kurzen Brummlaut. Er sah zu dem Drachen, der auf den Wasserschlauch blickte und dann ihn ansah. „Du willst, dass ich trinke?", fragte Maél überrascht. Arabín nickte. Während er trank, ließ er den Drachen nicht aus den Augen. Er konnte gar nicht fassen, dass ein Drache sich um sein Wohl sorgte. Aber er hatte nicht Unrecht. Darrachs Blutraub hatte ihn spürbar geschwächt. Er musste auch unbedingt etwas essen, um wieder zu Kräften zu kommen. Bevor er sich aus seiner Satteltasche, die noch an den Seilen am Körper des Drachen befestigt war, etwas zu essen holte, flößte er Elea nochmals etwas Wasser ein. Ihr Herz schlug bereits fast so kraftvoll wie immer und die Wunde schloss sich bereits. Er ging zu Arabín und band zusammen mit seiner Satteltasche noch das Fellbündel von dessen Körper los. Schnell rollte er ihren Fellumhang aus, in dem er verwundert sein Schlaffell fand. *Sie konnte es nicht einfach hier lassen. Das sieht ihr ähnlich.* Der Hauch eines Lächelns huschte über seine Lippen. Er hob sie behutsam hoch und bettete sie auf ihren Fellumhang. Mit seinem Schlaffell deckte er sie noch zu, obwohl es in der Höhle angenehm warm war. Erst dann konnte er sich entspannt mit einem großen Stück getrocknetem Fleisch an die Wand angelehnt niederlassen und essen. Er schloss erschöpft die Augen, während er auf dem harten Fleisch herumkaute. Ab und zu öffnete er sie, als ob er sich vergewissern wollte, dass der Drache noch da war. Dieser wich nicht von Eleas Seite. Er hatte sich ebenfalls niedergelassen und wieder seinen großen Kopf zwischen seine Vorderbeine abgelegt. Sein wacher Blick wanderte ständig zwischen Elea und Maél hin und her. Jedes Mal, wenn Maél die Lider hob und den Drachen anblickte, bohrten sich dessen Augen bereits in seine. Erst jetzt, nachdem er zur Ruhe gekommen und die Anspannung von ihm gefallen war, bemerkte er den brennenden und pochenden Schmerz auf seinem Bauch. Er sah an sich hinab zu der Wunde. Blutiges, rohes Fleisch schaute aus der aufgeplatzten und zum Teil schwarz verkrusteten Brandblase hervor. Plötzlich hörte er wieder den Brummlaut des Drachen, offenbar seine Art, auf sich aufmerksam zu machen. Maél sah ihn an und entdeckte in den Drachenaugen erneut Tränen. Rasch ergriff er den Tiegel und fing ein paar davon auf. Dann legte er sich flach auf den Rücken und ließ die Tränenflüssigkeit auf die Wunde tropfen. Die Tränen linderten sofort den Schmerz. Maél hob daraufhin seinen Kopf und dankte dem Drachen mit einem Nicken. Jetzt spürte er auch das Brennen der halb verfrorenen Haut seines nackten Oberkörpers. Mit diesem Brennen konnte er jedoch durchaus leben. Erst recht, als er an Eleas Seite rutschte und sich an sie schmiegte, wie er es in der Vergangenheit schon so oft getan hatte. Er genoss das so vertraut gewordene Gefühl, ihren genesenden Körper an seinem zu spüren. Auf der Seite liegend legte er noch einen Arm schützend um sie und schloss die Augen. Er musste sich ausruhen und Kräfte sammeln für das, was in naher Zukunft noch auf ihn zukommen würde: eine wenig erfreuliche Auseinandersetzung mit dieser ebenso atemberaubenden wie Nerv tötenden Frau. An Darrach wollte er erst gar nicht denken.

Mit welchem Schachzug er von ihm zu rechnen hatte, darüber war er sich durchaus im Klaren. Daher zählte nur, Elea so schnell wie möglich dazu zu bringen, mit ihrem Drachen von hier zu verschwinden.

Kapitel 10

... Finsternis, vollkommene Finsternis und absolute Stille, Totenstille lasten tonnenschwer auf ihr. Sie hat die Augen geöffnet und da ist nichts als eine Schwärze, die so undurchdringbar erscheint wie zähes Pech. Doch noch unerträglicher als diese bedrückende Finsternis ist die Lautlosigkeit, die ihr ein Gefühl von Verlassenheit vermittelt. Sie dreht den Kopf. Sie dreht sich im Kreis, um vielleicht ein Geräusch, so klein es auch ist, zu erhaschen. Ihr Körper ist angespannt, in Erwartung eines Lebenszeichens, eines Lebenszeichens irgendeines Wesens, ob gut oder böse. Nichts ist schrecklicher für sie als allein zu sein. Plötzlich hört sie von weitem leise, aber stetig lauter werdende Geräusche. Sie klingen wie nahende Schritte. Sie braucht Licht, sie will sehen, wer oder was sich ihr nähert. Sie greift instinktiv an ihren Kopf und entfernt das Tuch, das ihr Haar bedeckt. Ihr Haar fällt ihr wie rot züngelnde Flammen weit den Rücken hinunter. Daraufhin erstrahlt der Ort, an dem sie sich befindet, in rot glühendem Lichtschein. Sie befindet sich in einer kleinen Höhle, nein, vielmehr in einem Raum, gehauen in Stein. Sie sieht sich um. Ein großes Bett mit Fellen, ein Tisch mit zwei Stühlen und eine Truhe sind seine karge Einrichtung.

Die Schritte kommen immer näher. Sie schaut zugleich erwartungsvoll und ängstlich auf den hohen, schmalen türlosen Eingang, hinter dem die Finsternis, wie ein Raubtier lauert. Ihr Herz beginnt wie wild in ihrer Brust zu rasen und ihr Mund gibt keuchende Geräusche von sich.

Die Schritte sind jetzt ganz nahe. Urplötzlich erstirbt ihr Klang. Nur ihr Keuchen ist zu hören. Ihre Anspannung wächst von Augenblick zu Augenblick. Sie konzentriert ihren Blick auf die Schwärze hinter dem Eingang. Endlich können ihre Augen etwas entdecken. Es ist nur ein weißer Schimmer von der Größe eines Punktes, fast am oberen Ende des Eingangs. Das Geräusch der Schritte erklingt wieder, einer Erlösung gleichkommend. Der weiß schimmernde Punkt bewegt sich und wird etwas größer mit jedem weiteren Schritt. Langsam zeichnen sich Konturen zwischen dem roten Lichtschein in dem Raum und der Dunkelheit von draußen ab. Es sind menschliche Konturen. Konturen einer großen Gestalt. Es ist ein Mann. Sein Körperbau verrät es. Sie muss für einen kurzen Moment die Augen schließen, weil sie vor Anstrengung schmerzen. Als sie sie wieder öffnet, steht der Mann bereits bei ihr im Raum. Das kleine weiß schimmernde Licht kommt direkt aus seinem linken Auge. Er sieht sie an und schenkt ihr ein warmes Lächeln, das ihr gleichzeitig heiße und kalte Schauer über ihren Körper jagt. Denn während er lächelt, werden zwei lange Eckzähne entblößt. Mit dieser Entdeckung wird ihr Blick noch schärfer. Sie entdeckt noch eine weitere Absonderlichkeit: Er hat lange, spitze Ohren, die deutlich über sein sehr kurz geschnittenes Haar hinausragen. Ihr Blick kehrt wieder zurück zu seinen Augen. Für einen Menschen stehen sie viel zu schräg. Ihre Augen wandern über seinen Oberkörper, der nackt ist. Er ist von außerordentlicher, fast schon überirdischer Athletik und Eleganz.

Sie weiß gar nicht, wie es geschah. Aber plötzlich steht er direkt vor ihr. Ihre Körper berühren sich fast. Nicht einmal ein Blatt passt mehr zwischen sie. Ihr Blick fällt auf zwei Ringe, die er um den Hals trägt: einen kleinen, der eng am Hals anliegt und einen größeren, der locker auf seinen Schlüsselbeinen liegt. Sie muss ihren Kopf etwas in den Nacken legen, um in seine Augen blicken zu können. Er lächelt sie immer noch liebevoll an. Sie ist wie gelähmt, ist nicht zu der kleinsten Bewegung fähig. Ein Herzschlag jagt den anderen. Ihre Lungen pumpen sich mit Luft voll, um sie gleich wieder aus ihrem Körper zu pressen. Sie weiß nicht, ob sie Angst vor diesem fremdartigen Mann haben oder ob sie sich in seiner Anwesenheit wohl und sicher fühlen soll. Ihre innere Zerrissenheit nimmt jedoch jäh ein Ende, als er unvermutet seine Arme um sie schlingt und behutsam, aber besitzergreifend an sich drückt. Nackte Haut trifft auf nackte Haut. Mit dieser Berührung wird ihre Angst vor ihm sofort vertrieben. Denn sie spürt, wie eine lange während Sehnsucht in ihr endlich ihre Erfüllung findet. Sie legt ihre Hände um seinen Hals und erwidert seine Umarmung. Ihre beiden Körper werden ein Körper. Ihre beiden Herzen schlagen wie ein Herz und ihre Lungen vereinigen sich in dem Moment, in dem ihre Lippen aufeinandertreffen. Durch ihren Kuss wird ihr beider Atem zu einem Atem. Ein Kuss, in den jeder all seine Liebe für den anderen hineinlegt und der mit immer unbändiger werdender Leidenschaft erwidert wird... bis der Mann die Frau, ohne seinen Mund von ihrem zu lösen, auf seine Arme nimmt und zum Bett trägt, um dort mit ihr in den Fellen zu versinken und die Vereinigung ihrer Körper zu vollenden...

Weder Schmerz noch Wärme noch Kälte, sondern ein Geruch, sein Geruch ließ Elea schlagartig die Augen aufreißen und ihren Oberkörper in die Höhe schnellen. Sie drehte ihren Kopf und blickte direkt hinab in sein blaues und schwarzes Auge, aus denen er ihr zulächelte. Und mit einem Mal waren sie da, die schrecklichen Erinnerungen. Panikartig begann sie sofort, ihren Bauch nach der Pfeilverletzung abzusuchen. Sie konnte aber nichts finden. Nicht einmal eine Narbe. Den einzigen Beweis für ihre beinahe tödliche Verletzung fand sie in einem großen roten Fleck auf ihrem Hemd. Dann fiel ihr plötzlich Maéls riesige Brandwunde ein, die Darrach ihm in seiner grenzenlosen Bosheit beigebracht hatte. Sie sah auf seinen Bauch. Doch von ihr war ebenso wenig etwas zu sehen. Ihr Blick von seinem Bauch schweifte auf die riesige Gestalt, die nur wenige Schritte von ihr entfernt war und sie ebenso wie Maél neugierig betrachtete. Es dauerte nicht lange, da erklang die ihr in so kurzer Zeit so vertraut gewordene, tiefe Stimme in ihrem Kopf. *„Was ist los mit dir? Hast du deine Zunge verschluckt? Dank deiner Unvernunft und deines wahnwitzigen Plans sitzen wir wieder in meiner verdammten Höhle und dies mit diesem unberechenbaren Maél. Eins muss ich aber unumwunden zugeben: Er liebt dich wirklich. Er hat sich irgendwie dem Befehl Darrachs widersetzen können. Und wenn dieser verfluchte Zauberer nicht diesen Pfeil auf dich geschossen hätte, dann würde er wahrscheinlich immer noch halb nackt im Schnee liegen."*

Elea sah von Arabín überrascht zu Maél, der inzwischen seinen Kopf auf seinen Ellbogen aufgestützt und ebenso wie sie noch keine Worte gefunden hatte. Sie konnte seinem Gesichtsausdruck Erleichterung, aber noch etwas anderes entnehmen, das noch recht schwach ausgeprägt war. Das Gefühl von Glück, sie noch einmal dem Tod entrissen zu haben, war noch zu übermächtig. Aber sie war sich sicher, dass diese andere Gefühlsregung von Augenblick zu Augenblick in Maéls Gesicht die Oberhand gewinnen würde. Sie hasste es, dass sie aus ihren ohnmachtartigen Erholungsphasen, die stets auf ihre albtraumhaften Erlebnisse folgten, immer ohne Gedächtnisverlust wieder aufwachte. Ihre Erinnerungen an die Geschehnisse auf der kreisförmigen Fläche waren so klar, dass sie nicht einmal die Chance hatte, sich vor dem, was ihr jetzt gleich blühte, in Unwissenheit darüber zu flüchten. Deshalb wollte sie eine Strategie einschlagen, in der sie sich für ihre unüberlegte Tat entschuldigen, aber auch rechtfertigen wollte. Sie hob ihre Hand und legte sie Maél auf die Stelle seines Bauches, wo sich die Brandwunde befunden hatte. Erst jetzt fielen ihr seine Blutergüsse und Schwellungen im Gesicht auf. „Was ist mit deinem Gesicht geschehen? War das auch Darrach?", wollte sie besorgt wissen. „Nein, es war Finlay, als ich ihm gestand, den tödlichen Pfeil auf seine Mutter abgeschossen zu haben. Wie du dir denken kannst, war er darüber sehr ungehalten." Elea spürte bereits, dass Maéls Erleichterung über ihre Rettung sich langsam aber sicher in Luft aufzulösen drohte. Der Klang seiner Stimme und seine Wortwahl ließen keinen Zweifel daran, dass seine Stimmung bereits im Begriff war, umzuschlagen. Außerdem wurde die kleine steile Falte zwischen seinen Augenbrauen immer länger und tiefer. „Du hast es ihm gesagt? Warum denn?" Elea war entsetzt. „Ich hatte meine Gründe. Das ist jetzt aber nicht das Thema. Wir stehen vor einem ganz anderen Problem, und das nur, weil du einfach nicht auf andere hören kannst!"

„Es tut mir leid, Maél. Ich weiß, ich habe mit meinem verrückten Rettungsversuch deinen Plan zunichte gemacht. Ich habe Arabíns Warnungen in den Wind geschlagen und ihn gleich zu Beginn unserer Verbindung zu Dingen gezwungen, die er ganz und gar nicht gut geheißen hatte. Aber ich konnte einfach nicht anders, als ich dich da unten liegen sah, während Darrach dir deine Haut verbrannte." Maél stand jäh auf und schnaubte lautstark die Luft aus der Nase. „Elea, du hast vollkommen recht. Du hast meinen Plan zunichte gemacht und du hast dich und deine Bestimmung unnötig in Gefahr gebracht. Du wärst beinahe in meinen Armen gestorben. Allein deiner Gabe ist es zu verdanken, dass es nicht so weit gekommen ist, und zwar im allerletzten Moment", schleuderte er Elea ungehalten ins Gesicht. Er holte jedoch erst noch einmal tief Luft, bevor er weitersprach. Er sah ein, dass der Ton, den er angeschlagen hatte, für jemanden, der gerade noch einmal dem Tod entronnen war, vielleicht doch zu streng war. Er versuchte mühsam, seinen Ärger und die aufkommende Wut im Zaum zu halte. „Es hätte erst gar nicht so weit kommen müssen, wenn du mit deinem Drachen einen anderen Weg geflogen wärst. Aber wie ich dich kenne, hast du darauf bestanden, nochmal über den Schneehaufen hinwegzufliegen. Was hattest du denn erwartet? Dass Darrach sich damit zufrieden gibt, mich wieder in seiner Gewalt zu haben, mit mir auf seinen wieder gefundenen Sklaven anstößt und dich einfach von dannen ziehen lässt?" Er sah – wie nach Bestätigung suchend - zu Arabín, der ihn ungerührt anblickte, und keine Anstalten machte, ihm zuzustimmen. Deshalb sah er fragend zu Elea, die ihn immer noch in ihrer defensiven Haltung beschämt ansah. „Und? Sag schon! War es nicht so?"

„Ja! Es war so. Ich konnte nicht einfach wegfliegen, ohne zu wissen, was mit dir und Finlay und Jadora geschehen ist. Vor allem wusste ich ja überhaupt nicht, ob du und Finlay es geschafft habt, wieder aus dem Berg herauszukommen. Alles was ich vorfand, waren deine Sachen und sogar dein Schwert. Ist es da nicht natürlich, dass man sich Sorgen macht um jemanden, den man mehr als sein eigenes Leben liebt?! Hättest du nicht genauso gehandelt, wenn du an meiner Stelle gewesen wärst?", fragte sie ihn mit einem um Verständnis flehenden Blick. Maél blickte sie mit gequälter Miene an, schien jedoch auf ihre Frage nicht antworten zu wollen. Elea blieb hartnäckig. „Ich will eine Antwort von dir! Wärst du einfach davon geflogen, ohne zu wissen, was aus mir geworden ist? Hättest du einfach zugesehen, wie Darrach mir mit seiner verfluchten Glasscherbe die Haut verbrennt, ohne mich vor ihm und seiner maßlosen Boshaftigkeit zu retten?" Maél versuchte mehrmals, mühsam einen Kloß hinunterzuschlucken, bis er zu einer Antwort fähig war. „Nein. – Aber in deinem Fall ist es etwas ganz anderes. Du bist zu kostbar, zu wichtig, um dein Leben aufs Spiel zu setzen. Ich, ich bin gar nichts wert. Ich bin nur das Werkzeug des Bösen. Weißt du eigentlich, wie gefährlich es für dich ist, dass ich jetzt hier bei dir bin? Frag deinen Drachen!" Maél zeigte mit dem Finger auf Arabín. Elea spürte bereits, wie ihre defensive Haltung schwand und langsam einer unbändigen Streitlust Platz machte. *Wieso kann oder will dieser begriffsstutzige Kerl einfach nicht verstehen, dass ich aus Liebe gehandelt habe?* Sie sah zu Arabín hinüber, der zu Maéls Genugtuung beipflichtend mit dem Kopf nickte. *„Wage es bloß nicht, deine Stimme in meinem Kopf zu erheben!"* Zu Maél gewandt fuhr sie erregt weiter. „Du hältst dich vielleicht für ein Nichts. Für mich bist du aber das Kostbarste auf der Welt. – Du brauchst mich gar nicht so wütend anzusehen! Es ist so. Ich habe bereits mehr als einmal mein Leben für deines aufs Spiel gesetzt, so unvernünftig dir und manch Außenstehendem es erscheinen mochte." Bei den letzten Worten warf sie Arabín einen bösen Blick zu. Dieser ließ daraufhin seinen Kopf schnell zwischen seinen Vorderbeinen verschwinden.

„Ich liebe dich mehr als mein Leben, so wie du mich mehr als dein Leben liebst. Ist das denn so schwer zu verstehen? Außerdem sehe ich überhaupt nicht ein, inwiefern du jetzt im Moment gefährlich für mich bist. Und wo ist Darrach überhaupt? Arabín erzählte mir, dass du und Finlay schnell verschwinden musstet, weil er sich uns gefährlich genähert hatte. Im Augenblick scheint er allerdings nicht sehr an uns interessiert zu sein. Und dies scheinbar schon eine ganze Zeit lang. Ich weiß nicht, wie lange ich geschlafen habe, aber es muss lange gewesen sein, bei der schlimmen Verletzung. Und mit seiner Magie, die er gerade noch an Arabín demonstriert hat, dürfte der

Schneeberg für ihn kein Hindernis darstellen. Wieso hat er in der Zwischenzeit nicht alles daran gesetzt, zu uns zu gelangen? Hast du darauf eine Antwort?" Maél wusste nicht, wie und warum es passierte, aber die Worte rutschten einfach so heraus, zwar sehr leise, aber Elea konnte sie dennoch verstehen. „Er wartet!" In dem Moment, als er sie ausgesprochen hatte, war ihm klar, dass er einen großen Fehler begangen hatte, wahrscheinlich den größten seines Lebens. Elea bedachte ihn bereits mit einem alarmierten und fragenden Blick. Von dem kleinlauten Ton, den sie zu Beginn angeschlagen hatte, war nicht mehr viel übrig. „Er wartet? Worauf denn? Darauf dass du mich und Arabín ihm auf dem Tablett servierst? Wohl kaum. Er hat selbst gesehen, dass du dich ihm und seinem Befehl erfolgreich widersetzt hast. Er weiß alles über uns. Ist es nicht so? Jadora oder Finlay oder beide haben es ihm erzählt. Das war bestimmt auch Teil deines Planes. Du wolltest nicht, dass die beiden wegen deines Betrugs in Schwierigkeiten geraten. Deshalb hast du sie angewiesen, alle seine Fragen wahrheitsgemäß zu beantworten. Dann sollte Jadora sicherlich noch behaupten, dass du ihn zu alldem gezwungen hast und ihm mit dem Tode gedroht hast, falls er ein Wort über das verlauten ließe, was sich auf der Reise nach Moray zwischen uns abgespielt hat. Sag! Ist es so gewesen?"

„Ja! Genauso ist es gewesen. Und es war sogar noch schlimmer. Er hat mich mit irgendeinem Zaubertrank dazu gebracht, alles, aber auch wirklich alles über uns zu erzählen", schrie er ihr außer sich vor Wut entgegen. Eleas Kehle wurde auf einmal ganz eng. *Oh, nein! Darrach hat aus Maéls Mund erfahren, dass ich ihm mehrfach das Leben gerettet habe, ohne Rücksicht auf mein eigenes zu nehmen. Höchstwahrscheinlich hat er herausgefunden, dass ich eine Farinja der schönen Gefühle bin. Also konnte er sich denken, dass meine Liebe so groß ist, dass ich mein Leben erneut aufs Spiel setzen würde, nur um Maél vor ihm zu retten.* Elea sah wieder zu Arabín, der ihren Gedankengang verfolgt hatte. *„Ich fürchte, genau so wird es gewesen sein, Elea."* Sie sprach weiter zu Arabín, aber nicht mehr in Gedanken, sondern auch für Maél hörbar. „Dann hat er wahrscheinlich auch von vornherein geplant, mich mit dem Pfeil lebensgefährlich zu verletzen. Er hat dies jedoch nur riskiert, weil er wusste, dass Maél mich unter allen Umständen retten würde, weil auch er mich über alles liebt. Ich verstehe überhaupt gar nichts mehr. Es sieht so aus, als ob er es regelrecht darauf angelegt hätte, dass Maél mich begleitet, obwohl er so wie es aussieht, noch keinen neuen Zauberbann über ihn gelegt hat, oder etwa doch?" Ihr Blick schweifte erwartungsvoll zwischen Arabín und Maél hin und her. „Nein. Hat er nicht", antwortete Maél jetzt überraschend kleinlaut. „Und wozu dient dann diese ganze Inszenierung? Und was meintest du vorhin damit, er würde warten?" Die junge Frau ging auf Maél zu und sah ihm um eine Antwort auf ihre Fragen flehend eindringlich in die Augen. Maél begann sich schlagartig wie wild die Haare zu raufen und drehte sich von Elea weg. „Elea, ich packe jetzt deine Sachen, du ziehst dich an und fliegst mit diesem Arabín oder wie er heißt endlich von hier weg. Noch ist nichts verloren. Bitte hör dieses eine Mal auf mich! Es geht schließlich auch um das Leben deines Drachen. Er wird dir das bestätigen." Elea konnte nicht glauben, was sie da hörte. Er schickte sie einfach weg und das, obwohl er, wie es den Anschein hatte, etwas wusste, was er ihr vorenthielt. „Du glaubst doch wohl nicht, dass ich mich jetzt einfach so auf Arabíns Rücken setzen und von dir fortfliegen werde, nach allem, was ich gerade gehört habe, was aber offensichtlich noch nicht alles ist?! Du verschweigst mir etwas. Außerdem fällt mir gerade dein Versprechen ein, das du nicht gehalten hast." Darauf hatte Maél schon die ganze Zeit gewartet. Ein lautes Aufstöhnen entrann seinem Mund, welches er erneut mit dem Raufen seiner Haare und nervösem Auf- und Abgehen untermalte. Elea packte ihn am Ellbogen und zwang ihn, sie anzusehen. „Du hast deines auch nicht gehalten. Also wirf mir mein gebrochenes Wort nicht vor!", entgegnete er in trotzigem Ton. „Was verschweigst du mir? Sag es mir endlich!"

„Ich kann und will es nicht sagen. Aber wenn du es unbedingt wissen willst, dann frag ihn, er weiß es bestimmt. Er muss es wissen. Es hat auch etwas mit ihm zu tun."

„Stimmt das, Arabín? Du weißt etwas?", fragte Elea den Drachen mit einem leichten Zittern in der Stimme. *„Also ich kann mir vorstellen, worum es geht. Aber ich finde, dass es seine Pflicht ist, es dir zu sagen. Sag ihm das!"*

Elea wurde immer ungeduldiger und sie verspürte eine immer größer werdende Beklommenheit, die kurz davor stand, in Panik überzugehen. Es musste etwas von folgenschwerer Bedeutung sein, was er ihr verheimlichte.

Maél hatte sich schon wieder von ihr abgewandt und stützte sich mit beiden Händen an der Wand des emporenartigen Vorsprungs ab. Elea räusperte sich zuerst, bevor sie sprach. Dies änderte jedoch nichts daran, dass ihre Stimme immer noch heiser klang und zitterte. „Arabín meint, dass du es mir sagen solltest, nicht er. Ich will es wissen, jetzt sofort!" Sie hörte, wie Maél laut die Luft ausstieß. Ohne sich umzudrehen, sagte er: „Darrach hat mir befohlen, mit niemand darüber zu reden. Ich kann es dir nicht sagen."

„Du hast dich gerade seinem Befehl widersetzt, mir dein Messer an die Kehle zu halten. Dann wirst du es ja wohl auch schaffen, mir dieses offensichtlich so ungeheuerliche Geheimnis zu enthüllen." Maél nahm seine Hände von der Wand und drehte sich ganz langsam zu ihr um. Er ballte seine Hände zu Fäusten, als focht er erneut einen Kampf in seinem Innersten aus. Nach einer Weile, die Elea wie eine Ewigkeit vorkam, begann er endlich mit gebrochener Stimme zu sprechen. „Es geht... um deine Unberührtheit... Sie war für das Knüpfen des Bandes... zwischen dir und dem Drachen... unbedeutend." Elea wollte ihren Ohren nicht trauen. „Aber König Roghan selbst, und sogar Darrach und du, ihr habt doch behauptet, dass..." Sie konnte nicht weitersprechen, weil der Schluss, den sie aus dieser Ungeheuerlichkeit zog, nur in eine Richtung wies, nämlich dass es eine Lüge war, und zwar eine Lüge, die auch von Maél getragen wurde. „Roghan unterliegt derselben Täuschung wie du. Darrach hat ihm diese Lüge aufgetischt. Mir zuerst auch. Aber dann am Tag vor unserer Abreise hat er mir die eigentliche Bedeutung deiner Unberührtheit offenbart."

Maél musste eine Pause machen, um sich noch einmal mit all seiner Kraft gegen Darrachs Befehl aufzubäumen. Die Vorstellung, wie tief betroffen und enttäuscht Elea von ihm sein würde, brach ihm jetzt schon das Herz. Wie würde sie aber erst reagieren, wenn sie erführe, dass sie sich nie lieben dürften?! „Elea, unsere Liebe stand von Anfang an nicht unter einem guten Stern. Du weißt das selbst. Dass wir uns nicht so nahe kommen durften, fühlte ich schon in der Höhle im Sumpf. Elea, ich darf unter gar keinen Umständen der Mann sein, dem du deine Unberührtheit schenkst, weil... weil dieser Mann dann auch die Kontrolle über dich und vor allem über den Drachen gewinnt. Ich denke, du verstehst, was dies für Darrach bedeuten würde, wenn ich derjenige wäre, der..."

Elea war sprachlos. Sie stand einfach nur da – fassungslos und mit Tränen in den Augen, die bereits unaufhaltsam ihren Weg über ihre Wangen gefunden hatten. Das einzige, was sie konnte, war Arabín gedanklich eine Frage zu stellen: *„Warum hast du mich über meinen Irrtum nicht längst aufgeklärt?"*

„Ich hielt es für besser, den wahren Grund, warum du und Maél euch nicht vereinigen dürft, vor dir geheim zu halten. Ich dachte, du würdest deinen Lebensmut verlieren, wenn du erfahren würdest, dass die Erfüllung eurer Liebe hoffnungslos ist. Elea, ich konnte deutlich fühlen, wie stark deine Liebe zu ihm ist. Aber wie ich jetzt deinen Gedanken entnehmen konnte, war meine Sorge um deinen Seelenzustand deswegen unbegründet. Elea, vergiss nicht, was ich dir über das Portal und dem, was dahinter lauert, erzählt habe. Deine Verantwortung als Wächterin des Tores ist zu groß, als dass du sie für ihn aufs Spiel setzen könntest." Elea nahm Arabíns Warnung zur Kenntnis. Mehr jedoch nicht. Sie wandte sich Maél zu, der sie nervös beobachtete und auf eine Reaktion ihrerseits wartete. Diese kam dann schneller, als ihm lieb war, weil sie nämlich ganz und gar nicht so ausfiel, wie er erwartet hatte. „Wenn du jetzt glaubst, dass ich diese neue Wendung, was mein Schicksal angeht, einfach so hinnehme und mich ihr füge, und in Verantwortung für das ganze Menschenvolk entsprechend handeln werde, dann hast du dich getäuscht. Ich werde deswegen auch nicht zu Tode betrübt sein, aus dem ganz einfachen Grund, weil es mir völlig egal ist, welche Macht wem übertragen wird oder nicht, wenn ich mich dir hingebe. Das mag jetzt verantwortungslos und egoistisch klingen. Das ist es auch. Aber ich habe mir diese verfluchte Bestimmung und meine Herkunft nicht ausgesucht. Sie wurden mir einfach in die Wiege gelegt, ob ich wollte oder nicht. Ich bin nicht bereit, das zu opfern, was mir in meinem Leben am wichtigsten geworden ist. – Und nun zu dieser Lüge, mit der du mich eine Woche lang in Unwissenheit ließt. Das werde ich dir nie verzeihen. Ich habe dir verziehen, dass du mich geschlagen, mich gedemütigt und gequält hast. Aber mit dieser Lüge hast du mein Vertrauen in dich missbraucht. Sie schmerzt mehr als deine Schläge in meinem Gesicht, weil der Schmerz genau hier sitzt." Elea legte ihre rechte Hand auf ihr Herz. Maél verfolgte ihre Bewegung zum Herzen wie hypnotisiert. Jetzt war er es, der nicht in der Lage war, auch nur einen Laut von sich zu geben. Seine Zunge klebte plötzlich an seinem Gaumen fest, so trocken war es in seinem Mund.

Eleas Worte trafen ihn tief in seinem Innern, weil sie mit allem recht hatte. Zudem hatte er erhebliche Probleme, zu verstehen, was sie ihm eigentlich sagen wollte. Er wusste nicht, ob Eleas Reaktion auf seine Beichte für ihn nun gut oder schlecht ausging.

Elea war noch nicht fertig. „Sag mir die Wahrheit! Dir war von Anfang an klar, dass du es niemals so weit hättest kommen lassen, dass wir uns lieben, ich meine körperlich, nicht wahr? Du hast mich die ganze Zeit nur in dem Glauben gelassen, dass wir es tun würden." Eleas belegte und zitternde Stimme spiegelte ihre tiefe Verletzung wider. „Elea, ich bitte dich! Ich tat es nur, um dich zu schützen. Glaub mir, es ist mir nicht leicht gefallen dich zu belügen, vielleicht sogar noch schwerer als dir nicht zu nahe zu kommen. Dein Leben ist für mich wichtiger als alles andere. Und dies ist es auch für die Menschen von Moraya und Boraya. Sie wissen es nur noch nicht." Maél hatte endlich wieder zu seiner Sprache gefunden. Er wollte sie davon überzeugen, dass es der einzige richtige Weg aus seiner Sicht war. Aber er war wenig zuversichtlich, dass ihm dies gelänge, bei dieser gefühlsbetonten und zur Unvernunft neigenden Frau, die sein Leben einerseits auf den Kopf gestellt und andererseits erst lebenswert gemacht hatte. Sie wandte sich abrupt von ihm ab, ging ein paar Schritte auf Arabín zu, der seine defensive Haltung immer noch nicht aufgegeben hatte. „Wie weit muss ich gehen, dass du meine Gedanken nicht mehr hören kannst?" Der Drache hob seinen gewaltigen Kopf vom Boden und sah ihr skeptisch in die verweinten Augen. *„Du müsstest viele Meilen gehen, damit ich dich nicht mehr hören kann."*

„Auch das noch. Ich werde nie wieder mit meinen Gedanken allein sein können."

„Das wirst du, sobald deine Ausbildung zur Drachenreiterin abgeschlossen ist."

„Halte dich aus meinem Kopf raus!" Sie ging zu ihrem Fellumhang, hob ihn auf und schritt auf den langen Höhlengang zu, durch den sie noch vor kurzem von Maél sterbend getragen worden war. „Was hast du vor, Elea? Wohin willst du?", wollte er aufgeregt wissen. Sie drehte sich zu ihm um und warf ihm einen funkelnden Blick entgegen. „Ich muss nachdenken, und zwar allein – zumindest halbwegs."

„Bist du wahnsinnig?! Dir bleibt keine Zeit, über irgendetwas nachzudenken. Darrach kann jeden Moment auftauchen."

„Darüber brauchst du dir, glaube ich, keine Gedanken zu machen. Ihr werdet es beide sicherlich rechtzeitig merken, wenn er kommt. Dann habe ich immer noch Zeit genug zu verschwinden. Außerdem sagtest du nicht, dass er warten würde? Das worauf er wartet, ist noch nicht geschehen." Daraufhin kehrte sie Maél den Rücken zu und rannte in den Höhlengang. Damit niemand sie sehen konnte, warf sie ihren Umhang über ihre leuchtenden Haare. Sie war so schnell, dass sie nicht mehr sehen konnte, wie Maél ihr nachrennen wollte. Der Drache hinderte ihn jedoch daran. Er stellte sich ihm in den Weg und gab angsteinflößende Knurrlaute von sich. Anschließend legte er sich vor den Gang und ließ Maél nicht aus den Augen.

Maél schritt nervös hin und her. Er konnte keinen klaren Gedanken fassen. Er wurde schier wahnsinnig aus Sorge um Elea. Er hatte vollkommen das Zeitgefühl verloren, weil er durch seinen Blutverlust und die Aufregung ebenfalls erschöpft eingeschlafen war. Immer wieder baute er sich vor dem Drachen auf, in der Hoffnung, dass er ihm den Weg frei machen würde. Dieser musterte ihn aber nur misstrauisch. Schließlich gab er es auf. Ohne nachzudenken, löste er seine Satteltasche von Arabíns Rücken und holte seinen letzten Proviant hervor, um seinem geschwächten Körper wieder neue Kraft zuzuführen. Er musste darüber mit dem Kopf schütteln. Sein Überlebensinstinkt ließ ihn nicht im Stich, obwohl er noch vor nicht allzu langer Zeit von Finlays Hand sterben wollte.

Worüber denkt dieses sture Weib nur nach? Er versuchte, sich nochmal ihre Worte in Erinnerung zu rufen, die sie ihm ins Gesicht geschleudert hatte, kurz bevor sie ihn einfach stehenließ. Während er zuvor kein Wort davon verstanden hatte – vor Aufregung oder vor Schmerz darüber, wie sehr er sie mit seiner Lüge verletzt hatte – schien die Bedeutung ihrer Worte ihm jetzt aus seinem Verstand heraus regelrecht zuzuwinken. Er vergaß zu atmen und sein Herz stolperte ein paar Schläge lang unregelmäßig vor sich hin. *Nein! Nein! Nein! Wenn sie das tatsächlich vorhat... Das wäre Wahnsinn. Ich darf es unter gar keinen Umständen zulassen.*

Elea rannte in dem dunklen Gang einfach stur geradeaus. Sehen konnte sie so gut wie gar nicht, da sie ihre Haare immer noch unter ihrem Fellumhang bedeckt hielt. Doch plötzlich schimmerte ihr ein rötliches Licht entgegen – ähnlich dem ihres Haars. Und dieses Licht bewahrte sie davor, direkt in die Wand zu rennen, da der Höhlengang eine Biegung nach rechts machte. Sie blieb stehen und schaute fasziniert auf einen Ausgang, der die Sicht auf die untergehende Sonne freigab. Ihr Abendrot ließ das Weiß der schneebedeckten Gipfel wie in Blut eingetaucht erscheinen. Eisige Luft wehte Elea entgegen. Sie begann sofort zu zittern. Dennoch ging sie ein paar Schritte weiter und ließ die Kurve hinter sich, weil ihr dies das Gefühl gab, eine größere Barriere zwischen ihren Gedanken und Arabín schaffen zu können. Sie legte sich auf den Boden, zog die Knie bis an ihr Kinn und wickelte sich so fest es ging in ihren Umhang ein. Dann schloss sie die Augen... Wahrnehmung und Gedanken versanken in völliger Dunkelheit. Der Wind wehte am Ausgang vorbei und zog dabei heulende Geräusche wie einen langen Schwanz hinter sich her.

Elea war sich im Klaren, dass sie sich nicht lange mit Maéls Lüge auseinandersetzen konnte, so schmerzhaft sie auch war und so sehr sie sie auch erschüttert hatte. Sie änderte nichts daran, dass sie ihn immer noch liebte und jederzeit für ihn sterben würde. Mittlerweile war sie aber auch zu der Einsicht gekommen, dass sie ihn niemals dazu bewegen könnte, sie zu begleiten. Dies hatte er ihr bei der Auseinandersetzung mit Darrach mehr als deutlich vor Augen geführt. Und hätte Darrach sie nicht lebensgefährlich verletzt, so wäre sie in der Tat am Boden zerstört allein auf Arabíns Rücken davongeflogen. Wozu Elea aber keineswegs bereit war, war ihre Liebe aufzugeben. Sie musste Maél irgendwie dazu bringen, dass sie sich liebten, und zwar nicht nur, weil sie sich mit jeder Faser ihres Körpers danach sehnte, sondern weil ihr Gefühl, ihr

Instinkt, der Instinkt einer *Farinja*, einer Hexe der Gefühle, ihr sagte, dass es kein Fehler, aber ungeheuer wichtig für ihre Liebe war. Aber wie könnte sie ihn nur davon überzeugen, ihn der im Gegensatz zu ihr ein Vernunftmensch war und ständig von ihrer Verantwortung gegenüber dem Menschenvolk sprach. Mit Hilfe ihrer weiblichen Reize würde sie bei ihm möglicherweise ihr Ziel erreichen. Es gab mehr als eine Situation, in der er ihnen beinahe erlegen wäre. Aber das erschien ihr nicht richtig und in ihrem Fall – noch Jungfrau und unerfahren, was Männer anging – unangemessen. Und dann war da noch die Sache mit dem Portal, hinter dem ein durch und durch böser Dämon und Feringhor lauerten und das nur sie zusammen mit Arabín öffnen konnte. Davon wusste er sicherlich noch nichts. Dieses ungeheuerliche Wissen hätte er ihr niemals vorenthalten, als er an ihre Vernunft appelliert und ihr ihre Verantwortung in Erinnerung gerufen hatte. Sie musste es ihm sagen, auch wenn es ihrem Vorhaben nicht gerade dienlich war. *Elea, denk nach! Es muss etwas geben, was ihn davon überzeugt, dass unsere Liebe doch unter einem guten Stern steht, und dass es unsere Bestimmung ist zueinander zu finden.* Die Augen immer noch geschlossen haltend bemerkte Elea plötzlich, wie sehr sie fast jeden einzelnen Muskel anspannte. Die Arme, die sie gebeugt an ihre Brust drückte und die Knie, die immer noch bis ans Kinn hoch gezogen waren, schmerzten bereits. Ruckartig breitete sie die Arme aus, streckte die Beine und ließ sich auf den Rücken rollen, sodass sich ihr Kokon aus Fell öffnete und der frostige Windzug auf ihren kaum bekleideten Oberkörper traf. Sofort breitete sich eine Gänsehaut auf ihrem gesamten Körper aus, was sie jedoch in diesem Moment als Wohltat empfand. Dieser Kälteschock erfasste sogar ihren Verstand, der mit einem Mal still stand. Sämtliche problembehafteten Gedanken waren wie weggeblasen. In diesem Moment nahm sie nur die Kälte und ihren fröstelnden Körper wahr. Alles andere war unbedeutend geworden, selbst ihre zukunftlose Liebe zu Maél. Während sie sich vollkommen der Kälte hingab, erschien mit einem Mal in ihrem Kopf ein Bild, erst verschwommen, aber dann immer klarer werdend, bis es vor ihrem geistigen Auge Gestalt angenommen hatte. Dieses Bild war Bestandteil ihres letzten Traumes, der unter all den albtraumhaften Erinnerungen begraben gelegen war. Es war ein Blick auf Maél und sie selbst, ein Blick in die Zukunft, ein Hoffnungsschimmer...

Sie wickelte sich wieder in ihren Umhang ein ließ noch etwas Zeit verstreichen, bis sie sich wieder zur Höhle zurückbegab. Sie musste erst wieder Ordnung in ihre Gedanken bringen und sich eine Strategie überlegen, mit der sie Maél behutsam zu dieser Entdeckung führen konnte. Denn mit der Tür konnte sie bei ihm nicht gleich ins Haus fallen. Seine Verwandlung gehörte nicht unbedingt zu seinen bevorzugten Gesprächsthemen.

Erst als sie bereits den Rückweg zur riesigen Höhle angetreten hatte, fiel ihr Arabín ein, den sie bei ihren ganzen Überlegungen und ihrem Vorhaben überhaupt nicht miteinbezogen hatte. Schuldbewusst nahm sie Kontakt mit ihm auf. *„Arabín, es tut mir leid. Ich habe dich bei meiner persönlichen Tragödie völlig vergessen. Ich weiß, dass es in deinen Augen unvernünftig ist, aber..."* Der Drache ließ sie nicht weiterreden und unterbrach sie mitten im gedachten Satz. *„Du brauchst mir nichts zu erklären. Ich habe deine Gedanken verfolgt. Du brauchst dich vor mir auch nicht zu rechtfertigen und ich werde auch nicht den Versuch unternehmen, dich von deinem Plan abzubringen. Elea, dadurch, dass du eine Farinja bist, bist du ein außergewöhnliches Geschöpf und aller Wahrscheinlichkeit nach auch einzigartig. Deine Gefühle und deine Intuition sind stärker ausgeprägt, als bei jedem anderen Menschen. Und durch deine seherische Gabe ist es dir möglich, in die Zukunft zu blicken. Also werde ich mich, wenn auch zähneknirschend, deiner Entscheidung fügen und dir vertrauen müssen, wenn sie auch noch so verantwortungslos ist. Eine Bedingung stelle ich jedoch."*

Elea hatte inzwischen Arabín erreicht, der immer noch den Zugang zur Höhle versperrte und ihr seine Seite zuwandte. *„Ich werde dir jedes Versprechen geben und ich werde es auch halten."*

„Sobald ich dich rufe, wirst du umgehend deine Sachen zusammenpacken und zu mir kommen, damit wir endlich von hier verschwinden können. Ich werde fühlen, wenn Darrach sich nähert. Maél sicherlich auch. Du musst dich sofort von ihm trennen und Abstand zwischen dir und ihm schaffen. Darrach ist stärker als ich annahm. Er könnte Maél auch schon in einiger Entfernung befehlen, dich zu überwältigen und festzuhalten. Ich werde am Ausgang auf dich warten. Je größer Maéls Abstand zu mir ist, desto leichter kann ich mich seinem Befehl widersetzen, falls es dazu kommen sollte. Verstehst du?"

„Ja. Ich verstehe", erwiderte Elea schnell. *„Du wirst mir jetzt auf das Leben deiner Familie schwören, dass du sofort kommen wirst!"* Elea leistete den Schwur ohne zu zögern, auch wenn sie zunächst schwer schlucken musste. Zu hören, wie es jemand von ihr verlangte, machte daraus eine feierliche Zeremonie, und wurde umso bindender für sie.

Arabín erhob sich und drehte sich zu ihr um, sodass er seinen watschelnden Marsch durch den Höhlengang antreten konnte. Er warf ihr nur einen ernsten Blick zu, in dem sie jedoch glaubte, auch eine Spur Verständnis lesen zu können.

Elea hatte noch nicht richtig ihren Fuß in die Höhle gesetzt, da spürte sie schon Maéls durchdringenden Blick auf sich ruhen. Ihr Herz begann, sofort schneller zu schlagen und sie hatte Mühe, die warme Höhlenluft einzuatmen. Sie war so aufgeregt, dass sich ihre Lungen vor lauter Verkrampfung nicht ausdehnen konnten. Sehen konnte sie seine Gestalt nur schemenhaft, da mit dem sich entfernenden Drachen auch der rötliche Lichtschein verschwand. Also zog sie ihren Umhang von ihrem Kopf und legte ihn sich um die Schultern. Sofort war wieder genügend Licht in der Höhle, um alles genau erkennen zu können... auch die kleinste Gefühlsregung in Maéls Gesicht. Er war abrupt vom Boden aufgesprungen, als Arabín die Sicht auf Elea freigab. Nun stand er wie versteinert da, die Hände zu Fäusten geballt. Sie wusste sofort, was in ihm vorging. *Es wird nicht einfach werden. Aber was ist in meinem Leben inzwischen schon einfach!*

„Ich weiß, was du vorhast. Es wird dir aber nicht gelingen. Ich werde diesen Wahnsinn nicht zulassen", schrie er Elea entgegen, die langsam auf ihn zuschritt. Zwei Schritte vor ihm ließ sie sich im Schneidersitz nieder. Dabei rutschte ihr versehentlich ihr Fellumhang von den nackten Schultern, was er sofort mit einem lauten Schnauben und einem grimmigen Blick kommentierte. Um der drohenden Gefahr zu entkommen, vergrößerte er demonstrativ den Abstand zu ihr um mehrere seiner ausladenden Schritte, die sie schon mehr als einmal verflucht hatte.

„Maél, bitte hör mich an! Lass mich dir zeigen, dass nichts falsch daran ist, wenn wir..."

„Ich will nichts darüber hören. Ich sehe nichts Gutes darin, wenn du dich mir hingibst, außer dass wir unserem sehnsüchtigen Verlangen nachgeben, was aber zweit-, wenn nicht sogar drittrangig ist."

„Unsere Liebe ist dir also nicht wichtig?", entgegnete Elea sofort etwas ungehalten.

„Ja, genau. Sie ist mir nicht wichtig genug, verdammt nochmal! Es steht viel mehr auf dem Spiel. Die Welt, die Menschen und vor allem dein Leben, das wichtiger ist als unsere Liebe."

„Für dich vielleicht, aber nicht für mich", erwiderte sie wieder wesentlich sanfter. Sie merkte, dass sie so nicht weiterkam. Sich auf einen Streit mit ihm einlassen, würde zu nichts führen. Und es würde ihnen nur kostbare Zeit verloren gehen. Also würde sie ihm jetzt erst einmal einen Schock versetzen und dann mit der Enthüllung ihrer wahren Identität herausrücken, von der er vermutlich auch noch keine Ahnung hatte. „Maél, du hattest recht damit, dass der Drache ein weises Wesen ist. Er hat mir eine Ungeheuerlichkeit enthüllt, die Darrach dir verschwiegen hat. Da bin ich mir ganz sicher. Oder wusstest du, dass du jetzt im Moment auf dem Portal zur dunklen Seite der Welt stehst, hinter der Feringhor mit irgendeinem Dämon nur darauf wartet, dass es geöffnet wird?" Mit vor Entsetzen aufgerissenen Augen wich Maél noch ein paar Schritte zurück und sah suchend auf den Boden, bis er die in einem Kreis angeordneten Steine entdeckte. Er ging ebenso wie schon Elea zuvor in die Hocke und wischte mit der Hand den Staub und Sand zur Seite, bis ihm die schwarze, glatte Oberfläche des Portals entgegenglänzte. Ängstlich und fragend sah er zu ihr auf. „Keine Sorge, solange ich nicht meinen Stab als Schlüssel benutze, können wir, glaube ich darauf einen Tanz veranstalten, ohne dass etwas passiert."

„Dein Stab ist der Schlüssel zu diesem Portal?" Maéls Stimme hatte einen ungewöhnlich hohen Klang angenommen und seine Augen waren noch größer geworden. „Ja. Nur ein Drache und sein Reiter zusammen sind mit diesem Schlüssel in der Lage, es zu öffnen. Und da der Stab speziell für einen ganz bestimmten Drachenreiter vor bereits Hunderten von Jahren angefertigt wurde und nur in der Hand dieser Person auch funktioniert, so kannst du dir denken, wer letztendlich der Wächter des Portals ist."

„Du!?" Maéls Stimme war nur noch ein Flüstern. Auf den Schock hin musste er sich auf den Boden setzen, da sich auf einmal wieder alles um ihn herum drehte. Darrachs Blutraub wirkte immer noch nach. Dass er sich dabei mitten auf das Portal setzte, war ihm gleichgültig.

Eine erdrückende Stille senkte sich auf die beiden. Elea schwieg, weil sie ihm Zeit geben wollte, um wieder seine Fassung zu finden. Maéls Gedanken begannen, sich im Kopf wie in einem Wirbelsturm zu drehen. Er hätte niemals für möglich gehalten, dass seine und Eleas Lage noch verhängnisvoller werden konnte, als sie ohnehin schon war. Dies war also Darrachs Geheimnis, das eine noch folgenschwerere Gefahr in sich barg als die eigentliche Bedeutung von Eleas Unberührtheit. Er grub sein Gesicht in seine Hände und versuchte angestrengt, das düstere Szenario zu verdrängen, das entstehen würde, wenn er - mit welchen Mitteln auch immer - auf Befehl Darrachs Elea dazu bewegen würde, das Portal zu öffnen.

Er wollte sie gerade darauf hinweisen, dass sie ihm damit den wohl triftigsten Grund überhaupt geliefert hatte, der gegen eine Vereinigung ihrer Körper sprach, als sie ihm jedoch zuvorkam. „Das war aber noch nicht alles, was ich von Arabín erfahren habe. Er wusste, was ich bin." Elea machte eine kurze Pause, um Maéls vor Neugier hervorquellende Augen genießen und ihn auf die Folter spannen zu können. „Ja und? Sag schon endlich! Was bist du?", platzte es ungeduldig aus ihm heraus. „Also glücklicherweise, kein Mensch, der im Begriff ist, sich in einen Drachen zu verwandeln. Ich bin eine Hexe. Mein Mal hat Arabín den entscheidenden Hinweis gegeben. Als ich ihm dann noch von meinen Gaben erzählt habe, war es für ihn eindeutig, dass ich eine sogenannte *Farinja* bin. Eine *Farinja* ist eine Hexe der Gefühle. Es gab früher einmal *Farinjas* der schönen, aber auch welche der schlechten Gefühle. Dieses Hexengeschlecht ist eigentlich längst ausgestorben. Das hat Darrach bestimmt herausgefunden, und du hast ihm dann unter dem Einfluss seines Zaubertranks noch ausführlich von meiner grenzenlosen Liebe zu dir erzählt und wie sie mich und dich verändert hat. So war es für ihn ein Leichtes, mein Verhalten vorauszusehen. Wir waren regelrecht Marionetten seines inszenierten Schauspiels. - Maél, du wirfst mir immer vor unvernünftig und leichtsinnig zu sein, aber dafür gibt es offensichtlich einen Grund. Meine Gefühlswelt und meine Intuition sind stärker ausgeprägt, als bei anderen Menschen. Es liegt in meiner Natur, mich von meinen Gefühlen und meiner Intuition leiten zu lassen, während du deine Entscheidungen meistens mit dem Kopf triffst. Was sagst du dazu?"

„Was soll ich dazu sagen? Ich gebe zu, es entschuldigt vielleicht dein verantwortungsloses Verhalten von heute. Aber es rechtfertigt nicht, dass wir uns hier und jetzt in der Höhle lieben."

„Doch das tut es! Das versuche ich dir gerade zu erklären." Elea war aufgestanden und ohne Fellumhang ein paar Schritte auf ihn zugegangen. Maél sprang sofort auf, um den Abstand zu ihr wieder zu vergrößern. Mit eindringlicher Stimme fuhr sie fort. „Du musst doch zugeben, dass alle meine auf den ersten Blick unvernünftigen Taten, sich immer zum Guten gewendet haben und uns irgendwie weitergebracht haben.

Weiter in unserer Liebe, was offensichtlich wichtig war, um aus mir eine vollwertige *Farinja* zu machen. Sieh dir nur mal meinen naiven Versuch an, dich mit dem Messer töten zu wollen. Ich wusste zu diesem Zeitpunkt zwar noch nichts von deinen übermenschlichen Sinnen und deiner tödlichen Verwundbarkeit gegenüber Eisen. Aber allein unser Größenunterschied und deine Kraft hätten mich davon überzeugen müssen, dass mein Versuch zum Scheitern verurteilt war. Trotzdem war es aber wichtig, dass ich ihn unternahm, dass er scheiterte und dass du mich so hart dafür bestraft hast, sonst wäre höchstwahrscheinlich in jener Nacht niemals diese Wandlung in dir vorgegangen. Oder als ich auf die hirnrissige Idee kam den rutschigen Felsen im Sumpf hinunterzuklettern, um dich vor den geisterhaften Kreaturen zu retten? Hast du nicht selbst gesagt, dass erst in dem Moment, als ich in den See gestürzt bin, dir klar wurde, dass du mich liebst. Erst durch diese Erkenntnis ist in dir diese rätselhafte Wärme entstanden, die diese dämonische Kältestarre verdrängt hat, sodass du mich retten konntest." Maél machte Anzeichen, um ihr etwas entgegenzusetzen, aber Elea gab ihm nicht die Chance dazu. „Ich bin noch nicht fertig. Was ist mit der Gletscherspalte? Haben wir mit meinem Leichtsinn nicht etwas über deine geheimnisvolle Herkunft herausgefunden? Ich weiß schon, was du mir sagen willst. Du warst nicht gerade darüber erfreut, dass du mit großer Wahrscheinlichkeit von dem eingefrorenen Mann abstammst. Und was ist mit dem jüngsten Ereignis, das vielleicht meine unvernünftigste Tat überhaupt war, die ich jemals begangen habe? Was ist aber groß passiert?"

„Was groß passiert ist? Diese sinnlose Tat hätte beinahe dein Leben gekostet!" Endlich hatte Maél es geschafft, Elea ein paar Worte entgegenzuschleudern, wovon sie sich aber nicht beeindrucken ließ. Insgeheim musste er zugeben, dass ihn ihre Argumentation, die sie ihm leidenschaftlich vortrug, durchaus beeindruckte. Er spürte schon, wie die Mauer seines Widerstandes zu bröckeln begann. Aber um sie vollends zum Einstürzen zu bringen, bedurfte es noch mehr, viel mehr.

„Glaube mir, wenn Darrach sich nicht sicher gewesen wäre, dass du und Arabín mich zusammen retten könntet, dann hätte er diesen Schuss auf mich niemals gewagt. Dafür bin ich viel zu wichtig für ihn. Außerdem was ist an der gegenwärtigen Situation schlechter, als wenn ich mit Arabín bereits über alle Berge wäre? Du siehst darin eine unnötige Gefährdung meines Lebens und meiner Bestimmung. Ich sehe darin eine Chance für unsere Liebe, aber auch für eine gemeinsame Zukunft. Darrach hat ohnehin diese Schlacht gewonnen. Unsere Wege werden sich in absehbarer Zeit trennen, möglicherweise für immer, vielleicht aber auch nicht. Und dass du die Kontrolle über mich und über Arabín erlangen wirst, wenn wir uns lieben, bringt ihn sicherlich auch wieder ein Stück seinem Ziel näher. Aber, Maél, mein Gefühl sagt mir, dass es auch uns nützen wird, nicht jetzt sofort, aber später irgendwann, wenn wir wieder aufeinandertreffen sollten. Ich spüre, dass es enorm wichtig ist, dass wir es tun. Und so absurd es für dich klingen mag, du bist der einzige Mann, dem ich meine Unschuld schenken kann und werde. Erst recht als eine *Farinja*. Uns verbindet etwas ganz Starkes. Fühlst du es denn nicht?"

Elea hatte den Abstand zu Maél wieder verkleinert, ohne dass er sofort wieder zurückwich. Im Moment sah es danach aus, dass er zu keiner Bewegung fähig war. Er hatte wieder seine Hände zu Fäusten geballt und blickte ihr unverwandt in ihre grünen Augen. Sein Herz hämmerte immer wilder gegen seine Brust und in seinem Innern breitete sich schon wieder diese wohlige Wärme aus, die im Moment aber ausgesprochen ungelegen kam. Er versuchte, mit Worten dagegen anzukämpfen. „Das ist Wahnsinn, Elea! Wir setzen dabei zu viel aufs Spiel. Du riskierst das Wohl des Menschenvolkes. Wir dürfen es nicht tun."

„Ich werde noch Zeit genug haben, mich meiner Verantwortung gegenüber dem Menschenvolk zu stellen. Im Moment aber zählen nur du und ich." Elea sah ihn mit flehenden Augen an und wartete auf eine Erwiderung. Er nahm jedoch wortlos eine Haltung ein, als rechnete er jeden Moment mit einem körperlichen Angriff. „Maél, bitte! Mach es mir doch nicht so schwer! Versuche in all dem das zu sehen, was ich sehe! Ich weiß, ich bin einige Jahre jünger als du und mir mangelt es wahrscheinlich in allen Bereichen des Lebens im Vergleich zu dir an Erfahrung. Aber was Gefühle und Intuition angeht, da musst du zugeben, dass ich dir weit überlegen bin. Und wenn das jetzt alles nicht hilft, dich davon zu überzeugen, dass es nicht falsch ist, wenn wir uns lieben, dann habe ich noch zwei letzte Trümpfe in der Hand. Über den einen wirst du nicht erfreut sein, wenn ich ihn dir nenne und den anderen finde ich dir gegenüber unfair, zumal ich dafür viel zu unerfahren bin", sagte Elea mit immer unsicherer werdender Stimme. Sie konnte hören, wie Maél seinen Atem immer lauter ausstieß. Seine Anspannung wuchs von Augenblick zu Augenblick. „Ich will beide hören. Ich muss beide hören. Vielleicht sind es genau die, die ich noch brauche, um diese Wahnsinnstat zu begehen. Fang mit dem an, der mich nicht erfreuen wird!", forderte er sie mit rauer Stimme auf.

„Als ich vorhin zum Nachdenken allein war, war mein Kopf für ein paar Augenblicke vollkommen leer und ich spürte nur die eiskalte Luft, die von draußen hereinströmte. Auf einmal hatte ich ein Bild aus einem Traum vor Augen. Den hatte ich, kurz bevor ich erwacht bin. Ich hatte ihn durch die schrecklichen Erinnerungen an den Kampf mit Darrach völlig vergessen. Jedenfalls als ich dieses Bild vor mir sah, erinnerte ich mich auch sofort wieder an den Traum: Ich war allein, völlig verlassen in absoluter Dunkelheit und in einer erdrückenden Totenstille. Ich fühlte mich schrecklich einsam, als wäre ich der einzige Mensch auf der Welt. Plötzlich hörte ich Schritte, die immer näher kamen. Dann nahm ich mein Tuch vom Kopf, sodass ich etwas sehen konnte. Stell dir vor! Mein Haar war wieder ganz lang. Und ich befand mich in einem Raum, der wie in Stein gehauen aussah. Die Schritte kamen immer näher. Ich war einerseits froh nicht das einzige Lebewesen zu sein. Aber andererseits hatte ich Angst, weil ich nicht wusste, wer jeden Moment im Eingang erscheinen würde. Endlich konnte ich sehen, wer es war: Du warst es. Im Traum war mir das zunächst aber nicht bewusst. Ich sah nur einen Mann. Du trugst dein Haar ganz kurz. Deine Ohren waren länger. Deine Augen standen schräger, und dein schwarzes Auge leuchtete mit diesem weiß-silbrigen Schimmer wie, wenn du verwandelt bist." Maél lauschte gebannt Eleas Erzählung. Er musste unwillkürlich die Luft anhalten, als sie ihn in seiner verwandelten Gestalt beschrieb. Sofort begann er wieder, sich wie wild die Haare zu raufen. „Lass mich raten! Ich hatte auch die langen Eckzähne", unterbrach er sie mit tonloser Stimme. „Ja. Die hattest du auch."

„Ich will gar nicht wissen, wie der Traum weitergeht."

„Doch, Maél. Du musst es wissen. Es war ganz anders, wie du vielleicht erwartest. Wie du so vor mir standst, hatte ich natürlich immer noch Angst, obwohl du mich die ganze Zeit liebevoll angelächelt hast. Meine Angst war in dem Moment aber wie weggefegt, als du mich völlig unerwartet in die Arme nahmst und wir uns berührten. Ich fühlte deine nackte Haut auf meiner." Maél konnte sein Entsetzen nicht zurückhalten, als er die letzten Worte vernahm. Laut und ungewöhnlich lange stieß er die Luft aus seinem Mund. Seine Neugier darauf, wie es weiter ging, war dennoch mit einem Schlag geweckt. Mit einem Beben in der Stimme fragte er: „Und...? Wie ging es weiter?"

„Ich kann mich noch deutlich daran erinnern. Es war ein wunderschönes Gefühl von deinen Armen gehalten zu werden. Unsere Körper fühlten sich wie ein Körper an. Unsere Herzen schlugen wie ein Herz und wir atmeten, wie mit einem Körper, als wir uns küssten. Alles kam mir vertraut vor und ich fühlte mich geborgen und sicher, obwohl du verwandelt warst."

„Du hast mich geküsst... mit diesen Zähnen?", fragte Maél ungläubig.

„Ja! Und nicht nur das. Du hast mich auf deine Arme genommen und mich zu dem Bett getragen, auf das du dich mit mir niedergelassen hast. Weiter habe ich aber den Traum nicht geträumt, weil ich plötzlich deinen Geruch in meiner Nase hatte und dadurch aufgewacht bin."

In der Höhle waren nur die aufgeregten Atemzüge der beiden zu hören. Diesmal fand jedoch Maél als Erster wieder zu seiner Stimme. „Elea, du hast recht. Dass ich dir verwandelt so nahe gekommen bin, gefällt mir überhaupt nicht. Aber was ich überhaupt nicht verstehe ist, inwiefern dieser Traum ein Trumpf für dich darstellt."

„Das liegt doch auf der Hand! Wir werden uns wiedersehen, Maél, wenn auch verändert: du in dieses andere Wesen in dir und ich wieder mit meinem viel zu langen Haar. Und wir haben uns geküsst, als wäre es das Natürlichste der Welt. Alles war mir vertraut. Deine Berührungen und dein Kuss waren voller Liebe. Genügt dir das nicht als Beweis dafür, dass nichts falsch daran ist, wenn wir uns jetzt lieben?"

„Elea, du hast nicht gesehen, was davor alles geschehen ist. Du sagtest, dass Dunkelheit herrschte. Vielleicht hast du das Portal auf meinen Befehl oder - noch schlimmer - unter meiner oder Darrachs Folter hin geöffnet und der Dämon ist in unsere Welt eingebrochen und hat Leid und Finsternis über die Menschen gebracht." Elea schloss die Augen. Ungewöhnlich langsam lösten sich zwei dicke Tränen von ihren Wimpern und liefen ihre Wangen hinunter. Maél starrte wie gebannt auf diese beiden Tränen, die in seinem Herzen einen ungeahnten Schmerz auslösten. Elea schlug die Augen wieder auf. „Da muss ich dir recht geben. Ich weiß nicht, was davor geschehen ist. Es kann etwas Schreckliches passiert sein, vielleicht aber auch nicht. Aber was für mich viel wichtiger ist, ist dass wir wieder zueinander gefunden haben und dass du nicht über mich hergefallen bist, obwohl du verwandelt warst und obwohl du noch einen zweiten Ring um deinen Hals getragen hast, mit dem Darrach dich bestimmt mit einem neuen Zauberbann belegt hat."

„Was habe ich? Du hast zwei Ringe gesehen? Bist du dir ganz sicher?", fragte Maél aufgeregt nach. Er wusste nicht, ob er über diese Nachricht erfreut sein und hoffnungsvoll nach vorne blicken sollte oder ob es genau das Gegenteil in ihm auslösen sollte, dass nämlich damit seine schlimmsten Befürchtungen eintreten würden und er eine noch größere Gefahr für Elea darstellen würde, als er ohnehin schon tat.

„Ja. Ich bin mir ganz sicher. Siehst du jetzt nicht selbst, dass unsere oder vielmehr deine Angst vor Darrachs Macht über dich möglicherweise unbegründet ist. Vielleicht wird meine Magie früher oder später mit Arabíns Hilfe so groß sein, dass ich seinen Bann brechen kann."

Maél konnte kaum dem Verlangen widerstehen, Eleas Tränen aus dem Gesicht weg zu küssen, wie er es schon einmal getan hatte. Er bewegte sich jedoch immer noch nicht von der Stelle. Allerdings drehten sich seine Gedanken nur noch um eine Frage: *Was ist, wenn sie tatsächlich recht hat und ich mit meinem sturen Widerstand schuld daran bin, dass wir vielleicht unsere einzige Chance auf eine Zukunft für unsere Liebe ungenutzt lassen?* Er konnte seine Augen nicht aus ihren lösen, die immer noch flehend, aber schon mit einer Spur Resignation in seine blickten. Erst als sie sie erneut schloss, ließ er seinen Blick über ihr Haar gleiten, das bereits wieder eine Handbreit gewachsen war und lockig über die Schultern hinausragte. Plötzlich roch er auch den betörenden Duft ihrer Lavendel-Rosen-Seife, den er bis eben noch gar nicht wahrgenommen hatte und der an ihrer zarten Haut und ihrem widerspenstigem Haar haften musste. Die Mauer seines Widerstandes geriet nun mit einem Mal bedrohlich ins Wanken, während er sie zuvor noch, als Elea am Eingang zur Höhle erschien, als uneinstürzbar empfand. Die wohlige Wärme von vorhin war inzwischen zu einer sengenden Hitze geworden, die bis in die Fingerspitzen zu spüren war. Unbewusst löste sich die Verkrampfung seiner Hände, als er eine letzte Frage stellte: „Welches ist dein letzter Trumpf?" Elea öffnete erschrocken ihre Augen und räusperte sich erst nervös, bevor sie zu sprechen begann. „Ähm... Meine weiblichen Reize, ... mit denen ich dich verführen könnte, aber die will ich nicht einsetzen. Ich will, dass du, wenn du dich dazu durchringst, es zu tun, es aus eigenem Antrieb tust und nicht weil ich deine Schwäche für meine weiblichen Reize ausnutze." Ein Lächeln huschte bei dieser entwaffnenden Ehrlichkeit über Maéls Gesicht. „Du wirst es mir vielleicht nicht glauben, aber deine weiblichen Reize sind mir stets nur allzu bewusst und ich kämpfe dagegen an, seit – ich weiß gar nicht genau, seit wann – vielleicht seit jener Nacht, als du halbtot und nackt in meinen Armen lagst... oder vielleicht schon viel früher, als ich in deinem Zimmer auf deinen langen Haarzopf gestoßen bin." Ein spannungsgeladenes

Schweigen legte sich über die beiden, in dem sie sich nur ansahen und ihre Blicke sehnsüchtig über den Körper des anderen gleiten ließen. Die Hitze, die in dem Moment von Elea Besitz ergriff, als Maéls Augen auf der Stelle ihres Unterhemdes haften blieb, wo sich ihre Brüste befanden, stand in nichts der von Maél nach. Und die Vorstellung, Maéls warme Haut zu streicheln oder seine heißen Lippen auf ihrem Körper zu spüren, weckte in ihr ein ungeahntes Verlangen, sodass sie – falls er sich immer noch weigern würde – urplötzlich doch bereit war, ihn zu verführen.

Sie standen immer noch einige Schritte voneinander entfernt, als er sie mit heiserer Stimme aufforderte. „Versuch es! Zieh dein Hemd aus!" Elea erschrak im ersten Moment über seine Aufforderung. Ihr Herz befand sich mit einem Mal auf gleicher Höhe wie ihr Magen. Sie glaubte sogar so etwas, wie Furcht zu verspüren, aber die unterdrückte sie sofort wieder. Denn ihr Wunsch, ihm nahe zu sein, war bedeutend größer, als das ängstliche Zaudern einer jungen Frau, die im Begriff war, ihre Unberührtheit zu verlieren. Langsam zog sie sich das Hemd über den Kopf. Sein verlangender Blick verharrte zunächst auf der verschorften Wunde. Doch es dauerte nicht lange, bis seine glutvollen Augen die wesentlich reizvolleren Teile ihres Oberkörpers fanden. „Jetzt noch die Hose!" Maéls Stimme kam rau und leise. Obwohl sie sich im Moment nichts sehnlicher wünschte, als diesem Mann ihren Körper zu schenken, schüchterte sie diese Aufforderung erneut ein. *Jetzt wird es ernst!* Mit zitternden Händen machte sie sich daran, den Knoten der Kordel zu öffnen, die die Hose um die Hüften hielt. Während Maél sich geschickt seiner Stiefel entledigte und erstaunlich ruhig die Verschnürung seiner Lederhose löste, ohne dabei Elea ein einziges Mal aus den Augen zu lassen, nestelte sie immer noch an dem Knoten herum. Es wollte ihr einfach nicht gelingen, dem Knoten Herr zu werden. Erst recht nicht, als plötzlich seine Lederhose samt Lendenhose zu Boden fiel. Lächelnd ging er auf sie zu. „Mein Anblick macht offensichtlich mehr Eindruck auf dich als meine Worte. Kann ich dies als ein Kompliment werten?" Elea verschluckte sich an ihrer eigenen Spucke, sodass ihr schamvolles Erröten glücklicherweise in einem Hustenanfall unterging. In der Tat blieb ihr Blick an Maéls männlichstem Körperteil voller Staunen haften, da sie diesen Körperteil eines Mannes in einem solchen Zustand, wie er sich ihr gerade offenbarte, bisher noch nie gesehen hatte. „Ich kann leider keine Vergleiche ziehen, da du der erste Mann bist, den ich... so sehe", erwiderte sie unsicher mit belegter Stimme. Maél lachte leise, während er sich auf sie zubewegte. Eine knappe Elle blieb er vor ihr stehen und nahm ihr den Knoten der Kordel aus den Händen. Ohne ihren Blick loszulassen, begann er ihn problemlos zu öffnen. Es dauerte nur ein paar Augenblicke, da glitt bereits die Hose über ihre Hüften hinunter. Kurz darauf hatte er auch noch das Band ihrer Lendenhose gelöst, sodass beide sich splitternackt gegenüberstanden. Eleas Brust senkte und hob sich immer schneller. Außerdem schlug sich Maéls heißer Atem, den er mit geöffnetem Mund ausstieß, heiß und feucht auf ihrer Stirn nieder. Mit rauer Stimme durchbrach er Eleas peinliches Schweigen: „Bevor wir diese Wahnsinnstat begehen, wirst du mir feierlich auf das Leben von Kaitlyn, Louan, Kellen, Albin und Breanna schwören, dass du sofort deine Sachen schnappen und das Weite suchen wirst, sobald ich es dir sage oder dein Drache dich ruft!" Elea musste sich erst räuspern, da die Stimme ihr versagte. „Ja. Ich schwöre dir auf das Leben meiner Familie, dass ich sofort verschwinden werde. Ich musste es auch schon Arabín schwören."

Maél hielt immer noch ihren zugleich sehnsuchtsvollen und ängstlichen Blick mit seinen glutvollen Augen gefangen. Plötzlich zog er sie abrupt an seine Brust. Sie konnte ein leises Aufstöhnen nicht unterdrücken. In Maéls Mund war es mal wieder so trocken wie in der Wüste Talamán. Dennoch gelang es ihm zu sprechen: „Ich habe es dir bisher nie direkt gesagt,... aber... du bist wunderschön. Alles an dir ist wunderschön. Mir ist noch keine Frau begegnet, die an deine außergewöhnliche Schönheit auch nur annähernd heranreicht..." Weiter kam Maél nicht, da Elea völlig unerwartet ihre Hände um seinen Hals legte und ihn zu küssen begann. Sie war so überwältigt von seinen Worten, dass sie dem Verlangen, seine Lippen mit ihren zu berühren, nachgeben musste. Sie senkte ihren Mund ganz zart – wie eine Feder – auf seinen Mundwinkel und arbeitete sich Stück für Stück zu dem anderen hinüber. Währenddessen hob er sie auf seine Arme und trug sie zu dem Platz, wo sie zuvor noch mit dem Tode gerungen hatte. Er legte sie auf den Fellumhang, bedeckte sie mit seinem Körper und löste ihre sanften Küsse mit wesentlich intensiveren ab, indem er sie mit seiner Zunge dazu bewegte, ihm ihren Mund zu öffnen. Gleichzeitig erkundeten beide den Körper des anderen mit den Händen. Elea hatte das Gefühl, ihr Körper stehe in Flammen. Maéls Berührungen setzten sich von ihrer Haut ausgehend direkt in ihr Innerstes fort und entfachten dort eine nie gekannte Hitze, die in ihrem Unterleib in ein ihr völlig unbekanntes Ziehen gipfelte. Aber auch ihre immer kühner werdenden Berührungen zeigten bei Maél Wirkung. Seine Küsse wurden immer wilder und leidenschaftlicher, seine Bewegungen immer ungestümer. Unvermittelt löste er seinen Mund von ihrem und begann ihren Körper mit seinen Lippen zu erspüren. Ihr Atem setzte für einen Moment aus, als sie das gefunden zu haben schienen, was sie sehnsüchtig gesucht hatten und sich dort verweilten: ihre Brüste. Sie stand kurz davor, ihren Verstand zu verlieren. Ihre Atemlosigkeit ging plötzlich in ein Keuchen über, als er viele holprige und wilde Herzschläge später mit seinem Mund weiter auf Erkundungstour ging. Elea war nicht mehr zum Denken fähig. Das Einzige, was noch funktionierte, war das Fühlen. Überall auf ihrem Körper spürte sie seine Hände, seine Lippen. War es möglich so viele Berührungen gleichzeitig zu spüren? Völlig unerwartet hielt er in seiner leidenschaftlichen Umarmung inne und stimmte in Eleas Keuchen mit ein, als er mit seinem Gesicht wieder über ihrem auftauchte. „Verdammt! Ich bin ein Narr!", presste er atemlos hervor. „Über die ganze Diskussion, was deine Unberührtheit für eine Bedeutung im Hinblick auf den Drachen hat, habe ich völlig vergessen, was sie für dich als Frau bedeutet. Ich war bisher mit keiner Jungfrau zusammen, aber ich weiß, dass es beim ersten Mal weh tut. Um ein Haar wäre ich über dich rücksichtslos hergefallen. Ich..." Sie hinderte ihn daran weiterzureden, indem sie ihren Zeigefinger auf seinen Mund legte. „Maél, es gibt keinen Grund, dich zurückzuhalten. Was du tust, fühlt sich wunderbar, genau richtig an. Außerdem diesen einen Schmerz, den du mir bereiten wirst, werde ich willkommen heißen. Ich habe keine Angst vor ihm. Das einzige, wovor ich Angst habe, ist, dass uns nicht genügend Zeit bleibt, um..." Sie konnte den Satz nicht zu Ende sprechen, da er bereits seinem Verlangen nachgebend schon ihren Mund wieder mit seinem genommen hatte. Jetzt, da er so kurz vor der Erfüllung seines sehnlichsten Wunsches war, wollte er gar nicht daran denken, wenn er plötzlich genau in diesem Moment Darrach sich nähern spüren würde, nachdem er zuvor so viel Zeit mit Reden und Zuhören vergeudet hatte. Seine glühenden Hände wanderten bereits wieder fordernd über Eleas bebenden Körper, der sich verlangend an seinen presste. Schließlich ergab sie sich ihm. „Tu es! Tu es jetzt, Maél!", forderte sie ihn mit keuchender Stimme auf. Maél schob daraufhin seine Hände unter ihren Kopf. Wieder trafen sich ihre Blicke und verschlangen sich ineinander, während sie sich ihm öffnete. Zunächst glitt er behutsam nur ein kleines Stück in sie hinein. Er zitterte am ganzen Körper – vor Erregung, aber auch vor Angst, ihr weh zu tun. Sie fühlte seine Zurückhaltung. Deshalb bewegte sie sich ihm mit einem Ruck entgegen. Der Schmerz kam schnell und scharf. Ihr Aufschrei hätte laut in der Höhle widergehallt, hätte Maél ihn nicht mit seinem Mund aufgefangen. So wie ihre Augen gerade noch ineinander verschlungen waren, geschah es nun mit ihren Körpern. Maéls kalkweiße Haut, die er sein Leben lang vor der Sonne geschützt hatte, hob sich deutlich von Eleas bronzener, sonnengebräunter ab. Sie umschlang Maél mit ihren Armen und Beinen, während er sich noch mehr an sie presste. Doch urplötzlich passierte für beide etwas völlig Unerwartetes. Eine fremde Kraft schien, von ihren Körpern Besitz zu nehmen. Beide hielten in ihren Küssen und ihren noch langsamen und vorsichtigen Bewegungen inne. Sie stießen sich gegenseitig ihren heißen Atem ins Gesicht und überließen sich mit wild schlagenden Herzen hilflos diesem fremdartigen Gefühl. Als ob sich ein endlos langes Seil um ihre beiden Körper schlingen würde - von ihren Köpfen ausgehend bis zu ihren Füßen -, und sich in unzähligen Schlingen immer fester um sie zusammenziehen würde, wurden ihre Körper so sehr aneinandergepresst, dass ihre Lungen kaum noch arbeiten konnten. Beide schlossen wie auf eine Aufforderung hin gleichzeitig die Augen und verschränkten die Finger ihrer Hände fest ineinander. Und mit einem Mal tauchte vor ihrem inneren Auge ein und dasselbe Bild auf: Arabín, der sie mit goldfunkelnden Augen ansah. Nach einer Weile, die den beiden unglaublich lange erschien, lockerte sich das unsichtbare Seil langsam wieder, sodass Maél sich mit Elea auf die Seite rollen lassen konnte, damit ihre Lungen wieder Platz hatten, um sich auszudehnen. Sie schlugen die Augen auf und blickten den anderen zugleich fragend und fasziniert an. „Was war das?", wollte Elea mit schwacher und bebender Stimme wissen. „Eins mit Sicherheit nicht. Nicht das, was zwischen Mann und Frau geschieht, wenn sie sich vereinigen. Ich nehme an, dass mir soeben der Weg geebnet wurde, um dich und den Drachen zu kontrollieren." Maéls Atem kam immer noch schnell und laut. Als die fremde Kraft den beiden Körpern wieder vollständig ihre Freiheit überlassen hatte, erklang erneut Eleas zitternde Stimme. „Und was tun wir jetzt?"

„Wir bringen das zu Ende, was wir angefangen haben."

Ihre zwei Körper waren immer noch ein Körper. Kaum hatten sie ihre verschlungenen Finger voneinander gelöst, ließ Maél seine Hand - ganz langsam, fast schon genüsslich - über ihre Brust und ihren Bauch gleiten, als ob er jede einzelne Stelle ihres Körpers mit seinem ebenfalls übermenschlichen Tastsinn auskosten wollte. Diese bedächtigen Berührungen ließen Elea keuchend schon wieder nach Luft schnappen. Sie riefen in ihr erneut dieses heiße Kribbeln hervor, das unaufhaltsam in dieses ungewohnte Ziehen in ihrem Unterleib überging und das ihr Verlangen nach seinem Körper bis ins Unerträgliche steigerte. Elea wollte mehr und presste sich deshalb mit all ihrer Kraft an Maéls Körper. Doch ihr offenkundiges Drängen blieb bei Maél ohne Wirkung. Er hielt ihrem verzehrenden Blick stand, und gab sich seinen sinnlichen Liebkosungen ungebrochen hin. Das Einzige, wozu Eleas Verstand im Moment noch in der Lage war, war ihr zu verstehen zu geben, dass sie ihre Passivität aufgeben und etwas unternehmen musste, um ihn nicht vollends zu verlieren. Also ließ sie sich einfach von ihrem Instinkt leiten, in der Hoffnung, dass sie schon das Richtige tun würde. Sie legte ihre Hände auf Maéls spitze Ohren und begann seinen Mund mit bebenden Lippen zu küssen. Erst als ihre Zunge sich zaghaft ihren Weg zwischen seinen geöffneten Lippen suchte, war es mit Maéls Selbstbeherrschung zu Ende: Er hielt in seinen Berührungen inne, um mit seinen Händen ihren Kopf festzuhalten und ihre Küsse gierig zu erwidern. Gleichzeitig rollte er sich mit ihr wieder zurück auf ihren Rücken. Elea nahm daraufhin ihre Hände von seinen Ohren und begann, seinen Körper zu streicheln. Unter seiner heißen, nass geschwitzten Haut fühlte sie jeden einzelnen Muskelstrang – auf seinen Oberarmen, auf seinem Rücken und sogar die seines Gesäßes. Von dem scharfen Schmerz, den Elea empfand, als er in sie eindrang, war nichts mehr übrig, ebenso jedoch auch von ihrem Verstand. Er hatte sich nun vollends verabschiedet. Sie vergaß alles um sich herum: die Prophezeiung, Darrach, das Portal und was dahinter lauerte, sogar Arabín, dem sie durch das unsichtbare Band ähnlich nahe war wie Maél. Es zählten nur sie beide. Alles fühlte sich wie eins an: ihre Herzen, ihre Lungen und ihre Körper, die sich unaufhaltsam auf die Erfüllung ihrer brennendsten Sehnsucht hinbewegten...

Maél saß an der Wand angelehnt auf dem Boden nur ein oder zwei Schritte von Elea entfernt. Endlich war es geschehen: Sie hatten ihrem schon lange Zeit währenden, verzehrenden Verlangen nachgegeben und sich jeder Vernunft zum Trotze geliebt. Er hatte sie noch lange fest umschlungen gehalten und dem Klang ihrer Herzen zugehört. Seine Umarmung hatte er erst gelockert, nachdem die Erregung ihrer beiden Körper vollkommen abgeebbt war. Dass es bei ihr soweit war, konnte er unschwer an ihren langsamen und leisen Atemzügen erkennen.

Er musste lächeln. Offensichtlich war die körperliche Anstrengung beim Liebesakt groß genug, um ebenfalls ihren Tribut von ihr zu fordern. So wunderbar es sich auch angefühlt hatte, ihre erhitzte, samtene Haut auf seiner zu spüren, er hatte etwas von ihr abrücken müssen, um vielleicht das letzte Mal ihre gesamte Erscheinung betrachten zu können: Sie lag auf dem Rücken, eine Hand lag auf ihrem Bauch, die andere hatte sie unter ihren zur Seite gedrehten Kopf geschoben, sodass ihr Ohr darin ruhte. Ihre Beine hatte sie leicht angewinkelt und ebenfalls seitlich abgelegt. Es war nicht notwendig, ihren Körper zuzudecken. In der Höhle herrschte eine angenehme Wärme. Er konnte jedes Detail ihres Körpers mit seinen Augen erfassen. Sie saugten sich regelrecht daran fest. Er wollte, dass sich ihr Anblick auf immer und ewig in seinem Gedächtnis einbrannte. Er wünschte, die Zeit würde genau jetzt stillstehen. Er konnte sich nichts Schöneres vorstellen, als mit dieser jungen Frau zusammen zu sein, egal wo, und sei es in dieser verfluchten Höhle, wo sie zum Verhungern verurteilt wären. Plötzlich regte sie sich. Leise, wohlige Seufzer drangen an sein scharfes Gehör. Nur ein paar Augenblicke später blickte sie ihn an – mit Augen, in denen er grenzenloses Überwältigtsein von dem, was sie eben gemeinsam erleben durften, lesen konnte. Ihr fehlten ebenso wie ihm die Worte. Eine Zeit lang erforschten sie den Blick des anderen, bis Elea sich aufrichtete und mit belegter Stimme zu sprechen begann. „Habe ich lange geschlafen?"

„Nicht allzu lange." Maéls Stimme klang rau, sodass er sich räusperte. „Warum sitzt du dort an der Wand?"

„Ich wollte einen Blick auf alles von dir haben." Elea hatte mit einem Mal ein trockenes Gefühl in Mund und Kehle, als hätte sie tagelang nichts getrunken. Vielleicht war das sogar der Fall. Sie wusste es nicht. Sie entdeckte ihren Wasserschlauch neben sich und trank ihn auf einen Zug leer. Maél beobachtete jede ihrer Bewegungen, und war sie auch noch so gering und unbedeutend. Er verfolgte jeden einzelnen Schluck Wasser, den sie in ihrer Kehle hinunterbeförderte. Keiner ihrer Atemzüge entging ihm, da sein Blick immer wieder auf die sich hebenden Brüste fiel. „Wird es immer so... unglaublich schön sein... also ich meine... unsere Vereinigung als Mann und Frau?" Er musste wieder lächeln. Ihre Direktheit bezüglich intimer Angelegenheiten zwischen Mann und Frau gefiel und amüsierte ihn zugleich. Aber auch etwas anderes bewirkte sie in ihm. „Um das herauszufinden, wird uns nichts anderes übrig bleiben, als es noch einmal zu tun, solange wir noch Zeit haben." Sein Blick glitt mit neu entfachtem Verlangen über ihren Körper und blieb schließlich an ihren ebenfalls sehnsüchtig blickenden Augen haften. Sie kam blitzschnell zu ihm gekrochen und setzte sich rittlings auf seinen Schoß. „Elea, warte noch! Ich muss dir noch etwas sagen", raunte er unter ihren Küssen, mit denen sie seine Brust bereits liebkoste. „Findest du nicht, dass wir genug geredet haben. Bald wird Darrach kommen. Uns bleibt nicht mehr viel Zeit." Elea sprach, indem sie zwischen ihren zarten Küssen immer wieder ein paar Worte einschob. Sie hatte nicht die Absicht von ihm abzulassen. Maél blieb jedoch standhaft, legte behutsam seine Hände auf ihre Schultern und drückte sie sanft, aber entschieden von sich weg. „Elea, du hast recht. Aber es ist mir sehr wichtig. Nachher wird alles schnell gehen müssen. Dann haben wir keine Zeit mehr dafür."

„Also gut. Fass dich aber kurz!" Maél sprach mit brüchiger Stimme weiter. „Egal was geschehen wird, egal was Darrach aus mir machen wird, vergiss nie, dass ich dich von ganzem Herzen liebe. Ich kann gar nicht in Worte fassen, wie sehr ich dich liebe. Du darfst dich keinen Illusionen über Darrach hingeben. Er ist erbarmungslos. Er hat sich zweifelsohne bereits irgendeine schreckliche Grausamkeit für mich, für uns ausgedacht."

Eleas Blick wurde immer ernster und in ihrer Kehle wurde es ganz eng. Sie spürte bereits wie ein Schleier aus Tränen sich über ihre Augen zog. Maél nahm ihre rechte Hand und legte sie auf sein Herz. „Meine Liebe zu dir wird immer da sein, auch wenn sie für dich möglicherweise bei unserer nächsten Begegnung nicht sichtbar oder spürbar sein wird. Irgendwo, im hintersten Winkel meines Herzens, wird sie sich zurückgezogen haben und versteckt halten." Er wischte mit seinen Daumen zärtlich die Tränen aus Eleas Gesicht. „Du hattest recht damit,... mich mit deiner unübertrefflichen Hartnäckigkeit zu unserer Vereinigung zu überreden. Es hat sich ganz und gar nicht falsch angefühlt. Es war richtig und vielleicht sogar wirklich wichtig für das, was noch auf uns zukommen wird. Aber vor allem war es das Schönste und Unglaublichste, was ich jemals in meinem verfluchten Leben erfahren durfte. Erst durch dich habe ich wieder angefangen zu leben und zu fühlen." Er räusperte sich erneut, um seiner immer dünner gewordenen Stimme wieder Kraft zu geben. „Und zum Abschluss wirst du mir noch einen Schwur leisten. Du schwörst mir, nur dann nach Moray zurückzukehren oder dich mir oder Darrach zu nähern, wenn du und dein Drache, wenn ihr *beide* davon überzeugt seid, dass du stark genug bist, um ihn zu besiegen." Sein Blick hielt erwartungsvoll ihren gefangen. Er schien sich geradezu bis in ihr Innerstes hineinzubohren. Sie atmete tief ein, bevor sie mit ebenfalls brüchiger Stimme zu sprechen begann. „Maél, du kennst mich inzwischen gut genug, um zu wissen, dass ich meinen eigenen Willen habe und mich gerne über Beschränkungen hinwegsetze. Ein Versprechen nicht halten ist eine Sache. Aber einen Schwur kann ich nicht einfach so leisten, wenn ich nicht davon überzeugt bin, dass ich ihn auch nicht brechen werde. Ich kann dir diesen Schwur nur zusammen mit einer Einschränkung leisten." Maéls Kiefermuskeln zuckten vor Anspannung. Sein Gesicht nahm einen Ausdruck an, der auf Kompromisslosigkeit hindeutete. „Ich werde nur zu dir unter den von dir genannten Bedingungen zurückkehren oder wenn ich sehe *oder* fühle, dass dein Leben in Gefahr ist." Er stieß laut die angehaltene Luft aus. „Elea, du darfst nicht dein Leben für meines aufs Spiel setzen. Denk an deine Bestimmung! Vergiss nicht die ungeheure Gefahr, die hinter dem Portal lauert."

„Ich werde dir den Schwur nur so oder überhaupt nicht leisten. Du kannst es dir aussuchen", entgegnete die junge Frau beharrlich. „Elea, mein Leben ist im Grunde immer in Gefahr. Schon allein durch meine tödliche Verwundbarkeit gegenüber Eisen. Wie willst du entscheiden, wann mein Leben in Gefahr ist?"

„Da wirst du auf meine Intuition und meine seherische Gabe vertrauen müssen. Außerdem so absurd es auch klingen mag: Solange Darrach in deiner Nähe ist, bist du sicher. Er mag dich quälen und dir Schmerzen zufügen, aber er wird niemals zulassen, dass du stirbst. Er braucht dich. Du bist zu kostbar für ihn. Vor allem jetzt, nachdem du ihm sicherlich davon erzählt hast, dass mein Blut in deinem Körper fließt und du mich jederzeit überall aufspüren kannst." *Nicht den Tod fürchte ich, Drachenmädchen!* „Du bist und bleibst das sturste und uneinsichtigste Wesen, das mir jemals begegnet ist. Aber gleichzeitig bist du auch das gefühlsbetonteste und einfühlsamste Geschöpf. Du bist eben eine *Farinja*. Ich glaube, das ist es, was ich am meisten an dir liebe. Deine Gefühle machen dich stark, magisch stark. Leider können sie aber auch eine Schwäche sein, deine Verletzbarkeit ausmachen. Darrach hat es uns heute schonungslos vor Augen geführt. Vergiss das bitte nie!"

Sie überwand den Abstand, den er kurz zuvor zwischen ihre Oberkörper geschaffen hatte, indem sie sich eng an ihn schmiegte und ihre Arme um seinen Hals schlang. Er tat es ihr gleich, sodass seine Hände auf ihrem Rücken ruhten. Schmerzhafte Erinnerungen an den grauenvollen Zwischenfall im Wald bei Kaska wurden wach, als seine linke Hand die drei schwulstigen Narben ertasteten. Um seine rechte Hand war immer noch der inzwischen verdreckte und blutverschmierte Verband gewickelt. Mit hektischen Bewegungen riss er den Leinenfetzen von ihr, da er ihn daran hinderte, Elea auch mit ihr zu fühlen. Vom Nacken angefangen ließ er sie langsam die Linie der höckerartigen Gebilde entlang gleiten, die an ihrem Steiß endeten. Elea löste abrupt ihre Umarmung, sprang auf und ging zu ihrem Rucksack, an dessen Geheimfach sie sich zu schaffen machte. „Was suchst du?"

„Nachher bleibt uns vielleicht hierfür auch keine Zeit mehr." Maél sah sie fragend an, als sie ihm ein Stück Pergament hinhielt. Als er erkannte, was es war, verspürte er einen Stich in seinem Herzen. Es war dasselbe Gesicht, das ihn schon damals in Albins Haus anblickte, nur kleiner: Eleas Portrait. Bereits beim ersten Mal, als Jadora es ihm vor die Nase hielt, regte sich in einem verborgenen Winkel seines Herzen für die Dauer eines Wimpernschlags ein Gefühl, das sogleich wieder unter der Last seines unendlichen kalten Hasses begraben wurde. Daran konnte er sich merkwürdigerweise jetzt, als er das Bild zum zweiten Mal sah, wieder erinnern. Tief bewegt sah er ihr in die Augen, aus denen sie ihn mit einer bedingungslosen Liebe anblickte. Er fühlte bereits jetzt schon, wie sein Herz immer schwerer wurde. Nur der Gedanke daran, dass er sich in absehbarer Zeit von ihr trennen und sie – wahrscheinlich für immer – aufgeben musste, rief in ihm einen Schmerz hervor, als würde es ihn innerlich zerreißen. Eleas leise Stimme riss ihn plötzlich aus seinen qualvollen Gedanken. „Breanna gab es mir mit, damit ich nicht vergesse, wie ich aussehe. Aber auf dem Schloss habe ich so viel Zeit vor dem Spiegel verbracht, dass sich mir mein Gesicht jetzt in mein Gedächtnis eingebrannt hat. Ich brauche es nicht mehr." Er nickte ihr wortlos zu und legte das Bild behutsam auf den Boden. Elea fuhr mit einem Zittern in der Stimme fort. „Soll ich dir jetzt feierlich den in meinem Sinne abgewandelten Schwur leisten oder verzichtest du darauf"?

„Ich bestehe darauf. Und ein Kuss soll ihn besiegeln."

„Nur ein Kuss?" Die Erschrockenheit und Enttäuschung, die bei diesen drei Worten in ihrer Stimme mitklangen brachten Maél trotz des schmerzlichen Moments zum Schmunzeln. „Ich glaube, wir wollten uns noch über etwas Gewissheit verschaffen, oder nicht? Schwöre jetzt endlich, sonst bleibt uns keine Zeit mehr dazu!"

So schwor Elea zum dritten Mal an jenem Tag feierlich auf das Leben ihrer Familie. Und da die Körper der beiden nach viel mehr trachteten, blieb es nicht bei dem Besiegelungskuss. Maél konnte nicht genug von Elea bekommen. Am liebsten hätte er sie sich einverleibt oder wäre er in sie hineingekrochen. Elea hingegen verfolgte bei diesem zweiten Liebesakt ein ganz bestimmtes Ziel. Nachdem sie sich zuvor Maél und ihren Empfindungen willenlos hingegeben hatte, wollte sie ihm nun ein letztes Geschenk als *Farinja* machen. Sie hatte die Hoffnung, dass mit diesem einzigartigen, magischen Erlebnis die Erinnerung an sie und an ihre Liebe in seinem Gedächtnis auf immer haften bleiben würde. Sie beabsichtigte, ihm mit einer ihrer warmen Gefühlswogen zu zeigen, wie sie in dem Moment fühlte, wenn ihre Körper eins waren und wenn sie im wilden Taumel ihrer Leidenschaft gemeinsam auf dessen erlösendes Ende zusteuerten. Es war äußerst riskant in Anbetracht des drohenden Erscheinens des Zauberers. Denn diese geistige und körperliche Anstrengung würde sie mit Sicherheit wieder in einen tiefen Schlaf zwingen.

Trotz ihrer zunehmenden Erregung rief sie Arabín. Maél hatte sich inzwischen so besitzergreifend ihres Körpers bemächtigt, dass für ihre liebkosenden Zuwendungen ohnehin kein Raum war. Dies erleichterte ihr Vorhaben. Sie musste nur darauf achten nicht wieder unter seinen immer wilder werdenden Zärtlichkeiten die Kontrolle über sich zu verlieren.

Kaum hatte sie den Drachen gerufen, vernahm sie auch schon seine Stimme in ihrem Kopf. *„Elea, ich weiß, was zu tun ist. Du brauchst mir nichts zu erklären."* Dass sie Arabín nicht noch gedanklich ihren Plan darlegen musste, war ihre Rettung. So konnte sie all ihre Kraft und ihren Geist darauf konzentrieren, die Welle mit den Gefühlen anzureichern, die im Begriff waren, ihr den Verstand zu rauben.

Sie war so mit dem Bündeln ihrer Magie beschäftigt, dass sie gar nicht bemerkte, wie Maél sich mit ihr wieder auf das Fell warf. Aus ihren ineinander verlorenen Körpern war wieder ein einziger geworden. Eleas bedingungslose Hingabe und seine übermenschliche Wahrnehmung versetzten Maél geradezu in einen Sinnesrausch, auf dessen Ende er mit glühendem Hunger hin arbeitete: Eleas galoppierender Herzschlag donnerte in seinen Ohren und die Berührung ihrer Haut, die er mit jeder einzelnen Zelle seiner eigenen zu fühlen glaubte, ließ seinen Körper immer wieder von Neuem erbeben.

Durch die Zurückhaltung der Magie schoss Elea der Schweiß aus allen Poren. Maél nahm scheinbar keine Notiz davon. Sein Körper war ebenfalls schweißgebadet. Als dann die alles um sie herum vergessende Erlösung für die beiden kam, wartete Elea noch ein paar rasende Herzschläge ab, bis sie ihn mit ihrer Welle überflutete.

In dem Moment, als Maél sich bewusst wurde, was gerade mit ihm geschah, war es bereits für irgendeine Reaktion zu spät. Für den Bruchteil eines Augenblicks empfand er Wut über ihre erneute Risikobereitschaft, aber nur einen sehr, sehr kurzen. Die warme Welle, die von Eleas Empfindungen nur so überschäumte, nahm Besitz von seinem Verstand, seinem Körper und seinem eigenen Empfinden. Ihre überwältigenden Empfindungen waren jetzt seine Empfindungen. Sie waren in diesem kurzen Moment auf allen Ebenen zu einem Ganzen geworden. Nicht nur Herz und Lungen arbeiteten wie eine Einheit, sondern auch Verstand und Empfinden.

Maél spürte, wie Eleas Körper in seiner bebenden Umarmung an Spannung verlor. Sie war im Begriff, in ihren todesähnlichen Schlaf zu versinken. Rasch hielt er mit seinen Augen, über die sich vor Überwältigung ein dünner Tränenfilm gezogen hatte, ihren entgleitenden Blick gefangen. „Elea, warum? Warum nur?"

„Weil ich dich mehr als mein Leben liebe!" Dies waren die letzten Worte, zu denen sie noch imstande war. Im nächsten Moment schlossen sich ihre Lider schon über ihre strahlend grünen Augen. Maél war fassungslos. Eben waren sie sich noch so nah, wie sich wahrscheinlich noch keine zwei Liebende waren, und jetzt war sie ihm bereits entrückt und ihre Trennung stand unmittelbar bevor. Während seine Körperfunktionen noch ein gewisse Zeit brauchten, um zu einem normalen Rhythmus zurück zu finden, arbeitete sein Verstand sofort auf Hochtouren. Er überlegte fieberhaft, wie er am besten vorgehen sollte, wie er am schnellsten Elea aus seiner und Darrachs Reichweite bringen könnte. Alles wäre verloren, wenn Darrach jetzt über ihn hereinbrechen würde. Sein Herz, das gerade erst halbwegs zu seiner Ruhe gefunden hatte, begann schon wieder panikartige Sprünge zu machen und immer rascher zu schlagen.

„Zieh sie an! Und bring sie zu mir! So schnell du kannst!" Er sah sich erschrocken um. Jemand sprach zu ihm, aber er konnte niemand sehen. Darrachs Stimme war es nicht. Die kannte er nur zu gut. Diese Stimme klang so nah, als käme sie direkt aus seinem Kopf. *„Ja. Ich bin in deinem Kopf. Ich bin Eleas Drache. Los! Beeil dich! Uns bleibt nicht mehr viel Zeit. Den dunklen Zauberer zieht es zu seinem Sklaven."* Diese Worte Arabíns zeigten ihre Wirkung. Maél sprang schnell auf und klaubte Eleas zahlreiche Kleidungsstücke rasch vom Boden auf. Blitzartig zog er sie ihr an. Eilig rollte er ihren Fellumhang zusammen und befestigte ihn an ihrem Rucksack. Dann schulterte er ihn sich zusammen mit ihrem Bogen und Köcher und hob sie auf seine Arme. Er wollte gerade mit ihr auf den Gang zustürmen, als sein Blick noch auf ihren leeren Wasserschlauch auf dem Boden fiel. Er ergriff ihn mit ihr auf den Armen und näherte sich zielstrebig dem plätschernden Geräusch der Quelle, die Finlay entdeckt hatte. Er legte sie kurz ab, füllte den Schlauch und verstaute ihn in dem Rucksack. Dann machte er sich trabend zum Ausgang der Höhle.

Ein atemberaubender Ausblick auf die mit Schnee bedeckten Gipfel des Akrachóns eröffnete sich Maél, als er Arabín erreichte. Es war Tag, aber wie weit fortgeschritten, konnte er nicht erkennen, da der Himmel im Vergleich zum Vortag von einer undurchdringbaren Wolkenschicht überdeckt war. Die frostige Kälte und der unbarmherzige Wind brachten seinen nackten Körper zum Zittern. Wenige Schritte blieb er von dem Drachen entfernt stehen. Dieser betrachtete ihn mit seinen durchdringenden echsenartigen Augen. *„Binde sie gut auf meinem Rücken fest, damit sie nicht herunterfällt!"* Ohne ein Wort der Erwiderung legte Maél Elea behutsam auf den Schnee und machte sich eilig daran, die Seile um den Drachen aufzuknoten. Dabei entdeckte er seine Fellkleidung, nahm sich jedoch nicht die Zeit, sie anzuziehen. Einzig und allein zählte jetzt Elea. Anschließend zog er ihr ihren Rucksack, den Bogen und Köcher über und legte sie auf Arabíns Rücken, sodass ihre Arme seitlich an seinem Hals hinunterhingen. Mit einem Seil band er sie am Rücken des Drachen fest. Seine schuppenartige Haut hatte hier draußen bei dem Tageslicht aufgehört zu leuchten, strahlte aber immer noch eine angenehme Wärme aus. Mit einem zweiten Seil fixierte er ihre Arme an dem Hals des Tieres, sodass sie sie einfach wieder unter dem Seil herausziehen konnte, sobald sie erwachte. Ihre Beine befestigte er auf ähnliche Weise am Körper des Drachen. Zum Schluss schob er noch die Provianttasche unter die Seile sowie sein Schwert, für das er ohnehin keine Verwendung mehr hatte. Während er sein Werk begutachtete, zog er sich rasch seine Fellkleidung über. Anschließend rückte er sofort von den beiden ab. Er würde sich ihnen keinesfalls wieder nähern - im Gegenteil, er vergrößerte den Abstand von Augenblick zu Augenblick, solange er noch Macht über sich hatte... Doch da war sie plötzlich, die altbekannte und gnadenlose Kälte, die von dem Ring um seinem Hals ausging - eine Kälte ganz anders als die, die soeben auf ganz natürliche Weise seinen Körper zum Erstarren gebracht hatte. Seine Organe und seine Muskeln wurden allmählich steif und gaben immer mehr ihren Dienst auf. Der Drache hatte Darrachs Nahen offensichtlich schon vor ihm gespürt. Die fremdartige Stimme des Drachen erklang wieder in seinem Kopf. *„Er kommt, Maél. Du hast wirklich alles Erdenkliche getan, um Elea zu schützen und zu retten. Dafür bin ich dir auf ewig dankbar. Jetzt, da sie dir ihre Unberührtheit geschenkt hat, hast du die Kontrolle über mich, allerdings nur, wenn du mir nahe bist. Was sie angeht, so glaube ich, dass niemand die Kontrolle über sie erlangen kann. Sie ist keine gewöhnliche menschliche Drachenreiterin. Du weißt das. Sie ist eine Farinja. Ich werde gut auf sie aufpassen, so gut es eben bei einer willensstarken und gefühlsbetonten Frau geht."*

Maél konnte sich aufgrund der Starre seines Körpers nicht mehr vom Fleck bewegen. „Wie gut stehen die Chancen, dass du jetzt einen Befehl von mir ausführst?", fragte er den Drachen mit mühsam hervorgepresster Stimme. *„Das kommt darauf an, was du befiehlst"*, erwiderte der Drache, während er sich bereits zum Abflug in die richtige Position drehte. „Hindere Elea daran, zu mir zurückzukehren!"

„In diesem Fall stehen sie äußerst schlecht. Zum einen sind eure beiden Schicksale aufgrund Eleas Bestimmung eng miteinander verknüpft. Ihr werdet zweifelsohne wieder aufeinandertreffen. Die Frage ist nur – unter welchen Umständen. Zum anderen wiegt ihr Befehl schwerer als deiner, weil sie in meiner unmittelbaren Nähe sein wird, wenn es so weit kommen sollte, während du aller Wahrscheinlichkeit in Moray weilst. Tut mir leid!"

„Ich dachte mir schon so etwas. Bring sie gesund zu ihren Eltern! Und halte sie immer warm. Sie neigt dazu, schnell zu frieren. Diese beiden unbedeutenden Befehle kannst du sicherlich erfüllen."

„*Ich denke, das lässt sich einrichten. Leb wohl, Maél!*" Bei den letzten drei Worten des Drachen wurde Maél urplötzlich von Darrachs sämtliche Lebensenergie verschlingender Magie in die Knie gezwungen, die mit einem Schlag den überwältigenden Schmerz der Trennung von Elea in den Hintergrund rücken ließ. Die tiefe Stimme seines Herrn drang in seine Ohren. Erst ganz leise, dann aber unaufhaltsam immer lauter. „Ich befehle dir, Maél, die Hexe und den Drachen aufzuhalten! Gehorche!" Maéls Hände zerrten hektisch an dem Schlangenring, der sich scheinbar um seine Kehle immer enger zog und ihm bereits das Atmen erschwerte. Der Drang, sich wieder Elea und dem Drachen zu nähern, wurde immer größer. Seine Knie rutschten schon Stück für Stück auf dem Schnee in ihre Richtung, während sein restlicher Körper sich zitternd dagegen wehrte. Er ließ jäh den Schlangenring los und krallte sich mit seinen Händen in den Schnee. Mit halb erstickter Stimme schrie er Arabín zu: „Ich kann mich nicht mehr lange gegen Darrachs Befehl widersetzen. Los! Verschwinde jetzt!" Daraufhin entfaltete Arabín seine riesigen Schwingen und stieß sich mit einem urgewaltigen Schrei von dem Felsvorsprung ab. Mit nur wenigen Flügelschlägen, die lautstark die eisige Luft teilten, brachte er einen beachtlichen Abstand zwischen sich und seinem Berg. Ohne sich noch einmal umzudrehen, machte er sich daran, den gigantischen Akrachón in östliche Richtung zu überwinden. Erst jetzt fühlte er sich so frei wie schon lange nicht mehr. Hundertfünfzig Jahre lang war er zu diesem Schlaf auf dem Portal zur dunklen Seite verurteilt gewesen, um dort auf seine persönliche Erlösung zu warten: Elea, seine Reiterin und menschliche Gefährtin. Das Schicksal dieser außergewöhnlichen jungen Frau hatte sie zusammengebracht und aneinandergeschweißt.

Er spürte deutlich ihren Herzschlag auf seinem Rücken. Er war kräftig und ruhig. Auch seine alte, urgewaltige Kraft kehrte nach dem langen Schlaf und dem Kampf gegen den Zauberer wieder mit jedem Flügelschlag und jedem Atemzug in der eisigen Luft in seinen Körper zurück. Er würde sie brauchen und noch vieles mehr – für die dunklen Zeiten, die auf ihn und Elea warteten...

Epilog

„Dass die Hexe dir ein Bild von sich zurückgelassen hat, wird mir für meinen neuen Zauberbann sehr nützlich sein. Ganz zu schweigen von dem langen Zopf - geflochten aus ihrem wahrhaft einzigartigen und wundervollen rotbraunen Haar -, den ich in deiner Satteltasche gefunden habe."

Maél erkannte diese selbstgefällige Stimme sofort. Er konnte nur nicht ihren Besitzer sehen. Im Grunde genommen konnte er fast gar nichts sehen. Überall um ihn herum war Nebel oder Rauch oder beides. Er wusste es nicht. Das Einzige, was er erkennen konnte war, dass er wieder mit mehreren Seilen gefesselt und mit nacktem Oberkörper auf hartem steinernen Boden lag. So niederschmetternd und aussichtslos seine Entdeckung auch war, nahm er sie doch gelassen und ruhig zur Kenntnis. Es war keine Überraschung, sondern es war das eingetreten, womit er gerechnet hatte, seitdem er mit Elea und dem Drachen zum zweiten Mal die Höhle betreten hatte.

Sein ausgeprägter Geruchssinn nahm einen eigentümlichen Geruch wahr, der ihm gleichzeitig auch vertraut vorkam. Er konnte sich jedoch nicht daran erinnern, wo oder wann er ihm schon einmal begegnet war. Die verschiedenen Bestandteile, aus denen sich dieser merkwürdige Geruch zusammensetzte, konnte er sich ebenso wenig erklären. Aber er war sich jetzt ziemlich sicher, dass keine Nebelschwaden, sondern Rauchschwaden ihn umwaberten und ihm die Sicht auf das, was um ihn geschah, stahlen. Denn seine scharfen Ohren vernahmen mit einem Mal mehr als nur die Stimme des Zauberers, der leise unverständliche Worte in einem monotonen Singsang sprach. Er hörte das Knacken brennenden Holzes, aber auch das Züngeln der Flammen von Feuer. Auf dem Feuer schien, etwas zu kochen, da das Blubbern einer Flüssigkeit zu hören war. Trotz nacktem Oberkörper fror er nicht. Daraus schloss er, dass sie sich noch immer in dem Berg befinden mussten. Er nahm leise Schritte wahr und urplötzlich trat aus den Rauchschwaden Darrachs hagere Gestalt heraus. Er näherte sich ihm langsam und ließ sich im Schneidersitz neben ihm nieder. Höhnisch grinsend sah er dem gefesselten Mann ins Gesicht. Maél erwiderte seinen Blick mit unendlichem Hass in den Augen.

„Kurz bevor ich mich in den Berg begeben habe, hatte ich genug Zeit, über dich und dein Verhalten auf dem Schloss nachzudenken. Du hast eine bravouröse Vorstellung abgegeben, ebenso wie die Hexe. Ihr habt nicht nur Roghan, sondern auch mich zum Narren gehalten. Dass mir euer Betrug nicht schon viel früher aufgefallen ist, habt ihr dem Umstand zu verdanken, dass ich in den letzten Wochen nicht ich selbst war. Die unermüdliche Arbeit an den Schriftrollen hat nicht nur meinen Körper, sondern auch meinen Geist geschwächt, sodass mein Scharfblick getrübt und mein angeborenes Misstrauen nur der Hexe gegenüber geweckt war, aber nicht dir galt. Selbst das Zucken, das für einen Bruchteil eines Augenblicks über dein Gesicht huschte, als ich dir bei unserer letzten Unterredung davon erzählte, wie ich der Hexe unter Schmerzen einen lächerlichen Teil ihres wohl gehüteten Geheimnisses entlockte, tat ich viel zu schnell als unbedeutend ab." Er machte eine Pause, da er eine Reaktion von Maél erwartete. Dieser hatte jedoch nicht die Absicht, irgendetwas zu entgegnen. Ein Aufbegehren war in seiner Situation ohnehin zwecklos. Es hätte nur zur Folge, dass der Zauberer sich an seiner verzweifelten Wut und seinem sinnlosen Widerstand ergötzen würde. Er wandte sich von ihm ab und ignorierte ihn, auch wenn seine Gelassenheit von vorhin langsam zu schwinden begann. „Du hast mir offensichtlich nichts zu sagen. Nun gut. Dann werde ich weiterreden. - Als meine schlimmsten Befürchtungen während des Ritts zum Akrachón allmählich Gestalt angenommen hatten und schließlich am Ziel zur Gewissheit wurden, war ich, wie du dir denken kannst, außer mir. Alles sah danach aus, als hätte ich nicht nur den Drachen und die Hexe, sondern auch dich verloren. Glücklicherweise hat es das Schicksal gut mit mir gemeint und dich mir wieder zurückgebracht, und dies mit einer unverhofften Zutat, die den vorübergehenden Verlust des Drachen und der Hexe wettmacht. Dies gilt zumindest für meine Pläne. König Roghan wird alles andere als erfreut sein, wenn wir mit leeren Händen heimkehren. Wie dem auch sei, ich habe lange überlegt, wie ich dich deinen Betrug büßen lasse. Dabei kam ich zu dem Schluss, dass körperlicher Schmerz als Bestrafung unzureichend ist und in deinem Fall nicht in Frage kommt. Schmerzen sind von Kindesbeinen an Teil deines Lebens gewesen. Du hast gelernt mit ihnen umzugehen. Selbst der Tod kann dir keine Angst mehr einjagen. Du warst sogar bereit, für die Hexe zu sterben. Ist es nicht so? Sie bedeutet dir alles. Davon zeugten auch deine jüngsten, lebhaften und mitreißenden Schilderungen von eurer Vereinigung."

Maél überkam ein Würgereiz, den er nur unter äußerster Anstrengung unterdrücken konnte. *Er hat mich tatsächlich wieder in diesen Schlaf versetzt und ich habe ihm bereitwillig geschildert, was zwischen mir und Elea geschah.* Er begann, gegen die aufkommende Wut und den Hass anzukämpfen, indem er sich wie wild in seiner Verschnürung wand und nicht damit aufhörte, Darrach zu verfluchen. „Ich sehe, du beginnst zu verstehen, worauf ich hinaus will. Du kannst dich trotz allem glücklich schätzen. Der überwältigende Schmerz, den ich dir gleich zufügen werde, wird nicht von langer Dauer sein. Leider. Ich hätte dich gerne länger leiden gesehen. Aber die Umstände gebieten ein schnelles Handeln. Wir können uns nicht ewig in dieser menschenunfreundlichen Umgebung ohne jegliche Nahrungsquelle aufhalten." Maéls Anspannung wuchs von Augenblick zu Augenblick. Sein Brustkorb hob und senkte sich in immer schneller werdendem Rhythmus, was auch Darrach nicht verborgen blieb. Er ließ noch ein wenig Zeit verstreichen, um die quälende Ungewissheit Maéls auszukosten. Endlich fuhr er fort. „Ich werde dir die Hexe nicht nur aus deinem Gedächtnis reißen... Nein, sondern auch aus deinem Herzen. Dies wird sie bis ins tiefste Mark erschüttern. Es wird ihr das Herz brechen. Das weißt du am besten. Aber damit nicht genug. Von dem Zeitpunkt deiner tiefgreifenden Wandlung an, werden zwei Empfindungen deine ständigen Begleiter sein und dein Leben bestimmen. Sie werden außerdem auch die Waffen sein, die wir beide im Kampf gegen die Hexe und ihre Magie einsetzen werden."

Maéls Wut und Hass waren mit einem Schlag wie ausgelöscht. Er fühlte plötzlich nur noch Angst und Trauer, unendliche Trauer darüber, was Elea noch alles erleiden musste - unter Darrach und zweifelsohne unter ihm selbst. Er schloss erneut die Augen und versuchte, seine Ruhe und Gelassenheit wiederzuerlangen. Nur so konnte er klar denken. Er wollte sich mit schönen Erinnerungen an Elea und an das, was sie ihm schenkte, ablenken. Aber immer wieder kehrten seine Gedanken zu der Schmerz und Düsternis verheißenden Zukunft zurück - bis plötzlich ein Bild vor seinem inneren Auge auftauchte, das in ihm einen Funken Hoffnung aufblitzen ließ: Eleas letzter Traum. Allein diesem Traum hatte er es zu verdanken, dass er nicht in Hysterie ausbrach, als Darrach sich unerwartet über ihn beugte und sich an seinem Hals zu schaffen machte. Erst als er ein Klicken hörte, wurde ihm klar, was gerade mit ihm geschehen war. Darrach hatte ihm einen zweiten Ring um den Hals gelegt und den Schließmechanismus zuschnappen lassen. Im ersten Moment überzog sich seine Haut vor Entsetzen mit einer Gänsehaut. Aber dann dachte er wieder an Eleas Traum. Sie erwähnte den zweiten Ring um seinen Hals. Und diesem und seiner furchterregenden Verwandlung zum Trotze würden sie wieder aufeinandertreffen und sich liebend einander hingeben. An diese Aussicht klammerte er sich mit seiner ganzen Kraft und seinem ganzen Denken. Ihm war nun auch vollkommen gleichgültig, welches Unheil über die Menschen bis zu dem Moment, wo sie sich wieder in den Armen liegen würden, gekommen sein würde. Einzig und allein zählte seine Liebe zu Elea, die Darrach zu zerstören gedachte. Eleas und sein eigenes Schicksal waren vorbestimmt. Sie konnten ihnen nicht entrinnen. Elea diente als Retterin des Menschenvolkes der guten Seite, während er wider Willen der bösen Seite verpflichtet war. Das Tragische daran war nur, dass sie, wie es schien, Seelenverwandte waren.

Schließlich lenkte er seine Gedanken auf seine jüngsten Erlebnisse, die er zusammen mit ihr als Liebende hatte. Die Erinnerung an ihre ganz persönlichen Empfindungen, aber auch an die Gefühle, die sie ihm entgegenbrachte, als sie sich liebten, war noch so frisch, dass sie ihn sogleich durchdrang und ihn in eine andere Welt eintauchen ließ – in die Welt Eleas und ihrer berauschenden Gefühle.

Er befand sich in einem tranceähnlichen Zustand, den Darrach jäh durchbrach, indem er ihm zwei heftige Ohrfeigen – auf jede Seite eine – versetzte. Diese zeigten sogleich ihre Wirkung. Maél riss erschrocken die Augen auf. Was ihm dabei entgegenblickte, ließ ihn im ersten Moment annehmen, er träume. Es war Eleas Gesicht. Doch als er wenige Augenblicke später wieder Darrachs eiskalte Stimme seinen Namen sagen hörte, klärte sich sein Geist und schärfte sich sein Blick. Es war Eleas Porträt, auf das er sah.

„Sieh sie dir nochmal genau an! Es wird das letzte Mal sein, dass du sie mit liebevollen Augen betrachtest."

Und mit einem Mal war er da, dieser erbarmungslose Schmerz, von dem Darrach gerade gesprochen hatte. Er stach wie die Klinge eines Messers in sein Herz, sodass er sich in seiner Verschnürung mit all seiner Kraft aufbäumte. Gleichzeitig erschütterte ein gellendes „Nein!" als nicht enden wollendes Echo das Innere des Berges und setzte sich ins Freie fort, wo es sich von den schneebedeckten Felsen dumpf widerhallend im Akrachón verlor...

Ende

Danksagung

Ungewöhnlich an dieser Stelle ist sicherlich, dass ich mich jetzt schon bei euch Lesern bedanken möchte. Dies liegt daran, dass diese Printversion erst knapp anderthalb Jahre nach dem E-Book erschienen ist und es tatsächlich schon eine Menge Leser gibt, die ich für „Elea" begeistern konnte und die mir dies mit Rezensionen oder persönlichen Nachrichten mitgeteilt haben. Mit euren positiven Rückmeldungen macht das Schreiben noch viel mehr Spaß. Ich weiß jetzt, dass es da draußen, außerhalb meines kleinen Kämmerchens, jemand gibt, den ich mit meiner Geschichte ein schönes, unterhaltsames Leseerlebnis bereiten kann. Eure Feedbacks bedeuten mir sehr viel. Dafür möchte ich mich ganz herzlich bedanken.

Ganz besonderen Dank möchte ich meiner Familie zukommen lassen: meinem Mann, der mich mit seinem technischen Knowhow in Computerdingen, sei es bei meiner Homepage, meinem Blog, der Covergestaltung u.v.m. unterstützt; meinen beiden Kindern, die auf gemeinsame Zeit mit ihrer Mutter verzichtet haben, insbesondere meiner Tochter, deren Auge für das Cover herhalten musste; und last, but not least meiner Mutter, die unermüdlich in mehreren Durchgängen „Elea" Korrektur gelesen hat.

Mein herzlichster Dank geht auch an Tomaia, meine Lektorin, die mir half inhaltliche Längen zu kürzen und die ihren Rotstift gnadenlos bei sich wiederholenden Ausdrücken angesetzt hat.

Dann gibt es da noch Anna, ohne die ich höchstwahrscheinlich nie da wäre, wo ich jetzt bin. Sie gab mir, als sie noch als Lektorin für einen kleinen Verlag gearbeitet hat, ein paar entscheidende Tipps, wie ich meinen Schreibstil verbessern konnte. Auch ihr gilt mein ganz besonderer Dank.

Namentlich nennen und danken möchte ich noch Heike, die meinem selbst entworfenen Cover den letzten fachmännischen Schliff verliehen hat.

Nicht weniger dankbar bin ich zahlreichen ungenannten Menschen in meinem Umfeld, guten Freundinnen, Nachbarn oder Bekannten, die mich stets moralisch unterstützt haben.

Band 2: „Elea – Die Weisheit des Drachen"

Wie geht es weiter?

Elea gelingt die Flucht vor dem Zauberer Darrach aus dem Akrachón-Gebirge zusammen mit Arabín, ihrem Drachen. Doch um welchen Preis? Sie muss Maél, ihre große Liebe, zurücklassen, der wieder in die Hände des Zauberers fällt und Opfer dunkelster Magie wird.

Für die Liebenden beginnt zunächst ein neues Leben mit Herausforderungen, denen sie sich getrennt voneinander stellen müssen. Ihre größte Herausforderung wird jedoch letztendlich sein, dem anderen wieder gegenüber zu treten.

Ist Eleas Liebe zu Maél stark genug, um zu ihm vorzudringen, nachdem Darrach die Erinnerung an sie gelöscht hat und ihn zu einem gefühllosen, sadistischen Mann gemacht hat, dessen einziges Ziel es ist, sie leiden zu sehen? Und kann Maél diese von Darrach geschmiedete, dunkle Seite in sich besiegen, bevor Eleas Leben durch sie in Gefahr gerät?

Und dann ist da noch der weise Drache Arabin, der die eine oder andere Überraschung für Elea bereithält, die ihr die Erfüllung ihrer ursprünglichen Bestimmung, nämlich das Menschenvolk vor den dunklen Mächten zu bewahren, nicht gerade leichter macht...